葉恭綽 編

# 全清詞鈔

上册

中華書局

任何一種文藝選本，總是表明編選者的意見。葉恭綽先生在序言裏極力避免這一條，説它不是選，而是鈔。但爲什麽鈔這些詞，不鈔那些詞；而且在四千多人中，又選掉一千人左右，只存三千多人，這顯然有編者對於「詞」這一專門文藝的主觀認識，因此，也就對於這些作家和他們的詞，作了主觀的抉擇。所以要研究某一作家和他的詞，還得看全部作品，只憑這個「鈔」是不够的。

至於編者在他的《序》、《例言》和《後記》中所提出的有關詞的主張和理論，未必恰當；從而以此來論證清詞，就更未必恰當；但不妨作爲一家之言，以供研究詞和清詞的參攷。此外，編者對於作家的選擇和作家的仕履、籍貫、詞集、卷數等，都還有不少應行攷慮之處。如康熙朝失收杭州徐吴昇（有《蕊珠詞》），淮陰金人望（有《瓜廬詞》），北京陳祥裔（有《凝香集》），臨洮張晉（有《戒庵詞》），還有其他，這是不應該的。清朝嘉、道以後的作者，不妨選落一些，但對清朝順、康、雍三代的作者，只能求全責備，不能任意取捨。因爲這正是明清易代之後，朱彝尊、陳維崧兩派大顯身手；「詞」這一文體，得到新的發展，有它特殊的時代意義。至於作家籍貫，都應該改用今地名，用清朝行政區劃名，使讀者極不方便。作者的作品，某某詞，亦有未加著録的；卷數亦有錯出的；時代先後也不完全准確，有咸豐列入同治的，道光列入嘉慶的之類。還有極個别的，把一人分爲二人，如胡元儀（有《步姜詞》）之外，又有南窪牧叟一名（《南窪牧笛》），不知南窪牧叟即胡元儀，只要一讀《南窪牧笛》就完全清楚的。因此，要編一部比較完整的《全清詞鈔》，還有好多工作好做。編者自己亦説他這個工作不過是「篳路藍縷」。

不管怎麽樣，這個詞鈔對於了解清朝全時期的詞、這個文藝部門的輪廓和研究清詞，都有很大的參攷價值，則是肯定的。

中華書局編輯部

一九八一年九月

# 總目

# 全清詞鈔序

往年我同友人論清代學術，曾認爲清一代的詞，越過明代。此外惟小說和曲子，勉强可以企及，而詩文則否。後來拿這話請教文廷式、朱祖謀兩先生，皆頗以爲然。文先生曾說過詞的境界到清朝方始開拓，觀其自敍雲起軒詞，雖意在自負，然其所述，實深明詞的本體和流變。朱先生也曾對我說清詞獨到之處雖宋人也未必能及。兩先生爲近幾十年詞壇砥柱，所說實可代表詞家公論。但清一代的詞也不是可以這樣籠統簡單來說的。因爲清代二百七十幾年中，詞派曾經數變，且也有盛有衰。如順治和康熙初期，實沿明末餘習，雖其間雜以興亡離亂之感，情韻特深，才氣亦復橫溢，然其弊爲纖仄與蕪濫。浙西一派出，救之以清雅，斂才就範，然其弊也爲餖飣與膚廓。且標舉南宋爲宗，而其所重者往往爲琢句遣辭，墮入宋人詞話所謂詞眼窠臼。猶之論唐詩的，僅知摘一二佳句以爲軌範，而對胸襟、意境、情感、氣韻、骨力皆不注重，這如何可以論詩。自是以後，傳爲衣鉢，僅得糟粕門面。降至乾隆中葉，頽靡更甚，一片荒蕪。及乾嘉以還，張惠言、周濟、龔自珍等創意內言外之旨，力尊詞體，探源詩騷，推崇比興，於是論詞者漸明詩和詞係一貫的東西，無所謂詩餘。因此上推及於詩三百篇及楚詞、樂府，下沿及南北曲雜劇，一切聲歌韻語，可以融爲一體，詞之領域愈廓，包孕亦愈宏深，其所見殆出宋元人上矣。雖當時所作是否能悉如所論，仍是問題。但塗徑既開，大家可以競馳，這實是詞的中興光大時代。其時統治階級的力量，盛極而衰，控制一切的方法，漸漸不靈，知識界、文藝界的思想，亦逐漸趨於解放。因此嘉道時政治、外交、軍事走下坡路的時期，反而文藝界爆出了些光芒和活氣，詞的一道自亦不能例外。張惠言、周濟、龔自珍等人皆於此時產生。鴉片戰爭以後，羣衆所接觸的方面益爲廣闊，事物與情感之刺戟，亦更形複雜，其表現於文藝者自亦更不相同，所以這階段的詞亦更形光輝燦爛。據這種看法來判斷清詞發展過程的原因，我想是相差無幾的。向來頗有人不解清的末祚詞反興盛的緣故，我以爲依此論斷是不難解答的。

我自年輕時，因先祖南雪公和譚仲修獻張韻梅景祁等是詞學朋友，常看見他們論詞的書札。譚先生是主張常州詞派的，我因此得些啓發之後，很喜歡做詞，但不是循着這條路徑走的，自己也並不滿意。後來因時局關係，對內憂外患之所由來，愈加明確，史地常識亦漸豐富，又習聞文朱兩先生之說，於是詞境一變，對詞的看法也一變。漸漸悟到清詞的優點也止是清一代詞的優點，或可說清詞的優點是我國韻語中的優點，或可說是韻語中詞這一類的凸出的，還不能說是我國文藝中或韻語中的凸出點。這其中有幾種原因：(一)詞雖是長短句，已經打破五七言律體的束縛，但他的本身是由文言的唐詩蛻化而來的，所以自開始竹枝、柳枝之類，就不是一定完全通俗和大衆化，因而並不能上繼詩騷。(二)詞到今天，難於唱出和合樂，所以至少是有些殭化了。又這種東西到底是不是合乎現代和今後的需要，似也是一種疑問。但儘管這樣，清詞的特色依然是存在的，而且這二百七十多年中作者不下幾千人，所包括的事迹不少，所表現的思想行動亦不少，很是值得蒐羅和研究的。所以一九三五至一九三七年間，我在南方一面和一班朋友想溝通聲文合一的辨法，一面就開始想編一部全清一代的詞，來供給文藝家、文藝史家作參考研究的資料。這部全清詞鈔的工作，就是由此開端的。

當時首先需要討論的就是全書年代的起訖。因爲既然是承明代之後而爲書，而且離辛亥革命不過廿餘年，歷史雖然不能割斷，但編書不能不有界限。因此決定所採的作者以歿於清代的爲斷。至於清末的作家，有許多到辛亥後始去世的，如不採入，不足以見一代的詞演進的全面。爲避免矛盾，把這類詞家統列於後，稱爲附錄。這是一件應該首先聲明的事。

其次便是注意到有清一代作品的作風和流派的轉變。希望於每一時期傑出和流行的作品中，能以表現其跡象。如順、康初期之猶襲明風，康、雍之力追宋軌，乾隆初中葉之漸入庸濫，乾隆末葉及嘉慶時之另闢塗徑等等，均設法顯明其內藴。這是一個要點，因爲不是一部詞選，所以取錄的尺度不能完全一律。

綜計全書，不免有局限於時代習慣之嫌，則以清代二百數十年在封建制度和專制統治之下，所謂詞者，其情緒大抵抑鬱而不伸，思想强半拘滯而寡要，言詞幾皆隱晦而不顯。於此中求其技巧較高，胸懷較大者，已屬難得。若求其揚榷古今，牢籠萬象，不爲風雲月露之談，刻翠描紅之態者，亦屬不多。若進求其對民生利害，民族興衰，有所警覺闡發者，更屬寥寥。懸格既不能過高，而既云一代之詞，則收取亦不應太隘，當時定名詞鈔，而不名詞滙、詞選者，亦以此故。卽宋、元、明之詞總集，抑亦同犯此病。至於如何恢廓詞的領域，開拓作者的心胸，則今後作者之責，而難於苛求以往之斷代作品矣。至每一作者的作品，其去取標準，亦難免不有錯漏，其反抗統治階級的作品本感稀少，擬別成一集，名曰清詞正聲集，以貺國人。今天文藝方興，諸作者、研究者多能以客觀立場，別出手眼。此編纂輯於二十年前，僅能爲了解清詞輪廓者之用，倘希文壇諸彥有以諟正之，實詞苑之幸也。其諸體例，別具左方，是爲序。一九五二年二月葉恭綽遐庵。

# 全清詞鈔例言

一，是編選錄清一代詞家佳作，斷代爲書，意在區劃時期，加以綜貫，以示三百年來詞學全貌之輪廓，並無舊日歷史區分朝代的意味。故所蒐采，雖以歿於清代（自順治元年至宣統三年）者爲主，（因此明代遺民王夫之、屈大均之類，並加采錄，惟其中如陳子龍、夏完淳之類歿於順治初年，且因抗清授命，自不列入。）但清末詞學最盛，其中諸名家有不少夙負時望而歿於民國者，以欲考見淵源授受之迹及風氣轉變之由，因亦一併列入，稱爲附錄焉。

一，是編意在網羅一代詞家作品，但采擇仍力避浮濫，着手之始，經請教當代諸詞宗，並乞朱彊村先生決斷，以詞綜、詞徵、詞見之類體例較寬，詞選、詞存之類又患過嚴，因斟酌二者之間，定名詞鈔。意在因詞以存人，雖間或不免因人存詞，然可云居最少數。至每人作品之選錄，以篇幅所限，祇能擇其尤者。然皆力避主觀，是否有當，仍盼詞壇不吝指教。

一，是編初就南京、北京、天津、杭州、蘇州、廣州、上海七地，着手蒐集單行詞集，就地選鈔彙寄，以上海爲總匯。自各圖書館以至私家藏本，悉加訪求。繼復蒐集罕見之總集、選本，加以采錄。然後再就附見各書之詞及通行選本覆加搜補，大體可云略備。其中亦有因覆核而落選者，故初選得四千餘人，而成編祇得三千一百九十六人焉。仍恪守彊村先生之旨，不敢徒侈廣博也。此外擬編清詞存目一書，與此編相輔而行，凡清代詞家皆爲著録，庶免挂漏。

一、歷代詩詞總集因體大類繁，立例每難完善。兹編於此，亦極兢兢，間有不敢苟同他書者。故分類一以簡括爲主，祇女子、方外二者，以選取較寬，因而劃出，餘不區分。

一、選詞限於自作正體，其集句、聯句及獨木橋體、俳體之類，概不入選。

一、詞人生卒年月有難詳考者，姑概以其人之仕履或著述交游等爲準。其實無可考者，則酌附卷末。至女子及附録兩門，不免尤多舛略，姑俟日後訂正。

一、姓氏下略註字里，兼及簡明仕履（以其最後官職爲主）。如出處無徵，則暫從蓋闕。（籍貫有寄籍、原籍、跨籍之分，姓名有出家、還俗、復姓、改名之別，仕履有升調降革之異，加以年齡有壽夭，得名有先後，編次極難悉當。以此非史籍，雖有小舛，無傷大體，故考訂之功止此，閲者諒之。

一、詞人著述凡有關詞學者，多爲註入，餘不備列。

一、凡有專集之詞，列其詞集之名。其詞僅附於全集者，注明有某集附詞。其詞不入集僅有詩文集者，多不備載。

一、聲家本以協律爲本，清詞自康、雍始，即審律較嚴，末葉尤見特色。惟是編義取網羅，勢難嚴格。且詞之優劣高下，律僅居一，自樂譜失傳以後，詞亦本不能歌，又一時詞流審律之寬嚴，正可覘其時風會之趨向，故去取之際，不專以協律與否爲準。惟過於偭越規矩者，亦所不取。

一，茲編採輯既廣，其所據原本頗亦足資考證，故別列引用書目，以備檢查。惟單行詞集已列各人姓氏下，不再複列，以省篇幅。

一，有一詞而諸本字句不同者，以其全集專集爲準。

一，女子籍貫及所適不易考查，其別無根據者，依原選本所紀，有無沿誤，不敢臆斷。其有無從審定年代者，姑彙列末卷。

一，是編工作始自一九二九年，倏逾廿載。其間采訪、選錄，以迄編次校訂，多賴同好諸君之力。自彊村先生以次，如夏閏枝孫桐、冒鶴亭廣生、邵伯絅章、夏劍丞敬觀、劉翰怡承幹、徐積餘乃昌、周夢坡慶雲、金籛孫兆蕃、汪憬吾兆鏞、潘蘭史飛聲、譚篆卿祖任、柳翼謀詒徵、馬夷初敘倫、陳援菴垣、黃茀怡福頤、吳湖帆萬、蔡嵩雲楨、唐圭璋、夏臞禪承燾、龍榆生沐勳、邵次公瑞彭、黃公渚孝紓、陳彥通方恪、林子有葆恒、楊鐵夫玉衡、姚虞琴景瀛、吳瞿菴梅、張艮廬茂炯、易大庵孺、石弢素淩漢、盧冀野前、王佩諍謇、尹石公炎武、姚石子光、王培孫、張菊生元濟、李拔可宣龔、袁守和同禮、趙蜚雲萬里、邢冕之端、黃君坦孝平、陸微昭維釗、池則文漢功、童補蘿閏、費範九師洪、趙君愚汝謙、夏慧遠緯明，暨朱子居易衣、常子鼇卿積禧、陳子淑通文中、唐子養之克浩、沈子凝雲宗威、饒子伯子宗頤、石子矩孫秉巽。其間綜覽鑒定，彊村翁致力至勤。搜羅選錄，張艮廬程功稱最。手鈔至廿册，主持鈔校，則篆卿、翼謀、公渚之力爲多。編次校訂，則臞禪、居易、鼇卿、淑通、凝雲、鐵夫、伯子、矩孫之績丕著。至查撰傳略、鼇訂書目，則陸微昭、黃君坦、石矩孫，皆特致勞勩焉。恭綽受成而已。又廿餘年來，迭承北京圖書館、清華大學圖書館、北京大學圖書館、燕京大學圖書館、南京國學圖書館、浙江圖書館、蘇州圖書館及吳興劉氏、南陵徐氏、杭縣馬氏、吳縣王氏、武進趙氏借閱藏書，俾利采集，合著於此，敬表謝忱。

一，是編作者弘多，茲依姓之筆畫以類相從，編爲索引，藉便檢查。每姓仍依其名第一字之筆畫爲次。

一，清代二百六十餘年，官制、地名屢有改變，勢難逐一查考。（如江蘇舊稱江南。末祚東三省、江北之新建置，更無論矣。州縣名稱更多更易，官制則清初頗沿明制，後亦屢變，清末尤甚。）惟有依其時之名稱著錄，既不因前而襲後，亦不據後而改前，期得其實。但一編之中，不免前後參差。又所據之本（如選本總集之類）或有擅改及誤記之時，茲亦難免沿誤，重加釐訂，請俟異日。

一，詞譜中之調名、字數、聲律，清代萬戈杜徐諸氏考之已詳。茲編意在網羅佳作，非屬詞學專書。諸家作品，或同調而各標異名，各用一體，字數、聲律亦互差異，茲各仍其舊，不加臆改。

一，各項總集、專集恆附品評，清初尤甚。然多無關宏旨，茲概從略。

一，各詞句讀，應以詞律爲準。但各家作品每不協律，且萬氏、戈氏所訂之律，及後起之考證，亦往往各持一說，無所適從。作者據以塡詞，遂致同調而句讀音韻各別。今惟隨文斷句，不求强歸一致。

一，清代詞家作品浩如淵海，廿年來極力搜集，容仍有遺漏。假我時日，當俟續編。

# 全清詞鈔引用書目

古今詞統卓人月
明詞綜王昶
國朝九家詞王士禛
文江酬唱集李元鼎
衆香詞徐樹敏、錢岳
絶妙近詞性德、顧貞觀
柳洲詞選戈元穎等
記紅集吳綺、程洪
國朝名家詩餘孫默
國朝名家詞鈔聶先、曾王孫
西陵詞選陸進、俞士彪
浙西六家詞龔翔麟
國朝詞綜王昶

古今詩餘醉潘猶龍、陳湜
詞壇妙品張淵懿
三子詩餘曹爾埴等
詞覯傅燮詷
古今詞選沈時棟
詩餘影鸞集徐士騏
瑤華集蔣景祁
選聲集吳綺、程洪
棣華樂府盛楓等
五種詞錢芳標等
荆溪詞初集陳維崧
林下詞選周銘
國朝詞綜二編王昶

詞潔先著、程洪
倚聲初集鄒祗謨、王士禛
秋水軒唱和詞曹爾堪
古今詞滙周在浚、卓回
今詞初集性德、顧貞觀
今詞選潘眉、陳維崧
草堂嗣響顧彩
十六家詞孫默
別腸詞選趙式
五家詞陳聶恆等
宜興陳氏家集陳維崧
松陵絶妙詞選周銘
琴畫樓詞鈔王昶

琴畫樓詞鈔續 王昶
國朝詞雅 姚階
東白堂詞選 張星耀、佟世南、陸進
國朝詞續選 張鳴珂
天籟軒詞選（附五種） 葉申薌
國朝詞綜補補遺 丁紹儀
張氏詞選附錄 鄭善良
心日齋十六家詞彙 周之琦
檇李詞輯 馮登府
蓉影詞 董基誠等
闕里孔氏詞鈔 孔昭薰
同人詞選 孫灝
兩浙詞輯 張泰初
同聲集 張曜孫
吳儲合稿 吳會等

歷朝詞選 夏秉衡
昭代詞選 蔣重光
黃山兩布衣詞稿 方成培等
續昭代詞選 黃安濤
國朝詞綜續編 黃燮清
樂府補題後集 徐致章等
七家詞鈔 汪世泰
名詞四種 劉嗣綰
海曲詞鈔 馮金伯
燕市聯吟集 袁通
四明近體樂府 袁鈞
屏錦詩詞集 葉珪
萍聚詞 程應權
遊仙唱和集 張維屏
玉瓊集 朱和羲

清綺軒詞選 夏秉衡
十家詞選 黃景仁等
梁溪詞選 侯晰
同情集詞選 陳鼎
國朝詞綜補 丁紹儀
十種詞 石鈞等
名家詞 張琦等
白門詞畧 秦耀曾
消寒詞 孫原湘等
是程堂唱和投贈集 屠倬
歷代詞腴 黃承勛
四家詩詞 潘鍾瑞
洛州唱和詞 邊浴禮
鄧氏家集 鄧廷楨
十家詞彙 金繩武

十家詞 雷葆廉
燕筑雙聲 金泰等
徐州二遺民集 萬壽祺、閻古古
淮海秋笳集 張安保等
詞軌 楊希閔
續七家詞選 張鳴珂
六家詞鈔 王先謙
明湖四客詞鈔 趙國華
三程詞鈔 程霖壽
今詞綜 沈宗畸
篋中詞續 譚獻
函雅堂詞 王詠霓等
近人詞錄 雷瑨
雪鴻偶鈔 倪世珍
詩餘選 顧從敬

清詞鈔二編 王紹成
高郵耆舊詩餘 王敬之等
西泠詞萃 丁丙
影事詞存 劉荃等
荊南風雅 史承豫
二家詞鈔 李慈銘等
粵東詞鈔 許玉彬、沈世良
侯鯖詞 吳唐林
石蓮闇山左人詞 吳重憙
花行小草 鄧鴻荃等
詞錄 譚獻
同聲集 王子梅
東皋草堂詞集 周世榮等
東皋詩餘 汪之珩
三家詞錄 趙少芬

續詞綜 陶樑
粵東三家詞鈔 葉衍蘭
江東詞社詞選 湯貽汾
滄江樂府 沈穆孫等
清味集 項以淳
詩餘偶鈔 王先謙
粵東詞鈔續集 許玉彬沈世良
四春詞 董國琛
詞徵 張德瀛
篋中詞 譚獻
詞雅 劉逢祿
題襟集 黃彝凱等
歸羣詞叢 李光炘
晴雪雅詞 許昂霄
雙聲 張瀹等

海寧三家詞 潘廷章等
笠澤詞徵 陳去病
硤川詞續鈔 徐仁沐、蔣學堅
練川五家詞 王丕烈等
雲自在龕彙刻名家詞 繆荃孫
滇詞叢錄 趙藩
和珠玉詞 張祥麟等
黎氏家集 黎庶昌等
毘陵三少年詩餘 謝仁等
皖十一家詞 達園鋤菜叟等
遯渚唱和集 孫運錦
清夢盦二白詞 沈廷炤
白門秋柳畫題詞 金應仁
小檀欒室彙刻閨秀詞 徐乃昌
國朝閨秀詞綜 薛紹徽

長興詞存 溫匋
三台詞錄 戚學標
北湖三家詞鈔 吳庸
湘繭合稿 宗婉等
皖詞紀勝 徐乃昌
庚子秋詞 王鵬運等
陳氏詩詞畧 陳與冏
春蟄吟 王鵬運等
潘瘦羊詞選 潘譽 生
消魂詞 畢振遠
海濱酬唱詞 楊稚虹
迦陵塡詞圖題詠 陳藥洲
橫塘泛月畫題詞 潘口口
閨秀詞續鈔 徐乃昌
歷代名媛詩詞 陸昶

杭郡詞綜 鄧健庵
硤川詞鈔 曹宗載
湖南詞徵 袁帥南
國朝常州詞錄 繆荃孫
粵二生集 潘之博等
廣陵唱和詞 宗婉等
碧笙吟館酬唱集 許善長
清詞選集評 徐珂
蘭皋詩餘近選 胡胤瑗等
聚紅榭雅集詞 高思齊等
金縷酬春詞 易棠等
雙峯舊隱圖題詞 顧辔坪
國朝金陵詞鈔 陳作霖
淩湖三女史詩詞 談印梅等
歷代名媛詞選 吳灝

歷代女子詞選 吳白英
薇省詞鈔 況周儀
榕園詞課 易順鼎
白山詞介 楊鍾羲
滄海遺音 朱祖謀
煙沽漁唱 朱祖謀、夏孫桐、徐沅、郭則澐
清名家詞 陳乃乾
合肥詞鈔 李國模
閩詞徵 林葆恆
如社詞鈔 廖恩燾等
南社詞錄 柳棄疾
清溪小榭唱和詞 儲麗生
京江鮑氏課選樓合稿 鮑之芬
湖墅錢氏家集 錢錫賓
清十一家詞 王煜

二談女史詩詞合刊 談印梅
粵西詞見 況周儀
榕社課存 易順鼎
湘社集 程頌萬
湖州詞徵 朱祖謀
戊午春詞 葉玉森等
上元五家詞選 王瀣
曲阿詞綜 劉會恩
楚四家詞 劉淳等
掃葉樓集 石淩漢等
雁來紅詞集 梁鼎芬等
毘陵周氏家集 周玆萌
海昌麗則 吳騫
碧蘿吟館唱和詩詞 馬錦
咫社詞鈔 關賡麟等

六一消夏詞 鄧邦述
潯溪詞徵 周慶雲
甌社詞鈔 林鵾翔等
漚社詞鈔 朱祖謀等
詞莂 朱祖謀
美人長壽盦詞 易順豫等
金陵詞徵 仇埰
粵西詞 陳柱
春禪詞社詞 趙熙
薇省同聲集 彭鑾
蓼辛詞 石淩漢等
徐氏一家詞 徐琪等
嘉業堂藏湘人詞 陳之⿰馬巠等
又滿樓所刻詞 趙詒琛
平湖葛氏藏名家詞

# 全清詞鈔引用書目

張仲清手鈔各家詞
詞學叢書秦恩復
碎金詞譜謝元淮
詞律補遺杜文瀾
寒松閣談藝錄張鳴珂
詞苑叢談徐釚
蒲褐山房詞話王昶
蓉渡詞話董以寧
雨村詞話李調元
雪園詞話秦耀曾
聽秋聲館詞話丁紹儀
臥廬詞話周曾錦
屏山詞話許思
香海棠館詞話況周儀
人間詞話王國維

廣篋中詞葉恭綽
清代詞學概論徐珂
藝概劉熙載
學宋齋詞韻吳烺
詞學季刊龍沐勛
南州草堂詞話徐釚
增輯古今詞話江尚質
賭棊山莊詞話謝章鋌
柳塘詞話沈雄
國朝詞綜偶評汪世雋
憩園詞話杜文瀾
雨花盦詞話錢斐仲
閨秀詞話雷瑨
香海棠館詞話外編況周儀
小三吾亭詞話冒廣生

詞律萬樹
白香詞譜舒夢蘭
詞律拾遺徐本立
香研居詞麈方成培
花草蒙拾王士禛
詞苑萃編馮金伯
芬陀利室詞話蔣敦復
蓮子居詞話吳衡照
西廬詞話袁鈞
詞話叢編唐圭璋
左庵詞話李佳繼昌
近詞叢話徐珂
蕙風詞話況周儀
忍古樓詞話夏敬觀
隨園詩話袁枚

叢睦汪氏遺書 汪師韓
李氏四種 李鏞
嘯園叢書 葛元煦
屏廬叢刻 金鉞
懷豳雜俎 徐乃昌
喜詠軒叢書 陶湘
瑞石山志 闕名
台州經籍志 項元勳
光宣列傳 金梁
昭代名人尺牘小傳 吳修
國朝耆獻類徵 李桓
續碑傳集 繆荃孫
詞科掌錄 杭世駿
詞史 劉毓盤
湖北詩徵傳略 丁宿章

義州李氏叢刻 李葆恂
娛園叢刻 許增
半厂叢書 譚獻
彊村遺書 朱祖謀
古學彙刊 鄧實
涉園叢刻 張元濟
西湖志 王露等
清史稿 趙爾巽等
國朝先正事略 李元度
清代學者象傳第一集 葉衍蘭
清代徵獻類編 嚴懋功
碑傳集補 閔爾昌
詞林紀事 張宗橚
文獻徵存錄 錢林
兩浙詞人小傳 周慶雲

陽湖伍氏四種 伍嗣興
荔牆叢刻 汪日楨
羣碧樓叢刻 鄧邦述
蕙風叢書 況周儀
國學萃編 高燮
甲戌叢編 趙詒琛
竹垞小志 楊蟠 阮元
清史列傳 清國史館編
漁洋感舊集小傳 盧見曾
國朝名家詩鈔小傳 鄭方坤
碑傳集 錢儀吉
畿輔先哲傳 徐世昌
詞林輯畧 朱汝珍
國朝詩人徵略 張維屏
兩浙詞人小傳續編 鄭健庵

國朝書人輯略 震鈞
疑年錄彙編 張維驤
清代學者生卒著述表 蕭一山
兩浙輶軒續錄 潘衍桐
清代閨閣詩人徵略 施淑儀
隨山館隨筆 汪瑔
南野堂筆記 吳文溥
畫史彙傳 彭蘊璨
歷代名人年里碑傳總表 姜亮夫
清進士題名碑錄 李周望周靄
國朝兩浙科名錄 黃安綬
今世說 王晫
鶴徵錄 李集
兩般秋雨盦隨筆 梁紹壬
清代畫史增編 盛錄
中國人名大辭典 方賓觀等
兩浙輶軒錄 阮元
歷代名人年譜 吳榮光
炙硯瑣談 湯大奎
粟香隨筆 金武祥
靜學齋偶志 史承謙

# 全清詞鈔目錄

第一卷

第二卷

第三卷

第四卷

第五卷

## 第六卷

第七卷

第八卷

第九卷

第十一卷

## 第十二卷

第十三卷

## 第十四卷

# 第十五卷

## 第十六卷

第十七卷

第十八卷

第十九卷

第二十卷

第二十一卷

第二十二卷

第二十三卷

第二十五卷

第二十六卷

第二十七卷

## 第二十八卷

第二十九卷

第三十一卷

第三十二卷

第三十三卷

第三十四卷

附錄第三十七卷



附錄第三十八卷

# 全清詞鈔索引

## 說明

一、作者的排列，依姓之筆劃多少爲次。凡不知其姓的，以其名或號之第一字之筆劃多少爲次。

二、每姓單名居前，雙名居後，復分别依名之第一字的筆劃多少爲次。

三、每人名下首註明見於本書的頁數，次籍貫，次年代。

四、作者籍貫只註省名一字或省之别名一字，如滇爲雲南，黔爲貴州，皖爲安徽之類。無考者，則從闕。又著籍以省爲單位，如清初之安徽、江蘇，不渾稱江南；清末之奉天、吉林，不渾稱東三省是。

五、作者年代祇約畧依據其科第仕履和著作量爲區别，其間恐多未當，尚盼指正。

六、附錄諸家皆是生於清代而沒於辛亥革命以後的，故祇註一「附」字於籍貫之下，不再詳分年代。

七、旗人分滿洲、蒙古、漢軍三項，不另分宗室京旗駐防等。

## 目次

〔五畫〕

〔六畫〕

〔七畫〕

〔九畫〕

柴靜儀 一五九六 浙康
洪　昇 一五六 浙順　洪汝沖 一九三六 湘附　洪汝闓 二〇四五 皖附　洪亮吉 六三三 蘇乾
胡　山 三九六 蘇康　胡　延 一四九〇 蜀光　胡　焯 一四三五 湘光　胡　蓮 一五四四 浙順　胡天游 四四一 浙乾
胡元博 九四七 桂道　胡元儀 一九二一 湘附　胡正基 六八二 浙嘉　胡成浚 七一三 皖嘉　胡承珙 七三九 皖嘉
胡長庚 六八五 皖嘉　胡念修 一八四五 浙附　胡金勝 七四四 浙嘉　胡金題 六七五 浙嘉　胡奕勳 五三〇 浙乾
胡胤瑗 三四四 浙康　胡咸臨 八七二 浙嘉　胡政舉 一九六一 附　胡矩賢 一五一六 湘光　胡栗長 二〇四三 浙附
胡會恩 一八二 浙康　胡慎容 一六三一 浙乾　胡嗣福 一四三六 皖光　胡爾坤 一三九二 順同　胡熙壽 一九九九 湘附
胡薇元 一四五九 順光
范　玉 一六四八 浙嘉　范　姝 一六二八 蘇康　范　荃 二九九 蘇康　范　淑 一七三 贛道　范　駒 六三三 蘇乾
范　濂 一四八〇 浙光　范　錯 七〇一 浙嘉　范　邃 三〇三 蘇康　范　鐘 一九〇九 蘇附　范　纘 二九八 蘇康
范允鏋 三三 浙康　范永祺 六三 浙乾　范如松 九八七 粵道　范承謨 六五 漢順　范貞儀 一六三四 蘇乾
范淩夔 一〇三二 蘇咸
茅　麟 二九一 浙康
計　能 一三八 浙順　計　善 一三九 浙順　計　敬 一三八 浙順　計光炘 一〇六五 浙道　計南陽 三三 蘇順
郁　植 三六七 蘇康　郁承烈 三三四 蘇康

〔十畫〕

〔十一畫〕

陸世儀 二四 蘇順　陸次雲 三五四 浙康　陸求可 七三 蘇順　陸宏定 七八 浙順　陸志淵 一三六五 蘇同
陸初望 一三九五 蘇同　陸長春 一一〇九 浙道　陸費瑔 八二五 浙嘉　陸循應 一一九三 蘇咸　陸鼎晉 一〇〇三 蘇道
陸鳳池 一六三九 蘇乾　陸與齡 一三六 蘇順　陸蓉佩 一七五〇 蘇同　陸瑤林 八八 浙順　陸瑤英 一六〇七 浙康
陸爾熙 一三三六 蘇同　陸嘉淑 三〇 浙順　陸學欽 七〇七 蘇嘉　陸錫熊 四九三 蘇乾　陸繁弨 一一六 浙順
陸聽應 一三三〇 蘇咸　陸鍾輝 四三六 蘇乾　陸應穀 九五八 滇道　陸鴻圖 一三 浙順　陸繼輅 七〇六 蘇嘉
麥孟華 一八九九 粵附
康有爲 一八六六 粵附
寇　湄 一五四六 蘇順
商　彩 一五九四 浙康　商景徽 一五六〇 浙順　商景蘭 一五六〇 浙順
符兆綸 九七五 贛道

〔十二畫〕

傅　潽 一三九二 魯同　傅　霖 一三七三 浙咸　傅　衡 一三四六 黔同　傅　鑠 一五四 浙順
傅世垚 七五 豫順　傅賓賢 一一三六 蘇道　傅隱蘭 一六八〇 蘇嘉　傅燮詷 三五三 直康
勞　紡 一七七八 浙光　勞乃宣 一八一四 浙附　勞動成 一〇〇四 浙道
喻懷信 一一三四 滇道
喬　萊 一六九 蘇康　喬守敬 一三〇四 蘇同　喬松年 九九三 晉道　喬重禧 八九八 蘇道　喬曾劬 三〇五〇 蜀附

〔十三畫〕

〔十四畫〕

〔十五畫〕

〔十六畫〕

〔十七畫〕

〔十八畫〕

〔二十一畫〕

〔二十二畫〕

# 全清詞鈔第一卷

## 錢謙益 字受之、號牧齋、江南常熟人、明萬曆三十八年進士、官至禮部尚書、入清、授內祕書院學士、

### 永遇樂 十六夜有感次韻

銀漢紅牆。浮雲隔斷。玉簫吹裂。白玉堂前。鴛鴦六六。誰與王昌說。今宵二八。清輝香霧。還憶破瓜時節。劇堪憐、明鏡青天。獨照長門華髮。　莫愁未老。嫦娥孤另。相向共嗟圓闕。長歎凭闌。低吟擁髻。暗與陰蛩切。單棲海燕。東流河水。十二金釵敲折。何日裏、並肩攜手。雙雙拜月。

## 陸鈺 又名藎誼、字忠夫、又字眞如、晚號退菴、浙江海寧人、明萬曆四十六年舉人、入清、未幾卒、有射山詩餘、

### 曲游春 和查伊璜客珠江元韻

問牡丹開未。正乳燕身輕。雛鶯聲細。共聽霓裳。看爲雨爲雲。胡天胡帝。與君行樂處。經回首、依稀都記。攜來絲竹東山。幾度尊前杖底。　鼙鼓東南動地。見下瀨樓船。旌旗無際。未免關情。對楚嶺春風。吳江秋水。暗灑英雄淚。更莫問、年來心事。又是午夢驚殘。歌聲乍起。

淥酒曾篘未。羨肉脃絲清。宮浮商細。塞耳休聽。任佗雄南越。秦稱西帝。青史興衰處。儘簡閱、紛綸難記。不

如倚杖臨風。一任醉眠花底。 芳草斜陽藉地。看遠樹天邊。歸舟雲際。曲裏新聲。怨羌笛關山。隴西流水。又溼青衫淚。那更惜、闌珊春事。卻看楊柳梢頭。一輪月起。

曉日還升未。正虬箭猶傳。獸烟初細。鳴鳥閒關。痛精衛炎姬。子規川帝。千載人何處。笑符讖、何勞懸記。欣然更拓雲藍。自寫新詞窗底。 窗外光陰徧地。纔畫角飄殘。一聲天際。豎子成名。念英雄難問。夕陽流水。獨下新亭淚。儘寂寞、閒居無事。誰論江左夷吾。關西伯起。

## 王鐸

字覺斯、河南孟津人、明天啓二年進士、官至禮部尚書、入清仕至大學士、謚文安、有擬山園詞集、

### 踏莎行 書齋

微暑初生。新香乍裊。棗花開處鶯聲小。起來無事意悠悠。山光不管離人老。 世事茫茫。流年杳杳。鏡中慵把朱顏照。樓頭燕斷夢魂迷。故園戶外堆芳草。

## 李元鼎

字梅公、江西吉水人、明天啓二年進士、入清官至兵部侍郎、有文江唱和集二卷、

### 醜奴兒令 和雨後聽琴

稀疏紅翠簷前滴。葉上珠圓。牆外聲喧。愛聽新涼起亂蟬。 逃名疑在青山麓。消受涼天。一曲遊仙。撥碎西風指上絃。

## 葉紹袁 字仲韶、號粟庵、又號鴻振、別號天寥道人、江南吳江人、明天啓五年進士、官工部主事、入淸爲僧、

### 水龍吟

寂寥蘋渚蘅皋。道書讀罷香銷篆。松聲入坐。藥闌紅亞。美人蕉釧。極目平蕪。天高水遠。蓮歌遊遍。且籐壺汲煮。靑衣小袖。點取鳳團香片。　自把秋棠手洗。粉牆西翠梳新鈿。開簾風動。畫屏琴石。輕陰滿扇。挹酒盈尊。摘花侵暝。夜涼迎面。更堪娛、又有椒篇絮句。麗詞常見。

## 萬壽祺 字介若、一字內景、號年少、江南銅山人、明崇禎三年舉人、入淸爲僧、名慧壽、有遯渚唱和集一卷、

### 浣溪紗 有憶

遯渚西邊橋戶開。夜迎涼月唱歌回。一川煙草自徘徊。　頭白老烏新啄屋。咮長妖鳥獨登臺。五陵佳氣夢中來。

### 浪淘沙 荷花

蟬曳小回廊。十里花香。天然鬟髻坐滄浪。道是洛妃乘霧至。煙水微茫。　斜日下江鄉。悄悄年光。採菱歌起怨沙棠。消受西風吹幾陣。霜打池塘。

## 陳于泰 字大來、一字謙茹、江南宜興人、明崇禎四年進士及第、官翰林院修撰、入淸爲僧、有繡胥齋藁、

## 念奴嬌　五十自壽

榴花照我笑疏狂雙眼、時青時白。種柳移松堪伴侶。世上輭紅都隔。二樂名園。三秋命閣。半畝溪千宅。杜蘅蘭芷。有時散髮行摘。　暇則爛醉高歌。清風明月。倚戶招爲客。江左夷吾應好在。那用東山復出。伯玉知非。買臣幸貴。兩者誰相易。近來陶寫。老懷絲竹閒適。

# 楊士聰　字朝徹、號鳧岫、山東濟寧州人、明崇禎四年進士、官左諭德、入清未仕、

## 醜奴兒令　春暮久雨

花飛絮舞春歸去。綠葉交森。日日濃陰。萬里江天水氣侵。　廉纖曉夕無休歇。山暝雲沈。滴碎愁心。戶掩香苔一徑深。

## 鷓鴣天　春興

客越經年又客吳。閒花落盡戀江湖。天邊白馬誰拘管。戶外靑山總畫圖。　無鬱悶。有歡娛。酒連歌續與全殊。江南久寄銷愁盡。自愛春深聽鷓鴣。

# 吳偉業　字駿公、號梅村、江南太倉人、明崇禎四年進士及第、官詹事府詹事、入清、官國子監祭酒、有梅村詞二卷、

## 滿江紅 蒜山感舊

沽酒南徐。聽夜雨、江聲千尺。記當年、阿童東下。佛貍深入。白面書生成底用。蕭郎裙屐偏輕敵。笑風流、北府好譚兵。參軍客。　人事改。寒雲白。舊壘廢。神鴉集。儘沙沉浪洗。斷戈殘戟。落日樓船鳴鐵鎖。西風吹盡王侯宅。任黃蘆苦竹打荒潮。漁樵笛。

## 賀新郎 病中有感

萬事催華髮。論龔生、天年竟夭。高名難沒。吾病難將醫藥治。耿耿胸中熱血。待灑向、西風殘月。剖卻心肝今置地。問華佗、解我腸千結。追往恨。倍淒咽。　故人慷慨多奇節。爲當年、沈吟不斷。草間偷活。艾灸眉頭瓜噴鼻。今日須難訣絕。早患苦、重來千疊。脫屣妻孥非易事。竟一錢、不值何須說。人世事。幾完缺。

# 熊文舉 字公遠、號雪堂、江西新建人、明崇禎四年進士、入清、官至吏部侍郎、

## 南鄉子 憶舊

秋色集帆檣。一帶傷心路渺茫。記得郵亭曾繫馬。斜陽。人在紅樓倦晚妝。　往事隔星霜。門巷愔愔砌草荒。崔護重來應不改。淒涼。燕子呢喃話短長。

## 大酺 懷古和曹秋岳

一片淮清。波底月。迢遞鍾山何處。飛烟迷燕幕。有百種呢喃。差池相妬。桂子三秋。荷花十里。曾憶當年事

否。更結綺臨春。美人塵土。風流已誤。況雨汎糟丘。風喧歌管。淚乾絲絮。　飄零如逆旅。看魂夢千里隨烟渡。寧知道、花晨月夕。地角天涯。烏啼更有誰迴顧。春去幾多時。煩問取、怎生留住。恨芳草、斜陽路。青山相憶。見說高門如故。鮑照蕪城欲賦。

## 徐　籀

字亦史、江南長洲人、明崇禎六年舉人、入清、官湖北黃岡縣知縣、

### 浣溪紗　閨情

怯雨驚寒花自知。無端侵入小眉兒。起收殘瓣下堦遲。　簾幙垂垂香似結。一聲啼鴂淚如絲。歸來重訴別離時。

## 龔鼎孳

字孝升、號芝麓、江南合肥人、明崇禎七年進士、入清、官至禮部尚書、謚端毅、有香嚴詞四卷、又名定山堂詩餘、

### 東風第一枝　春夜同秋嶽作

鳳琯排烟。鸞笙拂月。歲華初到街鼓。柳絲約定歡期。花信吹開恨處。今宵酒琖。又句引、蝶翻蜂聚。近小窗、紅雨生生。吹作一簾芳霧。　飛豔縷、紫絨偷度。挑錦字、玉麟舊侶。遠山千疊銷魂。畫屏一聯繡句。東風力軟。便逗起、春愁無數。趁踏青、好賦閒情。莫遣少年空去。

薄倖 秋嶽將以病去湖上、留飲寓齋、命製一詞、即用其韻、

碧簾風綰。度早燕、花橋月棧。喜賽酒、歌樓人在。共試錦鐙春眼。倚曉闌、消瘦腰圍。晴湖十里空絲管。恨鳳佩星遙。瓊箏屏隔。不耐啼鶯冷暖。　看麝粉、經行處。調馬路、綺羅飃散。待青回雙鬢。香添半臂。片帆吹送吳趨緩。聚稀歡短。勸煙篷彩纜多情。莫負金尊滿。江頭鼓角。惱亂秦臺楚館。

小重山 重至金陵

長板橋頭碧浪柔。幾年江表夢、恰同遊。雙蘭又放小簾鉤。流鶯熟。嗔喚一低頭。　花落後庭秋。蔣陵烟樹下、有人愁。玉簫凭倚賸風流。烏衣燕。飛入舊紅樓。

點絳脣 詠草追和林和靖

簾外河橋。綠圍裙帶無人主。繡韉行處。踏碎梨花雨。　目送春山。南浦烟光暮。牽春去。柔腸無數。蘇小門前路。

風流子 天慶寺送春和舒章韻

柔絲牽不住。眉尖小、一蹙又斜陽。問紅雨灑愁。幾番離別。綠蘋漾恨。何代蒼茫。子規說、麝迷青冢月。珠墮馬嵬妝。苔臥錦錢。橫拋芳影。燕銜簾蒜。偷覷柔腸。　前歡眞如夢。流鶯懶、風日枉媚銀塘。擔閣背花心性。淚不成行。歎樓空杜牧。濃陰乍滿。人分結綺。落粉猶香。拈合一春滋味。彈出伊涼。

賀新涼 和曹實庵舍人贈柳叟敬亭

鶴髮開元叟也來看、荆高市上賣漿屠狗。萬里風霜吹短褐。游戲侯門趨走。卿與我、周旋良久。綠鬢舊顏今改盡。歎婆娑、人似桓公柳。空擊碎。唾壺口。　江東折戟沈沙後。過青谿、笛牀煙月。淚珠盈斗。老矣耐煩如許事。且坐旗亭呼酒。判殘臘、銷磨紅友。花壓城南韋杜曲。問毬場、馬弰還能否。斜日外。一迴首。

## 羅敷媚　朱右君司馬招集西郊馮氏園看海棠

今年又向花間醉。薄病深春。火齊纔勻。恰是盈盈十五身。　青苔過雨風簾定。天判芳辰。鶯燕休嗔。白首看花更幾人。

## 大酺　和秋嶽春憶

憶柳如煙。烏啼月。江左瑯琊何處。高樓紅樹裏。有銀箏紈扇。與花相妬。六代鶯聲。三山草色。曾記游人來否。芳懷隨雲散。悔東華走馬。此行原誤。更風滿敗梧。日斜橫笛。燕穿飛絮。　包胥無一旅。看公等、歌舞詩南渡。爲問取、夷吾往矣。祖逖何如。繡芙蓉、那能頻顧。夢逐江流去。還懊惱、數峯遮住。料難到、家山路。菱花憐我。蕭索長卿非故。倩誰百斤買賦。

# 程康莊　字坦如、號崑崙山西武鄉人、明崇禎八年拔貢、入清、官陝西耀州知州、有衍愚詞一卷、

## 朝中措　平山堂同阮亭次歐公原韻

千山晴色繪秋空。雲影大江中。昔日遺蹤何處。只餘白草悲風。　踟躕四顧。荒城落照。破寺疏鐘。風物向

南差勝。江湖卻羨漁翁。

燕歸梁 勸酒

花謝殘香不上枝。着意追隨。一回歡笑一回思。杯在手。莫推辭。　破除萬事前期遠。金波動。錦雲吹。全憑綠蟻浸玻璃。休冷落。好花枝。

## 徐之瑞

字蘭生、浙江仁和人、明崇禎九年舉人、入清不仕、有横秋詞、

水龍吟 登瓜步江樓

怒濤千疊橫江。是誰截斷神鼇足。卻思當日。風雲叱咤。氣吞巴蜀。江左夷吾。風流頓盡。神州誰復。但茫茫覩此。河山如故。悲何限。吞聲哭。　正擬清遊堪續。剩荒臺。亂鴉殘木。傷心莫話。南朝舊事。春波猶綠。鼎鼎華年。滔滔逝水。浮生何促。指三山縹緲。凌雲東去。醉吹霜竹。

## 李長苞

後改名蒸、字竹西、江南華亭人、明崇禎九年舉人、有春詞秋詞、

念奴嬌 中秋月

滿樓雲淨。看青天涼浸。冰綃魂魄。烏鵲高飛驚曙色。細認青山欲白。畫舫笙簫。珠簾環珮。未是閒情客。誰人喚起、一聲多少憐惜。　試問明月公私。茅簷依舊。況漢宮金碧。玉露無聲臺榭冷。贏得清輝狼藉。斗轉

參橫。蛩吟淒斷。落葉和愁積。持杯且飲。管他今夕何夕。

謁金門　咏秋海棠

蛩吟處。秋浸一池紅雨。昨夜闌干扶得住。斷腸人欲去。　只把芳心自吐。不管輕寒擔誤。閒倚南樓催薄暮。倩誰支玉露。

## 吳洪化

字貳公、江南宜興人、明崇禎九年舉人、入清、官教諭、有屑雲詞、一名惜雲詞、

河傳　用張泌體

殘杏。紅暈。粉牆斜映。煙雨溟濛。輕輕雙燕窺東風。泥融。隔簾櫳。　呢喃欲共佳人語。隨風舞。故惹空閨妒。落英銜墜畫梁前。微蔫。弄晴薄暮天。

## 錢繼章

字爾斐、號菊農、浙江嘉善人、明崇禎九年舉人、有菊農詞、

鷓鴣天　酬孝峙

髮短髯長眉有稜。病容突兀怪於僧。霜侵雨打尋常事。彷彿終南石裏藤。　閒倚杖。戲臨罾。折腰久矣謝無能。熏風未解池亭暑。捧出新詞字字冰。

滿庭芳　歸鴉

風柳衰邊霜楓驕裏。誰來點破輕冬。啞啞成隊。林外每相逢。野店半帘斜漾。空啼繞、墨跡微濃。鴉如語。一枝幾許。家有子如翁。　西風聲斷處。雲殘鴉剪。山老猶童。問誰堪託足。虬木疑龍。出谷破寒何早。眠不穩、水寺敲鐘。纔飛也。棲棲爭暖。細揀向南松。

## 陳之遴

字彥升、號素庵、浙江海寧人、明崇禎十年進士及第、官中允、入清、授翰林院侍讀、擢弘文院大學士、坐事謫戍、有素庵詩餘一卷、

### 蝶戀花

簾影沈沈深院悄。倚遍闌干。人與殘紅老。杜宇聲中春去了。閒庭花落知多少。　香冷博山煙尚裊。午睡醒來。一點愁蛾小。忽憶王孫歸路杳。門前幾度生芳草。

### 青玉案　江夜

綠波浸月魂零亂。聽不到、琵琶半。試向芙蓉樓上看。青衫無恙。朱顏猶在。誰把江山換。　瓊宮消息風吹斷。難借仙槎問銀漢。千載有情應共歎。霜高葉下。風清月白。莫到寒江畔。

### 水龍吟　過舊邸感賦

名花幾度同看。看花人在花何處。護紅闌檻。圍香簾幙。蒼然平楚。萬種傷心。兩行清淚。欲揮還住。想瓊枝天際。瑤臺雲表。都付與。咸陽炬。　好景美人嘉樹。被天公、一時將去。花悲花喜。人啼人笑。總來無據。此地

何年。滄桑重變玉房朱戶。想春風、連夜催花。花下唱。黃金縷。

## 曹溶

字潔躬、一字鑒躬、號秋岳、一號倦圃、浙江秀水人、明崇禎十年進士、官御史、入清、官至戶部侍郎、康熙十七年舉博學鴻詞、有靜惕堂詞一卷、

### 望江南 本意

江南遠。乳燕不曾來。千里信回春水闊。一年人去野棠開。香閣在塵埃。

### 採桑子 鞏都尉席上

古藤花下銀釭滿。紫鳳斜飛。賈涕沾衣。吹徹秦簫事已非。　圖書只似蓬蒿冷。碧甃雙扉。宮漏霏微。說劍青燈客未稀。

### 滿江紅 錢塘觀潮

浪湧蓬萊。高飛撼、宋家宮闕。誰盪激、靈胥一怒。惹冠衝髮。點點征帆都卸了。海門急鼓聲初發。似萬羣、風馬驟銀鞍。爭超越。　江妃笑。堆成雪。鮫人舞。圓如月。正危樓湍轉。晚來愁絕。城上吳山遮不住。亂濤穿到嚴灘歇。是英雄、未死報讎心。秋時節。

### 霓裳中序第一 詠鏡

繡囊冷雲軟。古意何年讀秦篆。餘的的、冰心清淺。伴羅薦春衫。珠璫玉串。凝愁不捲。似新蟾、樓側初轉。怪

生就、影兒無幾。終日向人滿。 消遣。綵絲雙綰。仗頻磨、鉛華吹暖。依然相對天遠。況霜杵魂驚。淋鈴路斷。濃妝近來嬾。只描得、長蛾一半。菱花裏、自看妖冶。卻勝薄情眼。

## 薄倖 題壁

綠楊絲綰。勒馬處、一程雲棧。慢佇想、安排此夜。知入誰家淚眼。試說與、宿雨餐沙。三秋禁斷閒簫管。更止酒新盟。攀花密祝。青鬢假人不暖。 向有限、關河裏。偏只見、悲歡聚散。記粉巾鴛字。歌裙鳳縷。尋思誤把歸期緩。不干緣淺。要迷蹤困影。山尖海角塡情滿。自歎自惜。莫負風亭月館。

# 方大猷

字允升、一字鷗餘、又字歐虞、號晻藍、浙江德清人、明崇禎十年進士、入清、官至山東巡撫、

## 南歌子 秋思

衰草黏天際。寒蛩響枕頭。老夫偏會種離愁。敎把宜春揭去、貼宜秋。 書斷雲中雁。情孤水上鷗。又誰臨月引箜篌。剛唱思君不見、下渝州。

蓬鬢驚堆雪。衰容豔拒霜。莫持瓊管弄清商。吹得萬千林葉、一時黃。 誰道春如剪。裁成百樣芳。那知秋色是干將。天外羣峯處處、割愁腸。

# 陳世祥

字善伯、號散木、江南通州人、明崇禎十二年舉人、入清、官直隸新安縣知縣、有含影詞二卷、

### 小重山 宮詞

銅輦音稀夢未眞。笙歌他院落、總君恩。金釵畫月過黃昏。憑誰伴。羅袖見秋痕。 眉淡不堪顰。流蘇還自下、倚香茵。隔花宮漏悄無聞。簫局火。香盡也難溫。

## 王 岱

字山長、號九青、湖南湘潭人、明崇禎十二年舉人、入清、官廣東澄海縣知縣、有了菴詩餘、

### 滿江紅 白門春日

歷盡嚴寒。東風暖、爲催春到。聽深巷、賣花聲過。新妝競巧。金縷檀槽歌子夜。松茵油壁迎蘇小。看花忙、如蝶苦消魂。知多少。 年如舊。人空老。無情事。多煩惱。歎六朝如夢。又生芳草。天自傷心天不語。春惟有恨春難好。願從今、一洗可憐腸。金尊倒。

## 于成龍

字北溟、號于山、山西永寧人、明崇禎十二年副貢、入清、官至兩江總督、謚清端、有于山詩餘一卷、

### 憶王孫

黃昏獨自聽烏啼。芳草樓前漸滿堤。寄語王孫莫意迷。早須歸。花影將斜月欲西。

### 西江月

百歲春光有限。一年幾度花紅。及時笑傲趁東風。正好鞦韆輕送。 無奈人生易老。又當零雨其濛。清明

寒食總成空。看破浮雲如夢。

## 陳　軾　字靜機、福建侯官人、明崇禎十三年進士、入清、官廣西蒼梧道、有道山堂集、

### 蘇幕遮

綠楊天。芳草路。繡戶璇閨。記得淩波步。一自鸞簫遺舊譜。碎珮叢鈴。竟逐湘雲暮。　雀釵遙。鴛枕故。淺笑低顰。隔斷花間語。縹緲浮槎牛斗渚。弱水蓬山。冷落裴航杵。

## 趙進美　字嶷叔、一字韞退、號清止、山東益都人、明崇禎十三年進士、入清、官至福建按察使、有清止堂詞、

### 醉落魄　望月

木犀小院。碧雲夜靜孤輪滿。亂紅迸影湘裙展。六曲屏山。翠幙深深卷。　麴塵皺薄苔痕輭。畫樓咫尺清光遠。水沈香盡歸仍嬾。繡被人寒。不共金鳧暖。

## 彭而述　字子籛、號禹峯、河南鄧州人、明崇禎十三年進士、入清、官至廣西布政使、

### 金人捧露盤　感舊

記燕臺。舊遊地。百花紅。正西山、煙翠溟濛。承天門外。繡袍錦帶馬如龍。酒錢夜數。當壚女、醉倒新豐。　幾

何時。成霜鬢。離宮在。夕陽中。烏衣巷、非復江東。五侯七貴。霎時秋雨碎梧桐。海青嘹嚦。寒笳起、淚灑西風。

## 王夫之

字而農、一字薑齋、號船山、別號一瓠道人、湖南衡陽人、明崇禎十五年舉人、入清不仕、有瀟湘怨詞、鼓棹集、各一卷、

### 摸魚兒 雁峰烟雨

插青天、俯臨圖畫。一壁翠光欲滴。炎風吹斷陽禽影。認得孤峯回翼。如相識。記寒籟蕭蕭、咽盡霜華夕。望中何極。儘簾壓千絲。窗飛一縷。垂幕籠輕碧。　回首處。猶記當時蹤跡。危亭斜倚南陌。滿城春滑笙歌膩。消盡銀釭夜色。君莫惜。君不見、黃沙漠使無消息。秦關坐隔。聽沙岸殘更。野塘曉陣。總似三生笛。

### 其二 石鼓江山

瞰蒸湘、曲影雙清。流下洞庭秋遠。危崖突兀玉峯寒。界破蒼流一線。誰許見。只貝闕金繩、夜擁魚龍怨。畫船歌扇。對笑水江花。窺樓暈月。惹盡流霞片。　行樂地。記取韶光迅轉。畫闌彩筆題徧。雲杳瀟湘千頃碧。瞥眼武陵溪畔。君莫羨。君不見、漁陽撾斷霓裳譔。滄桑已變。想眉黛嬌青。眼波凝綠。不是舊時面。

### 其三 東洲桃浪

剪中流、白蘋芳草。燕尾江分南浦。盈盈待學春花靨。人面年年如故。留春住。笑萍影輕狂、舊夢迷殘絮。棠橈無數。儘泛月蓮舒。留仙裙在。載取春歸去。　佳麗地。仙院迢遙烟霧。溼香飛上丹戶。醮壇珠斗疏燈映。

共作一天花雨。君莫訴。君不見、桃根已失江南渡。風狂雨妒。便萬點落英。幾灣流水。不是避秦路。

## 青玉案 憶舊

桃花春水湘江渡。縱一艇、迢迢去。落日頳光搖遠浦。風中飛絮。雲邊歸雁。盡指天涯路。　故人知我年華暮。唱徹灞陵回首句。花落風狂春不住。如今更老。佳期逾杳。誰倩啼鵑訴。

## 江城子 咏雪

依依欲待入簾櫳。怕回風。怨回風。一霎驚飛。吹過小橋東。梅信未來楓葉盡。誰款款。與從容。　前溪流水忒匆匆。拚孤蹤。碧波溶。冷淡魂消。舊恨有無中。不似柳綿歸計晚。人只解。惜殘紅。

## 更漏子

斜月橫。疏星炯。不道秋宵眞永。聲緩緩。滴泠泠。雙眸未易扃。　霜葉墜。幽蟲絮。薄酒何曾得醉。天下事。少年心。分明點點深。

## 青玉案 秋海棠

雕闌玉露凝珠屑。長只恐、芳魂折。日暮碧烟相護切。翠鬟低嚲。胭脂淡染。了不愁孤怯。　含情靜解丁香結。淺笑偷窺淸夜月。自惜斷腸誰與說。金風蝶困。歸雲燕去。唯有寒蟬咽。

## 多麗 别恨

悄年華。偏是流光難擲。夢回時、分明眼底。離亭楊柳初折。渾相忘、金微路遠。與扳留、青組珠勒。天涯何處。

漫生芳草。歸來珍重。怕逢啼鴂。重思省、元來是夢。生死關河隔。今生永、迢迢良夜。如何拚得。　祇當年、華燈影裏。鴛鴦繡帶輕拆。怨落花、浪隨流水。消盡西園舊春色。孤館黃昏。雨絲雲片。蒼苔滿地無人迹。問青天何意。留住孤鸞隻。敎空辜負。當年無限。山海恩德。

## 玉樓春　歸雁

秦關楚水天涯路。唯有歸鴻知住處。經時已換蓼花洲。依舊難忘芳草渡。　南天回首蒼煙暮。寄語玄禽歸也誤。垂楊千樹亂啼鴉。誰聽呢喃淸晝語。

## 燭影搖紅　十月十九日

瑞靄金臺。瓊枝光射龍樓雪。羣仙笑指九閶開。朱鳳翔丹穴。雲暗雁風高揭。向海屋、重標珠闕。彩鵷飛舞。日暖霜輕。小春佳節。　迢遞誰知。碧雞影裏催啼鴂。驂鸞不待玉京遊。難挽瑤池轍。黃竹歌聲悲咽。望翠瓦、雙鴛翼折。金莖露冷。幾處啼烏。橋山夜月。

## 綺羅香　讀邵康節遺事、屬纊之際、聞戶外人語、驚問所語云何、且曰我道復了幽州、聲息如絲、俄頃逝矣、有感而作、

流水平橋。一聲杜宇。早怕洛陽春暮。楊柳梧桐。舊夢了無尋處。拚午醉、日轉花梢。又夜闌、風吹芳樹。到更殘、月落西峯。泠然胡蝶忘歸路。　關心一絲別罣。欲挽銀河水。仙槎遙渡。萬里閒愁。長怨迷離煙霧。任老眼、月窟幽尋。更無人、花前低訴。君知否、雁字雲沈。難寫傷心句。

## 望梅 憶舊

如今風味。在東風微劣。片紅初墜。早已知、疏柳垂絲。綰不住春光。斜陽煙際。漫倩游絲。邀取定巢燕子。更空梁泥落竹影梢空。纔栖還起。　闌干帶愁重倚。又蛺蝶黏衣。粉痕深漬。撥不開、也似難忘。奈暝色催人。孤燈結蘂。夢鎖寒帷。數盡題愁錦字。衹當年、醞就萬斛。送春殘淚。

# 金　鎮

字又鑣、號長眞、浙江山陰人、明崇禎十五年舉人、入清、官至江寧按察使、有清美堂集、

## 臨江仙 寄汪蛟門舍人

碧玉闌干花影重。峭風移過簾旌。綠遮庭院少人行。瓊樓春遠。纖指按秦箏。　手把道書慵自起。暗來小閣斜憑。畫圖心事忒分明。蒼苔紅蘂。仙夢記曾經。

# 朱一是

字近修、一字欠庵、浙江海寧人、明崇禎十五年舉人、有梅里詞一卷、

## 二郎神 燕子磯秋眺

岷嶓萬里。但日日、水流東去。指遠近關山。參差宮闕。起滅長空烟霧。南望滄溟天邊影。辨不出、微茫盡處。歎三楚英雄。六朝王霸。消沉無數。　眞個。長江天塹。飛艎難渡。自玉樹歌殘。金蓮舞罷。倏忽飛烏走兎。燕子堂空。鳳皇臺遠。剩有春風秋露。恁坐看、潮落潮生。日日雲帆朝暮。

## 陳衍虞 字伯宗、號園公、廣東海陽人、明崇禎十五年舉人、入清、官廣西平樂縣知縣、有蓮山詞一卷、

### 清平樂 春閨

鶯嬌花燦。細雨廉纖亂。人在遙天滄海畔。不管韶光欲換。 新盟舊誓無端。雲間盼斷青鸞。只有多情月姊。孤衾角枕盤桓。

### 南鄉子 別友

鷗外碧波寬。遠樹依微露翠灣。一棹衝寒天際去。潸潸。好把萍蹤問懶殘。 匝地起烽烟。柔櫓輕舟甚處安。何似松陰眠藉草。翩翩。綠嶼澄潭有釣竿。

## 錢棻 字仲芳、浙江嘉善人、明崇禎十五年舉人、清康熙四十二年進士、

### 踏莎行 九日登雨花臺

碎石依臺。危沙養樹。雨花卻也如風絮。蕭家天子聽經來。而今牧豎登高處。 古澗尋聲。遙鐘引步。幽人杖入天花路。孤情延望接荊吳。白門自昔多烽戍。

## 冒襄 字辟疆、號巢民、江南如皋人、明崇禎十五年副貢、入清不仕、有水繪園集、

鵲橋仙　重九日登望江樓、演陽羨萬紅友空青石新劇、老懷棖觸、倚聲待和、

樸巢已覆。苔岑遥隔。賸有丹楓堪玩。今朝重上望江樓。悵南北、煙林全換。　尊前新譜。曲終雅奏。一字一聲低按。縱然海水遠連天。抵不得、閒愁一半。

## 冒　褎　字無譽、江南如皋人、

浣溪紗　春寒

翠被生寒寶篆斜。銀荷半灶透窗紗。舊時閒事記些些。　懶向重幃鬆扣領。誰來隔院弄琵琶。自擕殘蠟照梅花。

## 高　珩　字念東、號葱珮、晚號紫霞道人、山東淄川人、明崇禎十六年進士、入清、官至刑部侍郎、有棲雲閣集、

臨江仙

亭長歸來屯萬乘。大風雲起飛揚。數行泣下美人裳。楚歌爲若舞。何似在烏江。　銅雀雙鸞春宛轉。挂釵便到分香。西陵歌吹爲誰長。一杯聊復醉。啼笑海茫茫。

## 王崇簡　字敬哉、順天宛平人、明崇禎十六年進士、入清、官至禮部尚書、謚文貞、

減字木蘭花 題畫

萍浮翠帶。奩鏡波明鷗岸外。欸乃聲低。幾疊遙山雲影迷。　峯回路轉。煙火霏微村巷遠。一抹沙尖。雞犬聲中出酒帘。

宋徵璧 原名存楠，字尙木，江南華亭人。明崇禎十六年進士，入清，官廣東潮州府知府。有三秋詞。

醉花陰 擬豔

豆蔻梢頭花半吐。闌畔微微雨。一炷水沈香。六曲屏風。人在深深處。　綠紗窗外春鶯語。密約防鸚鵡。莫道不相思。翠幙朱樓。休放相思去。

滿庭芳 寒食

雲覆銀塘。風吹野葛。盈疇麥浪芊綿。王孫芳草。惆悵已連天。踏破牛羊上隴。總埋沒、舊恨新憐。斜陽裏。漫留華表。回首一年年。　平田。愁此日。龍蛇禁火。往事相傳。但銅駝棘裏。石馬墳邊。霸業已隨流水。空遺痛、血染啼鵑。傷心客。春城眺望。極目灑寒烟。

梁清標 字玉立，一字蒼巖，號蕉林，又號棠村，直隸正定人。明崇禎十六年進士，入清，官至保和殿大學士。有棠村詞二卷。

## 眉峯碧 春日

深院鞦韆罷。細雨梨花夜。曉起閒庭一片飛。忍又見、山桃謝。　蛺蝶枝頭掛。苦憶前春話。門外東風鏡裏顏。背人無語斜陽下。

## 金鳳鉤 燕來

忽聞燕來何處。向樹底、雙雙小語。一春消息。故人情重。不爽佳期唯汝。　自憐每被多情誤。頻勸取、不須飛去。絮泥啣得爲誰辛苦。空傍人家門戶。

## 春雲怨 閨怨

疏燈薄暮。又一聲歸雁。飛來平楚。門掩東風。塵生寶篋。流年驚暗度。綵線慵拈。燭花頻剪。舊怨新愁漫空數。卓氏孤吟。班姬團扇。無奈情躭誤。　王孫玉勒知何處。把三生誓約。飜雲覆雨。去矣朱顏漸非故。零亂飛蓬。惱煞窗前。鶯啼春樹。夢罷關山。酒醒殘月。極目淒涼南浦。

# 宮偉鏐 字紫玄、一字子元、別號桃都漫士、江南泰州人、明崇禎十六年進士、入清不仕、有寶呂一家詞、

## 念奴嬌 別意用辛稼軒韻

蕭娘樓畔。恰匆匆過了、菊花時節。帆影拖霜逢小至。晝舫水嬉微怯。繡閣春心。芳洲密約。執手何曾別。玉樓人去。此情誰與傳說。　漫道青邸朱簾。彩毫長擅。對引金波月。舊夢燕山看不盡。新夢濤聲千叠。喜得

今宵。錦屏瞥見。展放雙眉折。悄聲低問。多情付與華髮。

## 史可程

字蘧菴、順天大興人、明崇禎十六年進士、有觀槿詞、

### 念奴嬌　懷古

崩濤疊浪。映碧空如洗、一輪圓月。鹿走烏啼千古恨。想見英雄本色。市散蜃樓。桑生貝闕。鶴髮愁難說。芒寒劍澁。誰憐田島羣客。　試問賸水殘山。兵戈叢裏。崛强心誰熱。冷覷當場分得失。好謝廣長翻舌。志遂飛虹。名成露綬。究使乾坤缺。不如休去。螺江垂釣煙闊。

## 陸世儀

字道威、號剛齋、江南太倉人、明諸生、入清不仕、有桴亭詞一卷、

### 卜算子　題楊柳美人圖

人道柳如眉。妾道眉輸柳。柳葉逢春卻肯舒。眉只時時皺。　風嬾燕葳蕤。花落春消瘦。望斷天涯芳草深。人在天涯否。

## 宋俶

字大塗、號蓴菴、山東萊陽人、明諸生、入清不仕、有獨居詞、藏山詞各一卷、

### 南歌子　冬夜步淮浦韻

風定庭梧寂。更殘海月生。卧消酒力壯心驚。爲歎十年烽火、照江城。　灰冷寧思熱。鴻飛久入冥。淒涼依舊玉繩橫。夜静何人吹笛、不堪聽。

## 陳洪綬

字章侯、號老蓮、一號老遲、浙江諸暨人、明諸生、入清不仕、有寶綸堂詞一卷、

### 南鄉子

湖上戀多年。剩水殘山更可憐。重過主人呼燕燕。春天。猿笛鵾絃館老蓮。　生日桂叢前。白石青松聞此言。歸路紅巾騎白馬。閒錢。置我西泠一釣船。

### 菩薩蠻

秋風嬝嬝飄梧葉。博山鑪裏沉香熱。綠綺手中彈。揮絃白雪寒。　明珠聲一串。變作英娥怨。風雨暗瀟湘。哀音應指長。

## 吳　騏

字日千、晚號鐙龍、江南華亭人、明崇禎諸生、入清不仕、有顧領詞一卷、又名杜鵑樓詞、

### 生查子

沈香亭下花。紅豔凝朝露。不及鏡中人。微笑時相顧。　銜杯憶所歡。淚向杯中墮。花發怕春寒。人遠愁春暮。

### 千秋歲引 送人之涼州

冪冪團金。芙蓉凋碧。練帶平鋪秋水色。前年移兵誅鄯善。今朝奉勑封疏勒。熱海邊。葱嶺上。長相憶。 萬里龍沙原咫尺。壯士自銘姑衍石。少婦空嗟楊柳陌。去日輕裝懸短劍。歸來列騎羅長戟。二十年。班定遠。頭應白。

### 踏莎行

花墮紅綃。柳飛香絮。流鶯百囀催天曙。人言滿院是春光。春光畢竟今何處。 悄語傳來。新詩寄去。玉郎顛倒無情緒。相思總在不言中。何須更覓相思句。

## 歸莊 字玄恭、江南崑山人、明諸生、入清不仕、

### 錦堂春 燕子磯

半壁橫江矗起。一舟載雨孤行。憑空怒浪兼天湧。不盡六朝聲。 隔岸荒雲遠斷。遶磯小樹微明。舊時燕子還飛否。今古不勝情。

### 朝中措 平山堂和歐公韻

山連霄漢草連空。樓閣碧虛中。第五泉邊試酌。颯然兩腋生風。 千秋勝槩。殘陽綠樹。暮靄疏鐘。非復當年欄檻。風流猶想仙翁。

## 毛　瑩

初名堉徵、字湛光、一字休文、別號大休老人、江南吳江人、明諸生、有晚宜樓詩餘一卷、一名竹香齋詞、

### 虞美人　秋泛

一天爽氣橫秋浦。昨夜曾經雨。芙蓉洗褪舊時紅。恰似秋來無力曉妝慵。　棹歌驚起雙飛鷺。漠漠寒塘路。不禁垂柳弄愁眉。借問青青還有幾多時。

## 張　怡

原名鹿徵、又名遺、字瑤星、號白雲、江南江寧人、明諸生、蔭錦衣衛千戶、入清不仕、有古鏡菴詞集六卷、

### 卜算子　題王子京畫

冉冉綠陰中。位置層軒好。松外亭空天更空。天闊孤亭小。　石壁絕攀躋。可有幽人到。壁後還藏千萬峯。峯際閒雲繞。

## 陳子升

字喬生、廣東南海人、明貢生、官禮科給事中、入清不仕、有中洲草堂遺集附詞、

### 憶秦娥　客思

江邊樓。遙峯極目懸清秋。懸清秋。青牛關上。白馬潮頭。　風前吹笛悲啾啾。試將檀板調新謳。調新謳。百家村外。九曲江流。

生查子　秋怨

一行鴻雁飛。一樹青楓老。總是故園秋。枯盡王孫草。　南山豆已稀。北海樽誰倒。君若問春心。花落家僮掃。

## 屈大均

初名紹隆、字翁山、一字令君、又字介子、廣東番禺人、明諸生、入清不仕、有騷屑詞一卷、一名道援堂詞、

浣溪紗

一片花含一片愁。愁隨江水不東流。飛飛長傍景陽樓。　六代只餘芳草在。三園空有乳鶯留。白門容易白人頭。

浣溪紗　杜鵑

血灑春山盡作花。花殘人影未還家。聲聲只是爲天涯。　有恨朱樓當鳳闕。無窮青塚在龍沙。催歸不得恨琵琶。

鵲踏枝

乍似榆錢飛片片。溼盡花烟。珠淚無人見。江水添將愁更滿。茫茫直與長天遠。　已過清明風未轉。妾處春寒。郎處春應暖。枉作金爐朱火斷。水沉多日無香篆。

滿庭芳　蒲城惜別

金粟堆邊。冰蒲水畔。紫騮迢遞迎來。月中驚見。光艷似雲開。桑落霑人半醉。將長笛、弄向秦臺。天明去。鞭揮岸曲。愁殺渡人催。　徘徊。空嘆息。桃花易嫁。鳳子難媒。和香雨氤氳。飛作塵埃。墜井銀瓶永絕。誰復取、仙液盈杯。應知爾。三春繡閣。幽寂委蒼苔。

## 長亭怨　與李天生冬夜宿雁門關作

記燒燭、雁門高處。積雪封城。凍雲迷路。添盡香煤。紫貂相擁夜深語。苦寒如許。難和爾、淒涼句。一片望鄉愁。醉不到、壚頭駞乳。　無處。問長城舊主。但見武靈遺墓。沙飛似箭。亂穿向、草中狐兔。那能使、口北關南。更重作、并州門戶。且莫弔沙場。收拾秦弓歸去。

## 紫萸香慢　送雁

恨沙蓬、偏隨人轉。更憐霧柳難青。問征鴻南向。幾時暖、返龍庭。正有無邊煙雪。與鷲飈千里。送度長城。向并門少待、白首牧羝人。正海上、手攜李卿。　秋聲。宿定還驚。愁裏月。不分明。又哀笳四起。衣砧斷續。終夜傷情。跨羊小兒爭射。恁能到、白蘋汀。儘長天、遍排人字。逆風飛去。毛羽隨處飄零。書寄未成。

## 木蘭花慢　飛雲樓作、樓在端州公署後、己丑皇帝南巡、嘗駐蹕其上、

繞闌干幾曲。記龍馭。此淹留。剩鳷鵲恩暉。芙蓉御氣。掩映飛樓。颼颼。冷飛亂葉。似烏號、哀痛慘高秋。多謝宮鴉太苦。土花銜作珠邱。　梧州。更有灞園愁。西望少松楸。未悉何年月。玉魚自出。金雁人收。啾啾。嶺猿箇箇。抱冬青、淚斷鬱江流。寄語樵蘇躑躅。磨刀忍向銅溝。　梧州有端皇帝興陵

## 夢江南

悲落葉。葉落落當春。歲歲葉飛還有葉。年年人去更無人。紅帶淚痕新。

悲落葉。葉落絕歸期。縱使歸來花滿樹。新枝不是舊時枝。且逐水流遲。

# 申涵光

字和孟、一字符孟、號鳧盟、一號聰山、直隸永年人、明貢生、入清不仕、有聰山集、

## 三台　避暑西巖

簾下科頭散帙。雨餘赤腳疏泉。雞犬無聲高臥。夕陽滿樹鳴蟬。荻路賒通遠圃。茅堂俯對高城。昨晚西山雨黑。夜添枕畔泉聲。小榻涼生細簟。遙村雨隔疏鐘。怪底香風不斷。池塘開滿芙蓉。

# 陸嘉淑

字孝可、一字冰修、號辛齋、一號射山、浙江海寧人、明諸生、入清不仕、有辛齋詩餘、

## 如夢令

庚戌秋、與王西樵士祿宋射陵曹分賦煙湖、西樵賞余前四語、以爲得烟湖之神、而射陵以爲不如落句之雅、余謂吾詞不足稱、正足見二公詞學取徑之異、試以質之同好、

霧髻雲鬟不正。黛翠檀黃交映。卻憶玉樓人。睡起清曨未醒。無定。無定。斜日亂山疏影。

## 浣溪紗

此調皆七字、唯南唐馮延巳風散春水一首第二句作六字、其詞亦不載花間集、余戲學之、百㫋

曰、何不更增一字、爲答之曰、留以存此一體、

日暮孤帆隱斷山。野雲催暝爭還。一溪流水釣魚灣。　遠岫送青時帶雨。空林落翠露孱顔。隔溪人語晚烟間。

## 許大就 字豈凡、江南無錫人、明副貢、入清不仕、

### 滿江紅 秋望感舊

極目天涯。斜陽下、暮雲凝碧。渺愁予、殘山賸水。沈沙折戟。鸂鶒芳洲秋水滿。蒹葭南浦霜華白。卷西風、一陣落蒼煙。神鴉黑。　青溪上。江郎宅。西州路。羊曇客。把風流文彩。盡情銷歇。欲洗舊愁憑酒盞。青天爲我留明月。喚漁翁、一葉破滄浪。橫吹笛。

## 杜濬 原名詔先、字于皇、號茶邨、湖北黄岡人、明副貢、入清不仕、有掃花詞、

### 浣溪紗 紅橋懷古

六月紅橋漲欲流。荷花荷葉幾時秋。誰翻水調唱涼州。　更欲放船何處去。平山堂上古今愁。不如歌笑十三樓。

## 高兆 字雲客、號固齋、福建侯官人、明諸生、

## 千秋歲 贈王丹麓

朱顏漸換。凝黠平分半。詩三拜。詞三變。盤桓三徑好。意氣三公賤。休只羨。百城坐擁書千卷。　漫說年華晏。短髮從撩亂。閒弄筆。供吟嘆。但教尊酒滿。足了平生願。君試看。眼前多少煙雲幻。

# 潘廷璋

字美含、號梅巖、浙江海寧人、明諸生、入淸不仕、有渚山樓集附詞、

## 桃源憶故人 春曉

孰將幽夢聲聲喚。幾處嬌鶯撩亂。睡起慵安金鈿。行過鞦韆院。　等閒不把韶光算。誰道百花開徧。春到海棠將半。省識東風面。

## 青玉案 思家

愁心江上東風曉。正垂柳、新絲裊。夢斷故園池畔草。啼鶯有恨。落花無語。應怪人多少。　雕輪踏破青陽道。怕客路、春歸早。問我排情何處好。一村花雨。半塘煙水。又是愁來了。

# 顧景星

字赤方、一字黃公、湖廣蘄州人、明諸生、入淸、薦舉博學鴻詞、不就、有白茅堂詞一卷、

## 滿江紅 和王昭儀韻

劃壁攢空。馬上過、幾番山色。回首處、亂雲抹斷。帝城雙闕。萬里風沙生死地。十年魂夢君王側。聽琵琶、彈

到漢宮秋。聲聲歇。　永嘉恨。難磨滅。天寶事。何人說。向玄都觀裏。偷彈淚血。乞得黃冠雙鬢影。伴他青冢三更月。問姮娥、何事不長圓。山河缺。

### 柳梢青　題邊庭夜宴圖

班超老去。文姬歸晚。一樣天涯。帳外雲山。尊前明月。膝上琵琶。　長城高隔中華。費版築、秦家漢家。一片金笳。數聲玉笛。幾陣黃沙。

## 計南陽　字子山、江南華亭人、明諸生、有江楓草、

### 西江月　泊虎丘

燕子樓邊水淺。流鶯枝上花殘。碧臺青塚影珊珊。最是馬驕人嬾。　絳樹一聲風細。紅綃半臂香寒。銀牀玉綆幾時閒。數點青山日晚。

### 西江月　落葉

桂子香殘綠鬢。茱萸露冷紅綃。碧紗彈破雨瀟瀟。烏鵲亂啼清曉。　驚起五更幽夢。送他幾點寒潮。相思吹散廣陵橋。一夜西風古道。

### 長相思　本意

柳烟輕。草痕平。只聽行人玉笛聲。花飛滿敬亭。　山青青。水盈盈。無限江南夢不成。一簾風雨橫。

蝶戀花 遣春

扇底桃花傳一縷。小夢初溫。又聽三更雨。明日柳綿吹幾許。落紅今夜偏無主。　只爲留伊留不住。分付鶯篩。散盡東風路。一曲陽關天欲曙。未來又是消魂處。

玉樓春 閨思

子規啼遍楊花路。緘淚函情無寄處。君如南浦往來潮。妾似西陵朝暮雨。　當年祇恨傳金縷。何必相逢成別苦。夜深蜀國十三絃。紫女青霜私自語。

滿江紅 夏懷

水殿琅玕數十里、池凝鴨綠。最苦是、柳綿初斷。荷錢新浴。別淚暗隨流水去。愁眉又見青山簇。且休歌、魚戲葉田田江南曲。　吳宮燕。秦臺燭。金泥扇。青紈束。奈花樓嬌鳳。五更頻促。不信玉人春去也。土花點點生珠屋。一聲聲、江上雨霖鈴啼鵑續。

韓范 字友一、江南華亭人、順治三年進士、

漁家傲 新愁

花落不堪芳草路。杜鵑長聽聲如訴。獨上畫樓無意緒。人何處。年年春向梢頭去。　烟外綠楊悲日暮。白雲天半愁無數。淸夢悠悠迴雁路。憑君住。小園一夜梨花雨。

# 蔣平階

原名階、一名雯階、字大鴻、一字斧山、江南華亭人、明諸生、有支機詞、

## 更漏子

金錯刀。銀蠟炬。春夢半迷歸路。彈別鶴。怨南鴻。琵琶憶漢宮。　白團扇。遮秋面。憔悴不堪重見。青塚月。雁門霜。相思欲斷腸。

## 更漏子

落星灘。啼猿樹。今夜思君何處。江月暗。柳烟濃。春山隔幾重。　千里夢。孤舟送。花落枕函誰共。移翠靨。約金環。漏聲催曉寒。

## 更漏子

菊花潭。楊柳岸。鄉思暗隨征雁。欹玉枕。解羅襦。更闌聞鷓鴣。　三五月。白如雪。猶照長安宮闕。花半落。燕飛高。東風恨未消。

## 臨江仙 宮詞

紫苑花殘春殿閉。玉階芳草凄凄。露華空灑侍臣衣。景陽鐘斷。愁絕夢回時。　客裏杜鵑歸不去。一春常自孤飛。數聲啼上萬年枝。似將幽恨。說與路人知。

## 虞美人

白楡關外吹蘆葉。千里長安月。新妝馬上內家人。猶記琵琶學唱漢宮春。　飛花又逐江南路。日晚桑乾渡。天津河水接天流。回首十三陵上暮雲愁。

### 重疊金　秋閨

晚山重疊芙蓉蕚。殘星歷亂沈河角。綠樹不禁風。新添一夜紅。　客愁催夢醒。妝閣銀瓶冷。秋色上眉端。朝朝臨鏡看。

## 孟稱舜　字子塞、浙江會稽人、官教諭、有花嶼集、

### 蝶戀花　春去

碧草穠烟春日暮。畫檻雕船。載酒歸南浦。春望不來來又去。多情祇爲情擔誤。　輕把流華愁裏度。膩綠嬌紅。轉眼都塵土。花謝一春誰是主。玉關界斷江南路。

### 漁家傲　塞上

數點紅旗斜照水。千羣牧馬連天起。古道長河殘照裏。心欲碎。黃花滿地征人淚。　三月天南歸雁未。上林隻字憑誰寄。烟樹茂林家萬里。風景異。閒將濁酒邊城醉。

## 程　馟　字墨仙、江南休寧人、有石交堂詩餘、

## 西江月 秋興

盡日荷鋤治圃。有時捉杖尋泉。山翁招我坐橋邊。笑指菊花開遍。　隔岸重重竹樹。近溪點點潭烟。灘頭流下小漁船。轉過蘆花不見。

# 沈謙 字去矜、浙江仁和人、明諸生、有東江集三卷、詞學十二卷、塡詞雜説一卷、詞韻略一卷、又編詞譜及沈氏古今詞選、

## 清平樂 羅帶

香羅曾寄。小鳳盤雲膩。要識春來腰更細。剩得許多垂地。　玉鉤移孔難尋。有時撚着沈吟。蹤跡可知無定。兩頭都結同心。

## 清平樂 春悶

雪消水溢。岸柳金芽出。漠漠暗塵縈寶瑟。坐轉一窗紅日。　博山香裊烟絲。閒愁閒悶誰知。欲解羅衣去睡。黄鶯又上花枝。

## 浪淘沙 春恨

彈淚溼流光。悶倚迴廊。屏間金鴨裊餘香。有限青春無限事。不要思量。　只是輭心腸。驀地悲傷。别時言語總荒唐。寒食清明都過了。難道端陽。

### 東風無力 南樓春望 自度曲范致能詞溶溶曳曳東風無力欲皺還休

翠密紅疏節候乍過寒食。燕銜簾。鶯睍樹。東風無力正斜陽、樓上獨憑闌。萬里春愁直。　情思懨懨。縱寫徧新詩。難寄歸鴻雙翼。玉簪恩。金鈿約。竟無消息。但蒙天捲地是楊花。不辨江南北。

### 滿江紅 燈

獨對銀釭。聽街鼓、不堪愁絕。卻又是、春陰陡暗。晚風偏劣。耿耿未成虛枕夢。搖搖轉覺空房怯。鎮淒涼、流淚溼黃昏花重疊。　雲髻擁。香肌瞥。徒想像。增嗚咽。怎照人歡會。照人離別。欲簡私書還剔起。怕看孤影將吹滅。恰纔餘、一燄解羅衣。翻成結。韋應物詩、幽人將遽眠解帶翻成結、

## 毛先舒

更名騤、字稚黃、一字馳黃、浙江錢塘人、明諸生、有平遠樓外集、鸞情詞各一卷、塡詞名解四卷、詞辨坻四卷、韻學通指一卷、又參訂塡詞圖譜六卷、

### 江城子

暮江煙外是高樓。捲簾鉤。望吳洲。遠水遙峯。相對兩悠悠。滄海月明都換淚。還道是。不曾愁。

### 蘭陵王

小樓角。風雨蕭疏太惡。南園柳、吹過萬絲。拖冷愁烟著橫幙。驚覺太瘦弱。留得。腰圍似削。秋夢裏、何處晴來。昨夜心情怕人覺。　芙蓉對清酌。望魚射波紅。雁帶雲薄。口脂面藥空閒卻。羞金釧鏤字。苔牋書語。燈

畔擱手宛似昨。是誰負前約。　落魄。信飄泊。鎮淹惜春衫。淒斷宵柝。彩雲猶在鞦韆索。怪並語梁燕。虛聲簷鵲。玲瓏無數。怎這裏便凝著。

## 滿江紅　暮春柳

一片殘陽、映幾處河橋晴色。問當日、征衫別淚。爲誰沾溼。暮雨半梳魂欲斷。綠陰如幄愁無極。減風流、不似門腰支。初相識。　章臺路。春狼藉。灞水岸。煙斜織。盼香塵依舊。鈿車金勒。飛絮影隨風上下。離人望斷江南北。怕重來、賸有亂蟬嘶。千條碧。

## 水龍吟　一夜

恍然夢影樓臺。花枝亂學宮腰舞。雲肩嚲著。微紅澹綠。懨懨眉嫵。明月雕闌。好風羅袖。半飄香雨。自空梁燕別。春深不見。絮簾外。雙雙語。　想得非關此世。飲瓊漿、夙曾邀取。如何一夜。樹頭樹底。殘英無主。光景流波。此身也是西陵坏土。只鍾情無柰。年華垂老。越添淒楚。

# 李雯

字舒章、江南華亭人、明崇禎十五年舉人、入清官中書舍人、有彷彿樓草口卷、蓼齋詞一卷、又與宋徵輿合撰幽蘭草、

## 阮郎歸

滿簾暮雨對青山。樓高香袖寒。綠帆遙落水西灣。銀箏無意彈。　金鴨冷。淚珠殘。一庭紅葉翻。鷓鴣飛去

又飛還。人如秋夢闌。

## 菩薩蠻

薔薇未洗燕支雨。東風不合催人去。心事兩朦朧。玉簫春夢中。　斜陽芳草隔。滿目傷心碧。不語問青山。青山響杜鵑。

## 鳳皇臺上憶吹簫

漏咽銅龍。風銷蠟鳳。醒來猶倚香篝。對雙鸞臨鏡。妝罷還羞。滿目青山畫裏。縈別緒、生怕凝眸。難消受。一庭芳草。懶上簾鉤。　悠悠。春風度也。者千萬垂楊。不繫扁舟。自吹簫人去。烟鎖雲稠。應念別時清淚。登臨處、回首江流。東風緊。落花飛絮。徧寫離愁。

## 虞美人 惜春

蜂黃蝶粉依然在。無奈春風改。小窗微切玉玲瓏。千里行塵不惜牡丹紅。　西陵松柏知何處。目斷金椎路。無端花絮上簾鉤。飛下一天春恨滿皇州。

## 浪淘沙 楊花

金縷曉風殘。素雪晴翻。爲誰飛上玉闌干。可惜章臺新雨後。踏入沙間。　沾惹忒無端。亂撲征鞍。一春幽夢綠萍間。暗處消魂羅袖薄。與淚偷彈。

## 虞美人 春雨

簾纖斷送荼蘼架。衣潤籠香罷。鵓鴣啼處不開門。生怕落花時候近黃昏。　豔陽慣被東風妒。吹雨無朝暮。絲絲只欲傍妝樓。卻作一春紅淚滿金溝。

## 蝶戀花　落葉

慘碧愁黃無氣力。做盡秋聲。砌滿欄干側。疑是紗窗風雨入。斜陽又送棲鴉急。　不比落花多愛惜。南北東西。自有人知得。昨夜小樓寒四壁。半堆金井霜華白。

## 風流子　送春同芝麓

誰敎春去也、人間恨、何處問斜陽。見花褪殘紅。鶯捎濃綠。思量往事。塵海茫茫。芳心謝。錦梭停舊織。麝月嬾新妝。杜宇數聲。尙餘驚夢。碧闌三尺。空倚愁腸。　東君抛人易。回頭處、猶是昔日池塘。留下長楊紫陌。付與誰行。想折柳聲中。吹來不盡。落花影裏。舞去還香。難把一尊輕送。多少暄涼。

## 謁金門　紅葉

楓葉舞。染出江空天暮。隔岸臙脂新雨墮。小樓腸斷處。　疊疊亂紅秋露。又被西風吹去。翠袖拾來看幾度。欲題無一語。

# 毛重倬　字卓人、號闇仙、江南武進人、順治二年舉人、官浙江石門縣知縣、有卓人詞、

解語花　乙巳中秋

煙消桂苑。露滴蘭階。佳節剛三五。玉蟾方吐。金波上、瀲灔魚雲似霧。關山修阻。相望處、風尖月午。看夜闌、林影蕭森。秋在閒田圃。　回首鳳城簫鼓。記沈香亭畔。曾按新譜。纖歌妙舞。都何在、只有斷垣荒礎。淒涼今古。更歷亂、武昌樓櫓。嗟百年、强半蹉跎。此恨憑誰語。

滿江紅　蘆溝橋

千里征鞍。行看慣、曉來雲色。一步步、燕臺近也。水深山別。白帢自來遼海畔。黃金不買新豐客。羨鼓鼙、旦夕偃甘泉。漁陽驛。　形勝處。居庸壁。無限事。桑乾跡。嘆琉璃並出。九龍飛滴。一陣霜寒樊榭酒。數聲風咽酈亭泣。洗胸中、遺恨付清流。空今昔。

魏裔介　字貞白、一字崑林、號石生、又號貞庵、直隸柏鄉人、順治三年進士、改庶吉士、官至保和殿大學士、謚文毅、有懷舫詞一卷、

八聲甘州　和喬文衣雪中遺懷

甚帝城、一夜北風來。瓊瑤滿階飛。正孤燈明滅。爐烟縹緲。萬籟俱微。歎息人間萬事。轉眼便成非。尚有春衣在。何用言歸。　記得四楊橋畔。正松寥晝靜。花雨霏霏。奈江南江北。握手與君稀。況今朝、鬖鬖兩鬢。念向平、初願久相違。松醪美。隔鄰呼取。敲送柴扉。

## 梁清遠 字葵石、直隸眞定人、順治三年進士、官至吏部侍郎、有祓園詩餘、

### 念奴嬌 秋日赴西廬習靜、用蕉林弟贈行韻、

蕭騷雲景。忽瀰目、㩼㩼疏林木葉。瓢笠一肩來曠野。料勝驅馳南北。廿載功名。幾般心事。雙鬢愁衰白。世緣未斷。深慚陶令腰折。　聞道抱犢峯頭。有人雲臥。久與塵情別。我欲從之求祕訣。悟後點頭如石。物外消搖。山中磨鍊。成就長生業。憑誰談笑。此心爭似秋月。

## 龔百藥 字介眉、號琅霞、江南武進人、順治三年舉人、有湘筌閣詞、

### 桃源憶故人 春愁

紅桃雨散東風起。濯濯楊枝如水。天別放春何地。只在鶯花裏。　花朝撲蝶誰家會。點點飛花輕墜。自有舊愁牽繫。不爲新憔悴。

### 合歡帶 本意

羅襟沾惹雪香微。只悄帶、得愁歸。願把東風權做我。向漪簾、影裏輕吹。秦樓舊約。冰絃理曲。銀管題詩。此情渾、不解春波自動。芳草應知。　花深翠徑。日照朱扉。重尋前路都迷。卻憶雲鬟私竊誓。便天涯、也擬追隨。相憐最是。新添絲鬢。暗減腰圍。待瑤京、宴醉神仙。何時彩鳳雙飛。

## 李昌垣

字長文、順天宛平人、順治四年進士、改庶吉士、授翰林院編修、官至侍讀學士、

### 鷓鴣天 重陽晚眺遇雨

十里平蕪帶晚霞。蕭蕭歸雁宿汀沙。雨迷村外行人渡。花滿溪南處士家。 思往事。負年華。夢魂飄泊任天涯。西風吹換江州鬢。獨醉東籬數暮鴉。

### 南鄉子 秋窗獨宿

風急透疏櫺。翠帳香消夢乍驚。獨擁寒衾疑是客。淒清。露冷桐花月滿庭。 四壁亂蛩鳴。古寺鐘聲半夜鐙。偶憶舊時今夕約。傷情。起弄秦簫曲未成。

## 王熙

字子雍、亦字胥庭、號慕齋、一號瞿庵、順天宛平人、順治四年進士、改庶吉士、授翰林院檢討、官至保和殿大學士、謚文靖、有寶翰堂集、

### 小重山

斗帳香濃怯影單。珠簾閒不卷、小窗寒。鈿蟬銀甲罷雙彈。無聊甚。獨自倚闌干。 牆角杏花殘。韶光餘幾許、漸闌珊。夜來微雨溼輕紈。因誰瘦。暗覺繡裙寬。

## 孫自式 字衣月、號風山、江南武進人、順治四年進士、改庶吉士、授翰林院檢討、

### 西江月 九日

身世飄飄落葉。生涯泛泛孤舟。客心未冷已成秋。況是淒涼重九。　何處砧聲村曲。誰家笛響樓頭。十千沽酒欲消愁。不奈愁多於酒。

## 宋琬 字玉叔、號荔裳、山東萊陽人、順治四年進士、官至四川按察使、有二鄉亭詞三卷、廣陵唱和詞□卷、

### 浣溪紗 芳草

乍暖猶寒二月天。玉樓長抱博山眠。沉香火冷少人添。　殘雪纔消春鳥哢。畫闌干外草芊緜。幾時青得到郎邊。

### 蝶戀花 旅月懷人

月去疏簾纔數尺。烏鵲驚飛。一片傷心白。萬里故人關塞隔。南樓誰弄梅花笛。　蟋蟀燈前欺病客。清影徘徊。欲睡何由得。牆角芭蕉風瑟瑟。虧伊遮掩窗兒黑。

### 滿江紅 燕臺懷古

易水東流。與西去、荆卿長別。祖帳處、三千賓客。衣冠如雪。督亢圖中雷電作。咸陽殿上襟裾絕。恨夫人、匕

首竟何爲同頑鐵。漸離筑筌歌咽。博浪鐵車輪折。縱奇功未就。祖龍褫魄。一死翻令燕國蹙。九原悔與田光訣。歎千年、寒水尚蕭蕭。虹霓滅。

## 滿江紅 鐵崖顧菴西樵雪洲小集寓中看演邯鄲夢傳奇、殆爲余五人寫照也、

古陌邯鄲。輪蹄路、紅塵飛漲。恰半晌、盧生醒矣。龜玆無恙。三島神仙游戲外。百年卿相籧廬上。歎人間、難熟是黃粱。誰能餉。　滄海曲。桃花漾。茅店內。黃雞唱。閱今來古往。一杯新釀。蒲類海邊征伐碣。雲陽市上修羅杖。笑吾儕、半本未收場。如斯狀。

## 滿江紅 旅夜聞蟋蟀聲作

試問哀蛩。緣底事、終宵嗚咽。料得汝、前身多是。臣孤子孽。青瑣闌邊瓔珞草。碧紗窗外玲瓏月。況兼他、萬戶搗衣聲。同淒切。　梧葉落。西風冽。蓮漏滴。征鴻滅。似杜鵑春怨。年年啼血。千里黃雲關塞客。三秋紈扇長門妾。背銀釭、和淚共伊愁。牀前說。

## 賀新郎 登燕子磯閣望大江作

絕壁銜飛閣。倚寒空、嶒崚窈窕。是誰琱琢。六代興亡如逝水。烟冷千尋鐵索。夢不到、烏衣簾箔。結綺臨春歌舞散。大江流、尚繞青山郭。悲自語。簷邊鐸。　滔滔東下風濤作。俯層欄、黿鼉出沒。雪山噴薄。況是清秋明月夜。何處樓船吹角。早驚起、南飛烏鵲。估客船從巴蜀下。看帆檣、半向青天落。吾欲醉。騎黃鶴。

## 沁園春 程穆倩六十初度作木蘭花慢自壽中借禽蟲爲喻索題賦此、

侗以觴君。非狷非狂。石戶之農。更高懷磊磊。如求旦鳥。孤踪踽踽。號可憐蟲。六十平頭。自嘲自壽。炙轂雕龍。總末工。斯人也。信諧方曼倩。癖似張融。　寓言十九朦朧。笑蜾蠃螟蛉趣不同。看華胥世界。魂游燕國。南柯太守。腹坦槐宮。銅雀崔巍。金貂富貴。烏有先生亡是公。三杯後。任蠻爭角左。蝨走褌中。

## 季振宜　字詵兮、號滄葦、江南泰興人、順治四年進士、官至監察御史、

### 南鄉子

曉霧如烟。輕寒細雨困人天。紅杏枝頭鶯對語。飛去。昨夜玉人春夢處。

## 曹垂燦　字天祺、號綠巖、江南上海人、順治四年進士、官浙江遂安縣知縣、有竹香亭詩餘、

### 憶秦娥　蟋蟀

聲淒切。輕寒庭院終宵咽。終宵咽。銀牀清露。碧紗涼月。　井梧葉落征鴻滅。無端憶着當年別。當年別。個人今夜。愁腸千結。

### 錦帳春　送春

飛燕穿簷。落紅庭院。綺疏斜拂雙蛾展。翠屏深。香篆小。把珠簾半捲。露如花面。　枝上柳緜。天涯芳草。正舊恨新愁難遣。雨微微。風剪剪。悵雲山亂疊。鳳樓人遠。

## 堵廷棻　字芬木、江南無錫人、順治四年進士、官山東歷城縣知縣、有橪蘭詞、

### 百字令　荷

漢皋薄暮。正淩波倚翠、暗輸心素。三十六陂煙雨足。消盡人間煩暑。露冷風清。無情有恨。月又明南浦。小船移過。采香人在何處。　最愛瘦骨珊然。高擎青蓋。的的芳心苦。抱月飄煙腰幾寸。相對盈盈欲語。暗繫情絲。徐傾清淚。多少閑情緒。闌蘭開未。水亭好共延佇。

## 宋徵輿　字轅文、號直方、江南華亭人、順治四年進士、官至都察院副都御史、有海閭香詞、

### 小重山

春流半繞鳳皇臺。十年花月夜、汎金杯。玉簫嗚咽畫船開。清風起。移棹上秦淮。　客夢五更回。清砧迎塞雁、渡江來。景陽宮井斷蒼苔。無人處。秋雨落宮槐。

### 踏莎行　春閨風雨

錦幄銷香。翠屏生霧。妝成漫倚紗窗住。一雙青雀到空庭。梅花自落無人處。　回首天涯。歸期又誤。羅衣不耐東風舞。垂楊枝上月華明。可憐獨上銀牀去。

### 憶秦娥　楊花

黃金陌。茫茫十里春雲白。春雲白。迷離滿眼。江南江北。　來時無奈珠簾隔。去時著盡東風力。東風力。留他如夢。送他如客。

### 浪淘沙令　秣陵秋旅

雁字起江干。紅藕花殘。月明昨夜照更闌。酒醒忽驚秋色近。回首長安。　零落曉風寒。鄉夢須還。鳳城衰柳不堪攀。木落秦淮人欲去。無限關山。

### 蝶戀花　秋閨

寶枕輕風秋夢薄。紅斂雙蛾。顛倒垂金雀。新樣羅衣渾棄卻。猶尋舊日春衫著。　偏是斷腸花不落。人苦傷心。鏡裏顏非昨。曾誤當初青女約。祇今霜夜思量著。

### 玉樓春　燕

雕梁畫棟原無數。不問主人隨意住。紅襟惹盡百花香。翠尾掃開三月雨。　半年別我歸何處。相見如將離恨訴。海棠枝上立多時。飛向小橋西畔去。

### 綺羅香　落花

寒食煙銷。清明霧冷。一日便敎春暮。千里飛花。目送滿天紅雨。乍吹來、深院珠簾。又舞向、小橋官渡。血模糊、萬點燕支。杜鵑啼盡行人路。　畫眉閣上窗開。爲問緋桃穠李。頓歸何處。芳草池中。已被輕潮流去。空自說、薄倖天涯。早斷送、豔陽無數。向殘英、泣望東風。夜深吹不住。

謁金門 晚晴

風着力。吹散暮天雲碧。樹杪未收殘雨滴。斜陽光幾尺。 歸燕空梁對立。自說晴春消息。不捲一簾芳草色。香階人斷跡。

## 杜漺 字湄村、濱州人、順治四年進士、官河南開歸道參政、有湄湖詩餘一卷、

賀新郎 詠繡毬花

嬾去尋芳陌。對階前、冰團初發。霓裳乍襞。夢斷月明春寒薄。浸透枝頭深碧。似欲奪、梨花標格。碎剪鮫綃團玉斗。好將來、仙掌擎仙液。烹白石。冷相射。 幾番風雨連朝夕。忽搖落、情光萬疊。亂瓊一尺。蝴蝶飛來還飛去。也解輕憐痛惜。正羈客、閒愁堆積。欲訴天公知此恨。奈春歸、好事多狼藉。强飲酒。且拋擲。

## 蔣永修 字紀友、一字愼齋、江南宜興人、順治四年進士、官陝西參政、

傾杯樂 送次山再至濟上

何處驅愁。此間亦樂。游方汗漫。正春淺、花疏日淡。一鞭又指。任城古縣。南池賓從遲懽讌。奈當筵聽。朝雨陽關聲緩。橋名情盡。贏得柳梢折短。 記太白、當年行徧。怕今日風流、香令散。重攜到、彩筆如椽。百篇斗酒詩卷。曾幾度、登高望遠。莫惹起、浮雲宮殿。離思好。長則寄、女媧陵畔。

## 魏允柟 字交讓、浙江嘉善人、明諸生、

### 金明池 金陵懷古

燕子磯邊、鳳凰山上、又是狂風驟雨。金砌玉階何處問、儘燕麥兔葵滿路。問秦淮、桂楫蘭橈、卻只見、衰草垂垂將暮。歎絳闕蛛縈、紗窗塵積、一任晚鴉來去。　想王謝、風流何處。便紫燕黃鶯、一時無主。看當日、詞臣狎客、空剩得、白楊糞土。最傷心景物三春、教苑裏蛙聲、公私相訴。但渡口寒烟、亭中皓月、兀自依依芳樹。

## 魏允枚 字卜臣、浙江嘉善人、順治五年舉人、官西安縣教諭、

### 蘇幕遮 同香巖曉發平原

隴頭雲、坡上雪。風掃枯楊、滿地堆黃葉。共對孤燈宵漏咽。一枕寒雞、叫斷荒村月。　旅魂消、鄉思折。夢杳家山、塞草連天闊。野燒前村光未滅。緩控金韉、滿路霜華滑。

## 魏允札 字州來、號東齋、浙江嘉善人、諸生、有東齋詞略四卷、

### 木蘭花慢

讀殘書幾許。窗半破。與塵堆。況櫺闊招風。闌低引雪。偏值春回。安排。把茅蓋頂。勝牽蘿、辛苦那山隈。記取梁泥落處。待他舊燕尋來。 新開。髣髴古蕭齋。不羨起樓臺。任看竹無人。撫松有我。且自銜杯。徘徊。數間而已。玉川翁。同此好襟懷。枉了呼童淨掃。飛梅又上空階。

### 疏影 贈穀山兄移居

閒雲縷片。便偶歸別岫。仍在深處。只有門前。依樣垂垂。換了幾株新樹。無多剩粟連瓶挈。笑已盡、山翁家具。記年時、細劈吟箋。且付拄瓢裝去。 遙指讌河那畔。籬邊記采菊。剛是秋暮。老屋三間。月澹霜濃。冷落非君誰主。生來也爲耽詩瘦。況另闢、浣花溪路。等弄殘、重疊烟波。歲晚與鷗同住。

## 魏學渠 字子存、號青城、浙江嘉善人、順治五年舉人、官刑部主事、有青城詞三卷、

### 木蘭花令 春閨

黃鶯啼過垂楊路。記得金鞍從此去。五更殘夢碧爲煙。一日新愁紅是雨。 闌干空憶當時語。羅襪痕輕沾落絮。何須剗地起東風。早自銷魂斜照裏。

### 踏莎行 漢中司李曾道扶寄王阮亭維揚見懷之作、即次來韻、

斜日雷塘。秋雲閣棧。相思不設鴻溝限。紅橋水外玉人簫。青城巖下麻姑飯。 驛路千盤。情塗一線。秦山吹落平山雁。別時飛雪滿漁陽。夢來似絮縈淮岸。

## 田茂遇 字髯淵、號楫公、江南華亭人、順治五年舉人、有綠水詞、清平詞各一卷、又與張淵懿同選詞壇妙品十卷、

### 甘州子 春雨

濃雲漠漠鎖江城。寒食路。少人行。海棠含淚聽無聲。花外濕雛鶯。湘簾捲。無語坐調箏。

### 巫山一段雲 秣陵感舊

白下經行處。凝眸鍾嶺東。舊時花月杳無蹤。千疊紫雲空。　耕犢迷芳草。虬枝暗老松。江城莫憶景陽宮。暮雨濕寒鐘。

### 南鄉子

細草平沙。行春緩緩七香車。翠羽雙雙花外起。花裏。倒影紅樓斜照水。

## 沈永令 字聞人、號一指、浙江秀水人、順治五年副貢、官陝西高陵縣知縣、有噀霞閣詞、

### 臨江仙 金釋弓從遼歸代閨怨

自別河梁成永訣。十年夢遶遼西。夢中牽袂數歸期。刀環眞浪約。何日照雙棲。　驀地歸來眞是夢。偏逢日日分離。不如依舊在天涯。夢回雞塞遠。猶得到深閨。

# 全清詞鈔第二卷

## 何采

字第五、一字敬與、又字滌源、號南澗、一號省齋、江南桐城人、順治六年進士、改庶吉士、授翰林院編修、官至侍讀、有南澗詞一卷、

### 山花子　題畫梅花和稼軒韻、

看去春愁强自排。前花合被後花催。記取一枝留畫裏。認眞栽。　二十四番風不管。縱敎畫裏也吹來。只晝半開休晝到。十分開。

### 漁家傲　莫愁湖上作

高閣憑虛曾一醉。頓成三十三年事。場圃縱横亭館廢。依稀記。斜陽落處淸涼寺。　回首可憐歌舞地。烟鬟卻比霜髭悴。喚道莫愁愁莫寄。花濺淚。空傳南國佳人字。

### 滿江紅　九日雨中飲許頻長亭子

採菊東籬。應喚作、淵明佳節。絕勝似、燈船簫鼓。星橋花月。一瓮老春歌白苧。滿庭小雨翻黃葉。儘今朝、仔細看茱萸。明年說。　知誰健。愁須撥。用我法。情偏愜。況霜螯盈把。露蟬低咽。舊識漸稀詩酒伴。新銜重補漁樵闕。更休敎、落帽晚風前。羞華髮。

## 許纘曾

字孝修、一字孝達、號悟西、又號鶴沙、江南上海人、順治六年進士、改庶吉士、授翰林院檢討、官至雲南按察使、有寶綸堂集附詞、

### 鵲橋仙 七夕

雲疏月淡。烏慵鵲倦。望裏雙星縹緲。人間夜夜共羅幃。只可惜、年華易老。　經秋別恨。霎時歡會。應怯金雞催曉。算來若不隔銀河。怎見得、相逢更好。

## 唐夢賚

字濟武、別字豹嵒、號嵐亭、山東淄川人、順治六年進士、改庶吉士、授翰林院檢討、有志壑堂詞一卷、

### 一叢花 飲白鹿泉上

芒鞋弔古宋名都。襆被倦長途。遺鈿墮珥繁華處。荒祠廟、夜嘯飢鼯。葛嶺尋丹。桃堤試馬。舊事尚留無。　清湖一望水如酥。良日共攜壺。鳴琴潑墨紅亭上。殘陽樹、依舊棲烏。蕭寺鐘聲。柴門稚語。呼醉瘦笻扶。

## 季開生

字天中、號冠月、江南泰興人、順治六年進士、改庶吉士、官禮科給事中、有出關草、

### 訴衷情 閨思

高樓日日見青山。無語獨盤桓。西風吹遍歧路。一雁度天南。　花盡老。葉凋殘。做輕寒。啼痕尚在。舊日羅

衣。不忍重看。

## 施閏章

字尚白、一字屺雲、號愚山、晚號矩齋、江南宣城人、順治六年進士、康熙十八年召試博學鴻詞、授侍讀、

### 沁園春　偕友看杏花作

春社纔過。花事關心。殊勞夢思。正草芽初茁。橫鋪翡翠。水泉新湧。淨漾琉璃。聽說前郵。杏花開矣。曳杖還敎載酒隨。相將去。看日烘雲暖。蝶醉蜂癡。　花間坐臥都宜。悵似錦、韶華得幾時。憶賣來深巷。枝頭猶溼。看從南陌。屐齒嫌遲。爲視東風。好留春住。莫遣飛英著鬢絲。憑傳語。道先生歸也。更唱新詞。

## 王　庭

字言遠、號邁人、浙江嘉興人、順治六年進士、官至山西布政使、有秋閑詞一卷、

### 點絳脣　訪友

曲港萍開。輕舟緩動微風起。人家能幾。一半縈流水。　樹倚危橋。帶得昏鴉語。情何許。淡烟如雨。秋在斜陽裏。

### 醉花陰　和近修維揚舟次用原韻

細雨紅橋清永晝。竹裏鶯聲奏。小艇閱湖香。半落蓮衣。帶有新房瘦。　人間又見西風驟。萍影漂寒溜。惆悵感流年。尚有垂楊。未改春來舊。

## 暗香　漢口夜泊

半城落日。噪昏鴉驚起。垂天雲黑。小艇泊來。不住江南住江北。黃鶴樓荒何在。只十里、烟波凝碧。聽不到、醉酒仙人。樓上夜吹笛。　行客。眠未得。欲寄與啽懷。難附飛翼。停歌月出。鸚鵡洲横動寒色。歷歷晴川草樹。輕浪捲、一江風急。待曉發、雞唱也。滿帆霜白。

## 安公子　夜泊見村桃用柳耆卿韻

煙際絲絲雨。濛濛野水荒天暮。小艇冥冥移漸遠。過幾堆沙鷺。逗疏光、人家燈火明前浦。聽鄉音、楚楚村童語。近小橋收纜。微辨牆頭紅樹。　此夜驚孤旅。漫尋仙境吟還竚。世上桃源隨地有。只迷津深處。想幾日、啼鶯舞蝶交枝聚。將落花、未爲東風苦。愧俗駕難留。誰致遣漁郎去。

# 周茂源　字宿來、江南華亭人、順治六年進士、官浙江處州府知府、有鶴靜堂詞一卷、一名壁上詞、

## 鷓鴣天　夏雨生寒

夜雨空階滴到明。香篝撥火熨桃笙。殘鶯喚起無聊賴。曉鏡看來太瘦生。　人似雁。屋如萍。江城水漲白鼉鳴。銜泥細馬猩紅罽。五月披裘半老兵。

## 虞美人　薔薇花

此花種自旃檀海。翠葉承珠蕾。開時六出不曾寒。幾點餅山晴雪曉來看。　蕃釐觀裏瓊花好。共道人間少。爭如優鉢許同參。親見迦文微笑近香龕。

## 徐　惺

字即山、號子星、江南江寧人、順治六年進士、官至湖廣布政使、有橫江詞一卷、

### 浣溪紗　水閣

青壁虛窗爲月開。照殘孤影是生涯。空山歸鶴一聲哀。　又是清鐘驚鳥起。白雲紅日帶烟來。百年休負小亭臺。

### 南鄉子　竹

白日爲誰忙。穩臥蟬聲送夕陽。滿地玲瓏吹綠玉。過牆。帶露和烟覆草堂。　微雨漾新涼。曉夜凝雲入翠房。似是湘娥多少淚。珍藏。月落空庭弄影長。

## 陳　舒

字原舒、浙江嘉善人、順治六年進士、官布政使參議、有道山詞鈔、

### 蝶戀花　紀夢

試着羅衣寒尚悄。紫霧團煙。月在藤花曉。推枕起來還睡倒。欲尋去夢程多少。　活水春塘行遍了。山遠斜陽。一碧圍芳草。待喚吟魂天杳杳。醒來人與春同老。

## 薛信辰

字侯執、一字國符、江南無錫人、順治六年進士、官至浙江布政使、

### 江南春

本意、和倪雲林自度曲、

絳口櫻桃玉版筍。百舌啼殘深院靜。畫船簫鼓水中煙。綠柳秋千牆外影。十分春色三分冷。玉輪正照梧桐井。花前步障葛綸巾。香風十里斷紅塵。　蝶舞忙。鶯歌急。麥苗細雨濛濛溼。六朝脂粉悲何及。草邊千古燐猶碧。笙簧臺榭仍都邑。惟見青山萬仞立。韶光駒隙身浮萍。舟車川陸方營營。

## 董文驥

字玉虬、號雲和、又號易農、別號雲癡、江南武進人、順治六年進士、官至御史、有微泉閣集附詞、

### 鷓鴣天

銀漏聲沈夜未央。玉纖親捧九霞觴。一團香霧歡期短。萬疊遙山客路長。　辭繡閣。去柔鄉。深情別恨兩難忘。烏啼月落疏鐘後。鳳脛青青冷半牀。

## 潘瀛選

字仙客、號梅菴、江南宜興人、順治六年進士、官山東青州推官、

### 河傳

第七體　楊花

藏鴉時候。當初綰住。永豐坊口。絲絲踠地醮春波。雨後。和煙籠翠牖。　如今滿院喧晴雪。香縣積。滚盡東

風力。茜袂遮。翠幰斜。楊花。一生不著家。

## 萬廷仕　字大士、江南宜興人、貢生、

### 沁園春　大風雪中過周孝侯墓

十里春城。千秋古墓。老樹崢嶸。正悲風四起。梟呼木末。浮雲低度。厓拄冰冷。屐齒迷離。帽簷攲側。撲面飛花煞有情。方凝佇。恍靈旗高颭。長劍空橫。　他時閒眺閒凭。奈此際、崚嶒冰雪撐。似剡溪乘興。便教舟放。灞橋衝凍。贏得詩成。何處玉龍。霎時戰敗。一片拋鱗卸甲聲。還追憶。憶沙場星隕。遺恨難平。

## 史鑑宗　字繩遠、號遠公、江南金壇人、順治八年舉人、官南陵縣教諭、有青堂詞一卷、

### 賀新郎　登龍池絕頂凭虛閣

蒼翠飛千狀。破松根、嶙峋石磴。曲隨煙上。一徑蹣跚攀絕頂。縱眼豁然遼曠。看足底、羣峯鋪浪。小閣恰當巃嵸處。俯懸崖、萬仞臨虛漭。凭闌語。衆山響。　掀髯不覺塵襟盪。眺東湖、一泓杯水。空明微漾。老衲孤棲誰伴侶。虎嘯猿啼酬唱。問佛法、無言相向。酌我半甌中頂茗。傍龍湫、拍手雲生杖。登臨興。老尤壯。

### 鷓鴣天

何處行春不可憐。鷓鴣啼破落花天。深山古道撐枯木。斜日孤邨上冷煙。　歌蜀道。怨巴川。縱教行得也

淒然。傷心不用頻傳語。久向江頭聽杜鵑。

南歌子

桂棹花間發。蓮歌水際聞。嬌梟不勝春。爲他飛不去。半江雲。

## 宋實穎 字既庭、號湘尹、江南長洲人、順治八年舉人、官興化縣教諭、有讀書堂老易軒文鈔附詞、

鷓鴣天

南浦驚鴻賦洛神。新妝留待晝眉人。櫻桃紅浥胭脂雨。荳蔻香含蛺蝶春。　思往事。話前因。綠楊鶯囀晝堂嚥。合歡羅勝勸裁巈。底事頻呼似不聞。

## 劉連輝 字閬此、廣東東莞人、順治八年舉人、官湖廣新寧縣知縣、有圓沙草堂詩稿附詞、

百媚娘 漁父

野渚蘆烟繚繞。樹杪流光微照。風引輕舟隨意去。極目江波浩渺。行近柳陰溪路小。揀取長竿釣。　夾岸白蘋紅蓼。送卻夕陽多少。魚有魚無都不管。但記收綸宜早。落得宵來酣睡好。一覺篷窗曉。

## 吳啓思 字睿公、一字念庵、浙江歸安人、順治八年拔貢、有㞭嵩樓詞、

如夢令

攲枕畫樓天半。簾外月華飛霰。一陣曉鶯啼。喚起杏花零亂。消遣、消遣。無奈夢回人散。

蝶戀花　西窗

畫閣迴廊低曲曲。一水斜臨。界破鐘山足。雨過青莎春似沐。硯池借得三分綠。　塘下横飛雙屬玉。拂柳縈烟。亂把湘紋蹴。半雨半晴春斷續。楊花到底無拘束。

沈　荃　字貞蕤、號繹堂、一號充齋、江南華亭人、順治九年進士及第、授翰林院編修、官至禮部侍郎、諡文恪、有充齋詞一卷、

浣溪紗　題畫

夏木陰陰遶碧溪。人家流水小橋西。斜陽極目遠天低。　繫棹柳邊看白鳥。放船花底聽黃鸝。輞川一幅好重題。

曹爾堪　字子顧、號顧庵、浙江嘉善人、順治九年進士、改庶吉士、授翰林院編修、官至侍講學士、有南溪詞二卷、秋水軒唱和詞二卷、

浣溪紗　感秋

霜急清砧禁樹紅。晝垂銀蒜雨濛濛。洞簫吹倚畫樓空。　丹鳳城高烏叫月。白雲堆冷馬嘶風。邊愁都在暮笳中。

## 清平樂　閨詞

眉痕頻皺。不似東風舊。欺盡孤眠寒更透。生得腰肢元瘦。　梨花靜掩長門。尋常過幾黄昏。魂向當初銷盡。如何又說銷魂。

## 燭影摇紅　閨情

杏苑春嬌。薄寒猶禁梨花信。踏青時節做輕陰。芳徑苔生暈。輕曳弓鞵未穩。殢游心、芹泥微潤。鴛鴦成對。游戲波心。雙雙相近。　閒悶侵尋。淚痕猶帶紅潮印。生憎燕子入空梁。似說離人恨。金鴨篆煙方燼。照流黄、晚風成陣。十三樓畔。廿四橋邊。歸期偷問。

# 范承謨

字覲公、號螺山、又號蒙谷、漢軍鑲白旗人、順治九年進士、改庶吉士、授翰林院編修、官至閩浙總督、謚忠貞、有忠貞集、

## 蝶戀花　西園霽月

雨過雲斜晴欲溜。點點淙淙。滴滴西窗右。何事闌情難立久。無情風墜新黄柳。　月色穿簾連徑透。涼暈初圓。不覺中秋後。素影年年同浸酒。相看只覺人非舊。

## 湯斌

字孔伯、號荊峴、又號潛庵、河南睢州人、順治九年進士、改庶吉士、授翰林院檢討、康熙十八年舉博學鴻詞、官至工部尚書、諡文正、有潛庵詩餘一卷、

### 滿江紅 後池千葉蓮盛開漫賦

藕葉鋪池。連陰雨、溪流青漲。東里叟、扶筇還問、後渠無恙。隨地菰蒲雙鷺宿。垂楊半掩波紋上。碧煙開、映曉弄新妝輕盈狀。　廬山社。幽情漾。湓浦岸。清風宕。似層層紅豔。美人堪餉。月下時聞芳露滴。呼兒學作漁郎唱。夢醒來、十里野塘中。遙相望。

## 周季琬

字禹卿、號文夏、江南宜興人、順治九年進士、改庶吉士、官浙江道監察御史、有夢墨軒詞一卷、

### 滿江紅 哀江南

舞罷歌沈。問多少、黃金輕擲。止遺得、荒煙數縷。斜陽半壁。萬壑哀聲驚雁斷。千家別淚如雲溼。記南朝、鐵鎖舊橫江。沈雲黑。　著不得。東山屐。聲不盡。中流楫。且息交閉戶。狂吟岸幘。幾樹啼烏南內冷。滿城擣練西風急。對樓前、猶是去年山。傷情碧。

### 蝶戀花 春閨

樓外絲絲烟似織。無數梨花。芳草嘶金勒。羞著飛飛雙比翼。雲和欲奏冰絃澁。　衫薄不堪寒意逼。誰弄

輕陰。一片雲翻墨。往事低徊猶在臆。海棠開遍香無力。

蝶戀花 春歸

影落中庭花欲午。蝶瘦蜂忙。翻出新愁譜。獨倚雕闌人不語。晴絲無力隨風舞。　睡起枕紋猶半露。香玉紅生。似把啼痕補。還笑鵑聲無底據。春歸畢竟歸何處。

## 賀寬

字瞻度、號拓庵、江南丹陽人、順治九年進士、官大理寺評事、有響山齋詞稿一卷、

鶯啼序 和家天山焦山懷古

日夜寒流去直。接海門煙霧。一拳特立障狂瀾。休信斷崖孤嶼。鍾嶺龍蟠從左折。石頭虎踞還西顧。有蹲獅調象。鎖定金陵門戶。　周鼎摩挲。梁碑捫讀。應是山靈護。算只有、高士焦生。不問三分氣數。紫髯翁、江表如斯。赤帝子、京華何處。想當年、據石孫劉。隔江甘露。　武功榜額。又見揚子殘碑。意氣淩千古。臺殿巍峨。羅列松篁。深嚴梵宇。曲徑迴廊。蕭條闃寂。此時不信江心住。更平疇、漠漠明飛鷺。遲余問渡。試看茶熟香清。只道桃蹊梅塢。　攬衣歷級。攀葛緣崖。遙指松寥樹。俯見洪濤吞吐。兀特無朋。激漩盤渦。分波齊注。火烈旌旗。風檣疊疊。樓船銜尾連瓜步。早迴帆、遇灞陵呵怒。果然海外三山。隨風上下。茫茫難遇。

## 路遴

字子將、號屺望、江南宜興人、順治九年進士、官直隸永平府知府、

竹枝

石榴裙子曳斜暉。閒弄荷珠水滿衣。一曲夜歌風正起。木蘭舟上採蓮歸。

浣溪紗　春閨

日薄園林乳燕忙。拍隄流水綠垂楊。一絲絲似箇情長。　卷幔放將香入戶。倚闌看到月侵廊。春來恁事費思量。

張淵懿　字硯銘、一字元清、號蟄園、江南青浦人、順治十一年舉人、有月聽軒詩餘一卷、一名雊鵲詞、又與田茂遇同選詞壇妙品十卷、

臨江仙　即事

風捲亂鴉銜霧去。綺窗人對香篝。篆烟微裊畫屏幽。半簾垂曉日。雙笑隔朱樓。　惆悵不堪還極目。惜花翻爲花愁。木蘭船下水空流。暗催青鬢老。腸斷白蘋秋。

漁家傲　東昌道上

野草淒淒經雨碧。遠山一抹晴雲積。午睡覺來愁似織。孤帆直。游絲繞夢飛無力。　古渡人家煙水隔。鄉心撩亂垂楊陌。鴻雁自南人自北。風蕭瑟。荻花滿地秋江白。

## 顧豹文 字季緯、浙江仁和人、順治十二年進士、官監察御史、

### 滿江紅 秋懷

掃盡閒愁。奈秋到、愁偏易積。看漸漸、金風淒緊。一鉤寒月。不斷蛩吟殘酒醒。成行雁字層峯折。怪新來、多事是嚴霜。驚林樾。 奩粉淡。香空核。粱杳繞。聲銷骨。但青衫依舊。不堪重濕。蕭瑟孤松憐瘦影。淒涼黃菊羞華髮。最無聊、立盡月黃昏。愁如織。

## 董衡 字楚望、江南吳江人、順治十一年舉人、

### 風中柳

綠水輕飆。吹透黃金千縷。怯微寒、依依南浦。殘烟冪䍥。玉笛和鶯語。伴妝樓、纖腰低舞。 長是銷魂。情盡橋邊人去。繫蘭舟、暗添紅雨。三眠乍起。見棲鴉無數。慣飄搖、露堤霜渚。

## 蔣會貞 原名雲翼、字鳴大、浙江嘉善人、順治十一年舉人、

### 小重山 惜春

無數遊絲裊碧空。飛飛雙燕子、入簾櫳。桃花如雨夕陽中。風定處。芳草襯殘紅。 何事最愁儂。留春春不

住、小眉峯。輕寒不覺減香篝。人去後。長自拚熏籠。

張延基　字植元、號芙嶼、江南吳縣人、順治九年（一作七年）進士、官四川石泉縣知縣、

念奴嬌　中秋前一日小飲月下

蟾光欲滿。挂纖阿、影浸一天秋碧。暗想姮娥瑤闕畔。老桂婆娑盈尺。舉酒相酬。銀橋預借。不記仙凡隔。醒來惆悵。下階空見霜白。　誰念西蜀飄蓬。逡巡三載。還作天涯客。萬里長江何處是。三畝五湖舊宅。玉臂清寒。雲鬟香濕。夢裏留人跡。夜鴻聲起。驀驚今夕何夕。

陳維岱　字魯望、江南宜興人、有石閭詞一卷、

柳梢青　閨情

底事銷魂。爲逢秋社。燕子拋人。十二迴闌。時時閒倚。劃徧釵痕。　倦來枕壓香雲。忘卸卻、犀簪辟塵。一夢初回。幾番愁見。孤燭黃昏。

秦松齡　字留仙、一字漢石、號次淑、又號對巖、江南無錫人、順治十二年進士、改庶吉士、授翰林院檢討、康熙十八年舉博學鴻詞、官左春坊左諭德、有微雲集詩餘二卷、

## 柳梢青 即事

小艇橫斜。故園輕別。未是天涯。秋雨殘燈。秋心殘酒。秋色殘花。 博山香裊窗紗。夢斷也、西陵路賒。天外歸雲。水邊去鳥。煙底浮家。

## 南鄉子

離恨幾時生。靜掩紗窗話短檠。不識箇人今去處。雲屏。指點瀟湘此路行。 何物易傷情。叫徹寒空雁一聲。夜永畫樓頻徙倚。銀笙。暖炙新簧調不成。

## 臨江仙 寒柳

向日風流今記否。寒鴉宿處分明。一灣殘照太無情。照他憔悴了。依舊下高城。 行處尙疑攀折盡。西風客路魂驚。樓頭翠管已無聲。紫騮渾不顧。嘶過玉河冰。

# 嚴沆 字子餐、又字少卿、號顥亭、浙江餘杭人、順治十二年進士、改庶吉士、官至倉場侍郎、有古秋堂詞、

## 念奴嬌 京口歸舟

一艘小舫。下揚州、正值早春時節。吹浪江豚都未起。任我朗吟蘭枻。路指南徐。雲橫北固。十里輕帆截。金山晴了。蒜山猶帶殘雪。 依舊樹影中流。鐘聲兩岸。風景眞清切。狠石談兵何處是。歷歷舟人能說。劉尹荒廳。孫郎斷塚。總被寒潮齧。晚汀孤泊。玉龍誰叫霜月。

蝶戀花

幾日楝花風不住。零落殘英。簾外飛還聚。慣向池塘吹柳絮。遊絲也逐東西去。　謝女剛吟腸斷句。一箇黄鶯。似共愁人語。槐葉空陰無意緒。黄昏又是纖纖雨。

## 王士祿 字子底、號西樵、山東新城人、順治十二年進士、官吏部員外郎、有炊聞詞二卷、

長相思 本意

風半廊。月半廊。鳳脛燈青玉簟黄。別時秋乍涼。　蘋已霜。蓼已霜。碣石瀟湘尙渺茫。關河較夢長。

清商怨 和歐公韻

銀牀梧葉落漸滿。悵流光欲晚。平楚高樓。連朝勞望眼。　畫屏瀟湘漫。展恨夢破、雁和人遠。心上秋來。問秋秋不管。

## 丁澍 字飛濤、號藥園、浙江仁和人、順治十二年進士、官禮部郎中、有扶荔詞三卷、詞變一卷、

賀新涼 塞上

苦塞霜威冽。正窮秋、金風萬里。寶刀吹折。古戍黄沙迷斷磧。醉臥海天空闊。況毳幕、又添明月。榆歷歷兮雲械械。只今宵、便老沙場客。搔首處。鬢如結。　羊裘坐冷千山雪。射雕兒、紅翎欲墮。馬蹄初熱。斜鞸紫貂

雙纖手。撥罷銀箏淒絕。彈不盡、英雄淚血。莽莽晴天方過雁。漫掀髯、又見冰花裂。渾河水。助悲咽。

## 玉女搖仙珮 望春樓故邸

青州城裏。帝子珠樓。縹緲五雲深際。繞柱鮫綃。穿簾玳瑁。舊是繁華朱邸。誰意同流水。見移花月檻。落榆鋪地。玉階外、鳥聲咿軋。雨洗遺鈿。數點空翠。何處鳳簫聲。暗想當年。玉容同倚。　樓上望春如醉。風斷窗紗。燕子銜將花蘂。鬬草踏青。昭陽人去。冷落鞦韆佳會。飛絮連天起。笙歌杳、不道岐王故第。祇見得、空梁蛛網。粉牆蝶鬧。但餘幾點看花淚。不如把、鳳樓長閉。

## 氐州第一 旅興和清真韻

驛路斜陽。秋空似洗。一點楚天鴻小。短劍星塵。敝裘霜裏。掩映落楓飄渺。馬怯危橋。疏鬢影、暗驚孤照。織錦空成。恐教辜負玉關人老。　旅店鴉啼行跡少。昏樹裏、疏星猶繞。葦簟雞聲。繩牀蝶夢。都是閒愁抱。奈僕夫、强解事。也索向、當罏調笑。酒薄難酲。月初斜、梧桐已曉。

## 霜葉飛 冬懷

玉階霜槭寒窗外。一枝斜弄寒月。錦江春信託秋鱗。奈采牋空折。牢記得、羅衫穩貼。舊時衣帶雙鴛結。他囑付頻頻。不道是、嶺梅重放。異鄉猶客。　料得香狄分鞮。團雲貼領。此際薰籠斜疊。多情知否在蕭關。對玉釭低說。正旅館、擁衾如鐵。夢回猶殢交河雪。憶當年、同繡被。燼冷香猊。何如今夕。

## 萬錦雯

字雲紋、號懷蓼、江南宜興人、順治十二年進士、官浙江於潛縣知縣、擢中書舍人、

### 祝英臺近　西湖暮歸

引鷗朋。招鷺侶。棹入采菱浦。久慣舟人。指與六橋渡。綠楊處處陰濃。纔催解纜。被幾箇、啼鶯留住。　醉猶佇。不知買酒無錢。明朝約來補。已近黄昏。忘記舊時路。最憐明月多情。分開煙樹。卻緩送、畫橈歸去。

### 賀新郎　過廢園

四壁堆蒼瓦。是當年、遺基賸址。淩雲廣廈。一自風流銷散後。無復詩壇酒社。但景物、依然瀟灑。短白長紅新刺眼。問野花、爛熳誰栽者。人不到。自開謝。　唾壺敲缺悲歌罷。歎人間、繁華能幾。眞如傳舍。多少王侯羅第宅。盡入漁樵閒話。算只有、青山非借。我欲支頤看爽氣。又日之夕矣牛羊下。空徙倚。意難寫。

## 黄　永

字雲孫、號艾庵、江南武進人、順治十二年進士、官刑部員外郎、有溪南詞二卷、一名溆水詞、艾庵存稿詞二卷、

### 卜算子　有感

匿影住人間。橫眼看天下。都道乾坤一腐儒。自問何爲者。　得酒且高歌。無酒干休罷。若有留髡送客人。一石臣能也。

### 風流子 村居

吾將從此逝。吾何意、吾亦愛吾廬。看眼底浮雲。花從開謝。堦前生意。草不芟除。閒尋去。古苔侵石罅。流水灌山廚。盍歸來乎。一琴一鶴。薄言觀者。非我非魚。　何人長握手。有西鄰野叟。能賦能書。便相逢成二老。一樣清癯。且白墮三盃。胸中浩浩。黑甜一枕。世外蘧蘧。人笑高陽去後。又兩狂且。

### 沁園春 悲秋

宋玉言之。春女多思。秋士多悲。況零風細雨。乍停還續。蛩聲雁影。到處相隨。四壁蕭蕭。孤燈落落。縱有高懷那處開。除非是。且登山涉水。打馬飛盃。　醉時屢舞回回。看雲氣、漫空白日頹。似江魂銷罷。黯然欲別。潘愁盡處。如送將歸。人事蕭條。天公做作。長笑微吟淚暗垂。還自問。這黃花紅葉。干汝誰來。

## 陸求可 字咸一、號密庵、江南山陽人、順治十二年進士、官刑部郎中、有月湄詞四卷、一名密庵詩餘、

### 清平樂 宮詞

西風裊裊。吹老宮前草。一幅鮫綃都濕了。清淚不知多少。　夜深月暗燈昏。庭槐亂落紛紛。莫道君王難見。有人朝夕承恩。

## 馮雲驤 字訥生、山西振武衛人、順治十二年進士、康熙十八年舉博學鴻詞、官至福建督糧道、有寒山詩餘一

卷、

## 菩薩蠻　塞上秋望

龍沙落日山銜水。登臺悵望寒雲裏。獵騎返城西。秋風大將旗。　飛蓬迷鳥路。白雁哀鳴去。絕塞易黃昏。孤城早閉門。

## 生查子

霜風落葉時。殘月窺人小。孤枕怕疏鐘。寶鏡慵清曉。　樓上望行人。衰草平原道。記得別離時。樓下纔芳草。

## 踏莎行　秋獵

野曠驕鷹。草深逸兔。戰場射獵堪懷古。千年老樹倚風吟。一行白雁翻雲去。　馬邑荒城。龍堆野路。殘兵落落孤墩住。徘徊倚劍弔秋雲。彎弓射虎人何處。

## 千秋歲　雲中登戍樓作用淮海韻

黑雲城外。風逆飛鴻退。悲笳響。驚蓬碎。亂峯攢劍戟。野水環衣帶。閒徙倚。堆沙老樹遙相對。　憶昔兵戈會。龍虎紛旌旆。尋戰壘。今猶在。千載精靈滅。幾度江山改。凝望處。白登古道煙如海。

# 郭士璟

字眉樞、陝西涇陽人、順治十二年進士、有句雲堂詞一卷、

## 醉桃源 送別

一堤紅雨碎春風。香鋪細草濃。行驄約度畫橋東。前山烟霧中。　沙徑窄。石門重。單衣怏竹篷。隔林指點路斜通。雲山思不窮。

# 張錫懌

字悅九，號弘軒，江南上海人。順治十二年進士，官山東泰安州知州，有嘯閣餘聲一卷。

## 蘇幕遮 梅

雪初晴。香乍坼。碧澗芳叢。早漏春消息。似笑無言如舊識。疏影誰描。月下闌干側。　壽陽妝。姑射格。自下瑤臺。粉黛都無色。夢斷羅浮仙路隔。生怕飄殘。莫更吹橫笛。

## 燭影搖紅 旅夜聞笛

天淡秋空夜深誰弄柯亭竹。好風飄度小樓中。吹破湘山綠。已是離腸難續。更聲聲、高城漏促。那禁此際。喚起羈人。舊愁千斛。　暗掐闌干。石州不是當時曲。故園楊柳近蕭條。簫管誰相逐。想得西窗翦燭。賺文君、遠山黛蹙。碧雲杳杳。明月迢迢。共傷幽獨。

# 傅世垚

字賓石，河南汝陽人。

## 賀新郎 尋春

欲識春風面。奈春來、杳無踪跡。尋春不見。卻見杏林先弄粉。又見飛飛桃片。餖飣得、綠深紅淺。更上高樓遥望去。甚垂楊也自搖金線。春在此。莫輕賤。　捲簾撲撲東風扇。最無情、輕挑淺逗。更難排遣。還怕蜂鬚兼蝶翅。擾亂幽人庭院。醞釀個、春愁迷戀。獨自倚窗閒對鏡。怪朝來、早又朱顏變。休訴與畫梁燕。

## 薀端　初名岳端、字正子、一字兼山、號紅蘭主人、清宗室、封固山貝子、有玉池生稿、

### 蝶戀花　畫杏花

信步尋芳芳徑輭。記得花開。恰趁看花宴。花雨霑衣渾不辨。閒來寫向鵞溪絹。　春意方酣人意嬾。解話春愁。少箇呢喃燕。是處玉驄歸去晚。紅樓早把珠簾捲。

## 周而衍　字東會、江南金壇人、

### 水龍吟　題友人舟中小像

人間塵海茫茫。驚濤駭浪連天表。風顛雨簸。危檣巨艦。知他多少。受盡憂危。牽來愁恨。載將煩惱。只清晨鼓角。黄昏更點。把地老天荒了。　檢得滄浪清處。又何須、十洲三島。眼前長是。丹崖碧嶂。白蘋紅蓼。一葉雲深。一帆風細。一絲烟繞。向空明擊汰。科頭箕踞。儘堪游眺。

## 孟士楷 字彥林、浙江會稽人、有夕葵園詞、

### 沁園春 吳興休文石

一片淒迷。三尺玲瓏。荒郊夕陽。悵風流已盡。六朝門第。支離猶在。八詠家鄉。石豈能言。我來憑弔。沽取烏程醉幾場。徘徊久。認行間題識。尚記蕭梁。 曾經絲雨繁霜。便瘦盡、苔膚似沈郎。嘆風清月白。亂縈溪水。藤纏蘚蝕。只伴啼螿。事已星沈。君仍鵠峙。蔓草荒煙黯自傷。休回首。怕洲蘋岸蓼。添倍蒼涼。

## 葉鳴鸞 字燕龍、福建侯官人、

### 南鄉子 湫水暮春

何處是家山。飛鳥孤雲共往還。極目斜陽天外盡。春殘。白了人頭只等閒。 早已棄微官。蟬腹龜腸亦自寬。花信重重都過也。闌珊。猶在長河碧水灣。

## 李漁 字笠鴻、一字笠翁、浙江蘭溪人、有耐歌詞四卷、窺詞管見一卷、李氏詞韻四卷、

### 清平樂 別意

休彈別鶴。淚與絃俱落。歡事中年如水薄。懷抱那堪作惡。 昨宵月露高樓。今朝烟雨孤舟。除是無身方

了。有身常有閒愁。

如夢令　祝子山居

遠望山卑屋小。行到林深水渺。幽徑少人行。黃葉多年未掃。休惱、休惱。今日蒼苔破了。

陸宏定　字紫度、號綸山、一號蓬叟、浙江海寧人、有凭西閣長短句一卷、

滿宮花　樓前秋色甚盛、書此記之、

幕重重。人寂寂。閒卻一庭秋色。雕闌晴日閃流霞。百尺錦茵慵積。　應獨賞。知誰惜。幽絕箇儂堪匹。禁他風雨漫摧殘。不共繁花狼藉。

賀　宿　字天士、號客星、江南丹陽人、諸生、有仙舟詞、

生查子　春曉

風剪柳絲長。雨潤苔錢小。殘月落高樓。一點春山曉。　昨夜翠蛾愁。今日來何早。聞說海棠花。片片沾芳草。

金是瀛　字天石、號蓬山、江南華亭人、有芝田詞、

## 河滿子　偶憶

憶在玉窗金戶，如銀曉月西斜。城角數聲留不住，暗香攜得還家。梁上雙栖燕子，庭中一樹梨花。

## 河滿子　春殘

寂寞春殘深院，東風一片花飛。多少佳期渾負卻，畫簾見面還稀。願作一雙蝴蝶，憑伊繡在羅衣。

# 沈永啓

字方思，號旋輪，江南吳江人，有遜友齋詩詞。

## 虞美人　蓮涇阻雨

簾纖細雨蓮涇口。何處沽尊酒。天公也似太多情。拚得柳昏花暝滯人行。　年來浪跡眞無謂。歷盡愁滋味。一燈篷底聽模糊。知道小樓夢醒一般無。

# 殳丹生

字彤寶，一字山夫，號貫齋，浙江嘉善人。

## 金明池　秣陵懷古

斷雁西風，瘦驢黃葉，又是闕門日暮。仙梵度、清涼山寺，對鳳闕、絳雲留處。見長干、寶塔聳飛，總閱盡、天界茫茫塵土。任沽酒岡南，壚頭人老，莫問少年歸去。　裙屐風流歎如許。便畫面熏衣，擁囊揮麈，倚司馬、長城卻敵，空惹得、春燈燕語。再休言、六代繁華，與半壁乾坤，殘棋孤注。想虎踞龍蟠，江山形勝，都付冷烟疏雨。

## 孫暘

字赤厓、號蕉庵、江南常熟人、順治十四年舉人、有折柳詞一卷、一名蕉菴詞、

### 解連環 送鮑子韶歸贛州、即次留別原韻、

紅箋題遍。傍桃花不見舊時人面。甚閒情、更譜新詞。又興切歸兮。悲歌彈劍。班馬蕭蕭。嘶寒月、蘆溝一片。問銀箏何處。今宵酒醒。雞聲茅店。 休嗟鬢絲易染。看昔游如夢。荆高都散。且鼓枻、章貢臺邊。向碧荇香蘺。釣絲重展。待寫羊裙。寄愁與、南雲新雁。最關情、門掩殘陽。江空歲晏。

### 木蘭花慢 送陸義山請假歸里

秋風生乍浦香稻熟。紫蟹肥。任嫩擘黃芽。甜分紅柰。不換蓴絲。柘西舊時鷗鷺。白蘋邊、幾度怨歸遲。昨日陳情天上。宵來夢到漁磯。 霏霏。薄雪一些兒。爲爾洗塵緇。想賀監風流。烟波詩景。未許人知。漫疑。終南捷徑。只山雲堪與說心期。高臥不聞朝請。隨他月落烏啼。

## 任繩隗

字青際、號植齋、江南宜興人、順治十四年舉人、有冰紘詞口卷、直木齋詞選三卷、

### 如夢令

何處笛聲高囀。吹落嶺南寒片。淡埽著微脂。恰似桃花人面。歸燕。歸燕。銜賸春光半院。

醉落魄　新豐歎

飄零堪厭。十年啼笑江州店。雞聲月色長亭饜。敝帽𢤱憎。霜意如余淡。　人情不似楓花豔。楓花猶向愁人豔。蕭關茅舍悲書劍。收拾砧痕。留作詩腸砭。

錢陸燦　字爾弢、號湘靈、江南常熟人、順治十四年舉人、有圓沙集、

鷓鴣天　北固晚眺

楊柳蕭疏水拍天。漁舟收網就人煙。野田一半連魚扈。估客相將喚蜑船。　南郭璞。北焦先。西風吹到冷楓邊。莫將日暮登臨感。去聽伊家十四絃。

張　鷟　字章友、號補堂、浙江鄞縣人、順治十四年舉人、官陝西神木縣知縣、

鷓鴣天　過龍江關

桃葉仍傳古渡頭。如花人去幾經秋。笙簧聲裏歌喉在。楊柳枝邊舞態留。　無限恨。對江流。又聞關吏驗行舟。輕裝半爲抽分減。爭奈官家不稅愁。

吳兆騫　字漢槎、江南吳江人、順治十四年舉人、有秋笳詞二卷、

生查子　古意

秋高紫塞風。陣陣銜蘆雁。盼斷別時音。塵暗書難見。　昨歲灞橋頭。折柳看如線。又是玉關春。絮捲天涯遠。

念奴嬌　家信至有感

牧羝沙磧。待風鬟、喚作雨工行雨。不是垂虹亭子上。休盼綠楊煙縷。白葦燒殘。黃榆吹落。也算相思樹。空題裂帛。迢迢南北無路。　消受水驛山程。鐙昏被冷。夢裏偏叨絮。兒女心腸英雄淚。抵死偏縈離緒。錦字閨中。瓊枝海上。辛苦隨窮戍。柴車冰雪。七香金犢何處。

## 蔣　垓

字兆侯、江南長洲人、順治十四年舉人、

疏影　桃花塢閒步

斜陽古塢。恰望衡對宇。攜杖延竚。聞說當年。一片芳菲。彷彿避秦佳處。兔葵燕麥年年發。悄不見、桃花千樹。對春光、閒想閒吟。絕勝劉郎前度。　猶憶風流唐子。誅茅曾築宅。今在何許。昔是名區。今作荒畦。種菜老農來住。名心到此眞消盡。更說甚、酒龍詩虎。只幾番、渡口花飛。變盡滄桑今古。

## 葉紹穎

字學山、江南吳江人、順治十四年副貢、

## 百字令 題朱太史竹垞圖

修篁夾徑。似依然留賸平泉花石。人在天光雲影裏。占住樓高百尺。叉手吟成。等身書擁。嘯傲烟波夕。閒時載酒。江湖曾作浮客。　回憶翦燭寒宵。菜根題遍。邂逅文章伯。爭豔探花遊上苑。又早歸來岸幘。曲水拖藍。遥山疊翠。渺渺神仙宅。可容舴艋。長蘆深處尋覓。

# 東　廣

字疏先、號雲庵、江南丹陽人、順治十四年副貢、有池上生詞草一卷、

## 眼兒媚 秋閨

萋萋煙草小樓西。雲壓雁聲低。兩行疏柳。一絲殘照。數點鴉棲。　春山碧樹秋重綠。人在武陵溪。無情明月。有情歸夢。同到幽閨。

## 謁金門 初春

花事淺。纔費春工勻染。牆角紅梅開未遍。小桃剛數點。　人在暮寒庭院。閒續茶經香傳。酒思如冰詩思嬾。雨聲簾不卷。

# 李天馥

字湘北、號容齋、江南合肥人、原籍河南永城、順治十五年進士、改庶吉士、授翰林院檢討、官至武英殿大學士、謚文定、有容齋詩餘一卷、

## 少年遊 次韻

千林落葉馬蹄紅。香霧捲晴空。平蕪衰草。蒼茫無際。山色夕陽中。 黃花滿目秋光冷。遠磬咽西風。向晚人家。池塘清淺。流水碧溶溶。

## 小重山 閨情

屛掩瀟湘畫裏看。芙蓉金屈戌、錦交闌。黃星一點夕陽山。臨晚鏡。無計避孤鸞。 綵屧石榴斑。銀泥蝴蝶小、玉弓寒。香堦偶立不知還。徘徊久。端爲出來難。

## 憶王孫 春望

妒春良夜愛春朝。花外紅樓卷絳綃。極目香塵舊板橋。路迢迢。不見歸鞍見柳條。

# 陳廷敬

原名敬、字子端、號說巖、又號午亭、山西澤州人、順治十五年進士、改庶吉士、授翰林院檢討、官至文淵閣大學士、諡文貞、

## 紅窗聽

玉軫霜絃欣暫倚。更何必、醉從燕市。窗燈簾月閒相對。覺吾將老矣。 目送手揮聊復爾。正良夜、碧天如水。漏聲初起。征鴻過盡。奈鄉愁難寄。

# 王士禛

字貽上、號阮亭、別號漁洋山人、山東新城人、順治十五年進士、官至刑部尚書、謚文簡、有衍波詞二卷、一名阮亭詩餘、花草蒙拾一卷、又與鄒祇謨合選倚聲初集二十卷、

## 如夢令　春晝

簾外游絲片片。晝靜碧虛常卷。翠雀下花陰。啄破春痕一線。誰見。誰見。淸淚朝朝洗面。

## 點絳脣　春詞和漱玉韻

水滿春塘。柳緜又蘸黃金縷。燕兒來去。幾陣梨花雨。　情似黃絲。歷亂難成緒。凝眸處。白蘋紅樹。不見西洲路。

## 醉花陰　和漱玉

香閨小院閒淸晝。屈戍交銅獸。幾日怯輕寒。簫局香濃。不覺春光透。　韶光轉眼梅花後。又催裁羅袖。最怕日初長。生受鶯花。打疊人消瘦。

## 山花子　秋閨

斗帳初垂嬾卸頭。任他紫棧減秦篝。簾外銀河天似水。數更籌。　梧葉催蛩寒到枕。花枝和月午當樓。還似殘春寒食夜。一般愁。

## 浣溪紗　出鎭淮門、循小秦淮折而北、陂岸起伏多態、竹木蓊鬱、淸流映帶、人家多因水爲園、亭榭谿塘幽

窈而明瑟頗盡四時之美、拏小艇循河西北行、林木盡處、有橋宛然、如垂虹下飲於澗、又如麗人靚妝袨服、流照明鏡中、所謂紅橋也、游人登平山堂、率至法海寺、舍舟而陸、徑必出紅橋下、橋四面皆人家荷塘、六七月間、菡萏作花、香聞數里、青簾白舫、絡繹如織、良謂勝游矣、予數往來北郭、必過紅橋、顧而樂之、登橋四望、忽復徘徊感歎、當哀樂之交乘於中、往往不能自喻其故、王謝冶城之語、景晏牛山之悲、今之視昔、亦有然邪、壬寅季夏之望、與籜菴茶邨伯璣諸子、偶然漾舟、酒闌興極、援筆成小詞二章、諸子倚而和之、籜菴繼成一章、予亦屬和、嗟夫、絲竹陶寫、何必中年、山水清音、自成佳話、予與諸子聚散不恆、良會未易遘、而紅橋之名、或反因諸子而得傳於後世、增懷古憑弔者之徘徊感歎、如予今日、未可知也、

北郭青谿一帶流。紅橋風物眼中秋。綠楊城郭是揚州。　西望雷塘何處是。香魂零落使人愁。澹煙芳草舊迷樓。

## 蝶戀花　和漱玉詞

涼夜沈沈花漏凍。欹枕無眠。漸聽荒雞動。此際閒愁郎不共。月移窗罅春寒重。　憶共錦裯無半縫。郎似桐花。妾似桐花鳳。往事迢迢徒入夢。銀箏斷絕連珠弄。

## 蝶戀花　和少游

啼碎春光鶯燕語。一片花飛。又是天將暮。欲乞放晴春不許。黃昏更下廉纖雨。　春去應知郎去處。好屬春光。共向郎邊去。畢竟春歸人獨住。澹煙芳草千重路。

## 御街行 贈雁

銀河一雁歸湘楚。似向離人語。獨將二十五絃彈。玉軫金徽淸苦。水明沙碧。參橫月落。遠向瀟江去。 衡陽南望峯無數。楓葉秋如雨。不勝淸怨卻飛來。應記江南煙浦。春社纔過。又逢秋社。燕雁行相遇。

## 賀新郎 夜飲用蔣竹山韻

過雨花如繡。正罘罳、低垂四面。繁英香透。結客十年知己少。何似銀箏翠袖。莫須問、濤飛山走。且解金龜休作惡。未傷神、絲竹中年後。空淚墮。金城柳。 長安一雨分新舊。更誰能、望塵膝席。爭名雞口。高誓安期靈氣盡。一望三山似阜。但海水、盡成醇酒。鸚䳇螺杯金不落。問狂生、得似公榮否。休暫住。捱絭手。

# 王士禧 字禮吉、山東新城人、貢生、有抱山詩餘一卷、

## 菩薩蠻 過露筋祠

女郎遺跡秦淮路。晚涼門外靑楓樹。石竹響空祠。蕭蕭三兩枝。 可憐嗚咽水。斜日西風裏。那更感人情。估船吹笛聲。

# 毛際可 字會侯、號鶴舫、浙江遂安人、順治十五年進士、官河南彰德府推官、有浣雪詞鈔二卷、一名映竹軒詞、

## 蝶戀花 別王丹麓

馬跡車塵何日了。不分啼鵑。只解催歸好。楊柳條長飛絮少。離情一夕和春攪。　北墅高樓芳樹杪。愁唱驪歌。酒罷天初曉。片霎征途烟渺渺。回頭殘月如燈小。

## 林雲銘

字西仲、福建侯官人、順治十五年進士、官江南徽州府通判、有吳山轂音一卷、

### 踏莎行　憶人

淡月窗虛。殘更燭短。家園人在天涯遠。夢中握手正分明。啼鵑聲裏難尋斷。　芳草無情。朱顏易換。離愁味苦嘗應慣。生平懶事爲相思。而今也併相思懶。

### 漁家傲　憶山居

門對清溪蘆荻畔。野花開落巖頭滿。曲徑往來通道院。終日玩。閒雲不許青山管。　欸乃正喧回棹遠。樵歌又逐棲鴉亂。暝色催將星月伴。歸來晚。窗虛夜久爐香斷。

## 陸瑤林

字介庵、浙江平湖人、順治十五年進士、官江西金谿縣知縣、有九畹閣詩餘三卷、

### 踏莎行　珠樓夕照

秀擷鷗波。光浮螺黛。支分九曲橫襟帶。西來秋色滿樓中。晴川飛靄城闉會。　浦溆迴帆。吳儂清籟。漁人網晒斜陽外。暝烟催急亂鴉啼。東林月上如相待。

## 趙鑰 字千門、號南金、山東萊陽人、順治十五年進士、官江西南昌府推官、有趙氏詞韻一卷、

### 浣溪紗 春懷

二月輕寒江上知。黄昏驛舍雨絲絲。燭花人影兩相欹。　柳挾黛煙千縷散。桃霏紅雨一枝垂。晝長香閣憶當時。

## 鄒祗謨 字訏士、號程村、别號麗農山人、江南武進人、順治十五年進士有麗農詞二卷、遠志齋詞衷一卷、又與王士禛合選倚聲初集二十卷、

### 祝英臺近 旅懷用商文毅韻

樹森森。波淼淼。回首京華路。無限離情。灒數聲鳴櫓。遥看一片黄雲。兩行綠樹。遮斷卻、故鄉來處。　無情緒。誰念寥落天涯。杯酒和風雨。夢去愁來。消息渾無據。便教兩字平安。三千里外。怎博得、夜深私語。

### 山花子 春愁

澹白春烟花信宜。紅雲到處罥游絲。自是淒涼渾不管。總難支。　小雨三更歸夢溼。輕烟十里亂愁迷。幸有姊歸能解事。未曾啼。

### 望遠行 蜀岡眺望懷古和阮亭韻

今年纔過清明節。又見春風催暮。酒旗籬落。畫舫笙歌。都傍銷魂堤樹。金刹斜陽。透得紅霞一抹。望中綠莎如許。送韶華歲歲江山烟雨。　相語。屈指興亡多少。只柳影鶯聲無數。殿腳三千。橋頭十五。斷卻隋皇歸處。惟有醉翁幾闋。髯公三過。妝點平山詞賦。看騎鶴人來。吹簫人去。

### 寶鼎現　廣陵清明日、賀天士邀同南郊小飲、有贈、用劉須溪元夕詞韻、

聯翩遊騎。玉勒踏遍。月樓烟市。漫追尋、雷塘繡冢。望青帘杏花村底。春一笑、任羣鶯滿樹。卻與春光俱醉。怎禁得畫橋暫止。猛聽吹簫聲起。　遺簪墮珥籌花事。憶少年、情悰如水。卻早見、當壚佳麗。抱銀箏初來北第。香縹緲、颺繡屏羅綺。風散落紅十里。誰憐惜、旗亭遊子。看日攬一簾花碎。　莫道天遠蓬山。暫消受、檀牙按指。問何時、翠幰重來。對紅蕤怯睡。賺得箇玉纖整髻。假報金釵墜。還記取、垂柳堤邊。搖蕩春風影裏。

## 顧岱　字商若、號止庵、江南無錫人、嘉定籍、順治十五年進士、官浙江杭州府知府、有澹雪詞一卷、

### 燭影搖紅　可亭即事

嫩綠浮天。可亭一曲春陰淺。侵晨坐隱碧池頭。有客攜嘉宴。小閣湘簾乍卷。畫圖開、西林北院。浣花深處。月漾爐煙。恰宜絃管。　幾陣香飄。霎時亂灑千紅片。天宮飛墮董雙成。三徑雲鬟滿。莫恨情絲未斷。闌干外、鶯啼漸遠。幽窗逸韻。半幅修篁。數聲歸燕。

## 徐喈鳳

字鳴岐、號竹逸、江南宜興人、順治十五年進士、官雲南永昌府推官、有蔭綠軒詞一卷、續集一卷、

### 點絳脣　春雨

紫媚紅嫣。園林正好春如繡。夜來雨後。孤枕驚鶯雷。　曉起憑闌。寒氣侵衫袖。陰雲厚。沉沉長晝。花與人同瘦。

### 浣溪紗　春悶

細雨斜風氣象幽。濕雲迷漫罩春樓。樓中心緒冷如秋。　香爇博山煙帶悶。鳥啼鄰屋韻含愁。小梅無語倚牆頭。

## 楊大鯤

字九摶、一字陶雲、號天池、又號秋屏、亦號曉屏、江南武進人、順治十六年進士、改庶吉士、官至山東按察使、

### 如夢令

曉日和鶯催曙。卷起一簾風絮。無語暗低徊。悄立落花深處。絲雨。絲雨。又送一年春去。

### 踏莎行　春半

綠重平池。紅飛清晝。倚闌人別花時候。小桃無語對人愁。垂楊欲舞和腰瘦。　燕子初歸。海棠香透。疏雲

帶雨鳴鴛甃。重門深閉鎖窗寒。去年春恨依然又。

## 王又旦

字幼華、號黃湄、陝西郃陽人、順治十六年進士、官監察御史、有黃湄集、

### 浣溪紗 紅橋懷古次王阮亭韻、

幾簇漁航映碧流。數星螢火野塘秋。繁華猶說是揚州。　山外寒煙凝舊恨。亭前暮雨滴新愁。何人吹笛酒家樓。

## 劉壯國

字幼功、河南潁州衞人、順治十六年進士、有東皋詩餘一卷、

### 青玉案 春暮村行

芒鞋不踏長安道。腳跟上、閒雲繞。十里香塵吹未了。酒家難覓。鶯花似告。路轉前村好。　長橋兩岸皆芳草。綠水人家柳影抱。是處園林風景皎。歌聲何處。漁翁獨棹。恰值楊花鬧。

## 彭孫貽

字仲謀、號羿仁、浙江海鹽人、入清不仕、私謚孝介先生、有茗齋詩餘二卷、

### 一斛珠 燕京秋夕

衰荷病葉。助人愁緒閒淒切。桑乾夜色盧溝月。流火頻飛。點點螢明滅。　思歸小夢輕於蝶。剪西風、暗燈

花炮。關河夜冷人蹤絕。萬疊青山。遮斷東南缺。

## 西河 金陵懷古、次美成韻、

龍虎地。繁華六代猶記。紅衣落盡。祇洲前一雙鷺起。秦淮日夜向東流。澄江如練無際。　白門外。枯杙倚。樓船朽檝難繫。石頭城壞。有燕子銜泥故壘。倡家猶唱後庭花。淸商子夜流水。　賣花聲過春滿市。鬧紅樓、煙月千里。春色豈關人世。任野棠無主。流鶯成對。銜入臨春故宮裏。

## 水調歌頭 吳山懷古

吳越幾爭鬬。不改此江山。錢塘昔日西渡。風雪過江寒。回首宋家宮闕。試問萬松何處。荒草有無間。落日牛羊道。虎跡自斑斑。　興亡事。蘆葉岸。白鷗閒。英雄多少衣錦。大樹已摧殘。三折雲峯盡處。七里灘頭釣客。自在一漁竿。笑煞風波子。日日弄潮還。

## 燭影搖紅 春閨次子黃韻

風軟游絲。繡衾無力支春暖。多愁不爲落花多。忒殺殘紅徧。且閉海棠深院。把十二、屏山半掩。難銷鬢黛。易減鉛華。桃花人面。　悶擺簾鉤。一鉤新月弦初滿。春深尙道怯餘寒。雙頰垂紅斷。並宿紅襟小燕。怕空梁、月斜夢遠。鏡潮鏡汐。三眠三起。香篝屢換。

## 八聲甘州 秋怨和柳五

憶當年、匹馬向潯陽。白雲渡河秋。正天橫霜雁。山明驛火。風入江樓。最是江聲送客。日夜豈曾休。不管歸期未。先自東流。回首鄉關千里。漸渚蘋汀鷺。殘照將收。任雲山留我。難爲鷓鴣留。想倚闌、舊時人在。幾夢中、隨我上孤舟。又誰道、夢中人返。反爲伊愁。

## 倦尋芳　詠燕次子黃韻

畫巢香乳。藻井泥融。梨花深院。到處雙飛。紅雨不教吹散。掠鏡頻窺釵鈿小。穿簾低入樓臺徧。是誰家、烏衣人物。依稀曾見。　聽玉樹、庭花歌斷。水榭磯寒。平蕪煙暖。金粉六朝。東去伯勞非遠。細雨斜飛金翦下。輕風巧避晴絲捲。乍歸來、午眠時、海棠春倦。

## 滿江紅　次文山和王昭儀韻

昭儀嫦娥相顧肯從容隨圓缺句、須於相顧處略讀斷、原是決絕語、不是商量語、文山惜之似誤、然文山所和二結句又高出昭儀上、讀之悲感、敬步二闋、

曾侍昭陽。迴眸處、六宮無色。驚鼙鼓、漁陽塵起。瓊花離闕。行在猿啼鈴斷續。深宮燕去風翻側。只錢唐、早晚兩潮來。無休歇。　天子氣。宮雲滅。天寶事。宮娥說。恨當時不飲。月氏王血。寧墜綠珠樓下井。休看青冢原頭月。願思歸、望帝早南還。刀環缺。

## 彭孫遹

字駿孫、號羨門、浙江海鹽人、順治十六年進士、康熙十八年舉博學鴻詞第一、授翰林院編修、官至吏部右侍郎、有延露詞三卷、金粟詞話一卷、詞統源流一卷、詞藻四卷、

## 生查子　旅夜

薄醉不成鄉。轉覺春寒重。枕席有誰同。夜夜和愁共。　夢好恰如眞。事往翻如夢。起立悄無言。殘月生西弄。

## 卜算子 夏至日

纔過困人天、又把黃梅做。試捲疏簾一倚闌。小雨吹紅醋。　草草百年身。悔殺從前錯。來日還如去日長。沒箇安排處。

## 柳梢青 感事

何事沈吟。小窗斜日。立遍春陰。翠袖天寒。青衫人老。一樣傷心。　十年舊事重尋。回首處、山高水深。兩點眉峯。半分腰帶。憔悴而今。

## 念奴嬌 和漱玉詞、同阮亭作、

深閨岑寂。見朱扉曲曲、銅龍雙閉。坐覺春陰寒尚峭。不斷氤氳爐氣。遠岫低雲。濃花着雨。可是伊風味。紅箋小疊。此情何處相寄。　朝暮鎮是無聊。湘娥淚溼。空向花枝倚。病裏腰肢慵似柳。盡日三眠三起。芍藥闌前。清和時候。約訴纏綿意。眼看春盡。那人應是歸未。

## 宴清都 螢火

四壁秋聲靜。疏簾外、數點飛來破暝。輕沾葉露。暗棲花蕊。亂翻銀井。有時團扇驚迴。又巧坐人衣相映。空自抱、熠燿微光。願增照金樞景。　幾番去傍深林。來穿小幔。高低不定。隨風欲墮。帶雨猶明。流輝耿耿。隋家宮苑何在。腐草於今無片影。向山堂、且伴幽人。琴書清冷。

野照蕪城夕。送遠目、雲水蒼茫不極。瓊蘂音遙。青樓夢杳。玉鉤人寂。何處認隋宮。見衰草寒煙堆積。攢一片、傷心碧。聽柳外哀蟬。風高響殢。如訴興亡舊恨。聲聲無力。　今昔可勝悽惻。莫重問、錦帆消息。竹西歌吹。淮南笙鶴。盡成陳迹。轉眼又西風。辭巢越燕還如客。落葉千重蕭槭。萬事總銷沈。惟有清江皓月。曾照昔人顏色。

## 畫屏秋色　蕪城秋感

原注淮南笙鶴用高駢事

# 袁必得

字四其、廣東東莞人、順治十五年舉人、官南雄州學正、

## 蝶戀花　春閨

簌簌簌落花香糝徑。對罵黃鸝。不管人愁聽。簾捲簾垂風不定。遶籬蛺蝶飛雙影。　繡閣燈寒人寂靜。翠被香薰。薰盡還孤另。夢遶梅花春未醒。起來慵對妝臺鏡。

# 董　俞

字蒼水、一字樗亭、江南華亭人、順治十七年舉人、康熙十八年舉博學鴻詞、有玉鳧詞二卷、一名盟鷗草閣詞、

## 南鄉子　月夜

羅襪錦茵重。葉葉銖衣不耐風。去似彩雲來似夢。匆匆。腸斷迴廊細語中。　愁倚畫樓東。六曲屏山燈影紅。月自徘徊花自笑。朦朧。孤負鑪香徹夜濃。

滿江紅　重到西湖憶舊

繡甸春濃。酒帘外、青山無數。還記得、桃花滿院。劉郎前度。紅燭畫橈臨別酒。碧簫殘雨相思路。看韶光、零落斷橋邊。斜陽暮。　無限景。烟中樹。無限意。風前絮。對澄湖如鏡。玉人何處。豔影尚疑花欲笑。麗情只有鶯能訴。歎西陵、松柏自年年。風流誤。

## 董元愷

字舜民、號子康、江南長洲人、順治十七年舉人、有蒼梧詞十二卷、

憶王孫　江上

一江江水閱興亡。花月春江事渺茫。江上風吹雁兩行。淚沾裳。江北江南總斷腸。

酷相思　西江代內

簾捲簾垂朝復暮。斷送落紅無數。想杜鵑聲裏人何處。春山也、留君住。秋山也、留君住。　兩峯三竺西泠渡。舊是同行路。縱叮嚀燕子渾無據。春江也、隨君去。秋江也、隨君去。

永遇樂　過虎牢關用辛稼軒韻

千古𡼖關。是英雄、戰守紛爭處。廢壘寒沙。荒原宿草。精靈自來去。汜水滔滔。河流滾滾。日夜何曾少住。把

當年、袁曹劉項。一樣銷沈龍虎。有恨興亡。無端成敗。贏得橫鞭指顧。西去滎陽。東來嵩渚。險設成皋路。風響鳴環。霜飛斷鏃。隱隱猶聞金鼓。驚心問、長陵坏土。今猶在否。

浪淘沙　七夕

新月一弓彎。烏鵲橋環。雲軿縹緲度銀灣。天上恐無蓮漏滴。忘卻更殘。　莫爲見時難。錦淚潸潸。有人猶自獨憑闌。若果一年眞一度。還勝人間。

霜葉飛　旅況和周清眞韻

天涯芳草斜陽外。千里關河雲表。熒熒流淚落燈花。正銅龍漏悄。看絳蠟、成灰未曉。芳心一點如烟小。又簾外稀星。恰巧映、簷前螢火。暗飛殘照。　恍聽細語吳儂。溫柔鄉裏。暮雨朝雲重到。東風剗地動孤幃。一枕愁人抱。聽四壁、蛩吟未了。凄涼似譜伊涼調。欲識此時情味。留住五更。夢魂多少。

孫繹武　字武經、江南無錫人、順治十七年舉人、

意難忘

淸坐昏黃。憶花邊竹底。去影來香。羞歌低掩箑。私語暗沾裳。棋散局。酒停觴。最此景難忘。更休題、珠名玉字。苦費迴腸。　無端兩地參商。怕張眉減翠。潘鬢黏霜。游絲牽遠夢。彈指誤流光。裁半紙。寄輕航。正暖晝方長。又誰憐、攀桃折柳。瘦立無雙。

# 葉映榴 字炳霞、號蒼巖、江南上海人、順治十八年進士、改庶吉士、官至湖廣布政使、有蒼巖山房遺稿、附詞一卷、

## 桂枝香 同人讌集孫北海公郎茂叔退谷園紫藤花下、各賦桂枝香謁金門二闋、余不及與、因遙和之、

園名退谷。憶獨樂午橋。風流堪續。看過三春。桃杏紫藤開足。石家錦障繁華處。問何如、天然花屋。交枝紅顫。軟梢綠嚲。一庭芳馥。　羨君輩、周旋茂叔。有繡幕當頭。霞光娛目。良夜清尊。譜出開元新曲。慚余未到東山麓。但沈吟、謝傅絲竹。卷簾凝望。燕掠香來。破人塵俗。

# 江皋 字在湄、號磊齋、江南桐城人、順治十八年進士、官陝西平慶道、有染香詞一卷、

## 風中柳 楊花

作意風流。簾外窺人不見。任飄揚、梨花深院。雨絲風細。落處難消遣。襯殘紅、草間輕轉。　輕薄依人。挽不住、長條線。糝徑鋪林風乍翦。軟步芳塵。羅襪看難辨。掩屏山、雪飛千點。

## 江神子 秋柳

幾枝疏樹近斜陽。弄煙光。漾橫塘。最是西風。南浦路凄涼。樓上凝妝人不見。春夢裏。影微茫。　繫人愁處萬絲長。絮飛狂。燕飛忙。記得門前。曾控紫騮韁。此日腰支難鬬舞。消瘦盡。不堪量。

## 生查子

殘漏擁青綾。好夢偏隨枕。如水注春愁。難汲深深井。　花落小桃紅。池面波生錦。曉起步芳叢。滴露和香粉。

## 卜算子　曉行

懸空月半鉤。影落烏栖樹。曉露如珠的的圓。溼透征衫處。　衝烟聞馬嘶。隔水驚人語。望裏遙山不斷青。遮住還家路。

# 莫大勳　字聖猷、號魯巖、江南宜興人、順治十八年進士、官刑科給事中、

## 水龍吟　詠杜鵑花

小樓日日輕陰。花枝映得紗窗曙。恰推窗看。玉闌干外。紅香無數。櫻筍時光。鞦韆院落。襯他嬌嫵。只一枝怯雨。泫然卻想。故鄉也、知何處。　自別西川萬里。擬消受、江南歌舞。詎料年年。每當閒日。便成春暮。甚日重逢。錦城絲管。華陽士女。待化爲蜀魄。枝頭喚道。不如歸去。

# 周斯盛　字屺公、浙江鄞縣人、順治十八年進士、官山東卽墨縣知縣、

## 采桑子

畫梁雙燕殷勤語。似訴相思。弄影參差。又是江南草長時。　辛夷開罷開紅藥。道是將離。無計留伊。銜得殘紅補舊泥。

## 龔錫瑗

字衞公、福建晉江人、順治十八年進士、

### 夜行船　送人歸松江

江水曉來留不住。問何地、是秋深處。一雁天邊。孤舟日下。看一樣、蕭蕭路。　三泖湖頭霜又暮。儘殘月輕烟依樹。曲岸丹楓。遙汀綠草。都作故鄉人語。

### 畫堂春　丁雁水甓園六月玉蘭

紅雲剛映綠荷塘。驚看瓊蕊呈芳。瑤臺仙侶鬭新妝。悄倚斜陽。　玉骨自來無汗。冰肌還似凝霜。卻愁深夜露華涼。浥損羅裳。

## 米漢雯

字紫來、號秀巖、順天大興人、順治十八年進士、康熙十八年舉博學鴻詞、授翰林院編修、官至侍講學士、有始存詞、

### 滿江紅　易水弔古

擊筑遺墟。覓故壘、盡成陳迹。想當日、停盃西發。壯懷辟易。慘澹徵聲歌已杳。潺湲易水寒猶昔。念燕丹、豈

樂蹈危機。他無策。於期頸。空函赤。夫人匕。成虛擲。笑舞陽豎子。何堪爭烈。永訣直應毛髮豎。密謀何用衣冠白。歎一般、有志事無成。沙中客。

## 張李定 字慧曉、江南華亭人、諸生、

### 念奴嬌 秣陵舟次贈別

六朝烟水。恨歸帆千里。傷心行客。霧鬢風鬟愁絕處。牽惹蘆花頭白。浪細聲微。月高影小。兩岸山如積。鳴榔催發。惘然不知今夕。　迴念舊苑荒臺。玉人此去。應化當年石。燕阻鶯分無限恨。一點寒燈脈脈。海樹模糊。江村冷落。別夢渾無跡。闔城唱罷。曉天慘咽凝碧。

## 徐旭旦 字浴咸、號西泠、浙江錢塘人、副貢生、官廣東連平州知州、有世經堂詞鈔五卷、

### 滿江紅 懷冒巢民

江左鍾奇。問誰是、名流第一。端只有、白雲司理。才高無匹。馬踏春生亭外草。鳥飛夜靜臺邊石。想當年、三策九天開。崇經術。　通家誼。情尤密。論交好。心尤折。望匿峯水繪。高風清越。文擧直登元禮座。陳蕃獨揖南州客。但於今、迢遞隔龍門。遙相憶。

### 百字令 秋日、和家司業吳匡期晚坐俞陳芳漁莊園、

垂楊萬樹。聽蟬聲四起、晚涼幽絕。雨過幾番新水闊。風送芰荷香烈。爽氣初來。稻花開處。陣陣黃雲結。漁邨荻浦。紅塵不到仙國。　堪羨湖海元龍。多情杜牧。狂態何須節。人坐瑤臺淸露下。消受一池冰雪。横笛高樓。鳴琴畫舫。人與秋聲潔。舉杯細酌。娟娟才挂蘿月。

# 全清詞鈔第三卷

## 余懷

字無懷、號澹心、別號鬘持老人、福建莆田人、有研山詞秋雪詞、總稱玉琴齋詞、

### 桂枝香 和王介甫　四十九歲感遇詞（六首之一）

江山依舊。怪捲地西風。忽然吹透。只有上陽白髮。江南紅豆。繁華往事空流水。最飄零、酒狂詩瘦。六朝花鳥。五湖煙月。幾人消受。　問千古、英雄誰又。況伯業銷沉。故園傾覆。四十餘年。收拾舞衫歌袖。莫愁艇子桓伊笛。正落葉、烏啼時候。草堂人倦。畫屏斜倚。盈盈清晝。

## 俞汝言

字右吉、浙江嘉興人、

### 綺羅香 送樵雲攜偶北上

麗錦披花。輕烟着柳。千里笙歌鶯囀。畫舫生春。第一風開寶扇。蘭渚暖、宮袖香飄。金勒驕、遠山翠展。最堪矜、盈路芳塵。藍橋昨夜雲英見。　乍聽津鐘渡角。已趁江潮急。早移鄉縣。共撫支機。往溯迢遙銀漢。簾隱隱、樓頭飛鳳。水溶溶、池邊浴燕。料他日、粉署雞鳴。早到含香院。

## 梁中斗 字雪亭、湖廣麻城人、

### 巫山一段雲 上昇峯

梳洗今何處。琵琶送客舟。參差縹緲太眞樓。鸞鶴去悠悠。　碧海青天夜。瓊宮玉宇秋。陽臺朝暮儘消愁。離恨付東流。

### 巫山一段雲 集仙峯

五嶽浮雲散。三山弱水遙。乘瀾試舞楚江橈。莫減帶圍腰。　珠綴青雲髻。玉搔金鳳翹。何須相望似虹橋。一會一愁消。

## 呂　潛 字半隱、一字石山、四川遂寧人、明崇禎十六年進士、官大理院評事、入清不仕、

### 清平樂 題顧臨刊春江草堂圖

溪花汀樹。點染成佳趣。漠漠紅塵門外路。一任閒雲來去。　鳧鷺占斷清泉。鷓鴣啼破蒼烟。莫問秦宮漢館。從君散髮江邊。

## 陳允衡 字伯璣、江西南城人、有國雅詞、

浣溪紗 和韻

輦路淒迷入亂流。烟光猶是故宮秋。隋隄何處認揚州。 歌吹至今傳舊事。玉人何處起新愁。尊前一夜唱西樓。

浣溪紗 紅橋感舊、和阮亭、

隱隱簫聲送畫橈。迷樓無影見平橋。不須指點已魂銷。 港口荷花紅冉冉。岸邊野草碧迢迢。遊人依舊弄新潮。

## 張 岱

字宗子、又字石公、號陶庵、浙江山陰人、有瑯嬛文集附詞、

念奴嬌 丁亥中秋、寓項里作、

雨餘乍霽。見重雲堆垜、天無罅隙。一陣風來光透處。露出半空鸞翮。涼冽無翳。玲瓏晶沁。人在玻璃國。空明如水。堦前藻荇歷歷。 歎我家國飄流。水萍山鳥。到處皆成客。對影婆娑回首問。何夕可方今夕。想起當年。虎丘勝會。眞足銷魂魄。生公臺上。幾聲冰裂危石。

## 龔 賢

一名豈賢、字半千、一字野遺、號柴丈人、江南上元人、有半畝園詞草、

西江月

新結臨溪水棧。舊支架壁山樓。何須門外去尋秋。幾日霜林染就。 影亂夕陽楚舞。聲翻夜月吳謳。山中布褐傲王侯。自舉一觴稱壽。

### 鷓鴣天

江水西來地勢斜。高臺如臥枕晴沙。風前不見飄帘處。山上誰知賣酒家。 空躑躅。莫咨嗟。秋深滿眼是黃花。寒烟搖曳迷宮樹。猶帶南朝幾點鴉。

### 蝶戀花 初夏贈友

辜負看花開醉眼。久雨初晴。新綠枝枝偏。堤上垂楊搖綺線。黃鸝飛過分明見。 自展方牀桃竹簟。愁是多閒。晝永人先倦。流水小橋看素練。年年弔古隋家苑。

### 漁家傲 春歸

昨日落花今日掃。落花掃遍人先老。又是春來添懊惱。如何好。前村沽酒青錢少。 披衣日上寒窗早。夢中怕向邯鄲道。又見青青窗外草。兒童道。謝家原上鶯聲悄。

## 黃家舒 字漢臣、江南無錫人、

### 虞美人 詠史

六朝遺跡餘金粉。玉樹何堪問。一般惆悵夜啼烏。消得幾絲煙篆博山罏。 江南江北愁相續。猶唱無愁曲。黑頭江令擅新詞。不記臨春花月是何時。

## 張綱孫　原名丹、字祖望、號秦亭、别號竹隱君、浙江錢塘人、有從野堂詩餘、一名秦亭詞、

### 昭君怨　秋夜

昨夜秋聲不住。今夜秋聲還去。月色上窗痕。老黄昏。　坐久不禁露冷。愛看空庭疏影。細細畫愁容。是梧桐。

### 喜遷鶯　長安弔古

秦關何處。看衰草飛煙。古今難滅。斑鬢蕭蕭。高歌擊筑。千載羽聲悲切。堪歎咸陽一火。灰了祖龍帝業。怎忍見。那渭城灞水。漢家明月。　淒涼回首處。舊日園陵。花老棠梨結。池畔留裙。坡邊遺襪。舊事有誰能說。爲問館槐宫柳。經過幾番霜雪。淸淚灑。聽西風蕭颯。寒蟬嗚咽。

### 烏夜啼　越中感懷

扁舟又渡江東。正西風。舊日越王棲處。草連空。　興亡事。千年裏。恨無窮。偏是若耶溪畔。蓼花紅。

## 錢　曾　字遵王、號也是翁、江南常熟人、有交蘆判春諸集、

### 鵲橋仙

輕勻粉面。斜梳蟬鬢。小閣妝成獨坐。東風幾陣漾簾鉤。卷無數、楊花飛過。　閒庭草綠。紗窗人靜。只有燕兒和我。暗將春恨數從頭。恰恰被、鶯聲啼破。

江城子

百勞啼徧小闌干。蝶飛還。夢初殘。人在綺羅香裏度輕寒。窗外海棠開也未。朝雨歇。卷簾看。　杏梁春暖燕泥乾。倚屏山。思漫漫。拖取柳條殘恨上眉端。羞整翠鈿無箇事。空對鏡。惜朱顏。

## 周篔

初名筠、字青士、號簹谷、浙江嘉興人、有采山詞□卷、又輯詞緯三十卷、今詞綜十卷、樂章考索十二卷、

生查子

切切亂蛩悲。暗與羇魂語。深夜苦懷人。臥聽芭蕉雨。　烟霧障林巒。秋夢行何處。孤雁落西風。聲咽寒蘆渚。

生查子　暮春

徑轉翠屏開。一片荼蘼雪。不待晚妝成。自下香階折。　鶯是故園聲。月似當時白。誰分比來心。祇覺看承別。

蝶戀花

芳草生烟橫野渡。綠到春山。山色深於樹。離恨年年縈別緒。桃根桃葉秦淮路。　眼底韶華容易度。燕燕

呼鶯。說與歸期誤。婪尾花開春已暮。柳絲不解牽伊住。

## 張潮

字山來、別號三在道人、河南新安人、有花影詞一卷、

### 菩薩蠻 秋雨和李白

雨絲風片交相織。青天失卻柴窰碧。不忍上高樓。樓高劇惹愁。　瑤階時獨立。怕聽蛩聲急。莫更問前程。紗窗閉小亭。

## 蕭詩

字中素、號芷厓、江南華亭人、業木工、有南浦集、釋柯集、藥房近草、

### 滿江紅 和宋王昭儀韻

玉蕊瓊枝。曾占斷、上林春色。無端又、盲風慘霧。忽迷天闕。吹落瑤階紅不掃。可憐憔悴雕闌側。奈殘英、猶逐暗塵飛。芳菲歇。　琳宮廢。銀燈滅。興亡事。傷心說。歎馬嵬黃土。烏江青血。深夜驛亭愁不寐。照人惟有淒涼月。念持身、肯與樂昌侔。菱花缺。

## 先著

字遷夫、一字遷甫、別號之溪老生、四川瀘州人、僑居江寧、有勸影堂詞三卷、詞評一卷、又與程洪合輯詞潔七卷、發凡一卷、

## 南浦 春水

芳事到池萍。雨聲柔、一夜烟痕添滿。風定織鮫絲、雙飛羽、偏把平波輕剪。移舟舊日。呼鐙藏酒人家遠。一任遊魚吹暖浪。睡老鴛鴦誰管。　還將愁比春江。算春江盡是。盈盈淚點。花後少沿洄山溪約、應恐半篙難挽。揉藍淨染。飛香茜血如何浣。堤畔陰陰無柳路。天際歸帆更晚。

## 水龍吟 白蓮

煙汀月轉無聲。深飛鷺起人纔見。橫波靜悄。芳容澹雅。亭亭意遠。水國淒涼。錦香何處。笙歌臺殿。待采菱人過。纖腰素面。應暗訴。西風怨。　瑟瑟風裳斜捲。惜因何、羞紅一點。同時姊妹。舞衣零落。鮮妝已變。幾瓣隨流。不咸題句。誤他愁眼。恐蘋花吹老。涼螢掠影。響枯聲岸。

## 珍珠簾 泛雨

半篙淺水城陰路、又添得。船頭一簾絲雨。煙樹遠迷濛。望橫橋斜浦。陌上鈿車堤上騎。是晴日、冶遊佳處。無數。爲朝來泥潦。頓成妨阻。　還將老眼臨風。問江南山色。模糊何許。零落到天香。正殘春無主。長條涇盡垂楊重。恐早晚要成飛絮。歸去。甚紫藤花發。留君不住。時勿齋家書至、以庭中紫藤將花、欲促其歸、

## 長亭怨慢 望後湖、用白石韻、

想江上、飛黏蘆絮。待覓毛公。問他三戸。湖中舊藏版圖處有毛老人祠 錦翼鴛鴦。舊時曾識、淺深許。芰荷空矣。憑

見說、千章樹。樹早是蕭疏。更莫遣、愁人來此。景暮。有霜紅一段。略與夕霞充數。漁罾冷落。更誰把、釣竿分付。只較量、一掬湖波。況無數、溪山無主。歎近日臨風。衰比垂楊絲縷。

## 魏際瑞　原名祥、字善伯、一字伯子、江西寧都人、有伯子詩餘、

### 蝶戀花

小院日高花影轉。簾捲玲瓏。黛色遙山淺。睡起懨懨晴晝暖。窗前一樹桃花滿。　鏡裏暗憐顏色換。芳草連天。遮得相思斷。好夢無憑春不管。玉驄嘶過垂楊院。

## 汪　价　字三儂、江南嘉定人、諸生、有半舫詞一卷、

### 踏莎行　初秋

岸柳絲黃。井梧葉冷。蘋花漸老荷花暝。雲天漠漠做秋陰。斷霞殘照無憑準。　風咽蟬聲。雨低螢影。莎庭露坐人孤另。算來衾枕一般愁。秋宵更比春宵永。

## 吳而達　字康侯、廣東東莞人、有破夢草附詞、

### 點絳脣

幾處疏砧。碧梧葉落秋江瘦。冷風斜逗。吹斷寒更漏。　醉倚闌干。强病多因酒。君知否。美人去騍。空綰長亭柳。

## 呂師濂 字黍字、號守齋、浙江山陰人、有守齋詞一卷、

### 蘇幕遮 新秋、用周美成韻、

燕將歸。鱸尚小。初拂金風。桐葉辭柯少。撲上羅衣涼帶峭。忽換蟬聲。秋覺空山早。　玉繩低。香霧裊。笑指銀河預引天孫到。雨過沉沉蓮漏杳。湘簟桃笙。一夢天忘曉。

## 儲貞慶 字雪持、江南宜興人、諸生、有雨山詞、

### 念奴嬌 和赤壁詞

投鞭可斷。問江東、誰是千秋人物。兩點金焦環鐵甕。瓜步臨流插壁。千里乘風。一灣帶水。浪卷飛如雪。滔滔不盡。消磨幾許英傑。　一上燕子磯頭。旌旗風曳。畫角高城發。六代繁華成往事。自古誰無興滅。逝水東歸。片帆北去。老我霜華髮。長江天塹。漁舟慣渡明月。

## 儲福宗 字天玉、江南宜興人、

薄倖　楓橋訪舊不遇

竹扉雙扇。乍草沒、銀筝小院。賦別鳳、三年縈繫。鬢影欲吹塵面。料有時、慵卸金蟲。愁濃不耐檀痕淺。待小疊蓉牋。重投魚素。無奈蓬山更遠。　怪巷陌、尋常境。翻誤卻、阮郎尋徧。儘晨鉦頻促。夜鐘重打。做將離恨鎔成片。客衾溫暖。怕青奴夢醒。微顰款笑模糊見。空彈錦淚。染就江楓紅茜。

# 儲福觀　字耀遠、江南宜興人、有籥雲詞、

點絳脣　秋怨

鴛瓦霜寒。傷秋無賴誰知道。綺窗人杳。一枕捱新曉。　不聽琵琶。已被離愁繞。添煩惱。潯陽江草。悔見來時好。

# 林子威　字武宣、江南婁縣人、有貞娛草堂詞、

疎影　雲影

鶯邊燕外。籠夕陽亭樹。淡似烟靄。滿眼韶華。喚起春愁。散漫輕陰一帶。爲扶殘醉尋芳徑。才識盡、隨風姿態。幻奇峯、暗度樓臺。芳樹亂紅無礙。　低壓秦川平野。過粼粼麥浪。連天橫黛。飛過明湖。遮遍青山。又向疏林斜挂。垂垂欲下危闌暗。正小樓、夢回雞塞。最憐他、水底紅霞。恐被晚風吹碎。

## 陸埜 字我謀、號曠莽、浙江平湖人、諸生、有曠莽詞一卷、

### 如夢令

曉起東風何驟。情緒渾如中酒。幾度待新春。底事惱人依舊。歸否。歸否。羞見鏡中人瘦。

### 青玉案

朱藤碧草南園路。早樓外、斜陽暮。當日橋邊曾一顧。微浪頻送、輕羅徐舉。總是相憐處。　追思往事都成誤。又聽黃鸝送春去。淚灑花梢渾似雨。柔情流水。佳期飛絮。空把年華度。

### 鳳皇臺上憶吹簫

淺綠搖窗。殘紅堆徑。倦來獨倚樓頭。漸碧雲冉冉。初月如鉤。無限柔情綺緒。已拚共、春色俱休。更堪那。金波永夜。銀漢清秋。　悠悠相思何處。怎賸枕殘衾。獨自淹留。聽更闌橫笛。聲徹高樓。樓外青驄去路。空博得、盼斷雙眸。念惟有。盈盈溪水。長似儂愁。

## 袁于令 原名韞玉、字硯昭、號籜庵、江南吳縣人、官至湖北荊州府知府、有及音室稿、硯齋稿、

### 浣溪紗 紅橋即事同阮亭作

郭外紅橋半酒家。柳陰陰下有停車。笙歌隱隱小窗紗。　曲水已無黃篾舫。夕陽何處玉鉤斜。綠荷開遍

舊時花。

## 毛　椵　一名正學、字羲上、浙江嘉善人、諸生、

### 蝶戀花　仙都

獨向仙都尋往跡。山鳥呼名。慣聽如相識。水到窮時諸籟寂。路逢轉處孤峯窄。　霜染楓林紅一色。日暮無人。脆葉飄行客。馬上臨風三弄笛。落霞斜挂青山碧。

## 陸繁弨　字拒石、號僂胡、浙江仁和人、有善卷堂集、

### 點絳脣　題陳其年迦陵塡詞圖

沒處相逢。誰知相見丹青裏。含毫拂紙。多少閒情寄。　荷雨初涼。湛湛吳江水。闌干倚。暗添愁意。問有來鴻未。

## 曹　忱　字藎臣、號曹溪、江南宜興人、貢生、

### 滿庭芳　葵花

山茗開籠。江鮒穿柳。好事都入薰風。晝長人靜。蝴蝶夢魂中。枝上殘花猶落。閒情看、葵蕚成叢。春歸去。朱

明節近。吹錦到簾櫳。陰濃鶯語處。閒同芍藥。爛若芙蓉。且追陪杖屨。談笑從容。撥取牀頭斗酒。拌一醉、亭上稱翁。還堪羨江郎有筆。揮灑盡如龍。

## 徐　恪

字昔民、江南江陰人、諸生、

### 玉樓春

秋千庭院重門閉。濃睡乍銷殘酒味。晚風吹輭綠楊枝。郎馬不知何處繫。空傳消息歸來未。正是春愁花滿地。手拈紅杏嬾重簪。鬭鴨闌干還獨倚。

## 任　觀

字展文、江南宜興人、貢生、

### 翠樓吟 虎邱即景

桃花水絳。卵色天青。早煙著人如醉。風光日夜換。換不了、吳宮羅綺。千年霸氣。只鶯囀山房。鴉啼水寺。當年事。斷崖老樹。依稀能記。冶麗。簇隊成團。有釵蟲落磴。裙梅飄砌。劍池苔蘚黑。越顯得、明妝絕世。佛前私誓。怕亂水東流。夕陽西逝。凭闌望。五湖晴爽。碧空無際。

### 江南春 暮春

春雨細。晚香微。垂楊深院靜。滿地海棠飛。嬌紅弱紫情何限。日日開簾看燕歸。

## 倪蛻　字蛻翁、原名羽、字振九、雲南昆明人、著有蛻翁草堂集、附詞、

### 青玉案　春思

蘼蕪遮斷香車路。都不是、春歸處。鶯語淒淒疑有訴。飛花如剪。殘雲似蠹。零落天將暮。　無端閒恨從前誤。翠袖銀瓶都付與。底事推愁愁不去。月寒西弄。潮回南浦。夢影漫天絮。

### 解佩令　望小姑山

花光如錦。波光如鏡。翠煙迷、春風鬟影。雙袖雲藍。但凝睇、暮江青冥。憺相思、蘅皋香冷。　離情無那。詩魂乍醒。酹芳尊、山容娟靚。何處蘭橈。鼓瑤瑟、泠泠堪聽。似相憐、客愁同病。

### 踏莎行　訪人不遇

劃破江雲。吹殘泥絮。幾回誤認尋春路。東風燕子入誰家。櫻桃花下扃朱戶。　銀粉融箋。青鸞留語。香塵遮斷相逢處。碧波如鏡小舟橫。斜陽芳草人歸去。

## 華衮　字龍眉、江南江都人、

### 臨江仙　夏景

十里芰荷香暗送。槐陰池館涼生。白團小扇惹風輕。碧紗人靜悄。花氣壓釵橫。　又是黄昏新月上。銀箏

斜抱閒行。空庭彈出斷腸聲。流螢飛四壁。清漏徹三更。

## 臨江仙 秋景

鐵馬乍驚秋欲老。寒蛩催落梧桐。半黄橘柚雨濛濛。闌干凭欲折。羅袂起西風。　雁素魚紈音信斷。隔江愁殺芙蓉。夜闌獨自對簾櫳。銀河千里月。綺閣一聲鐘。

# 陳孝逸 字少游、江西臨川人、

## 虞美人 題宋宮人墓

春風夜月年年度。道是埋香處。胭脂幸免葬龍沙。留與行人指點玉鉤斜。　梨花寒食添淒切。滿地飛蝴蝶。羅裙一色繡春蕪。誰念六陵無樹可栖烏。

# 錢枋 字爾載、一字改齋、浙江桐鄉人諸生、有長圃詩餘、

## 綺羅香 紅橋觀荷分賦

墜葉驚秋。疏蟬咽露。幾日初銷殘暑。勝友移舟。佳約藕塘深處。喜俊爽、拂席輕飇。看冷浸、半篙清渚。更徵歌、調柱凝絃。天涯對酒慰遲暮。　柔波平掠嫩碧。翹首沉雲欲墮。疏簾篩雨。十里荷喧。唯見溼紅低舞。映晚照、一抹流霞。望遠岫、兩行眉嫵。待重來、烟郭相羊。更招尋菊侶。

## 王翃 字介人、浙江嘉興人、有秋槐堂詞存二卷、

### 鵲踏花翻 故宋女教場

戈撥烟香。旗旛風軟。桃花噴沫流星曉。耳衣半剪宮黃。畫鼓轟春。日華射甲琉錢繞。芙蓉騎將美人妝。雲鬟點翅金蓋小。　多少錦隊蛾眉爭埽。魚䑃繡箭鳴弦巧。鳳凰飛去。空山水冷。西湖影浸閒花草。夜深鬼火照團營。粉蟲結恨秋聲老。

## 錢德震 字武子、江南華亭人、

### 玉樓春

白蘋洲上西風急。睡起登樓心尚怯。殘蟬猶抱斷柯嘶。落葉爭從枯澗集。　青山無恙人輕別。一片秋聲聽不得。采菱歌散晚霞收。冷浸寒波今夜月。

## 柳星 字鶉中、浙江慈谿人、

### 鷓鴣天

草長江南綠未齊。舊巢雙燕喜來歸。去年此際蕭郎別。回首河梁事已非。　深院靜。子規啼。幾曾有夢到

遼西。樓頭風捲楊花雪。慣逐雙雙蛺蝶飛。

## 季孟蓮 字叔房、江南無爲人、有月當樓詞一卷、

### 生查子

鵑雙也自啼。燕寡能無訴。白浪高於山。我打山頭去。　指點舊船窗。沈沒新洲浦。歸守玉蘭花。門掩東風雨。

船窗玉貌人。金鎖瓊仙友。何日嫁邯鄲。一試崑崙手。　山頭寒食花。水面漁磯柳。極目眩晴江。愁殢潯陽酒。

## 楊士美 字在中、福建建寧人、

### 臨江仙 郊遊

春踏城南芳草路。芳郊景色誰同。枝頭猶似昔年紅。梅邊丹竈冷。雲際陸泉空。　兩岸烟花今寂寂。斷橋吹過東風。村燈社鼓喜人逢。流鶯嵐影裏。歸雁月明中。

## 曹爾埴 字彥範、一字季子、號範庵、浙江嘉善人、貢生、官江南桃源縣教諭、與兄弟合撰三子詩餘、

## 南柯子　即事

促織催殘暑。芭蕉捲嫩涼。岸旁蘋老蓼花香。兀聽無情哀雁、度銀塘。　露冷砧敲急。天寒柳變黃。西風颯颯淡秋光。還憶去年別後、向他鄉。

## 滿庭芳　旅況

數點歸鴉。一江流水。織成片片離情。蒲帆高挂。偏帶夕陽輕。回首來時舊路。凝望處、斷岸山青。青山外。寒林落葉。去雁兩三聲。　長亭人別後。疏燈明滅。孤枕淒清。恨征途愁醉。野酒難醒。何處悲笳乍起。荒村裏、匹馬人行。城頭上。晚鐘敲斷。新月淡初生。

# 沈樹年　原名億年、字幽祈、浙江嘉興人、有支機集、

## 更漏子　春晝

雙歸燕。離梁見。春晝更添銀箭。花露重。柳風斜。玉笙吹暮霞。　蘼蕪路。香車度。拂袖落紅無數。細雨過。草烟迷。滿堤蝴蝶飛。

## 重疊金　有憶

江城八月飛黃葉。長安陌上傷離別。遙憶畫堂中。殘簷燭影紅。　無言長掩泣。斜倚屏山立。低首弄湘絃。聲聲起暮蟬。

定西番 春色

眉黛暗隨春色。新月小。柳芽輕。夢難成。 一夜枕香啼溼。愁多夢未醒。錯認黃鸝聲裏、喚卿卿。

## 黃　京

字初子、江南武進人、有續花菴詞、

浣溪紗

月滿閒庭玉漏遲。檻前疏竹影參差。夜深秋氣到階墀。 閉閣細尋愁裏夢。挑燈重看寄來詩。倚屏無語斷腸時。

鳳皇臺上憶吹簫

斜日初黃。冷煙凝紫。望中景物俱秋。怕愁來有路。早下簾鉤。恁奈啼蛩四壁。多少恨、又到心頭。無情緒。漫添麝屑。細熨鴛裯。 休休。征鴻過也。千萬種離懷。欲訴無由。但舉杯邀月。對影相酬。漏盡更殘時候。闌干外、香霧空浮。憑消受紗窗冷落。紙帳清幽。

## 賀　裳

字黃公、號檗齋、江南丹陽人、諸生、有紅牙詞一卷、皺水軒詞筌一卷、又詞旃詞榷各若干卷、

桃源憶故人

早知今夕和伊別。怎忍昨宵虛擲。一夜聽吹玉笛。歸來渾未得。 袖中鈿盒休輕拆。留貯同心雙結。他日

柳陰停畫楫。好把湘簾揭。

## 賀國璘

字天山、號遯厂、江南丹陽人、諸生、官州同知、有飛鴻閣詩餘、

### 洞庭春色

發岳陽、雨中過洞庭、揚帆二百里、泊白魚磯、上有湘君祠、

駕轂波濤。捲旗風雨。帝子欲來。看東南吳楚。乾坤日夜。龍堆貝擁。鮫室珠埋。明月大江。歌嘯後。更雲海、心胸萬里開。黏天遠。正帆檣箭激。雪浪高排。　平生五湖涉徧。向何處。釃酒舒懷。笑秋瀾彭蠡。春流震澤。參差池沼。畢竟塵埃。供奉拾遺飛艦去。問誰復、人間八斗才。空回望。見湘君山影。縹緲銀垓。

## 葉大忠

字向日、江南華亭人、有浪鷗萍草一卷、附詞、

### 黃金縷

送春

陌上垂楊千萬縷。縈罥東風。絆得春無主。滿目山川聞杜宇。落紅陣陣催飛絮。　兩兩黃鸝相對語。一度韶光。瞬息看如許。把酒問春春不語。樓頭一夜瀟瀟雨。

## 曹亮武

字南耕、號渭公、江南宜興人、有南耕詞六卷、詞韻□卷、

### 望梅

題徐渭文鍾山梅花圖

眞龍曾降。記千門灼爍。九重閎敞。種鍾山、萬樹梅花。想舊日東風。一夜都放。寶馬香車。爭先出、烏衣門巷。更宸遊十里。綴雪含珠。香浮仙仗。　如今有誰吟賞。料當初花塢。盡成榛莽。忽憑君、幾尺丹青。恍玉闕猶存。瓊枝無恙。夢遶秦淮。又誰把、興亡低唱。只一天明月。還照數峯江上。

## 河瀆神　臨津古城隍廟下同其年兄作

遠水淡於煙。古廟門前叩舷。一天月色滿人間。照徹靈旗儼然。　濁酒醒時殘夢覺。廢港荒邱難託。好似歸來化鶴。不知何處城郭。

## 念奴嬌　同其年緯雲爲南岳之游再用前韻

溪明山秀。儘眼前所見、都無俗物。幾處園林尋徧了。直到招提石壁。好鳥啼晴。輕烟送暖。花落渾如雪。吾行樂耳。不須推倒豪傑。　且向佛閣憑虛。松風謖謖。天外淸音發。准擬破除千萬事。卻有閒愁難滅。歲月如馳。英雄漸老。兩鬢添華髮。舊時山寺。夜深看盡明月。余讀書南山十數年矣

## 疎影　月夜醉梅花下作

珍珠萬斛。向樹頭綴滿。香沁空谷。側帽閒行。林下凝眸。月籠花影微綠。攜尊數取牆陰坐。都不辨、誰家書屋。喜素娥、不惜淸光。恰照美人幽獨。　回想鄉園此際。玉肌正瘦損。孤睡難足。爲報春風。莫便吹他。待我再斛醽醁。東籬有客偏多事。又譜入、夜深橫竹。算此番、醉倒何妨。雪魄冰魂同宿。

## 毛　蕃　字穉賓、浙江嘉善人、貢生、

### 如夢令　秋思

楊柳枝頭疏雨。又是蘆花飛絮。白露下庭除。冷透畫梁深處。愁緒。愁緒。燕子銜將歸去。

## 孫以錞　字和叔、浙江嘉善人、

### 臨江仙　坐雨

遙岫饑雲愁未散。茶烟半溼空濛。聲聲滴碎綠蕉叢。一簾榆莢雨。幾陣藕絲風。　窗貯膽瓶花霧暗。午銜不放黃蜂。苔錢添碧襯殘紅。岸泥融燕壘。灘樹挂魚筒。

### 鷓鴣天　春暮

煤麝沈沈爐未銷。流鶯學語坐烟梢。雨梳石甲龍孫路。風撲泥香燕子巢。　開水榭。展雲翹。銀閨午倦捲鮫綃。閒庭忘卻春深淺。夢踏殘紅譜碧簫。

## 梁天植　字予培、號雲麓、直隸正定人、有雲麓詞、

### 畫堂春　秋夜觀河燈

西風故意送荷香。薄衣初試新涼。黄昏明月滿池塘。無限秋光。　蓮炬輕波歷亂。紅牙歌奏清商。離情往事莫平章。付與壺觴。

## 王萬芳 字鑫仙、陝西扶風人、

### 生查子 短長亭

紅塵十丈飛。綠酒千朝度。亭畔柳多情。折贈條無數。　芳草繞離筵。班馬嘶歸路。人散夕陽西。此地空烟霧。

客從此地行。別後頻迴顧。車馬兩匆匆。望盡亭前樹。　今歲雁門還。明日瀟湘去。人遠夢難尋。但識分飛處。

### 謁金門 秋夜聞箏

螢火度。目斷蘋汀烟樹。樓外幾聲商激羽。急絃金雁語。　芳草征鞍何處。倩取鈿蟬低訴。彈出伊州秋欲暮。悠悠山上路。

## 王宗蔚 字彙升、號崍文、江南華亭人、

### 燭影搖紅 閨情

畫閣連天綺樓十二新梅淺。誰家錦障泛金巵。廣殿澄簫管。閒把紅綃半捲。暗消魂、紫騮玉粒。綠珠閣內。燕子樓中。垂垂落雁。　無限雲山。繡帷人去瀟湘遠。夜間重理碧琴絃。簾外黄鶯囀。可是銅臺花散。鬬金釵、風搖零亂。枝籠淡月。水映丹葩。凄清庭院。

## 徐爾鉉　字九玉、江南華亭人、有核庵詞、

### 踏莎行

雨倩花香。風扶柳軟。亂分春色無人管。愁來日日上西樓。湘簾未捲斜陽晚。　酒壓羞眉。詩牽淚眼。相思忽到難遮掩。人言路遠是天涯。天涯可比殘更短。

## 計能　字無能、浙江嘉善人、

### 點絳脣　題畫

寄興烟霞。層巖老樹參差碧。一亭如立。飛瀑看千尺。　自在幽閒。久與風塵隔。誰能識。箇中蕭瑟。未許忙人得。

## 計敬　字昜丹、浙江嘉善人、

點絳脣　題畫

門枕長江。半牀詩卷千山雨。密雲來去。兩岸模糊樹。　峭壁騰空。目斷天涯路。歸潮怒。吞吳激楚。隱隱蛟龍舞。

## 計　善　字廉伯、浙江嘉善人、

柳梢青　柳

畫閣平橋。東風蕩漾。綠漲紅消。露拂章臺。風高漢塞。月曳隋橈。　離亭猶記勞勞。繫馬處、愁攀翠條。昨暮遷鶯。今朝掠燕。明日吟蜩。

## 毛萬齡　字大千、浙江蕭山人、拔貢、官仁和縣教諭、

瀟湘神　本意

古廟寒。竹數竿。雲和寂寂幾時彈。江上九嶷青似削。一鉤新月冷前灘。

## 敖　巘　字山來、江南無錫人、諸生、

訴衷情　秋夜

微風不盡捲輕霞。一帶水橫斜。喚起秋情無緒。長笛落誰家。　疏竹影。瘦蕉花。半窗紗。月窺簾外。人在樓頭。夢到天涯。

## 陸世楷

字英一、號孝山、浙江平湖人、貢生、官廣東南雄府知府、有種玉亭詞、踞勝臺詞各一卷、

### 水龍吟　楊花

今年春事悤悤。柳綿已見從空墜。綠波畫艦。青郊金勒。不堪回思。燕欲銜香。蝶將鬥粉。珠簾休閉。笑輕狂故態。沾泥未定。又忽地因風起。　惆悵浮踪遠去。問何年、枝頭重綴。朝雲瘦損。天涯一闋。柔腸先碎。舊日妝樓。昔年南浦。盈盈春水。賸殘條幾葉。含愁斂怨。伴桃花淚。

### 綺羅香　春草

河畔波平。山頭燒淨。石髮沙痕齊吐。一色萋萋。遮斷天涯歸路。清夢杳、謝客西堂。別魂黯、江郎南浦。望遙空、碧映蒲帆。離人時在綠楊渡。　倩誰傳語故國。留取蘼蕪徑裏。莫嫌遲暮。客舍蒙茸。只有青袍如故。正芳時、女伴同尋。問舊日、王孫何處。縱裙腰、繫得東風。怕聞鶗鴂語。

## 卓令式

浙江仁和人、曾助父回輯古今詞匯三編、

### 金明池　苦雨送春

夜飲朝眠。喚愁不醒。柳絮輕颺千縷。曾未睹、紅蕤紫蕚。忍禁得、幾番風雨。似瞞人、黯黯將歸。拚耽受、怨粉零香何處。但陰深庭暗。塵翻堦冷。繞幙晴絲慵吐。　欲語東君愁無主。任渺渺長征。掉頭難住。聽驛路、鶯啼不斷。料故國、鵑聲如訴。漫尋思、此景何堪。怕異日飄零。更添淒楚。爭怪得眉峯。尊前枕畔。悄共青山偷聚。

## 陳恭尹

字元孝、一字半峯、別號獨漉子、廣東順德人、有獨漉堂詩餘、

### 南鄉子　葵扇

萬樹綠撑天。多在黃雲紫水邊。誰結輕絲裁作月。團團。買得淸風不用錢。　聲價頓能添。安石風流久不傳。寂寞空齋誰是伴。翩翩。荷葉香來亦偶然。

### 傳言玉女　咏紅芭蕉

何處高霞。映我疏籬茅屋。卷簾深坐。見一天新綠。東風著意。葉底深紅相續。層層吐焰。重重苞束。　火樹珊瑚。怎似他、閒草木。丹心無限。化作光明燭。山榛隰苓。想見其人空谷。可憐今古。同然蕉鹿。

### 碧牡丹　題沈上引眞

覿面如曾識。據檀几。揮鸞翮。傲岸風流。道是休文標格。坦腹便便。問此中何得。是赤松。是黃石。　名甚籍。莫道烟霞癖。曾侍天顏咫尺。只爲多才。掩卻英雄本色。赤面虬髯。彷彿扶餘客。東南酒。何時瀝。

## 陸鴻圖 浙江人

### 卜算子 寒食

芳草半闌珊。又是清明候。路上行人去不休。折盡門前柳。　風逐海棠飄。雨打梨花瘦。樓上佳人不捲簾。只道花依舊。

## 吳　思 字雙山、浙江山陰人、有玉豔詞、

### 風流子

池上柳絲新綠。微雨鶯聲斷續。水閣靜。竹窗閒。小小屏山幾曲。香撲。茶熟。半卷黄庭細讀。

### 風流子

綺閣繡幃金鼎。燈火熒熒未冷。沈水爇。膩雲垂。斜倚玻璃悄等。風定。花靜。柳外子規啼醒。

### 蝶戀花

松影紗窗斜月度。花曉鶯忙。盡是追歡處。惜別秋來風雨路。角聲一片千山暮。　蕭寺疏鐘寒欲冱。曾記殷勤。爲我添衣絮。今夜鄉心留不住。青楓江上魂來去。

## 杜首昌 字湘草、江南山陽人、有綰秀園詞選一卷

### 減字木蘭花 同蔡璣先遊湖心寺

夕陽無奈。挂在小橋秋水外。細數歸鴉。一半留棲古佛家。　香清鐘靜。閒倚山門鷗鷺近。記得花開。拄杖同君緩步來。

## 葉藩 字桐初、號南屏、江南太倉人、

### 念奴嬌 廣陵送毛亦史之白下

萍蹤忽聚。怪旗亭貰酒、相逢還別。點染楓林青嶂外。漸過小春時節。雁陣橫空。孤帆南渡。潮滿江聲闊。揚州自遠。石城多少明月。　遙想訪舊秦淮。久辭歌管。剩有波千折。繡幕朱簾寒不捲。總被暮笳吹徹。欲問遺宮。層層衰草。誰向遊人說。白雲梯在。著鞭應上天闕。

## 白銘 字筠心、江南武進人、

### 月下笛 本意和周清真韻

霜杵敲寒。風箏戛夢。金波懸壁。空簾淒抑。隔院何人吹笛。按伊涼、初換氐州。似愁如訴憑誰識。有茵于仙

管。綠珠遺調。動人胸臆。月明似水。聽梅花飛盡。畫闌頻拍。换徵移商。何似哀絃園客。正砌蛩、宿鳥傷心。又嫠婦孤臣淚滴。恨微茫。最是遠歸一曲聲未息。

## 余光耿 字觀文、號介邁、江南婺源人、諸生、有蓼花詞一卷、

### 滿庭芳 霜

蓼浦烟昏。蘆洲燈細。晚風吹斷斜陽。銀河澄澈。青女試宵妝。憑借銅仙掌上。彈鉛粉、點點寒光。關情處。烏啼月落。畫角奏清商。韶華經點綴。吳楓絢赤。楚菊堆黃。早漁蓑訝雪。愁汲三湘。多少橋危路滑。雞聲裏、人跡微茫。還偷向。菱花暗墜。雙鬢誤潘郎。

### 過秦樓

細雨滋苔。驚飈掠葉。社近難瞞巢燕。牀添翠被。簟卻花紋。入夜風光初變。憑問斷續砌蛩。嗚咽空堦。爲誰淒怨。怕燈孤意怯。夢涼多警。畫廊行遍。還記得、笛底吹商。樓邊醉月。乍冷木樨庭院。歡游伴侶。年少心情。的的鬢毛親見。爭識飄流到今。塵土征衫。賤同捐扇。但無憀日賦秋聲。零落啼痕滿卷。

## 邵長蘅 一名衡、字子湘、別號青門山人、江南武進人、諸生、有青門詞、

### 鵲橋仙 春日登樓

楊花如雪。桃花如雨。簾幕盡敎高卷。芳洲一帶草痕齊。早青到、姑蘇臺畔。 催歸杜宇。重來燕子。惹起鄉心歷亂。凭闌千疊暮山稠。剛抵得、春愁一半。

## 錢 熯 字蔚宗、號愚谷、浙江嘉善人、諸生、有息深齋詩餘一卷、

### 憶王孫 春夜

金猊香冷燭花紅。重整春山黛色濃。一捻宮腰傍綺櫳。月朦朧。貪看飛花嫁晚風。

### 蘭陵王 感秋

野煙漠。摵摵丹楓亂落。斜陽外、衰草黏天。萬派黃雲帶山郭。蕭條情味惡。誰念幽人離索。憑闌久。淚滿青衫。又送秋聲到簾幙。 三春歎行樂。有燕子鶯兒。青柳紅藥。芳菲偏眼嬌難學。漸玉樹凋謝。金英催換。啼鴉斜照滿寥廓。沈思但如昨。 寂寞。愁難託。甚董相窺園。揚雄投閣。淒涼萬事還應莫。且今宵邀月。明朝沽酌。高歌歸去。看林表。捲寒籜。

## 李 煒 字赤茂、浙江嘉善人、

### 南鄉子

談笑解吳鉤。客滿西園花滿樓。記得河橋分手路。悠悠。一笛山陽幾度秋。 灑淚向神州。極浦遙天不盡

愁。花月春江渾似夢。休休。老作人間落拓遊。

## 陸與齡　字夢九、江南泰州人、

### 雨中花　本意詠梅

容易紙窗開似雪。受多少、斷烟殘月。背地無憀。經年有恨。併向花心咽。　不如苦雨相摧折。料無分、暖紅溫熱。紫笛誰橫。綠樽親酹。第一東風別。

## 魯超　字文遠、一字文園、號謙庵、浙江會稽人、諸生、官至廣東布政使、有謙庵詞一卷、

### 減字木蘭花　重泊吳閶

錦帆行處。繫艇當年垂柳樹。漁火江楓。霸業消沈向此中。　似曾相識。烟寺晚鐘霜浦笛。喚起離情。知隔雲間第幾程。

## 徐梗　字庾清、一字西溪、浙江嘉興人、諸生、有西溪詞一卷、

### 玉露寒　秋起

楓樹遍牆東。繞門紅。西風蕭瑟。哀音一夜老秋蟲。　葉墮亂流中。曉雲空。孤眠人起。疏林淡月帶霜鐘。

## 生查子 送春

芳菲一夜歸。惆悵留難住。多管在南園。碎作風和雨。　如欲再相逢。早致慇懃語。明歲若重來。約在花開處。

# 何五雲 字鵝亭、江南合肥人、官山東泗水縣知縣、有紅橋詞一卷、

## 雨中花 賦得杏花春雨江南

十里芳菲閒看慣。今辜負、紅情零亂。花亦惱他鄉。輕寒薄暮。逕鬢生長歎。　霧繞前村遮欲斷。可奈酒旗爭春顫。惹燕子雙雙。穿香掠影。殢半陰庭院。

## 減字木蘭花 冬日咏梅

長安雪意。冷骨閒心高自寄。夢破枝橫。策蹇敲詩野興生。　離家隔歲。爲問窗前開也未。吹徹瓊簫。愁說江村驛路遙。

# 秦篆 字籀史、江南合肥人、

## 念奴嬌 雨花臺晚眺

彌天秋色。正空山一片、斜陽留客。臺上登高吹鐵笛。約友頻沽歡伯。木末亭荒。松濤怒捲。古寺飄黃雪。澄

江如練。波光隱隱明滅。極望烟鎖鍾山。牛羊衰草。王氣都消歇。忽聽孤鴻聲叫斷。似訴六朝陵闕。滿眼興亡。鐘殘僧老。爛盡橫江鐵。醉題詩句。金風飄上圓月。

## 梁允植 字承篤、號冶湄、直隸眞定人、貢生、官福建延平府知府、有柳村詞一卷、

### 臨江仙 湖上曉行用六一韻

薄霧冥濛殘月斂。城頭一片鴉聲。寒拖烟縷水波明。纔開海曙。幾朶紫霞生。　柳岸輕塵衰草路。霜蹄小隧行旌。青螺髻外白雲平。凋荷飄漾。欸乃一舟橫。

## 徐允貞 字麗沖、江南華亭人、有負鐙草、

### 少年游

一階新草碧痕輕。紫幔怯風清。枕冷膏殘。爲誰銷減。空自託秦箏。　幾回夢裏尋芳訊。花底憶生平。半醒梨雲。朱闌靜悄。獨聽畫眉聲。

### 破陣子 遠眺

萬里孤峯匝地。一灣新月如鉤。點點寒鴉爭晚樹。片片輕帆落遠洲。黃昏猶倚樓。　暮雨又歸南浦。潮聲驚滿長楸。玉笛秖悲征客夢。小艇纔聞漁父謳。風吹無限愁。

南鄉子

風翦翦。雨微微。鷓鴣啼處草烟低。只有垂楊春未老。芳塵杳。依舊輕綿吹古道。

# 邵陵

字湘綸、一字青門、江南常熟人、

金縷曲 秋柳

萬樹黃金線。最無端、送春辭夏。垂垂欲倦。一自漫空飛絮盡。多少朱門畫掩。便背了、東風一面。記得清明寒食路。倚纖腰、亂拂桃花片。又勾住。畫梁燕。　如今抛擲情何限。賸幾枝、冷煙疏雨。水村茆店。六代山河斜照裏。無數暮鴉棲徧。又何處、笛聲哀怨。悽絕右丞三疊句。任行人、唱煞無心管。長亭路。共天遠。

# 毛羽宸

字公阮、浙江嘉善人、有畫荻箋詞、

玉聯環 題得明月五湖看欲滿

落花無語闌秋草。烟空月小。懷人千里晚風驕。去夢尙留多少。　天影入湖。浮碧黛痕如掃。人因月缺罷憑凭。月卻不因人老。

浣溪紗 晏起

淸漏難消旖旎香。慵將殘夢入新妝。幾多夜色足春陽。　柳暈未圓還怯鏡。花鬟無影只支牀。矜持一嬾聽鶯忙。

## 錢光繡 字聖月、浙江鄞縣人、有刪後詞、

### 減字木蘭花

詩魂字影。繪出江山無數景。夜月春花。半在孤舟半在家。　陶然醉了。夢破漁歌聲漸杳。何處疏鐘。又促征人趁曉風。

## 李炯 字盈川、浙江嘉善人、貢生、

### 雙雙燕 燕巢

誰家燕燕。自春社歸來。依依戀主。雙棲如綴。銜得殘花無數。還和香泥幾許。纔啄就、烏衣逆旅。日長不禁閒愁。莫把興亡絮語。　又已紅稀綠暗。看亂翦楊風。輕黏梨雨。似曾相識。同是天涯客處。見說營成新壘。乍忘了、舊巢歸去。珠簾暮捲闌干。恨滿溪頭烟樹。

## 王畿 字式九、江南無錫人、諸生、有西溪草堂詞、

### 減字木蘭花 春曉

輕雲初曉。金鴨微熏香篆小。春睡糢糊。昨夜邀歡入夢無。　遠山描就。移步香階花影瘦。悄倚闌干。試著宮羅尙帶寒。

## 徐　在　初名元宸、字文果、更字皆山、浙江嘉興人、有演溪詞稿、

### 離亭燕　訪蔣丹崖前輩

一路殘花如許。二十四番春去。深翠暗侵波面濕。昨夜迎梅新雨。何處是幽棲。尋到黃鸝啼處。　過了石頭須住。門外綠陰溪樹。借問掉船誰箇到。杏樹壇邊漁父。坐我小樓東。宿火旋炊茶乳。

## 呂　澄　字山劉、浙江仁和人、

### 念奴嬌

東風催曉。看溪塘細柳。碧絲纔吐。無數黃鸝鳴下上。密葉陰陰深處。霧繞樓臺。迷離莫辨。望遠空凝佇。幽尋日晚。畫船斜繫堤樹。　應歎寂寂虛堂。覩青郊景物。暗傷無主。草滿天涯依舊綠。未解綰將愁去。殘絮搖空。亂英鋪徑。轉盼憑誰訴。笑桃人往。惜春長被春誤。

## 徐士俊　字野君、號三有、浙江仁和人、有雁樓歌、雁樓詞各一卷、

祝英臺近　春别

杜鵑聲。蝴蝶夢。斜月沈南浦。半枕幽暉。照見淚如雨。起來望斷東牆。杏花狼藉。怕明夜、西樓空住。　更愁覷。一霎花下郎歸。芳踪漸難數。私買紅箋。記寫别時語。忍教獨上雕輪。長亭回首。滿路裏、碾將春去。

## 卓麟异　字□□、浙江仁和人、

石州慢　季秋溪上别業

北望蘋洲。烟横黛凄。闌檻如畫。瀟湘逸興疏蹤。爭奈汨羅人乍。圯橋博浪。眼前欲識無由。小溪夜聽漁樵話。抱荻遡寒雲。笑青帆西下。　閒雅。憶東山上。綠醑將傾。彈碁纔罷。那更重輪遺迳。輕光來射。匡廬求勝。空有斷磊浮丘。令人何處追金馬。門外颯然秋。見蒼烟一瀉。

## 秦　鴻　字樂天、更名保寅、江南無錫人、

桂枝香　胥江懷古

一江秋水。繞半面吴城。流向東去。此際征帆未卸。采菱歸暮。館娃響屧斜陽外。問西風、有誰爲主。靈胥祠下。驚濤捲雪。尚留餘怒。　歎何事、天教不遇。抱一片雄心。艱難吴楚。避得章華濺血。髑髏如故。越王臺榭今存否。一般是、鷓鴣飛處。贏他過客。年年此地。酹殘椒醑。

## 卓松齡 字嗣留、浙江仁和人、曾助叔祖回校輯古今詞匯、

### 過秦樓 惜春

徙倚殘陽。侵尋落月。消受東風偏早。亂紅逐浪。蔓綠屯雲。開到荼蘼多少。何事深情子規。百囀柔腸。悲鳴樹杪。想殘冬遺恨。久傷離緒。況經春老。 難忘處、一瞬韶華。盡成虛度。寂寞暗添煩惱。那堪遲暮。風雨飄零。到處落花誰掃。回首舊地陽臺。滿路愴悽。烟迷青草。道明年來也。三秋夢斷。來時信杳。

## 周振璜 字渭揚、浙江嘉善人、貢生、官樂清訓導、

### 離亭燕 薔薇

架上鮫綃初翦。試看暈紅深淺。自是妝成憐瘦影。卻把胭脂濃染。錦帳更風流。合德生香吹遍。 一帶柔條凝豔。綠刺細垂深院。買笑黃金頒內府。故故含顰相見。薄倖恨東風。絳雪吹殘千片。

## 沈漳 字遡原、浙江仁和人、

### 蝶戀花

寂寂空閨天欲暮。門外垂楊。依舊飄輕絮。燕子飛來還又去。玉籠鸚鵡閒搜羽。 獨倚畫闌無意緒。總是

傷春。偏記臨行語。滿眼落花風共雨。不留春住留人住。

江城子　新月

依微新月上簾櫳。挂梧桐。影朦朧。萬里長天。愁絶叫征鴻。秋露又濃風又冷。偏憔悴。白芙蓉。　關河渺渺信難通。恨難窮。淚花紅。夢裏尋他。何處是行蹤。半掩畫屏山幾曲。還錯認。舊巫峯。

# 黄雲

字仙裳、江南泰州人、有倚樓詞、

蝶戀花　汝寧南湖

芳草湖光成久别。歇馬城南。又值清和節。雙鷺蓮塘翻緑葉。晴波照我添華髮。　無恙西山青一抹。金碧樓臺。平襯斜陽闊。往事酒醒腸斷絶。疏狂堪恨閒風月。

# 鮑夔生

字□□、江南休寧人、

踏莎行　經鍾山過靈谷寺看梅

草沒頹垣。烟迷舊闕。杜鵑聲裏人愁絶。白頭宫監倚斜陽。相逢指點閒游客。　剩水殘山。荒碑斷碣。無聊且向招提歇。如何往事暗傷心。低徊欲對梅花説。

## 朱爾邁 字人遠、浙江海寧人、諸生、

### 虞美人

春風吹起愁無數。南北東西路。莫因零落笑殘花。楚館吳宮何處問繁華。　銅駝荊棘寒烟裏。故國留殘壘。至今江上月如鉤。長挂無邊遺恨照高樓。

## 張戩 字晉侯、浙江錢塘人、

### 鷓鴣天 風

纔向江頭送別離。又來陌上促春歸。殘花尚自迷人眼。短草猶能沒馬蹄。　朝雨過。暮雲飛。倚闌相對恨依依。無情楊柳還催綠。應解爲人染鬢絲。

## 王廷璋 字德威、浙江仁和人、

### 南鄉子 送卓孝則遊秣陵

寄傲浮家。土牆板屋竹風斜。燕子自來人自去。迷江渚。門掩落花三尺許。

## 牛奂　字潛子、山西長治人、官雲南楚雄府知府、

### 小秦王

夜半紅橋月正明。玉簫誰作斷腸聲。西風又踐新秋約。吹落梧桐一葉輕。

## 趙式　字去非、浙江諸暨人、有古今別腸詞選四卷、

### 山花子　春怨

寒食鶯啼深院閒。一春消息又將殘。心事夜香空拜月。倚闌干。　病骨自支霜後葉。愁眉誰畫雨中山。開落好花千萬樹。幾曾攀。

### 桃源憶故人　春遊

尋芳欲步前溪路。卻被鶯聲留住。隔岸秋千人去。數點桃花雨。　攜琴空表幽人素。可惜知音難遇。漁唱不知何處。三兩江頭樹。

### 江城子　春閨

東風寒食晚烟收。望春留。怕春休。落盡桃花。燕子不知愁。空羨南園春色好。餘幾樹。在園頭。　挑燈獨自下簾鉤。夜悠悠。雨颼颼。寶鴨香銷。翠簟冷如秋。一枕相思清漏永。人隔斷。幾重樓。

## 趙吉士 字天羽、江南休寧人、副貢、官山西交城縣知縣、擢御史、有萬青閣詩餘、

### 燭影搖紅 京口渡江、懷古、用耒邊詞韻、

捲盡秋濤。金焦劃斷烟光闊。六朝景物付滄波。無路尋吳越。天末青山一抹。是何人、錦袍坐月。夕陽斜照。江樹荒涼。海雲殘缺。　風挾山鳴。魚龍噴薄飛晴雪。遙看南北兩三峯。長嘯江流咽。着我中泠片葉。頃刻間、穩過百折。浪遊無了。對此茫茫。自然愁絕。

## 佟世南 字梅岑、漢軍正藍旗人、有東白堂詞一卷、東白堂詞選初集十五卷、

### 山花子 無題

芳信無由覓彩鸞。人間天上見應難。瑤瑟暗縈珠淚滿。不堪彈。　枕上彩雲巫岫隔。樓頭微雨杏花寒。誰在暮煙殘照裏。倚闌干。

### 蘭陵王 詠柳贈別和周美成韻

雨絲直。弱柳陰陰籠碧。長隄外、芳草夕陽。一派迷離暮煙色。春風到故國。慣送天涯行客。柔條短、不繫玉驄。何似遊絲裊千尺。　追思舊蹤跡。正翠拂珠樓。絮舞瑤席。鞦韆院落逢寒食。恨回首人遠。夢來相覓。飛花撩亂滿古驛。又爭認南北。　悲惻。恨凝積。問何處啼鶯。深夜寥寂。春江渺渺情何極。奈曲裏哀怨。又生

羌笛。枝頭清露。似伴我。淚珠滴。

## 吳興祚

字伯成、號留村、漢軍正黃旗人、貢生、官至兩廣總督、有留村詞一卷、

### 畫堂春　春日

輕煙漠漠柳絲長。條風吹斷斜陽。杏花十里玉樓香。畫裏紅妝。　春夢纔歸巫峽。詩魂又入瀟湘。纖纖玉筍理衣裳。獨自思量。

## 鄭俠如

字士介、江南江都人、官工部司務、有休園詩餘一卷、

### 浣溪紗　詠梅

洗盡鉛華獨淡妝。孤情偏愛水雲鄉。恥同桃李媚春光。　已託焦桐傳密意。更邀明月伴幽香。一枝寒玉倚橫塘。

### 臨江仙　黃山二闋

山姓尙隨軒帝號。天都迥絕塵埃。爲尋三十六峯來。松間聞藥杵。雲裏見丹臺。　蜃氣半空浮海市。懸泉地湧風雷。芙蓉朵朵向人開。千章經魏晉。百里是蓬萊。

天地秖容開一線。奇峯幻出星橋。扶筇緩步任飄颻。湯泉觀浴月。石室聽吹簫。　山上飛雲山下雨。化城

鋪出江潮。好將生計付漁樵。青蓮淩日表。丹臼隱霞標。

望海潮 廣陵燈船同袁令昭杜于皇賦

東南佳麗。竹西歌吹。揚州自古繁華。烟柳迷離。華燈爛熳。赤城千丈飛霞。金粟照棲鴉。珠光驚宿鷺。卜夜浮家。滿座珠璣。香焚蘭麝競豪奢。　古亭猶帶蒹葭。有萬竿竹影。十里荷花。度曲停雲。吹簫咏月。僊僊屢舞釵斜。法海擁高牙。古來遊秉燭。如泛仙槎。又見眞人。天際弄琵琶。

## 陸楣 字紫宸、江南無錫人、有疏快軒詩餘一卷、

金縷曲 蘆花

回首江天路。攪離情、漫空飛灑。雪花無數。烟水瀰茫連七澤。窮士舊來亡楚。愁正唱、公乎無渡。好買扁舟花底宿。任羊裘、物色無尋處。閒卧看。怒蛟舞。　哀鴻縹緲聞如訴。亘平沙風矛雨槊。望中樓櫓。蘆管一聲霜氣徧。吹起千羣縞素。又道是、白衣商賈。故壘蕭蕭花亦老。只漁燈、數點依深浦。殘夢醒。月輪午。

滿江紅 松源署中除草得斷鏃

折戟沈沙。再休問、舊時銅狄。只此地、雨花烟草。幾層荆棘。瘴海十年傳羽箭。邊烽萬里驅鳴鏑。劚蒼苔、磨洗認霜華。悲陳劫。　天山外。誰懸的。南山外。曾穿石。任浪淘風打。不消殘鐵。魯縞總輸楊葉巧。處囊寧伴毛錐拙。鑄漁鉤、重繫彩絲長。虹千尺。

## 水龍吟　午日

憑誰喚醒窮愁。不妨高臥蛟龍窟。任他兒女。蒻菰包黍。年年此日。畫鼓頻撾。綵幡交颭。楚客聲激。想靈均長嘯。海風翻動。怒濤起。捲堆雪。　憔悴江潭羈客。便騎鯨、水雲空闊。章臺往事。武關遺恨。不隨波滅。怨欲詛天。狂思罵鬼。只呵殘壁。剩荒唐斷句。幾行香草。被人爭拾。

## 鷓鴣天　種芭蕉

何必金莖出上林。偶依書幌自成陰。支離尚有扶疏氣。束縛難爲宛轉心。　煙羃壢。月淸冷。碧天如幄正蕭森。翻疑列幕高秋夜。半捲牙旗閃綠沈。

# 全清詞鈔第四卷

## 沈永禋

字克將、一字醒公、號漁莊、江南吳江人、諸生、有聆缶詞一卷、一名漁莊詞、

### 眼兒媚 秋夜不寐

竹撼秋屏被未溫。香滅舊時薰。十年心事。五更風雨。一夜愁人。　燈花結盡無憑準。楚夢等飛塵。滿庭墜葉。數聲征雁。合遣銷魂。

### 鷓鴣天 閨怨

寶瑟淒清螺黛低。一雙紅筯漬羅衣。檐前花落蛛兒占。樓上春寒燕子知。　傷獨自。記分攜。短檠消息夢參差。天涯便擬成抛棄。未忍輕裁決絕詞。

### 望湘人 茉莉

漸黃昏近也。淡月簾櫳。香膏百斛無價。寶合分酥。瓊甌護粉。不放等閒開謝。指印尖纖。汗潮融溜。薄紗幮下。正寂寥、簟展湘紋。冷浸一奩冰麝。　堪掬清芬盈把。想斜簪晚髻。玉釵光亞。洗瘴雨蠻煙。占斷嫩涼亭榭。因記舊約。題封巾帕。多少剪燈低話。但曉來、枕畔端相。未抵昨宵嬌姹。

## 賈璠升

字月塢、山西長子人、副貢生、官福建上杭縣縣丞、有啄花詞一卷、

### 惜分飛　閨怨

妾在鄞江江上住。故國藍橋何處。病裏空凝竚。亂煙占斷平沙樹。　不記來時官柳路。有夢也難歸去。離恨堆如許。瀟瀟幾陣飛花雨。

### 少年遊　秋旅

蘆花飄泊鳳凰洲。客路暗驚秋。野草迷煙。岸楓着露。和淚灑江流。　孤城畫角聲初斷。歸夢繞重樓。滿篋離雲。一囊明月。愁鎖木蘭舟。

### 蝶戀花　憶舊

一曲愁腸千萬轉。寫盡絲桐。不抵離情半。極目江天人共遠。淚鴻滴破湘雲片。　寂寂蘭釭和恨竊。悔殺當時。錯把風流占。扶夢尋春鶯不管。梨花空逐東風顫。

## 楊通佺

字聖期、山東濟寧人、貢生、官江南合肥縣教諭、有竹西詞一卷、

### 青玉案　冬日過虎丘、用龔香嚴詞韻、

披裘又蹋金閶路。向海湧、峯頭去。鐵壁千尋雲杪度。生公三寸。吳王三尺。今日歸何處。　王珣宅畔風光

暮。猶憶尙書昔年句。僕本恨人愁幾許。錦帆人杳。花洲烟冷。一艇蕭蕭雨。

## 黃鄭琚 字以永、奉天蓋平人、有秋碧山房詞,

### 鷓鴣天

衰草斜陽古道寒。遠山重疊雁橫天。十年作客風霜易。千里依人啼笑難。　村酒薄。客衾單。西風扶夢入長安。分明舊日經行處。翠管銀笙夜未闌。

### 露華

遠林月吐。看玉宇風微。漸斂宵霧。細碎零星。不是杏花春雨。等閒溼盡青衫。似聽四絃分付。曾記得。瑤階折花。小鳳輕污。　金盤仙掌難貯。卻笑撥紅英。鸚舌偷茹。不見舊時香印。淚珠無數。半在碧樹梢頭。半付綠荷圓處。千古恨。幽蘭怨詞莫賦。

### 垂楊

隋堤春晚。舞東風萬縷。年年官道。送盡行人。樹頭依舊青難了。寒烟深鎖紅牆悄。想曾帶、建章殘照。向流水、誰話興亡。有流鶯聲鬧。　春日章臺走馬。記親折路旁。隔簾人笑。縱有長條。再來似舊應稀少。淒淒總覺傷懷抱。看搖落、漢南偏早。那敎種樹人歸。長不老。

## 潘雲赤 字夏珠、浙江錢塘人、有桐魚詞、

### 蘇幕遮

五更初。三月暮。窗内人愁。窗外風吹雨。惆悵落花誰作主。杜宇無聲。已到消魂處。　夢難憑。情怎訴。脈脈幽歡。祇恁輕孤負。金鴨香消人獨語。烟樹江邨。屏上相思路。

## 傅鑅 字舞音、浙江錢塘人、

### 摸魚兒

又天涯、送春雨歇。芳洲綠漲痕晚。殘紅落粉輕寒細。渺渺魚紋平軟。長堤畔。正帆卸、新晴謝客登臨倦。停橈古岸。對淨綠羞窺。湔裙誤約。一望水天遠。　横塘事。烏柏門前路轉。紅鱗屢緘新怨。灣頭曾理東風鬢。記得蘋香輕捲。前遊斷。望隔市、昏烟點點檣燈亂。淩波不見。聽拍岸春濤。打篷香雪。橋外夜風戰。

## 蔡文熊 字楚繹、號紉蘭、江南丹陽人、有紉蘭詞、

### 蝶戀花 和晏同叔韻

啼碎春光鶯與燕。斜日横陳。蟬鬢雲還亂。此際閒愁郎不見。綠陰紅雨深深院。　花信幾番風費徧。無計

消除。清淚時勻面。香瘦錦屏天又晚。湘波不隔離心遠。

## 吳　權

字超士、號習隱、江南吳江人、貢生、有冰壺詞、

### 減字木蘭花　春恨

落花無語。又趁東風飛作雨。惱煞遊絲。不與仙郎絆馬蹄。　春光如線。開到牡丹人尙遠。拂地垂楊。未抵蕭娘別思長。

## 陳見鑨

字在田、號淮士、江南常熟人、有藕花詞一卷、

### 更漏子　出塞

塞垣風。戍樓月。昨夜寒威釀雪。人渺渺。路迢迢。喚愁何處簫。　蓮葉稀。楝花輝。四望秋容淡淹。過古驛。渡荒灣。夕陽無限山。

### 水調歌頭　寄吳漢槎

一夜蕭關冷。襆被怯西風。無數笳悲笛怨。隱隱入簾櫳。攪碎鄉心千里。喚起離愁萬種。都到月明中。多少淒清味。禁受有誰同。　歌金縷。翻白苧。酒初醲。銀釭黯淡。畫樓頻倚望成空。痛煞車輪馬足。看盡百勞飛燕。生就各西東。不待陽關唱。雙淚已濛濛。

## 孔尚任

字季重、號東塘、山東曲阜人、官戶部郎中、有綽約詞、

### 西江月　平山懷阮亭

幾度平山高會。詞成人去堂空。風流司李管春風。又覺揚州一夢。　楊柳千株剩綠。芙蕖十里殘紅。重來誰識舊詩翁。只有江山迎送。

### 鷓鴣天

院靜廚寒睡起遲。秣陵人老看花時。城連曉雨枯陵樹。江帶春潮壞殿基。　傷往事。寫新詞。客愁鄉夢亂如絲。不知煙水西村舍。燕子今年宿傍誰。

## 洪　昇

字昉思、號稗畦、浙江錢塘人、監生、有昉思詞二卷、四嬋娟填詞一卷、又稱嘯月詞、

### 更漏子　渡瓜洲

暗潮生。斜日墜。瓜步晚雲初霽。離別苦。客途難。江風吹暮寒。　疏窗靜。孤幃冷。旅夢還家纔醒。年少日。客中多。好春能幾何。

### 大酺

羡杏花飛。楊花舞。閒繞珠簾瑤席。畫羅歌扇底。見朱脣粉面。春醪同色。醉月鴛鴦。夢雲鸚鵡。都似東風無

力。中筵停羯鼓。奈暗裏關心。貂裘淚溼。任玉樹庭前。零亂裙腰。沒殘苔迹。　沈沈銀漏滴。早忘卻、新譜塗階白。猛拚取、徵歌百隊。澆酒千觴。莫相疑、季倫梓澤。還笑江潭客。鎮憔悴、獨醒何益。一片月、光如雪。鷓鴣啼罷。又是數聲橫笛。此懷怕人知得。

## 陳謀道　字心微、浙江嘉善人、諸生、有百尺樓稿、附詞、又與戈元穎合輯柳洲詞選、

### 臨江仙　春景

春到江南芳草綠。垂楊搖曳池塘。畫樓遲日照新妝。半簾花霧溼。十里燕泥香。　倚遍闌干人未至。數枝紅杏斜陽。錦帆何日下瀟湘。情隨流水遠。夢逐曉雲長。

## 方中通　字陪翁、江南桐城人、有陪翁詞一卷、

### 南鄉子　江舟夜月

天浸入江流。都被玻璃鏡裏收。塞雁聲聲穿破去。添愁。影落西風送九秋。　短髮任科頭。洗卻豪華事浪遊。書卷琴囊橫一劍。孤舟。蘆荻蕭蕭不肯休。

## 謝爲憲　字恕齋、浙江鄞縣人、康熙二年舉人、官山東蓬萊縣知縣、

### 踏莎行　同姜西溟玩月

樹覆女貞。鳥啼姑惡。豆花桐子當窗落。雨餘燈火夜涼多。銀河水浸遙天薄。　露氣方濃。蛩聲漸弱。中庭峭立人如鶴。記曾秋月客邗溝。芙蓉似錦圍西閣。

## 陳祚隆　字履吉、雲南劍川人、康熙二年舉人、官四川墊江縣知縣、

### 臨江仙　巴縣弔段恭節

巴峽春寒花色冷。流鶯漸漸沈聲。惟餘蜀魄恨難平。隨風呼落日。伴月喚殘更。　霧隱雲霾天地閉。猿啼兩岸淒清。歸來仙鶴瞰空城。塗山憑弔處。觸物倍傷情。

## 王賓　字仔園、江南江都人、康熙二年舉人、

### 祝英臺近　秋思

咽蟬風。飄鶴露。寂寞紅蘭渡。指點繁華。歌吹竹西路。孤鴻一點飛來。數聲蘆管。好迸入、晚烟催暮。　凭闌處。卻笑明月無端。偏向玉鉤住。垂柳千絲。糝作半城霧。年年慣自悲秋。幾回搔首。怎忍便、送將秋去。

## 沈攀　字雲步、江南吳江人、康熙三年進士、官陝西知縣、

## 風入松 春思

柳塘風起午陰長。飛絮繞釵梁。吹殘瓊管花欺雪。殘紅落、半雜衣香。無計安排曉夢。有心檢點韶光。　從今焚卻紫羅囊。玉杵搗玄霜。蘼蕪山下流鶯泣。聲聲怨、都爲斜陽。剛被琴心挑逗。無端又聽蜂簧。

## 少年遊 曉行

疏星三五照高枝。宛馬向風嘶。鵲尾潮青。螭頭露白。客子計程時。　不情皎月侵衣薄。冷暖雁心知。掛劍臺荒。彈筆峽廢。何處寄新詞。

# 曹貞吉

字升六、號實庵、山東安丘人、康熙三年進士、官禮部員外郎、有珂雪詞二卷、補遺一卷、詠物十詞一卷、

## 留客住 鷓鴣

瘴雲苦。徧五溪、沙明水碧。聲聲不斷。只勸行人休去。行人今古如織。正復何事關卿。頻寄語。空祠廢驛。便征衫溼盡。馬蹄難駐。　風更雨。一髮中原。杳無望處。萬里炎荒遮莫摧殘毛羽。記否越王春殿。宮女如花。祇今惟賸汝。子規聲續。想江深月黑。低頭臣甫。

## 玉樓春 春晚

蘼蕪一翦城南路。弱絮隨風亂如雨。垂鞭常到日斜時。送客每逢腸斷處。　愔愔門巷春將暮。樹底嫣紅愁不語。畫梁燕子睡方濃。落盡香泥卻飛去。

## 水龍吟　白蓮

平湖烟水微茫。箇人彷彿横塘住。碧雲乍起。羽衣初試。靚妝楚楚。露下三更。月明千里。悄無尋處。想蘆花蘋葉。空濛一色。迷玉井。峯頭路。　莫是苧蘿未嫁。曳明璫、若耶歸去。游仙夢杳。瑤天笙鶴。淩波微步。宿鷺飛來。依稀難認。風吹一縷。泛木蘭舟小。輕綃掩映。問誰家女。

## 御街行　和阮亭贈雁

寒蕪極目連三楚。雁陣驚相語。一聲長笛出高樓。渺渺斷雲天暮。江深月黑。霜寒人靜。獨自銜蘆去。　遥峯恰是衡陽數。寂寞瀟湘雨。無端孤客最先聞。嘹嚦亂帆南浦。隻影横空。相逢何處。紅蓼洲邊路。

## 掃花游　春雪用宋人韻

元宵過也。看春色蘼蕪。澹烟平楚。溼雲萬縷。又輕陰作暈。綿飄絮舞。一夜梅花。暗落西窗似雨。飄搖去。試問逐東風。歸到何處。　燈事纔幾許。記流水鈿車。畫橋爭路。蘭房列俎。嘆蕣華易擲。鬢絲堆素。擁斷關山。知有離人獨苦。漫凝竚。聽寒城、數聲譙鼓。

## 解連環　詠蘆花。遥和錢舍人。

驚風淒絕。滿江干一片。凍雲吹折。飄萬點、不辨東西。枉賺得行人。鬢絲添雪。明月光中。隱沙岸、鴻聲淒絕。更閒隨釣艇。暗入柴門。伴人騷屑。　助他怒潮嗚咽。捲興亡舊恨。浪花明滅。笑垂楊、只解飛綿。難點上征衫。迷離成鐵。露冷蒹葭。還記得、綠芽如髮。問故家、秋娘何在。風流總歇。

## 水龍吟 春日送客、過慈仁寺感舊、

尋常彈指聲中。優曇偶現空王地。海棠著錦。丁香衣紫。霞烘烟細。急管哀絲。青衫白袷。嬉春情味。歎穠華電擲。風流雲散。容易下。中年淚。　身是金閨倦客。賦渭城、曾過蕭寺。倡條冶葉。笑人岑寂。樹猶如此。只有孤松。似曾扶我。當時沈醉。倩禪燈老衲。往來指點。說花榮瘁。

## 百字令 詠史

田光老矣。笑燕丹賓客、都無人物。馬角烏頭千載恨。匕首匣中如雪。落日蒼涼。羽聲慷慨。壯士衝冠髮。咄哉孺子。武陽色怒而白。　試問擊筑漸離。此時安在。何不同車發。負劍祖龍驚掣袖。六尺屏風堪越。貫日長虹。繞身銅柱。天意留秦劫。蕭蕭易水。至今猶爲嗚咽。

# 陸舜 字吳洲、江南泰州人、康熙三年進士、官至御史、

## 念奴嬌 永嘉江心寺餞別

江心片石。是疏狂謝客、舊曾來處。別夢難尋春草外。多少六朝烟樹。水遠山遥。東風無賴。不許斜陽住。飛帆欲滅。望中渺渺愁予。　不道寂寞招提。榕陰似畫。也一般鶯語。俊賞青門成往蹟。總入天涯凝竚。剩酒澆花。生羅撲蝶。猶有當時侶。飄零海燕。甚時眞個歸去。

## 錢芳標

原名鼎瑞、字寶汾、一字葆馚、號蒓漵、江南華亭人、康熙五年舉人、官內閣中書、十七年薦舉博學鴻詞、有湘瑟詞四卷、

### 清波引　用白石韻

送君南浦。飲君酒、爲君楚舞。柳眉幾許。和煙向人嫵。翠被那曾暖。又逐青絲吹去。勞勞亭外斜陽。是千古、斷腸處。　珊鞭付與。板橋滑、驕馬慢度。後期眞否。倩霜雁傳語。高唐夢回淚。一半荒臺殘雨。便算檗樹蓮心。辨來非苦。

### 河瀆神

門閉藕花中。水煙一望濛濛。仆碑苔澀隱秋蟲。壞旗猶颭靈風。　廟前繫艇誰家女。晚沙重酹椒醑。歌罷竹枝無語。神鴉千點飛去。

### 憶少年

小屏殘燭。小窗殘雨。小樓殘夢。銖衣已煙散。只蘅蕪香重。　錦瑟華年愁裏送。便淒涼、也無人共。傷心白團扇。畫秦娥簫鳳。

### 薄倖　故衣

褯襠殘線。記燈底、春蔥緝遍。向四角中央盤處。認取柔腸輪轉。恨寸絲、難繫郎心。空箱疊並班姬扇。負冷

試幷刀。香添蘄艾。多少深憐密眷。　到夢醒、高唐後。愁不稱、沈腰鬆慢。枉薰籠珍重。魚緜鳳渴。卷衣人比天猶遠。淚分明濺。待眠偎坐貼。新綿縱輭休輕換。摩挲半晌。還怕繚綾易綻。

望海潮　和少游韻

窮桑一髮。銀濤千仞。羲輪吐盡朝華。徐福不歸。成連旣去。酸風亂颭驚沙。何處碾雲車。有翠旓縹緲。珠樹交加。指點虛無。箇中如覯織綃家。　荒墩又動金笳。正煙將着草。霞未成花。樓蜃滅來。汀鷗狎罷。人間萬事空嗟。竿影壞墻斜。遶三姑廟側。叢荻神鴉。對此茫茫。祇應沈醉是生涯。

水龍吟　詠螢

黃昏庭院無人。何來幾點疏星墜。未燒蘭燄。乍移桃簟。催將秋思。巧入低窄。銀牀漸冷。銅鋪初閉。向畫欄干畔。齊紈試撲。忽又逐。牆陰起。　飄落溪頭山觜。也多情、草黏花綴。狂蹤暗度。潮來那管。雨零風碎。隋苑荒涼。賸伊閱盡。年光如水。最無端賺得。玉階長信。瀉如鉛淚。

何鼎　字晴山、浙江山陰人、康熙五年舉人、官河南長葛縣知縣、有香草詞一卷、

雙雙燕　留別胡章若王夢九金子闇張長威

瘦蘆釀雪。更林綴春紅。冷秋如許。征衫纔著。雙槳頻頻催去。山也可憐別緒。便遮斷、故鄉雲樹。橫斜帆影移過。盡是舊曾行處。　還住。尋帘沽醑。對名勝江山。故人如遇。枕濤眠月。一任雁聲淒楚。夢裏鶯歌燕舞。

憶曾共、疏狂朋侶。萍飄恁日歸來。翦燭小窗同賦。

菩薩蠻 春閨

小庭澹澹梨花雪。乍寒乍暖青陽節。憔悴整春衣。繡裙金雁飛。 畫屏山水碧。人在吳江側。雲樹正迷離。綠窗魂斷時。

菖蒲綠 度雁門關

雁塞天低雲萬疊。亂水滹沱新漲咽。杏花枝綻柳條青。我來正值端陽節。風威還凜冽。黃沙撲面重裘鐵。請君看、溪邊橋畔。幾尺湧殘雪。 羊腸一線多紆折。峭壁兩崖烽堠接。危巒峻嶺插雲霄。層層山罅巖墉堞。天險環帝闕。再休懷古多愁絕。且揚鞭、酒旗斜處。醉臥關山月。

## 顧景文 字景行、江南無錫人、諸生、有蛻園詞一卷、

桂枝香 香眉亭看桂

小山橫簇。看淡日烘雲。堆滿金粟。閒倚青紅亭院。晴飄輕馥。深叢占斷三秋景。倒芳尊、紅傾千斛。零蟬猶咽。啼螿乍起。晚風搖綠。 更旖旎、睡魂初足。共兔影蟾光。一生相逐。袖滿天香。肯把翠眉微蹙。紅牙小板涼州管。且偷翻、桂枝新曲。露濃人悄。玉京吹下。向花間宿。

## 顧貞觀

初名華文、字華峯、號梁汾、江南無錫人、康熙五年舉人、官國史院典籍、有彈指詞三卷、補遺一卷、又與性德合輯今詞初集二卷、

### 更漏子

續殘香。留好夢。鴛瓦不銷霜重。千里月。五更寒。此情持問歡。　闌干角。蛛絲絡。誰解護花鈴索。乘宿醉。看梳頭。年時還記否。

### 金縷曲　寄吳漢槎寧古塔以詞代書

季子平安否。便歸來、平生萬事。那堪回首。行路悠悠誰慰藉。母老家貧子幼。記不起、從前杯酒。魑魅搏人應見慣。總輸他、覆雨翻雲手。冰與雪。周旋久。　淚痕莫滴牛衣透。數天涯、依然骨肉。幾家能彀。比似紅顏多命薄。更不如今還有。只絕塞、苦寒難受。廿載包胥承一諾。盼烏頭馬角終相救。置此札。兄懷袖。

### 金縷曲

我亦飄零久。十年來、深恩負盡。死生師友。宿昔齊名非忝竊。只看杜陵窮瘦。曾不減夜郎僝僽。薄命長辭知己別。問人生、到此淒涼否。千萬恨。爲兄剖。　兄生辛未吾丁丑。共些時、冰霜摧折。早衰蒲柳。詞賦從今須少作。留取心魂相守。但願得、河清人壽。歸日急繙行戍稾。把空名、料理傳身後。言不盡。觀頓首。

### 雙雙燕　本意用梅溪韻

單衣小立。正秋雨槐花。鬢絲吹冷。鏡函如水。長憶畫眉人並。殘葉暗飄金井。問燕子、歸期未定。傷心社日辭巢。不是隔年雙影。　香徑。芹泥猶潤。只一縷紅絲。誤他嬌倩。幾多恩怨。絮徹杏梁烟暝。傳語別來安穩。待二十四番風信。那時重試淸狂。肯放雕闌獨凭。

石州慢　御河爲漕艘所阻

一月長河。奈阻崎嶇。玉京猶隔。滿身風露。夜寒誰問。扣舷孤客。不如歸去。從敎錦纜牙檣。釣絲莫負秋江碧。何事訪支機。悔乘槎蹤迹。　凄絕。無端閲徧。戰壘遺屯。郵亭敗壁。只得幾行官柳。似曾相識。琵琶響斷。那須月落回船。曲終始下靑衫滴。曉鏡待重看。有霜華堪織。

驀山溪　書滕王閣上

朝飛暮卷。也覺登臨倦。高閣古今情。共天涯、客愁長滿。遙空隱隱。極目羨回帆。沙路白。曉煙靑。不似江南岸。　一繩低雁。肯放西風斷。澹影蘸蘆花。向蛺蝶、圖中吹轉。風流帝子。魂魄倘歸來。翻舊序。按新詞。鼓入湘靈怨。

臨江仙　寒柳

向日宮鶯千百囀。而今幾點歸鴉。西風著意做繁華。飄殘三月絮。凍合一江花。　自是心情寥落盡。不堪重繫香車。永豐西畔卽天涯。白頭金縷曲。翠黛玉鉤斜。

南鄉子　擣衣

嘹唳夜鴻鳴。葉滿階除欲二更。一派西風吹不斷。秋聲。中有深閨萬里情。　廊上月華明。廊下霜華結漸成。今夜戍樓歸夢裏。分明。人在回廊曲處迎。

## 蘭陵王　江行、用史梅溪韻、

片帆側。斜倚輕衫雪色。凝眸倦、清鏡窈然。隱約仙娥泛寒碧。霜林淚絲織。翻作。春紅靚飾。空濛外、多少遠山。猶是青螺黛痕積。　移時共蘭鷁。正乍展香襟。旋散瑤席。佩珠許傍宮腰摘。更瑞錦分繫。寶釵新囑。衍波箋字莫漫溼。附蘋末吹入。　岑寂。又如昔。向洛渚遺塵。步韈重覓。鴛鴦飛去頭俱白。奈踏浪難穩。鄣風無力。水雲天遠。只此意。怎忘得。

## 御帶花　扈從西華門過金鼇玉蝀二橋、馬上口占、

梳妝臺下捫碑字。金碧依然天半。龍舟寂寞。信波翻太液。藕花長滿。知否遐高無限意。幾增悽惋。傳呼急。平明騎馬。值紫宸班換。　指點重瞳親御處。飛閣千層。彩虹雙轉。朱顏頻改。都不是尋常。意中庭院。飄泊青衫。隨例屬、天家拘管。憶二十年前慧業。侍玉皇香案。

# 顧衡文　字倚平、江南無錫人、諸生、有清琴詞一卷、

## 宴清都　燈下讀宋詞感賦、同紫綸作、

舊曲閒尋徧。西風緊。簫聲雲外吹斷。分箋刻燭。聽歌點屐。故情多減。依稀杜曲花深。但題起、青衫淚滿。忍

還向、舊日銅街。玉笙指冷重按。今宵月黑燈紅。故人相對。愁緒難翦。霓裳歇拍。伊涼換譜。玉京秋怨。知他幻影詩魔。總付與、紅鑪雪片。笑栖栖、頭白詞人。碧霄夢遠。

## 陳玉璂

字賡明、號椒峯、江南武進人、康熙六年進士、官內閣中書、有耕烟詞三卷、一名映山堂詞、

### 摸魚兒　落花

亂紛紛、畫橋流水。原來都是桃李。香綿連日樓前滾。不許珠簾不起。深有幾。聞說道。蒼茫碧海差堪擬。春閨屈指。將萬點胭脂。年年打算。似海還無底。　傷春瘦。寶篆慵飄鵲尾。日高還擁羅被。輕紅小向梁間溜。薄倖雙雙燕子。如何是。君不見、王孫芳草歸無計。危闌獨倚。縱舞遍天涯。敎休忘了。繡閣斜陽裏。

### 臨江仙　題周櫟園先生畫册

春到江南渾欲老。素箋收拾分明。南宮北苑浪猜評。半篙春水白。數點暮山青。　無語遊人如欲語。依稀雨驟風輕。聽來幾度落花聲。情隨雙雁渡。夢斷一江橫。

### 臨江仙　中秋

佳景中秋秋正好。溪山不用錢賒。謫仙今夜醉誰家。掉頭明月裏。無路訪銀槎。　賸有平生騷句在。斷紈零素天涯。四更牛斗又西斜。朗吟還到曉。露溼滿庭花。

## 喬萊 字子靜、號石林、江南寶應人、康熙六年進士、十八年舉博學鴻詞、授翰林院編修、官至侍讀學士、

### 鷓鴣天

僻處門無剝啄聲。一庭嫩綠雨初晴。因山架屋苔常滿。倒樹成橋葉尙生。　新笋迸。午風輕。飛花誤入煮茶鐺。翛然相對清如水。坐聽林間鳥自鳴。

## 陸棻 原名世枋、字次友、號義山、一號宜山、又號雅坪、浙江平湖人、康熙六年進士、十八年召試博學鴻詞、授翰林院編修、官至內閣學士、有雅坪詞譜三卷、

### 南鄉子 擣衣

深院繡袿單。檢點征衣仔細看。地下霜痕砧上月。團團。宛轉清輝玉臂寒。　響落雁聲殘。欲寄征夫道路難。密線裝綿紅淚漬。漫漫。寄到桑乾淚未乾。

### 滿庭芳 叢臺

雉堞風高。叢臺霜老。當年寶瑟娉婷。丹樓粉榭。難染鬢雙青。惟見連山如堵。荒林外、滏水迴縈。頻惆悵。照眉沉碧。新月一鉤停。　難聽淒切調。斜陽砧杵。一派秋冥。想鈞天帝所。樂處曾經。多少平原門第。空回首、玳瑁飄零。邯鄲道。青駒倦矣。殘夢幾時醒。

## 夢芙蓉 寒月

一輪秋更皎。漸冷窺鏡檻。素瑩冰沼。空明藻徑。孤影踏林杪。南樓人料峭。綺窗燈火紅小。欲訴閨愁。向曲闌凭處。玉笛數聲杳。　記著當年懊惱。雪浸梅花。香夢啼嬌鳥。碧痕依舊。誰念雲鬟老。謝莊猶解道。清輝千里同照。坐冷霜華。倩霓裳月姊。留伴素娥曉。

## 瑞鶴仙 慈仁寺松

別來無恙否。笑白髮如斯。紫鱗依舊。涼飆碧濤吼。聽招提天籟。不平何有。垣梧驛柳。並閱歷、車塵馬首。想故山、雪竹冰梅。隻影支離誰友。　回首。蟠根偃蓋。不解干雲。講臺左右。烏飛兔走。一龍死。孤鸞守。也霜容消瘦。秦官冷落。爭似剡山蒼叟。好相期、五粒長生。歲寒時候。

## 惜秋華 牽牛花

玉露無聲。點輕圓翡羽。慣開涼夕。雨過曉天青。來這般顏色。疏籬未有黃花。對遠山、翠尊蕭瑟。藤側。任苔衣靜緣。支機錦石。　淺暈黛痕溼。悄含情似怨。倚晨妝無力。烏鵲影邊。休問泛槎消息。倩誰試寫秋容。記宣和、畫圖留得。曾識。剪琅玕、繡纓雙翼。

# 虞文彪

字子雲、號省庵、浙江海寧人、康熙六年進士、官江南休寧縣知縣、

## 小重山 登九十九峯閣晚眺

遠岫重重映夕陽。無邊芳草外、暮雲長。山樓春好也淒涼。春又去。何處更尋芳。　垂柳兩三行。晚鶯銜不住、絮顛狂。東君與我共郎當。憔悴也。何必到昏黃。

## 汪懋麟　字季甪、號蛟門、江南江都人、康熙六年進士、官刑部主事、有錦瑟詞三卷、

### 蘇幕遮　舟中寒食

落花風。寒食雨。幾陣廉纖。催送春何遽。閒倚篷窗臨古渡。野店青帘。飄在垂楊樹。　日歸遲。時節誤。暝色高樓。望斷河橋路。燕子來時愁欲暮。波上雙雙。飛過船頭去。

### 桃源憶故人　野橋晚泊

輕帆落處斜陽快。夾岸柳條都敗。雪厚板橋壓壞。村酒停燈賣。　寒星苦月長湖外。負卻孤眠愁債。此夜寂寥情派。料得雙鷗解。

## 鮑鼎銓　字讓侯、江蘇無錫人、康熙八年舉人、官知縣、

### 望海潮　黃鶴樓

嵐氣浮空。潮聲帶雨。名區自說江湘。赤壁崟崎。洞庭浩渺。天邊不斷帆檣。樓閣俯斜陽。正煙雲萬里。歸鳥千行。獨鶴飛回。忽傳玉笛韻悠揚。　淒涼。鸚鵡堪傷。對萋萋芳草。滿眼滄桑。夜靜月明。濤生天上。看來一

片昏黃。佇立向茫茫。有漁舟杳靄。蘆荻青蒼。把酒中流。當年顧曲想周郎。

## 孫申之

字崧嶽、雲南石屏人、康熙八年舉人、有鏡舫詩鈔、附詞、

### 卜算子　九天觀訪詩僧隨緣

出郭雨初晴。衣履消塵靜。野鶴空林一水淸。遙見孤棲影。　呼渡便懽迎。香積烟猶冷。波浪無風不自生。卑錫從今穩。

## 江闓

榜姓越、字辰六、貴州貴筑人、康熙二年舉人、舉康熙十八年博學鴻詞、官山西解州知州、有春蕪詞、

### 武陵春　宿歡喜亭

到此正愁山未盡。失喜見淸波。百頃湖光映薜蘿。遠岫點青螺。　藉地回看星斗靜。雲影淡於羅。人定猶聞采藥歌。六月夜寒多。

### 望仙門　登文殊臺望瀑布

天門雨過走銀虬。那能收。空青齊作白雲流。怕山浮。　淸絕長棲月。泠然氣奪深秋。怒聲應悔落滄洲。落滄洲。爭似萬峯留。

### 憶江南　廬山五憶

廬山憶。最憶玉川門。三疊泉邊藏月窟。二層崖上見雲根。此地好朝昏。
廬山憶。卻憶石門中。獅子月明撾象鼓。鐵船風細送銅鐘。四壁盡芙蓉。
廬山憶。卻憶訪仙亭。竹寺煙蘿留翡翠。香山庭樹弄丹青。巖壑倍多情。
廬山憶。能不憶黃巖。天上有臺看瀑布。洞中緣石架茆龕。諸勝擁山南。
廬山憶。我更憶歸宗。鐵塔懸空時隱見。玉簾斜捲總玲瓏。有約待重逢。

## 孫在豐

字屺瞻、浙江歸安人、康熙九年進士及第、官至工部侍郎、有尊道堂詞、

### 長相思慢 春日客感

乍暖還寒。初晴又雨。恁般天氣傷情。朱門柳暗。紫陌花飛。杜鵑啼徧山城。物候堪驚。怪年華荏苒。心事飄零。客館自深扃。倚樓頭、羌笛難聽。　歎孤舟病馬。山村水驛。年來負卻深盟。王孫空落魄。指鄉關、難計歸程。碧草都生。斜日外、長亭短亭。傍金尊暢飲。愁他醉了還醒。

## 徐乾學

字原一、號健庵、江蘇崑山人、康熙九年進士及第、授翰林院編修、官至刑部尚書、有憺園集、

### 鶴沖天 題蒓鮫小像、和葆酚原韻、

圓沙枉渚。識是君棲處。柳汁染君衣。多佳句。偏情濃煙水。戲晝作、扁舟住。儘命儔嘯侶。桂槳篷窗。不讓當

年桑苧。風清日暮。鷗鷺隨人去。沽酒束生薪。和雲煮。喚玉童把笛。忽吹散、江天雨。近前恐未許。一捻腰支。消盡柳絲愁緒。

## 林麟焻　字玉巖、福建莆田人、康熙九年進士、官貴州提學道僉事、有竹香詞、

### 水調歌頭　釣龍臺懷古

海氣撲襟袖。登眺亦雄哉。蒼茫煙水無際。山勢聳崔嵬。人道越王當日。鐵馬金戈割據。曾釣白龍來。霸業已銷歇。俯仰賸荒臺。殘照裏。草樹外。角聲催。沿江樓櫓重疊。橫海靖氛埃。一片銀濤雪浪。千古蝸爭蟻鬭。誰是濟時才。庾信最蕭瑟。詞賦只悲哀。

## 方采　字蜺庵、湖北潛江人、康熙九年進士、官內閣中書、有花悟堂詞、

### 昭君怨

和影低徊踏月。月去蘭釭休滅。釭滅影都無。夜涼初。玉漏聲聲到枕。滴入心頭正永。難遣是相思。繡衾知。

## 楊春星　字耐嵓、河南睢州人、康熙九年進士、官吏部郎中、有楚江吟、

陽關引

颯颯西風冽。陣陣飄殘葉。一鞭斜照。遥山暝。征車歇。向蕭蕭亭館。無語愁千結。正黯然、驚雁又度庾樓月。

惆悵年華逝。煙嵐隔。縱長亭柳。多情甚。儘攀折。奈一杯酒醒。怕聽歌三疊。卻年年、遠道消盡馬蹄鐵。

## 韓　裴

字晉度、浙江烏程人、康熙九年進士、官湖北知縣、

望江南

秋光早。秋葉欲辭柯。金屋夜深砧怨少。玉階人靜草蟲多。搔首望天河。

蝶戀花　送春

雨雨風風吹繡戶。不見春來。那見春歸去。百舌杜鵑啼處處。溪流有盡愁無數。　簾外飛來花似絮。欲賦迴風。早又傷情緒。留得櫻桃纔幾樹。夢中裁作相思句。

## 葉　燮

原名世倌、字星期、一字已畦、號横山、又號獨巖、江蘇吳江人、康熙九年進士、官寶應縣知縣、有已畦詞、

浣溪紗　秋林晚眺

簾捲回廊挂玉弓。草根切切響吟蟲。前林黄葉起西風。　橘刺牽衣花架礙。菱絲織水畫橋通。釣魚船尾小燈紅。

### 遐方怨　閨情

妝未了。日初生。菱花眉暈小。蘭葉鬢雲橫。簾通烟篆曉痕平。寶釵斜墜膩無聲。　春漸老。帶圍輕。簷鵲頻偷報。應知鬬草贏。晝長無事理銀箏。困人疏雨在長亭。

## 葉淑衍

字椒生、號茹庵、浙江西安人、康熙九年進士、官江西知縣、有就花舲小詞一卷、

### 南柯子　冬閨

風急號征雁。庭昏集晚鴉。寒生翠袖擁琵琶。今夜玉人。沈醉宿誰家。　鳳蠟啼珠小。獅煤篆縷斜。多情明月到窗紗。帶雪和烟。深夜照梅花。

## 董漢策

字帷儒、一字芝筠、浙江烏程人、諸生、康熙十一年以隱逸薦、有藍珍詞、

### 玉樓春

雨絲收盡春雲闊。燕舞晴空花氣活。朝來宴坐小窗寒。天外青山剛一抹。　三眠柳醉春風滑。恰似佳人方二八。晝長無事愛春光。更愛朦朧春夜月。

## 曹鑑平

字掌公、號桐暘、浙江嘉善人、康熙十一年舉人、官內閣中書、

蟬噪蛩鳴。金風幾陣拖烟霧。芭蕉響處。誰解相思苦。　綺閣寒生。半染秋林樹。愁無語。暗傷情緒。細雨東西路。

## 點絳脣 秋雨

## 望江南 本意

江南好。荷檻試新涼。燕子翦雲尋畫閣。魚兒睍日戲橫塘。風動一池香。

# 張發祖 字孝舒、江蘇丹陽人、康熙十一年舉人、官河南濬縣知縣、有學舍小草一卷、

## 望遠行 立秋

朝來一陣涼颸過。井上梧桐非故。瓊簫引恨。紈扇懷愁。猶記舊時芳緒。雲漸成鱗。水共長天凝碧。日暮佳人何處。最淒清。明月淸砧院宇。　無據。幾許涼亭煥館。把往蹟、從頭細數。芳樂名妃。臨春狎客。都被蟬聲催去。贏得悲秋宋玉。登高望遠。慘淡此情今古。怕天涯衰草。不禁風雨。

# 向楙英 字人千、一字純菴、浙江慈谿人、康熙十一年舉人、官蕭山縣教諭、

## 菩薩蠻

垂楊嫋嫋圍青閣。暖風拂罷金鈴索。燕子不知愁。銜花故遶樓。　壁車牽夢去。江草縈愁住。酒困未全蘇。

春光一半無。

## 安致遠

字靜子、號拙石、山東壽光人、康熙十一年拔貢、有吳江旅嘯詞、

### 臨江仙　有憶

蕭寺清歌何事歇。生生隔斷芳容。榴花開徧綠陰濃。夢來香有跡。人去影疑空。　欲向香塵尋淺印。碎鋪滿徑殘紅。藏身衹在寺門東。牽腸知遠近。十丈藕絲風。

## 謝爲衡

字孝德、一字莘野、浙江鄞縣人、

### 東風第一枝　春草堂新柳

青眼窺人。織腰舞雪。依依長伴庭宇。樹頭剛灑鵝黃。枝上便來鶯侶。雨搓風翦。更頃刻、萬條千縷。最堪憐、淡月斜陽。酒醒夢回無語。　愁絕處、玉關遊子。腸斷也、紅樓少女。況看盡日當軒。忍教忘情翠羽。閒花無數。問誰更、風流如許。遮莫是、昔日王恭。翻作而今張緒。

### 擊梧桐　聞雁

暑退涼猶淺。秋已半、天際浮雲輕捲。忽聽征鴻過。聲聲似、喚醒愁腸展轉。岐亭月上。長門燈暗。銷盡啼痕點點。顧影分明語。爲避矰念切。稻粱謀遠。　珠露朝凝。金風夜翦。度遍隋宮梁苑。嚦嚦寒江上。哀怨處、客

夢驚回孤館。纔見社前歸去。時序關心。又來催歲晚。想當年、王嫱蘇武。悶懷誰遣。

## 王度

字香山、江蘇高郵人、有書連屋詞、

### 清平樂 客中月夜

娟娟涼月。雨後光逾澈。窺戶亂峯千百疊。影與池荷共貼。　月中茉莉新開。照他香雪成堆。記得年時此際。晚妝簪上鸞釵。

## 諸葛義和

字西秩、號敬亭、江蘇丹陽人、諸生、有雲曲山莊詞一卷、

### 菩薩蠻 舟中望句曲

寒烟瀁蕩籠秋月。荻花風裏聲蕭瑟。何處棹船過。湖中明月多。　一天秋露白。洗出青山色。句曲古仙都。眞仙今有無。

## 王鴻緒

字季友、號儼齋、江蘇華亭人、康熙十二年進士及第、授翰林院編修、官至戶部尙書、有橫雲山人詞、

### 畫堂春

東風軟透露花香。捲簾燕燕歸梁。曉霞鏡裏門明妝。新樣眉長。　斜倚回闌獨立。低頭笑撚垂楊。夜來淸

夢到瀟湘。獨自思量。

## 徐倬

字方虎、號蘋村、浙江德清人、康熙十二年進士、改庶吉士、授翰林院編修、官至禮部侍郎、有水香詞、

### 金縷曲　中秋月食

碧海晶簾捲。問嫦娥、清輝須惜。浮雲須遣。幾點憂時嫠婦淚。迸作九霄露泫。星影散、漫空飛繭。此夕風光猶較可。忍來宵、素魄留痕淺。桂華蠹。愁何展。　斗邊一角銀河顯。怨無端、投壺笑巧。南箕舌扁。更怕寒芒分道出。惱亂人間雞犬。天上恨、嬋娟難免。自有淩雲修月斧。奈瓊樓玉宇非專典。霓裳袖。阿誰翦。

### 千秋歲　同王豹采鑒微上人放舟溪上、至吉祥寺訪愚公、用王丹麓韻、

林柯全換。霜染青紅半。祇樹近。香雲變。老來緇衲好。世外黃金賤。放船至。薰爐茗椀隨經卷。　初地風清晏。梵唱菱歌亂。拈花笑。臨川嘆。旃檀一夕話。白石三生願。錫飛處。華嚴樓閣重重幻。

### 水龍吟　楊花和宋牧仲韻

年年慣送春歸。縈花惹草隨春墜。征夫頭上。雪兒歌裏。一般愁思。最是傷心。紅銷香褪。雲深月閉。任東風簸弄。欺儂無主。既顛落。還扶起。　自有瑤華池館。費殷勤、繡茵虛綴。生成薄命。文姬家散。綠珠身碎。轉眼成空。浮塵吹盡。碧天如水。再休提枝上。紅綿多少。迸人清淚。

## 汪鶴孫 字雯遠、號梅坡、浙江錢塘人、康熙十二年進士、改翰林院庶吉士、有蔗閣詩餘一卷、一名匯香詞、

### 浣溪紗 午睡

嫩綠毿毿日半低。困人天氣閉深閨。近來瘦骨帶應知。　繡幄乍開疑蝶亂。天涯將到被鶯迷。此時心事倩誰題。

## 宮夢仁 字宗衮、號定山、直隸靜海人、康熙十二年進士、改翰林院庶吉士、官至福建巡撫、有夫椽閣詞、

### 蝶戀花 茉莉

艮嶽當年行樂處。珠蕚冰甤。移自炎洲路。韻比江梅宜帶雨。芬飄山麝偏凝露。　絕愛佳人臨日暮。笑摘芳菲。斜比鸞釵度。繡枕聞香香半吐。餘香猶挽絲籠護。

## 葛　筠 字東之、號湘湄、江蘇丹陽人、康熙十四年舉人、官長洲縣教諭、有名山藏詞稿、

### 添字昭君怨 春郊閒步

此日春光明媚。閒把平蕪踏碎。雙雙燕子蹴飛花。到誰家。　水上樓臺如畫。弱柳金絲低亞。青山點點映斜陽。斷人腸。

## 邵瓌

字殿先、號柯亭、順天大興人、康熙十四年舉人、官山東昌邑縣知縣、有情田詞二卷、

### 惜秋華 咏牽牛花

能幾番開。繞西風籬落。早來秋感。小字芳名。卻愛星河爲伴。渾疑未了佳期。又翠朵、忽橫涼院。藤軟。最難分、嫩姿碧深朱淺。 黛峯畫偏淡。莫吳娘妝罷。已疏鈎齊捲。承露無多。輸與曉程人看。謾寫一段幽情。試問誰含顰千點。曾見。小青花、竹山吟卷。

## 黃庭

字戟山、號說研、江蘇長洲人、康熙十四年舉人、有采香涇詞一卷、歲寒詞玉河西干詞消夏詞各若干卷、

### 疎影 黃梅花

一枝雪壓。是瓊妃欲嫁。倩伊催臘。誰識檀奴。先占芳名。悄共歲寒情恰。未須青帝施顏色。微暈處、月黃曾匝。怪蜂銜、釀就花鬚。灑向枝頭凝蠟。 猶憶晶簾犀押。曉寒手折取。香透妝合。細額纔完。扶上釵梁。小門金蟲斜插。鬱金堂後音書斷。伴瘦影、冷眠孤榻。怕花前、往日情懷。都爲倦遊消乏。

## 胡會恩

字孟綸、號南苕、一號苕山、浙江德清人、康熙十五年進士及第、授翰林院編修、官至刑部尚書、有清芬

堂詩餘、

南歌子

缺月窺虛牖。高風翦敗桐。夜涼香炧碧紗空。爭奈年時人病、雁聲中。　綠綺新愁結。紅蕤舊約同。歡期如夢太悤悤。又是一簾秋雨、颭芙蓉。

## 沈三曾

字允彬、一字懷庭、浙江烏程人、康熙十五年進士、改庶吉士、授翰林院編修、官至詹事府贊善、有賜書堂詞、

蝶戀花

風雨一天晴未得。芳草菲菲。早過淸明節。多事東風吹不歇。梨花處處飄如雪。　曉夢方濃誰喚急。卻是呢喃。低向幽人說。無計留春春欲別。來年再問春消息。

## 沈　涵

字度汪、一字心齋、浙江歸安人、康熙十五年進士、改庶吉士、授翰林院編修、官至內閣學士、有賜硯堂詞、

虞美人

新涼曉透孤衾冷。誰弄紗窗影。聲聲卻似子規啼。報道不如歸去不如歸。　呢喃雙燕思離別。別盡江南

客。此宵閒夢是誰驚。最恨西風落葉兩無情。

## 性德

原名成德、字容若、姓納蘭氏、滿洲正黃旗人、康熙十五年進士、官至一等侍衛、有側帽詞、飲水詞共五卷、總稱納蘭詞、又有詞韻正略、又與顧貞觀合輯今詞初集二卷、

### 江城子

溼雲全壓數峯低。影淒迷。望中疑。非霧非烟。神女欲來時。若問生涯原是夢。除夢裏。沒人知。

### 浣溪紗

誰念西風獨自涼。蕭蕭黃葉閉疏窗。沈思往事立殘陽。　被酒莫驚春睡重。賭書消得潑茶香。當時祇道是尋常。

### 浣溪紗

腸斷斑騅去未還。繡屏深鎖鳳簫寒。一春幽夢有無間。　逗雨疏花濃澹改。關心芳草一作字、淺深難。不成風月轉摧殘。

### 浣溪紗

睡起惺忪强自支。綠傾蟬鬢下簾時。夜來愁損小腰肢。　遠信不歸空竚望。幽期細數卻參差。更兼何事耐尋思。

浣溪紗

記綰長條欲別難。盈盈自此隔銀灣。便無風雪也摧殘。 青雀幾時裁錦字。玉蟲連夜翦春旛。不禁辛苦況相關。

菩薩蠻

催花未歇花奴鼓。酒醒已見殘紅舞。不忍覆餘觴。臨風淚數行。 粉香看欲別。空賸當時月。月也異當時。淒清照鬢絲。

菩薩蠻

晶簾一片傷心白。雲鬟香霧成遙隔。無語問添衣。桐陰月已西。 西風鳴絡緯。不許愁人睡。只是去年秋。如何淚欲流。

菩薩蠻

烏絲畫作回文紙。香煤暗蝕藏頭字。箏雁十三雙。輸他作一行。 相看仍似客。但道休相憶。索性不還家。落殘紅杏花。

清平樂

風鬟雨鬢。偏是來無準。倦倚玉闌看月暈。容易語低香近。 軟風吹過窗紗。心期便隔天涯。從此傷春傷別。黃昏只對梨花。

## 秋千索　淥水亭春望

藥闌攜手銷魂侶。爭不記、看承人處。除向東風訴此情。奈竟日。春無語。　悠揚撲盡風前絮。又百五、韶光難住。滿地梨花似去年。卻多了。廉纖雨。

## 河傳

春淺。紅怨。掩雙環。微雨花間晝閒。無言暗將紅淚彈。闌珊。香銷輕夢還。　斜倚畫屏思往事。皆不是。空作相思字。記當時。垂柳絲。花枝。滿庭蝴蝶兒。

## 臨江仙

長記碧紗窗外語。秋風吹送歸鴉。片帆從此寄天涯。一燈新睡覺。思夢月初斜。　便是欲歸歸未得。不如燕子還家。春雲春水帶輕霞。畫船人似月。細雨落楊花。

## 臨江仙　寒柳

飛絮飛花何處是。層冰積雪摧殘。疏疏一樹五更寒。愛他明月好。憔悴也相關。　最是繁絲搖落後。轉敎人憶春山。湔裙夢斷續應難。西風多少恨。吹不散眉彎。

## 臨江仙

帶得些兒前夜雪。凍雲一樹垂垂。東風回首不勝悲。葉乾絲未盡。未死只顰眉。　可憶紅泥亭子外。纖腰舞困因誰。如今寂寞待人歸。明年依舊綠。知否繫斑騅。

## 蝶戀花

辛苦最憐天上月。一昔如環。昔昔長如（一作都成）玦。但（一作若）似月輪終皎潔。不辭冰雪爲卿熱。　無奈鍾情（一作那塵緣）容易絕。燕子依然。軟踏簾鉤說。唱罷秋墳愁未歇。春叢認取雙棲蝶。

## 蝶戀花

眼底風光留不住。和暖和香。又上雕鞍去。欲倩煙絲遮別路。垂楊那是相思樹。　惆悵玉顏成間阻。何事東風。不作繁華主。斷帶依然留乞句。斑騅一繫無尋處。

## 蝶戀花

又到綠楊曾折處。不語垂鞭。踏徧清秋路。衰草連天無意緒。雁聲遠向蕭關去。　不恨天涯行役苦。只恨西風。吹夢成今古。明日客程還幾許。霑衣況是新寒雨。

## 蝶戀花

蕭瑟蘭成看老去。爲怕多情。不作憐花句。閣淚倚花愁不語。暗香飄盡知何處。　重到舊時明月路。袖口香寒。心比秋蓮苦。休說生生花裏住。惜花人去花無主。

## 念奴嬌 廢園有感

片紅飛減。甚東風不語、只催漂泊。石上臙脂花上露。誰與畫眉商略。碧甃瓶沈。紫錢釵掩。雀踏金鈴索。韶華如夢。爲尋好夢擔閣。　又是金粉空梁。定巢燕子。滿地香泥落。欲寫華箋憑寄與。多少心情難託。梅豆圓時。柳緜飄處。失記一作空覓當時約。斜陽冉冉。斷魂分付殘角。

齊天樂 塞外七夕

白狼河北秋偏早。星橋又迎河鼓。清漏頻移。微雲欲溼。正是金風玉露。兩眉愁聚。待歸踏榆花。那時才訴。只恐重逢。明明相視更無語。 人間別離無數。向瓜果筵前。一作堆筵瓜果碧天凝竚。連理千花。相思一葉。畢竟隨風何處。羈棲良苦。算未抵空房。冷香啼曙。今夜天孫。笑人愁似許。

## 高層雲 字二鮑、號謖苑、江蘇華亭人、康熙十五年進士、官至太常寺卿、有改蟲齋詞一卷、

淡黃柳 題畫

層湖遠碧倒浸蒼巖溼。小閣圍山殘照入。一片疏紅冷翠。總是江南好秋色。 弄殘墨。閒窗正岑寂。幾回首。認烟驛。想荒池、月淡沙鷗拍。菰影蘋香。舊村何處。今夜夢輕難覓。

點絳脣 立夏

綠遍芳郊。小窗昨夜春歸去。落花深處。夢斷聞鶯語。 紫筍朱櫻。不分江南住。愁千縷。倚闌凝佇。怕見風前絮。

留客住 鷓鴣

嶺雲覆。徧楚江、蠻風颿雨。哀音斷續。相對頻啼殘晝。扁舟旅泊何處。聽到灘黑林昏人倦後。淒涼似此。便

聲聲行得、也能行否。　還搔首。峽響空舲。記取牽船候。和盡青猿。絕壁亂雲開繡。隔水正逢游女。拾翠歸來。影湘筠倚袖。愁聞不了。更雙銜木葉、見南飛又。

瑤華　雨中詠白丁香、同蒼嵓瑁湖、

新妝澹抹。婉約冰姿。似飛瓊青絕。輕烟絲雨。扶不起、綬䕸翠鈿珠纈。含顰微睇。見鉛水、熒熒雙頰。消幾番、蝶使蜂媒。慘淡鬢雲肌雪。　朱闌一掬芳塵。悵洛浦淩波。飛濺羅襪。依稀倩影。應減盡、纖弱宮腰裙摺。梨雲夢冷。怎禁得、繡幃頻揭。想晚來、無限風情。斜映半鉤新月。

## 葉舒崇

字元禮、號宗山、江蘇吳江人、康熙十五年進士、官內閣中書、有謝齋詞、

浣溪紗　孤山別墅有感

彷彿清溪似若耶。底須惆悵怨天涯。青驄繫處是儂家。　生小畫眉分細繭。近來綰髻學靈蛇。妝成不耐合歡花。

柳暖花寒懊惱時。春情脈脈倩誰知。簾纖香雨正如絲。　團就鏡臺烏鰂墨。寄來江上鯉魚詞。此生有分是相思。

望遠行

平原瀰迤紅霞抹。惆悵春光纔莫。幾番花謝。一陣風狂。作就隋宮綠樹。無限興亡。贏得竹西三月。歌吹年

年如許。最傷神、又値江天梅雨。　相語。只有斜陽一片。也曾見、錦帆無數。螺黛香消。瓊簫夢斷。行雨蕭娘何處。試看蒼苔沒井。白楊滿地。怕讀鮑昭遺賦。聽杜宇、聲聲勸人歸去。

## 翁嵩　字元音、浙江海寧人、康熙十五年進士、官內閣中書、

### 燭影搖紅　石魚涇觀魚

怪底春寒。膩雲釀出連宵雨。一溪新水幾多寬。繞遍青山路。著箇中流釣侶。映蓑衣、添來翠縷。綠楊低蘸。白鷺斜窺。晴曦剛午。　試望雲莊。碧波鏡樣環門戶。紅蝦青鯽不論錢。儘足供樽俎。遙想風流太傅。到今朝、滄桑幾度。這般波闊。如許風清。被誰留住。

## 王頊齡　字顓士、號瑁瑚、江蘇華亭人、康熙十五年進士、十八年召試博學鴻詞、授翰林院編修、官至武英殿大學士、謚文恭、有螺舟綺語一卷、又名蘭雪詞、

### 點絳脣　春閨

日暖風和。滿園桃李都開了。一聲啼鳥。愁入眉尖小。　斗捲珠簾。極目春光老。長亭道。馬嘶殘照。十里青青草。

### 卜算子　柳線

生長近池塘。搖颺空中舞。欲綰同心待曉風。搓就黃金縷。　佛地有長條。寂寞誰爲主。憔悴當年張緒姿。不向靈和住。

清平樂　春暮

寂寥深院。門掩春光短。依舊楊花如雪亂。別卻東風一半。　閒庭獨立移時。玉釵斜挽花枝。驚起多情雙蝶。飛來飛去相隨。

玉樓春　秋夜

遊人愛惜江南月。珠露清霜花底滑。癡情祇望影團圞。不信天邊有殘缺。　小樓一夜秋風發。吹老黃花無數折。銀河淡淡斗微橫。獨倚畫欄聽落葉。

## 張集

字曼園、江蘇青浦人、康熙十五年進士、官至兵部侍郎、

浣溪紗　旅懷

輕暖輕寒日易斜。半山半水路方賒。春深無影倩誰遮。　客舍蕭蕭憑好夢。故園日日想開花。去年雙燕已還家。

## 高不騫

一名騫、字查客、別號蓴鄉釣師、江蘇華亭人、官翰林院待詔、有羅裙艸五卷、

## 畫堂春　二月十六日夜雨

西山空翠起浮嵐。隔窗雲水相涵。東風聽雨幾曾諳。今夜燈含。　花蕚非時鬬錦。草芽何處抽簪。一痕煙浪長柔藍。夢裏江南。

## 生查子

梧葉點銀牀。一剪微風發。言念小樓人。已作三年別。　舊事幾迴腸。有話無因說。但記綠蛾彎。每每憐新月。

## 疏影　秋柳和秋錦

橫江鷁首。算青青曾幾。搖落今驟。金勒誰過。玉露空迷。傷心一片烟堠。玲瓏葉底輕蟬翼。藏不到、雁風吹候。記春前、寄與相思。小閣玉人垂手。　我亦漂零如許。相看無一語。裂帛湖口。徑轉斜陽。滿目銷魂。應悵閒門非舊。晚來更挂梢頭月。照冷夢、頻迴吟牖。認幾枝、憔悴黃昏。還伴短籬花瘦。

## 南浦　秋水

木葉下橫塘。訝荷香殘後、依稀紅染。浴處舊鴛鴦。平橋路、嫣然拒霜開遍。月明三五。碎瓊搖漾波心淺。成片雲羅飛過處。弄影幾番曾見。　新潮乍去還歸。任渺渺長空。迎鴻送燕。人在閱江樓。西風裏、空認布帆千點。長天一色。可能流盡蘋花怨。漁笛隔溪幽興好。烟際飄來聲遠。

## 洞仙歌　題漢瞻望雲圖、即送南還、

燕歌易酒。恨相逢未款。幾日西風又催散。趁柳枝黃暈。柹葉紅翻。魚雲外。去逐一繩新雁。　東吳秋正美。蓴脆鱸肥。艇子開篷坐張翰。鄰犬吠籬根。菱角迎來。話白髮、含飴猶健。只可惜、拋儂未歸人。對十里湖橋。暮蟬悽惋。

## 毛遠公

字季蓮、浙江蕭山人、康熙十六年舉人、榜姓王、有瓊枝詞一卷、

### 南歌子

玉露溥秋草。金鐙拂夜花。牆外早棲鴉。不知天上月。照誰家。

## 儲右文

字雲章、江蘇宜興人、康熙十六年舉人、有敬義堂集、

### 點絳脣

憔悴心情。春衫試著腰圍瘦。闌干閒凭。一碧疏簾靜。　那更東風。落盡殘紅徑。波光映。空明如鏡。絮拂娉婷影。

## 張純修

字子敏、號見陽、奉天遼陽人、官知府、有語石軒詞一卷、

### 菩薩蠻　江華署中

山深不爲西風冷。雲留雨過瀟湘景。密竹下殘陽。蕭蕭籜粉香。　溼痕堦蘚厚。鶴影如人瘦。舞近石闌干。相依耐歲寒。

## 點絳脣 蘭、和容若韻、

弱影疏香。乍開猶帶湘江雨。隨風拂處。似共騷人語。　九畹親移。倩作琴書侶。清如許。紉來幾縷。結佩相朝暮。

# 鄭熙績 字懋嘉、江蘇江都人、康熙十七年舉人、官刑部主事、有蘂棲詞一卷、

## 巫山一段雲 遊小武當

石徑穿雲入。溪流映日斜。翠微深處訪煙霞。犬吠到仙家。　樹積千年蘚。藤懸百丈花。山僧汲水漱壺沙。留試雨前茶。

## 隔浦蓮近拍 賞荷

朝來梅雨新霽。艇子浮煙水。夾岸垂楊映。竹西勝饒歌吹。千朵夫容麗。凌波致。一片霞明媚。花如醉。　污泥不染。蓮葉亭亭搖翠。銀濤忽卷。萬斛瓊珠揉碎。逸韻幽香宜靜對。忘寐。清風明月天際。

# 吳曹直 字以巽、江蘇宜興人、康熙十七年舉人、官戶部主事、有秋英詞、

多麗 桂花下作

嫩涼天。西風吹徧郊原。正樓頭、一聲長笛。泬寥秋氣堪憐。漸芳洲、飄殘黃葉。更曲沼、凋盡紅蓮。秉燭心期。支筇意興。恰逢叢桂吐華妍。小山畔。淩霜挺秀。翠蔭覆來圓。還證取、香聞鼻觀。無隱眞禪。 對清尊、淺斟低詠。待看月影嬋娟。儘露華、沾衣欲溼。奈蛩語、當戶爭傳。知道明年。重逢此日。萍蹤飄轉在誰邊。多應向、山程水驛。茸帽控絲鞭。花如識。盛筵難再。也合潸然。

## 陳之羣

字興公、浙江武康人、康熙十七年舉人、有後溪詞、

雙雙燕 秋夜客思

又黃昏了。聽敗葉敲窗。飢蟲鬧砌。蕭條客館。早把重門深閉。纔聽譙樓鼓起。已先自、安排憔悴。枕前多少鄉愁。遙隔吳江楚水。 徙倚。寒侵半臂。但斜背孤燈。自熏羅被。曉風殘月。戀著愁人行李。笑我滿懷歸思。全不爲、蒓羹鱸膾。斷腸此際情悰。縱有征鴻難寄。

## 徐逢吉

字紫山、別號青蓑老漁、浙江錢塘人、諸生、有柳洲清響搖鞭集、微笑集各一卷、

霓裳中序第一 旅舍送春

纔看過寒食。滿眼溪山又堆碧。聽取乳鶯聲澀。把故國風光。年年拋擲。朱顏可惜。攬瓊芳、香怎留得。傷心

似、明妃遠嫁。紅袖偷淚滴。　飄泊。吳南燕北。水雲寬、總沒消息。何人憐我岑寂。小院秋千。高樓吹笛。離魂悄難覓。東風緊、孤帆落日。蒼茫裏、五湖烟浪。着此送春客。

## 吳白涵　以字行、江蘇宜興人、有狎鷗詞、

### 八聲甘州　釀酒

問誰家、美醞得沾脣。頻過可淹留。有陶公辭組。陳王把卷。擕我登樓。左手離騷腐史。右手酒盈甌。縱使長衰賤。也自風流。　聞說易州酒味。擊筑悲歌處。絕勝南州。便釀方學得。種秫可曾收。笑生來、不諳淩雜。那一椿、家事上心頭。但知道。客來呼設。任婦爲謀。

## 王于臣　原名紹、字越生、江蘇宜興人、有梟亭詞一卷、

### 浣溪紗　春盡

望去平林矬晚霞。夕陽移影近簷牙。杜鵑啼損杜鵑花。　小石砌邊勻草甲。曲闌干外散蜂衙。春愁畢竟有些些。

## 樓儼　字敬思、號西浦、浙江義烏人、官至江西按察使、有蓑笠軒詞四卷、羣雅集一卷、

## 八聲甘州　寄半樂

算幾番、紅到水邊楓。天氣近重陽。最難逢晴霽。花黃酒綠。多少詩忙。著了登高吟屐。那肯負秋光。往事都休矣。身在他鄉。　正是匆匆相見。又匆匆相別。一棹秋江。記小亭晚桂。冒雨吐幽香。想而今、茱萸雙鬢。向樽前、未必不思量。空延佇。一繩雁序。喚起淒涼。

## 南浦

一幅舊吟帆。儘行行、幾度月殘風曉。踠地綠楊垂。蘸柔波、慣把芳塵輕掃。檣竿軟語。一雙燕子飛來小。似笑王孫歸未得。兩岸青青芳草。　年年占斷篷窗。但勞勞長把、春光負了。一笛釣絲風。江南路、除是夢中頻到。功名萬里。而今老去心情悄。擬向潞河重繫纜。燕市酒徒多少。

# 全清詞鈔第五卷

## 繆永謀

字天自、更名泳、字于野、一字一潛、又號潛初、浙江嘉興人、有南溪詞、

### 百字令

錫鬯太史繪竹垞圖索題、率賦是解、

梅花村市。愛南鄰佳處、初經卜築。舊徑蓬蒿纔翦罷。添得短垣修竹。近渚菰蒲。傍門槐柳。交映清溪曲。曝書亭子。更饒荷芰芬馥。　況有檻外諸山。望中煙靄。指點遙峯六。把酒高吟無一事。但貯牙籤萬軸。畫手爭傳。輞川名勝。展玩開心目。今朝重到。居然身在巖谷。

### 浣溪紗

晚日溪風送客來。落花和雨濕蒼苔。水清沙石轉縈迴。　浣女不歸芳草歇。行人過盡野棠開。鷓鴣啼上越王臺。

### 步蟾宮

露華冷浸湘波綠。正滿院、翠陰如沐。銀蟾初下玉欄干。又何用、絳紗籠燭。　畫樓歌管紛相逐。且共聽、秋娘度作平曲。不妨涼氣夜侵衣。恐月落、小窗人獨。

## 唐元甲　號祖命、字蘄禪、又字心傳、江蘇武進人、有嬭花詞一卷、

### 金縷曲　黄鶴樓懷古同燕邱作

一派哀湍瀉。溯來源、岷峨萬里。東流日夜。鸚鵡洲荒芳草沒。煙雨晴川臺榭。過幾點、西風檣馬。千古英雄何處覓但湯湯、瑟瑟滔滔者。吾有淚。浩盈把。　興亡六代淒涼話。笑多事、仲謀公瑾。爭雄圖霸。帝子不還王氣盡。愁煞江山如畫。長太息、浮生幻假。只有仙蹤磨不去。捲銀濤、鶴影飛來也。一杯酒。向天灑。

## 羅煜　字然倩、江蘇江都人、有霞汀詩餘一卷、

### 浣溪紗　晚坐

斷岸頹橋瀉水痕。淡烟濃樹倚孤村。不須高手仿雲林。　幾點疏星行客夢。一彎新月女兒心。誰家搔首怨黄昏。

### 臨江仙　春閨

昨夜海棠開遍矣。朝來幾片飛英。推窗聞喚乳鶯聲。沈吟如有句。殘夢未分明。　記得當年隄畔見。流光屈指堪驚。無端暮雨與朝晴。檻花迎淚眼。山鳥伴愁更。

## 錢肅潤 字礎日、別號十峯主人、江蘇無錫人、明諸生、康熙十八年舉博學鴻詞、不就、有十峯草堂集、

### 千秋歲 次韻贈王君丹麓

星移物換。百歲過將半。人世事。滄桑變。功名屠狗易。詞賦雕蟲賤。閒看取。浮雲天際頻舒卷。　正喜逢清晏。菊蕊開零亂。堪娛樂。休悲歎。本無騎鶴想。且適持螯願。須信道。人生若夢無非幻。

## 宋犖 字牧仲、號漫堂、一號西陂、別號緜津山人、河南商丘人、廕生、官至吏部尚書、有楓香詞一卷、

### 水龍吟 白蓮

田田漫舞銀塘。魚牀捧出梨雲好。新妝淡佇。靜窺湍瀨。臨風窈窕。翠羽低穿。水蘋斜壓。數枝偏皎。宛湘妃獨立。輕綃掩映。明璫綴。波光照。　三十六陂淼淼。漸黃昏。冰姿恁悄。開宜玉井。折應素手。鬧紅都掃。露冷纔香。月明無影。薆花共老。對鶴洲千朵。堪成雪賦。向鄒枚道。鶴洲在梁園卽鄒枚賦雪處

### 送我入門來 閨怨

翠浪翻帷。紅綾燦枕。燈花細落銀釭。夜雨春風。寂寞掩蘭房。吐絲妾似蠶眠箔。奈化枳君同橘過江。　此恨倩誰說與。願逐晨風飛去。遂到君傍。水遠山高。雲樹但蒼茫。鴛鴦幾見池中睡。歎芍藥空飄檻外香、

## 吳綺

字薗次、一字豐南、號聽翁、一號薗叟、別號紅豆詞人、江蘇江都人、貢生、官浙江湖州府知府、有藝香詞鈔四卷、又與程洪合輯記紅集四卷、選聲集一卷、詞韻簡一卷、

### 醉花間 春閨

思時候。憶時候。時與春相湊。把酒祝東風。種出雙紅豆。　鴉啼門外柳。逐漸敎人瘦。花影暗窗紗。最怕黃昏又。

### 浣溪紗 有感

吳苑青苔鎖畫廊。漢宮垂柳映紅牆。敎人愁殺是斜陽。　天上無端催曉暮。人間何事有興亡。可憐燕子只尋常。

### 浣溪紗 有感

南浦輕煙蘸碧波。西泠油壁少經過。瑣窗獨自畫青蛾。　淚點漸同花片落。情絲長似柳條多。鏡中金翠奈春何。

### 太常引 隋宮弔古

鬬雞臺下草如絲。吹斷玉參差。春到野田遲。有大業、垂楊幾枝。　同來載酒。傷情詞客。惆悵落花時。苔蘚綠遺碑。訪徧了、雷塘未知。

明月棹孤舟　江上

黃葉幾枝橫酒舍。擺西風、酒旗低亞。醉不成歡。心難與問。誰是蘆中人也。　萬里江聲潮欲瀉。似當年、雷轟萬馬。兩眼秋雲。一身斜日。長嘯佛貍祠下。

## 彭桂

原名椅、字爰琴、一字上馨、江蘇溧陽人、康熙十八年舉博學鴻詞、不就、有初蓉詞六卷、

綺羅香　大姑廟

山秀空春。水明殘夜。一霎鯉魚風乍。剛別小姑。又到大姑祠下。聽丁丁、雲佩聲搖。望孑孑、花竿影挂。愛湖光、翠縠青羅。綠波搖漾朱宮瓦。　爭看賽鼓靈旗。有神鴉盤舞。女巫傳話。綷縩泥裙。時把雨工低跨。約潤玉、來日同遊。送蘭香、昨宵初嫁。更舉案、長對匡君。好把眉峯畫。

歸朝歡　鄗南懷古

燕趙山川斜照裏。赤伏符歸銅馬帝。鄗南荒草漢壇陰。平沙撲面驚飆起。風雲追往事。君臣麥飯誇遭際。到而今、滿天冰雪。尚凍滹沱水。　附鳳攀龍原不易。何事爲蛙藏井底。廟門鬼哭石人頭。當年曾伴王郎死。我來河朔地。書生杖策無奇計。恐車前、南陽笑我。寂寂頻揮涕。

## 葉奕苞

字九來、江蘇崑山人、監生、康熙十八年薦舉博學鴻詞、有續花間集、

蝶戀花　夜泊桐廬鷺鷥村

月小山高三兩客。手弄桃花。各有眞顔色。造物能容吾輩僻。江山零落如殘弈。　正欲眠時天又白。無數閒鷗。相與期潮汐。共倒接羅看遠碧。春雲遮卻春歸迹。

## 吳　雯　字天章，山西蒲州人。康熙十八年舉博學鴻詞。有蓮洋詞。

卜算子　檻竹

何處玉玲瓏。檻外淸陰護。帶露和煙似有情。寫出離騷譜。　屈曲籜龍根。直上青雲去。驚醒幽人臥北窗。一陣瀟瀟雨。

## 羅　坤　字宏載，浙江會稽人。諸生。康熙十八年薦舉博學鴻詞。有羅村詞二卷。

祝英臺近　夏景

雨迷離。烟鬖鬖。又是熟梅節。露井榴花。點點墮紅雪。綠窗誰管閒愁。無人催繡。且收拾、鴛鴦針帖。　黛眉結。昨宵夢怯銀屏。淚濕帕痕濕。燕語商量。凭得畫闌熱。幾時柔櫓蘭橈。相邀女伴。同去採、蓮花蓮葉。

眼兒媚　送別

莫愁雙槳過湖頭。望斷水西樓。萋萋芳草。青青柳色。黯黯離愁。　征衫不盡江州淚。杯酒落花浮。一行歸雁。一鉤新月。一葉扁舟。

拜星月慢　至上都、路有明妃上馬石、

邊柳含愁。關榆寫怨。正是斜陽欲下。帽影鞭絲。又上都官舍。舉頭望。一帶、連天白草黃沙。多少牧羊屯馬。吹角歸來早城烏啞啞。　坐黃昏。星斗寒相射。衣裳冷、暗覺銀河瀉。漫數漢晉金遼。總前朝舊話。聽琵琶、一曲清秋夜。淚迷離、遠恨昭君嫁。知憑弔、此日登臨。是何年圖畫。

## 黃虞稷

字俞部、號楮園、福建晉江籍、江蘇江寧人、諸生、康熙十八年薦舉博學鴻詞、有我富軒、朝爽閣、蟬窠等集、

澡蘭香　燈船

華林舊苑。草蔓煙銷。賸得鈞天樂府。輕舠似葉。繡幔低垂。競試蒲榴簫鼓。掉絳旌、才轉西陂。又隨着畫橋東去。看幾部橫吹。響遏行雲還住。　多少中流擊汰。巧鬬新妝。浴蘭兒女。明河影裏。疏柳陰中。一片珠光齊吐。閃波心、不定雙眸。疑是星流電舞。誰爲我、喚起銀蟾。爭妍三五。

## 吳農祥

字慶伯、號星叟、別號大滌山樵、浙江錢塘人、諸生、康熙十八年舉博學鴻詞、有梧園集、附詞、

多麗　西湖

夢澄湖。畫橋春水初生。正嫋娜、東風吹晚。朦朧西日籠晴。玳梁棲、雙飛社燕。瓊樓閃、百囀流鶯。雨意肥梅。煙痕蹙柳。惱人天氣近清明。平沙軟、爭攜壺榼。壓浪小舟輕。遙指點、梵宮別墅。處處雕楹。　待香閨、重尋勝賞。繡輿競出江城。玉釵垂、暖圍紫蓋。珠衣薄、嬾展紅屏。拾翠情酣。踏青遊倦。蘭橈蕩去促歸程。回望處、波平月皎。約莫已三更。相傳是、銷金窩好。宜醉休醒。

## 李良年

字符曾、一字武曾、號秋錦、浙江秀水人、監生、康熙十八年薦舉博學鴻詞、有秋錦山房詞一卷、詞家辨證一卷、詞壇紀事三卷、

### 踏莎行　金陵

兩岸洲平。三山翠俯。江豚吹雪東流去。故陵殘闕總荒烟。斜陽鴉背分吳楚。　青雀鈿釭。朱樓畫鼓。冥冥一片楊花路。遊人休弔六朝春。百年中有傷心處。

### 蝶戀花　渡口

映水藤邊絲萬縷。往事驚心。柳下斜陽路。渡口湔裙曾小住。年年別有流紅聚。　燕也移巢誰可語。指點分明。翻似無憑據。鏡檻梨花留一樹。春風又到凭闌處。

### 減字木蘭花　重經白馬渡

楚堤行徧。記得瀟湘簾底見。棹倚楓根。客夢楊花共一村。　鷗邊再宿。前路分明烟水淥。門掩清溪。風起

蓮東月墜西。

暗香　綠蕚梅

春纔幾日。早數枝開偏。笑他紅白。仙徑曾逢。萼綠華來記相識。修竹天寒翠倚。翻認了、暗侵苔色。縱一片、月底難尋。微暈怎消得。　脈脈。清露濕。便靜掩簾衣。夜香難隔。吳根舊宅。雞角無言照溪側。只有樓邊易墜。又何處、短亭風笛。歸路杳。但夢繞、銅坑斷碧。

疏影　秋柳

旗亭隴首。正新霜乍點。斜日風驟。一片秋聲。幾樹蕭疏。驚心十里津堠。行人欲折還教住。爲記得、別離時候。灑渭城、朝雨如烟。曾向畫橋分手。　何處無情玉笛。忍教一夜裏。吹墮江口。繫馬無人。認取寒枝。惟有晚鴉依舊。相思最是鴛鴦渡。應漸冷、碧紗窗牖。縱待得、來歲春還。只恐那人腰瘦。

柯崇樸　字寓匏、浙江嘉善人、康熙十八年舉博學鴻詞、官內閣中書、有振雅堂詞、又助朱彝尊編訂詞綜三十六卷、

龍山會　九日霽園宴集

別墅尋山屐。載酒重來。秋水清無極。霏微簷溜滴。晴霽處、乍捲浮雲西北。一雁下長空。霞散綺、斷烟凝碧。桂叢深、餘香漸老。未堪多折。　高樓獨倚闌干。亭榭西風。吹散花無迹。開尊逢九日。憑夜永、翻盡新詞昔

昔。好景復良辰。更休問、羽人雙舄習池畔、山公醉倒。料應拚得。

瑣窗寒　途次大雪

雲態飄揚。風情搖蕩。做成花片。憑高試眺。不覺遠山遮徧。看林皋、瓊英亂飛。幾回錯認梨花院。想廣陵潮湧。峨嵋月起。銀河光漸。　堪歎。浮名絆笑一棹天涯。孤征如雁。香溫繡閣。誤卻謝庭芳宴。問而今、蘆荻滿洲。可能得似山陰岸。只應同、蓑笠衰翁。獨釣寒江畔。

## 王　昊

字惟夏、江蘇太倉人、康熙十八年舉博學鴻詞、官内閣中書、有寓園詩餘、

如夢令　無題

翠幌暖香猶在。枝上流鶯堪怪。卯酒不曾醒。小立柳邊花外。無賴。無賴。消得個人眉黛。

浪淘沙慢　金陵懷古

六朝事、風流佳麗。猶有人說。面對長江萬疊。驚濤日夜捲雪。歎虎踞龍蟠形勝設。經過了、幾度興滅。照千古英雄淚痕者。清溪渡頭月。　淒切。荒城畫角吹徹。弔結綺臨春當年事。惟有蛩語咽。嗟游子停鞭。問渡桃葉。烟波乍接。過莫愁湖上。使人愁絶。最不堪、蜀魄啼血。臺城外、亂鴉廢堞。蔣山側、荒邱横斷碣。隔江聽、一曲琵琶。怨未歇。多情難與金陵別。

## 鄧漢儀

字孝威、江蘇泰州人、康熙十八年舉博學鴻詞、官內閣中書、有青簾詞、

### 小重山　金陵步芝麓韻

淮水橫拖柳線柔。曾聞簫鼓夜、美人遊。一從好事斷香鉤。西窗月。不肯照梳頭。　苦雨更深秋。怎禁桐葉下、一更愁。寒潮依舊繞城流。無人處。私倚閱江樓。

## 陳維崧

字其年、號迦陵、江蘇宜興人、諸生、康熙十八年舉博學鴻詞、授翰林院檢討、有烏絲詞四卷、總稱湖海樓詞二十卷、又與潘眉同輯今詞選、

### 卜算子　阻閘瓜步

風急楚天秋。日落吳山暮。烏桕紅梨樹樹霜。船在霜中住。　極目落帆亭。側聽催船鼓。聞道長江日夜流。何不流儂去。

### 過澗歇　顯德寺前看楓葉

嵐翠濃於草鞋夾。繞坡細流。潨潨暗通苕霅。谷聲遝。下落亂泉聲裏。愀悄如相答。此間景。純得關仝巨然法。　寺松三百本。雨溜蒼皮霜彫黛甲。禿榦爭欹壓。笑語同遊。黃葉鳴簷。丹楓裏寺。如何不荷埋身鍤。

### 點絳脣　夜宿臨洺驛

晴髻離離。太行山勢如蝌蚪。稗花盈畝。一寸霜皮厚。　趙魏燕韓。歷歷堪回首。悲風吼。臨洺驛口。黃葉中原走。

### 虞美人　無聊

無聊笑撚花枝說。處處鵑啼血。好花須映好樓臺。休傍秦關蜀棧戰場開。　倚樓極目添愁緒。更對東風語。好風休簸戰旗紅。早送鯽魚如雪過江東。

### 夜游宮　秋懷

耿耿秋情欲動。早噴入、霜橋笛孔。快倚西風作三弄。短狐悲。瘦猿愁。啼破冢。　碧落銀盤凍。照不了、秦關楚隴。無數蛩吟古磚縫。料今宵。靠屏風。無好夢。

秋氣橫排萬馬。盡屯在、長城牆下。每到三更素商瀉。濕龍樓。暈鴛機。迷爵瓦。　誰復憐卿者。酒醒後、槌牀悲詫。使氣筵前舞甘蔗。我思兮。古之人。桓子野。

### 清平樂　夜飲友人別館、聽年少彈三絃、限韻、

簷前雨罷。一陣淒涼話。城上老烏啼啞啞。街鼓已經三打。　漫勞醉墨紗籠。且娛別院歌鐘。怪底燭花怒裂。小樓吼起霜風。

### 鷓鴣天　寓興用稼軒韻、同蘧庵先生作、

曾倚瑤臺喝月行。嗔他鸞鶴不相迎。當時酒態公然好。今日詩狂太瘦生。　千百輩。儘容卿。問誰堪與耦

而耕。灌夫已去袁絲死。淪落人間少弟兄。 卸鞍坐。

## 解蹀躞 夜行滎陽道中

峽劈成皋古郡。人雜猿猱過。斷崖怒走。蒼龍立而臥。此乃廣武山乎。噫嚱古戰場哉。悲來無那。 烟竹吹來入破。一林纖月墮。雁聲不歇。砧聲又攙和。歷歷五點三更。馬前漸逼滎陽。城頭燈火。

## 過澗歇 暨陽秋城晚眺

壞堞頹闕暮烟積。悄乎無人。祇聞江聲千尺。混茫極。恍見水仙海妾。採月金鰲脊。吾長嘯。泉底恐驚纖綃客。 春申遺壘在。古戍吹笳。亂洲伐荻。醉把闌干拍。沙草無情。不管興亡。朝朝暮暮。西風只送巴船笛。

## 滿江紅 何明瑞先生筵上作 辛巳歲、先生在陽羨令幕中、拔予童子第一、

陽羨書生。記年少、劇於健馬。公一顧、風鬃霧鬣。盡居其下。兩院黃驄佳子弟。三條紅燭喬聲價。恰思量、已是廿年前。淒涼話。 鐵笛叫。南徐夜。玉山倒。西窗下。且摴蒱六博。彈箏行炙。被酒我思張子布。臨江不見甘興霸。只春潮、濺雪白人頭。堪悲咤。

## 水調歌頭 咏美人鞦韆

昨夜湔裙罷。今日意錢回。粉牆正亞朱戶。其外有銅街。百丈同心綵索。一寸雙文畫板。風颭繡旗開。低約腰間素。小摘鬢邊牌。 翩然上。掠綠草。拂蒼苔。粉裙欲起未起。弄影惜身材。忽趁臨風回鶻。快作點波新燕。糝落一庭梅。向晚半輪玉。隱隱照遺釵。

水調歌頭　萊陽姜如農先生、前朝以建言予杖、遣戍宣州、會遭甲申之變、不克往戍所、僦居吳門者幾三十年、癸丑夏、先生疾革、遺命家人曰、必葬我敬亭之麓、其子勉仲學在從之、聞者悲其志重其節、私謚之曰貞毅先生、維崧塡詞以代迎神送神之曲焉、

東海黃門老。疾革話悲酸。呼兒吾骨累汝。霜鬢一燈寒。休返田橫島上。何用要離冢側。莫恤道途艱。憶奉重華命。遣往敬亭山。　三十載。憐弱水。幾回乾。鐵衣生旣未著。鬼亦戍其間。此地層崖青嶂。正接蔣陵鍾阜。紫翠湧千盤。若有人兮在。竦劍守重關。

夏初臨　本意、癸丑三月十九日、用明楊孟載韻、

中酒心情。拆綿時節。瞢騰剛送春歸。一畝池塘。綠陰濃觸簾衣。柳花攪亂晴暉。更畫梁、玉翦交飛。販茶船重。挑筍人忙。山市成圍。　驀然卻想。三十年前。銅駝恨積。金谷人稀。劃殘竹粉。舊愁寫向闌西。惆悵移時。鎮無聊、招損薔薇。許誰知。細柳新蒲。都付鵑啼。

念奴嬌　讀屈翁山詩有作　屈名大均、番禺人、初爲廬山僧、後徧歷九塞、登華山挾秦女以歸、

靈均苗裔。羨十年學道、匡廬山下。忽聽簾泉飛冷瀑。豪氣軼於生馬。亟跳三邊。橫穿九塞。開口談王霸。軍中毬獵。醉從諸將游射。　提罷匕首入秦。不禁忍俊。縹緲思登華。白帝祠邊三尺雪。正値玉姜毛女名思嫁。笑把嶽蓮。亂拋博箭。調弄如花者。歸而偕隱。白羊瑤島同跨。

琵琶仙　閶門夜泊、用白石詞韻、

暝色官橋。消盡了、帶雨綠帆千葉。驛口夜火微紅。瓊簫正淒絕。記醉惹、銅街喚馬。更閒凭、畫樓聽鴂。無數前情。許多往事檣燕能說。　只細數、花草吳宮。除夢裏、依稀舊時節。欲買韶光暫駐。待來春翠莢。縱尚有、鴟夷一舸。怕難禁、伍潮堆雪。悔殺廝帕鴛衾。那年輕別。

## 琵琶仙　泥蓮庵夜宿、同子萬弟與寺僧閒話、庵外白蓮數畝、

倦客心情。況遇著、秋院擣衣時節。惆悵側帽垂鞭。凝情佇寥泬。三間寺、水窗斜閉。一聲磬、林香暗結。且啜茶瓜。休論塵世。此景淸絕。　詢開士、杖錫何來。奈師亦、江東舊狂客。惹起南朝零恨。與疏鐘嗚咽。有多少、西窗閒話。對禪牀、剪燭低說。漸漸風弄蓮衣。滿湖吹雪。

## 永遇樂　京口渡江、用辛稼軒韻、

如此江山。幾人還記。舊爭雄處。北府軍兵。南徐壁壘。浪捲前朝去。驚帆蘸水。崩濤颭雪。不爲愁人少住。歎永嘉、流人無數。神傷只有衞虎。　臨風太息。髯奴獅子。年少功名指顧。北拒曹丕。南連劉備。霸業開東路。而今何在。一江燈火。隱隱揚州更鼓。吾老矣、不知京口。酒堪飲否。

## 滿庭芳　咏宣德窰青花脂粉箱、爲萊陽姜學在賦、

龍德殿邊。月華門內。萬枝鳳蠟熒煌。六宮半夜。齊起試新妝。詔賜口脂面藥。花枝裊、笑謝君王。燒甆翠、調鉛貯粉。描畫兩鴛鴦。　當初溫室樹。宮中事祕。世上難詳。但銅溝漲膩。流出宮牆。今日天家故物。門攤賣、冷市閒坊。摩挲怯。內人紅袖。慟哭話昭陽。

## 賀新郎 伯成先生席上贈韓修齡、韓關中人、聖秋舍人小阮、流浪東吳、善說平話、

月上梨花午。恰重逢、江潭舊識。喁喁爾汝。絳燭兩行渾不夜。添上三通畫鼓。說不盡、殘唐西楚。話到英雄兒女恨。綠牙屏、驚醒紅鸚鵡。雕籠內。淚如雨。　一般懷抱君尤苦。家本在、扶風盩厔。五陵佳處。漢闕唐陵回首望。渭水無情東去。剩短蠍、聲聲訴與。繡嶺宮前花似血。正秦川、公子迷歸路。重酌酒。盡君語。

## 尉遲杯 許月度新自金陵歸、以青溪集示我、感賦、

青溪路。記舊日年少嬉遊處。覆舟山畔人家。麾扇渡頭士女。水花風片。有十萬珠簾夾烟浦。泊畫船、柳下樓前、衣香暗落如雨。　聞說近日臺城。剩黃蝶濛濛。和夢飛舞。綠水青山渾似畫。只添了、幾行秋戍。三更後、盈盈皓月。見無數精靈含淚語。想胭脂、井底嬌魂。至今怕說擒虎。

## 春霽 春寒撥悶作

三月吳天。那肯碧、帶瞑連陰做黑。簾閣空遝。角巾長墊。心事對誰人說。尋尋覓覓。城南行遍還城北。向甚處、問取酒旗歌扇舊踪跡。　算是除卻、社燕堂前。今朝更無一箇相識。悶無聊、豪情不禁。當街倚醉拓金戟。一任酒狂喧巷陌。怎奈易醒。不如歸擁羅衾。懨懨睡過。一年寒食。

## 江南春 本意和倪雲林原韻

風光三月連櫻笋。美人躊躇白日靜。小屏空翠颭東風。不見其餘見衫影。無端料峭春閨冷。忽憶青驄別鄉井。長將妾淚黦紅巾。願作征夫車畔塵。　人歸遲。春去急。雨絲滿院流光濕。錦書道遠嗟奚及。坐守吳

山一春碧。何日功成還馬邑。雙倚枇杷花樹立。夕陽飛絮化爲萍。攬之不得徒營營。

## 沁園春 贈別芝麓先生、即用其題烏絲詞韻、

歸去來兮。竟別公歸。輕帆早張。看秋方欲雨。詩爭人瘦。天其未老。身與名藏。禪榻吹簫。妓堂說劍。也算男兒意氣場。眞愁絕。卻心憂似月。鬢禿成霜。新詞塡罷蒼涼。更暫緩、臨歧入醉鄉。況僕本恨人。能無刺骨。公眞長者。未免霑裳。此去荊溪舊名亳畫。擬繞蕭齋種白楊。從今後。莫逢人許我。宋豔班香。

## 賀新郎 秋夜呈芝麓先生、

擲帽悲歌發。正倚幌、孤秋獨眺。鳳城雙闕。一片玉河橋下水。宛轉玲瓏如雪。其上有、秦時明月。我在京華淪落久。恨吳鹽、只點愁人髮。家何在。在天末。 憑高對景心俱折。關情處、燕昭樂毅。一時人物。白雁橫天如箭叫。叫盡古今豪傑。都只被、江山磨滅。明到無終山下去。拓弓弦、渴飲黃麞血。長楊賦。竟何益。

## 賀新郎 贈蘇崑生、蘇固始人、南曲爲當今第一、曾與說書叟柳敬亭同客左寧南幕下、梅村先生爲賦楚兩生行、

吳苑春如繡。笑野老、花顛酒惱。百無不有。淪落半生知己少。除卻吹簫屠狗。算此外、誰歟吾友。忽聽一聲河滿子。也非關、雨濕靑衫透。是鵑血。凝羅袖。 武昌萬疊戈船吼。記當日、征帆一片。亂遮樊口。隱隱柁樓歌吹響。月下六軍搔首。正烏鵲、南飛時候。今日華淸風景換。剩淒涼、鶴髮開元叟。我亦是、中年後。

## 賀新郎 冬夜不寐寫懷、用稼軒同父倡和韻、

已矣何須說。笑樂安彥昇兒子。寒天衣葛。百結千絲穿已破。磨盡炎風臘雪。看種種、是余之髮。半世琵琶知者少。枉教人、斜抱胸前月。羞再挾、王門瑟。　黃皮袴褶軍裝別。出蕭關、邊笳夜起。黃雲四合。直向李陵臺畔望。多少如霜戰骨。隴頭水、助人愁絕。此意儘豪那易遂。學龍吟、屈煞牀頭鐵。風正吼。燭花裂。

賀新郎　贈何鐵　鐵小字阿黑、鎮江人、流寓泰州、精詩畫工篆刻、

鐵汝前來者。曷不學、雀刀龍笛。騰空而化。底事六州都鑄錯。辜負陰陽爐冶。氣上燭、斗牛分野。小字又聞呼阿黑。詎王家處、仲卿其亞。休放誕。人笞罵。　蕭疏粉墨營丘畫。更雕鎪、漸臺威斗。鄴宮銅瓦。不值一錢嚋惜汝。醉倚江樓獨夜。月照到、寄奴山下。故國十年歸不得。舊田園、總被寒潮打。思鄉淚。浩盈把。

摸魚兒　家善百自崇川來、小飲冒巢民先生堂中、聞白生璧雙亦在河下、喜甚、數使趣之、須臾白生抱琵琶至、撥絃按拍、宛轉作陳隋數弄、余也悲從中來、并不自知其何以故也、別後漫賦此詞、時漏已下四鼓矣、

是誰家、本師絕藝。檀槽搯得如許。半彎邐迤無情物。惹我傷今弔古。君何苦。君不見、青衫已是人遲暮。江東烟樹。縱不聽琵琶。也應難覓。珠淚曾乾處。　淒然也。恰似秋宵掩泣。燈前一對兒女。忽然涼瓦颯然飛。千歲老狐人語。渾無據。君不見、澄心結綺皆塵土。兩家後主。為一兩三聲。也曾聽得。撇卻家山去。

哨遍　酒後柬丁飛濤、即次其贈施愚山韻、

大叫高歌。脫帽懽呼。頭沒酒杯裏。記昨年、馬角未曾生。幾喚公為無是。君不見、莊周漆園傲吏。洸洋玩弄人間世。又不見、信陵暮年失路。醇酒婦人而已。為汝拔劍上崦嵫。令虎豹君門勿然疑。古人有云。雖不得

肉。亦且快意。　君言在遼西大魚如阜海無際。饑咽冬青子。雪窖人、聊復爾。土炕夜偏長。燭光岔湧。琵琶帳外連天起更萬里鄉心三更雁叫。那不愁腸如醉。我勸君、莫負賞花時。幸歸矣、長噓復奚爲。算人生、亦欲豪耳今宵飲博達旦酒三行以後。汝爲我舞吾爲若語。手作拍張言志。黃鬚笑捋凭紅肌。論英雄、如此足矣。

## 南鄉子　邢州道上作

秋色冷并刀。一派酸風捲怒濤。並馬三河年少客。粗豪。皂櫟林中醉射雕。　殘酒憶荆高。燕趙悲歌事未消。憶昨車聲寒易水。今朝。慷慨還過豫讓橋。

## 賀新郎　送邵蘭雪歸吳門

易水嚴裝發。休回首、故人別酒。帝城高闕。九曲黃河迎馬首。淼淼龍宮堆雪。流不盡、天涯白月。君去故侯瓜可種。向西風、莫短衝冠髮。人世事。總毫末。　長洲鹿走蘇臺折。歎年少、當歌不醉。此非俊物。試到吳東門下問。可有吹簫人傑。有亦被、怒潮磨滅。來夜天街無酒伴。怕離鴻、叫得楓成血。亦歸耳。住何益。

## 鵲踏花翻　春夜聽客彈琵琶作隋唐平話

雨滴梅梢。雪消蕙葉。入春難得今宵暇。倩他銀甲淒清。鐵撥縱橫。聲聲迸碎鴛鴦瓦。依稀長樂夜烏啼。分明湓浦鄰船話。　腕下。多少孤城戰馬。一時都作哀湍瀉。今日黑闥營空。尉遲杯冷。落葉浮清灞。百年青史不勝愁。兩行銀燭空如畫。

## 齊天樂 遼后粧樓

洗妝樓下傷情路。西風又吹人到。一綹山鬟。半梳苔髮。想像新興鬧掃。塔鈴聲悄。說不盡當年。花明月曉。人在天邊。軸簾遙閃茜釵小。　如今頓成往事。回心深院裏。也長秋草。上苑雲房。官家水殿。慣是蕭娘易老。紅顏懊惱。與建業蕭家。一般殘照。惹甚閒愁。且歸斟翠醥。

## 唐多令 春暮半塘小泊

水榭枕官河。朱欄倚粉娥。記早春、欄畔曾過。闘着綠紗窗一扇。吹鈿笛。是伊麼。　無語注橫波。裙花信手搓。悵年光、一往蹉跎。賣了杏花挑了菜。春縱好。已無多。

## 水龍吟 秋感

夜來幾陣西風。匆匆偷換人間世。凄凉不爲。秦宮漢殿。被伊吹去。祇恨人生。些些往事。也成流水。想桃花露井。桐英永巷。青驄馬。曾經繫。　光景如新宛記。記相逢、瑤臺殊麗。微烟淡月。回廊複館。許多情事。今日重游。野花亂蝶。迷濛而已。願天公還我。那年一帶。玉樓銀砌。

# 陳維嵋 字半雪、一字文鷺、江蘇宜興人、諸生、有亦山草堂詩餘二卷、

## 浣溪紗

綠蘿隄邊楊柳絲。紅堆門外小桃枝。一春人在謝家池。　事去已荒前日夢。情多猶憶少年時。江南紅豆

最相思。

蘇幕遮　寒食

昔年愁。昨夜雨。漠漠瀟瀟。濕透樓前樹。野水平橋腸斷處。明日王孫。一幅蒲帆去。　悶無聊。閒搜句。如線垂楊。著意迎風舞。斜日畫堂惆悵暮。還記當年。小醉紅樓住。

陳維岳　字緯雲、江蘇宜興人、有紅鹽詞三卷、

滿江紅　憶舊

脈脈濛濛。是誰把、繁華吹去。斜陽外、故家亭榭。亂煙凝佇。髣髴細聞絲竹響。飄零碎落銀燈雨。記當場、一曲牡丹亭。銷魂侶。　錦幛裏春無數。綺席畔人如許。幾番趁偏了。差池燕羽。有恨羅裙尋畫屧。無情紈扇消金縷。問溪邊、一帶白楊花。應能語。

河瀆神　西溪浣紗女廟

古廟碧溪頭。斷碑長臥林丘。門前老樹縛吳牛。蘆灣幾箇漁舟。　縹緲靈旗天半去。蓬山杳杳珠樹。深夜雲軿歸去。漆燈零亂如雨。

朱彝尊　字錫鬯、號竹垞、晚號小長蘆釣師、又號金風亭長、浙江秀水人、康熙十八年舉博學鴻詞、授翰林院檢

討、有江湖載酒集三卷、靜志居琴趣茶烟閣體物集諸詞各一卷、蕃錦詞二卷、總稱曝書亭詞集、又輯詞綜三十六卷、

### 南樓令

疏雨過輕塵。圓莎結翠茵。惹紅襟、乳燕來頻。乍暖乍寒花事了。留不住。塞垣春。　歸夢苦難眞。別離情更親。恨天涯、芳信無因。欲話去年今日事。能幾箇。去年人。

### 卜算子

殘夢遶屏山。小篆消香霧。鎮日簾櫳一片垂。燕語人無語。　庭草已含煙。門柳將飄絮。聽遍梨花昨夜風。今夜黃昏雨。

### 金明池　燕臺歲暮懷古、和申隨叔翰林、

西苑妝樓南城獵騎。幾處笳吹蘆葉。孤鳥外、生烟夕照。對千里萬里積雪。更誰來、擊筑高陽。但滿眼、花豹明駝相接。剩野火樓桑。秋塵石鼓。陌上行人空說。　戰鬭漁陽何曾歇。笑古往今來。浪傳豪傑。綠頭鴨、悲吟乍了。白翎雀、醉歌還闋。數燕雲十六神州。有多少園陵。頹垣斷碣。正石馬嘶殘。金仙淚盡。古水荒溝寒月。

### 滿江紅　吳大帝廟

玉座苔衣。拜遺像、紫髯如昨。想當日、周郎陸弟。一時聲價。乞食肯從張子布。舉杯但屬甘興霸。看尋常、談

笑敵曹劉。分區夏。南北限。長江跨。樓櫓動。降旗詐。歎六朝割據。後來誰亞。原廟尚存龍虎地。春秋未輟雞豚社。剩山圍衰草女牆空。寒潮打。

## 瑤華　午夢

日長院宇。鍼綫慵拈。況倚闌無緒。翡帷翠幄看盡展。忘卻東風簾戶。芳魂搖漾。漸聽不分明鶯語。逗紅蕉、葉底微涼幾點綠天疏雨。　畫屏遮遍遙山。知一縷巫雲。吹墮何處。愁春未醒。定化作、鳳子尋香留住。相思人並。料此際驚回最苦。亟丁寧、池上楊花。莫便枕邊飛去。

## 夏初臨　天龍寺是高歡避暑宮舊址

賀六渾來主三軍隊。壺關王氣曾分。人說當年。離宮築向雲根。燒煙一片氤氳。想香姜古瓦猶存。琵琶何處。聽殘敕勒。消盡英魂。　霜鷹自去。青雀空飛。畫樓十二。冰井無痕。春風嫋娜。依然芳草羅裙。驅馬斜陽。到鳴鐘、佛火黃昏。伴殘僧千山萬山。涼月松門。

## 桂殿秋

思往事。渡江干。青蛾低映越山看。共眠一舸聽秋雨。小簟輕衾各自寒。

## 高陽臺　吳江葉元禮少日過流虹橋、有女子在樓上、見而慕之、竟至病死、氣方絕、適元禮復過其門、女之母以女臨終之言告葉、葉入哭、女目始瞑、友人爲作傳、余記以詞、

橋影流虹。湖光映雪。翠簾不卷春深。一寸橫波。斷腸人在樓陰。游絲不繫羊車住。倩何人、傳語青禽。最難

禁。倚徧雕闌。夢徧羅衾。 重來已是朝雲散。悵明珠佩冷。紫玉煙沈。前度桃花。依然開滿江潯。鍾情怕到相思路。盼長隄草盡紅心。動愁吟。碧落黃泉。兩處誰尋。

### 賣花聲 雨花臺

衰柳白門灣。潮打城還。小長干接大長干。歌板酒旗零落盡。剩有漁竿。 秋草六朝寒。花雨空壇。更無人處一憑闌。燕子斜陽來又去。如此江山。

### 洞仙歌 吳江曉發

澄湖淡月。響漁榔無數。一霎通波撥柔櫓。過垂虹亭畔。語鴨橋邊。籬根綻、點點牽牛花吐。 紅樓思此際。謝女檀郎。幾處殘燈在窗戶。隨分且敧眠。枕上吳歌。聲未了、夢輕重作。去聲 也儘勝、鞭絲亂山中。聽風鐸郎當。馬頭衝霧。

### 梅花引 蘇小小墓

小溪澄。小橋橫。小小墳前松柏聲。碧雲停。碧雲停。凝想往時。香車油壁輕。 溪流飛徧紅襟鳥。橋頭生徧紅心草。雨初晴。雨初晴。寒食落花。青驄不忍行。

### 百字令 度居庸關

崇墉積翠。望關門一線、似懸檐溜。瘦馬登登愁徑滑。何況新霜時候。畫鼓無聲。朱旗卷盡。惟剩蕭蕭柳。薄寒漸甚。征袍明日添又。 誰放十萬黃巾。丸泥不閉。直入車箱口。十二園陵風雨暗。響徧哀鴻離獸。舊事驚心。長塗望眼寂寞閑亭堠。當年鎖鑰。董龍眞是雞狗。

消息　度雁門關

千里重關。憑誰踏徧雁銜蘆處。亂水滹沱。層霄冰雪。鳥道連句注。畫角吹愁。黃沙拂面。猶有行人來去。問長塗、斜陽瘦馬。又穿入離亭樹。　猿臂將軍。鴉兒節度。說盡英雄難據。竊國眞王。論功醉尉。世事都如許。有限春衣。無多山店。酹酒徒成虛語。垂楊老、東風不管。雨絲煙絮。

邁陂塘　題其年塡詞圖

擅詞場、飛揚跋扈。前身可是青兕。風煙一壑家陽羨。最好竹山鄉里。攜硯几。坐罨畫溪陰、裊裊珠藤翠。人生快意。但紫筍烹泉。銀箏侑酒。此外總閒事。　空中語。想出空中姝麗。圖來菱角雙髻。樂章琴趣三千調。作者古今能幾。團扇底。也直得、樽前記曲呼娘子。旗亭藥市。聽江北江南。歌塵到處。柳下井華水。

蝶戀花　重游晉祠題壁

十里浮嵐山近遠。小雨初收。最喜春沙軟。又是天涯芳草徧。年年汾水看歸雁。　繫馬青松猶在眼。勝地重來。暗記韶華變。依舊紛紛涼月滿。照人獨上溪橋畔。

水龍吟　謁張子房祠

當年博浪金椎。惜乎不中秦皇帝。咸陽大索。下邳亡命。全身非易。縱漢當興。使韓成在。肯臣劉季。算論功三傑。封留萬戶。都未是、平生意。　遺廟彭城舊里。有蒼苔、斷碑橫地。千盤驛路。滿山楓葉。一灣河水。滄海人歸。圯橋石杳。古牆空閉。悵蕭蕭白髮。經過擘涕。向斜陽裏。

## 金縷曲 初夏

誰在紗窗語。是梁間、雙燕多愁。惜春歸去。早有田田青荷葉。占斷板橋西路。聽半部、新添蛙鼓。小白蔫紅都不見。但愔愔、門巷吹香絮。綠陰重。已如許。　花源豈是重來誤。尚依然、倚杏雕闌。笑桃朱戶。隔院秋千看盡拆。過了幾番疏雨。知永日、簸錢何處。午夢初回人定倦。料無心、肯到閒庭宇。空搔首。獨延佇。

## 春風裊娜 游絲

倩東君著力。繫住韶華。穿小徑。漾晴沙。正陰雲籠日。難尋野馬。輕飈染草。細綰秋蛇。燕蹴還低。鶯銜忽溜。惹卻黃鬚無數花。縱許悠揚度朱戶。終愁人影隔窗紗。　惆悵謝娘池閣。湘簾乍卷。凝斜盼、近拂簷牙。疏籬罥。短牆遮。微風別院。好景誰家。紅袖招時。偏隨羅扇。玉鞭墮處。又逐香車。休憎輕薄。笑多情似我。春心不定。飛夢天涯。

## 笛家 題趙子固畫水墨水仙

亡國春風。故宮鉛水。空餘芳草。冷花開徧江南岸。王孫老矣。文采風流。墨池筆塚。淚痕都染。帝子含顰。洛靈微步。宛在中洲半。悵騷人、未經佩。徒蓺楚英九畹。　繚亂。一叢寒碧。生煙疏雨。隨意攲斜。鵝絹蟬紗。寄情悽惋。尚想白石蘭亭遺事。逸興千秋如見。豈似吳興。君家承旨。蕃馬風塵滿。縱自署、水晶宮。怕有鷗波難浣。

## 暗香 紅豆

凝珠吹黍。似早梅乍萼。新桐初乳。莫是珊瑚。零落敲殘石家樹。記得南中舊事。金齒屐、小鬟蠻女。向兩岸、樹底盈盈。擡手摘新雨。　延佇。碧雲暮。休逗入茜裙。欲尋無處。唱歌歸去。先向綠窗飼鸚鵡。惆悵檀郎路遠。待寄與相思猶阻。燭影下、開玉合。背人暗數。

## 解珮令 自題詞集

十年磨劍。五陵結客。把平生、涕淚都飄盡。老去塡詞。一半是、空中傳恨。幾曾圍、燕釵蟬鬢。　不師秦七。不師黃九。倚新聲、玉田差近。落拓江湖。且分付、歌筵紅粉。料封侯、白頭無分。

# 孫枝蔚

字豹人、號溉堂、陝西三原人、康熙十八年舉博學鴻詞、官內閣中書、有溉堂詩餘二卷、

## 臨江仙

春到揚州人又去。獨看東閣梅花。高樓何處弄琵琶。不知人意嬾、空自鬭繁華。　帶雨早潮何太急。望中離恨無涯。孤舟明日聽啼鴉。多情江上客。不獨爲思家。

# 毛奇齡

原名甡、字大可、一字于一、又字齊于、別號河右、又號西河、浙江蕭山人、康熙十八年舉博學鴻詞、授翰林院檢討、有桂枝詞六卷、一名毛翰林詞、西河詞話二卷、

憶王孫

東風吹柳覆金堤。夾岸紅樓望去迷。日映游絲卷幔低。畫橋西。一樹嬌花鳥自啼。

摘得新

河沒時。霜繁月已低。錯驚銀榻曙。起來遲。扶上鬟梢隨意綰。亂絲絲。

浪淘沙

杉木爲簰竹作檣。江潮能苦雨能甜。連朝只飲檣頭水。翻道江潮錯著鹽。

長相思

長相思。在春晚。朝日曈曈熨花暖。黃鳥飛。綠波滿。雀粟銜素瑞。蛛絲斷金翦。欲著别時衣。開箱自展轉。
長相思。在秋節。複斗垂垂怨蜻蛚。錦紋砧。素絲鑷。夢苦見參星。關深落榆葉。欲識夫婿寒。花階映微雪。

南歌子 閨情

高屧宜牆窄。長裙愛襇多。風起動江波。隔江風更急。奈裙何。

南歌子 古意

茜染牆頭草。烏飛陌上桑。三十侍中郎。自矜拖紫綬。茜花香。

臨江仙

鐵鏤生梁子。銅樞種棗花。楊柳正藏鴉。閉門春晝静。是誰家。

高閣近花紅影合。繞牀還種青梧。西施嬌小似無夫。黄金梯滑。不見有人扶。　菱葉菱根遮浦暗。含情但采菖蒲。金閶門外夜啼烏。女墳前去。寒燭照東湖。

## 南柯子　淮西客舍得陳敬止書有寄

驛館吹蘆葉。都亭舞柘枝。相逢風雪滿淮西。記得去時殘燭、照征衣。　曲水東流淺。盤山北望迷。長安書遠寄來稀。又是一年秋色、到天涯。

# 尤侗

字同人、一字展成、號悔庵、一號艮齋、又號西堂、江蘇長洲人、順治五年拔貢生、康熙十八年舉博學鴻詞、授翰林院檢討、官至侍講、有百末詞六卷、

## 踏莎行

獨上妝樓。青山如昨。畫眉彩筆春來閣。休彈紅雨溼花梢。淚珠自向心頭落。　可恨東風。年年輕薄天涯不管人飄泊。漫將薄恨比楊花。楊花猶解穿羅幕。

## 齊天樂

小園疏柳斜陽晚。淒然數聲低喚。吸露頻啼。迎風乍咽。迸出哀絲急管。宮商偷換。和五夜寒蛩。一天哀雁。恨殺螳螂。驚回焦尾素絃斷。　當年齊女曾變。故宮衰草外。何限秋怨。羅袂無聲。玉墀塵滿。落葉幾番零亂。餘音宛轉。想動影低鬟。妝殘簾卷。杜老山妻。夜飛人不見。

菩薩蠻

烏衣雙燕穿簾舞。銜花故墜金釵股。陌上柳絲飛。錦屏人未歸。　小窗沈晝閉。山枕留香睡。春夢杳如烟。知他向那邊。

花臺日暮鶯飛去。暖風吹散臙脂雨。春困晚梳頭。珠簾不上鉤。　亂紅隨地掃。又見宜男草。半醉倚殘妝。花間待阮郎。

## 嚴繩孫

字蓀友、號藕漁、别號三藕蕩漁人、江蘇無錫人、康熙十八年舉博學鴻詞、授翰林院檢討、官至中允、有秋水詞二卷、

望江南

歌宛轉。風日渡江多。柳結帶煙留淺黛。桃花如夢送横波。一覺嬾雲窩。　曾幾日。輕扇掩纖羅。白髮黃金雙計拙。綠陰青子一春過。歸去意如何。

御街行　中秋

算來不似蕭蕭雨。有箇安愁處。而今把酒問姮娥。是甚廣寒心緒。隻輪飛上。天街似水。不管人羈旅。　霓裳罷按當時譜。一片青砧路。西風白騎幾人歸。腸斷綠窗兒女。數聲殘角。催他來雁。遠向瀟湘去。

南歌子

積潤初消砌。輕陰尙覆城。薔薇花外度流鶯。卻道年來渾是不關情。　青鏡人如昨。朱弦手畫生。斷腸天氣舊池亭。夢裏紅香清露泣三更。

菩薩蠻　託興

昭陽一夜思傾國。家家鸞鏡新妝色。狠籍畫雙蛾。手繁宮樣多。　不須矜艷冶。明日承恩者。淡掃便朝天。路人知可憐。

君恩自古如流水。梨園又選良家子。都作六宮愁。傳言放杜秋。　傾城爭一顧。那用論縑素。幾箇定橫陳。丹青不誤人。

# 吳任臣

字志伊、號爾器、又號託園、浙江仁和人、諸生、康熙十八年舉博學鴻詞、授翰林院檢討、

滿江紅　吳越故宮

鳳舞龍飛。興王地、澄江似練。憶當日、琱戈金馬。幾番血戰。東府功勞成已往。江南保障猶堪羨。嘆百年、轉盼幾多時。如流電。　遺闕杳。餘荒甸。殘碣仆。多蒼蘚。問而今何處。丹書鐵劵。井上風梧饑鳥墜。殿前烟草青燐顫。但寒潮、嗚咽泣英雄。無昏旦。

# 徐嘉炎

一名家炎、字勝力、號華隱、浙江秀水人、康熙十八年召試博學鴻詞、授翰林院檢討、官至內閣學士、有

華隱詞、

## 滿庭芳

弱質依風。柔條著雨。春深半露情芽。河橋官柳。漸綠可藏鴉。暫趁鶯雛燕乳。和飛絮、直入伊家。誰能彀。西泠南浦。自在領烟霞。　十年漂泊久。虛成昨夢。往事堪嗟。怪東皇無意。閒卻名花。此去徒驚憔悴。相思路、盼盡天涯。娟娟月。青樓望斷。肯到碧窗紗。

# 徐　釚

字電發、號拙存、一號虹亭、江蘇吳江人、監生、康熙十八年舉博學鴻詞、授翰林院檢討、有菊莊詞一卷、詞苑叢談十二卷、南州草堂詞話三卷、

## 鳳棲梧　春草

廉纖絲雨春陰重。嫩草平鋪。低把金鞍鞚。綠遍天涯無半縫。憐伊歲歲和愁種。　飛絮落花都不動。斗帳微寒。自做池塘夢。明日踏青誰與共。芳郊怕損鞋頭鳳。

## 霜葉飛　冬閨用周清眞韻

雁聲草草南樓過。齊飛羣下江表。蘭膏和淚咽空房。膽怯添幽悄。漸哀角、霜林催曉。殘星數點銀蟾小。又尋到深閨。把半枕、孤眠滋味。偏來相照。　凄峭。遠樹煙迷。關山路黑。縱有遊魂難到。玉簫徹夜弄新聲。輒轉傷懷抱。更寶瑟、鈿蟬棄了。怕彈別鵠離鸞調。拚得朝朝暮暮。鴛枕香消。淚痕多少。

## 高詠 字阮懷、號遺山、安徽宣城人、貢生、康熙十八年舉博學鴻詞、授翰林院檢討、

### 聲聲慢 咏柳

隋隄銷翠。漢苑飄金。啼鶯曉斷高枝。小繫青驄。忽聽玉笛横吹。江南舊栽幾樹。未攀條、先已含悲。重記取。只當年張緒。髫鬌丰姿。　驀地東風披處。永豐坊、那便腰細難支。似媚還愁。偷舒眠眼修眉。催人鬢容易老。是和烟、經雨垂垂。春占盡。向紅亭、又管别離。

## 邱象隨 字季貞、號西軒、江蘇山陽人、康熙十八年舉博學鴻詞、授翰林院檢討、官至洗馬、

### 浣溪紗 紅橋懷古

清淺雷塘水不流。幾聲寒笛畫城秋。紅橋猶自倚揚州。　五夜香昏殘月夢。六宫花落曉風愁。多情烟樹戀迷樓。

## 倪燦 字闇公、號雁園、江蘇上元人、康熙十八年舉博學鴻詞、授翰林院檢討、有雁園詞一卷、

### 浣溪紗 暮抵香城寺

逐水尋幽路不窮。溪聲一徑入空濛。疏鐘遥度古城東。　野菊背開崩石下。歸雲横捲亂流中。夕陽將盡

佛燈紅。

## 周清原

字浣初、一字雅楫、號且朴、又號蝶周、一號蓉湖、江蘇武進人、康熙十八年舉博學鴻詞、授翰林院檢討、官至工部侍郎、有浣初詞一卷、

### 臨江仙 畫雁

小徑平蕪秋水接。殘陽一片蒹葭。拂溪衰柳尚夭斜。晚來人不到。新雁落晴沙。　霜雪未濃繒繳遠。稻粱隨意天涯。夜深和月立蘆花。不隨秋去燕。羞共暮棲鴉。

## 汪　楫

字舟次、號悔齋、安徽休寧人、康熙十八年舉博學鴻詞、授翰林院檢討、官至福建布政使、有悔齋集、

### 暗香 水仙

一枝拗碧。是玉妃卸向。玲瓏鬟側。月夜朝回。化作香魂墮寒白。剛和嬌雲夢醒。還涼透、冰綃雙褶。忍負了、解佩江皋。人去鎮相憶。　消息。正望極。便欲上鯉魚。芙蓉先泣。春風遠隔。羅襪歸來認顏色。悵自陳王賦後。都換卻、淩波痕迹。祇倩影、消瘦也。淚邊記得。

## 歸允肅

字孝儀、號惺崖、江蘇常熟人、康熙十八年進士及第、授翰林院修撰、官至少詹、

燭影搖紅　丁巳二月蠟梅盛開同人張燈置酒、次韻、

梅蕊塗黃。檀心半吐凝香晚。東君著意報芳菲。冷艷枝頭暖。風細湘簾乍捲。映淸輝、宜春小苑。月纔東上。鶴正南飛。敎人歡見。　勝友招邀。攜尊花底排佳讌。觥籌頻送漏聲移。四壁燈光炫。莫惜更長燭短。際良宵、心情未嬾。鳳團點就。翠筆題殘。吟懷方展。

## 趙執信

字仲符、號秋谷、山東益都人、康熙十八年進士、改庶吉士、授翰林院編修、官至左贊善、有飴山詩餘一卷、

蝶戀花　題畫扇贈別蕊枝

秋老家山紅萬疊。何意淹留。斷送重陽節。醉裏情懷空自結。彎環低盡湘簾月。　總爲相逢敎惜別。明月風帆。亂落霜林葉。暮雨迷離天外歇。寒花付與紛紛蝶。

賀新郎　寄松風老人

送爾辭金殿。記當年、狂歌一曲京塵傳遍。解道能文眞不幸。我亦傷弓斷雁。白首向、江南重見。畫舫春深同載酒。帶斜陽、繫著垂楊岸。驚十度、歲華換。　頻來往事成河漢。況平生、無多知舊。星流雲散。惟有金風亭長老。長和松風吟歎。尙醉後、詩篇爛漫。遲我扁舟和煙月。共平章、秋色垂虹畔。歸未卜。定如願。金風亭長朱竹垞自號也

## 楊大鶴 字九皋、一字芝田、江蘇武進人、康熙十八年進士、改庶吉士、授翰林院編修、官諭德、有稻香樓詞、

### 虞美人 春霧

一天都是愁人夢。無計輕相送。落花村外又東風。偏只亂他深淺一重重。　重重遮斷行人路。不見春將暮。繞溪空翠溼晴沙。兩兩鴛鴦飛去似天涯。

## 沈朝初 字洪生、號東田、江蘇吳縣人、康熙十八年進士、改庶吉士、授翰林院編修、官至侍讀學士、有不遮山閣詩餘二卷、

### 念奴嬌 走馬燈

天工巧絕。慣無端簸弄古今人物。何處沙場頃刻裏。走遍北轅南轍。有焰銀釭。無聲金鼓。漏盡難休歇。人生何事。寸場如許炎熱。　誰誇汗馬江山。徒然逐鹿。麟閣多豪傑。待得弓藏飛鳥盡。同作灰消烟滅。紫燕騰空。桃花拍浪。掩映中庭月。持杯高照。上元人醉佳節。

## 徐石麒 字又陵、號坦庵、江蘇江都人、有甕吟且謠美人詞各一卷、總稱坦庵詩餘、

### 浣溪紗 述懷

莫把身名叩懶殘。半生意在有無間。拾得新詩渾未省。幾人看。　雲徑竹搖山翠薄。玉壺齋嚼水晶寒。船上月明蓑上雨。老湖干。

## 臨江仙　次陳簡齋韻

正是看花花好處。重來落盡殘英。一樽聊與聽波聲。半江秋雨歇。十里晚霞明。　往事在心徒記省。渾如好夢初驚。鵓鴣猶說舊陰晴。酒清人去後。山寂夜無更。

# 湯　寅　字谷賓、號漁客、江蘇丹陽人、諸生、

## 秋蘂香　憶遠

嗔煞乘鸞畫扇。猶帶去時金釧。海棠零落梨花院。又是一春雙燕。　檀郎不識愁時面。天涯遠。琵琶絃上分明見。擔着心情一片。

# 宗元鼎　字定九、號梅岑、一號小香居士、江蘇江都人、有芙蓉詞一卷、

## 河傳　四寶帳次孫光憲韻

花颭風斂。冰綃煙閃。夜光螢點。香清玉簟。誰若韓娥姿艷。隔幃芳映臉。　東都天子江都客。河山隔。銀兔當頭白。秋已歸。春又歸。清暉。輕魂帶夢飛。

## 望梅 梅花

暗香浮動。羡橫斜疏影。數枝清絶。向晚烟、故逞幽姿。搖曳處、如待倚闌人折。無奈嬌寒。惜纖手、欲攀還怯。且漫遏羌管。閒仗東風。五更吹徹。　冰姿倩誰比潔。可荀爐熏麝。謝衣翻雪。笑羅浮、夢裏尋歡。又月落參橫。綠衣歌歇。驛使相逢。須贈與、隴頭佳客。問風臺月觀。更過幾多英傑。

## 愁倚闌令

江淮路。柳陰邊。木蘭船。寒食清明。愁絶處。是新煙。　玉簫金管年年。眞消受水惹山憐。欲傍酒缸眠。一覺夕陽天。

## 河傳 丹陽宮、用李珣韻、

欲去何處。襟吳帶楚。情作江流。淚成江雨。記得桃葉波前。青溪擁戰船。　癡情每向繁華結。江都別。風景長千絶。想後庭玉樹。較繡芜春風。更誰同。

# 杜致遠 字靜公、一字大寧、浙江嘉興人、官四川平武縣知縣、有石園研屏詞稿、

## 柳梢青 出右安至中頂

輦路花驂。輕雲嫩日。淡淹晴嵐。梔子簾開。佳人匿笑。緩唱紅鹽。　清風暗逐征衫。歸去也、回隄草纖。詩思縈人。酒旗喚客。春在城南。

虞美人　聽女郎度琵琶

檀槽鳳尾黃金屑。玉腕攏香撥。驪珠落串轉喉音。多是綠窗兒女怨春心。　小絃嫋嫋輕成節。低泛餘音咽。留香無計濕羅襟。閒卻一庭明月落花深。

## 蔣無逸　字左箴、江蘇華亭人、

生查子

控韁出長安。白馬嘶春色。回首鳳凰樓。片片愁雲隔。　三月小梅花。落徧陰山北。不道薄情人。翻作傷心客。

## 沈　進　初名愨、字山子、一字藍村、浙江嘉興人、諸生、有藍村詩餘一卷、

柳梢青　西湖後遊

十二重樓。是誰珠箔雙掩銀鉤。桃葉春潮。楊花暮雨。一段閒愁。　飛來沙際輕鷗。芳草外、春風舊遊。團扇歌殘。羅衣試罷。人上蘭舟。

東風第一枝　遊峽山、用宋人韻、

曲水移船。官橋問柳。禁烟已過初暖。人家未放花深。春山尚看草淺。平隄十里。踏徧好、青鞋沙軟。悵去年、

巷陌東風。又是壘泥新燕。　盼不到、空回醉眼。愁欲絶、難忘嬌面。斷腸慣是濃春。消魂更來故苑。香閨何處。悵萬縷、窗紗銀線。待到家、燼了孤燈。夢去夜深重見。

## 卓天寅　字火傳、號亮庵、江蘇上元人、有傳經堂集、

### 踏莎行

日映紅窗。煙霏碧樹。懨懨長晝渾難度。曉風和淚捲珠簾。一雙燕子花間去。　底事凝眸。無端獨語。春光欲暮誰爲主。畫屏風上認伊家。小橋垂柳江南路。

## 華胥　字羲逸、江蘇無錫人、有畫餘譜一卷、

### 桂枝香　寄懷白下何次德孝廉

新涼時節。悵秣陵潮遠。鳴雞天末。蓼雨蘋波。不盡閒愁相接。斷蟬豈爲西風老。伴孤吟、一枝淒絶。雁繩橫寫。夕陽明處。亂峯殘缺。　曾倚艇、春江煙闊。想百尺朱樓。暮簾時戛。燕子身輕。何事不隨花月。烏衣玉麈風流在。儘年年、負他桃葉。幾時同渡秦淮。聽數旗亭歌闋。

### 解語花　花朝春分

輭風皴瀫。稚雨烘煙。小院嫌岑寂。燕歸曾識。翦芳痕、依舊草昏南陌。分來國色。都不管、寒香狼籍。空幾度、

陰晴費了。染成一庭碧。屈指韶光堪惜。艷冷輝遲。喜花期茲日。風信迢遙。更倡條嫩蘂。數番消得。聽殘玉笛。臨畫檻、杏衫吹溼。悵無憀、遠黛輕柔。薄恨依然積。

## 潘睿隆 字聖階、浙江錢塘人、

### 水調歌頭 秋夜樓居

無計遣幽興。獨自宿高樓。一夜酸風苦雨。做盡許多秋。寂寞疏林乍響。蕭瑟滿園驚起。都入冷香篝。空籟更愁聽。清淚枕邊流。　眉寸結。腸九轉。恨難休。底事更敎誰訴。漏永碧天浮。謾說相思有夢。此際江山雲樹。悵望兩悠悠。白髮滿明鏡。消得許多愁。

## 陳崿 字岾嵐、號慧香、江蘇華亭人、貢生、有呵壁詞一卷、

### 大酺 王府基懷古

記白駒兵。齊雲火。一晌繁華何處。宮基春草綠。任鶯歌花笑。更無人妒。石馬苔纏。銅仙淚滴。麋鹿也曾遊否。英雄消沈盡。問當年割據。霸圖誰誤。但贏得淒涼。五更霜角。滿城風絮。　乾坤眞逆旅。看濠泗、樓櫓橫江渡。又轉眼、灰飛玉座。雨冷金溝。歎神京、不堪重顧。萬朵愁雲涌。還悄把、蔣陵遮住。接直北、煤山路。興亡彈指。何況張王非故。江南庾郎一賦。

## 齊天樂 新秋坐雨

西窗剛送秋消息。涼雲暗吹暑去。柳葉牽愁。蕉心滴夢。一葉一聲疏雨。銷魂幾許。看魚浪鷗波。頓添沙渚。風裏驚蟬。鬢絲扶溼又移樹。　黃昏蛩響更起。便零星舊恨。霎時都聚。瘦影相依。孤吟自遣。誰念客身如羽。冰絃雁柱。問因甚條條。鎮長離阻。抱影燈前。無眠獨自語。

## 掃花遊 秋日同家兄遊盱眙龜山寺

楚天雨歇。看萬笏晴山。一齊梳洗。袷衣乍試。正蓮房粉褪。桂叢香細。老樹頹陽。畫出淮南古寺。竹闌倚。只雲影澗聲。都是秋氣。　遲莫成撚指。歎佛尙浮沈。廢龕長寄。寺內羅漢相傳自淮水中浮出　賦歸漫擬。奈登臨送目。暗牽鄉思。鬢已飄蕭。忍負蒼崕碧水。九峯地。問何時。耦耕其際。

# 董以寧 字文友、號宛齋、江蘇武進人、貢生、有蓉渡詞三卷、詞話一卷、

## 哨遍 送孫無言從廣陵歸黃山

爲問先生。且住爲佳。何事成歸計。卻道是、十載趁萍蹤。漫逍遙、蜉蝣天地。季主簾邊。韓休市上。閱盡人間世。便功業蕭曹。文章燕許。不過如斯而已。況他家、父子是和非。問商山、何與諸公事。白社遺民。黃冠故里。猶然遲矣。　再莫羨、揚州佳麗。負了山靈誓。閣梅堤柳。當年幾下蕪城淚。繡死宮娥。銀牀賓客。只今名姓誰爲記。天台可賦。蘇門堪嘯。奚必江東虎視。把芒鞋整頓歸來閒憩。向軒皇、鑄鼎舊高臺。餌丹砂、身名俱

避。有時來往空庭。一二莊生老子。倘教他日。少微星耀。天上來徵處士。好教童子護柴門。道先生、高眠未起。

## 易宏

字渭遠、一字謂遠、號秋河、一號雲華、廣東新會人、有坡亭詞鈔一卷、

### 鷓鴣天　閨情

宿雨初消日未紅。冷吟聲在落花中。雲皆近海終爲水。葉已辭枝只任風。　從別後。憶相逢。幾多春恨上眉峯。無端溢起蓬萊水。似隔仙源幾萬重。

### 踏莎行　客恨

目斷天涯。魂銷故國。回頭往事眞成錯。昨宵一夢入羅浮。醒來不見梅花落。　雨溼重簾。香飄繡幕。當時尙怯羅衫薄。風風雨雨幾多情。如今風雨思量著。

## 曹霦

字掌霖、山東安丘人、有黃山紀游詞一卷、

### 感皇恩　贈中洲和尙

自著水田衣。悄無人識。曾是南徐舊詞客。靑蓮舌在。綺語如何消得。綠蘿詩卷好。傷今昔。　鹽官留爪。天都卓錫。雲海茫茫幾潮汐。山遊乍遇。肯許禪燈面壁。風前同倚杖。看山色。

## 曹霈 字叔甘、山東安丘人、

### 賈陂塘 爲熊封題金陵覽古詩卷

悵年年、攝山欹帽。柔情如水難賦。羨君青鏤江花燦。寫出興亡無數。吟斷句。愛解道、畫樓簾幙春風度。英雄兒女。算藻井雲廊。金戈鐵馬。寂寞少尋處。　問何似。子夜歌聲淒楚。凝聽哀絃危柱。莫教喚起蕭陳客。重怨幽香冷雨。朝又暮。任空打、石城嗚咽寒潮怒。江村煙樹。待白舫期君。一篙兩槳。共泛莫愁渡。

## 徐允哲 字西崖、江蘇上海人、諸生、有響泉詞一卷、

### 南浦 送毛西河

空江連海。看驚濤、飛雪接雲平。一葉輕帆初掛。落日引孤征。燕舞鶯啼如昨。奈分攜、離緒碎塡膺。向短長亭畔。幾絲煙柳。和淚折還停。　猶記夜堂同醉。話良宵、紅袖倚銀燈。無那長卿遊倦。歸夢遶滄溟。借問雲亭何處也。碧天斜矗越山青。遡舊遊回首。江東烟樹隔西陵。

## 吳應聘 字賓于、福建崇安人、貢生、

### 多麗 武夷懷古

好秋天。青山處處鳴蟬。憶當時、幔亭高宴。於今蔓草荒煙。幽澗底、泉流碎玉。懸崖畔、瀑響哀絃。禮斗壇空。昇眞洞杳。寂無唳鶴與啼鵑。問朱子、書堂何在。憑弔一淒然。倒不若、禪關羽院。客尙留連。　是何人、藏舟絕巘。幾經谷變陵遷。仰大王、雄風未墜。看玉女、秀色堪憐。鐵笛停吹。金雞罷唱。虹橋飛駕碧雲邊。空留得、藥鑪丹鼎。傳說已千年。移短棹、浩歌一曲。漫擬懷仙。

## 吳 璵　字瑟若、山西沁州人、有草間詞、

### 菩薩蠻

石華羅袖雙彎起。微波半溜清於水。藕雪映琅玕。金鱗膾玉盤。　桶裙拖著地。小立雙肩倚。圖畫到燕然。輸他十萬錢。

茫茫故里迷窮石。兒家夫壻虬髯客。不羨野鴛鴦。雙雙比翼翔。　屧窗穿日曉。桃臉風吹早。何處辟陽侯。迷離獨夜愁。

## 高士奇　字澹人、號江邨、浙江平湖人、諸生、官至禮部侍郎、諡文恪、有蔬香詞、竹窗詞、獨思詞各一卷、

### 南樓令　葉赫城下咏雨中梨花

淺草亂山稠。驚沙黑水流。好春光、只似窮秋。剛得一枝花到眼。經雨打。又還休。　遙憶小紅樓。玉人樓上

頭。月溶溶催和香篝。肯信東風欺絕塞。都不許。把春留。

## 探芳信 種幽蘭

楚天遠。憶雪絮初消。芳洲乍見。正移栽三徑。冰根迸如箭。筠筒噴水朝霞後。小雨吹香遍。傍幽林、碧葉紛披。赤莖零亂。　山園倩誰伴。有阿段攜鋤。瘦蔬沿岸。薌澤多情。吟懷最悽婉。向子諲有浣溪紗詞 江蘺沅芷雖堪佩。不到閒庭院。護春泥。珍重韶光尚淺。

# 史惟圓 原名策、一名若愚、字雲臣、江蘇宜興人、有蝶庵詞四卷、

## 玉樓春 同其年天石遠公諸子讌集原白池亭

乍晴池館東風軟。牆外小桃紅未展。時當暮暮復朝朝。人比鶯鶯和燕燕。　蘭燈影裏嬌波轉。笑把金觥休放淺。人間何處有春愁。月上三更簾不捲。

## 蘇幕遮 離別

柳欹風。荷颭雨。怨雨愁風。共趁河橋渡。日夜東流流不住。綠遍長堤。總是銷魂樹。　乳鴉啼。雛燕語。望裏茫茫。不盡江南路。自古浮萍無定據。雙槳無端。又逐浮萍去。

## 望海潮 九日遙和亥京山寺登樓

年年此日。登臨極目。秋風暗逐繁華。高閣憑虛。危欄獨倚。眼前寂寞寒鴉。悵望暮雲遮。憶山中伴侶。恣賞

烟霞。搔首狂吟。恐應驚動列仙家。　夕陽處處堪嗟。況濤侵城堞。樹擁堤沙。舞榭荒凉。梵宮消歇。一行雁陣横斜。何處更吹笳。歎勞勞車馬。禁鼓重撾。天付閒身。醉來籬外伴黄花。

女冠子　元夕和其年用竹山韻

暗塵飛也。春燈影裏。圖畫千門如繡。村鐃社鼓。來往嬉遊。清光交射。疏星天畔掛。正是月華三五。最圓今夜。看紛紜、街市競逐。都付兒童閒耍。　城牆一任寒濤打。掩重門自醉。風月何須借。燭花休灺。待尋理舊句。題殘羅帕。粉桃箋細研。收拾艷思綺語。作漁樵話。恨無情、蟾兔拋人。又向柳梢斜下。

鵲踏花翻　春夜聽客彈琵琶作隋唐平話、和其年、

殘照如旗。遠檣似槊。蕭條故壘漁樵話。誰將舊曲新翻。緊撥輕彈。酸風初透春簾罅。低徊試唱小秦王。烟塵掃盡征鞍卸。　休訝。當日錦帆東下。雷塘數畝荒臺榭。惟有一片寒波。兩行官柳。日暮烏啼罷。四條絃裏古今愁。霜鐘敲破孤眠夜。

瑞龍吟　冬暮

西風裏。初見嬌小梅英。傍崖臨水。雪花微點松梢。小樓簾捲。晏眠人起。　空徙倚。望盡寒溪幾曲。凍雲千里。淒淒葦浦漁汀。試尋江上。莫愁艇子。　惟有孤鴻來去。知伊消息。尺書難寄。未免有情。茫茫誰能遣此。冷烟衰草。舊日歌臺圮。都付與、垂楊斷岸。飛鴉故壘。留與閒人醉。醉中休問、蟭螟舊事。暮雨侵窗紙。殘夢覺、瀟瀟聲盈愁耳。感懷詞賦。傷心羅綺。

## 沈雄

字偶僧、江蘇吳江人、諸生、有柳塘詞一卷、古今詞話八卷、柳塘詞話一卷、

### 浣溪紗 梨花

壓帽花開香雪痕。一林輕素隔重門。拋殘歌舞種愁根。　遥夜微茫凝月影。渾身清淺賸梅魂。溶溶院落共黃昏。

### 如夢令

黯淡孤燈絮語。淒切寒蛩愁緒。伴我不曾眠。同在桂堂深處。羇旅。羇旅。聽足五更秋雨。

### 如夢令 燕

欲問烏衣舊侶。看傍雕梁輭語。翦翦怯春風。誰繫多情縷。休去。休去。珍重滿身花雨。

### 滿江紅 夕陽

渡頭烟浪。遮不斷、西崦殘日。爭半壁、江天張錦。翻騰殊色。天路歸雲紅欲暝。山家晚爨青猶直。看欹斜、人影過溪來。支笻立。　流水外。鳴蟬急。落葉裏。歸鴉集。便低徊返景。一時蕭瑟。銷盡斷虹林火沸。催敎片雨江楓出。只吳王、故壘落霞邊。添淒惻。

### 金明池 秣陵懷古

山上圍棋。渡頭麈扇。那怯寒潮夜雨。重借問、繁華六代。又荒堞、斷碑如許。願官家、世世生來。莫應似、衰草斜陽垂暮。歎幕府頻移。鑾輿潛幸、一任晚風吹去。　江左夷吾在何處。便星散雲馳。此身無主。問滿目、虎旅駕行。還講得舊時門戶。最傷心、烟柳臺城。儘巷口烏衣興亡難訴。但萬里長江。未銷離恨。一派濤聲猶怒。

## 佟國器　字匯白、漢軍正藍旗人、江寧駐防、貢生、官至浙江巡撫、

### 酷相思　石頭城懷古

百尺高臺臨鶴渚。凭弔悲今古。看滾滾、長江無曉暮。前代也、東流去。後代也、東流去。　朱雀橋邊芳草路。幾遍風和雨。問佳麗、六朝遺恨處。鶯語也、如相訴。燕語也、如相訴。

## 佟世思　字儼若、一字葭沚、號退菴、滿洲鑲藍旗人、蔭生、官廣西思恩縣知縣、有與梅堂詞一卷、

### 南浦　旅況

離魂別緒。看空庭、夜色漾愁雲。多少月明三五。淸影又當門。花也欺人孤另。趁春歸、紅雨落紛紛。沒尋思、爲著山遙水遠。寂寞到黃昏。　滿院綠苔鋪錦。綠絲兒垂露似啼痕。故里幾番回首。蚤杜宇催春。叫到碧雲深處。也聲聲、提醒斷腸人。又那堪、角枕生寒。殘月上花茵。

# 曹寅 字子清、一字楝亭、號荔軒、一號雪樵、漢軍正白旗人、官至通政使、兩淮鹽政、有楝亭詞鈔二卷、一名西農詞、

## 玲瓏四犯 雨夜聽琵琶、用梅溪韻、

做意廉纖。能添得、長安秋色多少。殘醉欹扶。小閣篝燈重到。涼烟四繡閒窗。又幾度、昏昏曉曉。聽閒關、嬌鳥啼花。曠野悲風著草。　半天忽擊漁陽鼓。四條絃、各訴伊懷抱。獨憐一曲鬱輪袍。千古沈寒照。我寄愁心重煩疊指。破恨成調笑。卻玲瓏紅豆。入骨相思。教他知道。

## 浣溪紗

曲曲蠶池數里香。玉梭織手度流黃。天孫無暇管淒涼。　一自昭陽新納錦。邊衣常碎九秋霜。夕陽冷落出高牆。 蠶池、明宮人織錦之所、

## 蘭陵王 九日諸君子登高索和

縞衣鶴。重赴千年舊約。臺城路、煙草喚人。此日江山淚雙落。秋心無處著。陡起孤雲一角。西風裏、潮去浪來。多少征帆度寥廓。　誰妨客行樂。禁一陣郎當。天半鈴鐸。金輪倒射浮屠腳。怕平楚寒澹。酒人無賴。又悔題糕字屢錯。黃花笑難索。　飄泊。怎忘卻。算烏繞江門。柳圍京洛。紅塵綠水三生各。是少年蹭蹬。風流擔閣。頭顱尚在。且掉臂。共橫槊。

## 丁介

字于石、號歐冶、浙江仁和人、有玉笙詞問鸝詞各一卷、

### 南鄉子　離懷

急管奏涼州。五色芙蓉送客舟。津鼓漸低帆漸遠。悠悠。看著鴛鴦不解愁。　孤月照西樓。近水遥山翠欲浮。一點離情天樣闊。凝眸。遶岸蘆花盡白頭。

### 蝶戀花　閨情

蝴蝶飛來釵上住。綠柳千株。隔斷章臺路。記得春風遊冶處。山山水水斜陽渡。　纔是清明春又暮。風送殘花。不忍枝頭覷。倩柳綰春春不住。黃鸝啼過秋千去。

柳絮漫天還撲地。更向妝臺。遶著雙雲髻。盼殺郎歸千萬里。瀟湘多少離人淚。　鴛枕長宵難獨睡。月落燈昏。寂寂朱門閉。消遣離愁無別計。水晶簾外西風起。

### 青玉案　寄汪梅林

一聲啼鴂春過半。爭忍送年華換。數到離愁千百遍。茫茫飛絮。水窮山遠。只傍斜陽岸。　五湖短棹風波慣。聽著哀絃腸欲斷。我已無家蓬任轉。數行烟樹。滿汀鴻雁。又入愁人眼。

## 張台柱

原名星耀、字砥中、浙江錢塘人、有洗鉛詞三卷、屑雲別錄一卷、

臨江仙

翠管金尊留不住。青山又送斜曛。長堤柳絮落紛紛。紫騮嘶漸杳。朱戶掩黄昏。　獨自燒香臨欲睡。無言重搵啼痕。子規頻喚那堪聞。春花都作雨。曉夢不成雲。

念奴嬌

游絲裊裊。繫殘春不住、風吹欲絶。不怨柳梢飛卷盡。但恨漫天如雪。江北江南。斷腸消息。燕共鶯兒說。盈盈一水。人間多少離別。　樓外一抹輕雲。慣將夢阻。欲睡心先怯。江漫淚珠流不去。山斷離愁重接。羞理殘妝。胭脂淺淡。仗酒紅雙頰。沈吟坐久。畫屏飛上銀月。

## 黄　儀

字子鴻、江蘇常熟人、有紉蘭集、

水龍吟

霜容莫笑龍鍾。少年曾是推豪興。高陽伴侶。三春逐日。聯鑣飛鐙。山北山南。芳菲賞遍。别尋幽勝。記披襟直上。雲峯絶頂。渾欲喚、青天應。　誰道多生蹭蹬。舊情懷、都來難稱。十年回首。交游嚼蠟。功名墮甑。除卻枯吟。酒腸棋膽。消磨無剩。但秋來猶愛。斷鴻聲苦。把危樓凭。

## 蔣景祁

字京少、江蘇宜興人、貢生、官至府同知、有梧月詞二卷、罨畫溪詞一卷、又輯瑤華集二十二卷、

## 阮郎歸

天街微雨送春暉。芳塵濕不飛。閒園香霧小紅肥。月和烟露稀。　縈別館。上斜扉。輕風颺地衣。七絃聲亂十三徽。馬嘶人未歸。

## 醉花陰　十六日送客廣寧門外還坐花間作

客裏相逢花裏別。可奈愁時節。深院晚來風。小墮幽香。簌簌沾飛蝶。　天涯芳草青門接。怕子規啼怯。轉眼又春殘。怪上衣痕。還點梅梢雪。

## 垂楊　賦柳

萬條弱縷。傍青門紫陌。迴廊淺小。薄霧輕煙。弄晴微雨餘寒悄。紅塵今古長安道。翠微裏、碧雲深窈。舞柔枝、欲蘸清波。拂酒杯多少。　張緒風流減了。憶花萼種時。腰肢初裊。消息如今。幾經攀折河橋曉。離愁一片眉慵掃。倩誰繫、情絲縹緲。好留青眼。相逢春未老。

## 瑞鶴仙　慈仁寺松

何年冰雪貯。看燒節爲煙。團枝作塵。滄桑幾輕度。對伊渾不記。金元風雨。蒼然如許。聽濤聲、鱗鬣夜怒。未須愁、化石空壇。莫便吟龍飛去。　無據。王孫草盡。賢士臺荒。大夫封處。衣冠太古。青燐夜。赤虬語。歎支離相伴。一簹佛火。沸徹僧寮魚鼓。做年年、送客長亭。銷魂此樹。都門餞別多於此寺中

## 蒲松齡 字柳泉、一字劍臣、號留仙、山東淄川人、諸生、有聊齋詞一卷、

### 浣溪紗 秋柳

舊向長堤纜畫橈。秋來秋色倍蕭蕭。空垂煙雨拂横橋。　斜倚西風無限恨。懶將憔悴舞纖腰。離思别緒一條條。

## 曹士勳 字名竹、浙江桐鄉人、諸生、有翠羽詞一卷、

### 點絳脣 暮雨

冷雨絲絲。爲誰濕遍江南路。斷烟横渡。燈火漁舟暮。　極目天涯。無數凄涼樹。人何處。柔情無據。又繞飛花去。

### 菩薩蠻 芳心

雲屏六扇空遮冷。夜深月照玲瓏影。殘夢戀餘香。餘香引夢長。　翠眉顰黛淺。應損春山遠。闍淚倚闌干。芳心寸寸寒。

### 謁金門 秋景

烟水碧。倒浸一天風色。萍老蓼紅菰葉白。畫船撑雨出。　何處桂花消息。央及西風尋覓。細草孤雲秋寂

寂。一行歸雁直。

## 黄　鴻　字雪影、號靜御、江蘇太倉人、有綠香詞、

### 南鄉子　遠望

蝶褪粉。燕爭泥。綠陰庭院鵑鴂啼。悶倚高樓春欲暮。愁無數。青山遮斷天涯路。

## 宋泰淵　字河宗、江蘇華亭人、有棣蕚軒唱和春夏詞一卷、

### 清平樂　春雨

開窗春小。疏雨催花早。柳細風斜寒料峭。遠岫暮雲偏杳。　無聊獨倚朱門。可堪又到黄昏。憐取牀前銀燭。夜深長照啼痕。

## 顧　湄　字伊人、江蘇太倉人、

### 滿江紅　錫山遇蘇崑生話舊、次韻、

曲罷峯青。誰簌簌、淚珠拋豆。是當日、征南殘客。柳生蘇叟。檄下通侯髯奮戟。詩成學士胸羅斗。到而今、淪落只龜年。餘存否。　廣場月。猶挂口。蕭寺雨。重攜手。任臺傾戲馬。塘空走狗。慷慨休歌燕市筑。逡巡且醉

龍山酒。奈白頭、一闋授紅紅。春風又。

## 秦保寅 字樂天、江蘇無錫人、

### 風流子 和留仙

當年人隱約。桃花路、青鳥信悠悠。想敲斷玉釵。丁香緘恨。渡來銀漢。荳蔻含愁。如今見。華燈催按曲。斜日看梳頭。着意矜持。低鬟輕笑。自然風度。無語凝眸。　泰娘橋下路。歸時應不忘。曲院重樓。更記酒闌調瑟。燭暗探鉤。怕橫塘夢斷。錦書難託。山香舞罷。翠鈿誰收。待到梅花如雪。一半春休。

## 魏之琇 字玉横、浙江錢塘人、諸生、有柳洲樂府一卷、

### 珍珠簾 石雨

霏微共向空青逗。數點飄來晴晝。陰洞濕猶飛。濺蘚花苔繡。月冷潭虛。似斷續、冰弦時奏。懸溜。更細滴雲根。密穿巖竇。　常是木末斜侵。灑疏林殘葉。蕭蕭聲驟。返照在漁汀。蘸綠疏涼透。好似巫陽幽夢杳。卻散落、荒臺前後。回首。記三峽溟濛。蜀天常漏。

### 惜餘春慢 三月二十二日泛湖用周清眞韻、

滯雨銷春。微陰閣曉。風片謝伊吹斷。鶯藏淺綠。蝶趁殘紅。還約舞裙歌扇。嘗約西泠露蘭。寒盡迴汀。仍抽

餘箭。正晴虹臥彩。翠瀾不動。畫橈天遠。 早是白袷新裁。青鞋乍試。恰稱嫩嵐輕染。題門小院。畫壁旗亭。前事水流雲變。回首烟波有人。獨自憑闌。爲誰嬌倩。笑雙眸老去。猶著紅情一點。

## 買陂塘 蘋花

蘸橫塘、翠痕零亂。吹香時泛波面。烟光淡宕搖天影。數葉弄涼葱蒨。垂柳軟。看白鷺褵褷、雪頂絲同罥。澄江如練。更小籛荷錢。長牽荇帶。一碧共流轉。 翩翩處。曾記虹橋水殿。輕圓斜約金鈿。蕭寥坐覺添秋思。還襲舞裙歌扇。人未遠。悵日暮汀洲、柳惲詩情倦。青蒲自颭。恁目極江南。幽芳誰采。惟有浪花濺。

# 全清詞鈔第六卷

## 陳王猷

字硯郵、號烈齋、廣東海陽人、康熙二十年舉人、官肇慶府學教授、有蓬亭偶存詩餘草、

### 夢江南 山齋夜坐

因風起。斷續遠山鐘。半榻幽窗梅影瘦。一簾疏月茗煙濃。人語隔牆東。

### 胡搗練 題畫

嶙峋醜石蒼虬樹。勾絆天涯芒屨。閣裏無人堪住。寂寞門前路。　儘雲煙、往來朝暮。秋月春風幾度。洗落埃塵無數。是散仙家處。

## 盛楓

字黼辰、號丹山、浙江嘉興人、康熙二十年舉人、官浙江安吉州學正、有梨雨選聲二卷、與弟禾、稼村塡詞、本栴、滴露堂小品合刊名棣華樂府、

### 清平樂 別意

一聲紅豆。愁盡杯中酒。莽莽秋原秋雨後。著破征衫還又。　啼珠已滿銀盤。牽衣莫問刀環。拚得枕單人獨。夢回萬里江南。

滿庭芳　龍山、詠寒鴉、

衰草縈愁。夕陽破夢。一庭霜草平階。歸雲不定。寒影共徘徊。好是期門按隊。嚴城晚、笳鼓聲催。前山紫。碧天空闊。萬馬逐雲來。　枯楊初暝。爭棲未穩。直恁相猜。禁老鶯雛鵲。佞口難開。留伴山翁醉後。荒煙裏、繞樹千回。殘更斷。半窗虛白。涼月印蒼苔。

## 盛禾　字玉山、浙江嘉興人、有稼村塡詞二卷、

虞美人　秋聲

涼蟬斷雁聲相續。墜葉鏘寒玉。月明風細亂鴉啼。何處霜砧玉杵擣秋衣。　商聲拉雜紅窗罅。醉耳憎簷馬。小池清露滴枯荷。其奈多情瘦盡沈郎何。

徵招　秋水

溶溶一片芙蓉鏡。明河練雲鋪就。白鷺破溪煙。襯濃巒橫岫。春來晴綠皺。爭比似、空明韶秀。萬頃澄泓。一輪搖漾。素蟾飛走。　湘簟展玻璃。流霞淨、皓月清風依舊。蘭棹正容與。趁晚涼時候。冷紅飄墮久。任占取、波紋碧透。誰點染、淡淹秋光。是陂塘臥柳。

賀新郎　金山

萬里江聲瀉。過瞿塘、排空驅石。渺瀰平野。漭漭銀濤吞鐵甕。俄頃鯤鵬欲化。但四面、雲山如畫。天接海門

青一色。又碧如螺子黃如赭。深夜後、魚龍咤。 乘風直下帆如馬。最關心、縫囊投筆。興亡閒話。一柱橫流當地軸。千古寒潮激射。經多少、波掀浪打。笑我青衫常道路。卻十年、三過金山下。趁曉月、客帆掛。

## 盛本柟

字讓山、浙江嘉興人、有滴露堂小品二卷、

### 念奴嬌 弔文山、用赤壁詞韻、

新亭墮淚。歎偏安江左、都無英物。砥柱中流誰倚仗。輕棄東南半壁。惶恐灘頭。零丁洋裏。不改心如雪。剛腸百鍊。公眞萬古奇傑。 堪羨碧血青虹。千秋正氣。欲似風飆發。舊日朱門豪貴客。總逐秋蓬埋滅。畫舫笙歌。華堂簫鼓。臣罪多於髮。臨安城下。空餘衰草寒月。

### 滿庭芳 寒鴉

畫角吟秋。疏砧搗月。歲晚風景堪傷。烟中羣噪。寒影過迴廊。點破吳天空碧。紛飛去、更向危檣。霜天曉。滿林清旭。雙翅拂輕霜。 銜寒和雁陣。愁雲黯黯。野日荒荒。悵舊遊曾記。影帶昭陽。一樣參差短翼。孤邨裏、偏爾淒涼。還應羨。朱闌鬭鴨。沙暖睡鴛鴦。

## 龔翔麟

字天石、號蘅圃、浙江仁和人、康熙二十年副貢生、官至監察御史、有紅藕莊詞三卷、輯浙西六家詞十二卷、

## 摸魚子　雄縣汎舟

厭征塵、馬蹄得得。輕舟且漾前浦。無人來往湖天闊。轉入蘆花深處。風色暮。看蟹斷魚標、不礙飛鷗鷺。綠楊倦舞。但密掃浮萍。低侵亂草。難挽夕陽駐。　秋容好、想到江南歸路。冷波一片煙雨。鎖瀾橋畔堪乘興。況有采菱船女。須記取。削白竹爲扉。儘可移家住、相邀伴侶。載小榼香醪。花開陌上。緩緩唱歌去。

## 生查子　吳江遇風舟中望震澤湖

風捲布帆偏。半幅撐秋雨。乍聽榜人喧。已失前村樹。　渺渺望湖波。萬頃迷烟霧。猶自有漁舟。煙裏飛來去。

## 南浦　春水用玉田詞韻同融谷賦

人柳乍三眠。聽流澌、廢苑春光纔曉。臘雪未全消。寒沙外、半舊苔痕誰掃。東風幾日。鴨頭新漲冰錢小。是處翠波通短棹。冷浸六朝芳草。　朱欄幾曲斜臨。影弓弓十里。香蹤不了。漂出落花多。紅橋口、曾有浣衣人到。遙峯縹緲。霽蟾飛下遊人悄。道是新煙未禁。燈火秦淮還少。

# 潘世遲　字仲曦、浙江烏程人、康熙二十年武舉人、有裕齋詞、

## 拜星月慢

幽夢通簾。輕寒逼被。倦客擁愁別館。隔院人歸。聽夜闌聲喚。風帷閃。似見春窗明滅。不管蘭燈紅顫。響屧

無聲。想蓮鉤重換。　好風吹、寶襪香如線。誰傳與、人在牆東院。長向細細淸宵。同數殘更箭。料伊行、也念孤鸞怨。恐樓裏、燕子聞長歎。捹夢到、白玉堂前。花底深深見。

# 尤　珍

字慧珠、一字謹庸、號滄湄、一號謹坊、江蘇長洲人、康熙二十一年進士、改庶吉士、授翰林院檢討、官至右春坊右贊善、有靜嘯詞、

## 蘇幕遮　旅懷次范文正公韻

彩雲天。芳草地。日暖風輕。四野山橫翠。春去斜陽花落水。流水飛花。都在斜陽外。　滯幽歡。添別意。隱几挑燈。醉則和衣睡。六曲闌干誰共倚。明月深閨。應照相思淚。

# 王九齡

字子武、號薜澱、江蘇婁縣人、康熙二十一年進士、改庶吉士、授翰林院編修、官至左都御史、有松溪詩餘一卷、

## 清平樂

殘春何處。不伴愁人住。已是韶光容易去。一霎催花細雨。　無端柳暗高樓。多情燕落簾鉤。捱過春風幾度。空憐白了人頭。

## 南歌子　春閨

日暮東風急。無聊獨掩扉。不堪寂寞守孤幃。又被黃鶯啼送落花飛。　好景憐虛設。憑欄淚滿衣。垂楊何事綠依依。縱有長條無計繫春歸。

## 許嗣隆

字山濤、號文穆、江蘇如皋人、康熙二十一年進士、改庶吉士、授翰林院檢討、官至侍講學士、有孟晉堂詞一卷、

### 惜餘春慢

立夏日、同徐方虎先生王公珮同年薛儀遠冒青若飲匯峯廬、有懷冒辟疆表兄、時辟疆客吳門、

細麥垂花。圓荷吐葉。無計留春得住。半灣流水。一片孤城。步入夏雲深處。卻喜酒坐琴言。簾影浮空。斜陽暗度。暮烟生、鬢影衣香。縹緲非花非霧。　漫回首、離思縈懷。歌殘笛歇。四座停杯無語。風牀卷幔。月檻籠紗。寂寞溪山誰主。遙憶長亭短亭。芳草黏天。路迷前浦。料江南杜宇聲聲。頻道不如歸去。

## 周金然

字礪巖、號廣庵、江蘇上海人、康熙二十一年進士、改庶吉士、授翰林院編修、官至洗馬、有南浦詞三卷、

### 御街行

江上作

遙空日落浮雲暮。望不見、沉沙處。江流依舊繞金焦。愁草愁花無數。蕭條千里。亂山茫水。多是離人路。　青袍如草紛屯戍。嗟庾信、空題賦。烏啼格磔滿霜天。零落殘霞孤鶩。沉吟惆悵。暗潮吞吐。涼月生瓜步。

江南春 追和倪元鎮韻

昌谷園林透新筍。烟啼露咽娟娟靜。綠楊低鎖畫橋陰。紫燕斜窺珠箔影。風前小立羅衣冷。緋桃笑倚臙脂井。一聲嬌鳥含紅巾。深閨香夢委黃塵。　鳥飛遲。夢飛急。顛倒落英和淚溼。朱顏隔天悵莫及。袖上唾珠成紺碧。滿眼繁華變陵邑。青山猶作雲鬟立。浮生無蔕似飄萍。糟丘不築徒營營。

## 沈爾煜

字鳳于、號翼昭、浙江烏程人、康熙二十一年進士、官湖北公安縣知縣、有月團詞一卷、

滿江紅 奉慰大司農蒼巖公

雲海茫茫。歸夢遠、落花風急。那堪是、彩蟾人去。絳河難卽。薑桂手調神鼎膳。機絲親補山龍織。怪下朝、妝閣不相迎。珠屏隔。　王母使。應誰覓。長生障。成陳迹。問禁香仙醞。斷無消息。興慶首行疑響佩。梁園末座悲殘笛。送紫鸞、烟駕去何方。稠桑驛。

臺城路 題淥水亭爲成容若賦

涼波萬斛光浮動。誰將海霞裙翦。穲稏青多。芙蓉紅冷。一帶薰風庭院。湘簾不捲。道扣戶無人。去來雙燕。金粉樓臺。五雲葱翠畫屏展。　長楊羽獵初賦。碧紋珍簟淨。樂章倚徧。驟雨新荷。名賢觴詠。譜入幽蘭琴阮。香清露泫。再添箇蘭橈。漢津槎遠。生小江南。乍游仙夢見。

虞美人

西泠遲日飛紅雨。不記來時路。呢喃燕子話歸遲。爲道玉人親手繫朱絲。　畫羅帶綬鬆裙褶。況見團圞月。聽棃春酒醉逡巡。擕去兩峯晴黛散輕顰。

小重山　題弄玉障子爲汪蛟門賦

五暈銀泥簇海霞。東風扶不起、牡丹芽。阿誰偏愛茜裙遮。紅燈晚。鬟髻更堆鴉。　曲玉應紅牙。春葱親說與、一些些。綠珠弟子最夭斜。憑肩問。莫是浣溪紗。

## 吳　玶

字公瑜、江蘇宜興人、康熙二十一年進士、官福建莆田縣知縣、

八聲甘州　百花洲

指迷離、煙樹斷橋邊、云是百花洲。想輕鷗狎浪。文魚戲沫。錦纜牽舟。幾度朝朝暮暮。簫鼓醉中流。傳得蓮娃曲。付與吳謳。　可歎繁華歇絕。把月臺花榭。一霎都收。枉珠樓人墮。香句鏡匳留。說閒愁。還無燕子。只暮蟬、高柳漫吟秋。更無那、凭闌望處。夕照當樓。

## 孫朝慶

字雲門、江南宜興人、康熙二十一年進士、

滿江紅　渡黃河

怒浪如山。正急槳、黃流爭渡。看滾滾、來從天上。建瓴東注。手挽狂瀾原不易。石填大海終何補。最堪憐、斷

岸泣遺黎。悲難訴。 待議濬。茫無路。待議塞。渾無緒。問年來誰是。濟川才具。細雨綈袍全溼透。斜風破帽驚吹去。恁艱辛、猶自喜身閑。同鷗鷺。

## 沈爾煜 字□□、浙江烏程人、

### 倦尋芳 過外家屏山堂、時予歌鼓盆者一載矣、

碧梧新霽。竹裏行廚。曾此消夏。踏徧屏山。記得夕陽西下。倒金尊。攏寶瑟。瑤芳歲淺雙蛾畫。幾何時。又征衫老大。鏡臺長夜。 輕颸動、且踞胡牀。草樹依然。亭院瀟灑。百尺高松。極目驚濤空瀉。冷落青楓塵土夢。依稀烏鵲橋邊話。且停杯。問榴花。幾番開謝。

## 查容 字韜荒、號漸江、浙江海寧人、有浣花詞一卷、

### 臨江仙 黃陵二妃廟

春盡鳥啼斑竹裏。殿前殿後綿蠻。翠華去去綠雲間。九疑相見。第一請回鑾。 湖上月如眉已畫。湖中十二煙鬟。鏡奩長對水晶盤。尋常百姓。慣得等閒看。

## 沈豐垣 字遹聲、浙江錢塘人、有蘭思詞四卷、

## 浪淘沙

春冷卻如秋。鶯怯歌喉。小園芳徑草初柔。風裏落花花裏淚。一樣難收。　長日自多愁。怕上簾鉤。輕烟薄霧黯紅樓。誰信碧闌干外月。曾照梳頭。

## 玉樓春

早烏啼起銀蟾落。錦帳香寒春意薄。天涯路遠幾曾經。莫怪夢中常是錯。　起來意嬾慵梳掠。拈著青絲心緒惡。無情鏡子不憐人。暗把紅顏都換卻。

## 玉樓春

韶光九十今餘幾。坊曲愔愔飛燕子。獨憐春草不成花。看盡晚雲都做水。　綠江千里魚沈字。永日香銷簾幕閉。鏡中不見舞鸞人。試問東風多少淚。

## 江城子　秋夜

西風蕭颯作殘秋。動簾鉤。冷颼颼。兩點眉兒。藏得許多愁。縱使儂如清夜月。能幾度。到妝樓。

## 蝶戀花

纔得相逢春已莫。眼際眉邊。只是無情緒。怪底窺人鶯不語。綠楊枝上微微雨。　著意尋春春又去。春在天涯。人卻歸何處。一望青青迷遠樹。夕陽偏照長亭路。

## 木蘭花慢　別意

慣銷沈歲月。離別意。兩相關。奈葉落銀牀。燕辭翠幙。風景初寒。無端。砌蛩怨切。惹離人、愁緒積千般。晝碎檀香小几。低徊細數前歡。　花間。笑整綠雲鬟。人靜掩屏山。證深盟只指。風姨婉轉。月姊團圞。難拚。自輕分後。漫空留羅袖淚痕斑。誰在暮烟影裏。紅樓寂寞凭闌。

賀新郎

不放春光去。仗樓前、千株暗柳。片時遮住。無奈東風吹偏緊。誰惜茫茫飛絮。都只管、亂拋行路。春太難留人易老。怪銷魂橋畔銷魂樹。空惹得、淚如雨。　一春不合因愁誤。縱而今、賞花醉酒。也傷遲暮。枝上流鶯花間蝶。記起舊時歌舞。奈密約、終成間阻。倚枕分明春又在。一絲絲、夢裏黃金縷。燈再翦。夜三鼓。

## 汪文楨 字周士、安徽休寧人、

東風第一枝 春日游峽山、次韻、

鴨綠平橋。猩紅夾岸。波光樹色交暖。禁煙時節纔過。春事二分尚淺。輕橈不點。但穩坐、半帆風軟。望陰陰、柳畔妝樓。盡捲湘簾招燕。　繫艇處、晴峯照眼。撲蝶去、游絲吹面。秋千綵索閒來。鄰女共尋曉苑。爭新裙襪。費多少、纖針柔線。儘夜歸、分付清吟。影倦一燈誰見。

## 汪　森 字晉賢、號碧巢、浙江桐鄉人、貢生、官戶部郎中、有月河詞、桐扣詞、碧巢詞各一卷、總稱小方壺齋存稿、

又與朱彝尊同輯詞綜、

## 巫山一段雲 春雨

野霧沈山郭。春潮撼浦沙。隔江一帶好人家。烟暝柳旗斜。　細語明雙燕。相看冷暮鴉。冥冥風急落庭花。吹影過窗紗。

## 思佳客

香閣銀燈蠟炬濃。繡屏六曲隱芙蓉。啼紅怨殺移箏柱。一寸心灰此夜中。　歡緒少。酒懷慵。曉雲易散月華空。相思只恨蓬山隔。不爲珠簾抵萬重。

## 洞仙歌 和家鈍翁姑蘇楊柳枝詞

錦帆涇側。記東風纔曉。穉眼纖濃向誰好。對綠波似鏡。雨潤烟姿。無限意、眉嫵畫來初照。　拂絲看渡水。依舊青青。轉首河橋送人早。小閣漸藏鴉。次第飄綿。春已暮。暗傷孤抱。歎西郭、分題已三年。比舊日長亭。攀折多少。

# 李　符 字分虎、一字耕客、浙江嘉興人、有耒邊詞二卷、

## 疎影 帆影

雙橈且住。趁風旌五兩。挂席吹去。側浸紋波。一片横斜。不礙招來鷗鷺。忽遮紅日江樓暗。只認是、涼雲飛

渡。待翠娥、簾底憑看。已過幾重烟浦。　搖漾東西不定。乍眠碧草上。旋入高樹。荻渚楓灣。宛轉隨人。消盡斜陽今古。有時淡月依稀見。總添得、客愁淒楚。夢醒來、雨急潮渾。倚榜又無尋處。

綺羅香　春遊

屏山翠遠。鏡檻紅深。好在一旬無雨。結伴攜笻。愛煞踏青柔路。正花底、夢蝶飛來。又溪上、盟鷗招去。隔垂楊、水曲橋橫。晴絲引入斷魂處。　畫樓誰弄鳳竹。礙閒雲一朵。欲飛還住。幾樹斜楊。啼過亂鶯無數。最難禁、片霎歡遊。重喚起、那回愁緒。待重尋、含笑桃門。冷烟迷斷浦。

## 丁煒

字澹汝、號雁水、福建晉江人、諸生、官至湖廣按察使、有紫雲詞一卷、

望海潮　秋登吳山

西陵草短。南屏霜重。尋游客思方賒。江湧銀鰲。潮喧鐵馬。千年洗盡繁華。落日岸烏紗。危欄空拍遍。幽恨無涯。葛嶺樓臺。臨安宮殿有啼鴉。　當年競鬬豪奢。任玉津載酒。繡陌連車。柏樹墳高。木棉人去。獨松亂起鳴笳。鳳舸載宮娃。明湖歌舞路。冷浸雲霞。惟見孤山。舊時明月照梅花。

鬢雲鬆　曉起

碧幃深。綃被暖。到枕流鶯。只向夢中喚。日瑩小屏宮錦爛。簾外遙山。一抹烟鬟亂。　倒紅螺。遺翠鈿。昨夜歌喉。纍纍珠成串。滿院綠陰人不見。風颭柔紅。隱約桃花面。

## 四和香 春懷

簾幕低垂歸燕晚。芳草瑤階軟。翠浪鴛衾愁獨展。嫌冷月、雕疏滿。　咫尺朱樓天樣遠。夜永銷香篆。玉漏春聲花外換。正別院、笙歌轉。

# 丁煒

字韜汝、福建晉江人、副貢生、官理藩院知事、有滄霞詞、

## 杏花天 寒食郊行

玉驄嘶斷斜陽晚。漸踏遍、裙腰草淺。賣花聲過西樓緩。不見隔簾人喚。　垂柳外、秋千還罥。但剗地、香泥掠燕。新烟籠燭迴深院。低裊雀屏畫扇。

## 金錯刀 觀蓮、聽美人樓上吹簫、

汀蓼晚。渚蓮秋。參差碧玉度高樓。鳥過煙鏡窺秦女。人向花光想莫愁。　幽調咽。好風柔。新聲疑帶水香浮。不知蛾綠曾顰否。誰遣筠簾自上鉤。

## 澡蘭香 競渡

汀蒲戰雨。水荇牽風。綠漲青溪渡口。船張雪幔。燈翦冰丸。好趁浴蘭佳候。聽十番、鳳管鵾笙。節候按、靈鼉競奏。舊譜新聲。尙是開元妙手。　侵夜驪珠爭吐。九井龍翻。蕩開星斗。波光瀲灩。倒映闌干。人面蒸霞中酒。畫簾中、笑語盈盈。半露緗裙紈袖。指簷角、初月如鉤。漫催清漏。

# 汪文柏 字季靑、號柯庭、又號篔谿、安徽休寧人、監生、官北城兵馬司指揮、有古香樓詞稿、

## 探芳信 逸老堂晚眺

悶懷遣。向小阜尋春。山堂把琖。見遊人散去。長空暮雲捲。柳絲漸黑花容暝。夕照遙峯淡。笑歸忙、繞樹啼鴉。穿簾飛燕。　陳迹更何限。有太守風騷。名流芳艷。碧浪湖邊。詩酒每留戀。憑欄此際蒼茫意。四野寒煙亂。最關情、月到沙洲一片。

# 許尙質 字又文、浙江山陰人、諸生、有釀川詞五卷、

## 玉燭新 長安燈夕、夜坐有感、

連宵酥雨後。正夾道燒燈。鳳城如繡。碧沉影裏。低頭覷、杏子衫兒紅透。傷情脈脈。怎解得、春來消瘦。孤負卻、人月雙淸。聽到六更更漏。楊萬里詩天上歸來有六更、注五更後梆鼓徧作、名蝦蟆更、　當年曾共良宵。有促柱調絃。記歌排豆。輕攏翠袖。誰知早、一寸眉峯頻皺。香囊低扣。悵此會、歡娛難久。剩帝里、三五嬋娟。照人依舊。

## 過秦樓 過梳妝臺作

短草禁霜。軟塵搓雪。忽訝碧鴟天半。勾欄密護。複帳深垂。不放早春花片。可惜一枕遊仙。只隔些兒。便無

人見。早司香侍史。研脂漬粉。倩鶯低喚。惹歲歲、遊女滿城。心傷遺址。錯認回心小院。記梳墮馬。更試盤鴉。思煞青蟲微顫。惟有臺前一彎。曾照當年。如花人面。又風簾乍揭。飛入深宮雙燕。

## 馮　瑞　字繁文、號霄燕、江蘇婁縣人、康熙二十四年進士、改庶吉士、官至監察御史、有棣華堂詩餘、

### 青玉案　感舊

芙蓉露染輕紅透。正寂莫、黃昏後。斜月小樓人在否。夜涼風緊。暗蟲淒切。窗隙燈光漏。　尋常行處多依舊。只往事、飄零倦回首。況復傷心隨物候。數聲哀雁。半庭殘葉。早又黃花瘦。

### 驀山溪　落葉

西風吹急。不管分離苦。黃葉點空林。儘一夜、飄零塵土。青鬟翠袖。枉想舊時妝。細雨暮。輕煙鎖。盡是亭皋路。　三春濃豔。只惜花飛墮。誰省綠成陰。聚枝頭、含愁楚楚。而今珍重。珍重也須遲。層樓鼓。寒窗火。夢斷湘江浦。

## 沈　崑　字玉山、號禾畊、浙江烏程人、康熙二十四年進士、官戶部員外郎、有禾畊詞一卷、又名味棻山房詞、

### 摸魚兒　客中有懷故居

倚蒼寒、古陰高樹。香圍幾摺秋水。多情不管流雲去。分到滿山涼翠。知也未。怕冷落盟鷗。莫識招來計。憑

敎燕子。謾翦盡春蕪。香泥狠藉。不是去年壘。　空山掩。幾度斜陽來此。荷衣殘葉難製。疏香徑小非無路。閒了苔痕屐齒。匳影裏。對短髮、吹沙學放蘆花意。蘭成倦矣。待揀卻枝棲。菰蒲水宿。和夢暝烟起。

## 王允持　字簡在、號陶邨、江蘇無錫人、康熙二十四年進士、有陶邨詞一卷、

### 生查子

歡擕碧玉簫。妾按黃金縷。宴罷小樓空。一枕吹殘雨。　別路指西江。紞紞鳴津鼓。愁絕倚闌人。涼月生秋浦。

### 桃源憶故人

五更酒醒銅壺咽。一枕屏山寒怯。枝上子規聲切。叫破梨花月。　鴛鴦樓下人輕別。解散同心雙結。水面鳴箏誰撥。夢繞春江闊。

### 解連環

亂帆零雨。對清尊瀲灩。緩歌金縷。便醉裏、暫解離愁。奈燈暗酒醒。兩眉還聚。寂寞芙蓉。但回首、露汀烟渚。聽琵琶水面。宛轉玉人。枕畔私語。　無端頓成間阻。望關河浩渺。有恨誰訴。縱解寄、千里相思。怕回雁峯頭。峭難飛度。天末羈魂。夢不到、綠窗朱戶。倩西風、一時吹轉。暮雲斷處。

### 感皇恩

一點酒旗青。蕭蕭暮雨。春在行人斷腸處。黄河南岸。極目幾行烟樹。參差猶記得、淸江渡。　白玉闌干。綠陰庭戶。未必容華鎭如故。山陽笛裏。別有淚零無數。從今休更被、東風誤。

## 俞兆曾　字大文、浙江海鹽人、康熙二十四年進士、官直隸元城縣知縣、有鷗外吟箋四卷、

### 一枝春

兩槳衝波。向湖陰、一片斜陽明滅。平橋野渡。尙剩二分殘雪。餘寒撲面。笑依舊、水邊吟客。被朔風、吹老年華。綵勝又翻新結。　篷窗記同攜手。對釵頭玉燕。倚欄淸絕。尋芳無賴。屐齒印泥幾折。郵亭別語。山乍遠、澹蛾烟隔。還再約、整頓狂游。試燈時節。

### 惜秋華

誰遣西風。把秋光濃淡。一宵都換。嫩雨送涼。樓頭小簷花滿。籠衣不離輕陰。護靜宇、晚來休捲。聲亂。又閒階乍添。碎蛩吟怨。　天意攪人倦。想紅欄那角。漸疏將紈扇。應是暗香拂枕。冷紋生簟。料量梳裏時宜。好整頓、鬟高髻淺。歸便。熟羅衫、玉纖親剪。

## 吳棠楨　字伯憩、號雪舫、浙江山陰人、諸生、有吹香詞、鳳車詞各一卷、

### 小重山

鳳袷龍綃秋夜長。西宮銅漏靜、幸君王。羊車不肯到長廊。珠簾內。紅蠟照空牀。　昨夜唱伊涼。內人齊賜出、辟寒香。犀梳斜插未成妝。梧桐月。只去近昭陽。

## 虞美人　金陵懷古

景陽宮樹臙脂井。玉輦寒花影。西風樓角鎖殘陽。回首夢中歌舞內家香。　銀燈夜半秦淮雨。粉黛歸何處。江邊吹笛不堪聽。載得一船紅淚下金陵。

## 長相思

長相思。錦江曲。秦棧雪深壓春竹。杏花紅。梧葉綠。獵火斷煙多。闕城亂雲伏。可惜玉樓人。夜夜空牀宿。

## 滿庭芳

紅樹藏鴉。白蘋啼雁。西風吹就輕寒。小橋流水。鎮日凭闌干。當日香隄載酒。倡樓女、迎下雕鞍。冰簾內。琴聲三疊。燈影落花殘。　前歡。何處是。多情雙鬢。白到潘安。便重重書札。難慰加餐。井上梧桐又墮。深閨夢、定問刀環。消魂也。斷煙新月。夜夜苧蘿山。

## 滿庭芳　春游

薝蔔含煙。海棠籠霧。一行春樹啼鶯。畫船雙槳。天氣近清明。燕蹴飛花紅雨。東風急、吹過高城。香煙裏。誰家少婦。樓上洞簫聲。　生平買醉處。放舟彭蠡。走馬金陵。有美人憐我。珠幔逢迎。十載紫雲舊曲。聽歌館、譜入銀箏。徘徊久。半村日午。天淡遠山青。

## 蝴蝶兒

錦樓東。又西風。燕飛井上啄殘紅。金卮誰與同。　酒病驚春瘦。花愁入鬢濃。羅衣耐得五更鐘。繡牀明月空。

## 薄倖

辛夷樓外春睡起、花梢日在。正嬌眼、乍開還倦。風動合歡裙帶。想昨宵、明滅銀燈。郎來夢裏人無奈。且官柳描眉。聖檀畫額。小立鏡邊多態。　偷閒到春池畔。卻又被、蝶嗔鶯怪。憶金鈿鬬草。玉笙吹月。錦屏舊日同歡愛。病因誰害。自琴心一許。人前來往翻多礙。露濃鞋滑。猶摘櫻桃斜戴。

## 相思引　金陵感舊

珠殿金宮帝子家。春風腸斷石城鴉。蔣山明月。曾照後庭花。　人去臨春歌舞歇。紅燈飛入內人斜。舊遊何處。帆影一江沙。

## 踏莎行　雨花臺有感

錦石雲封。丹臺沙聚。遊人指點南朝路。而今俠客打圍場。當年蕭帝聽經處。　草沒銅駝。窗寒玉女。秋聲一片傷心雨。惟餘遠寺佛樓燈。夜深半照宮門樹。

# 吳秉仁　字子元、號愼庵、浙江山陰人、有愼庵詞一卷、一名攝閒詞、

## 河滿子 睡起

枕上夢回人倦。只疑身在天涯。幾處綠楊流水隔。畫橋朱戶誰家。記得別離時節。微風細雨桃花。

## 玉梅令 落梅

香疏影暗。倩女離魂斷。殘英似、雪花零亂。甚謫仙吹笛。萬點落江城。東風又起。絮飛塵捲。　書曾寄與。隴頭人遠。空辜負、西湖夢淺。賸冷烟淒月。環佩乍歸來。錯認了、宋家庭院。

## 解連環 落花

小園春暮。悵枝頭葉底。亂紅如雨。看滿徑、撲蝶迎蜂。被銜送天涯。旅懷堪訴。細點苔茵。儘飄墜、繡簾朱戶。倘偶黏鏡裏。惹起閒愁。翠慵眉嫵。　誰憐黃昏最苦。漸沾泥帶水。和成塵土。全不管、零落香魂。附衰草寒烟。悽迷無主。影也難留。剩月下、幾聲杜宇。念他時、巵酒空酬。殘風曉霧。

# 萬樹

字紅友、一字花農、江蘇宜興人、監生、有香膽詞一卷、一名堆絮詞、詞律二十卷、

## 惜分飛 蠡城別友

豆酒新糟花露滴。小爇橙香菊色。離思誰知得。鯉魚橋下風邊笛。　柳外疏星珠歷歷。獨倚烏篷畫楫。明月能相憶。送人直過西興驛。

## 疎影 夜景

啼殘蜀魄。漸夕陽去也。堤樹煙積。燕子歸來。燈火初明。簾鉤不住風拍。春慵不耐尋鍼帙。慢自把、金爐香炙。向案頭、偶展緗函。檢得舊時書蹟。　當日離情未遠。有書尚寄取。如見顏色。人去臨邛。地變衡陽。直恁全無消息。何心斗帳安眠去。但憑几、夜長人默。問恁時。呆守窗兒。獨自怎生得白。

### 楊柳枝

不合臨池起畫樓。斷煙疏雨葉颼颼。誰能數得垂楊葉。一葉垂楊一點愁。

### 又

垂虹春水下前溪。穀雨天寒麥穗齊。一帶綠楊村店口。小桃花裏鵓鳩啼。

### 又

桂楫蘭舟載玉簫。秦淮月冷夜迢迢。白門朱桁無窮樹。惟有垂楊綰六朝。

## 朱昆田

字文盎、一字西畯、浙江秀水人、彝尊子、諸生、有漁笛小稿、

### 一枝花　送沈融谷宰來賓

小雨沙頭店。風掃濕雲齊斂。殘星猶挂樹。四三點。已是離人。怎得離愁減。萬里關河險。過亂石重灘。尖峯漸露如劍。　蠻女銅釵𩠐。比似西眉南臉。山童爭喝馬。翠旗颭。幾箇書齋。定有新詞艷。荔子輕紅染。更椰白蕉黃。漫憶柘湖菱芡。

## 李琇

字補山，一字琢亭，浙江嘉興人，貢生，官蕭山縣訓導，有道南堂詩餘。

### 百字令　晚發錢塘

西風蕭瑟，見落日江頭，寒鴉催暮。渺渺孤帆雲樹底。遮卻越山無數。暝色初來。漁燈乍見。一片烟橫渡。客愁難遣。滿船深夜涼露。　從此短燭灘聲。長天雁影。總是傷心路。十載飄零渾底事。早見鬢毛非故。白鷺沙邊。青峯江上。應嘆重來誤。荒雞唱也。今宵歸夢何處。

## 葉尋源

原名永年，字硯孫，號丹需，江蘇華亭人，貢生，官訓導，有玉壺詞一卷。

### 浪淘沙　夜思

樓上曉風殘。香燼燈闌。月華淡襯露華寒。幾曲雲屏遮不住。夢裏吳山。　睡醒凭欄干。天外鴻單。西洲人去幾時還。簾外一枝花影動。門掩雙鐶。

## 趙維烈

字蘭舫，江蘇上海人，有蘭舫詞一卷。

### 滿庭芳　紅葉

溼染猩脣。乾凝鵑血。清霜畫出秋容，水根山腳。樹樹響西風。天外殘陽一抹。紛來映，紺殿玲瓏。停車處。重重暗積。錯認雨飛紅。　年光容易換。纖腰欲瘦。蓬鬢都鬆。任白日斜暉。難繫行蹤。三徑黃花瘦也。況不是、江岸芙蓉。長門杳。相思寫徧。流出御溝中。

## 南鄉子　登燕子磯

片石撼江皋。水激磯頭影動搖。閱盡興亡千古事。蕭蕭。往日英雄不可招。　一劍倚天高。恐有蛟龍起怒濤。鐵鎖都應攔不住。滔滔。和雨和風捲六朝。

# 沈岸登　字覃九、一字南淳、又號惰耕村叟、浙江平湖人、有黑蝶齋詞鈔一卷、

## 浣溪紗

自在珠簾不上鉤。篆烟微潤逼香篝。薄羅衫子疊春愁。　乳燕寒深渾不語。落花風定也難收。謝娘且莫倚西樓。

## 採桑子

桃花馬首桃花放。小雨初收。草綠山郵。春色年年獨自愁。　東風一帶河橋柳。柳外朱樓。不上簾鉤。定有愁人樓上頭。

## 滿江紅　渡揚子

鐵甕城開。記三國、孫郎曾霸。依舊見、清江幾點。翠峯如畫。盡日盤渦輕燕掠。有時過雨垂虹跨。看微茫、葭

茭劃晴沙。風吹亞。　波萬頃。驚濤瀉。舟兩槳。中流打。漸危磯路轉。妙高臺下。隱隱樹從京口斷。纖纖月上瓜洲乍。愛夜深、燈火近揚州。征帆卸。

真珠簾 簾

綠筠剪取烟江畔。依然是、帝子啼痕紅染。細節理千絲。愛玉鉤長綰。象蔑犀釘初上了。勝一片、緗雲纖軟。深院。更白珠連綴。翠羽横卷。　最恨陌上鈿車。被春風搖曳。暗藏人面。惆悵碧紋迴。有冷波吹練。鎮日珊瑚慵不起。便串斷、蜻蜓誰管。銀蒜。休誤了歸來。畫梁雙燕。

孫致彌 字海似、一字愷似、號松坪、江蘇嘉定人、康熙二十七年進士、改庶吉士、授翰林院檢討、官至侍讀學士、有別花餘事二卷、梅沜詞四卷、衲琴詞一卷、又名杕左堂詞、

好事近

風緊畫眉橋。吹皺一湖寒碧。載得詩愁多少。減楓江帆力。　蘆花半吐雁初飛。秋光太明瑟。正恁感時懷舊。更斜陽漁笛。

青玉案 同黃聖貽泛舟、用賀方回韻、

十年不踏行春路。重載酒尋山去。曲曲疏林帆影度。鷗邊寒水。雁邊斜照。多少關情處。　生烟一抹鱸鄉暮。紅葉休題怨秋句。青箬綠蓑心久許。終須買箇。櫥頭船子。醉聽雙橋雨。

## 柳梢青

亞字城邊。無邊柳色。綠蘸清溪。幾日春來。一番雨過。幾點花飛。　新裁白袷單衣。喜榔栗、穿林共攜。載鶴船開。門茶僧去。貰酒人歸。

## 解連環　秋夜感舊

豆花微雨。傍半窗孤影。做成酸楚。枉怨悵、春帶愁來。怎解事秋風。不吹愁去。誰家方響。細按徹、雲藍小部。正涼欺瘦骨。尋思舊夢。醉書騰處。　歸舟字能認否。只燒香汲井。分明蟾虎。悄記得、茉莉香中。伴玉漏聲沈。冰肌無暑。仙袂蟬紗。暎簷月、輕如綸絮。怪姮娥、不爲人圓。看看四五。

## 東風第一枝　丁未試燈日立春效梅溪體

柳眼偷窺。蘭心暗動。珠簾深處寒淺。小樓昨夜東風。綵勝宜春乍翦。星橋火樹。恰映著、黏雞貼燕。喜扶頭、婪尾初醒。幾處燈街影亂。　纔逗得、春光一點。早圓了、銀蟾一半。裁紅暈碧心情。明月暗塵庭院。酒旗鼓板。把兩樣、風光齊占。還準備、挑菜青鞋。過了燒燈消遣。

## 虞美人

青旛半捲花枝動。蝶翅酣香重。曲闌紅映綠波中。又是一聲鶯囀落花風。　海棠午倦眠初足。扶起眉峯蹙。水晶簾下儘思量。獨自倚樓和夢送斜陽。

## 梁佩蘭 字芝五、號藥亭、廣東南海人、康熙二十七年進士、改庶吉士、有六瑩堂詩餘、

### 點絳脣 送友人

薊北歸帆。江鄉直湖秋潮去。玉鱸肥處。飽聽菰蒲雨。　一度春來。鄧尉山中住。梅花侶。吳姬笑許。斜倚吳簫語。

白舫青簾。雙江記憶乘流去。墨雲圍處。纂纂跳珠雨。　忽謾相尋。客舍城南住。同懽侶。燈邊共許。酒後琵琶語。

月下清淮。思君夜汎吳船去。征人歸處。點點珠湖雨。　蝴蝶飛來。邀我還山住。軒轅侶。羅浮寄許。書報長安語。

### 山花子 湘妃廟

水闊瀟湘見二妃。江空露白少人知。一望渚烟迷到處。暗靈旗。　太息雅琴成絕調。並彈瑤瑟寄相思。奈有九峯遙對起。至今疑。

## 潘宗洛 字書原、號巢雲、一號根谷、江蘇宜興人、康熙二十七年進士、改庶吉士、授翰林院檢討、官至湖南巡撫、有巢雲詞、

清平樂　秋曉和海閶香詞

羅幃涼到。窗外聞雞早。殘月半規斜枕照。有夢也應草草。　分明帳繡芙蓉。獨眠人起誰同。試約生香衣扣。又添一夜西風。

## 鄭　梁

字禹門、一字禹梅、號半人、一號寒村、浙江慈谿人、康熙二十七年進士、改庶吉士、官廣東高州府知府、有寒村詩文集附詞、

謁金門　春思

春倦了。愁煞笑花歌鳥。晝永人閑情緒少。遊絲簾外繞。　可奈鱗沈雁杳。惱著萋萋芳草。且認金針拈又倒。羅衣寒料峭。

## 徐　賓

字虞門、江蘇華亭人、康熙二十七年進士、官給事中、有芝雲堂詩餘一卷、

長相思　離別

桃花飛。柳花飛。攀得柔枝送爾歸。無言對落暉。　紫騮馳。碧油馳。行行莫道尺書稀。天南一雁回。

水調歌頭　有訪

醉向天台去。隔水問桃花。滿地落英無數。洞口日初斜。洞裏雙娥何處。見說瑤池王母。上壽浥流霞。解事

剩鷓鴣。留客喚烹茶。　紗窗啓。玉几淨。翠屏遮。粉香四壁。舊時題句墨痕賒。去歲金猊同坐。今日玉鸞信杳。眼底在天涯。且試覓歸路。雲漢泛仙槎。

## 顧　彩

字天石、一字湘槎、號補齋、江蘇無錫人、有鶴邊詞一卷、草堂嗣響四卷、一名往深齋詞、

### 惜分飛

折綻征衫和淚補。相送長亭古路。腸斷盧家婦。征人竟自攀鞍去。　縱得封侯身已暮。況是玉門長戍。多事空閨杵。年年擣到無聲處。

### 南柯子

山黛愁中斂。江光夕後昏。不勝寒色早關門。分付梅花獨自去消魂。

### 相見歡

秋風吹到江村。正黃昏。寂寞梧桐夜雨。不開門。　一葉落。數聲角。斷羈魂。明日試看衣袂。有啼痕。

### 浪淘沙慢

夜寒凝、孤燈舊館。戶擁殘雪。小飲旗亭乍歇。徵歌北里初闋。皎如鏡、南樓斜挂月。過燈市、銀漏初徹。念此際、有誰共攜手。天街玩清絕。　疏闊。情人渺若天末。記翠袖熏香對攏處。曾把盟誓說。想人生最苦。惟是輕別。韶年易失。照菱鑑、空歎滿頭華髮。倚闌干、唾壺敲缺。夢迷路、畫樓怎覓。藍橋水、茫茫怒濤咽。漫回首、

月榭露臺。歡會處。能禁幾度青衫濕。

## 荆揩　字慈衞、號盟石、又號石門、江蘇丹陽人、有寄醉詩餘一卷、

### 南鄉子　青溪道中

遠樹擁餘寒。雲罨蒲帆夕照間。猶有楊花黏客袂。相看。離思重重雪未殘。　野老一開顔。簇簇秧鍼綠幾灣。且向春風憑望眼。消閒。指點船頭雨後山。

## 吴儀一　字瑹符、一字舒凫、浙江錢塘人、監生、有吴山草堂詞十七卷、

### 清平樂

畫屏烟霧。彷彿咸陽路。渭水無聲流月去。照見漢家陵樹。　蕭條孤客情懷。酒酣獨上荒臺。三月楊花似雪。滿城羌笛吹來。

### 烏夜啼

板橋落日微明。酒旗横。匹馬西風馳過。棗陽城。　雙檜樹。無人處。作龍鳴。回首暮雲葱鬱。是春陵。

梧桐一葉風吹。晚涼時。獨立明河影下。看星移。　何限恨。渾難問。有天知。手撚青團扇子。撲螢兒。

# 倪濂 字公介、浙江仁和人、有無園詞一卷、

## 青玉案 題澄江女子桃花燕子畫扇

天涯極目長干路。綠遍多情芳草渡。樓外斜陽空日暮。幾回羞見。香酣翠軟。瘦影聯翩處。　花深夢遠無憑據。一任春來愁裏住。畫得斷腸腸斷句。脂嬌粉膩。臉痕眉暈。點滴成紅雨。

# 沈季友 字南疑、號客子、浙江平湖人、貢生、有迴紅詞一卷、

## 夢芙蓉 寒月

九秋悲素魄。更關情何況。冷光如滴。紅香消盡。殘夜少眠客。兔寒鸞影隻。桂宮誰問消息。涷玉斜枝。傍鉤闌四角。點點碎陰濕。　尋徧鳳城南北。一樣分明。不醉那能得。酒徒倦矣。清恨滿瑤瑟。倚風空小立。翠裘憔悴無色。算到江樓。有相思人遠。同此一丸白。

## 喜遷鶯 立冬

弄寒風到。便卸了秋容。十分都老。病葉驚黃。瘦峰堆白。幾筆研箋殘稿。處處井桐枝下。一派碧砧催鬧。窗烟裏。向翠匳呵手。洗妝人早。　年華應剩少。依舊飄零。又踏長安草。暖月烘簾。熟簧催酒。何處錦圍花繞。那慣天街日晚。無數軟塵銜帽。且歸去。有竹爐松帳。讀書自好。

錦纏道　七夕

幾日西風。吹到碧梧寒竹。正幽期、銀河一宿。牛痕新月如秋玉。回首長天。鵲冷紅橋曲。　想晴曳雲裳。紛催霧縠。也勝他、桂宮人獨。濕胭脂、別淚盈盈。化朝來疏雨。滴徧秋山綠。

# 姚宏緒

字起陶、號聽巖、江蘇婁縣人、康熙三十年進士、改庶吉士、授翰林院編修、有寶善堂詞、

鵲橋仙

雙星對繫。一天各野。最是無情銀漢。年年夜夜亙西東。盼不到、有時清淺。　橋聯鵲翅。笛橫牛背。隱隱似來波面。卻愁舊恨未全消。怕明日、又添新怨。

# 狄　億

字立人、號向濤、江蘇溧陽人、康熙三十年進士、改庶吉士、有綺霞詞一卷、

臨江仙　金陵懷古

城郭不殊風景異。吳宮花草生愁。興亡不到大江流。銀濤雪浪。終古自悠悠。　贏得秦淮多少恨。淒涼百尺樓頭。琵琶一曲淚難收。夕陽山色裏。猶帶舊時秋。

臨江仙

月滿樓臺花滿路。當年無限風流。而今勝迹已荒丘。空餘殘照。烟澹白蘋洲。　惆悵長干橋下水。清光縹

緲長浮。南朝佳麗等閒休。天生歌舞地。强半使人愁。

## 錢肇修

字石臣、浙江錢塘人、奉天鐵嶺籍、康熙三十年進士、官至監察御史、有櫱園詩餘一卷、

### 滿庭芳

酥雨澆花。暖雲蔭草。小庭春晝遲遲。青桐幺鳳。高下逐花飛。綺閣重簾乍捲。鶯聲巧、催喚紅兒。有人伴、玉臺梳洗。學畫遠山眉。　徘徊。重對鏡試拈珠翠。耐可相宜。料熏爐初徙。香染羅衣。蝴蝶飛來雲鬢。釵梁上、顫動紅絲。閒凝望。凭闌未久。斜日墜樓西。

## 曹延懿

字咸九、號蘧庵、江蘇太倉人、康熙三十年進士、有蘧庵詞、

### 水龍吟

煙、和周冀微韻、

一堤疏樹迷離。亂鶯啼徹春初曉。青山半掩。綠波深鎖。恨牽芳草。冷被風欺。溼因雨重。幾回徐裊。看溟濛一片。傍梅遮柳。花落也。知多少。　咫尺輕綃隔了。但緣溪、人聲悄悄。鶴夢將闌。鷗眠正穩。重重旋繞。碧散平橋。白連曲岸。呼童難掃。更日邊雲淨。未央鐘動。望中縹緲。

## 陳鵬年

字北溟、號滄洲、湖南湘潭人、康熙三十年進士、官至河道總督、謚勤恪、有喝月詞、

浪淘沙　寒夜同石千一對酒作、

殘月轉新晴。夜靜寒生。霜花如雨撲簾旌。最是高堂今夕夢。暗數歸程。　無計破愁城。驀地心驚。十年塵海竟何成。縱使圍鑪還對酒。到底淒清。

歸朝歡　歸舟

十日蒲帆江上住。又向重湖覓歸路。洞庭南岸是瀟湘。故園多在雲深處。關山空險阻。層層碧浪憑柔櫓。趁長風。烟波無際。直到天邊去。　南山別有平泉墅。幾夜秋風生桂樹。糟丘不擬讓劉伶。釣竿近欲隨巢父。幽期休又誤。尊前分付秋香吐。且欹眠。一篷星月。千里看飛渡。

## 姚景崇　字翊唐、奉天人、官知縣、

摸魚兒　客夜有懷

聽蕭蕭、一宵秋雨。井梧聲遞庭院。孤燈黯淡明還滅。引動旅愁千轉。思幾遍。更說甚、香攜滿袖南薰殿。長安近遠。漫屈指程途。蒼茫烟水。依約夢魂見。　猛回首。嘹唳南飛征雁。多應惜我歸晚。崚嶒傲骨原如故。添得淒清無限。難自遣。問何日、輕衫匹馬隨書劍。殘更點點。正宿酒初醒。披衣强起。又是曉鐘斷。

## 吳之驎　字鳴夏、一字子野、號逸園、安徽歙縣人、諸生、有坐花閣詩餘一卷、

## 望海潮 賞梅

天寒將雪。朔風凜冽。梅花早綻枝頭。傅粉何郎。少年情事。千愁萬恨難休。霜冷怯登樓。對冰肌鐵骨。清潤誰留。籬下水邊。曉風殘月起閒愁。　銜杯對景凝眸。悵花能解語。人暗藏鉤。絲緒難尋。酒腸易醉。消魂簾影悠悠。飄泊問東流。笑三生杜牧。夢憶揚州。自悔尋春較晚。人去五湖秋。

# 王晫

初名棐、字丹麓、號木庵、浙江仁和人、諸生、有峽流詞三卷、一名霞舉堂詞、牆東草堂詞一卷、

## 長相思 聽鶯

楡葉稠。梓葉稠。上有黃鸝啼不休。日長人自愁。　翠盈眸。綠盈疇。挾彈王孫何處遊。怪伊驚畫樓。

## 春光好 春遊即事

催夢醒。鳥聲柔。喚人遊。烟外垂楊綠影浮。雨初收。　似趁東風吹去。穿花漸近高樓。翠幙忽褰人面露。惹春愁。

# 李嶟瑞

字蒼存、安徽盱眙人、貢生、官知縣、有後圃詞、

## 釵頭鳳

枝頭蕚。巢邊雀。韶光滿眼傷離索。舒紅袖。拈紅豆。眉峰正是。愁來時候。皺、皺、皺。　垂風幙。懸風鐸。江頭囉嗊心情惡。聽春漏。挨春晝。腰圍休問。可還如舊。瘦、瘦、瘦。

## 俞瑒 字犀月、江蘇長洲人、

### 東風第一枝 偕友遊峽山次宋人韻

柔櫓銜烟。晴波生縠。輕風一路催暖。曉容隱約雙鬟。指點兩山黛淺。平蕪渺渺。也都似、錦茵鋪軟。問踏青、女伴誰家。半嚲鬢邊飛燕。　逢勝侶、暫舒青眼。更緩步、輕攜便面。夾紗衫子新裁。曾記杏花池苑。春光穠冶。偏繫徧、垂楊如線。向酒闌、檢點閒情。早悔陌頭初見。

## 蔡燿 字遠士、浙江嘉興人、

### 東風第一枝 游峽山作、次史梅溪韻、

錦陌晴山。詞仙酒舫。春篙漫點波暖。曉烟淡羃漁郎。十里紅深翠淺。提壺勸飲。漸處處、莎田茵軟。看飛飛、幾翦紅襟。多是妝樓新燕。　過竹院、俄驚倦眼。遮歌扇、漫窺半面。年年一度尋芳。甚處倚桃舊苑。畫船催去。但剩得、柳陰垂線。便歸來、寫盡愁箋。知有何人曾見。

## 茅　麟　字天石、浙江歸安人、有遡紅詞、

### 沁園春

卻悔頻年。汲汲棲棲。南西北東。想層巖秀冶。仙溪一曲。孤村疏曠。茅屋三弓。少不如人。饑來驅我。孤負亭前菊與松。家何在。在伯通廡下。杜宇聲中。　追思花影千重。忽夢入、巫山十二峰。奈纔離分水。不聞香豔。再來合浦。已失春容。笑隱芙蓉。書緘荳蔻。贏得如今賦惱公。歸來好。任溪雲變幻。山雨空濛。

## 劉　榛　字山蔚、河南商邱人、諸生、有董園詞一卷、

### 念奴嬌　遊識舟亭、步周雪客韻、

草茵花徑。莫匆匆、踏破人間車馬。觸處風光爭媚客。引惹胸懷瀟灑。應接春山。憑陵烟水。一笠亭如畫。倚欄收盡。棹歌多少咿啞。　眼見今古銷磨。長江不返。何論閒臺榭。好景撩人偏愛惜。酒盞花籌齊下。哀雁橫來。嫩鶯低出。若逗興亡話。有人能賦。定知含恨多者。

## 姜　垚　字汝皋、號蒼崖、浙江餘姚人、貢生、官國子監學正、有柯亭詞一卷、

### 賀新郎　西施山

把酒聞啼鴂。歎浮雲、斜陽影裏。傷心吳越。曾記溪邊人去後。多少佩環聲怯。空留下、蒼苔千疊。片石不言春草綠。任楊花、滿地東風滅。今古恨。向誰說。　銀箏錦瑟何年歇。看青山、層層如畫。黛眉初抹。掩映樓頭清鏡水。松底波濤欲咽。恍聽得、步搖香屧。歸去五湖仍共載。笑六千君子惟臣妾。閒弔問。共明月。

玉樓春　海棠

小園不覺春將暮。紅雨輕翻新綠妬。蝶穿枝上拂餘香。鶯喚牆頭低宿霧。　畫樓盡日韶光度。閒卻絳雲籠碧樹。東風着意洗臙脂。不管憑闌人更苦。

## 王　輅　字蒼霞、號大席、江蘇句容人、有萬卷山房詞一卷、

憶王孫

柳絲婀娜趁窗紗。底事飄揚不憶家。潸然低按舊琵琶。惜年華。無計青皇緩落花。

## 錢士賁　字巖焬、浙江嘉善人、

行香子　溪上卽事

桃浪溶溶。絲裊晴空。盟鷗處、獨自攜筇。春衣催浣。試付溪童。見苔痕染。酒痕漬。墨痕濃。　水流雲去。相看無跡。愛吾廬、近隔溪東。晚廚烟翠。歸步從容。有柴桑柳。輞川月。瀼西松。

## 蔣廷鉉 字律先、號笠雪、江蘇吳縣人、有舊山擬存稿、

### 醉花間 被酒、步楚兄韻、

牛塘好。橫塘好。畢竟歸當早。徒看客中花。花替人愁老。　堂空人散後。又夢江花繞。酒醒枕函清。月隱西巖悄。

楊枝好。柳枝好。玉露凋傷早。細雨幷銷魂。頭白鴛鴦老。　朝雲何處覓。拜月空廊遶。秋思在誰家。憶折釵聲悄。

## 姜光被 字載錫、浙江仁和人、

### 浣溪紗

十二峯前是妾家。青牆宛轉曲闌斜。暖風時放小桃花。　樓外朝雲疑夢裏。門前春草接天涯。妝成獨自浣溪紗。

## 孟卜 字枚仙、河南夏邑人、官浙江仁和縣知縣、

### 滿庭芳 表忠觀懷古

新月斜懸。晚風微動。正值天氣初涼。琴堂事了。湖上問秋光。一葉扁舟自泛。荷香裏。弔古情長。高城下。表忠遺觀。聊且坐徜徉。　回思當日事。三千犀甲。十二紅妝。鎮英雄蓋世。屈指無雙。此際煙迷畫棟。空惆悵、豹略魚腸。只贏得。殘碑斷字。荒草泣寒螿。

## 呂淶 字山劉、浙江仁和人、

### 江城子

梧桐葉落小庭幽。憶前遊。恨難休。曾記多情。扶醉强遲留。指點秋林花未落。聊共倚。夕陽樓。　而今獨自捲簾鉤。欲凝眸。淚先流。殘菊疏楊。光景又深秋。可奈迢遙今夜月。偏只照。別離愁。

## 錢琰 字又持、浙江桐鄉人、貢生、有楚江詩餘、

### 點絳脣 鞦韆

小院層闌。下臨一道蘼蕪徑。柳梢花頂。飛燕差堪並。　嬝娜春風。不放游絲定。金鈴靜。翠遮紅映。忽露全身影。

### 蝶戀花 衡陽送春

垂柳絲絲愁縷縷。客裏襟懷。眼底看春去。春去春來隨舞絮。天涯望斷無歸處。　若箇人家幽院宇。開徧

薔薇。會得東風意。我欲留春誰共語。怕他點點催花雨。

## 錢大猷 字典存、江蘇武進人、有曉風集詩餘、

### 一斛珠 梅開

梅花開也。一時都向春風嫁。淡煙細着枝頭畫。皓月當空。小院何曾夜。　萬里碧天淸欲瀉。閒中好景眞無價。眼前人物誰堪話。以手招松。卿是知心者。

## 馬鴻勳 字雁楚、直隸靈壽人、

### 水龍吟 旅寓聞笛有感

晚來獨倚高樓。蕭蕭細雨聲初歇。亂雲堆裏。朦朧入眼。萬山靑疊。千里鄉心。幾杯悶酒。助愁時節。更無端何處。數聲漁笛。吹起了、滿江月。　添恨江南倦客。峭寒輕、孤衾如鐵。樓前楊柳。閒將靑眼。覷人離別。今夜樽前。明朝依舊。扁舟一葉。怕看他隻影。隨身早把。短檠吹滅。

## 劉　容 字賓仙、直隸藁城人、

### 鵲橋仙 七夕前一日

離愁已歇。佳期尚未偏是今宵難度。機中雲錦且停梭。漫檢點、相思相訴。　輕雷喚鵲。微風催駕。忍向橋邊偷顧。來朝相會不多時。依舊是、年年歸路。

# 姜實節

字學在、號鶴澗、山東萊陽人、有焚餘草、

## 臨江仙　紀游

夢斷羅幃春睡淺。小樓風竹頻敲。溪流一曲抹山腰。雨香初拂柳。日氣漸烘桃。　笑解金龜同買醉。故人雅集金宵。鬮詩量酒興還饒。曉鐘齊女墓。殘月大姑橋。

# 王有倘

## 更漏子

麝烟消。紅燭冷。風碎一簾花影。新月墮。晚妝殘。羅衾生薄寒。　漏聲聲。人寂寂。枕畔淚珠頻滴。愁轉遽。夢難成。紗窗不肯明。

# 沈士晉

## 過秦樓　惜春

嫩綠成稠。亂紅飛瓣。開到荼䕷誰折。畫長門掩。燕語鶯歌。未肯教人寧貼。惆悵鎮日閒過。驀地心驚。舞風回雪。恨留春無計。眉梢雙鎖。慢勞榆莢。　應憐我、翠被常餘。帶圍新減。慣是詩人愁絶。低垂繡幕。不卷湘簾。料得子規饒舌。東望望春可憐。況到而今。闌珊銷歇。奈問春不語。從伊去住。倩誰收拾。

## 項　灝

### 念奴嬌　吳門舟次

小桃絲柳。奈風輕雨灑、天涯寒食。杜宇枝頭啼欲遍。那管行人頭白。酒半醒時。夢將回處。情緒如何得。百花洲畔。着人多少思憶。　因念舊侶高陽。波流星散。春去難尋覓。野水飛花歧路遠。猶自鷺昂鷗立。縹緲雲山。蒼茫陵谷。轉眼皆陳迹。千帆過盡。相思望斷天末。

## 費　陛

### 臨江仙

不見灞陵原上柳。東風微拂柔條。青驄西去影蕭蕭。渭城客舍。寂寞又花朝。　不繫行人偏繫恨。青青怎解無聊。和烟和雨索春饒。燕慵鶯困。憔悴小蠻腰。

## 曾雨吉

### 南浦 豫章懷古

驚濤捲雪、看晴江冷浸碧天寬。其上孤樓百尺。雲氣濕危闌。不見當年人物。但角聲、吹雨夕陽寒。歎英雄去盡。斷碑荒壘。遺恨滿人間。　笑我渾如海燕。到歸來、故國已春殘。猶幸綠楊烟外。相對有青山。一嘯風生水湧。問乾坤、興廢幾時閒。且買舟西去。荻蘆深處老漁竿。

## 范纘

字武功、號笏溪、江蘇華亭人、監生、有四香樓詞鈔三卷、詞洵六十卷、

### 蝶戀花

狼籍梨花飄冷雨。月上牆頭。深夜無人語。尋到碧窗塵鎖處。簫聲一陣風吹去。　倚徧橫闌無意緒。百蝶春衫。淚濕黃金縷。喔喔寒雞啼不住。曉星移上西泠樹。

## 戴洵

字介眉、江蘇常熟人、

### 沁園春 冒巢民先生新築匿峯廬賦詞落成、和周屺公作、

三徑重開。高下參差。曾無點塵。有緣溪雁齒。才通步屧。遶籬虎落。猶帶霞痕。一枕松濤。三杯竹葉。相對殷

勸酒半醺。柴門外。看雲容變幻。巒氣氤氳。　林泉老卻遺民。且莫話、當年閬苑春。問熏鑪茗椀。誰同月夕。豆棚瓜架。孰共花晨。拄杖過頭。胡牀企腳。老友招尋賸幾人。今而後。只耕煙釣月。亦復輸君。

## 談九叙

字功惟、號是山、浙江德清人、諸生、官湖北安陸府知府、有是山詞草、

### 昭君怨　閨情

春到垂楊幾樹。人立闌干幾處。簾影乍横斜。燕來家。　昨夜枕痕紅印。一霎新妝明淨。畢竟費商量。别時長。

## 范　荃

原名恆美、字德一、號石湖、别號盟鷗野老、江蘇江都人、有春雨詞、秋吟詞、秋花雜詠、柳塘寤語、今之石湖詞各一卷、

### 虞美人　春思

杏花微雨街頭賣。門外春如海。年年懶上翠樓看。只道幾番風信尚添寒。　而今料得春來處。更對東風語。晚晴早爲拓窗紗。生怕離情燕子驟歸家。

### 憶王孫　草色

倚闌何處影萋萋。芳草連天入望迷。幾日東風染色齊。上簾衣。疑是征衫夢見時。

鳳棲梧　新柳

踏遍隋堤芳草路。春去春來。識慣青青樹。暖日輕烟剛幾度。風前又見黃金縷。　指點年時行樂處。油壁花驄。都向樓頭駐。薄倖不來斜日暮。天涯綰得行人住。

臨江仙　晚秋閨思次簡齋韻

一夜霜林都中酒。籬邊幾點黃英。南樓征雁一聲聲。似傳郎信至。欲聽未分明。　記得垂楊隄上別。眼前衰柳堪驚。秋雲不放暫時晴。小窗蕉葉雨。點點到殘更。

方　炳　字文虎、浙江會稽人、

鷓鴣天　閨怨

玉臂胭脂繫絳紗。驪駒一曲不思家。書長愛學三眠柳。夜靜羞看百合花。　春易老。月多斜。行雲無夢到天涯。夢中識路知何益。流水孤村只暮鴉。

湯豹處　初名孫振、字雨七、江蘇吳江人、諸生、

玉樓春

人在鬱金堂上住。簾幙影交連理樹。玉盆薇露淨如空。寶鼎蘭烟濃似霧。　薄倖不來春欲暮。情託子規

聲裏訴。個儂清減似梨花。香雪一枝嬌帶露。

## 張　逸

字泰庵、號溪叟、浙江嘉善人、

### 桂枝香　寄友人村居

天高氣肅。正一派秋聲。悲吟萬木。瀟洒遠山抹翠。澄溪漾玉。故人家住殘陽外。小楓村、低低茅屋。烟生蘆渚。霜霑菊圃。酒香茶熟。　疏籬畔、山中野服。想竹閣琴韻。松窗棋局。四壁清幽。閒挂雲林幾幅。鯉魚風起天横雁。待一葉、尋他剡曲。開尊長嘯。池邊蟹紫。牆頭橘綠。

## 董炳文

字耿光、一字霞山、浙江烏程人、有畹香樂府、百花詞、

### 玉樓春　玉蘂花

玲瓏一樹生綃纈。瀛女驂鸞曾暗折。摘花持獻玉宸前。插向翠罌稱獨絶。　除卻唐昌無處覓。誰把山礬輕比絜。落英鋪地透簾櫳。渾似階前飛碎月。

## 沈　翼

原名敬、字寅中、號鑿坏、又號茱畦、浙江嘉興人、貢生、

### 水龍吟　白門秋夜

涼雲入暝紛紛。夜來一霎燈蛾聚。鉤簾不捲。瑣窗深閉。亂蛩鳴戶。過雨星河。滿城歌吹。酒籌簫譜。算秦淮桃葉。青溪柳影。又誰是。風流主。　遺跡興亡休問。問鍾山、一抔陵土。螢飛腐草。燕辭空壘。月臨高樹。獨客傷多。雙魚書杳。鬢絲千縷。喚青猿剪燭。蟾蜍滴淚。伴儂愁苦。

## 汪大年　字未央、山東臨淸人、

### 柳枝

堤上相沿盡柳枝。輕風薄日正當時。眉成不問春深淺。惟恐新來燕子知。

## 石頤　字正也、一字養齋、號頑仙、江蘇如皋人、諸生、有瓠浮軒詞一卷、

### 浣溪紗　蕪城晚眺

一片幽懷付短笻。綠陰深處夕陽紅。落花流水影重重。　廿四橋荒烟雨裏。十三樓寂管絃中。朱簾不見卷春風。

## 潘江　字蜀藻、號木厓、安徽桐城人、康熙十八年舉博學鴻詞、不赴、有木厓詞、

### 如夢令

睡起心情忒惡。柳絮驀來簾幕。幾度算歸期。恨煞欺人乾鵲。花落。花落。又被東風輕薄。

## 范邃 字密居、江蘇如皋人、康熙□□年舉人、官內閣中書、有鳳咮齋霜研詞一卷、一名范密居詩餘、

### 阮郎歸 惜秋

零煙碎雨苦難支。空梁燕竟辭。曉來病葉戀深枝。西風故故吹。　蟲語切。雁行遲。寒花瘦影攲。可憐秋到十分時。沉吟半似癡。

### 攤破浣溪紗 秋思

一夜瀟瀟漏水殘。曉風吹夢斷關山。獨自追思雙淚落。不曾乾。　滿院秋葵黃到骨。半庭蕉葉碧生寒。卻好欲言還又住。恨無端。

## 梁無技 字王顧、號南樵、廣東番禺人、貢生、有南樵集附詞、

### 御街行 代女錄事韓茜茜送許揚雲孝廉北上

南湖霜染江楓醉。酒不散、離亭思。韓娥歌罷水烟銷。明月梅花天氣。蘭舟催發。馬蹄難駐。翹首人千里。
雙絲畫帶爲君繫。寶劍贈、殷勤意。杏園先折一枝紅。休負竹溪空翠。高樓獨倚。綠窗深處。應念人無寐。

### 念奴嬌 暮春送蒲衣子遊西湖兼柬湖上友人

柳絲無力恨東風、又放殘春歸去。舊病新愁誰忍見、別浦離亭烟樹。蔓草無言。零花有淚。寂寞空庭雨。碧雲方合。玉鞭遥指何處。　聞說道出雙江。羅浮峰影。採入行邊賦。若到西湖尋舊跡。應有落紅無數。青雀蘭橈。白蘋明月。相訪横塘路。箇人如問。別來依舊無緒。

## 金縷曲　寄蒲衣子

不見蒲衣子。歎無端、殘春已過。魚書難寄。聽說相如多病後。四壁空懸綠綺。算世上、知音有幾。努力加餐高臥穩。想人間、埋恨終無地。離別久。飽憔悴。　幽蘭露寫相思字。問年時、西陵蘇小。同心綰未。猶憶南湖秋月夜。幾度蘭橈共倚。悵一霎、摶沙散易。莫度王郎金縷曲。恐芙蓉、一夜愁紅死。魂夢遠。繞江水。

# 鄭　培

字文溪、浙江秀水人、有苧西詞一卷、

## 解連環　同柘西再送子韶

翠箋題徧。悵離亭酒盡。夕陽遮面。忍復見、馬首蕭蕭。但衰柳亂鴉。短衣長劍。月冷銀河。正凍合、桑乾一片。記年時歷歷。霜燈雨菊。幾經山店。　誰憐輭塵慣染。有圍羞沈約。嬾添中散。想此去、高閣江空。映南浦晴雲。半帆初展。寫得相思。肯負了、早春回雁。漫婆娑、兒女花前。小窗曉宴。

# 嚴允弘

字敷五、浙江歸安人、有月查詞集三卷、

## 虞美人 山陰道有感次柴吉士

若耶溪畔芊芊草。幾陣東風早。春來怕向綠階看。往事淒涼重省玉笙寒。　那堪更泣啼鵑血。月淡雲千葉。明朝又是短長亭。點點神鴉零亂越王城。

## 念奴嬌 丁子褒自金陵歸談舊事有感、

六朝金粉。到而今、衰柳烟蕪如薺。滚滚長江流日夜。半是英雄血淚。結綺歌殘。臨春舞歇。彈指聲中耳。後庭遺曲。更無商女能記。　聞道短笠孤篷。征衣匹馬。搖落斜陽裏。王謝風流吹不醒。一抹霜林還醉。僕本恨人。傷心一例。無淚臨風矣。秋霞萬葉。爲誰猶點紅翠。

# 鄭景會 字慕韓、浙江慈溪人、諸生、

## 憶王孫 芳草

萋萋芳草遍江濆。一望江南一斷魂。處處殘紅點綠茵。怨王孫。故苑依然長舊痕。

# 程　庭 號且頎、江蘇儀徵人、有若庵詞、

## 疎影 和曹銀臺舊江月下聞蟬韻

移橈港口。恰羣聲悄息。晴潮生驟。帶露隨風。一片鳴蟬。亂簇數行官柳。奏來總是淒涼調。切莫近、關山斥

堠。怕撩他、萬里征人。鉛淚瀉盈刁斗。　此際風流繡虎。正隱囊斜倚。閒聽良久。響澈鮫宮。人映冰壺。蟾影光同清晝。蓮花幕下三千士。問誰是、王家曇首。看千層、夜浪翻銀。兩岸疏螢如豆。

## 惜紅衣　次曹使君東渚荷花韻

小步城東。參差鴛瓦。萬家鱗屋。斜出銀塘。紅衣綻肥綠。江南雨潤。乍添得、波痕新足。佇看沙鷗汀鷺。向花根穩宿。　水芝湖目。近着雲鬟。休倚風相觸。頩姿銜照。如醉芳尊醁。最是露香凝處。宛似華清新浴。好披襟啜茗。掬起嫩涼千斛。

# 全清詞鈔第七卷

## 常安 字履坦、滿洲鑲黄旗人、康熙三十二年舉人、官至浙江巡撫、有受宜堂詩餘三卷、

### 畫堂春 閨情

高樓百尺月孤明。綠窗梅影縱横。畫屏小倚聽殘更。欲睡寒生。　沈水添薰金鴨。羅帷自照蓮檠。枕邊春夢不分明。一夜零星。

### 如夢令 秋夜

簾外月明誰共。池上敗荷烟重。何處作秋聲。深巷疏砧風送。吹動。吹動。驚破栖鴉寒夢。

## 姚士陛 字别峯、安徽桐城人、康熙三十二年舉人、有空明閣集二卷、附詞、

### 偷聲木蘭花 眞陽旅次、讀昨夕所作詞、憫然又作、

鈿車影斷橋西路。曾哭西陵松柏樹。前日句留。又載春愁出晉州。　青衫細驗看花淚。朱紘遍譜傷春字。生小情癡。只有當罏小婦知。

### 江南好 眞州道中

風不起。蕩槳白鷗邊。晴日村喧颺麥。會晚風香過賣花船。自在枕書眠。前路遠。小泊綠楊橋。酒肆月明人影亂。水樓風細笛聲高。獨客夜無聊。

## 吕履恒

字元素、河南新安人、康熙三十三年進士、官至戶部右侍郎、有夢月巖詩餘一卷、

### 念奴嬌　對雪和雲曠

六花飄處。似殘梅冷絮。漫空拋擲。簾幙重重朝睡起。乍捲尙愁寒劇。酒市收帘。漁舟泊岸。風靜渾無力。山林如畫。晚鴉千點初集。　卻喜良會今辰。高吟此室。共作天涯客。極目江東煙水際。萬里同雲一色。玉宇生寒。銀城砌凍。斗酒隨朝夕。南枝有意。早傳春到消息。

## 焦袁熹

字南浦、號廣期、江蘇金山人、康熙三十五年舉人、官山陽縣教諭、有此木軒直寄詞二卷、

### 大酺

望宿雲開。天容嫩。波暖芳塘吹縠。蒲芽抽短碧。想文禽多思。睡醒頻浴。袖罥枝柔。裙拖草軟。蝶板鶯簧相逐。東風輕狂甚。早飛花一片。暗傷心目。聽盡日呢喃。杏梁雙燕。話愁難足。　看朱還似綠。最無賴、飛驟韶光速。念舊日、踏青心緒。咏絮才情。縱銷磨、鏡中紅玉。忍把長眉畫。爭掃得、別愁千斛。更休唱、相思曲。鴛錦裁罷。淸淚空陪殘燭。恁時寸腸怎續。

琴調相思引 梅

不怕冰霜噤煞人。一枝偷報臘前春。冷香寒艷。窗外月紛紛。　千里斷魂迷古驛。一聲殘角掩重門。最堪惆悵。畢竟是黃昏。

西江月

斜日赤欄橋影。依然一水縈回。小車疑載管絃來。隱隱輕雷塘外。　罥絮飛花院落。含風貯月池臺。舞裙一半已成灰。蝴蝶春魂可在。

許　遂 字揚雲、號眞吾、廣東番禺人、康熙三十五年舉人、官直隸清河縣知縣、有眞吾閣集附詞、

臨江仙

弱柳含煙低翠。天桃映日垂紅。惱人春色萬千重。有情樓獨倚。無語鏡臨空。　錦字數傳鴻雁。朱門深鎖芙蓉。相思遙寄七絃中。何時阿閣裏。雙宿鳳皇同。

韓　獻 字希一、浙江烏程人、康熙三十五年副貢、有楚遊詞、

唐多令 閨中聞鷩箕聲用宋人韻

鎖院似瀛洲。燈光萬點流。聽清笳、響徹明樓。夜色沈沈霜氣逼。人靜悄。一天秋。　漏轉五更頭。輕寒入夢

否。眼迷離、五色新愁。爲問籠紗官閣裏。曾念及昔時遊。

## 夏之夔　字西球、號宛吟、江蘇華亭人、諸生、有復堂詩餘一卷、

### 訴衷情　秋暮園居

湘鉤不捲閉閒房。燒盡篆爐香。有情獨憐秋草。憔悴傍銀牀。　風乍起。露初涼。遶寒廊。半村黃葉。一片寒鴉。滿院斜陽。

### 踏莎行　秋思

秋水平池。夕陽半樹。西風滿院何曾住。一聲黃葉下空階。絲絲不斷廉纖雨。　記得玉簫。唱殘金縷。夢回酒醒人何處。孤燈明滅小屏山。起來挑盡天難曙。

### 蝶戀花　春日旅懷

裊裊游絲無氣力。飄蕩東風。著意誰知得。十里畫橋江店出。酒旗掩映垂楊側。　一路斜陽芳草碧。偏是啼鵑。馬上催行客。回想故園人寂寂。江南春雨逢寒食。

## 楊在浦　字又周、福建漳浦人、有碧江詩餘四卷、

### 小重山　春閨

幾段吳歌入早寒。玉樓人倦臥、淚闌珊。琵琶曾濕舊羅衫。相思處。十二曲朱闌。　不忍鏡中看。青春多少日、再來難。音書無路到陽關。郎須見。杜宇泣春殘。

## 南鄉子　曉起見雁陣南飛、詞以誌慨、

碧霧澹空漫。曉陣銜蘆叫月殘。自是南飛悲塞北。驚寒。掠漢穿雲道路難。　萬里怕矰彈。一種天生惜羽翰。極目關山歸未得。憑闌。寫出秋心不忍看。

## 望海潮　泉郡洛陽橋、以唐宣宗覽勝似洛陽得名、盛時橋館稱魚米佳勝、予壬午初有三山之行、馳驅過此、見橋址傾頹、古廟烟墟、殊深感歎、遠望海潮初上、見採魚蠔者、亦已寥寂、爲綴此詞、亦欲向忠惠篆碑、比寒山片石也、

霞飛日捲。山浮浪駕。百泉海闊天秋。蝘蜿長虹。支波斷續。洛陽已換風流。遙憶濟川侯。幾符馳蜡報。石湧金酬。砥柱功成。千年篆碣鎮蛟虯。　舊來曾記橋頭。誇淸源美醞。牡蠣珍羞。人物繁華。歌腔婉轉。嬉嬉年少豪遊。望極對漁舟。惟廟烟塵篆。鳥雀空啾。何似水雲深處。一棹泛芳洲。

## 西江月　青龍潭夜泊

雲自包舟欲駛。灘能湧月同眠。溪山一棹淨塵緣。疑傍銀河天半。　不怕龍魂夜舞。惟同鳥夢棲烟。虛心浩蕩對嬋娟。恍聽天香秋殿。

## 華宗鈺 字荆山、號秋巘、江蘇華亭人、有尋雲遺草、

### 釣船笛

花外囀流鶯。深院日高人靜。甚處春情先覺。在牆頭穠杏。　定巢燕子抱芹歸。攪碎一簾影。綠徧亭蕪江柳。向銀牀斜凭。

### 減字木蘭花

朱門更靜。簾卷瓊鉤風不定。對影沈吟。待翦燈花惜寸心。　鎮常相見。只有巢梁雙海燕。繡被香溫。夢斷棠梨雨後魂。

## 周在浚 字雪客、河南祥符人、有棃莊詞一卷、又與卓回合輯古今詞匯二十四卷、

### 買陂塘 答沈融谷

綠陰濃、凭闌獨眺。奔濤渺渺東去。白蘋洲畔閒鷗鷺。消受日長如許。看漚苧。恰正見、夕陽未暝山先暮。晴絲縷縷。更簾透餘香。花留殘蕊。小燕學人語。　江樓小。修竹疏桐盈墅。碧天又送愁雨。柘西精舍知何似。高唱如簧新句。休按譜。但醉裏、狂歌直欲留君住。歸程漫數。便桃葉停橈。青溪吹笛。都是繫情處。

## 戴錡

字坤釜、浙江嘉興人、監生、有魚計莊詞一卷、

### 青玉案　用賀方回韻送黄柯亭

年年望斷家鄉路。羨此日、君歸去。也約秋期曾幾度。戀棲花市。別開蓬戶。反似深山處。　朱顏荏苒桑榆暮。不是情詞是愁句。莫數山程多少許。澄江如練。晴雲如絮。併作將離雨。

### 摸魚兒　秋田新居

傍鷗邊、白蘋無數。流雲未許遮斷。柴門恰坐清溪上。更喜蘆花齊岸。烟弄晚。有遠近漁燈、點點平沙亂。松高柳短。料石塢茅堂。酒壚茶竈。貼水醮陰慣。　村南外。淡淡兩山峰遠。隨他晴雨分半。憑溪添箇玲瓏閣。好把山根看遍。臨眺懶。借舫上詩翁、共作春風伴。與剩舫相對　晨窗晝館。正白雪調絃。烏絲疊句。谷鳥一聲喚。

## 陳履端

字求夏、號晚耘、江蘇宜興人、有爨餘詞一卷、

### 花心動　燕京清明

此日江南。襯桃痕、綠楊斜拂朱戶。上冢人忙。裙屐香泥。碧草紙錢飄處。前邨春社人扶醉。應笑我、天涯羈旅。眞孤負、燕筍初肥。鯗魚細縷。　多少狂朋俊侶。儘寫就紅箋。題完白苧。何事年來。落拓京華。情比軟風

絲雨。春衫黦了倩誰憐。只夢裏、鄉關笑語。烟光好、丁香漸開無數。

## 西江月　秋月

孔雀屏邊篆細。鴛鴦瓦上霜輕。小樓單枕夢難成。閒數一簾疏影。　人到秋來較瘦。夢隨人去無憑。知他今夜酒微醒。臥對涼蟾清冷。

# 姜宸英　字西溟、號湛園、浙江慈谿人、康熙三十六年進士及第、授翰林院編修、有葦閒詩集、附詞、

## 臨江仙　秋柳

過盡蝶忙蜂鬧也。而今幾許淒涼。畫眉人去不成妝。五更知有恨。碧月冷于霜。　記得小樓曾繫馬。惹他飛絮輕狂。可能閒處不思量。寒鴉三兩點。寂寞又斜陽。

## 蝶戀花

浪逐韶光朝復暮。手把金巵。暗識歌聲誤。十二朱闌紅一樹。夢魂又向花間去。　堪嘆浮生萍梗聚。迴首斜陽。又隔西陵渡。那有臨邛芳草路。三春只是和愁度。

# 魏　珅　字禹平、號水邨、浙江嘉善人、康熙三十八年舉人、有水邨琴趣四卷、一名樗庵詞、

## 望湘人　水仙

盼牆腰月淡。籬角烟疏。霜根雪裏催發。短葉攢葱。駢枝綴玉。檀蕊擎來孤絕。一點芳心。相依歲晚。忍教輕折。料冰姿、只伴梅花。不受春風窺蝶。　曾記繡簾低揭。見數莖插向。膽瓶幽徹。正香冷窗紗。飛上鬢雲凝結。薄寒翦翦。襪塵微步。未許銅盤吹滅。對鏡裏、幾曲屏山。蹙起翠波千疊。

### 念奴嬌　登黑窰廠

帝城風景。便鵝溪十幅、丹清難染。煙樹蒼涼天一色。白草晴沙晝捲。臺上盤鷹。壇邊走馬。鳳闕雲中閃。影低鳷鵲。翠微遙接西巘。　極目帶海襟河。諸峯環衞。形勝誇天險。此日登臨雙眼豁。卻笑十年窺管。欲覔荆高。醉歌燕市。易水寒流淺。舉頭南望。數行征雁淒斷。

### 解連環　用留別韻、再送子韶、

玉驄嘶遍。最難忘扇底。那時人面。早冷卻、翠被香篝。又鞭影霜痕。短衣長劍。行到江城。趁落日、青帆幾片。問銷凝甚處。葦花楓葉。酒旗村店。　吟毫凍雲漫染。儘梅邊點雪。鬢邊吹散。料此去、臥穩柴桑。把故里新篘。一編閒展。燭翦窗紗。哦不盡、聽風聽雁。只愁予、信杳刀鐶。歲華屢晏。

## 張遠　字超然、福建侯官人、康熙三十八年舉人、官雲南祿豐縣知縣、有無悶堂集、

### 鷓鴣天

徑僻居然似瀼西。一椽斜抱浣花溪。庭籠高樹重重暗。簷湊新篁恰恰齊。　窗樣小。塔痕低。嬌鶯穿柳燕

尋泥。簟清几滑敲棋冷。竹裏斑鳩自在啼。

## 馬翀 字雲翙、江蘇無錫人、康熙□□年舉人、

### 浣溪紗

綠徧千山響杜鵑。柳枝低亞燕蹁躚。幾曾風雨似今年。　蓮瓣一鉤春印淺。菱花七出曉妝妍。半垂紅袖撥沈煙。

## 冒丹書 字青若、號卯君、江蘇如皋人、貢生、有西堂詞、

### 菩薩蠻

金鈴送響秋風至。來鴻淡寫長天字。字寫不成書。空勞度碧虛。　井梧飄斷梗。素月橫清影。照影可曾雙。含羞掩綠窗。

## 王袞錫 字補臣、浙江山陰人、諸生、有鵝還館詞、

### 百字令

問伊知否。小闌前、幾度花朝月夕。數盡歸鴉垂窄袖。斜倚雲屏無力。塵滿豪犀。香銷寶鴨。人靜瓶笙息。別

時私語。那堪愁裏相憶。　獨上近水高樓。玉鉤銀蒜。捲起蜻蜓翼。孤鶩落霞飛不盡。一片青山歷歷。蕙帶新寬。杏衫乍冷。蓮臉輕珠滴。綠窗風細。誰家今夜吹笛。

## 李式玉　字東琪、浙江錢塘人、諸生、有曼聲詞、

### 拜新月慢　登三茅觀

拍岸銀濤。參天翠巘。眼底江山信美。一帶丹城。望仙宮雲際。石闌畔。留得、湖山第一深刻。知是何年題字。背擁金湖。聽歌聲遙遞。　法幢高、小院松陰閉。朝元罷、新月簷端起。我欲閒煮丹砂。把雲房料理。數生平、誰是煙霞契。醮壇外、裊裊鑪香細。待乘興更上前峯。問希夷醒未。

## 李繼燕　字駿詒、號參里、廣東東莞人、拔貢生、官江蘇吳江縣知縣、有榻花亭詞、

### 調笑令　響水塘早行

蠻石。清溪側。馬上輕衫寒惻惻。模糊一片煙光白。淺水淙淙數尺。小橋盡處青山隔。驚起鷓鴣千百。

### 踏莎行　避暑白牛湖

一徑凌空。數峯懸峭。虬松偃臥枝相掃。崎危綺壁幾人行。垂蘿晤淡疏煙小。　影落湖心。魚遊樹杪。寒光一片收殘照。夜深秋雨聽龍吟。半厓石屋秋生早。

## 隔浦蓮近拍　新興界中陏壁寒潭、孤舟夜悄、時聞野花、便覺人跡罕到、

紅泉搖動翠嶺。縹緲非凡境。少箇桃花片。漁人來棹煙艇。沙岸蟲語靜。開妝鏡。鷺立魚跳影。素光迸。　幽篁阻日。黃昏依約初暝。香籌未穩。夢遶百花芳徑。孤鶴横江。又喚醒清興。一規圓月山頂。

## 荔枝香近　潿州珠池志名大蓬萊、

欲訪蓬萊何處。天四倚。盡日碧浪沈沈。江上春寒起。孤帆網得珊瑚。尙漬鮫人淚。遙望、的皪華星曉相對。　行更遠。似隔斷、三千水。倒影樓臺。卻是海中煙市。寶馬爭馳。不覺歸來墮香珥。冷浸水晶盤裏。

## 解連環　秋燕

畫堂清悄。漸疏梧向晚。玉階重掃。傍故人、紅影參差。似惜別牽衣。幾回低道。暮雨催歸。更閱盡、天涯芳草。悵因循負了。楊花滿院。此時懷抱。　誰憐翠娥夢杳。自重湖去後。錦書難到。待託他、秋社將歸。又只怕年時。一番寒早。柳外花邊。尙暗想玉堂輕渺。怎隄防、繡簾半捲。便教忘了。

## 淒涼犯　桂花

舞鸞鏡匣。秋香早、雕闌玉柱風颯。漢宮乍起。同心髻綰。一枝斜插。宮恩正洽。記昨夜、銅盤膩蠟。簇釵邊、金團翠匝。鬢影理蘇合。　誰賦江潭恨。寶袜衣單。夢殘金鴨。舊遊未減。趁清輝、馬蹄爭踏。影墮銀河。問團扇、秋光怎答。怕銅鋪、一夜露濕冷繡榻。

## 孫　琮

字執升、一字質聲、號寒巢、浙江嘉興人、諸生、有山曉閣詞一卷、

### 念奴嬌　春懷、次韻同嚴燭賦、

問春何意。見一番風雨、便生歸色。芳草輕寒斜照裏。漠漠柳陰垂碧。玉勒花香。赤橋波暖。此景眞難得。畫樓月上。有人顧影斜立。　最恨簾幙燈昏。曲屏倚遍。自把花箋劈。漫說今宵春漏短。夢比漏聲還急。半餉消魂。幽情暗醒。繡枕生痕跡。銀箏不響。香肩和醉輕拍。

### 轉應曲　春日南湖

春半。春半。長日暖風人倦。黃鸝啼徹枝頭。柳外橋斜水流。流水。流水。放艇正當烟雨。

## 查嗣瑮

字德尹、號查浦、浙江海寧人、康熙三十九年進士、改庶吉士、授翰林院編修、官侍講、有查浦詩餘、

### 鵲橋仙　歸燕

香堤繡陌。新泥細草。又是乾風溼雨。知他大廈定誰家。且莫忘、茆簷舊主。　來尋春社。去辭秋社。草草一年一度。須知補屋有巢痕也。鈎卻、湘簾待汝。

### 金縷曲　寄李分虎金陵

敗柳西風老。記年時、折殘何地。舊遊草草。十二橋邊回首處。十四樓前月小。聞離別、淸狂絕倒。阜莢杯停

文草綠。儘挑燈、自唱新詞好。傳寫去。寄同調。　斜陽籬落蟲初報。又新涼、牀空簟滑。一番秋到。夢去秦淮煙水闊。也擬他時一棹。怕塵土、相逢縹緲。料理鱸鄉魚浦約。算棋燈藥火資還少。誰不羨。杜門蚤。

## 張德純　字能一、號松南、江蘇青浦人、康熙三十九年進士、官常山縣知縣、

### 望湘人　午日立夏

是仙蒲噀酒。香艾熏衣。閒庭槐影剛滿。日最長時。人偏倦後。刺繡工夫初短。子綻金罌。花開鳳嘴。競催深暖。望南湘烟水。冥迷盡日。畫簾高卷。　可柰情腸易斷。較盈盈竹上。淚痕深淺。便續命絲長。難續花陰一線。鬟雲微嚲。裙波乍緩。愁聽雙飛乳燕。問如今、何處招魂。應比湘江還遠。

## 陳聶恆　原名魯得、字秋田、一字曾起、江蘇婁縣人、康熙三十九年進士、官刑部主事、有栩園詞稿四卷、

### 點絳脣

老去詞人。可憐猶有悲秋意。鬢絲憔悴。拚向花前醉。　肯便忘年。攜手論心事。闌干倚。斜陽如水。一片芙蓉淚。

### 風中柳　靈岩

一榼尋花。又向最消魂處。漫憐他、英雄兒女。梵音淒絕。換年時歌舞。賸荒臺、幾層烟樹。　履迹依然。片石

千年無主。是吳宮風流畫譜。修廊閒倚。乍梧桐疏雨。還似有、屧聲來去。

## 一枝春 燈前梅影同狄立人賦

幾日東風。乍黄昏、炙得燈兒門閉。横斜滿眼。錯認一枝臨水。紅添額暈。似羞向、綺窗偷倚。誰寫出、千點酸心。付與苦心人記。　銅荷漫垂清淚。爲三生笑在。移來檐底。相逢是夢。也有玉堂春意。何由折贈。且留伴、夜寒無寐。判瘦損、同到成灰。暗香未已。

## 高陽臺

别墅林亭。舊家簾幙。垂楊冷挂斜暉。但是窗前。翠陰低浣人衣。花開未必無愁思。到飄零、苦憶開時。忍看他、綠滿池塘。燕又爭泥。　朱旛難護朱顏老。便東風照眼。空卜佳期。掩戶閒眠。今宵夢也須疑。單衣小扇經過處。甚春殘、啼鳥都稀。又誰憐。澹月梧桐。人在廊西。

# 楊守知

字次也、號致軒、又號晚研、浙江海寧人、康熙三十九年進士、官甘肅平涼府知府、有致軒詩鈔、附詞、

## 減字木蘭花 題壁、和越溪女子宛雲、

素芳誰識。不似渡頭根與葉。飄泊偏憐。飛了楊花又一天。　聽殘夜雨。十斛離愁方寸貯。只隔花闕。一片癡雲萬疊山。

## 虞美人 虞美人花

舞衣碎翦雲霞片。金粉飄新艷。婷婷裊裊若爲容。好似翩翾蝶翅趁微風。　春光早被重瞳見。帳底歌聲斷。細腰長袖好丰姿。可惜漢宮花草不同時。

## 段　昕

字浴川、雲南安寧人、康熙三十九年進士、官户部主事、有皆山堂詩集附詞、

### 滿庭芳　春晴偶感

天賦新霞。簾開積翠。霏霏雨織窗前。輕寒輕暖。零亂入春衫。早是花時過也。芳塵淨、綠媚紅酣。香泥軟、阿誰年少。玉勒拂絲鞭。　妝樓人欲醒。梨雲浴雪。草黛留煙。恨東風易老。心事誰傳。試看陌頭楊柳。顰欲皺、漸上眉尖。相思意。個人知否。夢裏卜金錢。

## 范允鏋

字用賓、浙江錢塘人、康熙三十九年進士、官監察御史、有嘯堂詩餘一卷、

### 蘇幕遮　春思

粉牆陰。蝴蝶路。楊柳樓心。故作夭斜舞。綠淺紅深春幾許。一半將歸。一半還留住。　杏花灣。桃葉渡。芳草連天。沒箇遮闌處。悵望王孫從此去。舊時燕子歸來語。

## 邵錫榮

字景桓、號二峯、浙江仁和人、貢生、官江西安義縣知縣、有探酉詞、

## 一葉落 中秋

夜寂寞。單綃薄。玉簫聲斷空紘索。彩雲招不來。皓月窺樓閣。窺樓閣。驀地思量著。

# 周稚廉 字冰持、江蘇婁縣人、諸生、有容居堂詞一卷、

## 憶王孫

淡煙銜霧掠蜻蜓。秋渚潮回沙面平。一曲漁歌月滿汀。水蘋青。風落殘紅補斷萍。

## 謁金門

風屑屑。吹冷一簾新月。深苑薔薇和影折。兜裙紅刺密。　昨夜露濃苔滑。早又淺花濃葉。閒倚紅窗尋綠蝶。犀簾銀蒜揭。

## 木蘭花

斜倚蘭窗搴寶蒜。繡帶飄搖風拂亂。鬟籠釵影碧芙蓉。腮映酒花紅菡萏。　芳草萋萋生滿岸。銅漏夜涼懸井幹。蠻烟瘴雨不逢人。越水吳山消息斷。

# 陸淹 字小范、號菁三、江蘇長洲人、監生、有青緗堂詩集、附詞一卷、

## 滿庭芳 梅花墅懷古

江左豪華。蘇臺綺麗。當年梅墅仙遊。金罍檀板。繡裏小瀛洲。翠濕層巒絕壑。相逢處、陳董名流。湖山好。玉壺錦字。金粉恣藏收。　中原人物換。平泉容散。綠野烟休。儘曲池高樹。佛火香篝。試聽六時鐘磬。餘舊日、舞態歌喉。疏桐上。空潭夜月。照影獨成愁。

## 郁承烈　字誕寧、號梅庵、江蘇吳縣人、有蘭園詞二卷、

### 減字木蘭花　春雨

梨花門閉。宛宛煙絲愁掛住。殢得春閑。獨有嬌紅釀暮寒。　簷鈴續斷。一夜新添南浦怨。細逕流光。偏禁楊花幾處狂。

### 鵲踏花翻　姑蘇臺懷古

滿眼吳山。雲屯鐵騎。誰敎霸業銷沉者。要離俠骨成灰。斷莽橫碑。劍池虎氣和湍瀉。胥城月隱暮笳悲。靈巖雪借晨鐘打。　眞假髻鬟銀濤白馬。鴟夷夜走天風下。何處戰鼓雷轟。館娃人去。脂粉飄零也。五湖穩汎綠蓑煙。空臺剩有斜陽射。

## 周日燦　字燦子、廣東東莞人、諸生、官廣西知縣、有雲園詞一卷、

### 西江月　懷揚州

廿四橋頭鳳管。三千殿腳龍舟。隋家天子號無愁。楊柳青青在否。　寂寂螢飛廢苑。盈盈月照邗溝。竹西歌吹暮雲收。往事但憑杯酒。

## 金烺

字雲岫、號子闇、浙江山陰人。貢生、官訓導。有綺霞詞一卷。

### 八聲甘州 度仙霞嶺

望層巔、雲霧罩重關。彷彿與天齊。正霜凋烏桕。風殘絳葉。衣透涼颸。是處崎嶇鳥道。曲折躡丹梯。逐隊行還倦。方陟崔嵬。　暫憩危亭遠眺。星巖碧逕。泉壑青飛。歎年來何事。嶺上列旌旗。只如今、瑞煙佳氣。卻依然、草淺鷓鴣啼。低徊久。客懷頓釋。遮莫忘歸。

### 蘇武慢 三衢懷古

天接吳雲。山連閩樹。一枕東南屏翰。碧玉門邊。青霞洞口。空剩侵堦苔蘚。水冷溪雲。林凋楓葉。望處都成哀怨。看行來、兔葵燕麥。肩輿人倦。　想舊日。樹擁旌旗。山排戰壘。疊鼓鳴笳聲斷。窮海饞螭。荒郊餓虎。棄甲受降城畔。軍竈沙場。只今回首。猶覺陣雲低捲。還留得、殘照西風。數行征雁。

### 三臺 寄雲間諸同學

記涼風偷翦綠柳。濃霜暗欺烏柏。遶長堤、舌澁換鶯喉。剛偏值、深秋時候。挂蒲席、遙指吳山秀。卻一路、煙雲堆岫。忽聽得、鶴唳灘頭。正黃浦、暮潮聲溜。　幸相逢、三泖勝侶。歡接九峯朋舊。高會堂、傾蓋盡才人。賦詩句、飛觴清晝。雕盤設、鱸膾銀絲皺。更同擘、黃柑丹柚。再還覩、舞袖蠻腰。歌金縷、曲拋紅豆。時女郎佩芳在座　奈今來鵬嶺羈旅。未返龍山馳驟。等閒間、纔熟荔奴時。又遇着、芙蓉香瘦。珠江上、乳燕辭巢後。覺雨過、裌衣寒透。夢魂裏、常憶同心。問雲間、故人知否。

## 沈皞日　字融谷、號茶星、浙江平湖人。貢生、官湖南辰州府同知。有柘西精舍詞一卷、一名茶星閣詞、

### 淒涼犯　子韶歸自江上

飛花兩槳催人去。計程千里將半。犀浦雪濤。片帆何處。汀迷沙暗。閒鷗夢斷。認楊柳、難尋深岸。正無邊、撩風絲雨。應把春衫換。　孤客眞愁絕。望極空江。別離曾慣。暮雲似漆。坐篷窗、一燈零亂。如此淒涼。甚東閣、猿啼鶴怨。問歸舟。遊情幾許莫更倦。

## 路鶴徵　字湘舞、江蘇華亭人、有畹薌詞、

### 哨遍　登浦口平山雙翠樓、用東坡體、

浦口子城。亂岫枕江。東有平山寺。聳碧楹、丹檻俯江陂。望江南、樓臺雲際。翠靄迷。雨餘弄晴還噎。青螺突兀攢高髻。見雉堞參差。鳧鷗滅沒。帆檣高下如薺。更斷厓、險巘燕橫磯。插翅逐、朝煙暮霞飛。虎踞龍蟠。錦繡江山。尙饒王氣。　噫。天塹神畿。六朝遺恨胭脂膩。瓊樹歌未已。試新聲、爭旖旎。嘆眢井燐青。景陽蘚碧。

衰螢黯淡遺宮裏。看玉塵塵汚。烏衣巷冷。新亭長此流涕。只大江、日夜自東歸。飽閱盡、滄桑屢更移。任神州、陸沈波沸。興亡總如兒戲。遝弔非吾事。但知臨水登山玩賞。領略春光而已。浮生如夢莫歔欷。盡壺觴、且拚沈醉。

## 屠文漪

字漣水、江蘇青浦人、諸生、有蒓洲詞二卷、

### 憶真妃

驚颷夜度西樓。響簾鉤。點滴空階殘雨。送窮秋。　哀鴻斷。荒雞亂。冷蛩愁。入耳聲聲淒絕。到心頭。

### 采桑子

油雲散作空階雨。小院虛涼。煙柳風篁。不待深秋已斷腸。　穿簾燕子仍來去。未忍辭梁。無限思量。坐看牆陰轉夕陽。

### 念奴嬌

冬釭夏簟。歎年來總沒、無愁時節。軟玉生香花解語。苦憶那人嬌怯。藕破絲分。燭灰心盡。已分今生別。殷勤密意。可憐夢裏猶說。　獨自莫近窗紗。難圓易缺。怕見西南月。多少淒涼何限事。淚浥青山重疊。漫道章臺。依依楊柳。翠色應堪折。天涯望極。離魂不斷如髮。

### 齊天樂 螢

一番梅雨池塘暮。輕輝傍林初見。映水偏稠。隨風試起。認得舊年庭院。低迷醉眼。正乍滅銀釭。倦開書卷。忽憶娉婷。那時梧井弄紈扇。　紗幮涼夢又醒。捲簾還細數。花下星點。夕露生涯。晚烟滋味。莫漫替他愁怨。蕪城故苑。想大業繁華。也成飛電。且喜清光。向人時近遠。

### 解連環　秋海棠

暈霞酥臉。愛天然嫵媚。笑輕顰淺。乍弄影、欲度香堦。便彷彿春前。似曾相見。誰誤佳期。到冷落、清秋庭院。卻多情與慰。舊日羅郎。惜花心眼。　風流錦江未遠。更深深步障。綠綃低掩。想瘦怯、不耐新寒。也似帶春酲。睡妝嬌軟。夢阻唐宮。但夜雨、暗蛩啼怨。怕明朝、碧苔又綴。褪紅幾點。

## 王　琪　字玉芳、浙江嘉興人、諸生、有拭桐操詞、

### 鬬百花　江行卽事

一葉扁舟前去。經過亂峯無數。漁村返照斜陽。鳥道高懸疏雨。危坐中流。堆起雪浪如山。多少蛟龍騰舞。胸次空千古。　雁陣驚寒。亂落平沙晚渡。投向蓼汀。依依暫修毛羽。試問篙師。蕭蕭江上何聲。風觸兩邊紅樹。

## 錢柏齡　字介維、號立山、江蘇華亭人、監生、

珍珠簾　題宋牧仲楓香詞

等閒製就瓊簫譜。多應是、仙骨藐姑同賦。何似舊蘭臺。擅風流三楚。幾疊清商高雪苑。渾洗卻、梨雲杏雨。良苦。惹雙鬟十八。爭持紈素。　漫數白石蘋洲。看情絲宛轉。金鍼徐度。想見染毫時。定浣將薇露。調笑旗亭聊復爾。縱怨極、何曾薄怒。如訴。更江空夜靜。一彈再鼓。

陳聞　字聞生、江蘇宜興人、有紘清詞一卷、

沁園春　中秋

隱隱星河。遙隔數峯。斗轉星沈。算事常八九。不如人意。月當三五。雅會吾心。雲母屏開。琉璃徑滑。桂子飄香天外尋。閒坐久。正露凝碧砌。月淡疏林。　酒酣因自長吟。誰共對、姮娥此夜深。料青天碧海。淒涼自古。瓊樓玉宇。憔悴如今。羅袖驚寒。清尊送夜。陡覺秋風兩鬢侵。縈懷處。但千家羌管。一葉疏砧。

浣溪紗

地僻郇深竹影斜。小池新雨漲春沙。散分泉石到鄰家。　一曲晚風張緒柳。半溪殘月杜陵花。曉鶯啼夢破窗紗。

宋俊　字長白、浙江山陰人、諸生、有岸舫詞三卷、

## 鷓鴣天 海南漫興

水漲南天浪拍堤。海榴初發鷓鴣啼。橋邊樹影連村店。竹裏泉聲入稻畦。　烟淡淡。草萋萋。錦襠紅衩踏香泥。山含瘴氣薰蛇腦。地接鹽花印馬蹄。

## 鷓鴣天

雨後雲開日未曛。荔枝紅透滿城闉。風梭細逐鴛鴦隊。竹粉横侵翡翠羣。　村寨古。界牌新。蔗芒溝畔往來頻。山童放犢旋呼侶。溪女迎潮自賽神。

## 歸自謠 送人出塞

杯酒歇。萬里烽烟揮手别。馬蹄碎剗盧龍月。　紅樓少婦應愁絶。啼凊血。夢魂夜夜天山雪。

## 燭影摇紅 錢唐觀潮

怒蹴銀濤。海門雙踞瓊鼇鬥。鮫宫織女弄珠來。彩幟分長袖。直下春霆偏陡。射秋旻、冷光欲覆。千花摇碧。萬馬排青。霎時依舊。　隔岸雲開。西陵暗鎖吳山岫。迎潮估客片帆敧。蘋末風吹透。且向旗亭貰酒。酹馮夷、請消回溜。應堪待取。月滿江皋。委波如晝。

## 小重山 次盧溝橋

策馬平橋落照寒。濁河流水急、下桑乾。黄沙影裏望西山。風起處。白草暗鵰盤。　漸覺鬢毛斑。眼前多少淚、向誰彈。短衣孤劍度榆關。雲漠漠。何處是江干。

## 最高樓 和高懷仙題岳陽樓

危闌外。誰唱最高樓。吳楚望中收。洞庭波闊潛龍怒。巴陵山冷夜猿愁。碧天空。雲影斷。識歸舟。 看幾陣、紛披霜後葉看一片、迷離沙上月。風乍起。雁行收。雪消烏石留孤嶼。春回青草出芳洲。爲躭奇。相伴引。約重遊。

# 李葵生 字西雯、浙江嘉善人、諸生、與胡應宸合輯蘭皋明詞彙選六卷、

## 醉花陰

惱亂離腸秋草色。人比天涯隔。相約柳初黃。望到而今。滿樹催殘碧。 斜陽鴉背西風急。判醉眠無力。欲待不思量。酒醒香寒。怎不思量得。

## 清平樂 冬夜

夢回斜月。剛照人離別。側耳又驚風獵獵。翻響一庭黃葉。 繡衾展盡更長。寒爐小駐餘香。記得心頭一點。供人今夜思量。

## 浪淘沙 書夢、寄殿臣、

落日滿溪東。剛照芙蓉。美人獨立對芳叢。我亦涉江驚歲晚。驀地相逢。 總是怨西風。零落殘紅。入宮誰箇肯相容。試問蛾眉長幾許。新月橫弓。

## 俞珮 初名士彪、字季瑮、浙江錢塘人、官江西崇仁縣縣丞、有玉䊵詞鈔二卷、

### 玉樓春

東君那肯留春住。水面飛花絲上絮。人生都是悶和愁。天意不離風共雨。　淒涼庭院懨懨暮。獨自點燈樓上去。手將金枕細叮嚀。今夜夢兒須好做。

### 大酺

恨杏花飛。楊花亂。迷了天涯歸路。小樓空極目。見春江潮落。煙生古渡。新漲挼藍。寒沙漾白。日暮錦帆何處。看看黃昏後。盼玉蟾不上。獨扃朱戶。但酒困扶頭。詩成拄頰。恁般情緒。　關河雖間阻。問怎便、忘了行時語。更不媿、樹知連理。鳥解相思。忍憑他、芳辰暗度。雁足書難托。總蹙損、鏡奩眉嫵。也空自、傷遲暮。癡情無奈。欲向夢中留住。那堪又聞夜雨。

## 屠宸楨 字周士、江蘇青浦人、諸生、有滄浪漁笛譜、

### 惜紅衣 落花、用白石韻、

雲綻長天。草薰斜日。落紅無力。檢束春光。堆烟柳絲碧。旗亭水榭。早與、減酒人詩客。幽寂。芳砌綠陰。鎖重簾消息。　重來綺陌。可有遺鈿。殘香共狼籍。賸粉零脂。凝怨畫欄北。甚處亭臺花月。記得幾回游歷。笑絳

幡難護。二十四番風色。

## 陳濟

字用舟、號未廬、江蘇金山人、貢生、有聽鶯詞一卷、

### 探芳信

聽蓮漏。正閣筆吟秋。挑燈對酒。悵白門烟雨。風流空如舊。多情忍憶雲英話。半是因人瘦。過東軒、月護花陰。碧紅輕逗。　風信小庭驟。記寫恨香牋。題詩紅袖。愁寄三秋。君亦有情否。板橋聽罷橫江曲。夢斷難回首。最銷魂、一帶斜陽疏柳。

## 沈時棟

字成廈、一字城霞、字焦音、別號瘦吟詞客、江蘇吳江人、有瘦吟樓詞、

### 白蘋香

詠別、疊梅村詞原韻、

楊柳堤邊舊恨。夕陽亭畔新愁。琵琶聲裏鎖蘭舟。一晌畫橋攜手。　燈下幾回斜盼。樽前無限凝眸。一襟清淚未能收。別恨濃于春酒。

### 水龍吟

金庭遠眺

水天萬頃無涯。奔濤怒湧層巒罅。翠峯孤峙。蒼崖佇立。嶺雲高駕。瀑布千尋。漁罾萬疊。半空晴掛。乍扁舟飛渡。奔雷洶洶。渾一似。無羈馬。　濁浪排空激打。閃巉巖、勢同雄霸。苕溪南注。吳山北枕。望中如畫。怒虎

凝威。神蛟吐沫乍看還假。驀回頭恰是。五湖春浪。鼓風西下。

仲恆 字道久、浙江仁和人、有雪亭詞十六卷、仲氏詞韻二卷、

謁金門 花自落

花自落。人道好花情薄。纔見粉香舒綠萼。飛紅還繞幄。　倚徧雕欄畫閣。盼斷前溪後壑。若使人情還似昨。明年花自若。

淡黃柳 立冬前一日夜雨

纏綿夜雨。偏向孤幃滴。惹起閒愁愁轉劇。鏡黑燈昏月暗。不照當年舊魂魄。　正蕭瑟。明朝是何日。强沉醉。度今夕。怕黃花、減盡秋顏色。隱隱南樓。數聲哀雁。此際離人欲泣。

周之道 一名湜、字次修、浙江蕭山人、有壁上詞一卷、

御街行 送何彝重北上、和來元成四先生調、

離亭折柳心添苦。鼘鼘聞津鼓。白雲晝靜錦堂虛。此去不愁修阻。竹西歌吹。蘆溝月色。好任君看去。　皇都仙侶紛無數。誰是成鸚鵡。金鞭白馬醉長安。應記湘湄烟浦。今年春盡。明年春早。何處欣相遇。

## 吳貫勉 字尊五、號秋屏、安徽新安人、諸生、有秋屏詞鈔二卷、

### 孤鸞 舟中望露筋祠

一篷風滿。又曉露隨潮。舟行難緩。水急波洄。怒激雪濤奔岸。湖光逼天一色。見人家、碧流中斷。遥指荒蒲影裏。有靈旗飛捲。　望面河斜掩柴門短。想舊幔塵迷。香銷煙散。月落庭空。風動似聞釵釧。淒涼莫傷往事。聽寒蘆、數聲哀雁。訴盡清夜孤眠。是幽閨悲怨。

### 疏影 舊江月下聞蟬

江津隴首。聽淒清不斷。聲在榆柳。一片悠颺。幾樹蕭蕭。倦遊人自消瘦。中流湧上冰輪月。記不起、晚涼時候。想疑猜、簾午移陰。噪徹日長晴晝。　漫憶翠樓鬢影。掠秋波碧蘸。遠山眉皺。不比離亭。訴盡西風。送了斜陽還又。朗吟飛過別枝去。料葉底、藏身依舊。伴初更、露泣蛩螿。撩動客愁知否。

## 吳之登 字雲客、號升公、浙江餘姚人、有粤游詞一卷、

### 二郎神 新綠

恨花惡劣。未春老、斂紅藏白。漸葉密樓遮。枝交窗暗。換卻陰陰一色。悔殺今年尋芳晚。但賸卻、小園深碧。看只待蟬來。還防蜂趁。落英難覓。　追憶。瓊雲粉雨。不禁狼籍。任醉帽吟衫。染將空翠。腸斷桃源路隔。草

影裙腰。黛痕眉角。辜負佳人消息。眞錯怨、簾外東風。幾陣掃香無跡。

## 徐昌薇 字紫凝、浙江錢塘人、有春暉詞一卷、

### 蝶戀花

長日茫茫飛柳絮。池館淒涼。獨自閒凝竚。枝上杜鵑啼不住。夕陽影裏微微雨。　簾外春山山外樹。一望青青。迷卻天涯路。多少閒愁無可訴。卻看雙燕銜花舞。

## 邱輝德 字則宇、福建長樂人、諸生、

### 一斛珠 游玉華洞

雲樓霧閣。玲瓏百竅誰開鑿。維摩畫裏無由索。倚石遙聽。何處響寒籜。　恍疑月照青山角。天光一線巖端落。塵襟更向前溪濯。人語斜陽。秋氣滿寥廓。

## 柳　葵 字靖公、浙江錢塘人、有餘清詞、

### 蝶戀花

愁共春來春不語。愁住眉端。春竟飄然去。可惜棠梨花滿樹。任他片片隨風舞。　百尺游絲難綰住。杜宇

無情。更有無情雨。悵望平蕪深幾許。和煙鋪就春歸路。

## 丁裔沆 字涵巨、號豫庵、浙江嘉善人、諸生、有香湖草堂詞、

### 錦纏道

蘭蒻紅芽。蝶翅漸迷香徑。綺窗横、杏花疏影。謝家别墅棋聲靜。簾外春山。山畔浮煙艇。　共仙侶登臨。晴花半嶺。翠鬟欹、鴉黄未整。聽幽禽相喚提壺去。東山深處。萬壑松風冷。

### 滿庭芳 秋江夜怨

烟接平岡。帆沈遠浦。斜陽紅樹蕭蕭。啼鴉影裏。秋迥雁聲高。惆悵江南詞客。青衫淚、又灑河橋。蕪城遠。寒燈斗酒。蛩語伴離騷。　迢遥。思往事。雲迷漢壘。月照秦濠。歎五陵裘馬。空滿蓬蒿。多少古今幽怨。羊腸路、九折停鑣。琴心悄。移情海上。落葉待歸潮。

## 錢廷枚 字照五、浙江仁和人、諸生、有和鳴集二卷、

### 點絳脣 楊柳

冷落垂楊。那堪折盡無人惜。露痕長滴。都爲誰狼藉。　走馬章臺。日暮歸南陌。渾無力。寒烟搖曳。不似春前色。

## 曹　湖　字二隱、江蘇武進人、有柰香亭詞、

### 菩薩蠻

月明不怕珠簾礙。半牀花影和衣睡。夢去復何爲。覺來雙淚垂。　繡帷春未曉。鶯語紗窗小。且莫怨東風。殘花一半紅。

### 虞美人　記事

夢中猶記春如昨。一片花將落。殘紅且莫怨黃鸝。閒弄枝頭微雨不曾啼。　珠簾半卷閒庭樹。人在珠簾下。玉爐香冷意遲遲。可惜斷腸詩句沒人知。

## 程麟德　字令彰、安徽歙縣人、有霱堂詞、

### 摸魚兒　蘆花

記年時、圓沙淺水。芳洲一抹煙黛。荻芽短爆鸜哥嘴。倏爾霜凝碧海。君休怪。待送客潯陽、好與丹楓賽。卻愁風快。把落泊浮踪。離披殘夢。吹向楚天外。　輕盈態。錯道雪花飄灑。漁人醉笠初解。昨來帆檣淩波渡。千點浪頭同拜。江九派。又認是、細篩碧月鋪銀界。水流雲在。笑暖被溫衣。幾回相聚。柳絮恁無奈。

# 顧文淵 字雪坡、江蘇常熟人、有海粟集附詞、

## 東風第一枝 游峽山、用史梅溪韻、

蕉雨晴初。榆煙禁後。晨光漸變妍暖。客邊些子閒愁。似比春情較淺。看人笑語。喜路匝、蘼蕪青軟。仗興來、陟徧層岡。迨暮棹回歡燕。　百五日、早鶯轉眼。山水趣、旋開生面。柳條遠帶鷗沙。竹徑暗通鹿苑。花梢零亂。瞥罥了、風鳶殘線。莫近前、翠舄羅衣。濃態隔林遙見。

# 施樟 字呂授、江蘇婁縣人、

## 鶯啼序 過顧將軍墓

郊原幾回登眺。又天涯日暮。看山麓、一簇松楸。饑鴉隊隊爭赴。認三尺、斷碑斜臥。題名知是將軍顧。問英雄、勳業如何。半坏荒土。　野老相逢。爲話往昔。慨興衰目睹。道當日、多少紅妝。畫樓寶帳深貯。厭重提、屯邊鐵甲。愛競奏、新聲玉樹。鎮良宵。酒釅香濃。只愁天曙。　沙邊堤畔。高駕銀橋。擁翠樓如霧。珠簾底、鸚哥語悄。鸞鏡初開。燕子飛回。鴨鑪微炷。銀箏按罷。玉壺敲缺。人生行樂他休慮。卻誰知、薏苡偏騰妒。鴛鴦瓦裂霎時。紱索塵封。荷戈獨自西去。　幸逢寬法。匹馬南歸。感畢生虛度。只賸得、幾株疏柳。滿地平蕪。夕下牛羊。夜馳狐兔。朝雲早逝。楊枝辭去。迴廊複室今何在。算黃粱一夢君知否。幾多舊事新愁。付與沙汀。閒

鷗冷鷺。

## 梅洽

字和叔、江蘇長洲人、有紉蘭詞、

### 摸魚兒

漏沈沈、側身潛聽。狂風門外初歇。强偎角枕愁無寐。何事柔腸欲絶。衾似鐵。空負卻、一庭花影三更月。淒涼啼鴂。看蠟淚堆盤。鑪煙繞幔。離恨又千疊。　驚心處。回首碧雲久闊。音書不到天末。分明西閣春寒夜。吹出簫聲嗚咽。簾暗揭。憶此際、遷延微笑秋波瞥。酒闌時節。記日射紅簷。香消翠被。雙腕皓如雪。

## 張朱梅

字培山、江蘇南滙人、官知縣、有聽雨山房詞、

### 沁園春　腕釧

憶過樓頭。紅粉招時。團圞袖閒。想舞如迴雪。雙枝旋轉。別來掩涕。兩袂遮函。子建裁詩。仲宣作賦。皓腕鍾情不等閒。曾摹擬。似鏤空圓月。解散連環。　移時擱在闌干。看肌上、新痕隱隱丹。怕未工懸筆。頻磨繭紙。每當倦枕。低壓雲鬟。攀樹流光。欠伸縱體。微裼應知比帶寬。閒窗下。任較量肥瘦。頻約中關。關脈爲中部

## 李暲

字闇成、山西靜樂人、官知府、

百字令 太白樓次東坡韻

江樓如畫。話當年、曾駐錦袍人物。三調清平高唱在。那數旗亭畫壁。倚檻花明。懸崖石峭。眼底濤噴雪。公餘懷古。一尊相酹才傑。 幾度采石磯頭。維舟眺覽。逸興參差發。此地重來經信宿。看足沙鷗明滅。冉冉斜暉。濛濛遙岫。樹影稠於髮。掀髯孤嘯。碧天飛上圓月。

## 湯思孝 字次曾、一字元祥、江蘇宜興人、有陶删詞、

蘇武慢 雪夜宿潁聞上人精舍、聽易人吳子操雁落平沙、有感、用放翁體、

鴛瓦霜華。蒲團佛火。一夜清光漾滿。飄梅送韻。繞夢增愁。何處離魂天半。沙磧雲深。衡陽煙渺。譜盡關山哀怨。任移宮變徵。聲高調苦。促教絃斷。 轉自忖、老去無家。稻粱謀晚。眞似驚棲蘆雁。紙櫺空閉。鐵被難溫。冷落冰心一片。除是禪那。能消煩惱。卻早雪深迦院。儘盤跚起舞。何堪重撫。祖生雄劍。

## 林之枚 一名枚、字文木、浙江秀水人、

鶯啼序 春遊

春眠被誰驚醒。訝黃鶯啼早。簾開處、快拂花梢。翩然又度林杪。遡高閣、遙看雲際。蒼茫黛色晴山曉。向城南遊賞。芳菲麗人多少。 扇製齊紈。帶繫蜀錦。更衫裁吳縞。映仙袂、風外徐飄。珠塵輕拂如掃。望平原、蘼

蕪綠偏。正縈念、王孫未了。喜穠桃、夾岸繽紛。漁舟不到。　依依路柳。孕絮垂絲。向風前閒裊。最可愛、輕煙凝處。淺碧微蹙。落蕊飛來。亂紅含笑。繡幃人靜。畫闌誰倚。數聲紫燕梁間噪。恰雙彎、羅襪行來悄。淩波微步苔痕。一徑斜分。幾多情思縈繞。　堪憐嬌困。欲換綃衣。怪春寒尚峭。卻見說、檀奴此日。斗酒雙柑。促坐氍毹。風流妍好。餘酣未醒。踏青歸晚。朱樓十里笙歌起。漸平沙遠岫銜殘照。不妨且繫青驄。漫結同心。去尋蘇小。

## 吳濚　字玉濤、江蘇宜興人、有靜香詞、

### 謁金門

鶯聲喚。似道綠窗風暖。底事曉晴簾不捲。可知香夢短。　生巧如簧低緩。嗔我憨眠孤館。春去子規啼又斷。惜春春不轉。

## 朱經　字恭亭、江蘇寶應人、有小紅詞集一卷、

### 長相思　日暮

落日殘。落日殘。歸鳥孤雲獨去閒。羅衣覺晚寒。　倚欄干。倚欄干。秋草秋花興未闌。題詩且自看。

### 浣溪紗

小閣層樓望欲迷。故園遙隔海天西。無邊煙水野雲低。　鸚鵡能歌紅豆曲。鳳凰本愛碧梧棲。多情不耐夜烏啼。

## 曹濟 字弘九、江蘇荆溪人、

### 柳梢青 春暮

九十春光。把人留戀。蝶舞蜂忙。卻怪東風。頓教飛絮。換作愁腸。　無端燕語雕梁。關情處、荼蘼夢香。不放春歸。難留春住。細與商量。

## 龍光 字二爲、號淩波、江蘇荆溪人、

### 江城子 第一體秦淮紀事

小舠頻出禁城東。過簾櫳。錦成叢。綽約凝眸。檻外湧芙蓉。無計隨他流水去。願化作。藕花風。

### 滿庭芳 塘灣閣夜

練影初浮。冰輪正湧。露梢微咽新蜩。驚鴉匝樹。數點落星橋。欸乃一聲輕去。鏡中度、劈破銀潮。凭闌聽。水晶簾畔。離恨寄秦簫。　無聊。歎宦海。飄流未定。松檜頻嘲。有眉山當日。曾掛詩瓢。玉宇清涼無汗。空辜負、甲帳煙綃。何年得。六龍鞭起。汗漫碧天遙。

滿江紅　北固山懷古

天塹茫茫。問今古、誰能超越。想當日、孫劉遺事。眞稱雄絕。片石中分三尺劍。一城鎔就千鈞鐵。笑曹家、橫槊賦詩時。東南裂。　吳陵樹。空啼鴂。峴山脊。還流血。更千秋萬歲。樓傾橋折。黃鶴峯前雲已散。嘉賢祠內燈將滅。倩何人、先着祖生鞭。中流楫。

## 胡胤瑗　字殿陳、浙江嘉興人、

昭君怨　春晚

枝上殘紅褪了。又是新鶯啼早。陣陣打窗東。落花風。　匝地垂楊飛絮。卻不捲將愁去。柳外問歸橈。楚天遙。

卜算子　寄西雯村居

水竹護吾廬。花鶴時時伴。一線茶烟出杏梢。蝶夢隨深淺。　隙地不須租。松菊栽敎滿。隨意鄰翁拄杖來。閒箇柴門犬。

## 李時震　字恂菴、江蘇山陽人、有去來吟、

摸魚兒　閨中聞砧

奈疏林、一聲聲動。雙提咽霜淒切。秋蛩旅雁偏無賴。抵死何曾休歇。燈半滅。任繡被香溫、征夢頻飛越。柔腸百結。想丹鳳城南。白狼河北。淚點都成血。　披衣看。堆積滿庭落葉。試將簾幙偷揭。一鉤斜月星三點。暗惜影形抛撇。音問絶。便織就迴文、待訴愁千疊。憐伊周折。合阻卻當時。封侯遠覓。不作這般別。

## 朱茂晭 字子蓉、浙江嘉興人、有東溪詞、

### 阮郎歸 暮春

江南三月菜花黄。風和聞遠香。少年行樂趁風光。叢沙圍坐長。　桃爛熳。柳低昂。依陰翠幙張。玉人樓檻倚微茫。魂銷正夕陽。

## 葉鳳毛 字超宗、號恆齋、江蘇南匯人、官內閣中書、有倚玉詞、

### 眼兒媚 題王琛畫梅

冷牋枯墨印冰痕。疑有暗香聞。霏霏輕霧。濛濛斜月。寂寂黄昏。　年年竹杖尋春處。何處最銷魂。小橋西畔。夕陽山下。流水孤村。

### 卜算子 自題墨菊

秋意入疏襟。雨過軒窗靜。水墨和來寫菊英。小小重陽景。　顏色一些無。只恐無人省。淡月微雲濕露時。

試看籬邊影。

## 彭師度 字省廬、別號肥溪圃者、江蘇華亭人、有彭省廬先生詩餘、

### 玉漏遲 初寒夜坐

梧葉零秋晚。應悲玉露相侵偏早。點點銅龍。又是昏黃時了。月色樓頭初起。篩清影、伴人歡笑。釭影照。此時倚得闌杆多少。　莫説對景長懷。便壁底吟蛩。怕寒聲悄。徙倚無聊。愁聽砧聲煩惱。被底莫翻紅浪。陽臺夢、別來還杳。心似搗。非爲玉杯潦倒。

## 秦鑾 字西巖、浙江人、

### 琵琶仙 陪心齋侍御飲張氏宅、月下看山桃花、

苔井春深。渾無奈、一樹花光幽獨。贏得天外銀蟾。空堦白延矚。還惜梨雲帶雨。擬描就、玉人新沐。昔日門中。當年洞口。塵夢休燭。　憶曾見、紅萼初栽。甚相妬、東風太催促。憐卻錦心如水。向酒人低簇。猶未共、楊花細逐。待喚醒、海棠同宿。那管嚴柝催更。一聲聲續。

## 諸匡鼎 字虎男、號橘叟、浙江仁和人、有茗柯詞、

賀新郎 九月飛來峯登高

此日當重九。正堪憐、紫萸黃菊。登高時候。攜得良朋同策杖。直上飛來山阜。又豈待、白衣送酒。塞雁南來飛不盡。想佳人、懶把鴛鴦繡。樓子上。小垂手。　丹楓萬樹遮靈鷲。忽哀猿、數聲啼起。殘霞洞口。回憶畫樓行樂處。流水白雲依舊。算只有、秋娘皓首。歸去旗亭新月上。繞清溪、風動蕭蕭柳。且酣飲。莫論斗。

## 鄔景超 江蘇婁縣人、有光霽樓詞、

八聲甘州 閩南紀捷

記仙霞、秋盡玉關西。寒月照征袍。聽嚴城畫角。邊風四急。戰騎初驕。鐵甲三秋暗度。猛士氣全梟。飲馬長城窟。雪壓弓刀。　細柳營開列壁。正軍驚韓范。將說嫖姚。擬投鞭直下。勢竭海南潮。誓指日、妖氛淨掃。笑終朝、鼯鼠技潛消。看捷奏。三軍樂賀。凱唱還朝。

## 盛兆晉 字賓三、江蘇華亭人、有挾飛詞、

揚州慢 游平山堂、用姜白石韻、

隋苑楊花。紅橋芍藥。句人且駐離程。望蜀江高下。但柏翠松青。自嘉祐、才人去後。平山闌檻。幾換刀兵。笑二分明月。如何獨在蕪城。　風流渺矣。誦當年、樂府堪驚。對北固山雲。南徐水遞。無限關情。帝子迷樓何

在。空梁句、枉自吞聲。看玉鉤斜冷。年年芳草猶生。

## 丁岵瞻

字綏福、江蘇南匯人、有耕餘詞稿、

### 臨江仙　梅影

窗外梅花花上月。月光冷護花光。月移花轉就迴廊。半窗橫瘦影。一隙漏疏香。　小院黄昏寒惻惻。綠紗斜映宮妝。欲將春思鬥孤芳。不須圖紙帳。落月到匡牀。

### 摸魚兒　春夜感舊

問閒堂、年時風景。淒涼非復如昔、疏簾淡月依然好。斜臥一枝春色。芳意寂。嘆林下清風、未許傳消息。團香繡墨。把雪魄冰魂。寒姿冷豔。分付倦游客。　幽明隔。不改心腸鐵石。肯教辜負憐惜。參橫斗轉黄昏後。愁絕數聲羌笛。難再得。縱環珮歸來、倩影何由覓。形單影隻。但剪紙招魂。巡簷索笑。掩袂淚重滴。

## 孫允膺

字渭川、號玠玉、江蘇無錫人、有嘉蔭樓集、

### 昭君怨

臨得蘭亭未了。催聽流鶯啼早。柳色惹人愁。況高樓。　有夢欲尋何處。客路長亭無據。試看畫屏中。隔雲峯。

滿江紅

綠樹輕陰、疏簾捲、芰荷初發。闌干曲、雲和斜抱。小鬟爭撥。夜合盈盈香遠近。流螢點點燈明滅。喜晚涼、新浴出蘭湯清芬裛。　冰簟展。湘紋澈。幽意倦。蟬鳴歇。幸仙姿無暑。閒抛紈箑。妾夢只隨江上水。郎歸或趁峯頭月。怕兩人、相左隔山川。分吳越。

憶王孫　客路

悲秋行客在天涯。漠漠寒江雁落沙。一路青山倒影斜。欲棲鴉。日暮孤邨三兩家。

## 顧珵美　字輝六、浙江嘉善人、

解珮令

高靴窄袖。一般明秀。只盤龍、兩肩低覆。似燕身輕。早跨上、桃花馬驟。捉金鞭、半垂纖手。　歌呼擊缶。伊涼競奏。恍哀鴻、飛來隴右。江左繁華。爭得似、關西田竇。滿銀盂、酪濃如酒。

## 鄭允達　字孚尹、浙江西安人、

點絳脣　春歸

小院池塘。蘼蕪滿地春無主。關情何處。點點青梅雨。　繫馬樓前。斜倚闌干暮。君休去。紅塵無數。迷了江南路。

謁金門　春愁

鴉飛處。攪亂柳烟千縷。樹底廉纖寒食雨。梨花風外舞。　無奈年時惡緒。還到而今記取。孤館擁衾深閉戶。殘燈相對語。

## 顧璟芳　字宋梅，號鐵厓，浙江嘉興人。

漁家傲　郊飲

茅屋幾椽流水繞。隔溪淺渡鶯聲巧。載酒尋遊來遠道。紅不掃。垂楊漸逐春光老。　極望晴峯烟樹渺。摘花供作當筵笑。亂影尊前看落照。貪睡好。行行幾度眠芳草。

## 顧琦坊　字聞西，浙江嘉興人。

點絳脣　春晚

輕怯東風。柳枝拖翠殘陽畔。牙彈老鸛。小艇塡溪半。　隔著疏籬。烟抹沉沉院。游人斷。梟晴絲亂。燕子桃花岸。

鷓鴣天　讀書先鴻臚墓廬

一抹荒村屋幾間。穿林窄徑老松杉。水流花謝無人至。月轉雲移任鳥還。　常閉戶。勝深山。幽窗竹几自清閒。蕭蕭拱木還垂蔭。賸有虬枝向後攀。

# 全清詞鈔第八卷

## 傅燮詷

字去異、一字浣嵐、號繩庵、直隸靈壽人、蔭生、官四川邛州知州、有聲影集、浣塵涉趣、借閒歌譜、前琴臺遺響、後琴臺遺響各一卷、總稱繩庵詞、又輯有詞覯初編二十二卷、

### 南浦 秋水、用玉田生春水韻、

潦盡碧潭澄。晤霜凝、冷落芙蓉清曉。高岸板橋斜。西風緊、似雪蘆花如掃。遙灘極目。來回幾葉漁舟小。欸乃一聲歸去後。漠漠烟籠荒草。 晴光寶鑑平開。照聯翩雁字。行行過了。一色接長天。涼霄迴、孤鶩落霞齊到。波痕浩渺。沿堤衰柳鳴蟬悄。濠梁自有天然樂。解得南華人少。

### 江南春 郊外

烟漠漠。草萋萋。鶯啼垂柳浪。馬踐落花泥。殘春細雨孤村遠。一縷斜風颺酒旗。

### 臨江仙 秋夜

寂寂幽窗乍掩。迢迢長夜初闌。幾盃小飲意醺然。擁衾譙漏度。倚枕燭花殘。 瓶桂輕香細細。欄蕉逸韻珊珊。蛩聲不放耳根閒。月光侵夢冷。螢火逼心寒。

## 王　錫　字百朋、浙江仁和人、諸生、有嘯竹堂詩餘一卷、

### 燕歸梁

獨擁鸞衾夢不成。偏動柔情。銀釭半滅夜寒生。梅花月上三更。　年來善病容憔悴。捧心欲定還驚。卻愁深院冷清清。盼不到。曉雞聲。

### 浪淘沙　錢塘觀潮

遥望海門開。匹練初來。須臾萬馬蹴飛埃。白雪灑空紅日暗。疾走風雷。　乘醉上高臺。俯仰徘徊。眼前陵谷總堪哀。安得錢王張萬弩。重射潮回。

## 陸　進　字藎思、浙江錢塘人、貢生、官溫州府學訓導、有付雪詞一名巢青閣詞、西泠詞選八卷、與張星耀等同編東白堂詞選、

### 桂枝香　立秋

梧桐堪賦。忽搖落秋來。惹起愁緒。天末涼風乍動。美人何處。羅衣紈扇驚時序。下庭階、紛紛白露。兩湖蓮蕊。六橋柳色。倩誰爲主。　況此際、閒情無數。奈簫咽西樓。砧催南浦。門掩清宵。燈似和人相語。漏聲滴入芭蕉雨。便沈沈、不教天曙。怕他重見。寒生錦瑟。舊懷難訴。

## 陸次雲　字雲士、號北墅、浙江錢塘人、官江蘇江陰縣知縣、有玉山詞一卷、一名北墅詞、

### 卜算子　古意

早上望江亭。望見朝暉出。天際歸舟竟不來。自向風前立。　晚上望江亭。望見斜陽入。天際歸舟仍不來。自向風前泣。

### 東風齊著力　敲砧

藻荇縱橫。蟾光何似。積水空明。池頭石上。斷續起秋聲。露下雲鬟漸濕。方寸內、萬里柔情。徘徊久。獨將孤影。坐轉雙星。　迢遞望邊城。緘尺素。還愁鴻雁難憑。軍前寄到。恐及草重青。何日封侯志遂。歌楊柳、永罷長征。當此際。無勞砧杵。同夢三更。

### 太常引　芙蓉

輕煙裊裊冷香飄。淥水映清標。醉色滿江皋。看日晚、花光更嬌。　一枝摘得。所思何在。悵望爲勞。欲寄漢江遙。似遠隔、銀河碧霄。

## 路念祖　字敬止、江蘇宜興人、諸生、

### 鷓鴣天　秋感

木落秋高草欲枯。漸驚霜雪點頭顱。夜深更聽無情雨。暗逐孤鴻下瀉湖。　傾濁酒。撚吟鬚。江南塞北漫躊躇。秋來愁與天俱老。不唱鸕鶿唱鷓鴣。

## 吳全融　字雪園、江蘇婁縣人、

### 疏影　梅影

瓊枝比美。想禁寒就暖。春信誰是。莫道孤標。掩映橫斜。同心一種相倚。晨光浮動清香外。細細向、風前比擬。爲攀條、遠寄閒情。洗盡鉛華如此。　常照宮亭粉壁。壽陽夢乍醒。空覓花底。淺襯羅衫。繡出輕盈。驚看幾回疑似。愁他和月人偷折。漸避入、畫闌朱戺。插膽瓶、銀燭移來。未許笛聲吹起。

## 戴玉旭　字瑩若、江蘇華亭人、

### 疏影　蝶影

好風如織。趁纖纖薄翅。穿過寂寂。閃去珠簾。又轉瑤階。欲傍柔條無力。花幡斜颭層層隔。遮不住、春晴消息。恁多情、愛惜流光。生怕暗中消歇。　香閣剛閒繡帖。間疏枝上下。飛度眉睫。待繡榴裙。擬畫冰紈。爭奈取青娩白。闌干十二空遝遍。墜輕粉、依稀難識。再逢他、雨過西園。覷破綠陰微闕。

## 吳沐　字應辰、浙江蕭山人、有北松詞、

### 阮郎歸　桃花

晴雲送暖入花枝。穠桃初放時。翠裀點點落胭脂。黄鸝隔樹啼。　紅雨亂。綠煙低。仙源望欲迷。幾番消息任東西。春風著意吹。

### 生查子　雪中有懷

寒風吹繡幃。寶鼎沉檀爇。雪壓小橋邊。路斷行人絕。　瓊瑤一望空。窗外梅梢折。遙憶玉樓中。指冷簫聲咽。

## 林企俊　字宮升、江蘇華亭人、諸生、

### 南歌子

晝靜花迎檻。宵清月入簾。香熏繡被裊微煙。好夢安排、今夜到誰邊。

## 林企佩　字鶴招、江蘇華亭人、諸生、

### 夢横塘

風吟敗葉。露捲殘蕉。滿庭無限蕭瑟。白石青溪。奈眼底、都無俊物。雁語淒涼。蛩聲悲哽。夕陽西沒。怪故人

不見。見了還愁。恰俱是、銷魂客。　獨尋孫楚酒樓。正悲哉秋氣。悽損病骨。旅館孤燈。雖小別、動人思憶。只無那、稜稜瘦影。秋水黃花寫顏色。七發驅愁。五窮送鬼。問何時始得。

## 林企忠 字中水、號寓園、江蘇華亭人、諸生、有翠露軒詞、

### 南鄉子

細雨近紗窗。陣陣輕寒怯晚妝。珍重添香深夜語。難忘。紅豆拋殘淚幾行。　路遠隔瀟湘。雁信魚書並渺茫。無限心期何處訴。淒涼。絳蠟欺人影不雙。

### 疏影 帘影

炊煙一縷。似微風陡健。飛隼翔舉。搖曳當空。目眩征途。閃過板橋西路。風流性格傾欹慣。傍碧瓦、去來無據。賺試鈴晴鴿歸來。欲下幾回驚顧。　映帶疏籬晚日。弄餘輝半壁。還照溪樹。愛趁人行。側入雕鞍。馬首片雲遮護。翩躚漏出垂楊罅。悄襯起、一襟離緒。整吟鞭待索春缸。掩映杏花深處。

## 華章慶 字叔延、號守齋、江蘇無錫人、諸生、官訓導、有九龍山人集附詞、

### 浣溪紗

一夜花飛滿地紅。餘寒尙峭怯春風。起來無力倚薰籠。　閒卷珠簾招乳燕。慵開玉鏡理盤龍。畫眉深淺

爲誰工。

## 醉花陰

一春常向花前醉。良夜還遲睡。畫閣曉妝慵。雙頰紅消。簾卷山横翠。　裁書欲寄憑誰寄。磨滅鴛鴦字。盼斷北歸鴻。雨滴空階。不抵相思淚。

# 黃錫朋　字楨伯、一字珍百、江蘇宜興人、官湖南安仁縣知縣、

## 水龍吟　春思

一竿紅日催人。起來百舌枝頭鬧。韶光初媚。花期將屆。條風先報。垂柳含嬌。平莎帶嫩。正堪游眺。歎黃塵紫陌。蘭臺走馬。知辜負。春多少。　猶是輕寒料峭。問良辰、芳菲漸到。江汀煙靄。紅橋畫舫。幾人歡笑。靚女明妝。踏青歸晚。不勝窈窕。未多時又是。雙雙紫燕。鬭穿簾巧。

# 吳本嵩　原名玉麟、字天石、江蘇宜興人、有都梁詞一卷、

## 水龍吟　梅雨

綠楊溪水平橋。雨聲一夜新荷碎。沈沈庭院。濛濛屏障。厭厭殘醉。細浥牙籠。頓寬箏柱。又寒鴛被。聽鵓鴣相喚。磯頭池角。報簾外。東風膩。　煙靄欲明還未。但悶壓、曉來天氣。汗粉生潮。酒香成暈。不關珠淚。極浦

蒼茫。野田瀰漫。阻人歸騎。正梅黃拖逗。閨中心性。似伊滋味。

## 蔡璨 字容明、江蘇無錫人、有容與詞一卷、

### 卜算子 珊瑚林、同閨人賦、

香到落梅風。青到垂楊縷。春色三分半已歸。花淚彈紅雨。　難翦是愁絲。欲理無頭緒。粉蝶雙雙也怕愁。飛過鄰家去。

### 山花子 即事

書帶垂垂拂檻青。杜鵑枝上露華零。半晌憑闌無一語。數春星。　斟酌新題頻擱筆。推敲險韻屢挑燈。聽得喚眠伴不應。待詩成。

### 南鄉子 秋閨

清露濕疏篁。燈燼香消夜漸長。獨立空階人靜悄。淒涼。彈指聲中淚幾行。　難解是愁腸。瘦影伶俜怎得雙。想見箇人行樂處。傳觴。卻道溫柔別有鄉。

### 西江月 廣陵感事

兩岸曉風楊柳。一簾晴雪梨花。畫樓燈火那人家。翻憶石頭城下。　綵筆乍調螺黛。寶釵低按紅牙。無端香夢隔天涯。腸斷年時此夜。

踏莎行　輕筠閣舊韻、示江萍、

繞樹遊絲。入簾香雪。東風薄倖催春別。欲描衣上並頭花。生憎花底雙棲蝶。　好句吟成。寶釵敲折。朦朧一片淒涼月。愁多最怕夢醒時。夢來偏等愁時節。

## 錢珵　字紫曜、江蘇武進人、有白雪齋詞、

南歌子　春暮

怕對韓憑魄。愁聽蜀帝魂。柳綿吹盡閉朱門。斜倚鳳花簾局、度黃昏。

浪淘沙　初冬夜宿梅花樓有感、

三逕草平遮。樹老槎牙。黃蘆占盡白鷗沙。空有小寒風信到。不見梅花。　夜月聽啼鴉。也帶傷嗟。高臺傾處石橫斜。淅淅紙窗驚曉夢。吹入霜華。

## 顧衡　字藿庵、江蘇華亭人、有盤谷詞鈔一卷、

疎影　雁影

衡陽塞北。向斜暉馬首。送遍行客。錦字橫排。似寫離愁。淡抹長空數筆。霜天背月銜寒過。看印落、平沙無跡。正孤飛、翻照前汀。瞥見銜蘆雙翼。　幾陣西風吹斷。參差低遠渚。零亂枯荻。驀過南樓。暗度郵亭。點點

征衫欲濕。相思索把魚書盼。奈墨跡、糢糊難識。暗銷魂、雪滿江皋。飛入同雲一色。

### 疏影 帆影

晴江如練。趁好風掛起。煙靄望遍。遠浦歸來。抹樹穿林。映出晚霞一片。分明荇藻交橫處。被幾扇、遮陰不見。傍沙灘、漁網垂簷。隱隱浪雲輕捲。　移過青山無數。牙檣渾不動。畫舸隱現。暫卸溪橋。忽渡前灣。依舊平鋪水面。欹斜不礙閒鷗臥。看落處、東風微軟。任高眠、吹向蘆洲。又被綠楊兜轉。

## 錢陸靖

字存梅、江蘇常熟人、有擷芳集、漱玉集、總稱錢存梅遺稿、

### 巫山一段雲

菱鑑澄秋月。薰爐靄暮雲。綺窗花氣坐氤氳。錦字織回文。　彩鳳垂珠髻。湘鴛隱練裙。慵紅悶翠意紛紜。無語立斜曛。

### 玉樓春

綠楊芳草西城暮。正值春歸人又去。身隨蝶夢繞花行。情似蛛絲黏絮住。　隱約芳園聞笑語。重到桃源迷舊路。柔腸一寸萬千思。寂寞黃昏窗外雨。

## 張振

字雲企、江蘇無錫人、有香草詞一卷、

浣溪紗　詠梅

玉骨冰心世外姿。霜前雪後想淒其。此情好與月明知。　寂寞蒼苔春較冷。低徊疏影夢還遲。碧紗窗下正相思。

浣溪紗

幾日花開花又殘。捲簾愁坐怯輕寒。自憐消瘦帶圍寬。　幽夢乍迴春悄悄。嬌鶯自在語關關。更無心緒倚闌干。

## 陶孚尹

字誕仙、江蘇江陰人貢生、官安徽桐城縣訓導、有欣然堂集附詞、

江神子　送友遠行

滿村紅雨杏花稀。水淪漪。柳參差。古驛斜陽。惆悵別離時。一曲渭城歌未竟。心似醉。淚如絲。　津亭鶯語最相思。草淒迷。雨霏微。五兩輕風。早逐片帆飛。無那亂山遮遠目。還屈指。數歸期。

## 潘眉

字原白、號蕈庵、江蘇宜興人、附貢生、官福建興化府知府、有樗年集附詞、又與陳維崧同輯今詞選、

望湘人　江州曉渡

奈濤聲沸枕。秋氣侵肌。客魂鄉夢撩亂。強起推篷。輕舟一葉。已近潯陽江畔。粉墜蓮房。露啼柳眼。愴然腸

斷。況年來、鬢漸生絲。應識迷途未晚。 回首江南秋半。正古香風醉。新橙齒輭。向花嶼楓林。買盡溪山游讌。誰知今日。棲棲遠道。捉鼻漫誇不免偏驅去。瘴雨蠻煙。極目九疑回雁。

## 劉雷恆 字震修、江蘇無錫人、貢生、官常州訓導、

### 百字令 無題

早知離別。悔當初一笑、等閒心許。自與雲英成間隔。回首玉京迷路。篋扇涼深。機絲露溼。冉冉三秋暮。鈿蟬零落。斷腸一曲誰鼓。 就裏多少相思。緘愁欲發。祇欠歸鴻度。竟夕淸砧將遠夢。分付月明來去。小影熏香。新詩斷帶。觸著添愁緒。寄聲安否。此情惟感鸚鵡。

## 侯文曜 字夏若、江蘇無錫人、有鶴閒詞一卷、巫山十二峯詞一卷、

### 醉花陰 望霞峰

聞說巫峰多媚嫵。今忽無尋處。凝眼望霞邊。片片閒雲。竟被伊遮去。 閒雲不怕行人妒。也學峰無數。風肯卷雲開。子細徘徊。峰立青如故。

### 虞美人影 松巒峰

有時雲與高峰匹。不放松巒歷歷。望裏依巖附壁。一樣黏天碧。 有時峰與晴雲敵。不許露珠輕滴。別是

嬌酣顏色。濃淡隨伊力。

## 鄒瑢

字二辭、江蘇無錫人、有香眉亭詞、

### 清平樂　寄懷朱勉仁

醉魂朦鬆。那更難成夢。新病起來看蝃蝀。樓外柳低煙重。　孤雲一幢江山。鰣魚蘆筍當還。料得藥鑪單枕。小窗滋味清閒。

### 虞美人

南來猶有銜泥燕。冷盡花叢眼。東風吹帽識殘春。身向亂山孤店送行人。　殷勤相勸杯中淥。莫恨韶光促。落紅三尺襯霜蹄。醉裏重尋詩句石橋題。

## 朱瀾

字幼安、號牘水、江蘇無錫人、

### 漁家傲　留別

極目平山秋色遠。荒碑攲側紅亭斷。人語夕陽波影亂。尊休勸。解鞍又把征衫換。　浪跡年年眞汗漫。相思一水蒹葭岸。釣得鯉魚長尺半。空浩歎。孤城畫角明星爛。

## 華文炳 字象五、江蘇無錫人、諸生、有菰月詞一卷、

### 玉樓春

沙棠雙槳輕於葉。搖出青溪四山碧。短短疏籬護夕陽。濛濛細雨催寒食。　踏青挑菜城南陌。悵望湔裙人獨立。小桃昨夜嫁東風。滿面羞紅嬌欲滴。

## 龔勝玉 一名眉望、字節孫、江蘇武進人、官奉天錦州通判、有仿橋詞一卷、

### 清平樂

銀釭穗冷。結盡香閨恨。寶篆煙消蓮漏永。無那衾餘枕賸。　寒窗月已西斜。此時飄泊誰家。願入漆園深處。相尋直到天涯。

### 摸魚兒 讀史

檢芸編、幾行青史。閉門消盡秋雨。江山零落如殘弈。付與漁樵共語。評跋處。有多少、英雄割據爭龍虎。煙飛雲聚。算繡嶺宮前。延秋門外。往事若朝露。　思往事。減得愁懷幾許。紛紛成敗休訴。橫戈躍馬今安在。總被大江流去。歸何所。君不見、北邙高臥麒麟墓。君須記取。看誰是誰非。低回掩卷。一醉論今古。

## 路傳經 字歲星、江蘇宜興人、有曠觀樓詞一卷、

### 雙調望江南 南嶽大悲閣

登臨好。極目絕塵寰。翠竹傍巖支瘦骨。青山繞閣逼蒼顏。人在畫圖間。　盤桓久。領略不曾閒。唳鶴朝飛雲乍卷。啼猿晚出月初彎。何日結柴關。

### 淡黃柳 疏柳

西風幾日。一帶黃金陌。搖落朱樓芳檻側。水驛旗亭煙冷。頓覺纖腰瘦無力。　遠山隙。絲絲尙凝碧。遮不住。陶潛宅。只殘鴉幾點還相識。一樣消魂。後湖荷蓋。近來也恁蕭瑟。

## 丁瀠 字素涵、浙江仁和人、有秉翟詞、

### 山花子 賦南唐事、和李中主原韻、

草綠江南蝶粉殘。玉簫聲斷彩雲閒。寂寞梨花金殿鎖。共誰看。　故國啼鵑催夢醒。他鄉乳燕說春寒。惟有汴河橋下水。到長干。

## 郁植 字大本、江蘇太倉人、貢生、

### 浣溪紗

分手匆匆古渡頭。偷彈珠淚付東流。去隨春水繞郎舟。　夜月梨花江上館。曉風楊柳驛邊樓。繫人千里一絲愁。

## 呂洪烈 字清卿、浙江山陰人、有葯庵詞一卷、

### 河傳 覓渡

南浦。春暮。綠楊絲軟。碧桃花墜。弄舟橫。漾篙輕。波濺。燕飛猶掠面。　小立晴沙日將夕。停遊客。何處雲帆急。捲長綸。採香芹。迷津。烟光隔岸生。

### 蘇幕遮 秋日限韻

袷衣單。紈扇小。瀟灑花陰。祇覺流螢少。獨上層樓幽徑峭。迴望長空。雁字來何早。　水痕收。山帶裊。迢遞鄉關。夢去何時到。涼月微明銀漢杳。驀地寒生。愁對疏星曉。

## 江尚質 字丹崖、安徽休寧人、有澄暉堂詞一卷、又增輯古今詞話八卷、

一翦梅　秋閨

吹落梧桐滿院秋。涼趁初秋。月趁中秋。江楓紅染錦城秋。挨過中秋。又過深秋。　含怨含情倚畫樓。一度南樓。幾度西樓。誰家歌管徹層樓。十二紅樓。十四青樓。

惜秋華

瑟瑟金風，顫西園敗葉。聲聲偏早。怕捲繡簾，暗傷一番懷抱。黛眉重鎖隋堤，恨雁影、高飛雲表。人悄。只窗迎冷月，燈搖殘照。　欲待强歡笑。奈池邊柳色，漸成枯槁。幽夢趁他，砧杵斷、邊程難到。琵琶譜入相思，又喚起、新愁不了。煩惱。爭能勾、共伊知道。

江士式　字梅墩、安徽休寧人、有夢花窗詞一卷、

蝶戀花　燕

遠眺平蕪天際染。小小身裁，雙股風前翦。繫得紅絲輕一線。綠陰多處楊花點。　不作呢喃輕過眼。慣逐低飛。怕趁湘簾捲。銜住落花香口軟。日斜不到深深院。

吳秉鈞　字琰青、浙江山陰人、有課鸚詞一卷、又參訂萬氏詞律、

生查子　閨情

夜深銀漏長。夢裏春寒峭。起坐暗凝眸。漸聽鶯啼曉。　侵曉啓窗看。花瘦如人老。郎馬若歸來。認得王孫草。

# 何思　字雙山、浙江山陰人、有玉豔詞一卷、

## 江城子　聞江上吹簫

輕舟遥向石頭城。雨初晴。水波明。蘆荻叢中。隱約洞簫聲。換徵移宫音正苦。人不見。數峯青。　孤篷旅夜最難聽。憶多情。客心驚。幾處梅花。飛度隔江清。一曲淒涼千點淚。涼月上。已三更。

## 東風第一枝　和吳雪舫詠新柳

隄上風嬌。樓前雨弱。二月嫩黄初滿。瑣窗千縷愁絲。粉牆萬條長線。纖纖春色。又描出、帶飄衣緩。最可愛、拂水凝煙。橋外淡霞輕綰。　玉笛裏、曼聲吹轉。金殿側、細腰迴軟。還如曉沐鬟垂。更看晚妝螺淺。陌頭乍覩。又惹動、閨中愁眼。采柔條、喜結同心。恨煞折枝人遠。

# 徐瑶　字天璧、江蘇宜興人、貢生、有離墨詞二卷、一名雙溪泛月詞、又名桂子樓詞、

## 杏花天　本意

梅香褪後春無據。好憑仗、杏花爲主。臙脂暖暈潮微吐。淡日籠烟幾樹。　新來燕、欲銜還語。乍醒蝶、未窺

先妒。東風一夜飛紅雨。羞作梨花伴侶。

## 惜紅衣 擬夢窗

雲母屏前，湘妃簾後，晚寒慵繡。驀地傷心，修蛾一痕皺。閒增軟步，曾乍遇、悄攜纖手。波溜。無語暗憐，爲新來消瘦。　香雲散久。玉碎花萎，春情已非舊。惟教驗取羅袖盡湮透。待寫別來愁思，寄與斷魂知否。問甚時還許，十二玉樓重叩。

## 過秦樓 寒月

皎可冰壺，朗宜皓鑑，一片光明空闊。霜飛鴛瓦，水浸銅街，更是玉山堆雪。遙想繡幙茸茵，縱有清輝，再無人惜。問誰能還向，水晶簾外，伴伊孤潔。　算只有、商女船邊，征人馬上，偏自看來親切。長門漏滴，冷院香沈，也共素娥幽咽。此外何知，儘他猿唱烏啼，曉星明滅。且細調金縷，彈徹霜天冰月。

# 徐璣 字天玉、江蘇宜興人、有湖山詞一卷、

## 絳都春 丙寅元夕寄懷張北堂

一年圓月。算從頭照我，今宵清切。別館寒燈，對影懷人夢難得。良辰辜負堪憐惜。何況是、頻年作客。一官如水，家鄉千里，折梅難說。　戚里金吾放夜，有銀毬火樹，鳳城春色。多少豪門，住在神州五陵側。彈盡了銅琵鐵琶，誰獨向、江東擫笛。不如問道姮娥，竟朝天闕。

## 余蘭碩 字香祖、福建莆田人、有團扇詞一卷、

### 浪淘沙

風景晚蒼涼。叢桂飄香。蛩聲唧唧訴回廊。一種相思千萬緒。惱亂愁腸。　依舊在他鄉。特地悽惶。芙蓉楊柳做秋光。恐怕歸期臨別誤。仔細思量。

## 徐　來 字子復、安徽人、有一曲灘詞一卷、

### 如夢令 落葉

慘綠愁黃初隕。窗外霜催陣陣。槭槭復蕭蕭。送到愁人孤枕。難定。難定。風掃一階秋影。

### 離亭燕 浦口晚泊

江弄瓊花如練。好景經秋初染。漠漠蔚藍天水合。誰落歸帆一片。漁火蓼村邊。驚起斷行征雁。　對指石城茅店。傳是故侯庭院。消歇繁華經亂後。零落酒旗歌扇。悵望倚篷窗。新月滿如人面。

## 陳大成 字集生、江蘇無錫人、有影樹樓詞一卷、

### 菩薩蠻

蓮塘過雨花開徧。水亭長日張清宴。曾記有人同。臉霞相向紅。　今宵重聽雨。藕斷蓮心苦。盼得再花開。那人來不來。

### 點絳脣　桃花

紫陌紅塵。剛道是、花開爛漫。武陵溪畔。又早春零亂。　薄倖劉郎。懶向玄都看。飄零半。倚闌長歎。人面今年換。

### 花心動　江雨

黯黮長江。望楚江、千里雲樹明滅。乍暖還寒。欲晴又雨。杏子梨花時節。日暮東風江色動。浪花捲、濤聲嗚咽。孤舟客、斷魂此際。待向誰說。　酌酒奈歡情竭。對黃昏靜悄。愁懷欲絕。暫掩篷窗。頻吹爐火。燈影下、杜鵑花發。曉漲新添寒食水。憶人在、江南惜別。夢驚覺、柳梢斜挂殘月。

## 章惟　字無恤、江蘇武進人、有春柔詞、

### 喜遷鶯　江口有感、索文友句、

驚濤千折。看拍岸濺銀。捲天飛雪。畫裏揚州。望中瓜步。時有風帆幾葉。眼裏山河如故。回首韶華非昔。曾此處。見蔽江木柹。斷流鞭策。　風咽。遙望是、金焦兩點。障東南半壁。點綴烟波。徘徊蘆荻。剩有漢時明月。君記臨春灰冷。誰禁景陽烟滅。且進酒。覷山水清評。鳧鷗閒閱。

## 周積賢 字壽王、江蘇華亭人、

### 生査子 古意

長安市上兒。白面如春雪。一賣繡鴛鴦。一賣花蝴蝶。　十二小胡姬。謾學同心結。回眼入瓊房。獨拜中秋月。

## 徐懷仁 字元仲、一字拓南、浙江嘉興人、諸生、有拓南詞草三卷、

### 數花風 落葉

看西風影裏。淒清晚色。冷蟬幾處更聲咽。翠柏蒼松相間。更加蕭瑟。疏疏雨、如何聽得。　酒樓魚市。流落天涯醉客。洞庭萬樹故人隔。烟水斜陽。偏照古城荒驛。獨策蹇、往來廣陌。

## 倪晉 字廷伯、浙江嘉興人、

### 解佩令 秋夜聞蟋蟀

篆消香炷。砧停玉杵。一聲聲、霜前私語。說甚來由。剛驚斷、天涯倦旅。又催成、閨中愁緒。　情深如訴。恨長難敍。費哀吟、夜涼庭宇。汝自悲秋。偏向著、小窗縷縷。最堪憐、暗風疏雨。

## 蔣雯蒿 字蕉原、江蘇華亭人、

### 減字木蘭花 秋興

秋風落帽。一夜黃花和我老。衰草雲迷。古墓寒鴉相對飛。　月明千里。立盡黃昏誰共語。欲訴行雲。爭奈嫦娥不應人。

## 賀易簡 字位成、江蘇丹陽人、與弟對達合刊皺水軒詞同懷稿、

### 南鄉子 夜況

小雨過闌干。幾點征鴻下碧湍。隔歲離情都入夢。多般。也自供人一晌歡。　夢破了無緣。明滅孤燈散影圓。起坐凝思都不是。無端。消受西風一夜寒。

## 賀對達 字兼山、江蘇丹陽人、與兄易簡有皺水軒詞同懷稿、

### 浣溪紗

楊柳絲絲已半黃。芙蓉如面映朝陽。小橋流水遶門牆。　極目遠山晴色好。舉頭鴻雁怨聲長。一年愁緒到秋涼。

## 沈　晭　字叔輪、號尙廬、又號香嚴、浙江平湖人、諸生、有金庭詞草、

### 臺城路　秋九雨中遣懷

三春慣作愁霖賦。關情更憐芳草。舊雨重來。新雲又結。斷送秋香多少。重陽過了。待載酒拏舟。雨巾風帽。此日情懷。杜郎偏憶杜秋好。　尋芳猶恨不早。空階堆落葉。鎭日慵掃。寒雁孤飛。砌蛩冷咽。百折離腸縈繞。酒人潦倒。試醉了黃花。還被花笑。笑爾悠悠。簪花人又老。

## 施世綸　字文賢、福建晉江人、隸漢軍鑲黃旗籍、蔭生、官至漕運總督、有倚紅詞一卷、

### 憶秦娥

天將暮。寒鴉陣陣歸村樹。歸村樹。銜將秋色。背斜陽去。　西風葉落江城路。東山月上津頭渡。津頭渡。市橋燈火。水邊人語。

### 臨江仙　眞州

幾樹斜陽堤上柳。柳陰下泊孤舟。江雲帶雨過沙洲。暮山點裏。不是六朝秋。　五馬渡邊風又急。殢人猶在眞州。花枝爛熳酒家樓。疏簾倚遍。聽徹採菱謳。

## 賀巽 字申如、號孤村、江蘇丹陽人、有此光樓詩餘一卷、

### 瑣窗寒 秋燕

辛苦成巢。頓忘卻了。烏衣羈旅。金風促別。無計留他還住。掠疏簾、軟語低飛。徘徊未忍輕辭去。覺斜陽殘月。秋聲水影。都成離緒。 記取想當日。正花徑分香。柳塘撲絮。相依未久。早又渭城朝雨。怕將來寂寞樓頭。啓窗但見烏棲樹。望明年、杏林春暖。早入儂家戶。

## 李必恆 字百藥、一字北岳、江蘇高郵人、廩生、有二分明月詞一卷、

### 蝶戀花 京江晚渡

路入青山山繞樹。樹裏人家。家傍青山住。幾曲清溪環向戶。郁郁黃葉迷歸路。 一帶岡巒連北固。卻比閒愁。歷亂多無數。野曠雲低天欲暮。斜風細雨京江渡。

### 百字令 京江懷古

輕帆飽挂。趁西風、正是暮潮初上。極目浮沈鷗影外。兩點金焦無恙。北府新屯。南徐重鎮。舊日旌旗壯。果然天塹。投鞭誰設癡想。 休說六代興亡。殘山賸水。憑弔添惆悵。最是鸛河遺恨事。化得蟲沙一樣。娘子軍空。書生策進。牧馬中原放。淒涼夜月。後庭商女猶唱。

## 呂繩武 字靜遠、江蘇吳江人、

### 點絳脣 舟行

棹破漚花。斷虹吹角孤城暮。雨邊人渡。鳥上雲間樹。　綽約繁紅、寂寞誰相妒。輕輕誤。絳桃無數。何處初來路。

## 鈕琇 字玉樵、江蘇吳江人、貢生、官廣東高明縣知縣、有臨野堂詩餘二卷、

### 百字令 過周郢遺址

殘山剩水。有周遭古壁、紅頽秋晚。僧老未忘金粉地。占作祇林亭館。千騎霓旌。八公丹竈。往事桐曾剪。鐘聲花午。似傳宮漏餘點。　聞道擾竊黃巾。濁河驚走。城不留三版。雉堞已非當日舊。何況尋常巢燕。賓硯珠沈。姬符錦碎。誰識王孫苑。蕭蕭池柳。弄風疏影零亂。

## 錢炎 字又持、一字昀亭、浙江桐鄉人、貢生、官訓導、有楚江詩餘、集唐百家衣詞各一卷、

### 月華清 中秋無月、沅陵署齋、和賀天山韻、

愁水愁風。和雲和霧。鏡光黯黯難皎。影暗江潭。籠著淡烟孤悄。看飛躍、長鍬鋒寒。憑揮灑、短箋燈耀。休笑。

縱頹顏禿鬢有時重照。記得當年襟抱。對漢水襄城。放情高嘯。南北飄零。早怕悲秋人老。還頻囑、五夜休眠。倘待得、一輪娟好。綿渺。算寄愁天上。也應傳到。

## 錢穀 字子璧、江蘇華亭人、有唱和香詞、

### 柳梢青 春望

倚閣臨軒。東風吹徹。麥秀連天。金爵臺高。銅駝門冷。殘照依然。　尋思此日當年。歌舞處、朱橋畫船。黃鳥啼晴。海棠著雨。無限留連。

### 千秋歲 春愁和湘眞韻

鶯聲初弄。小閣東風送。纔憶起春山重。蘭膏留玉佩。桑陌停絲鞚。憐去路。香泥應染鞋頭鳳。　嬾把金卮奉。且著晶簾擁。無限恨。千秋共。幽篁帝子淚。青草明妃冢。同寂寂。昔時紅粉今時夢。

## 盧元昌 字文子、江蘇華亭人、諸生、

### 醉花陰 和韓文重九作

暮雲靉靉高樓閉。客整看花騎。莫遣到南陵。一片江山。慣賺登高淚。　青帘十里誰家肆。笑解金龜寄。回首漫銷魂。憔悴西風。誰向黃花醉。

## 蝶戀花 和臥子詠落葉

細雨廉纖深院落。做出秋聲。樹樹驚蕭索。滿眼飄零今異昨。斷腸人在梧桐閣。　金井霜寒啼暮雀。小立黄昏。人影風燈薄。紅葉題殘垂繡幕。征袍夢斷遼西約。

# 華長發 字商原，號滄江，江蘇無錫人，諸生，有滄江詞。

## 南鄉子

獨自下瑶階。笑折花枝戴玉釵。簾外紅雲凝不動。休猜。數樹緋桃似雪開。　望遠偶登臺。何事征人去不回。惱煞畫梁雙燕子。徘徊。又引春愁入院來。

## 清平樂

冶春過了。悔煞當初好。一霎相逢眞草草。裙帶鬆來多少。　黛螺愛染眉長。羅衫薰透鑪香。時把菱花私照。也還值得思量。

## 蝶戀花

三春好處人兒去。一片柔情。遠挂天南樹。妾夢不離江上雨。郎心已逐風中絮。　極目天邊鴻雁路。爭似雕梁。燕子雙栖暮。幾度問天天不語。花期暗把歸期數。

## 李　蓮

字石湖、湖北鍾祥人、康熙四十一年舉人、官江西南昌縣知縣、

### 渡江雲　流雲閣晚眺、用周美成韻、

金盤敧紫岫。翠烟漢浦。一畫界銀沙。倚闌空極目。不辨遙村。何處莫愁家。當年艇子。打兩槳、愁濕鉛華。歌舞殘、細腰猶困。急整鬢邊鴉。　誰嗟。高唐雲散。楚館風淒。只蕭蕭葉下。看釣翁、蓑輕霞綺。笠傲烏紗。頻沽濁酒陶風月。歌一曲、秋水蒼葭。沈醉後。羣鷗伴宿蘆花。

## 黎天性

字理具、號存齋、廣東東莞人、康熙四十一年舉人、有雙桂堂集附詞、

### 花心動　新柳

暖意初融。灞橋邊、春光問誰能洩。纔卸梅妝。未解桃顏。漸覺青回芳陌。眉痕淺淡舒猶嬾。似眠起、不勝嬌怯。怪多事、流鶯來早。競相調舌。　姿態依依似昔。可還記長亭。幾番傷別。卻恐近來。一搦柔腰。不慣迎風低折。章臺走馬人何處。休便把、翠樓遮隔。待看取、黃昏半籠煙月。

## 王一元

榜姓吳、字畹仙、奉天鐵嶺人、康熙四十二年進士、官陝西靈臺縣知縣、有芙蓉舫詞二十卷、

### 綺羅香　將別西湖、用梅溪詞韻、

對月魂銷。尋花夢短。此地恰逢春暮。絕勝湖山。能得幾回留住。弔蘇小、紅粉西陵。詠江令、綠波南浦。看紛紛、油壁青驄。六橋總是斷腸路。 重來樓上凝眺。指點斜陽外。扁舟歸渡。過雨垂楊。換盡舊時眉嫵。牽愁緒、雙燕來時。縈別恨、一鶯啼處。爲情癡、欲去還留。對空尊自語。

## 金縷曲 蟬琴

雙翼憑誰鼓。正朝來、清風徐動。清徵淒楚。抱葉孤蹤偏解慍。吸盡泠泠微露。任彈徹、斜陽疏樹。誰道廣陵今已絕。聽聲聲、齊女冰絃苦。好補入。爨桐譜。 悠揚餘韻還頻度。恰趁著、嫩涼天氣。移宮換羽。流水高山應共賞。蚓笛何能敵汝。更休說、鶯歌燕語。卻訝曲終人不見。遍高枝、遺蛻無尋處。操未畢。竟仙去。

# 查愼行

原名嗣璉、字夏重、號他山、又號橋洲、更名後字悔餘、號查田、晚號初白、浙江海寧人、康熙四十二年進士、改庶吉士、授翰林院編修、有餘波詞二卷、一名他山詞、

## 齊天樂 秋聲

西風瑟瑟涼歸候。孤燈自搖窗戶。蛩囀花欄。蟬休葉院。添灑芭蕉絲雨。纔聽又住。正澹月朦朧。微雲來去。簌簌空廊。依稀人在繡簾語。 多應枕畔愁絕。厭二十五更。好夢頻誤。響玉池邊。飄梧井畔。一片難分竹樹。零砧斷杵。更天外飛來。和成淒楚。別有傷心。天涯羈倦旅。

## 曲游春 白櫻桃下偶題

瘴雨長飄瓦。改東風幾信。偏滯寒色。二月初頭。見櫻桃一樹。花頭漸白。剛被晴烘拆。已便有、遊蜂窺得。勿嫌相對無情。猶是上年吟客。　彷彿。梨雲杏月。覺香泛南枝。春陰較密。占斷花朝。勝寒食江南。燕簾吹雪。可有人憐惜。是當時、下階曾折。爭奈亂後風光。斷無消息。

掃花游　清明後一日、再游柱山、與山學禪師茶話、

去城不遠。被野趣招人。路迴峰起。幾家桃李。並隔花婭姹。高鬟相倚。弄袖風來。好片踏青天氣。算多是。夢後韶光。眼前詩意。　遙指方外地。有白髮閒僧。蕭然孤寄。前游省記。正殘燈急雪。梅妝初試。轉眼春深。又和葉、摘將青子。茶烟裏。聽鐘聲、再尋山寺。

## 許田

字莘野、浙江錢塘人、康熙四十二年進士、官四川高縣知縣、有屏山春夢詞二卷、水痕詞一卷、屏山詞話一卷、

烏夜啼

清明小雨如絲。姊歸啼。不道落紅如許。踏成泥。　塔影濕。樹陰碧。倚樓時。細細一灣流水。曲通池。

解語花　偶見

鴨頭波淨。燕尾沙橫。人坐磯邊石。黛眉脩碧。卻好有、一樹絲楊遮額。粉裙風揭。剛小露、鞋兒雙窄。擊青瑤、玉腕冰紗。問比來誰白。　記取那年歡席。有蟲娘似否。醉聽歌拍。閒愁曾積。思量起、素體橫陳薌澤。多情

過客。空費汝、星眸小擲。漾花梢、一朵行雲。化水痕難覓。

## 施　鑒　字況清、浙江嘉興人、

### 天仙子　秋閨

蛩聲塡出離人譜。斜日垂簾紅一縷。爲誰收拾上眉尖。無人處。深深語。天涯往事難重數。　一片秋蟾林額吐。不道歸期今又誤。晩雲陣陣捲愁來。閒庭宇。黃昏雨。燭花照夢誰爲主。

## 韓　雲　字自爲、號怡園、浙江烏程人、貢生、有怡園詞鈔一卷、

### 念奴嬌　冬日虎丘、次曹顧庵韻、

蒼涼寒色看山川渾似、刺餘殘繡。一帶半塘花石供。妝點還疑春晝。霜葉紅酣。石坪翠滴。身入空青竇。池中劍氣。常聞夜半龍吼。　此中千古消魂。無邊佳麗。畫舫如煙湊。長笛短簫聲咽處。過眼韶華飛溜。白傅堤荒。眞娘墓冷。人落歸鴉後。依稀風景。一丘一壑如舊。

## 張大受　字日容、號匠門、江蘇嘉定人、康熙四十八年進士、改庶吉士、授翰林院檢討、有匠門書屋詞一卷、侶蛩遺音一卷、

貂裘換酒　壽徐虹亭檢討、和秋谷韻、

拍手蓬萊殿。問仙人、東流滄海塵揚幾遍。百尺垂虹堪俯仰。最喜叉魚射雁。歲歲傍、江湖相見。七十人生須暢飲。試停舟、日落丹楓岸。看鬢髮隨時換。　乘槎枉用探銀漢。夢依稀、暫行天上。漏殘香散。那似亭開豐草地。卻望浮雲長歎。只合比、漫郎稱漫。自笑常時吟詩句。對飄零、耆舊清溪畔。今不樂負吾願。

風中柳

水調誰歌。惹起閑愁千縷。況天涯、蠻烟瘴雨。子規枝上。道不如歸去。待歸來、蒼茫何處。　翦去生綃。賸寫江鄉風趣。空孤負、年時鷗鷺。紅牙銀管。最撩人酸楚。休更憶小紅低語。

徐文駒　字子文、一字耿菴、號丹崖、浙江鄞縣人、康熙四十八年進士、官山西懷仁縣知縣、

菩薩蠻　送季輝弟之廣平

東平脈脈春歸去。長亭亂舞垂楊絮。何處是邯鄲。浮丘山外山。　驪歌聲轉急。淚染征衣濕。落日送飛鴻。殘花映臉紅。

查爲仁　字心穀、號蓮坡、順天宛平人、康熙五十年舉人、有押簾詞一卷、與厲鶚同校絕妙好詞箋七卷、

憶秦娥

秋聲咽。樓頭雨過飄殘葉。飄殘葉。白雲紅樹。斷腸時節。　寶釵已折難重合。思量往事愁堪絕。愁堪絕。伊人何處。一簾新月。

### 柳梢青　春雨

做弄輕寒。絲絲如織。簾捲愁看。染柳多情。吹桃有意。都在闌干。　謾將離思頻牽。且小戀、重衾夢添。中酒幽窗。賣花深巷。翻笑春閑。

### 青玉案　咏水西莊紫芥一名諸葛菜、

離離綠遍山腰路。漸紫蔓、紛無數。老盡英雄空閉戶。灌園人遠。把鋤人去。寂寞聽春雨。　功名拾處偏多誤。算身世、堪爲圃。莫向瑯琊尋舊譜。張梨已杳。邵瓜無據。千古誰爲主。

### 天香　洋菊和對鷗

鯷壑含葩。鮫宮結蒂。蠻航吹送秋晚。絳幘嵯峨。霞衣襞積。海上漫來仙伴。依稀蜃氣。似過雨、樓臺初幻。飛蝶難尋遠夢。啼鴻頓書愁翰。　風前者回瞥見。乍相逢、惱人心眼。仔細較量。今昔色香都換。縱使登高插鬢。奈短髮、蕭蕭已疏斷。休問陶籬。餐英未慣。

## 杜詔

字紫綸、號雲川、別號浣花詞客、江蘇無錫人、康熙五十一年進士、改庶吉士、薦舉博學鴻詞、有鳳髓詞三卷、浣花詞、蓉湖魚笛譜各一卷、又與樓儼同入武英殿輯歷代詩餘、並修詞譜、

## 雨中花　同侯槃辰華子山小飲花前作

不信春歸如過翼。擁春恨、一時堆積。有淚看花。無言對酒。白日眞堪惜。　自欲放懷猶未得。爲笑問、古今詞客。幾個青蓮。柳金梨雪。不負春風筆。

## 綺羅香　西湖晚歸、用梅溪韻、

不盡春情。無多春色。眼底旋看春暮。遊子青衫。飄泊倩誰留住。最堪憐、夢斷西陵。恰早是、月明南浦。又無端、湖水湖煙。鳳凰山下迷歸路。　依稀第六橋邊。正落花風裏。畫橈爭渡。小隊蠻裝。勝卻吳娘眉嫵。看攲斜、帽影簪花。更揚鞭、認伊歸處。何須記、芳草天涯。朝雲腸斷語。

## 杏花天

柳絲風裊青旗颭。吹偏了、杏花村店。滿浮蟻綠猩紅糝。怕是花濃酒釅。　霞頰暈朱脣乍點。煙鬟濕、粉痕猶斂。尋春那抱傷春怨。約略疏香小豔。

## 滿江紅　過淥水亭

一帶寒汀。問是處、誰家亭館。可記得、水晶簾下。綠荷香滿。盡日不教東閣閉。無時肯罷西園宴。十年間、海內幾詞人。同遊宦。　奈側帽。風情斷。覺彈指。韶光換。便飄香秀筆。總隨雲散。何事莊生迷曉夢。重來楚客逢秋怨。正蕭蕭、落葉冷燕山。霜華晚。

程夢星　字伍喬、一字午橋、號香溪、又號洴江、江蘇江都人、康熙五十一年進士、改庶吉士、授翰林院編修、有茗柯詞一卷、

點絳脣　和漱玉詞

風颭湘簾、水沈縈碧流烟縷。靜中春去。樓閣深深雨。　卻倚雕闌。脈脈無情緒。凝眸處。粉雲香霧。遮斷天涯路。

劉嵩齡　字三祝、一字山祝、號洵南、漢軍鑲白旗人、康熙五十二年進士、改庶吉士、授翰林院編修、官四川永寧道、

惜餘春慢

鄧尉山腰、吳王宮腳、草碧常聞啼鴂。簾纖㲉雨。淡沲花風。良夜更宜新月。遊舫中流放時。春漲平橋。一篙清絕。記朱樓深處。銀箏輕撥。隔牆聽徹。　嗟十載、驅馬長安。湔裙挑菜。往事不堪重說。韶華過半。柳陌凝寒。怯把柔條攀折。纔喜荒城卜居。青踏南原。閒隨蜂蝶。怕殘英笑我。尋芳遲也。滿林飛雪。

張　梁　字大木、一字奕山、號幻花、江蘇華亭人、康熙五十二年進士、官行人司行人、有幻花庵詞鈔八卷、

西子妝　和珠岩兄聽雨、次倚平韻、兼憶秋田紫綸之作、

浥翠窗深。啼紅徑悄。數日清觴慵舉。騷騷屑屑易黃昏。對孤檠、恍疑新旅。閑愁幾許。似吹動、一襟芳絮。染吟毫。悵風流雲散。重逢今雨。　良朋去。草色天涯。雁足渾無據。寂寥花館遠鐘寒。有誰憐、鬢絲千縷。飛飛倦羽。尙回首、香叢深處。攬離懷不那梧桐一樹。

## 疎影

懷珠抱玉。憶乍寒紙帳。曾記清宿。一夜相思。忽到窗前。騷騷暗動風竹。空山雨雪年年慣。認消息、飛鴻南北。悵路遙、驛使難逢。歲晚轉添愁獨。　猶喜風光似舊。故人會面了。雙鬢仍綠。瘦影依依。笑語都香。一點佛燈深屋。四更殘月應還好。待攜手、緩尋溪曲。怕黯然、別又經年。空對臥遊屏幅。

## 宴清都　和顧子倚平夜讀宋詞感賦呈紫綸原韻

小院霜吹遍。羈魂悄。疏鐘和漏敲斷。吟香醉玉。挼花擣月。帶圍羞減。當年錯舞霓裳。想謫限、而今未滿。忍更拈、舊譜紅闌。金釵燈下閒按。　天涯斷梗相逢。翠樽同把。銀燭頻剪。年華暗逝。風流頓歇。冷鴻銜怨。從敎夢醒桃源。枉認了、蒼厓一片。笑幾番、浪逐流紅。沿洄路遠。

## 東風第一枝　春雪、用梅溪韻、

拂草生姿。縈叢作態。輕寒欲換輕暖。漫看珠箔光浮。定知錦鞋印淺。翩翻妙舞。似故學、仙裙嬌軟。數幾番、風到梨花。句引玳梁新燕。　溪淡淡。碧波照眼。山漠漠、翠烟障面。彩毫重約詩壇。素縑更流畫苑。香閨咏絮。早嫩柳、齊搓金線。倩郢歌、調入琴絲。不似灞橋曾見。

## 洞仙歌 孟亭約賦荷葉

小橋南北。早田田無數。改換年時送春路。笑碧簪零亂。紈扇低回。橫塘外、漸引凌波微步。涼雲飛冉冉。野渡無人。一片濃香自來去。最憶月明時。孤艇相逢。傾蓋裏、依依鷗鷺。還待與、騷人剪秋衣。任著破西風。不妨重補。

## 孫振豪 字汝西、福建浦城人、諸生、有賡籟集、

### 臨江仙 水村

塢裏溪橋橋裏樹。樹梢屋角溪隅。溪回橋轉忽模糊。雲多山見少。花滿路還無。　聽有濤聲尋卻誤。也非燕喚鶯呼。隔林招手叫提壺。牧童樵得筍。農父釣歸鱸。

## 紀邁宜 字偲亭、直隸文安人、康熙五十三年舉人、官山東泰安州知州、有儉重堂詩餘一卷、

### 憶江南二闋

何所憶。最憶夜初更。溪影暗搖燈影亂。柴扉土銼話三生。無限景中情。

何所憶。最憶雪窗孤。一段幽香天付與。繡簾輕颺糝梅鬚。語久覺寒無。

### 南鄉子 渡洛、有懷子建作、

風景最宜秋。紅葉林間喚渡舟。誰把鮫綃鋪水面。風柔。蹙得晴波縐縠流。　壯志已成休。背闕歸藩路阻修。一自洛妃乘霧去。悠悠。水遠山長祇益愁。

## 楊士凝

字妙合、號笠乘、江蘇陽湖人、康熙五十六年舉人、官山東單縣知縣、有燕香詞一卷、

### 柳梢青

一望平疇。風輕沙輭。野渡無舟。深柳鶯雛。斜陽燕子。人在高樓。　溪雲冷臥蘋洲。早挂起、西山一鉤。牧髻簪紅。樵囊擔綠。唱過荒邱。

### 滿江紅　春日別風衣

一片寒煙。汀洲外、白蘋風細。看燕子、銜紅掠水。去來如意。不省江南春佳處。柳絲萬把青無際。映斜陽、帆影有無中。遙情寄。　桃葉渡。輕橈繫。芳草陌。花驄戲。最銷魂香輭。蔚藍天氣。何苦旗亭還送別。別時滿眼風光異。借一尊、桑落浣春愁。知何味。

## 田同之

字硯思、號小山薑、又號西圃、山東德州人、康熙五十九年舉人、官國子監學正、有晚香詞三卷、西圃詞說一卷、

### 碧窗夢　本意

鴨篆青煙裊。雞窗碧影穿。泠泠孤月上闌干。照破梨花殘夢。一燈寒。

擣練子 春思

香已燼。夢難尋。露冷霜寒擁翠衾。儂自懨懨花自瘦。東風無賴不關心。

庭院悄。畫屏幽。黛鎖春山倦倚樓。不是偷聲偏減字。恐煩花鳥替人愁。

## 孔毓埏 字鍾輿、號弘輿、山東曲阜人、有蕉露詞、

轉應曲

楊柳。楊柳。送盡行人知否。去時雨雪紛紛。來日依依曉春。春曉。春曉。人與綠楊俱老。

## 孫鼎烜 字耀乾、號愼齋、安徽休寧人、有秄香堂詞三卷、

霓裳中序第一 春恨

嬌多不自惜。枕上東風能幾日。眉與春山共碧。算夢雨難憑。瓣香空憶。銀箏暮泣。撅素紘、芳思堆積。紅樓外、月華漸老。不記舊遊歷。　愁極。落花寒食。正水上、垂楊烟濕。桃根桃葉浪急。念漢浦分襟。灞岸離席。粉牆高幾尺。望不見、飛鴻海北。春何處、如今但有。聽雨聽風夕。

南浦 春水

風裏浪痕圓。想瀼西、舊有逸人曾住。清渭繞阿房。千年事、水上流紅如故。和雲出谷。落花深處春難度。傳語凭欄人莫去。飛下彩鴛雙舞。　橫塘十里香融。望陰陰冷翠。籠烟漲霧。長憶去年時。湔裙伴、都到浣紗溪路。蘭亭會阻。平林縹渺孤村暮。誰打莫愁雙槳急。忘卻綠楊芳渡。

## 探春慢　平沙落雁

乍暖晴烟。猶寒暮雨。雁程初趁風力。岸柳條枯。江楓葉脫。燦爛星沙尤密。莫共鷗鳧去。且位置、此間泉石。也知斷月蘆花。水鄉遠勝山驛。　賦楚吟湘幾隻。問底事因循。故人消息。珠樹無棲。寒枝待揀。半是塞雲踪跡。聽雨他鄉夜。每辭卻、高峯百尺。只怕春深促歸。社燕來集。

## 綺羅香　漢江作

碎裂苔箋。亂揉班管。鬱鬱孤懷難寫。十載芳菲。恨別洛陽花社。折方疏、柳樹成圍。翦不斷、藕絲盈把。儘魂消、情盡橋頭。人前難乞合歡假。　幽期誰使間阻。常怨東風只妒。綠尊紅斝。剗卻千山。還我舊時春夜。舞回風、衆裏搜羅。歌豔雪、暗中描畫。但多卻、花絮飄零。做成鉛淚瀉。

## 二郎神　次韻和夢窗垂虹橋、

凍雲紺合。風乍歇、水平如凝。正客鬢逢秋。鄰鐘催暮。纔汎香艫釣艇。況值春情闌珊後。怕玉瘦花腴無定。看縷縷蝶波。迢迢鴉陣。暗嗟塵境。　歸興湖光瀲灩。青山滿鏡。更竹樹新晴。舊虹猶在。獨向汀洲弄影。塞雁無憑。江潮有信。隄上綠楊清冷。遙望處、時見流螢數點。未教花暝。

# 周銘

字勒山、江蘇吳江人、諸生、有華胥語業一卷、松陵絕妙詞選四卷、林下詞選十四卷、

## 東風第一枝　斜陽　用史梅溪春雪韻

遠護瓊樓。斜窺翠幌。因風尚遞微暖。一梭影射池塘。蘸破綠陰深淺。銀屏夢醒。頓捨卻、香柔玉輭。最關心、頃刻韶光。妬煞弄晴歸燕。　還畫檻、漫凝雙眼。展寶鏡、羞妝半面。乍驚花發牆東。悔送人遊上苑。林嵐如繡。較強似、春工針線。還認伊、咫尺仙源。莫被劉郎輕見。

## 如夢令　秋夜

點點金風初綻。吹去秋光一片。午夜夢難圓。葉響蛩吟相亂。經慣。經慣。歲歲此時腸斷。

# 吳焯

字尺鳧、號繡谷、別號蟫花居士、浙江錢塘人、貢生、官同知、有玲瓏簾詞一卷、

## 鳳銜杯　新柳

新煙不重春無迹。開嫩眼、暗偷春隙。滿把柔絲。輕試東風力。遮不住、斜陽色。　小樓南。玉溪側。珠絡鼓、為他催擊。幾縷春魂。暗裏鶯簾隔。蚤又春愁織。

## 琵琶仙　補華樓聽錢德協琵琶

樓午槐陰。乍催起、一弄龍香新撥。初聽行馬嘶風。秋聲動蕉樧。旋細轉、春江暮雨。又淒緊、玉關飛雪。二尺

柔絲。一襟古苑無數波折。　倘遮斷、花曲屏山。只疑是、重蓮女郎怯。曾記綠么終後。換楓香奇絕。贏得箇、龍頭瀉酒。儘好教、鳳尾留月。說甚紅豆相思。故人輕別。

## 風入松　放生池

石橋低架水痕侵。飛翠濕衣襟。行邊不見塵生襪。聽玲瓏、響屧空音。盡處略無花影。接來一片湖陰。　一圍天鏡鎖清深。梵閣外周尋。空明依約無多地。但斜陽、到此銷沉。不待蘆花露白。暮涼吹動秋心。

# 董儒龍　字蓉仙、號神庵、江蘇宜興人、官貴州湄潭縣知縣、有柳堂詞、

## 御街行　晚望

薰風好處行人路。鶯舌巧。榆錢舞。天長草樹接雲霄。野闊牛羊如鶩。晚煙綠漲。夕陽紅淡。又早千山暮。　農家築就新場圃。麥未刈。秧先布。荒村燈火夜寥寥。夫婦牛衣中語。可堪淒斷。一聲畫角。吹徹樓頭戍。

## 念奴嬌　初夏渡太湖、感舊、

綠遍枝頭。斷送了、九十春光消息。馬足紅塵飛盡處。牛背何人橫笛。剗地長風。排空闊浪。中有扁舟立。筆牀茶竈。五湖自署狂客。　猶記初泛年時。香綃粉袖。偎傍妝臺側。三載離魂無覓處。血淚愁腸消得。細數繁華。夢中身爾。醉後重浮白。一彈別鶴。萬山湖上凝碧。

# 錢來修 字幼昆、浙江仁和人、

## 小重山 春閨

銀蒜低垂紫玉鉤。鴛鴦春睡暖、燭光浮。催花風急燕聲柔。青鬟亂。斜墮玉搔頭。　密意鎖雙眸。別離猶未說、淚先流。博山香裊畫屏幽。分手處。樓外晚雲稠。

## 揚州慢 邗溝懷古

隋苑春殘。蜀岡花落。枉教人怨鶯啼。泛紅橋十里。又碧草萋迷。料何遜、題詩去後。暗香都盡。橫玉休吹。最銷魂清夜。雷塘幾個螢飛。　寂寥如此。似當年、佳麗應稀。羨倡條冶葉。青樓翠幕。書記忘歸。一片野雲吹散。渾如夢、付與斜暉。只沿隄楊柳。長條依舊絲絲。

# 徐漢倬 字鳴皋、江蘇無錫人、諸生、有東園詩草、附詞、

## 渡江雲 雲川閣坐雨、同杜紫綸華予思作、

秋心無處著。登樓送目。衣薄晚天涼。小山叢桂近。瑟瑟西風。隔院度新香。分箋刻燭。重描寫、細膩風光。恰髣髴、置身圖畫。簾影動瀟湘。　家鄉。東華夢遠。杜曲花新。正尊罏無恙。莫便道、相如游倦。嬾賦長楊。江南秋色憑君取。更平分、座上清狂。人醉也。雨絲都化愁腸。

## 陳　枋　字交山、江蘇宜興人、諸生、有香草亭詞一卷、

### 過秦樓　寒月

珠斗微茫。銀河滅跡。穆穆金波傾瀉。釀露調鉛。敖霜出素。烘就參差鴛瓦。縱有玉案横階。一片空明。虛無人話。只籠鸚不睡。白泱泱地時窺簾罅。　記昔日、廿四橋邊。十三樓上。指冷洞簫吹罷。一柁飄篷。半規照我。幾處漢時關下。多少淒其伴他。籠雪長途。收蹬獨夜。便今宵載酒。浸影匡牀也怕。

## 胡　山　初名日新、字天岫、一字葑汀、江蘇宜興人、有與衆集、

### 河傳　次溫飛卿韻

江上。凝望。草蕭蕭。帆影虹橋去遥。舊愁新恨渾未消。朝朝。斷雲隨落潮。　燕子依人飛近遠。春漸晚。夢也何曾斷。過前溪。村店西。曲隄。似聞歸馬嘶。

### 憶秦娥　次太白韻

溪流咽。蕭聲吹起樓頭月。樓頭月。光浮玉盌。自難分别。　肯教辜負佳時節。層城十二紅塵絕。紅塵絕。梅花開也。白雲宮闕。

## 黃千人 字證孫、浙江餘姚人、官山東泰安縣縣丞、有竹浦稼翁詞一卷、

### 麥秀兩岐 田家四月詞

茆舍濃陰複。高矮園新竹。蜜分房。蠶上簇。已過迦文浴。摘來倭豆盈筐剝。休誇粱肉。　皐上閒驅犢。藉草當裀褥。麥全黃。秧正綠。播種期忙促。婦鳩喚雨田田蓄。一犂剛足。

## 沈叔培 字御泠、浙江錢塘人、有東苑詞、

### 山花子

碧柳千條露未乾。金衣百囀晚風寒。還道後園花未落。强心寬。　孤枕只餘魂縷縷。小衫誰見淚斑斑。舊日錦書偏惹恨。莫重看。

## 鄧　裴 字又楷、江西新城人、有蛩音詞、

### 浪淘沙

蹙損兩眉彎。幽恨漫漫。嫩晴天氣曉風寒。不信春來纔幾日。百舌啼殘。　梁燕語呢喃。似說春還。思君日日倚危闌。目斷天涯人不見。點點青山。

臨江仙　友人屬和資溪諸景、爲賦東華朝霽、

宿雨初收雞唱曉。簾櫳晴晃朝霞。三峯霽色見東華。日高煙斂。飛翠落簷牙。　滑滑春禽啼未歇。春山春樹周遮。枳籬門巷小桃花。尋芳人早。連袂過西家。

## 周　綸　字鷹垂、江蘇華亭人、有不礙雲山樓詞稿三卷、柯齋詩餘一卷、

憶秦娥　聽戍者言

天涯路。荒荒野日黃雲暮。黃雲暮。年年笳吹。征衣如故。　君恩不到邊庭戍。鄉心空絓將軍樹。將軍樹。平安烽報。翠圍深固。

巫山一段雲　次平望驛

水市新芻熟。維舟落照前。一行雁影白於烟。漁艇細黏天。　倦拭征人目。閒消壯士年。秋光似亦解相憐。故逗月光妍。

## 段玉涵　江蘇武進人

浣溪紗

古樹寒鴉集復驚。北風凉透薄羅層。小塘殘水漸成冰。　日色淡來花意散。雁聲孤處客愁凝。那時離別

此時情。

山花子

衰柳風前葉已稀。晚煙横界遠山齊。日落寒雲天影白。雁單飛。　秋月春花存舊句。板橋流水换新題。總是不堪重見處。認柴扉。

# 全清詞鈔第九卷

## 厲鶚

字太鴻、號樊榭、浙江錢塘人、康熙五十九年舉人、乾隆元年薦舉博學鴻詞、有秋林琴雅四卷、樊榭山房詞二卷續詞一卷、集外詞一卷、又與查爲仁同撰絕妙好詞箋七卷、

### 百字令　丁酉清明

春光老去。恨年年心事、春能拘管。永日空園雙燕語。折盡柳條長短。白眼看天。青袍似草。最覺當歌懶。悄悄門巷。落花早又吹滿。　凝想煙月當時。餳簫舊市。慣逐嬉春伴。一自笑桃人去後。幾葉碧雲深淺。亂擲榆錢。細垂桐乳。尚惹游絲轉。望中何處。那堪天遠山遠。

### 惜餘春慢　戊戌三月二十二日泛湖、用清眞韻、

綠徧山腰。青迴沙尾。花信幾風吹斷。屏間鳥度。鏡裏舟移。乍試苧衫綃扇。常把禪機破除。難負春妍。流光如箭。正蘅皋稅駕。韈塵不動。黛明波遠。　看漸是、弱絮縈烟。新荷鑄水。麗景一番薰染。初啼鳺後。將噪蟬前。池閣陰晴千變。誰道憑闌有人。暗憶年華。自憐幽倩。且停橈淺酌。恐惹霑衣數點。

### 曲游春　郊外探春作

一水仙源曲。被柳條遮斷。千縷婀娜。有約湔裙。怪逢伊還向。重簾單舸。出意新梳裹。看颭鬢、蘂黃微涴。縱

近來。遠似天涯。誰倩玉顏初破。 禁火。心情偏妥。伴錢藕偷分。鈿符輕墮。容易斜陽。恐穿煙鳳子。尙尋珠唾。波面虹橋臥。任怨咽、玉簫吹過。無奈淡月籠燈。翠扉恨鎖。

### 丁香結 暮春初霽、用清眞韻、

吹落嬌雲。展開平碧。枝上雨殘猶隕。恨流光偏迅。數景物、賸得鶯愁蝶潤。小紅曾記否。朝酲殢、薄寒自忍。可憐游舫。散後定是、蕪菁開盡。 相引。早餖飣陰晴。花信催過幾陣。曲巷幽坊。柳緜竹粉。翠樓生暈。謝家飄蕩紫額。翦麴塵盈寸。憑闌干那曲。冶葉何人摘損。

### 百字令 月夜過七里灘、光景奇絕、歌此調、幾令衆山皆響、

秋光今夜。向桐江、爲寫當年高躅。風露皆非人世有。自坐船頭吹竹。萬籟生山。一星在水。鶴夢疑重續。拏音遙去。西巖漁父初宿。 心憶汐社沈埋。清狂不見。使我形容獨。寂寂冷螢三四點。穿過前灣茅屋。林淨藏煙。峯危限月。帆影搖空綠。隨流飄蕩。白雲還臥深谷。

### 高陽臺 落梅

縞月啼香。青禽警瘦。遺環與恨俱飄。雪沒鞋痕。何人爲掃溪橋。東風欲避層臺遠。御風歸、第一春銷。惱相思。枝北枝南。冷夢迢迢。 山空記得吟疏影。拾參差碎玉。自裹冰綃。湖水無聲。流殘舊怨新嬌。餘酸已在濃陰裏。怕重屏、半萼難描。更堪他、消息經年。雨暮煙朝。

### 琵琶仙 乙巳早春過吳門作

帆色新年又輕約水枕春寒同載。堤上沽酒人家。湘梅已先賣。斜照傍、紅樓未啓。惜猶護、一層芳靄。趁燕裙歸。調鸚檻遠。塵夢都改。　悄彈指、閑立平沙。更吹綠、吳波緩衣帶。堪笑天涯蹤跡。有垂楊相待。人意與、東風是客。洗輭香、雨際煙外。且聽鐘度楓橋。舊情如在。

## 摸魚兒　燕城清明

杏餳香、鬧花門巷。家家風外晴穩。來時猶道江程短。定不短如愁鬢。飛絮近。作去酒惡寒輕、只是無人問。紅絲硯潤。便杜老傷春。江郎賦別。難寫此時恨。　西湖路。最愛山聯眉暈。游船曾記歸盡。綠楊闌角聽鶯坐。知我平生疏俊。情一寸。回首處、雲容水態還相引。天涯自哂。繞九里街中。三分月底。誰與寄芳信。

## 掃花游　乙巳三月二十三日客揚州、空齋積雨、孤愁特甚、問人始知是春盡日也、黯然於懷、賦寄尺鳧、

折花泛舸又夜淺燈孤。綠陰如許。舊游間阻。聽簷聲壓酒。醉醒無據。落魄多愁。尚記羅裙雁柱。向南浦。訝楊柳今朝。腰瘦慵舞。　行徧深院宇。已負了春來。忍教春去。笑人易誤。似山中枕石。頓忘時序。小榼櫻桃。更憶西園勝聚。寄情處。畫當年、滿湖煙雨。

## 謁金門　七月既望湖上雨後作、

凭畫檻。雨洗秋濃人淡。隔水殘霞明冉冉。小山三四點。　艇子幾時同汎。待折荷花臨鑑。日日綠盤疏粉豔。西風無處減。

## 慶宮春　冬夜泊舟鴛湖、有憶、

倦柳驚鴉。澄湖低月。墜霜初度簷罅。搖落心情。交加魂夢。水天離思難寫。賦箋詞筆。憶相見、秋娘淡雅。淒涼只在。學繡村邊。曉鐘敲罷。　可能負却西風。兩槳來時。暮雲凝乍。啼紅唾碧。衫痕猶涴。尚記那回簾下。怨人輕別。是纔識、香囊分麝。孤鴻遥去。說與歡知。酒醒今夜。

## 齊天樂　吳山、望隔江霽雪

瘦笻如喚登臨去。江平雪晴風小。溼粉樓臺。釅寒城闕。不見春紅吹到。微茫越嶠。但半沍雲根。半消沙草。爲問鷗邊。而今可有晉時棹。　清愁幾番自遣。故人稀笑語。相憶多少。寂寂寥寥。朝朝暮暮。吟得梅花俱惱。將花插帽。向第一峯頭。倚空長嘯。忽展斜陽。玉龍天際繞。

## 疏影　湖上見柳影

輕陰冉冉。正嫩苔弄碧。庭院深掩。千縷柔魂。搖蕩如煙。無端忽度闌檻。章臺路暗人歸去。看足了、斜陽濃澹。又幾痕、水際低窺。近日楚腰全減。　依約勻梳月底。亂雲鋪滿徑。籠住文簟。欲結同心。空試荑苗。作去就三分銷黯。寒添白袷清明後。掃不盡、隨風微斂。最鏡中、再寫秋疏。記得踏枝鴉點。

## 眼兒媚

一寸橫波惹春留。何止最宜秋。妝殘粉薄。矜嚴消盡。只有溫柔。　當時底事匆匆去。悔不載扁舟。分明記得。吹花小徑。聽雨高樓。

## 玉漏遲　永康病中夜雨感懷

薄游成小倦。驚風夢雨。意長箋短。病與秋爭。葉葉碧梧聲顫。溼鼓山城暗數。更穿入、谿雲千片。燈暈翦。似曾認我。茂陵心眼。　少年不負吟邊。幾熨帛光陰。試香池館。懽境消磨。盡付砌蟲微歎。客子關情藥裹。覓何地、煙林疏散。懷正遠。胥濤曉喧楓岸。

齊天樂　秋聲館賦秋聲

簟淒燈暗眠還起。清商幾回催發。碎竹虛廊。枯蓮淺渚。不辨聲來何葉。桐飈又接。盡吹入潘郎。一簪華髮。已是難聽。中宵無用怨離別。　陰蟲還更切切。玉窗挑錦倦。驚響檐鐵。漏斷高城。鐘疏野寺。遙送涼潮鳴咽。微吟漸怯。訝籬豆花開。雨篩時節。獨自開門。滿庭都是月。

八歸　隱几山樓賦夕陽

初翻雁背。旋催鴉翼。高樹半挂微暈。銷凝最是登樓意。常對亂波紅蘸。遠山青襯。不管長亭歌欲斷。漸照去、鞭痕將隱。想故苑、燕麥離離。滿地弄金粉。　何況春游乍歇。花愁多少。只惱黃昏偏近。冷和帆落。慘連笳起。更帶孤煙斜引。誤離闌倚徧。霽色明朝也應準。無言處、望中容易。下卻西牆。相思人老盡。

黃之雋　字石牧、號㢈堂、江蘇華亭人、康熙六十年進士、改庶吉士、授翰林院編修、薦舉博學鴻詞、官至左中允、有㢈堂詞二卷、補遺一卷、

杏花天　落花

花鬚著蒂無情緒。彈碎卻、春痕幾縷。退紅潑點闌干雨。風裏吹來吹去。　有一片、蛛絲挖住。有一片、燕兒銜取。香魂似與東風語。爲我重吹上樹。

瑣窗寒　霜

不信連宵。江楓葉葉。染來都媚。芳華換眼。做冷裝晴天氣。悄無人、三更四更。碧空瑩澈清如洗。借小窗月色。高簷風影。畫成寒意。　此際渾難睡。想茅店板橋。定催人起。淒涼向曉。最惹烏啼心事。耐初曦、樓陰未銷。玉階瑤瓦添憔悴。怕蕭疏、鬢影撩他。點入菱花裏。

解語花　見江岸草花淡紅可愛而賦

沿洲杜若。蔽石江蘺。荒廟幽馨惹。細花開向無人處。幾點自成風雅。嫣紅淡赭。是暮雨、羅裙吹化。題贈他、眞本離騷。儘付湘靈寫。　隨意臨風開謝。悵蓀橈輕過。搴未盈把。斷崖何處燕脂買。空想倚舷臨畫。淒涼在野。誰伴汝、月宵烟夜。須異時、移綴漁莊。從楚江歸也。

定風波　月下渡江

燕子磯根急浪春。浪痕遥颭水燈紅。無數帆檣先後發。乘月。阿誰能唱大江東。　呼起當年吳大帝。貪睡。不知船上有英雄。獨立柁樓吞沆瀣。簫響。一聲驚起萬魚龍。

翠樓吟　魂

月魄荒唐。花靈彷彿。相攜最無人處。欄杆芳草外。忽驚轉、幾聲啼宇。飄零何許。似一縷游絲。因風吹去。渾無據。想應淒斷。路旁酸雨。日暮。渺渺愁予。覺黯然銷卻。別情離緒。春陰樓外遠。入烟柳、和鶯私語。連江暝樹。願打點幽香。隨郎黏住。能留否。只愁輕絕。化爲飛絮。

一枝春　有爲聽浴詞者、嫌近猥褻、正之以雅、

絮撲東鄰。豔陽斜、小浹羅衣香汗。蘭湯試否。細語杜鵑花畔。窗紗閉響。想卸到、畫鸞裙襇。知尚怯、一縷微風。逗得玉肌寒淺。　移時暗聞水濺。是冰綃三尺。輕勻濕徧。梨花鏡裏。帶雨自憐春軟。闌牆未許。肯簾外、侍兒金賺。應怕有、雛燕雕梁看人未免。

## 姚之駰

字魯思、號仲容、浙江錢塘人、康熙六十年進士、改庶吉士、授翰林院編修、官陝西道監察御史、有鏤空集詞四卷、

念奴嬌　潮

赭山瀑布。是天風吹斷、橫拖百尺。指點潮頭飛一綫。劃破海門澄碧。萬馬騰沙。雙龍吼雨。一霎錢塘白。浪花拍岸。江流如帶嫌窄。　最是三老喧迎。洪波匌匒。遮卻輕帆沒。目眩吳兒爭弄處。絕勝鯨呿鰲擲。怒洩鴟夷。驚回弩鏃。此事憑誰說。樟亭坐久。餘波湧出新月。

水龍吟　冰

霜風吹老馮夷。寒塘一夜敎生骨。琉璃地滑。水晶簾障。難尋明月。既礙魚跳。還妨鶩浴。更無泉咽。有幽窗

耐冷。呼童煮茗。把瓊樹。都敲折。　莫道梅花凍損。應消受、玉壺清冽。筆澁難書。瓶堅愁破。爐香煨熱。獨有佳人歸舟日盼。前溪遥隔。想嘉文枕畔。相思淚點。也凝紅血。

## 顧楝高

字復初、一字震滄、江蘇無錫人、康熙六十年進士、乾隆中、舉經學、授國子監司業銜、有萬卷樓集附詞、

### 金縷曲　題菊圃種藥圖、爲干侯先生作、

三徑歸來否。儘棲遲、車塵馬足。慣曾奔走。千里煙光摹取盡。愁殺六朝宫柳。先生有金陵懷古詩六首　只不奈、黄花依舊。陶令原來頭半白。折腰頻、贏得香盈手。倩畫史。爲君剖。　相逢更得疏狂友。共天涯、高歌拍案。放懷詩酒。嶺海風波經歷遍。人似菊枝吹瘦。算輸卻、虎頭癡透。廿載編摩成老蠹。任花開花謝消磨久。同牀夢。醒還久。

## 鄭方坤

字則厚、號荔鄉、福建建安人、雍正元年進士、官山東兗州府知府、有青衫詞一卷、

### 踏莎行

暖日初熏。惠風微扇。繁紅開徧閒庭院。一年好景數春三。如何春好人偏嬾。　香冷金猊。塵封箏雁。花陰自向雕闌轉。沈沈簾幙鎮長垂。畫堂誤了歸來燕。

### 燭影摇紅　春思

做暖裝寒。輕風何意吹人面。柔情罥結比春蠶。不作芭蕉展。欲共吳淞水剪。奈并刀、難裁心繭。賣餳天氣。中酒襟懷。落花庭院。　一抹晴峯。依稀低壓香雲扁。無情弱柳鎖寒煙。尚鬬宮眉淺。此際相思怎免。問音塵、梁間語燕。翩然竟去。不肯銜書。欄干凭遍。

## 柯剛燦 字斗威、浙江嘉善人、有蓉笙詞、

### 月下笛

何處樓頭。一聲寥亮。費人清淚。珍珠簾底。可是石家舊歌吹。依稀纔度東牆遠。卻宛轉、吹殘流水。料斜橫粉靨。那人猶在。梅花香裏。　傾耳。清如此。想翠竹經霜。正欺寒袂。關山萬里。沙邊落雁驚起。江雲凍合淒涼月。問憶著、韶華曾未。纔三弄、又還停。誰識桓伊幽思。

## 柯　煜 字南陔、號石庵、浙江嘉善人、雍正元年進士、官湖北宜都縣知縣、有月中簫譜二卷、一名房露詞、

### 浣溪紗

煙外飛絲送百勞。玉窗人倦晝無聊。微風吹夢過平橋。　芳草一隄嘶綠耳。畫船雙槳趁紅潮。醒來斜日杏花梢。

### 高陽臺

修竹人家。綠楊城郭。春衣乍卷晴煙。是處鶯聲。迷離又是今年。東風不挽桃花住。出溪頭、片片堪憐。況淒然。芳草無情。綠上遙天。　門前流水知何事。但蘭舟兩兩。燕尾涎涎。漫把情懷。分明訴與啼鵑。相思不作天涯夢。倚銀屏、隨意閒眠。記燈前。商略新詩。分付蠻牋。

### 倦尋芳　雪燈

空庭堆絮。小逕飛瓊。素光零亂。未到更深。一點微紅黯淡。寒影乍分窗月白。清輝併入梅花豔。暗風吹。藉軟屏曲護。尙愁輕剪。　聽叫罷遙空哀雁。又手冷呵棊。挑盡殘焰。塑就獅兒皎鏡不嫌重看。全透珠胎空不著。半籠雲母深還見。怕晨曦。碎冰甃。霎時驚散。

## 柯炳　字緯昭、浙江嘉善人、諸生、有月波詞、

### 浣溪紗　閨思

雨冷風寒不可聞。小闌花逕欲黃昏。銅壺初滴漏聲沈。　翠幌不堪燈伴影。綺樓只有燕依人。一襟幽思向誰論。

## 柯熀　字愓聞、浙江嘉善人、有青翻詞、

### 滿庭芳　雲

碧縷如煙。素痕疑雪。閒閒點綴長天。翠漪浮動。十里淡晴川。卻怪蘋風吹去。些時斷、恰又相連。渾難定。朝來踪跡。贏得楚王憐。　當年巫峽裏。驚回殘夢。多少啼猿。算人間羅縠。難與爭妍。莫是天孫織就。攜來好、濯向銀灣。還看取。翠樓妝罷。婀娜鬭新鬟。

## 孔傳鐸 字牖民、號振路、山東曲阜人、雍正元年襲衍聖公、有紅萼詞二卷、

### 好事近 過涿州樓桑村

簫鼓鬧叢祠。猶似江淮村落。惆悵數家烟火。露酒旗斜角。　當年人傑有張劉。意氣橫寥廓。千載霸圖俱盡。望燕山如昨。

### 惜秋華 賦得秋風起兮白雲飛

四壁蛩吟。恨無端惹起、傷秋懷抱。槭槭淒淒。漸看葉稀林表。行雲本是無心出。隔斷青天殘照。將疏雨淒然、洒遍青鞋黃帽。　江上蒹葭老。想東陽瘦損。舊時風調。孤城畔。砧杵急。又催愁到。明知離緒難禁。況天涯、亂山縈遶。眠了。聽一宵、秋聲多少。

## 孔傳誌 字振文、號西銘、山東曲阜人、襲翰林院五經博士、有清濤詞三卷、

### 琵琶仙 南池看新綠

黯淡輕風。又吹起、數點碧池新葉。夾岸疏柳高槐。青青遞相接。細雨過、蘭舟搖漾。更添得、幾分幽絕。別鶴情縈。孤鸞影在。此恨誰說。　都緣我、遠道尋春。辜負了、家鄉好時節。還把金樽重倒。要補從前缺。零亂盡、千紅萬紫。有南池無恙風月。休待冷落垂楊。渭城人別。

### 最高樓

長江外。渺渺最高樓。一望一回愁。四圍山色千章木。連天野水一孤舟。古今長。人物換。歲華休。　何處有、謝公樓上雪。何處有、庾公樓上月。心悄悄。悶悠悠。笛聲不管離人恨。霜華都上旅人頭。一番風。一番雨。一番秋。

### 燕歸梁

十里芙蕖曉露香。也耐盡淒涼。風牽蝶影上迴廊。剪難斷。是離腸。　蟬聲似訴心間事。愁無夢。到君傍。數完七十二鴛鴦。還有甚。費思量。

## 楊學林

字耐圃、別號六榆居士、湖南新化人、有綠陰山館詞二卷、

### 木蘭花　聞笛

東風容易傷離別。春水綠波春草碧。欄干倚遍小紅樓。落盡梅花吹玉笛。　吟魂飛去無消息。夢遠江南人寂寂。更於何處覓知音。只有清溪溪上月。

## 陸培

字翼風、號南香、一號白蕉、浙江平湖人、雍正二年進士、官安徽東流縣知縣、有白蕉詞四卷、

### 霜葉飛　對菊寫懷

冷颼吹早頽陽裏。雁繩點點寒峭。亭皋極目正蕭然。綴幾叢秋杪。聽說是、根移小島。霜華染遍偏難老。令節又重陽。但打點、題糕把酒。欹側風帽。　誰似楚屈愁邊。紅蘭紉後。夕秀解道餐好。浮槎滿意贈支機。奈亂鴉啼曉。任葉脫、階除不掃。白衣未必還來到。漫浩歌、疏籬下。一笑柴桑。賦歸遲了。

### 真珠簾　白燕

阿誰軟語紋窗畔。分明對、東素差池輕翦。社日偶相逢。比玉釵嬌顫。莫似尋常烏巷客。漫撇了、舊家亭館。春晚。怕淩波貼地。絮飛交亂。　可要文杏雙棲。急叮嚀挽上。翠簾銀蒜。驀趁鷺鷥肩。看蓼灘雪濺。一樹梨花開正白。好寫入、鵝溪東絹。難辨。約蹁躚歸候。月華如練。

### 長亭怨慢　柳花

正啼鳩聲中春暮。別館長亭。颺空交舞。作意吹綿。翠條猶弄、舊眉嫵。欲留無計。知逗落。誰家住。風裏最輕盈。好哦入、香閨詩句。　惜取。向簾旌戶額。撲到白花如絮。斜陽馬首。又亂惹、客懷淒楚。怎禁得、飄蕩隨波。半化作、青萍來去。卻似我心情。飛夢天涯無主。劉禹錫春盡絮飛留不得、隨風好去落誰家、

### 曲遊春　寶峯探梅、用周草窗韻、

步屧郊坰去。喜信風輕漾。官柳初織。傍水僧寮。有羅浮千樹。横斜簷隙。香界塵都隔。更誰倚、女牆吹笛。恰弄晴、半萼全開。嬌煞玉奴顏色。　滿陌。裙腰拖碧。笑桃杏經時。芳意猶勒。看足清幽。恍孤山雪霽。虎橋煙羃。轉眼愁寒食。漫懊惱、南枝春寂。只恁蝶恣蜂喧。怎生禁得。

## 齊天樂　蟬

西風消息憑伊說。騷人最憐淒調。散帶庭陰。拖笻野外。聽彀幾番斜照。江干放棹。又勸客殷勤。數聲林杪。不似荒蛩。宵分鎮傍玉階鬧。　吳歈誰唱巷陌。井梧遲點逕。一任嘶早。漠漠涼雲。疏疏老柳。贏得年時懷抱。曲房曳到。指薄翅吟商。鏡心人笑。淺約山眉。鬢邊慵鬥巧。

# 沈廷陛　字廉叔、浙江平湖人、雍正四年舉人、官四川納谿縣知縣、有介軒詞、

## 南浦　送南薌入都、用玉田韻、

巖桂欲流香。悵無端、一雁横飛秋曉。千疊是燕雲。牽情處、風柳幾行如掃。蕭蕭行橐。裝書只有紅鵞小。鷺堠鷗亭吟眺外。何限冷烟荒草。　溪灣小築幽清。坐雲窗幾度。言愁未了。又賦玉京遊。藍橋畔、除卻裴航誰到。關河浩渺。懷人應念憑欄悄。好待春風時得意。看遍杏枝多少。

# 王賓　字東膠、江蘇太倉人、雍正四年副貢、官浙江建德縣知縣、有楓翁詩餘二卷、

### 摸魚兒　庭中夾竹桃、深秋猶放、詞以賞之、

已曾經、幾番風月。看看秋又將暮。翠裳霞袂輕盈態。取次醉顔偷露。君莫誤。認一幅瀟湘、又是仙源路。烟林深處。問隔竹人家。笑桃門巷。曾否也相遇。　閒庭院。不少花嬌柳嫵。難禁風雨全妬。天然帶得霜筠意。耐盡暄涼如故。還問汝。可記得、春風人面盈盈語。偏敎凝竚。想斑淚應殘。脂容易悴。零落更誰訴。

## 張鵬翀

字天扉、一字抑齋、號南華、江蘇嘉定人、雍正五年進士、改庶吉士、授翰林院檢討、官至詹事、有南華山房詩鈔、附詞、

### 沁園春　雪朝

快雪初晴。檐霤垂珠。眞耶幻耶。是瑤姬獻瑞。寶釵顫鳳。玉人呵凍。雲鬟堆鴉。地擁羊羔。天垂錦帳。也儘豪雄莫怨嗟。消停好。且呼童掃煮。還學陶家。　人間富貴浮華。有一曲、山香舞未斜。賸裝楹被砌。縈紆素練。隨風耀日。的爍銀砂。鳳闕重鋪。龍樓淡繞。一帶蓬山景絕佳。還留得。綴疏簾小檻。權當梅花。

## 孟瑢

榜姓陳、原名興璸、字湛文、江蘇長洲人、雍正七年舉人、官內閣中書、有樾籟詞、

### 百字令　池陽女閨中有名小揚州者、豔冠一時、追憶昔遊、倚此寄感、

瓊花消歇。是伊誰、移得桃根桃葉。廿四橋邊行樂處。揀取一株栽接。舊日吹簫。而今引鳳。未許分枝節。平

山闌檻。想曾纖手輕拍。　回憶當日清遊。玉船微動。倚醉歌蘭雪。杜牧三生歡夢斷。消受江湖騷屑。綠暗雷塘。秋殘螢苑。忍把從前說。西都佳麗。二分猶占明月。

## 毛之玉

字用羽，號約亭，又號裴山，江蘇太倉人。雍正八年進士，改庶吉士，授翰林院編修，官至河南道監察御史。有曉珠詞一卷。

### 月華清　荼蘼架

銀葉堆空。瓊蕤向曉。風戛晝檐香顫。夢冷梨花。賸護送春庭院。逗微寒、綠霧斜籠。蕩素影、玉虬交綰。簾捲。看玲瓏碎月。雪深夜暖。　風味酒邊曾見。記淡碧輕黄。小缸春淺。雲幔迷離。誰灑釅痕千片。戀餘芬、蝶翅猶狂。催暮景、鶗聲沉怨。零亂。怕朱桁翠格。粉英飛斷。

## 林蒲封

字桓次，號鼇洲，廣東東莞人。雍正八年進士，改庶吉士，授翰林院編修，官至侍讀學士。有鼇洲集，附詞。

### 齊天樂

十年陳跡驚心認。流鶯喜還未老。海燕爭迎。岸花曾送。不分者番重到。且停蘭棹。看幾樹垂楊。向風低裊。卻怪萋萋。池塘綠偏夢中草。　琴絲暗塵涴了。任吹殘鬢影。誰是同調。虬漏聲沈。魚天雲淡。一抹眉痕纔掃。紅樓深悄。怎話到前歡。頓添悽抱。回首南園。曲闌春正好。

## 沈慰祖

字學周、號礪齋、江蘇吳縣人、雍正八年進士、改庶吉士、授翰林院編修、官左贊善、有聽鸝詞草、

### 拜星月慢　扇

風借秋先。月驚晝墮。骨格生來輕倩。纖手提攜。稱霧綃冰簟。伴人處。常是、水荷香裏搖動。悄看銀潢低轉。惹蝶招鶯。向綠陰西畔。　解炎蒸、一晌多依戀。經披拂、自覺相隨慣。最苦玉露金風。早井梧零亂。似班妃、中路恩情斷。淒涼況、只共青奴歎。誰信道、整整相思。再一年重見。

## 李　凱

字雪厓、號圖浚、浙江鄞縣人、雍正八年進士、官紹興府敎授、

### 西江月

勝會如雲易散。華年似水難留。黃昏恨緒繭絲抽。又是春蠶時候。　怎奈柳花無賴。飄來點點閒愁。穿簾燕子恁輕柔。知被東風吹瘦。

## 田實發

字梅嶼、安徽合肥人、雍正八年進士、官江蘇徐州府敎授、有綠楊亭詞一卷、

### 滿江紅　東阿懷古

滿眼春蕪。儘緩轡、東阿曲路。殘寒盡、暄風幾日。捲開晴霧。一帶荒城連斷岫。幾株煙柳迷官渡。賸居人、指

點說黃初。歸藩處。　金殿上。燃萁賦。洛水畔。淩波步。甚芝田蘅館。明珠手付。八斗才名誰與偶。五官郎將空相妒。只千秋、零落應瑒儔。深悲慕。

柳枝

一鳩啼雨過平皐。裊娜旗亭伴客軺。不是行人攀折苦。春風爭上短長條。
長帶娉婷曲曲池。清晨經雨綠絲絲。生來不是臨官道。舞盡春風那得知。
縷縷絲絲近畫樓。斷烟疏雨暮颼颼。誰能更向樓西角。添得初三月一鉤。
橋北橋南十萬枝。何曾一樹失春期。綠烟金穗看如許。偏受東風着意吹。

## 何夢瑶

字贊調、一字報之、號研農、又號西池、廣東南海人、雍正八年進士、官奉天遼陽州知州、有匊芳園詩餘、

絳都春　秋螢

莎庭穿過。共零落素秋。疏星流火。旋轉露臺。小扇輕紈。隨風墮。瑤琴寒枕簷邊臥。逗冷色、荒燐靑破。建章何處。頹垣夜永。井欄添箇。　誰和。滄江杜老。賦霜鬢看汝。短衣頻坐。暗想去年。騎省悲秋。愁無那。籠紗分得宵燈課。並釵腳、玉蟲低嚲。空憐影拂香裙。畫樓暮鎖。

月華清　秋蛩

霜冷銅鋪。風沉銀箭。枕函添得凄楚。弔月鉤欄。似繹鳴蟄愁縷。寫淸商、聲咽桐絲。啼墜葉、響分蓉露。如訴。

記燈昏紅壁。西堂曾賦。芳草王孫何處。正夢斷秋英。繞籬吟絮。薜荔窗虛。更著淡烟籠住。歎窮簷、機杼都空。恨逆旅、歲華將暮。休去。問紅鈴月額。閒堂秋圃。

## 張湄

字鷺洲、號柳漁、浙江錢塘人、雍正十一年進士、改庶吉士、授翰林院編修、官兵科給事中、

### 雨中花

多少朱顏消客路。儘思量、半生愁處。是蕭寺西風。板橋殘月。水驛孤篷雨。　魚箋昨夜催歸去。淒楚煞、一燈雙杵。便冷暖心知。醉醒人問。也要天公許。

## 沈栩

字冬星、江蘇吳江人、有醉花詞、

### 蝶戀花

春色方濃香氣暖。愛向深叢。句引情絲亂。宿粉褪時憨態軟。舞衣更倩嬌紅染。　密意騰那雙袖顫。葉底低徊。休把全身現。惱煞踏青遊女扇。錯教撲下桃花片。

## 毛健

字今培、號鶴汀、江蘇太倉人、貢生、官安徽祁門縣訓導、有臥茨樂府一卷、

### 疎影

秦簫怨咽。比斷蛩孤雁。還更淒絕。消損東陽。幾夜秋風。瘦到詩魂花骨。燈昏香燼幽房冷。半睡裏、驚心暗怯。怪空階、寂寞無人。誰踏檻前殘葉。　應是相思夢斷。餘情再喚轉。舊侶蝴蝶。玉珮歸來。淺倚銀屏。髣髴淡雲明滅。梅花小影紗窗下。恨只恨、角聲吹徹。待覓取、簾外幽蹤。已逐曉風殘月。

### 更漏子

不成眠。還似醉。做就許多憔悴。金鴨冷。玉蟾明。空階落葉聲。　雲母扇。芙蓉面。只隔秋雲一片。愁未了。夢偏稀。曉鴉門外啼。

## 鄭　達

字君穎、號豐麓、廣東香山人、諸生、官兵部司務、有怡心亭詩集、附詞、

### 臨江仙　題田明府畫册王摩詰詩八景之一、柳市南頭訪隱淪、

想見芒鞋竹杖。生涯半雜漁樵。門前垂柳弄烟條。抱琴眠石磴。送客過溪橋。　悵望蒹葭秋水。別來幾度相招。江村道阻不辭遙。桑麻閒暮歲。詩酒話深宵。

## 王時翔

字抱翼、一字皋謨、號小山、江蘇太倉人、諸生、官四川成都府知府、有青濤詞、紺寒集、青綃樂府、初禪綺語、旗亭夢囈各一卷、總稱小山詩餘、

### 踏莎行

嫩嫩煙絲輕輕風絮。絳旗斜颭秋千處。花枝照得畫樓空。薄情燕子和人去。　冷落闌干。淒清院宇。夕陽西下明殘雨。一雙紅豆寄相思。遠帆點點春江路。

綠意　新綠、風雨菴分賦、

采香乍定。被夜來風雨。芳林洗淨。嫩葉柔柯。漸覺森沈。裝點更饒幽景。煙絲微潤蒙茸碧。恰小院、蘇痕交映。算一年、此最佳時。忘卻落花淒冷。　休道尋春較晚。趁初霽步屧。閑園支徑。幾樹榆槐。幾本蕉桐。依約翠雲千頃。紅樓已怕珠簾隔。況又是、陰陰欲暝。怎奈他、不斷鶯聲。礙了倚闌人影。

## 王 愫　字存素、江蘇太倉人、諸生、有林屋詩餘二卷、

清平樂

海棠鋪徑。人向雕欄凭。映月酒容紅玉潤。笑看春風鬢影。　更深碧瓦烟昏。垂簾花影移痕。貪把玉琴頻理。繡衾香冷重溫。

雨濛烟暝。又是清明近。零落杏花渾欲盡。時節綠窗人困。　含情獨上西樓。珠簾半捲銀鉤。縱有千絲楊柳。能藏幾許春愁。

疎影　枯樹

淒風栗烈。嘆霜林淨掃。頓看銷歇。欹側危巢。歷亂枯藤。抱影暮寒蕭瑟。斜陽脈脈荒村路。映幾縷、冷煙明

滅。正晚鴉、零亂爭棲。攪碎一林殘雪。　曾記春風綠暗。對濃芳密靄。池館清絕。轉眼關河。零落荒涼。愁到美人天末。蕭疏遠縱憑高目。遮不斷離憂千疊。空凝竚、瘦影婆娑。賦筆庾郎淒切。

## 王　嵩　字穎山、江蘇太倉人、諸生、有別花人語一卷、

### 滿庭芳

中酒心情。落燈天氣。淒清易到黃昏。暗尋殘夢。獨自啓重門。依舊曲闌花影。還空認、玉色香痕。凝情處。竹聲風韻。彷彿墮釵聞。　消魂。思往事。分香小院。待月清樽。並蒼苔立處。摺摺羅裙。誰道仙衣化蝶。空餘下、一片苔紋。惆悵煞。好天良夜。餘恨隔前塵。

### 疏影　秋桐

霜柯槭槭。共竹陰滿地。並起騷屑。白露離離。一點飄零。早報清秋時節。蕭疏不受多風雨。但攪碎、斜陽千疊。更堦前、落滿緗雲。瘦到半庭殘月。　百尺橫空孤影。雁行斜度處。遙露天末。金井荒寒。一片清霜。玉虎敲殘黃葉。西風蝕盡吳宮樹。還愁把、舊題吹滅。悵清宵、立遍殘陰。遙憶美人寒絕。

## 徐　庾　字冏懷、江蘇太倉人、諸生、有曇華詞二卷、

### 掃花遊　落葉、用王碧山韻、

蕭蕭槭槭墜千片霜痕。舞難留住。蠻江倦旅。弔荒沙澹月。與誰同賦。病骨梳風。小倚空廊聽取。恨如許。早一別漢南人是枯樹。　南浦芳信阻。似木落波寒。洞庭衰楚。美人玉宇。想題紅夢斷。悄驚鈴語。去國蕭郎。碎滴心頭暗雨。向何處。又翻飛、凍烏淒苦。

## 劉坊 字鼇石、福建上杭人、諸生、有天潮閣初編詩餘一卷、

### 西江月 南嶽望月臺

臺址高淩南斗。月華清映平川。今宵剛值十分圓。卻恐征人怕見。　四野蛩聲如泣。千山夜色凝寒。一年能得幾回看。況在祝融峯畔。

### 踏莎行

老樹當門。修蘿覆屋。平蕪無復年時綠。閒來小閣聽松濤。倚闌凝斷遙天目。　古戍風淒。野田禾熟。兒童拍手驅黃犢。暮煙濃合欲棲鴉。行人猶唱南征曲。

## 王輅 字素威、別號竹汀散人、江蘇太倉人、諸生、有滓虛詞一卷、

### 綠意 春草

飄紅委素。正春庭鋪繡。碧雲凝聚。香淺瑤階。細軟輕茵。引得鳳鞋微步。西園亂舞雙黃蝶。逗幽叢、欲飛還

住。記詩情、夢覺池塘。吟入翠牋新句。　和煦踏青天氣。芳郊外繡轂雕鞍來去。脈脈斜陽。做弄凄迷。誤了玉梯延竚。天涯憐取羅裙色。怎長伴、王孫羈旅。惹相思、河畔青青。漸老幾番烟雨。

### 西子妝　落花

一片纔飛。數枝爭墜。爛錦韶光欲暮。鶯撩燕掠尚依依。況樓頭、倚欄心緒。黏絲惹絮。似簾底、玉容無主。剩釵梁。卸殘香幾點。枕函紅聚。　愁無際。細草春波。飄泊江南路。林亭芳會掃成茵。忍重聽、秋娘金縷。招魂何許。但黯黯、斷烟殘雨。舊池塘、轉眼碧雲千樹。

## 孫岵瞻　字愼旃、江蘇吳縣人、諸生、有豔雪詞一卷、

### 雙雙燕　詠燕、用梅溪韻、

薄寒尚在。見燕子翻風。素襟餘冷。飛飛上下。曾記鏡臺相並。只恨花殘露井。又早是、新巢難定。凄涼社日重回。不見去年雙影。　荒逕。苔衣尚潤。縱學哺新雛。也輸輕俊。呢喃愁語。禁得雨昏烟暝。料是栖香未穩。更誰帶、紅絲芳信。只憐亞字闌干。有个愁人獨凭。

## 黃知彰　字貫芬、江蘇南匯人、貢生、有煙霞閣詞鈔、

### 八聲甘州　南菴懷舊

向橋頭、執手兩依依。前路已黄昏。正天寒夜黑。舟横流水。雁叫孤村。回首篝燈漸遠。風雨又紛紛。折得江邊柳。盡染啼痕。　追憶當年歡聚。共石邊待鶴。竹裏擕尊。倚闌干微笑。吟徧隔溪雲。到而今、烟波遙阻。碧茫茫、零落舊詩魂。傷心事。聽鐘聲斷。獨掩蘿門。

## 南柯子　月

掬水詩痕淺。窺簾酒眼醒。小鬟吹滅畫樓燈。恰借一枝梧影、上圍屏。　團扇花間掩。纖鉤柳外生。飛仙往事太無憑。愁絶天青海碧、少人行。

## 瞿　熙　字景陽、號雲石、江蘇南匯人、有硏紅箋詞、

## 長亭怨慢　秋草

漸聽老、江南啼鴂。暑雨初闌。商飈爭發。遠岸低迷。平沙浩渺。轉空闊。馬蹄車轍。輾不盡、愁重疊。猶記綠微微。夢淒斷、輕羅裙褶。　癡絶。算悠揚尚有、探芳涼蝶。王孫舊恨。怕此後、空成銷歇。滿長堤都是離情。更襯出、半林黄葉。對一抹斜陽。千里暮烟時節。

## 李　崧　字靜山、號芥軒、一號嬾仙、江蘇無錫人、有浣香詞一卷、

## 臨江仙

夢裏尋春春不見。依稀綠樹紅亭。煙濃月冷欠分明。梨花深院靜。燈暗細撥箏。指上心頭多少怨。倩風訴與誰聽。越無聊處越淒清。蒼苔忘路滑。背手獨閒行。

定風波

曲徑蒙茸草沒鞋。秋千倒影臥蒼苔。賤殺韶光輕斷送。珍重。榆錢增價買愁來。昔日繁華何處去。無據。年年啼鳥怨花開。深鎖朱扉人不到。誰教。東風吹徧好樓臺。

## 平漢英 字雙河、江蘇無錫人、有聞花軒詞、

雨中花 秋海棠

闌外溼紅嬌欲滴。睡未足、正愁無力。看壁草籠香。苔花擁翠。一種幽姿別。最妒曉霞分豔色。又暮雨、絲絲如織。任零落秋風。自憐腸斷。未與春相識。

## 楊濤 字澄如、號月溪、江蘇金匱人、諸生、有月溪詞、

浪淘沙 蘆花

渾似雪漫漫。遙撲江干。賺他雁陣落無端。楓葉霜紅相間好。畫出秋寒。深處粉雲般。慣耐風湍。收綸時宿釣魚船。只恐騷人頭易白。冷眼愁看。

## 吳應蓮 字藻湘、號映川、安徽休寧人、貢生、有洪竹山房詞二卷、

### 天仙子 冬日遊太平十寺

萬疊高峯天外碧。曲徑清幽苔滿尺。深林日午尙凝霜。山寂寂。風淅淅。幾點鐘聲雲裏擲。　寶殿無塵草似席。靜處徘徊愁頓息。重重樹色掩窗紗。溪路僻。嶙峋石。踏破靑鞋應不惜。

### 玉樓春 宮詞

露華夜濕仙人掌。太液池邊烟月朗。風吹珠翠滿樓香。歌按霓裳深殿響。　盈盈盡是花模樣。金屋晚涼生寶帳。銀河光射水晶簾。永巷承恩秋氣爽。

### 雨中花 錢唐望江有感

渺渺蒼波澄霽色。何處是、霸圖陳迹。看近水樓臺。插天雲岫。惆悵孤篷客。　好月東來千頃白。照一片、暮江凝碧。漸風力搖山。潮聲撼地。漁火中流赤。

## 陸震 字仲遠、號仲子、一號種園、江蘇興化人、有陸仲子遺稿附詞、

### 謁金門 閨怨

芳草碧。又是一番春色。獨倚闌干珠淚滴。不知羅袖濕。　欲寄天涯消息。爲問歸鴻端的。只恐天涯流落

客。歸鴻他不識。

## 繆謨 字虞皋，號雪莊，江蘇華亭人，貢生，有雪莊詞二卷，

### 喜遷鶯 綠陰

芳尊空湛。悵無月無花。朦朧簾檻。昨日憐紅。今朝恨碧。怕不沈腰頻減。低靄晝檐愁罨。永晝琅函慵勘。悄不見。是何人彈淚。楊花猶糝。　銷黯凝望外。官柳幾行。一帶朱樓暗。夾岸藏橋。連天籠水。隱映短篷斜纜。漫憶雪溪芳約。小杜尋春多感。怕轉眼。又蕭蕭黄葉。夕陽疏澹。

### 蘭陵王 春雨用竹屋癡語韻，

黯東閣。曾洒官梅過幕。收燈後，不記幾番。浣粉澌香挂疏箔。淒涼燕易覺。南浦低飛倦卻。遙峯暝，烟柳畫橋。愁絕歌船載絃索。　逡巡踏青約。漸聽罷餳簫。飄恨如昨。啼紅唾碧春容薄。還岸嘴沾絮。渡頭漂蔣。無多花片聚砌角。況鶯又寂寞。　雲驳暮重作。念新綠窗櫳。誰共斟酌。荒溪往往鳴姑惡。乍苦楝風緊。嫩篁鉛落。冥濛江溆。雁去盡。信怎託。

## 徐振 字沙邨，江蘇上海人，諸生，有山輝堂詩餘一卷，

### 滿江紅 周公瑾墓下作

亂石崩崖。人說是、周郎墓下。想當日、江東年少。誰知君者。天若不生諸葛子。君才寧許他人亞。只橫江、一火敵船空。千秋話。　肝膽碎。曹瞞怕。心膂寄。孫吳霸。歎英雄安在。蕭蕭石馬。故國幾經春草沒。墓門一片寒潮打。恨長途、無處覓醇醪。傾杯斝。

### 長亭怨 秋柳

自飛去、鶯兒燕子。奈向隄畔。橋邊樓底。帶雨多愁。倚風無力、甚情思。舞裙歌板。餘情尚還縈繫。惆悵短長亭外路。但寒鴉驚起。　更記。畫船斜艤處。賸有亂條垂水。魚罾晚挂。共零落、敗蘆荒葦。又況是、秋冷長門。對殘炤、金鋪雙閉。料瘦損宮腰。一樣和伊憔悴。

## 翁鼒 字紹梅、號實齋、安徽六安人、有花草餘音三卷、

### 清平樂 北極閣望雞鳴寺

高臺百尺。俯仰多陳迹。猶有輕盈紅袖客。妝點半山秋色。　夕陽一片新晴。當年碧瓦朱甍。看盡南湖荷葉。獨留同泰鐘聲。

### 山花子 山齋

雨過涼生竹樹疏。絕無人影亂階除。望遍青山無個事。讀殘書。　鸞鏡已將秋鬢換。雞窗深悔少年虛。一片雄心千點淚。老樵漁。

## 鷓鴣天　雪中楊柳

似曲流鶯寂不聞。朝來玉雨自繽紛。畫殘梅譜餘鉛粉。舞瘦腰肢着練裙。　風料峭。月黃昏。寒江何處靜垂綸。樓頭思婦褰帷望。錯認楊花怨別人。

# 顧舜年　字在虞、一字壽愷、號蘭畹、江蘇長洲人、貢生、官安慶府訓導、有蘭畹詞鈔、

## 生查子

羅帳掩餘寒。金鴨留殘炷。曲曲枕屏山。引夢家山去。　窗外亂鶯啼。驚醒天剛曙。强起倚雕闌。數點吹花雨。

## 玉樓春

昨宵夢裏留春住。不道今朝春已去。蝸涎無賴污殘花。蛛網有情黏落絮。　淒涼況味和誰語。索莫襟懷天付與。春光別我幾時來。撇下春愁無著處。

## 水調歌頭　與葉孔傳登君山望江

突兀一卷秀。孤峙大江東。江流岷蜀而下。奔赴此朝宗。力可夷山湮谷。勢欲浮天沃日。滉瀁亂青紅。高閣披襟坐。千里快哉風。　臨絕景。聊縱目。與無窮。海門波浪浩渺。直與沃焦通。不羨漁翁鼓枻。奚事仙人控鯉。便擬喚飛龍。並載蓬萊去。嘯傲玉樓中。

## 莫玉文 字文中、號荆琰、江蘇長洲人、諸生、有寒溪草堂詞稿、

### 百字令 石鐘山

驚濤萬里。把長江捲起、蒼煙千尺。老樹槎牙臨絕澗。一片翠螺欲滴。磯點腥脣。渦噴饞沫。下有黿鼉蟄。微風鼓處。鏗然水石相激。　記說昔日坡仙。扁舟夜泊。絕壁曾聽得。鞺鞳噌吰時間作。似應歌鐘無射。莫是鈞天。瀟湘夜奏。樂部忘收拾。鞋山龍女。竊來波底偷擊。

### 百字令 白溝河弔古

滂滂河流。是當年遼宋、舊分疆處。一片土花埋斷鏃。極目亂鴉殘樹。水接滹沱。關雄上谷。四塞開平楚。燕雲十六。此間眞是門戶。　可惜燈火樊樓。中原板蕩。歲幣終無補。幸得北門嚴鎖鑰。博了澶淵一怒。白雀翎高。紅羊劫盡。又是何人誤。驅車竟去。不須細論今古。

## 楊蕙 字學成、江蘇無錫人、諸生、有紉香詞、

### 金縷曲 渡揚子江

曉發淩揚子。正海門、堆銀擁雪。飛丹流翠。北固金焦相對出。明秀渾如畫裏。忽萬頃、蒼茫無際。故壘蕭蕭蘆荻在。賸千尋、鐵鎖沈江底。閒悵望。片帆駛。　情癡輕把洪濤試。記當年、乘風豪興。乘槎奇思。隨雁秋來

今八度。可算天池南徙。漫擊節、行將老矣。此去愁心應未了。訪遺蹤、吟遍青溪寺。重泊向。燕磯嘴。

## 吳法乾 字逃祖、江蘇長洲人、諸生、有自怡詞、

### 疏影 題扇頭貼瓣梅花

冷香狼藉。被丹青妙手。裝綴無跡。縹緲仙人。飛下珠宮。淡竚冰姿玉質。空山流水江南夢。渾不減、那時顏色。問向來、能畫徐熙。爭似天然標格。　一任蜂媒蝶使。飛來入畫裏。那更相識。方信人間。別有藏春。不管小樓橫笛。齊紈莫漫風前度。好記取、袖中珍惜。怕誤他、妝罷蕭娘。待把玉纖輕摘。

### 摸魚兒 觀演督亢圖

趁新晴、佳時重五。停橈柳岸蓮浦。攜將小部梨園隊。演出傷心無數。君看取。最苦是、於期身死終何補。荆卿一去。更壯士無還。蕭蕭風起。易水自今古。　思前事。鉛筑當時又誤。英雄遺恨誰訴。崤函師出燕城破。滿目河山非故。渾無據。早又是、楚人一夜咸陽炬。可憐焦土。歎紅燭當筵。金尊尙媛。世事已如許。

### 霜葉紅 自度曲　本意

霜風淒切。漸木下亭皐。四山清絕。誰把鉛紅。向冷落吳江。染就半林新樾。東君去也。似愛惜、芳華便歇。還裝做、鬧春時節。　休說。那漢殿秋螢。秦宮夜月。別有傷心。去小院閒階。獨自怨題一葉。銅溝暗水。問那個、情人拾得。相將看、淚花凝血。

## 吳雯炯 字鏡秋、江西豐城人、有香草詞一卷、

### 謁金門 秋夜

秋已半。好夢被風吹散。疊疊嶺雲東去雁。幾經離別慣。　此夜不禁魂斷。寂寞江潭小苑。孤月也應無可遣。各分愁一段。

## 金焜 字以寧、號赤泉、浙江錢塘人、雍正十三年舉人、官禮部司務、有濃蘭詞一卷、

### 齊天樂

廿年竟與西湖別。緇塵染衣如纈。烟驛題詩。荒亭說餅。客緒愁澆尊酒。年光恁驟。看朔雪黏髭。轉蓬還又。四馬西風。者回滋味獨消受。　雞聲茅店夜月。故園遙憶處。窗挂珠斗。寶鴨香殘。銀釭夢遠。只恐玉顏消瘦。評花判酒。笑何日歸來。畫簾攜手。數徧山郵。此情空自負。

### 百字令 宋宮洗鉛池在梳妝臺下、

平橋三曲。鎖荒沙一勺、涓涓秋冷。欲託微波通小語。淡碧晚風初定。鵲鏡頻攜。羊車爭引。舊事憑誰證。佩環聲杳。遠峯螺黛空靚。　愁對翠竹深斑。蘼蕪淺綠。枯樹穿烟徑。知有亭亭魂尚在。月壘荒臺閒凭。妬粉矜香。此情流水。雨洗沙淘盡。軍持行汲。曉來孤照僧影。

## 陳沆 字湛斯、號澄齋、浙江海寧人、監生、有小波詞鈔一卷、

### 琵琶仙

天際眞人。倚凝想、企脚攏絲窗北。誰更移調楓香。崑崙正羞服。憑妙手、脂䩞帶底。暗偷取、幾聲宮曲。掩抑非箏。瓏璁散水。停了還續。　且隨意嬌撚春風。早彈得、秋空月如燭。何處雁行驚起。又沙塵飛逐。千萬縷、幽情密恨。向四絃、訴出偏熟。頗憶荆府參軍。善敎鴝鵒。散水瓏璁、見樂天詩、散水、調名、

### 水龍吟 題無錫王晩仙芙蓉舫詞、王名一元、自號蓉漁、康熙癸未進士、占籍奉天、令陝西靈臺、尋罷、流寓、卒。平生欲作萬首詞、竟如其志、

果然萬闋詞耶。巨編四十驚初覯。蓉湖漁者。松山羈客。筆花騰糅。此癖殊深。何思不豔。有天皆瘦。記紅綾撤燕。三年製錦。早抛了。熏香綬。　白髮寓公闕右。醉天涯、唾壺頻叩。鄉心客夢。閒愁絮景。紛紛入手。斫地歌殘。栽花人去。軼材誰又。渺梁溪一片。秦川月黑。滯吟魂否。

## 永瓓 清宗室

### 相見歡 秋望

白雲空際悠悠。爽盈眸。萬里長空凝碧。映高樓。　倚雕檻。神遊衍。與偏幽。指點花叢深處。小螢流。

## 葉樹廉　字石君、江蘇吳縣人、

### 蝶戀花　題扇頭畫梅

一樣春風梅獨早。密密臨風。片片當窗曉。杏苑桃溪還悄悄。調羹手卻爭先了。　瘦影橫斜香夢覺。一尺南枝。畫裏安排好。何處嚶嚶來好鳥。幾番爭啅知春到。

## 王　策　字漢舒、江蘇太倉人、諸生、有雪香詞鈔二卷、

### 高陽臺　蘆花、用吳夢窗韻、

尋去非花。看來若夢。秋光散落溪灣。蕭瑟離披。一天愁思迴環。西風蕩破瀟湘色。淡濛濛、冷雁前山。最難禁。船在霜中。月在江干。　天生一種淒涼性。慣煙迷似病。雨浥成癡。縱使成林。依然丰骨清寒。水雲路遠家何在。黯消魂、柳外楓邊。伴黃昏。漁火汀洲。宿鷺沙圓。

## 張四科　字嘉士、號漁川、陝西臨潼人、官候補員外郎、有響山詞四卷、

### 淡黃柳　大雪、宿盤豆驛、

冷煙濕。絮帽風吹頻側。馬首荒途迷不識。天際玉龍夭矯。一片荊山弄寒色。　叩孤驛。油燈閃虛壁。酒罏

畔。撩衣濕。展單衾、好夢應難覓。隔箇疏窗。玉娘湖上。苦竹黃蘆響急。

## 疏影 竹影

檀欒幾許有綠雲一片、飛上簾戶。慣弄微風。開合參差。那辨秋聲來處。無端遮斷闌干曲。悄不礙、支笻人去。似入林、探取漁竿。惹得滿身香霧。　猶記明流交映。恰青鸞掉尾。窺鏡低舞。翻怪西窗。深夜挑燈。幾度看時愁誤。休猜水墨洋州派。怕半幅、難描烟雨。正亂梢、收了斜陽。又被月波留住。

## 南樓令 月夜讓圃梅花下作

樓外月如霜。疏花幾樹芳。倚天風、鬢鬟蒼浪。洗盡酒邊燈下夢。剩清露。滿身香。　吹笛舊時狂。眠雲冷未妨。看橫枝、漸上西廊。翠羽啁啾鐘動曉。星幾點。帶茅堂。

## 琵琶仙 十年前訪舊白沙、聽國工李茂林與琴士吳觀心合彈海青拏天鵝之曲、蓋即白翎鵲之遺音也、今茂林死矣、中原音韻、遂成絕響、因歌琵琶仙一闋傷之、

歌扇凝塵。甚花下、閑了一牀弦索。曾聽薄媚低彈。歡遊漸零落。惆悵似、明妃遠嫁。渺環佩、歸來空約。王李新詞。金元舊譜。都已忘卻。　怎忘得、江上扁舟。犯琴調、彈成白翎鵲。一霎四弦嘈雜。恍摶風寥廓。曾不念、曹剛易老。昵重蓮、恁時偷學。衹賸白髮青衫。酒邊懷惡。

## 疏簾淡月 眞州後遊

劉郎老也。問江上桃花。幾番開謝。葉葉蘋風。又送酒船西下。垂楊瘦影春波藉。記娟然、一枝紅亞。繡鴦簾

斷。藝蘭徑合。舊時臺樹。有誰識、重來遊冶。賸夕陽雙燕。杏梁閑話。一段清愁。青子綠陰如畫。前塵分付迴潮瀉。悵仙源、蘭槳空打。碧雲渺渺。漁天缺月。照人涼夜。

## 邁陂塘　秋荷

問江南、西風消息。銀塘花事如許。霞衣葱袂渾無恙。但覺不勝風露。如解語。道自是玉容、不受人間暑。涼汀淡佇。正淨展雲奩。倒窺天鏡。未省怨遲暮。　鴛鴦夢。漸化零烟斷雨。冷香猶上詩句。涉江何限騷人意。似否舊時修嫭。淩枉渚。便傾蓋相逢。早是違芳序。誰家棹女。怕明日重來。紅消翠減。烟唱渺然去。

# 張奕樞

字掖西、號今涪、浙江平湖人、諸生、有月在軒琴趣二卷、

## 長亭怨慢　浪游山左、擬一至歷下亭、以雪阻不果、

問側帽、飄零何苦。直恁清狂。他鄉迷路。不是悲秋。欲飛終是鎩殘羽。翦燈心緒。早辦了、紀遊詩句。屏當提壺。好吟到、夕陽荒樹。　街鼓。透紙窗深處。似訴聲聲倦旅。幾陣尖風。又捲起、一庭涼絮。引寒夢、逗入空亭。算只有、波心愁鷺。笑踏遍窮途。直是不如歸去。

# 陸鍾輝

字渟川、號南圻、江蘇江都人、官河南南陽府同知、有環溪詞一卷、放鴨亭小稿、

## 謁金門　楝花

春已盡。剩有者番花信。晝永沈沈人欲困。吹來香氣潤。　一抹斜陽低襯。染出紫雲猶嫩。燕子欲棲棲未穩。落花飛幾陣。

## 攤破浣溪紗　題搖碧齋小舟

小艇輕移過硯池。好風吹動軟琉璃。惟有綠蓑青箬笠。鎮相隨。　水影空明雲影亂。蘋花消瘦荻花肥。飛下白鷗時一兩。共忘機。

## 木蘭花慢　秋燈

對蘭膏一點。伴孤影。夜幢幢。愛積卷堪親。生衣已卸。此夕偏長。青光。照人少寐。怕梧桐、風颭莫開窗。幾次慵挑漸暗。玉蟲低綴昏黃。　幽房。紅壁冷殘缸。織錦斷迴腸。笑世間兒女。呼來籬下。尋覓寒蛩。相望。青茅古驛。記寂寥、雨歇炧空堂。老我鬢絲禪榻。琉璃分與清涼。

# 王臣藎　字聿念、江蘇武進人、貢生、有辛夷塢詞、

## 少年游　初秋

藤花浥露月穿棚。促坐聽蛩鳴。粉澤初消。珠璫盡卸。團扇小風輕。　星橫銀漢光如浸。城上報三更。滿檻荷香。一庭梧影。好夢未分明。

## 高宗元 字伯陽、浙江山陰人、有愚亭詞三卷、一名靈石樵歌、

### 減字木蘭花 幽居

翠微煙冷。百道細泉穿竹徑。月上黄昏。飲澗馴猿不避人。　琴書可樂。把酒看山心已足。一枕幽窗。春到梅花魂夢香。

### 更漏子 春泛

玉繩低。銀漏斷。戶外綠楊鶯囀。清夢遠。起來慵。酒消菱鏡中。　啓瓊窗。春去也。扶病西溪遊冶。烟漠漠。雨絲絲。受風小艇遲。

## 顧仲清 字咸三、又字閑山、一字中村、又號松壑、浙江秀水人、諸生、有喝月齋詞、

### 小梅花 同俞次瀛過無著庵探梅、小酌花下、和次瀛韻、

新晴倩。韶光徧。尋僧蘭若春溪畔。趁東風。探芳叢。梅疏柳綻。曲徑小橋通。百舌枝頭聲最軟。話盡春愁愁婉轉。夕陽沉。挂西林。閑坐生公石上。戀餘春。　殘英片。浮杯面。瘦影和香嚥。竹梢頭。一輪浮。窺人明月。掩映似含羞。醉後忽驚歸路半。滿身香影何曾散。海波明。夜潮生。挹取蒼茫萬頃。解餘酲。

## 沈曰霖 字驤展、號紉芳、江蘇吳江人、諸生、有紉芳詞、粵游詞、

### 齊天樂 古松

肩輿天梟嚴關度。行來最松深處。黛色參天。清陰蔽地。樵子不曾斤斧。問松不語。算幾代風霜。幾朝雨露。青到而今。托根尚是宋時土。 種松人已去遠。勸君休只管。低徊不去。笠雪鞋花。橋霜店月。未暇科頭箕踞。由他前路。讓人逐雲行。我和鶴住。又指松陰。道斜陽已暮。

## 查學 字七倫、號硯北、浙江海寧人、有半椽詞一卷、

### 雙雙燕 送燕

客程草草。又秋社將臨。載離南浦。風乾雨溼。曾記落紅深處。尋徧遊絲芳樹。還隨卻、鶯兒私語。算來王謝繁華。只似夢回情緒。 空舞。猛思舊主。恁驀地飛來。繞簾穿戶。呢喃日暮。訴盡別愁無數。我欲舉杯祝汝。祇願得、三三五五。傍他瑇瑁梁邊。長伴金籠鸚鵡。

## 陶元藻 字龍谿、號篁村、晚號鳧亭、浙江會稽人、諸生、有香影詞四卷、一名泊鷗山房詞、

### 憶王孫 樗里夜泊

烟光淡與水沈浮。轉入蘆灣境便幽。白酒黃雞飯舵樓。晚風秋。月照鷗鷺夢裏舟。

生查子　泛鑑湖

平湖八百開，面面青山聚。山影落清流，流下三江去。　黃冠人已遙，一曲亭何處。行盡柳絲鄉，只有黃鸝語。

采桑子　桐廬舟中

浮家不畏風翻浪，纔罷炊煙。又裊茶煙。閒對沙鷗枕手眠。　晚來人靜禽魚聚，月上江邊。纜繫巖邊。山影松聲共一船。

劉綸　字如叔，一字慎涵，號繩庵，江蘇武進人，廩生，乾隆元年召試博學鴻詞第一，授翰林院編修，官至文淵閣大學士，謚文定，有繩庵內外集，附詞。

踏莎行　同里王荊望采余詩意補城窪廢寺圖，因補此闋。

辛木叢邊，女牆缺處。元時舊刹無僧住。佛頭野鳥一巢成，斷幡驚舞秋風暮。　大願船留，長明燈駐。泉臺莫遣歸魂誤。土間重出定時鐘，三生乞與聲聞路。

齊召南　字次風，號息園，浙江天台人，副貢生，乾隆元年召試博學鴻詞，授翰林院檢討，官至禮部侍郎，

金縷曲　京口懷古

瓜步凝烟綠。對茫茫、風葭露葦。傷心南國。割據當時城鐵甕。也學塗山執玉。又六代、繁華相屬。天塹橫天掀白浪。護金陵、王氣青霄矗。北軍渡。敢飛鏃。　而今鷗鷺紛盈目。更誰憐、隔江猶唱。後庭花曲。如此江山渾黯淡。但剩鵝綾一幅。斜畫著、三山對矗。東望海門潮怒吼。正高秋、嘹唳翔鴻鵠。片帆渡。舟如粟。

## 胡天游

一名騤、字稚威、號雲持、本姓方、浙江山陰人、副貢生、乾隆元年、薦舉博學鴻詞、有石笥山房詩餘一卷、

賀新涼　賦琵琶

冰向檀槽裂。是誰將、畫眉嬌語。嘈嘈細說。擺袖香風吹未了。花裏春情抱月。忽千里、驚沙振雪。淚溼紫輪隨雁去。正烏孫、帳下歌聲咽。龍城路。陣如鐵。　性靈弟子梁州抹。夜沈沈、瑣窗深閉。幾番淒切。老我傷懷千秋事。推手四絃重撥。賺山鬼、吹燈欲滅。壯士蕭蕭衝冠意。奈小憐、心與絃俱絕。倩爲我。更彈徹。

水龍吟　春感

晴薰瑤島淩波路。芳景參差疑媚。朱樓繡嶺。生香不斷。花黏雪綴。眠損長條。幾回剛被。春風扶起。正暖雲如夢。暖烟如醉。廝和著。成天氣。　蚤怕禁烟將過。暗飄殘、柳緜千里。重來但有。盈盈鴨淥。無人拾翠。滿把春愁。籠鞭歸去。難憑料理。拚付他蜂蝶。紛紛成陣。竆斜陽碎。

## 吳敬梓 字敏軒、安徽全椒人、諸生、乾隆元年薦舉博學鴻詞、有文木山房集、附詞、

### 買陂塘 癸丑二月、自全椒移家、寄居秦淮水亭、諸君子高宴、各賦看新漲二截見贈、余既依韻和之、復爲詩餘二闋、以志感焉、

少年時、青谿九曲。畫船曾記遊冶。緋纙維處聞簫管。多在柳堤月榭。朝復夜。費蜀錦吳綾、那惜纏頭價。臣之壯也。似落魄相如。窮居仲蔚。寂寞守蓬舍。　江南好。未免閒情觱惹。風光又近春社。茶鐺藥碓殘書卷。移趁半江潮下。無廣廈。聽快拂花梢、燕子營巢話。香銷燭炧。看丁字簾邊。團團寒玉。又向板橋挂。

石頭城、寒潮來去。壯懷何處淘洗。酒旗飄颺神鴉散。休問猢兒獅子。南北史。有幾許興亡、轉眼成虛壘。三山二水。想閱武堂前。臨春閣畔。自古占佳麗。　人間世。只有繁華易委。關情固自難已。偶然買宅秦淮岸。殊覺勝於鄉里。飢欲死。也不管時、似淅矛頭米。身將隱矣。召阮籍嵇康。披襟箕踞。把酒共沈醉。

### 小重山 三山

雲榜淩波拂曙行。回看烟霧裏、別江城。點頭沙鳥過遙汀。臨斷岸。綠徧水香棱。　八字估帆輕。連宵春雨過、浪花平。凭舷山影落窗櫺。青天外。何處曉霞明。

## 馬曰璐 字佩兮、號半槎、安徽祁門人、監生、乾隆元年、薦舉博學鴻詞、有南齋詞二卷、

## 綺羅香 簾

春色從窺。庭陰自曳。愛説吳儂曾織。十二波橫。窣地風搖晴碧。紅樓起、燕子飛時。繡牀垂、杏花開日。最憐他、犀壓重重。細縈烟篆閉愁寂。 閒窗猶記倦倚。正無人晝永。絮吹狼籍。小雨如塵。一桁嫩寒難隔。控瓊鉤、淺夢湘娥。懸素額、暗思仙客。未須嫌、碎影參差。捲花篩月入。

## 點絳脣 水南花墅同樊榭作、

有竹臨窗。秀枝娟色陰陰遍。冷雲一片。吹滿題詩硯。 記得曾來。隔水閒亭館。廊腰轉。酒薰花面。斜日春風晚。

## 柳梢青 效許圭塘體

望裏青帘。梅橫竹亞。露出晴嵐。燕子紅樓。楊花深巷。蝴蝶春衫。 幾回夢倚雲帆。染不就、波光嫩藍。秧鼓村村。菱歌浦浦。好箇江南。

# 馬曰琯 字秋玉、號嶰谷、安徽祁門人、乾隆元年、薦舉博學鴻詞、有嶰谷詞一卷、

## 鷓鴣天 春日山館晚晴、偕半查同賦、

孤負韶光不等閒。梅花羞澀杏花慳。雨餘簾卷明斜日。風定雲開見遠山。 初蝶舞。暮禽還。撲人料峭是春寒。安排酒榼詩筒了。同上江南鴨觜船。

踈影　荷影

陂塘幾曲。愛露盤一向。照來清淺。本自無塵。依約淩波。空裏淡痕香遠。娉婷自顧羞明鏡。渾不似、靚妝朝絢。夜深時、素魄潛窺。又逐水風吹亂。　遙憶江南舊種。悟分身淨界。秋思同幻。鷗鷺沙邊。幾度徘徊。錯恨玉容消滅。吳娃漫撥邪溪棹。歌未歇、露凝烟晚。試歸來、描取紅情。寫上小窗東絹。

陳章　字授衣、一字紱齋、號竹町、浙江錢塘人、乾隆元年、薦舉博學鴻詞、有竹香詞、

木蘭花慢　秋鐘

傍僧樓絕壁。發高響。泬寥天。逐樹杪微雲。雨餘溼翠。流出空山。悠然。數來百八。遞西風、遲疾總清圓。敲碎楓橋落月。叩殘松嶺朝煙。　幽閒。不擾定中禪。客裏警宵眠。正孤雁嘹嘹。亂蛩唧唧。借洗悲酸。當年。憶催醉後。對南屏、人在雨涼船。不似景陽遠隔。星星直到吟邊。

露華　南園秋蘆

凭闌望極。弄水影離披。作盡蕭槭。柳眼尚青。容易看他頭白。頓忘那處江湖。慣伴雨篷吟客。平沙遠。西風颭起。咽了漁笛。　伊人道左相憶。悵露白霜清。還斷消息。別浦早枯荷蓋。漫怨摧折。幾點冷雁因依。一幅惠崇遺墨。汀樹暗。蒼蒼與分暮色。

## 汪　沆　字師李、一字西顥、號槐塘、浙江錢塘人、諸生、乾隆元年、薦舉博學鴻詞、有槐塘集、

### 玉漏遲　題押簾詞、用弁陽老人題夢窗霜花腴集韻、

夜寒來雁少。正蓮漏、隔街聲杳。酒冷香殘。無計自消懷抱。何處尊前麗句。按舊譜、梁塵低繞。還一笑。詩仙老矣。依然年少。　故園無限青山。憶到處疏狂。短吟長嘯。迢遞歸期。孤負滿湖烟草。歲月堂堂去。嘆往事、浮雲飛鳥。燈影悄。鱗鱗硯冰凝照。

## 陳　撰　字楞山、別號玉几山人、浙江鄞縣人、乾隆元年、薦舉博學鴻詞、

### 竹枝

三月鶯花撲面風。鷁頭爭入裏湖中。篷窗哄得煙波慣。一路沿堤趕落紅。

中元放燈湖水深。湖燈浮動塔燈沉。妾意尚思塡鵲尾。願郎勿起斷橋心。

問儂何事雙眉攢。妾意和郎總一般。不見孤山山下樹。梅花雖落蒂猶酸。

飄盡斜陽酒店旗。晚風微雨掠輕絲。平山堂下數株樹。綠似去年三月時。

煙籠深翠密藏鶯。拂水絲絲畫不成。誰道春風不相識。麗情曾乞玉溪生。

酒籌歌板記當年。乙乙長條接短筵。夢裏段橋南去路。曉風殘月有誰憐。

## 陳榮杰

字無波、一字慕陵、湖南祁陽人、諸生、乾隆元年、薦舉博學鴻詞、有香夢詞二卷、

### 長相思　憶柯南陔

杏花紅。蓼花紅。花落花開小苑空。相思一萬重。　怨春風。怨秋風。春去秋來離恨中。樓頭聞斷鴻。

### 浣溪紗

捲起疏簾懶上鉤。鸚哥無賴喚梳頭。天涯人遠倚層樓。　燕尾剪春寒雨細。鶯歌溜日曉風柔。賣花聲裏夢揚州。

## 倪承茂

字稼咸、江蘇吳縣人、乾隆元年、薦舉博學鴻詞、三年舉人、有頓塘詩稿、附詞、

### 齊天樂　感舊

惜春忍看春歸去。傷心物華初換。簾幙香消。池塘綠繞。留得斷紅殘片。塵生故苑。正辜負當年。畫裙紈扇。開落荼蘼。可憐不似那人面。　東風爲誰裊娜。颺晴絲一縷。空處縈絆。半老鶯聲。幾回調舌。惹起別情悽惋。天長夢短。怪紫燕雙栖。雨飛雲散。暗省從前。翠襟紅淚濺。

## 沈德潛

字確士、號歸愚、江蘇長洲人、乾隆元年、薦舉博學鴻詞、四年進士、改庶吉士、授翰林院編修、官至禮部

侍郎、謚文慤、有歸愚詞鈔一卷、

賣花聲 學山園懷舊

婁水小林巒。溪壑迴環。閒攜笻屐暫盤桓。歌扇酒旗懷往事。前後悲歡。　憑弔舊詞壇。曾駐鵷鸞。文章聲價亦摧殘。王氏弇園寥落盡。更悵荒寒。王元美弇園相近今無可問矣、

趙昱 原名殿昂、字功千、號谷林、浙江仁和人、貢生、乾隆元年、薦舉博學鴻詞、有愛日堂詞、

水龍吟 甲辰春暮、倚樓見海棠葉底殘花、用黄雪舟韻、

時光又過清明。畫簾淺揭湘紋翠。濃妝已卸。零脂餘幾。還句蝶睡。國色留情。芳心含恨。綠陰滿地。數深叢寂歷。一痕殘豔。歎春事。今休矣。　無那重攜鳳蠟。照妍姿、臨風掩袂。垂垂小住。亭亭獨殿。無多別淚。依約丰神。玉肌香減。醉顏紅退。悄憑闌不語。嬌慵誰伴。隔盈盈水。

吳檠 字青然、安徽全椒人、乾隆元年、薦舉博學鴻詞、十年進士、官刑部主事、有陽局詞鈔、

霓裳中序第一

青楓冷露泫。一抹銀灣光歷亂。此日鍼敧綵線。記月地雲階。茜裙紈扇。雙星夜看。又暗中、芳序偷換。重提起、斷腸往事。壞壁候蛩歎。　淒怨。擘釵分鈿。誰密證、凭肩私願。如今仙亦不管。悵贈枕啼衣。玉顏霄漢。寄

詩何日見。怎忘了、人間郭翰。空凝望、魚天皴碧。徒倚畫闌畔。

點絳脣

簫局烟寒。夢魂無據如飛絮。殘紅一樹。幾點黃梅雨。　屈戌重重。偏放愁來路。啼鵑住。王孫何處。芳草連天暮。

## 查禮

原名爲禮、又名學禮、字恂叔、號儉堂、一號鐵橋、順天宛平人、乾隆元年、薦舉博學鴻詞、官至湖南巡撫、有銅鼓書堂詞三卷、詞話一卷、

減字木蘭花　雨夜有感

愁雲闇淡。永夜重門和夢掩。落盡簷花。來日苔痕一逕斜。　殘燈滋味。不是當年羅帳意。雞唱聲聲。誤道天明又未明。

探芳信　二月七日、寓館升菴櫻桃十餘枝盡花、招吳冲之學使、顧華陽觀察、陸赤南山人、飲花下、分調同賦、

夢晴晝。乍燕語呢喃。東風僝僽。恁狂吹花信。朱顏對鄰囿。花生籬外地爲護國菴之圃　瓏璁幾樹烘崖蜜。小白霏吟袖。羨林邊、纈影穿籬。粉痕黏甃。　邀客急呼酒。念檐外春寬。樽前人舊。徒倚芳叢。不比塞垣柳。歸來便有看花分。澹月相攜手。待輕紅、萬顆勻圓似豆。

## 易宗瀛

字公仙、號鳥民、湖南湘鄉人、乾隆元年、薦舉博學鴻詞、官浙江曹娥場鹽大使、有翠濤書室詩餘一卷、

### 浣溪紗　春閨

桐井新陰覆綺霞。竹窗夜色鎖烟紗。捲簾放出篆痕斜。　風恁無情牽柳絮。月偏多事暈梨花。分將春色過鄰家。

### 捲珠簾　秋宮七夕

怕聽砌蟲淒語。行過桐陰去。風葉欺人如雨。恨塡卻、羊車路。　鬟冷衫單涼幾許。不禁是、更殘夜午。浪說鵲橋今夜渡。但見星三五。

### 步月　本意

露洗銀灣。風敲金井。脆紅索索驚飛。水邊沙外。煙靄望霏微。正隱約、漁燈弄點。更延佇、嶺月銜規。柴扉啓。披衣坦步。屐齒破新泥。　何之。人定後。夜涼小犬臥。喚起相隨。瞑心負手。行過板橋西。深翠裏、非煙非霧。漫凝立、只是沾衣。歸來也。蕉陰移影下階墀。

## 萬光泰

字循初、一字柘坡、浙江秀水人、乾隆元年舉人、薦舉博學鴻詞、有柘坡居士集、附詞、

### 掃花游　武彝茶

紅蘭香淨。甚特地封來。數重青篛。松爐漫瀹看初收麥顆。漸開蓮萼。沸了還停。滾滾春潮暗落。畫樓角。正酒醒桃笙。雨晴簾幙。　天末雲滿壑。問積筍峯前。幾家樓閣。花深竹錯。想溪南三十九泉如昨。擬試都籃。誰繫行山翠屩。晚風薄。聽空缾罌亭歌作。

## 張陳典　字徽五、江蘇嘉定人、乾隆元年進士、官貴州銅仁縣知縣、有毅亭詩稿二卷、附詞、

### 臨江仙　悼亡

依舊薔薇香壓架。背人清淚偷彈。合歡牀在鳳衾單。酒醒思往事。一倍五更寒。　徒倚小屏風近底。夢中眞見眉山。花陰重覓珮珊珊。荀香憐老盡。潘鬢爲伊殘。

## 鄭　燮　字克柔、號板橋、江蘇興化人、乾隆元年進士、官山東濰縣知縣、有板橋詞鈔一卷、

### 浪淘沙　暮春

春氣晚來晴。天澹雲輕。小樓忽灑夜窗聲。臥聽瀟瀟還淅淅。溼了清明。　節序太無情。不肯留停。留春不住送春行。忘卻羅衣都溼透。花下吹笙。

## 邊壽民　一名維騏、字頤公、江蘇山陽人、諸生、

## 轉應曲 自題蘆雁畫幅

秋浦。秋浦。塞鴈南歸樂土。潮來午夜風生。一片空江月明。明月。明月。嘹唳一聲淒絕。

## 長亭怨慢 乾隆六年辛酉秋九月題於葦間書屋、

又彈指、初寒時序。結伴隨陽。幾多辛苦。湘浦煙深。衡陽沙遠且延佇。迴汀枉渚。便認作、家鄉住。荻尾響秋風。知菰米、稻粱何處。　同予。念生平落拓。地北天南羈旅。揮毫狀物。也只算、自抒心緒。況葦屋、雁泌門迎。正粉本、當前無數。寫不了相思。白石新詞塡譜。

# 史震林 字梧岡、江蘇金壇人、乾隆二年進士、官淮安府敎授、

## 浣溪紗

古樹寒鴉集復驚。北風涼透縕袍輕。小塘殘水漸成冰。　日色澹來花意散。雁聲孤處客愁凝。那時離別此時情。

## 惜餘春慢

采麥時光。摽梅庭戶。曖日烘林陰翳。畫船金粉。蕩盡蘭橈。寂寞渡頭沙尾。幾處靜掩空閨。衣捲紅綃。怕催梳洗。任連天望眼。佳期難再。新歡無味。　有誰見、愛好天然。偶然隨步。也是惘然情意。枝扶鳥坐。葉襯蠶眠。人瘦落紅堆裏。今夜憑闌更遲。月挂西樓。朵雲如髻。又嫩寒生袂。花外東風還起。

## 吳培源　字蒙泉、江蘇無錫人、乾隆二年進士、官浙江遂安縣知縣、有會心草堂詞、

### 蝶戀花

燕子來時寒食近。細雨斜風。隔斷芳春信。薄霧寒煙飛不定。畫橋何處桃花影。　正是江郎詩思冷。金鴨香殘。做就離人恨。青鳥不來誰借問。柳陰濃處江南盡。

## 李繩　字勉百、一字綿伯、江蘇元和人、乾隆六年舉人、官廣西平樂縣知縣、

### 掃花游

雪濤拍岸。正怨綠啼紅。春江飛絮。短篷小駐。恁嫣然一笑。斷魂眉嫵。背影窗閒。聽擲鶯簧細語。甚心緒。儘醉月漏深。難寫愁句。　鷗夢迴遠浦。況客倦天涯。亂蛩吟雨。夜涼更苦。憶蠻腰嬝娜。倚闌延佇。一段盈盈。載得芳情幾許。宿何處。怎寒潮、又催秋去。

## 陳景鐘　字几山、號墨薌、浙江錢塘人、乾隆六年舉人、

### 壺中天　紫陽秋月

山名瑞石。瘦稜稜、一片紫雲飛墜。正值秋高風雨後。洗出滿山空翠。滄海煙銷。望舒策馭。湧起青銀隊。笙

簫隱隱。仙禽遙送清唳。　一自丹竈煙寒。丁翁去後。霜橋知誰寄。惟賸巉崖千古月。滴滴露華寒淚。長嘯容吾。浩歌倚石。沆瀣看眞氣。蓬壺不遠。今宵樂共游戲。

## 姜恭壽

字靜宰、號香嚴、江蘇如皐人、乾隆六年舉人、有皐原詩集、附詞、

### 揚州慢　和月三題西田弟天寒翠袖圖

蛩語催寒。蟾光破暝。繪成一片秋容。恨闌干十二。倚不盡愁蹤。宛轉向、池塘立遍。驚看月影。過了牆東。任香塵冰透。蒼苔立折彎紅。　躊躇半晌。乍回頭密語西風。想漏杳如年。宵涼似水。香冷薰籠。有夢知無覓處。杳霜橋才泊孤篷。把鴛衾紅淚。不如滴向梧桐。

## 王太岳

字基平、號芥子、直隸定興人、乾隆七年進士、改庶吉士、授翰林院檢討、官至雲南布政使、有青虛山房集、附詞、

### 憶秦娥

愁如織。長廊一望青蕪色。青蕪色。一春風雨。更無朝夕。　兒家舊住紅樓北。玳梁海燕曾相識。曾相識。也應難認。向來傾國。

### 憶秦娥

人如削。殘魂剩影難安著。難安著。亂鴉聲裏。暮雲樓閣。　閒處思量忙處錯。西園杜記春前約。春前約。而今已是。桂花零落。

## 趙虹 字飲谷、江蘇嘉定人、有采香詞、

### 邁陂塘 行次津門、同許雙渠過慕園查丈水西莊、流覽題咏、因憶曩與唐赤子以詞相角、所至輒爲慢令、赤子固嘗三宿玆莊、何獨不留一詞、亦闕事也、爲賦此調、並寄赤子和之、

愛君家、水西莊上。凉臺邃館無暑。風荷萬柄齊張蓋。一一翠嬌紅嫵。吾起舞。渾不信人間、有此清虛府。花如解語。問白髮詞人。黃塵席帽。休便跨驢去。　得且住。喜有主人治具。碧筩好泛芳醑。試看六曲屏山際。飛到江南烟雨。漫凝竚。恨唐勒曾來、不入離騷賦。畫欄靜撫。正眉月句黃。冰奩浴彩。又向海門吐。

## 周銓 字緯蒼、一字晚菘、江蘇上海人、有晚菘廬詞鈔一卷、一名白石山人詞稿、

### 霜葉飛 落葉

亂鴉殘照西風急。蕭蕭吹下幾樹。山橋野店送征塵。觸撥人離緒。趁乍瞑、商量做雨。飜根牆角尋蛩語。自暗逐萍蓬。甚日返天涯。浪迹但隨波去。　不見漢苑吳宮。寒煙衰草。紛紛難掃無數。乾坤轉眼又悲秋。容易成今古。縱宋玉偏工、秀句。樹猶如此誰能賦。尙記他、寒蟬抱。悽咽梢頭。只今何處。

## 蔣楷 字三益、又字文隅、號夢花、浙江海鹽人、監生、有來青閣詞草四卷、

### 酹江月 劉素人琴

枯桐三尺。想當年老友、曾經橫膝。彈到聲希雷忽迸。繞郭山容齊剔。瘦鵠盤風。大魚掀浪。碧澥天邊立。知音有幾。一丸涼月初白。　今者素壁長懸。囊塵黯黯。仙蝠空捎翼。海上成連何處訪。水底蒼龍吟寂。萬籟秋攢。孤燈談翳。精爽呼應出。遺音追寫。漆痕和淚都溼。

### 一枝春 白桃花

不買胭脂。倚東闌、淡掃宜春眉嫵。瑤臺路阻。合與避風何處。施朱太赤。笑窺宋、幾年虛度。殊叵耐、生小珍禽。慣宿粉雲溫聚。　宵來露濃如雨。愛清蟾弄影。伊人瓊戶。銀笙炙暖。肯按落梅簫譜。無言脈脈。又牽動、夢梨情緒。端可惜、結子心貪。玉容自誤。

### 臨江仙 松江舟夜聞笛

涼月一丸山九點。刺船江上孤城。千家樓閣悄無聲。何人三弄笛。逗起故園情。　夜半衾裯如潑水。呼燈且酌瑤觥。醉來漸聽不分明。潮平柔櫓動。吹夢度前汀。

## 沈雙承 字南陔、安徽歙縣人、有落紙軒詩餘、

八聲甘州　秋雨、用柳耆卿韻、

問遙天、何事淚盈盈。莫也是悲秋。趁西風蕭瑟。亂飄殘堞。密灑高樓。猶自無明無夜。無了更無休。贏得秋江上。漲盡寒流。　把我鄉心滴碎。悵朝煙暮靄。狼籍誰收。想粉痕破處。花上露難留。更何心、玉爐香潤。似去年、冒雨上孤舟。房櫳暗。一聲聲裏。多是新愁。

# 全清詞鈔第十卷

## 江　昱

字賓谷、號松泉、江蘇儀徵人、諸生、有梅鶴詞四卷、集外詞一卷、考證蘋洲漁笛譜二卷、疏證山中白雲詞八卷、

### 鷓鴣天　冬夜感舊

午夜寒多酒不勝。夢華往事記瞢騰。屏留綠霧香煤暖。帳掩紅羅燭淚凝。　嗟歲月。愴無憑。近來風味轉如僧。紙窗竹屋閑聽雨。人與梅花共一燈。

### 湘月　戊午小春、同樊榭授衣玉井葑田小軒泛舟紅橋、分賦、

試香過也。甚湖村寂歷。還動游興。幾日霜晴。漸逗取、籬畔先春梅信。凍蝶情疏。寒鷗夢暖。詩在無人境。林高深鎖。賸將一片清景。　橋外畫舫都歸。荒汀折葦。弄斜陽空影。似此風光。但付與、詞客閑來消領。脈脈吟情。蕭蕭野意。淺水和烟暝。傳杯休緩。雁風早又淒緊。

### 桂枝香　乾隆癸酉二月、吳門鄭禹谷以寒夜題予詞後之作見寄、自春徂暑、未及奉酬、茲予復賦悼亡、秋中始爲倚和、時飲谷趙君已悲宿草、聞其詞散失、並冀禹谷爲之料理、筆底哀澀、聊以代書、

霏香秀筆。笑老去閑情、時倚風笛。烟雨橫塘。贏得斷腸蹤跡。詩仙寫韻吹冰雪。肯逢場、剪紅裁碧。野吟蕭

散、漁歌菱唱。鎮勞孤憶。　歎憔悴、華年怨瑟。有苦調荼瓶。堪寄愁寂。白髮王孫。解道夕陽紅濕。雲昏雨冷簾花碎。悵飄零、銀字誰惜。冷楓江遠。新詞空和。暗蛩悽壁。

### 水龍吟　藕粉

冰房玉節玲瓏。花姑費盡金蓮杵。瓊英一掬。可憐中有。情絲千縷。攪碎寒雲。糖霜輕點。乳泉勻注。愛紅甆素手。擎來猶帶涼汀外。閒風露。　休說青泥根汙。便成塵、暗香如許。竹深留客。芳甘應勝。佳人雪取。晚枕微醒。春窗淺渴。秋生靈府。羨餘芬漱罷。還疑舌上。有青蓮吐。

## 江　昉

字旭東、號橙里、一號硯農、安徽歙縣人、官候選知府、有練溪漁唱二卷、集山中白雲詞一卷、又與吳烺程名世等合輯學宋齋詞韻、

### 柳梢青

風約簾衣。嫩寒生峭。愁鎖眉低。何處閒尋。春懷如夢。誤了燈期。　冷煙芳草淒迷。殘照裏、鶯聲亂啼。最是銷魂。綠楊隄畔。紅板橋西。

### 買陂塘　蘋花

愛平鋪、水明沙淨。葉分十字偷聚。風漪翠影烟如織。小樣白蓮無數。花放處。早鷗夢驚回、幾陣橫塘雨。冰雕雪縷。慣弄影邀涼。吹香潤碧。點點破殘暑。　江南種。付與蘇潭深貯。託根不染塵土。蓴絲荇帶難相並。

輸此清標幽素。還認取。盡翦碎秋雲、點綴湖天暮。輕橈盪去。載山色青青。玉纖采摘。和月澹遙浦。

## 淒涼犯 秋草

淒迷望極。平原外、亂蛬一片聲急。長亭怨滿。王孫去後。無情自碧。蒼茫暮色。襯殘照、荒涼漸迫。黯黏天、遙連塞陌。隱隱間沙白。　回首芳隄畔。慣碾香輪。飛花狠藉。斜川韋曲。甚青青、舊時遊歷。昨夜新寒。怕匝地、霜華乍入。又西風、遍野暗翦更瑟瑟。

## 買陂塘 蘆

一枝枝、荒江送響。記曾搖過烟艇。雪花點點偏侵鬢。飄泊斷蓬殘梗。看弄影。更瑟瑟蕭蕭、攪亂斜陽冷。空波萬頃。慣曳轉西風。捎來疏雨。引領入詩境。　關鴻早辛苦銜將路迥。圓沙棲也難定。月明塞管吹寒夜。多少征人愁聽。驚夢醒。又幾葉敲窗、喚起吟秋興。遙山掩映。認魚浦鷗鄉。參差遮斷。極目水天暝。

## 綺羅香 餘花

葉密藏香。風翻漏影。慢認紅英飄泊。蜂蝶難窺。一片綠雲迷卻。賸幽姿、偷綴林間。驚冷豔、倦舒闌角。縱嫣然、怕展芳心。空教悞了燕鶯約。　日長深院靜悄。簾外金鈴暗響。猶懸朱索。小朵伶俜。應怨春歸寂寞。弄晴陰、細雨黃梅。籠近遠、輕烟翠幙。似多情、伴我微吟。一枝和露落。

## 洞仙歌 初冬招看雲春橋杉亭寶所家玉屏集湖上、各賦一闋、

湖天雲淨。正小春時候。一片殘陽戀疏柳。漾晴瀾、搖入荒徑寒汀。擊畫槳、作弄蘋翻菰皺。　登臨纔幾日。

秋去無憑。猶剩黄花較人瘦。簾密捲西風。倒影芳尊。認隱約、隔江眉秀。看遠樹、爭喧亂昏鴉。早野寺烟林。半規蟾漏。

## 清平樂

曲闌閒凭。心事還重省。花裏嫩鶯啼不定。攪亂夕陽紅影。　誰家翠管吹愁。一庭烟草如秋。欲去登樓望遠。暮雲遮斷芳洲。

# 陸烜

字秋陽、一字蝶厂、號梅谷、浙江平湖人、貢生、有夢影詞三卷、二蠶詞□卷、

## 滿庭芳 寒夜聽鄰閨理曲

畫棟黏雲。疏簾映雪。夜寒深院誰家。紅冰一枕。好夢破橫斜。不道簷前鐵馬。嘶風響、怨入胡笳。空凝竚。淡烟流水。春在玉梅花。　堪誇。又早是。一輪明月。移上窗紗。似替人憔悴。慰我年華。縱有三杯淡酒。怎禁得、八拍琵琶。憑傳語。離鴻別鶴。休按小紅牙。

## 青玉案

斜陽苦送青春去。似弱水、西奔注。鏡裏朱顏花上露。唾壺敲缺。洞簫吹破。酒醒人何處。　依依雲樹江天暮。總是離情楚騷句。舊夢新愁誰與語。月沉香冷。燈殘燼落。一枕芭蕉雨。

## 醉花陰 和漱玉詞韻

冷苑碧梧深午晝。蘭篆銷香獸。無語自悲秋。萬種相思。紅豆嘗應透。　雁聲不到車鈴後。珠淚空沾袖。莫上最高樓。落照繽紛。人遠青山瘦。

### 錦纏道　春雨

嫩暝園林。幾點催花微雨。拂青旗、遊絲難駐。柳陰忽斷流鶯語。翠掃紅塵。耐可尋芳步。　向芍藥叢中。海棠深處。惹濛濛一身香霧。看行行天外孤舟。載離愁都滿。又載春山去。

## 徐柱臣　字題客、號雅宜、江蘇崑山人、貢生、有艮岑樂府、

### 憶秦娥

銅壺咽。九衢禁鎖人蹤絕。人蹤絕。無端消領。五更寒月。　吟肩料峭江南客。芒鞋此際留行色。留行色。將軍呼夜。灞陵歸獵。

### 八六子

錦風光。暗中拋擲。回頭怎忍思量。記昔日擔酒來時。此地尋春歸去。而今澹煙夕陽。　不成好夢荒唐。天際彩雲寂寂。尊前翠羽茫茫。只一夜寒颸。吹乾清淚。半江流水。飄碎柔腸。憑誰問。明月吹笙舊路。垂楊繫馬新坊。漫傳將。晴空雁飛數行。

### 齊天樂　秋蟬、次周草窗韻、

金風喚起齊宮恨。蕭條衆芳纔歇。柳弱煙疏。楡高露重。獨抱纖柯殘葉。吟商調別。奈一樹無情。五更斜月脫骨超仙。舊家幽怨尚能說。　彈冠頻爲顧影。趁潘郎兩鬢。猶未飄雪。薄翅慵垂。長緌耐冷。諳盡淒涼時節。悲秋正切。有蛻侶相憐。幾聲遙接。寫入瑤琴。夜深餘韻咽。

## 張冕

字冠伯、江蘇丹徒人、貢生、有春雨樓詞、

### 醉蓬萊　新綠

漸蒸梅雨潤。璧柳風柔。碧痕鋪徧。濕翠迷濛。把殘紅偷換。鎖燕枝鮮。藏鶯葉嫩。比花時葱蒨。薄蔭垂涼。輕陰障暖。清和庭院。　回首韶光。去如流水。芳徑重游。轉添淒怨。摘子攀條。歎尋春何晚。密幄高張。軟茵低藉。奈吹香人遠。雲影沉沉。煙光漠漠。總敎遮斷。

### 倦尋芳　新漲

斷堤過雨。荒浦生煙。波嫩於染。拍岸平橋。迷了舊痕多半。漾碧揉成芳草色。蕩紅流出殘花片。乍風來。把蘭光拂破。翠紋吹散。　憶前度、采香幽徑。輕汎浮鷗。低舞飛燕。夢繞滄浪。漠漠水雲平遠。亂柳陰中搖艇去。碎蘋香裏收綸返。待何時。約瑤姬。藕塘相見。

## 顧奎光

字星五、號雙溪、江蘇無錫人、乾隆十年進士、官湖南瀘溪桑植等縣知縣、有雙溪詞二卷、

## 金縷曲 杜鵑花

乳燕初能語。靜愔愔、夾衣纔試。微回輕暑。照耀數重山躑躅。高下紅英欲舞。賴點綴、薰風庭宇。春老萬花都掩淚。借啼時、迸向枝頭吐。猩血染。鶴林露。　畫屏曲折江南路。便淸和、新篁成徑。亂紅飛雨。無限憐香惜平翠意。人與花心同苦。爭忍作、東皇孤注。多少行人歸未得。恁無言、催喚人歸去。三更月。獨延佇。

# 江炳炎 字研南、浙江錢塘人、有琢春詞二卷、冷紅詞□卷、

## 長亭怨 歸雁

乍回憶、殘寒時序。永漏啼霜。幾番淒楚。故國情懷。異鄉滋味久延竚。暖風沙外。纔拂動、青青樹。可惜此韶光。總讓了、參差雙羽。　吟侶。望蒼烟影裏。點點飄零何處。瑤函寄後。料先趁、月明南浦。試屈指、杳渺江關。恐猶誤、春程遲暮。莫再寫相思。撩亂離愁飛去。

## 垂楊 柳影

輕寒乍暖。弄碧陰佔地。畫閒庭院。欲折偏難。巧鶯空送聲千囀。休嫌雲暗章臺畔。怕纖雨、楚腰吹斷。正依稀、低映江潭。共夕陽飄亂。　辛苦長亭夜半。是搖漾瘦魂。兔華初滿。誤了閨人。也曾描出春前怨。還敎學綴修蛾淺。但漠漠、如煙一片。秋來待寫疏痕。愁又遠。

## 陳　皋　字江皋、號對鷗、浙江錢塘人、貢生、有吾盡吾意齋樂府二卷、一名對鷗閣漫語、

### 天香　洋菊

舞鶴蹁翾。翔鸞鏡尾。秋光幻出新意。瀛島分根。仙樓隨影。曾泛斷槎千里。如盤吐豔。看萼重、還須扶起。應怪黏枝鈿小。翻嫌釘叢金碎。　簪來更羞短鬢。檢空囊、貯斂難佩。只合畫屏嬌姹。醒人殘醉。五柳歸來問省。笑不是東籬舊風味。夢落天涯。相思海水。

### 綺羅香　分賦黃葉、用張玉田紅葉韻、

亂隕庭梧。荒搖浦葦。烏桕前頭偏妬。名好崔郎。此日漫傳佳句。正揞笻、飄滿溪橋。還散屧、斷迷村路。訪空山、難覓幽蹤。斜陽貪看未歸去。　驚心誰遣悶旅。檐際蕭蕭不斷。秋深如許。莫認題紅。不是宮溝前渡。繞衣砧、上下分飛。應零落、馬頭雲縷。怪廟前、霜色方濃。夜燈疑作（去聲）雨。

## 徐志鼎　字春田、浙江平湖人、有玉雨詞一卷、

### 惜紅衣　紅葉

錦綴青山。霜酣絳樹。一丸斜日。萬紫千紅。春風笑無力。重陽過了。流水遠、寒蟬悽械。林隙。魚尾斷霞。作飄零消息。　停車過客。驚問如花。繁華便陳迹。衰顏借酒。眼底亂蕭瑟。記得御溝題後。常伴晚鴉岑寂。望白

雲深處。危石倒聽吟屐。

## 程衛芳

字賓浦、安徽歙縣人、官廣東知縣、有蘭阿詞、

### 過秦樓　仲夏、蕺園兄招同史梧崗儲石亭李桐源家蓴江暨晴嵐姪集桂莚書屋、

重碧梢簷。淺朱窺砌。茅屋幾椽深峭。閒拋蠹帙。小約吟朋。石徑亂雲初掃。彈罷長晝殘棋。闌外薰風。儘容舒嘯。漸廿分茗盌。涼生欀拂。午曦難到。　空憶取、越女菱謳。吳船漁火。等是倦遊將老。琴邊寄怨。夢裏探幽。一院鳴蛩催早。待看桑落樽開。雨點翻荷。月痕流沼。問南園聚否。松閣茗華綻了。

### 木蘭花

昨宵一陣風和雨。落盡碧桃春又暮。綺寮深掩篆香縈。繡幌斜搴箏柱語。　垂楊似傍前溪舞。酒伴飄零和雁去。赤闌橋外水平隄。又是湔裙芳草渡。

## 陳孟周

### 憶秦娥

光陰瀉。春風記得花開夜。花開夜。明珠雙贈。相逢未嫁。　舊時明月如鉤掛。只今題起心還怕。心還怕。漏聲初定。玉樓人下。

## 毛士儀 浙江遂安人

### 青玉案 游小金山

高梔急槳青溪渡。看百尺、澄泓聚。片石飛來飛不去。淩空駕壑。苔封樹擁。突兀中流柱。　僧房低亞通幽處。夜半鐘聲雜蛟語。清境暫游添客緒。重來須記。高眠三伏。四面敲窗雨。

## 曹學詩 字以南、號震亭、安徽歙縣人、乾隆十三年進士、官湖北崇陽縣知縣、有香雪窗詞、

### 卜算子 都中漫興

春向故鄉來。人向他鄉住。縱使留春不放歸。畢竟無情緒。　柳眼向誰開。花病憑誰訴。料得春應替客愁。杜宇分明語。

## 方懋祿 字定之、江蘇元和人、乾隆十三年進士、官廣西慶遠府同知、

### 浣溪紗

繡被寒生轉側中。一宵清漏五更鐘。起來初日小窗紅。　穿柳燕輕知霧重。倚花人瘦怯春濃。淡黃衫子耐微風。

### 百字令 崑山月夜聞笛

寒燈矮屋。正夜深欹枕、數殘更箭。晃漾冰輪窺寂寞。多謝素娥相伴。本不成眠。何曾有夢。對影空長歎。披衣閒步。霜花乍滿庭院。　那更玉笛飛聲。誰家三弄。吹向西窗畔。不管鬢絲禪榻客。觸起一襟幽怨。江上梅花。玉關楊柳。幾度東風換。倚闌重眺。玉繩耿耿低轉。

## 張玉穀 字蔭嘉、江蘇吳縣人、廩貢生、有樂圃詞二卷、

### 南歌子 秋感

柳葉空青眼。蘆花欲白頭。客裏況驚秋。不知鷗泛泛。可無愁。

### 如夢令

夜靜雪光穿牖。自下重簾停繡。睡鴨縱熏香。輾轉孤衾寒透。知否。知否。人比梅花還瘦。

## 汪仲鈖 字豐玉、浙江秀水人、乾隆十五年舉人、有懷新詞一卷、

### 百字令 蘭陵女史惲冰畫扇、是正叔孫女、

裁紈疊素。把羣芳繪影、勻眉纖手。浥露欹風看不足。繡譜綠窗拋後。鳩踏枝鳴。蝶穿葉舞。渲得嫣紅透。丰姿如許。寫生衆史能否。　深意洗盡鉛華。南田逸韻。筠管遙相授。心貯玉壺憐最潔。蘸墨單名題就。李至

規蘭。謝宜休竹。妙腕今還有。半丸初月。鬱金肯換香酒。

風入松 雨夜、懷厚石松江、

社公有意濕鞦韆。柳困小桃嫣。熏籠熨斗衣敎護。餘寒在、未卸吳綿。壞壁微侵蝸篆。空階暗長苔錢。 密雲淰淰四垂天。亭館掩蕭然。濁醪引去今宵夢。菰蒲響、何處吟船。山淺陸機茸外。潮平陸瑁湖邊。

水調歌頭 穀原在金陵書來都作愁語、賦此代柬、

天意杳難問。白首著青衫。柴門數米秤炭。催度雪江帆。能幾人生除夕。荒店燈光睒睒。悲緒劇難芟。寄我數番紙。清淚裛重函。 鳳棲筊。魚麗網。馬施銜。長干月照孤夢。夢到牐邊杉。也有陶家松菊。也有陸家杞菊。何日把長鑱。多少不平事。吾欲叩巫咸。

尾犯 自春明還里、竹巖以詩見懷、賦此答之、

凋衣憊馬。問棲棲岐路。客何爲者。撫琴弗鼓。幾回斂手。黃金臺下。風吹五兩。水又滿、蒲帆掛。啓蓬門、毶柳么荷。這番容我消夏。 報道詩筒來也。感良朋。相慰藉。歎舊歡如夢。甪里金陀。都成閒話。綠蟻光浮斝。胸壘塊、不澆先化。今以後、約了漁樵。水邊團箇新社。

國香慢 送梅

雪擁牆腰。問尋詩幾度。弄蕊攀條。收燈怪他風緊。捲地香飄。莫遣鞋痕重踏。總零亂、野店山橋。橫窗舊時月。瘦影難摹。空展生綃。 故人幽事廢。喚扁舟鄧尉。屢負佳招。餞杯慵舉。哀怨都付鸞簫。說道明年相見。

縞衣卸、分外魂銷。濃陰遽如許。夢繞南枝翠羽翛翛。

## 吳烺

字荀叔、號杉亭、安徽全椒人、乾隆十六年召試舉人、授內閣中書、官甘肅寧夏府同知、有靚妝詞鈔、杉亭集詞四卷、又與程名世合輯學宋齋詞韻、

### 釣船笛　漁父

霜月落孤篷。人在蘆花深處。風細水紋吹皺。飛半江殘絮。　晚潮潑潑打船頭。蕩入蒲汀去。菰飯夜來炊罷。伴一灘鷗鷺。

## 錢載

字坤一、號籜石、又號瓠尊、晚號萬松居士、浙江秀水人、乾隆十七年進士、改庶吉士、授翰林院編修、官至禮部侍郎、有萬松居士詞一卷、

### 掃花游　丁巳春三、北裝初卸、留止梧桐鄉、於綠陰時、誦王中仙舊盟誤了、又新枝嫩子、總隨春老之句、輒爲和之、

甚春不住。驀酒散西園。亂蛙深草。倦游未了。付煙侵郭冷。雨遮江渺。可是重來。比得司勳暗惱。步清曉。奈桐露自流。紛惹衫帽。　苔院何忍掃。況只作天看。更無人到。簾沉夢悄。謾萋迷鬢影。鏡中年少。紫陌鞭遲。尚想朱門閉早。漏斜照。正雙槐、乳鴉聲遶。

## 蘭陵王 戊午十月三日、偶擬西洲曲意成此闋、

伯勞寂。烏臼門前覆碧。西洲晚、曾是幾番。折取梅枝寄江北。鴉雛悵鬢色。妝飾。單衫殢力。郎何在、搖槳弄花。還趁南塘路無隙。 低頭試尋覓。漫損盡蓮心。留下蓮菂。分明憐得難憐得。況錦袖波冷。玉鈿香悄。凝眸千里去雁翮。但長斷書尺。 消息。歲虛擲。儘海動樓陰。天垂簾額。闌干素手凭將夕。倘爲我愁繫。待君愁釋。西洲風好。遣夢裏、暫認識。

# 紀復亨

字元塤、號心齋、浙江烏程人、乾隆十七年進士、改庶吉士、授翰林院編修、官至太僕寺卿、有杼亭樂府二卷、

## 浣溪紗

蘋葉芊綿綠柳齊。艣聲搖破縠紋溪。行人酒醒月初低。 簾捲畫樓人遠近。橋橫繡陌路東西。曉鶯無奈盡情啼。

# 董元度

字訥孫、又字曲江、號寄廬、山東平原人、乾隆十七年進士、改庶吉士、官山東東昌府教授、有舊雨草堂詩餘一卷、

## 念奴嬌 聞蟬

綠楊風裏。又匆匆早到、鳴蜩時節。遺蛻此身無障礙。飛上林梢清絕。葉作廬巢。露供飲啄。何事頻饒舌。夕陽庭院。聲聲無那嗚咽。　應憐齊女前身。螳螂噩夢。幾度塵灰劫。岌岌高冠空鼓翼。輸與穿花蛺蝶。長韻如呻。繁吟似訴。亂我冰腸潔。憐卿同調。臨風不厭淒切。

## 顧光旭　字華陽、號晴沙、江蘇無錫人、乾隆十七年進士、官至甘肅甘涼道、有清溪樂府、

### 臨江仙　句容道上、梅花、

門外馬嘶霜滿地。板橋人去匆匆。酒醒江店驛樓空。春帆風向背。殘角水西東。　行盡江南都是夢。薄雲微雪和風。冷香吹上一枝筇。縞衣人不見。天遠數聲鐘。

### 虞美人

縠紋江水葡萄色。兩槳飛流急。汀洲無限白蘋波。長是謝娘簾下絮雲多。　重來此地尋行跡。匹馬桃花濕。閒庭空發海棠梨。已被流鶯銜碎夕陽西。

### 摸魚兒　寄題平山堂

蜀岡開、平山闌檻。依然太守臺榭。揮毫萬字文章伯。剩有此堂風雅。人代謝。君不見、一簾山色江南借。月明滿把。喚獨鶴橫天。涼蟬嘯樹。銀漢掌中瀉。　堂中額。昔有金陵隱者。八分大字書寫。鄭簠書匾　竭來飛閣連雲起。繡戶綺窗交射。浮玉畔。須信道、翁之樂者山林也。衣縚蘊藉。想小隊緣隄。輕裝出郭。柔櫓健於

馬。

賀新涼　常熟芙蓉莊紅豆樹、顧曲江處士手植、後歸錢牧齋、適牧齋八十壽、其花盛開結實、因以爲瑞、今又百餘年矣、辛巳秋、吾宗培九主政、邀同人賦詩、皆姸麗可喜、余亦塡此、

往事都銷歇。笑筵前、徵詩紀瑞。懸弧時節。結綺深宮歌舞散。莫問瓊枝璧月。況江總、白頭如雪。落到海棠春已盡。剩一枝、點滴啼鵑血。尋詩起。更悲咽。　百年兩度看花發。伴胎仙、小闌綈几。繙經貝葉。剛是諸天垂淚候。染出猩紅一捻。應祝向、東君低說。當日集靈臺上宴。算侍臣、惟有相如渴。情不死。怎拋撇。

尙有前朝樹。幾摧殘、無多枝幹。不情風雨。可似淮南叢桂在。零落小山人去。問花月、而今誰主。知有銅仙能下淚。倩淚痕、迸作梢頭露。紅一顆。恨如許。　不須憑弔傷今古。也知他、改柯易葉。冰霜正苦。半壁江山空故國。盧橘上林誰賦。換幾樹、冷楓紅舞。況自日南移種外。付絳雲、一炬皆塵土。華胥夢。早應寤。

周天度　字讓谷、一字西隒、號心羅、浙江錢塘人、乾隆十七年進士、官河南許州知州、有十誦齋詞一卷、

浣溪紗　新秋

丁字簾幃控玉鉤。嬾晴天氣入淸秋。畫屏無睡待牽牛。　暮雨自歸人悄悄。落花無際恨悠悠。涼風只在院西頭。

南歌子　湖上早春

山曉疑含黛。湖明曲暎沙。碧羅天遠畫樓遮。樓外數株烟柳、不勝鴉。　繡箔蝦鬚捲。紅闌亞字斜。春風日日到窗紗。漸有賣餳人插、擔頭花。

## 汪士通 字于亭、號東湖、安徽黟縣人、乾隆十八年舉人、官浙江蕭山縣知縣、有延靑閣詞二卷、

### 青門引 梅花

十里沿江路。昨夜東風飛絮。枝頭凍坼野梅香。是花是雪。不辨雲深處。　揚帆獨自開船去。驚起花間鷺。暗香水面浮動。江天寂寞開無數。

## 姜藻 字元章、號春江、江蘇丹陽人、乾隆十八年舉人、官敎諭、有韻石齋詞、

### 祝英臺近 憶别、次印羲嵎韻、

最銷魂。江水渡。別恨惹南浦。羅袖香分。贏得淚如雨。當年門外蕭郎。至今零落。借一帶、愁城閒住。　凭闌覷。依舊斷雁西風。情悰怕重數。一枕梨雲。深夜向誰語。知他門對江聲。舊曾遊處。拚夢繞、月波東去。

### 疏影 秋柳、次竹垞詞韻、

平原舉首。正秋來木葉。㯕㯕聲驟。指點垂楊。斷縷空絲。斜暉掩映津堠。當年司馬西風裏。惆悵絕、攀條時候。憶漢南、春影依依。不覺淚痕盈手。　誰弄飛霜夜冷。惹葉殘辭去。閒墮溪口。枝上哀蟬。幾日無聲。料識

此番非舊。癡情猶説王恭貌。曾濯濯月華窗牖。直待得、春雨勻時。重看楚宮腰瘦。

南浦　秋水、次玉田春水詞韻、

涼露散遙川。漸西風攪碎白蘋淸曉。沙淨雁初飛。邊愁寄、縱有蘆花難掃。驚秋意緒。柳溪猶聽蟬聲小。行盡池塘靑已暮。不是春時芳草。　誰人遊倦緇塵。夢煙波苦憶。蓴鱸不了。楓色點吳江。垂虹路、曾記月寒帆到。雲湖佩渺。蓮娃散去鷗汀悄。忍把眼中消息。問畫裏悟禪多少。

解連環

紗幮香晚。伴桃笙素影。麝芬勻散。怪繡譜、愛畫鴛鴦。正藕渚蓮塘。綠波人遠。獨夜幽吟。漸敲盡、高城漏點。只淒涼淡月。穿窗移過。覷人心眼。　秋來旅懷荏苒。慣酒醒孤倚。雁聲嘀怨。還好夢、知有邯鄲。又空絮浮花。去程愁轉。暗雨哀蛩。漬多少、淚痕誰見。憶家山、玉鏡深閨。繡帷半捲。

## 莊肇奎

字星堂、號胥園、浙江嘉興人、乾隆十八年舉人、官至廣東布政使、有胥園詩餘一卷、

浪淘沙　咏柳

春事近如何。眼底無多。隨春紅紫盡消磨。惟有綠楊留得住。雨鎖煙拖。　歲月去如梭。心事蹉跎。野塘斷岸幾經過。靑眼不須頻送客。句引愁魔。

一萼紅　題畫紅梅

記登臨。在小橋野渡。驢背暮煙深。鏤雪搓霜。偷香捉影。微茫人在空林。明月下、冰肌斜倚。更胭脂、淡抹茜衣襟。宦閣清樽。雲階豔曲。有箇知音。　驀地寒鐘喚醒。但枝頭鳴翠。天上橫參。萬里思君。三生剩我。淒涼紙帳孤衾。隔不斷、魂來夢去。向曲屏、殘燭恣幽尋。化作斷霞千片。孤負春心。

賀新涼　憶津門諸同志

好似春歸去。向天涯、牽惹詩人。把愁都付。碧草輕塵腸已斷。到此無腸可訴。但吟偏、晴雲江樹。回首迢迢關山阻。有心人、多被輪蹄誤。千古恨。已無數。　船脣帆背斜陽暮。困騰騰、柳塘蘆渚。暖蒸歸路。剩紫零紅痕細細。繡出絲煙線雨。又早是、燕雛鶯乳。回首蓬門荒鷗鷺。水悠悠、沒箇人閒渡。雞黍約。正無據。

## 丁如琦

字器淳、號菊圃、江蘇無錫人、乾隆十八年舉人、官浙江常山縣知縣、有菊圃詩鈔、附詞、

解珮令　題友人漁隱圖

藕花千頃。桃花一棹。又開殘、白蘋紅蓼。隨意風帆。任南北、東西都好。計生涯、此中粗了。　停橈近浦。收綸斜照。且休論、得魚多少。換酒歸來。拚今夜、醉眠忘曉。這襟懷、儘堪娛老。

## 盧鎬

字配京、號京甫、別號月船居士、浙江鄞縣人、乾隆十八年舉人、官平陽縣敎諭、

念奴嬌　遊吼山

清光紅日。喜扁舟一箇、撐穿蛟窟。峭蒨巉巖圍四壁。都是畫圖中物。劈斧層層。礬頭細細。更帶垂蘿結。炎朝閒坐。灑然涼沁眉髮。　可惜水閣船亭。傷菴逸韻。被雨吹風裂。剩得蓮池憐物意。巨鬣騰雲翻雪。山右陶氏青棘園皈依蓮池大師、遂作放生池、好事誰人。肯來點綴。一派閒風月。箇中可住。隱然天樹雙闕。

## 朱休承

字伯承、號育泉、浙江秀水人、乾隆十八年舉人、官陝西城固縣知縣、

### 摸魚子　題雅安高明府秋菘園圖

對遙峰、數椽茅屋。小園約佔三畝。黄芽白甲高低種。脫盡林泉窠臼。悵別久。記摘取山廚、更勝春初韭。良工圖就。料金谷繁華。玉山雅集。此味孰能有。　蜀江靜。官閣垂簾永晝。從無菜色童叟。黎風雅甫謳思遍。忽憶宅邊五柳。歸與偶。見短柄長鑱、老圃堪爲友。他年去後。擬庾信寒畦。羅含草宅。此樂共知否。

## 荆人鳳

字振翔、江蘇丹陽人、

### 醉太平　別綃山

山青水清。花明鳥鳴。蘆洲柳岸魚罾。醉南薰艇橫。　長亭短亭。雲情雨情。殷勤還是流鶯。喚東風幾聲。

## 夏秉衡

字平三、號谷香、江蘇華亭人、有清綺軒詞一卷、歷朝詞選十三卷、

## 疏影 芭蕉

數莖凝碧。向女牆客院。鮮潤如拭。輾轉相看。似有心人。次第漫傳消息。銜情慣把秋聲作。生受盡、雨風交蝕。更和愁、一夜輕搖。帶夢幾番頻滴。　儘著藝林借意。有彈文修竹。驀地相逼。韻事流傳。欲寫無箋。顛草曾留眞跡。雁來燕去誰留戀。卻不比、溪楊汀荻。只願伊、甘露盈盈。瀉滿玉壺顏色。

# 姚念曾 字季方、號友硯、江蘇金山人、拔貢生、官湖北德安府同知、有賜墨齋詞一卷、

## 疏影 早梅用韻

暗香覓汝。逗芳心一點。欲緘難住。禿幹斜擎。淡日微烘。落寞牆陰如許。儘教受盡清寒味。賞不到、豔春烟雨。合伴它、永夜人孤。幽恨小窗低訴。　隔歲相思乍慰。記前村深雪。怕拈殘句。寂歷誰探。隴上人閒。不見瘦驢來去。芳姿淺現冰魂弱。枝冷也、翠禽無語。待東風、吹徧瑤林。飽看飛瓊千樹。

## 探春慢 杏花下作

寒淺藏嬌。豔深凝恨。占盡曉風庭院。雨暈啼珠。雲添膩粉。醞釀小樓新倦。記否東家事。映牆外、春衫人面。忍教吹徹餳簫。棲香負了雙燕。　上苑一枝誰見。傍野店山橋。迷濛開徧。爾許穠華。更無憐惜。逗起柔情如線。冷落尙書句。來伴我、青袍淪賤。戲撚低枝。帽簷簪處輕顫。

## 疏影 庭梅盛開、蕭然賦此、

臨風倚竹。儘素琴譜怨。幽夢難續。靜夜芳尊。殘月疏簾。烟凝小嶼微綠。相思歲晚還相見。但記取、醉吟人獨。怕盈盈、粉冷香寒。忘了幔亭新曲。 惆悵瑤臺路遠。絳英狼藉也。誰寫橫幅。千古知心。難向孤山喚起多情君復。低枝強折簪衰鬢。更酹酒、花前輕祝。算好春、拂袖歸來。未散一庭寒玉。

## 玉漏遲 題馮箭夫洞庭秋曉圖

夢遊天姥了。生綃想像青蓮風調。卷盡湖烟。極目碧瀾秋早。如薺寒林夾岸。片帆外、螺峯晴窅。吟思悄。閒愁暗觸。笛吹霜曉。 點點白雁黃蘆。帶萬里長風。遠連青草。帝子湘娥。鼓瑟雲中頻到。寂寞靈均去後。漫贏得、懷香人老。波渺渺。汀蘭又開多少。

# 王鳴盛

字鳳喈、號禮堂、又號西莊、晚號西沚、江蘇嘉定人、乾隆十九年進士及第、授翰林院編修、官至內閣學士、有謝橋詞二卷、

## 天仙子

鏡掩屏山香結霧。曉風無力吹殘絮。杏梁舊燕又銜泥。相對語。人無緒。簾外輕寒細細雨。

## 瑣窗寒 井

風颸疏簾。烟浮斷砌。一泓凝碧。波瀾不起。昨夜露桃纔坼。凍銀牀、徐牽素絲。轆轤低轉輕冰滴。記夢迴綃帳。寒漿汲到。粉香都拭。 閑憶。添淒惻。奈鬢影春風。便成陳迹。銅鉼失水。落葉暗飛檐隙。冷雙桐、照影誰

人。荒涼瑤甃空似昔。伴箏絃、絡緯啼秋。剩苔花愁寂。

## 錢大昕

字曉徵、一字及之、號辛楣、一號竹汀、江蘇嘉定人、乾隆十九年進士、改庶吉士、授翰林院編修、官至少詹事、

### 齊天樂　蟬

新霜纔到蕭蕭葉。林間便聞清語。急杵敲殘。寒蛩吟後。遞出新聲無數。依依似訴。記低伴銀茄。戲黏櫻樹。斷續餘音。向人如按玉箏柱。　桃笙正酣午夢。被伊頻喚醒。惹起淒楚。衰柳斜陽。疏桐淡月。消受西風幾許。世間兒女。愛畫扇羅衫。簇成花譜。懶聽焦琴。怕他驚又去。

### 桂枝香　蟹

江干小市。記露白煙青。斷疏燈細。秔稻香濃。束縛不論千輩。笑他一向雌黃口。算今番、橫行無計。橙絲香糝。薑芽細擣。故園風味。　渠碗新篘正美。捉甕邊儔侶。拍浮同醉。碎雪含黃。那費門生多議。酒闌解渴茶旗展。認星星、眼浮活水。蓼花秋老。阿誰畫取。一天寒意。

## 王又曾

字受銘、號穀原、浙江秀水人、乾隆十九年進士、官刑部主事、有丁辛老屋詞三卷、

### 酷相思　飲芙蓉花下作

一簇花光樓角倚。正花下、深杯遞。漸斜照玲瓏紅影墜。人道是、花先醉。花道是、人先醉。　衣上酒痕巾上淚。嘗不盡、愁滋味。問秋色如今還有幾。花去也、留無計。人住也、歸無計。

### 金縷曲　簡惺齋

幾日金臺醉。想提鞭、盧溝書劵。馬卿歸矣。問訊園林平安否。破屋數間而已。但贏走、六千餘里。袖裏上林殘賦草。倩細君、裁作糊窗紙。塞翁馬。勿憂喜。　虎頭誰是封侯器。只尋常、虀鹹粥淡。儘難料理。四十頭巾猶未脫。眼見已輸吾子。又何論、緋衣銀佩。許事淒涼思細話。奈回頭、魚雁程迢遞。千重嶺。萬重水。

### 齊天樂　題歙縣江雲谿杏花影裏塡詞圖、蓋取陳簡齋杏花疏影裏吹笛到天明句也、

十年家近紅橋畔。江郎最饒詞賦。雪盡長溝。烟低故苑。偏聽玉龍橫處。新腔自度。正草長江南。小樓春雨。短帽茸衫。忍寒獨夜向誰語。　東風暖催那樹。幾枝疏影裏。聲裊如縷。換羽移宮。含葩嚼蕊。半爲知音吟苦。花陰月午。怕牆腳潛行。有人偷譜。莫恁孤吹。小紅低唱與。

## 王昶

字德甫、號蘭泉、晚號述庵、江蘇青浦人、乾隆十九年進士、官至刑部侍郎、有琴畫樓詞四卷、紅葉江邨詞一卷、詞綜補人二卷、明詞綜十二卷、國朝詞綜四十八卷二集四卷、又輯刻琴畫樓詞鈔二十五卷、續鈔二十五卷、

### 渡江雲　送東有歸金陵

春歸猶未醒。歸人恁早。草草上行車。秦淮雲際路。燕戶鶯簾。芳草門韶華。隨園無恙。同舊侶、款竹尋花。應回憶、南樓月夕。椽燭照紅牙。 堪嗟。廿年贈紵。半載題襟。正幽懷未寫。又病裏、茶煙藥裹。難折疏麻。垂楊不綰遊鞭住。背灞亭、迴雁橫斜。今夜夢。相隨先到栖霞。

## 百字令 芸臺學使屬題竹垞長卷、次韻時方重葺曝書亭、

鴛湖放棹。正春殘兩岸、楊花漂泊。一卷生綃重畫取。彷彿前賢栖託。茆屋彎環。蓮漪瀠沱。空負幽居樂。潞河羈旅。潮生還看潮落。 料得投老歸來。叢篁影裏。昔雨同紘酌。記向竹西頻話舊。稼翁先生 惆悵苔荒井幕。耆硯凋零。雲礽衰謝。伯承大令 再見開邱壑。他時過訪。青鞋還躡籬角。

## 洞仙歌 自題小照

梨雲夢遠。悵春愁誰省。自寫吟魂伴梅影。念暈紅詞句。慘綠年華。都付與、小閣輕寒薄病。 雨絲風片裏。憔悴相如。懶踏尋芳舊香徑。小榻颺茶烟。碧葉愔愔。好占取、松溪蕙磴。只一片、傷心畫難成。怕點鬢秋霜。又添明鏡。

## 好事近 題張柳洲侍御羅浮夢畫册

溪外小梅花。初破一林殘雪。最好酒家門掩。映疏烟微月。 夜深皴玉爲誰溫。相對正佳絕。不奈翠禽啁語。又夢中人別。

## 河傳

翠浦。香雨。梨花飛雪。柳花飛絮。綠波春草小河橋。魂銷。可憐歸路遙。　瓊窗話別還斟酒。今分手。忍聽歌紅豆。上南樓。望西洲。離愁。楚江雲外舟。

### 眼兒媚

幾多黃葉顫西風。古寺遠鳴鐘。那堪更聽。一繩新雁。四壁殘蛩。　輕寒不管人孤睡。翦翦入珠櫳。涼生楚簟。夢回山枕。香炧燈紅。

### 鳳凰閣 辛亥春杪、過西坪宿、桃李已謝、殊覺風景蕭然、

楝花開處。隴外黃雲千頃。滿篝似慰老農請。竹屋清煙幾縷。山廚漸暝。好乞取、槐牙軟餅。　昔年曾記。最愛粉牆帘影。鞦韆笑語遠相應。此景而今何處。柳稀人靜。料只有、鳴鳩尙省。

### 催雪 長沙小除夜有寄

石炭凝紅。銀尊湛綠。又是小除時節。看屐齒春泥。牆腰霽雪。不似燕山風景。誰伴取、寒窗嗟輕別。匆匆燈火。淒淒絃管。旅懷難說。　愁絕。最蕭屑。記詠絮傳柑。博山同爇。悵憔悴天涯。丁香空結。雁過瀟湘斷也。更難望、京華雲千疊。須盼到。堤柳微黃。小巷纔停征轍。

## 朱澤生 字時霖、號芝田、安徽休寧人、有鷗邊漁唱一卷、

### 摸魚兒 西湖送春

泛西湖、淥波明鏡。匆匆誰爲留住。蘭舟遙傍鴛鴦浦。滿目斜陽烟樹。情似許。算只有、飛花礙殺流鶯語。雕欄甚處。起幾縷歌雲。數聲檀板。解說送春去。　添愁緒。猶記蘇堤舊路。香車鈿扇相聚。重來把酒人何在。寂寞柳絲空舞。君試數。君不見、東風紫燕年年度。惟餘倦旅。漸錦瑟絃中。瓊簫夢裏。雙鬢暗催暮。

### 瑤花　梨花

重門掩處。柳絮飛時。又江南寒食。東風無力。看漠漠、一抹香雲如織。何郎淡雅。渾錯認、雪梅標格。被幾番、小雨籠晴。帶得淚痕還濕。　可憐院落無人。把玉笛吹殘。誰遞消息。溶溶夜月。應自笑、醉裏瓊枝空摘。韶華易老。莫辜負、洗妝良夕。怕曉來、夢破啼鶯。百種芳魂難覓。

## 儲國鈞　字長源、號石亭、江蘇宜興人、監生、有倚樓笛譜詞二卷、

### 瑣窗寒　哭蘭浦并邀對琴同作

瘦竹門閒。叢蘭砌冷。故人何處。離情萬縷。夢繞漢陽芳樹。甚經年、信音遼邈。鯉魚不溯寒江渡。歎文園病久。滿襟風月。頓成千古。　難訴。天涯苦。賸粱燕空歸。鏡鸞羞舞。淒涼如許。算都被才華輕誤。黯蘅臯、無限碧雲。而今唱杳江南句。最可憐、淚灑黃壚。醉鄉無伴侶。

## 史承謙　字位存、號蘭浦、江蘇宜興人、諸生、有小眠齋詞四卷、

### 一萼紅　桃花夫人廟

楚江邊。舊苔痕玉座。靈跡是何年。香冷虛壇。塵生寶靨。千秋難釋煩冤。指芳叢、飄殘紅淚。爲一生、顔色誤嬋娟。恩怨前期。興亡閒夢。回首淒然。　似此傷心能幾。歎詩人一例。輕薄流傳。雨颯雲昏。無言有恨。凭闌罷鼓神絃。更休提、章臺何處。伴湘波、花木暗啼鵑。怊悵明璫翠羽。斷礎荒烟。

### 滿江紅

纔說春來。轉眼又、送春歸去。算幾日、淡紅香白。鬬他眉嫵。祓禊洛濱遊已散。湔裙淯水人何處。料卿卿、應向瑣窗眠。吹香絮。　知多少。閒情緒。都付與。新詞句。歎朱顔非舊。韶華空度。更不推辭花下酒。最難消受黃昏雨。悶懨懨、和夢聽鶯聲。空無語。

## 史承豫

字衎存、號蒙溪、江蘇宜興人、諸生、有蒼雪齋詞三卷、又有國朝詞雋、

### 小重山

曲彔闌干一徑通。秋花垂錦石、態玲瓏。夜分香氣透簾櫳。湘波展。人在木樨風。　攲枕聽涼蛩。半枝銀燭影、暗消紅。合歡幽夢已成空。無情月。還過小池東。

### 臨江仙

天上碧雲凝薄暮。人間又近秋期。輕衾小簟獨眠時。暗蛩驚好夢。涼葉墜相思。　瞥見一鉤新月影。夜分

猶照羅幃。金波如水漏聲遲。傾城消息杳。愁譜玉參差。

## 掃花遊 揚州夜泊

輕帆卸罷。正雨霽隋隄。野花齊發。嫩黃掩抑。愛垂楊幾樹。倚風堪折。十二珠簾。盡向斜陽高揭。撚吟筆。悵荳蔻枝頭。又是春寂。　紅霞橫一抹。覩好景依然。客懷非昔。淚珠欲滴。歎飄零杜牧。鬢絲如雪。且喚吴姬。玉手重彈寶瑟。翠尊竭。醉今宵、二分明月。

# 荆大鼎 字光遠、江蘇丹陽人、乾隆二十一年舉人、

## 清平樂

頻年飄泊。心緒成零落。一片閒情無處着。那更春宵寂寞。　陰陰院宇無人。懨懨欲睡還醒。消息梅花試訪。侵尋已過初春。

## 眼兒媚

毿毿楊柳畫橋前。花壓翠雲妍。幾行疏雨。一行斜照。數點輕烟。　笙歌日暮青山碧。小艇鬥嬋娟。三分春色。二分明月。依舊當年。

# 凌應曾 字祖錫、號裕圃、江蘇上海人、乾隆二十一年舉人、

## 霜天曉角　題對琴詞

松風吹去。秋滿瀟湘雨。試聽無聲絃指。誰領得、此中趣。　遙夜淡香縷。月明垂葉露。彷彿刺船東海。又目送、早鴻度。

## 憶舊遊　由細林至鳳凰橫雲諸山、憩涇南張司寇園、同對琴作、

到宿雲一塢。風滿空樓。桂發空山。試問蒼髯叟。恁梅殘菊老。閱歷年年。我亦幾番游款。佳處儘盤桓。看壁上龍蛇。依然飛動。日落天寒。　樽前。攜仙侶。按鸚洲漁笛。剡燭分箋。悵望林泉好。把華亭唳鶴。都付啼鵑。十年嬾拈詞筆。霜葉滿蒼烟。待寄與汪倫。涇南重放秋水船。

# 蔣士銓

字定甫、一字心餘、號清容、又號苕生、江西鉛山人、乾隆二十二年進士、改庶吉士、授翰林院編修、有銅絃詞二卷、

## 百字令　蔡文姬擘阮圖

畫中人面。坐胡牀摘阮、雙雛侍側。貂帽蠻靴垂辮髮。絕代春風顏色。旃帳魂孤。兜離語異。獵騎如雲黑。閼氏年少此時應也頭白。　當日一樣還朝。羌兒淚洒。不若蘇通國。留取餘生埋衞冢。蓬首翻求國賊。虎士如林。龍驤滿廐。都尉何恩德。那堪再誤。胡笳不用多拍。

賜書能記。論才華豈媿、中郎之女。不放龍門成謗史。留得班昭何取。一種傷心。幾番隱恨。詩在誰憐汝。桃花廟側。試拉息嬀同語。　可惜今古佳人。泰山一死。天不尋常許。我過明妃青塚畔。著帽黃沙如雨。霜壓盤鵰。風吹病馬。出塞悲行旅。虧他銀甲。邊聲細細彈與。

## 戴文燈

字經農、一字匏齋、號光林、浙江歸安人、乾隆二十二年進士、官禮部員外郎、有甜雪詞二卷、

### 滿江紅　春暮燕臺雜興用迦陵江村夏詠韻、

日麗長安看幾輩、去天咫尺。渾不省、三更蝶夢。百年棋弈。臺上誰招燕市駿。坐中枉說荆州鯽。笑卿從、輔嗣冢邊來。談羲易。　冰乍泮。河流白。花未坼。煙痕積。儘敲殘樂府。小紅低拍。老去難忘官甕酒。狂來欲射轅門戟。正愁吟、忽聽賣花聲。臨風笛。

## 畢沅

字湘蘅、號秋帆、江蘇鎭洋人、乾隆二十五年進士及第、授翰林院修撰、官至湖廣總督、

### 渡江雲　送嚴道甫歸金陵

十年三話別。灞陵踏雪。纔過落燈時。擁鑪寒料峭。欲去頻留。屋後馬長嘶。離愁飽慣。到今宵、怕說將離。誰遣此、金尊紅燭。雙鬢已成絲。　垂垂。秦淮柳色。綠似青門。任春風自吹。待再來、環香吟閣。秋以爲期。記曾同掬天池水。怎回頭、仙夢都非。人去遠。蓮花共予相思。

## 孟超然

字朝舉、號瓶庵、福建閩縣人、乾隆二十五年進士、改庶吉士、官吏部郎中、

### 金縷曲

朱竹君學使、先於庚寅歲主試閩中、夢武夷君見召、約以十年後往、逮辛丑視學任滿入都、未久以微疾逝、賦此哀之時令弟石君方視閩學、並以奉唁、

廿載蓬瀛客。駕征軺、搴帷南望。山丹水碧。一枕淸宵催客夢。夢到洞天窟宅。訝風馬雲車絡繹。九曲峯頭虛左待。望先生、認取三生石。休忘卻。舊丹冊。　當時鞅掌嗟登陟。語仙靈、相期十載。不虛諾責。誰料輶軒重莅止。到眼巖巒猶昔。曾未幾果登仙籍。話到幔亭張宴事。正吹篪、淒斷緱山笛。纔俯仰。總陳跡。

## 許寶善

字斅愚、號穆堂、江蘇靑浦人、乾隆二十五年進士、官至監察御史、有自怡軒詞一卷、自怡軒詞譜六卷、

### 南歌子

寶瑟初調軫。珠簾半上鉤。一行新雁過南樓。寂寞梧桐深院、又中秋。　玉露和烟濕。金波逐水流。秋風應亦解人愁。吹我半牀幽夢、到西州。

### 水龍吟

接天滾滾淮流。萬山落日呼船渡。鞭欹帽嚲。馬遲人倦。羈愁無數。天也愁人。乍寒又暖。欲晴還雨。更河邊柳下。胭脂點點。淚痕卷、桃花去。　不恨歸來太晚。恨歸來、美人遲暮。三春已過。鶯兒燕子。不知何處。草綠

江南。魂消塞北。有情無緒。怕珠樓夜月。闌干倚徧。翠眉長聚。

### 臺城路 楊花

綠雲繞處香綿卷。悠颺乍停酥雨。碧逕勻鋪。白蘋碎點。又是天涯春暮。柔情幾許。怪惹恨牽愁。欲飛還住。更撲簾衣。有人獨自皺眉嫵。　江南寒食過了。問誰家廢苑。飄泊無侶。拂浪魚吹。因風燕蹴。不管幽懷羇旅。輕裙翠羽。笑爭逐瑤堦。小窗兒女。怨入深宮。新詞應更譜。

### 點絳脣

寒食東風。綠窗寂寞春無主。惱人情緒。幾點梨花雨。　柳弱雲輕。水似流年度。長亭路。淒迷烟樹。好夢無尋處。

## 吳泰來 字企晉、號竹嶼、江蘇長洲人、乾隆二十五年進士、官內閣中書、有曇花閣琴趣二卷、一名古香堂詞、

### 鳳棲梧

江梅吹盡紅樓閉。楊柳多情。也爲春憔悴。燕子來時人未起。梨花小雨重門裏。　夢斷青溪傷往事。桃葉桃根。多是淒涼意。一點相思誰與寄。羅襟留得東風淚。

### 洞仙歌 西池感舊

蒼苔古院。乍繁英如繡。燕尾搖波綠痕皺。繞玲瓏石角。穿徧花叢。人不見、只有東風依舊。　小屏山幾疊。

亞字闌干。長記年時伴垂手。心事付啼鵑。恁悤悤、綠肥紅瘦。試檢春愁幾多般。怕還似千絲。畫橋烟柳。

## 賣花聲　滬城旅思

風雨送扁舟。回首紅樓。傷春傷別幾時休。昨夜濃香今夜夢。多是離愁。　楊柳小灣頭。烟水悠悠。歸心空望白蘋洲。只有春江知我意。依舊東流。

## 陌上花　燕泥

雙飛貼地。沙頭輕啄。麴塵凝積。半污琴書。猶記去年寒食。翠巢掩處殘紅盡。休比雪中鴻跡。恰迴風送雨。渭城西畔。有人憐惜。　繞芳叢點點。黏來殘紅。慣拂盈盈簾額。蝶粉蜂黃。不似者番狼藉。從教築向花龕裏。已是暗銜春色。怕重尋。剩有餘香。吹墮畫梁岑寂。

## 虞美人

垂楊裊裊臨溪碧。過雨烟如織。海棠飛過小闌干。又是一番風信做輕寒。　銷魂院宇深深處。聽得鵑聲苦。芳心猶自繞花叢。恰見一溪流水送殘紅。

## 霓裳中序第一　西泠步月、聞琵琶聲、

蒼烟弄暝色。路入西陵催彩鷁。漁浦鳴榔暗歇。聽宿鷺翻柯。哀蟲吟石。琵琶調急。歎庾郎、衫淚重濕。明燈底。故宮舊怨。忍向夜窗說。　淒切。沈香亭北。問底事、繁華乍滅。龜年還又白髮。況江國相逢。落花時節。舊愁何處覓。更忍聽、涼州怨徹。銷魂也。四絃聲裂。響落斷橋月。

## 曹仁虎

字萊殷、號習菴、江蘇嘉定人、乾隆二十六年進士、改庶吉士、授翰林院編修、官至侍講學士、

### 南浦 題沙斗初春江雨泛圖

新水碧潭潭。正横塘十里。湘匳添漲。江燕乍來時。紅橋畔、芳草萋萋初長。回汀曲渚。暮雲無際環青嶂。蘋葉蘋花南浦路。誰放木蘭雙槳。　芳隄疏雨初過。聽蕭蕭滴徧。菰蒲細響。蓑笠向烟波。垂楊外、遥隔數聲漁唱。青帘薄漾。亂紅飛盡添惆悵。修禊人歸春又晚。一任老魚吹浪。

## 儲祕書

字玉函、江蘇宜興人、乾隆二十六年進士、改庶吉士、官湖北鄖陽府知府、有花嶼詞一卷、

### 清平樂

曲闌干畔。葉葉清陰亂。雨過小池風滿院。別樹蟬聲欲斷。　幾叢茉莉香清。心情分付桃笙。何處恰宜小睡。水窗涼月初生。

### 瑤華

銀釭花落。鳳竹聲喧。漸雪侵簷角。熏爐獨擁。追勝事、多在舊家簾幙。曲房深處。記曾伴、個人斟酌。愛夜分、紙帳春生。香破數枝紅萼。　幾年輕棄鸞儔。對芋火茶煙。倍增離索。無多好夢。還又被、暗雨疏風消卻。麝衾香冷。有一縷、清愁誰覺。盼南樓、過盡征鴻。目斷錦箋新約。

## 蝶戀花

乍減羅衣寒未褪。殢酒迷香。又是年時病。午院風柔輕醉醒。隔花燕語朦朧聽。　往事千端閒記省。獨上高樓。望斷天涯信。細雨亂紅飄欲盡。捲簾惟有春陰近。

憶得橫塘西畔路。翠擁紅遮。人在花陰住。情似遊絲千萬縷。春來繞遍閒窗戶。　又是風光三月暮。挑菜湔裙。密約連番阻。別有心情難寄與。拂簾燕子空來去。

## 臨江仙　都下寒食

店舍無烟宮樹綠。匆匆過卻繁華。黃昏依舊薄寒加。不知花勝雪。惟有月籠沙。　千里鄉關凝望遠。羨他點點歸鴉。半牀幽夢落天涯。夜如邊塞杳。門似亂峯遮。

## 渡江雲

關山寒色迥。樹頭葉盡。流水澹無波。貂裘容易脆。也共愁顏。客裏暗消磨。旗亭喚酒。任衝風、踏徧銅駝。空凝想、江天如畫。何處著漁蓑。　蹉跎。一番好景。都付華胥。向風塵閒過。生戀著、單衾小暖。曉夢偏多。玉梅花下簾垂地。念有人、怯畫雙蛾。梅瘦也。知伊瘦更如何。

## 疏影　白蓮

凌波步穩。似羣仙縹緲。來泛明鏡。隔浦相逢。倩影亭亭。未許嫣紅偷並。吳娃蕩槳來深處。看水面、輕妝相映。想嬋娟、欲謝穠華。洗盡小朱慵粉。　容易菱歌唱晚。更珠房淚濕。碧雲深隱。幾許清芬。一片冰心。付與沙鷗消領。西風拂拂吹殘月。彷彿見、玉容初醒。最憐他、有恨無言。空對冷波千頃。

## 陸錫熊

字耳山、號健男、江蘇上海人、乾隆二十六年進士、官至左副都御史、有篁村詞一卷、

### 邁陂塘　題王述庵蒲褐山房圖

愛安禪、蘆簾紙閣。維摩十笏聊住。牆低儘送遙峯影。壓遍斜陽高樹。攜臥具。似小艇淞南、夢掩紗窗雨。瀟瀟竹語。任月冷窺蒲。香留伴褐。不放早參去。　蓬萊客。十載亭臺舊主。小園休擬重賦。雲山壞衲知無恙。看煞軟紅塵土。聽粥鼓。況近巷精藍、藓屐頻移步。閑坊記取。在走馬街前。啼鴉屋後。罨綠最深處。

### 點絳脣

長短亭邊。榕陰無際天涯路。亂山欲暮。門掩荒蟲語。　望斷高樓。紈扇流螢度。空凝竚。夢飛不去。月掛愁生處。

### 百字令　山海關

插雲睥睨。正門開四扇、榑桑初曉。萬疊蒼山爭飲海。蹴起驚濤浩渺。隔岸秦鞭。沈沙漢鏃。何處安期島。關頭楊柳。西風一夜如掃。　想見疊鼓喧笳。連峯戰格。獨控漁陽道。函谷丸泥堪一笑。都付頹垣衰草。玉壁誰當。長城自壞。往事知多少。鞞韇回望。戍樓還矗雲表。

### 滿江紅　孟姜女廟

翠巘丹梯。湧現出、金銀宮闕。凭闌外、海天萬里。蓬萊明滅。估客連檣如點豆。行人飲馬猶尋窟。問盧龍、塞土血痕殷。長城卒、 玉貌古。靈風瞥。含顰處。凝思切。想巾綦衣縞。遠來收骨。精衛冤深塡不得。杜鵑淚盡啼難歇。算千秋、長照望夫情。秦時月。

## 南鄉子 渡灤河作

莽莽塞雲愁。穿塞商都一道流。雪浪千堆還怒捲。濤頭。羅刹江邊八月秋。 津鼓記征郵。衮衮輪蹄去未休。多謝遼西前夜月。如鉤。送我平州又閏州。

# 孫士毅 字智治、號補山、浙江仁和人、乾隆二十六年進士、官至文淵閣大學士、謚文靖、

## 金縷曲 題杏林聽鶯圖

芳樹晴絲罥。正江南、二月烟濃。柳搓金線。小駐吟驄茅店外。牆角殷紅開徧。還懊惱、青帘遮面。社鼓餳簫聽乍遠。又如簧聲滑風吹斷。穿林去。蹴花片。 曲江往事同飛電。記當年、一點深黃。也陪高宴。蠻語參軍今漸老。展卷恍聞春囀。惜少個、呢喃新燕。歸踏裙腰招舊侶。儘水村山郭尋常見。攜柑酒。恣游衍。

# 江 立 初名炎、字聖言、號雲磎、安徽歙縣人、監生、有夜船吹笛詞二卷、

## 疎影 雨中同沈沃田吳杉亭集程筠榭坐雨安居

苔痕潤碧。作灑花細雨。低透簾隙。風裏絲絲。天外沈沈。幾縷博山煙濕。易致暗影闌干壓。渾不覺、如年長日。獨羨君、坐處安居。許我共分吟席。　樂府指迷讓沈。眩樓臺七寶纔見歸客。杉亭歸自都門 減字偷聲。嚼徵含商。相和半簷殘滴。移家擬向橫塘住。學梅子、黄時詞筆。照暗燈、一派瀟瀟。夢在夜船吹笛。

## 揚州慢 紅橋感春

拍岸春波。漫天晴絮。曉來劃碎玻璃。甚花開幾日。已綠重紅稀。認簾影、沉沉一片。半遮垂柳。相感年時。又風前人戀。餘寒猶怯單衣。　曲游池館。悵梨雲、和夢都迷。問膩粉欄杆。栖香燕子。行過橋西。杜牧客懷銷黯。簫聲冷、夜月依依。剩遙空山色。江南吹上青旗。

## 憶舊游 秋窗茗話、同人集牧田齋中、

正松風灑翠。石鼎飛紅。來問君家。冷客偏多事。笑秋將過半。還鬥春茶。自憐買山無計。栖泊向天涯。願乞研箋愁。移牀借夢。閒送年華。　窗紗。弄輕影。驀幾點殘陽。淡墨歸鴉。最愛蕭疏意。卷一簾清露。涼到瓶花。素襟淡如雲液。幽境隔塵譁。躡屋後青梯。遙帆歷歷空外斜。

## 疎影 燈花

籠紗窗戶。逗嫩紅隱隱。孤豔徐吐。細蕊如珠。搖曳烟魂。不怕曉風吹去。偶然墜落銀釭外。是案上、棋聲敲處。又續開、漏永更疏。宛共夜闌人語。　因想蘭閨暗卜。幾回盼遠信。佳約遲誤。短夢醒時。似黯還明。瘦影依依低護。堪憐一點芳心熱。但只少、幽香飛度。轉憐伊、移近羅幃。略遣相思情緒。

## 錢維喬

字竹初、江蘇武進人、乾隆二十七年舉人、官浙江鄞縣知縣、

### 南柯子

綠樹千村合。清溪百道連。故鄉風景最鮮妍。負了一筇雙槳、又三年。　有夢迷蝴蝶。無情憶杜鵑。雁來時候燕歸前。贏得一燈如豆、伴孤眠。

## 趙文哲

字璞函、號損之、江蘇上海人、乾隆二十七年召試、官戶部主事、有媕雅堂詞四卷、

### 一萼紅　重過水竹居有感用草窗詞起句、

步深幽。看白蘋紫蓼。池苑恰宜秋。茸帽寒多。荷衣塵少。醉中一晌凝眸。記隄上、千絲楊柳。驟輕鞍、何處不句留。燭淚堆紅。茶煙颺碧。人在高樓。　風景而今無恙。但板橋西畔。換卻盟鷗。苔澀蛩疏。芹殘燕壘。聲聲猶訴離愁。問溪水、挼藍如許。恁年年、只解送蘭舟。怕見舊時月色。莫上簾鉤。

### 臺城路　秋草

疏林一夜鳴鶗鴂。青青漸看非昔。古柳陰中。殘荷影外。迢遞河梁秋色。西風巷陌。恨送盡年年。寶鞍珠勒。不見王孫。夕陽空記舊行跡。　西堂吟興乍減。那堪離夢醒。無限相憶。塞北秋深。江南日暮。一帶傷心寒碧。憑高望極。又斷雨零煙。幾重遮隔。獨立蒼茫。舊袍青淚濕。

## 倦尋芳 送春、同竹嶼作、

柳遮翠館。花落紅亭。催老芳序。滿目江山。何處送春歸去。漫惜侵簾鶯語滑。可憐隔浦鵑啼苦。最消魂。是斜陽欲下。一庭疏雨。　悵往事、都如流水。人面重門。佳約無據。繫馬踟躕。不記舊時芳樹。青子綠陰空自好。年年總被東風誤。只多情。燕歸來。畫梁愁訴。

## 河傳

送客。南陌。千絲殘柳。一絲涼笛。東風日暮雨瀟瀟。魂銷。人歸紅板橋。　梨花小院深深閉。闌杆倚。離恨倩誰寄。酒初醒。夢將成。愁聽。紗窗啼曉鶯。

## 凄涼犯 蘆花

滄江望遠。微波外、芙蓉落盡秋片。野橋古渡。輕筠嫋嫋。露華零亂。西風乍捲。便鷗鷺、飛來不見。似當時、楊花滿眼。人別灞陵岸。　幾度思持贈。回首天涯。白雲空翦。夕陽自顫。嘆絲絲、鬢邊難辨。獨立蒼茫。問何事、頻吹塞管。正凄涼、冷月宿處起斷雁。

# 張九鉞

字度西、號紫峴、又號陶園、別號梅花夢叟、湖南湘潭人、乾隆二十七年舉人、官廣東海陽縣知縣、有拾翠詞一卷、雪鴻綺語一卷、秋蓬詞二卷、亦名紫峴山人詩餘、又名陶園詩餘、

## 賀新涼 詠晚香玉

白板扉兒院。蔭涼篷、方盆圓盎。閒階種遍。小扇輕羅移步下。枯篠插扶嫌軟。更纖手、甘泉親灌。隔著簾看已好。排瑤簪象珥層層滿。露帶浥。風搖綻。　几前擕上燈前見。裊枝枝、粉痕雲膩。映如嬌面。開到三更醒酒後。透入紗幮幾線。只少個、呢香人倦。三十六陂蓮總媚。趁月明、那得船兒便。爭似汝。小窗伴。

## 望湘人　湘舟曉望感舊

記金沙耀箔。明鏡轉帆。嶽容湘色如拭。髻挽遙螺。眉凝淺黛。茶點冰甌新碧。杜若霏香。紅蘭汎豔。團箋催拍。到如今、雲樹江城。觸處都成憐惜。　空有煙嵐旖旎。歎淩波一去。杳無消息。聽數點冰絃。彷彿舊彈瑤瑟。西風叵耐。被他吹散。彌望蓼霞蘆雪。祇剩著、澹月半輪。照我蕭蕭頭白。

# 王金英

字澹人、江蘇江寧人、乾隆二十七年舉人、官教諭、有冷香詞二卷、

## 浣溪紗　題畫

春風吹綠草初齊。幾隊遊人馬亂嘶。板橋流水夕陽低。　碧海舍人蘆底宿。金衣公子柳間啼。誰家簾捲畫樓西。

# 張熙純

字策時、一字少華、號敬亭、江蘇上海人、乾隆二十七年舉人、三十年召試、授內閣中書、有曇華閣詞二卷、一名華海堂詞、

## 瑤花 登城望西山殘雪

凍雲乍解。欲霽還陰。露瑤岑微碧。冰痕界道。晶輝漾、零玉峯腰猶積。冷侵吟骨。强攜酒、憑高望極。想沉沉、山北山南。幾處尚迷樵跡。 還思阿曲幽人。靜掩荆扉。偃臥雲宅。籬落無人。算此際、凍蕊疏枝誰摘。閑情恁遠。空自憶、蹇驢遊歷。又荒城、淸角吹寒。澹月一丸搖白。

## 鎖窗寒 園居對雨

柳幕藏鶯。花房隱蝶。碧陰籠院。林柯潤雨。是處綠酣紅泫。漾輕舟、垂楊畫橋。縠紋輕漲銀塘滿。憶越溪前度。孤篷搖夜。不勝淸怨。 折簡呼吟伴。試盡捲湘簾。共飛翠盞。沉沉深酌。一任簷花零亂。怕明朝、輕暖弄晴。禁烟百五春又晚。聽呢喃、訴盡新愁。有棲香雙燕。

## 南樓令 病起

深院捲簾看。雨晴花滿欄。恁東風、猶滯餘寒。葉底流鶯空自語。能幾日。又春殘。 上砌綠苔斑。園扉鎭日閑。倚琴尊、苦憶淸懽。聞道西郊芳草碧。還料理。舊吟鞍。

## 倦尋芳 送春

絮飛翠陌。花亂紅亭。芳信催晚。開到荼蘼。幾度嫩寒輕暖。碧水如雲環繡谷。綠陰似幄遮蘭院。記垂鞭。過瓊樓十二。畫簾齊捲。 又爭奈、雨疏風軟。落蕊零香。魚浪吹遠。採葚人歸。取次踏青情懶。杜牧長吟禪榻句。崔徽空寄重門怨。更何堪。夢醒時。曉鶯猶喚。

### 惜餘春 送春

蝶外飄花。鶯邊零雨。是處穠華都盡。瓊窗喚夢。翠幄留雲。擬訴別懷爭忍。今夜無眠共君。遙聽鐘殘。不堪風緊。看嫣紅如許。啼痕猶染。襪塵難認。　還暗省、團扇招香。疏簾通燕。隱約歡遊曾趁。愁聞杜宇。怕對將離。只有綠烟凝恨。長日閒庭悄然。空倚清尊。誰傳芳訊。想桃門深鎖。銷魂前度。舊情休問。

## 嚴長明 字道甫、江蘇江寧人、乾隆二十七年召試舉人、官至內閣侍讀、

### 渡江雲 留別長安諸同好

長安何限好。雪消雲霽。剛值卸燈初。韶光無賴甚。才助歡筵。卻又促離駒。分襟三度。到今番、倍覺愁余。行看取、白頭伴侶。兩地月同孤。　征途。馬頭風露。雁底關河。算匆匆此去。那更省、誰家草綠。何處花疏。歸時擬趁青溪曲。覓水天、深處閒漁。但祗恐、舊盟鷗鷺都無。

## 王炳虎 字文也、一字秋坪、浙江嘉興人、諸生、有春曉閣詩餘、

### 掃花游 懷楊文樸

梧桐葉落。尚嫩草敷階。薄陰遮戶。小齋閒步。悵天涯浪跡。幾更時序。露冷秋芳。不共美人題句。且延佇。想落月半庭。修遍簫譜。　高閣知何處。但遠岫青青。亂雲無數。蕭條逆旅。嘆寒燈孤照。夢魂無據。正恁淒涼。

盼斷飛鴻遠度。信仍阻。抱離愁、幾時重訴。

## 楊　蟠

字旋吉、號文樸、浙江嘉興人、諸生、有晚香居詞、

### 百字令　題顧彔厓鄧尉探梅圖

虎山橋畔。記曾邀鷗侶、探梅三度。勝地經來勞夢想。惜未爲花題句。我嬾重遊。君偏乘興。獨自騎驢去。暗香浮動。縞衣人在前路。　最好晴雪初消。嫩寒未減。天色風吹暮。不遇探春名士到。怎把芳心輕露。待近黄昏。微籠淡月。寂歷宜閒步。吟懷未倦。再尋西磧千樹。

## 吳嗣廣

字芑君、號樵石、浙江海寧人、諸生、有抱秋亭詩餘、

### 如夢令　月溪堂見月

禪室淒清無比。人在長明燈裏。風動竹簾開。瞥見月華如水。驚起。驚起。不放夢魂千里。

## 閔　璉

字桐邨、江蘇南匯人、諸生、有花醒詞一卷、

### 西江月　登雞鳴山

石徑盤陀曲曲。嶺煙晚翠重重。後湖菱蔓起秋風。樹底殘霞相送。　漫説龍蟠虎踞。空悲粉剩金銷。六朝

陵闕一聲鐘。喚醒幽香冷夢。

## 陳鴻業　字翼王、江蘇南匯人、有欠山閣詞鈔、

### 天仙子　題畫

春水盈盈春草碧。釣絲風軟蜻蜓立。漁翁欹脚臥斜陽。霜鬢白。閒吹笛。著破羊裘人不識。

### 鷓鴣天　九日飲鄰家

籬菊新黄媚晚晴。故人歡笑共開醒。惜花每恨看將老。對酒何辭量不勝。　歸路曲。小橋横。醉筇扶去軟沙平。夕陽纔送栖鴉影。月上林梢樹幾層。

## 周詰　字牧林、江蘇南匯人、有抱村詞鈔、

### 小重山　秋夜舟行

一片孤帆驟碧空。夜深還未泊、趁西風。數聲鳴楫動魚龍。推篷望。一色玉玲瓏。　水面霧空濛。眠鷗和宿鷺、起蘆叢。岸邊橘子暮燈紅。誰家笛。聲落客船中。

## 汪棣　字韡懷、號對琴、安徽歙縣人、貢生、官刑部員外郎、有春華閣詞二卷、

## 綺羅香

碧浪吹香。涼雲映幕。猶記那回芳豔。水驛覊魂。驀地曾窺嬌面。伴孤棹、冷雨疏烟。盼高城、嫩鶯雛燕。恨雙魚、尺素無憑。小橋偏隔暮潮淺。　西泠游徑未遠。襟上酒痕依舊。年時難辨。斷送黃昏。甚處玉簫哀怨。縱謝娘、眉嫵重逢。早潘令、鬢絲愁見。料昨宵、獨倚妝樓。望窮帆影轉。

# 郭濼 字季特、號荼崖、江蘇丹陽人、貢生、有荼崖詞、

## 邁陂塘 雁

近重陽、汀洲初冷。霜華凋遍衰草。莓苔長憶天南路。又逐西風吹到。橫夕照。正波遠瀟湘、千里黃蘆遶。天涯縹緲。拚夢冷荒烟。聲淒暮雨。諳盡素秋杪。　孤村度。落葉疏林杳杳。誰家清練催擣。高樓此夜憑闌處。贏得愁懷多少。頻悵眺。想玉塞金河、應有平安報。倍添淒悄。又月澹星稀。哀音嘹嚦。驚破野塘曉。

## 垂楊 本意、感舊、

綠窗人悄。記數聲睍睆。好音嬌小。寶馬頻嘶。斷橋低拂東風峭。攀條前度津亭道。忍回望、玉樓深窈。倚殘陽、煙縷絲絲。問甚時還到。　堪恨清明過了。任舞倦柔腰。淡眉如笑。人遠天涯。幾番空悵蘇堤曉。多情只有花飛早。引春夢、隨風縹緲。卻贏來、一片閒愁。誰爲掃。

## 楊大章 字文載、號斐園、江蘇丹陽人、諸生、

### 重疊金 木香棚

峯迴路轉濃陰結。疏籬一帶花如雪。繞屋散餘芳。居人魂夢香。　紅塵飛不到。何用呼童掃。小逕碧苔稀。新來經雨肥。

## 呂　欽 字見龔、江蘇丹陽人、諸生、

### 點絳脣

烟霧濛濛雨絲不斷常如綫。空堦滴遍。那管離人怨。　孤枕愁眠。無計能消遣。惟堪羨。垂簾深院。微雨雙飛燕。

## 王　曙 字東田、江蘇江陰人、諸生、

### 醉蓬萊 金陵懷古

弔青山多少。金粉風流。總歸何處。衰草茫茫。盡南朝邱墓。白下城邊。華林園裏。有夕陽來去。俯仰人間。花開花落。便成今古。　七夕針拋。景陽鐘斷。六代繁華。西風禾黍。一帶寒蟬。是臺城舊路。爲問當年。飛飛燕

子。更夢誰朱戶。如此江山。傷心小庾。江南詞賦。

## 木蘭花慢 白門秋柳

聽寒蟬一樹。青溪外。暮潮收。記花落板橋。春深南院。煙鎖紅樓。風流。幾番回首。便亂鴉、啼斷六朝秋。衰草西風邀笛。阿誰寶馬重游。 眉頭。不似舊溫柔。老去見應羞。更龍江夜雨。石城曉月。送盡蘭舟。須留。舊時燕子。共烏衣、古巷夕陽愁。何處重逢桃葉。澹煙凝雨芳洲。

# 湯焴

字鞠劬、江蘇無錫人、有棲筠詞一卷、

## 臨江仙 碧梧井

河漢迢迢秋夜永。碧梧影斷溪煙。紙窗斜映月娟娟。數竿新竹粉。一枕舊山泉。 自是蕭疏孤館寂。轆轤聲轉涼天。幾行雁影落尊前。山空人跡少。松老白雲連。

## 醉春風

窗外鶯聲碎。池上垂楊媚。愁多不耐亂紅飛。醉。醉。醉。錦瑟輕彈。玉箏頻弄。又添憔悴。 花氣凝人袂。香冷催人淚。春深何事欲關情。睡。睡。睡。露重煙濃。雲微月澹。夢魂誰寄。

# 鄒祥蘭

字貽仙、江蘇無錫人、有問石詞一卷、

點絳脣　水驛

碧水茫茫。畫船何處歌金縷。篷窗竹戶。碎落漁燈雨。　秋影橫空。一雁聲淸楚。瀟湘去。靑峯無數。不礙人行路。

沈璜　字子政，浙江平湖人，

如夢令　惜東湖餘春

湖畔低聞花語。香陣今翻紅雨。三月可憐春。驀被紫騮嘶去。鶗鴂。鶗鴂。喚取玉人長住。

董德鏡　字向若，浙江鄞縣人，諸生，

西江月　漁父

不住紅塵華屋。偏來白眼浮家。一篙撑過雁鷺沙。泊在柳陰陰下。　聊醉三杯竹葉。更吹一笛梅花。殘陽斂照晚烟斜。細聽渡頭人話。

邱岡　字昆奇，號筆峯，江蘇吳江人，附貢生，有德芬堂詩餘一卷，

水龍吟　楊花，用東坡韻，

暮春三月江南。傷心人似樓中墜。和煙和霧。如絲如縷。全無春思。刺繡房櫳。秋千院落。綠窗長閉。訝春光如此。雪花堆鬢。何曾是。因風起。　一片隋隄舊事。儘天教、輕風吹綴。游絲繫住。無端又被兒童捉碎。此去銷魂。生涯漂泊。倘歸萍水。被魚兒唼取。也應認得。是相思淚。

摸魚兒　用張翥韻、酬陳劍良追話昔游燕臺之作、

記年時短鞭青笠。長安街上塵輭。卑枝差喜鷦鷯借。敢逐早鶯爭暖。書漫卷。且共我、歡場拍趁湘妃扇。歌聲婉婉。登嚴武牀頭。庾公樓上。酒量幾曾淺。　清游好。歸覔家山竹館。心如阮放嵇嬾。開編屈指聯吟客。江面斷萍流散。朝夕見。問那個、抽毫進牘留梁苑。尋春較晚。幸鶯脰湖連。鴨闌橋近。釣客約來遠。

## 董　均　字平銓、江蘇婁縣人、貢生、官安徽無為州訓導、有疎庵詩餘、

鵲踏枝

嵇阮壚邊司馬壁。檢點平生。多少閒蹤跡。客裏亦家家亦客。近來心緒誰知得。　靜處思量頻淚滴。何事撩人。更有山陽笛。一夜梅花催放白。天涯芳草無窮碧。

## 顧詒祿　字祿百、江蘇長洲人、諸生、有二如軒詞鈔一卷、

如夢令　曉起

昨夜雨聲成陣。一霎小園紅褪。曉起不勝寒。薄病和花俱困。休恨。休恨。簾外綠楊風定。

## 吳展成 字螟巢、浙江嘉興人、有啖蔗詞四卷、

### 水龍吟 秋暮咏霞

夕陽數點明霞。依稀斜掛危樓角。層層魚尾。碧痕界破。遙峯如萼。澄水浮寒。霜楓弔影。欲沉還閣。望美人千里。朱顏無恙。含情處。凝眸著。　曾記武陵春泊。共桃花、繽紛亂落。而今惟有。荒洲孤鶩。相從寥廓。擬付仙家。餐來自飽。釀成能酌。怕揉紅暈紫。餘輝漸暝。向西風薄。

### 疎影 秋柳、步朱太史竹垞原唱、

河橋轉首。颼西風萬縷。蕭瑟偏驟。語罷驚蟬。宿遍歸鴉。征鴻又叫封堠。揚眉殢眼無多日。早換了、芳菲時候。記斟殘、別酒西泠。曾共玉人分手。　莫唱渭城朝雨。客懷搖落盡。愁絕關口。便到章臺。怕繫青驄。應識重來非舊。王郎老去添憔悴。倚斜照、碧紗窗牖。更傷心、陶令門前。比似黃花同瘦。

### 相見歡 閨怨

更殘樓角烏啼。月初西。翠被朝寒。驚夢到空閨。　關塞路。魂不度。思還迷。悔煞昨宵燈下。錦書題。

### 南浦 春水、步宋張玉田原韻、和沁碧二首、

膏雨翠痕浮。暖溶溶、絕勝秋江清曉。回首問東風。冰澌盡、一片鏡光誰埽。蘆碕荻渚。嫩芽相間萍星小。橋

外提壺人喚渡。悞卻迷離烟草。　高樓簾捲湘紋。儘凝眸脈脈。橫波未了。南浦最消魂。天涯別、甚日征帆能到。斜陽渺渺。畫船簫鼓中流悄。歸聽銜花雙燕語。蘸濕紅襟多少。

## 屠元淳 字穀詒、浙江嘉興人、諸生、有尋樂類編附詞一卷、

### 南鄉子 秋景

雲影弄新秋。日漏微紅繞畫樓。葉落蕭蕭銜夕照。含愁。可有題詩出御溝。　往事憶還休。且向楓林放遠眸。疊岸漁船人飲醉。溪流。數點蘋花伴野鷗。

## 張宗枏 字汝楝、號舍厂、浙江海鹽人、有度香詞一卷、

### 齊天樂 詠李用宋韻、

漢宮青綺誰分種。離離影疏頻見。弱縷中懸。豐肌小摘。色暈遙天霞晚。風流夢遠。甚佳味閒情。易增幽怨。爭似仙山。餐來上藥鎮長健。　甘瓜沈共冰水。幾番涼沁齒。暑渴曾遣。淺碧含漿。輕紅膩粉。只少纖纖一點。兜羅手軟。化千億香林。恁時消散。且喜花晨。葦綃開正滿。

## 張宗松 字楚良、號青在、別號寒坪、浙江海鹽人、諸生、有捫腹齋詩餘、

## 小重山　賦別

蠟炬將殘酒未空自憐無好計、淚痕濃。眼波斜溜臉波紅。相思意。偏不在言中。　此別恨重重。幾番辜密約、恁時逢。靈犀只許夢魂通。天邊月。相送鵠湖東。

## 掃花游　重過硯園有感

舊時門巷。記竹樹蕭疏。徑荒庭悄。幾回昏曉。怕淒風苦雨。斷垣傾倒。新署園官。補葺經營俱了。寸心攪。看殘柳池塘。飛絮猶嫋。　天際雲縹緲。聽潑刺魚聲。碎萍浮沼。雪泥印爪。認分明前度。飛鴻曾到。燕子重來。梁上巢痕已掃。亂塵少。比年時。畫檐還好。

## 疏影　賦竹影、用玉田梅影韻、

低檐漏月。正檀欒弄影。相對幽絕。只兩三竿。搖暝搖晴。那怕西風敲折。疏疏落落牆陰下。且莫待、黃昏時節。慣攤書、綠字欹斜。雲過小窗明滅。　空際纖塵不掛。幾番拂拭處。臨水清潔。寒雀飛來。欲踏難棲。轉向花枝啼徹。輕鸞鏡裏誰描得。訝壁上、琅玕如活。又幾時、添許微痕。薄暈更留殘雪。

## 齊天樂　李次史梅溪賦橙韻、

瑤光星影銷沈後。道旁數株曾見。雪色宵明。翠芬露泫。葉暗青房春晚。風吹香遠。幸防護周遭。雀蟲休怨。試和清醪。朝來飲罷幾人健。　人間煩暑最酷。甘瓜浮未得。惟此消遣。色暈微黃。肌含淺碧。更帶猩紅幾點。涎流苦軟。看匝樹勻圓。傾筐零散。卻愧分餘。水荷包未滿。

## 張宗橚 字永川、一字詠川、號思巖、浙江海鹽人、監生、有藕村詞存二卷、詞林紀事二十二卷、

### 瑣窗寒 珍珠梅、亦名揉碎梅花、清明後、籬間盛開、香色殊勝、爲賦此解、

紫陌風輕。紅闌雨過。梅英飛盡。香魂已化。別報一番春信。問何人、妬殺冰容。輕綃揉碎遙難認。縱疏籬堪寄。暗香微度。繁枝猶嫩。　幽恨。憑誰問。似鮫人易泣。淚珠都隕。解珮攜來。夢遶湘皋無準。想驚鴻、舞罷妝殘。樓東一斛愁瘦損。傍柳陰、貪睡慵慵。許梨花相近。

### 疏影 紅葉

楓林染處。見晚妝乍了。多情青女。轉綠移黃。似媚秋風。點點臙脂濃注。曉來慣誤尋花蝶。笑栩栩、漫尋枯樹。向夜深、飄落吳江。別報一番紅雨。　回首深宮渺渺。御溝尙在否。誰寫幽素。遠上寒山。石徑停車。贏得樊川詩句。還愁醉眼模糊。甚錯認作、斷霞無數。但只願、盡化丹砂。好把酡顏留住。

### 高陽臺 落葉

帶雨敲窗。隨風舞樹。颯然愁滿中庭。記得新涼。井梧先報秋聲。斜陽尙映珠簾額。甚淒淒、聽盡寒更。啓柴荆。遙望孤村。已見疏燈。　洞庭波闊無人到。想長堤漸沒。深谷初平。付與山僧。供他幾夜茶鐺。繞枝烏鵲頻驚影。怪園林、一片空明。倩丹青。添箇寒鴉。寫入湘屏。

## 臨江仙

紅藥開時花漸了。千山又聽鵑啼。聊斟濁酒譜新詞。句從愁裏得。春向醉中歸。　須信繁華難久駐。霎時回首都非。憑闌永日送斜暉。薰風吹碧草。微雨潤黃梅。

# 全清詞鈔第十一卷

## 沈初

字景初、號萃巖、一號雲椒、浙江平湖人、乾隆二十八年進士及第、授翰林院編修、官至戶部尚書、諡文恪、有花閒餘綺詞、

### 更漏子 題馮爾調荒郵露宿孝蹟圖

晚風寒。新月小。斷續啼猿多少。驚旅夢。役孤魂。麻衣冷未溫。　更漏急。霜如雪。獨伴一棺淒絕。心欲碎。不成眠。烏飛星滿天。

## 吳省欽

字沖之、號白華、江蘇南匯人、乾隆二十八年進士、改庶吉士、授翰林院編修、官至左都御史、有白華前後稿詩餘二卷、

### 摸魚子 滬城過趙璞函不直、

白蓮涇、趁潮斜翦。短篷低挂帆布。相思偏是遲相見。輸與鷺羣鷗侶。雲影暮。聽嫋嫋秋風、不暖垂楊樹。荒郵古戍。記竝轡尋春。聯綦敲月。零落似萍絮。　盈樽酒。何必旗亭客路。腰支吟瘦幾許。紫萸黃菊登高會。烏帽訪君何處。君莫訴。問滾滾江流、流否離愁去。蘆汀荻渚。祗漁板涼天。棹歌深夜。篷底暝烟雨。

## 憶蘿月

鑪薰被暖。好夢和春短。夢又不來人又遠。月上梨花小院。　更更更漏沈沈。無眠低枕橫琴。纔是瞢騰倚睡。窗前早喚山禽。

# 姚　鼐

字姬傳、號夢穀、安徽桐城人、乾隆二十八年進士、官刑部郎中、有惜抱軒詞一卷、

## 臺城路　秋蝶

粉牆翅底尋芳處。栩栩夢回情老。冷露垂乾。微陽烘暖。一逕西園重到。寒枝自抱。恍穿入深深。壓簾春曉。甚又驚飄。卻和輕葉墜煙草。　流年偷換漫道。雙飛經幾度。而今黃了。砌暗蘭衰。籬荒菊瘦。故侶相逢應少。樓陰靜悄。正欲向東家。又依殘照。倚檻誰看。滿庭風嫋嫋。

## 水龍吟　蘆花

楚江漠漠連天。荻梢滿綴搖秋氣。寒雲影外。暮山低處。澹煙叢裏。一色迷空。短篷垂釣。雪時仍記。卻蕭蕭挂冷。離離繞岸。正船傍。西風艤。　最是天涯倦倚。憶湖郵、霜零洲背。幾番夢到。波生葉下。月明千里。料得良宵。江妃應折。一枝誰寄。只送將去雁。淒迷遙宿。向寒塘水。

# 李調元

字羹堂、號雨村、四川羅江人、乾隆二十八年進士、改庶吉士、官直隸通永道、有鬻翁詞二卷、雨村詞話

四卷、

### 生查子

君家住那邊。妾住清溪曲。一自送君歸。春水年年綠。　上灘復下灘。目斷雙蛾蹙。畢竟幾時來。淚灑江邊竹。

### 如夢令

庭下丁香初結。已是半年離別。最怕是黃昏。一點孤燈明滅。嗚咽。嗚咽。窗外子規啼月。

### 謁金門

風過處。吹落一庭輕絮。幾陣廉纖窗外雨。綠迷芳草渡。　纔見蜂酣蝶舞。又早燕來鴻去。試問落花誰作主。流鶯嬌不語。

## 董潮

字曉滄、號東亭、浙江海鹽人、乾隆二十八年進士、改庶吉士、有漱花集詩餘一卷、

### 青玉案 用賀方回韻

小橋流水西塘路。記淚眼、忽忽去。一片春帆雲外渡。亂煙芳草。遠山殘照。知道人何處。　紅藕香銷秋欲暮。苦憶當時臨別句。一寸柔腸餘幾許。那堪今夜。斷鴻聲裏。點點芭蕉雨。

### 東風齊著力 法源寺同狄解元雪衿彭孝廉樗亭作

穀雨纔過牡丹還早步屧閒尋。石壇風靜。旛影晝沈沈。闌角嫣然一笑。凝眸處、黛淺紅深。君知否。桃花燕子。都是禪心。 竹榻伴微吟。看一縷茶煙。鬢影斜侵。夕陽枝外。啼鳥破春陰。欲趁遊蜂歸也。頻繞樹、離思難禁。生怕是五更風雨。夢斷重衾。

### 相見歡

燈殘夜雨重門。近黃昏。撥盡沈檀金鴨火難溫。 東風緊。梨花冷。總銷魂。依舊一川煙草怨王孫。

### 謁金門

東風早。吹綠一庭芳草。寒擁香篝深閣悄。夢和煙縹緲。 昨夜雨聲催曉。試問落紅多少。花信番番吹未了。蝶癡鶯漸老。

## 喬鍾吳

字雲門、江蘇上海人、乾隆二十八年進士、官甘肅岷州知州、有讀書春草堂詞、

### 新雁過妝樓 孤雁

相失空憐。雞塞遠、萬重嶺隔雲遮。飄零何處。數點銀漢橫斜。一夜西風吹斷續。半江秋水冷蒹葭。望參差。長門片影。聲亂悲笳。 霜羣幾番錯認。憶聯飛舊侶。聚宿圓沙。憔悴關山。哀響應徧天涯。泠泠更聞湘瑟。亦解向、青峯怨落霞。賓行杳。問煙波誰伴。明月蘆花。

### 菩薩蠻 春閨怨

小樓一曲梅花笛。陌頭走漏春消息。芳草一簾青。東風無限情。　玉釵雙燕並。羞掩菱花鏡。何必寄相思。流光君自知。

## 施朝幹

字培叔、一字廷午、號小鐵、江蘇儀徵人、乾隆二十八年進士、官至宗人府府丞、有正聲集附詞一卷、

### 長亭怨　秋別

問誰觸、將離情緒。馬首涼雲。亂山高處。繞袂征塵。隔年蕪苑奈歧路。酒醒無語。都只爲、長亭誤。執手小橋邊。恰對著、秋聲吹去。　凝竚。算留題贈遠。一樣唔成淒楚。相看倦旅。忍忘了、美人遲暮。便零落、折取蘆花。怕不是、當初漁浦。甚今夜寒蟾。還照天涯金縷。

## 馮　澐

字竹生、浙江平湖人、諸生、官江蘇巡檢、

### 邁陂塘　自題東泖歸帆圖

翦秋痕、菱荒芰老。冷烟一碧如洗。幾絲高柳斜陽外。柔櫓聲聲輕曳。風乍起。更荻絮搖涼、作出秋滋味。舵樓吟倚。看塔影頹雲。山眉寫黛。濃壓一篷翠。　春愁醒。看取青銅鏡裏。十年塵鬢如此。江湖冷被浮鷗笑。閒卻一竿秋水。儂便擬。擬製了荷衣、好挂蜻蜓尾。晚潮生未。便荻渚撈蝦。鸕鄉斫鱠。粗了半生計。

## 周發春 字青原、江蘇上元人、乾隆三十年召試、授舉人、官內閣中書、有璣鏡軒集、

### 東風第一枝 落花

一雨宵濃捲將簾看。胭脂零亂如許。春其有腳歸耶。幾度問花無語。青鸞落翮。休比作、美人黃土。好風來、捲上瑤京。片刻綵雲千縷。　蝶傍著、雕闌不去。燕倚著、玉櫳猶覷。那人步下秋千。到此也還凝竚。呼朋小聚。莫便把、金尊愁舉。指庭前、碎錦重茵。是我酒闌眠處。

## 鄭澐 字晴波、號楓人、江蘇儀徵人、乾隆三十年召試、授內閣中書、官至浙江督糧道、有玉句草堂詞三卷、

### 齊天樂 歲晚寄懷

雁風催送燕南雪。天涯坐驚孤抱。瘦沈腰輕。愁潘鬢減。目斷青山斜照。殘年遠道。記亂葉隨鞭。軟塵吹帽。賦罷銷魂。別腸如繭萬絲遶。　妝樓幾回夢好。寶釵頻卜夜。應念歸早。酒市清笳。江城暮笛。一種人間悽調。鄉書細草。問開道梅花。月明多少。有約看春。翠烟宮樹曉。

### 長亭怨慢 送張西虎南歸

早題徧、嶽雲巴樹。忽漫相逢。人歌行路。葉滿長安。此時心事故鄉語。鬢蕭蕭矣。爭聽得、秋來雨。遠遂鹿門攜。且穩載、琴尊歸去。　何處。占漁村一曲。省識舊盟鷗鷺。塵衫換了。儘看足、水花汀絮。也自念、賦別江淹。

正愁絶、霜天鴻羽。但夢裏蓴絲。吹老西風烟浦。

## 水龍吟 蘆花、吳杉亭姚姬傳侍補堂施小鐵同作、

幾番風信催寒。絮雲秋帶迴潮捲。汀遙港曲。草枯沙淨。波平天遠。冷伴漚眠。閒邀鷺立。隔沙千點。記吳楓落盡。楚蘋開後。蕭蕭也。斜陽岸。　吹亂涼烟一片。近黃昏、斷鴻歸晚。漁歌漸起。月明何處。艤船清淺。還怕飛來。野橋衰柳。誤人春怨。奈天涯倦旅。相看鬢色。早霜華滿。

## 琵琶仙 自題霽月下簾圖

人鏡圓秋。向花外、坐對沈沈空碧。河漢不掩微雲。涼波淡無色。風露晚、瑤笙鶴背。早吹遞、素娥消息。寶押低垂。螺尊淺注。依舊今夕。　問何事。幽怨年年。但千里、陰晴共岑寂。虛幌夜憐閒倚。更誰家殘笛。頻說江樓昨夢。傍玉闌、照影凝立。爲寫一點新愁。海天孤白。

## 謁金門

秋已半。愁寂西風庭院。開到芙蓉花事晚。玉闌人倚徧。　金鏡試妝塵滿。羅袖動香寒淺。誰解靈犀香一點。夜長衣帶減。

## 長亭怨慢

又催送、天涯秋信。岸柳汀蘆。晚來風緊。倦客單衣。短篷深竹照孤影。碧雲何處。還不似、江南近。旅雁一聲聲。解說與、當時離恨。　誰問。問金錢細卜。幾度麝爐薰冷。黃花瘦了。想依舊、晤蛩芳徑。便此夜、夢逐征帆。

怕沙上、襪羅霜凝。待鏡約重盟。歸去絲添吟鬢。

## 解連環　寄問梅花消息用白石韻

畫屏愁倚。數風纔一信。早催春思。算幾番吟伴黃昏。看瑤席吹香。靚妝臨水。別鶴空山。漫贏得、月籠烟洗。甚花期誤了。咫尺故園。短夢難記。　高樓碧雲曉靄。盼音沉遠驛。應歎遐棄。試說與、幽恨年年。怕殘笛江城。翠禽飛至。雪滿孤村。定開到、竹邊松底。想歸去、夜寒帳掩。那人正睡。

## 長亭怨慢　東華旅寄涉夏逾秋、興罷南歸、老難爲別、同年施小鐵太常邀同王少林司馬置酒相餞、來日登車、賦此寄意、將有白下之游、故篇末及之、

乍回首、連雲雙闕。匹馬西風。曉裝催發。昨夜傳觴。故人分手話情切。茂陵游倦。能幾度、長經別。秉燭笑相看。甚近日、都成華髮。　愁絕。只清霜數點。掃盡萬家殘葉。南鴻過了。又遲到、嶺梅時節。算此去、穩占鷗盟。定何處、沙平天闊。且喚取江帆。吟遍六朝烟月。

# 胡奕勳　字力堂、號鶴巢、浙江平湖人、乾隆三十年舉人、有蓴菜詞一卷、

## 清平樂　秋柳

烟疏古岫。張緒而今瘦。莫是春風狂舞後。贏得雙蛾常皺。　最憐宵雨淒淒。枝頭不宿黃鸝。爲怕行人折盡。飄來都是愁絲。

## 趙帥

字元裔、別號志庵主人、安徽涇縣人、乾隆三十年舉人、官江蘇鎭江府學訓導、有燕臺舒嘯集二卷、豆花園稿一卷、鳳石齋稿一卷、總稱偉堂詞鈔、

### 蝶戀花

彳亍香衢塵壒輭。幾笏書齋。雁齒紅橋畔。蝶鬧蜂喧花正豔。女牆樹映西山半。　風裏游絲簾外罥。消受春光。只在斜陽岸。綠水多情流不斷。柳條又解垂青眼。

### 虞美人　秋晚、盧溝贈別、

棲鴉解戀寒關樹。不見征夫住。茂先遺宅爲誰存。空有斷烟衰草近黃昏。　淹留六載嗟彈指。握別重來此。薊門城上月如鉤。惟照桑乾剩水向南流。

### 埽花游　秋夕、過三藐庵與周雲衢呂孚遠坐話、

野畦古刹。正老樹蟬鳴。暮天澄霽。故人倒屣。便相攜別院。碧花紅穗。鐵馬丁東。一陣商飈乍起。抱幽意。覺聞到妙香。饒有清氣。　雲影拖滿地。又法鼓聲中。斷蛩吟砌。酒闌共醉。想江鄉見面。舊時非易。但惜黃昏。少箇高樓並倚。輭塵裏。步城西、月華如水。

### 探春慢　桃花潭泛舟

野渡桃花。踏歌古岸。歡遊多少名勝。玉壘成墩。虹岡垂彩。還有臺堪釣隱。纔信山川美。未孤負、扁舟乘興。

況攜樽酒相邀。柁樓炊飯烟暝。聞道彎環九里。空盼去遠汀。巒翠沈影。沙觜漁竿。隴頭樵擔。畫出故鄉仙景。潭上多情月。又索我、推篷題詠。步向書齋。欄干扶醉人靜。

## 姜貽經

字夢田、直隸大名人、乾隆三十年舉人、官四川德陽縣知縣、有夢田詞一卷、

### 摸魚兒　秋懷

對西風、暗傷懷抱。閒愁閒恨難遣。時光不惜如流水。只恐鬢毛偷換。憑醉眼。看幾許情多、枉自添腸斷。遊絲易綰。任落葉無情。流波有恨。此意未能淺。　尋思遍。多少雲愁雨怨。人間天上全滿。仙源別後應難到。莫作再來劉阮。回首晚。念往日歡娛、是處如天遠。緣慳分短。待學做沾泥。拋殘紅豆。定儘把眉展。

## 張塤

字商言、一字商賢、號瘦銅、又號吟鄉、江蘇吳縣人、乾隆三十年舉人、官內閣中書、有碧簫詞五卷、春水詞二卷、竹葉庵詞一卷、榮寶詞十卷、瓷青館悼亡詞二卷、紅櫚書屋擬樂府二卷、晚刪定爲林屋詞七卷、

### 多麗　七姬廟

七姬者、張士誠女夫潘元紹之姬、程翟徐羅卞彭段七人、城下而絕吭自殉者也、張羽爲傳、宋克書碣、藏冢中、里人祠之、同時張維楨有金槃美人詩、蓋潘先以醉殺好伎蘇、函其首金槃獻客、此其淫毒與張獻忠斷王月頭饗部伍無異、而楊慎跋七姬帖、徵引高啓詞、遂謂七人未必願以身殉、潘逼其授命、爲陳基詩序有曰、七妾青年絕色、善纂組歌詞、因潘出軍、恐致疑、皆自經、則七人之願殉無疑、夫古人已成

之節、作者隱其幽徽、良史弗爲也、大軍既臨平江、張妻劉驅霻妾燼之齊雲樓上、亦自縊、則與引壓書官屬生降者有間、故亦牽連及之、以表之也、

錦帆明。水香浣出幽貞。是誰家、女郎祠宇。龍蛇猶動雕甍。捧金槃、府中舊宴。歌玉樹、江上殘兵。袁紹無謀。隗囂就困。可憐不顧美人生。有何限、風雲奇氣。戰鼓伴威靈。峨峨貌。燕支化鐵。翡翠成冰。　卻恩恩、昇來藁葬。重勞幼婦碑銘。柳垂垂、墓田香火。花漠漠、繡字庵經。亂世夫妻。不如雞犬。泥塗婦面也難行。尚分別、姬姜恩怨。囈語幾時醒。誰晉井。齊雲樓上。火爆春星。

## 消息　雁門關

立馬中原。百年幾度。雁門關上。上有沙陀。劍鋩句注。下有滹沱漲。當時呼嘯。沙蟲猿鶴。猶在碧空中響。指金瘡、功名李嗣源郭。崇韜　一點土花搖漾。　石郎可笑。關門而北。一十六州無長。臥榻之前。他人鼾睡。噉飯將何望。風流何似。遠公世外。小市特傳新樣。且閒來、圖經檢點。戍樓人曠。入蜀記、東西二林之間、有小市曰雁門市、傳者以遠公雁門人、老懷故鄉、遂髣髴雁門邑里作此市、漢作新豐之比也、

## 六州歌頭　王猛墓

苻堅何物。識此冢中人。應天授。非人力。笑桓溫。畀強秦。用呂婆留薦。斬樊世。疏席寶。傳之夢。姜之兆。屬將軍。攝印登壇。不道如魚水。有此君臣。看鮮卑爾許。如蝨不堪捫。叱咤風雲。指乾坤。　總非其運。非其主。中原事。一悲君。淝水敗。關中陷。洛陽奔。亂如焚。倘公而猶在。恐瓦解。不云云。辛苦處。能圖畫。不麒麟。何似華

陰終老。寧康有、鬻畚遺民。到野花土暈。三四點青燐。誰唱秋墳。傳嚴入夢、姜公悟兆、苻堅報猛語也、

## 宋維藩 字瑞屏、浙江歸安人、乾隆三十年拔貢生、有滇遊詞、

### 高溪梅令 戊子燈節前一日有寄

催花天氣暮寒滋。雨絲絲。正是東風著意、作春時。吹黃楊柳枝。　竹扉半掩畫簾垂。酒重持。記得年時燈月、影參差。黃昏雙槳遲。

### 虞美人

閒窗正嫋心心篆。不管清遊倦。淡黃楊柳小紅樓。一樣東風剛爲曉鶯留。　茶煙禪榻空相惱。鏡裏人今老。人間何路寄相思。芳草芊緜又是一年遲。

### 八歸 東坡云、歲云暮矣、風雪淒然、時于此中得少佳趣、別家既一年、適吟白石道人自石湖回苕溪諸詩、悵然賦此、

賓鴻嘹嚦。霜風淒緊、簾外暗雨澌歇。一尊擁鼻微吟後。猛又乍斷還連、打窗聲切。燭焰寒消紅一寸。報小苑、疏香剛折。便乞與呵凍重吟人境兩清絕。　長是會少離多。而今重省。又到年時時節。帷犀押處。水仙幾朵。香影傍人明滅。但迢遙萬里。翠被生寒夢相覓。漏聲轉。此間除是。牆角梅花。知余情味別。

## 陸王任 字二柳、江蘇吳縣人、監生、官四川簡州知州、有借石倚聲一卷、

### 齊天樂 蚓

縈泥唱起花間埵。雍門最憐韓女。飲罷黃泉。吟餘白雪。剛歇小庭疏雨。非鱗非羽。嘆辱在泥塗。發聲清苦。一徑籠煙。遏雲高唱孰憐汝。　儂音知合舊譜。十香人聽月。催按腰鼓。牡蠣牆邊。羅裙匝地。竚把衷情相訴。微風細度。喚小玉尋秋。滿身花露。漏下無人。玉階秋意古。

## 余集 字蓉裳、號秋室、浙江仁和人、乾隆三十一年進士、改庶吉士、授翰林院編修、官至侍講學士、有憶庵賸稿、附詞、

### 摸魚兒 梅妃里

怪千秋、粉痕蘭跡。無情黃土銷盡。蠻煙引我尋芳屐。來探天涯芳信。天怎忍。便一例馬嵬、淒寂驪宮冷。殘梅弔影。恍冉冉天風。珊珊環珮。猶送舊時韻。　樓東賦。惆悵鳳奩香燼。蛾眉曾寄孤憤。鼓鼙驚破長門夢。故國那堪重省。君莫恨。若說與英雄、感遇同紅粉。春風舊徑。尚依約荊門。羣山萬壑。吟動杜陵興。

### 滿江紅 蔡忠惠萬安橋

澒洞天風。驚蹴起、鯢呿鱷怒。渾欲攫、泉南萬雉。順流東去。玉蝀腰橫飛海蜃。金鼇背穩盤沙浦。任靈濤、拍

岸走霆車安如堵。嘉祐事。豐碑古長塘外。叢祠暮。剩銀鉤婉嫿。瘦蛟猶舞。溱洧乘輿兒戲事。濟川巨手原如許。倚秋風落日羽旗翻。揚枹鼓。

## 王汝璧

字鎭之、別號銅梁山人、四川銅梁人、乾隆三十一年進士、官至安徽巡撫、有玉脂詞、蓮果詞、華不詞、皖江詞各一卷、總稱銅梁山人詞、

### 念奴嬌　觀演赤壁賦、和東坡大江東去韻、

洞簫聲裏乍銷凝、一片江山人物。鐵綽銅琶都付與。今日旗亭畫壁。添箇吳娘。歌他水調。舞袖眞迴雪。文章何處。秋風老盡豪傑。　誰料八百年餘。尊前人唱。又清風徐發。宋人甄雲卿詞、但見尊前人唱前赤壁、後赤壁、賦手摩空憑弔處。滾滾秋濤明滅。逝者如斯。誰能解此。千丈晞予髮。周郎一顧。三生同此明月。

### 淒涼犯　舟夜聞歌用白石韻、

鸞飛桂陌。孤吟處、江天萬里森索。郢歌乍起。拏音漸遠。一聲哀角。西風太惡。更撩逗、愁魚噴薄。立多時。蘭魂蕙魄。杳靄動冥漠。　偏是雲窗下。月落人眠。楚烏聲樂。爲誰宛轉。怕相逢、翠釵凋落。恨血絲絲。正重疊、涼綃護著。想玉人、一夜瘦損褪臂約。

## 金兆燕

字鍾越、號椶亭、安徽全椒人、乾隆三十一年進士、官江蘇揚州府教授、有椶亭詞鈔七卷、

## 拜新月慢 湖墅茶一名徐夫人茶、夫人爲前明魏國公女、適開平王裔孫懷遠侯常延齡、國變後夫婦以灌園自給、白雲道人張瑤星爲之作傳、

野岸沙平。湖天雲老。一片荒畦無數。往事銷沈。記傷心禾黍。斜陽外。多少烟苗雨甲。尙帶金仙殘露。筐筥天家。記齋娘前度。　想當年、寂寞於陵路。長鑱在、托命惟予汝。點點淚染筠籠。認柔莖釵股。到而今、賣向街頭去。香名好、只付閒兒女。看幾隊、黃蝶疏籬。又怱怱春暮。

# 林蕃鍾 字毓奇、號蠡槎、江蘇元和人、乾隆三十三年舉人、官江蘇華亭縣敎諭、有蘭葉詞一卷、

## 南鄉子

芳草碧。岸花香。江南離恨漾波長。歸鴉飛盡西風急。人獨立。霜冷畫橋聞夜笛。

## 謁金門

春晝永。繚繞翠陰滿逕。蝴蝶交飛風未定。玉堦花色冷。　曲曲畫闌閒凭。慵對瑤臺金鏡。細柳隔煙愁欲瞑。燕歸簾影靜。

## 清平樂

晚妝初就。鑪篆空閒晝。冷落夕陽疏雨後。花影一簾紅瘦。　低鬟無語盈盈。畫羅涼意微生。爲問翠陰孤蝶。近來多少春情。

翠禽飛盡。煙入疏簾暝。曲曲屏山開小景。望裏江南遠近。　殘花飄落金尊。樓頭暮雨黃昏。一片綠陰芳草。春歸如夢無痕。

梅子黃時雨　江邊觀人送別、愴然賦之、

殘葉離亭。正臨別黯然。聊共尊酒。甚解纜滄波。催人分手。一片愁痕空極浦。半江暝色迷寒岫。孤村口。落日晚蟬。尙抱疏柳。　偏負歌雲舞繡。漸傷心望到。幾處亭堠。笑我亦飄零。淚痕盈袖。涼意尙餘花影外。月明空照人歸後。重回首。玉闌夜寒依舊。

珍珠簾　石湖爲白石老仙游衍地也、秋夜泊舟、有感而作、

暮帆微覺西風勁。正閒看、幾處疏林殘暝。秋色畫橋邊。引十年游興。柳外新蟾涼意淺。早澹了、碧谿雲影。人靜。愛棹入蘋香。翠痕千頃。　重問舊日詞仙。有花飛玉笛。雪依孤艇。零落翠尊空。幾月圓如鏡。今夜湖光留我住。但夢與、閒鷗俱冷。還省。又隔院飄來。一聲清磬。

探春慢　送陶淨蘅歸杭、幷訂明春西湖之約、同枚庵賦、

潮落沙平。水迴岸曲。新愁都入南浦。草色分涼。蘋香吹晚。秋滿畫橈移處。日暮鄉心急。料殘夢、寒颸隨去。相思立盡河橋。夕陽還在高樹。　長恨相如遊倦。奈水色山光。佳約偏阻。寶瑟聲淒。古琴塵滿。君去不堪重撫。次第探芳信。漫冷落、故人尊俎。甚日相逢。一蓑湖上煙雨。

南浦　題范青照蒼茫獨立圖

薄霧散愁陰。愛清幽、池閣霽痕初曉。殘葉下西風。芳隄外、一逕冷煙未掃。微茫遠渚。參差幾點賓鴻小。回首碧天空闊處。好景偏憐秋老。　此時獨立蒼茫。想杜陵老去。吟悰頻惱。有幾古今愁。凝淚眼、彈與露花霜草。蒼苔踏遍。斜川境僻無人到。最是多情留客住。一片疏林殘照。

玉樓春

羅幃小幛殘寒淺。訴到深情鶯語輭。城邊風約角聲來。窗外月和花影轉。　相逢暫遣愁蛾展。惜別每嫌銀燭短。今宵有酒爲君斟。明日畫橋春共遠。

## 沈起鳳

字桐威、號蕢漁、一號蓉洲、江蘇吳縣人、乾隆三十三年舉人、官安徽祁門縣教諭、有吹雪詞一卷、一名紅心詞、

昺溪梅令

小蓴山下水溶溶。記相逢。欲採蘋花。可惜過東風。午橋烟雨濃。　不如歸去夢簾櫳。小樓東。留得欄干。一半月明中。夜涼花影重。

謁金門

風乍定。無數落紅滿徑。向晚疏簾寒一陣。小窗燈欲暈。　何處秦臺簫韻。喚起江南離恨。夢裏玉人樓遠近。燕歸花氣冷。

## 感皇恩

流水謝橋灣。幾行柳色。愁損江南舊相識。亂雲向晚。人在江樓吹笛。欄干空倚遍。天涯客。　舊雨情懷。阻風蹤跡。喚取佳人共游歷。雲深月淡。幾處瑣窗寒碧。露濃花重也。歸時節。

## 浣溪紗　淮城夢草園、余童時釣游地也、別來忽忽二十年矣、戊子之春、遇芥山於白傅堤邊、作此寄意、

幾度天涯夕照殘。美人家在碧雲端。柳邊小閣一春寒。　芳草如烟空極浦。疏花留月共闌干。好懷何日對江山。

## 八歸　夜泊寒江、感夢而作、

滄波送晚。平蕪吹綠。客心易感秋色。幾番載酒尋花後。又見戀人斜照。辭條殘葉。倦網漸收沙際影。蕩初月、一痕寒碧。認隔岸、幾點漁燈。隱隱出蘆荻。　多少墜紅芳信。西風吹盡。付與江天殘笛。斷橋霜冷。空山露下。幾處猿聲啼出。想雲低銀漢。十二闌干在天末。燈昏也。夢魂尋去。柳外花邊。溟濛江上月。

## 三姝媚　曉發古城、忽忽有倦游之感、

征衣寒未減。正霜飄荒原。潮平古岸。游倦相如。奈悤悤恨別。離亭送遠。斜月初沈。秋正在、曉天新雁。倚遍河橋。茸帽鞭絲。客懷都嬾。　多少叢臺廢苑。料幾處殘砧。也停秋怨。我夢江南。悵謝橋柳色。江花同晚。如此溪山。空喚起、西風愁眠。繫馬歸心。散入寒鴉千點。

## 陳䊵　字元山、浙江錢塘人、乾隆三十三年舉人、有壺春詞一卷、

### 真珠簾　九日雨中泛舟孤山、訪李道士不值、

扁舟自載黃花酒。倚西風、卻被汀鷗驚瘦。袖拂水雲邊。認亭欹衰柳。幾日不來秋色換。悵戶掩殘爐依舊。知否。前度劉郎。尋詩來又。　試問鶴借逋仙。便江樓吹笛。問誰招手。俯仰百年中。醉幾番重九。細看萸囊成一笑。笑夢裏、羽衣何有。迴首。待薜徑扶筇。早梅時候。

### 西子妝

好夢如春。好春如夢。待與箇人分判。一年心事賣花聲。最消魂、樓高天遠。遊絲自懶。又何苦、東風拘管。燕子來時。問幾家簾下。幾家簾捲。　瓊簫斷。半榻芸籤。忍把流光換。畫闌一帶碧無情。是年時、聽鸝池館。冶遊醉伴。也休要、壚頭驚喚。過清明。庭樹無人翠滿。

## 黎建三　字謙亭、廣西平南人、乾隆三十三年舉人、官甘肅涇州知州、有素軒詞剩一卷、

### 玉樓春　抄夜郎搜繹書後

深秋盡日迷離雨。一部新詞香一炷。半生心跡斷腸多。到眼只尋腸斷句。　青春有腳留難住。白髮欺人辭不去。繁華天與奈何天。覓遍生涯無着處。

## 劉錫嘏

字淳齋、一字茶僊、號拙存、直隸通州人、乾隆三十四年進士、改庶吉士、授翰林院編修、官至江蘇淮徐道、有快晴小築詞二卷、

### 水龍吟　清明日偕毛海客踏青、次日卽赴潛江、舟中卻寄、

朝來且住爲佳。阻風中酒君應記。春光不惡。儘堪消受鶯聲花氣。驀地催人。一輪江月。一帆煙水。料垂楊巷陌。櫻桃時節。踏青約。待重至。　我亦不知許事。憑閒愁。砌來成壘。幾家村店。無人挑菜。冷清清地。多少柔情。未能拋卻。紅香粉膩。悔留春不住。花偏睡去。枉拚沈醉。

## 金　蓉

字衡一、又字采江、浙江嘉興人、乾隆三十四年進士、改庶吉士、授翰林院編修、有涓莊詞鈔、

### 百字令　樸如陳君自新安歸里、以少時秋林清籟圖索題、

披圖細認。記少時相見、者般顏色。四十年華彈指過。雙鬢而今如雪。老樹啼鴉。平岡走兎。滿眼秋蕭瑟。清商曲裏。晚風飛徧黃葉。　憶昨採藥仙都。芒鞋一緉。踏破雲千疊。更溯湘江烟月冷。應把霜筠吹裂。寒蕁開時。征衫卸後。訪我溪橋側。豪情未減。酒邊重話疇昔。

## 潘奕雋

字守愚、號榕皋、又號三松老人、江蘇吳縣人、乾隆三十四年進士、官戸部主事、有水雲詞二卷、一名水

雲閣笛譜、

## 惜餘春慢 洽園池上新柳阿儺可愛、芝巖出新詞同賞、倚此和之、

郭外寒輕。池邊煙暖。壓水紅闌回互。嬌黃半坼。淺綠纔抽。偷樣懺他眉嫵。正是春晴晝長。一曲新聲。聽翻金縷。奈凝眸延佇。絲絲拖逗。慣牽愁緒。　猶記得、歌散梁塵。舞低樓月。綽約小蠻三五。新鶯欲占。姹燕重來。依幕向人頻訴。彈指前歡夢中。殘月曉風。年華虛度。問春光依舊。風前思曼。可還如故。

# 陳朗

字太暉、號夢歐、浙江平湖人、乾隆三十四年進士、官江西撫州府知府、有集漢魏六朝句六銖詞二卷、青柯館詞三卷、補遺一卷、

## 摸魚兒 昔人春柳秋柳、俱有名作、夏柳獨未見詠、爲塡一闋、

正炎天、綠陰深處。數聲齊喚遮了。闌干一帶平蕪遠。千縷萬絲夭嫋。煙乍曉。看一騎垂鞭、緩步涼陰早。柔枝壓帽。怕張緒疏狂。小蠻老大。不似舊風調。　江南路。占斷閒亭小島。長條踠地如掃。尋魚翹鷺迎人立。帘外燕忙鶯老。波淼淼。顧曲岸亂萍。點破青光小。風生樹杪。早吹動輕舟。採蓮人遠。目送楚天杳。

## 八聲甘州 歸思

渺晴雲、濃活點長空。何時下遙岑。正猿驚鶴怨。山庭寂寞。叢桂蕭森。一片長安明月。飛墮故園心。六月黃塵道。馬首駸駸。　此日蒹葭南浦。有江光逼屐。山翠橫襟。悵鷺鷗飛盡。幽事更誰尋。算年來、夢遊曾到。奈

夢醒、松影落瑤琴西風緊。削帆竿去。怕是秋深。

## 鮑之鍾　字雅堂江蘇丹徒人、乾隆三十四年進士、官戶部郎中、有論山詩餘一卷、

### 高陽臺　湖上書所見次韻、

洗盡桃妝。添濃柳黛。游絲輕罥行人。何處飛來。淩波素襪無塵。畫船花外匆匆去。盼長堤、撚斷愁根。逗芳心。空谷誰憐。一朶難分。　東風也解憐嬌素。任紛飛粉蝶。慢逐湘裙。一握銖衣臨風細裊秋雲。誰儂偷得芳洲種。閟生香、悄度三春。最無聊。客館歸來。月落燈昏。

## 魏晉錫　原名晉賢、字澤湇、號夢溪、江蘇丹陽人、乾隆三十四年進士、官河南汝寧府知府、有夢溪詞、

### 邁陂塘　甲辰清明後五日遊二宏院、追憶納川逸宇濱石諸友、作此以當弔輓、

遶城坳、一痕新綠。野棠開遍無主。遊絲吹送垂楊浦。遙指梵聲飛渡。憑記取。認石上清泉、長印禪心古。閒愁萬縷。算重到玄都。劉郎老矣。白髮鏡邊數。　三生夢。當日鸞牋秀句。碧紗誰罩塵土。雲中鴻爪東西聚。輸與故園鷗鷺。君小住。看排闥青山。幾疊松楸路。零鐘斷鼓。怕遠水平蕪。斜陽短笛。又入酒壚賦。

### 暗香　中秋京邸小飲

亂雲瞑色。喚玉龍起舞。吹開羌笛。淨碾碧輪。萬里刀鐶幾心折。何處瓊樓玉宇。辜負煞、瑤華仙筆。浸一片、

荇藻河山。飛冷上吟席。　鄉國。信正寂。記病起賦濤。鬢雪輕積。蚌珠漫泣。欲缺初圓忍牽憶。回首西樓倚望。天外叫、孤鴻橫碧。又恁夜、攔桂影。小山醉得。

## 汪煥

字篛章、江蘇宜興人、乾隆三十四年進士、官福建崇安縣知縣、有見山書屋詞鈔二卷、

### 臺城路　題秋江芙蓉圖用玉田韻、

碧雲揚子懷人渡。風帆亂收千摺。冶岸吹香。涼波濯錦。長記年時輕折。飄烟抱月。問袖底消凝。鏡邊圓缺。淡抹秋痕。遠情沙鷺似能說。　江郎又吟賦別。嗤誰頻寄慰。老豔淒切。雨珮搴愁。溪裳集恨。多少花飛春歇。驚飇暮咽。弄一舸嫣紅。嫩寒天末。宛在伊人。泝洄潮信闊。

### 摸魚兒　感舊

又重經、昔年南浦。驚心景物非故。枇杷門掩紅闌曲。記得箇人曾住。尋舊渡。但滿目、膩紅柔翠閒庭戶。柳絲自舞。愁燕語分明。挑花流水。隔斷武陵路。　空延佇。又釀一天疏雨。和愁縈織。煙霧蒼涼。猶認懸崖樹。長送征帆來去。歌別賦。君不見、淥波芳草無重數。離情漫與。莫自倚江樓。斷雲天外。幾點雁飛處。

### 蝶戀花

柳眼啼烟花泣露。聚碧圍紅。扶得東風住。一夜無情榆莢雨。天明和淚歸南浦。　春去春來年幾度。芳草迷空。遮斷行人路。莫遣飛花隨絮舞。天涯漠漠無尋處。

## 吳鎭 字信辰、甘肅臨洮人、乾隆三十四年舉人、官湖南沅州府知府、有松花庵詩餘一卷、

### 西江月 襄樊道中作

江表英雄如夢。襄陽耆舊難邀。大堤風雨暮瀟瀟。尙有天涯芳草。　買得漁家小艇。沽來山市香醪。烟波深處讀離騷。人與蘆花俱老。

### 畫堂春 淸明、舟次辰谿作、

辰谿兩岸石槎牙。野棠飄盡閒花。淸明何處酒旗斜。春老天涯。　舟次曉來雙燕。灘頭暮散羣鴉。行人此日倍思家。夢越長沙。

## 李荃 字玉陛、江蘇宜興人、乾隆三十五年舉人、官直隸廣平府同知、有竹軒詞二卷、

### 垂楊 秋柳

秋風嫋嫋。正渚蘆葉亂。井梧陰小。極目蕭條。幾株衰柳垂官道。絲絲搖落同荒草。悵張緒、風流已渺。想章臺、無數棲鴉。綰暗愁多少。　一自尊前折了。但疏雨暮雲。斷煙斜照。莫上妝樓。樹猶如此飄零早。聲聲羌笛添愁抱。漫相怨、青青今老。更誰憐、殘月曉風。人去杳。

### 水龍吟 楊花、次宋章質夫韻、

更餘幾日殘春。漫天惟有楊花墜。因風飛處。透簾穿戶。助人離思。孤館幽窗。欲來還去。重門深閉。傍牆陰砌畔。濛濛密糝。人纔近。翩然起。　惆悵疏狂蹤跡。問枝頭、甚時重綴。天涯落寞。飄萍無定。此心空碎。灞岸斜陽。渭城朝雨。半隨流水。想韶光欲去。天公也自。灑風前淚。

## 冷昭

字春山、廣西臨桂人、乾隆三十五年舉人、有春山詞一卷、

### 滿庭芳

歲辛巳花朝、黄素存朱子敬兄弟挑菜榕樓、分韻題句、素存子敬子起各賦詩、予與子元檢調填詞、予得滿庭芳楊字韻忽忽四年矣、今予客阻中道、素存又在憂廬、會值茲辰、重思往事、復填此闋以致慨、

煙靄蘭洲。晴薰芳渚。瀠洄十里銀塘。白蘋水暖。飄颭柳絲長。客裏年華暗轉。銷磨易、一半春光。誰料得。榕樓桃李。開到冶城旁。　難忘。挑菜侶。羅衣撲蝶。畫閣添香。渺天涯雲隔。望斷三湘。縱有薰紅舊譜。憐何遜、詞筆都荒。憑量取。江流屈曲。可似我迴腸。

## 高文照

字潤中、一字東井、浙江武康人、乾隆三十五年舉人、有蘋香詞、

### 天仙子

蹤跡年來何處認。狂如鳳子穿花徑。見人窣地背春風。嬌眼凝。闌干凭。斜日池光看不定。

### 疎影　簾影

沈沈冉冉。是誰家院宇。花外闌檻。如有如無。一段湘雲。看作水光還淡。曲瓊搖漾渾無定。奈鎮日、微風吹颭。待隔牆、過了紅曛。漸漸繡牀斜斂。　依舊黃昏月上。浪紋鋪滿地。門也休掩。寒不能衣。錯向窗陰認作織成秋簟。還移屈戌屏山側。好剔醒、銀紅燈黯。乍朦朧、夢到昭陽。忽墮碎珠千點。

## 張雲璈　字仲雅、浙江錢塘人、乾隆三十五年舉人、有三影閣箏語三卷、

### 倦尋芳　春日簡汪學正劍潭、

風柔雨細。逗粉拖酥。春意猶嫩。芸餅添篝。未許畫羅衣褪。屈戌寒深金屋閉。流蘇夢曉紅酥困。小庭空。正簾波一桁。榭塵三寸。　悵巷陌、青楊誰問。剗襪香階。行步微損。如水年華。一樣惹愁牽恨。芳草不離胡蝶伴。落花留共鶯兒論。漸雕梁、燕雙飛。怪人孤悶。

## 侯晰　字粲辰、江蘇無錫人、有惜軒詞一卷、

### 臨江仙

紅藥開殘鶯綠暗。闘茶深院清幽。呢喃雙燕語風柔。蝶酣人困。慵自整薰篝。　宿醉未消香夢醒。倚闌閒看梳頭。一簾梅雨似新秋。菱花影裏。斟酌遠山愁。

### 踏莎行　舟過新豐

幾點歸鴉。一行衰柳。西風落日蒲帆驟。秋江景物已消魂。那堪更值重陽後。　岸峭如山。潮奔欲吼。十千沽得新豐酒。篷窗何處撥琵琶。教人暗溼青衫袖。

## 楊逢春

字芝山、號雪村、江蘇金匱人、諸生、有雪村詞一卷、

### 生查子

憶妾到君家。鳳宿高梧裏。毛彩覆新陰。日夕親梧子。　君出遠行遊。霧隱秋江涘。妾是守紅花。徹底懷蓮意。

### 點絳脣

新燕呢喃。綺窗似訴經年別。柳條無力。煙縷和愁織。　悵望王孫。芳草天涯積。傷心碧。見來昔昔。夢雨梨花泣。

### 百字令

翠樓春上。忽陌頭楊柳、依依凝盼。似我愁心愁不了。飛絮飛絲撩亂。畫影秋千。清聲絃索。歡笑誰家院。箇儂孤另。雕梁羞伴雙燕。　最是南浦分攜。綠波無賴。吹送扁舟遠。芳草年年生別處。空記別時人面。路隔三千。峯迷十二。夢也尋難見。金罍酌酒。綺窗聊自排遣。

## 陳　凱　字汾陽、江蘇金匱人、諸生、有竹源詞、

### 金縷曲　同王敬宣重宿紅花埠

落日銜層巘。望天隅、殘霞一抹。亂鴉千點。嘶馬舊曾行過地。花埠暮雲初斂。留客住、酒帘斜颭。記得當壚人窈窕。悄含情、紅暈芙蓉面。搴珠箔。露金釧。　重來芳草迷歸眼。正晴郊、護隄沙淨。繞溪煙散。隔院鶯聲啼不歇。淒絶雙扉空掩。何處覓、畫梁棲燕。綠葉陰陰春易晚。嫁櫻桃、已逐東風便。聊對酒。燭頻翦。

## 王鴻宇　字澄之一字蕉園、浙江嘉興人、諸生、有聽鶯閣詞一卷、

### 東風第一枝　春雨、用史梅溪韻、

綠潤苔痕。翠添草色。東風妒煞新暖。最憐短夢初回。猶是暮寒較淺。迷離盡日。偏弄出、輕鬆纖軟。料那人、捲了珠簾。盼斷去年雙燕。　烟漠漠、柳開青眼。雲靄靄、杏遮粉面。蝶衣猶宿西園。鶯語還停上苑。重燒沈炷。幾忘了、鳳鞋針線。記當時、門掩梨花。玉鏡臺前曾見。

## 陳逢堯　字愷之、號華萃、江蘇南匯人、諸生、有華萃詞鈔、

清平樂

吟香句裏。多少愁滋味。憔悴玉人眠未起。鋪地月痕如水。　幾番消息無憑。曉風楊柳啼鶯。驚碎一簾花影。移燈立盡銀屏。

唐多令

舊事恨何如。南樓夢復虛。徧天涯、雁字難書。惟有陌頭花未寂。長送盡。七香車。　梁月爲君孤。夕陽離別初。種相思、滿院蘼蕪。桃葉渡頭愁未了。空剩得。柳堪梳。

## 倪承詵

字同人、廣西臨桂人、諸生、有寄塵山房詞一卷、

相見歡　落花

金鈴乞護重重、驀成空。一任和煙和雨。小橋東。　春不管。人意懶。水流紅。可奈無情蜂蝶。趁東風。

## 謝良琦

字仲韓、廣西全州人、官江蘇常州府通判、有醉白堂詞一卷、

臨江仙　望湖亭

二十餘年亭上路。望中多少興亡。兩江帆影去茫茫。蘆花風雨岸。日瘦野煙黃。　白髮還來追往事。青山依舊斜陽。當時人在水雲鄉。斷腸今夜夢。芳草隔瀟湘。

## 朱依真　字小岑、廣西臨桂人、有紀年詞、

### 絳都春　夜泊相思江

湖船乍試。恁碧鏡照人。羞見憔悴。窗外窮聲。燈畔釵痕。銷凝裏。柔鄉容易成淹滯。忍換卻、殘陽斜吹。別情何似。相思埭口。一江春水。　無計。怱怱作客。但遙認去程。林埃煙寺。遺扇舊緣。捎粉閑情。今餘幾。料量秉燭花前醉。定念我、天涯萍寄。不堪盼斷孤城。亂山凝紫。

## 朱鳳洲　字紹堂、號南田、江蘇南匯人、有南田詩餘、

### 河傳

河渚。烟雨。過江城。風緩帆輕。晚晴。山椒古寺沙際亭。分明。屏風畫上行。　行到曲堤花密處。鶯叉語。蘭槳殷勤住。堤下舟。堤上樓。牽愁。畫簾相對鉤。

## 李恭位　字其中、浙江鄞縣人、諸生、

### 臨江仙

落葉紛紛階砌。斷雲黯黯窗紗。垂楊日暮有啼鴉。王孫何處去。秋色到儂家。　坐久玉爐香灶。夜闌銀漢

光斜。薄寒還把薄羅遮。斷腸君不見。看取海棠花。

## 錢萬里 字秋崖、浙江平湖人、

### 滿江紅 東湖感舊

九派湖光。宛然是、舊時波面。記當日、蘭舟繡被。玉簫金管。高館層軒臨碧水。春花秋月開瓊宴、歎冶遊、裙屐散如雲。憑闌遍。　荷芰檻。芙蓉岸。錦樹外。紅橋畔。任露華濃淡。烟條長短。朱履客揮聽笛淚。畫樓人作辭巢燕。只隔溪、長日塔鈴聲。隨風颭。

## 葉景星 字南廙、江蘇南匯人、有觴荷偶吟、

### 長相思 秋郊晚行

暮雲重。暮煙濃。牧豎歸村一笛風。夕陽牛背紅。　思無窮。景朦朧。秋草淒淒叫亂蛩。燈懸茅店中。

### 菩薩蠻 舟行卽事

微雲漠漠籠春色。沿溪一帶湖光碧。薄暮散輕煙。清明寒食天。　扁舟來曲岸。弱柳絲絲亂。驚起白鷗飛。杏花斜點衣。

## 馮　珍

字子耕、一字玉如、號秋穀、江蘇吳江人、監生、有樊桐山館琴趣、

### 摸魚子　寄戴受茲

落殘紅、一庭春瘦。綺窗清露涼逼。懨懨酒病人初醒。偏數舊曾相識。愁欲絕。算清迥南樓、一棹剡溪隔。闌干偏拍。正蕉葉敲窗。花枝掠檻。雲影半簾活。　朦朧處。幾點吳山難覓。一種烟霧濃碧。去年曾記深宵語。也算雪泥鴻跡。燈更剔。只似夢如塵、此際難重憶。胥江今夕。有幾折涼波。一痕風穀。分付亂愁織。

## 邵晉涵

字二雲、一字與桐、號南江、浙江餘姚人、乾隆三十六年進士、改庶吉士、授翰林院編修、官至翰林院侍講學士、有南江詩文鈔、附詞、

### 百字令　送吳丈百蘗之永平

山垂海立。正天寒三月、平蕪剗碧。一騎東風吹席帽。莫認南州崔葛。蝦菜舟輕。綃絲人遠。霜鬢融心鐵。蓬瀛春小。奚囊不斁收拾。　誰道碣石東浮。盧龍西去。滾作濤千疊。逝者如斯流不盡。故壘蕭蕭蘆荻。歸路楊花。征途麥秀。又是清和節。邊城風景。翦燈爲我重說。

### 綺羅香　詠蟹

倒卷潮頭。橫行沙浦。水國爲誰稱霸。吐沫成珠。便向風雲叱咤。冒霜尖、躁性猶存。瘦月兒、陰痕未化。正星

星、夜火蘆花。猛攪蝦簾下。不信癡材郭索。湖前身、錯認了風流司馬。消瘦文君。枉灑淚珠盈把。攪濃糖、博士無徵。配薄酒、監州可怕。數人間、緣壁爬沙。誰是爭先者。

## 程晉芳 初名廷璜、字魚門、號蕺園、安徽歙縣人。乾隆三十六年進士、改庶吉士、授翰林院編修、有勉行堂詩餘、

### 長亭怨慢 送吳杉亭前輩南歸

看燕樹、盡含霜氣。斜日離筵。送將歸去。暢好江南。此間無計挽君住。二年紅藥。闌低護、銜櫓共賦。似舊銀釭。怎今夕。難如前度。 堪妒。向邗江小憩。松影蜀岡閑步。鉤簾待雪。想吟到、梅花深處。歎孤身、已是沾泥。轉羨煞、舞風輕絮。甚殘醉疏燈。牽起鄉愁無數。

## 孔繼涵 字誧孟、一字體生、號葒谷、山東曲阜人。乾隆三十六年進士、官戶部郎中、有斵冰詞三卷、

### 南浦 春水用玉田韻

草色繡方塘。綠油油、一抹晴光浮曉。苔影蕩平波。青漾漾、一鏡春渾如掃。桃花水漲。深情千尺心頭小。趁著蒙茸南浦上。杜若紉餘汀草。 層層畫槳空分。偏征帆難卸。別情不了。細雨滴千渦。闌干外、記縱兩眸尋到。汪汪浩渺。於今逗起春愁悄。白下荒涼金粉地。舊恨六朝多少。

### 一落索 次韻答吳拙峯

莎根絮絮蛩聲衆。石棧皸縫。古今誰記酒人蹤。城外雙翁仲。　荷鍤陶家可共。一生斷送。同他廝趁蝶和蜂。作半寤、花中夢。

## 汪端光　字劍潭、江蘇儀徵人、乾隆三十六年舉人、官廣西鎮安府知府、

### 如此江山　題三泖漁莊圖

畫中剪取吳淞水。漪漪接滿空碧。雨笠橫舟。風鈴動塔。門在山坳樹側。鄉園遥隔。問別後秋潮。鱸魚幾尺。只恐烟波。野鷗不識舊時客。　憶昔金閶通籍。笑釣竿誰理。漁筒輕擲。雪嶺投醪。篷池斫鱠。猛省斜陽吹笛。苔磯水積。卻預卜功名。燕然勒石。月舍雲莊。臥游空歷歷。

## 蔣元龍　字乾九、號雲卿、一號春雨、浙江秀水人、乾隆三十六年副貢、有桃花亭詞一卷、

### 壺中天　敬亭弟夜過西齋留宿、

衡門深鎖。歎霜風淒厲、街頭人靜。猶有衝寒尋舊雨。底事踏殘荒徑。翦蠟敲詩。燒松煮茗。便算西窗勝。簾波搖動。一輪明月如鏡。　還記古寺寒宵。鵂鶹嘯處。并入禪齋磬。三載行藏同一概。吟夢淒涼纔醒。鷲嶺飛泉。臨平落葉。辜負尋山興。兜牀烏几。語深君且閒凭。

### 綺羅香　春雨

曉霧籠隄。輕烟鎖郭。慘淡芳辰愁暮。舊事心頭。都被一燈留住。曾載酒、幾度江湖。還折柳、那回沙浦。最堪憐、俊侶飄零。如今贏得夢中路。　爭教林杪暝色。多令顛風拂卻。癡雲飛渡。蝶慘蜂淒。幷上箇人眉嫵。記寒夜、挑菜誰家。問深巷、賣花何處。只年年、草長閒門。譜成兒女語。

## 邵　玘

字珏廷、號西樵、江蘇青浦人、貢生、有花韻館詞七卷、

### 更漏子

半含桃。初綻柳。正是可憐時候。纔見面。已知心。春情忒不禁。　畫闌邊。妝閣畔。好箇深深庭院。花匼匝。月朦朧。衣香葉葉風。

## 朱　昂

字適庭、號秋潭、別號香嚴庵主、安徽休寧人、有綠陰槐夏閣詞四卷、一名百緣語業、

### 霓裳中序第一　題趙松雪畫太眞上馬圖

楊花亂飛雪。碧草萋萋承繡屧。約略初離香闥。看眉斂青蛾。鬢垂翠葉。靚妝濃抹。剛扶到、花驄紅埒。多應是、華清新浴。薄醉恁嬌怯。　銷歇。琵琶金屑。恨並馬、延秋朝發。魂歸廣寒仙闕。歎夜雨聞鈴。杜鵑啼血。劍門風景切。幸留得、王孫畫篋。將攜取、雲環春影。驛路認遺襪。

### 天香　龍涎香

蜃市盤雲。鮫宮湧沫。孤槎海月初滿。乍探驪珠。還批黛甲。試取鳳團勻碾。沉煙小炷。忽散作、紗窗細篆。薇露霑衣夜悄。蘭膏醉人春暖。　芳叢惱花歷亂。畫簾垂、鬱金堂畔。隱約麝熏微度。燭華頻翦。韓掾風流未遠。待換金火、鎢篝伴幽館。繡被餘溫。燈昏夢短。花木考宋代宫燭、以龍涎香貫其中、

## 水龍吟 白蓮

月移太液波明。秋風吹滴瑤池露。盈盈帶水。翩翩舞雪。相逢解語。夜半煙汀。玉簪初墜。素娥留駐。記輕舟堪倚。緗房翠蓋。塵不染、花深處。　十里平湖清暑。照新妝、粉痕重傅。銀屏隔幔。冰奩函鏡。幽情如訴。誤褪紅衣。羞隨黃蝶。凭欄凝竚。怕香雲易散。荒灣敗葉。冷鴛鴦浦。王禹偁白蓮詩、昨夜三更後、姮娥墜玉簪、皮日休五瀉舟詩、輕墟倚白蓮、拾遺記、滄洲金蓮花、其形如蝶、

## 更漏子

妝閣前。紅雨過。驀地柳緜泥涴。微月上。酒初銷。相思荳蔻梢。　殘燭短。夢魂斷。花影闌干零亂。春夜靜。篆香添。輕寒入畫簾。

## 菩薩蠻

竹風微動荷池曲。池頭兩兩鴛鴦浴。簾影碧雲涼。小樓慵晚妝。　蠟燈金翡翠。容易銷紅淚。別館度秦箏。半輪秋月明。

## 吳元潤

字澤均、號蘭亭、一號謝堂、江蘇長洲人、官直隸正定府經歷、有香溪瑤翠詞、廣陵集、梧月淸陶集各一卷、一名謝堂詩餘、

### 探芳信

翠濤漲。有纖羽淩波。文鱗吹浪。倚白蘋延佇。盈盈結長想。苧蘿自隱香溪曲。那得千絲網。恨無情、冷月搖光。照人惆悵。　青翰渺難訪。只片片飛花。共愁飄漾。還似銀河。經歲耿相望。渚蓮墜粉菰煙澹。漠漠寒潮廣。問何時、桃葉桃根打槳。

### 陌上花

釵梁裊裊風前小立。隔花曾見。聞道飛瓊。也惜薰香荀倩。淒涼紅豆憑誰寄。漫把螺箋勻遍。只夢中依約。碧桃深處。獸鐶容款。　恁綵雲欲度。青鸞未報。卻被霜禽偷眼。一片冰簾。便隔翠蓬天半。何堪六曲屏山畔。早有定巢新燕。任仙源重訪。尋春知晚。落紅空怨。

### 探芳信

步深徑。見歸燕呢喃。林光欲暝。愛閒堦風細。新蟾弄纖影。曲廊迴合雕闌亞。寂寞同誰凭。最憐他、良夜沈沈。明河虛映。　漏板隔花永。況宿羽忘猜。仙尨無警。惆悵飛瓊。未許文簫並。海山迢遞空回首。雲鎖瑤臺靜。更何堪、幾度香殘酒冷。

疏影　湖樓雨夜寄懷少華、

雲窗霧閣。看水煙弄暝。低映羅幕。欹枕愁聽。點滴簷聲。向晚乍停還作。芙蓉初發秋容好。怕一夜、粉凋紅落。誤曉來、畫舫西泠。幾處醉花芳酌。　那更蕭蕭敗葉。撲簾驚夢斷。頻感離索。賸有疏燈。伴我微吟。和徧泠泠風鐸。遙思素侶分襟久。定相憶、客踪飄泊。又怎知、未了清遊。鎮把玉驄閑卻。

徵招　白堤徵步

紅蘭委露蘅香歇。長堤柳絲空裊。一抹夕陽中。聽晚蟬林杪。西泠回望好。祇可惜、踏歌聲悄。步障收餘。鈿車歸後。翠烟如掃。　側帽偶經行。牽愁處、猶憶燕昏鶯曉。開徧木芙蓉。歎秋容漸老。窺簾人杳杳。定未覺、杜郎重到。待攜酒弄月湖陰。喚笛船迴棹。

長亭怨慢　秋草

漸蕭颯。金風吹早。短長亭外。綠煙如掃。舊日青青。等閒憔悴望中杳。冶春人去。拾翠處、誰重到。但露浥啼痕。總添得、王孫愁抱。　遠道。送蹇驢倦客。猶襯古原斜照。霜楓影裏。共芙蓉、一般悽悄。更休憶、礙馬多情。只付與、寒蛩啼曉。又獵騎駸駸。遙野空餘殘燒。

摸魚兒

到而今、水流花謝。酒懷琴趣都減。年華錦瑟愁中度。賸有別魂消黯。苔閣掩。自子夜歌沈、誰向金鋪撼。燈昏雨暗。任爇盡龍涎。滴殘虬箭。怕拂竟牀簟。　煩襟鬱。苦憶風亭露檻。一枝初撚穠豔。空華只似優曇現。

莫道蓮心曾染。縈百感。歎此恨綿綿。不比歡遊暫。浮光荏苒。縱悟徹前因。猶憐影事。何日冷情燄。

## 吳翌鳳

字伊仲、號枚庵、江蘇吳縣人、諸生、有詞約六卷、曼香詞二卷、紅沬詞□卷、

### 齊天樂

蘋花不暖鴛鴦夢。江南幾番秋雨。鬬草人歸。辭巢燕去。冷落瑣窗朱戶。天涯倦旅。算第一關心。故園尊俎。幾處殘飆。淒涼慣逐夢魂去。　杜郎愁思多少。新霜看乍染。雙鬢如許。望裏斜陽。煙鬟數點。縹緲碧雲何處。離情待訴。向暖翠簾陰。靜調鸚鵡。甚日歸來。夜深聽俊語。

### 高陽臺　送嘐城王介翁歸石湖

帽影欹花。鞭絲拂柳。離懷況是殘春。燕子人家。斜陽卻照閒門。茸茸亂草和煙碧。浸涼波、一片愁痕。又黃昏。畫角春城。吹冷香塵。　憑君莫上長橋望。有湖光戀影。山翠留人。彈指東風。十年寥落吟魂。暮潮一舸西泠路。聽簫聲、飛度寒雲。客愁新。數點殘紅。飄落金尊。

### 南溪梅令　江行遣興

白沙江上海雲東。有秋風。一帶高樓。都在雁聲中。浦橋聞夜鐘。　青燈別舫語惺忪。悵孤踪。舊夢天涯。何處覓芳叢。水長山又重。

### 玉樓春

空園數日無芳信。惻惻殘寒猶未定。柳邊絲雨燕歸遲。花外小樓簾影靜。　憑闌漸覺春光暝。悵望碧天帆去盡。滿隄芳草不成歸。斜日畫橋煙水冷。

## 滿庭芳

花氣浮春。鶯聲醉曉。芳隄愛是新晴。畫船雙槳。時節又清明。燕蹴飛花紅雨。東風急、吹過高城。銅鳧燼。門茶人散。愁對畫屏青。　生平消受處。夢餘斜月。醉後華燈。愛粉柔香密。細與閒評。十載雅歡都廢。朱樓在、重到須驚。空贏得吟牋賦筆。展看可憐生。

## 長亭怨　壬辰春盡、旅寓鹿城、況味寥落、有懷舊游、

正簾外、雨聲不定。柳下人家。燕巢先冷。潤絕琴絲。落紅庭院晚風勁。倦懷誰省。知消減、看花心性。夢破黃昏。又聽到、斷鐘零磬。　春盡。問吟魂何事。猶戀舊時芳景。銀屏睡醒。誰扶上、江南煙艇。想當初、羅襪侵階。有幾處、霧深花暝。到人去庭空。一片露華涼浸。

## 桂枝香　壬辰秋、蒙泉有湘中之游、蠡槎歌此調送之、邀予同作、

蘋風吹晚。送兩槳寒潮。去程同遠。多少江南舊恨。客懷難遣。楚天歸夢沈沈闊。瑣窗寒、靜隨宵掩。微霜影裏。香銷燭燼。乍聞秋雁。　念自昔、紅亭翠館。悵十載盟鷗。便教飛散。數徧亂山荒驛。甚時重見。鄉關此後多風雪。怕黃昏、畫角吹怨。相思空記。寒梅一樹。和香同翦。

## 瑤華　青鸞館緋桃一株、鮮麗可愛、年時載酒、作洗花之宴、忽忽不知其樂也、步屧重來、春風非昔、感而成歌、

疏花散霧。小雨收鐙。過禁城寒食。尋芳攜酒。歸已晚、愁上采香坊陌。流光易度。問誰見、翠苞紅坼。早盼到、垂柳陰中。一片池塘自碧。　玉笙聲裏殘寒。想燕子歸來。東風猶識。彩雲飛去。斜陽外、閒卻紅闌數尺。苔陰小立。試重問、玉鈿遺迹。念惟有、冷月籠煙。照我夜分吹笛。

齊天樂　埽凝垂問近況書以示之、時丙午三月松陵舟中、

十年不上吹笙路。相看俊游都老。野徑無花。閒門有燕。愁入故園芳草。燒鐙過了。問隔水人家。冷煙多少。負盡年華。鈿車密約那曾到。　新來吟興漸嬾。春衫都試偏。猶自寒峭。破夢鐙痕。戀衣香氣。消領舊時懷抱。綠窗深窈。知柳外花邊。幾番殘照。如此谿山。甚時歸去好。

## 浦淮音　字德星、江蘇金匱人、諸生、

浣溪紗

槭槭風聲撼井桐。瀟瀟雨點雜秋蛩。獨眠人在小窗中。　香裊微煙閒睡鴨。燈搖殘燄墮金蟲。者般情景幾家同。

## 汪如藻　字彥孫、號鹿園、浙江秀水人、乾隆四十年進士、改庶吉士、授翰林院編修、官山東督糧道、

陌上花　弔蝶

芳菲識早南園飛徧。夢魂無據。恣意憐香。去去竟忘歸路。一春常在花間活。無計與花同住。爲霜紈戲撲。五銖衣損。者番難舞。　羨羅浮洞裏。餐英嚼蕊。歲月藤蘿終古。一點芳心。猶在杏梢紅處。不成又是莊生幻。清影翩翩誰侶。算傷情。舊日蜂媒。重覓半堆香土。

## 黃景仁

字漢鏞、號仲則、江蘇武進人、監生、候選縣丞、有竹眠詞二卷、一名悔存詞鈔、又名兩當軒詩餘、

### 醜奴兒慢　春日

日日登樓。一換一番春色。者似捲如流春日。誰道遲遲。一片野風吹草。草背白煙飛。頹牆左側。小桃放了。沒箇人知。　徘徊花下。分明記得。三五年時。是何人。挑將竹淚。黏上空枝。請試低頭。影兒憔悴浸春池。此間深處。是伊歸路。莫惹相思。

### 賣花聲　立春

獨飲對辛盤。愁上眉彎。樓窗今夜且休關。前度落紅流到海。燕子銜還。　書貼更簪歡。舊例都刪。到時風雪滿千山。年去年來常不老。春比人頑。

### 買陂塘　白紵山

冷清清、荒臺敗瓦。日斜來弔宣武。如雲賓從當年事。對面青山歌舞。飛蓋舉。下擁著、蝟鬚石眼人如虎。南州雄據。笑作賊恖恖。更何情緒。來顧曲中誤。　休相笑。尙解登山作賦。此兒終有佳處。一時裙屐原瀟灑。

誰料轉頭黄土。江月苦。把一片歌聲悄悄沈將去。雄心認取。聽漠漠蒼林。非絲非竹。打起佛樓鼓。

## 賀新郎 太白墓和稚存韻、

何事催人老。是幾處、殘山賸水閒憑閒弔。此是青蓮埋骨地。宅近謝家之朓。總一樣、文人宿草。只爲先生名在上。問青天、有句何能好。打一幅。思君稿。　夢中昨夜逢君笑。把千年、蓬萊清淺。舊游相告。更問後來誰似我。我道才如君少。有亦是、寒郊瘦島。語罷看君長揖去。頓身輕、一葉如飛鳥。殘夢醒。雞鳴了。

## 沁園春 壬辰生日自壽時年二十四、

蒼蒼者天。生我何爲。令人慨慷。嘆其年難及。丁時已過。一寒至此。辛味都嘗。似水才名。如煙好夢。斷盡黄虀苦筍腸。臨風歎。只六旬老母。苦節宜償。　男兒墮地堪傷。怪二十、何來鏡裏霜。況笑人寂寂。鄧曾拜衮。所居赫赫。周已稱郎。壽豈人爭。才非爾福。天意兼之忌酒狂。當杯想。想五湖三畝。是我行藏。

# 黄沃楷 字式方、號松谷、廣東香山人、諸生、有松谷詩鈔、附詞、

## 如夢令

不道春來已久。萬紫千紅如繡。獨上望江樓。綠水茫茫依舊。知否。知否。只有花肥人瘦。

# 俞訥 字木庵、江蘇金匱人、

點絳脣

人在天涯。倚闌頻把愁眉蹙。舊歡難續。春草無情綠。　惆悵歸期。不似花期速。盤中曲。迴文四角。先向中間讀。

眼兒媚

庭院黃昏別緒濃。秋影小簾櫳。數聲寒杵。一弦涼月。幾點飛鴻。　無邊舊事憑誰省。閣淚對西風。彈阮無心。調箏轉怯。思夢還慵。

## 張夢喈 字玉壘、江蘇華亭人、貢生、有塔影園詞鈔一卷、

暗香 看梅和蒙川姪韻

雪霜同色。記頭番風信。怕吹羌笛。曉看南枝。幾點疏花未堪摘。水部風流自在。應借與、江郎仙筆。賦好句、掐得幽芬。依約散茵席。　香國。景寥寂。悵闊別經年。離緒交積。雨餘似泣。紫蝶黃蜂正相憶。盼到巡檐爛漫。相近了、柳絲抽碧。昨夜裏、曾入夢。沒人曉得。

## 費融 字草亭、浙江德清人、有紅蕉山館詞、

南浦 寄顧荄匡

落木漫牽愁。愛澄江、采采芙蓉未老。鴻雁數聲來。蘆花際、一色長天如掃。身閒意遠。濡毫自覺臨流好。叵耐別懷消不易。博得相思多少。　采菱歌起前汀。看閒鷗對對。浮波去了。想見古桐溪。斜陽外、幾許白蘋紅蓼。離情渺渺。徘徊獨坐魚磯悄。曾約尋君君記取。帆挂西風應到。

## 蔡賡堂 字茗父、浙江德清人、

### 醉太平 園亭春望

疏筇自支。危闌乍欹。園林殘雪消時。皺春波半池。　江梅信稀。林鶯語遲。春光先上楊枝。颺東風幾絲。

### 釵頭鳳 閨情

鑪煙歇。房櫳寂。洞簫吹落梨花月。春光嫩。離愁頓。妝樓燈影。照人孤另。恨。恨。恨。　梅如豆。薰風透。繡窗人共征途瘦。涼秋近。雕闌凭。北來新雁。可能無信。問。問。問。

## 余旻 字秋農、江蘇上元人、貢生、有霎玉山房詞、

### 卜算子 雁、用東坡韻、

獨自倚高樓。遠寺鐘初定。樹杪疏星幾點寒。掠過飛鴻影。　風物又驚秋。舊事回頭省。夢斷江湖信又沈。是處蘆花冷。

## 田林 字志山、江蘇上元人、諸生、

### 解連環 燕子來遲、悵然有作、

到時何晚。語喃喃似說。煙程來遠。問杏花久已飄殘。正苔碧泥香。落花千點。曲浦平橋。一瞬過、飛飛又轉。恰樓頭倩影。凝妝獨立。繡簾初卷。　韶光為誰荏苒。早蘆芽出水。柳絲青徧。喜舊巢、粱上依然。得仍與多情。主人重見。怪雨蠻風。訴不盡、旅愁離怨。正谿雲、如葉如花。賴伊碎翦。

## 全德 字惕莊、戴佳氏、漢軍鑲黃旗人、官兩淮鹽政、

### 點絳脣 題潯陽愛山樓

不厭頻看。愛山樓外峯千朶。淡妝濃裹。好景平分可。　遙指樓前。多少雲帆過。閒中課。吟風相和。翠竹青松我。

## 張錦 字雲織、號菊知、山西陽城人、有塞外詞三卷、

### 減字木蘭花 新竹

琅玕幾個。彷彿高人窗外坐。掛月盈竿。嘯傲烟霞第一班。　無風自動。喚醒莊周蝴蝶夢。僧院移栽。帶得

閒雲幾點來。

### 漁家傲 漁

水面花多波綠瘦。漁竿不動溪難皺。野渡無人芳草秀。新晴後。一蓑山影披來厚。　蒼烟漠漠鷗爲友。垂綸深處疑天透。坐石流連宵繼晝。胸無垢。釣將明月呑杯酒。

## 王夢篆 字文沙、浙江遂昌人、貢生、有窺園詞鈔一卷、

### 點絳脣 立秋

新沐彈冠。憑闌恰與秋相遇。秋來何處。風葉先辭樹。　料得多情。紈扇終拋去。才離暑。嫩涼生屨。今夜非關雨。

## 黃呈蘭 字秋畹、廣東南海人、諸生、有因竹集詩餘、

### 醉春風 登羅浮飛雲頂

景色眞堪賞。仙蹤酬夢想。朱明深處葛洪家。上。上。上。阿耨池邊。聚仙壇外。一枝藤杖。　眼底空天壤。雲海霞波漾。三更紅日浴南溟。朗。朗。朗。除卻蓬萊。玉樓瑤室。世間無兩。

## 汪仁溥 字雨亭、浙江山陰人、諸生、有雨亭詩餘一卷、

### 念奴嬌 詠浣紗石

苧蘿山畔。有當年西子。經行遺蹟。霸越亡吳彈指去。留得江山片石。土漬苔封。沙崩浪齧。磊砢難銷蝕。一拳千古。動人多少思憶。　寧料一縷溪紗。偶然出浣。顯出傾城質。今日西村何限女。誰向塵埃物色。石倘能言。也應似我。望古增嗚咽。精靈何在。悄然長臥江側。

## 蔣麟書 字震遠、江蘇元和人、有浮雲簃詞、

### 好事近 漁

孤棹入煙波。劃破一天秋色。依約水雲多處。弄數聲橫笛。　釣竿偶得玉鱸魚。銅斗村醪碧。醉臥蘆花叢裏。與鷺鷥同宅。

## 梅　慭 字芬遠、江蘇長洲人、有螺龕詞、

### 換巢鸞鳳 上巳感懷

日暖絲飄。正花開豔冶。鶯語妖嬈。年辰傳社鼓。巷陌度餳簫。虞山芳草綠裙腰。泛將畫船、長橋短橋。看無

數。紅袖影、春潭低照。　情悄。曾經到。曲水短牆。靜掩桃門小。手撚殘枝。沈吟往事。空把迴廊循繞。寂寂誰招麗人遥。堂堂恐負春光好。又新蟾。映梨雲、愁緒多少。

## 汪鳴珂 字宣綸、號瑶圃、江蘇震澤人、官廣西知州、

### 浣溪紗 小園坐月

雨歇梧桐夕景浮。小闌花韻漫淹留。碧天如水院如秋。　最怯涼風吹舊夢。劇憐淡影照新愁。箇人想像倚高樓。

## 方正澍 字子雲、安徽歙縣人、

### 祝英臺近 題友人月底修簫譜圖

認飛瓊。猜弄玉。未許小紅比。一種閒情。只合擬蕭史。良宵何以爲歡。緗梅開了。更清冷、月華如此。　按纖指。參差減字偷聲。知他解還未。漫羡王褒。傳賦漢宮裏。惹儂悵觸當年。看翻新譜。一叢竹、小湖樓底。

## 柳　淦 字式如、江蘇丹徒人、諸生、有詠秋軒詞、

### 菩薩蠻 春閨

梨花寂寂春如夢。憐他粉蝶隨風弄。曉起捲珠簾。淡雲微雨天。　誰家楊柳曲。亂我離情獨。閒坐玉欄東。無聊數落紅。

## 虞美人　病起

春來底事多風雨。春到無聊處。倚欄獨自替花愁。簾捲斜陽剛挂小銀鉤。　單衫檢點啼痕皺。更覺腰支瘦。陌頭柳色已毿毿。怎奈春慵無力上樓看。

# 朱文橋　字皝奇、江蘇吳縣人、有願息齋詞、

## 勸金船

銀屏曲護深深院。占斷春無限。纖纖玉手擎金盌。卻含笑回面。漫理絲絃。只說夜來微倦。無語起憑闌曲。花露微泫。　問伊何事心情嬾。好把眉峯展。歌喉不用珠成串。甚酒也慵勸。似恁遲迴。孤負晝長宵短。誰念翠衾寒重。玉枕香淺。

# 沈光裕　字禮門、江蘇元和人、有拂雲書屋詞、

## 金菊對芙蓉　中秋夜、舟至泊頭、

莽莽寒流。荒荒斷岸。長年停了雲帆。見山旋螺影。月暈犀尖。交河故地蒼涼甚。孤舟客、對景何堪。良宵怎

度。車輪自轉。石闕長銜。　回首舊日江南。正輕狂換盞。端正窺簾。更魂銷金縷。豔溢香奩。誰知今夜荒村泊。戍樓外、堤柳毿毿。水窗擁被。倦同病鶴。眠似殭蠶。

## 姚廷棟

字南屏、號秋山、浙江嘉興人、監生、官安徽霍州知州、有燕臺小草、林下閒吟、晉中集、遂初集、附詞、

### 漁家傲　小春月

幾簇臨流烏桕樹。酢霜葉葉飄紅雨。疑是花時春在處。斜陽暮。一繩賓雁南歸去。　嶺上梅先誰作主。孤山處士空搜句。分付殷勤雙翠羽。須傳語。甚時可到江南路。

# 全清詞鈔第十二卷

## 鐵保

字冶亭、號梅庵、董鄂氏、滿洲正黃旗人、乾隆三十七年進士、官至吏部尚書、有梅庵詩餘一卷、一名惟清齋詩餘、

### 偷聲木蘭花　閨思

梨花院落溶溶月。又見夭桃飛絳雪。不語低頭。怕引春風似我愁。　幾番花信催春老。風雨無情春去早。春有歸期。生恐春歸人不歸。

### 醉春風　有約江上餞春、因風雨改期、翌日晴明、書此識悔、

不識春歸處。擬趁西郊路。無端風雨阻良游。駐。駐。駐。寸草無心陽春有腳。任他來去。　佳日眞空過。舊約誰能赴。不堪重問釣魚舟。悞。悞。悞。江上青峯。船頭明月。笑人虛度。

## 李翮

字逸翰、號春麓、又號約庵、山東金鄉人、乾隆三十七年進士、官至浙江杭嘉湖道、有秋影山房詞、

### 玉漏遲　秋河

秋高雲澹注橫空。浪影無聲西去。甚處調笙。吹徹冷光如許。可惜君平未識。久迷了、靈槎仙路。空間阻。一

鈎新月。滿堦風露。不見斗杓迴還。但素練低斜。夜涼誰渡。倦鵲飛時。愁入斷橋烟浦。隔水盈盈望極。想人在、晶簾瓊戶。天欲曙。梧桐滴殘疏雨。

月下笛 秋笛

碧宇無垠。涼雲不動。數聲淒緊。岑樓夜永。乍橫吹、短長韻。連昌舊事今寥落。有斷譜、飄零未盡。賸斜陽牛背飛鴻響答。滿空秋興。 人靜。關山迥。有倦旅孤吟。板橋煙艇。淸商細引。玉龍哀怨誰省。曲終江上西風發。正慘澹、啼痕暗忍。待月落、曉霜寒。一枕梅花夢醒。

## 許肇封 字州山、浙江海寧人、乾隆三十九年舉人、官安徽望江縣知縣、有旋香詞、

探芳信 和沈匏尊詠合歡花原韻

暮雲罨。正夜合芳期。情絲一串。看繡牀人嬾。花比唾絨軟。繁愁密似春蠶繭。錮忿香心散。最嫣然、粉暈丹流。酒痕紅染。 織錦回文卷。怕扇底拋殘。裙邊舞亂。休說相思。歡夢昨宵遠。黃昏好結三生願。五絲連環線。漾簾櫳、趁取月明露淺。

賀新涼 謁項王廟 項王下相人、即今宿遷地、廟在城南門外泮宮之旁、像塑帝王冠服、白面長鬚、一女像並坐、即虞姬也、破屋三楹、烏騅馬已無存矣、登舟剪燭、感賦此詞、

廟枕黃河野。想重瞳、拔山扛鼎。音容叱咤。鉅鹿諸侯誰仰視。一戰秦軍而霸。弔芒碭、斜陽猶乍。楚漢興亡

今已矣。論英雄、成敗眞聾啞。知此乃天亡也。項莊舞劍休驚怕。釋沛公、酒間數語。鴻門宴罷。分爾杯羹

成底事。戲置若翁聊且。嘆不逝烏騅名馬。賸有美人心肯死。只數行泣爲虞兮下。是千古。多情者。

## 劉奎年　字藻初、號雲石、江蘇丹陽人、乾隆三十九年舉人、官直隸易州州同、有桐花館詞、一名金鹽詞稿、

### 眉峯碧　卽卜算子、用玉照新志體、

一水分雙岸。弱柳輕遮斷。鎮日蘭房不耐寒。怎郎處、春偏暖。　抱影登樓看。倚檻聞微歎。花外車輪井轆轤。分明向、心頭轉。

## 周靄聯　字肖濂、江蘇金山人、乾隆三十九年舉人、官至四川川南道、

### 采桑子　從軍西藏、值中元節、聞大招寺燃燈甚盛、適病甚、不克往觀、詞以紀之、

大招忽變光明藏。萬盞琉璃。爇起蚖脂。揲演樓頭禮辟支。　懨懨病骨兜衾臥。蠟穗離披。一勺饘糜。憑仗獠奴好護持。

## 馬緯雲　字依墀、浙江海鹽人、乾隆三十九年舉人、官廣東番禺縣知縣、有鶯聲細雨草堂詞、

### 減字木蘭花　西泠感舊

西陵舊路。消魂人有消魂句。花月前生。畫舫香詞譜玉箏。　湖隄再到。十里夭桃開未了。倩影誰招。落日危闌又斷橋。

江城子

梨花門巷雨聲中。舊游蹤。幾時重。料得人間。好事易成空。零落年光如夢裏。十載也。去悤悤。　聽鶯撲蝶與誰同。怯春慵。暗惺忪。庭院誰家。一樹小桃紅。不管卷簾人有恨。依舊是。笑春風。

## 吳蘭庭

字虛若、一字胥石、浙江歸安人、乾隆三十九年舉人、有蘭雪草堂詞、

念奴嬌　題三泖漁莊圖

菰蘆滿眼。便恍然置我、斜陽水國。蟹舍漁莊人語外。寫出籬根寒碧。斷雁拖煙。峭帆吹雨。中有滄浪笛。沙頭鷗鷺。舊遊多少能識。　乍是海上珊瑚。千絲網取。去作金門客。圓泖橫雲來夢裏。更向籌邊飛檄。麟閣功名。馬行燈火。重理東山屐。神仙平地。蓴鱸須緩相憶。

## 施　源

字實君、號蒙泉、江蘇吳縣人、乾隆三十九年舉人、官安徽舒城縣知縣、有愛靜詞一卷、

長亭怨慢

記前度、畫亭東畔。柳小扶人。香多迷蝶。一夢羅裙。幾年辛苦怨離別。空園花葉。似待我、重來日。試問舊游

蹤。應尙有、流鶯能說。 猶憶襯玉階細草。曾墜翠鈿遺蹟。新紅雖好。都不是、去年春色。恨東風、吹冷香魂。任日暮、金鈴嗚咽。只短碧垂垂。向我宛如相識。

## 掃地花 對庭中落葉有感

夕陽影裏看冷到哀蟬。亂飛無數。小欄日暮。望西風漸緊。囑伊且住。彀得青青。費了春工幾許。渾無據。伴葉葉碧雲。飄散何處。 離恨難說與。歎流水無情。怨題人去。夜蛩自語。有籬根未掃。半淹寒雨。捲入秋烟。向苔陰更聚。黯凝竚。賸蕭疏冷紅一樹。

# 秦瀛 字凌滄、號小峴、江蘇無錫人、乾隆三十九年舉人、官至刑部右侍郎、有無礙山房詞、

## 虞美人 題珠樓遺稿

弄珠樓上無人倚。寂寞樓前水。有人還憶弄珠人。怎奈畫中空自喚眞眞。 香殘粉賸妝臺杳。三十年華悄。留將遺墨一行行。分付東風細雨斷人腸。

# 吳錫麒 字聖徵、號穀人、浙江錢塘人、乾隆四十年進士、改庶吉士、授翰林院編修、官至國子監祭酒、有佇月樓琴言四卷、三影樓寫生譜三卷、鐵撥餘音一卷、總稱有正味齋詞集、又有續集二卷、

## 月華清 九月望夜、被酒歸來、明月在窗、清寒特甚、新愁舊夢、根觸於懷、因賦此解、

鴉影偎煙蛩機絮月。月和人共歸去。愁滿青衫。怕有琵琶難訴。想玉闌、吹老苔花。枉閒卻、扇邊眉嫵。延竚。漸響餘落葉冷搖燈戶。　不怨美人遲暮。怨水遠山遙。夢來都阻。翠被香消。莫話青鸞前度。賸醉魂、一片迷離。繞不了、天涯紅樹。誰語。正高樓橫笛。數聲清苦。

### 望湘人　春陰

慣留寒弄暝。非雨非晴。誤抛多少春色。半帶閒愁。半迷歸夢。黯黯蘼蕪空碧。閣處雲濃。禁餘煙重。欲移無力。最晚來、如雪東闌。一樹梨花明白。　孤負餳簫巷陌。已清明時過。懶攜游屐。只潤侶熏爐。約略故香留得。天涯燕子。問伊來也。可有斜陽信息。聽傍人、半晌呢喃。似怨暮寒簾隙。

## 顧宗泰

一名景泰、字景嶽、一字星橋、號曉堂、江蘇元和人、乾隆四十年進士、官廣東高州府知府、有月滿樓詞二卷、

### 水調歌頭　殘霞

成綺餘霞散。小謝句千秋。最憐江上初霽。偏逐水波流。看到澄紅映處。只恐籠煙迎月。愁引玉人樓。一片挂殘影。飛鶩妒還羞。　非赤城。或蓬島。錦文浮。疑來仙女。丹裳墮卻不曾收。浦外天空雨歇。山外橋迷虹沒。獨剩豔光留。卻憶珠簾捲。倚斷暮雲頭。

## 郭暄 字裘惇、號合山、浙江平湖人、諸生、有適意航吟稿詞、

### 青玉案 題邵處白紅柳詞、即用集中韻、

黃梅落盡還飄雨。挽不住、雲來去。檻外鷗波添幾許、烟消沈水。酒醒凝眸。愁絕聞箏處。　懶殘花事鶯慵訴。紅柳枝邊賡詠絮。裊裊情絲天付與。滿園胡蝶。十分春色。併作香柔語。

## 丁榮 字子初、江蘇無錫人、諸生、

### 浣溪紗 古浪道中

匹馬駝來萬斛愁。萍蹤遠逐野雲浮。新聲聽到古涼州。　迎面晚山含日冷。夾車新水帶冰流。濃春風景似深秋。

## 唐宏 字韋弦、江蘇南匯人、諸生、有酸窩詞、

### 清平樂 春烟

綠波浮動。柳色昏於夢。斷水連山春懵懂。護月籠花影重。　長隄還障新晴。林間暗鎖流鶯。句引輕陰薄霧。沉沉過了清明。

## 王天發 字毓駿、江蘇太倉人、有夢花絮語三卷、

### 倦尋芳 聞歌感舊

翠屏倚玉犀盌浮香。前度歡宴。醉撚花枝。人在曲廊深院。秋水波回雙鬢側。春雲裳卷輕紅見。陡分攜。悵棲鴛未穩。宿鶯驚喚。　念花蹤、隨風飄泊。魚渚波沉。燕梁塵滿。別岫離雲。偏是歲華頻換。楊柳絲殘空憶往。芙蓉霜老羞重看。但攜尊聽清歌、一聲淒斷。

## 吳廷采 字章五、江蘇溧水人、

### 齊天樂 七夕紅橋看荷花、

夕陽明滅紅橋外。亭林乍過疏雨。一點秋心。十分涼氣。都在荷花深處。清遊試數。算幾度星期。不同尊俎。莫負良宵。半篙新漲漫容與。　湖天容易作暝。看兩三星火。遠移前渚。銀浦流雲。碧筒瀉月。消得一襟風露。盈盈笑語。是乞巧人歸。采香人去。驚起眠鷗。遠鐘聞數杵。

## 陳　基 字竹士、江蘇吳縣人、諸生、

### 金縷曲 花影、同內子梅卿作、

未肯全身露。最難忘、神光離合。乍相逢處。不信有人偷解珮。微步臨波延佇。怎耐得、春寒如許。梁燕已歸蝴蝶倦。只斜陽、一抹猶憐汝。情脈脈。悄無語。　圖成沒骨留仙住。怪宵來、蘭缸初燼。欲拋人去。記得投懷依傍近。和夢和煙栩栩。幾錯認、離魂倩女。試把芙蓉還自照。嘆空空、色相渾無據。月未落。儘容與。

## 李葵

字芬宇、號瘦人、江蘇上元人、諸生、有瘦人詩餘四卷、

### 明月逐人來

長堤官渡。長亭烟樹。傷心地、夕陽今古。行人漸老。只有春如故。滿目游絲飛絮。　駐馬橋邊。那有玉人留住。青樓遠、難逢舊侶。晚來獨醉。好夢和春去。一任梨花夜雨。

### 春風嫋娜 春柳

被東風吹醒。漸近清明。牽畫舫。拂香塵。好丰姿嫋嫋。舞腰纖瘦。有誰消受。一段柔情。陌上烟輕。溪頭波暖。間有黃鸝三兩聲。恨葉情條不忍折。鄰家吹笛是何人。　只恐相看易老。眉梢眼底。惱人處、往事難明。相思路。短長亭。離愁別緒。一水盈盈。紅雨窗前。淡黃輕抹。赤闌橋外。嫩綠初勻。樹猶如此。問楊枝何在。年年二月。顏色如卿。

### 淒涼犯 蘆花

荻花瑟瑟。江南岸、淒涼一夜吹白。此中處士。頻揮玉麈。素懷誰說。閒雲幾疊。更黃葉、丹楓寂寞。是行人、愁

堆鬢髮。飛作一江雪。　幾度舟中望。雁宿平沙。鷺飛難識。潮生遠浦。響西風、便知消息。不是楊花。記當日、曾經送客。最關情、斷岸小艇繫夜月。

## 任曾貽

字淡存、江蘇宜興人、諸生、有矜秋閣詞一卷、

### 絳都春　陳貞一邀過雨花菴看海棠

溪山似畫。正絲柳弄碧。芳茵堪藉。趁伴踏春。迤邐閒過。青蓮舍。嫣然一樹枝相亞。愛睡足、紅妝未卸。曲廊斜倚。紛紛桃李。總輸姚冶。　堪訝生香真色。向花宮寂寞。年年開謝。記否舊遊。銀燭高燒喬身價。從教不入閒亭榭。肯一例、東風輕嫁。歸來拗取繁枝。醉看深夜。

### 多麗

兔華明。碧天素影亭亭。正旅窗短檠斜照。藥房憶昔曾經。黛螺拈、眉長看畫。銀字譜、歌短同聽。雙釧輕籠。單衣乍試。口脂香暖浣瓊罌。問誰似、生香真色。天付與多情。生消受、搴簾卻顧。下蔡應傾。　最無端。霜林葉絳。風帆又挂前汀。粉珠彈、親分羅帕。春葱翦、記招行程。芍藥拿殘。芙蓉炷冷。判將惆悵答娉婷。閒過了、湔裙挑菜。愁聽賣花聲。今宵月、好隨幽夢。飛到銀屏。

## 王璐

字叔佩、江蘇陽湖人、諸生、有澹齋詞二卷、

### 憶秦娥

春寂寂。落花細雨簷前滴。簷前滴。東風吹夢。恁般無力。 小樓閒倚斜陽立。遍郊芳草傷心碧。傷心碧。王孫歸未。鷓鴣聲急。

### 漁家傲 秋郊晚眺

幾樹梧桐垂玉露。荒臺脈脈層煙護。贔屭接雲金刹古。鐘聲吐。斜陽塔頂征鴻度。 兩岸落楓人獨步。江臯波冷沉魚素。極目蓼花翻白鷺。舟橫渡。西風裊入旗亭路。

### 雨中花 憩楊氏小園

風走楊花隨面轉。糝一徑、春情撩亂。蠶豆旗生。雀梅槍熟。引得遊人倦。 碧水南頭尋竹院。偷半日、笛牀茶椀。蕉檻深深。柴關寂寂。吠出花陰犬。

## 黃理 字艮男、江蘇如臯人、有耕南詩餘一卷、

### 漁家傲 九日次熊濬仙閨秀秋望韻

掃盡寒雲山色淨。遙空一碧開天鏡。落帽今朝誰露頂。秋幾頃。東籬小拓柴桑境。 酒醉風前人易醒。登高望斷征鴻信。落木蕭蕭江滾滾。新月影。菊花香襲衣裳冷。

### 如夢令 爲江立亭題登樓望遠圖

夢裏數聲征雁。酒醒孤舟人散。獨上最高樓。樓外綠楊秋晚。天遠。天遠。一片暮烟遮斷。

## 沈壁璉

字熙之、江蘇南匯人、有虛白堂詞鈔一卷、

### 應天長

玉蘭亭院寒時節。珠簾不捲沈香歇。翠眉淺隔堪愁絕。深深低唱梨飄雪。　歌喉檀板發。紅袖回來明滅。宛轉碧羅裙結。微映杏花月。

### 疏影

繁花鬭玉有白雲一片。簷下同宿。似暗還明。空翠嬋娟。掩映最憐深竹。籃輿鄧尉堪乘興。待訪遍、銅坑南北。遇故人、挈榼攜琴。賞詠不嫌孤獨。　頻向春前醉倒。舉杯憶少日。雙鬢垂綠。一笑相逢。林下風標。澹月微流松屋。誰教好夢隨霜角。卻錯怨、迴風新曲。對當前、萬斛珠胎。且擘錦箋盈幅。

## 閔華

字玉井號廉風、一號蓮峯、江蘇江都人、監生、有澄秋閣詞、

### 南浦　送梅沜之京師

黃葉落紛紛。正霜寒、那更天涯人去。書劍一囊輕。消凝裏、況是顛毛垂素。黃河渡後。野連衰草塵沙路。遙想馬馱殘夢醒。黯黯村雞啼曙。　無端孤負湖鄉。問年年底事。留伊不住。蹤跡歎飢驅。甘憔悴、都爲故家

兒女。離情最苦。粉毫空有相如賦。縱使長門人買得。愁絕軟紅羈旅。

## 沈修齡　字葦卿、號遐庵、浙江平湖人、諸生、有蜜香紙閣詞二卷、

### 角招　栞薺山觀海

海雲闊。黃濤湧、石塘設險雙闕。登高望溟渤。一色水天。光景奇絕。魚龍是窟。早鼓浪、揚鬐噴沫。遠著浮査如葉。當年賦筆曾傳有木華瑰傑。　空說蜃樓出沒。九峯縹緲。好與蓬瀛接。淩虛心暗怯。往恨茫茫。何年塡缺。扶桑灰劫。笑采藥、難回艟楫。記得水仙殘闋。只無處、訪成連。爲彈徹。

## 方成培　字仰松、安徽歙縣人、有芳影詞二卷、橫枝詞、後巖簫雅寒山樂府正續各一卷、總稱味經堂詞稿、又有香研居詞麈五卷、

### 憶王孫

信他花發最相思。春滿天涯人未歸。難道天涯未放枝。轉堪疑。一種東風兩樣吹。

### 瑣窗寒　楊花

似雪如綿。纔圓卻碎。晚晴庭院。何因再住。翠縷隨風空轉。正危樓、凭欄倦看。垂垂欲近依然遠。甚非花非瓣。蒙戎散落。更無人管。　消黯。隋隄畔。任酒幔斜飄。魚波吹徧。難禁最是。撲帳暗雲曖。想瑣窗、針繡乍拋。

謝橋踏處春同懶。亟丁寧、傍枕須回。恐驚鴛夢斷。眠鷗管。

## 驀山溪　蓼花

水寒烟薄。秋淨澄江晚。零露濕葭花。怕人嫌、野光閑澹。獨將芳穗。撩亂向西風。疏柳外。白蘋邊。指點濃如染。　斜陽無語。迤邐明沙岸。冷豔故遲春。要分取、楓林一半。漁舟隱處。相伴醉春醪。賸幽意。共誰看。付與

# 周其祚

字承祉、號東崖、四川瀘州人、官山東海陽縣知縣、有偶存草詩餘一卷、

## 鷓鴣天　太白酒樓

寒溆秋風響晚灘。磷磷碎月映迴瀾。樓下有碎月灘　仙踪飄渺知何處。陳蹟蒼茫付指彈。　休感舊。且開顏。眼前四顧好溪山。登樓我亦心神曠。應有詩魂戀此間。

## 卜算子　楊柳風

野外颸清風。披拂垂絲亂。遮莫隋堤送好歌。幾度鶯聲換。　搖曳想當年。輾轉樓頭看。不道青青一夜吹。折得長條半。

# 吳鈞

字陶宰、江蘇華亭人、有鼠璞詞一卷、樂府篋中集口卷、

蝶戀花　汪氏蕃雲樓夜眺

山作嘉賓樓作主。一面淩虛。三面烟籠住。此地登高眞可賦。碧螺如醉山容暮。　挂起南窗纖月吐。白是溪花。黑是溪邊樹。指點前邨三四炬。人聲響過塘橋去。

臺城路　子陵釣臺懷古

阮公一慟空山後。千年淚珠相續。宋室參軍。唐朝宰相。生死交情何篤。神帆怒速。想甲乙中流。舉杯私屬。屏泣停歌。輪囷敲斷半枝竹。　雲中朱鳥宛在。矮亭人不見。苔磴空綠。翠壁劖天。丹岡籠霧。誰把遺碑搜讀。雙丸風燭。伴曠代羊裘。又成芳躅。配食荒祠。允宜同薦菊。子陵祠、以皋羽及方元英配享、

## 程嗣立

字風衣、號篁村、又號水南、江蘇山陽人、諸生、有蒲根短吟、

洛陽春　冬日詠池柳

憐小小先知。恨被柔情引。阿誰曾此唱陽關。便瘦損、風流盡。　憔悴那堪霜冷。曲闌人靜。幾回搖曳對斜暉。棲不住、昏鴉影。

## 李汝章

字沁碧、浙江秀水人、有餘霞樂府二卷、吳中依韻詞一卷、

洞仙歌　秋柳

絲絲憔悴。傍荒寒亭堠。遠岸芙蓉共消瘦。悵弓腰舞袖。都化煙雲。斜照外、惟有紅橋依舊。　涼蟬聲斷續。根觸離情。白下門前想分手。繫馬向誰邊。烏夜啼殘。正月冷霜清時候。想垂老、桓公在金城。應悽慘江潭。不堪回首。

## 踏莎行　青谿張麗華祠

鐵騎橫江。瓊枝歌闋。繁華王氣同消歇。無愁帝子不歸來。宮花落盡臙脂色。　爭似芳魂。還依故國。靈旗潛下青谿側。風聲吹樹總爲雲。嬋娟冷掛南朝月。

## 踏莎行　題西宮秋怨圖

翠染觚稜。銀泥藻井。罘罳濾月芙蓉冷。生憎樹色鬱曚曨。昭陽咫尺還相隱。　紈扇凝愁。雲和寄恨。寒生羅袂更初靜。桂華香裏透涼蟾。瑤階瘦却梧桐影。

# 陳澤泰　字茹征、號雲持、江蘇上海人、諸生、有春柳草堂集、附詞一卷、

## 摸魚子　題劉津萬垂釣圖照

正江干、鯉魚風急。柳陰初憩芒履。漁竿三尺滄波上。自嘆直鉤難使。緣底事。便脫卻儒冠、笑傲人間世。綠蓑隊裏。任荷雨蘋風。江烟溪月。幽興總無比。　長堤外。何處銀鞍金轡。豪華都逞紈綺。何如領取漁家樂。眼底更無塵滓。沽酒未。拚綠樹林中、邀箇鄰翁醉。暮山蒼翠。縱對景高歌。看雲長嘯。鷗鷺不驚起。

玉樓春　客中春盡日

池塘一陣催蛙鼓。散盡梨雲三月暮。愁回靑嶂夕陽邊。春去畫橋芳草路。　東君何事成羇旅。客裏殷勤漫留汝。小樓莫遣下重簾。鄉夢欲隨飛絮去。

點絳脣　咏柳

細瘦腰肢。東風搓就黃金縷。和烟拖雨。藏得鶯兒語。　一望靑靑。總是章臺樹。傷心處。江南春去。目送漫天絮。

如夢令

去歲月明時候。曾記小欄攜手。今夜小欄邊。只有月明依舊。生受。生受。著意照人消瘦。

洞仙歌

賣花人過。正酒帘搖翠。無限風光麴塵裏。趁踏靑南陌。鬥草西園。游絲外。胃住一天春思。　池塘人去後。垂柳陰濃。兩兩烏衣掠烟水。遮莫倚危欄。駭綠紛紅。算此際。易成憔悴。但遍插。穠香臥芳茵。待明月歸來。共伊沉醉。

金　理　字天和、號永一、別號太古野人、江蘇上海人、有瑟雞詞一卷、又名養恬書屋詩餘、

踏莎行　咏遊絲、追和劉靑田原韻、同漢武桀山作、

碧落迴風。晴空罷雨。飄飄一縷渾難住。可憐無力綰飛花。欲牽春思天涯去。　細似荷絲。輕於柳絮。東西莫定歸何處。多應未得到雲霄。不黏碧瓦黏紅樹。

### 踏莎行　咏飛絮、用歐陽永叔離別韻、

雪點還寒。荻花還細。輕狂撲面撩征轡。可憐作盡一春忙。黏泥不了隨流水。　慣惹閨情。潛添客淚。風前怕向樓頭倚。莫言愁殺渡江人。更愁人在斜陽外。　外字、歐公原詞、詞家議其失韻而非之、不知本作五塊切、又叶音僞、古無讀壞音者、非之謬也、

## 楊瑛昶　字米人、安徽桐城人、有紅豆詞鈔二卷、

### 金縷曲　楊花

生小嬌無力。未成陰、已栽南浦。看人離別。淺淺眉痕纔與畫。博得輕憐婉惜。怕只怕、攀條狠藉。寄語遺鞭章臺客。一絲絲留綰同心結。休輕向。路旁折。　江南二月花朝節。絆遊人、當壚青眼。斷腸春色。一種輕盈描不盡。人在曉風殘月。小逗作、團香豔雪。向後棲遲無定在。對堤邊、燕與鶯兒說。莫又引。鵑啼血。

窣地三生隔。變浮萍、東來西去。一般愁絕。淺碧粼粼依荇藻。魚婢吹花輕唼。無計得、舊時消息。天上人間身世判。返眞香、欲續如何得。便長與。青春別。　者回心事誰珍惜。漫隨流、那能自主。任教拋擲。老去徐娘風情在。別逗一番蹤跡。又來伴、池塘吟客。已分將身同逝水。莫多情、又向枝頭憶。到遲暮。悔何及。

# 周暟

字用昭、安徽歙縣人、有瀟湘聽雨詞五卷、芳草詞一卷、香草題詞一卷、總稱蔭槐棲詞、

## 念奴嬌　漢江金口驛相傳達摩渡蘆處、用東坡韻、

六朝佳麗。問西風、認得當年何物。龕側蕭蕭蘆葉語。雲繞嵩山寺壁。浪散空花。衣沾泡沫。穩踏秋江雪。回頭彼岸。應無可渡豪傑。　多少名利帆檣。獨梅仙到此。石尤風發。安得吾師揮麈尾。者點熱塵消滅。佛教何殊。儒冠果誤。吾亦髡吾髮。金容儼若。不知多少年月。

## 南浦　春水、用張玉田韻、

風定縠紋平。映桃腮、繡閣簾開晴曉。何處賣魚娘。船移去、皓腕蘭橈輕掃。斜橋曲岸。鴛鴦舊宅萍遮小。應是王孫歸意切。天限馬蹄芳草。　年年流盡春光。總流他點點。春愁不了。雙燕近人橫。仙源誤、曾共落紅吹到。憑闌浩渺。影分紅杏枝頭悄。榆莢風生銀浪作。浮起胭脂多少。

# 黃庭

字夢珠、浙江錢塘人、監生、有零香詞、

## 三姝媚　巾東

湘紋搖曳處。織絨絲迴文。約時清楚。幾幅冰綃。似疊成雲浪。月絃封住。宛轉回環。難挽定、相思千縷。曾記花前。纔打鶯兒。又縈飛絮。　常是踏春游去。到醉後重量。酒痕如許。一捻玲瓏。怕東風還緊。欲垂旋舉。界

定珠塵。渾不管、流黃微露。愛煞紅潮初拭。平分香雨。

## 過春山　字葆中、江蘇吳縣人、諸生、有湘雲遺稿四卷、

### 倦尋芳　過廢園見牡丹盛開有感、

絮迷蝶徑。苔上鴬簾。庭院愁滿。寂寞春光。還到玉闌干畔。怨綠空餘清露泣。倦紅欲倩東風浣。聽枝頭。有哀音淒楚。舊巢雙燕。　漫竚立。瑤臺路杳。月佩雲裳。已成消散。獨客天涯。心共粉香零亂。且盡花前今夕酒。洛陽春色匆匆換。待重來。怕只有。斷魂千片。

### 臨江仙　秋柳

試數舊愁餘幾縷。暮蟬淒斷西風。蕭疏無力繫游驄。津亭攜手地。夢逐曉霜空。　似與玉樓人比瘦。翠痕都減眉峯。多情只有晚烟籠。秋聲吹不盡。長笛月明中。

### 西子妝　雨中坐放鶴亭、眺湖光山色、感而賦此、

露滴松梢。泉穿竹徑。一帶疏陰催暮。凭闌目斷白雲深。但蕭蕭、滿身香霧。閒情欲訴。悵荒渚、難招鷗鷺。俯滄浪。歎荷衣誰浣。天涯塵土。　佳期誤。落盡梅花。寂寞誰爲主。玉琴彈破碧天寒。問東風、鶴歸何處。重尋舊址。謾贏得、蒼烟冷雨。黯銷魂。入夜啼鵑更苦。

### 一枝春　同吳竹嶼賦招張古樵諸子

綠柳池塘。暗流鶯、啼散一簾絲雨。東風如許。喚起舊游情緒。晴綿吹少。料難禁、好春歸去。念故人、門掩梨花。靜對冷香無語。　留連翠微深處。記梅邊弄笛。滿身花露。盈盈春水。爲問采蘭誰侶。芳期暗卜。想猿鶴、空山無主。試聽取、香逕啼紅。又催杜宇。

## 月下笛　春游武林寄別諸子

野館寒輕。春衫瘦減。倦聞鵑語。斜陽外。無限離愁亂飛絮。尋芳尚記西園路。問燕子、春還幾許。正津亭潮滿。蒼烟一碧。峭孤帆去。　回顧。蘋花渡。嘆送盡流紅。舊情難訴。漁村蟹舍。伴人惟是鷗鷺。一舸長日依烟水。那更識、飄零小杜。漫竚立、數歸心。腸斷孤山細雨。

## 綺羅香　湖上聞歌

舊恨消香。新愁倦酒。寂寞又驚春晚。小立斜陽。何處暗飛銀管。有幾許、離緒吟秋。怎知我、天涯腸斷。莫隨風、吹入西泠。爲渠喚起故宮怨。　霓裳遺曲曾譜。悵望青鸞已杳。彩雲消散。剩粉零紅。忍向尊前重見。消幾度、月淡窗寒。更那堪、夢回人遠。指青袍、今夜愁痕。倩誰江上浣。

## 瑞鶴仙　晚遊孤山尋和靖先生墓

攜筇尋斷碣。正斜日初沈。亂煙凝碧。蒼苔舊行跡。想沙鷗高致。似曾相識。閒情暗覓。指秋墳、樵蘇能說。歎寒梅、零落東風。閒卻一溪明月。　悽惻。西泠春晚。天竺雲深。空懷孤潔。荷衣未葺天涯愁倚巖石。念幽人去後。峯南峯北。多少啼猿喚客。黯傷心、欲薦江蘺。夜涼露白。

探春 月夜飲荒祠、水木明瑟、池館蒼涼、主人告予曰、此鄒副使愚谷十二樓址也、聲伎豪侈、久衰歇矣、感而賦此、

小雨啼花。深烟怨柳。往事倩誰重訴。甃冷銅瓶。塵封玉鏡。試問荒溪鷗鷺。說起那時恨。又恐怕、鶯愁燕苦。醉餘一點閑情。立盡闌干涼露。　殘月三更南浦。想山鬼清游。木蘭微賦。金椀生苔。漆燈無焰。應是不勝淒楚。歎一番春夢。長堤外、落紅無數。記取明朝。莫上危樓高處。

## 韓騏

字其武、江蘇吳縣人、貢生、有補瓢詞稿一卷、

鵲橋仙 七月八日

歡情未久。離情還結。銀漢秋風波起。宵來誰說是佳期。歎一霎、眞如夢裏。　抽絲蛛困。塡橋鵲倦。歲歲枉承勞費。穿鍼昨夜畫樓人。卻依舊、雨香雲膩。

桂枝香 書感

寒蟬暮咽。正塞雁欲來。梁燕將別。惆悵庭前芳樹。待飛黃葉。可憐歲序逢搖落。況驚心、那人攀折。叩門呼侶。剪燈留話。而今銷歇。　念往日、山梅似雪。對綠鬢春風。幽意相結。同醉花前。聽我浩歌終闋。十年湖上留殘夢。但斜陽、烟水明滅。滿襟秋思。多應添我。幾莖華髮。

## 施用中

字時可、號養山、安徽婺源人、有養山詞草一卷、並附滇南雜詠、

### 南鄉子　舟中作

寄意水雲邊。一葉扁舟自往還。滿眼秋光誰領略。欣然。月印江心上下圓。　玉宇不生烟。兩岸蒹葭漾碧川。有酒盈罇琴在側。無眠。一曲新詞一扣舷。

## 顧棡

字嵩喬、一字鑑沙、號小癡、浙江慈谿人、諸生、

### 點絳脣　鄮山秋晚

秋景蕭疏。亂山低送斜陽影。數聲清磬。短笛迎風冷。　對酒高歌。懷抱誰能省。人初靜。寒鴉歸盡。月滿蘆花艇。

### 臨江仙　山居秋眺

採藥歸來秋徑暮。棕鞋踏破苔痕。丹鑪活火尚氤氳。石窗閒不閉。放進鶴巢雲。　蟋蟀宵深吟斷砌。寒釭斜照琴尊。空山寂寂杳無人。花魂和竹影。帶月亂敲門。

## 盧址

字丹陛、號青厓、浙江鄞縣人、諸生、

## 摸魚兒

最難堪、春三二月。撩人無限愁緒。綠肥紅綻分明甚。轉眼落花飛絮。春將去。漫道是、王孫芳草迷歸路。總留不住。但一曲蟬琴。數聲蛙鼓。相送夕陽浦。　一生恨。卻憶箇人眉嫵。相思有夢無據。長條擬結同心帶。奈隔重重煙樹。愁幾許。忍更聽、廉纖徹夜梨花雨。佳期終阻。歎魏殿香銷。吳宮月冷。多少斷腸處。

# 鄭成基

字靜山、直隸遵化人、官至四川建昌道、有青衫詞、

## 水調歌頭

春水綠痕淺。柳下繫孤舟。呼童試鼓雙槳。拍拍學閒鷗。久住芙蓉城裏。回憶黃金臺畔。風景似前否。何日賦歸去。鴨嘴傍芳洲。　碧筩酒。錦江鯉。漫句留。憎人最是霜鬢。攬鏡暗生愁。無意栽花插竹。有興題詩招客。尊酒任沈浮。時節悵梭擲。又是一年秋。

# 陶　鍹

字㫤茲、號雲池、廣東新會人、有四桐園存稿附詞、

## 清平樂

剛剛雨歇。微露蛾眉月。雁語酸辛蛩語咽。不管客懷淒絕。　無言獨倚闌干。行吟又苦霜寒。正是蟹肥時候。黃花一半摧殘。

## 朱廷鍾 字蓉帆、江蘇金匱人、諸生、有罿玉山房詞、

### 滿庭芳 玉蘭

刻玉玲瓏。吹蘭芬馥。搓酥滴粉丰姿。縞衣霜袂。賽過紫辛夷。自愛臨風皎皎。笑溱洧、芍藥紛遺。藐姑射。肌膚凝雪。煙雨畫樓西。　開齊。還也未。綿苞乍褪。鶴翅初披。稱水晶簾映。雲母屏依。綽約露含日滉。冰輪轉、環珮參差。問瓊英返魂何處。清夢繞瑤池。

## 沈光熙 字思凝、江蘇長洲人、貢生、有曝書亭詩餘箋注□卷、

### 踏莎行 踏青

遲日園林。暖風簾戶。柔情不奈愁如許。討春消息禁煙時。一鉤羅襪蘅皋路。　倦蝶迷花。嬌鶯選樹。香風拂面人來去。去年草色又今年。萋萋綠到銷魂處。

### 洞仙歌 盆梅

東風無賴。儘瓊芳吹盡。香雪霏霏杳難問。賸碧紗窗外。尺半苔枝。驚愁眼。留得天涯春信。　紅甆攢秀石。一樣橫斜。玉貌看來轉清潤。何處舊蟠根。金翦分開。渾未損、歲寒心性。待移近、屏山細端詳。只幾點疏花。也添詩興。

## 王廷魁 字罔齡、號盤溪、江蘇吳縣人、貢生、有小停雲詞稿、

### 浣溪紗

纔折櫻桃養素甆。茶煙輕颺午晴時。絃詩讀畫一臨池。　未出岫雲難作雨。不開花樹是空枝。無聊人易鬢成絲。

## 顧斗光 字謂齋、江蘇無錫人、貢生、有翠茗軒詞四卷、

### 臨江仙

枯坐蕭然渾似醉。夜深猶剔孤檠。卷簾時見渡河星。綠楊風少力。紅藕露含情。　窗外琤瑽敲響竹。草間螢火縱橫。蝶飛不到夢難成。寺鐘愁斷續。鄰笛聽分明。

### 南柯子 秋思

雨拭遙山碧。雲連夕照黃。新秋多少好風光。未免有情難遣、是離腸。　信隔紅牆遠。愁憐獨夜長。終朝相看只尋常。不道箇人去後、便淒涼。

## 王彝鼎 字守之、浙江秀水人、有梅溪詞、

菩薩蠻

獸爐一縷香煙細。畫屏倚斜重門閉。階下繡簾垂。雙飛新燕窺。　柳絲風著力。疏雨如珠滴。春漲碧于天。鴛鴦沙際眠。

好事近　效朱希眞漁父

叢樹雨初晴。藏箇檝頭船小。一片桃花新漲。映遠山殘照。　偶然解纜劃雙橈。目送掠波鳥。轉入幽溪深處。問那人曾到。

## 曹玢　字文尹、號竹溪、安徽歙縣人、有竹溪詞、

卜算子　阻風嚴州

前路幾關河。屈指朝朝數。萬疊雲山一葉舟。愁泊孤城雨。　愁雨又愁風。風急征程阻。若念離人此夜心。何不吹歸去。

## 朱研　字子成、號紫岑、安徽休寧人、寓居江蘇吳縣、貢生、

南浦　題沙斗初春江雨泛圖

芳草滿春汀。漲平波、最好柔藍新染。楊柳板橋低。銀塘外、誰倚烏篷漁檻。輕蓑短棹。亂紅流處飛花點。無

限溪山清興美。記取一奩寒鑑。　尋詩吟向菰蒲。狎鳬鷗、水枕風巾自檢。茆店濕炊烟。閒凝佇、依約酒帘斜颭。幽懷冉冉。一聲漁笛情消黯。何日吳淞招舊侶。茶竈筆牀同泛。

# 沈大成

字學子、號沃田、江蘇華亭人、監生、有栖香詞、

## 高陽臺

辛巳夏雨中集榮木軒、時將歸華亭、即席話別、

燭影分簾。檐聲瀉瀑。麗譙銀漏將沉。自客蕪城。年時有幾題襟。黃梅雨洗紅蘭冷。卷湘簾、淺酌高吟。卻銷凝。柳暗江頭。離思難禁。　竹西歌吹繁華處。笑杜郎客裏。常倦登臨。白髮玲瓏。耐他孤槳疏砧。抽帆頻問瓜洲渡。肯相忘、垂老同心。記重來。籬菊江楓。雁語秋深。

# 鄭廷暘

字于谷、江蘇長洲人、監生、有蘭笑詞一卷、

## 天香

淡巴菰、和樊榭、

縈霧難分。撩雲不定。也同膚寸俄泛。敲火星紅。探燧囊紫。想像苦吟巾墊。閑窗逸興。算比似、茶芽未減。徐吸靈犀春透。分明玉池波灧。　湘筠一枝倚檻。忍拋他、冷灰殘燄。況是酒闌人靜。夜寒尋念。睡鴨鑪熏漸燼。但裊裊、輕絲趁風颭。誰唾香痕。碧鋪細點。

## 凌霄　字芝泉，號一飛，江蘇江寧人，有澹薇集詞一卷。

### 南鄉子　客茗海

飄泊海門東。流水行雲萬慮空。孤館那禁涼意早。西風。吹得秋花冷淡紅。　枯坐聽哀蛩。半是愁中半病中。十日不從橋上過。芙蓉。開到溪南第幾叢。

## 蔣慶增　字如川，江蘇長洲人。

### 蝶戀花

露井蛩多闌夜靜。薄酒欺寒。又是年時病。記得醉中頻索茗。玉纖親試團龍餅。　往事淒涼難再省。頓覺如今。愁與星河冷。殘月四更人睡醒。一簾風顫秋花影。

## 程寬　字裕堂，號芋塘，山西太原人，有雨琴詞。

### 生查子　邸次夜感

門外馬嘶聲。夢醒家千里。一翦透窗風。暗落金釭穗。　作客不知鄉。飛雁如何至。高樹月猶斜。殘柝催人起。

# 黄　璞

字同石、廣東順德人、監生、有戰古堂詩餘、

## 鳳凰臺上憶吹簫　別鶴

頂染丹砂。翎梳白雪。輕盈體態凌風。羨高閒性格。不任樊籠。羞向朱門作客。山館裏、飲啄相從。滄江上。蘆花明月。又別山翁。　從容。瑤臺碧落。前路去高飛。任爾西東。怕王孫輕薄。金彈雕弓。應念主人情重。離別恨、盡付絲桐。孤亭畔。相思從此。海闊天空。

# 楊　謙

字子讓、一字未孩、浙江秀水人、諸生、有木山閣詩餘、

## 鶴冲天　題柳村放鶴圖

秋漲碧。藕花紅。烟艇泛晴空。氋氃雙鶴戲雲中。遮莫自開籠。　頻來去。忘朝暮。閒領滄洲情趣。梅花溪上水灣環。何必住孤山。

## 清平樂　題畫

蒼苔瘦石。漠漠秋陰積。寥泬碧天吹短笛。獨自坐來烟夕。　涼飈滌盡塵襟。疏林愈覺蕭森。認取此間佳處。還期踏葉相尋。

## 丁子復 字見堂、號小鶴、浙江秀水人、貢生、有見堂集附詞、

### 水調歌頭 西臺弔謝皋羽

手執竹如意。晞髮向滄洲。釣竿寂寞千古、雲物自悠悠。忽爾歌聲變徵。湧起一江寒瀨。驚醒老羊裘。山鬼作人語。淒斷暮猿愁　西臺淚、柴市血。恨同流。望中闢水天黑、魂去不禁秋。剩有倚天長劍。分付平生知己。未便死前休。酹我一尊酒。孤月照山頭。

### 卜算子 柳腰

裊裊倚東風。帶緩緗裙皺。衹爲從來管別離。一搦生消受。　莫是楚宮人。舞罷低垂手。抱月飄烟細可憐。影亦和烟瘦。

## 薛廷文 字魯哉、號春雨、浙江秀水人、有聽雪齋詩餘、

### 蝶戀花 夜泊烟雨樓

隱約鴻聲雲外斷。月映寒波。金鏡澄銀漢。一抹秋光籠小院。露華細滴芙蓉岸。　漁火星星明柳畔。戍鼓聲低。月落高城暗。客夢驚眠心緒亂。船頭喚取沙禽伴。

### 滿江紅 送燕

社後初來。曾掠遍、杏花村杪。記當日、穿簾度幕。銜泥春曉。轉眼西風門巷靜。畫梁夢斷秋容老。恁難忘、辛苦舊營巢。頻飛遶。　斜陽影。低荒草。鄉國遠。關山杳。受天南海角。風塵多少。撇卻閒愁君且去。飄零還是家園好。問春來秋去苦依人。何時了。

## 許　煐　字振武、浙江嘉興人、諸生、有牧堂詞、

### 洞仙歌　題薛鹵齋梧桐小幛

日長小院。愛清陰堪掬。冷壓重簷翠如幄。聽銀牀鬧雨。勝似芭蕉。恁點點、清晝撩人幽獨。　折來頻記閏。數過秋期。減了枝頭一痕綠。便爾拂銀箋。款住西風。直描出、秋聲盈幅。問葉底、繁花幾時開。待小鳳團巢。夜寒棲宿。

## 戴延年　字藥坪、江蘇長洲人、有問花詞、

### 卜算子

淚滴不知行。溼透羅衫袖。臉遜桃花黛遜螺。試問因何瘦。　衣薄怯春寒。樓外東風驟。已是芳心不奈酸。更把青梅嗅。

## 張夢鼇 字亘來、號後村、江蘇青浦人、諸生、有乃吾廬詞、

### 金縷曲 闌干

七寶含香細。繞迴廊、彎環幾曲。總如人意。想見鈎簾高捲處。待得月華初起。正妝罷、有人斜倚。綽約春衫剛半露。只羅裙隔斷紅雲裏。排卍字。在花底。　金釵劃處分明記。悵重來、幾番涼露。舊痕都洗。暗自思量渾不語。彈上星星珠淚。怕題起、少年心事。轉過閒庭隨手拍。問梨花、好夢醒還未。柳絲搭。尙垂地。

## 鄭　竺 字弗人、號雪蕉、浙江慈谿人、諸生、

### 謁金門 范氏采菊山房喜晤李房山、

風拂拂。吹落九天談屑。夢破數聲枝上鴂。湘簾初映月。　春去流鶯聲寂。杯酒論文情切。郭外菜花香不絕。菜花香裏別。

## 姚廷瓚 字嬾迂、號迦細、江蘇婁縣人、有鐵蕉詞、

### 清平樂 春分日苦雨、

經旬困雨。一半韶光去。繞岸垂楊千萬樹。暗老東風情緒。　憑闌極望平沙。茫茫煙水人家。能得幾多春

色。等閒落盡梅花。

菩薩蠻

綺牀寂寞堆雲錦。雙雙鸂鶒欹香枕。嬾起曉妝遲。寒輕花自知。　褰幃春正曉。照鏡屏山小。窗外靜無聲。游絲罥落英。

## 項映薇

字珠樹，浙江嘉興人，諸生，有桐華館詞，一作藤花館詞。

掃花游　綠陰

覆簷嫩碧。愛罨畫空階，晝昏山館。素簾乍卷。正青青蔭到，篆鑪茶琖。燕子歸來，隔樹尋呼舊伴。柳綿散。看數點剩紅，枝底猶戀。　深院深幾許。但響度楸枰，韻傳絲管。翠陰漸轉。放斜陽一縷，半窗痕淺。入夢池塘，此際水天同遠。小橋畔。掩籬門，酒帘難辨。

水龍吟　落葉聲

捲來一片酸風，蕭蕭槭槭驚難住。輕猜點屐，急疑敲戶。碎同飄雨。墮𣆶琤瑽，鋪階瑟縮，穿籬飛舞。怕秋聲不到，珠簾繡幕，偏吹近，樓深處。　側耳霜砧幾杵。又攙和、烏啼蛩訴。煙花似夢，繁華都盡，結成淒楚。渭水寒生，洞庭波起，帶愁流去。記燈殘吟倦，小窗對客，黯然無語。

八聲甘州　聽雨

正蕭蕭、夜雨滴空庭。淒然冷深秋。漸簷花亂落。鐘沈古寺。礁斷高樓。賸有幽蛩哀訴。繞砌不能休。分與芭蕉葉。葉葉添愁。　竹几孤燈黯淡。怨寒侵斗帳。潤逼香篝。更依稀歸夢。驚轉粉牆頭。記園林、佳期聯榻。醉裏聽、疏響和清謳。今何似、似離人淚。一樣難收。

### 霜葉飛　蘆花

藕灣菱溆都空了。寒叢搖漾荒渚。夕陽一片影迷離。暗逐秋潮去。又陣陣、斜風亂舞。沙邊愁煞閒鷗鷺。更月底無踪。賓雁冷、哀音嘹嚦。棲向何處。　遙襯萬木酣紅。江村水暝。客舟難認歸路。幾行殘雪隔橋飛。斷港無人渡。祇合與漁翁作主。蓑衣撲徧纔收罷。向晚來、炊菰米。低蓋烟篷。略聞人語。

## 王書田　字穎禾、一字逸庵、浙江嘉興人、有遏雲詞、

### 疏影　竹影

舞襟新翠。蔭蒼苔文石。碧梧桐井。窈窕蘿窗。幾箇橫斜。書幌旋添微冷。無端一縷斜陽透。知鏡沼、藕花風定。倩子猷、且住籃輿。況有秋聲堪聽。　移上周遭粉壁。料書家畫手。更助清興。滿地羅疏。冷意三分。多謝此君持贈。有時戛碎玲瓏月。看倒臥、三三花徑。記瀟湘、波面難尋。正值雨濃烟暝。

## 丁瀚　字默甫、號西園、江蘇無錫人、官陝西寧羌州知州、有西園賸稿附詞、

### 臨江仙 州署東偏、新闢小園成、春日偶題、

絲雨愔愔飄未已。遙山半被雲遮。小園堪擬庾公家。數竿君子竹。一徑美人花。　淸晝垂簾無箇事。茗鑪閒試新茶。眼前生趣足相誇。燕兒營廈屋。蜂使放朝衙。

### 高陽臺 秋夜聞笛

晚照留紅。寒煙弄碧。金飈吹滿江城。倦倚雕闌。誰家玉笛飛聲。梅花落盡人何處。便無愁、也喚愁生。況涼州別調新翻。越樣淒清。　柯亭舊韻何堪問。賸關山月色。千里同明。懊恨桓伊。催敎繡閣心驚。陌亭楊柳蕭疏甚。頓牽來、無數離情。又長空塞雁爭飛。相和悲鳴。

## 邵豐城 字龍光、號嬾漁、又號惕園、浙江嘉善人、諸生、有蕉隱詞、一名蘆簾閣詞稿、

### 清平樂

茫茫如此。沒箇埋愁地。啼鳥驚心花濺淚。又是瘦人天氣。　年年誤了春光。枉敎回盡柔腸。獨倚危闌凝睇。愁邊賸有斜陽。

### 臺城路 秋草

芳痕怨入東風裏。曾經喚愁多少。綠尙含滋。靑將變色。次第商猋吹到。池塘夢杳。奈吟斷春情。頓孤懷抱。落日閒門。伴他疏柳影低照。　黃雲橫亙萬里。想霜飛遠塞。沙冷先槁。雨洗涼螢。烟迷瘦蝶。更有幽蛩相

弔。征袍漸老。悵遊子天涯。故園荒了。記否裙腰。一條斜更好。

## 姚　階

字芷汀、江蘇華亭人、諸生有國朝詞雅二十四卷、

### 憶故人　題張金冶遠春詞

天上張星。偶然謫向人間住。等閒料理苦吟身。寫出銷魂句。　古錦囊中堪貯。有誰如、玉田家數。何時共我。換羽移宮。重商簫譜。　時余方輯詞雅

## 王　岱

字次岳、號雲上、江蘇常熟人、諸生、有情田詞、

### 小重山　清明

難得清明客在家。疏簾清似水、映梨花。任他蜂蝶趁天斜。閒排遣。鑽火試新茶。　雲樹望中賒。踏春歸去也、鬭鈿車。無情芳草送年華。銷魂處。一碧到天涯。

## 汪繼熊

字芝亭、號梓園、浙江嘉善人、監生、有語花樓詞、

### 齊天樂　寒鴉

天邊墨點紛無數。蕭蕭鯉魚風裏。冷踏殘雲。乾依枯樹。畫出江村愁意。蒼茫萬里。賸一線斜陽。暖烘雙翅。

閃閃林梢。遊人休認酒旗字。　依稀鬟影可擬。訝飛來成陣。卻似椎髻。破曉啼煙。銜寒咒雪。暗老西風身世。荒陂凍水。只片月淒迷。照伊棲止。醒枕休聽。帶寒聲去矣。

## 王啓曾　字葆素、一字香蘅、浙江嘉興人、諸生、有香荃樂府、

### 掃花游　落花

東風不管。又斷送韶華。亂紅鋪地。樹頭樹底。問東西一片。舊曾覓未。坐到庭陰。一任山獅舞起。晩烟細。正客去小園。高閣慵倚。　開落曾有幾。悵竟夕繇繇。此恨何已。一春盡矣。話舊遊酒畔。夜闌須記。爲戀餘香。瘦了吟腰不計。雨絲裏。度黃昏、小門深閉。

## 江干　字片石、一字黃竹、江蘇如皋人、有片石詩餘一卷、

### 百字令　憶梅

儂家溪上。悵年來、無復繞門千樹。記得花時攜蠟屐。愛向梅邊徐步。一點冰心。幾番風信。芳意看微露。前塵如夢。望中縞袂何處。　更憶選勝堤邊。探幽橋外。一舸西湖去。放鶴亭空孤嶼杳。愁聽杜鵑啼苦。香動昏黃。影橫清淺。好誦逋仙句。舊游能續。客情難似前度。

### 滿庭芳

葉恭綽 編

# 全清詞鈔

中册

中華書局

# 全清詞鈔第十三卷

## 張誠

字希和、一字熙河、晚號嬰上散人、浙江平湖人、乾隆四十二年舉人、候選知縣、有鶴厂詞一卷、一名嬰山小園晚年手定詞、

### 鳳凰臺上憶吹簫　渡揚子江

浮玉千年。投金聲响。大江一葉扁舟。想海門東下。萬里洪流。多少帆檣翼翼。無非是、明月蜉蝣。何人識。臨風把酒。慷慨悲秋。　悠悠今來古往。蕭寺數聲鐘。六代浮漚。看妙高臺畔。海嶽瓊樓。玉帶山門依舊。斜日下、燈火瓜洲。移情處。江湖滿地。笑指閒鷗。

## 黃定文

字仲友、號東井、浙江鄞縣人、乾隆四十二年舉人、官江蘇松江府知府、

### 江城子　重到峽山

六年此地看花時。醉題詩。踏嶔崎。湖海飄蓬。曾與夢相依。前度劉郎今又到。嗟老矣。鬢成絲。　江梅吹盡

柳綿飛。雨淒迷。畫船移。不盡青山。依舊帶寒谿。往事如烟無處問。雲外月。也應知。

## 楊芳燦

字蓉裳、一字香叔、江蘇金匱人、乾隆四十二年拔貢、官戶部員外郎、有眞率齋詞二卷、芙蓉山館詞四卷、又輯其親友之作爲荆圃唱和集、

### 清平樂　泛舟

鏡匲眉嫵。湖水清如許。蘭葉輕風槐葉雨。好箇秋光無主。　興闌欲泛歸橈。隔溪漁子相招。一帶藕華深處。夕陽人影紅橋。

### 菩薩蠻

無情燕嘴銜花去。多情蛛網黏花住。去住總銷魂。紅巾凝淚痕。　水晶簾押靜。寒浸春人影。新恨壓眉頭。嬌波橫不流。

### 甘州　題張子白邊城插柳圖

拍金笳、別譜柳枝歌。攙入角聲多。渺荒寒一片。夕陽影裏。搖兀明駝。記否藏烏亭榭。春水碧於羅。更層陰駐馬。舊夢蹉跎。　惆悵風姿如許。恁孤根無分。移傍靈和。認塞烟沙雨。此地我曾過。向離亭、送君西去。折長條、宛轉奈愁何。人空老。漢南回首。此樹婆娑。

## 袁通

字達夫、號蘭邨、浙江錢塘人、官河南汝陽縣知縣、有柳雪詞、伴雲詞各二卷、春影詞、泥憶雲室詞、無定雲庵詞、通璐泛舟詞各一卷、總名捧月樓詞八卷、又有燕市聯吟集四卷、

### 清平樂 月下憶家

帶寬移孔。愁是新來種。坐到滿城鐘欲動。衣薄不禁寒重。　前宵月子彎彎。今宵月子團欒。想遍故園高閣。涼生何處闌干。

### 虞美人 單家橋小憩見杏花一枝、紅亞牆缺、

誰家繁杏開如許。倦眼頻驚顧。幾番欲折又逡巡。要向天涯多賸幾枝春。　凝顰似笑紅千片。嬌映朝霞倩。相看那得不思家。又負鳳凰臺畔一邨花。

## 馮敏昌

字伯求、號魚山、廣東欽州人、乾隆四十三年進士、改庶吉士、授翰林院編修、官刑部主事、有小羅浮草堂集、

### 天仙子 新構小亭落成

結就小亭形似舸。泉石周遮叢竹裹。漁歌斷處接樵歌。斜日墮。浮雲破。對影三人風月我。　老去心情耽懶惰。怕向危流重捩柁。堨來宴憩意悠然。閒吟坐。饒清課。讀畫紘詩無不可。

## 李鼎元

字和叔、號墨莊、又號味堂、四川綿州人、乾隆四十三年進士、改庶吉士、授翰林院檢討、官兵部員外郎、

### 金縷曲　闌干

宛轉情何極。襯花陰、春藏幾許。蝶蜂曾識。曲彔玲瓏呈幻影。低護青青草色。正睡起、海棠無力。偏共柔腸爭九轉。便陽烏、午影扶難直。桃源路。一灣隔。　跉娦鶴步還愁入。算惟有、槐邊蟻度。柳邊鶯織。月夜縱橫添斷竹。羽客憑虛弄笛。早絆住、花間游屐。酒點茶痕人去後。更誰憐、粉唾黏塵跡。留淺蔭。蘸苔碧。

## 楊掄

字方叔、號蓮趺、江蘇金匱人、乾隆四十三年進士、官浙江天台縣知縣、有春草軒詞、

### 浣溪紗

路轉峰迴石徑斜。小橋流水那人家。滿身香霧點松花。　柳弱正眠蠶正起。筍尖初出韭初芽。離愁如絮繞天涯。

### 摸魚兒　花魂

最關心、數花風過。落紅陣陣如雨。叢鈴尙解零星語。爲甚暗添酸楚。春欲去。賸一點靈犀、蕩漾鴛鴦浦。尋芳早誤。趁淡月籠煙。輕雲蘸水。好認再來路。　千般慮。茵溷何從自主。曇華終仗超度。粉魔香劫尋常事。埋恨幾堆黃土。須省悟。便胡蝶灰飛、未算長生庫。騷經漫注。縱翦紙能招。懸旛待引。有夢枉凝竚。

## 齊天樂 眼鏡

眼前便是光明藏。依然那時年少。有影雙圓。無花並蔕。閣住鬢絲輕巧。纖翳作平淨掃。怪隔一層雲。轉增分曉。幸未深深。比量依約近寅卯。　當年曾見古道。靜觀還自得。和月幽抱。青白徒翻。妍媸莫辨。短處偏逢嘲笑。今番了了。恍世界琉璃。頓消煩惱。能識連環。鏡中人更好。

## 韋佩金

字書城、號西山、江蘇江都人、乾隆四十三年進士、官廣西馬平縣知縣、有夜雨珠簾詞二卷、

## 青玉案 魚山

略無樹色排人面。祇碎石、如花片。漢魏茫茫碑版亂。王侯剩骨。才人浩劫。山老春難算。　迎神一曲陳華宴。風雨聲吹洞簫散。不是山空仙路斷。遲遲車馬。生生裙襇。可惜無人見。

## 買陂塘 回中山在涇州城西二里

距山城、嵯峨當面。隆然突起如許。左清右濁相交滙。冰味須分甜苦。牢記取。此地是、扶風安定初分處。雍涼門戶。嗟輕棄關中。不規隴上。作事幾人誤。　回中曲。一自流傳樂府。地靈擅絕千古。花開穆滿筵虛薦。有恨金刀代補。桃核吐。不歸葬仙山、留種人間土。天西老嫗。聽青鳥飛鳴。兩三聲裏。撇卻漢皇去。

## 王元勳

字叔華、原字秀峯、江蘇嘉定人、乾隆四十三年進士、官徐州府教授、有樵玉山房詞、幻花別集、涉江詞各一卷、

梧桐影

露葉明。風櫩靜。殘月五更人倚樓。開窗猶望秋河影。

## 倪象占

原名承夫、字九三、一字韭山、浙江象山人、乾隆四十三年優貢、官嘉善縣訓導、有青櫺館詞稿初鈔一卷、一名未免有情集、

惜分飛　仕女立軸

好夢雙雙金粉炫。舉翅晴空忽見。惹箇人忘倦。相憐忍肯加團扇。　豈是衣香深戀戀。翠後珠前繞遍。一笑東風面。多應悞認桃花片。

百字令　舟晚邳州

柁樓飯罷悵飛帆、不似莊周胡蝶。七十長亭何處是。挽上重重浦牐。麥翠斜畦。蘆蒼矮屋。烟老垂楊合。棲鴉無數。一時歸翅相接。　爲念帶水西來。東流去也。有當年英傑。黃石祠空涼照外。苦算幾枰殘弈。月轉澄霄。星垂曠野。小泊都如葉。中原何處。跨驢前夢閒踏。

生查子　秋江歸棹卷、爲張秋輝作、

昔日綠楊絲。今日黃蘆絮。日暮過橫塘。夜泊知何處。　新月喜逢秋。殘月愁當曙。月下有鴛鴦。兩兩分飛去。時秋輝得斷弦信、

# 吳中奇 字瘦夫、江蘇吳江人、

## 百字令 顧荪厓探梅鄧尉、賦詞索和、次韻奉酬、

霜風如翦。看裁成鄧尉、梅花千樹。斷澗流澌疏照影。宛似凌波微步。山店雲封。茶寮雪霽。屋角青旗露。茫茫香海。渾疑山盡無路。　最是騷客騎驢。奚奴挈榼。獨撚吟鬚去。看到寒深呼半臂。不覺花光將暮。妙思紛來。與梅俱化。豈減何郎句。新詞重按。幾番玉笛低度。

# 仇鳳梧 字世臣、號桐崗、江蘇元和人、

## 暗香 梅魂

夜涼月白。在水濱竹外。通些消息。萬籟寂然。縞袂依稀渡江驛。約略窗邊乍到。但飛繞、枝南枝北。待與訴、何遜當年。尋去又無跡。　疇昔。夢堪憶。記素服麗人。恁般標格。是空是色。將近仍離渺難即。應是逋仙逝後。還想返、故山墳側。怕玉笛、吹斷也。欲招未得。

# 高　桐 字雪舫、浙江秀水人、

## 綺羅香 落葉

秋落梧桐。煙寒橘柚。野色蕭蕭如許。捲起西風。繚亂漫天飛舞。才點向、紅板溪橋。又吹還、綠蘿庭戶。最難描、一片淒涼。酒醒昨夜打窗處。　飄零愁煞倦旅。南北東西萬里。有誰留汝。古道斜陽。自去自來無緒。供野竈、閒煮茶香。載寒蛩、輕隨波去。記樓頭、新綠濃時。隔江聽杜宇。

## 雷畹

字蕙樓、江蘇華亭人、諸生、有蘭囿詩餘、

### 齊天樂　湘秋閣坐月

鶴汀鳧渚秋如水。簾櫳玉鉤風定。蘭露搖珠。桂香糝雪。作就今宵淒冷。白蓮花柄。看乍出龍宮。團圞端正。幻境眞成。一奩萍藻鏡中映。　盈盈銀漢宛在。鵲橋何處是。空見星影。天上霓裳。人間珠髻。一樣梳妝工整。更深宵靜。甚拍徧闌干。更無人應。鐘動鄰庵。酒醒還自省。

## 顧亮

字幔亭、江蘇無錫人、乾隆四十四年舉人、官山陽縣教諭、有焚餘詩稿附詞、

### 菩薩蠻

蘭扉半掩疏簾月。雲鬟斜嚲香飄雪。尊酒祝花前。花開勝舊年。　陌頭芳草碧。別後離懷結。數盡北歸鴻。春波煙萬重。

## 汪如洋 字潤民、號雲壑、浙江秀水人、乾隆四十五年進士及第、授翰林院修撰、有葆沖書屋詩餘一卷、

### 揚州慢 詠芍藥、用樊榭山房韻、

門掩梨雲。徑吹醾雪。輕寒九十都銷。對鶯忙蝶懶。强與殿芳韶。想侵曉、豐臺露泣。箇人珠淚。染徧鮫綃。怕仙郎薇省。吟成也只無聊。　春嬉南浦。記盈盈、兒女情苗。歎后土祠前。歐公堂外。水遠山迢。贏得膽瓶斜插。銀燈畔、酒暈偷描。任濃斟藍尾。來朝綠暗平橋。

## 吳蔚光 字悊甫、一字執虛、號竹橋、江蘇昭文人、乾隆四十五年進士、改庶吉士、官禮部主事、有執虛詞鈔一卷、

小湖田樂府前集十卷、續集四卷、詩餘辨僞二卷、姜張詞約二卷、

### 滿庭芳

永晝如年。遙天似夢。旅懷可是萋迷。湘簾軸處。飛燕一雙低。幾許蜂狂蝶浪。花鈴底、得意爭棲。營巢苦。杏林雨歇。何處重銜泥。　好春容易謝。蘭籌徒試。蕉紙虛題。已雕闌凭煖。日未斜西。暗憶故鄉消夏。眞瀟灑、竹町荷谿。長安樂。不如歸去。休待杜鵑啼。

### 憶少年 入丁觀音閣巷迤而南、野水平田、荒烟衰草、滿目淒涼、鮑叔冶云、是當時舊院左近也、

衰楊幾縷。敗池幾眼。荒隄幾段。悽淸小風景。是舊時門院。　無復板橋橋上板。儘銷沈、香溫玉豔。夕陽芳

草裏。更何人腸斷。

### 喝火令　十一月十五夜對月

畫閣層層上。雕闌曲曲連。也無雲片也無烟。只有匣中鸞鏡。挂在碧羅天。　香篆心同結。茶膏手自煎。蓮花漏緊且無眠。笑說今宵。明月十分圓。笑說今年明月。猶有一回圓。此詞爲魚門前輩所酷賞、戊戌南歸送行詩云、樓頭寒月開圓鏡、注、君有對月詞最工、指此也、

## 錢塘

字禹美、原字鶴原、號虹舫、又號溉亭、江蘇嘉定人、乾隆四十五年進士、官江寧府教授、有玉棠詞、響山閣詞各一卷、

### 燭影搖紅

遲日園林。一鳩啼落桃花片。冷吟殘醉病懨懨。未覺春衫健。芳意晴光池館。小闌干、青枝蔭遍。玉爐香冷。金粉屏深。晝長誰見。　騎馬斜橋。舊遊曾共珠簾捲。鷥盟燕約逐東流。不似天涯短。一色柳烟弄晚。誤高樓、斜陽望眼。狂風驟起。無數殘紅。向人撩亂。

### 八聲甘州

際長空、草色漸如烟。社燕又雙歸。正柳雲婀娜。梨雲明媚。江水初肥。陰雨逡巡不下。也解惜芬菲。惹起閒情緒。蛺蝶飛飛。　客裏堂深晝永。歎采蘭挑筍。事事都非。奈暖風遲日。如此好春時。想幽閨、垂簾人靜。更

近來、瘦損不勝衣。盡日在、闌干深處。吟對薔薇。

齊天樂 蟋蟀

是誰細把秋聲作。杉齋鬧聞蛩語。冷露無聲。明星欲滴。最是心憐伊處。碎啼絮訴。恰相和繅車。夜深鳴杼。憔悴休文。年來獨自亂離緒。　半閒堂上往事。歎而今贏得。瘦腰如許。敗甃堆中。破垣縫處。切切淒淒無數。沈吟容與想。擁髻無言。銀釭繡女。聒耳愁聲。綠窗應更苦。

## 楊揆

字荔裳、江蘇金匱人、乾隆四十五年召試舉人、官至四川布政使、有瓔珞香龕詞一卷、

探春 詠迎春花

香卸梅梢。豔遲桃蕚。蓉城催下飛檄。淡白宵勻。嫩黃朝點。夢醒宮羅試揭。耐得餘寒峭。性不共、唐花爭熱。是誰暗數春期。小窗纖指偷捻。　爲怯新妝曉薄。還翦就金縷。新衣重疊。挑菜人來。踏莎期近。管領東風消息。可奈香叢裏。飛不到、尋芳胡蝶。掩映幽姿。疏簾剛逗初月。

臺城路 鈴聲

丁東虬箭聲初咽。淒涼更聞鈴語。替月星寒。護霜雲重。愁夢不離煙樹。雙輪暫駐。似爲我怱怱。商量去住。縱剗閒情。也應流淚滿衫苧。　春江曾艤蘭棹。記相風竿上。徹夜疏雨。一種郎當。千回替戾。零落唐宮遺譜。曉鴉啼處。總不是當年。護花庭宇。獨自消魂。倚鞭吟斷句。

## 趙懷玉

字億孫，號味辛，江蘇武進人。乾隆四十五年召試舉人，授內閣中書，官山東登州府知府。有亦有生齋詞五卷，一名茎提室詞。

### 浪淘沙

茶熟酒微溫。消盡黄昏。看燈情異去年人。只有半牀殘月到，許客平分。　寂寞杜司勳。傷別傷春。自來好夢不曾眞。依約畫簾風過處，昨夜星辰。

### 蝶戀花　艤舟亭送春

聽倦西窗連夜雨。曉夢如雲，零落渾無主。小鳥聲聲啼不住。綠陰池館深如許。　已是春情無著處。凝望園亭，更遣新愁補。獨自憑闌誰共語。斜陽流水東西去。

## 金　纛

字保和，江蘇嘉定人。乾隆四十五年舉人。有竹莊詞草。

### 滿江紅　題嚴子陵釣臺

七里灘聲，訴不盡、隱流心跡。看千載、龍飛蠖蟄，詎由人力。天子竟符文叔讖，公卿贈與君房策。任逍遙、獨擁舊羊裘，荒磯石。　隨舉足，星辰逼。隨舉目，烟霞癖。歎如此山川，惟餘空碧。遠樹曾牽春渚夢，孤篷又聽寒江雪。剩隔林、漁火一痕明，眞清絕。

## 張槎 字猶渠、號香賓、江蘇丹陽人、乾隆四十五年舉人、官江西新淦縣知縣、有差木軒倚聲初稿、

### 拜星月慢 謝雨香枉和六醜詞韻、並呈香嚴、

容樹顰烟。嬌鶯啼夢。暗送春歸如箭。楚客飄零。蕩情愁繚亂。鎮凝竚。一縷、騷魂靜遶窗隙。秀句時拈瑤翰。翦碧裁紅。總憐香心眼。　更何堪、冷落燕臺畔。恨歌永、聽徹銅壺歎。取次老了相如。把吟情都嬾。想瓊簫、醉弄扁舟晚。詞仙去、幾度梅花怨。算何日、酹酒垂虹。泝烟波清遠。

### 浣溪紗 別恨

懊恨垂楊古渡頭。雁行西去水東流。最無情是木蘭舟。　縱有飛花縈短棹。那堪燈火憶重樓。月殘風曉正牽愁。

## 程瑜 字去瑕、號少海、浙江仁和人、乾隆四十五年舉人、官義烏縣教諭、有小紅樓詞、

### 鷓鴣天

啼老芳園樹樹鶯。新煙迷綠過清明。風消絮雪春無影。雨碎梨雲夢有聲。　人悄悄。晝冥冥。丙丁帖子寫初成。單衣小扇荼蘼徑。笑問姮娥索晚晴。

## 朱文治　字少仙、號詩南、浙江餘姚人、官海寧州學正、有繞竹山房詩餘一卷、

### 金縷曲　秋草

芳草天涯淨。想生來、情根安貼。不同飄梗。說道王孫歸路遠。怨沒寒沙千頃。休再羨、疾風知勁。煙外夕陽山外寺。望前途、只有詩僧影。誰更問。三三徑。　風光此際浮難定。早池塘、春前佳夢。一時都醒。指點踏青歌舞地。到眼將心冰冷。可尙有、紫騮馳騁。南浦江郎回首碧。把離魂、消得眞徼倖。憔悴色。今番領。

### 滿江紅　秋柳

盼我歸帆。費多少、青青青眼。都只仗、鶯啼未老。黛痕猶淺。張緒自憐風韻好。小蠻妬殺腰肢輭。奈西風、一夜送秋來。柔腸斷。　朝雨曲。辭金琖。珠絡鼓。停歌版。早斜陽十里。不分濃淡。亂影宛同黃竹瘦。長條賸與青驄綰。想樓頭、更不比當初。簾休捲。

## 曾　燠　字庶蕃、號賓谷、江西南城人、乾隆四十六年進士、改庶吉士、官至貴州巡撫、

### 揚州慢　題汪對琴松溪漁唱卷

鏡影澄空。波光蕩碧。春風過了還晴。恰溪邊小築。見山色松明。一自漁歌歇後。鳴榔極浦。冷月無聲。憶年來黃海。雲深幾誤歸程。　邗江風雨。看寓公、載酒頻經。有白石新詞。碧山舊句。自炙銀笙。老去風懷未減。

徵吟倦、十里春城。記虹橋佳話。待君重譜鷗盟。

## 方維甸 字南耦、號葆巖、安徽桐城人、乾隆四十六年進士、官至閩浙總督、謚勤襄、有勤襄公遺稿、附詞一卷、

### 蝶戀花

林下蛩螿鳴唧唧。百軋千梭。恍聽當窗織。落葉無聲風漸息。書帷燈暗爐烟直。　著露秋花寒弄色。淺碧深紅。恍近妝臺側。客裏閒情消不得。冷吟殘醉空相憶。

多謝山靈留客住。斷嶺迴峯。不放征車去。嵐影弄晴眉黛嫵。西風又送黃昏雨。　小閣濃香銷蕙炷。夢醒宵寒。遽訝秋如許。想倚銀屏聽漏鼓。屏間不畫遼西路。

### 聲聲慢 癸卯八月廿九日晚直、禁門未鑰、官燭將灰、偶憶蔡伯堅涼陘寄內詞、倚聲疊和、不自知言之長也、

悲笳霜警。翠帳雲屯。輕寒釀成秋色。銀箭頻傳。坐守短更遙夕。離愁便云經慣。歎閒身、那堪名役。芳緘寄。送雙鴻錦翼。倩他風力。　千里遼西征路。怕夢遠難尋。塞山殘月。鈿尺裁衣。薰透麝煤安息。宵深剪刀嫌冷。況空庭、露寒礎石。知睡未。照孤帷、燈影暈碧。

舊詞新恨。險韻微吟。幾回研殘箋色。誰約愁來。萬緒併將今夕。風塵自尋羈絆。累閨中、憶人行役。瑤琴怨。訴冰絃素指。聲聲無力。　佳節悤悤過也。負九日黃花。中秋明月。試數歸期。春漏南枝消息。幽姿畫屏相

對。又何須、疏花文石。寒宵好。潑新醅、同泛暖碧。

## 李稻塍 字畊麓、一字蜕庵、浙江嘉興人、諸生、有聽鸝山館詞鈔、

### 惜餘春慢

繡幄虚懸。金鈴慵護。又恁荼䕷開早。梅青壓豆。柳碧搓綿。剛賸一聲啼鳥。門外尋春乍回。簾捲疏窗。綠陰遮了。笑香閨晨起。臨風猶問。落紅多少。　堪恨是、風雨連綿。追遊何處。夢繫繁華空好。柔絲脆管。綠渚紅橋。可有畫船重到。羅袖盈盈淚痕。多半因伊。愁腸縈繞。更何人、解惜餘芳。生恐錦屏人老。

## 沈鍾 字大聲、號鹿坪、江蘇陽湖人、乾隆四十七年舉人、官福建屏南縣知縣、有柳外詞一卷、

### 轆轤金井

小窗岑寂。最堪憐、那更晚來微雨。滴入蕉心。做秋聲如許。寒蛩絮語。似依約、訴人離緒。閃盡孤燈。熏將賸被。教人怎處。　樓頭又、頻敲畫鼓。記當時醉後。猶唱金縷。同倚斜闌。正歡情無數。飛瓊伴侶。看不見、遠山眉嫵。誰道而今。迢迢永夜。總成虛度。

## 惲敬 字子居、號簡堂、江蘇武進人、乾隆四十八年舉人、官江西瑞金縣知縣、有蒹塘詞一卷、

## 阮郎歸 畫胡蝶

少年白騎放驕憨。踏青三月三。歸來未到捉紅蠶。化蛾眞不甘。　江橘葉。一分含。那防仙嫗探。雙雙鳳子出花龕。繭兒風太酣。

輕須薄翼不禁風。教花扶著儂。一枝又逐月痕空。都來幾日中。　曾有伴。去無蹤。闌前種豆紅。蜜官隊裏且從容。問心同不同。

拗花人影過雙鬟。玉釵飛上寒。開簾瞥見轉彎環。放簾山外山。　人去後。影空闌。花英分是單。天風吹下亂紅閒。羅浮夢未還。

# 汪世雋

字秋坪、號秉庵、浙江錢塘人、乾隆四十九年進士、有凭隱詩餘一卷、國朝詞綜偶評三卷、

## 疏影 帆影

布帆無恙。看拖藍染黛。水邊天遠。一抹微霞。兩岸垂楊。輕舟幾處歸晚。長年小語人烟外。有十丈、征塵偏反。霎時間、收向斜陽。遙指平橋深苑。　漫說程途迢遞。任離亭數遍。幽恨長短。數點飛鴻。幾箇青烏。追在牙檣作伴。阿誰一笛東風便。看掩映、綠莎汀暖。且莫教、懸向橫塘。怕畫樓人腸斷。

## 浣溪紗

新草初生一蝶飛。驚回曉夢雨霏微。薄寒未擬換羅衣。　祓禊晨光山染黛。踏青時節水平堤。遊人多在

畫橋西。碧水回瀾捲浪花。畫橋幾處跨流霞。東風吹入錦帆斜。　乍見條條垂柳色。照人新綠透窗紗。小堤風景勝儂家。

## 吳　堦

字次升、江蘇武進人、乾隆四十九年召試授中書、官山東曹州府知府、有微雲館詞鈔一卷、

### 臨江仙　懷管道民

古絳臺高愁北望。憶君細數晨星。輭紅深處小樓扃。藤花開未落。春雨讀書聲。　料得歡場應念我。酒徒別後飄零。天涯去住若爲情。不堪汾水雁。嘹喨怯孤征。

## 馬　燦

字雲題、江蘇無錫人、貢生、官常熟縣訓導、

### 八聲甘州　與楊蓮趺話舊有感次唱和韻、

借蘇臺夢影認楊花。點點逐風飛。記梅邊索笑。尊前顧曲。幾許依依。容我冷雲一片。雁字向空題。閒看游魚戲。蓮葉東西。　無奈怱怱放棹。又珠溪人杳。兩處魂迷。況蓬萊悵望。山館隔巖扉。恰同似、秋來瘦蝶。粉香痕、零落謝莊衣。空留得、一囊紅豆。燈畔吟低。

## 楊揞　字蘊山、江蘇金匱人、監生、

### 摸魚兒　花魂同蓮趺兄作、

恁天生、穠姿豔質。那堪命薄如許。黃泉碧落迷茫甚。回首埋香何處。添淒楚。認細草紅心、一色臙脂土。零丁最苦。念塵夢怱怱。靈蹤冉冉。可識去來路。　空延佇。浪說彩幡能護。繁華轉眼非故。休言倩女離來慣。爭奈朦朧無據。留不住。縱帝遣巫陽、招著還防去。憑誰說與。道緣斷三生。他生未卜。已把此生誤。

## 楊英燦　字蘿裳、江蘇金匱人、官四川松潘廳同知、有聽雨小樓詞稿二卷、

### 露華　殘月

離情如月。算良夜難逢。乍滿旋缺。一樣彎彎。不及初三初七。看來總是朦朧。瘦損當時顏色。偏只向、愁人眼中。添上淒惻。　冷光暗逗簾隙。看淡到疏枝。清露微濕。相對蟾痕漸斂。星影漸密。宛似帶減裙腰。贏得纖纖一捻。全忘了、金猊篆香消息。

### 水調歌頭　松州重陽

已在最高處。何事再登高。本無黃菊可賞。休論手持螯。四面山巒列戟。百道溪流激石。風色正刁調。落帽漫相戲。雙鬢早蕭蕭。　危闌倚。如意舞。畫叉挑。襟懷古今如夢。白首不須搔。閉戶飽餐餺飥。更飲一甌羊

酪。無酒亦餔糟。富貴非吾願。閒處且逍遥。

范永祺　字鳳頡、號莪亭、晚號石生老人、浙江鄞縣人、乾隆五十一年舉人、

祝英臺近

柳煙昏。桃雨暗。歷落水村暮。碧草芊綿。繡偏踏青路。可憐慘綠愁紅。分明在眼。忍忘卻、流鶯聲度。　魂銷處。偏是一縷游絲。飛花漫縈住。聒耳啼鵑。又繞夕陽樹。春來斷盡柔腸。揮殘清淚。春去也、怎禁他去。

顧澍　字伴槃、浙江錢塘人、乾隆五十一年舉人、官湖北蘄州知州、有金粟影庵詞初稿二稿各一卷、

摸魚兒　題方大湛匡春隄試馬圖

指家山、春風依舊。畫圖又換新稿。應官走馬誰曾慣。手板頭銜粗了。君莫笑。君不見、桃花馬後人空老。此行殊好。有十里花光。六橋柳色。試著一鞭早。　鞭絲引。何處最牽吟抱。夢中黃海雲繞。篛雲驥足誇神駿。忍令低頭芻皂。君莫惱。君不見、天涯二月多芳草。且憑騕褭。勝席帽隨身。蹇驢署券。來往軟紅道。

馬廷萱　字友桂、號鑑泉、福建長汀人、乾隆五十一年舉人、官南河同知、

阮郎歸

關河天遠鷺雙眸。玉驄何處留。烏衣重到認簾鉤。斜陽紅滿樓。　纔幾日。已新秋。銀河澹不流。寒蛩日夜替人愁。空堦絮未休。

## 秦恩復

字近光、一字伯敦、號敦夫、江蘇江都人、乾隆五十二年進士、改庶吉士、授翰林院編修、有享帚詞四卷、又校刻樂府雅詞等六種爲詞學叢書凡二十三卷、

### 疏影　題慈鬘畫梅遺筆

生綃一幅。有翠禽拂羽。梅影分綠。玉蟾猶懸。僝僽秋容。慨慨舊夢難續。誰知萬事隨流水。暗換卻、山邱華屋。怕怨紅、化作相思。不管畫樓人獨。　曾記調朱暈粉。間花花葉葉。香散幽谷。蕙質蘭心。燭剪窗西。供養廿年清福。如何一霎金風冷。便滿眼、夕烟寒木。忍令人、無限低回。只賸淚珠盈掬。

### 月底修簫譜　辭家五載、庭前老梅凋殘殆盡、補種數株、詞以慰之、

被寒侵。遣雪妬。芳意頓如許。瘦影橫空。寂寞向誰語。可堪數盡花風。都無人管。盼消息、天涯何處。　鎮無緒。料是生性孤清。甘心受風雨。投老山中。好作歲寒侶。縱然花爲春忙。春因花駐。卻不道、暗將春去。

### 解連環　和周美成韻

去鴻誰託。向江南悵望。水雲綿邈。忍令我、空際傳書。縱千語萬言。也傷疏薄。記得來時。幾曾料、這般離索。想而今悶損。盡是種愁。怎覓靈藥。　忘憂仗憑下若。嘆如癡似醉。星犯張角。到此日、空鑄相思。把密愛深

憐。暗裏抛卻。水遠山遙。尙彷彿、脣朱眉蕚。擁孤衾、數行蠟淚替人亂落。

洞仙歌令　柳眉

清愁萬斛。被春寒僝僽。忍對飛紅鎖眉岫。鏡奩開、曉色移傍章臺。晴未穩。絲鬢牽風影皺。　一彎新月樣。京兆多情。還恐鉛華畫難就。灞岸悄無人。立馬踟躕。凝眸望、遠山依舊。卻不道、疏雨暗中催。只怕是、啼妝又添纖瘦。

阮郎歸　柳

春風吹恨上眉彎。和烟籠翠鬟。依依情緒忍輕攀。流紅水一灣。　臨斷岸。馬蹄殘。春遊不放閒。柳絲撩亂鬢絲斑。公然靑眼看。

## 何道生

字立之、號蘭士、又號菊人、山西靈石人、乾隆五十二年進士、官江西九江府知府、

畫堂春　張瘦銅中翰有感近事賦詞寄慨、余亦繼聲、

重陰漠漠草連空。鶯喉學囀還慵。荒原纔見野桃紅。又被塵封。　一霎朱顏黃土。年時不合相逢。落花容易怨東風。說也惺忪。

## 沈清瑞

初名南沅、字吉人、又字芷生、江蘇長洲人、乾隆五十二年進士、有沈氏羣峯集附詞一卷、一名保春詞、

## 菩薩蠻

鷓鴣啼綠湘南草。人家處處湔裙早。柳色暝如秋。燕歸江上樓。　畫船愁問渡。夢繞揚州路。春雨碧瀟瀟。晚寒過謝橋。

## 清平樂

濕雲如夢。水榭輕寒送。坐雨畫屏秋氣重。風起苧衣微動。　錦筵銀燭無光。照人別淚成雙。一曲鈿箏彈盡。雁聲今夜初長。

## 浣溪紗

兩點眉痕鏡裏山。玉人消息得來難。一春心事畫中閒。　芳草漸隨新夢遠。好花長與舊歡殘。晨香夕珮太闌干。

## 霓裳中序第一　憶冷翠亭梅

東風又怨別。雙槳遲歸湖上客。問訊瑤華信息。有疏雨破暝。翠禽啼夕。長亭路隔。盼暗雲、愁思如織。屏山外。冷香一夜。吹夢渺江北。　休說。剪燈時節。定辜負、何郎綵筆。春歸無奈浪跡。帽影衝花。驢背吟雪。市橋還望極。更忍聽、凭闌玉笛。天寒迥。美人林下。怎與共攀摘。

## 清平樂

紅闌七尺。柳絮堆成雪。斜倚熏爐屏外立。看遍吳山山色。　眉尖鎮日長青。可憐家住春城。屋角花濃花淡。門前潮落潮生。

鴛鴦眠盡湖水如圓鏡。笑入荷花風不定。畫槳劃開萍影。短簫吹過紅橋。柳陰陰處烟高。歸去輕衫半濕。橫塘暮雨瀟瀟。

## 疎影　水仙花

楚天霽雨。有冷香似雪。吹墮江浦。客裏逢人。過盡朝寒。粉痕偷浣芳露。湘妃滴破冰綃淚。空幾度、凌波無語。又月中、環佩歸來。午夜寄愁何處。　漫倚東風淺笑。天涯春正遠。幽思誰侶。相約黃昏。小簟疏簾。掩映風鬟無數。畫屏人去留殘夢。任化作、香雲千縷。奈醒時、瘦影和烟。涼入隔花窗戶。

## 翠樓吟　簾

卻月春屏。障雲金屋。冰綃六尺偷剪。參差垂繡戶。稱斜押、幾雙銀蒜。燒燈庭院。蕩一片湘紋。無風似卷。花陰淺。夜涼吹入。粉香千點。　人倦。倚暖闌干。便晚寒成陣。難侵裙茜。小樓春色滿。定妨卻、銜泥歸燕。韓郎幽怨。甚一縷沉煙。相思隔斷。攜團扇。那回曾記。暗窺嬌面。

## 東風第一枝　樓陰月淡、巷曲花深、燈火夜闌、酒懷如許、

火樹藏橋。香塵拂馬。愔愔巷陌春霽。低聲私祝東風。扶住俊遊濃醉。杏花影裏。拚立盡、空濛月地。奈沉沉、蓮漏如年。隔院玉笙初起。　漫吟徧、酒香紅被。空惹著、一襟芳思。自憐歌散旗亭。又趁燈疏柳市。釵樓信杳。問簾隙、玉人歸未。願將心、寄與冰蜍。照到畫屏山底。

## 舒位 字立人、號鐵雲、順天大興人、乾隆五十三年舉人、有琴尾詞、

### 蕙蘭芳引 秋草送別

斜日短亭。馬蹄綠、踏翻秋色。看一路天涯。難繫遠人去跡。野梅官柳。當此際、盡無消息。向漢宮吳苑。只有黏天霜白。 斜憶裙腰。單憐袍袖。別恨遙隔。況八月西園。黃蝶欲飛不得。咸陽道上。衰蘭送客。歸去來、休負暖風薰陌。

### 疏影 落葉

青燈促漏。聽瑣窗點點。風雨依舊。一葉秋聲。飛入誰家。知他好夢難又。東君不到梧桐院。有幾處、銀牀鴛甃。想轆轤、汲井人歸。擁起夜寒雙袖。 無奈開簾細數。小園曲徑畔。紅掃鸞帚。眼底關山。只有歸鴉。記得門前烏桕。分明北渚微波下。渾不似、柳梢春後。等再催、九月疏砧。冷到寄衣時候。

### 清平樂 微雲

微雲不語。向晚孤飛去。燈火高城知幾許。記得畫橈停處。 滿天鴻鴈歸秋。羅衣纖薄須愁。忽作橫空一抹。和煙遮斷紅樓。

## 詹應甲 字鱗飛、號湘亭、江蘇吳縣人、乾隆五十三年舉人、官湖北漢陽縣知縣、有清江詞一卷、紘秋詞三卷、紘

秋績詞一卷、

浣溪紗

深淺蛾眉不入時。亂頭粗服曉妝遲。一生心事落花知。　羞倚銀屏彈鳳尾。自拈牙管寫烏絲。被人猜作怨情詩。

花外樓臺一角紅。繡簾不捲暗香通。十分春色鏡當中。　鐵馬敲殘深巷月。紙鳶吹落隔牆風。此時抛枕倚熏籠。

香徑斜通第五橋。鈿車羅帕漫相邀。移家好問海棠巢。　蓮子東西南北葉。柳枝高下短長條。都應無地着魂消。

洗卻丹毫漫寫愁。一襟涼氣澹於秋。粉香狼籍有誰收。　解語花開非薄命。合歡草長自忘憂。衍波箋上拓雙鉤。

劉逢升　字南吉、號芝圃、福建同安人、乾隆五十三年舉人、有生芝草堂詩存、附詞、

眼兒媚

蓮衣吹墮鏡雲迷。惆悵蝶來遲。朱闌十二。紅橋廿四。立了多時。　當時枉織鴛鴦錦。還是苦凝思。最難忘處。初三月約。下九星期。

臨江仙

戍鼓聲停燈閃閃。依稀報過初更。眼前景物太淒清。帳攲花一角。闌搯月三層。　漸逼疏蓬風淅淅。客愁和酒俱醒。舊歡新夢總如塵。卻從孤枕上。重聽夜潮聲。

## 阮　元

字梁伯、一字伯元、號芸臺、江蘇儀徵人、乾隆五十四年進士、改庶吉士、授翰林院編修、官至體仁閣大學士、謚文達、

百字令　重葺曝書亭、爲圖以紀、即和竹垞集中竹垞圖韻、

宦三年矣。幸舊時方勺、宅今猶泊。靜志齋荒秋葉冷。此際琴絲誰託。鈿軸都消。舫甌難問。付與啼烏樂。草堂碑在。夕陽無語西落。　又見聯屐吟詩。連筒載酒。晝裏閒商酌。依約垞南三徑好。染筆曾題虛幙。竹樹重栽。菊泉堪薦。何用尋幽壑。秋燈書罷。數聲城上清角。

## 王芑孫

字念豐、號惕甫、一號鐵夫、江蘇長洲人、乾隆五十三年召試舉人、官華亭縣敎諭、有瑶想詞一卷、

鬲溪梅令

梨花明白護窗陰。凍流雲。人在花深深處、坐調笙。繡衾寒過春。　水晶簾子蒜垂銀。卷緗紋。多事春風相識、愛相尋。杜鵑紅一廳。

## 南歌子

銀葉熏從歇。銅壺滴又長。井梧作意攪人腸。蕭瑟夜來滋味、不堪嘗。　結願盟猶在。遊仙夢亦香。只言相伴佇新涼。不道新涼時節、更凄涼。

## 鷓鴣天

紫玉情多卻化烟。相思無據託危絃。當初月淺燈深地。又到香濃雪沍天。　癡獨坐。鎮孤眠。者番贏作斷腸仙。玉簫縱踐深深約。爭耐而今十幾年。

# 張錦芳

字藥房、一字粲夫、號芝玉、一號花田、廣東順德人、乾隆五十四年進士、改庶吉士、授翰林院編修、有逃虛閣詩餘、一名南雪軒詩餘、

## 滿江紅　木棉花

十丈晴紅。高照徹、尉佗城郭。濃綠外、數株烘染。驛樓江閣。一簇晨霞標乍起。九枝海日光齊躍。似炎官、火傘殿前張。飄丹壑。　龍銜燭。行寥廓。鵑啼血。巢跗蕚。經百花飛盡。東風猶惡。歌舞岡鋪雲錦亂。扶胥潮動珊瑚落。縱吹殘、尙得一回看。翻階藥。

# 那彦成

字韶九、號東甫、又號繹堂、章佳氏、滿洲正白旗人、乾隆五十四年進士、改庶吉士、授翰林院編修、官至

禮部尚書、謚文毅、有瑶華詞、

瑶花　獨坐紫藤花下、月色低迷、清光自來、賦此遣興、

瓔穿珞纈。高架暮霞。浸一壺寒碧。滿身清影。玲瓏甚、篩透衣香幾疊。輕寒約住。纔留得、而今春色。訝石家步障張空。翻起流雲疑活。　淒涼轉憶前遊。是那曲闌干。春最佳絕。十年花夢。應不識、禁得等閒蜂蝶。心情正苦。更何處、悠揚孤笛。怕者番吹徹陽關。驚舞翠虬香雪。

劉鐶之　字佩循、號信芳、一號沁芳、山東諸城人、乾隆五十四年進士、改庶吉士、授翰林院檢討、官至吏部尚書、謚文恭、

霜天曉角　題顧蒹厓清宵聽雁圖

宵來岑寂。獨坐腸應直。天外有聲入耳。風葉裏。小窗側。　謝家幽夢隔。煙草悽如織。一種秋情難繪。孤雁影。下寒碧。

顧我樂　字正叔、號竹嶠、江蘇吳江人、乾隆五十四年舉人、官江蘇崇明縣敎諭、有詅癡閣詞鈔二卷、一名簟香詞、

水龍吟　落葉用碧山韻、

暮砧催動商聲。亭皐一夕霜飛早。梧桐乍隕。芭蕉又裂。窗寒夜悄。擔月樵歸。眠雲僧起。眼穿林杪。想孤篷載酒。危厓拄杖。重陽後。幾人到。　腸斷榆關信杳。憶三春、翠圍紅繞。征鴻已逝。哀蟬未奏。爨琴空抱。枯樹吟成。破扉留得。斜陽多少。怕山中路沒。只應縛帚。呼童忙掃。

## 范　駒　字昂千、號藿田、江蘇如皋人、乾隆五十四年拔貢、有藿田集附詞一卷、

### 惜秋華　秋海棠

蟋蟀欄低。傍西風籬落。中秋前後。壁腳牆根。滴滴胭脂開透。稀疏點綴猩紅。小伴著、黃花杯酒。低首。料相憶當年。斷腸時候。　葉底紅千縷。共曉風寒露。月色明如畫。秋姿澹。宮袂涼。相逢未久。春前一樣嬌媚。空省憶芳塵依舊。記否。襯斜照嬌容微瘦。

## 黎　簡　字簡民、一字未裁、號二樵、廣東順德人、乾隆五十四年拔貢、有藥烟閣詞鈔、

### 海天秋　題畫

南浦風烟。五湖寫就。六橋荒蹟。范蠡扁舟何處覓。只見是、蒼蒼山色。古渡頭。秋苦衰柳情無極。陳隋故事何人識。一幀圖畫。寒雲澄漢空凝碧。　白蘋水動雁初飛。相思無限遙相憶。好趁江潮挂帆席。閒雲野鶴難相值。湍瀨月明時。賸水殘山。夢中歷歷。

# 石韞玉

字執如、號琢堂、江蘇吳縣人、乾隆五十五年進士及第、授翰林院修撰、官至山東按察使、有花韻樓詩餘一卷、微波詞四卷、

## 鷓鴣天 稚柳

學畫修蛾尚未成。翠樓相望已關情。尋花客過將停馬。載酒人來欲聽鶯。 吹玉笛。撥銀箏。蠻腰一舞便傾城。卻憐薄命應漂泊。萍是他生絮此生。

# 洪亮吉

原名蓮、又名禮吉、字君直、一字稚存、又字北江、號夢殊、又號對巖、江蘇陽湖人、乾隆五十五年進士及第、授翰林院編修、獲譴戍邊、有冰天雪窖詞、機聲燈影詞各一卷、總稱更生齋詩餘、

## 木蘭花慢 太湖縱眺

眼中何所有。三萬頃。太湖寬。縱蛟虎縱橫。龍魚出沒。也把綸竿。龍威丈人何在。約空中、同凭玉闌干。薄醉正愁消渴。洞庭山橘都酸。 更殘。黑霧杳漫漫。激電閃流丸。有上界神仙。乘風來往。問我平安。思量要栽黃竹。只平鋪、海水幾時乾。歸路欲尋鐵甕。望中陡落銀盤。

## 小重山

舊日紅闌已作薪。玉蘭花滿樹、曬春裙。經過燕子亦嫌貧。呢喃語。故故入西鄰。 寂寞掩重門。小樓三面

暗、易斜曛。屏風吹淨十年塵。中還有。兩小舊啼痕。

## 錢季重

原名夢蘭、字季重、號黃山、江蘇陽湖人、諸生、有黃山詞一卷、

### 六醜　朱藤

正木緜乍試、又砌石、紛披花萼。計春覓留。盡蜂狂蝶惡。亭午風弱。屈指人何在。小庭深處。賸一枝夭灼。胭脂滿地餘香足。亂擫銀箏。輕調湘竹。回頭已成依約。聽風風雨雨。春去無腳。　南園西閣。玉虎纏金鑰。一十三年久。香漠漠。兎葵燕麥森束。縱有人護惜。也敎錯愕。濃陰密、半來簾箔。也不是、當日勻香暈粉。珍珠絡索。春雲裏、細語叮囑。恐飛紅、吹到他邊去。惹伊淚落。

### 鷓鴣天

策馬年年上板橋。微雲漠漠水迢迢。相思故欲拈紅豆。清淚常彈到碧蕉。　看蝶舞。聽鶯嬌。平生恨事最難消。梅花落後桃花落。芳草無情獨櫬桃。

落魄天南意未降。倦遊何處覓歸艭。幾時載酒攜紅袖。終日焚香坐碧幢。　尋杜若。采蘭茳。淸愁怕見影雙雙。纔能吹得燈兒黑。明月無言又到窗。

### 相見歡

林間多少嫣紅。總成空。但識三眠楊柳。廿番風。　黃昏近。春宵冷。意悾惚。夢到誰家深院。笛聲中。

# 汪 照 原名景龍、字翔青、號岑華、江蘇嘉定人、貢生、有碧雲詞一卷、

## 阮郎歸

無風陰雨細如絲。落花能戀枝。畫樓春色暗霏微。一雙小燕飛。　閒春慢。靜支頤。憑闌送落暉。多愁原不是相思。此情知爲誰。

# 王 復 字敦初、號秋塍、浙江秀水人、監生、官河南偃師縣知縣、有晚晴軒藁附詞、

## 揚州慢 金棕亭招同閔玉井、沙白岸、汪對琴、吳穀人、朱春橋、汪秀峯、吳並山、汪劍潭、何春渚、泛舟紅橋、看黃葉、

溝水流紅。園林淒碧。那禁一夜霜飛。剩荒涼幾樹。伴菊影疏籬。更裝點、亭皋晚景。滲金潑蠟。低襯斜暉。憶村莊路遠。蕭蕭空掩荊扉。　舊游人去。奈回頭、慘綠都非。縱鬥豔無心。耐寒有約。飄墮誰依。策策西風吹冷。深杯勸、酒對鵝兒。羨江南歸客。燈前色映雙眉。　時穀人秀峯俱將歸里、

# 李旦華 字憲吉、號厚齋、浙江嘉興人、優貢生、有青蓮館集附詩餘二卷、

## 霜葉飛 別于荀伯公子

夕陽鞭影穿林去。西風迎面如翦。桂叢涼露已經秋。去矣青門餞。又束笋、擕將書卷。浣花箋紙紅絲硯。算前路關山。奈滿目、霜枯水凍。獨行吟倦。　記否賭酒旗亭。銀箏製曲。玉手攙攙微勸。豔聲曾聽雪兒歌。歷歷明珠串。甚蹤跡、寒郊路轉。仲宣樓近登臨健。只個儂、相思遠。疊翠西風。瀉泉山館。

### 西江月

翠被涼生枕簟。銀釭影淡簾櫳。可堪秋雨又秋風。記不分明殘夢。　四壁吟蟲俱歇。聲聲只在梧桐。醒來一似最高峰。萬頃松濤齊湧。

### 解珮令

鸞箋輕擘。篆香試炷。甚探幽、覓句情都倦。一榻支頤。慣獨自、梧桐庭院。鎮相隨、藥爐茶串。　小橋雁齒。小船鴨嘴。負烟鄉、漁竿釣線。落日秋風。誰問訊、杜陵吟卷。點空階、桂花如霰。

## 萬承紀

字廉山、江西南昌人、乾隆五十七年舉人、官南河同知、

### 轆轤金井

白雲堆絮。問西風、畢竟幾時吹去。賸有涼蟾。倘窺人羈旅。天涯儔侶。記共聽、梧桐秋雨。奈到而今。賓鴻客燕。都無憑據。　情絲繞、暗牽縷縷。嘆香消鏡冷。無限悲楚。舊夢零星。恁斜陽無語。蘆花雪聚。又簇起、愁苗如許。水面波寒。山眉黛淺。斷鴻何處。

## 黄仁 號硯北、江蘇婁縣人、乾隆五十七年舉人、官山西稷山縣知縣、有姑射山房詞、

### 菩薩蠻 詠虞美人草

虞墩碧血埋難了。年年化作相思草。豔極不勝嬌。春風瘦舞腰。　花開花落易。點點燕支淚。那不更消魂。江東日暮雲。

### 探芳信 用周草窗體

探芳圃。正草種宜男。花栽嬌女。早有人門外。癡絕幾延佇。小紅偷按霓裳豔。一霎羞眉嫵。拂鸞箋、媚態幽情。都傳豪素。　明月濟窗戶。悵春雨飄蕭。秋風遲暮。仙子蓬萊。何日啓瓊宇。哀蟬落葉迴心曲。洩漏防鶗鴂。斷愁腸、多少年時情緒。

### 水龍吟 弔陳蓮峯提督化成陣歿吳淞口

海天獨障狂瀾。鳶飛欲墮愁無際。疊梁乍駕。鶴軒何處。沙蟲爭避。大樹思公。長城壞我。石衘塡未。把純鉤欲試。唾壺頻擊。揮難盡、英雄淚。　畢竟將軍不死。跨長鯨、敵魂猶悸。金戈鐵甲。雲車風馬。雷霆精銳。豹苦留皮。雞羞斷尾。有如江水。報馨香俎豆。泖峯同壽。壯乾坤氣。

### 摸魚兒 謝朱子鶴餉蓴、即用見寄原韻、

問當年、季鷹何事。相思偏在秋老。波光萬頃和風颭。一碧晴催詩稿。勞遠眺。記亭倚垂虹。宛轉心縈繞。漁

師乍報。恰雉尾初齊。龍髯新長。風味絕塵表。 蒙持贈。伴以瑤華寄早。纏綿如挹蘭抱。鄒陳唱和圖重繪。添箇采春遊棹。思浩渺。把錦帶羹調。頓許閒愁掃。相逢醉倒。道羊酪休提。河豚未上。第一露葵好。

## 金縷曲 己巳小春怡園賞菊、韓瘦山攜所藏元人朱碧山所製銀槎侑酒、率塡是解、

排日瓊筵啓。展重陽、還來就菊。紅箋分遞。觴政別開生面好。貫月槎先索醉。把香海、豪情句起。五百年前緣久種。鑄黃金、幻作鴟夷子。君看取。碧山製。 霜腴花亦增歡喜。影搖紅、燈光偏照。十分丰致。老我婆娑狂態在。笑嚼寒香沁齒。渾忘卻、瘦人天氣。玉漏沈沈都不管。問仙鄉、只在銀潢裏。牛斗犯。客星指。

# 仇國垣 字星門、號竹窗、浙江鄞縣人、貢生、

## 疎影 落梅次姜白石韻

零香碎玉。看樹頭樹底。寒雨經宿。野店孤村。瘦影槎枒。幾竿曾共修竹。前身隱約君須記。想只在、清溪南北。問恁時、重返香魂。好伴箇儂愁獨。 猶憶巡簷索笑。一枝卻正好。斜映窗綠。懊惱當時。月落參橫。偏少藏嬌金屋。羅浮夢斷春無跡。更莫問、紅闌幾曲。又爭禁、舊日何郎。袖浥淚痕盈幅。

# 葉紹楏 字琴柯、號振湘、浙江歸安人、乾隆五十八年進士、改庶吉士、授翰林院編修、官至廣西巡撫、有謹墨齋詞鈔二卷、

風入松

屏山曲處繡簾遮。幽夢惜韶華。羅襟偎得闌干暖。算春風、也到天涯。試問蕉心卷綠。幾時重上窗紗。　畫檐無處抹殘霞。暝色又歸鴉。庭陰立盡如鉤月。怕影兒、壓損梨花。正是消魂時節。隔牆低訴琵琶。

長亭怨 紙鳶

雕檐外、嫩晴如拭。燕子風輕。誰家巷陌。絲繩低曳。綠楊影裏孀空碧。暮霞斷處。閃幾點、斜陽明滅。欲墮還飛。好認取、驚鴻標格。　清絕。更冰絃斜挂。依約玉箏聲咽。閒情似訴。逗幾處、晶簾微揭。度樓陰、一縷春痕。早報與、踏青消息。怕冷雨黃昏。誤了餳簫時節。

戴敦元 字士旋、號金谿、浙江開化人、乾隆五十八年進士、改庶吉士、官至刑部尙書、謚簡恪、有漚塵詩餘二卷、

減字木蘭花

金風玉露。秋正佳時人卻去。雙槳孤燈。望斷遙天雁一繩。　花間定憶。凭處闌干痕待覓。莫道更深。別酒無多緩緩斟。

凌廷堪 字次仲、安徽歙縣人、乾隆五十八年進士、官寧國府教授、有梅邊吹笛譜二卷、

摸魚兒 雨後江上晚眺

暮天空、乍收涼雨。隔江飛過清冷。烟鬟綽約山容潔。掃得兩蛾幽靚。無限景。縱倩取、鏤冰琢雪應難詠。斜陽未暝。見別浦殘荷。迴汀折蓼。都作澹紅影。　江光遠。蹙起韡紋萬頃。微風卻好初定。盈盈十五吳娃小。笑與碧波相映。嬌妒性。有意要、驚他沙上鴛鴦醒。翠裙半整。便急打蘭橈。空明擊碎。搖過采菱艇。

點絳脣　黃鐘宮亦入仙呂宮　新秋

疏柳搖烟。曲池波細風初定。玉樓人醒。應念夫容冷。　欲采芳馨。遠道憑誰贈。纖雲淨。寶蟾如鏡。照見鴛鴦影。

點絳脣　春眺

青粉牆西。紫騮嘶過垂楊道。畫樓春早。一樹桃花笑。　前夢迷離。人遠波聲小。年時到。越溪雲杳。風雨連天草。

浣溪紗　黃鐘宮亦入中呂宮　白門春望、和張平伯、

桃樹遮門柳拂隄。春光多在石城西。胭脂井畔曉鶯啼。　不見美人青玉案。空聞游女白銅鞮。畫輪歸去草萋萋。

徵招　黃鐘下徵調　秋雨

淒淒幾陣西風緊。羅幃漸生幽況。小院乍來時。是梧桐先響。暗催愁夜長。恍人坐、空江烟浪。向日心情。昔游滋味。一時都上。　休放綠尊空。清商怨。聲聲爲誰惆悵。薄冷正侵人。莫登樓西望。雁來書未往。總分付、

玉溪高唱。暮山外。洗出新秋。露數峰清曠。

## 疏影　仙吕宫　新綠和竹樓

年芳暗惜。膩遠林幾疊。空翠如織。掩映疏烟。遮斷孤村。欲共前峰爭色。蒙茸染得嬌如許。悄莫道、東風無力。怕夜來、冷月橫窗。碎影亂侵簾隙。　那更連朝暗雨。望中但一片。春已狼藉。寂寂橋頭。漠漠牆腰。一縷斜陽猶碧。濃陰半壓生衣重。甚滿地、寒雲堆積。想玉人、此際憑闌。尚覓斷紅消息。

## 月下笛　周清真小雨收塵一調。題曰月下笛。而與白石玉田諸作迥異。今細校之。即瑣窗寒。唯换頭處少一字耳。片玉集中暗柳啼鴉詞可按也。疑是瑣窗寒别名。非月下笛本調。既用之以賦落梅。復附鄙見於此。俟知音辨焉。

徑貼遺鈿。階沾墜粉。一春淒切。羅浮夢轉。翠羽聲聲啼徹。惜殘英、空復戀枝。曉風幾陣吹作雪。便湘簾不卷。文窗虛對。舊時明月。　樓頭若个。尚裊裊臨風。玉龍吹裂。如綿細語。記得芳時同折。悵春衫、猶染暗香。玉人已是經歲别。繫相思。繞徧疏籬。萬匝誰共説。

## 八歸　秋柳

疏枝漏月。空條含雨。江上又早秋色。長汀寂寞誰相伴。惟有蓼花初紫。荻花全白。澹影依然搖曳處。竟未許、鶯兒藏得。任滿目、細草輕波。總不是嬌碧。　猶有閒情載酒。停橈相傍。似把春光重覓。瘦梅纖骨。小桃香靨。此際都無消息。見宫腰正舞。水畔何人弄長笛。休生恨、可能禁否。幾陣西風。寒林同寂歷。

凌廷堪

湘月　雙調　宜興萬氏專以四聲論詞、畏其嚴者多詆之、瀘州先著尤甚、以爲宋詞宮調、必有祕傳、不在乎四聲、今按宋姜夔白石集滿江紅云、末句無心撲歌者將心字融入去聲、方諧音律、徵招云、正宮齊天樂慢前兩拍是徵調、故足成之、及考徵招起二句平仄與齊天樂吻合、又宋史樂志載白石大樂議云、七音之協四聲、各有自然之理、王灼碧雞漫志楊柳枝舊詞起頭有側字平字之別、然則宋人皆以四聲定宮調、而萬氏之說、與古闇合也、先著妄人、寧足哂乎、余恆謂推步必驗諸天行、律呂必驗諸人聲、淺求之樵歌牧唱、亦有律呂、若舍人聲、而別尋所謂宮調者、則雖美言可市、終成郢書燕說而已、今秋舟過荆溪、感而賦此、以酹紅友、即白石所云念奴嬌鬲指聲也、按鬲指亦謂之過腔、念奴嬌本大石調、今吹入雙調、故曰過腔、謂以黃鐘商過入夾鐘商也、

小舟盪月。正篷窗眺遠。涼夜支枕。罨畫溪光。望不盡、百頃紅鷗波浸。斷渚拖烟。高城擱雨。秋意蕭疏甚。樓臺明滅。數株楊柳低蔭。　空想堆絮園中。停尊按拍。製新詞如錦。律比申商。料後世、應有知音題品。花外簾空。山中雲杳。謂中仙樂笑宮調無人審。臨風歌罷。扣舷聊佐清飲。

霓裳中序第一　商調　杭州府志、西馬塍有姜白石墓、乾隆甲寅冬、游湖上、尋之未得、及晤鮑君淥飲、始知在武林門外、約暇時同訪、且擬表石於其上、各塡一詞紀之、未幾、余之官宛陵、遂不果、途中耿耿、即用白石韻賦此解、庶他日重游踐前約也、

湖山自秀極。隱隱前游仍記得。探古莫辭倦力。怕情夢易沈。吟魂難索。樓陰樹隙。悵斷碑、誰問詞客。梅邊

月。此番照我。尙作舊時色。　寥寂。句昏塵壁。況小徑、疏烟細織。空濛何處故跡。草綠裙腰。僅見阡陌。話餘空太息。更指點、雙峰送碧。他年約同尋抔土。小酹畫船側。草窗作後半闋多一字、然此調創自白石、宜從之、

花犯　甲子秋仲、宣州官廨春海棠盛開、施雪帆以花犯新詞見示、按花犯本一百二字、淸眞千里夢窗碧山諸作皆然、今雪帆詞祇一百字、蓋用弁陽水仙詞體也、考蘋洲漁笛譜此詞題曰繡鸞鳳花犯、亦一百二字、竹垞詞綜誤脫二字耳、竊謂此調、製自淸眞、所用去上句法諧婉、處處皆宜恪遵之、乃和以質焉、

倚雕闌、嫣然顧影。天寒映羅袖。碧雲方瘦。纔半卷湘簾。疑是春晝。似嫌定惠文章舊。翻新眞未有。試悄問、小山仙客。紅妝曾見否。　淸秋更吟杜秋詩。穠姿睡醒未。宵涼初透。裁蜀錦、何人倩。素娥重繡。西風外、暈生笑臉。應不比、朱脣朝帶酒。但祝取、美人長在。黃花同耐久。

## 孫錫

字備東、號雪帷、浙江仁和人、乾隆五十八年進士、官雲南寧州知州、有雪帷韻竹詞四卷、

金縷曲　殘荷

一陣跳珠雨。作輕涼、點搖平碧。嫣紅無數。卷地萍飀翻露蓋。舞到香鬟似霧。賸倩影、幾番回顧。孤豔不爭團扇寵。恨游人、全忘花心苦。欹翠袖。且相護。　尋花較晚花無主。裊淩波、絲風太弱。款花不住。密柳疏蟬漁艇外。我擬將、家貧去。理舊怨、爲花低訴。千里美人江水莫。望蘭皋、誰肯褰裳渡。蘅佩遠。在空渚。

## 唐仲冕

字六枳、號陶山、湖南善化人、乾隆五十八年進士、官至江蘇布政使、有露蟬吟詞鈔一卷、續鈔一卷、紅梨花館詞二卷、

### 金縷曲　柳

風度靈和殿。是何人、移向郵亭。和煙栽徧。萬縷黃金輕贈別。記得香紅尙輭。正落絮、飛花如霰。不是東風逢舊識。肯迎眸、細舞腰支顫。眉一抹。遠山見。　鞭絲依舊年華變。去還來。重勞相送。尙垂青眼。笑指道旁攀折處。誰拊章臺便面。且試問、飄帘郵店。踠地柔條能綰客。甚黃驄、不就濃陰戀。臨水際。掠雙燕。

### 桂枝香　長清旅舍中秋

山城斗大。正墟散斜陽。樵歸殘靄。客子雙輪初息。一輪先待。清光隨我初圓夜。恰茅屋、草窗無礙。當頭幾見。衆峯低處。白雲天外。　擧酒向、雲階再拜。見丹桂有花。素娥長艾。老矣吳剛。當日斧創猶在。兒曹解事方年少。便折取、一枝爲快。今夕何夕。露涼如水。樹陰如蓋。

## 左　輔

字仲甫、一字杏莊、江蘇陽湖人、乾隆五十八年進士、官至湖南巡撫、有念宛齋詞一卷、

### 蘇幕遮

玉波寒。羅袂溼。怕上高樓。悄並秋花立。衣蝶香銷簫鳳澀。好夢都闌。鬟影風吹急。　悄難言。愁不歇。此意沈吟。畢竟和誰說。要識阿儂心曲折。除向迴廊。看取闌干月。

### 浪淘沙　曹溪驛折桃花一枝、數日零落、裹花片投之涪江、歌此送之、

水軟櫓聲柔。草綠芳洲。碧桃幾樹隱紅樓。者是春山魂一片。招入孤舟。　鄉夢不曾休。惹甚閒愁。忠州過了又涪州。擲與巴江流到海。切莫回頭。

### 南浦　夜尋琵琶亭

潯陽江上。恰三更。霜月共潮生。斷岸低昂向我。漁火一星星。何處離聲刮起。撥琵琶、千古賸空亭。是江湖逐客。飄零商婦。於此蕩精靈。　且自移船相近。繞迴闌、百折動愁吟。我似無家張儉。萬里走江城。一例蒼茫弔古。向荻花、楓葉又傷心。只琵琶響斷。魚龍寂寞不曾醒。

## 周鶴立　字仲和、一字子野、號石珞、一號石臺、江蘇吳江人、乾隆五十九年舉人、官安徽蒙城縣知縣、有匏葉龕詩餘、

### 踏莎行　楊花和金桐軒韻

屋角低飛。廊腰細轉。重重簾幙春陰晚。二分明月一分烟。都應揉作香痕軟。　鳳子魂銷。鶯兒夢嬾。東西漂逐游絲綰。如今流落向天涯。紅牆便抵蓬山遠。

## 周之桂 字小山、號玉犀、江蘇上元人、乾隆五十九年舉人、官安徽歙縣知縣、有午塘詞集、

### 齊天樂 隨園觀燈、時值秋試、

小紅歌罷回頭處。樓臺夜光全改。樹挂晴虹。隄排錦幛。空際繁星如海。嫦娥遠睞。也似怯燈光。掩伊眉彩。俊煞人間。美人名士者宵態。　憑闌何限清興。怕花間玉漏。催去環珮。班馬嘶餘。鈿車散後。偏我癡情猶在。千秋此會。說不盡風光。小棲霞內。試驗今年。桂香添幾倍。

## 周岱齡 字介堂、一字延卿、河南祥符人、乾隆五十九年舉人、官直隸保定府知府、

### 八寶妝 詠陳拜鄉八角陳鏡

翠箔成塵。銀華蝕土。一片南朝月冷。飛上棠梨雙蛺蝶。零亂隔江花景。歌殘桃葉。數聲金盌淒涼。江陵紫氣銷沈盡。剩有興亡遺鑑。芙蓉睡醒。　此日繡滿苔痕。繁華舊夢。擘箋人在荒梗。念誰伴青燐碧草。恁雲母畫屏猶整。好攜去、金煙玉水。蟾蜍細細瑩珠粉。試照徧秦淮。菱花悵斷胭脂井。

## 王曇 又名良士、字仲瞿、號蠡舟、浙江秀水人、乾隆五十九年舉人、有烟霞萬古樓集、附詞、

### 清平樂 隔院雲茶

海紅紅處。愁殺人情緒。畫裏聲音詩裏句。覓了一回無語。　繡窗簾額樓東。是他和雨和風。誰敎隔牆如火。到春到夏能紅。

相見歡

不知誰倚闌干。月彎彎。能道嫦娥仙子、怕風寒。　明於素。輕於絮。好雲端。又是瑤臺無故、下青鸞。

## 錢清履 字慶徵、號竹西、浙江嘉善人、乾隆五十九年舉人、官湖北白河口同知、有松風老屋詩餘二卷、

臺城路 落葉

西風一夜嚴霜隕。庭心亂飄殘葉。古寺疏林。空山老樹。漏出清光寒月。高人屐蹋。訝行迹難尋。逕邊堆疊。摵摵荒園。校書茅屋聽聲壓。　斜陽村外一抹。見栖鴉點點。烟冷清樾。題去溝流。煨來茗熱。生活相看幽絕。山僧梵夾。更乾向禪牀。貝多藏篋。最怕長亭。柳衰催客發。

## 王開沃 字子良、號半庵、江蘇太倉人、諸生、有妙林詞一卷、

疎影 枯樹

林梢風裂。剩斷煙斜照。無限騷屑。未冷秋懷。繚繞寒叢。那覓舊題霜葉。荒庭愁對婆娑影。偏喚起、賦情淒切。□□□、瘦石疏篁。一幅丹青圖揭。　記向春深曾見。有繁英賺燕。濃蔭迷蝶。轉眼江潭。一片荒涼。幾許

空心斷節。淸宵醉踏前山月。怪滿徑、蒼虬蟠結。乍驚回、梨夢梅魂。點綴暮天殘雪。

鷓鴣天

相識東風又到家。去年天氣舊窗紗。萬條柳影都隨月。千種禽聲各爲花。　金錯落。玉交加。踏青遊女競豪奢。有人深院鳴箏坐。桂木猶紅點臂砂。桂木、守宮別名、

好事近

風約繡簾斜。冷透紗窗輕碧。一派怨梅傷柳。是誰家橫笛。　翠帷人去鳳鸞孤。愁坐擁衾鐵。留得淒涼伴我。衹舊時明月。

相思引　晚從瓜洲渡江

瓜步秋殘草樹凋。夕陽催上木蘭橈。布帆影裏。蒼翠滴金焦。　蘆荻當風搖故壘。魚龍挾浪捲前朝。更無商女。靜夜掐檀槽。

## 侯士驤　字春塘、江蘇無錫人、諸生、

河傳　塞下曲、用飛卿體、

殘月。如玦。照平皐。捲地西風怒號。穹廬行炙酌葡萄。呼曹。天寒北斗高。　箄篥聲悲人醉也。更三打。射虎蘭山下。折飛矰。沒石稜。先登。馬蹄雲萬層。

## 南浦 帆影

風正挂蒲高。認中流、片影參差來去。半幅淡相隨。澄暉裏、劃破幾重煙樹。迴撾捩柁。沙灣綠轉痕斜露。鷗倚鷺翹渾未醒。已過蘆碕荻浦。　軟波帖帖輕移。漸微茫遠逐。閒雲飛度。殘照欲低時。江樓畔、應有消魂人數。離情無據。一痕搖曳留難住。霞斂遙山奩翠暝。颺入月陰深處。

# 全清詞鈔第十四卷

## 陳廷桂

字犀林、號夢湖、又號花谷、安徽和州人、乾隆六十年進士、改庶吉士、官至江蘇按察使、有香草堂詞一卷、

### 點絳脣　落葉

一夜秋霜。疏林亂葉隨潮逝。斜陽暮紫。露出前朝寺。　幾樹蕭蕭。野徑荒寒裏。西風起。板橋流水。千點昏鴉墜。

## 黃丹書

字虛舟、廣東順德人、乾隆六十年舉人、官開平縣訓導、有鴻雪齋集附詞、

### 滿江紅　木綿花

誰把猩紅。徧灑向、高枝嫩蕚。人道是、炎官火傘。張來參錯。望去晨霞標乍起。看同海日光齊躍。笑紛紛、桃杏鬬春妍。都纖弱。　佗城畔。濃陰薄。黃灣外。新綿作。問蘆花柳絮。可能相若。野燒連空煙易散。清霜夾岸風初落。儘畫家、渲染有胭脂。應難著。

## 徐準宜

字仲平、江蘇武進人、乾隆六十年舉人、官順天府治中、

### 燕山亭 爲清容題洛神畫像

霧織輕綃。霞絢華裾。隱約驚鴻飛度。微步淩波。拚抑含愁。羞學漢濱游女。世外幽姿。渾不藉、明璫翠羽。誰悟。有千尺深情。陳思難賦。　不是凝睇無言。算說盡閒愁。有誰聽取。月冷芝田。風淒玉佩。何時遇它交甫。約伴清遊。剩幾箇、舊時儔侶。休訴。任洛水、滔滔東注。

## 汪潮生

字汝信、號飲泉、晚號冬巢、江蘇儀徵人、乾隆六十年副貢、有冬巢居士詞四卷、

### 湘春夜月

太淒清。玉簫留住歌塵。誤卻冉冉東風。都化夢無痕。一帶落花如霰。又月明如水。掩上閒門。料燕棲正穩。鵑啼易斷。爭不銷魂。　愁時夜永。歡來酒冷。人去燈昏。未了相思。空對著、一奩清影。偷覷雙身。年華畹晚。奈霎時、多少寒溫。可念否。這心頭意緒。怔忡不定。纔過今春。

### 百字令

漏聲初定。又風聲吹轉、夜痕愁絕。殘夢驚回無覓處。一枕春心寒怯。繡幕低垂。銀屏靜掩。都與東風別。月明如鏡。向人依舊圓缺。　空念望斷天涯。春光無奈。消息從誰說。不聽子規腸已斷。況是三更時節。燈穗

斜飄。簷鈴倦語。早有敲窗葉。樓空人悄。笛聲還又嗚咽。

大酺　寒夜

正漏將殘。燈初灺。蕭瑟寒生孤館。幽懷何處託。倚參差闌檻。月高天遠。秦鏡光寒。吳鉤佩冷。都是曾經幽怨。來朝有良約。便遙遙聽到。曉鐘敲斷。怕啼鴂聲多。亂鴉飛去。曙光猶淺。　伊家清夢轉。碧雲外、薄霧吹成片。且細把、心香爇了。一縷如絲。更誰來、雙紅添滿。獨自思量久。裁一尺、素縑題徧。況零落、霜華晚。今夕何夕。都負年時鶯燕。畫簾幾重不卷。

木蘭花慢　秋感

是誰家長笛。做弄出、一天秋。早珠露盈盈。銀河淺淺。掛上簾鉤。句留。野烏並影。數星期、何處問牽牛。難道徘徊不見。空傳玉宇瓊樓。　盈眸。芳緒總悠悠。鎮日幾回頭。但柳又輕黃。蕉仍重碧。聊與綢繆。知否。歲寒耐守。對寒梅纔許著春愁。誤了一生蛺蝶。前生誤了莊周。

高陽臺　鴛鴦湖春感、用玉田生西湖春感韻、

浪蹙鱗圓。裙拖鴨裹。春心蕩起吳船。六柱窗低。愁風愁水年年。來時笑指垂楊問。問而今、芳草誰憐。意茫然。夢醒高樓。一碧如煙。　相思最是東風薄。共傾脂河水。流下晴川。鏡裏雙禽。幾時飛去湖邊。蘋花拂破空留影。誤佳期、只剩鷗眠。卷晴簾。纔聽流鶯。又喚愁鵑。

高陽臺　草色

陌上春歸。窗前畫靜。芳塵只覺芊眠。帶著花陰。便敎一碧如煙。吹來認得春風面。倩風光、點染春蔫。是誰將。別樣丹青。賦到吟邊。　慵留蝴蝶飛還住。正紅肥綠潤。相映新鮮。無那離情。幾分憔悴堪憐。夢回河畔青青路。惹相思、望裏緜緜。鎮愁伊。那處遙看。那處低連。

## 高陽臺　花陰

暝外含晴。晴邊弄暝。滿庭香氣絲絲。綠意紅情。覺來濃到芳時。東風四面吹還遍。著些兒、扶上空枝。儘無聊。坐久春深。簾影輕移。　幽尋但見溶溶月。又疏煙漠漠。薄霧微微。幾个游蜂。偷來淡處閒窺。昏黃不是廉纖雨。佇蒼苔、濕了單衣。最低徊。一片葳蕤。半晌迷離。

## 長亭怨慢　旅夜聞笛

問何處、樓高人遠。喚起離情。一聲悽惋。孤雁驚寒。短檠搖夜漏初轉。倦痕如此。又訴與、江南怨。夢裏有歸程。總不是、郵亭津館。　愁滿。記當年顧曲。倚向玉梅花畔。相思未了。早情事、暗中偷換。但凝咽、淚點西風。奈明月、都無人管。算酒醒今宵。還把吳鉤重玩。

## 揚州慢　湖上見新柳

縈水將絲。繫春猶軟。曉風不是無情。倚紅樓一角。早會得青青。謾惆悵、天涯近遠。畫船歸去。留住啼鶯。算韶光無恙。年年寒食清明。　舊遊記否。到江南、殘夢初醒。甚遠驛音稀。孤帷絮重。惟是淒清。一片月明如水。平分取、十里湖晴。更危闌休倚。隨他芳草都生。

風蝶令　憶蝶

細雨泥常潤。微風草乍荑。一生花底五銖衣。不管花開花落、總應迷。　輕影霑羅薄。柔痕舞扇低。撩人春思畫樓西。舊日南園春夢、可能題。

惜紅衣　蓮衣詞、爲米樓賦、

水佩風裳。淩波影裏。一天涼雨。兩兩鴛鴦。雙棲憶前度。菱舟自遠。問翠袖、阿誰曾妬。無語。三十六灣。剩香痕微吐。　清歌喚汝生怕秋來。伊人意良苦。閒鷗乍醒。脈脈此愁緒。可惜藕絲撩繞不繫夢魂來去。便夜深香冷。還約小紅爲侶。

## 陳聲和

字叶宫、一字筠樵、江蘇昭文人、諸生、有饗琴齋詩餘二卷、

摸魚兒　題潘芭湄廣陵懷古詩後

沁詩脾、二分明月。吟來清脆無比。綠窗殘稿揚州夢。忽被玉簫吹起。君不記。是杜五尋春、一晌銷魂地。濃香十里。有碧柳絲絲。瓊花樹樹。收拾錦囊裏。　繁華事。回首流光若駛。風情還擬彈指。青山憔悴歸何晚。小結數椽梅李。君老矣。問贏得雙鬟、羅帕藏名未。尊前扇底。倘蹩祉重遊。旗亭賭唱。儂把笛聲倚。

## 陶維垣

字愚墟、號鶴門、浙江會稽人、有叩拙詞一卷、

## 踏莎行　越臺懷古

煙鎖蒼苔。香飄紅雨。杜鵑花外春光暮。荒臺冷落數峯青。雲樓月榭空歌舞。　霸業雖非。山河如故。遊人到處花成路。一尊清酒夕陽西。鷓鴣卻把春山訴。

## 憶王孫　春暮

曉來滿地是殘紅。腸斷樓頭一夜風。春去無蹤卻有蹤。甚悤悤。恰在鶯聲細雨中。

# 黃易

字小松、號秋盦、浙江錢塘人、監生、官運河同知、有小蓬萊閣詞一卷、一名秋盦詞草、

## 鵲橋仙　謝安愚蓮池譜詞見寄倚聲

簟涼如水。簾空如畫。寂寞宵深小院。薄情最是綠楊絲。偏不繫、斜陽一線。　簫聲月下。藕花風裏。悵望明河如練。舊時王謝燕重來。只占得、香泥一片。

# 汪大經

字書年、號秋白、浙江嘉興人、諸生、有借秋山居詩餘一卷、一名吹竹詞、

## 齊天樂　題松壑調琴圖

山深盡日疑風雨。晴空翠濤寒滾。壑轉雷喧。泉穿雪濺。漸漸嵐光催暝。松花滿徑。早何處飛來。一聲孤磬。如此溪山。抱琴有客踏秋影。　奚囊三尺解撫。寫泠泠幽籟。入耳堪聽。澗底龍吟。天邊鶴唳。料是輸他清

韻。無人過問，只樵斧丁丁。隔林聲應。驚起棲鴉。夕陽翻樹頂。

## 釣船笛　蓼洲晚步

翠朵矗雲峯。倒浸一溪寒碧。人在夕陽影裏。看蓼花紅白。　隔溪茅屋是誰家。門掩釣苔石。颺出茶煙縷縷。遞數聲風笛。

# 盧作梁　字秋蓼、廣東東莞人、諸生、有陟山堂稿附詞、

## 少年游

沙平草軟馬蹄驕。隨意騁金鑣。十里鶯花。一堤楊柳。遮映酒旗搖。　當歡且莫辭沈醉。春恨最無聊。纔過清明。又逢上巳。禁得幾魂銷。

## 青玉案　送燕

蘆花淅瀝西風暮。吹徹天涯禁薄紵。燕翦雙尋秋草渡。寒霜冷霧。關山如許。問燕歸何處。　香泥營就捐將去。荇葉橫塘空細雨。斜捲湘簾猶待汝。明年春至。棲誰庭宇。應念舊門戶。

# 仇夢巖　字秋人、安徽歙縣人、諸生、有怡軒詞、

## 高陽臺　秋螢

夜色沈沈。雲容黯黯。飄然閃爍如銀。小扇輕羅。撲來易委芳塵。淒迷野草無多綠。甚星星、欲亂星辰。且看他。纔上牆頭。又下牆根。　隋皇舊院今銷歇。但秋風禾黍。慘淡黄昏。萬箇宵行。獨憐不照歸魂。玉鉤豔骨千年恨。望平蕪、只有青燐。卻憐他。一點微光。一點愁痕。

## 李元塏 字湘芷、江蘇長洲人、官順天兵馬司指揮、

### 高陽臺 三江城上晚眺

淺碧涵空。新黄匝地。莽然萬頃平沙。幾點煙螺。依微不辨人家。夕陽未落潮初長。捲寒濤、一片殘霞。忽風來。一陣征鴻。一陣歸鴉。　當年豪氣今猶在。怎低眉牖下。鎩羽簷牙。聽説張騫。也曾八月浮槎。飄零海國如蓬梗。不登高、不見天涯。最傷懷。滿目關河。滿目蒹葭。

### 金縷曲 闌干

宛轉春山角。問誰家、東風庭院。粉纖紅弱。花韻依依晴未午。露出眉痕曲曲。愛卍字、玲瓏圍玉。小立燕雛閒弄影。蹴疏紅、軟踏金鈴索。香霧障。斷雲觸。　浪花樀子彎環拓。數相思、迴文織就。淚珠零落。隱約二分明月瘦。樹影參差簾箔。又添上、一層愁綠。回首碧城仙路隔。怕春魂、無力尋來錯。緘錦字。附飛鶴。

## 奚岡 字鐵生、浙江錢塘人、有冬花盦燼餘稾、

菩薩蠻　題郭頻伽盟鷗圖

遥知白石尋盟處。蕭疏楊柳垂煙暮。分得白鷗沙。一溪紅蓼花。　輸君攜野艇。幽夢和秋迥。隨意與題詩。雨斜風細時。

## 方薰　字蘭坻、一字懶儒、號長青、一號樗盦、又號過安居士、浙江石門人、有山靜居詞二卷、

滿江紅　短檠

獨夜誰親、惟雁足、光搖耿耿。頻數盡、寒更三五。歌殘酒醒。有客臨書東舍火。何人背雨西窗影。恁關情、一片玉荷前。閒愁幷。　射簾額。晴虹冏。黏燭淚。飛蛾粉。照此時幽獨。寸心堪省。素雪將侵潘岳鏡。黑甜未遇盧生枕。只消磨、風露憶中宵。秋雲冷。

惜餘春　送春

細雨如塵。輕陰若夢。做弄箇愁多少。眠鶯時候。撲蝶光陰。風景底無分曉。人病懨懨自憐。九十韶華。等閒過了。儘銷魂何事。支牀欹枕。藥爐茶竈。　思昨歲、無限關心。歡悰未已。轉眼便成煩惱。看花伴侶。咏絮才情。徒憶崔徽風貌。誰問空閨寂寥。飛盡殘紅。綠餘庭草。者凄涼難遣。繡簾窣地。燕聲俱悄。

## 許鎬　字心泉、浙江秀水人、

東風第一枝

十里殘紅。一鞭晚照。惱人春色如許。酒旗搖曳風前。可有當壚眉嫵。征鞍少住。正隔巷、簫聲徐度。怪流鶯、不解春愁。爭向花間來去。　且莫問、桃根古渡。更休話、後庭芳樹。試看如畫遙巒。猶帶六朝煙雨。玉樓人醉。想倚徧、東風何處。賸依依、夾岸垂楊。還似當年張緒。

## 李祥金　字聚齋、浙江嘉興人、諸生、

蝶戀花　送春

怪煞杜鵑啼太苦。催送春歸。何計留春住。雨雨風風無定處。蘼蕪綠徧長亭路。　乳燕梁間嬌學語。蛺蝶撩人。猶傍空枝舞。垂著湘簾天欲暮。亂紅儘逐東流去。

## 樓錡　字于湘、江蘇長洲人、有五雩坡詞一卷、

點絳脣

幾樹桃花。記曾含笑窺明鏡。畫橋重凭。只剩青山影。　惱亂閒愁。未必春風省。人歸盡。數峯烟暝。月浸波心冷。

疏影　松影

清圓如笠。正空山日午。低覆磐石。淡約流雲。亂灑寒濤。喚起髯龍幽魄。閑來慣訪陶貞白。愛滿院、涼陰留客。更幾番、吟到斜陽。移上摩天青壁。　曾與高人對局。記斜臨澗水。釵股狼籍。忽地迴飈。勢欲蟠拏。動蕩一泓金碧。憑誰貌取鵝溪絹。算只有、韋郎奇筆。怕月明、獨鶴歸來。錯認舊巢難覓。

## 朱雲翔　字遂佺、江蘇元和人、諸生、有蝶夢詞一卷、

### 東風第一枝

殘雪芾檐。輕飈竹塢。疏梅微逗春淺。幾枝瘦骨橫斜。一片淡香幽遠。寒生翠袖。似薄暮、佳人凝盼。憶羅浮、好夢初回。還記舊時人面。　情脈脈、曉風宛轉。愁寂寂、晚霞零亂。讓他杏膩桃濃。料理蝶猜蜂怨。誰家玉笛。吹散了、冰魂千點。最憐他、春色江南。半在野橋郵店。

## 錢東煦　字問山、號欣木、江蘇華亭人、諸生、有坐花小築詞、

### 臺城路　自題坐花小築

衆香鬧到春分後。苔茵落花鱗比。綠暗窗紗。紅明屋角。白袷朝來初試。石臺香膩。恁曲糸闌干。側安斜砌。活火聲中。一甌閒品露芽味。　今年新種芍藥。牡丹相軋處。蓓蕾生未。夢裏尋詩。酒邊讀畫。滯煞蝦鬚風細。藤陰小憩。怎闊絕良朋。足音時至。一曲瓊簫。翠屏還獨倚。

## 王崇炳 字虎文、浙江東陽人、有學耨堂詩餘二卷、

### 西江月 冰雪文人

窗外露滋素蕊。籬頭玉綴橫梢。宜烟宜雨更宜宵。月上羅浮天悄。　書寄雁行灉外。詩成驢背山橋。小樓何處笛聲飄。人臥孤山雪島。

### 醉春風 偶興

花睡難呼醒。風來吹漸緊。大安一覺夢初回。冷。冷。冷。故國宮槐。休官衙舍。離亭客枕。　陋巷聊堪忍。歡場莫痛飲。一瓢淡足百無求。領。領。領。綠蘸湖蓴。青烹雨茗。碧抽雷筍。

## 朱方藹 字吉人、浙江桐鄉人、貢生、有小長蘆漁唱四卷、

### 疎影 竹影

筠竿滿圃。愛半眠蘚砌。日方停午。密密疏疏。整整斜斜。倏又移遮簾戶。迎風搖曳渾無定。錯認是、涼雲飛度。更有時、倒浸波心。對鏡翠鸞翔舞。　空裏眞成綠暗。倘攜鉏劚筍。來到應誤。淡月遙臨。粉白牆腰。枝葉玲瓏全具。分明水墨縱橫勢。倩妙筆、洋州描取。悵那回、雨滴瀟湘。夜黑卻無尋處。

### 滿庭芳 蘋婆果

産自幽燕。熟當炎夏。衆禽那肯來遲。江南種少。俊味幾人知。不獨金經載取。論佳名、兼入風詩。筠籃啓。憐他顆顆。齊著淡胭脂。　廿年誰許並。仙林大谷。較此差池。慣酒闌消渴。堆滿青瓷。移傍枕函更好。微香度、淺夢回時。分貽處。何須紅豆。方得號相思。

## 查羲　字堯卿、號如岡、浙江海寧人、監生、

### 木蘭花慢　夜聞蟋蟀

西風長悞汝。涼葉院、一聲聲。況孤館今年。零煙碎雨。斷角淋鈴。萬里蘭成歸思。最難堪酒醒正三更。切切空庭私語。一番幽夢初驚。　誰知灞岸已難聽。猶是古山城。料紫塞窮秋。黃沙衰草。更覺淒清。中夜哀音四起。正漢家驃騎擁神兵。何似寶釵樓外。傍他螢火牆陰。

## 夏葛　字煥如、浙江嘉善人、諸生、有謙受齋詞一卷、

### 瑞鶴仙

柳絲空自舞。甚惹得春來。又牽春去。傷春定何許。惱芳心端在。送人南浦。情絲幾縷。應牢入、愁機恨杼。記恁時、蝶倦花醒。繡閣翠圍香聚。　知否。窺天鏡遠。鎖月簾空。吟魂無據。銀箏新譜。忍說到。夜涼句。悵冰奩未把。玉釵暗折。獺髓留痕乍補。奈相望、隔水盈盈。謾聞笑語。

沈范孫　字又希、浙江秀水人、有又希齋詩集、附詞、

蝶戀花　賦別

細雨輕衫楊柳渡。柳眼含珠。脈脈看人去。翠影一條芳草路。鞭梢斜拂銷魂樹。　點點飛花飄綠渚。燕子多情。銜向窠中住。行客如萍無定處。紅樓卻羨沾泥絮。

徐　珠　字生菴、江蘇如皋人、有畫雨樓詞鈔一卷、一名草堂詞集、

惜餘春慢　初夏

絮落多時。花飛幾度。闃寂清和庭院。烟低綠罨。雨濕紅稀。衫袖怕寒愁暖。纔共西園禊遊。芳草無邊。燕慵鶯嬾。柰東君過此。園香搓粉。豔懷都倦。　頻記省、花葉書遲。和香仙夢。只隔青霞非遠。闌干暮倚。恨惹東風。卻爲玉眞腸斷。婪尾花開盛時。銀燭夜燒。風情寧淺。憶揚州新月。三分猶欠。俊遊俱綬。

王陸禔　字介祉、號楚筠、江蘇昭文人、諸生、有餐秀詞、

眼兒媚

絲絲烟雨罨橫塘。東風碧草香。梅花已雪。桃花未放。冷落春光。　凝眸不見紅襟燕。無語暗迴腸。知他去

後。可曾念著。舊日雕梁。

賀新郎　五茸賦別

疏柳斜陽外。動輕橈、兼葭秋水。數聲欸乃。憶得連宵微醉後。憑徧紅闌一帶。更不怕、露寒風大。舟子無端頻促別。怪封姨、也送歸帆快。淚沾灑。悲難灑。　孤篷鎮日無聊賴。歎柔腸、當年已斷。那堪還再。回首汀洲分袂處。一片怒濤澎湃。有兩兩、鳧鷗相對。極目蒼茫煙樹裏。見遠山、九點猶橫黛。問昨夜。人何在。

## 顧列星　字樊渠、浙江秀水人、諸生、有風雨閉門詞一卷、

臨江仙

短夢半隨雞唱斷。依依散盡行雲。畫樓回首月如銀。羅衾已冷。猶有未銷魂。　青鳥幾曾銜遠訊。空餘蝶化仙裙。悔將杯酒酹東君。春風無賴。吹長舊愁根。

捲絮風狂簾不捲。朱樓深閉葳蕤。燕泥落盡水平隄。無人庭院。中有淚雙垂。　玉杵蘅蕪空付夢。胡麻飯好誰貽。王孫春盡不思歸。萋萋芳草。門外即天涯。

## 沈　信　字孚中、江蘇鎮洋人、諸生、有虛槎詞鈔一卷、

買陂塘

悵悤悤、鴨頭波暖。東風催送南浦。陽關舊曲聽來慣。怎比這回淒楚。紅日暮。看勸餞離筵、波溜頻迴注。芳情乍露。是忍淚偷彈。暗傳心諾。無計款留住。　蒲帆掛。千里迢迢客路。吳雲回首何許。清宵懷夢空懷郤。畢竟趾離無據。方悔悞。悔負郤紅藞、刺罥湘裙處。年時密緒。付蕉雨孤窗。盈腔別恨。反覆醴陵賦。

## 余鵬翀

字少雲、安徽懷寧人、諸生、有少雲詞一卷、

### 玉樓春　獨夜

荒郵盡處多時立。殘夜暗風吹冥色。無僧古屋一燈青。落月平原千樹黑。　重來誰記江南客。自繞蒼苔尋屐跡。無端影墮碧溪邊。一片寒蘆秋瑟瑟。

## 金　翀

字振之、安徽休寧人、監生、有吟紅閣詞鈔二卷、

### 清平樂　夢中贈歌者鄧鑾

樽前花底。多少相憐意。一曲驚鴉飛又起。小院月華如水。　東風暗送歸潮。淚痕濕透鮫綃。他日重來記取。門前第五紅橋。

## 朱士廉

字孟容、安徽休寧人、僑居長洲、監生、

### 疏影　菊影

重陽又近。散數枝露砌。幽意誰領。倚檻蕭疏。淡欲忘言。恰似吟魂無定。嫩黃乍點西風裏。早怕被、晚烟吹暝。傍水溪、偶爾橫斜。那管客愁孤冷。　堪笑題餻醉後。一燈炧紙閣。空負清景。待得朝來。牆角霜寒。半幄殘痕難省。繞籬差減梅花瘦。挽不住、秋歸三徑。最可憐、陶令門荒。獨向碧苔低映。

## 朱景輔　字小山、江蘇華亭人、諸生、有寄雲詞一卷、

### 珍珠簾

病身荏弱隨風裊。恍歷崎嶇古道。衣袂襲餘香。奈試香人渺。此夜瓊壺冰血凝。縱有夢、紅窗難到。霜悄。對銀蟾纖瑩。似伊嬌小。　猶記曲院清幽。把眞珠高軸。名花環繞。四座挹春溫。暢醉吟懷抱。一曲陽關催別候。最難堪、茹啼佯笑。閒靠。悵滿目離雲。蒼蒼也老。

## 王方恆　字元成、一字與鷗、又號亦是山人、浙江嘉興人、諸生、有亦是山人詞稿、

### 惜餘春慢　送春同李蜺庵許晦堂賦、

燕子愁紅。鶯雛學語。一霎催教春老。心隨豔景。目送香塵。孤負滿隄芳草。拚得今宵夜闌。秉燭追遊。也嫌遲了。恨河橋楊柳。遮留無計。碧絲空裊。　還記得、前度笙歌。蘭橈停處。宛遇錢塘蘇小。韶華暗換。別緒頻

牽。那管倚欄人悄。謾說揚州倦遊。薄倖蕭郎。青樓夢杳。怕東君歸後。烟花南陌。更無人到。

## 瑤花 午夢

慵調鸚鵡。斜倚薰籠。正了無情緒。嫩波漸斂。渾不省、燕子呢喃簾戶。春風搖曳。念此際、柔魂何處。定幾番、踏遍楊花。也向謝橋飛去。　看看麝冷金猊。便化蝶尋香。應念歸暮。芳心未展。便怕是、驚破綠窗疏雨。翠幃低揭。料小玉、欲呼還住。恐檀郎、枕角相逢。怎得醒時重遇。

# 陸文蔚 字豹臣、一字藹卿、號西霞、江蘇青浦人、諸生、有采蘋詞一卷、

## 解連環 八兄遊粤八年、秋夜有夢、因作、

柳疏蟬歇。記一杯慘淡。黯然臨別。問征路、指點虛無。悵煙重瘴深。水遙天闊。驅鱷溪邊。只望見、江鄉明月。奈寸腸縈繫。萬事淒涼。十年遼絕。　飄零便同落葉。念生涯似舊。壯懷空切。憑雁翼、不到天南。要歸去聲聲。杜鵑頻說。一縷相思。六千里、夢魂遙接。話不了、幽情萬種。覺來哽咽。

## 水龍吟 枯荷

霜華點到芳塘。做成一片淒涼意。紅衣卸後。綠雲何處。茫茫煙水。瘦不禁風。高難擎雨。欲沉還委。伴枯蘆敗葦。蕭蕭槭槭。向遙夜、秋聲碎。　楚客滿襟愁思。問秋衣、可堪重製。捎磯支瀼。倦篙空礙。眠鷗難翳。半面猶欹。一莖欲斷。可禁憔悴。記江南舊景。田田多少。恣游魚戲。

## 汪啓淑

字愼儀、一字秀峯、號訒庵、安徽歙縣人、監生、官兵部郎中、有籲雅詞一卷、

### 步蟾宮　月夜

晶簾掩映涼蟾皎。聽扶砌、蛩吟幽悄。可憐十笏小樓兒、怎容得、閒愁多少。　江湖悔不投竿早。已孤負、白蘋紅蓼。雕闌倚遍暗銷魂。忍更把、良宵誤了。

### 蝶戀花　榆錢

子母羣飛凝碧露。燕募鶯收。繚繞花深處。侵曉苔階拋幾許。沈郎愁向城南去。　借取游絲搓作縷。破悶穿成。買斷春歸路。姹女風前空自數。春光畢竟難爲主。

## 朱黼

字與持、號畫亭、江蘇江陰人、拔貢生、官四川盧山縣知縣、有畫亭詞草十卷、一名紅豆詞、

### 浣溪紗　秋夜

撥盡沈灰香未收。停燈獨自上簾鉤。紫簫聽斷月當頭。　金屈戌搖新瑣閣。玉闌干繞小紅樓。悄無聲處最憐秋。

### 臨江仙　過愭園

簇簇䕷蕪埋曲逕。蒼涼鳥雀餘音。重勞行客一追尋。琅玕空竹院。鈴鐸舊禪林。　水月臺前春水闊。依然

明月波心。風流散後罷登臨。笙歌憐寂寞。詩酒恨消沉。

## 林克鉦

字式如、號梅心、江蘇金山人、諸生、有南邨詞一卷、

### 臺城路 燕子磯望江

聳肩直上磯頭立。帆帆遠隨雲去。石燕橫飛。秋濤倒瀉。閱盡興亡如許。闌干徧拊。歎金粉當年。草頭朝露。哀賦江南。多愁不獨庾開府。　虬龍深夜自舞。聽潮聲震盪。如挾雷雨。鐵鎖燒沈。鼉皮鼓罷。忽忽戰爭何處。漁翁笑語。問換酒兒童。賣魚歸否。醉枕蓑眠。甚關情弔古。

### 琵琶仙 水南菊花

寥落池臺。喜重見、林下蕭疏情性。絕憐濃淡丰姿。東籬笑相認。秋正老、西風滿院。又添取、一番新病。可記當時。迴廊畫檻。涼夜人靜。　忍忘卻、擘蟹烹鱸。幾回向、江南占佳景。只歎荊扉黃葉。似吾生萍梗。誰更管、霜花露蕊。倚碧苔、何限清冷。說甚高士風流。昔年三徑。

### 祝英臺近

卷殘雲。銷宿雨。相望碧天暮。傍水誰家。繞徧綠楊縷。小門半掩還開。依稀倩影。恰風送、歌聲輕度。　黯凝佇。此曲往日曾聞。啼痕尙堪數。今我重來。檢點舊愁緒。早又明月臨窗。春星當檻。問此際、那人何處。

## 史善長 字仲文、一字誦芬、號赤霞、江蘇吳江人、諸生、有翡翠巢詞、

### 洞仙歌 西安送春

曉鶯恰恰。任枝頭啼遍。難向風前喚春轉。又曲江、江上一片飛花。花笑我。也怨天涯歸晚。　倚樓人望遠。幾許柔腸。悄拍闌干有誰見。綠到柳千絲、錯怪東風。誤好約、玉驄嘶倦。想書劍、輕裝未應遲。只負了、將雛舊時巢燕。

### 蝶戀花 珠街鎮舟夜有感寄述庵先生滇南、

淺卸吟篷煙際宿。慣逐羣鷗。不管溪南北。岸外波搖新雨綠。羅衾半展燈垂粟。　謝客閒情耽水竹。問訊春風。天末人如玉。舊燕空來簾未軸。銜泥只願巢君屋。

## 徐雲路 字起萬、江蘇崑山人、諸生、有瀹雪山房詞草、

### 天香 蘆簾

細翦霜梢。匀編露葦。斜陽一片遙映。密密疏疏。蕭蕭瑟瑟。幾織秋汀煙暝。吹殘雪絮。便留護、窗櫺風緊。遙指茆檐低掛。依約箇人棲隱。　賓鴻者回猶認。颭微波、酒帘斜並。漫數銀鉤玉押。料伊無分。回首江湖夢冷。賸明月、輕篩漾寒影。窣地常垂。飄飄晚景。

## 劉汝暮　字古三、江蘇陽湖人、有寄春詞一卷、

### 摸魚兒　題朱笠亭蕊珠仙館山樓四詠畫册

好湖山、歸心暗引。蠻箋幾疊難寫。澹妝濃抹端相遍。約略吳宮嬌姹。臨芳榭。只一片迷離、幻出無窮畫。瑣窗閒話。恁京國句留。故園煙景。都讓漁樵者。　瀟瀟雨。客夢不離鷗社。虛廊那更飄瓦。上林春色明於錦。比似蕊珠居亞。空走馬。盼花影悠颺。映玉河橋下。聊拈瑤斝。問春睡東坡。洞霄小隱。此願何年也。

### 水龍吟　仲夏自楚中歸晤賁園於湖上有詞見贈依韻酬之、

疏麻折贈沈吟。大江憶昨潯陽去。樓頭噴竹。招來黃鶴。行雲停住。秋色無端。蒼茫一片。客愁何許。最懷人目斷。吳山點點。歸期數。戕還誤。　彈指綠陰盈塢。恰相逢、節驚重五。湘纍休弔。曾經楚地。怕拈騷補。好傍湖滑。畫船香宿。紅芙新吐。算遙情約共。東籬彭澤。醉芳洲路。

## 蕭掄　字子山、江蘇太倉人、諸生、有判花閣詞、

### 南浦　春草用碧山韻、

只是亂烟痕。被東風、吹向長堤勻染。一帶碧連天。萋萋甚、似共蔚藍裁遍。踏青人去。鳳鞋剛印春痕淺。還替飛花深護惜。擎住軟紅香片。　紛紛滿地斜陽。風光都付。銜泥紫燕。鬭草憶年時。相思處、認取愁根一

點。美人何許。楚香空寫騷人怨。那更王孫從此去。凝望短長亭遠。

### 掃花游　和碧山綠陰韻

東風竟杳。更不似殘春。亂紅迷路。嫩枝蔭處。但層層碎翦。碧雲無數。綠到琴書。不獨低迷院宇。暗凝竚。尚錯認遠山。空翠涵樹。　閒情渾自許。記輭踏花茵。暗香隨步。蝶蜂老去。正扶疏遶屋。待詩人賦。還勝秋林。一點殘黃弄雨。亂烟暮。被青青。總句留住。

### 掃花游　詠雁、用碧山韻、

霜天夜迥。帶一片邊聲。到江南住。幾行倦旅。學廻文錦字。怨啼愁賦。篆破寒雲。波礫不堪描取。渺何許。但殘月半山。秋老紅樹。　憐伊歸夢阻。認紫塞蒼茫。亂烟平楚。伴他杜宇。便啼殘清淚。此情誰語。斷岸蘆花。怕帶斜風細雨。避無處。又秋聲。一聲聲苦。

### 南浦　春雲、用碧山韻、

幾疊是春波。被東風。扶起半空搖影。點破蔚藍天。輕盈甚。依約鬢痕臨鏡。楚峯春淺。一絲搖曳陽臺恨。回首湘江烟水闊。不共落紅流盡。　連朝睡醒潛虬。玲瓏試舞。儘饒游興。做弄出春陰。紅樓裏。認煞柳絲烟暝。斜陽閣住。飄飄不似青山靜。待喚仙人同載去。倒看花田千頃。

## 錢杜　原名榆、字叔美、號松壺、浙江仁和人、官工部主事、

### 百字令 為改七薌畫石梅結宇圖題詞索和、

石巢雲壑。付幽人管領、一園晴雪。尺五柴門寒不掩、夢穩羅浮仙蝶。翠羽穿簾。紅藤壓架。松火窺簷活。炊煙林際。山童掃徧殘葉。 最憶前度清游。打頭松子、空翠涼肌骨。剗地東風啼鳥換、根觸舊懷重疊。結箇茅亭。與君共住。閒聽鐘魚發。梅花如此。為君圖畫風月。

## 黃湘南 字石櫓、湖南寧鄉人、諸生、官浙江玉環縣縣丞、有紅雪詞鈔四卷、

### 珍珠簾 珠蘭花

纍枝細蒂揉香碎。蕩搖出萬點鮫宮冰淚。竟體襲幽芳。浸晚涼如水。九畹紉芬誰擷佩。又鬢鬌、弄珠人似。眞似。算蘭香蕚綠。一家風味。 為問石尉樓頭。換明璣十斛。仙姝歸未。吹臭颸晶簾。蕊結同心穗。氾影黃瓷叢綺石。一縷縷、熏人清寐。無寐。試雪烹椀綠。露搓奩翠。

## 鮑 份 字叔冶、江蘇昭文人、諸生、有未學堂詞、

### 蝶戀花 甲辰春日、對雨遣興、

樓上簾垂簾外雨。一碧深深。春在庭前樹。燕子只依華屋語。舊泥銜向新巢去。 滿眼梨花誰作主。撲檻霑茵。留得情如許。幾日柳綿應學舞。大隄芳草吹何處。

雨雨風風春已半。因甚天涯。消息和雲斷。最是繁枝全不管。綠陰又向東樓畔。　樓上簾垂垂未卷。一任啼鳩。簾外將愁喚。只道微吟今漸倦。春光更比吟情短。

## 汪淮

字小海、浙江桐鄉人、貢生、有小海唱詞一卷、

### 蝶戀花　舟夜

堤柳無端千萬緒。酒盡燈昏。不解愁來處。柔櫓似憐無意緒。咿啞伴我煙中語。　雙鬢漸非人已去。夢比寒流。偏繞門邊樹。縱得相逢那可據。短篷況是瀟瀟雨。

## 張詡

字滌卿、號勿詡、江蘇元和人、官山東□□縣知縣、有露華榭詞一卷、

### 桂枝香　燈花

含嬌欲滴。慣耐盡長宵。愁心如結。瞞過春風。偷弄蔫紅顏色。誰憐火宅牽纏苦。更蘭膏、相煎太急。淒然雞唱。眈如五鼓。怎生留得。　算此際、寒閨刀尺。怪照影幢幢。看朱成碧。閃閃難停。似怕飛蛾相逼。也知預報蕭郎返。奈人前、金釵强剔。問他何處。燒殘絳蠟。千金一刻。

## 詹肇堂

字南有、號石琴、江蘇儀徵人、舉人、有心安隱室詞集四卷、

## 蝶戀花　元夕

細雨吹愁風作惡。病減心情。不踐燈期約。臥嗅寒香來著莫。笛家偏弄江梅落。　記得看街同笑樂。樓上紗籠。月透深深幕。今日歡緣成寂寞。傷心處處思量著。

## 邁陂塘　丁卯清明

甚飄搖、紙鳶不定。一絲風外偏穩。折花庭院春人豔。裊裊輭紅垂鬢。寒力緊。又欲雨還晴、天氣猜難準。凭闌試問。問楊柳絲柔。丁香結小。誰與解幽恨。　踏青伴。最憶昔遊疏俊。而今老去無分。玉牋密記尋歡地。依約翠消香褪。甌乳嫩。趁改火煎茶。自析餘酲困。心情暗引。想挑薺園林。笑桃門巷。燕子尙能認。

# 胡金題　字品佳、號秀山、浙江平湖人、諸生、有金屑詞松風詞酒邊詞各一卷、

## 步蟾宮

露華寒重螢無力。看點點、欲飛還息。有人愁下碧紗帷。怕照見凄涼顏色。　銀蟾漸過花陰昃。又候雁、一聲天碧。孤棲已覺斷腸多。何況是、天涯行客。

## 生查子

深院草蟲鳴。獨坐看牛女。螢影閃星星。照見人私語。　角枕綠雲香。斗帳淸無暑。涼露滴風簾。月白天疑曙。

## 趙秉淵 字實君、江蘇上海人、蔭生、官四川知府、有退密删存稿附詞、

### 一枝春 餘清齋分咏唐花、得梅、

三尺苔枝。漏春光、翻先去 江南芳信。室蠶閉穩。那怕朔風寒緊。橫斜瘦影。記籬落、小園曾認。持比似、沒骨臙脂。羌笛未容吹損。　鈿車六街連軫。伴紙閣蘆簾。淡妝微暈。冰花誰剪。細細暗香徐引。玉魂喚返。似月下、珮環聲趁。歸夢遠、銅井銅坑。雪飄吟鬢。

### 燕山亭 蘋婆果

嚋錫佳名。入手暗憐。不是汀洲新採。燕市買來。淺白輕朱。那數谷梨亭柰。臭味依然。眞淡到、更無人愛。留待。向涼夢回時。枕函微灑。　幾度貝葉經繙。問紅豆同呼。相思誰最。軟脣漫試。逆鼻徐參。依稀簷林流靄。蠟蔕頻封。莫輕潤、茂陵吟肺。懸在。料伴我、歲寒可耐。

## 陸炳 字赤南、號藜軒、江蘇丹陽人、有劍囊詩餘一卷、

### 滿庭芳 秋曉

窗竹敲風。庭梧落葉。正值秋色斑闌。亂紅堆砌。堦草露初溥。最是芭蕉破碎。聲瑟瑟、披拂欄干。烏衣返。重簾未捲。爲怕透輕寒。　寥寥深院步。孤琴在徑。清韻誰彈。念菊籬樽酒。無自追歡。還想陰晴水國。江湖淺、

釣許垂竿。何人覺。離鄉客瘦。憔悴似幽蘭。

## 李若虛

字實夫、爲秋藥女夫、故又襲姓馬氏、浙江錢塘人、官貴州銅仁府王大營巡檢松桃廳同知、有海棠巢詞一卷、

### 臺城路

大招前老柳一株、唐穆宗與吐蕃舅甥碑一、皆唐時舊跡、將返成都、書以志之、

前朝一樹垂楊柳。龍鍾亂拕青尾。枝占春先。此柳當春先發 根塡海滿。大招下舊係海眼 遺恨文成同繫。年華逝水。曾閱偏興亡。斷紅零翠。伴侶殘碑。蘚痕凝繞佛頭髻。 腰支尙向弱女。放青青雙眼。斜倚蕭寺。豎拂禪和。尋春遊客。那識千餘年事。紛紛蟻子。指梵宇金鋪。尙存唐字。蟬翼輕摹。古香生繭紙。

### 感恩多

記得玉沙街。月明人外。悄步花陰小亭背。粉香暗遞。碾玉搓瓊難賽。良宵無定價。千金買。 樓臺燈火笙歌一派。此景分明那能再。而今冷落。想像名園頹壞。魯西門下淚。羊曇在。

### 蘭陵王 獵

開鈴閣。走馬郊原寥廓。霜隼疾、草淺林疏。側目愁胡奮剛鍔。邊風吹作作。楊葉聲乾亂落。長嘯罷、手把雕弓。射得山頭紇千雀。 草間狐兔伏。漸馳偏龍沙。來往荒漠。蠻娘馬上還相熟。便醉倒氈帳。饑餐湩酪。此身已慣浮雲若。及時且行樂。 六鑿已忘卻。只眼底豪情。現在歡謔。絕勝天女流霞簿。更不管他日。六州

成錯。人生快意。且無用、談衛霍。

## 吴寶書 字松厓、一字簫仙、江蘇無錫人、有簫仙詞稿五卷、一名桐華樓詞、

### 長相思

對春山。畫春山。淡淡眉痕著筆難。新愁聚兩彎。　燕雙還。蝶雙還。紅上紗窗綠上闌。杏花飛又殘。

### 酷相思

燕子不來清夢曉。經宿雨、山容峭。更簾幕、低垂香篆裊。花醉也、人含笑。人醉也、花含笑。　煙柳絲絲縈桂棹。又綠徧江南草。便横笛、新翻長短調。鶯恨煞、春先老。春恨煞、鶯先老。

### 更漏子

嫩寒添。香霧輭。分付畫簾休卷。花漠漠。柳陰陰。夜長孤繡衾。　憐瘦影。慵開鏡。又是去年春病。睡未足。酒初醒。黄鸝一兩聲。

### 虞美人

雙鬟又報梨花謝。清夢闌珊也。思量無計可留春。檢取折枝新樣、畫羅裙。　分明咫尺蓬山路。潛把歸期數。背人今夜理相思。翻得浣花箋上、舊題詞。

## 嚴駿生

字小秋、江蘇上元人、諸生、有餐花吟館詞鈔七卷、

### 浣溪紗

倒鳳香銷漏已殘。酒痕紅暈步珊珊。一鐙扶夢上屛山。　小院風疏涼似水。曲瓊低控月彎彎。亂堆花影壓闌干。

### 賣花聲

端木雲樵招同孫楚葵汪子經鷹巢上人秦淮秋泛

雙槳板橋灣。輭趁潮還。簫聲冷咽夕陽殘。一角眉痕黃葉外。瘦了秋山。　花裏小門關。零落漁竿。玉人不耐晚風寒。窣地湘簾鉤不上。閒煞闌干。

### 如此江山

偕嘉善陳笙客滄州劉屹峯遊西湖

一湖春水溶溶活。重來綠仍依舊。戊午春予別西湖有句云、他日有緣重到此、湖山依舊我何如、波蹴魚鱗。橋低雁足。無數煙鬟如繡。船娘知否。看玉鏡空明。被伊搖皺。笑問寒梅。幾枝疏影爲誰瘦。　簫聲疑遠忽近。喜鄰舟簾底。香遞紅袖。鶴帶雲歸。鶯捎花落。多在斜陽時候。呼童貰酒。向萬綠陰中。儘人消受。妒煞風流。斷橋橋外柳。

## 沈蓮生

字清愛、號遠亭、浙江平湖人、官安徽阜陽縣知縣、有香草溪詞、

## 蝶戀花

年去年來江上燕。紅了桃花。綠了垂楊岸。鎮日闌干天樣遠。畫堂簾幕陰陰見。　牆外誰家吹玉管。絮亂絲繁。天亦如人倦。香夢無端尋欲徧。夢回只在閒庭院。

## 疏簾淡月　得家人書、詞以報之

牆陰那角。有小小幽花。乍牽籬落。露腳斜飛。坐久袖羅嫌薄。一年一度塡河鵲。只年年、瘦腰如削。晚妝重理。娟娟楚楚。半簪涼萼。　問因甚、萍飄絮泊。誤綠溪秋釣。畫檐春酌。往事驚心。塵滿玉窗羅幕。行雲縱有刀環約。怕相思、歸夢難託。但教說與。來鴻去燕。幾時忘卻。

## 暗香　客久未歸、春事冉冉盡矣、成此解再寄屈韜園、

蕙蘭芳歇。向瑣窗喚醒。聲聲啼鴂。莫是春歸。問取嬋娟二分月。憔悴天涯倦羽。怕還聽、丁寧將息。想故侶、門掩雲蘿。閒夢抱香蝶。　寥寂。望江北。正嬾倚畫簾。絮飛如雪。雨花暗泣。一地輕紅繡顏色。曾凭闌干亞字。何處也、高樓橫笛。又卻怨、湖上柳。那回共折。

## 望湘人　秋夜不寐、倚枕成吟、不自知其淒咽也、

甚簾衣織瞑。琴薦抱涼。夢回清潤如雨。漸咽疏蛩。更催遠杵。換了吟蟬前度。髡柳荒荷。斷橋曲港。無尋秋處。又怎知、秋在南樓。暗帶雁聲飛去。　憔悴天涯倦羽。料蘆碕月冷。未迷歸路。認蘋葉蘋花。只有舊愁無數。苔磯鷺管。釣船沙護。試與重尋煙語。怕醉後、棹入蒼茫。一笛漁天吹暮。

## 張振 字肇園、江蘇長洲人、

### 菩薩蠻

風吹亂葉斜陽裏。蒼山漠漠寒烟起。孤雁又南飛。他鄉人未歸。　登樓空遠盼。涼月今宵滿。昨夜夢依稀。淚痕多染衣。

## 福增格 字贊侯、滿洲正黃旗人、官至江寧將軍、有酌雅齋詩餘一卷、

### 蝶戀花 西園送春

絮亂西園春欲暮。燕子呢喃。愁絕雕梁訴。醉眼勸春春不住。朱門空掩青苔路。　留春不見春何處。春煞無情。花也隨春去。落盡臙脂鶯不語。綠楊枝上黃昏雨。

## 李方湛 字光甫、號白樓、浙江仁和人、諸生、有紅杏詞二卷、

### 齊天樂 秋蟬

一天秋思來何處。淒淒夕陽西畔。夢醒槐宮。魂銷柳驛。碧樹無情誰管。移枝意懶。悵鬢影蕭疏。琴絲零亂。幾度沈吟。歲華容易暗中換。　風前嗚咽似說。有征蹄得得。山遠人遠。冷抱霜柯。寒栖病葉。同是天涯淒

惋。迴腸欲斷。況疏雨無聊。苦添哀怨。喚起秋聲。此時誰聽慣。

齊天樂 雁

燕歸換得哀鴻到。聲聲訴他憔悴。飛斷湘雲。叫殘塞月。蹤跡年年孤寄。寒蘆敗葦。怪影落圓沙。極天煙水。倦羽纔停。數聲漁唱又驚起。　相思苦難說似。但長空宛轉。書箇人字。旅館燈昏。寒閨漏永。同是夢魂千里。飄零身世。任石闕常銜。那能無淚。倚徧江樓。玉箏愁再理。

## 胡正基

字岫青、號巽泉、浙江平湖人、貢生、有瑤潭詩餘一卷、

如夢令 遣悶

最喜東田苗秀。露下嫩涼時候。四壁咽蛩聲。眼底秋光依舊。難又。難又。不見綠窗人瘦。

## 沈宗約

字鶴坪、江蘇鎮洋人、貢生、官訓導、有潭影軒詞稿、

漁家傲 本意

柔櫓聲中風悄悄。垂楊兩岸聽啼鳥。一盞漁燈如豆小。天未曉。兒孫團聚船頭笑。　江上西風秋又到。蘆花一片飛霜早。破笠破蓑都是好。閒垂釣。波光萬頃澄心照。

行香子

枝寄鷓鴣。戶滿蠨蛸。悵家山、千里迢迢。倦來欹枕。夢裏逍遙。看研山雲。石湖月。海門潮。　紅消菡萏。綠冷芭蕉。問誰來、同醉松醪。香殘燭炧。秋思無聊。更夜沉沉。風颯颯。雨瀟瀟。

## 汪景龍　字翊青、號岑華、江蘇嘉定人、有月香綺業、美人香草詞、碧雲詞各一卷、

### 水調歌頭　次王耿仲笛牀別調韻

王謝號名士。劉項數英雄。而今一樣。付與殘照與西風。細算名韁利鞚。何似浮家泛宅。來往霅溪中。散髮唱銅斗。吹笛縱吟篷。　所思在。七十二。洞庭峯。世人搖手。戒我心內怒濤洶。君自風塵走馬。我自煙波跨鯉。道固不相同。揮手謝時輩。戴笠伴漁翁。

### 如夢令　題彈琴圖

昨夜南湖風雨。涼到荒汀枯樹。石上理瑤琴。人在竹陰深處。山路。山路。殘照碧雲秋暮。

## 徐鳴珂　字竹薌、江蘇興化人、有研北花南詞鈔一卷、

### 春曉曲

九華帳底濃香聚。宛轉微聞新燕語。曉風吹夢不分明。花韡夜來知有雨。　遠山又解翻眉譜。款款妝成心暗許。離愁只在繡簾前。說甚天涯芳草路。

## 施晉 字錫蕃、江蘇無錫人、諸生、有雪帆詞、一名一枝軒詞、

### 鵲橋仙

圓冰對罷。眞珠卷卻。纖手金猊初炷。柳芽剛吐一些些。正春在、櫻桃開處。　催花風信。養雲天氣。雨色已濃如許。路長多分溼春衣。又何苦、怱怱歸去。

## 袁起 字竹畦、浙江錢塘人、官江蘇縣丞、有晝延年室詞四卷、遊吳草一卷、

### 惜餘春慢 花魂、和瑤華妹韻、

縹緲疑仙。微茫是幻。雨泊風飄無定。已空色界。未剗情根。還怕蝶句蜂引。重捲新緣簾鉤。粉墜苔階。香消莎徑。逐行雲莫向夢中飛去。賺人芳恨。　空悵望、剪紙難招。傷春易老。費盡幽懷吟詠。輕憐欲斷。小不禁銷。誰瘞一鋤煙冷。環珮姍姍夜歸。認不分明。月中嬌影。任癡無管束。燕陌鶯堤繞盡。

### 疏影 絮影、再和瑤華、

垂楊院宇。看暖風乍起。飄散無數。畫出殘春。冶思愁痕。逗弄夕陽明處。纔穿蛛網沈簷角。又淡拂、湘簾飛去。儘覷來、比雪模糊。描上紗櫺如霧。　曾賺瑣窗睡起。硯池輕墜入。纖指拈誤。暗逐殘紅。悄墮雲屏。燕子

欲銜難住。顛狂漫詠沾泥句。怎耐得、玉階煙雨。記黄昏、人倚雕闌。更向月中低舞。

## 胡長庚 字西甫、安徽歙縣人、有嶺雲詞賸稿、

### 生查子 擬毛平珪

壁月照瓊枝。上有雙棲鳥。相顧復相憐。毛羽生來好。　對浴出咸池。聯翼游蓬島。已笑燕兒忙。不學鸚哥巧。

## 姚循陔 字補南、號眷庭、浙江嘉興人、諸生、

### 暗香 菊影

冷懷獨抱。對淡人更淡。色香俱渺。一徑蕭疏。亂踏芒鞋破清曉。老眼看來似霧。幾錯認、落英空掃。問可是、陶令幽尋。魂向短籬繞。　霜冒。爾偏傲。怎象外傳神。秋容愈妙。雨風休擾。最怕飄零等閒了。折向青銅笑插。留伴我、鬢絲同照。待後夜、呼皓月。與伊共弔。

## 萬秋期 字孝枚、號拾樗、江蘇荆溪人、

### 玉女迎春慢 玉潭凝碧

山簇川迴。蒼崖側、矗矗檜杉交倚。下有靈邱百尺。綠蘚淸漣相際。臥虹横砌。似暗鎖、一泓秋氣。波紋如縠。迎月弄烟。都做飛翠。　玉人去也。香蹤空留得。舊日洗頭佳地。鶴駕知他甚處。想像淩虛游戲。鬟雲乾未。怕尚有、膏凝脂膩。岫影澄潭。錯認晚妝螺髻。

# 全清詞鈔第十五卷

## 李林松 字仲熙、號心菴、江蘇上海人、嘉慶元年進士、官戶部員外郎、有易園詞集一卷、

### 小梅花

冷翠燭。伐湘竹。嗷嗷鬼母秋郊哭。錦襜襦。香掃塗。平陽花塢。抛擲任梟盧。天河之水夜飛入。天遣裁詩作花骨。鼓逢逢。舞蛟龍。道逢騶虞。駿骨折西風。　風吹雨。幽蘭露。放妾騎魚撇波去。裁生羅。皓齒歌。柳長如線。人見是青騾。鯉魚風起芙蓉老。走馬馱金鬭春草。草如茵。江畔春。白璧一雙。一節奉王孫。

## 邵葆祺 字壽民、順天大興人、嘉慶元年進士、官吏部員外郎、有情禪詞、

### 好事近

曲項舊琵琶。記聽玉盤珠落。又見玉人纖指。壓當場絃索。　一聲水調暮江秋。秋鬢人非昨。賸有青衫餘淚。爲膽娘抛卻。

### 虞美人

天涯詞客飄蓬慣。筆借江花暖。也知煙月了無痕。祇覺揚州依舊占三分。　野塘處處鴛鴦偶。冷蝶惟增

瘦。渭城歌罷向燕臺。從此雙心一影渺紅埃。

江聲 字鯨濤、號叔澐、江蘇吳縣人、嘉慶元年舉孝廉方正、有艮庭詞三卷、

琵琶仙 金閶晚泊

斜日揚舲、堞樓下、一帶荒涼吳苑。珠幌猶蔽何鄉。秋空片雲卷。風漸急、橫塘乍渡。便穿入、虎山西崦。野草低迷。寒鴉下上。渾是淒怨。　看胥口、波面靈旗。未輸爾、鴟夷五湖遠。無限亂山銜碧。閃烟檣斜展。排多少、荒臺廢館。只望中破楚門鍵。料得遙夜鐘聲。夢回難遣。

朱彭 字亦籛、號青湖、浙江錢塘人、嘉慶元年舉孝廉方正、有湖船簫譜詞一卷、

蝶戀花 園中紅白桃花、爲風雨所敗、

小白嫣紅開滿樹。輕薄東風。一夜將花妒。啼鴂聲中春又暮。閒園幾陣淒涼雨。　斜凭雕粱愁不語。盼到新晴。飄泊歸何處。蛺蝶雙雙無意緒。作團飛過鄰牆去。

袁棠 字倘木、一字甘林、又字无咎、號湘瀫、江蘇吳江人、嘉慶元年舉孝廉方正、有洮瓊館詞一卷、一名濃睡樓詞、

浪淘沙

迷路得花看。暫解征鞍。纈絲門巷雨漫漫。借問小姑團扇上。誰畫雙鸞。　山果配蔬盤。菰脆梅酸。隔牆燈影夜闌干。閒殺半牀青綺被。各自宵寒。

偷聲木蘭花　彭城行館、丁夜聞笛、

霜華微糝苔痕皺。露井月來秋樹瘦。長夜漫漫。燈影蟲聲各自寒。　誰家玉笛高樓上。不睡知他愁底樣。也怕淒清。欲歇還吹一兩聲。

## 黃體正

字雲涓、廣西桂平人、嘉慶三年舉人、官國子監典籍、有帶江園詩餘一卷、

小闌干　思陵山秋景

空山吹到可憐秋。夢墮碧雲頭。絕壑鳴濤。遙峯散雨。攪得不成愁。　孤亭自拍闌干望。兩水下歸舟。榕樹江前。蘆花洲上。風色冷潯州。

浪淘沙　客思

江上夕陽紅。惜酒憐風。嶺梅吹落笛聲中。卻憶揚州歌吹好。唱徹玲瓏。　流水太怱怱。雲遠烟空。南歸人似北來鴻。明月蘆花隨處宿。夢亦西東。

水龍吟　春江聞笛

天涯芳草春初美人何處瀟湘隔。離情欲訴更沈鼉鼓波寒瑤瑟。驀地龍吟。一枝竹裂。江南江北。凭迷濛烟月。聲聲弄破縹緲作關山白。吹散梅魂柳魄。憶當年、動人悽惻。高樓醉倚清笙漫擫。紅牙低拍。回首離亭萬條飛絮十年孤客。到如今試問紫鸞黄鶴。箇誰騎得。

# 馮元曦

字天衢、號花橋、浙江嘉興人、嘉慶三年舉人、

## 金縷曲

咏魏氏冢舍瓦硯爲文選樓物、

野火東風紫。問何年、山河刦盡。鴛鴦燒死。銅雀臺高天際聳。金虎金龍雙峙。想一代、英雄父子。猛士名王登高賦。更珠簾、玉帳紛歌妓。千古恨。漳江水。　觚棱終古關王氣。歎當日、墓田丙舍。西陵山鬼。七十二堆秋墳冷。畢竟魂歸來未。剩落日、荒烟滿地。比似香姜苔翠活。有銅仙、玉馬餘殘淚。認一片。建安字。

# 張惠言

原名一鳴、字臯文、江蘇武進人、嘉慶四年進士、改庶吉士、授翰林院編修、有茗柯詞一卷、又與弟琦合撰宛鄰詞選二卷、

## 水龍吟

瓶中桃花

疏簾不捲東風。一枝留取春心在。劉郎别後。年時雙鬢。青青未改。冷落天涯。淒涼情緒。與花憔悴。趁紅雲一片。扶儂殘夢。飛不到、垂楊外。　看取窗前細蕊。醸幽芳、幾多清淚。六曲屏風。一痕愁影。攬來都碎。明月

深深。爲花來也。爲人無寐。怕明朝、又是清明點點。看他飛墜。

## 木蘭花慢　楊花

儘飄零盡了。何人解、當花看。正風避重簾。雨迴深幙。雲護輕幡。尋他一春伴侶。只斷紅、相識夕陽間。未忍無聲委地。將低重又飛還。　疏狂情性算淒涼。耐得到春闌。便月地和梅。花天伴雪。合稱清寒。收將十分春恨。做一天、愁影繞雲山。看取青青池畔。淚痕點點凝斑。

## 水調歌頭　春日賦示楊生子掞

東風無一事。妝出萬重花。閒來閱遍花影。惟有月鉤斜。我有江南鐵笛。要倚一枝香雪。吹徹玉城霞。清影渺難即。飛絮滿天涯。　飄然去。吾與汝。泛雲槎。東皇一笑相語。芳意在誰家。難道春花開落。更是春風來去。便了卻韶華。花外春來路。芳草不曾遮。

百年復幾許。慷慨一何多。子當爲我擊筑。我爲子高歌。招手海邊鷗鳥。看我胸中雲夢。蔕芥近如何。楚越等閒耳。肝膽有風波。　生平事。天付與。且婆娑。幾人塵外相視。一笑醉顏酡。看到浮雲過了。又恐堂堂歲月。一擲去如梭。勸子且秉燭。爲駐好春過。

疏簾捲春曉。胡蝶忽飛來。游絲飛絮無緒。亂點碧雲釵。腸斷江南春思。黏着天涯殘夢。賸有首重回。銀蒜且深押。疏影任徘徊。　羅帷卷。明月入。似人開。一尊屬月起舞。流影入誰懷。迎得一鉤月到。送得三更月去。鶯燕不相猜。但莫憑闌久。重露濕蒼苔。

今日非昨日。明日復何如。竭來眞悔何事。不讀十年書。爲問東風吹老。幾度楓江蘭徑。千里轉平蕪。寂寞斜陽外。渺渺正愁予。　千古意。君知否。只斯須。名山料理身後。也算古人愚。一夜庭前綠遍。三月雨中紅透。天地入吾廬。容易衆芳歇。莫聽子規呼。

長鑱白木柄。劚破一庭寒。三枝兩枝生綠。位置小窗前。要使花顏四面。和着草心千朵。向我十分妍。何必蘭與菊。生意總欣然。　曉來風。夜來雨。晚來烟。是他釀就春色。又斷送流年。便欲誅茅江上。只恐空林衰草。憔悴不堪憐。歌罷且更酌。與子遶花間。

### 相見歡

年年負卻花期。過春時。只合安排愁緒、送春歸。　梅花雪。梨花月。總相思。自是春來不覺、去偏知。

### 木蘭花慢　遊絲、同舍弟翰風作、

是春魂一縷。銷不盡、又輕飛。看曲曲迴腸。愁儂未了。又待憐伊。東風幾回暗剪。儘纏綿、未忍斷相思。除有沈烟細裊。閒來情緒還知。　家山何處。爲春工容易到天涯。但牽得春來。何曾繫住。依舊春歸。殘紅更無消息。便從今、休要上花枝。待祝梁間燕子。銜他深度簾絲。

### 玉樓春

一春長放秋千靜。風雨和愁都未醒。裙邊餘翠掩重簾。釵上落紅傷晚鏡。　朝雲捲盡雕闌暝。明月還來照孤凭。東風飛過悄無蹤。卻被楊花送微影。

## 賀新郎

柳絮飛無力。問東風、天涯吹送。幾時纔歇。一片嬌紅辭花去。看有千番欹側。知多少、臙脂暗泣。只有愁雲凝不散。做絲絲、淚點還長絕。春到此。亦輕別。　去年團扇長相憶。料新來、尊前難問。舊時明月。溝水東西流到海。便有相逢時節。又只恐、蓬萊路隔。欲向東君深深訴。怕春歸、從此無消息。屬燕燕。莫頻說。

## 六醜

便風風雨雨。看眼底、韶光都歇。道春竟歸。春來多少恨。無限凝積。長記尋春早。一枝紅粉。壓心頭千疊。東君不管春狼藉。落盡桃顋。雕殘杏頰。回頭已無蹤跡。只新叢細蕊。還賸芳澤。　化工拋擲。爲羣芳暗泣。試問春何在。難重憶。東風也解珍惜。向蒼苔扶起。幾番欹側。低回久、更休相憶。便留得、一朵嬌紅獨自。奈他深碧。飄零處、芳意難滅。有暗香。遶過春前去。梅花識得。

## 風流子　出關見桃花

海風吹瘦骨。單衣冷、四月出榆關。看地盡塞垣。驚沙北走。山侵溟渤。疊嶂東還。人何在。柳柔搖不定。草短綠應難。一樹桃花。向人獨笑。頹垣短短。曲水彎彎。　東風知多少。帝城三月暮。芳思都刪。不爲尋春較遠。辜負春闌。念玉容寂寞。更無人處。經他風雨。能幾多番。欲附西來驛使。寄與春看。

## 傳言玉女

多謝東風。吹送故園春色。低晴淺雨。做清明時節。昨夜花影。認得江南新月。一枝枝漾。春魂如雪。　卻問東風。怎都來、共閱寂綺屏繡陌。有春人濃覓。閒庭閉門。判鎖一絲愁絕。夢兒無奈。又隨春出。

吳鼒　字及之、號抑庵、一號山尊、別號建園鋤菜叟、安徽全椒人、嘉慶四年進士、改庶吉士、授翰林院編修、官至侍講學士、有百萼紅詞二卷、

一萼紅　傷池荷

歎西風。竟不曾驅暑。專送水邊紅。流眄情長。當歌聲咽。花候如此悤悤。記曾傍、朝霞采采。詑前度、舊侶各西東。緣盡牽衣。味如飲蘗。心逐飄蓬。　生小鴛鴦爲伴。怪今晨睡醒。絳雪無蹤。愁起開初。生憐斷後。知我情爲誰鍾。止留得、千莖慘綠。怕今夜、滴碎雨濛濛。何況緜緜遠道。夢也難通。

吳榮光　字伯榮、號殿垣、一號荷屋、廣東南海人、嘉慶四年進士、改庶吉士、授翰林院編修、官至湖廣總督、有筠清館詩餘、

清平樂　題清湘老人金陵十景冊

繁華無限。都付雲烟眼。一老江頭春畹晚。寫到舊時臺館。　可憐賸水殘霞。曹騰鷗夢漁家。名士美人何處。六朝芳草天涯。

綠意　題韞小沼白蓮花

生來自潔。更小池乍曉。風韻都絕。獨立汚泥。愛惜芳心。豔極不因人熱。六郎枉有如花貌。莫只向、花中同說。但願爲、騷客衣裳。消受粉濃香疊。　忽憶西瀛風露。早朝策馬過。香滿衣褶。蝀玉鰲金廿載優遊。容易冰調藕雪。而今一幢如烟眼。又欲問、盈盈誰折。算從頭悟到根塵。付與花間涼月。

## 陳鍾麟

字肇嘉、號厚甫、江蘇元和人、嘉慶四年進士、改庶吉士、官至浙江杭嘉湖道、

### 好事近

笑把釣魚竿。此地天空海闊。溪畔白鷗夢醒。近荷香時節。　擕筒留伴月明歸。許我一生活。報道先生歸也。將風波閒說。

我欲賦歸來。一霎韶光電掣。爲愛杭州官好。看三潭波折。　煙霞簿領得閒多。孤負戴風笠。相約騎驢湖上。踏斷橋殘雪。

## 郝懿行

字蘭臯、山東棲霞人、嘉慶四年進士、官戸部主事、有曬書堂詩餘一卷、

### 滿江紅

丁未春、久客都門、悵然有作、

生小嬋娟。那敢道、芙蓉如面。妄思想、姮娥有意。幸垂青盼。奉帚夢遊仙洞府。挑燈剩守離宮殿。論班行、雖未廁青衣。韶光賤。　整頓就。描鸞管。安排下。繡鴛線。待翦裁香茗。標題紈扇。無奈君王金屋宿。獨敎賤妾

長門怨。望朦朧、月色隱昭陽。難窺見。

## 程同文　字春廬、浙江桐鄉人、嘉慶四年進士、官至奉天府府丞、

### 月華清　蘋婆果

珍餉甘分。飣筵香擘。燕南絕勝風味。淺綠輕紅。襯出肌膚玉膩。贈伊名、佛也多情。爭拈得、相思兩字。猶記。是黃姑津畔。靈根謫世。　憶見素花簪髻。早露飽煙酣。摘殘秋翠。小劫罡風。護過春頭臘尾。愛掌搓、替月能圓。憐齒齧、融霜微脆。函子。待歸種家園。配他青李。

## 許宗彥　原名慶宗字積卿、號周生、浙江德清人、嘉慶四年進士、官兵部主事、有華藏室詞二卷、一名鑑止水齋詞、

### 蘇武慢　帆影

淺掠平蕪。低籠寒水。夕照暗移蘭渚。層陰冪䍥。遠樹淒迷。幾度畫欄愁誤。似有如無。空外霏烟。鏡中藏霧。借好風輕送。迴汀徐轉。晚峯青露。　吹徧了、歷歷天涯。依依芳草。忘卻那回南浦。傷心最是。曲曲屏山。夢逐冷雲飛去。甚日歸來。卷起秋痕。拋殘春絮。放一江明月。付與蕭然白鷺。

# 蔡鑾揚 字浣霞、浙江桐鄉人、嘉慶四年進士、官福建延平府知府、有證響齋詩集、附詞、

## 醉花陰 香篝

翠袖籠寒屏角倚。蘭火星星試。容易怕消紅。一寸灰心。暈下臙脂淚。　閨簾薄霧昏垂地。偏鬙朦朧睡。夢裏最溫存。喚住檀雲。篆出相思字。

# 錢枚 字枚叔、號謝盦、浙江仁和人、嘉慶四年進士、官吏部主事、有微波詞一卷、

## 清平樂

斜風細雨。總是銷魂處。儂自留人留不住。好夢幾時重作。　天涯芳草悠悠。垂楊影裏登樓。望盡去帆千片。更無一箇扁舟。

## 憶王孫

短長亭子短長橋。橋外垂楊一萬條。那回臨別兩魂銷。恨迢迢。雙槳春風打暮潮。

## 望江南

愁望遠。清淚溼羅衣。春事催完胡蝶嬾。楊花開瘦鯉魚肥。遊子未成歸。

## 風蝶令

好夢難重作。去春愁又一年。東風吹起夜窗眠。依舊初三月子不曾圓。　曉霧凝香溼。游絲惹恨牽。桃花開近翠簾前。花外一重涼雨一重煙。

金縷曲　題秦良玉小象

明季西川禍。自秦中、飛來天狗。毒流兵火。石砫天生奇女子。賊膽聞風先墮。早料理、夔巫平妥。爭奈軍門無將略。念家山、只怕荆襄破。妄男耳。妾之可。　蠻中遺象誰傳播。想沙場、弓刀列隊。指麾高坐。一領錦袍殷戰血。襯得雲鬟婀娜。更飛馬、桃花一朵。展卷英風生颯爽。問題名。愧煞寧南左。軍國恨。尙眉鎖。

## 吳　騫　字槎客、別號兔牀山人、浙江海寧人、貢生、有藕花漁唱一卷、

減字木蘭花　蜻蜓

餐風飽露。賴有涼蟬堪作侶。曲岸方池。偏愛亭亭立釣絲。　蓤花香醉。嫩翼纖腰輕點水。夢破幽窗。還把金泥疊一雙。

## 張思孝　字南陔、號白華、江蘇長洲人、貢生、有鷲邊詞一卷、

菩薩蠻　墨賞齋前、老梅一樹、芬蕚乍破、寒香襲人、庭戶悄然、明月來去、凝眺久之、忽忽如夢、遂成二解、時戊子正月晦日、

疏枝籬角橫孤影。梅邊吹笛愁初醒。滿地碧雲鋪。寒香淡欲無。　虛窗愁夜永。寂寞吟魂冷。禽語隔春煙。夢迷殘月天。

凍雲一片飄無迹。溟濛淡白連窗色。玉笛倚煙吹。冷香飛一絲。　石闌人乍散。簾影玲瓏捲。今夜夢關山。斷魂無那寒。

## 鬲溪梅令

曲闌干影蕩波光。小池旁。一帶斷虹殘雨、接斜陽。隔簾飛冷香。　粉紅一片漫銀塘。捲風裳。秋意今宵先在、水雲鄉。月明鷗夢涼。

## 疏影

太守郡齋、有抹麗數十本、皆自粵中攜至者、予過杭下榻、每當晚涼浴罷、淡風入懷、月露初泫、滌雪甌、煮佳茗、坐臥狂香皓雪堆中、眞覺魂清骨冷也、因謂曰、昔白石道人爲石湖賦梅暗香疏影、至今膾炙、子盍度新聲寵予是花乎、遂援毫成調、以爲清美不減石帚、惜無俊妓嫺歌者付之耳、明日以兩株贈行、且云、是雖不及小紅、而冰肌玉骨相伴過四橋邊、亦不爲寂寞矣、相與一笑而別、時己丑七夕前二日也、

千枝凝雪。愛冷香沁骨。都忘炎熱。小雨初過。花影玲瓏。晶簾半浸明月。芳心乍露先教摘。看不到、全開時節。眄蘚階、翠袖攜來。早挂玉魚釵側。　猶憶蘭窗夕靜。素肌纔浴罷。輸與幽潔。犀盒塵封。一片流蘇。正待裊、鸞毬結。紗幮此夜銀函冷。誰更與、孤眠人說。判小庭、風露吹涼。伴我夢魂清絕。

## 汪度

字鄭樓，號白也，江蘇上元人，諸生，有玉山堂詞一卷，

### 金縷曲　東子山海槎，阻風燕子磯，

燕子留春住。只春心、牽愁貯恨，亂如飛絮。江上石尤風解事。遮卻畫橋歸路。奈不是、秦淮官渡。青子綠陰憑夢到。小紅樓、一片梨雲護。殘醉醒，在何處。　斷崖薜蝕曾題句。料斜陽、四三人影，幾番尋去。眼底便增今昔感。那必幽燕吳楚。空目斷、江豚吹雨。初月一彎明似水，照篷窗、深夜淒無語。應倚枕，憶眉嫵。

## 黄景濂

字亦宋，江蘇鎮洋人，諸生，有友蓮詞稿，

### 瑣窗寒　錢叔美寫秋樹庵圖見贈，奉答，

鴉陣催寒。雁羣促暮。小窗才掩。無聊況味。準備藥爐經卷。聽秋風、驚心未休。故人好似雲林嬾。寫一庵初白，陰疏人瘦，寂寥庭院。　誰伴天涯遠。正江上峯青，湘靈不見。蕭蕭樹影，寄得相思無限。對斜陽、無言自怡。幾時赴約煩點染。更四圍、落葉聲中，擁被吟飛霰。

## 汪世泰

字紫珊，江蘇六合人，監生，官河南知府，有碧梧山館詞二卷，

### 水龍吟　秋日登靈巖山，望隔江雲樹，半沈煙霧，攜短笛臥塔院東壁，吹坡翁大江東去詞，明月出海，冷光

鑑人、弄影而歸、途中漫紀、

金泥畫出江天。玲瓏塔影波心墮。風帆漸遠。霜洲欲沒。一痕煙鎖。扣壁呼猿。隔巖招鶴。蒲團孤坐。指斷霞明處。遙山幾點。渾似著。紅綃裹。　石竇曲容雲臥。趁涼颸、笠簷飛過。閒吹鐵笛。喚來圓月。爛銀盤大。髮冷風梳。衣寒露溼。不如歸些。早引人雙屧。隔林明出。數星樵火。

## 湘月 出關晚經南天門作

草枯沙白。恁出關秋色。蒼涼如此。車鐸郎當投古戍。何處明駝先繫。一片悲笳。數聲斷角。吹落斜陽紫。昏星未上。滿衣都是霜氣。　千尋指認危崖。青蒼崱屴。似阻南來騎。冷翠壓山登不易。仰首人行天際。紅柳蕭蕭。朱旗閃閃。門掩黃雲裏。舉鞭試叩。皂雕足下騰起。

## 水龍吟 登金山妙高臺待月、記東坡月夜登此令歌者袁綯唱自作水調歌頭詞、乘醉起舞、高風邈繼、慨然興懷、

巨鼇頫首波心。我來長嘯登其背。江天一碧。望中惟海。眼前無地。蝶趁千帆。蛙蹲萬壑。紛紛足底。看怒濤滾滾。排山蕩石。半空捲。魚龍氣。　只有焦仙抗手。向雲中、遠堆煙髻。鐘聲依約。似來招客。覓煙霞契。蒼霧初沈。涼蟾欲上。爛銀盤洗。憶坡公何處。乘風一曲。有誰能記。

# 范鍇

原名音、字聲山、號白舫、浙江烏程人、有苕溪漁隱詞二卷、花笑廎詞□卷、

水龍吟　白蓮

天孫織罷仙機。銀塘十里抛紈素。珊珊弄影。盈盈隔水。凌波乍遇。幾朵飄烟。一莖抱月。向人無語。任小娃撐艇。夕陽偷采。歌聲起。涼消暑。　誰惜鬘華別浦。繫離愁、碧衣吟苦。東林社遠。問何人與。重修淨土。贏得如今。玉京游倦。霓裳慵舞。怕明波瑟瑟。宵深露冷。倩輕雲護。

暗香　題顧伴槃明府、梅邊吹笛圖

半湖春色。早付伊畫舫。一枝清笛。倚槳發聲。吹入東風忍輕摘。尋到孤山試問。可還有、逋翁詩筆。賸翠麓、依舊橫斜。疏影落苔席。　楚國共蕭寂。更夢冷段橋。那不愁積。露華似泣。應是春來也相憶。休訴玉龍哀怨。空皺了、兩峯眉碧。算只鷺漚舊侶。此情解得。

清平樂

倚桃人去。寂寂花無主。風信幾番深閉戶。吹落一簾紅雨。　尊前記譜銀箏。韶光暗度輕輕。窺見那時情事。問他枝上啼鶯。

馮金伯　字冶堂、號墨香、江蘇南匯人、貢生、官句容縣訓導、有南村詞略、又輯有海曲詞鈔四卷、詞苑萃編二十五卷、

唐多令　題畫、贈萬友鴻、

疏雨響簾櫳。一身驚斷篷。數歸期、已是殘冬。結伴攜尊來勸客。燈影畔、酒鱗紅。　何日再相逢。酒濃愁更濃。聽煙霄、一帶征鴻。欲寫離情無處寫。聊寫贈、兩三峯。

壺中天　陳雲村朱梅堂張繡堂約看菊、未果、

高陽酒侶。約褰裳同到、籬邊小住。日日顚風當斷渡。空有夢魂來去。宿雨檐低。留雲屏暗。減了看花趣。花應笑我。爲誰憔悴如許。　還向竹塢桐陰。安排茶竈。三徑時延佇。昨夜鄰家機杵急。錯認數聲柔櫓。一室秋英。滿城涼月。伴我懷人苦。何堪更聽、孤鴻嘹唳烟渚。

## 王翰青　字文虎、改字鄂舟、別號鶴野詞客、浙江烏程人、諸生、有鶴野詞二卷、

憶少年　寄萸沜、北硯、雪田、

無端殘雨。無根殘夢。無情殘夜。孤燈且留燄。聽陰蟲愁話。　擬賦長門羞自寫。誤韶華、白頭人下。鸞徽盡無改。只蛾眉難畫。

青玉案　懷苕上舊遊、寄北硯、

家臨荷葉香邊路。約隔岸、尋秋去。冉冉溪雲同客渡。鶴巢猶在。鷗波無恙。記否嬉遊處。　蓮峯住近朝還暮。且搦風流璧中句。排笮淸才仍爾許。子安愁絕。落霞孤鶩。不賦西山雨。

好事近

解纜白蘋風。殘夢和燈吹墮。生怕隔橋回望。見青熒窗戶。　喚將離恨到江南。記我曉行處。無限短亭流水。更長亭寒樹。

憶少年

一江離恨。一襟寒色。一船歸夢。蓴鱸了無涉。被秋風吹動。　月子彎彎弦半控。破黃昏、笛聲三弄。紅樓已天末。只青山相送。

## 吳　覲　字荆岷、江蘇宜興人、諸生、有鷗園詞、

揚州慢　玉鉤斜

楊柳迷烟。棠梨困雨。臺邊一望消魂。自深深埋玉。總景色傷春。憶芳歲、鈿車入侍。紅筵翠幕。幾度承恩。奈名花易謝。淒涼靈木空薰。　漆燈無焰。鮑家詩、唱徹秋墳。歎步月鳩頭。迎風雉尾。都化香塵。腸斷彩雲夢杳。南宮曲、重聽無因。看土花凝碧。依稀還帶啼痕。

## 陳咸慶　字雲伯、浙江海鹽人、嘉慶五年舉人、官江蘇睢寧縣知縣、有紅蕉山館詞、

百字令　題陳冀子所得廢塚中方鏡、云墓塼有天康年字、蓋陳以前物、和姚半林韻、

向方諸問。認陳宮何處、一溪煙繞。金粉南朝佳麗甚。況有新詞傳寶。璧月多情。瓊枝長伴。莫把山河照。景

陽鐘冷。祇應依舊娟好。　那更荆棘銅駝。菱花吹落。埋沒隨秋草。說與千年興廢事。爭奈都無分曉。何苦
江心元冰鑄出。催得青天老。鍾山黛綠。壓衣妝鏡如抱。

金縷曲　慰嚴小秋悼亡、化蝶尋君恨路生、君夫人句也、

霜葉寒階走。盪迴腸、檀槽招斷。釭花吟瘦。蘇小鄉愁根觸。易客裏幾番回首。又賦徧、白門楊柳。木落淮南
秋老矣。問明湖、眉黛爭如舊。羈屑感。此時候。　淚痕紅裛青衫透。儘神傷、華年錦瑟。涼蟬哀奏。一縷香魂
眞化蝶。何處更尋珍偶。除再世、鴛幃同守。紙閣蘆簾空好在。奈輕雲、易散花難久。無限恨。向誰剖。

## 盛大士　字子履、號逸雲、又號蘭畦道人、江蘇鎮洋人、嘉慶五年舉人、官山陽縣教諭、有琴竹山莊樂府二卷、

多麗　落花

甚朝來。無言黯黯傷神。繞簾旌、鑪煙細裊。溶溶院宇黃昏。倚蕉陰、濃還欲滴。鎖苔翠、淡不成痕。香送餘寒。
人扶殘醉。彩雲深處掩重門。今宵是、可憐宵也。留伴可憐人。悵明日、春韶如夢。春夢如塵。　太淒淸、問花
不語。憑誰招取芳魂。未消除、平生綺業。難排遣、寂寞良晨。一瞬光陰。十年情緒。尊前青鬢易如銀。回頭望、
殘紅狼藉。風色上津亭。有多少、天涯倦客。遠道王孫。

## 金衍宗　字維翰、號岱峯、浙江秀水人、嘉慶五年舉人、官浙江溫州府教授、有思貽堂詞一卷、

## 浣溪紗　淡妝人看月中山團扇、爲朱立齋廣文作、

低挽頽雲坐倚欄。秋羅衣薄不禁寒。瞢騰貪看月中山。　似有心情凝寸碧。也無氣力癉雙鬟。支頤拚費半宵閒。

# 陸繼輅　字祁孫、江蘇陽湖人、嘉慶五年舉人、官江西貴溪縣知縣、有清鄰詞一卷、詞律評、詞綜評各若干卷、

## 高陽臺　寄梅史

寒戀重衾。愁生孤枕。曉窗已近昏黃。一樣彫年。看來事事他鄉。梅花最解憐幽獨。怨疏簾、不上春陽。算無端。背了東風。受了殘霜。　征鴻自是單棲慣。柰歸心難按。飛趁歸檣。見說明湖。如今也卸濃妝。青門咫尺傷心地。阻前游、夢影蒼茫。只休忘。眼底心頭。一片波光。

## 鬲溪梅令　蝶

游絲不繫可憐身。竟誰鄰。早又飛花和雨、委芳塵。將魂付與春。　羅浮仙侶怨輕分。怕黃昏。待得清光一院、月如銀。無由更覓君。

一庭紅雨落難收。濕春眸。記取雙飛切莫、傍簾鉤。有人簾內愁。　歸期欲訂又還休。暫句留。此去知他能否、更經秋。年華似水流。

## 埽花游　感舊、寄劉春橋、

春潮乍漲。記畫舫初停。待君黃浦。亂紅交路。倩雙雙粉蝶。引將深處。茗熟香溫。別是淹留院宇。定教住。早月影背人偷上窗素。　幕府正久佇。怨小隊青驄。祇催人去。華堂列炬。又珠光照夜。宵深難曙。容得迷藏。只有當時庭樹。這情緒。問劉郎、怎成前度。

八聲甘州　送秋醒雨同年同作

看天邊、一抹凍雲頹。催客換征裘。記長亭墜葉。空階疏杵。各自悲秋。誰道蓼花風裏。秋影也難留。歸燕雙雙去。誰話綢繆。　可惜陽春偏小。又怱怱斜照。過了西樓。只新寒如水。和月上簾鉤。料今宵、更長醉短。更難邀、清夢傍香篝。休重訴、餞春情緒。前度離愁。

## 況祥麟　字皆知、廣西臨桂人、嘉慶五年舉人、有紅葵齋詩草、附詞、

滿庭芳　走馬燈

煙燄薰蒸。心情馳驟。旋轉何太怱怱。長鞦短轡。奔競古今同。誰把斯關打破。微塵裏、鬭盡英雄。看多少。無譁戰士。都在幻虛中。　朦朧余曾也。一鞭迢遞。雙袖龍鍾。敢望火隨人。捕影追風。縱復長檠默對。還勝似、故紙牢籠。游心處。光芒萬丈。天馬自行空。

## 陸學欽　字子若、號敦書、江蘇太倉人、嘉慶五年舉人、有蘊眞居詩餘一卷、

南歌子

細雨兼花落。輕風約絮行。綠陰小苑晝聞鶯。又是不情不緒、過清明。　解渴茶方煮。箋愁句未成。隔牆笑語沸春聲。知道鄰娃門草、是誰贏。

## 吳嵩梁 字蘭雪、江西東鄉人、嘉慶五年舉人、官貴州黔西知州、有香蘇山館詞一卷、

菩薩蠻　題郭頻伽盟鷗圖

一江秋水銷魂碧。垂楊疏蓼都蕭瑟。新句得來遲。白鷗先已知。　石溪西畔路。是我尋盟處。夢裏昨還家。扁舟搖落花。

## 史　蟠 字伯邵、江蘇溧陽人、嘉慶五年舉人、有小蘭烟語詞、

琵琶仙　用白石韻

片月西湖。又隨我、遠泛寒江一葉。篷背幾點疏香。梅花正清絕。算纔被、東風喚起。山意冷、未愁鶗鴂。似水芳襟。如烟往事。都共伊說。　漫贏得、淺醉閒眠。管搖落、關河甚時節。笑問錢錢囊底。指春來翠莢。覓秀句、臨風自寫。對一窗、山掃晴雪。多少掩淚緘愁。世間離別。

鵲橋仙　莫愁湖

洗空金粉。消殘歌舞。風月南湖非舊。一庭寒綠燕孤飛。問此際、莫愁愁否。　尋尋覓覓。淸淸冷冷。踏遍頹垣荒甃。忽然花送鬱金香。定此處、盧家堂後。

清平樂　雪後晚步

風吹酒醒。亂踏寒雲徑。雁字一繩殘雪映。描澹夕陽紅影。　暮霞樓閣誰家。有人偷啓窗紗。一瓣暗香飛落。風前笑撚梅花。

南浦　秋水、用玉田韻、

夢斷楚江遙。恰吹來、片片涼雲晝曉。疏柳挂眉愁。窺霜鏡、幾筆和烟淡掃。搖風蕩月。蘆碕遠立閒鷗小。有客鳴榔來極浦。吟老天涯芳草。　綠波前渡依然。只悤悤、似水流年換了。露冷舊紅衣。菱塘外、可有采香人到。斜陽渺渺。愁邊幾葉投波悄。欲倩流紅傳恨去。一碧天空雁少。

水龍吟　白蓮

一湖曉色通明。露華千點香吹定。最憐伊處。潔分雙藕。愁栽幾柄。晝裏禪空。詩邊秋淡。鷺翹無影。怕玉纖催槳。和涼折取。片雪墜、鴛鴦醒。　縞夜羅衣自整。隔相思、遙烟做暝。凝鉛寫素。者番心苦。微茫暗省。有恨凌波。無言立月。一絲風冷。被霜娥點破。平空洗出。碧琉璃鏡。

宋翔鳳　字于庭、江蘇長洲人、嘉慶五年舉人、官湖南寶慶府同知、有香草詞二卷、洞簫詞一卷、碧雲盦詞二卷、

總稱紓谿精舍詞、又有樂府餘論一卷、

高陽臺　次韻定庵韻

重疊離情風牽別緒。過來幾箇今宵。人在天涯。芳時各恨飄蕭。尊前莫唱傷心曲。有年時、種種無憀。怕蹉跎。冷到瓊花。咽到瓊簫。　休憎一水盈盈隔。喚蘭舟渡去。瑤想全抛。如此相逢。淚斑總漬冰綃。消愁說是杯中酒。爲愁多酒也難消。又無端玉頰微侵。卻暈紅潮。

## 程定謨　字心宇、江蘇昭文人、嘉慶五年舉人、官翰林院典籍、有小書舟樂府三卷、

淡黃柳　冬柳

隄荒眼澀。眉裏愁雲窄。水際枝搖風瑟瑟。記得春三二月。曾看流光趁鶯織。　階寒逼。霜烏夜啼急。可還許、討消息。盼春來、一剪東風碧。舊樣風流。幾曾銷減。重綰江南畫鷁。

甘州　春陰

蕩簾波、一片翠模糊。輕陰淡霏霏。問春痕幾許。雕闌四面。昏曉都迷。道是養花天氣。花影沒些兒。暗裏番風又誤了芳時。　幾處輕偷消息。奈遙空閣住。不見游絲。只汀烟如墨。點染畫檐低。閉窗紗、煙香沈碧。夢醒來、猜是夕陽西。無憑準。聽紅樓外。兩樣鳩啼。

六醜　秋蛩

聽牆陰蛩底。弄促響、金風催急。畫闌翠廊。秋先通信息。一徑淒寂。暗裏長如夜。那知天杪。挂幾竿紅日。涼陰滿地尋無迹。亂繞香階。低穿粉壁。無端向人喧唧。奈琴哀笛怨。難和歌拍。　苔荒莎澀。偏零甎碎石。也有些兒苦、吟到黑。清宵故惱詞客。怪書窗破夢。不曾停得。蕭辰慘、亂雲愁碧。還只道、一苑秋光未老。讓他幽適。朝來看、玉樣霜積。綺砌寒、數點花攢紺。無聲暗泣。

## 陳文述

原名文杰、字雋甫、號雲伯、又號退庵、浙江錢塘人、嘉慶五年舉人、官安徽全椒縣知縣、有紫鸞笙譜四卷、

### 漁父詞

打槳湖邊問酒家。青山瀲冶隔明霞。風過處。縠紋斜。蓑衣吹滿碧桃花。

雨後蜻蜓散夕陽。晚來水碧似清湘。明鏡裏。月華涼。荷花世界柳絲鄉。

楓葉蕭蕭幾點秋。蘆碕曲曲漾清流。隨處好。艤扁舟。水蘋花下一雙鷗。

澗曲橋低路幾重。漁莊隱約暮烟中。攜瘦鶴。送飛鴻。萬梅花下一孤篷。

### 減字木蘭花 吳門元夕

月明華屋。夜深猶繞闌干曲。何處清遊。一樹梅花擁畫樓。　參差雁柱。玉箏絃上關山路。四壁宮花。紅燭春寒小玉家。

## 柳梢青　湖上見新柳

柳色如烟。第三橋外。第一樓前。鴨綠初生。鵝黃乍染。弄影翩翩。　終朝三起三眠。儘披拂、烟波畫船。何處樓臺。誰家庭院。扶出鞦韆。

## 一剪梅　青鸞閣雪夜對飲

尊酒消寒壓暮愁。新月紅闌。殘雪朱樓。十年舊夢感封侯。珠箔華燈。玉帳貂裘。　江上蛾眉兩點秋。烏帽旗亭。翠被中流。歸田何日共羊求。花墅騎驢。漁艇眠鷗。

## 傳言玉女　南橋玉女岡、相傳爲吳大帝女葬處、扁舟夜泊、湘玉夢一女子宮妝華飾、俠侍都麗、謂曰、余長沙王女陸遜之妻、此爲葬處玉女岡也、有詩紀事、因成此闋、

月澹雲輕。風約滿船花影。桂旗翠葆。劍佩宮妝靚。喬家小女。一樣粉圍香陣。兵書玩罷。楚天雲靜。　粉碓脂田。故宮前事誰省。赤烏殘碣。繡苔花露冷。雙燕暮歸。解話榴環清景。彩雲散後。笛聲吹醒。

# 祝百五　字丙季、江蘇江陰人、有百衲琴譜一卷、

## 摸魚兒　燈花

夜如年、綠篝香冷。寒釭閃閃垂蕚。低迷弄影昏羅帳。淒斷雨鈴風鐸。良會錯。但怪得、慣無憑準同烏鵲。絳煙浮幕。正玉局敲殘。錦箋書倦。是處慘更柝。　從飄墮。比似春風更弱。長門燼暗珠箔。佳人翠被眠初覺。

歎息乍開旋落。還自度。生怕是、朱顏容易隨衰薄。閒愁無著。看短燄星星。飛蛾更妒。頻是向燈撲。

## 胡成浚 字子深、安徽黟縣人、有雪眉詞鈔一卷、

### 小重山令 白蓮

池館涼生欲曉時。輕盈花片墮、漾圓漪。風清月白那人知。蘭旗杳、應是洛神歸。　素襪認還非。惟餘絲縷縷、鎮相依。溪煙無際水禽啼。扶幽夢、重上冷香枝。

## 李　堂 字尤升、號西齋、浙江仁和人、有蓬窗剪燭集梅邊笛譜各二卷、

### 凄涼犯 歲暮沈園探梅、追念舊遊零落、愴然於懷、因賦此解、山陽鄰笛、不足喻其悲也、

小園凍雀。知梅信、南枝啄破紅蕚。暗香悄度。煙霏院宇、暮寒簾幕。凝塵漠漠。久閒鎖、池頭畫閣。甚而今、逋仙不見、散了故林鶴。　猶記疏花下、對榻宵吟、翦燈春酌。昔遊似夢、更誰尋、縞衣盟約。別後江城、漫吹徹、霜天曉角。正銷魂、獨竚蘚砌怨月落。

### 長亭怨慢 柳緜

乍眠起、晴和池館。苦費春纖、擘來淩亂。幾度搓煙、幾番揉雪又鋪滿。最憐輕軟。兜不住、飛紅片。短夢忒悤悤。只一縷、柔魂偎暖。　水畔。試和勻竹粉。曉鏡淨揩光展。脩眉蹙損。尙餘得、翠樓寒淺。待寄遠、熨貼征衣。

早都被、東風吹卷。便紡了成絲。花底停梭鶯倦。

## 探芳信　西湖秋感

暮蟬咽。漸樹減清陰。荷餘敗葉。對一奩秋水。霜痕已侵髮。經年不到湖西路。倦更停蘭楫。怕空簾、蝶夢難尋。燕愁重說。　池館海棠發。記金縷徵歌。翠尊留別。門掩西風。芳信久消歇。那堪更灑黃壚淚。欲去翻淒絕。柳蕭蕭、冷挂蘇隄片月。

## 齊天樂　鴉

颯然宮樹先驚起。昭陽日分紅影。亂帶寒啼。羣衝曉散。瑟瑟飛辭金井。修翎試整。向流水孤村。點成清景。一陣移來。墨雲低壓半江暝。　叢祠曾共報賽。每看迎棹舞。沙外林靜。漢苑花光。隋隄柳色。閃得斜陽都冷。將棲未定。有閒數連翩。畫樓人凭。兩鬢霜濃。可堪重對鏡。

## 三姝媚　陳雲伯重修菊香小青雲友三墓、賦此紀事、

臥碑橫碧蘚。記埋香深深。歲時堪辨。伐盡棠梨。只幾番秋雨。候蛩喧徧。嶺樹湖雲。還怕有、冷魂淒戀。仙吏多情。馬鬣重封。淚痕頻濺。　月下蛾眉相見。歎昵枕香消。翦燈吟淺。粉本空傳。望楚山湘水。暮愁無限。訴向梅花。便一霎、落殘千片。且約年年寒食。芳樽共奠。

## 洞仙歌　秋蝶

伶俜瘦影。趁斜陽飛倦、驀又翩翩背人遠。奈春心未盡。金粉都銷。衰草色、愁入滕王畫卷。　翠雲零落處。

猶自尋香。黏住黄花愛徵顫。舊事夢東園。露檻風簾。惟留得、冷螢相伴。記戲共、芳陰撲團團。卻不料西風。頓疏紈扇。

琵琶仙　白石翁過德清詩、經過此處無相識、塔下秋雲爲我生、今則遺踪猶在、流響已遥、訪嚴修能又不值、泊舟信宿始去、渺渺兮余懷也、

如此溪山。問誰共、白石詞仙游歷。殘塔孤倚遥空。秋雲渺無跡。應只有、閑鷗可語。早飛下、一灣寒碧。十里風簾。千家水檻。燈影搖夕。　肯忘了、蓑笠前盟。乍雙槳、來停畫橋側。凝望柳深深處。掩衡門幽寂。人遠在、烟波那曲。想月明、正照顔色。臥我千頃蘋香。獨横漁笛。

# 袁㞐

字仲容、號山叟、江蘇吳江人、有餅桃花館詞一卷、

## 清平樂

霜寒月苦。秋夜長如許。夢醒無聊更暗數。殘點方敲第五。　蕭蕭庭外風聲。沈沈遠寺鐘鳴。最是燈花如豆。照人孤影偏明。

## 浣溪紗

翦翦輕寒似暮秋。絲絲細雨織春愁。朝來生怕上簾鉤。　又是去年時節近。落花飛絮滿汀洲。憑闌目斷小紅樓。

# 顧皋

字緘石、號晴芬、一號𣴎齋、江蘇無錫人、嘉慶六年進士及第、授翰林院修撰、官至戶部左侍郎、有井華詞一卷、

## 探春　簡平叔、即送王小篷南還、並示故里諸子、

雨堠呼鐙。𤇍郵煮雪。羈魂尚繞吟侶。挾瑟徒工。聽歌易倦。贏得別離無據。舊苑鶯啼處。漸酒熟、杏花邨路。故人移棹山邊。知繫垂楊那樹。　京館韶華又暮。甚客後春來。比春先去。草草相逢。悠悠話別。添了幾回酸楚。江上看雲出。想朋輩、尊前同語。應有離愁。斷箋分付殘羽。

# 陳用光

字碩輔、又字實思、一字石士、號碩士、又號瘦石、江西新城人、嘉慶六年進士、改庶吉士、授翰林院編修、官至禮部左侍郎、有太乙舟詞鈔、

## 摸魚兒　耶溪漁隱題詞

渡錢唐、半帆橫蒻。舊廬依約雲外。暨陽小憩屠家塢。去訪耶溪如帶。歌欸乃。夢渺渺烟波、秋鰤沙頭蟹。溪光自買。任蛟老鯨饞。船輕浪惡。不礙舊盟在。　宦遊趣。只有歸心難改。鑑湖輸汝新拜。鑪峯名與匡廬似。誰見嬾雲多態。風木慨。痛詠罷循陔、已換萊衣綵。魚羹蓴菜。便老去江鄉。畫情詩思。都化淚痕灑。

## 鄧廷楨 字維周、號嶰筠、江蘇江寧人、嘉慶六年進士、改庶吉士、授翰林院編修、官至閩浙總督、有雙硯齋詞鈔二卷、詞話一卷、

### 買陂塘 贖裘

悔殘春、鑪邊買醉。豪情脫與將去。雲煙過眼尋常事。怎奈天寒歲暮。寒且住。待積取叉頭、還爾綈袍故。喜餘又怒。悵子母頻權。皮毛細相。抖擻已微蛀。　銅斗熨。皺似春波無數。酒痕襟上猶涴。歸來未負三年約。死死生生漫訴。凝睇處。歎毳幕氈廬、久把文姬誤。花風幾度。怕白袷新翻。青蚨欲化。重賦贈行句。

### 高陽臺 五泉山燕集

迴轉疏花。畦連寒菜。籃輿一路秋光。琴筑聲清。冷泉緩瀉鴛梁。憑高莫向闌干倚。倚闌干、容易斜陽。寫閒情。細把金英。淺醉瑤觴。　欃槍未掃鐃歌唱。歎軍符憔悴。戰壘蒼涼。飲至筵開。愁聽滿耳伊涼。卻憐老圃霜華重。怕孤他、晚節幽香。乍歸來。燈火城南。澹月昏黃。

### 高陽臺

鴉度冥冥。花飛片片。春城何處輕煙。膏膩銅盤。枉猜繡榻閒眠。九微夜爇星星火。誤瑤窗、多少華年。更那堪。一道銀潢。長貸天錢。　星槎恰到牽牛渚。歎十三樓上。瞑色淒然。望斷紅牆。青鸞消息誰邊。珊瑚網結千絲密。乍收來、萬斛珠圓。指滄波。細雨歸帆。明月空舷。

## 青玉案

天涯未識春來處。卻又被、春陰誤。芳信連番風暗度。禁煙時節。湔裙天氣。幾陣廉纖雨。　殘紅片片催春去。多謝游絲絆春住。爲問春痕留幾許。屏留倩影。幕留香霧。池也留飛絮。

## 月華清　中秋月夜偕少穆滋圃登沙角礮臺絕頂晾樓西風泠然玉輪湧上、海天一色、極其大觀、輒成此解、

島列千螺。舟橫萬鷁。碧天朗照無際。不到珠瀛。那識玉盤如此。劃秋濤、長劍催寒。倚峭壁、短簫吹醉。前事。似元規嘯詠。那時情思。　卻料通明殿裏。怕下界雲迷。蜃樓成市。訴與瑤閶。今夕月華煙細。泛深杯、待喝蟾停。鳴畫角、恐驚蛟睡。秋霽。記三人對影。不曾千里。

## 酷相思　寄懷少穆

百五芳期過也未。但笳吹、催千騎。看珠澥、盈盈分兩地。君住也、緣何意。儂去也、緣何意。　召緩徵和醫並至。眼下病、肩頭事。怕愁重、如春擔不起。儂去也、心應碎。君住也、心應碎。

## 金縷曲　對月有感

悄影來秋館。正初更、溶溶鉛水。粉牆西畔。半玦秋光原自好。那用鏡奩全展。倘讓與、下弦一半。寄語姮娥須鄭重。占高寒、莫誤吳牛喘。弓槎挂。玉繩轉。　炎涼過眼年光換。一憑他、陰晴圓缺。天長地遠。八萬三千修月戶。付與吳剛總管。料也怕、金盆太滿。儘有婆娑丹桂影。闘天香、不遣當風散。長似此。麗霄漢。

## 孔昭虔

字元敬、號荃溪、山東曲阜人、嘉慶六年進士、改庶吉士、授翰林院編修、官至浙江布政使、有繪聲琴雅二卷、一名鏡虹吟室詞集、

### 點絳脣 初赴省試途中作

月淡星沈。馬頭幾點青山小。柳搖波老。鴉背孤村曉。　昨夜西風。夢隔長隄草。平陵道。一鞭涼早。分得秋多少。

### 疏影 花影

誰描淡墨。翦暖雲片片。吹上窗槅。空色涵香。活脫玲瓏。一枝未許攀摘。橫斜不礙尋芳路。算夢蝶、重來曾識。恨曲塘、流水無情。照老鏡中春色。　依約離魂倩女。曉鶯喚未醒。嬌重無力。碎月香苔。如此闌干底事看朱成碧。清陰只到西廂下。誤幾度、玉人消息。又等閒、籠霧和烟。卷入水晶簾額。

### 霜葉飛 落葉

洞庭波曉。楓江岸。霜柯驚散飛鳥。暮林吹瘦楚山多。昨夜秋聲早。誤冷雁、迷尋舊沼。枯苔封徑無人掃。向此夕天邊。又放入桐窗竹檻。明月多少。　休問往日昆池。哀蟬聲裏。怨曲曾爲秋惱。庾牀陶徑總飄零。幾度長年老。想渭水、孤吟夢杳。西風愁滿長安道。盼渡頭、寒潮信定。有相思片紅流到。

## 長亭怨慢

延平署中有修竹館、小具幽勝、自壬午暮春到官、日日坐臥其中、甲申二月、量移臺海、行當別去、撫循花竹、不禁憫然、爲賦此解、

記吹絮飛花時候。乍凭闌干。綠天清晝。兩載句留。鷗沙鴻雪又回首。花時人去。春似惜、花枝瘦。立盡玉千竿。只涼翠、雙攜襟袖。　知否。聽明朝津鼓。一派亂灘風吼。重回望眼。更珍重、今宵尊酒。算片月、猶送輕帆。也分到、新陰花柳。剩燕子歸來。惆悵風簾依舊。

# 葉紹本

字仁甫、號筠潭、浙江歸安人、嘉慶六年進士、改庶吉士、授翰林院編修、官至鴻臚寺卿、有星軺唱和集一卷、花影齋倚聲集一卷、總名白鶴山房詞鈔、

## 金縷曲　月下醉歌

何處難忘酒。問雙丸、玉輪飛碾。有時停否。放眼千秋蒼茫裏。幾見星移珠斗。經多少、初三下九。皓質臨空渾似昔。把仙蟾、付與吳剛守。耽清景。莫搔首。　魚鱗瞥見晴雲走。且消閒、歌呼達旦。一杯擎手。歷落嶔崎人間世。最是高名難受。有幾許、胡盧掩口。是法不妨平等看。任羯肌、妍好鳩盤醜。看花影。過窗牖。

## 惜餘春慢　本意

綠暗梨雲。紅殘桃雨。已是殢人天氣。纔陰復霽。乍暖還寒。做弄許多春思。簾外東風幾番。香絮濛濛。溼吹不起。看蒼苔徑滑。蕉葉成林。筍痕迸地。　還記取、江國棲遲。愔愔門巷。重碧侵人衣袂。遙山似沐。新水如

煙。不盡畫情詩意。誰道南天宦游。犵鳥蠻花。儘饒姿媚。祇懷人陌上。香車緩緩。可能歸未。

## 朱錫穀 字菽原、福建侯官人、嘉慶六年進士、官四川金堂縣知縣、有怡山館集、附詞、

### 蝶戀花

簾外新煙吹淡漠。孤館禁寒。又恨春衫薄。春事闌心空有約。小桃一夜開紅萼。 多少風光歸畫閣。柳嚲鶯嬌。未解人蕭索。客夢閨愁雙寂寞。誤伊休怪簷前鵲。

## 張興鏞 字金冶、號遠春、江蘇華亭人、嘉慶六年舉人、有紅椒山館詞一卷、一名遠春詞、

### 一枝香 甲寅清明、用草窗韻、

一碧池塘。燕飛來、似避梨花春雨。芳朝細數。只欠踏青情緒。苕姿欲泣。怕重憶、那人眉嫵。還祝向、波面迴風。好把落紅吹聚。 前遊悄無尋處。甚西冷載酒。歌殘金縷。簫聲隔巷。且與寫成詞譜。品泉小集。算清事、不關天妬。偏又聽、林外瀟瀟。塔鈴自語。

### 解連環 闌干

攔春無計。問誰堪寄與。愁心萬里。倩一桁、低拓廊腰。任雨雨風風。更無迴避。直恁玲瓏。祇不合、教人獨倚。算裝成七寶。配取金釵。定應十二。 秦淮畫船慣艤。憶亞紅水榭。影倒波底。趁晚妝、齊出簾櫳。正鉤月斜

窺。霧深鬟膩。釧響雙敲。想寒壓、幾痕玉臂。更憐它、柳墮花欹。半邊扶起。

## 焦循

字里堂、一作理堂、江蘇甘泉人、嘉慶六年舉人、有紅薇翠竹詞、仲軒詞各一卷、雕菰樓詞話一卷、

### 南歌子

妾是河邊柳。春風夜夜歸。柳葉待風吹。風吹春又老。絮飛飛。

### 天仙子

門裏青苔門外草。郎騎白馬何時到。阿郎專愛弄琱弓。早縛狠。晚放鵠。不管深閨鬟絲老。

### 踏歌詞

鴛老春誰妬。鴻孤夜莫憐。裙垂扃繡襪。釵彈壓花肩。但願長如綫上繡。並頭蓮。

### 甘州子

甘州城畔草青青。春燒盡。又重生。三更有夢未能成。釵落令人驚。山下路。夢裏亦難行。

### 蕃女怨

祁連萬丈雪積處。今日馳去。馬徐行。君進酒。白日未酉。醉時莫撥舊琵琶。恐思家。

### 南鄉子

門外秋瓜。將軍六郡舊良家。夕釀蒲桃朝得酒。盈斗。郎換涼州印懸肘。

# 樂鈞

原名宮譜、字元淑、號蓮裳、江西臨川人、嘉慶六年舉人、有斷水詞三卷、

## 滿庭芳　海桐

翡翠環洲。珊瑚罥網。南方草木都奇。分來海樹。銀幹碧瑤枝。幻出纖纖妙手。遮明月、弄影清池。花如雪。丁香褪盡。素豔尚依稀。　高梧空百尺。琴材易老。鳳羽難期。但西風幾日。玉井黃飛。爭似冬心自保。涼消息、未許秋知。羣芳裏。烟濃露淡。青過歲寒時。

## 瑣窗寒　繡鳳

六曲銀屏。三重翠幙。幾聲金翦。輕霞薄霧。顏色較量深淺。吐殘絨、絲絲亂飄。落花惹向風中轉。鎮繡筐拈簇。無情無緒。晝長人倦。　春院。飛孤燕。甚彩鳳雙棲。彩雲一片。新桐裊碧。滿樹枝條都輭。念蕭郎、何處倚樓。玉簫冷落芳信遠。問金針、不解穿愁。底事愁如線。

## 長亭怨慢　寄遠

自離別、流丸飛箭。兩聽寒蟬。再逢新燕。碧草黃雲。夢中歸路更遙遠。鏡邊花外。曾幾度、尋來徧。著眼未分明。又不奈、旅窗風顫。　重見。想朱愁粉瘦。不似舊時人面。晨煙暮雪。罨斷了、故山千點。只顛倒一領青衫。那消得、年年金線。正日暮天寒。樓上垂簾休捲。

摸魚兒　二月十三日、與內子晚坐貸園池亭、見小梅梢上翡翠相語、已飛入深樹、暮色如烟、遂不可見、

戲蘭苕、蹴波飛起。雙棲原在珠樹。炎洲料得巢難穩。也自遠離鄉土。來復去。恍惚似、天孫織錦拋鸞杼。紅飄翠舞。漸桂葉流煙。松鍼刺月。千里碧雲暮。　愁心遠。憐爾多情伴侶。如今歸向何處。池邊不設誇郎網。花裏儘堪同住。須聽取。君不見人間何物非羈旅。珠簾繡戶。更燕子尋梁。鸚哥鎖架。幽怨向誰訴。

## 陳鴻壽　字子恭、號曼生、浙江錢塘人、嘉慶六年拔貢、官江蘇溧陽縣知縣、

菩薩蠻　題郭頻伽盟鷗圖

涼蟬疏柳江南路。煙深認是秋生處。一片掠微波。夕陽影外過。　扁舟尋舊約。夢破溪雲薄。船尾問樵青。西風恐不禁。

## 李富孫　字薌沚、浙江嘉興人、嘉慶六年拔貢、有曝書亭詞注七卷、

玉漏遲　題湯德媛女士寒閨病趣圖

瑣窗寒正峭。西風幾翦。怯臨清曉。玉鏡臺邊。半臂最宜添早。翠羽驚回夢遠。更懶把、雙蛾濃掃。梳洗了。畫屏倚倦。鎮垂簾悄。　最憐病枕難拋。似中酒年時。傷秋懷抱。强和簫聲。催雪譜成雙調。檢點茶鐺藥椀。儘一炷、心香烟裊。還自笑。瘦比苑梅多少。

## 馮雲鵬 字晏海、一字豔澥、江蘇通州人、有紅雪詞二卷、

### 御街行 曉過金山

紅輪輾破蒼江霧。早是金山路。水晶盤裏獻芙蓉。纔濯五更仙露。琉璃宮闕。瑩明射目。豔絕中流柱。 銀濤雪浪飛難駐。暗裏魚龍度。一枝柔艣下天門。人向畫中來去。回看京口。茫茫曙色。不辨雲間樹。

## 李宗昉 字靜遠、號芝齡、江蘇山陽人、嘉慶七年進士及第、授翰林院編修、官至禮部尙書、有聞妙香室詞一卷、

### 瑣窗寒 端午前一日、檇李旅次雨中寄意、

兩日扁舟。一天涼雨。頓生秋意。明湖隔夢。待把錦鴛書寄。聽沈沈、漏聲乍停。丁冬小院花鈴碎。想妝臺眉嫵。翦榴貼艾。者番情事。 相憶。蘭閨閟。有碧盞蒲萄。紅闌茉莉。輕羅疊了。莫遣峭涼生臂。綴釵符、髻雲樣新。歲華暗轉明鏡裏。定朝來、斂卻桃笙。繡茵眠未起。

## 謝學崇 字仲蘭、號椒石、一號崇之、別號蕉南舊史、江西南康人、嘉慶七年進士、改庶吉士、授翰林院編修、官至河南開歸陳許道、有宋鴿翾風集、桃塢琴言集、南鴻秋語集、繡谷雲心集、潛石蛩吟集、茶烟夢餘集各一卷、總稱小蘇潭詞、

## 長亭怨慢 秋柳

漸搖落、江潭如許。弄影蕭蕭。亂鴉無主。揀盡寒枝。幾番消受暗煙雨。繫船津鼓。渾不記、旗亭路。翻似借西風。爲翦斷、愁絲千縷。　凝佇向斜陽逝水。誰認舊時飛絮。衰蟬更苦。和玉笛、一聲何處。料此際、望遠登樓。尚依約、雙蛾偷聚。已瘦損腰肢。羞對重來張緒。

## 探春 鷓鴣

屈戌春長。鞦韆晝靜。睡起朝雲無力。翠袖翩翾。珠簧宛轉。似說分明消息。未放閑鈴索。早喚起、香魂岑寂。莫教紅豆拋殘。相思曾種南國。　休問旅懷飄泊。甚隴樹蠻花。飛夢難覓。曉月雕籠。斜風金翦。便是承恩顏色。漫悔聰明誤。祇留與、正平狂筆。待懺迦文。雪衣人又非昔。

## 臺城路

絮雲醒卻楊枝夢。依依更添春恨。獻蕙含羞。尋桃已晚。空對紫紅成陣。香心暗忖。縱化作晴烟。有時絲盡。寂寞細攙。嫣顏幾度漸消損。　高樓曾記共倚。錦香迷檻曲。圓鏡窺粉。釧約新盟。箏翻舊譜。那識遊仙無分。商量燕信。怕飛上枝頭。鳳凰難認。翠袖飄零。楝花風又近。

## 念奴嬌 寧陵孔家集行館有木香一株、翠雲盈畝、余往來行役、於焉託足、暮春三月、復來此鄉、正值花時、而館人弗以授予、因賦此解、

采蘭天氣。又吟鞭笑指。芳菲庭宇。料得瑤臺仙佩解。幾疊梨雲同護。翠葆垂絲。冰蕤散馥。不受飛紅妒。苔

深簾捲。舊盟何事成誤。　遮莫馬上牆頭。桃花人面。忍令春無主。已自惜春春漸少。況復愔愔門戶。可有飛來。燕兒曾識。能寄相思語。解鞍今夜。一燈青暗風雨。

賀新涼　落葉

夜半簷鈴語。打窗紗、蕭蕭颯颯。似疑飛雨。小院蒼苔閒未掃。簇簇更添淒楚。是昨日、曾題詩處。已恨秋來花事減。恁枝頭。吹下蟬聲苦。青玉瘦。翠雲誤。　年時檻曲闌亭午。儘葱葱、龍槐湛目。鳳梧銜乳。一自清寒吹角起。搖落空階如許。誰記省、玲瓏烟樹。見說吳江歸思好。倚孤篷、冷夢隨流去。愁再續。仲文賦。

## 顧　蒓

字吳羹、一字希翰、號南雅、江蘇吳縣人、嘉慶七年進士、改庶吉士、授翰林院編修、官至通政司副使、

高陽臺　庚申九日、游歸田園作、

門掩苔深林欹石瘦。登臨又是斜陽。裙屐招邀。重尋徑草都荒。堂空燕子飛何處。漫回頭、一例蒼涼。恁高城。吹滿西風。換了垂楊。　繁華駒隙悤悤過。想花圍酒陣。舞榭歌廊。捉筆題糕。他時應說清狂。生平不解愁何事。笑黃花、瘦不成妝。奈明年。醉把茱萸。人隔他鄉。

## 金式玉

字朗甫、安徽歙縣人、嘉慶七年進士、改庶吉士、有竹鄰詞一卷、

高陽臺　胡蝶

乍暖簾櫳輕寒庭院。游絲繫住春魂。一捻纖腰。恰誰付與秋痕。年時此地看花處。到花時、一例傷神。怎消他。幾度簾垂。幾度香溫。　斜陽回首江南夢。只浮雲似雪。流月如銀。一晌憐儂。不敎飄逐芳塵。天涯處處吹香絮。便相逢、誰伴黃昏。更禁他。容易飛花。容易殘春。

## 更漏子

繡羅香。蟬鬢影。瘦損怕看鸞鏡。人意悄。篆煙濃。開簾燕子風。　鶯亂語。愁無主。一霎枝頭紅雨。歡易盡。淚空垂。春心花不知。

## 南浦　秋燕、同董晉卿作、即送歸里、

年年寄旅。向天涯、底事又難留。幾度涼颸蕭瑟。倦羽不勝秋。此去斜陽無數。恁拋他、幽恨鎖重樓。算來年重到。人還在否。難問舊簾鉤。　只爲雕梁春信。趁東風、容易到南州。雨雨風風花事。一度一含愁。諳盡淒涼情緒。再相逢、切莫話溫柔。只憐伊瘦損。闌干竟日自凝眸。

# 孫延　字壽之、江蘇吳縣人、諸生、有海月詞二卷、

## 惜秋華　秋蟬

未替鳴蛩。聽殘聲傳出。疏林秋晚。抱葉翅輕。幾迴欲斷還咽。遙隨隱約孤砧。似也訴、愁心一片。淒惋。正衰柳風酸。枯槐露淺。　寂寞舊庭院。早凝妝憔悴。鬢痕零亂。碧樹無情。幽夢被伊頻喚。倘嫌斜日陰空。應有

意、綠雲重選。休羨。算天涯、故枝堪戀。

## 徐熊飛 字渭揚、號雪廬、浙江武康人、嘉慶九年舉人、官翰林院典籍、有六花詞一卷、

### 探芳信 吳梅村爲陸叔度作便面山水、屈韜園出以屬題、

數峯碧。似舊日湖山。秣陵秋色。問故人何在。鶯花送離別。銷魂最是濃嵐影。淚灑淋漓墨。悵江南、六代興亡。一聲鵑鴂。　桃葉渡頭客。正紅菊調笙。紫娥吹笛。歧路相逢。衰柳白門夕。殘山剩水難爲夢。夢亦無消息。更何堪、暮雨梧桐點滴。

## 嚴學淦 字麗生、別號海雲堂主人、江蘇丹徒人、嘉慶九年舉人、官湖南武岡州知州、有金粟香龕詞鈔二卷、

### 解連環 題蔡佛田春水孤雁畫册、用玉田生原韻、

楚蘭香晚。借禪薰半偈。悄移琴散。憑折葦、一翦橫江。印雪色孤飛。影浮天遠。淨果誰拈。只唾綠、空花萬點。怕回頭忘了。白雲深處。故山青眼。　堪憐暮雲苒苒。也留春不住。一身秋怨。參佛悟、種就情田。問鷓鴣前頭。慧輪幾轉。好夢圓時。想舊日、沙鷗曾見。約重來、聽雨聽風。水龍吟倦。

### 玉漏遲 和汪憶蘭作

倚欄心自語。早紅過春人。暗花欺客。冷夢無波。幾縷鏡烟殘碧。說與香襟燕子。已隔斷、螺屏消息。簾影直。

舊痕着處。新愁無力。重來蘸雪樓陰。又膩葉孤清。笑桃淺立。似水單情。月與湘羅一色。冷落飄梭院宇。聽鴛玉。東西碎拍。天影窄。遊絲絮雲如織。

## 周儀暐 字伯恬、江蘇陽湖人、嘉慶九年舉人、官陝西鳳翔縣知縣、

### 摸魚兒 陶谷贈陳素庵、

望層崖、綠陰如幄。一重重到深處。白雲不許山泉出。百折千回遮住。香暗度。是隔澗依林、古桂懷人樹。秋棠欲訴。歎惆悵年華。昏黃庭院。別樣感遲暮。　羲皇夢。一枕輸君早悟。全家高臥玄圃。無人識得南山豹。認作尋常煙霧。君試數。賸幾樹垂楊、猶向風前舞。斜陽不語。但脈脈登樓。相將落月。還自下樓去。

## 汪全泰 字竹海、江蘇儀徵人、嘉慶九年舉人、官河南上南廳同知、有鐵盂居士詩餘一卷、

### 臨江仙

疏雨庭陰萬點。孤燈簾影三更。秋風吹骨欲成冰。夢回知酒渴。病去覺衣輕。　不是江南年少。聽來深巷聲聲。小樓一夜記吹笙。杏花春恨裏。閒坐到天明。

### 鵲橋仙 七夕

羅衫蟢子。香奩鵲尾。曾揀新聲倚徧。畫屏銀燭是何年。漸雪鬢、如今吹滿。　空林片月。疏窗亂柝。事與西

風共遠。曝衣樓址剩秋烟。奈夜色、天街猶見。

## 馮如璋

字秋君、浙江德清人、嘉慶九年舉人有秋君遺詞、

### 踏莎行　聞蟬有感

籬落陰邊。村墟斷處。數株倚水無情樹。似憐時易近黄昏。聲聲欲喚斜陽住。　吸雨餐霞。談風說露。綠楡門巷思前度。天涯有客未成歸。不堪回憶江南路。

## 劉國鈞

字壽筠、安徽太湖人、嘉慶九年舉人、官貴州同知、有飲虹堂詩餘一卷、

### 壺中天　觀滄州減河閘、偶成、

新涼解纜。愛盈盈一帶、波光瑩徹。路隔減河猶數里。忽訝雷轟電掣。步轉林巒。險臨石閘。乍睹洪濤發。驚瀧斗落。掀翻百尺晴雪。　想見當事籌謀。涸先閉埧。滿卽隨時泄。鴻迹偶來渾不管。惟歎玆遊奇絕。棖觸前番。瞿塘灧澦。駭浪身曾涉。更呼杯勺。莫孤今夜風月。

## 王　楨

字倚吟、號獅巖、浙江秀水人、嘉慶九年舉人、官甘肅寧朔縣知縣、有絜華樓稾一卷、

### 百字令　過江山文筆峯

有懷投筆。忽嶙峋筆勢、天然高架。爲問山靈千古上。誰把毛錐拋下。秀欲淩雲。危疑墜石。俗眼爭驚詫。江郎徼幸。至今留作佳話。　堪歎計不從戎。徒將書學。來此何爲者。寂寞斜陽黃葉路。愛煞筆尖如畫。落日霞箋。秋風雁字。著意空中寫。狂吟休笑。一枝應許相借。

## 查揆　字梅史、浙江海寧人、嘉慶九年舉人、官直隸灤州知州、有菽原詞、

### 月華清　題友人月底修簫譜圖

鉛水無波。銀丸未墜。一聲纔近還遠。雪樣瓠犀。吹得明河西轉。恁時光、三九梅梢。早描出、秦樓哀怨。低喚。更偷聲減字。口脂香暖。　到底爲誰魂斷。儘鴛譜新翻。者宵偏短。一舸歸來。記否題詩橋畔。正玉奩、努力修眉。又破費、修簫雙管。還算。似煙波回首。小紅相伴。

## 温啟封　字石峯、號雲心、山西太原人、嘉慶九年舉人、官刑部主事、有玉鏡臺詞一卷、

### 浣溪紗

十里驚濤吼碧溪。四山嵐翠撲緇衣。雪花如掌固關西。　漢壘兵銷煙自滅。秦城堞廢鳥空啼。衝寒馬上覓新題。

## 黄培芳 字子實、號香石、廣東香山人、嘉慶九年副貢、官內閣中書、有水龍吟譜、

### 如夢令

銀漢迢迢漏永。滿院露華淒冷。回憶別離時。又是隔年風景。人靜。人靜。憑徧一闌花影。

## 王　澄 字清宇、號橘堂、浙江秀水人、有橘香堂詞稿一卷、

### 調笑令 舟行

朝雨。朝雨。幾處蘆花楓樹。西風吹動征衣。陣陣驚寒雁飛。飛雁。飛雁。影帶孤雲一片。

### 憶秦娥 錢江晚發步太白韻

江流咽。征帆尚戀家鄉月。家鄉月。丹楓黃菊。可憐離別。　猿鳴偏在秋時節。隔城蕭寺鐘聲絕。鐘聲絕。舉杯遙望。海門雙闕。

## 蔣良平 字端木、江蘇儀徵人、有東樗詞稿一卷、

### 水龍吟 杜鵑花

是他望帝精魂。枝頭幻出花無數。憑誰剪綵。層層低綴。繁英如許。月冷更深。露含淸曉。更憐嬌嫵。恍啼殘

吻血。叢梢染徧。斑痕在。今猶附。休說仙蹤莫據。有名樓、南徐高署。催開一夕。非時吟賞最奇。前度。何似山窗。倩紅幽影。家家娟楚。但飄零倦客。聽伊不道。喚歸人去。

## 姚　鎮

字敬甫、浙江海昌人、有經畬堂詩餘一卷、

### 醉桃源

梨花晴較李花明。東風簾外輕。醉來花底夢將成。鳥啼三兩聲。　無限意。一時生。歸家有幾程。門前流水到西陵。斜陽千里心。

### 揚州慢

淮水東流。郭門西向。舊時月照簫聲。被風飄短策。早路斷雲橫。問城外、垂楊十里。又添多少。藏得新鶯。漸紅橋催晚。恩恩人影芳汀。　樊川未老。怪無端、春倦遊情。儘隔水歌低。吹花笑淺。聽不分明。短燭易燒遙夜。闌干冷、自數江程。莫徘徊孤枕。眠時知近三更。

## 沈光祀

原名曉、字明東、號誦芬、浙江錢塘人、有竹裏樓詞、

### 水龍吟　滄浪亭

剪來半幅秋波。悠然便有濠梁意。潭清潦盡。水明天淡。一灣空翠。蘋末風來。松陰雨歇。晚涼新霽。望芙蓉

鏡裏。夕陽紅襯。攢峯影。堆螺髻。　野老相逢把臂。步逍遙、追蹤莊惠。臨流得句。行吟結伴。何傷憔悴。魚鳥親人。江湖滿地。會心無際。向滄浪深處。塵纓濯罷。更飛觴醉。

## 何承燕　字以嘉、號春巢、浙江仁和人、諸生、官東陽縣訓導、有春巢詩餘二卷、又名瘦紅詞、

### 御街行　盧溝橋

莎隄一帶傷心碧。多少人行跡。萬條衰柳倚西風。有個飄零誰惜。夕陽河畔。行人空說。舊是張華宅。　鳳城咫尺寒雲隔。塵涴征衣白。盧溝橋下水東西。橋上輪蹄絡繹。半肩行李。一囊書劍。浪作經年客。

## 李大觀　字是存、浙江仁和人、有以耕堂詞鈔一卷、

### 唐多令　橫溪悶坐東石龕、

隔浦暮雲遮。敲窗翠竹斜。拚門前、落盡梅花。畢竟不關風雨事。吹玉笛。是誰家。　幽夢幾回賒。春愁一任他。更無人、與摘琵琶。莫怪春城遙隔斷。纔咫尺。是天涯。

### 水調歌頭　登紫陽山觀潮作

散髮最高頂。洗眼對清秋。茲山勢極突兀。下瞰大江流。滾滾銀濤雪浪。隱隱西風戰鼓。日夜浩難休。天地一呼吸。日月乍沈浮。　吾於此。恣磅礴。極夷猶。三千强弩安在。拍掌叫婆留。磊塊胸懷若此。誰與挽回江

水。一洗古今愁。坐看片帆掛。直上富春州。

## 王朝恩　字笙龢、江蘇華亭人、拔貢、官山東濟南府知府、有傳硯齋詩餘一卷、

### 浣溪紗　交城道中

交翠亭前雨乍晴。村村木葉打秋聲。不關今日怨飄零。　拂透涼風衫影薄。蹋殘斜照馬蹄輕。客中贏得是詩名。

## 周綵　字萊衣、號媚漁、江蘇吳縣人、有清籟館詞、

### 踏莎行　微雨終日、秋氣襲人、臥病初起、意興蕭索、不勝搖落之感、

訴恨憎蟬。牽情怨柳。病餘正屆深秋候。無情細雨故廉纖。青苔日厚桐陰瘦。　倦眼讎書。幽懷困酒。愁城負險相持久。不堪清夜一聲聲。芭蕉打得紗窗皺。

### 念奴嬌　秋雨初霽、山川澹蕩、操一葉舟、夷猶於三萬六千頃七十二峯之間、興復不淺、賦此以答山水清睨、

湖天新霽。把無邊煙景、收來眼底。遠樹冥冥山矗矗。一幅洞庭秋意。雲散天空。波平沙淨。兩兩閒鷗戲。悠然獨往。輕帆劃破空翠。　遙睇縹緲層巒。輕描淡抹。秋在虛無裏。試問靈威今在否。湖水無聲東逝。林屋

雲荒。石公煙冷。渺渺愁何際。扣舷歌罷。晚霞千里如綺。

## 黄圖珌 字容之、江蘇婁縣人、蔭生、官河南衞輝府知府、有看山閣詩餘四卷、

### 百尺樓

遠山分黛青。飛練凝天白。樓閣深藏一鏡中。明月應先得。　波生萬斛濤。秋正平分色。一醉頽然莫醒來。深夜愁聞笛。

### 百尺樓

風生楊柳灘。烟重漁人笠。一幅秋江晚眺圖。大李將軍筆。　徘徊意頗幽。憑弔情何極。雁影依稀天外斜。可惜今爲客。

### 百尺樓

天空雁影稀。日落鄉關杳。深入蒼烟碧浪間。描寫愁多少。　身同一粟浮。月共千江照。好夢安能夜夜來。不在眠遲早。

# 全清詞鈔第十六卷

## 孫爾準

字平叔、江蘇金匱人、嘉慶十年進士、改庶吉士、授翰林院編修、官至閩浙總督、謚文靖、有雕雲詞一卷、荔香樂府一卷、海棠巢樂府拈題一卷、

### 渡江雲　登北固亭

楓林紅盡處。孤亭湧出四面瞰秋光。正渴虹飲雨。兩點金焦。晴翠滿空江。秣陵瓜步。依稀辨、烟樹微茫。殘鐘歇、白頭僧到。閒話說齊梁。　堪傷。酒旗戲鼓。都已飄零。問瓊枝誰唱。只爲是、一番佳麗。做出淒涼。一拳北固青如畫。銜盡了、千古斜陽。題壁罷。潮聲打到城牆。

### 謁金門

寒惻惻。極目半空雲濕。雨態横斜烟態直。做春陰天色。　路轉垂楊巷陌。沽酒溪村南北。帘縐波痕翻未得。東風初著力。

### 壺中天

斷霞銷影。蕩孤舟明月、水隨天遠。濬到秋光無著處。落盡排空箏雁。散髮抽簪。洞簫横玉。吹徹闗山怨。不知塵世。紅樓幾處高宴。　最惜匹練澄江。謫仙仙去。清景無人管。狂態當時誰識得。月裏素娥曾見。鐵鳳

翻空。銅駝換劫。幾度冰輪滿。船頭露坐。葦香吹雪飛徧。

## 水調歌頭 月夜登包山翠峯絕頂望太湖、

今夕是何夕。天上玉京秋。包仙去後。遺卻笙鶴在山頭。七十二峯烟翠。三萬千頃波浪。都作月華流。西子此中去。極目少扁舟。　更何須。銀漢水。洗雙眸。一聲吹裂霜竹。喚起玉龍游。我欲乘之東下。看取玉壺天地。何處有瀛洲。身外且休問。醉酌碧花甌。

## 齊天樂 蟬

翠陰如夢遺枯蛻。聞聲便含淒婉。望處凝烟。聽來疑雨。每到疏時難斷。商絃驚換。聽曳過殘聲。纖柯猶顫。寫入琴絲。爲渠譜盡故宮怨。　離情酒醒何處。正山空古驛。人在孤館。金井秋深。銅盤露濕。愁外斜陽易斂。西風茂苑。怕瑤樹吹涼。綃衣驚晚。塵鬢如今向冰奩怕見。

# 胡承珙 字景孟、號丹溪、又號墨莊、安徽涇縣人、嘉慶十年進士、改庶吉士、授翰林院編修、官福建臺灣兵備道、

有求是堂詩餘一卷、

## 江城子 落葉

江潭搖落恨依依。淡煙霏。夕陽微。回首籬邊。多少樹頭稀。更被秋風吹不定。隨塞雁。一行飛。　春林曾記綠陰肥。惜芳菲。事全非。小棹扁舟。行處點人衣。欲寄相思書一葉。流水去。幾時歸。

### 漁家傲 本意

西塞山前天欲暮。持竿靜對沙汀鷺。柏葉蕭蕭紅滿樹。歌且舞。烹魚醉臥蘆花絮。　儂在丹溪溪上住。苔磯一帶幽篁護。底向天涯常問路。徒自苦。笠簷蓑袂行歸去。

## 李兆洛

字申耆、江蘇武進人、嘉慶十年進士、改庶吉士、官安徽鳳臺縣知縣、有養一齋詩餘一卷、一名蜩翼詞、

### 菩薩蠻

越羅掩斂無重數。夫容和露搓香蕊。窗外曉雲殘。黛眉臨遠山。　尋花雙鳳子。覓徧珍叢底。花影限紅牆。飄殘半縷香。

無端紫鳳嬌銜佩。葳蕤不解香羅帶。深幕可憐宵。濃春豆蔻梢。　金蟲明未燼。閒倚屏山影。倭墮綠雲斜。未妨雙臉霞。

畫眉樓畔花如霰。疏香飛上參差繭。翠羽暗低迷。語長人未知。　金箋新研玉。鈿局敲雙陸。複袖錦鴛鴦。經年繡一雙。

海棠低護行雲徑。畫樓西畔分明影。不爲見時難。忍扶羅袖看。　撩人回面語。顫裊釵翹舞。花氣泛紅螺。橫飛出繭蛾。

博山細裊沈烟紫。隔窗柳絮飄香砌。蛛縷戀殘魂。搖搖更不禁。　玉簫吹未徹。垂手還凝立。不覺月痕西。

下簾霜滿衣。

### 虞美人

柳絲疏處西風悄。窺影銀塘小。碧闌干外玉參差。恰是一鉤新月、上來時。　仙城天上花如錦。往事難重省。采蓮船去水波寒。只共青娥素女、鬥嬋娟。

## 孫原湘

字子瀟、號心青、江蘇昭文人、嘉慶十年進士、改庶吉士、有天眞閣詞、又有消寒詞一卷、

### 別銀燈 和仲蘭修題俞少蘭申江惜別圖原韻

昨夜寒潮如雨。曉夢零星飛去。翦水難開。團雲不攏。搖蕩秋心無主。送秋南浦。還只想、把秋留住。　一寸軟紅香土。種下相思無數。花欲離魂。月空塡廓。天上人間如許。今宵何處。賸一點、孤燈淒語。

### 鳳凰臺上憶吹簫

疏柳含鴉。寒塘抱雁。偏憐暮色高樓。把闌干拍遍。夕照橫秋。古往今來何極。湘雲蕩、楚水悠悠。又何處。數聲清角。人在涼州。　颼颼。西風起也。吹落葉天涯。總在心頭。記曾攜手處。萬綠雲流。今日畫簾重卷。認空枝、片月如鉤。還須省。箇中情思。不是離愁。

### 甘州 山居

甚仙人、削出秀玲瓏。不道是人間。被千巖萬壑。重重鎖住。翠冷蒼寒。一種乾坤清氣。清極竟忘還。太古元

非古。只在深山。　三十六峯峯缺。聽半空語笑飛落銀灣。任閒雲來去。還遜我心閒。況西風、幾多塵客。便夢魂、歸不到煙巒。呼明月、倒隨天影。浸入寒潭。

## 汪全德 字修甫、號小竹、一號竹素、江蘇儀徵人、嘉慶十年進士、改庶吉士、官江西吉南贛寧道、有崇睦山房詞一卷、

### 唐多令

春水細紋生。春雲綠未成。趁東風、第幾山程。溪上碧桃開又落。啼不住。過時鶯。　來日是清明。天涯節序驚。一年年、飛絮關情。南國不歸春又晚。逢社燕。說漂零。

### 解連環　夢憶

小屏山北。是橫波舊榭。步香斜徑。憶鏡中、眉嫵消凝。待春月愔愔。自塡宮令。燕幕風多。又春夢、幾番吹醒。訝宵來細語。似訴舊時。花外幽恨。　西窗夜遙燈燼。擬閒尋秀句。寄伊重詠。見說道、去後江南。對花謝鶯啼。暗消心性。雁字飄空。怕問訊、玉臺未穩。料應歎、茂陵病起。賦才減盡。

### 探春慢

薄靄籠寒。低雲破曉。雨絲吹上簾額。迎社榆錢。定巢燕子。長記江南此日。無那人憔悴。儘閒煞、吟箋賦筆。倦游强起看花。風情惆悵非昔。　殘睡流鶯喚醒。聽報道禁煙。時候岑寂。研粉懷香。湔蘭祓夢。付與天涯

淒惻。情盡橋邊路。問繫馬、當年舊宅。春水無言。照人愁鬢先白。

## 綠意 春草和玉雨

春愁如綺。訝漸行漸遠。零亂天際。惻惻東風。剗盡還生。無端又引離思。蘼蕪舊夢新來少。見說道、春歸容易。任滿城、墜粉飄香。不到斷橋山寺。　休唱江淹秀句。憶年少彩筆。應更憔悴。黯澹宮袍。倦倚危闌。怕看傷心煙翠。鈿車冷落西泠別。換幾度、燕泥芳砌。賸樂游、花外斜陽。照一帶無人地。

## 埽花游 谿上見梨花已將落矣、感賦

谿邊一樹。正過雨生寒。將煙似暝。早鶯漸近。把年來曉夢。向春啼醒。澹月生時。識得伶俜舊影。有誰問。是那日鞦韆門掩香徑。　池館芳信冷。憶翠袖單寒。一枝誰並。等閒窺鏡。怕何郎去後。嬾殘宮粉。便到飄零。莫似楊花飛盡。晚風緊。怕星星、欲吹愁鬢。

# 周濟

字保緒、號未齋、又號止菴、別號介存居士、江蘇荆溪人、嘉慶十年進士、官淮安府學教授、有止菴詞一卷、味雋齋詞一卷一名存審軒詞、介存齋論詞雜著一卷、詞辨十卷、又選宋四家詞筏四卷、

## 渡江雲 楊花

春風眞解事。等閒吹徧。無數短長亭。一星星是恨。直送春歸。替了落花聲。憑闌極目。蕩春波、萬種春情。應笑人、春糧幾許。便要數征程。　冥冥。車輪落日。散綺餘霞。漸都迷幻景。問收向、紅窗畫篋。可算飄零。相逢

只有浮萍好。柰蓬萊東指。弱水盈盈。休更惜。秋風吹老蒓羹。

垂楊　立冬前聞蟬、和叔安、

秋懷漸遠。聽蒼黃病柳。一聲淒婉。曳入西風。可應還似秋前滿。分明凝絕重低轉。替人說、嫩涼池館。被連番、青女無情。把露華偷竊。　知否吟蛩乍緩。便戶下牀頭。不成濃煗。漫立高枝。夕陽偏向疏林展。誰留鬢影誰紈扇。但贏得、琴絲題怨。宵來霜月孤行。魂易斷。

夜飛鵲　海棠、和四箴、

春酣鎮無語。閒倚朝雲。渾不解爲何人。燕支著意暈雙頰。輕綃疊翠圓勻。生來七分媚骨。況霞明煙濟。作得三分。尋常伴侶。試新妝、漫約湔裙。　天上三郎撾鼓。催滿苑花枝。與鬬精神。一例團雲裁雪。流鶯暗約。蜂蝶空羣。燒殘絳蠟。柰眞妃、也則銷魂。待濛濛雨歇。可堪重訪。綺陌芳塵。

八六子

竟春歸。落英孤負。海山冉冉晴暉。歎不共、鶯衣熠燿。偏隨燕羽飄零。年光付誰。　垂楊空鬬腰圍。只見陌頭泥滑。那聞駿馬嘶來。向翠樓、深處障風揄袖。惜春人去。豔情無極。祇憑楚調湘絃急緪。秦聲羌管橫吹。傍妝臺。游絲但牽恨回。

蝶戀花

柳絮年年三月暮。斷送鶯花。十里湖邊路。萬轉千回無落處。隨儂只恁低低去。　滿眼頹垣攲病樹。縱有餘英。不直封姨妒。煙裏黃沙遮不住。河流日夜東南注。

### 唐多令

轉過赤闌橋。縈簾故故飄。共春魂、一樣難銷。贏得青蕪斜照裏。人獨立。燕雙拋。　委地太無聊。回頭見舞腰。倩東風、吹上長條。剛被游絲牽惹住。渾不是。畫檐高。

### 蝶戀花

絡緯啼秋啼不已。一種秋聲。萬種秋心裏。殘月似嫌人未起。斜光直透羅幃底。　喚起閒庭看露洗。薄翠疏紅。畢竟能餘幾。記得春花眞似綺。誰將片片隨流水。

### 新荷葉

可惜梧桐。不曾眞作秋聲。一夜飄殘。疏黃到地還輕。濃陰似幄。記晚凉、新月初生。碧羅衫薄。倚他玉立亭亭。　頓遣彫零。重陽風雨江城。耐久紅薇。數枝偏繫離情。湘簾漫押。待深宵、訴與秋聽。只愁青女。等閒不駐雲軿。

### 湘春夜月　滄州道中見女子鬻伎、

恁天涯。幾人煙水浮查。不信霧鬟風鬢。都付與楊花。亂蹴秋千紅影。隔淥波青粉。柳外誰家。算吹簫那是。揚州舊路。雁齒橋斜。　扁舟倦客。安排清淚。重賦琵琶。值得汍瀾。渾不到、迴燈喚酒。低訴年華。明宵何處。料相隨、衹有昏鴉。向淡月、祝眉痕兩點。依他纖影。休被雲遮。

## 永遇樂　紅葉同良卿賦、

過了啼鵑。忽忽眞箇。人比花瘦。烏桕門前。一番秋信。消得重回首。斜陽明滅。輕雲零亂。不是釀春時候。應愁絕、新來夢蝶。怕禁月明清漏。　緇塵浣罷。江南舊路。還共停車貰酒。聽雨深樓。延秋別館。記去年約否。不成又作。新來離緒。冷伴吳江衰柳。渾輸與、嬌紅一院。曾欹翠袖。

## 六醜　楊花

向濃陰翠幄。漾嫋嫋、春魂如雪。畫闌獨憑。飛英鴛甃溼。正恁愁絕。又對斜陽院。晴絲空裊。任飄零離別。南園悞了雙蝴蝶。草際輕黏。簾前漫瞥。纖纖映蛾眉月。卻難尋瘦影。幽恨重疊。　東風搖曳。算塵根小劫。灞岸鳴嘶騎。情暗切。柔條幾度攀折。縱天涯覓徧。買春榆莢。衹惆悵、衆芳都歇。爭得似、委豔香泥。長倚杏梁春帖。還消受、半枕寒怯。更唾絨、點綴茸窗底。嬌紅一捻。

## 浪淘沙慢

聽猴嶺、瑤笙乍杳。喚起長笛。斜日餘霞漸隱。西風過雁又急。望十二瓊樓無信息。倩青鳥、飛度蒼茫。但弱水、浮山最深處。文鸞見孤立。　還憶。當年誤注仙籍。待散髮、扁舟隨流去。星帶羊裘客。奈舊盟都寄。漚波鷺雪。易抽獨繭。怕釣絲暗惹珊瑚枝格。歸路遙、秋林雲掩。歸心尚倚紅盼碧。試吹向、柯亭應更惜。甚春草、萬里芊緜。只一夜。輕霜作盡蕭條色。

## 哨遍

黃葉半林。黃菊半籬。裝點秋如許。莽西風、千里卷平蕪。乍登臨、江山吳楚。問西塞煙波。東山裙屐。幾曾留得南朝住。回首廣陵濤年年只背。蕪城斜日歸去。帶邗溝、流恨滿江湖。共酤客、愁心亂檣烏。爛錦韶華。海蜃樓臺。畫屏歌舞。　呼痛飲張翰。生前杯酒澆黃土。休落龍山帽。金城楊柳誰賦。待飄泊蘭成。家山重到。也難寫出關河暮。天際雁行斜。知他暝宿。荒蘆叢荻何處。漸鳴榔、聲斷野煙鋪。賸一點、漁燈伴星孤。月初弦、輕雲低護。柴門歸便深掩。無賴是庭梧。蕭蕭只管打窗縈砌。不管離人離緒。閒牀倦枕漫支吾。怕重陽、滿城風雨。

## 葉以倌

字雨輈、別號西湖瘦生、浙江錢塘人、嘉慶十年進士、官廣西潯州府知府、有雙魚詞一卷、一名洗心書屋詩餘、

### 東風第一枝　望磬槌峯

杖錫飛烟。錘金閃日。孤根遙豎天半。何人拊石蒼冥。有個山僧對面。懵騰睡去。早一棒、敲來空遠。聽瀑泉、攙入風聲。猶是玉聲圓轉。　思石梃、水經曾注。還自喜、夢緣能踐。側幢背峽留雲。落照銜崖媚晚。禪心觸發。問上界、梵音誰辨。待借他、鐵杵崢嶸。打破笛悲笳怨。

## 魏襄

字贊卿、號曾頌、順天大興人、嘉慶十年進士、官至太僕寺少卿、有尊酒詞一卷、蓉影詞一卷、

疏影　芙蓉

涼飆颯颯。皺晚霞幾疊。吹散寒馥。桃杏三春。一例東風。孤芳未肯相逐。浮花浪蕊都催盡。又占了、疏籬黃菊。待露華、綠徧庭蕪。獨倚一枝寒玉。　幾度酒場燈夜。曲闌珍護甚。添上珠絡。翠袖天寒。不語凝愁。意緒千重如束。前身只合青城住。知不數、人間金屋。悵無由、化作秋江。日夕照伊幽獨。

邁陂塘　題倉山月話圖

展生綃、林煙一抹。蒼蒼山色如許。涼燈塔影南朝夢。畫出傷心碧樹。花深處。只無恙青山、曾伴名流住。坡翁仙去。悵簾底新蛾。照人不寐。偏共夜深語。　千秋事。還付園亭舊主。清游回首非故。一般同看分明月。不是當年情緒。君也誤。怎如此秋光、拋卻閒鷗鷺。君今記取。儘料理歸蠟。訪君情話。遲我舊來路。

琵琶仙

小立凝愁。渾忘卻、點點霑衣紅溼。不信正好花枝。東風又無力。拈一片、春痕在手。要留住、怎能留得。記否羅衣。小蘋初見。情緒如結。　更經得、雙燕歸來。把心事、喃喃向人說。句起天涯舊夢。和亂紅如屑。遮莫是、春旛好護。怕有人、輕自攀摘。只待訴與相思。莫教輕別。

吳存楷　字端父、號縵人、浙江錢塘人、嘉慶十年進士、官安徽當塗縣知縣、有硯壽堂詩餘一卷、

桃源憶故人

細雨斜風吹不斷。竹粉輕彈幽怨。誰唱柳枝聲緩。縷縷情絲綰。　鵲尾香殘更漏轉。墜葉荒階飛滿。燕去燕來誰管。人隔鷗波遠。

### 鬭嬋娟　題楊蓉裳鬭寒圖

一碧盼瓊宇。多少蛩機織烟縷。織就高寒雲路。看瓦溼青鴛。藥殘玄兔。飆輪對駐。抱秋心、幽怨同訴。待描取、腰支眉樣。雲葉萬重護。　延佇。曲闌花午。好踏霞車過星渚。玉樓肌粟都聚。相思人在何處。漸影界觚稜。響淒鐘乳。又催涼夢作也不辨、霜甜月苦。西風吹下層霄。老鶴夜深語。

## 朱爲弼　字右甫、號茮堂、浙江平湖人、嘉慶十年進士、官至漕運總督、有蕉聲館詞一卷、

### 桂枝香　蘭卿學士招同家朵山修撰飲桂花下

香聞一室。問桂花晚榮。可有消息。恰好比鄰門掩。小山秋色。飛牋邀我開芳酌。露華濃、深夜還滴。更招仙侶。同遊促坐。合稱三逸。　憶金粟、曾探月夕。向山寺閒行。游戲香國。自別西湖。鼻觀幾回參得。如今兩鬢青霜徧。對花枝、自憐生直。待東籬下。黃花寄傲。再拈詞筆。蘭卿愛蒔菊

## 楊欲仁　字鐵卿、安徽巢縣人、嘉慶十年進士、

### 滿庭芳　耶溪漁隱圖題詞

鑑曲秋高鵝池月滿。耶溪煙雨空濛。蘆花淺水。小艇任西東。笑我好山孤負。渾無定、漂泊孤蹤。空羨煞。江天無際。一箇老漁翁。　吾廬猶記得。波横素練。玉做寒峯。更風敲短竹。聲碎玲瓏。擬向山陰舊路。尋歸計、雲水千重。許共否。綠蓑青笠。垂釣月明中。

## 彭兆蓀　字甘亭、一字湘涵、江蘇鎮洋人、諸生、舉孝廉方正、有小謨觴館詩餘一卷、

### 鵲橋仙

鐙長鳳脛。人長錦瑟。敵住玉關風力。柔鄉酒國夢溫馨。聽縹緲、穿簾一笛。　霜華漸緊。角聲低咽。斜月出門時節。高樓已在數峯西。又何況、樓頭消息。

### 瑶龍謠　炙硯

商陸添爐。都梁灼艾。紫玉池蒸雲現。鳳咮呵來。把冰澌融徧。穿蠡殼、羊角風尖。試翠墨、麋丸香輭。問蟾蜍、那解閒愁。也時有、淚痕泫。　霜花緊。雪花繁。怕皸手擘紙。薑芽還顫。經生事業。只紅絲一片。算何如、盾鼻磨書。還博得、天山傳箭。勝年年。枯守烏皮。偎他冷暖。

### 齊天樂　汪蛟門少壯三好圖、爲秦敦夫太史題、

半生結習鴻泥影。琅琅萬籤圍住。力士鐺邊。兜娘歌裏。曾祓清愁幾許。桃花潭侶。算詞客貞元。風流天與。枉費吟朋。解嘲誑難迸奴主。　堂堂歲華飆逝。有深情淮海。錦韉收取。妙墨三朝。濃香一夢。根觸天涯倦

旅。中年心緒。耐盞底芸邊。最消凝處。卻怕聽秋。四條弦上語。

## 姚　椿　字子壽、號春木、一字夢穀、又號魯亭、江蘇婁縣人、監生、舉孝廉方正、有灑雪詞三卷、

### 摸魚子　送劉南坨學博之震澤任

問吳江、烟波千頃。橫空秋色如畫。古來幾許高人在。一片白雲心寫。明月夜。有萬雪輕鷗、影共冰輪化。垂虹遙跨。看天半銀瀾。更深星火。隱隱起漁舍。　風流好。付與劉伶瀟灑。先生玉貌何暇。射陽湖上輕抛去。小結白蓮詩社。君莫訝。算從古天涯。風月都無價。明年銷夏。任兒子扶筇。門生載酒。一笑舉杯斝。

### 水龍吟　博望乘槎圖爲張墨林明府作、

人間路遠於天。如何更有天堪上。靈心鑿空。高寒玉宇。瓊思瑤想。萬古扁舟。一輪明月。四圍碧浪。歎混茫世界。魚龍百變。都付與。閒人賞。　浮生幾多塵壤。挈吟囊、飄然長往。漢家樂府。仙人知否。扣舷高唱。珠影晶圓。島痕迢遞。琴聲清朗。祇歸裝贏得。支機片石。向成都訪。

## 馮承輝　字少眉、號伯承、江蘇婁縣人、諸生、有古鐵齋詞鈔四卷、

### 齊天樂　姚方伯一如先生令儀平蜀後、病假南旋、因作秋山賭墅圖以見志、今方伯化去十餘載矣、令嗣春木出以屬題、漫塡此解、

一枰神算胸中展。安排賦閒身世。舊夢青山。斜陽翠㞳。重伴煙霞高寄。丁丁下子。正局定千秋。劫銷彈指。劍外當年。暗收全勝笑談裏。　宣城誰更賭取。歎柯仙去了。秋老雲墜。瘦石苔荒。枯棋月照。贏得蒼生流淚。松風夜起。宛涼閃燈花。醉殘聲伎。慨仰英姿。錦江清見底。

望海潮　海鏡樓望海、和黃研北韻、

蒼蒼山杳。濛濛雲疊。當空萬里秋懸。鵬擊幾尋。舟浮一粟。滄波盪漾無邊。潮汐暗推遷。念揚塵何日。復變桑田。我欲乘桴。手捫星斗半天寒。　芒芒水色長天。認洪濤盡處。一抹蒼煙。重譯遠來。扶桑遙接。銀潢是否相連。宇宙望中寬。問蓬萊縹緲。可有神仙。目極情移。渾忘倚暖碧闌干。

摸魚兒　黃研北以葉桐君司鐸松陵、念其怡園所藝菊、因買舟運往、並媵以詞、次韻奉和、

襯楓江、幾叢霜蕊。陡看籬下開處。家鄉亦有延秋圃。誰與載將秋去。催雁櫓。正倒影波心、誤惹羣鷗舞。將花伴汝。儘弟子寒氈。先生講幄。莫厭冷齋苦。　蕭閒甚。呼起柴桑共語。東山依舊延佇。斜陽孤倚如人淡。皮陸定來爲伍。情一縷。裊陣陣西風、細向詩心鑄。商量勝趣。且架竹扶枝。題籤品豔。重訂范村譜。

## 伍嗣興　字磊軒、號穎少、江蘇陽湖人、諸生、有餐玉詞一卷、

瑣窗寒

柳帶新煙。花含宿雨。曉來庭院。東風著意。又是幾番吹徧。訝紗窗、玉人未開。簷前嬌語紅襟燕。怕等閒過

了。湔裙挑菜。甚時重見。　應念。西園宴。想那夕杯深。別愁難遣。夢裏分明。不在水遥山遠。待安排、金屋貯伊。也教償了三生願。怎賺人、萬轉千迴。一縷柔腸斷。

蝶戀花

淺淡銀河垂玉宇。坐到更深。華月流雲吐。菡萏香清初滴露。虛堂今夜涼如雨。　可是秦臺簫鳳侶。難道芳辰。偏爲羈愁誤。悵望遥天無可語。幽懷付與吟蛩訴。

## 謝玉樹

字仲嘉、一字仲佳、浙江嘉善人、貢生、有瘦紅館詞二卷、一名梅簃詞稿、

鵲橋仙　冬夜枕上作

愁深酒淺。更長夢短。惻惻悄寒如水。那禁酒醒夢回時。覺越是、冷清清地。　熏爐香燼。殘燈光閃。約略天明猶未。瘦扶梅影到窗邊。奈紙帳、有人無睡。

謁金門

花事寂。愁緒絲絲如織。紫燕簾前商出入。一襟紅雨溼。　春困懨懨無力。柳岸亂飄晴雪。目斷天涯芳草碧。王孫歸未得。

## 倪稻孫

字穀民、號米樓、別號西湖漁隱、浙江仁和人、增貢生、有蘆中秋瑟譜二卷、翦雲樓詞一卷、一名夢隱詞、

倪稻孫

## 長亭怨慢　柳影同詹石琴肇堂賦、

漸吹滿、斜陽官道。淺碧留痕。夢回芳草。淡掃蛾眉。遠山難得、鏡中照。綠波簾外。知甚處、鶯啼曉。唱出一枝枝。怎禁得、東風懊惱。　縹緲。望紅樓不見。合有凭闌人悄。柔魂引處。又拘管、落紅多少。恨幾處、隔水桃花。人面分明遮了。又一種離情。縈滿渡頭歸棹。

## 長亭怨慢　楚遊重過琵琶亭

又行盡、淒淒三楚。倦客單衣。薄遊情緒。縱有琵琶。半生淪落、向誰語。別離如此。盼不到、江南樹。江上已秋風。卻送我、揚舲歸去。　重佇。看扁舟來往。裊裊豔歌無數。青衫淚點。早吹作、驛亭殘雨。算那日、一醉成吟。便贏得、風流千古。認幾疊遙山。還似秋娘眉嫵。

## 鷓鴣天　同人放舟出揚州鎮淮門度虹橋折而北、登張氏之微波館、倚檻四望、則野水自碧、芙蕖已花、濃陰蓊藹、滿目涼意、顧而樂之、座客汪山人古愚援長琴作秋江落雁之曲、音調淒絕、留戀忘歸、爲賦此解、不自知其詞之繁抑也、

綠樹愔愔接芰荷。銀灣渺渺動微波。鵓鴣喚起炎天雨。野水如雲占一窩。　垂柳外。畫船過。隔花都是玉人歌。新聲嬌軟渾無賴。蕩入虹橋怨已多。

可要吳兒唱柳枝。惱人情緒是楊絲。琴心不度鴛鴦夢。妮語難消蛺蝶癡。　彈別恨。訴相思。重來過了看花時。弦聲洗盡箏琵耳。花外秋風客未知。

兩槳歸來出小溪。漁娘送我到長隄。新番歌吹重重恨。舊日煙花處處迷。　叢樹暗。野塘低。而今惟有夜烏啼。玉鉤斜畔如鉤月。猶照離人過竹西。

### 解連環　題袁柳寒蟬畫箑

暗黃千縷。到秋來不是。舊時眉嫵。那更堪、抱葉聲沈。又吟斷夕陽。欲飛還住。喚起圓蟾。怎消受、夜涼如許。說飄零若此。欲寫秋疏。鬢影還誤。　今宵酒醒是處。奈村荒岸斷。水盡流去。驀一樹、碧到無情。怕搖曳驚心。此時誰主。冷逼綃痕。認猶帶、滿身清露。惹西風、篋中舊怨。者般淒楚。

## 金學蓮　字子青、又字青儕、號手山、江蘇吳縣人、諸生、有三李堂詞一卷、一名竹西客隱詞、

### 絳都春　舟發桐廬富陽、沿山一帶杜鵑盛開、有賦、

春心望斷。嘆躑躅天涯。蔫紅零亂。滿目殘英。聲盡啼鵑空山怨。斜陽一帶青煙散。但千瓣、晴雲烘暖。麴塵飛處。蒼厓半露。野樵歸晚。　江畔。珊瑚燒盡。又涼雨乍洗。豔情都澹。記取踏青。比似紅裙尋花伴。燕支重認春風面。怕枝上、新痕啼滿。待他睡壓氍毹。夢還不管。

## 江藩　字子屏、號鄭堂、別號竹西詞客、江蘇甘泉人、監生、有扁舟載酒詞一卷、

### 疏影　題倪大米樓帆影圖

愁心悄寂。正去帆孤影。和煙欹側。擊檝閑看。片片模糊。遮斷天邊山色。飄零莫說鄉關遠。恐惱殺、十年孤客。數倚檣、幾點昏鴉。又是暮潮聲急。　千里波平似鏡。恰江上細雨。東風無力。客裏相思。夢逐疏篷。歸路迷離難識。憑他六幅隨湘轉。祇一半、橫拖空碧。到晚來、卸卻蘆灘。臥聽涼宵漁笛。

## 月華清　桂

花娟秋雲。枝團涼露。一輪蟾影纔滿。三五圓時。放遍誰家庭院。賞芳華、金粟芬菲。歎搖落、玉犀撩亂。悲怨。問根生下土。何如月殿。　漫說牢騷難遣。正蕙佩同紉。桂漿頻勸。萬斛藏香。怎貯閑愁無算。書卿詞、一粒粟中香萬斛、君有梢頭幾金粟、最恨那雨冷風盲。恰少箇、蝶迷蜂款。依戀。怕殘黃褪色。元黃庚木犀花詩、殘黃銷骨現金粟、零香成片。

## 六么令　夜泊袁江聞笛

夢回孤枕。驚起關山笛。篷窗雨絲纔住。漁火昏烟夕。多事梅花三弄。惱殺江湖客。酒腸偏窄。消愁無計。怎不敎人早頭白。　忽按商聲側犯。吹得蒼崖裂。看取九折黃流。夜靜魚龍寂。聽到更殘漏轉。驀地傷離別。天邊明月。淒涼如此。千里相思向誰說。

## 暗香疎影　白石老仙製暗香疎影二曲、本仙呂宮、考段安節樂府雜錄、論五音二十八調、仙呂在去聲宮七調之內、則塡此二曲、當用去聲、而白石用入聲者、北音入聲皆作去聲讀、今伶工歌北曲所謂入作去也、蓋二曲本用去聲、以入代去、多纏聲而流美矣、此夢窗蘋洲玉田所以謹守成法而不變、又彭元遜解佩

環調即疎影用去聲韻、亦一證也、張肯又採暗香前段疎影後段合成暗香疎影一闋、變而爲夾鐘宮、夾鐘即燕樂之中呂宮、亦在去聲宮七調之內、當用去聲近入聲之韻、斯爲協律、仙呂宮下工字住、中呂宮下一字住、淸上五字住、此曲用上五住也、春日讀香研居詞麈、忽悟此理、乃塡是曲、以繼絕響、然自南宋以後、三百年、世無知之者矣、嗟乎、倚聲之難也如此、

戶庭春至。看玉梅破臘。紅燈初試。影上小窗。冷逗幽香繞詩思。無奈昏黃月下。是何處、簫聲流吹。怎禁仄聲得、和怨和愁。嗚咽惱花睡。 剛被哀音破夢。翠禽又踏啄。殘粉低墜。囑咐東皇。疏雨疏風。好點綴蕭閒地。去年人日關山路。怕說那、斷魂天氣。折一枝多少相思。隴首卻敎誰寄。

## 夢芙蓉

此吳夢窗自度曲也、詞家絕無繼聲者、夏日泛舟湖上、獨酌荷花中、不覺大醉、醒時已四鼓矣、遂塡是調、明日入城乞莊生吹笛按譜、有不叶者、改易數字、音節和諧、幸不失邯鄲故步、相對痛飲、極歡而散、

魂消殘夢裏。恰平湖放棹。鬧紅折翠。那家池館。風送冷香過。仄聲 露花欲墜。依稀淸景難憶。脫卻荷衣。正朦朧酒醒。城上角聲起。 自悔當年情事。辜負花光。曲罷無人記。舊歌重按。休把褪紅洗。並頭書錦字。關河路遠誰寄。玉漏催歸。芙蓉帳外。月如流水。

# 陳行

字小魯、浙江仁和人、有一窗秋影庵詞一卷、

## 如夢令 江上

兩岸蘆花搖冷風。簸一江秋影。若箇憶蒓鱸。遙指夕陽歸艇。歸艇。歸艇。莫待魚龍夢醒。

如夢令　客況

一路野花紅豔。萬里飄零書劍。樓上眼穿人。應道我無歸念。迷戀。迷戀。斜日亂山孤店。

## 葉珪

字桐君、江蘇華亭人、官教諭、有嬾漁詞、又輯自怡園屏錦詞二卷、

木蘭花慢　新蟬

送南薰拂戶。山館靜。一聲蟬。正簧老鶯腔。笛收蚓竅。脆管遙傳。天邊。淺嘗風露。便鉄衣、楚楚作神仙。花底來尋舊蛻。枝頭方曳新絃。　驚眠。倦鬢嚲香肩。墮翼認珠鈿。料那人意緒。喚教知了。好夢圓全。如煙。綠楊萬縷。蕩齊宮、怨語訴難連。莫遣金商換調。涼嘶更苦秋前。

## 嚴元照

字修能、一字九能、號悔庵、又號蕙櫋、浙江歸安人、貢生、有柯家山館詞三卷、

定風波　擬六一詞

一寸光陰一寸金。養花天氣半晴陰。莫管新來人漸老。還要。玉觴華下十分深。　往事分明還記得。傾國。清歌一曲墮瑤簪。幾日懨懨成酒病。休問。去年花放到而今。

生查子

珠簾一半垂。睡起無情緒。殘夢未分明。卻被流鶯誤。　蔫紅溼不飛。纖柳隨風舞。羅袖翠雙籠。獨自看春雨。

### 點絳脣

曲沼蒲深。水楊低映紅窗遠。繡巾香扇。人隔春風岸。　波面紋生。衣上飛花滿。尋常見。好山青遍。未較雙蛾淺。

### 念奴嬌

紅樓珠箔。護輕寒、四面垂垂不卷。鴛甃幾番連夜雨。添了曉妝春倦。柳待搖波。梅還慳雪。未覺東風輭。橫塘路迥。踏青情緒先嬾。　望極迢遞春江。歸帆何處。芳草和天遠。欲寄天涯無好夢。夢與行雲都斷。鸞鏡塵昏。獸鑪香冷。憔悴無人管。西園花事。一年判付鶯燕。

### 祝英臺近

峭寒輕。晴晝永。特地卷珠箔。池上桃花。紅意已非昨。倚闌欲問東風。吹開幾日。又何苦、將他吹落。　怨風惡。細算卻是桃花。生來命原薄。隨意夭斜。只合傍籬彴。無端移近房櫳。釀成春恨。悔當日、用心眞錯。

## 王初桐

原名丕烈、字于陽、又字耿仲、一字無言、號竹所、又號思玄、江蘇嘉定人、諸生、官山東新城縣知縣、有杯湖欸乃、杏花村琴趣、蘗天閣琴趣、雲藍詞各一卷、總名巏嵍山人詞集、

南浦　春水

滑笏縠紋平。愛柳灣、翠陰冷浸天影。草綠岸痕迷。晴暉下、溶溶漾春不盡。秀漣拍甃。樓臺縹緲簾櫳淨。一段琉璃涵映處。曾瞰新妝人凭。　雨餘漸暖芳洲。正燕掠晴波。鷗眠清鏡。孤客泛滄浪。斷魂遠、漠漠蘋花風暝。故溪深窈。緗桃流出紅千頃。幾時放溜東歸去。一繫小橋烟艇。

一枝花　海淀觀桃

裂帛湖邊路。窈窕西句前渡。一番微雨後、亂紅吐。冶葉倡條。相映繁花塢。遠近山無數。看樹底枝梢。翠螺點點齊露。　獨自攜樽俎。誰共修簫譜。粉雲芳草外、畫樓暮。舊酒壚邊。空憶閒眉嫵。題詩今在否。恨消息江南。莫問春風朱戶。

西子妝　綠陰

嫩子垂青。新叢蔭碧。暗影沉沉簾戶。單衣乍試午猶寒。愛清和、微風院宇。幽窗易暮。聽啼鳥、數聲何處。悄林塘。漸交枝溪小。礙船來路。　芳盟誤。過了花時。冷落嬉遊侶。翠痕不獨是長亭。遍郊原、連村無數。傷心小杜。悵春事、落紅已賦。近黃梅、盡日冥迷細雨。

木蘭花慢

小闌干倚偏。問春色。爲誰妍。看細草孤雲。斜陽燕子。如此山川。平田。霽暉萬里。似人家、星散碧羅天。紅杏香中游勒。綠楊影裏吟船。　年年。掩戶晝閒眠。羈旅更誰憐。誤小樓幾度。東風凝望。未整歸鞭。庭前。夜深漏靜。想蟾波、冷浸畫秋千。獨立花陰寶砌。露寒應到香肩。

## 水龍吟 白蓮

爲誰卸了紅衣。綠房迎曉霜綃翦。浣紗人去。淩波人在。水晶宮殿。幾柄亭亭。銀塘十里。冷香吹遍。任鷗昏鷺暝。花光縞夜。沉沉裏、微茫見。何況素雲晴練。舞輕盈、半低紈扇。淡妝月豔。仙姿玉立。粉消鉛淺。小艇回時。浮萍開處。鏡奩窺面。怕遺璫、卷入涼波。又萬葉、西風戰。

## 燭影搖紅

遲日園林。一鳩啼落桃花片。冷吟淺醉病懨懨。未覺春衫健。芳意晴光池館。小闌干、青枝蔭遍。玉爐香冷。金粉屏深。晝長誰見。騎馬斜橋。舊遊曾共珠簾捲。鶯盟燕約逐東流。更比天涯遠。一色柳煙弄晚。誤高樓、斜陽望眼。狂風驟起。無數殘紅。向人撩亂。

## 浣溪紗

茶竈新遷避燕泥。繡牀人倦藥欄西。一簾春夢小鶯啼。柳色遮樓煙欲暝。桐陰籠徑日初移。海棠風起更添衣。

# 李日華 字旭齋、浙江嘉興人、諸生、有紅豆詞、

## 金縷曲 深省樓對雨、同楊文樸程珠川作、

何處籥聲度。正樓頭、濕雲不散。落紅無數。觸忤愁人凭欄望。點點遙峯微露。忽隱入、迷離芳樹。暝色空濛寒意淺。恨東風、只解催春去。聽不盡。打窗雨。　聲聲滴滴消魂處。任疏簾、半垂半卷。惹烟含霧。恍忽扁舟天上坐。潑眼綠波如許。但添得、幾分離緒。回首鄉園兄弟隔。最撩人、竹屋篝燈語。歸去也。又留住。

江南好

山淡淡。水娟娟。綠稠垂柳岸。紅瘦夕陽天。江南春去離腸斷。人與楊花共一船。

## 朱休奕　字永之、號梅厓、浙江秀水人、有醉茗詞、

齊天樂　蟬

濃陰一樹無情碧。涼蟬早傳清響。影掠平林。聲聞秋閣。夢破那人鴛帳。頓教惆悵。記昨歲關山。紅亭纔唱。忽忽經年。斜陽又挂綠楊上。　寄語兒童休逐。怕乍離螳臂。旋入蛛網。抱葉潛身。移枝斂翼。怪底井梧飄颺。鬢妝新樣。愛洗遍冠緌。露承仙掌。只恐秋殘。蛻仙何處訪。

## 周介福　字竹恬、江蘇江寧人、諸生、

燕歸來　花朝集小倉山房

紅撲簌。碧玲瓏。人倚亂香中。澄波如鏡浸遙峯。春影蕩重重。　雲窺戶。煙沈樹。簾捲一庭絲雨。不成無分

醉花叢。邀燕兒東風。

疏影 西山探梅

春光嬝娜。趁昨夜雨晴。翠微重過。料得苔枝。連日東風。未怕禪關深鎖。轉憐竹外橫斜影。擔不起、萬千繁朵。倩林禽、護惜寒芳。休任蝶殘蜂涴。　似爾冰肌玉骨。向空山託足。清瘦如我。我已年來。消解塵緣。頗愛煙霞清課。相逢未敢參禪悅。怕鼻戒、聞香先破。聽夕陽、檻外鐘魚。幾片冷雲敲墮。

三姝媚 春寒多雨、花事遲遲、倚此破悶、

金鈴撩夢醒。問吹簫何人。簾櫳燈影。流響嗚嗚。早釀成寒色。教人愁損。雙管塡詞。渾不是、當年青鬢。說甚新歌。一曲吳娘。那堪重聽。　才放些些晴意。又淡日輕雲。商量不定。已是黃梅。尙鼠姑苞小。荼䕷香困。花未三分。先惹了、二分愁病。漫道干卿何事。銷魂自省。

## 湯竿 字夢竹、江蘇甘泉人、諸生、

摸魚兒 吳門旅次、晤汪問樵、并讀其滄江虹月詞、漫賦是解、

放扁舟、半篙春漲。金閶亭畔延佇。相逢一笑還疑夢。認得舊盟鷗鷺。邀客住。正小院輕寒、簾外瀟瀟雨。閒吟樂府。看紅豆傳聲。瓊冰繪影。不數麗情賦。　滄江月。是爾前身非誤。清光常照眉宇。天花亂撒珊瑚碎。縈繞碧霞千縷。推獨步。須信道、小山白石無今古。君應記取。待他日來聽。吳娘按拍。唱徹玉虹句。

## 吳自求

字蘭園、江蘇江寧人、貢生、官浙江景寧縣知縣、

### 水龍吟　京師仙露寺爲金人館宋二帝及宮眷處

廢龕佛火青熒。夜深猶照羈鸞地。傳聞宋后。此間曾頓。六宮嬌細。怨水悽煙。依稀尚繞。斷垣荒砌。似向人話取。滄桑遺事。聽檐外。鈴聲碎。想見流離遷徙。走燕臺、明駝千騎。悲笳哽咽。胡沙蒼莽。不堪憔悴。曲裏家山。夢中故國。復歸無計。歎汴河東畔。一般曾建。禮賢高第。

## 胡金勝

字夢香、號東井、浙江平湖人、諸生、有笛家詞四卷、

### 生查子

銅壺漏箭稀。燈炧鑪香燼。翠被夜寒多。好夢無憑準。　秋氣蹙蛾眉。秋色欺蟬鬢。雁字滿天涯。不帶天涯信。

### 點絳脣

蓮漏聲沈。露華散作空階雨。碧紗如霧。獨自淒涼語。　寒逼吟蛩。到曉啼難住。銷魂處。月明無主。殘夢風吹去。

### 謁金門　舟次臨平

風起處。吹落寒香萬樹。帆腳如飛留不住。雁背斜陽暮。　投暝長橋問渡。山店參參四五。新月高懸煙外樹。張燈漁子語。

## 憶舊游　酒帘

漸谿煙捲翠。林雨拖紅。影露花梢。野店斜陽冷。莽東風一角。澹墨全銷。杖頭者回拚解。買醉過今朝。任點綴晴光。春心飛舞。粉本難描。　停橈。定何處。待喚取平頭。去路迢迢。怕有雙丫髻。向壚頭勸客。索價應高。況復吟鞭遙指。望裏若相招。更記得提壺。年時問訊紅板橋。

# 楊夔生

初名承憲、字伯夔、號浣薌、江蘇金匱人、監生、官順天薊州知州、有真松閣詞六卷、過雲精舍詞二卷、續詞品一卷、

## 漁家傲　見山亭賦落葉

節過重陽風景異。亭皋漸有秋闌意。隴上山鴉團一隊。霜色裏。無人茅屋何年閉。　三兩吟蛩藏草際。難尋前度題紅地。獵獵西風吹渭水。千萬里。亂愁來處君知未。

## 木蘭花令

綠香繡帳懸空霧。長夜闌珊夢幽素。淒淒風止修竹閒。幾點涼螢照秋雨。　寶函香減玉衣寒。蠟樹煙殘掩朱戶。楚魂愁謝泣枯蘭。鈿管裁詩唱金縷。

解連環　海燕用玉田孤雁詞韻、

滄洲風晚。怕將雛羽弱。驀然吹散。漸倦飛、欲傍蜃樓。悵虹曲成闌。孤遝人遠。無分銜香。只蘸得、浪花幾點。趁斜陽歸去。故宮何處。波光滿眼。　年華海濱荏苒。聽呢喃似訴。飄蓬新怨。到銀灣、莫誤銜牋。記掠過前番。靈槎數轉。閬苑池臺。有多少、娉婷應見。謾商量、軟踏輕鉤。蝦鬚未捲。

高陽臺　殘月

隱霧蛾消。鏤雲額淺。清輝不耐團欒。銀漢初斜。瑤姬佩解闌珊。玉笙吹徹新涼夜。掩紗櫥、翠影層瀾。最關心。三五良宵。十二迴闌。　一鞭曾記來時路。過曉風疏柳。野水荒灣。畫角聲中。古今無限河山。半規淺暈傷心白。渺離愁、天上人間。捲簾衣。苔冷秋痕。花約輕寒。

一萼紅　秋霖乍晴、同人泛舟環溪、

溯空明。好輕移吟鷁。迤邐過環溪。十里新晴。半汀殘靄。蘭橈細劃秋漪。翠藤翳、涼穿水曲。見數點、烟際暝鷗飛。載酒頻來。棹謳唱徹。西塞魚肥。　極目沙邊凝竚。渺雲圓松髻。霞翦荷衣。側帽吟商。當歌吹竹。幽思約上雙眉。看暮色、蒼然林表。好湖山、彈指入斜暉。只有西巖漁父。鎮是忘歸。

朱　棟　字木東、號二垞、江蘇金山人、官同知、有二垞詞稿一卷、

玉漏遲　宿漪雲上人禪房

嫩苔封碧逕。喬木陰森。禪房深靜。溽暑彌天。不入清涼眞境。滿院松風晚急。喜殿角、斜陽淒冷。闌莫凭。旋過曲廊。來參高行。　方外原無今古。看貝多恆翠。猛然深省。緣澹塵紅。世事幾聲清磬。愛向空山小立。一笑悟、白雲無盡。心不定。僧指月高前嶺。

## 車持謙　字子尊、號秋舲、江蘇上元人、諸生、有捧花樓詞、

### 玲瓏四犯　臨春閣、用周密體、

閣迴臨春。已香散沈檀。重問無地。銅狄摩挲。轉恨奈何爲帝。聞說複道淩空。可望見、攔江千騎。悔不如、狎客裁牋。曲曲朱闌都倚。　後庭傳出君王製。譜新聲、麗華能記。念家山破幽腸斷。消受此間曾幾。憑待夢醒雞臺。等是一般興替。賸多情壁月。還省識、年時事。

## 費開榮　字子蒪、江蘇武進人、官安徽知縣、有月波詞十二卷、一名銅鼓館詞、

### 少年游

明波瀉鏡。空煙鋪篆。殘月海門西。岸竹啼雞。霜花警雁。寒夢醒來時。　悤悤纜解。孤舟輕去。人語亂沙溪。經歷年來。江湖滋味。多向五更知。

### 拜星月慢　春暮寄孫蓀菴、用草窗寄夢窗詞韻、

柳重鶯歸。蜜酣蜂老。簾外孤紅吹换。病酒心情。早題香人倦。又將共。逝水東風俱去。冷落幾許。空幃閒幔。棲託雕梁。歎天涯飛燕。　雨瀟瀟、碎滴芭蕉院。溼昏燈、獨抱春宵怨。不堪回首芳洲。負冶遊吟伴。賦濃陰、已滿平蕪岸。愁覊客、恨逐啼鵑亂。問能否、重約佳期。免相思夢斷。

## 買陂塘

倚雕闌、東風影裏。柳飄千萬絲縷。春痕碧凝窗紗薄。漏洩燕雛雙語。惆悵處。正一夜樓空、春瘦梨花雨。閒情最苦。看紅唾傳香。翠羅染恨。那度夢雲住。　忽忽裏。無賴珠簾繡戶。依稀難覓愁緒。鴛鴦書就憑誰寄。毀卻幾層紈素。春似羽。問不共人來、可帶相思去。朝朝暮暮。縱有約重尋。夭桃已謝。綠暗斷腸路。

# 李裕

字其昌、號房山、浙江鄞縣人、監生、

## 木蘭花令　漁父

漁翁夜鼓湖中楫。撥亂渡頭雲數葉。蘆花深處酒能香。菰葉碎彈秋雨急。　滔滔人世何千及。清夢不離蓑與笠。明朝日出萬峯晴。容得一絲懸翠溼。

## 鷓鴣天

一點殘陽古柳根。幾枝折葦寫霜痕。客中人老青油舫。江上秋多黃葉村。　煙水外。敝廬存。疏林慘淡易黃昏。孤鴻自向雲間度。我正愁時欲閉門。

## 杜淇 字用吉、江蘇無錫人、有漱巖詞、

### 蝶戀花

宛轉溪橋連畫棟。十日山陰。鏡裏征橈送。別有寒侵羅袂縫。已涼天氣煙絲重。　波底佛螺千髻湧。綠雪紺霞。著處多飛動。過了碧磯風一弄。藕花香覆鴛鴦夢。

## 金應瑊 字子彥、安徽歙縣人、貢生、官禮部員外郎、有蘭簃詞、

### 臨江仙

篆縷懨懨人悄悄。攲鬟慵倚銀屏。紅兒笑道月華明。海棠枝上。一半碧雲橫。　坐待窺窗窗正滿。一身花影亭亭。隔牆何處又吹笙。簾兒下了。雙袖峭寒生。

### 湘春夜月 花影

捲簾旌。惜花心事黃昏。多謝一片流光。恰挽住花魂。一夜一分月色。又一分花意。催送芳春。算都來做箇。風前夢影。煙裏愁痕。　佳人何處。當時無奈。淺笑輕顰。竹外依依。似彷彿、傷心眉黛。暗泣羅裙。東風最惡。向空枝、搖蕩還頻。便拚得、斂一年憔悴。怕他暗裏。老卻春人。

### 湘春夜月 簾

鎭愁人。晝簾盡日低垂。一任蝶舞鶯歌。都付與斜暉。無奈梁間燕子。帶東風一縷。驀地歸來。又深苔細草。和將春思吹入啼眉。　屏山倦倚。熏爐欲燼。寶篆微微。且上銀鉤。恰放得、纖纖月影。斜捲花枝。雕闌舊夢。倩誰刪、萬縷相思。算只是、把雙犀依舊。從教深押。莫問天涯。

## 水調歌頭

春色奈何許。芳逕萬重花。朝來怕說花事。濃豔正交加。一片春山都被。多少愁魂鎖住。無處落朝霞。腸斷江南路。芳草夕陽斜。　凝望處。空回首。碧雲遮。知他風外飛絮。飄泊到誰家。折得一枝紅萼。賸有暗香盈袖。何處贈天涯。愁絕黛眉影。寂寞倚窗紗。

## 臨江仙

花外啼鵑簾外燕。夕陽容易黃昏。絲絲篆縷是愁魂。闌干倚徧。幽恨共誰論。　賸得柳梢明月上。夜深還照重門。厭厭心事素娥聞。也應怪得。不是舊眉痕。

## 金縷曲　螢

芳草何曾歇。問王孫、一春游處。箇還相識。誤入紗囊因何事。一字神仙不食。算只伴、蟫魚岑寂。風雨黃昏庭院黑。照沈沈、蝶夢渾無跡。玉山路。悔輕別。　景華宮裏音塵絕。悵秋風、洛陽古樹。青燐堆血。白鳥如雷羞難盡。慘慘陰陵妖碧。又恐到、清霜時節。小扇輕羅無人惜。更銀屏、翠幕深深隔。笑熠燿。近牆隙。

## 張成孫 字彥惟、江蘇武進人、

### 摸魚兒

最無端、浪搖晴晝。翠絲交映如許。攲眠幾度尋消息。繫住春痕一縷。情太苦。怎終日盈盈、獨自牽愁緒。花期暗數。看廿四番風。番番吹徧。難問冶遊路。　苔茵淺。者是尋芳勝侶。分明又惹嬌妒。平波洗出娟娟影。怕染一些塵土。飄漾處。便禁受斜風、不逐飛緜舞。柔懷待訴。有畫舸人來。殷勤采得。應更惜遲暮。

## 秦承霈 字蘭臺、江蘇金匱人、官順天通州知州、

### 虞美人

梧桐葉上蕭蕭雨。絮盡寒蛩語。湘簾不卷篆紋斜。何事秋來瘦影似黃花。　空庭獨坐添惆悵。試向雲邊望。三三兩兩雁當樓。今夜邊城夢裏有歸舟。

## 嚴湘帆 字衡九、號曉山、江蘇吳江人、有宜夢樓詞、

### 臨江仙 宮怨

宮院沉沉聽曉漏。漏聲偏惹愁濃。低垂小袖倚薰籠。淚抛紅豆落。眉鎖遠山重。　日夜思君君不見。誰憐

憔悴花容。長門贏得首飛蓬。玉階春草綠。宮殿落花紅。

## 潘　眉　字稺韓、號壽生、別號青棠館主、江蘇吳江人、貢生、

### 鳳凰臺上憶吹簫　陳子玉鄧尉尋春圖

平崦雲流。疏林雪霽。東風已弄晴妍。怪妖紅豔紫。未放春顛。不分枝南枝北。早喚起、翠羽清圓。春來未。虎山橋下。水已如烟。　嬋娟。舊時澹月。曾照我鄉園。吹笛年年。笑銅坑舊約。雙屐猶懸。不及清游年少。早晝就、風帽披肩。還能否。三枝兩枝。分供窗前。

## 姜　安　初名甯、字淳甫、號怡亭、浙江錢塘人、官訓導、有多碧樓樂府、

### 夢橫塘　題郭頻伽寒鑪買醉圖

蓮釵亞柄。蘆雪吹絲。半竿斜照蕭瑟。合澗橋南。只搖曳、青帘常識。昵笑當鑪。解衣偷贈。醉邊曾惜。問飄零四載。此度重逢。誰憐是、天涯客。　聽鐘聽雨纏綿。又蒲帆催掛。楓葉飛急。寂寞而今。感舊約、酒徒難覓。更何限、江波夢繞。一點相思楚雲隔。縱待歸來。山樓共倚。怕雙鬢非昔。

### 疏影　柳影

長亭短驛。正春光一片。滿地狼藉。飛絮飛花。蕩漾參差。幾度臨風難折。絲絲遮斷河橋路。悄不礙、踏青遊

屐。漸魚雲、斂了斜陽。尋偏亞闌無迹。　曾伴紅窗簸弄。那人愁瘦損。描上香額。細雨吹絲。倒映漣漪。莫辨層層深碧。秋懷賸付鴛鴦渡。算只有、斷魂相接。怕亂鴉、飛入寒林。未省舊巢端的。

## 陳山壽

初名峙、字如南、一字子玉、江蘇吳江人、有衆香龕詞稿、

### 瑣窗寒　簾波

細織千絲。低垂一桁。小樓深處。微風乍起。吹皺縠紋縷縷。盪春光、微茫可憐。圓痕疊影能描否。似盈盈一水。飛花飛絮。濺來無數。　流去。閒庭宇。正月影中央。冥濛隔住。是誰窺出。半幅吳淞如許。聽聲聲、迎風珮珊。淩波隱約窺細步。瀉苔階、一片空明。不管吟蟲苦。

### 掃地遊　苔縫

愔愔成片。正繡徧庭心。地衣凝翠。沿堦沒砌。乍鬖髿未滿。一絲猶細。吹陣尖風。窺破春痕有幾。紛無次。認亂髮乍梳。分半挑起。　三寸襪羅底。只鳳嘴鞋尖。也應迴避。行行且止。怕悤悤踏損。草芽花子。細界條條。直似烏絲闌紙。秋來矣。老吟蛩、此中身世。

## 韓森寶

一名生寶、字頌伯、一字茶甫、江蘇震澤人、諸生、有茶甫詞存一卷、

### 闌干萬里心　簡周祖白

彎彎月挂柳梢頭。曲曲溪划雙槳舟。有客憑闌盟白鷗。兩重樓。一樣蕭疏各自愁。

### 百字令　題屈笏堂大別豪吟圖

滔滔江漢。想金戈鐵馬。英雄多少。大別山頭森古柏。且向青天長嘯。夏口東瞻。武昌西望。只有風帆好。賦詩橫槊。阿瞞未許同調。　歎息撾鼓狂生。登樓詞客。畢竟埋秋草。一掬傷時才子淚。付與亂峯斜照。家住吳頭。身遊楚尾。千里關山道。長歌當哭。有情天亦應老。

## 沈振鷺

字君白、號江田、浙江嘉興人、諸生、有紅樹山房詞四卷、

### 蝶戀花

朔地春寒花事少。縠雨初晴。綠潤山城曉。燕子不來簾幙悄。一襟幽恨隨芳草。　錦鯉波沈鄉信杳。莫聽啼鴂。歸思催人老。吹盡風檐紅杏小。生香空賺遊蜂到。

## 王慶瀾

字安之、河南祥符人、有枕霞詞、鏡虛詞、巢睫詞共四卷、

### 相見歡　用李後主韻

窗紗褪盡輕紅。忒悤悤。不管楊花無力、嫁東風。　緘情淚。難謀醉。意重重。生恐流鶯還在、畫樓東。誤人簾幙當樓。下金鉤。猜道暮春天氣、不如秋。　鑪烟斷。楊絲亂。總添愁。最是夢回時節、怕梳頭。

## 孫若霖 字伯雨、號雨村、江蘇江寧人、貢生、有雙紅豆閣詞、

### 浪淘沙 雲波樓感舊

酒冷又香殘。風襲衣單。薄情明月爲誰圓。今夜三層樓閣上。如此春寒。　離合總無端。夢也都難。人間天上兩漫漫。曾是昔年雙倚處。獨自憑闌。

## 查奕照 字麗中、號丙塘、浙江嘉善人、諸生、有滕琴館詞、

### 蝶戀花 送春

枝上殘紅留不住。屬付東風。緩緩吹將去。窗外流鶯嬌自語。一般也恨飄香雨。　斜陽滿地胭脂絮。話是傷春。詩是傷春句。尋遍橫塘無舊侶。砑羅猶記湔裙處。

## 周　迪 字藕塘、江蘇荆溪人、

### 疎影 舟中綠陰

煙霏柳港。正濃陰市岸。畫舫輕漾。小拓窗欞。一碧空明。篷背綠圍成幛。薔薇開徧荼蘼老。尋舊約、但深惆悵。恁春酣、碧透紗幮。何處挂帆重訪。　猶認津亭古樹。看黃鸝兩兩。相喚飛上。夢繞山陰。酒盞含情。添得

櫓聲搖蕩。暮雲層疊江村隱。映一縷、紅霞微颺。待幾時、棹影歸來定有新蟬送響。

## 蔣學沂　字小松、江蘇陽湖人、

### 燭影搖紅　佛手

何處攜來。掌中留貯春痕小。心香空自奉牟尼。苦索分明笑。鏡裏花枝原好。儘拈得、新愁多少。憑誰解悟。彈指怱怱。等閒人老。　生就兜緜。休教壓繡矜纖爪。丹砂擲去便成仙。爭似麻姑狡。一種餘馨猶繞。算撒手、重來須早。從今莫逞。時樣玲瓏。鬬伊工巧。

## 劉嗣富　字鐵文、江蘇陽湖人、諸生、有澧蘭初稿附詞、

### 虞美人　用李後主韻

空齋客去更深了。知己天涯少。下簾無語對秋風。夢到月明人靜畫樓中。　醒來情景依稀在。繡幙珠簾改。烏絲能寫幾多愁。只有銅壺漏共淚常流。

## 姚尙桂　字秋嵐、直隸河間人、有種月詞二卷、

### 采桑子　和友人悵別之作

東風脈脈無消息。暫別朱樓。更上秦樓。芳草王孫感舊遊。　情多怕和銷魂句。腸斷蘇州。夢覺揚州。一樣傷春各樣愁。

## 疏影　和胡印心次茶烟閣秋柳原韻

涼風殿首看青青幾樹。搖落何驟。客裏相逢。月下霜前。蟬聲噪徧林堠。白門秋色渾無恙。最怕是、亂鴉栖候。問道旁、立馬何人。可憶綠窗纖手。　惆悵旗亭往事。蠻腰低舞處。慣鬬櫻口。陌上樓頭。一樣毿毿。那得春風如舊。倡條冶葉無多在。剩冷落、秋娘妝牖。卻可憐、疏影依依。竟與黃花同瘦。

# 仲湘　字蘭修、江蘇吳江人、諸生、有宜雅堂詞、紅豆庵詞、綠意庵詞、兕紅豆庵詞各一卷、

## 綠意　春餘夏首、萬綠成陰、雨後靜觀、輒有所作、

垂楊巷陌。是一條別路。春去無迹。濕暈濛濛。直到天涯。不斷傷心淒碧。高樓容易窗紗暗。想有個、倚寒簾隙。倘工愁、鬢綠潛消。輸與者時顏色。　恰笑清狂小杜。重來已爽約。閒恨空積。落拓春袍。淚漬難乾。賸此一花紅摘。閉門長了階前草。拚負爾、雙雙吟屐。更休提、葉易成陰。霧髻烟鬟都隔。

# 黃大昕　字碧塘、江蘇南滙人、有凝翠樓詞、

## 惜紅衣

景逐年流。事如雲散。燕飛花落。一晌凭闌。無端又思著。芳尊取醉。誰悄與、沈沈斟酌。輕薄。隄外曉鶯。訴金衣飄泊。　芸窗霧閣。香袂臨風。曾泥捲簾幕。長廊曲几。窣地怎蕭索。縱使挽春能住。難返遙天遼鶴。到不如歸去。休鑄六州成錯。

## 瞿鏞

字子雍、江蘇常熟人、貢生、有鐵琴銅劍樓詞草一卷、

### 謁金門

東城别業、垂絲海棠盛開、酌酒花下、頹然徑醉、

絲千縷。綰得枝頭紅聚。春色欲飛飛不去。惜春人也住。　看慣碎霞此處。伴慣醉儂此樹。笑問誰賓誰是主。睡酣花不語。

### 甘州

春來帀月、梅尚未開、徘徊樹下、悵然有作、

借樓中玉笛幾番吹。吹不醒花魂。便耐寒高格。霜凝雪凍。淚也留痕。屈指韶光九十。寂寞過三分。難道東風誤。别處生春。　春縱枝頭未到。早心頭蘊得。縷縷香溫。認荒苔徑裏。冷月照黄昏。抱多少、紅愁綠怨。倩仙禽、啼訴已頻頻。芳時錯、索須讓了。桃李先芬。

## 吳文徵

字德音、一字琴節、號商隱、江蘇青浦人、有侃竹居詞鈔一卷、

### 菩薩蠻　秋閨

捲簾怕是西風起。下簾坐向西窗底。鴉陣近黄昏。無聊自閉門。　幾回憑閣望。數點蒼烟漲。木葉半山留。何曾遮得愁。

王　陶　字孟公、别號黄雪居士、江蘇華亭人、有吉羊館詩餘二卷、

雙雙燕　寒林

過三九了。恁悲箪籬頭。五更催幷。霜林日老。癟殺者番年景。撑上虬根怒癭。又一例、冬心瘦硬。無邊做着荒涼。助我郊寒詩境。　閒評。沿溪遶徑。露獨廟紅牆。半山遙映。烏巢危處。如見凍盤尖飣。拚晒朝陽也肯。便饒爾、幽人乘興。新譜伐木琴歌。拉箇醉僧同聽。

鮑燧林　字介夫、江蘇江寧人、

踏莎行　游莫愁湖

南國佳人。天生豔福。湖經千載名猶屬。鬱金堂杳玳梁空。尋踪倚遍闌干曲。　山色拖藍。波紋皺緑。芳容隱現憑湖目。花開並蒂亦多情。濃陰更護鴛鴦宿。

吳　藻　字蘭坪、江蘇江寧人、

菩薩蠻　春日偕鮑漱石晴峯兄過湖上

晴絲裊裊飛難定。鶯花三月撩人興。帘影柳梢南。村壚酒半酣。　峯巒波底淨。風軟湖開鏡。懷古上金堂。驚聞蘇合香。

## 馬士成　字馥田，江蘇上元人。

虞美人　借宿華嚴庵，月下聞雁。

碧空江月明如晝。北雁征霜候。可曾遠渡白狼流。嘹嚦數聲知到石城頭。　僧房怕聽三更後。我也眉雙皺。湖雲湖浪望悠悠。只恐千年叫起莫愁愁。

## 戴廷棟　字味琴，一字松雲，江蘇宜興人。有綺雲山房遺韻。

金菊對芙蓉　詠菊

采菊東籬，風寒露冷，重陽節物全非。更松濤謖謖，竹影離離。悲秋老矣還添恨，恨征人、不共秋歸。齋頭供處，精神消瘦，風韻如斯。　傲霜未過花時。認斜陽老圃，清意參差。恰白衣人對，綠酒盈巵。田園蕪去思彭澤，奈歸來、三徑偏遲。香痕乍破，瘦螯微賞，一醉題詩。

## 吳紹晉 字味崧、江蘇宜興人、有碧雲客館樂府、

### 齊天樂 家光齋招賞芍藥、翌日爲風雨所妬、

番風吹遍江南北。層層碧雲圍住。煖玉籠香。宮衣製錦。綺席名流星聚。憑闌記取。曾共聽陽關。送君南浦。又覩新妝。露華濃醉舊眉嫵。　虹橋多少贈遠。杜郎重俊賞。無限離緒。淚揾紅綃。腰寬翠帶。添卻鬢絲幾縷。愁風怨雨。便夢約荼蘼。繫春難住。還賸芳心。醉和花共語。

### 探春慢 爲儲紀堂題畫溪春曉圖

種橘亭邊。貢茶山外。波光一片羅研。燕翦裁紅。鶯簧吹碧。蝶背醒來如畫。簾卷約飛岑。更千點、曙霞初灑。好將點綴芳心。化作軟紅牽惹。　曾共銅街走馬。屢數遍花期。故園開謝。風老萍香。雲浮草綠。底事只知游冶。何日繫歸航。再莫負、買春同斝。濯足橋邊。魚苗花片輕打。

### 無悶 雪意、和碧山韻、

研炙輕冰。蝶困深香。寒沍屏山悄倚。甚梨夢難尋。非烟如此。最憶瑤臺舊侶。又柰隔、盈盈一江水。逗來絮影。春痕隱約。欲飄難墜。　風致。果何似。被幾許冥鴻。釀成愁意。待劈竹烹茶。捲簾頻睇。豈識瓊樓萬丈。猶輾轉、銀鸞來人世。喚玉龍、攪碎涼雲。直恁冷清清地。

## 蔡春雷 字雲卿、江蘇青浦人、有西虹漁唱詞一卷、

### 探春慢 舊院尋春圖、爲王春字作、

樹老烏棲。花殘蝶倦。青溪重問游蹟。簫局塵封。笛牀歌冷。猶是那時油壁。月影團圓在。料無分、照伊顏色。但憑舊日流鶯。怨情一一偷說。　前度記曾游歷。有六曲闌干。一重簾額。水榭荒涼。露臺寥闃。難掃新愁堆積。鉛淚猶傾瀉。還惆悵、淮流嗚咽。樓外垂楊。依依是否相識。

## 史　麟 字仲仁、號啓堂、江蘇溧陽人、諸生、有五雲溪漁唱一卷、

### 卜算子 鷗

雨夜長蘆芽。難記閒眠處。怪煞烟波不斷流。流夢橋西去。　影外夕陽明。雲際滄江暮。冷眼東風盡日忙。不爲春帆住。

### 綠意 苔痕

牆根都斂。放畫簷響溜。昨夜重染。歸去隨生。一地蒼然。不辨蕉天濃淡。模糊睡柳橫陳處。飛幾朵、夢雲零亂。乍看成、霧縠烟綃。畫裏春波渲遍。　和露低黏一蝶。認迷離草色。沿砌鋪滿。最怕青奴。擲去無蹤。誤拾空庭榆片。綠陰半壁遮難盡。還約住、梅魂香怨。記那時、步屧尋來。界破碎紅千點。

南浦　秋草

風意正蕭蕭。甚離離、瑟瑟萋萋還遠。鳳子又飛來。飄零得、一點芳魂銷黯。苔綦尋遍。者番拾翠閒情嬾。猶記踏青從此去。纔被東風吹滿。　堦前冷雨飄殘。斜連一道。霜痕俱淺。最是夕陽時。長亭路、落葉馬蹄重見。登臨客散。于今臺畔多荒蘚。任向平原觀獵處。寫入愁胡鷹眼。

## 朱珩　字寶田、一字少白、江蘇宜興人、有橘亭詞一卷、

臺城路　秋海棠

分明點點啼紅影。彈來玉階幽處。韻遠疏蛩。嬌飛嫩雨。一片牆陰低護。憐他怨女。似睡怯淸宵。倚闌無語。腸斷西風。捲簾人在定憐汝。　苔邊又凝晨露。冷飄鈿數朶。悽蝶回舞。擅得芳名。遲來晚節。便到傷心如此。幽思訴與。正零落鉛華。尙愁伊妬。待伴黃花。瘦魂消更苦。

甘州　登溪上樓

只斜陽、還戀舊西樓。能照幾番遊。更銷凝樓外。無多賸水。自碧汀洲。灑盡看花淸淚。不是去年愁。誰念詩腸瘦。第一驚秋。　如此溪山信美。柰飛來蒼翠。都付漁鷗。借雲屛一曲。容我暫時留。儘閒情、碧簫吹起。最無心、重夢到揚州。爭如去、五湖盟約。早具扁舟。

水龍吟　紅葉

一番霜信凋秋。吟魂飛上吳江樹。殘陽弄影。斷霞塗暈。逗來情句。別有消凝。渡邊人散。豔歌重譜。怪尋常一片。不傳幽恨。也流到。溝深處。　正感飄零如許。甚翻成、倩妝招妒。想伊來了。綠陰時節。護香情緒。暗點相思。荒秋幻出。洛陽春暮。怕東風信轉。又敎遮斷。夢中歸路。

解連環　孤雁

旅魂飄遠。歎斜行早被。西風驚散。正有人、離夢同飛。憶姊妹深宮。夜涼燈暗。獨抱哀絃。寫不盡、胡沙幽怨。定憐伊送到。一點相思。故國心眼。　蕭條又逢歲晚。自憮憮顧影。孤緒無限。書錦字、欲寄還休。怕露出雙鴛。誤伊羞看。誰伴羈愁。算只有、衞家歸燕。更悽然。夢到剛圓。小奴頻喚。

張　贊　字香吏、江蘇吳江人、

買陂塘　同仲蘭修湘鱸江道中作、卽用原韻、

碧迢迢、柳絲垂處。一蟬如夢低挂。月痕曙印船窗白。尺幅輕紗新研。開曉乍。看着水涼烟、還似濛濛夜。漁娃妝罷。又脫下輕裙。鴨兒笑裏。柔櫓倩郎把。　水荷小。有箇蜻蜓閒雅。幾回偷眼花下。愁波隔了歌聲遠。桃葉而今應嫁。惆悵話。道綠已成陰、何況人如畫。回腸斷也。儘拍遍紅舷。歌餘水調。誰更索羅帕。

# 周 僖

字東侯、號山樵、江蘇鎮洋人、諸生、有蘭藻堂樂府、

## 淒涼犯 德州道中遇雪、寄京華故人、

垂楊縱解回青眼。枯條難綰離別。亂山自住。行人自去。暮笳寒咽。征衣暗裂。又一片、西風弄雪。路蒼茫、心隨倦馬。林杪望孤驛。　回首旗亭路。粉壁題詩。翠尊傾碧。故人念否。雁雙飛、旋分南北。細數歸期。料一樹、梅花正發。把相思、和夢寄與寄未得。

## 疎影 題姜白石像

翩然唳鶴。任俊遊海內。鷗鷺相約。一舸春寒。幾度尋詩。吟蹤到處飄泊。歸與且醉苕溪月。奈似此、江山寥落。把怨情、託賦梅花。待補楚騷疏略。　還問南朝鼓吹。大晟舊譜失。誰振宮樂。一笑仙魂。攜笛重來。響遏飛雲低閣。尊前我自心香爇。算一樣、布衣蕭索。甚夜深、天上詩星。獨耀貫虹芒角。詩星入腸肺肝裂、楊誠齋贈先生句、

# 陳 瑛

字渭英、江蘇江陰人、有湖海詞鈔四卷、

## 消息 合昏花

莎廳曲榭。閒來徐步。晚香舊圃。夕月藏馨。晨霞挺豔。道是相思樹。繡拂莓牆。絨堆翠幄。元相當年曾賦。記

開時、槐風榴火直到鵲橋初度。　蠲忿同犀忘憂似草。信否袪儂煩緒。萱說同心。枝名連理。錯迕憑誰訴。孤枕夢回。獨眠人起。慣自兩眉峯聚。郎當處、花間悵望。幾回朝暮。

## 王紹舒

字作明、江蘇青浦人、諸生、有澹園詞鈔、

### 埽花游　山窗埽葉圖爲繹如弟作、

小亭岑寂。看脫葉輕翻。疏枝斜墮。倦懷難賦。但恩恩贏得。落花無數。尊酒論文。休負新涼院宇。試凝佇。喜一點桂香。猶在高樹。　雪葭深幾許。正巒光杳渺。懷人愁緒。埽除閒步。伴飛鴻清唳。砌蛩私語。欲訴相思。偏値濛濛細雨。聽淒楚。看紛飛、又催秋暮。

## 周旭

字莫如、江蘇吳縣人、有雙雪修桐譜、

### 蕙蘭芳引　宣城道中

烟樹晚晴。有千點、亂鴉催暝。漸月放明眉。來寫半江清影。暮程倦旅。盼不到、故園三徑。早雁聲別浦。引得秋人秋病。　料是今宵。鸞釵私卜。幾度難準。怕風峭衣涼。還上畫樓露凭。曹騰前約。那堪重省。歸便休、已負五湖烟艇。

## 許乃嘉 字頌年、浙江仁和人、諸生、有琴語軒詩餘一卷、

### 滿庭芳 贈別劉大芙初

衰草縈青。暮雲穇白。極目已是殘秋。遠天如墨。寫得幾歸舟。人世可憐萍梗。西泠水、那只東流。閒凝佇。觿聲飛處。一雁下南樓。　悠悠記昨夜。爐烟茗串。相對齋頭。莫忘了湖山。寒到盟鷗。但聽啼螿淒切。闌干外、猶訴離愁。憑相約。劉郎重到。前度夢中遊。

### 紅娘子 古翠軒夜坐

滿地松陰繞。四壁蛩音悄。讀畫疑仙。敲棋破夢。一絲琴裊。韻泠泠認是、暮山泉。借行雲流到。　林際秋聲老。牆角清光早。簾捲隨風。闌憑待月。暝愁多少。怕蕭蕭落葉、滿空庭。又昏鴉啼了。

## 孫顥元 字花海、浙江仁和人、諸生、有異撰齋詞稿、

### 綺羅香 春寒

棐几偎香。銀屏殢酒。惻惻東風如許。不定陰晴。欲訂冶遊還阻。釀花心、漸露嬌憨。窺柳意、似含淒楚。想蘭閨、怯試新妝。黛眉常斂恁情緒。　年年韶景逝水。猶記園林晝暖。輕衫延佇。怎奈而今。寂寞燕簾鶯戶。最愁他、將息都難。更忍說、天涯羈旅。鎮懨懨、深擁香衾。畫樓今夜雨。

一卷、

## 斌　良

字備卿、又字笠耕、號梅舫、瓜爾佳氏、滿洲正紅旗人、蔭生、官至刑部侍郎、駐藏大臣、有眠琴仙館詞一卷、

### 思佳客　吳中和吳繡谷韻

綺錯紋窗玳瑁舟。紅牙檀板夜誰收。藕絲燈映桃花塢。莞簟香眠燕子樓。　飛翠𣯶。爇薰篝。霏微梅雨夏如秋。蘼蕪舊徑宮娃館。生得蓮花總並頭。

## 黃承增

字心盦、安徽歙縣人、有寄鷗閒館詞、

### 南歌子

瘦覺香羅褪。寒敎繡被添。新來小極更堪憐。宛似露欹風颭、小紅蓮。　眉鎖愁難展。心期悵易愆。無多絮語枕函前。猶勝一燈如豆、夜如年。

### 高陽臺　冬日畏寒枯坐有憶

鴛甃凝霜。雁燈低焰。夜長添炷薰罏。靜悄花房。斷無人叩銅鋪。者回端正窺春面。算只有。窗外銀蟾。耿分明。璧月前身。瓊樹三株。　小叢最小尤矜重。稱千金買笑。十斛量珠。輭護豐貂。額痕嬌褪黃初。仙源尙阻漁郎棹。似凝冰、未泮重湖。采蘋花。悔不秋江。化作輕鳧。

## 天香 癸亥仲冬同人集吾園、即賦一解、奉題春渚曉吟圖、

籬角初烟。林梢且月。汀沙乍醒魚翠。晞露光微。愛吟人早。忍俊不禁桃蘂。相看一笑。參活句、溈山妙諦。領略一邱一壑。無須某山某水。　玉山照人尚未。夢從君、幾番竹外。卻訂酒傾桑落。月泉高會。拂曉吟披妙繪。儘頰上、三毫細凝睇。未到題襟。已先把袂。

# 朱聲希 字廉夫、浙江秀水人、有吉雨詞一卷、

## 清平樂

流鶯啼早。一陣春寒峭。窗掩碧紗人乍覺。去聲 獨擁鴛衾思悄。　披衣剛倚牀頭。風前誰觸簾鉤。燕子枉翻雙翦。幾曾翦得離愁。

## 別銀燈 螢用毛滂體、

細草叢深星散。待映芸窗書卷。月暗蓮塘。雨收豆架。點點流光淩亂。井闌綠徧。又繞過、海棠秋院。　還被西風吹轉。若箇輕兜紈扇。經露偏明。隔簾巧入。悄逗碧羅裙襉。紗幮漫展。怕偷覷、夜涼人倦。

# 茹綸常 字文靜、山西介休人、有古香詞、

## 謁金門 十六夜月

秋正半。細雨斜風無限。雲外天香飄欲遍。南樓清興淺。　獨坐瀟瀟庭院。紅燭綠樽誰伴。昨夜清光穿望眼。今宵簾不捲。

## 燕山亭 重九後十四日、息園招集齋中賞菊、

深院垂簾。搖漾水紋。不似陶家籬舍。疏影暗香。紫豔爭開。欣少蝶黏蜂惹。畫軸書籤。掩映處、更饒瀟灑。低亞。防坐客褰叢。摘來盈把。　休惜時過重陽。恰屢日招邀。迭呼三雅。殘秋景物。晚歲情懷。都付酒邊花下。高會西園。還問取、倩誰圖寫。歸也。看已是、更闌燭灺。

# 宋槤 字宗彝、號樗里、晚號不困道人、浙江海鹽人、監生、有雞窗百二詞、

## 西江月 春曉

夢與宿酲同醒。愁隨香篆難消。懨懨睡起不勝嬌。驀聽數聲啼鳥。　金釧半欹鴛枕。粉痕微涴鮫綃。小鬟預報賞花朝。滿院海棠開了。

## 玉蝴蝶

滿眼淒涼恨事。無情綠鬢。暗裏先彫。那便重門人靜。怕度清宵。雨絲絲、柔魂欲斷。燈黯黯、睡思空搖。恁蕭條。合歡帶解。繡被香銷。　難描。者般幽況。褪餘蝶粉。飛盡桃夭。宿醉懨懨。小蠻羞舞舊時腰。鴻雁書、遠沈

去岫。鯉魚信、不帶歸潮。最無聊。翠幃深處。閒品瓊簫。

## 丁兆寬 原名綖、字君度、號石香、江蘇吳江人、增生、有綠杉野屋詞、

### 臺城路 有序

和姬卿憐、吳門人也、色藝俱絕、年十五、爲王撫軍亶望侍妾、迨王被逮、妻子俱發披甲人爲奴、卿憐以位列小星、不在遣例、時大學士和珅威權正盛、蔣戟門侍郎賜棨以多金購送卿憐入府、朝歌暮舞、寵擅專房、己未正月、和又被逮、家貲籍沒、幸免妻孥、姬乃返棹里門、寂焉孤處、回思往事、愁緒紛來、因成二十二絕句、以寫逮事情狀、余玩其詩、怨而不怒、眞而可哀、悲其遇之窮也、爲題此闋、

侯門枉說深於海。繁華此時何處。十斛量珠。千絲結網。選得閒房如許。蜺裳翠羽。曾綺閣嬌歌。玳筵低舞。一霎滄桑。伯勞東去燕西去。　紅樓舊時伴侶。總飄萍泊絮。流煙散雨。卅載沙摶。兩番塵劫。寫盡紛紛愁緒。花灣閒佇。歎頃刻人天。宵長雨苦。只有花鈴。傍妝臺夜語。

## 裘琨鳴 字植藍、浙江慈谿人、

### 南浦

無計度芳春。遣春情、賴有花枝照眼。花事最關心。經開謝、又惹閒愁無限。嫣紅零落。紛紛易逐東風散。待

到春闌游興盡。又被嬌鶯喚轉。愛他一樹垂楊。正眉梢染透。黛痕深淺。弱質怕春歸。青絲裊、倩把春魂重綰。風流占斷。斜陽獨倚何人見。閒裏相看還駐馬。拚得爲伊留戀。

# 全清詞鈔第十七卷

## 郭　麐

字祥伯、號頻伽、晚號復翁、江蘇吳江人、貢生、有蘅夢詞、浮眉樓詞、懺餘綺語各二卷、爨餘詞一卷、總稱靈芬館詞、又詞話二卷、詞品一卷、

### 賣花聲　飲泉自畫芳草以寄望廬之思、爲賦此調、

一片好莓苔。綠了空階。葳蕤深鎖舊池臺。除卻斜陽和燕子。還有誰來。　風約畫簾開。獨自徘徊。春痕如夢滿天涯。泥上襪羅泉下玉。都被伊埋。

### 臺城路　同嚴丈歷亭游舒氏園作

薄陰不散霜飛早。園林深貯秋意。水木清蒼。陂陁高下。澹與暮雲無際。紅泥亭子。占一角孤城。七分煙水。最愛疏疏。竹竿萬个滴寒翠。　年來儔侶都散。便登山臨水。只恁憔悴。倦柳攀條。清流照鬢。暗老悲秋身世。荒寒如此。又畫角聲中。夕陽垂地。樹樹西風。暮鴉寒不起。

### 玲瓏四犯　玉年以元人雁宿蘆花鴉宿樹各分一半夕陽歸句爲圖、極蕭寒清遠之致、爲題此解、

樹老易風。蘆荒疑雪。江郊物候初冷。夕陽無限好。又是黄昏近。昏昏四山做暝。但催他、亂鴉成陣。更著蒼茫。一行征雁。嘹唳助淒緊。　天涯孤客閒省。記菱根捩柁。沙觜維艇。小奴驚欲起。點墨濃初定。江湖有夢

何曾熟。算還是、眠鷗差穩。笑指檝頭船。問載歸定肯。

## 疎影　燭淚

珠啼玉泣。向畫筵深夜。相對愁絕。今世紅紅。宿世蟲蟲。生平最惜離別。風簾露席隨升降。判滴滿、爛銀荷葉。算芳心、未是灰時。肯怕界殘紅頰。　便與紗籠護取。也應護不到。將灺時節。苦憶高樓。網戶曈曨。照見粉痕明滅。羅襦低解聞香澤。有誰問、階前堆積。只淒然、擁髻人人。愁涴石榴裙褶。

## 前調　惺泉浮香樓圖。予舊爲作序幷詩。今相見吳門。正梅花時。欲歸未得。復爲倚聲作此。不知有慨於中也。

生香活色。記舊曾相約。短棹游歷。認是西谿。千樹梅花。無人管領煙月。故家臺榭知何處。有野鶴、暫歸能說。見當時、二老風流。閒倚畫闌清絕。　同向江湖流浪。欲歸那便肯。如此蹤迹。江北江南。銅井銅坑。過了試花時節。人生但有三間屋。便無地、種梅也得。問何時、深閉柴門。臥穩故山風雪。

## 賣花聲

秋水瀅盈盈。秋雨初晴。月華洗出太分明。照見舊時人立處。曲曲圍屏。　風露浩無聲。衣薄涼生。與誰人說此時情。簾幕幾重窗幾扇。說也零星。

## 高陽臺　將返魏塘。疏香女子亦以次日歸吳下。置酒話別。離懷惘惘。

暗水通潮。癡嵐閣雨。微陰不散重城。留得枯荷。柰他先作離聲。清歌欲遏行雲住。露春纖、並坐調笙。莫多情。第一難忘。席上輕盈。　天涯我是飄零慣。任飛花無定。相送人行。見說蘭舟。明朝也泊長亭。門前記取垂楊樹。只藏他、三兩秋鶯。一程程。愁水愁風。不要人聽。

## 周青 字木君、江蘇荆溪人、有柳下詞一卷、

### 瑣窗寒 秋夜山中聽雨

暗雨敲窗。新涼入戶。客中秋思。瀟瀟靜夜。著意作成憔悴。伴殘燈、夢魂乍驚。卻愁抱影渾無地。歎小庭危檻。亂雲如墨。未醒殘醉。　慵起還忘睡。正砌竹時鳴。井梧欲墜。不斷銀壺。點點空階滴碎。擁虛衾、薄寒未禁。更堪一縷簫聲細。又三更、枕畔鳴蛩。只說淒涼味。

### 淒涼犯 冬夜山中望月

亂山高絕。黃昏後、孤輪夜寒如削。荒村一點。疏林幾處。素煙垂幕。愁雲淡薄。漾瑟瑟、霜風正惡。倚闌干、更深弄影。星斗燦天角。　漫憶狂遊路。歲暮關山。照伊飄泊。涼宵獨對。賸蕭條、暗燈空閣。懶擁虛衾。怕清夢、來時未著。又窺簾、曙色隱隱漸欲落。

## 尤維熊 字祖望、號二娱、江蘇長洲人、拔貢生、官雲南蒙自縣知縣、有二娱小廬詞鈔二卷、

### 應天長

懨懨人病了。又幾日妝臺。未梳蓬鬢。人遠天涯。只怕心期難問。黃鶯枝上語。偏沒箇、雁兒來信。空盼到、乍

暖還寒。熟梅天近。　睡也幾曾穩。便夢著些兒杳無憑準。枕上斑斑。都是淚珠紅印。新來諸女伴。渾未解、舊來愁悶。錯道是、醒後朝慵。舞餘春困。

## 水龍吟　吳歌

五湖天水空濛。一枝柔櫓衝煙破。聲聲斷續。三高祠下。垂虹亭左。棹入前溪。三三兩兩。菱歌相和。正員沙清淺。鳧飛拍拍。笑脫下。紅裙裹。　最是曉風殘月。儱微茫、一星漁火。遙聞斷港。纔從浦轉。又穿橋過。水國陰晴。江鄉兒女。儘伊煩瑣。怕驚他孤客。篷窗夢醒。又還重作。去聲

## 多麗　題孫平叔攧笛圖

玉龍橫。笛家少小知名。按伊州涼州都徧。幾曾度得新聲。韻飛殘、江梅正落。紋添縐、春水方生。懶倚琴徽。倦移箏柱。底須簧暖更笙清。知幾日。雨香雲膩。一曲製初成。又誰料、隔牆偷譜。有客潛聽。　笑當年、黃河遠上。爭誇傳唱旗亭。愛烟波、松陵白石。愁風月、柳岸耆卿。素素能歌。紅紅善記。人間也有小蓉城。便夜靜、兔華西墜。何事籠燈行。更添畫、杏花疏影。吹到天明。

# 陳來泰　字仲亨、號訒庵、江蘇吳江人、諸生、有壽松堂詞一卷、

## 八聲甘州　餞秋

憶西風、淅瀝數番吹。纔催暑成秋。忽池荷盡卷。隄楊全禿。花漾蘆洲。漸覺山慵水嬾。媚景一齊收。只有多

情燕。欲去還留。舊日鶯簧蝶板。送東皇歸去。了卻春愁。又添來別恨。蛩語數聲幽。抱秋心、最宜冷淡。經幾番、摧挫且歸休。歸何處、指斜陽外。葉滿山頭。

## 史詮

字桐軒、浙江嘉興人、有半梅詞六卷、

### 點絳脣 烟雨樓秋泛

水落沙汀。蘋花謝了幽香斷。重來客倦。指點遠山遠。　噫采青菱。一曲商歌緩。風吹散。畫闌倚遍。只有鴛鴦見。

### 高陽臺 春雨

煙東山腰。雲低水面。峭寒作弄輕陰。月額飛來。幾絲細洒苔岑。東風不是催愁客。是愁人、聽到愁深。又瀟瀟。曲譜吳娘。攪亂春心。　西窗剪燭人纔臥。想鷗波碧膩。燕壘香清。不住廉纖。蝶愁草困難禁。池塘不怕妨詩夢。掩柴扉、夢已沈沈。待杏花。喚賣明朝。壓鬢紅簪。

### 綺羅香 柏葉

兩岸霜清。三家村小。祇有錦楓相妒。記續何人。添寫青山佳句。正纜繫、淺水橫溪。似花綴、豔陽疏樹。忽箇儂、笑指葡萄。鴉娘亂點冷紅去。　年年慣作行旅。認取夾山秋色。蒼茫如許。障子粉妍。豔入芥園圖譜。更羅浮、蝶繭低懸。恰細裊、幾條香縷。謾凝思、綠到門前。隔窗曾聽雨。

## 楊文蓀　字秀實、號芸士、浙江海寧人、貢生、官訓導、

### 暗香　題陳心壺女史梅邊待月圖

香疏雲薄。正巡檐獨笑。倚闌孤酌。且忍輕寒。休誤姮娥舊時約。爭奈宵深酒醒。尙隔斷、玲瓏簾箔。佇弄影、忽到窗前。照見守花鶴。　妝閣。捲羅幕。似那夜黃昏。夢回籬落。春痕瘦削。好寫苔枝上牆角。凝盼花梢徐度。賸一片、淡煙籠著。料只有、雙翠羽。伴伊寂寞。

## 金德恩　字雨香、江蘇江寧人、官安徽知縣、

### 徵招　邀笛步

春愁一笛和煙裊。紅凝半橋殘照。誰唱後庭花。有綠楊斜抱。惜惜憐絮老。也三弄、怨腸淒調。渺渺平蕪。飛飛倦蝶。東風吹帽。　多少畫輪過。尋香去、未肯踞牀憑弔。孤負地三弓。除夕陽誰到。消魂魂太小。那禁得、暮潮聲早。酒亭外。幾處菱歌。賸野漁歸棹。

## 諸廷槐　字殿掄、一字佃楞、號雪堂、江蘇嘉定人、貢生、有螺庵詞、吹蘭巵語各一卷、

### 探芳信　用弁陽老人韻

臥春晝。正一枕銀屏。未消宿酒。甚題紅人杳。關情尙如舊。重門深鎖空庭雨。滿地梨雲瘦。靜陰陰、翠冷筠簾。綠深苔甃。　窗外晚風驟。歎花落隨流。雲飄離岫。芳草江南。能禁斷腸否。寶釵樓上闌干曲。莫去閒搔首。近黃昏、煙裏絲絲舞柳。

## 陳鼎

字漢年、江蘇如皋人、有守拙齋詞鈔一卷、又輯有同情集詞選十卷、

### 蝶戀花　曉霧

一抹蒼烟橫遠樹。綠水橋頭。遮斷桃花塢。幾處高眠方閉戶。夢回失卻紅窗曙。　殘月雞聲相與度。拂帽風來。散作濛濛雨。馬上征人行又住。微茫不辨遙山路。

## 李琪

字元朗、別號五芙蓉居士、江蘇南通人、有少山詞鈔一卷、

### 清平樂　題淑娟女史壁上題詩圖、淑娟姓鮑氏、蜀之成都人也、遇亂至河間府富莊驛、題詩壁上、凄楚動人、好事者爲繪圖以紀其事、

桃花飄去。孤負春如許。生小錦官城下住。爭受薊門風雨。　可憐香茗才華。化爲飛絮天涯。好向惜花人語。大雷岸畔兒家。

### 滿宮花　題抱琴無語立斜陽圖

日沈沈。人寂寂。一片秋山空碧。舊時黃鶴不歸來。嶺外斜陽將夕。　且攜琴。休枕石。竚待松間明月。空山花落悄無言。涼翠濕衣初滴。

## 鄧祥麟

字樵香、直隸欒城人、嘉慶舉人、官廣西橫州知州、有六影詞、

### 玲瓏四犯　竹簾

小閣生涼。訝一片瀟湘。浮動秋影。鎮日低垂。雙貼繡旌風定。暗透幾縷青烟。儘消卻、水沉香餅。對西山、暮捲重重。白雨跳珠斜迸。　琅玕骨節紋交並。接層陰、柳深荷靜。當年記放平山棹。十二闌干遮映。隔水試問誰家。銀蒜敲聲如應。待醉歸扶路。鉤盡上、依稀聽。

## 夏崑林

字瘦生、江蘇高郵人、有槿邨樵唱四卷、

### 疏影　遂園賞梅、分詠張功甫梅花二十六品、得夕陽、

紅跗綠蕚。把半樓畫意。滲透籬落。淺抹林梢。扶上檐牙。花缺巧銜山角。一痕玉照清輝影。看閃閃、帶來歸鶴。且預籌、待月溪橋。拄杖冷吟危彴。　十里西湖作暝。畫船向晚泊。清夢遙託。漠漠炊烟。浮動香魂。想到伊人蕭索。水邊無限橫斜好。又說近、黃昏池閣。怕倚慵、修竹娟娟。翠袖暮寒侵薄。

### 徵招　一柳居中秋前夕步月、京甫兄十年前聯吟事也、席珍姪以秋林步月圖屬題、悵觸舊游、爲成此解、

空崖獨立無人處。蒼茫易生秋思。落葉幾梧桐。挂銀蟾林際。碧空清萬里。稱叉手、玉階詩意。絮語催蛩。新涼警鶴。露華如洗。　往事十年前。蕭蕭影、聯吟那時棠棣。一笛訝中秋。步絲楊風裏。人琴今杳矣。喜清夢、阿咸能繼。畫圖中冷寄閒身。好竹扉同閉。

## 王嘉福

字穀之、號二波、江蘇長洲人、襲雲騎尉、官至江蘇儀徵靖江營守備、有二波軒詞選四卷、麗香館詞話口卷、

### 江南好 詠絮

韶光暮。柳絮滿天涯。和月飛來剛貼水。隨風飄去又誰家。點點碧窗紗。　沾衣白。撲帽一鞭斜。有恨不禁三月雨。無香也算一春花。行客感年華。

### 長亭怨慢

記前度、湘紋簾側。鏡豔羞鸞。粉香迷蝶。一夢成烟。小園重到怨離別。曲闌幾折。空落盡、花如雪。欲問舊歡悰。祇賸有、流鶯能說。　淒絕。看雲階細草。暗損墜鈿遺跡。紅愁綠慘。忍回憶、那年春色。幾錯訝、苦語相思。是風外、金鈴嗚咽。只短柳依依。青眼還如相識。

### 金縷曲 秋燕

試認雙棲處。冷清清、滿庭秋氣。滿襟涼雨。花月亭臺渾似夢。忍問金衣舊侶。早又是、韶華一度。縱使來年

春尚好。鬱金堂、知復何人主。斜照裏。影淒楚。　深閨翠翦傷延佇。怪無端、風清露白。催成別緒。宛轉雕梁還絮聒。似悔鶯巢太苦。更忍看、瑣窗朱戶。一縷紅絲空繫足。怕重來、門巷都非故。簾不卷。悄然去。

## 王嘉祿 字綏之、號井叔、江蘇長洲人、貢生、有桐月修簫譜一卷、

### 疏影 帆影

江天暝色。帶暮煙點點。搖蕩空碧。鴉陣濃時。鷗夢寒邊。汀洲畫意蕭瑟。低飛不礙橋陰轉。指葉葉、秋蒲欹側。恰半湖、紅翦斜陽。又被峭風吹直。　遙想高樓樹杪。倚闌悵望裏。頻誤歸客。看不分明。遮斷垂楊。只見一痕微白。生憐細雨全收處。早閃上、檣燈催夕。更夜深、月冷前灘。拂響萬梢蘆荻。

### 南浦 草色、從魯逸仲體、

東風怨碧。甚年年、吹轉舊池塘。一路花驄嘶去。釵扇趁尋芳。省記麝蘭薶恨。剩紅心、萬點涴淒香。又綠波天際。斷腸人遠。煙夢暗瀟湘。　那更倚樓望極。算江南、何處不斜陽。故國相思難寄。空與采蘭茳。換了數聲啼鴂。恨青青、未抵暮愁長。歎鬢絲憔悴。賦情長自倦江郎。

### 一枝春 折梅

縞雪橫枝。颭金鈴、靜闔東風珠戶。嬌鬟乍理。背手下階無語。棲香夢穩。漫驚醒、息井切翠禽雙舞。飄散了、千點瓊英。亂拂袖羅娟楚。　冰苔夜寒微步。料慵擡皓腕。攀條凝佇。西洲唱起。暗惹望郎情緒。江南路遠。

怕輕忘、巫放切玉作去環分付。還欲贈、春半芳心。倩誰寄與。

## 無悶 雪意、從碧山體、

風色生棱。雲意殢空。人外村容寂靜。但幾陣昏鴉。暮林翻影。悵望寥天似夢。更一抹、寒峯呼難醒。素娥悄問。裁冰翦水。夜深應肯。　銷凝。對淸景。認樹杪畫樓。凍煙吹暝。料翠袖熏籠。有人潛等。催喚靑鸞縛帚。試準備、陶家煎茶鼎。又聽取山雀啁啾。訴道玉梅枝冷。

## 摸魚子 聲律之學失傳久矣、今所謂詞、短長其句而已、抑仍詩也、吾友戈君寶士以詞名吳中、獨能力振墜緒、嘗卽宜興萬紅友詞律釐正譌謬、別爲詞譜、又作詞林正韻一書、正菉斐軒之誤、所刊翠薇花館詞集、律精韻嚴、凡陰陽淸濁九宮八十一調之變、皆能辨別疑似、剖析豪芒、蓋所云爲之於舉世不爲之日者、是可傳矣、寒夜不眠、燒燈循誦、樂題此解、

度紅腔、月殘風曉。瓊簫花下偷倚。韋郎憔悴看秋鬢。尙有綺情能記。空自喜。但十載、江湖載酒消英氣。煙波唱起。有點點霜楓。星星漁火。都是賦愁地。　銷魂語。細寫烏絲鳳紙。瑤琴凄斷蘭思。思量忍把華年送。春水定干何事。紅燭底。算我亦、吹笙要覓人雙髻。知音剩幾。且鷗外尋盟。梅邊選夢。散髮水雲裏。

# 戴延介 字受茲、號竹友、安徽休寧人、有銀藤花館詞四卷、又校定宋六十一家詞□卷、

## 掃花遊

蝶衣撲絮正七里銀塘綠波春膩。移舟畫裏。指晴虹壓鏡。煙螺堆髻。象筆蠻箋。換了豔歌羅綺。流觴未。趁一醉題紅。飄夢無際。　黯黯斜陽墜。任圈柳圍香。埽花占地。朱樓十二。又瓊欄界粉。繡簾貼翠。怕說來朝。已有落紅流水。休凝思。展新奩、一眉月細。

**三姝媚**　雲影菴木犀二株、數百年物也、暇日往游、徘徊花底、愛玩忘歸、明月在空、暗香撲鼻、殊有躡足廣寒之想、

霓裳仙珮冷。便吹墮祇林。鎮留雙影。拂拂空香。引訪秋騷客。來歌招隱。彔曲闌干。問零落、幾回金粉。閒立花陰。醉索花扶。夢和秋迥。　露濕蒼苔涼沁。又兔魄光明。暗催歸興。待約重尋。怕飄殘黃雪。禪扉深扃。濃豔都銷。更聽到、一聲清磬。記取鶴飛今夜。廣庭人靜。

## 袁鈞

字秉國、一字陶軒、號西廬、浙江鄞縣人、拔貢生、舉孝廉方正、有西廬詞一卷、西廬詞話一卷、又輯有四明近體樂府十四卷、

**卜算子**　題謝公子仲蘭觀潮圖

潮來海氣昏。潮去江流急。終古寒潮自往還。莫漫分朝夕。　雲山不斷青。烟水依然碧。都向詩人眼底來。卷起千堆雪。

**齊天樂**　清溪送春

舊愁新恨知多少。忽忽又教春去。一碧無情。千紅過盡。催趁年華如許。啼鵑漫訴。正孤館消磨。夜來風雨。寂寞漁鄉。綠波猶記斷腸句。　漸來淒淒切耳。酒邊歡意少。兀自凝竚。攬破離蹤。吹殘遠夢。誰信天涯倦旅。鶯花沒主。念往日清游。亂雲何處。杳渺心情。背燈慵獨語。

### 玉漏遲 南山草堂夜飲、呈許穆堂侍御、

夜闌樺燭換。牆腰月上。漏移銀箭。倦眼瞢騰。花影一庭零亂。莫問春還餘幾。便春在、蝶慵鶯嬾。愁宛轉。後期何處。西窗話短。　可憐舊夢縈心。記載酒籠香。月湖湖畔。一紀流光。惆悵餘不溪淺。今日主人醉客。奈魂怯、離巢孤燕。歸路晚。山城角聲吹斷。

## 邵廣銓 字蘭風、江蘇昭文人、諸生、

### 買陂塘 詠南宋宮人送汪水雲南歸事

唱陽關、酒杯纔把。座中淚落如雨。龍沙埋盡啼鵑血。那分白頭歸去。君且住。君可記、珠兜玉靫春風舞。故宮何處。便種到冬青。也難尋覓。一寸趙家土。　吳山頂。枉有射潮千弩。容他白雁飛渡。瑤琴三尺青冰裂。忍向六陵重撫。愁縷縷。吟不斷、哀笳聲裏銷魂句。飄零舊侶。悵瘴海雲淒。西臺月冷。此恨對誰訴。

### 揚州慢 聽鄰家度曲

弓月初弦。燭花半剪。紅牙小拍瓏玲。隔銀牆一丈。許帶著愁聽。問誰把、紫雲舊譜。嬌絲脆竹。偷記分明。和

吹笳十八。寒宵都作商聲。　俊遊昔日撥銅琶、高唱江亭。奈白髮韓娥。霜顔賀老。同到飄零。試望大羅天上。霓裳曲。夢斷三生。剩淒涼院落。人間何苦多情。

相見歡　帳鉤

流蘇四角回環。挂雙彎。可似押簾銀蒜、護輕寒。　春雲漾。琤瑽響。夢闌珊。不管鴛鴦清睡、兩邊閒。

蔡鴻燮　字薌延、浙江桐鄉人、副貢生官東臺場鹽大使有養靈根堂詞、

醉花陰　香篝

紅薇細碾烘青玉。暗釀春雲熟。銀葉襯分明。心字初消。人倚屏山曲。　麝煙半逗搖蘭燭。小炷薰羅縠。瘦骨擁香桃。宛轉愁絲。暈入雙蛾綠。

一萼紅　探梅

甚惺忪。問江南芳訊。鄉思寄詩筒。別意難消。閒愁頻惹。何時重倚東風。倩幽禽、隔溪傳語。怕夜深、歸鶴未相逢。玉靨初迴。珠鈿待整。妝罷應慵。　喚起沉沉花夢。卻長廊竹閉。翠塢苔封。瘦影誰窺。冷痕難見。黄昏簾箔重重。便密約、瑤宮春返。料玉妃、未減舊時容。爲報羅浮游侶。好覓香蹤。

周樽元　原名蕚棠、字南伯、號華農、浙江嘉善人、廪生、有寶晉甎室詞稿、

蝶戀花　題小橋流水夢中春圖

著意憐春春不曉。花落花開。總入伊懷抱。有限韶光無限惱。東風偏地生春草。　一幅浣紗溪上稿。柳外風多。花裏行人少。緜軟遊絲空際繞。模糊聽得鶯聲小。

望湘人

甚昏鴉冷雁。衰草寒烟。作去成孤客淒怨。煖閣重重。文窗疊疊。賺得相思都倦。傍月窺簾。擁衾兜夢。幾回尋徧。最更深、中酒時光。誤翦燭花心斷。　不惜眉邊山遠。惜新詞纖豔。閒抽吟管。芙蓉卸後。一例雨絲風片。銷魂橋畔。弄珠樓下。水共尋常愁滿。問何日、嘗取些些了卻三生情願。

疎影　春影

迷離擲眼。正香魂如霧。者般清婉。眉露山痕。鬟帶煙痕。攙入夢痕飄轉。斜陽悄度雕闌曲。漸瘦損、飛花池館。便看成、暝暝濛濛。耐得幾番孤戀。　不是罘罳深閉。甚驚鴻一瞥。似近還遠。月地無雲。柳徑無人。有客幾番吟徧。隔牆綵索鞦韆卸。算只有、菱花爲伴。認朦朧、低挂湘簾。記取那家庭院。

## 舒夢蘭

字白香、江西靖安人、諸生、有天香詞□卷、又有白香詞譜二卷、香詞百選一卷、

御街行　秋寺、和范文正公韻、

寒螢點點依苔砌。殘月裏、星光碎。禪林孤峭一螺青。但有湖天無地。飛瓊何處。步虛聲到。香霧迷三里。

年年不飲心常醉。頻暗揾、秋衾淚。高眠遲汝夢來尋。細說相思情味。題橋韻險。凌波徑窄。此際應難避。

### 綺羅香　尋梅不遇

枕上灘聲。簾中柳色。都是別情離緒。暮雨朝雲。恰好玉山深處。記年時、驕馬行春。曾囑付、早梅爲主。試重尋、竹外香魂。蘼蕪一徑王孫去。　誰料巫陽易暮。惟見疏林片月。似他眉嫵。穠李夭桃。紅殺不招人妒。爲關心、前度劉郎。翻誤爾、後來崔護。甚凄涼、燕子樓空。但聞新燕語。

## 潘孝基　字超宗、浙江嘉興人、有餘香草堂詞、

### 昭君怨

故國山河頓異。塞草連天無際。遠與紫臺違。隴雲飛。　敢爲丹青銜怨。一顧承恩非淺。長路馬蕭蕭。入天驕。

### 水龍吟　菱

縈萍約藻千絲。占分一半橫塘路。鏡奩秋淨。玉花宵展。滿汀風露。雁渚雲寒。蘋江香老。蘭橈輕度。聽漁歌聲滿。鴛鴦浦斷。虹微挂。斜陽雨。　水調依然如故。悵吳宮、冷烟衰莽。西施臺沒。長洲苑廢。不堪重數。往事難憑。閒愁空說。且傾芳醑。放高懷裂翠。披紅咀玉。醉殘今古。

# 江沅

字子蘭、一字鐵君、號韜庵、江蘇吳縣人、嘉慶十二年優貢生、有染香庵詞鈔二卷、又名算沙室詞、種定許知音、

## 高陽臺

春將去矣、芍藥盛開、碧水生波、臨風獨賞、以窈渺之韻、寫悵觸之思、僕本恨人、誰爲揾淚、世有情

早色侵衣。嫩陰閣雨。桐華乍覺春寒。回首池塘。渾忘舊日闌干。深深隔斷誰家院。不分明、半下湘簾。最無端。短夢初醒。自怯風酸。　新來懺盡相思句。任江南春色。吹上眉彎。那更殘紅。沾他幾縷愁煙。花間一晌聽啼鴂。甚今朝、略放春閒。小橋邊。近水樓臺。天際春山。

# 潘恭常

字彰有、號吾亭、浙江錢塘人、嘉慶十三年進士、改庶吉士、官江西吉南贛寧道、

## 踈影

題孫邵庵杏花疏影裏吹笛到天明圖、用潛園韻、

小園薄暝。見鬧紅開處。護鈴風定。坐惜繁枝。勸住春寒。未許落茵鋪徑。幾回漫撫山陽笛。也不管、玉蟾收影。一聲聲、吹度牆陰。知否倚樓人等。　深巷明朝喚賣。膽瓶注活水。還寄清興。聽徧江城。落到梅花。是幾番風香凝。踏青枉趁前時路。記紫陌、紅塵相引。乍歸來、略一披圖。早把夢魂催醒。

# 董國華

字榮若、號琴南、江蘇吳縣人、嘉慶十三年進士、改庶吉士、授翰林院編修、官至廣東雷瓊兵備道、有涵

綠草堂詞、一名香影庵詞、

齊天樂　擬梅溪

蓮衣碧濺魚波冷。幽香一痕吹去。畫舫分燈。玉笙按曲。拂散羅衣風絮。明璫翠羽。恍夢繞巫雲。人來湘浦。樹頂冰蟾。半彎秋影已如許。　蘋花微送涼雨。鴛鴦眠正穩。雲水深處。豔注新波。紅添頰暈。扇底偷傳眉語。朱絃笑撫。算瑤軫多情。斷鴻休譜。後約商量。幾時攜俊侶。

## 周之琦

字穉圭、號耕樵、河南祥符人、嘉慶十三年進士、改庶吉士、授翰林院編修、官至廣西巡撫、有金梁夢月詞懷夢詞鴻雪詞各二卷、退庵詞一卷、總稱心日齋詞集、又輯十六家詞選十六卷、晚香室詞錄八卷、

踏莎行

勸客清尊。催詩畫鼓。酒痕不管衣襟汚。玉笙誰與唱消魂。醉中只想瞢騰去。　綺席頻邀。高軒慣駐。悶來卻覓棲鴉語。城頭一角晉陽山。怪他青到無人處。

鷓鴣天

帊上新題間舊題。苦無佳句比紅兒。生憐桃萼初開日。那信楊花有定時。　人悄悄。畫遲遲。殷勤好夢託蛛絲。繡幃金鴨熏香坐。說與春寒總不知。

惜紅衣　訪姜白石葬處

漢渚羇愁。苔溪浪跡。野雲誰識。舊說西滕。吟魂寄幽宅。斜陽蔓草。空悵望、春風詞筆。悽憶。香暗影疏。掩梅花仙魄。　漂零楚客。坏土長留湖山恣遊歷。繁華夢去。故國已無覓。好屬小紅珠淚。莫向冷楓啼溼。怕洞簫清怨。吹咽六陵秋色。

高陽臺　漢茂陵

宛馬吟愁。粤雞啼恨。流虹休問猗蘭。丹鼎龍歸。一邱空指蒼烟。蒲輪正好賢良聚。奈褰裳、海上仙山。甚蓬萊誤了阿房。重誤甘泉。　神君帳裏知何語。但返魂香燼。枉賦哀蟬。五柞鵑聲。負他桃熟千年。誰論朱鳥窗中事。剩初明、淚灑通天。最難禁。玉椀淒涼。宛在人間。

二姝媚　海淀集賢院有水石花柳之勝。予歲或數十信宿。戊寅春暮游池畔。寓物賦情。弁陽翁所謂薄酒孤吟也。

交枝紅在眼。蕩簾波香深。鏡瀾痕淺。費盡春工。占勝游惟許。等閒鶯燕。步屧廊迴。盈褪粉、蛛絲偷罥。小影竛竮。冷到梨雲。便成秋苑。　容易題襟吹散。又酒逐花迷。夢將天遠。繫馬垂楊。但翠眉還識。舊時人面。暗數韶華。空笑我、櫻桃三見。賸有盈盈胡蝶。西窗弄晚。

一枝春

珂里新晴。試清游、過卻愔愔巷陌。歡期暗數。豔景易成陳迹。旗亭喚酒。倩評跋、好春顏色。吟徧了、紫曲塵香。惟是燕鶯曾識。　幽蘭素芬堪摘。怕東風認作。尋常標格。琴心倦倚。夢裏水波空碧。何人寄語。但花外、玉簫知得。重看取、小字銀鉤。冷綃翠拭。

瑞鶴仙　四月六日、出都小憩蘆溝橋偶述、

柳絲征袂綰。試錦羽初程。玉驄猶戀。銅街佩聲遠。向天邊回首。故人如面。藤陰翠晚。但怪得、琴尊夢短。有游蜂、知我心期。剛是褪紅曾見。　還看。珠巢題字。墨暈初乾。酒痕微泫。晴雲乍展。春已在。驛橋畔。問柔波一樣。仙源流下。爲底人間較淺。要重尋、京邑塵香。素襟漫浣。

錢儀吉　字藹人、一字星湖、又字心壺、號衎石、又號新梧、浙江嘉興人、嘉慶十三年進士、改庶吉士、官工科給事中、有衎石齋詞稿、

一萼紅　時方憂旱、家人得野杏一枝插瓶中、數日盛開、繁英琢玉、强笑相怡、感而賦此、即簡呈稚圭中丞同年、

望春遙。算春情爾許。消息到今朝。溪斷沙平。塵飛麴暗。風影長自飄蕭。想郊外、飢蜂倦蝶。揀甚處、園徑弄輕條。棐几罏烟。翠簾晴霧。深護英瑤。　天上昨歸賀監。正明湖夢泛。一榻無憀。遺穗塵空。耕菖葉短。聽雨何地清宵。況青鬢、多年點雪。問江頭、芳讌更誰招。靜掩重門。燕來人去翛翛。

趙植庭　字宮槐、一字仲懷、號樹三、順天宛平人、嘉慶十三年進士、改庶吉士、官湖北安陸府知府、有倚樓詞、

## 三姝媚 寒柳

斜陽吹不暖。是離痕愁痕。絲絲難綰。歷亂歸鴉。向晚來消息。翠陰都斷。冷鬢梳霜。纔夢醒、紅樓歌管。未到飄零。誰解相思。舊時青眼。　何日東風催轉。向淺水平橋。垂條烟軟。絮影天涯。便暗回春信。已經秋怨。減盡腰圍。還不許、眉波低展。耐到詞霏金縷。流年又換。

## 齊天樂 雪影

凍雲一徑飛瓊屑。紛紛玉階輕駐。冰鏡空黏。霜花低颭。閣外陰陰寒冱。荒苔古路。恐着到斜陽。便成煙霧。蹤跡天涯。籠衣消息幾回誤。　珊珊瑤佩認取。奈相思似水。清淚遙注。梅月留痕。梨雲款夢。合稱清寒情緒。迴闌曲處。看鶴影微茫。有人延佇。暗換晴春。幾絲防做雨。

## 疎影 畫芙蓉

西風木末。着冷霞幾縷。都暈寒碧。洗盡鉛華。清絕娟娟。天然謝去雕飾。相思鏡裏人消瘦。更不許、愁根重覓。恰素秋、留取香痕。日夕儘容珍惜。　前度蘭橈涉遠。美人怨日暮。羅袖輕挹。六六鴛鴦。夢醒明波。水佩風裳遙憶。空江一掬燕支淚。替染徧、蓼花顏色。看一枝、點上青霜。耐得衆芳銷歇。

## 買陂塘 詠南宋宮人送汪水雲南歸事

黯沈吟、故宮離黍。埋愁塵海無地。蘆笳吹冷燕山月。心與玉琴都碎。人未醉。剩此日、樽前暗洒酬恩淚。孤臣萬里。念瘦馬長城。明駝絕塞。夜夜夢魂悸。　湖山外。曾是臨春舊址。滄桑多少興廢。凋零玉樹斜陽影。

秋苑土花成紫。歸國計。休更怨、紅羊劫後身如寄。金臺往事。待賀老登場。琵琶撥盡。贈別句重記。

## 高陽臺 擬王碧山

霜落鐘疏。月高笛怨。夜寒誰與同聽。枉自思量。離愁總未分明。悤悤易醒天涯夢。恐夢中、又惹愁生。更何堪。吹斷蘆笳。吹到簷鈴。　個人知否相思苦。但斜陽驛路。殘雪歸程。轉憶長安。停雲未必無情。殷勤寄與春前信。待重來、芳草青青。問東風。幾日繁華。幾日飄零。

## 綠意 冬蕉

敲窗敗葉。恰驚回短夢。柔情千疊。綠蠟催殘。瘦影離披。昨夜嫩寒猶怯。冬心只共斜陽暖。算耐到、五更霜雪。剩一叢、晴護牆陰。莫被野風吹折。　曾記簾前聽雨。儘零亂不似。經秋淒咽。捲盡秋痕。老我風裳。可有碧雲消息。吟箋一幅詞都冷。替寫出、舊時顏色。待露華、沁透寒筒。再展素綃盈尺。

# 劉嗣綰

字醇甫、一字簡之。號芙初、又號扶初。江蘇陽湖人。嘉慶十三年進士。改庶吉士。授翰林院編修。有箏船詞二卷、一名倘絅堂詞、

## 木蘭花慢

插天湖柳碧。渾不管。曉鶯愁。早紅被香消。翠簾燭散。人下西洲。忽忽幾聲絮語。怕風吹、不到謝橋頭。輸與瓜皮艇子。綠波雙翦江流。　朝來眉史記同修。小閣最清幽。便鈴語禁花。杵盟負月。悔了綢繆。芳心縱窺

團扇。爲秦娥、簫譜又傷秋。欲倩行雲一片。替儂遮斷層樓。

邁陂塘　夜來香

悄闌干、曲池銷夏。碧窗洗盡凡豔。叢叢雅入羣芳譜。恰傍晚妝人倦。看不見。怪簾底、花花葉葉渾難辨。夜來尋徧。正綠意生香。素姿抹麗。釵朶綴成串。　閒庭宇。最好單衫小扇。蘭畦不數新箭。更無玉唾壺中淚。小字靈芸爭羨。風一線。剛逗著、秋心不稱宜春面。枕函壓扁。待魚子雙開。犀梳半掠。扶上曉雲鬢。

高陽臺

夢尾燈紅。情邊水綠。斷腸又是蘭舟。消幾帆風。離人吹下西洲。春波依舊鴛鴦路。甚孤眠、占斷閒鷗。慢回頭。翠被天涯。冷了香篝。　銷魂不是長亭怨。是深盟玉鏡。款語銀鉤。小疊吟箋。怱怱著得多愁。闌干膩雨還應在。怕朝來、梨苑成秋。等閒休。團扇圓時。何處秦樓。

雙雙燕　杏花

紅樓十里。正春雨江春。笛家初譜。賣花聲遠。喚起一天香霧。好是畫中眉嫵。早溼上、鬢煙無數。只愁鬧過枝頭。冷了餳簫粥鼓。　悽楚曲江歸路。便回首蓬萊。隔年音阻。盧家梁上。燕子幾番低訴。昨夜薄寒偏苦。問沽酒、客來何處。眼看宋玉牆邊。吹送絳雲塵土。

金縷曲　簾

半幅湘漪翦。鎮垂垂、更無人處。碧雲寒淺。窣地妓衣扶不定。飛動隔花釵釧。便抵得、小重山遠。剛是梳頭看未了。恁風前、畠押偏吹轉。任蛛網。等閒罥。　舊家庭院追尋遍。到如今、有誰料理。杏梁歸燕。一桁綠陰依舊好。遮斷翠樓人面。只看取、淚斑千點。中有橫波曾入畫。向秋江、悔不尋常眷。茶煙裊。落花輭。

## 陶樑

字寧求、號鳧薌、江蘇長洲人、嘉慶十三年進士、改庶吉士、授翰林院編修、官至禮部左侍郎、有紅豆樹館詞八卷、國朝詞綜補遺二十卷、

### 東風第一枝　三松軒賦盆梅

粉蕊團香。苔根借暖。枝枝催送春意。渾疑晴雪猶留。恰借片雲孤倚。幽芳自許。肯占了、人間閒地。任安排、金屋藏伊。不減舊山風味。　時索笑、玲瓏簾底。頻入夢、橫斜帳裏。溪橋約緩重尋。斗室情應牢繫。淡妝半面。判鎮日、冷吟閒醉。過燈期、定占春長。未怕角聲飛起。

### 霜葉飛　余與黃葉村山左話別、轉瞬十年、頃自婁東寄黃葉村莊圖索題、舊遊回首、渺渺余懷也、米樓先成此調、予因倚聲和之、

孤山愁老。村煙裏。閒門還閉深窈。霜林一夜換西風。付冷雲休埽。算已是、天涯倦了。蒼茫又換秋聲到。定恁日支笻。尋畫去、三間老屋。指點斜照。　舊遊頓憶飄零。酒尊吟管。回首同說歸好。十年聽雨負西泠。冷被梅花笑。寫一角、寒鴉樹杪。相思打入倪迂藁。便帶將、吟魂遠。烟水千重。也應飛繞。

### 甘州　浙西山水平遠、余往來吳興檇李間、扁舟一葉、溯洄上下、或倚棹微吟、或推篷覓句、曼詞小令、得之水

次居多秀水友人吳君竹虛爲作客舫填詞長卷，因倚此調。

記江湖聽雨十年情。飄泊只扁舟。對空山古驛。寒煙冷樹，此意悠悠。忘卻故鄉何處。飛夢到閑鷗。載取孤燈去。還載離愁。　獨自微吟擁被。和一聲漁笛。唱過蘋洲。恁銷磨豔冶。不似少年遊。且休問、紅樓柳色。被西風、吹作一天秋。芳心遠，五湖歸好，無奈句留。

憶舊遊　辛酉除夕，同非石竹友登虎阜山，坐千人石，品泉瀹茗，尋壁上題字。非石詩先成，余與竹友各譜此調。

趁討春船少，餞臘杯深。一棹山塘。別是登臨意。算看花此地。曾醉千場。爆竹聲中回首。還笑世人忙。賸殘客無聊。冷清清地，指點斜陽。　相將步幽徑。認斷碑草掩。題字苔荒。合與山靈說。領歲闌滋味。只在家鄉。可惜塵襟難浣。容易換時光。判醉約寒梅，明朝夢醒渾是香。

疎影　燕影

翩躚欲下。又瞥然飛去。何處庭榭。尾翦花開。翅受風輕。扶上粉牆斜亞。柳昏烟暝歸來晚。更一倍、差池難寫。記來時、漢水迢迢。曾墮月明遙夜。　日暖池塘試掠。盈盈窺鏡裏。折勢微瀉。掌上誰擎。粉本偷描。添幅昭陽圖畫。窗紗一抹纔留印。認依約、紅絲還挂。喚雛鬟、待放簾鉤。又惹呢喃輕駡。

解連環　辛酉四月六日，隨迦菴先生送樊榭徵君及姬人月上栗主入祔黃文節公祠，用玉田生拜陳西麓墓韻。

白楊依郭。歎逋仙老去。空山無鶴。鎮吟魂、未戀南湖。怕重覓雙棲。舊時門鑰。舊隱南湖淥水旁、穩雙栖處轉思量、樊榭悼月上句也、惆悵春風。又卄度、棠梨花落。只泉臺月好。聽取珮環。聊慰蕭索。　幽靈酹酒應卻。泣故人高義。千古如昨。況瓣香、分占涪翁。伴荒殿吟蛩。廢龕飛雀。豔魄同招。恐夢裏、雨聲迷著。記西泠、妥神曲就。定傳夜壑。

### 徵招　春宇出山窗掃葉卷屬題詞其上、時同客萬松書舍、山空木落、古意蕭颯、倚聲歌此、殊有躡足白雲之想、

霜林漸滿斜陽影。西風作意吹去。陣陣捲秋煙。正打窗爭舞。牆陰淹暗雨。恁催下、深深如許。睡起烹茶。徑開持帚。曉來分付。　客裏餞年華。柴門掩、清事幾番領取。溝畔恨無媒。自淒涼題句。丹黃旋手註。定添得、秋聲新著。怕故人、萬一相尋。又亂山迷路。

## 屠倬

字孟昭、號琴隝、一號潛園、浙江錢塘人、嘉慶十三年進士、改庶吉士、官江西九江府知府、有邪溪漁隱詞二卷、

### 水調歌頭　自臨浦還錢唐、秋月正滿、江澄如練、坐船頭聽客吹笛、倚聲和之、

秋水未全落。打槳泝空明。白鷗來去無定。寒了舊時盟。隱隱西興鐘鼓。遠遠樟亭燈火。今夜正三更。赤腳踏紅鯉。知有水仙迎。　濯蟾魄。披鶴氅。度龍唇。及時行樂便合。身世付浮沈。不見青蓮當日。曾泛扁舟牛

渚。狂醉不曾醒。三弄客徐起。空籟尚泠泠。

長亭怨慢 柳絮

問何事、東風吹緊。冉冉楊花。蕩搖春暝。淺水斜陽。模糊心事更誰省。前塵如夢。休誤把、萍蹤認。禁得雨絲絲。點上了、離人雙鬢。 不定。讓游絲罥住。黏着一重簾影。韶光漸老。渾不管、黛眉啼損。記前度、三起三眠。早添了、十分幽恨。只萬種春愁。卻笑桐綿無分。

憶舊游 天寒日暮層陰釀雪步清平山頂、凴城遠眺、撫景悲歌、覺激楚之聲四山皆響也、

又凍雲如墨。鴉陣排空。一片蕭騷。雪意江天迥。待荆關手筆。畫出寒郊。此際蒼茫獨立。意氣尚能豪。想射虎殘年。陰山萬騎。獵火通宵。 風高太淒緊。早瘦盡寒烟。落盡寒潮。何處吹橫竹。正淸商滿耳。萬籟刁調。隔岸羣峯戌削。落木下亭皋。只暝色遙分。似盤之字江一條。

## 李紹城 字築初、號澹畦、浙江仁和人、嘉慶十三年舉人、有澹畦詞稿、

甘州 香篆

悄無人、小鴨畫屏幽。絲絲篆煙浮。正茗椀停煎。琴絃罷弄。暖護羅幬。縹緲碧雲凝處。心字裊悠悠。窗罅微風觸。詰曲旋收。 倏見亭亭滃起。幻鸞環釵腳。小樣銀鉤。剛配天邊雁。涼影一簾秋。撥芳灰、閒臨古帖。願溫馨、長伴墨香留。更何處、熏爐錦字。旖旎紅樓。

## 黄本騏
字花耘、湖南寧鄉人、嘉慶十三年舉人、官城步縣訓導、有十花詞一卷、一名紅雪詞、

### 夢橫塘　水葒花

浴鷗沙觜。拳鷺灘邊。一花紅亞秋水。弄影搖愁。點染作、離人情淚。白颭蘆煙。青吹菰雨。算伊明媚。悵幾番簸蕩。一樣浮沈。人如夢。花如醉。　風流付與船娘。儘喬妝買豔。亂插蓬髻。少伯情癡。還未覓、浣紗姝麗。拚花底、芳魂伴住。一枕煙波五湖裏。瞥眼紅翻。縠紋拖襯。看晴霞飛綺。

## 包世臣
字愼伯、安徽涇縣人、嘉慶十三年舉人、官江西新喻縣知縣、有安夢詞、白門倦遊閣詞、安吳詞、

### 長亭怨慢　西御見虹橋外柳株被伐而弔之予適反自都中感而屬和、用西御韻、

記風外、月明煙渚。綠𦆲絲垂。依依如許。桂棹縈迴。多情點點繞輕絮。惜春情重。拚付與、新紅雨。怎會得青青。便怨絕、長亭吟苦。　延佇。盼東君不見。況說危欄無主。湖山猶是。忍重問、當年張緒。縱杜宇、喚得春歸。只橫笛、傷春何處。賸賦就蘭成。悽愴江潭前度。

## 吳蘭修
字石華、廣東嘉應人、嘉慶十三年舉人、官信宜縣教諭、有桐花閣詞鈔五卷、

### 臺城路　秋葉

寒林漸做傷心色。零星又逢秋景。烏桕邨灣。丹楓驛路。幾樹涼蟬催暝。斜陽略賸。照點點微黃。瘦偎鴉影。屬付西風。好敎留取畫疏冷。　黄昏還更悉索。柴門深掩處。吹滿三徑。儘給茶爐。半堆棊院。清絕有誰同聽。蕭蕭夜靜。正夢繞闌干。打檐驚醒。看雨開門。月痕如水淨。

### 減字木蘭花

春衫乍換。幾日渡江風力輭。眉月三分。又聽簫聲過白門。　紅樓十里。柳絮濛濛飛不起。莫問南朝。燕子桃花舊板橋。

### 卜算子　園綠萬重、月不下地、夜涼獨起、冰心悄然、惜無閒人同踏深翠也、輒倚橫竹寫之、時甲戌七月十三夜、

綠蘙一窗烟。夜漏知何許。碧月濛濛不到門。竹露聽如雨。　獨自出籬根。樹影拖鞋去。一點螢燈隔水青。蛩作秋僧語。

### 水龍吟　壬辰九月十五夜、同儀墨農陪程春海祭酒登越王山看月、

笛聲吹上銀蟾。山河影裏秋無際。溶溶一色。樓臺著處。都成寒水。水氣浮烟。烟痕冒樹。蕩爲空翠。正人聲斷盡。西風料峭。聽幾杵。疏鐘起。　難得乘槎客至。愛青山、露華如洗。荒臺古甃。再休重問。漢時遺事。黄鶴招來。碧雲無恙。夢圓千里。正潮平海闊。珠光隱隱。有驪龍睡。先生於前歲夢游珠江、至是果以典試來也、

### 霓裳中序第一　陳叔安客雷州太守幕、以詞見憶、倚竹和之、

涼蟬語漸咽。一片疏林綴黃葉。猶記年時賦別。正蜑雨初晴。布帆催發。山迴水折。聽鷓鴣、朝暮啼徹。直行到、九州南盡。萬里海天闊。　悽絕。短書重疊。訴不了、寸腸千結。秋懷誰與細說。又海上相看。此時明月。玉繩低未沒。定望斷、中原一髮。休驚起、驪龍酣睡。短竹漫吹裂。

## 謝瓊

字石臞、雲南昆明人、嘉慶十三年舉人、官祿勸縣教諭、有彩虹山房詩集、附詞、

### 賀新涼　殘荷

萬葉田田處。記花時、一片歌聲。飄來南浦。斗地西風吹嫋嫋。剩得殘葩無數。又不耐、清宵冷露。粉褪香消青蓋缺。便枯莖、留得聽秋雨。渾不見、越溪女。　風裳水珮南塘路。憶當年、張郎舊面。潘妃纖步。明月扁舟尋舊港。載取餘香歸去。只贏得、蓬蓬如許。剝取心中多少子。請君嘗、風味依然否。秋水上。偏憐汝。

### 臺城路　趙州道中感懷

驅車過了金臺路。燕南又多風雨。水潑征裳。泥拖瘦馬。要住何能便住。茫茫四顧。歎世少平原。有誰爲主。濁酒呼來。舉杯澆遍趙州土。　毛生請從囊處。算翩翩公子。今日知汝。遊士心歸。美人頭擲。豪舉亦堪千古。人生得意。便老卻朱顏。漫辭辛苦。且走邯鄲。與君尋夢去。

## 顧震

字克咸、號蒼竹、江蘇吳縣人、嘉慶十三年舉人、

徵招　題沈閏生清夢盦二白詞

從頭閒數青雲客。當年阮琴嵇竈。吹徹玉簫寒。算閒愁難埽。春風無限好。莫荒卻、謝池芳草。浪說蘇辛。慢矜秦柳。廣陵今杳。　孤調向誰彈。單衫冷、不滿野鷗閒笑。憶昔也沿門。把琵琶斜抱。苦吟容易老。又淒對、暗燈窗小。定何日。跨鶴長松。倚白雲清嘯。

## 徐保字　字頡書、號沅舲、一號阮鄰、又號宛梅、浙江歸安人、嘉慶十三年舉人、官甘肅同知、有抱碧堂詩餘一卷、

蝶戀花　題花蝶

曲院尋春春幾許。欲墮仍留。爭向花間赴。回首風花三月暮。還妨飛入簾櫳去。　何事閒愁關不住。賸粉零香。亂落紅無數。小扇莫驚芳夢午。畫樓人在深深處。

水龍吟　蘆花、和橋亭韻、

渺然淡到無邊。不知秋老風還雨。白頭相對。琵琶幾曲。客舟遲暮。灘影荒涼。鷗夢寥落。斷沙寒渚。又隨波一棹。蒼茫夜月。忽搖入無人處。　當日江湖舊侶。訴離愁、別君秋浦。苦尋還記。瀟湘一片。夜深迷路。兩岸蕭疏。殘楓敗柳。半汀飛絮。怕漁歌驚起。鷺鷥遙撲。雪痕如許。

山花子

紅板橋西白板門。吳娘暮雨唱黃昏。還向東風花下醉。不堪聞。　天上月明悲素女。馬頭草色怨烏孫。同

是天涯淪落意。最銷魂。

丁　榕　字鳳千、號雙梧、江蘇無錫人、嘉慶十三年舉人、有雙梧詞、

滿庭芳

雨釀輕寒。風催小霽。一庭夜合開齊。瑣窗夢醒。恰恰乳鶯啼。最是烏衣無賴。晶簾畔、汚徧芹泥。情何限。玉笙吹罷。獨倚畫闌西。　天涯歸信杳。裙腰芳草。綠滿長隄。對蕉書半展、如見封題。向晚新螢飛度。穿珠箔、欲上還低。翻輸與。錦鴛狎水。雙宿又雙棲。

秦耀曾　字遠亭、號雪舫、江蘇江寧人、嘉慶十三年舉人、官兵部主事、有銅鼓齋詞、白門詞畧、雪園詞話各若干卷、又與友人合輯江東詞社詞選、

掃花游　隨園雅集

小倉舊壑。是白下名區。謫仙幽築。客邀不速。記披襟水際。共敲棋局。幾日重來。驟變池塘嫩綠。對喬木。聽蟬已無多。淒曳琴曲。　荒徑人不到。招一片涼雲。石牀同宿。鶴歸遼海。尙分明笑我。苦吟人獨。可惜亭臺。歇了謝家絲竹。賸華屋。又愁他、俊遊難續。

踈影　寒柳和月坡

霜凝霧積。把大隄老柳。皴上寒色。水驛山林。曾記長條。鵝黃乍染濃汁。藏鶯掠燕無多日。忽轉眼、者般蕭瑟。想箇人、袖卻葱尖。倚檻怕吹橫笛。 偏有昏鴉數點。恰來疏影裏。聊慰今夕。已過秋風。憔悴關河。惹得行人悽惻。斜陽紅到闌干角。熨不暖、幾絲愁碧。待好春、偷畫纖眉。只恨玉驄遙隔。

## 梁信芳 字孚萬、號香浦、廣東番禺人、嘉慶十三年舉人、有桐花館詞、

### 綠意 苔痕

雨滋翠積。漸無窮上砌。斑駁如積。欲掃難除。映入疏簾。一道裙腰同碧。舊時荒院尋常見。忽點染、花甎衣壁。問玉壺、何處沾春。已有屐痕雙跡。 最是綿綿汎汎。春風多少恨。長門幽僻。喚甚如錢。買笑何曾。欲買愁來偏得。寂寥空伴寒煙鎖。那比似、皴崖繡石。縱未應、鋪襯殘紅。也稱露脂雲液。

### 金縷曲 歌舞岡

一尉開南武。但閒看、中原逐鹿。自娛歌舞。燕蹴鴻翩更迭奏。響徹瓊樓玉宇。憑展眺、萬家烟樹。敢恃偏隅耽宴樂。早三關、準備軍如虎。名花謝。霸才古。 章華臺圮阿房灶。想當年、風流魋結。海天雄踞。一片笙簫圍錦幄。映帶連岡迴互。問遺跡、而今何處。莫訝臣佗饒智略。好長篇、文字西京祖。花月事。且休數。

## 陸費瑔 原名恩鴻、字玉泉、一字春帆、浙江桐鄉人、嘉慶十三年副貢生、官至湖南巡撫、

玲瓏四犯　竹簾

織雨篩煙。記翦斷湘波。清淚盈把。一桁蕭疏。恰恰曲闌低亞。早是午夢初回。剛扶起、梳頭纔罷。怎被他、正面偷窺。悄立刺桐花下。　碧陰陰地無重數。認依稀、紅嫣紫姹。珊鉤不動釵聲顫。微度晚風蘭麝。好待乳燕歸來。準擬玉纖親挂。有半規斜月。曾照徹、玲瓏罅。

玉漏遲　藤枕

翠圍蘿屋小。蘭房晝靜。又過春杪。細綰青條。合伴紅甤嫚嫋。橫倚冰紋簟上。奈靦覥、鴛衾侵曉。情懊惱。玉釵旁墮。鬢雲濃繞。　休待綠葉成陰。縱瓔珞垂珠。未妨迴抱。捉搦移時。膩得粉痕多少。好貯一函茉莉。正夜半。夢回香嫋。人語悄。雙欹也曾雙笑。

丁履恒　字若士、一字道久、號冬心、江蘇武進人、拔貢生、嘉慶十三年召試、官山東肥城縣知縣、有宛芳樓草、一名思賢閣詞、

陽關引

小篆籠綃槅。嬌鳥啼紅日。閑庭深鎖。餘寒在。重衾側。又搖空花雨。一片團香雪。甚好春、都共絮影去無迹。　欹枕淚痕浥。傷遠別。想豐臺路。訪紅藥。步晴陌。奈草薰南浦。簾外天涯闊。只夢魂無礙、一夜逐明月。

如夢令

簾外霜華寒透。淡月數行疏柳。庭院已沈沈。小立西風人瘦。消受。消受。幾箇黃昏時候。

## 雨霖鈴 別意

寒燈一碧。正疏窗外。夜雨蕭屑。今宵燕罷歸去。恁淒清地。爐香未爇。索把葳蕤慢啓。竟無計凝結。念此際、風勁霜濃。翠竹聲聲和簷鐵。　相逢那更輕離別。這幾時、消瘦深憐惜。重衾獨擁無緒。怕遙夜、寒侵玉骨。屈指歸期。應是銅壺漏箭聽徹。算只有、細剔銀釭。重把相思說。

## 鳳棲梧 暮春

千里鶯啼春欲暮、無計酬春。且爲留春住。堤上麴塵深幾許。落紅飛向堤邊路。　楊柳垂風搓作絮。流水無情。把絮流將去。流到夕陽無覓處。添他幾陣廉纖雨。

## 薄倖

闌干倚遍。鶗鴂恨、青春欲晚。又聽得、籠煙枝外。尙有流鶯睍睆。儘無聊、風靜簾閒。殘紅亂落斜陽院。算歲去年來。春光無恙。只有春愁難遣。　卻慵向、高樓望。芳草外、天涯淚滿。而今況憔悴。離愁別恨。錦衾盡日無人展。幾多幽怨。有何人、說與思量。各自心頭檢。鈿車去也。目送芳塵漸遠。

## 綠意 雁

暗蛩吟斷。又遠空嘹唳。數行驚雁。拋卻梁州。萬里雲羅。猶帶塞聲悽怨。羅浮夢醒君歸去。那正好、草明香暖。奈匆匆、小別經年。卻把鬢華輕換。　偏爲金商已逗。怕飛雪來寄。吳山湘岸。瘦影聯翩。還喜攜羣。小聚圓沙低暗。和烟冷抱蒹葭宿。早消盡、濃霜片片。到春風、吹入江南。又向塞垣飛遠。

滿庭芳　池樓晚望

冥霧沈山。淡烟籠渚。畫出一片秋空。遠林霜葉。渲染十分紅。夢想來時陌上。相將見、應誤春工。知何處。水村水郭。淡蕩酒旗風。　忽忽。又負了。黃花香晚。綠醑杯濃。算難將心事。訴與歸鴻。更向危樓閒倚。蒼波渺、目斷孤篷。高城外。宛句雙水。流向夕陽東。

# 錢泰吉

字輔宜、號警石、浙江秀水人、廩生、官海寧州訓導、

滿江紅　贈馮柳東登府

萬里西風。忽吹上、一丸寒月。歎照徧、百年離合。百年圓缺。飛影幾過江水鏡。流光休看秋蟬髮。挂輕篷、對酒扣舷歌。今何夕。　跳不出。銀蟾窟。流不盡。金波液。笑青山牛渚。如何捉得。黃鶴羣仙龍笛吼。玉清謫吏銅壺裂。儘終宵、狂叫碧雲天。東方白。

# 許賡皞

字秋史、一字克孳、福建甌寧人、有蘿月山館詞、

點絳脣

白板門前。酒帘搖曳留人住。驚沙吹雨。捲起昏鴉語。　候館燈青。鬼唱秋墳句。搖鞭去。紫贏嘶處。殘月低

於樹。

## 西子妝 十二月望夜

風鍊霜華。煙凝星影。醉後酒襟寒淺。夜深猶自凭危闌。悵蒼涼、舊時庭館。圓蟾又滿。問一歲、團圓幾徧。算今年。儘者番圓了。明年重看。　羅浮遠。野鶴飛還。寂寞關山怨。尊前纔聽話將離。奈青氈、更教人戀。吹殘翠管。怕回首、茶煙消黯。且圍爐。重夢梅花未晚。

## 玉山枕

向晚樓閣。悵門外。東風惡。憑闌立久。垂簾睡後。芳草庭前。夜半寒作。鷓鴣啼罷一燈昏。料春夢、雨聲都擱。問天涯、多少斜陽。最牽情、是垂楊城郭。　昔曾遊處應如昨。奈愁事。偏思著。二分別恨。三分酒思。依舊年年。幾度花落。不堪金縷唱江南。總孤負、燕期鶯約。更何時、吹徹瓊簫。便逍遙、跨揚州孤鶴。

# 焦廷琥 字虎玉、江蘇甘泉人、有對花詞、彝齋詞各一卷、總稱因柳閣詞、

## 菩薩蠻 擬李太白閨情

寒蛩切切鳴金剪。家書遠共寒衣卷。天外有鴻音。難傳賤妾心。　鄰家征戰者。回自長城下。城下幾經秋。秋風入戍樓。

## 石鈞

字秉倫、號遠梅、江蘇吳縣人、監生、有梅清閣詞鈔四卷、

### 南浦　春水

蕩漾一湖春。散鱗鱗、飛起銜波沙鳥。誰爲染春烟。平橋外、一抹青青芳草。迴風弄影。紅闌三五年嬌小。百丈情絲流不去。只在畫闌縈繞。　還思相送江干。望遙空帆影。依稀樹杪。數點落花浮。添新漲、不見楚天歸棹。縠紋淼淼。憐伊載得愁多少。生怕玉顏成瘦損。頻向碧波偷照。

## 屈爲章

字含漪、號韜園、浙江平湖人、有竹漊漁唱一卷、

### 倦尋芳　耕煙外史秋山行旅圖

刷衣露淺。吹帽風徐。天宇瀟灑。徑轉橋橫。殘日半林高挂。棲影飢鴉喧不定。漱泉拳石明堪把。萬山中。聽鐵聲落葉。澗平低跨。　漸擔濕、一肩寒翠。孤鶩霞邊。幽景慵寫。槖筆奚奴。指點亂峯蒼雅。松靄模餬秋霽合。竹光陰窅危梯亞。試停鞭。抱空青。和雲齊下。

## 朱春生

字韶伯、號鐵門、江蘇吳江人、諸生、有鐵簫庵集、附詞、

### 貂裘換酒　題袁湘湄寒壚買醉卷子

如此秋光好。看西湖、亂山深處。楓林紅了。十里沿谿彎環路。不借一雙能到。且莫管、亂鴉殘照。記取年時沉醉處。揭青帘、便索銀餅倒。煨落葉。暖清醥。　舊愁新恨知多少。似今番、清游有幾。暗傷懷抱。自喫天台胡麻飯。乞食何曾一飽。悔不作、酒家傭保。一樣飄零風絮影。看當壚、人也朱顏老。休怪我。鬢霜早。

## 姚天健

字行軒、別號西溪漁隱、廣東澄海人、諸生、有倦遊詞草、遠游詞鈔、

### 蝶戀花　寒夜聞歌

燈火樓臺誰夜宴。繡幕重重。金鴨香飄篆。度曲頻吹雙玉管。愁心一片如蕉展。　六曲闌干憑欲徧。寒逼西窗。窗外時飛霰。幸有梅花堪作伴。自斟樽酒隨深淺。

### 祝英臺近　白蓮

雪衣輕。羅襪淨。髣髴浣紗女。照水盈盈。香透洛川浦。可憐一片芳心。無多翠袖。那禁得、秋宵風露。　嬌如語。怕有弄槳人來。脈脈暗生妒。漫託微波。未便訴情素。銷魂最是黃昏。爲誰解珮。更疑向、月明深處。

## 黃安濤

字凝輿、號霽青、別號葵衣老人、浙江嘉善人、嘉慶十四年進士、改庶吉士、授翰林院編修、官廣東潮州府知府、有綠箋詞鈔二卷、續昭代詞選、

### 清波引　楊花銀魚

嗚榔聽徧。依約在、緑楊遠岸。料應春晚。連朝絮飄斷。喜得漁童報。出網銀絲淩亂。試來花港閒覷。正唼唼、白蘋滿。　圓筯入饌。比鱸鱠、風味不減。水村江店。就船買尤賤。調羹愛摻手。一丬晶鹽細糝。憶殺三月吳淞。舵樓炊飯。

吳慈鶴　字韻皋、號巢松、江蘇吳縣人、嘉慶十四年進士、改庶吉士、授翰林院編修、官翰林院侍讀、有鳳巢山樵詞一卷、岑華館詞二卷、

浪淘沙

往事記惺忪。昨夜燈紅。斷腸猶有一尊同。今夜畫船星月小。立盡東風。　羅袂影忽忽。暗減香筒。銀灣咫尺夢難通。各抱屏山天一樣。殘漏聲中。

高陽臺　新鶯

鑄柳塗金。裝花傅粉。東風多少商量。幾處芳菲。流鶯暗度宮商。天涯不是無春到。奈長隄、只有斜陽。剩相憐。高士雙柑。款語詩腸。　歌場舞榭忽忽換。有風翻翡翠。雨老鴛鴦。爭似丁寧。數聲猶繞銀牆。高樓也肯珠簾捲。怕幽懷、未慣雕梁。一任他。燕子雙棲。長傍流黃。

顧元熙　號耕石、江蘇長洲人、嘉慶十四年進士、改庶吉士、授翰林院編修、官至翰林院侍讀、

疏影　題蘭香小影、同仲蘭修作、

曲闌小立。問餤摩天上。何事輕別。一桁垂楊。欲綰春痕。無情流水空碧。香魂已逐歌紈去。倩杜宇、聲聲啼出。可惜是、同賦高唐。孤負卻蘭臺筆。　還似明妃遠嫁。四條絃子裏。鴻噭霜磧。淡淡烟螺。舊日羅裳。應疊淚痕盈篋。桃花貪結風前子。任吹老、天台山色。賸畫梁、雙燕呢喃。重訴與桃根說。

# 葉申薌

字維彧、號小庚、一字箕園、福建閩縣人、嘉慶十四年進士、官河南河南府知府、有小庚詞存四卷、閩詞鈔四卷、天籟軒詞譜六卷、本事詞二卷、詞選詞韻各若干卷、

祝英臺近　紅葉

茜霞明。桃浪妒。寒豔竟如許。滿眼秋光。春色莫相誤。爭愁萬卉霜欺。誰知霜後。轉染就、嫣紅無數。　雁來否。更愛階下亭亭。疏影列珊樹。柏赤楓丹。催得歲華暮。因憐酒客衰顏。霜林一樣。日日醉、斜陽一度。

掃花游　綠陰

牡丹開後。數番風將盡。楝花時候。萬紅似繡。恨無端暗把。園亭換就。翠幄週遮。不許鶯穿燕逗。林光厚。更潤遍簾櫳。濃蘸衫袖。　僝僽風雨驟。念幾許情懷。總如春瘦。杜郎去久。悵尋芳較晚。已成孤負。畏景將臨。且喜滿庭雲皺。休相咒。對清陰、好消炎晝。

## 路德

字閏生、號鷺洲、陝西盩厔人、嘉慶十四年進士、改庶吉士、官戸部員外郎、有檉華館詩餘、

### 釵頭鳳

珍珠箔。流蘇幕。多時不下穿鍼閣。秋宵永。離魂耿。蛩聲纔住。雞聲又警。醒。醒。醒。　風濤惡。扁舟泊。金錢算準還成錯。人方靜。殘釭影。薰鑪重換。繡衾重整。冷。冷。冷。

## 齊彦槐

字夢樹、號蔭三、又號梅麓、安徽婺源人、嘉慶十四年進士、改庶吉士、官江蘇蘇州府同知、有梅麓詞存一卷、

### 醉蓬萊　題沈閏生清夢盦二白詞

望白雲天外。鶴背風高。數聲清遠。寫入琴絲。定幾番淒斷。夢裏移春。香邊覓醉。問冶懷誰管。一榻疏燈。一窗涼雨。一簾殘篆。　記我當時。選歌評豔。頻拭啼衫。慣迎歌扇。譜得新聲。付小紅低按。病燕辭秋。瘦鵑催暮。悵鬢華潛換。片月昏黄。爲君斟酌。自成愁伴。

## 戴鼎恆

字子京、一字春溪、又字春嶦、浙江烏程人、嘉慶十四年進士、官江西南康府知府、有玲瓏山館詞、

### 浣溪紗

碎竹敲風響佩璫。疏花吹雨破濃香。伴人殘醉過西廊。 珠箔半垂延薄暝。翠帷纔卷趁新涼。一燈無夢細思量。

簾箔如煙細雨收。簟紋如水薄雲留。曲房夢醒看牽牛。 紈扇心情拋白紵。玉衣消息問紅兜。一眉蛾月漢宮秋。

## 八聲甘州 春陰

鎮沈沈、只欲傍高樓。春思懶於秋。正輕寒無力。新晴難定。薄暝如愁。不道鶯啼草長。悄地物華收。有淡煙濃雨。約住簾鉤。 望斷蘼蕪舊路。漸殘紅黯黯。香到薰篝。怕梨花落盡。綠苑已荒邱。憶佳時、星辰昨夜。誤金閨、幾度夢西洲。添惆悵、小窗明處。夕照仍流。

# 瞿應紹 字子冶、號陛春、又號月壺、江蘇上海人、諸生、

## 惜餘春慢 吾園重集、送陳桂堂太守歸南梁、簡招未赴、越日讀卽席同人分韻詩、爰倚此解、

綺夢蘇紅。壺春潑綠。閒占錦亭樓小。招邀勝侶。玉洞重來。三萬謫仙盃少。無奈東風一番。吹得人憐。又吹人惱。怕燕支零落。今生流水。舊時斜照。 何況是、弄笛扁舟。柳絲長短。魂曳翠生生草。還將賸粉。當作歸橈。兩兩別離情攪。便是劉阮天台。如此山川。幾回重到。剩鸞箋十疊。銀豪花門。道人微笑。

## 保大章 字印卿、江蘇通州人、貢生、

### 桂枝香 本意

小山幽絕。是淮南仙去。流傳遺跡。不比桃枝纖弱。柳枝柔怯。金風昨夜方吹到。徧枝頭、綴成香屑。碧雲深處。攀緣無路。漫思輕折。　更休將、沈檀細爇。問無隱眞禪。有誰參徹。曾伴姮娥。孤另清芬自別。黃花老圃秋容好。試衡量、一般高潔。賞心最是。婆娑相對。一丸涼月。

## 沈廷炤 字芷橋、別號語烟詞客、江蘇吳縣人、諸生、有蘅夢樓詞、

### 摸魚兒 題沈閬生清夢盦二白詞

徧旗亭、雙鬟賭唱。新聲無此遒峭。詞場我亦檀痕掐。隨意淺歡濃笑。情未了。怕聽徹山陽、笛語淒懷抱。姸華換早。剩醉墨題香。深燈索夢。生受萬花繞。　飛仙侶。商略金荃格調。素絃高際聲杳。東風灑盡芳菲淚。費卻幾番吟嘯。愁渺渺。問水樣流年。持底銷凝好。秋光漸老。且冷踐鷗盟。閒邀漁榜。來訂倦遊草。

## 蔣承志 字約人、江蘇吳縣人、諸生、

### 高陽臺 題沈閬生清夢盦二白詞

葉葉流丹。花花刻翠。好春都在吟邊。雨懶風愁。笛聲吹度華年。同心盒貯相思子。寫柔情、摺徧濤箋。最淒然。碧館詩燈。淺醉閒眠。　烏絲小劃琉璃管。記瓊宮夜約。催賦遊仙。夢裏歡濃。曉鶯啼到窗前。悄無人倚闌干角。任香魂、飛破蘭煙。早涼天。燕怯蛩淒。替訴纏綿。

## 奚疑

字天復、號樂夫一號虛白、又號榆樓、浙江歸安人、監生、有方屏樵唱、

### 水龍吟　蘆花

蒼茫一片涼波。無邊秋色連溆浦。蕭蕭瑟瑟。搖空弄影。都疑晴絮。月落潮平。霜飛岸闊。舊愁無數。記荒灣夜泊。燈殘夢覺。誰相伴。閒鷗鷺。　惆悵西風古渡。奈年來、白頭如許。中流淼淼。蟲聲幽咽。雁聲淒楚。十里斜陽。半篙淺水。依然今古。愛江天入畫。漁舟短笛。隔烟深處。

## 徐喬林

字植庵、江蘇震澤人、有西濠漁笛譜一卷、

### 金縷曲　重九日登望雲樓、獨酌遣悶、

宋玉歌成九。怎消除、悲哉秋氣。解憂惟酒。試上高樓舒望眼。一片寒煙衰柳。嘆人世、難開笑口。幾度淒涼雲物變。只南山、山色青如舊。風雨句。費叉手。　梧桐院落商飈吼。聽枝頭、蕭蕭瑟瑟。秋懷難受。欲向楞伽登絕頂。可惜探奇無偶。且漫把、黃花簪首。吟社持螯空有約。訝今朝、逢角逢張宿。吳學庭昆季曾約登平波臺暢

飲、以有事不果、嬾眞子錄云、五日遇角宿、六日遇張宿、作事多不成、聊獨飲。金尊酎。

## 曹三選 字梟谷、浙江桐鄉人、諸生、有吹雲閣詞、

### 水龍吟 用白石體、題楊伯夔與鷗爲客圖、

十年一夢江湖遠。解道青山如舊。舊盟好在。煙寒水闊。幾回招手。我亦閒鷗。飄零人海。忘機已久。任滿身涼影。一襟幽思。都畫出。愁時候。　難得與君邂逅。且消磨。客中盃酒。白沙翠竹。秋光澹處。水哉吾友。萬里難馴。安知燕雀。復何雞狗。看芙蓉。開徧空江。肯爲杜鵑低首。

## 顧翃 字駿孫、號蘭厓、江蘇無錫人、貢生、官昭文縣訓導、有金粟菴詞、

### 水龍吟 艣聲

溟濛桃葉空江。幾聲遠雁來何許。孤篷出葦。挐音乍送。欲疏還聚。併作荒寒。半縈漁笛。半沈津鼓。和吳娘怨曲。飄來淒咽。似漂泊。羇魂語。　何限關河情緒。徧天涯。此聲最苦。宵長夢短。惺忪猶認。紅閨機杼。倦客年年。愁風愁水。那禁聽汝。記瀟湘春晚。中流欸乃。寫蘋洲譜。

### 水龍吟 落葉

世間一樣飄零。無情猶作迴風舞。閒門不掃。空階欲沒。瀟瀟似雨。楓外江寒。蘆邊霜早。雁歸何處。悵疏林

易別。故枝難戀。便渺渺。天涯去。　回首荒庵落木。問年來、有誰能住。夕陽染後。三分在水。一分在樹。莫怨秋聲。那知秋到。無聲更苦。待消他幾疊。琴絲宛轉寫哀蟬譜。

高陽臺　同蒹塘兄竹畦弟芙蓉湖秋泛

柳老絲煙。蓮凋粉水。短篷暇日尋幽。月小於眉。斜天挂一分秋。鴛鴦生在秋風裏。便雙飛、也自工愁。怕催將。雪樣蘆花。點上人頭。　悲秋不在因風雨。在曉寒孤枕。暝色高樓。遠夢無憑。墜歡空逐浮漚。故鄉猶自嗟搖落。念天涯、多少淹留。太無聊。心事難圓。只似簾鉤。

## 徐　球

字尹輔、號詠梅、浙江德清人、諸生、有環翠樓詞、寫碧軒簫譜、後删定爲還印廬詞存一卷、又校定清眞詞一卷、

念奴嬌　爲曾夢笙題韻竹亭塡詞圖、夢笙受詞學於楊丈秋室、得筆法於嚴丈悔菴、故起調畢曲及之、

鐵崖老去。問當年絳帳、誰傳詞筆。春晚菰城留客住。怕聽鄰家殘笛。呪筍光陰。埽花情緒。深院煙如織。新篁千个。碧痕涼到吟席。　咫尺門外鷗波。酒旗歌扇。石帚曾遊歷。不分吳綃零斷後。猶見詞仙標格。鼎篆縈香。簾紋交翠。誰共雲牋擘。郵筒頻寄。釣臺人亦相憶。夢笙近得白石道人小象、故有吳綃零斷之句、

玲瓏四犯　柳絮、用白石道人體、

雨歇乍飛。風遲偏墜。闌珊芳事如許。畫橋凝望久。點點扶春去。依稀雪花寒舞。問當年、謝庭誰賦。慣惹珠

簾。更黏青鬢。池館悄無語。斜陽外、雲千縷。向溪邊弄影。誰認眉嫵。玉驄曾繫處。襯出殘紅路。濛濛撲面鄉心亂。怕愁損江關羈旅。還記取鋪氈有、兜鞋伴侶。

## 汪初

字絳人、號問樵、浙江錢塘人、諸生、有滄江虹月詞三卷、

### 長亭怨 塞上鴻

聽淒斷、秋笳暮起。月冷驚沙。玉關千里。征雁來時。望京樓上有人倚。吹殘羌笛。看柳色、黃如此。此意竟誰知。託健羽、天涯相寄。 迢遞。度荒寒大漠。叫得邊聲都碎。西風緊處。又攙入、塞雲堆裏。第一是、莫過金河。怕照見、深愁無底。憑綠綺多情。彈出天山離思。

### 轆轤金井

東風多事。送飛花紅染。一園朝雨。綺閣窗開。見迷離煙樹。柔情幾許。似輕燕、受風無主。卻把春潮。移來鏡裏。恁時流去。 銀箋懶題恨句。拚相思一寸。消同蘭炷。草綠裙腰。是王孫歸路。流年暗度。問芳信、那堪重誤。放下簾櫳。愁人景色。曉陰如暮。

## 沈濤

原名爾政、字西雝、號匏廬、浙江嘉興人、嘉慶十五年舉人、官福建興泉永道、有匏廬詞二卷、一名九曲漁莊詞、又有洛州唱和詞一卷、

## 月華清 秋蟲

古甃苦荒。空階月冷。一聲聲伴吟苦。弔夢歌離。掩抑向人低訴。已難禁、杜老吟懷。還更續、庾郎愁賦。無緒。賸孤燈涼暈。亂搖窗戶。　似怨歲華遲暮。奈金井銅鋪。斷煙零雨。絮到更殘。客鬢已無絲處。歎半閒、夕照銷沈。都付與、亂莎荒圃。延佇。更滿庭落葉。萬家哀杵。

## 瑣窗寒 秋煙

薄霧籠寒。輕雲閣雨。忽添淒黯。濛濛密密。低傍藕花池館。罥春紅、千絲萬絲。已教落盡成秋苑。正嫩涼天氣。愔愔門巷。霎時吹徧。　遮斷。遙山半。看乍颺樓陰。又橫波面。空簾欲暝。誤了未歸雙燕。漏林梢、夕陽弄晴。幾痕瀋抹天更遠。驀飛來、化作閒愁。總是江南怨。

## 霜葉飛 題介甫霜林覓句圖

自攜茶具。披風帽。支笻秋最深處。冷楓十里瀋斜陽。正好尋煙語。笑指點、江南村路。紅情多在銷魂樹。寫無限荒寒。也絕勝殘年。灞橋風雪吟侶。　十載破帽疲驢。西風無恙。打頭黃葉如雨。中仙樂府已飄零。更暗移宮羽。渾減字、偷聲漫與。未應輸了崔郎句。早暝色催人。一抹微雲。亂鴉歸去。

## 甘州 招同人集蓮亭之秋雪簃是日大風寒甚、

看涓涓、野水繞荒灣。香滿白蘋洲。恁東風吹皺。鴨頭淺漲。雁齒平浮。聽取提壺頻喚。好共祓清愁。爲問隄邊柳。青眼舒否。　絕似阻風中酒。又江湖舊夢。狎到沙鷗。歎黃塵烏帽。何地着扁舟。盪春魂、數聲柔櫓。念家山、莫漫賦登樓。鬧紅約、待扶殘醉。卅六陂秋。

## 沈學淵

字夢塘、江蘇寶山人、嘉慶十五年舉人、有桂留山房詞集一卷、

### 綺羅香　燈花

錦被初溫。薰籠斜倚。正是黃昏人倦。喚剔銀缸。可惜落紅如霰。恰暈出、雙穗煙痕。誰綴就、一枝花瓣。更憐他、落盡重生。垂頭無語背人綻。　當時舊夢難續。可憶敲棊獨坐。殘更過半。暗祝心期。曾把客程遙算。記鵲噪、畫閣親聞。又蛛絲、茜裙低絆。恰今夜、卜罷金錢。一花明枕畔。

### 留客住　鱸魚

數鄉味。記年年、荻花時候。綠蓑煙雨。買酒橫橋小肆。漁莊活畫秋色。半尺紅腮、筠籃拾入市。蓴絲正滑。配山廚、料理一番鹽豉。　遠遊子。又是驚心。西風乍起。短鋏長彈。惱亂江東歸思。夢到垂虹亭外。斜日停橈。炊香菰葉裏。歸來趁約。約罟師、日日醉眠沙觜。

### 杏花天　題徐寄春杏邨沽酒圖

畫檐西角箏絲直。正小雨、今番寒食。棠梨落盡花無色。剩了餳簫牧笛。　早悞了、玉樓消息。奈此後、春風狼籍。踏青歸去人非昔。酒醒今宵無力。

# 王懷孟 字小雲、四川大竹人、嘉慶十五年舉人、有小雲詞賸、

## 玉樓春 落葉、用梅溪梨花韻、

滿山落葉全無主。一樹飄零經幾許。忽忽又過九秋時。流水斜陽留不住。　碧陰憶否春明路。一路魂飛知幾處。江潭搖落幾多愁。分付西風同細雨。

## 感皇恩 賦紅葉題詩圖

莫道不消魂。涼風吹碎。恨是秋來太容易。一分秋色。便得一分憔悴。十分提不得、關心事。　欲寫秋思。相思無際。寫出秋風待誰寄。便從寄取。誰見者時情意。是黃昏後也、無人地。

## 石州引 寄內、用仲宗韻、

知否東陽人瘦帶圍。今更寬闊。眼前霜膩冰嬌。空說五分花發。何郎去久。幾回愁倚春風。羅衣香冷長眉疊。贏得一枝愁。是無人時節。　淒切。此情誰識。惟有東樓笛。西樓雪。更有江南江北。惱人風月。未曾攀折。先得多少淒涼。斷魂冷眼同誰說。況結子成陰。又十年離別。

## 金縷曲 偕劉莘農李武子登黑瑤臺大醉輒賦、

直掃浮雲坐。倚天風、飄然一席。長空飛墮。落拓乾坤高會少。得意人纔幾個。聽鳥唱、提壺聲過。勸我春醪須醱盡。洗青衫、莫讓紅塵涴。有大地。容君臥。　浮空宮闕連青瑣。望嵯峨、雲臺在右。淩煙在左。突兀雄心

千萬疊。惟有青山似我。一長嘯、龍吟入破。欲駕尻輪遊八極。奈日輪、西轉天如磨。詢後約。幾時果。

## 鄭　璜

字元吉、號瘦山、晚號醉翁、別號種墨庵主人、江蘇吳江人、嘉慶十五年舉人、有吳篭桐音鱸鄉歔唱各一卷、總稱海紅華館詞鈔、

### 滿江紅　九日、同子容登戲馬臺、

項羽劉顚空剩此、荒荒臺榭。眺不盡、斜陽半壁。悲風四野。字字橫排南去雁。山山亂走西來馬。恰河流、一綫抱城圓。杯中瀉。　踏舊蹟。無遺瓦。訪舊事。無知者。且唱余和汝。蹇驢同跨。六代風流名士酒。千年興廢樵人話。問眼前、誰是出羣才。陵王謝。

### 如此江山　題嚴子通秋山試屐畫卷

已銷暖翠浮嵐態。湖干昨宵霜白。紅樹迷離。青袍消瘦。來助四山寒色。層梯百級。訝腳底濤喧。笠頭雲壓。笑問行蹤。平生幾兩此遊屐。　昔遊爲君細說。第三橋外路。廿載重覓。一塔斜陽。雙峯疏磬。處處舊曾相識。悵悵惜惜。只老卻當年。浣紗顏色。吟到悲秋。亂蟲啼落葉。

## 李　福

字備五、一字備之、號子仙、江蘇吳縣人、嘉慶十五年舉人、有花嶼讀書堂詞鈔二卷、一名拜玉詞、

### 清平樂　張叔夏傒蛩淒斷一闋、贈姑蘇陸行直家妓卿卿作也、後二十一年叔夏卿卿俱下世、行直寫碧

梧蒼石圖書張詞於卷端、同時和作者不下數十家、事載汪珂玉珊瑚網、嘉慶元年秋八月、于顧南雅齋頭得見是圖、展玩久之、欣然追步、

豔歌唱斷。烟水芙蓉岸。一片閒情增浩漫。付與數行飛雁。　誰將舊恨塡成。卷中不見卿卿。六百年來梧樹。虛堂猶作秋聲。

## 西子妝慢　階下木芙蓉盛開、自碧而白而紅、朝暮異色、余悲秋容之易老也、賦此悼之、

不定花光。臨風作態。攪亂愁人醒眼。妝成時候乍相逢。恰亭亭、露華新泫。回欄倚遍。正看足、十分清豔。漫評量。道文君傳粉。遜伊嬌面。　芳年短。流水無情。照影隨時換。紅潮莫認酒痕融。是傷秋、淚痕深淺。容銷貌減。渾不省、曉窗曾見。更堪憐。誤了重來冷燕。

# 張應昌　字仲甫、號寄庵、浙江錢塘人、嘉慶十五年舉人、官內閣中書、有烟波漁唱四卷、並助黃燮清輯詞綜續編若干卷、

## 戀繡衾

紅窗醒夢裊篆香。落花風、簾外輕颺。嚲雲鬢、懨懨起。倚屏山、慵照鏡妝。　蜀桐閒理相思曲。聽征鴻、飛過畫廊。怕登望、樓高處。偏天涯、都是夕陽。

## 大聖樂　病中和同人西湖餞春、次草窗東園餞春韻、

橫翠檐牙。瘦紅牆角。半湖烟樹。看兩峯、雲意愔愔。乍暖又寒。吹落幾絲微雨。二十四番花風過。但芳草、平波迷綠浦。歡遊倦。想人倚畫欄。歌斷金縷。　蜂狂蝶狂未苦。算愁到啼鵑誰共語。歎帶圍寬盡。韶光孤負。濃陰如許。一霎玉驄香車杳。賸楊柳、深深垂院宇。無聊甚。更雙燕穿簾聲絮。

金縷曲　劉燕庭方伯以所藏唐小忽雷徵詠、用稼軒琵琶詞韻。桂未谷先生記云、韓晉公入蜀、伐樹製大小忽雷二進獻。文宗朝、內人鄭中丞善小者。以匙頭脫、送崇仁坊南趙家修治。中丞以忤旨、縊投於河。權相舊吏梁厚本在別墅垂釣、援而妻焉。因言忽雷在南趙家、取以歸。花下酒酣彈數曲。有黃門牆外竊聽曰、此鄭中丞琵琶聲也。達上聽。上宣召、赦厚本罪。兵亂後、小忽雷不知所在。康熙辛未、孔岸堂得之燕市。龍首鳳臆、頷下有小忽雷篆書嵌銀字。項有臣滉手製恭獻建中辛酉春、正書十一字。木似于闐紫玉。開元宦者白秀正使蜀、獻雙鳳琵琶。以沙邏檀爲槽。此亦沙邏檀也。忽雷本馬上樂。又名二絃琵琶。按記所述鄭中丞事、本段安節樂府雜錄。

銀柱黃金撥。記梨園玉妃弟子。羽衣彈月。天寶建中年華換。西蜀良材更發。雙鳳尾、輕籠胸雪。東坡詞、願作龍香雙鳳撥、輕籠長在環兒白雪胸。妙手崐崙仙娥鄭。竟潯陽、塞北同淪沒。萍絮感。惜絃說。　紅羊劫後知音絕。想當時、春雷繞殿。繞殿雷、琵琶名。翠飛眉睫。略略星星么禽語。香山有聽琵琶妓彈略略詩。元微之琵琶詩、甘州破裏最星星。怨雨悲風吟徹。幾暗逐、銅駝塵滅。千載檀槽龍香在。又桃花、扇底歌雲歇。摩篆古。思去幽咽。

## 錢之鼎

字伯調、號元鎮、一字君鑄、號鶴山、又號繁生、江蘇丹徒人、嘉慶十五年舉人、有繡笙詞、酒邊人語各一卷、總稱雙花閣詞鈔、

### 點絳脣　留別理卿

秣馬河橋。沈沈一片垂楊浦。戍鴉津鼓。莫問留儂處。　除卻桃花。誰解相思苦。身名誤。斷煙零雨。回首江南路。

### 戀繡衾

綠窗紗淨展嫩蕉。裊游絲、春影暗飄。炷煙爐、細簾細。睡纔醒、殘醉未消。　芳原何處輕帆到。趁花溪、香漲暖潮。正柳絮、垂垂下。被東風、扶過小橋。

### 臨江仙

霜落蕭辰雲影澹，江山一半都秋。眼前風景客中收。芙蓉花燦，深鎖小紅樓。　說是青天長不老。如何黯黯偏愁。征帆冉冉水悠悠。夕陽無語，辛苦向西流。

### 蝶戀花

澹沱韶光花尚早。嫩柳枝頭。著得春多少。水曲紅樓深窈窕。一梳新月窺煙杪。　樓上寒輕人語悄。繡幕蘭燈。只有雙棲好。淚溼銀箏和夢抱。卻愁吟鬢天涯老。

## 金縷曲　柳

何必還攀折。看柔條、幾株輕颺。已教腸結。繫馬維舟隨處好。遮徧水程山驛。絆不住、征人蹤跡。薄暮斜陽天萬里。混濛濛、一片傷心碧。更芳草。似煙積。　紅樓小角參差出。祇枝邊、雙飛燕子。共經岑寂。莫遣香綿簾散。透送春歸消息。便化了、浮萍誰惜。從此淸淸絲儘挂。抱寒蟬、淒斷霜風急。伴殘月。影蕭瑟。

# 顧　翰

字蒹塘、一字簡塘、江蘇無錫人、嘉慶十五年舉人、官安徽涇縣知縣、有拜石山房詞四卷、綠秋草堂詞一卷、

## 虞美人　深秋閨思

淒淒涼月如煙白。午夜綠陰直。遠山如黛拂殘螺。玉雁天高、簾角近秋河。　鵲爐火冷灰盈寸。自抱頗黎枕。下階蘭葉謝枯香。今夜新寒、羅袂有微霜。

## 淸平樂

翠陰如埽。衰柳長干道。扣上綠窗金了鳥。總有閒愁飛到。　夫容照影荒渠。鏡中憔悴如余。空自朱樓臨水。頻年不見雙魚。

## 思佳客　湖樓晚眺

不上高樓望眼遮。凭闌今日接天涯。新秋雲似羅衣薄。遠水帆如紙箑斜。　魚任買。酒堪賒。湖邊三兩是

漁家。鷺鷥只戀枯荷葉。不傍前汀紅蓼花。

憶舊遊　過蘆區

趁潮荒淺瀨。雪換涼漪。來賃江船。自挂孤帆去。聽浪花堆裏。打槳聲圓。一路叢蘆蕭瑟。秋夢渺無邊。有幾縷魚雲。幾絲漚雨。閣住遥天。　飄零舊詞賦。悵殢醉閒吟。孤負華年。莫話淒涼意。似病蟬無力。猶唱離筵。贏得鬢絲衰綠。歸染六橋煙。只同我銷魂。後湖官柳疏可憐。

百字令　重過碧沚湖、感舊、

烏篷當日。記閒盟鷗侶。曾問幽浦。十畝疏香爭透水。隔斷南湖煙渡。翠帔相扶。紅衣欲蛻。單舸尋秋路。明蟾墮影。滿身都染清露。　那便夢隔雲波。魚莊蟹斷。零落今如許。不信繁華容易散。只有寒潮今古。髡柳荒橋。枯荷廢苑。野鴨西風語。何年此地。一蓑來臥煙雨。

## 章黼

字次白、號息翁、浙江仁和人、嘉慶十五年優貢、官松陽縣敎諭有梅竹山房詞二卷、

齊天樂　夜宿紫陽別墅南宮舫喜項蓮生來訪出示憶雲生詞、並題此闋予亦繼聲、兼懷令兄芝生及許青士玉年滇生、

蕭然一幅南宮畫。池痕半移煙艇。就竹鉤簾。留雲伴榻。詞客來時宵靜。吟邊試茗。想白石前生。玉簫重省。露葉黏螢。未秋涼意逗桐井。　長安還憶舊伴。對牀曾話雨。鄉思孤迥。玉漏聲殘。瓊樓路遠。淸夢憑誰催

醒。西風弄影。待招入天香。小山仙境。緩度新歌。月明環珮冷。

## 溫汝造 字譽斯、號水南、廣東順德人、官京府治中、有印可齋詩餘、

### 青玉案 別恨

經時不見淩波步。未幾日、催歸去。蓮子多情心自苦。碧雞啼後。數聲杜宇。無計相分付。　萋萋芳草王孫路。寥落晨星暗南浦。執手空聞腸斷語。半帆風細。一襟離緒。沒箇安排處。

## 李澧 字蘭友、號篁園、浙江嘉興人、諸生、有意香閣詞二卷、

### 臺城路 新柳

去年隄上銷魂柳。今年又垂青眼。細葉籠烟。新枝沃雨。搓就鵝兒黃淺。韶光乍暖。縱效得眉顰。怕教春見。無限嬌羞。媚人都在夕陽岸。　依前弄晴纖暝。舞腰纔一捻。扶起還軟。鶯坐偏安。鴉棲未穩。留待東風吹遍。灞橋人遠。料此後攀條。別情難綰。會看絲絲。桃花紅浪蘸。

# 全清詞鈔第十八卷

## 林則徐

字元撫號石麟、又號少穆、別號竢村老人、福建侯官人、嘉慶十六年進士、改庶吉士、授翰林院編修、官至雲貴總督、謚文忠、有雲左山房詞鈔一卷、

### 月華清 和鄧嶰筠尚書沙角眺月原韻、

穴底龍眠。沙頭鷗靜。鏡匳開出雲際。萬里晴同。獨喜素娥來此。認前身、金粟飄香。拚今夕、羽衣扶醉。無事。更憑欄想望。誰家秋思。　憶逐承明隊裏。正燭撤玉堂。月明珠市。鞅掌星馳。爭比軟塵風細。問煙樓、撞破何時。怪燈影、照他無睡。宵霽。念高寒玉宇。在長安里。

### 高陽臺 和嶰筠前輩韻

玉粟收餘。罌粟一名蒼玉粟、金絲種後。呂宋煙草曰金絲醺、蕃航別有蠻煙。雙管橫陳。何人對擁無眠。不知呼吸成滋味。愛挑燈、夜永如年。最堪憐。是一泥丸。捐萬緡錢。　春雷欻破零丁穴。笑蜃樓氣盡。無復灰然。沙角臺高。亂帆收向天邊。浮槎漫許陪霓節。看澂波、似鏡長圓。更應傳。絕島重洋。取次迴舷。

## 程恩澤

字雲芬、號春海、安徽歙縣人、嘉慶十六年進士、改庶吉士、授翰林院編修、官至戸部右侍郎、有春海詩

餘一卷、

## 清平樂　題家栅坪舍人紅豆仕女

搓珠撚玉。記得憐儂曲。羅幕别來金鳳蹙。慣是月明人獨。　落紅稠疊籬根。秋痕半掩春痕。夢度闌干十二。天涯何處燈昏。

## 減字木蘭花　牽牛花

柔藍一架。小摘銀河秋影下。莫是黄姑。配得匏瓜獨處無。　金鈴鼓子。喚盡芳名渾不似。輸與郎誇。世上原無織女花。

## 水龍吟　九月十五夜登越秀山看月、次吳石華韻、

些些雲縷都無。不知誰掃秋河際。天容山色。涵清混碧。煙中有水。風定尤明。夜深全白。一空林翠。想萬家清夢。鎔成露氣。把樓閣。扶將起。　客是不眠吳質。聳吟肩、玉壺三洗。人間小謫。舉盃能說。廣寒前事。海上琴聲。一彈誰和。美人千里。正窺簾的的。素娥單獨。似欹還睡。

# 周　凱　字仲禮、號芸皋、浙江富陽人、嘉慶十六年進士、改庶吉士、授翰林院編修、官至河南按察使、

## 疎影

苔箋掃玉。正描來瘦影。思共誰宿。翠袖輕盈。怯下晶簾。怨託一枝橫竹。扁舟不是當年客。已歷盡、大江南

北。算素娥、解伴香魂。不忍看花人獨。 我亦濃情萬種。夜闌默訴與。香篆凝綠。自檢芳心。試問明蟾。何處羅浮仙屋。頓教一夢隨流水。又譜出、江城新曲。數綵毫、畫偏青山。怎似暗香盈幅。

## 馮元錫

字伯傳、一字組文、號紫屏、江蘇南通人、嘉慶十六年進士、改庶吉士、官至湖廣道監察御史、有馮侍御遺稾、

### 一枝春 冬至、客中寫消寒圖偶占、

子律初開。聽黃鐘暗裏。灰飛葭管。旅懷何許。獨坐半香深館。雲凝雪沍。寄詩思、灞橋南岸。新檢出、消寒舊題。剩素華盈翰。 偏憐歲華正晚。問陽和消息。從頭徐算。花期幾度。分付綵毫親判。芳情欲動。看春色、錦魁先冠。還記取、數點天心。圖中細玩。

## 王衍梅

字律芳、號笠舫、浙江會稽人、嘉慶十六年進士、官廣西武宣縣知縣、有綠雪堂詞、

### 西江月 題漁父圖

向晚天光畢綠。映霞山色全青。蓼花紅過藕花汀。沈醉老漁方醒。 每日得錢沽酒。有時倚棹橫經。世間踪跡是浮萍。飛去白鷗無影。

### 曲游春 春雨、爲施璞園作餞、

一曲雲無縫。怎被風吹破。飛翠時滴。灑上梨花。怪玉人何事。淚痕先溼。漠漠愁絲織。枉過了、禁煙寒食。傍畫簾、碧草萋迷。眠損一雙蝴蝶。　凝絕。商量蠟屐。向沽酒橋頭。輕帶蠻榼。纔見青旗。又金鶯喚恨。玉驄嘶咽。好友將離別。全不管、柳條攀怯。醉來滿地相思。落紅難拾。

## 吳衡照 字夏治、號子律、浙江海寧人、嘉慶十六年進士、官金華府教授、有辛卯生詩餘一卷、蓮子居詞話四卷、

### 蝶戀花

揉碎芳心團作絮。飛入重門。遙挂櫻桃樹。人在可憐春裏住。樓臺金粉無尋處。　聽得雕梁新燕語。隔著簾櫳。掠過雙紅縷。花底閒愁愁幾許。銜愁不去銜花去。

### 疎影 碧梧畫梅遺蹟

香生色活。誤翠禽兩兩。飛近花缺。幾筆橫斜。相對無言。卻稱淡妝初抹。離魂倩女依稀是。倚縞袂、林間清絕。把一枝、玉笛吹來。喚起舊時明月。　誰料天寒日暮。謝庭正詠罷。珠樹輕折。冷落餘芳。何處溪山。忍見粉痕重疊。還愁素壁春光早。便化作、羅浮癡蝶。待憑時、縹緲驚迴。認取九疑仙骨。

### 琵琶仙 送孫雨人赴永嘉學博任、即題其春江話別圖、

楊柳垂堤。最無那、刻意傷春傷別。江上天色陰晴。花飛暗愁絕。閒倚著、亭亭畫舫。卻添箇、靚妝初抹。博士情多。詞人性嬾。相伴煙月。　想從此、雙槳蘭溪。到芳草池塘甚時節。都把謝郎詩思。付苔階蝴蝶。回首見、

青山翠擁。忍便忘一水重疊。憶否他日銜盃。故人天末。

## 孫文杓 字小眞、江蘇常熟人、

### 長亭怨慢 柳如是小印

更誰弔、蛾眉心事。尙賸苔華。粉痕還紫。兩字猜疑。絳雲難問舊眉史。桂膏仍漬。應撫徧、纖纖指。小印在人間。已算得香魂不死。　芳氏。看文迴柳葉。早爲箇中鐫記。怨娥化去。怎未與、桃花同瘞。想舊恨、獨自綢繆。謾留作、望夫幽翠。配玉篆楊娃。同貯珊瑚匣裏。

## 言尙熾 字依山、江蘇常熟人、

### 疏影 綠梅、次白石韻、

那時碧玉。向月中仙去。林下來宿。臥雪殘蕉。傍嶺寒松。同時並倚修竹。明璫翠羽翩躚態。端不到、紅羅亭北。只和他、處士閒雲。相伴青山孤獨。　遙看天寒袖薄。有人來冉冉。仙子名綠。五出鈿圓。百葉囊斜。穩貯羊家金屋。冰肌玉骨清如許。添秀色、顰蛾曲曲。更倩人、淺黛輕勻。水寫烟描一幅。

## 鮑廷博 字以文、號渌飲、安徽歙縣人、嘉慶十八年舉人、有花韻軒詠物詩存、附詞、

秦樓月　二分明月女子折枝墨桃

風吹折。惱人半面曾相識。曾相識。年年一笑。清明時節。　玉臺小試簪花筆。無端點點臙脂黑。臙脂黑。多應錯弄。畫眉顏色。

玉樓春

桃花面暖芙蓉冷。著意端相都未肯。隔簾偷眼太怱怱。對鏡凝妝空整整。　光明藏放琉璃境。一片春冰沈古井。請君深掩碧窗紗。分付驚鴻來照影。

## 劉　樞

字星旋、號鴻甫、江蘇上海人、嘉慶十八年舉人、官福建知縣、有西澗舊廬詩稿、附詞、

醉花陰　題春江歸棹圖

相思日暮天涯樹。夾岸晴霞護。紅雨送歸舟。一棹煙波。夢逐閒鷗鷺。　鶯花幾處應迷路。指點斜陽渡。分手記河梁。南浦東風。別恨猶前度。

明月棹孤舟　題洪模庵圭江重返圖

春水粼粼移短棹。數遊蹤、昔年曾到。去去重來。好風吹我。又見碧桃開了。　如畫青山常不老。似相識、迎人低笑。塔影明邊。柳陰暗處。還有舊時鷗鳥。

# 張琦

字翰風、一字翰豐、江蘇武進人、嘉慶十八年舉人、官山東館陶縣知縣、有立山詞一卷、又與兄惠言合撰宛鄰詞選二卷、

## 六醜 見芙蓉花作

悵秋光漸老。看點點、霜花飄足。庾郎正愁。愁來無處著。漫遮籬落。是處秋容好。岸邊深巷。見數枝幽獨。雕闌深護珍珠絡。困倚香雲。斜欹暖玉。相看更燒銀燭。卻清尊半醉。前事根觸。　蘭舟初泊。記雙紅梳掠。坐對名花晚。情莫莫。燈前細語蛾綠。但回頭無奈。別離成各。西風緊、更催叢萼。料得是、一樣心頭滋味。減來還惡。凝愁處、莫倚闌角。看一痕、澹月微雲裏。依然是昨。

## 摸魚兒

漸黃昏、楚魂愁斷。啼鵑早又相喚。芳心欲寄天涯路。無奈水遙山遠。春過半。看絲影花痕、罥盡青苔院。好春一片。只付與輕狂。蜂兒蝶子。吹送午塵暗。　關山客。漫說歸期易算。知他多少淒怨。不曾眞箇東風妒。已是燕殘鶯懶。春晼晚。怕花雨朝來、一霎方塘滿。嫣紅誰伴。儘倚徧回闌。暮雲過盡。空有淚如霰。

## 木蘭花慢 楊花、次茗柯韻、

正紅樓春寂。飛點點。鏡中看。恰慵避風簾。困黏香幙。嬌惹雲幡。依稀似曾相識。記昨宵、曾到夢魂閒。可爲天涯芳草。隨風卻又飛還。　游絲千尺任飄零。偏不與遮闌。便謝了紅塵。依將流水。一樣單寒。空留十分

春色。倚危欄、愁對夕陽山。賸有蜂兒蝶子。依依覓盡苔斑。

南浦

驚回殘夢又起來、清夜正三更。花影一枝枝瘦。明月滿中庭。道是江南綺陌。卻依然、小閣倚銀屛。悵海棠已老。心期難問。何處望高城。 忍記當年懽聚。到花時、長此託春酲。別恨而今誰訴。梁燕不曾醒。簾外依依香絮。算東風、吹到幾時停。向鴛衾無奈。啼鴂又作斷腸聲。

醜奴兒慢

乍晴又雨。消得幾番風信。正一片、新苔似繡。細草如茵。蝴蝶飛飛。不曾認得綠羅裙。淒涼庭院。海棠一樹。箇是殘春。 多少冶遊。鶯歌燕舞。吹暗芳塵。儘剩得、斷紅零粉。付與愁魂。相對天涯。輕寒漠漠又斜曛。還誰知道。鷓鴣啼罷。獨自黃昏。

湘春夜月 題畫扇、有贈、

最消魂。幾番儍賞成塵。只是細草青苔。獨自對斜曛。難道一絲香霧。和一分夢影。便了殘春。恰還他彩筆。招將豔魄。好伴芳辰。 脂痕欲滴。粉光還膩。一樣憐人。花若有情。應念我、淚珠盈把。揾盡羅巾。愁深別淺。算何曾、與說殷勤。也只願者花顏常好。依來懷袖。莫怨離分。

夏寶晉 字玉延、號慈仲、江蘇高郵人、嘉慶十八年舉人、官山西浮山縣知縣、有笛椽詞二卷、琴隱詞、湖中明月

詞各一卷、總稱冬生草堂詞、

## 生查子

獨自悶窗紗。隔著春來路。窗外遶垂楊。那是開花樹。　亭午動簾紋。還做晴時雨。煮茗更燒香。四壁和煙語。

## 八聲甘州　野史亭

歎生才、偶值亂離時。其人遂千秋。算金源閏位。南遷已矣。省掾名留。能記百年文獻。遺事儘堪搜。不遇青城禍。也合歸休。　說到中原人物。自南邦交聘。纔染風流。賸一枝好筆。班馬許同儔。認雲蹤、書山縹緲。想生平、高寄在林邱。應難料、後來藉口。委質貽羞。危太樸錢牧翁皆以遺山自比

## 高陽臺　江上愁心夜不成寐、高槐叢竹、一片秋聲、

月引昏黃。燈銷暗綠。羈人恁奈秋何。那處秋來。閒花開到烟蘿。疏槐野竹知誰種。助荒江、一夜涼波。最關情。雁杳星沙。書滯關河。　苦吟自是吾家事。又江城罷詠。小海停歌。自別鄉園。負他兩度孀娥。故林夢去蕭蕭柳。儘消魂、別淚無多。盼庭前。幾樹吟風。千葉辭柯。

## 湘春夜月

可憐春。是誰排定陰晴。料他一樹垂楊。還記得清明。莫管鬧紅閒事。但花開如夢。花落纔醒。便金鈴悄繫。游絲細綰。空自零星。　秋蓬書客。閒窗瘦骨。寒谷餘生。春窄愁寬。偏又是、故鄉芳草。綠與煙平。蒼茫何處。

伴斜陽、留戀高城。想此際。偏天涯無數。樓臺歷歷。更有誰登。

### 徵招

凄晨會得東風怨。還憐酒邊人遠。雨樣落花深。是誰家庭院。題巾情未斷。倩珍重、一年春半。援袖何心。舒衫猶嬾。獨吟無伴。　江北憶江南。虹橋外、珠箔飄燈歸晚。花又雨中看。只啼痕猶泫。殘紅留數點。奈芳草、不將愁換。寄相思。誰與傳言。有差池雙燕。

## 管貽葄

字樹荃、號芝生、江蘇陽湖人、嘉慶十八年舉人、官河南固始縣知縣、有湘雨齋詞草一卷、

### 南浦

風雪渺天涯。剩歸心、繞偏早梅千樹。征雁溯寒雲。驚沙外、消得斜陽幾度。高城望斷。燒痕濃入烟深處。卻似離懷縈未了。還共暮笳分訴。　尊前休按梁州。便看花、不是舊時情緒。清夢隔銀屏。分明記、眼底亂山無數。相思總誤。畫樓只傍垂楊路。偏我青衫憔悴甚。浣盡軟紅塵土。

## 孔昭薰

字惠如、號琴南、山東曲阜人、嘉慶十八年舉人、道光三年臨雍、署翰林院五經博士、有貯雲詞三卷、又輯闕里孔氏詞鈔五卷、

### 阮郎歸　驛柳

橫隄一帶織輕烟。絲絲遠思牽。天涯飛絮恨纏綿。折腰空自憐。　描淺黛。綰征鞭。芳情猶昔年。也曾青眼向人偏。垂垂古道邊。

## 董士錫 字晉卿、一字損甫、江蘇武進人、嘉慶十八年副貢、有齊物論齋詞一卷、

### 憶舊游

恨繁華逝水。萬點燕支。零亂成堆。花命如人薄。早芹泥送冷。獨下空階。燕兒似惜花落。雙影尚徘徊。又晤雨如絲。和愁織就。淒絕池臺。　蕭齋。怨離阻。盼舊侶歸時。與訴春懷。淚眼無晴日。有當年笑口。知爲誰開。買歡賸買腸斷。從此怕銜杯。算好夢偏遙。東風慣帶幽恨來。

### 江城子 丙寅里中作

寒風相送出層城。曉霜凝。晝輪輕。牆內烏啼。牆外少人行。折盡垂楊千萬縷。留不住。此時情。　紅橋獨上數春星。月華生。水天平。鏡裏芙蓉。應向臉邊明。金雁一雙飛過也。空目斷。遠山青。

### 水龍吟 送春

東風夢裏歸來。醒時已是春將晚。芳菲吹盡。年華只似。水流雲捲。點點深苔。芊芊細草。望中都滿。便多情縱有。游絲千縷。綰不住。殘春轉。　送得殘春去也。鎖淒清、廢池空館。爲伊消瘦。可還知道。者番幽怨。爲語空枝。黏將飛絮。留春一線。莫教他、多少柔情。都付與閒庭院。

## 戴銘金 字師韓、號銅士、浙江德清人、拔貢生、有妙吉祥庵詞、月湖漁唱、翠雲松館詞、

### 琴調相思引

一曲橫塘幾點鷗。笛聲吹斷水邊樓。故人何處。衰柳不勝秋。　麥飯情深空有約。松醪味劣怎澆愁。夕陽門巷。空自抱琴游。

### 綺羅香 紅葉、用玉田生韻、

幻就繁華。妝成絢爛。不藉東皇爲主。一棹吳江。添寫羣芳新譜。襯樓臺、金碧交輝。費多少、丹黃勻注。問何人、到此停車。斜陽影裏未歸去。　秋來延賞最好。莫負幾番暖酒。幾番題句。老向西風。未算美人遲暮。映漁燈、共閃寒塘。聽牧笛、亂吹前路。甚胭脂、濺了啼痕。昨宵初過雨。

### 滿庭芳 秋海棠

冷雁來時。吟蛩咽處。秋容細綴牆根。孤芳自抱。未解媚東君。倘向闌干點筆。好添上、一抹涼雲。窺清鏡。玉簪斜綰。付與淡妝人。　燈昏。拚不睡。感秋情味。更甚傷春。恁相思難遣。悄掩重門。多少唾壺紅淚。都併作、翠袖啼痕。誰憐取。風尖月瘦。淒黯欲消魂。

### 長亭怨慢 初夏舟行碧湖、小憩顯化寺、

漸吹斷、絲絲疏雨。好趁新晴。緩搖柔艣。纔送春歸。畫船無復載歌舞。翦聲梯影。青徧了、桑陰路。擬泛宅浮

家。也做箇、煙波漁父。　懷古。歎臨流梵寺。賸有斷垣殘礎。蒲團小坐。覓寂寂、不聞鐘鼓。覓翠墨、試上高樓。認釵腳、舊曾題句。寺樓向有女郎題句更酹酒明霞。溼濺蘼蕪香土。

## 祁寯藻

字叔穎、一字春圃、號實甫、又號淳甫、晚號觀齋、山西壽陽人、嘉慶十九年進士、改庶吉士、授翰林院編修、官至軍機大臣體仁閣大學士、謚文端、有㵘䬦亭集、附詞、

### 百字令　題李石梧室郭笙愉夫人詩

煙鬟一角。想歸鴻聲裏、黛螺吟綴。紙閣蘆簾相伴好。無那春風吹驟。玉故參差。珠偏宛轉。多少離情逗。燈花敲落。錯拈南國紅豆。　翻笑瀹墨催成。雙鬟傳唱。慣賭旗亭酒。試問年時題壁句。曾有輕紗籠否。銀浦流雲。星槎織錦。輸與機絲手。鳳巢新定。石闌桐葉如繡。

## 吳振棫

字仲耘、一字仲雲、號宜甫、一號毅甫、又號再翁、晚號修餘老人、浙江錢塘人、嘉慶十九年進士、改庶吉士、授翰林院編修、官至雲貴總督、有無腔村笛二卷、一名花宜館詞鈔、

### 鷓鴣天

獨自簾櫳獨自愁。此情誰與訴蟾鉤。人間一樣風和露。爭遣天涯簟易秋。　清冷處。怕開眸。晚天花影曝衣樓。紅牆長恁迢迢隔。不放銀河到地流。

望遠何時得展眉。鬢絲蕭瑟怯風吹。生看楊柳眞憐汝。便有芙蓉未是媒。　羅袖皺。玉紘摧。懷人懷夢百千回。曲屏細把瓊籤數。紅燭心長寸寸灰。

## 劉逢祿

字申受、號申甫、江蘇武進人、嘉慶十九年進士、改庶吉士、官禮部主事、有禮部詞一卷、又選有詞雅五卷、

### 六么令　春日遊薛濤井作

絮交飛處。春與綠陰遠。嫩煙做晴纔穩。趁拍鶯聲短。來拭銀牀碧繡。乍冷尋春眼。春無人管。枇杷花裏。漫問詩家舊庭院。　幾許清歌嬌語。笑侍華燈宴。硯北小字空留。一霎芳雲散。賸有香渟碧注。留住情波淺。短箋紅膩。露桃偷染。憑認東風那人面。濤字慶宏見硯北雜志蜀中製薛濤箋色甚豔、

### 琵琶仙　踏春未歇、消夏重尋、舊雨新知、閒詩提酒、亦一時之樂也、同賦一曲、以志其勝、

綠意濃時。已偷換、昨夜芳菲佳節。聽說尺五樓前。酴醾正愁絕。花未老、烟波夢遠。怎忘卻、春風詞筆。畫舫清尊。瓊筵蓮炬。今夕何夕。　幸良會、飛集羣仙。又客裏、怱怱見新月。要把一江醇酎。盪愁雲千疊。更後約、西湖結夏。引黟山、飛瀑回雪。山尊將之新安、卻羨明日扁舟。挂帆先發。芙初叔明日遂行

### 蝶戀花　題陳老蓮宮景

玉軫金徽芳思靜。三疊初成。時有珍禽聽。曲沼芙蕖香未盡。金風一翦羅裙冷。　涼月飛來窺鬢影。眉黛

春山。消得文園病。一片彩雲和夢醒。亂螢飄盡無人省。秋水琴心

欲寄芳心無一字。忽見飄紅。攬取還凝睇。似葉似花春已逝。可堪薄命輕于紙。　昨夜飛霜凋晚翠。繡被春寒。强自扶愁起。雁字一行家萬里。書成難覓東流水。一葉題紅

## 趙函

初名晉函、字元止、號艮甫、又號菊潭、又曰菊潛、江蘇震澤人、諸生、有飛鴻閣琴意二卷、一名樂潛堂詞、

### 露華　蓮房

冷紅謝了。訝九枝青玉。出水亭亭。微風擺處。十分瘦影竛娉。翠蓋颯然荒浦。有鴛鴦、雙宿纔醒。收不盡。瀼瀼仙露。的的秋心。　一艇凌波來往。共葉葉花花。采過迴汀。鮫珠暗泣。惜他墜粉飄零。漫把雪絲輕拗。問箇中、甘苦何因。迎綠曉、瀟湘卷殘水雲。

### 曲遊春　閏花朝同孫平叔秦秋南賦

春事平分後。遞靈辰兩度。春色猶淺。萬點芳情。在枝頭搖曳。被風吹散。羯鼓催須綬。休輕惹、綠愁紅怨。更繫春、費盡宮絨。重試瑣窗金翦。　晼晚。好春過半。要惜取春歸。先把春展。蝶陣飛來。向花陰再覓。舊時紈扇。莫使流光換。又風雨、一番悽斷。遲了水上湔裙。春遊欲倦。每過百花生日、未曾悽斷、似今朝韓偓句、

### 甘州　盧龍立秋日賦

聽邊風、蕭槭墜庭梧。彈指發商聲。正悲秋人在。令支故壘。孤竹荒城。射虎已成陳跡。繞塞亂山青。十載蹉

跎意。心與秋幷。 草色離離原上。似鏡中華髮。漸次零星。任帶圍瘦減。劍氣拂雲平。待幾時、倩他賓雁。擘苔箋、寄慰曝衣人。憑渠說、關河蒼莽。斜日呼鷹。

### 高陽臺 玉華樓對雨、與蘼塘各賦一解、

與鶴爲鄰。招雲共宿。閒蹤容易句留。手摘蘋絲。單衣弄影中洲。西泠柳色無人憶。有疏蟬、吟過殘秋。繞雙隄。櫂入荒寒。不似前遊。 湖干雨洗青鬟露。任鴻飛天遠。客去亭幽。賸碧殘金。那堪重問沙鷗。一杯冷濟餘杭酒。認衫痕、都化清愁。悵宵深、隔水鐘飄。夢覺斜樓。

### 齊天樂 中秋夜登劍津凝翠閣

延津寶氣銷難盡。圓蟾照人千里。畫角風微。琱闌露重。坐我明河影裏。高寒獨倚。悵夢隔靈槎。訊疏仙鯉。一劍孤遊。夜深低喚小龍起。 閒思桂堂此夕。正天香輕染。湘櫳翠被。甲帳盟簫。乙爐祀斗。多少玉清往事。嬋娟憔悴。縱碧海回流。此情迢遞。鐵笛吹闌。浦雲秋瀰瀰。

## 曹言純 字絲贊、號古香、又號種水、浙江嘉興人、歲貢生、有種水詞四卷、

### 步蟾宮

鳳脛燈小添油灼。夜垂盡、不歸香幄。趁裁白紵作春衫。任兩手、春寒都著。 佳期已誤虛前諾。算孤負、花陰池閣。逃禪服散儘歸來。也拚與、燒香丸藥。

## 步蟾宫 和季旭齋紅橋即事

柳絲兩岸情難繫。但作得、空濛無際。團紗舊扇認前題。奈已是、青春隔歲。　相逢不語看凝睇。更莫問、迴腸深意。落花傳恨水傳愁。卻都在、東風影裏。

## 清平樂 望衡

望衡九面。九曲湘流轉。欸乃一聲人不見。唱盡水長山遠。　藥囊酒琖茶籃。藤齋竹屋梅庵。回首小谿深處。落花飛絮江南。

## 應天長 巴江夜雨

江天蕭瑟西風度。砧聲滿地驚愁侶。龍沙萬里來何處。雁拖秋色衡陽去。　瀟湘橫極浦。巫峽雲生朝暮。卻話巴山羈旅。有人聽夜雨。

## 謁金門

芳草岸。月盡畫橋橋畔。水上落花離乍遠。微風吹又轉。　剛聽玉簫聲斷。一陣暮寒庭院。押住瓊鉤簾不卷。檐頭雙語燕。

## 雙雙燕 燕來筍

翠釵翦綵數。風味園蔬。盼來良久。香泥壘戶。乍是去年時候。綳錦紛紛卸就。又誰識、評量玉瘦。除非比似尖尖。社日停針纖手。　春酒。治聾儘有。羨斸罷饞翁。煮殘鄰叟。山廚安配。任斥油葱葅韭。愁自櫻筵散後。

歎巢幕、生涯依舊。空竝雉尾蓴絲。夢想故郵溪口。

霓裳中序第一　舞衫

羅衫捲葉葉。刺繡花枝痕幾折。誰見楚腰一捻。正屏影弄妝。裾香飄屑。氍毹平帖。更玳筵、燈火何夕。今安問、舊家故院。謾想舞迴雪。　悲切。雍門彈徹。歎自古、繁華易歇。梨園地經草沒。昔日霓裳。樂儗蟾窟。羽衣無處覓。賸擫笛、津橋夜月。人間事、文梓空在。碎任化蝴蝶。

三姝媚　初夏

薔薇花作酒。問扁舟歸裝定成行否。望遠樓頭。但綠陰遮斷。滿汀楊柳。別語分明。曾記約、櫻桃開後。不道如今。青子離離。已成紅豆。　倦聽簷聲垂溜。任焰燼薰鑪。碓殘茶臼。嬾卷重簾。正觸屏思睡。掃愁無帚。帶減衣寬。誤幾度、疑緣詩瘦。甚識團圞扇裏。新題未有。

## 唐樹義　字子方、貴州遵義人、嘉慶二十一年舉人、官湖北布政使、有夢研齋詞一卷、

南鄉子　夜泊、和孝長子壽、

峯影半江橫。幾點漁燈近岸明。月淡星疏今夜泊。淒清。棖觸關河遠恨生。　縷指數征程。三日曾無百里行。且遣寒宵杯酒話。零星。急柝聲聲已四更。

## 張埰

字仲處、浙江錢塘人、嘉慶二十一年舉人、有瑚月樓詞一卷、

### 綠意　花卿小影、爲仇叉村題、

春痕一片。向素縑寫出。愁緒難翦。舊事沈吟。桃葉歌餘。東風早與魂斷。誰憐半覺香塵夢。竟瘦了、門中人面。問甚時、清些招來。莫是玉簫重見。　猶記螺盤小髻。晴窗共密坐。鶯語微顫。豔蕊情絛。多少飄零。聽說尋芳都倦。輸他杜牧重遊日。尚看到、綠成陰滿。有兩行、珠淚彈來。化作草心紅淺。

### 東風第一枝　新綠

露濕痕交。風團影散。愔愔淸晝濃聚。斷紅早逐流波。淡碧漸遮繡戶。如山亂擁。一水外、孤村何處。正壓塵、酥雨纔收。怕被絮雲移去。　渾不辨、驛橋舊樹。渾不見、乳鶯來路。定知杜牧重游。換了那時俊侶。生綃香潤。看颭上、簾波難住。好待他、啼遍黃鸝。借逭小窗炎暑。

## 汪遠孫

字久也、號小米、別號借閒漫士、浙江錢塘人、嘉慶二十一年舉人、官內閣中書、有借閒生詞一卷、

### 催雪　和夢窗韻

風冷偏尖。雲凍欲墮。悄覺簾櫳似水。早鑪歇茶烟。雙鬟慵起。雁訊天涯來也。問可見、瓊妃搖仙佩。尋詩何處。灞橋嬾去。蠣窗深閉。　詞麗。釀綠蟻。尙掃徑願虛。銷凝庭砌。怕稍緩些時。便攙春意。望斷梅花帳底。夢

吹落、飛英香盈被。閒殺了、吟絮清才。暗搵相思珠淚。

## 張昌衢 字步康、號堯民、浙江嘉興人、嘉慶二十一年舉人、有春陰閣體物詞一卷、

### 齊天樂 蟋蟀、用白石韻、

草根絮雨昏黃後。淒涼替人愁語。敗葉堆階。頽苔沒檻。莫辨秋聲何處。臨風如訴。似響激哀桐。織催寒杼。久客牀頭。夢回山枕攪離緒。　深閨涼月似水。料征衣浣罷。敲冷雙杵。牆角爭喧。籠燈起覓。笑聚瓦盆無數。商量寄與。且一任癡騃。柴門兒女。寸草橫挑。甕城秋戰苦。

### 月華清 上元觀燈

火樹搖紅。星橋暈碧。東風燈市如晝。況復冰丸。擁出絳霄圓透。買金錢、鎖闢瓊樓。弛魚鑰、滴遲銅漏。回首。看鈿車寶馬。六街煙繡。　彷彿春城燕九。慣兒惹童心。閙娥依舊。一片笙簧。恁處仙音齊奏。踏歌行、花影籠人。扶醉去、香塵盈袖。攜手。笑歸來茅屋。短檠似豆。

### 翠樓吟 柳影、和馮柳東韻、

細綰金絲。輕飛玉絮。紅橋十里飄影。新翻眉樣好。早偷入、小樓妝鏡。春風恁橫。更擺弄濃煙。愁眠難醒。遙句引。青驄嘶去。迷離爭認。　倒映。碧蘸韡波。寫條條纖縷。半篙柔凝。鶯兒扶不起。搭闌干、倩魂無定。白門秋靜。怕憔悴霜痕。腰支消損。牽餘恨。一彎殘月。曉鴉偎冷。

# 金望欣

字禹谷、號秋士、安徽全椒人、嘉慶二十一年舉人、官甘肅□□縣知縣、有清惠堂詞二卷、淮海扁舟集一卷、

## 長亭怨慢 和小鶴秋柳

乍聽得、笛聲淒越。一聲聲是。曉風殘月。弱態難勝。樹猶如此忍攀折。冷螢飛去。渾不記、隋宮闕。問鏡裏雙眉。應賸有、愁痕千疊。　羞說。憶輕黃嫩綠。舞鬥女兒輕捷。東風薄倖。暗催取、飛花如雪。又轉眼、冷落關河。卻先做、飄零黃葉。歎秋士秋娘。爭不同生華髮。

# 趙申嘉

字芸酉、江蘇陽湖人、嘉慶二十一年舉人、有芸酉詩餘一卷、

## 南浦 孤舟聽雨

天涯倦羽。好年光、都向客中過。欲問銀灣深淺。無處託微波。繫艇杉青牐畔。聽蕭蕭、篷背雨聲多。是離人涕淚。從來幽咽。迸入水滂沱。　底事歸程猶阻。算萍蓬、蹤迹慣蹉跎。記得小樓前夜。春信已全譌。不分拋珠碎玉。但淒淒切切奈愁何。鎮頻攲短枕。誰憐燈底病維摩。

## 掃花徑 雪意

寶簾落日。見樹鎖寒煙。山沈深霧。朔風捲怒。更昏鴉點墨。驚飛難住。太息年光。底事淒涼爾許。耿愁苦。待

細訴嶺梅。梅又無語。　擱棹銀漢去。恰瓊樓十二。渺無尋處。素娥來否。爲清霄戀久。怕沾塵土。料得梁園。倦客停杯待賦。漫延佇。喚醒他玉龍飛舞。

沈秉鏐　字貢梁、號春橋、江蘇吳縣人、嘉慶二十一年舉人、官安徽五河縣知縣、

絳都春　題戈順卿翠薇花館詞

柔情不斷。正簾捲燕飛。晴絲天半。幾樹亂花。幾樹垂楊無人管。荼蘼謝了芳魂倦。早又被、東風吹軟。杜鵑聲裏。紅樓處處。翠薇歌扇。　繾綣。蠙珠唾碧。悵鴛袖罷舞。鳳鬟輕嚲。莫更斷腸。解語無如蓮花豔。當筵一笑千金換。怎寫出、琵琶幽怨。多情窗外籠鸚。喚人按板。

熊景星　字伯晴、號笛江、廣東南海人、嘉慶二十一年舉人、官廣東開建縣訓導、

如夢令

爲甚香桃骨瘦。花壓鬢釵欲溜。禁得幾相思。柳葉雙眉長綯。紅豆。紅豆。可似海棠依舊。

胡咸臨　字吉甫、浙江嘉興人、諸生、有炙硯詞一卷、

疎影　冬柳、用茶烟閣秋柳詞韻、

笛聲隴首。又天涯歲晏。玉驄歌驟。惆悵秋時。憔悴煙痕。絲絲綠減雙堠。西風已拖離羣恨。況更是、朔風時候。對離亭、幾樹蕭疏。辜負玉人纖手。　好待東風催暖。送君去灞上。青到橋口。晴祝棲烏。喚起春光。冶葉倡條如舊。凋零未免今番怨。遮不住、雪花穿牖。縱尙餘、一兩三枝。鴉影畏寒都瘦。

疏影　天香庵宋梅

天香小院。逗尋春逸興。風試刀翦。線路縈紆。籬落蕭疏。霜禽早已偷見。南枝閱盡南朝夢。便春到、花心齊展。溯故宮、風雪年年。曾映曉妝人面。　無奈移根紫禁。小長蘆畔種。溪水清淺。寄恨丹青。留伴冬青。怨入阮亭吟卷。詞人地下吟香久。樹下有史卯君墓定不被、俗流嗤點。倩畫師、重寫生綃。忝把古時春染。

# 殳慶源

字積堂、浙江錢塘人、諸生、官山東魚臺縣知縣、有花塢樵唱一卷、

疏影　美人折梅圖、和李大西齋、

匀脂弄墨。正香生屋角。玉人橫笛。怪煞天公。釀暖銷寒。漏了東風消息。紅窗問訊都開未。料曉起、雪痕猶濕。又凝眉、半晌無言。誰識有愁閒積。　怕負年華似水。那人出素手。疏枝新折。欲寄還休。應早歸來。遠憶一樓春色。天寒翠袖長孤倚。看醉頰、粉光留得。莫誤他、林下風情。轉眼葉成陰碧。

# 許乃賡

字念颺、號藕舲、浙江仁和人、嘉慶二十二年進士、改庶吉士、授翰林院編修、官至左中允、

長亭怨　七夕

更休憶、昨宵風露。天上人間。別離都苦。鵲去橋空。夜深銀漢可能渡。廣寒宮樹。只合讓、姮娥住。皓月有時圓。幾照見、星妃歸路。　雲暮。歎秋來作客。蟲語背燈如訴。秋陰未老。已怕說、鏡窗前度。聽桐井、落葉聲聲。盡分付、一簾涼雨。願乞取靈梭。爲織愁絲千縷。

## 强望泰

字聯初、號蕚圃、陝西韓城人、嘉慶二十二年進士、改庶吉士、官至四川重慶府知府、有蕚圃詞、

卜算子　吟紅館屬題畫蘭障子

春老簾櫳靜。曉夢風吹醒。香裊圍屏六角山。碎砑蘅蕪餅。　淺淺菱波暈。窱窱銖衣冷。天際瑤華想象間。一抹湘雲影。

## 譚敬昭

字子晉、號康侯、廣東陽春人、嘉慶二十二年進士、官戶部主事、有聽雲樓詞、

浣溪紗

流水行雲合又離。曉風殘月是耶非。一雙紅豆種相思。　繞樹鷓鴣留客住。穿花蛺蝶傍人飛。春心搖曳似游絲。

# 倪濟遠 字孟杭、號秋槎、廣東南海人、嘉慶二十二年進士、官廣西恭城縣知縣、有茶𡸣精舍詞鈔、

## 徵招 中伏夜納涼

嫩涼半臂蘋風小。楚天照人如畫。茗事試新篝。約鄰翁閑話。柴關無客打。銀牀畔、鹿盧交亞。暮雀秋蟲。一依蘿幔。一吟瓜架。　箏笛記淸歡。黃昏後、船泊漱珠橋下。水影縐衫痕。傍魚罾疏挂。畫師煩汝寫。安排個、竹籬茆舍。隔烟燠靄過江人。認阿儂歸也。

## 西江月 十五夜坐月感懷

錦袴仙城挾彈。白頭官舍聞鐘。人生馬耳過東風。坐對霜娥說夢。　此夢而今已醒。樽前喚起蛟龍。相隨海外汎芙蓉。醉眼江山如甕。

## 大酺 秋日寫懷

漸夜烏飛。寒蛩怨。窗外碧梧搖落。蠻天秋不老。見江鴻社燕。等閒如昨。徽卸琴囊。池殘被架。獨有異鄉人覺。珠江今夜艇。記柚燈沈綠。賭輸菱角。賸頭白書生。楚臺路遠。朝雲孤約。　風流無處託。招魂翦紙。寄伊紅萼。又怕說、練裙題字。錦瑟牋詩。意中人、怪儂輕薄。醉讀離騷賦。把一段、閒情句卻。奈多病、腰如削。善愁洗馬。滿眼疏蕪城郭。此懷偏生觸著。

## 董基誠

字子詵、號玉椒、江蘇陽湖人、嘉慶二十二年進士、官河南開封府知府、有玉椒詞二卷、

### 菩薩蠻

桃花漲暖桃根渡。廿年重問章臺路。細雨繞芳叢。春衫小隊紅。　晶簾金絡索。簾底珍珠萼。舞罷鏡中鸞。五花青玉盤。

屏開雀尾拖金線。隔屏暗識春風面。仙佩解明珠。采雲留得無。　雛鶯絃外語。幺鳳釵頭舞。新月上簾遲。隔簾花倦時。

### 八聲甘州　秋海棠

悵亭亭、瘦影倚西風。問誰種愁根。正年光淒冷。濃陰消晝。廢綠當門。不是拋殘紅豆。春意竟休論。回憶人如玉。夢裏溫存。　憔悴芳姿如許。倩隔牆斜照。扶起清魂。怕紅芳一霎。籬角又黃昏。只宵來、露華微泫。替伊家、和淚寫秋痕。凭闌久、淒涼無那。枉泣空尊。

### 南浦

幽夢戀重衾。睡沈沈、卻被曉鴉催醒。獸炭燼薰篝。人初起、慵髻未忺重整。畫堂晝悄。玉簫吹徹無人省。極目西風殘照外。惟見驚鴻不定。　無端明月還來。隔花枝扶起。纖纖瘦影。依約認嬋娟。闌干曲、又共梅魂都瞑。空階夜永。枉教踏徧冰苔冷。除是相逢期夢裏。記否昨宵香徑。

# 朱駿聲 字豐芑、號允倩、江蘇元和人、嘉慶二十三年舉人、官揚州府教授、有臨嘯閣詩餘四卷、

## 江亭怨

門外鴉啼金井。愁夢一時催醒。獨自卷羅帷。月轉梧桐無影。　明日畫樓孀凭。弱柳絲絲煙暝。心似楚江潮。幾夜西風吹冷。

## 憶江南 擬北宋

記得去年寒食後。片雨乍吹。自攀垂柳。今年寒食又相逢。柳條依舊舞東風。　東風不管人消瘦。重上津亭。別思濃於酒。還愁怨別一年年。簾櫳飛絮繞春煙。

## 探春慢

露溼桐緜。風吹柳絮。簾櫳過雨深悄。幾日輕寒。一番新霽。碧樹又添多少。扶病看花去。怕從此、賞春期杳。等閒過卻韶光。客愁還似芳草。　長是江郎賦恨。算天也無情。暗隨人老。下九良期。初三前約。都付相思詩稿。立徧闌干影。更春瘦、不禁花惱。綠到蘼蕪。亂紅鋪徑誰埽。

## 疏影 四春詞一卷、疏影賦春影、國香賦春香、聲聲慢賦春聲、意難忘賦春意、吾鄉戈順卿載首倡、而董琢卿國琛、蔣淡懷志凝、沈雲門沂曾、沈蘭如彥曾、彥小松兆元、沈閏生傳桂、吳伊人錦、家酉生綬、和之者也、敍之者爲吳枚庵翌鳳、顧千里廣圻、吳清如嘉淦、陸君損之、是歲嘉慶丙子、予以遊杭州未與斯會、而此數君、皆

酒徒詩侶、晨夕過從、惟陸不習耳、今偶于敝簏得之、獨吳清如部郎健在、餘皆物故、淒然有人琴之感、輒追和疎影一解、時咸豐壬子十月七日、

詞人子野。賦月來花弄。誰續佳句。燈畔惺忪。鏡裏朦朧。繪出閒情如許。秋千不隔紅窗迥。早送與、東牆偷度。任繡簾、不卷春愁。燕子一雙來去。　駒隙流光如駛。而今數往事。孤寂誰語。第一傷心。橋下春波。曾是驚鴻照處。舊遊況盡晨星沒。空憶得、青驄嘶路。攔斷編、冷對斜陽。萬點愁心飛絮。

## 方履籛

字彥聞、一字术民、順天大興人、原籍江蘇陽湖、嘉慶二十三年舉人、官福建閩縣知縣、有萬善花室詞一卷、

### 長亭怨慢　仿姜白石

正春色、中人如酒。幾日輕寒。亂紅盈帚。客夢頻年。萬條煙樹尙依舊。極天芳草。漸綠到、平橋後。草縱惜春期。也不管、春痕消瘦。　回首。對江潭落日。想見翠陰千畝。王孫老矣。悵垂縷、不堪攜手。總付與、一搦纖腰。忍重負、啼鶯時候。任斷絮飄來。誰道離情還久。

### 望海潮　紫薇開後有感

闌珊仙骨。翩躚舞裏。分明十尺紅牆。消夏曲闌。迎秋小院。胭脂勻入新涼。人在木蘭堂。想碎攢豔蒂。輕逗疏香。樹杪吹紅。晚風樓角換明妝。　拗來靜對花房。歎春風消息。枉卻柔腸。環佩漸稀。年華未老。今生送

斷斜陽。淺碧淡籠裳。祝移根瑤闕。情比儂長。一樣娟娟。合歡無分伴青棠。

## 董祐誠

初名曾臣、字方立、江蘇陽湖人、嘉慶二十三年舉人、有蘭石詞一卷、

### 菩薩蠻

銀燈別夜飛金雀。翠鬟掠削黃衫薄。霜雁暗三更。畫樓寂寞情。　帳前鸞鏡影。華月分明省。舊恨惹相思。春寒小夢遲。

江南剗地花如海。相思枕上鴛期改。自在繡簾垂。輭風吹亂絲。　閒情拋弱淚。依約當年事。何處踏春陽。春陽總斷腸。

黃昏風雨連天草。十年夢裏銷魂道。暗露點芳心。羅衣濕不禁。　雁箏銀甲冷。彈指珠塵迸。春逐酒痕空。心愁十倍濃。

簾前一夜霜華紫。青梅生結酸辛子。花驛曉風寒。誰憐翠袖單。　明河驚鵲影。點點孤桐井。欲雨淚闌干。春殘夢未殘。

### 臺城路

鴉、同周劉雲作、

秋窗一片黃昏影。冥濛似吹暗雨。霧濕頹柯。霜侵叢葉。極目荒天衰樹。飄颻倦羽。看欲下還飛。暝投何處。燕女重逢。天涯好與說遲暮。　江南舊社回首。儘相思夜夜。都付零露。宿月多驚。啼風易斷。只有傷心寄

與。離愁正苦。又夢遶城頭。不容歸去。點點星星。更誰人細數。

瑤花慢　殘荷

飄煙抱月。瑟瑟秋魂。似江南輕別。紅衣零亂。還認取、舊日弓彎裙褶。銀塘夢短。料今夜、素娥愁絶。但憑他、簾底西風。消息更無人說。　畫船雙槳歸來。又露冷潮空。無限淒咽。濃妝淺約。凝笑處、總是斷腸時節。苦絲婉轉。幾憐到、翠銷香折。算盤心、拋盡明珠。贏得淚痕千疊。

水龍吟　清明同張彥惟作

卷簾還是清明。幾人留得春魂住。廿番信過。桃昏柳暝。嬌慵如許。試問東風。爲誰都化。斷腸煙雨。但午香吹蝶。亂雲蹴燕。更不管。深深訴。　賸有江南舊夢。向斜陽、百回凝竚。往日羅衿。淚痕塵點。星星重數。一例春情。黏將芳草。更無拋處。待明朝、綠損紅衰。只獨送、花歸去。

琵琶仙　題秦良玉小像

雲髻翹妝。錦袍映、馬上桃花珠勒。飛箸遙請長纓。關門羽書急。三萬里、黃圖似掃。算留得、蜀江殘碧。雁塞蟲沙。鸞臺水火。輸與巾幗。　問中閫、驕帥如棊。尙揮塵、綸巾當籌筆。中酒斫衣投地。與金甌同裂。念玉壘、家山已破。料珮環、不化鵑血。祇有圖畫春風。舊時曾識。

高繼珩　字寄泉、直隸遷安人、嘉慶二十三年舉人、官廣東鹽大使、有海天琴趣詞一卷、

疏影 水仙、和邊袖石寄懷、

沉雲破曉。認倚風倩影。飛向瓊島。露浥珠漿。沁入檀心。幽香一線微裊。珠簾踠地垂垂護。總未識、塵根煩惱。妬芳姿、羞煞梅花。轉問幾生脩到。　往事如烟如夢。照湘月楚楚。同證幽抱。翠袖禁寒。羅襪生塵。不是當年花貌。安絃欲譜迎神曲。又忘卻、水仙王調。只更吟、江上峯青。可奈曲終人杳。

浣溪紗 乾菊

露葉霜枝耐久寒。好花一一抱香乾。夕陽影裏幾回看。　夢斷嬾依釵上燕。色衰羞對鏡中鸞。防他着雨又辛酸。

玲瓏四犯 竹簾

碎蒻湘波。更軟蕩湘雲。塵夢都洗。深院回廊。襯出綠陰陰地。花影依約難窺。垂一桁、曉妝還未。喚翠鬟、犀押遲開。心篆裊殘心字。　紫瓊額重錡絲膩。織離愁、嫩涼如水。相思莫待西風捲。添了箇人憔悴。料得盼月玲瓏。猶自黃昏獨倚。只畫梁棲燕。歸來晚重鉤起。

程嘉杰 字臥梅、江蘇宜興人、嘉慶二十三年舉人、官江西鉛山縣知縣、

長亭怨 孫月坡舟過星渚、風利不得泊、以詞投贈、次韻和之、

怪前夜、鷗江鐘鼓。暢好花時。背搖雙櫓。料得詩人。一鐙挑盡冷吟苦。前塵如夢。君記否、離亭語。七度見蟾

圓。又白了、鬢絲無數。征路。向彭蠡左側。一片夕陽紅樹。匡君拍手。問誰是、登高能賦。笑阿儂、空載春來。待莘老、共看山去。小坐易黄昏。攬枕更驚秋雨。

## 南浦　廢池

殘翠亂波痕。冷清清、一雨荻花菰米。不見浣紗人。三分水、攙入二分雲氣。沿堤徑窄。小門空設無人閉。鷗鷺有心飛又集。認是舊蓬萊地。　當時舞榭歌亭。倚垂楊萬縷。欲眠還起。生計託漁竿。西風外、只有斷碑能記。瀟瀟暮雨。臨流褰湜尋秋意。待得鴨頭新漲暖。重補永和春禊。

## 李貽德

字天彝、號杏村、又號次白、別號淨緣居士、浙江嘉興人、嘉慶二十三年舉人、有夢春廬詞鈔一卷、

## 疎簾淡月　齋頭水仙

盈盈水淺。正笑託微波。清眸斜眄。霧織冰綃。最薄六銖衣翦。垂梢天竹春紅豔。愈分明、朝天素臉。試燈風裏。湘雲夢冷。晶簾不卷。　乍向曉妝庭館。猜蟬鬢鬆怯。瑤簪零亂。背鏡佯羞。影落澄澄波軟。嫠兄梅弟遲遲展。便攙和、平聲暗香難辨。惟愁玉笛。一聲吹落。明窗誰伴。

## 朱葵之

字桐士、又字樂甫、號米梅、一號粟山、浙江海鹽人、嘉慶二十三年副貢、官景寧縣教諭、有妙吉祥室詩餘一卷、

## 金縷曲　題張秀南滄江漁笛圖

明月團團上。動西風、蒹蘆蕭瑟。寒潮蕩漾。一桁峯遮溪口路。約略漁舟三兩。聽橫笛、遠淩秋爽。如此江山堪寄傲。網鱸魚、獨酌成幽賞。漁兄弟。互來往。　林皋有客長吟望。已悟澈、風波平地。撇開塵網。白鷺飛來如我潔。青笠綠蓑無恙。宛一幅、烟波小像。出世鬚眉流水淡。泛仙槎、好把銀河訪。支機石。倘相餉。

## 賣花聲　秋閨

草惹暮煙荒。一片寒蛩。孤城清角下斜陽。桐院青疏微雨響。團扇生涼。　恰恰小紅窗。倚冷蟾光。桂花時節忍薰香。碧焰秋鐙棲燕子。夜爲誰長。

# 沈沂曾　字宗晳、一字鉌龑、江蘇吳縣人、嘉慶二十四年舉人、有春風廬詞、

## 齊天樂　秣陵秋感

衫痕碧浣秦淮水。愁心坐凝孤悄。蟬唱新涼。蛩吟暗雨。併入琵琶悽調。雲英嫁早。蕩一桁疏簾。畫樓人杳。山髻青青。六朝金粉賸多少。　秋潮又添哽咽。冷煙渾似夢。飛墜林杪。打槳尋花。吹簫倚玉。不是舊時懷抱。垂楊易老。但一度西風。一番斜照。莫凭紅闌。鬢絲驚換了。

## 惜餘春慢　武陵寓館送春

作夢陰晴。病人寒暖。草草光陰如許。湖山大好。花柳多情。沒箇商量留住。同是天涯倦游。待得春來。又看

春去。試攜將杯酒。和誰同餞。但澆塵土。　曾記省、流水華年。幾番消損。半是相逢羈旅。斜陽院落。燕子樓臺。況有故園飛絮。吟侶西泠儘多。選勝徵歌。都無情緒。只庭前新綠。斷腸煙草。織成愁句。

浪淘沙　秋夜聽雨

窗外雨蕭蕭。一樹芭蕉。秋來魂瘦不禁銷。記得畫屏紅燭冷。不似今宵。　往事斷蓬飄。珠淚空拋。珮環消息玉人遙。一枕夢痕涼似水。何處吹簫。

## 楊士昕

字邵起、江蘇武進人、嘉慶二十四年舉人、官直隸寧津縣知縣、

菩薩蠻

蜀琴漆斷梅花綴。海棠枝上生紅豆。料得賞音難。好花如此寒。　蓮根蓮葉盌。鳥語提壺勸。別境醉迷離。重逢定幾時。

閶門白下吳歌遠。馬蹄又踏平沙淺。鬢影動雙橈。風流廿四橋。　寶匳金翡翠。刻玉玲瓏佩。羅帶鎮雙垂。腰圍亦自知。

南浦

極目碧雲深。怨重城、好夢新來都阻。深院悄無人。闌干外、燕影幾番來去。銀屏舊約。暗塵吹滿傷心處。露氣團霜霜浸月。獨對鑪香消炷。　此時那可無卿。向蠻箋裁雪。秦箏調柱。早是怯新寒。春風遠、尚有重簾

能護。花期短短。天涯容易年華誤。相見因循相別暫。已是今宵虛度。短夢不分明。起來時、舞碎一庭花影。樹杪亂昏煙。霜花暗、吹入庾郎愁境。斜陽逝水。幾多身世間名姓。衣上酒痕巾上淚。爭忍自看明鏡。　銅壺凍徹無聲。任漫漫長夜。寒雞休醒。畫角動城樓。龍沙外、衰草可消風勁。關心歲暮。黃金馬骨燕臺冷。那更故鄉消息斷。併作客愁千頃。

### 燭影搖紅　題徐清容落花人獨立、微雨燕雙飛小影、

何意天風。偏從塵海吹花落。年時心緒不宜春。多了苔痕綠。一徑春煙凝縠。雨絲短、游絲還續。梨雲做冷。柳絮黏溫。儘容人獨。　等是天涯。年年社燕同棲宿。夕陽門巷記相逢。春小榆錢薄。芳草憑生空谷。好倚偏、天寒修竹。拈花惆悵。回首當時。淚痕如菽。

## 黃志超　字縠甫、廣東南海人、嘉慶二十四年舉人、有存夜氣菴詩草、附詞、

### 賀新涼　除夕光孝寺寓齋作

問歲歸何處。遠迢迢、天涯萬里。欲尋無路。斷鼓零鉦紛聒耳。料也留伊難住。況銀箭、頻催天曙。買鈍賒獃吾未厭。但窮愁、乞汝都將去。再莫箇將人誤。　風車雲馬行毋遽。笑客邊、無多薄餞。冷淘寒具。修竹平安松健在。莫歎美人遲暮。且祭我、一年詩句。虛牝黃金知枉擲。奈消除、歲月非無故。祝歲歲。詩盟與。

## 陳鑾　字芝楣、一字玉生、湖北蘄州人、嘉慶二十五年進士及第、授翰林院編修、官至兩江總督、

## 臺城路

莫愁湖外愁如海。一片淒清不改。平放琉璃。亂生蘆荻。貯得閒愁千載。停雲何在。對艇子飄零。石城磊塊。如此江山。幾人行樂幾人悔。　當年楚宮歸去。花前歌一曲。氣吹蘭茝。水寫腰支。山橫眉黛。明月清風難買。柔情百倍。似藕斷絲連。返魂猶待。十里芳洲。怕蘼蕪空采。

# 張擴廷

字海丞、直隸南皮人、嘉慶二十五年進士、改庶吉士、授翰林院編修、有西園詩餘、

## 水調歌頭　中秋對月

爲問銀蟾窟。孰與弄清光。姮娥今夕開鏡。著意理新妝。料得樓臺寂寂。聽徹下方玉笛。彌覺海天涼。恰好團圞夜。流影到君旁。　憶當日。登綺閣。覆瓊觴。衆仙隊裏。也自乘興詠霓裳。今日烟霞嘯傲。不受人間拘束。米老更顛狂。玉女肯相顧。同醉白雲鄉。

# 費開綬

字佩青、號鶴江、又號小甌、江蘇武進人、嘉慶二十五年進士、改庶吉士、授翰林院編修、官至江西巡撫、

## 摸魚兒　萍

正三秋、風風雨雨。楚江人倚孤艇。煙波一望蒼茫裏。流盡青青碎影。潮信準。怎也似、番番芳信吹無定。殘春夢醒。忍又向秋來。舊停橈處。蹤迹認浮梗。　隋隄畔。記否飄零路徑。飄零到此應甚。忽忽肯逐東風去。

那有閒愁千頃。須替省。要識得、前生不是黏空性。芳心莫冷。且留伴夫容。涉江待采。同耐夕陽暝。

## 馮登府

字雲伯、號勺園、又號柳東、浙江嘉興人、嘉慶二十五年進士、改庶吉士、官福建長樂縣知縣、有釣船笛譜一卷、月湖秋瑟二卷、花簃琴雅二卷、總稱種芸仙館詞、又輯檇李詞輯二卷、

### 長亭怨慢　自題楊柳岸圖

又聽到、棲鴉時候。冷雨疏枝。秋聲來驟。送別年年。亂條攀盡忍分手。銷魂短艇。早催度、河橋口。柳縱有青時。卻不管、離人消瘦。　馬首。悵殘陽千里。倦向西風沽酒。一絲影裏。已换了、暮蟬亭堠。問那處、夜笛樓頭。恐歸去、綠陰非舊。但月曉風尖。付與鶯僝蝶僽。

### 臺城路　秋草

池塘夢綠西風裏。詩情者番多少。斷砌蛩吟。殘根螢覆。昨夜江南秋到。踏春路杳。記暮雨清明。酒澆蘇小。隴笛聲中。吹成牛背夕陽照。　淒迷煙冷一片。認六朝金粉。舊恨都掃。青冢琵琶。白城篳篥。無限荒堆寒峭。天涯人老。悵頭白王孫。幾時歸了。莫唱蘼蕪。明年仍遠道。

## 劉燿椿

字莊年、號耀鶴、山東安邱人、嘉慶二十五年進士、改庶吉士、官至福建興泉永道、有海南歸櫂詞三卷、

### 南樓令　自題憶家山圖

紅了楚江楓。遠山青幾重。算無情、只有秋風。吹遍山山秋色老。一片片。夕陽中。　雪與鬢絲融。故人東海東。數歸期、莫問飛鴻。千里鄉思思正苦。爭比似。酒還濃。

疏影　武夷第一曲

纍纍親摘記荔支滿把。酒渴腸窄。小住三年。陳紫方紅。一時怎忍拋得。前津況有名山在。應不改、舊時顏色。儘者回、一慰相思。明日便成疏隔。　誰道武夷九曲。只彎環一角。有路難覓。莫是當年。小李將軍。寫出千層寒碧。卻愁巧奪天工手。也寫到、此山無筆。會當凌、玉女峯頭。獨把荔支輕擘。

掃花游　別王丈弗矜

誰家怨笛。驀吹起伊涼。一天風雨。乍飄又住。正重簾不捲。翦燈人語。酒暖杯深。可奈沈沈院宇。漫凝佇。看落葉滿階。秋在庭樹。　心事知幾許。甚過了重陽。別離偏苦。雁程到否。怕傳書未達。又將秋去。漸隔相思。總是天涯倦羽。種愁處。恁星星、鬢絲難數。

琵琶仙　道光己亥秋日過甌寧留柯易堂大令縣齋二日、別後、大令畫蕉窗話雨圖、寓書索題、輒塡此解、

猶記相逢、正燕市遍插黃花時節。無奈流水年年。中秋又圓月。看鏡裏、星星欲滿。更贏得、鬢絲如雪。一縷相思。十年不斷。秋燕能說。　便今日、沈醉千觴。也都是、天涯倦遊客。明日下灘聲急。喚扁舟如葉。拚寸寸、燒殘紅燭。又怎禁、翦了還爇。那更聽雨怱怱。照人離別。

疏影　乙酉秋登采石磯太白樓、攜來壁間李翰林遺像搨本在笥者二十年矣、今冬病中展閱、悵然有感、輒

題、

樓頭片石。甚年年不改。謝家山色。去矣先生。一掣長鯨。空餘斷岸千尺。多情賸有西江月。慣照見、先生頭白。恁寫來、爛醉酡顏。夜夜可能相識。　莫把先生錯認。作長安市上。呼酒狂客。記得當年。劍閣橫雲。宛轉蛾眉殉國。汾陽若使幷州死。怕蜀道、鈴聲還急。看那時、醉裏乾坤。始信謫仙非謫。

## 張德鳳 字子韶、號梧岡、江蘇江寧人、嘉慶二十五年進士、改庶吉士、官廣東仁化縣知縣、

### 齊天樂 聞雁

庭柯摵摵秋風勁。涼宵雁聲遙度。候館昏燈。譙門斷角。又是今番羈旅。嘹空似訴。訴關塞飄零。稻粱辛苦。根觸鄉愁。夜潮嘔軋弄柔艣。　金明舊游懶憶。桂宮連太液。春嶼容與。作陣雲高。隨陽路遠。不是當年儔侶。誰憐倦羽。縱磧冷沙寒。欲飛還去。後日相思。鈿箏移幾柱。

## 沈道寬 字栗仲、順天大興人、嘉慶二十五年進士、官湖南酃縣知縣、有話山草堂詞鈔一卷、

### 淒涼犯 秋海棠

一聲鶗鴂。秋容瘦、小園花事中歇。蘚牆寂寞。苔階冷落。客懷悽絕。寒螿倦蝶。正惆悵芳華一瞥。卻屏山、玲瓏石罅。露出弄風葉。　句注燕支澹。豔入豐肌。暈生赩頰。憑軒歷賞。奈無端、冷風摧折。迸淚幽吟。寫不盡

愁腸百結。縱重看、已似萬里。賦遠別。

## 張祥河

原名公璠、字詩舲、號元卿、江蘇華亭人、嘉慶二十五年進士、官至工部尚書、謚溫和、有小重山房詞三卷、

### 臨江仙

月地雲階何處是。盈盈著此明妝。朱闌扶出鬱金堂。那曾拋錦瑟。錦瑟似人長。　不省秋衣同病蝶。嬾將肥瘦評量。歸時敎製芰荷裳。春星纔掫笛。潤與口脂香。

### 惜紅衣

甲戌之夏、積雨初霽、同人數騎出西郊觀荷、涼風漸來、瑟瑟鳴萬葉間、花氣沐晨、吟況眷昔、尋復迤邐入城、登天香樓、樓下澄潭清淺、遠峯若環、映帶紅碧、離披可觀、初日獻豔、薄人醲醉、因憶兩年前、余客海淀、自夏涉秋、尋花來去者數矣、今茲憑眺、頗感于懷、故以此調寫之、

遠堞籠烟。荒隄積潦、漸生空碧。鏡洗奩開。芙蕖弄晴色。吹香秀句。重繫取、鞭絲無力。誰惜。秋水美人。付銷魂追憶。　溪樓小隔。呼酒當爐。遙山占芳席。將花作主。速我凭闌客。寂寂兩三鴛侶。好夢幾時圓得。恁晚潮聽說。江上佩環消息。

### 解連環

翦燈遙夕。問流黃刷罷。幾番催織。爲捧心、消瘦年年。怨涼夜秋河。一牆紅隔。眼角情濃。更羞倚、曲屏風側。

道花時不見。撲蝶重尋。頓怯風力。　西樓向誰弄笛。歎更闌月好。何事輕擲。恁醉後、褪了燕支。有雙袖黏來。者般狼籍。齧臂痕深。又指與、些兒可識。只難把、此愁打疊。繡裙百褶。

## 孔傳鉞 字節倩、號錯餘、山東曲阜人、嘉慶二十五年進士、官吏部主事、有片雲詞、

### 南樓令 甲戌出都、途中題壁、

官柳兩行斜。征人到處家。歎浮生、容易天涯。錦片前程渾不似。但撲面。有風沙。　探斗少星槎。殘棋著屢差。論豪游、五度京華。只此青衫堪溼透。又底用。奏琵琶。

### 菩薩蠻

西風簾影人憔悴。銀釭冷照拋紅淚。本自夢難成。恨他長短更。　月涼鋪似雪。屈指歸時節。不會說相思。算儂曾負伊。

## 朱鋐 字震伯、江蘇儀徵人、諸生、有月底修簫譜二卷、

### 長亭怨慢 柳葉

儘裁出、青黃無數。不是東風。倩誰爲主。隱約修眉。那人消瘦渺何處。入時深淺。尚耐得、娟娟否。一霎可憐伊。惱燕子、春來秋去。　幾樹。把紅樓隔斷。冪起一隄烟雨。絲絲影裏。漫贏得、者番情緒。算只有、倦眼凝波。

賸還作、風前迴舞。怎望斷天涯。空惹離愁如許。

## 錢廷烺　字小謝、浙江仁和人、貢生、官江蘇金壇縣主簿、有小謝詞存一卷、

### 水龍吟　黃華坊、明伎薛素素故居也、

長安九陌飛花。餘香埋卻韋娘宅。黃華坊底。粉垣齧落。蒼涼斜日。鳳去臺空。燕歸樓圮。問誰曾識。向荒苔尋徧。襪痕屐印。渾不見。行雲迹。　傳說拔跨雙絕。控花驄、自調金勒。鬟絲拂柳。舞衫翻錦。一鞭飛疾。波妹弓圓。韓嫣彈去。路人爭拾。歎繁華何處。可憐都付。幾聲啼鴂。

## 葉英華　字蓮裳、廣東番禺人、有花影吹笙詞二卷、小遊仙詞二卷、

### 浣溪紗　夏日

湘碧雲陰覆院涼。池荷翻雨潑鴛鴦。晝閒簾幙綠生香。　如是我聞花氣息。此中人語燕商量。暗思何事立斜陽。

### 清平樂

黛眉慵掃。心事鶯知道。夢醒小樓人意惱。細雨落花多少。　臉霞香暈殘紅。輕寒悄立簾櫳。可是將春釀酒。教儂沈醉東風。

內家嬌

層闌花影下、徘徊處、都是可憐宵。問廿四番風。奈何春老。二分明月。幾度魂銷。愁誰語。鏡鸞香霧簇。釵鳳翠雲翹。喜字殘絨。唾餘綠綺。華年錦瑟。淚裏紅綃。　天涯人望遠。沁春酸一點。深透眉梢。小試別離情味。直恁無聊。記宛轉蘭期。海棠昨日。纏綿絮約。楊柳今朝。拚自爲他憔悴。瘦了纖腰。

沈星煒　字吉暉、號秋卿、浙江仁和人監生、有夢綠庵詞四卷、一名夢綠山莊詞、

霜葉飛　自横陽歸郡、途中得春帆手書幷見懷之什、走筆作答、紙尾並紀以詞、良會既艱、舊游不再、窮海繫匏之感、滄江沉月之悲、與思俱來矣、

曉風吹散。孤篷雨。扁舟還渡深窈。畫樓低處有垂楊。蟬影餘殘照。算已是、飄零慣了。天涯愁極相思草。看寂寞離程。雁水隔年華晼晚。玉關春老。　回念古榭苔荒。山香舞徹。碧簫聲斷雲杪。酒醒清淚向誰彈。眉月當窗小。把一片情絲細裊。長歌空譜傷心藁。盼故人、吟魂遠。寫夢花間。舊情飛繞。

南歌子

月珮餘殘碧。仙裙隱斷紅。年年惆悵憶牆東。贏得滿身花影、露華濃。　一水愁難渡。雙星怨本同。玉簫聲斷畫樓中。知道誰家庭院、有秋風。

蝶戀花

竹影搖搖清漏短。門掩東風。綠蔭閒堦滿。一寸簾波橫不捲。捲簾人在深深院。　轉眼花殘春去遠。燕子歸來。已是尋芳倦。聽說柔腸容易斷。誰知斷盡無人管。

聲聲慢

庭砧擣素。簷鐸吹涼。秋聲一片淒淒。帳捲青綃。單衾冷怯荒雞。庾郎慣吟愁賦。問愁心、畢竟何依。愁無主。似空簾殘夢。到處分飛。　已是香消翠減。便疏星淡月。也只悽迷。病葉枝頭。隨風暗擊雙扉。雲邊數行斷雁。耐高寒、叫過樓西。清夜永。聽霜鐘遙度隔溪。

## 石　芝　字眉士、號鶴舫、安徽績溪人、有鶴舫詞一卷、

步蟾宮　即事

曉風料峭鳴窗紙。乍睡醒、乳鴉聲裏。思量幽夢忒怱怱。只戀却、枕兒不起。　春花秋月如流水。怕回首、愁羅恨綺。別時言語在心頭。那一句、依他到底。

琵琶仙　旅懷

徙倚層樓。盼鄉路、一片澹烟斜日。可惜豔豔韶光。離懷太岑寂。惆悵是、天涯燕子。幾曾到、斷魂簾隙。夢冷銀釭。書沈錦字。心緒誰識。　漫回首、草綠西園。鎮風雨、怱怱送寒食。那更杜鵑聲裏。誤歸來消息。休只憶、愁花恨柳。怕一春、瘦損詞筆。無奈密意幽情。怎生拋得。

## 暗香 憶梅

闌干幾折。見畫簾捲處。一枝香雪。隔水盈盈。未許何郎背燈摘。拚把吟魂瘦損。甚沒箇、翠禽同說。偏耐得、霜冷風疏。無語情越切。　愁絕。又賦別。便夢到横橋。難訴悽咽。錦牋未裂。還恐瑤臺珮聲歇。孤負天涯畫舫。載不去、羅浮烟月。便重與、相見也。綠陰千疊。

# 周世緒

字克延、號小厓、浙江鄞縣人、諸生、有壽蓀山館詞鈔一卷、

## 憶秦娥

斜陽山。離鞍此去何時還。何時還。驛亭初月。算見眉彎。　拍歌侑酒開愁顏。紅腮玉臉淚潸潸。淚潸潸。如何今日。又唱陽關。

## 月華清 夏日、黄楚生邀同孫飲石、吳湄珊、胡峭水、孫幼連、買舟細湖、出長春門、賦詩索和、漫歌答之、

頹郭偎煙。平湖妥浪。晚蟬吟散殘暑。紈扇羅衫。短棹判誰賓主。只野堂、五里涼風。倂豆葉、蛩聲如雨。停櫓。趁粉牆寺罅。槐陰多處。　幾箇殘僧老住。送一杵疏鐘。亂鴉驚去。鬼火青燐。遮遍邱田禾黍。最寂寥、圓沼青蓮。對翁仲、夕陽無語。延佇。正霞天黄月。倒浮蘆渚。

# 鄭掄元

字善長、安徽歙縣人、諸生、有字橋詞一卷、

疏影　殘荷

芳塘曲處。看翠雲憔悴。收盡殘暑。記得羅衣。水上頻湔。嬌鬟一時相妒、而今一片煙波冷。只賸得、雙雙鷗鷺。知恁時、越女還來。空憶採蓮前度。　眼底紅芳嫁盡。但枯蘆歷亂。堪訴愁苦。卷向薰風。坼向西風。消受斜陽無數。曉來清露憐濃甚。正無奈、盤心非故。只看他、鉛淚難收。灑作一池煙雨。

八聲甘州

漸香篝、餘燼冷羅衾。簾捲對秋陰。悵芙蓉已老。西風不管。獨自沈吟。可惜斷紅雙臉。只是淚痕深。細憶遼陽夢。恨煞蘭砧。　十二闌干倚徧。早霜花抱信。又到疏林。看亭皐落葉。片片是秋心。怕天涯、幾經搖落。向雪關、風渡更難禁。怎倩得、征鴻爲我。寄與芳音。

高陽臺　柳

暮雨催眠。朝風催起。絲絲綰住春愁。纔近清明。又還伴我登樓。平蕪一片斜陽影。問韶光、何處句留。怎憑他。醸盡流波。送盡行舟。　當年繫馬江南路。正歌臺月暗。舞榭煙稠。纖手而今。攀來可記溫柔。縱教吹徧天涯絮。怕重來、錯認簾鉤。便拚他。過了殘春。又是殘秋。

摸魚兒　送春

又廉纖、滿庭花雨。榆錢難買春住。春來誰占風光好。賸有此時愁苦。春也誤。算一捻嬌紅、怎禁東風妒。平蕪欲暮。正燕燕鶯鶯。輕狂無奈。寂寞掩朱戶。　斜陽外。又向高樓凝竚。天涯一樣飛絮。河橋倚馬年時地。

唯有垂楊千縷。春便去。縱留得殘春、也只添愁緒。淸樽餞汝。但索倩遊蜂。抱儂春恨。一例覓歸路。

湘春夜月 簾

一絲絲。替儂織就相思。只是一片湘波。怎便隔天涯。約住滿庭花氣。問東風可解。吹送芳菲。算驚迴殘夢。唯應燕子。頻蹴雙扉。　游絲千尺。楊花萬點。惱亂春暉。庭院淒涼。卻還得、深深爲我。低護顰眉。朝來欲捲。怕暗塵、點上羅衣。從此便、更休論春事、任敎銀蒜。終日垂垂。

南浦 秋燕

雕梁睡穩。又西風、夜夜做秋聲。吹破栖香好夢。倦羽似頻驚。醒醉幾番花月。到如今、只合共淒淸。怎舞衣不管。平蕪零落。猶自趁身輕。　誤卻高樓凝竚。恨天涯、消息不堪聽。屈指誰憐幽獨。箏柱一行平。怕是忽忽輕別。又還他、掠盡夕陽明。算銷魂無奈。有人凝恨傍簾旌。

高陽臺 秋海棠

粉暈微搓。脂痕淺印。招來裊裊秋魂。一樣紅妝。偏敎背卻靑春。相思無數深閨淚。向西風、染就愁痕。有誰憐。幾度凝嬌。幾度含顰。　江南昨夜霜花滿。算蕭蕭蘭徑。都付芳塵。倚盡雕闌。殷勤誰伴黃昏。斷腸賸得娉婷影。斂嬌紅、欲上羅裙。又消他。漠漠輕煙。漠漠斜曛。

## 王　壽 字鶴汀、一字補樓、別號井南老人、江蘇甘泉人、有綰綠詞二卷、

壺中天　題西御秋蓮子詞

草堂舊夢。一聲聲喚醒。花間殘笛。宛轉尋春。春不見、吹起一池寒碧。愁已如絲。情還如水。疏雨梧桐滴。小紅何處。冷香飛上詞筆。　剩有薊北江南。蒼涼雲樹。處處思佳客。說與霜空新過雁、莫問沙邊陳迹。扇底歌塵。橋頭明月。寂寞傷今昔。不堪回首。酒痕襟上狼藉。

## 喬重禧

字鷺洲、江蘇上海人、貢生、有宜園詩餘、

鳳凰臺上憶吹簫

襯玉偏柔。比簫還脆。春人轉語玲瓏。向畫闌干畔。瘦倚東風。愁說碧桃花落。對流水、幽怨惺忪。渾忘卻。黄昏近了。黄月朦朧。　忽忽這回去也。似柳絮飄萍。蘆絮飄蓬。記昨宵相約。今夜相逢。卻又明朝相憶。暮江上、雲樹孤篷。休回首。峭帆緊催。淚滴潮紅。

## 沈家模

字芙江、浙江嘉興人、官山西吉州吏目、

瑤華　茉莉帳

銀絲綴玉。綵線穿珠。稱蘭牀清絕。梅花繭紙。笑只合、酒醒天寒時節。雙鉤綏控。蕩素影、碎霏瓊屑。更有人、浴後妝殘。一樣粉痕融雪。　不須窣地紅羅。愛深護芳肌。涼沁冰骨。梨雲夢穩。似縮定、前度春愁千纈。花光淡映。渾錯認、滿身明月。卻夜來、暗麝香濃。慣惹歸來仙蝶。

## 石同福 字敍民、號敦夫、江蘇吳縣人、官廣西梧州府知府、有瘦竹幽花館詞二卷、

### 探春慢 小庚先生以孤山探梅詞見示、繼聲奉教、

萬葉凋紅。數峯失翠。景物抑何蕭澹。挈榼攜筇。尋芳消息。要待東風催轉。只是愛天然。圖畫出、湖山清讌。是日高淳亭郡伯召同人西湖雅集 酒人偏自多情。翠禽花外低喚。指點逋仙舊隱。擁小閣巢居。雲影零亂。鶴骨頻吹。梅魂未醒。都入客懷淒怨。鄉夢漸迷離。空凝想、江南春滿。寄到相思。一枝知向誰倩。

### 浣溪紗

清淚無多化海棠。西風總是斷人腸。冷吟閒醉送斜陽。 寒碧一池圍皺水。淡黃幾樹剩垂楊。年來消損對秋光。

## 汪嘉祥 字瑞生、江蘇上元人、

### 南浦 春柳、用玉田春水韻、

濃綠漸成陰。正三眠、恰被流鶯喚曉。愁雨更愁煙。含情處、幾筆眉痕淡掃。東風搓就。輕盈一捻腰支小。繫馬王孫歸也未。陌上又生芳草。 深閨金縷歌殘。甚韶華一霎。拋儂去了。門巷認斜陽。江南岸、燕子銜泥

曾到。春波渺渺。池塘盡日凝眸悄。千古灞陵橋外路。斷送行人多少。

## 孫廷鐮

字小淵、號竹庲、一號荀甫、江蘇陽湖人、諸生、有釀春詞一卷、

### 長亭怨　客舟聽雨

已望斷、天涯歸路。一棹蒼茫。溼雲堆樹。黯黯淒涼。客魂消盡待誰訴。卸帆無計。便夢去、家何處。況是夢難成。只獨自、挑燈酸楚。　無緒。任孤篷滴碎。悔煞年華輕誤。銀屏拋卻。又悄向、荻花荒渚。把一半、送入寒潮。漸聽到、數聲柔艣。縱霽色重開。能減鄉心幾許。

## 夏雲林

字京甫、江蘇高郵人、諸生、

### 瑤花　寒花

深窗養翠。矮几留紅。愛餘芳清絕。天生耐冷。休比似、蕭瑟西風殘葉。移根老圃。任分得、籬東高節。還傲他、暖窖春先。轉眼易成消歇。　開來一半穠時。較浪蕊浮花。丰韻都別。霜天近午。渾不怕、等閒尋香蜂蝶。歲寒身世。儘作伴、松篁風雪。種碧桃、天上何人。可惹世間攀折。

## 汪秉健

字小逸、浙江錢塘人、太學生、官廣東縣丞、

柳初新　湖上新柳

湖隄十里烟如織。已逗露春消息。眼波猶倦。眉痕尚淺。試鬬舞腰無力。眠起虹橋橋側。一絲絲、鵝兒顏色。轉瞬毿毿弄碧。灞陵秋思都陳迹。好花含蕊。雛鶯學語。依舊水亭山驛。奈少婦、新愁縈積。上朱樓、靚妝相憶。

## 張積中　字石琴、江蘇儀徵人、有白石山房詩餘一卷、

謁金門

烟雨碧。染就一湖春色。倒影綠楊今幾尺。隔樓人語寂。　滿地春陰漸密。幾日落紅如積。看見荼蘼心暗惜。記簪雲鬢側。

南歌子

多感翻成恨，無言只會愁。夕陽都上柳梢頭。恰是冷烟殘雨、又經秋。　病久新憐瘦，燈昏嬾上樓。別時無奈見時休。斷送一年花事、水東流。

望湘人　繫舟河畔、秋影盈眸、一葉墮衣、如慰如歎、感而得此、

漸蟲聲淒切，花影蕭疏。兩袖西風催逼。望遠烟霏。銷魂獨我。幾日傷心凝碧。粉墮香沈。曲終人杳。撫今追昔。記小樓、聽雨看花。曾與娟娟同立。　怎是春歸無跡。更孤篷維繫。柳邊沙側。乍一葉飄零。句起滿湖秋

色。看似無情。又還有思。慰我扁舟岑寂。儘拚了、徹夜清吟。洗卻征衫愁漬。

## 宋　璜

字北臺、江蘇溧陽人、官浙江通判、有北臺詩餘、

### 探春慢　奉和小庚先生孤山探梅詞韻

曙色初分。凍雲欲墮。又趁扁舟喚渡。纔拓篷窗。峭風轉緊。吹送滿湖濕絮。把山南水北。都化作、瓊樓玉宇。平生此境難摹。付與隔溪鷗鷺。　有客招來吟伴。記放鶴亭邊。疏枝細數。笛殢紅腔。夢尋縞袂。較瘦去年幾許。算者番芳訊。合留待、酒人賭取。好盼新晴。一尊重覓題句。

## 姚宗木

字半林、浙江會稽人、諸生、有半林詩餘一卷、

### 鵲橋仙

玉驄嘶斷。青鸞信杳。密約經年又誤。記他和淚送行時。長怕看、梨花帶雨。　詩題畫扇。香分鸞帕。回首舊歡何處。昨宵夢裏一相逢。悔不把、伊家留住。

### 祝英臺近

畫船空。香輦絕。寂寞小村路。望斷靈祠。一片冷風雨。誰憐數樹垂楊。半堤芳草。曾眼見、綺羅簫鼓。　今何處。幾回欲問前因。桃花又無語。拍遍闌干。舊恨倩誰訴。縱敎杜宇千聲。遊絲百尺。留不得、那時春住。

# 李本　字荃庭、江蘇高郵人、有賸紅詞一卷、

## 虞美人

一枝濃豔春魂透。正是盈盈候。買花無計覓錢來。可肯東風相待緩吹開。　問春不語春難問。花與儂俱恨。恨銷除是再相親。知道移栽何地折何人。

# 朱人鳳　原名壬、字謂卿、號閑泉、浙江錢塘人、廩生官訓導、有畫舫齋詞二卷、

## 洞仙歌　題陳雲伯大令碧城仙夢圖

瓊簫隱隱。被碧城圍住。依約桃花最深處。想玉階迢遞。金鎖葳蕤。全不管、萬點落紅如雨。　朱樓簾半揭。影事零星。省識愔愔舊時路。環珮想琮琤。蝶夢團香。又只怕、罡風吹去。待記取、今宵月明中。悵碧海青天。醒來無據。

## 催雪　南天竹

雪墮寒林。霜凝曲院。鳳尾垂垂紅瘦。知誰擘珊瑚。一枝穿就。密葉玲瓏低亞。在湘竹、欄前小山後。嘗相伴有。黃梅破臘。冷風香逗。　清晝。歲闌候。愛小玉低擎。傾鬟障袖。待插向、銅瓶松枝增秀。好作消寒雅玩。怕凍雀、偷銜飛來驟。恐他零落窗前。錯認舊時紅豆。

## 陳祖望 字冀子、號拜鄉、浙江山陰人、諸生、有青琅玕吟館詞鈔一卷、

### 念奴嬌 古鏡、并序、

村氓于古墓中得一方鏡、姚半林持以相贈、且云墓磚有文曰天康元年十二月吉日、按陳文帝改元天康、即以其年四月崩、此則已在廢帝嗣位之後、惜無志銘可考、不知爲何人墓也、鏡黝然如漆、背中鏤海馬蒲萄、外四周環以花鳥草蟲、細入毫髮、譜此闋徵同人和、

方諸一片。是秦時明月、瞥成千古。曾照南朝金粉樣、當日繁華無數。玉樹歌殘。燕支井冷。斷送風流主。驚鴻影裏。美人多少黃土。　今日碧暈苔斑。殯宮花落。不共秋燐腐。甚是尋常兒女物。偏歷幾朝風雨。金盌飄零。銅駝消歇。淚灑仙盤露。興亡舊恨。倩魂猶是如訴。

## 馬洵 字伯泉、號小麋、浙江海寧人、官候選道、有瓶隱詞一卷、

### 買陂塘 花溪道中

畫江南、半篙新漲。蟬鳴夾岸叢樹。落帆笑指虹橋近。橋在柳陰深處。留不住。便轉箇灣頭、驚起圓沙鷺。桔槔聲苦。看翠浪分疇。綠鍼刺水。農事已如許。　扁舟穩。欲和蘋洲笛譜。推篷乘興容與。青蘋葉底涼風起。幾點灑來涼雨。教緩渡。愛雲斂遙峯、塔影當窗度。夕陽催暮。早草閣燈紅。漁村烟暝。人隱隔溪語。

## 汪正榮

字奐之、安徽桐城人、有瘦月詞一卷、

### 惜秋華

五月十有八日、同人對雨後、小飲、雨霽步至西郭、草木新浴、斜陽在山、泛舟湖上、至足樂也、作斯詞而歸、

共醉清尊。向西湖閒趁。新晴剛好。小立石磯。指點四山深窈。濕雲野樹縱橫。但隱約、遠峯天表。潦倒。笑相逢幾箇。幽懷奇抱。　千頃綠波渺。任風光晻靄。容與神仙島。淺渚白鷗。熟睡映沙明皎。霎時倚棹斜陽。又柳絲、萬條低嫋。猶少。數抵他、百年昏曉。

# 全清詞鈔第十九卷

## 王僧保

字西御、江蘇儀徵人、諸生、有秋蓮子詞前後稿三卷、學詞紀要詞律參論一卷、詞律調體考證一卷、詞律缺收調體補一卷、隋唐五代十國遼宋金元詞人姓氏爵里彙錄詞評所見錄詞林書目一卷、松西書屋詞選正副編二卷、論詞絕句一卷、總名詞林叢著、

### 長亭怨　弔柳

但流水、縈廻沙渚。一片晴光。綠陰何許。往事春歸。而今空自怨飛絮。翠痕香影。都化作、煙和雨。縱怕惹閒愁。怎不許、閒人愁苦。　凝佇。剩危闌四面。零落樓臺無數。依依舊恨。算猶有、攀條情緒。更幾時、月冷風淸。便欲弔、淒涼何處。問種樹爲誰。應悔多情前度。

### 齊天樂　燈花

銀釭夜夜佳期卜。相思暗拋紅豆。夢墮煙痕。心灰蘭燼。耐得春宵僝僽。釵痕玉溜。想四照雙然。此情非舊。珠蕊低垂。隔簾寒影漸吹透。　紗籠儘須遮護。悵東風未識。花事虛負。淚滴銅盤。光分鐵鈌。算是開殘時候。枝單葉偶。怎宜喜宜嗔。任人尋究。彈指春空。問芳情似否。

### 淒涼犯　題汪均之宋玉帶樓塡詞圖、圖爲悼亡作、

峭風吹冷梨雲夢。天涯做盡淒切。縱春去渺。春歸有日。怨猶能說。而今斷絕。更何處、尋愁悔別。只聲聲、啼殘血淚。夜雨聽鵑鴂。　蛛網空簾挂。忍憶當初。鏡花輕折。依然倦旅。漫相思、珮環遙月。草綠王孫。最悽愴、芳心紅疊。算并刀、可堪替翦恨鬱結。

## 木蘭花慢　游絲、寄汪冬巢、

看茫茫塵海。春不定。任伊吹。算夢醒花前。魂消雨後。無限尋思。漫同柳花蕩漾。做滿天、愁恨影迷離。自是千絲意縷。都來一縷心絲。　風痕近處繡簾垂。將暖意。趁晴時。怕催去斜陽。暝煙漠漠。夕霧霏霏。空留可憐誰與。儘纏緜、原不礙春歸。和著殘絨香唾。憑教繡出芳菲。

## 如此江山　題武蜨生萬里浪游圖

半生湖海餘豪氣。歸來鬢絲年少。拂散鞭塵。題殘醉墨。依舊天涯鴻爪。荒城古道。剩一幅斜陽。夢雲南繞。回首蒼涼。劍花霜冷自悲嘯。　何堪深訴倦旅。但衣痕染綠。淒絕芳草。唱到關山。尊前重聽。總是羈懷愁抱。年華甚好。算一例飄零。慣催人老。記取吳淞。翦波添畫稿。

## 摸魚兒　泰和己丑元遺山赴并州、道逢捕雁者、捕得二雁、一死一脫網去、其脫網者、空中盤旋哀鳴亦投地死、遺山以金贖得二雁、瘞汾水傍、壘石爲識、號曰雁邱、賦摸魚兒弔之、事載詞苑叢談、吾友寶應劉楚楨、言其鄉柘溝有雁冢、事絕相類、舉事徵詩、適在道光己丑、歲次之符、亦一奇也、

更何心、尚能無死。此情哀動靈羽。關河飄泊相依久。飛宿自今誰侶。悲欲訴。安得有少年、拔劍捎羅去。驚

魂誓許。只紫塞風淒。夜臺月冷。或是再逢路。　蒼涼處。滿目荒煙草樹。愁聞嘹嚦鴻語。相思漫說鴛鴦塚。癡絕善懷兒女。情獨苦。待寫向、秋空寥泬層雲暮。君來弔古。算多少人間。悲歡離合。寂寞委黃土。

## 蔣恭亮

字賓梅、浙江錢塘人、諸生、有花韻軒詩餘一卷、

### 長相思　題畫三懷舊雨詩後

思綿綿。恨綿綿。舊約西窗信杳然。黃花又一年。　風可憐。雨可憐。小院殘燈人未眠。雁聲啼遠天。

## 余鼎

字伯漑、號鐵香、江西新建人、諸生、有秋夢詞、

### 祝英臺近

月淒迷。煙寂歷。幽約到香陌。門裏桃花。花片落瑤席。吹簫卻倚闌干。小紅低唱。還留得、半簾春色。　雲時別。但見寶鴨煙消。冷緒不堪說。知否雙成。此際也相憶。憑誰訴與殷勤。心香低篆。莫負了、夢來時節。

### 摸魚兒

滯燕臺、鶯花寥落。幾番芳信虛擲。愁心欲待刪除盡。別是一般難釋。新淚跡。和舊日酒痕、染徧青衫碧。連宵風雪。正紫塞人遙。紅牙歌冷。香夢惱瑤瑟。　迴望處。渺渺雲山千疊。相思音信都絕。鏡奩縱許窺仙影。紅萼未宜攀折。闌畔月。應訝我、朱顏不似當時色。誰家怨笛。又吹暝梅痕。驚回雁陣。目斷楚天闊。

## 南浦

香霧轉迴廊。雁飛來、喚起一庭愁影。依約墮釵聲。空聽斷、樓角秦箏淒哽。前番幽約。鸞牋都付閒雲暝。怕是天寒紅袖薄。正向闌干孤凭。　連朝殘雪簾櫳。待吹融凍笛。卻教誰聽。倚竹話黃昏。心中事、祇有梅花能省。更堪明月。多情伴到銀箏冷。惆悵深宵多少夢。盡被夜潮吹醒。

## 八聲甘州　秋海棠

悵秋空、涼露又零零。啼痕染蒼苔。想鏡中脂暈。夢中粉態。恁好情懷。一樣東風名字。無意上春臺。淒切霜花裏。獨自徘徊。　記得楚江簾畔。對軟紅一抹。約鬢分釵。恁怱怱人去。此日又天涯。畫牆陰、纖纖瘦影。最魂銷、前度月痕來。料得是、清尊薄醉。倦眼慵開。

## 南浦

殘笛咽淒風。畫樓前、吹墮淒涼眉嫵。幾度遶闌行。難尋覓、竹外梅魂一縷。殷勤鞋印。綠苔空證相思苦。愁看銀屏臨別句。賸得淚痕無數。　問伊有甚心情。忍拋零鈿翠。獨尋春去。寒信正怱怱。怕一例、吹冷蘿裳無主。丁寧凍蝶。有愁索向珠簾訴。月小香溫消受得。鬢角露華如許。

# 黃承勳　字樸存、浙江仁和人、有眠鷗集遺詞一卷、歷代詞腴二卷、

## 臺城路　螢

休嗟漢苑飄零久。依然晚涼風景。腐草誰知。深林易見。似寫秋容初醒。飛星度影。弄隔水餘輝。入花分暝。謾道熒熒。露珠相映做清冷。　屛帷正悲寂寞。濕黃昏細雨。明滅無定。巧坐羅衣。輕翻羽扇。暗裏相思消領。流光自省。傍翠竹紗窗。碧梧金井。還聚囊中。試消良夜永。

## 馬功儀　一作公儀、字仲威、號棣園、一作棣原、江蘇上元人、諸生、有倚雲樓詞鈔一卷、

### 春從天上來　自東臺將歸白下、聞汪白也讀書攝山、維舟相訪、慨然成詞、

霜葉堆霞。踏空山數里。磴曲盤蛇。峯巒奇青。松凝寒碧。十分秋在僧家。纔啓柴扉一笑。驚醒了、入定趺跏。裏袈裟。向白雲窩裏。屐點苔花。　紅餘半江殘照。認櫓聲嘔軋。帆影欹斜。京口翻黃。海門卷白。飛來滾滾風沙。吹冷更番愁夢。渾休問、地角天涯。驀驚嗟。賸曾題粉壁。尙倚籠紗。

## 改琦　字伯蘊、號香伯、一號七薌、又號玉壺外史、江蘇華亭人、有玉壺山房詞選二卷、

### 徵招　古雪菴小休、酌悟道泉而返、

幽棲不放斜陽入。濛濛四山深翠。曲澗繞軒窗。漾流雲如水。素濤生椀底。莫孤負、竹爐風味。滿耳松音。半房茶夢。一襟涼吹。　移屐轉峯陰。煙苔古、難摹井眉題字。天遠餉空瓶。悟西來禪意。心塵清更洗。漸林外、疏鐘聲遞。待留補、壞色袈裟。綽野塘荷芰。

## 酹江月 石湖

玉虹横卧。放湖山、閒了春風詞筆。花影吹笙無覓處。何況梅邊吹笛。鶴澗煙消。馬塍雨黯。棖觸今猶昔。舊家亭館。幾時魚鳥相識。還念譜出新聲。蛾眉愁絕。醉把闌干拍。萬頃清光流皓月。飛下一雙鸂鶒。西望羣峯。飄然引去。淼淼澄波白。人間天上。不知今夕何夕。

## 齊天樂 塔鈴

泠泠細響從天墮。望中寶繩搖曳。九子聲圓。千花輪轉。影臥夕陽空地。香林暮倚。有放鴿閒心。護花深意。綺習難忘。佩環飛下碧霄裏。僧寮留客結夏。話闌山曉月。馱夢驢背。梵唱高提。潮音靜答。煙語郎當遙遞。枯禪定矣。正佛火初殘。寺門斜閉。已斷聞根。任他風過耳。

## 憶舊遊 九月十二日、偕菊裳十峯卿常登虞山徧遊三峯劍門維摩諸勝、歸途過桃花澗看紅葉、以長短句紀之、

趁梯雲躡屩。負日乘籃。尋到招提。引入清涼境。喜松風十里。吹綠山眉。壁間翠光浮動。流影石梁西。看雨後跳珠。潺潺拂水。溼了僧衣。忘機。澹無語。任鼎沸茶聲。鬢颺煙絲。更上三層閣。送蕭蕭殘響。梅葉橫飛。遠空數行新雁。寒色盪斜暉。笑漁父重來。仙源咫尺紅樹迷。

## 瑞雲濃 林屋

洞天古地。幽探遙叩瓊宇。窈窕芝房渺何許。鈿函綠字。記甚時、赤烏銜去。有客弄瑤笙。倚梅花那樹。夢

想尋眞。休負了、烟霞伴侶。草沒鞋痕露如雨。仙人舊館。又飛徧、落英殘絮。隔院松風。一鈴自語。

## 曲游春

陪漚翁游雲峯寺爲設伊蒲供於賢首堂、觀居僧所藏趙文敏公中峯禪師書畫合卷、試古毫泉、同人各有題記、因譜此詞、丙子三月十九日、

幾度尋烟雨。指香林深處。纔點雙屐。掇酒搖豪。趁冷廚燒筍。慢酬寒食。醉掃僧廊壁。許再乞、鷗波題墨。湖前游、五百餘春。磨滅畫圖金碧。　憶昔。梅花吟席。伴月麓枯禪。文山殘客。欲薦寒泉。罥枝頭紅雨。帽簷微側。纖柳和愁織。映斜照、一絲無力。漸看帆影燈痕。又催暝色。

## 南樓令

南園池上見新月

秋雪罥烟絲。輕柔水面吹。浣清愁、小浸寒漪。似與幺蟾同照影。猶想見、少年時。　柳葉颭風枝。歸鴉聲轉悽。湖前游、門逕先迷。伴我雕闌渾一霎。惹新恨、斂修眉。

# 何其章

字小山、一字琢甫、江蘇青浦人、監生、有七楡草堂詞一卷、

## 疎影

竹影

幾番看竹。有翠雲一片。低覆茅屋。涼意參差。踏徧蒼苔。染得鬚眉都綠。羅窗誰畫橫枝小。恰推上、一輪寒玉。待好風、吹折琅玕。滿地碎痕堪掬。　猶記謝池綠篠。一枝浸到底。孤媚溪曲。收了斜陽。又背殘燈。日暮天寒袖薄。輕盈倒挂憐幺鳳。悄對鏡、清眠初熟。甚亂梢、敲戶無聲。祇自伴君幽獨。

## 管繩萊 字孝逸、江蘇武進人、官安徽含山縣知縣、有鳳孫樓詞三卷、

### 菩薩蠻

翠翹金鈿盤雙鳳。鶯聲喚醒羅幃夢。莫便動相思。畫樓明月時。 春濃人中酒。柳色還依舊。捲袖下階遲。風前蝴蝶飛。

### 清平樂

屏山幾曲。繡隱芙蓉褥。一任玉爐香斷續。窗上舊紗微綠。 社公細雨闌珊。輕陰低護叢蘭。多管羅衣褪卻。黃昏誰問清寒。

### 壺中天慢 途次見柳花感賦、

兩行御柳。怎青青已是、濃陰爾許。一樣流鶯啼破曉。總遜江南煙雨。堠館朝眠。離津夕望。相送天涯路。飛花點點。隨風和夢將去。 遙想小別經秋。玉樓念遠。數征程何處。知否風情行漸減。不似當年張緒。也恐顰眉。無端蹙損。渾忘纖腰舞。爭能倩得。東君爲護金縷。

## 吳卿弼 字巖夫、號伯明、又號滌庵、江蘇陽湖人、諸生、有蜕香詞、峽琴詞、彈指聲各一卷、總稱賓華屋蜕稿、

### 阮郎歸

山深只聽杜鵑啼。桃花紅没溪。人間芳草碧萋萋。天涯雲樹迷。　樽酒勸。日將西。明朝春事非。下山一路絮黏泥。重來誰信伊。

西江月

一道蘋花香路。半生蓮葉輕舟。秋湖恐我不知愁。故作風馳雨驟。　看劍坐沈紅燭。題詩傳到青樓。而今老矣亦休休。尋箇蒲團消受。

## 汪适孫

字亞虞，號又村，又號甲子生，浙江錢塘人，官候選州同，有甲子生夢餘詞一卷。

碧牡丹

畫舸秋江泊。暝樹外。收帆腳。幾點疏燈。隱隱水村山郭。客裏閒愁。算怎生拋卻。共潮生。共潮落。　睡難著。埋怨羅衾薄。西風嫩寒先覺。屈指歸程。玉釵已負前約。可柰今宵。更月明如昨。照來同。坐來各。

## 王丹墀

字覲顔，號水村，浙江海寧人，諸生，有寂歡堂詩餘四卷。

鷓鴣天

夢華曉行臨平，得句云，千家妝閣梳雲鬢，一路空濛霧亦香，余愛而時時誦之，衍爲此調，

來往沙湖湖上航。野塘看遍野鴛鴦。花紅人面嬌春色。草綠裙腰繫客腸。　山似畫。水爲鄉。霎時朝雨又朝陽。千家妝閣梳雲鬢。一路空濛霧亦香。

水調歌頭 夏日、鸕鷀湖舟中作、

天影作湖底。上下一般空。何人知我行處。驚起白鳧翁。曬翅棹歌唱晚。記水圖經誇大。遂與五湖同。雙扇板扉內。疑住陸龜蒙。　夕陽外。村隝畔。柳陰中。不知古廟。何佛管領藕花風。三十六陂煙水。七十二橋明月。朝暮景無窮。千頃碧蘆葦。還待早秋鴻。朱竹垞先生棹歌云、生憎湖上鸕鷀鳥、百徧魚梁曬翅來、胡孝陵海鹽圖經云、諸湖唯此湖與貢湖爲大、湖中長隄、舊有七十二小橋、今湮沒、祇存三橋、而隄亦短、

謝元淮　字默卿、又作墨卿、湖北松滋人、官廣西右江道、有碎金詞、海天秋角詞各一卷、總稱養默山房詩餘、又有碎金詞譜六卷、碎金詞韻四卷、塡詞淺說一卷、

玲瓏四犯 和趙艮甫水仙、用周美成韻、

星淡雲濃。正滿院疏梅。深閟芳豔。遠浦荒涼。愁損箇人嬌臉。何處翠襪淩波。恰髣髴、鬟香零亂。料冰心、玉骨難換。修得到今生見。　好將金盞寒泉薦。伴幽齋、十分蒨蒨。緗衣縞帶休輕擬。風態誰經眼。除是漢女洛妃。迤逗出、穠華點點。又幾番照影。明月底。香飄散。

陳裴之　字孟楷、號小雲、浙江錢塘人、官江蘇同知、有夢玉生詞稿一卷、

長亭怨慢 重過楊樹弄感題蘭語樓壁

記花底、紅樓曾住。踠地柔條。玉人何處。澹墨餘香。碧紗重認舊題句。送殘斜照。渾不解、垂楊樹。且莫怨垂楊。又怎奈、飛花飛絮。　難遇。盼相逢夢裏。只恐亂鴉催曙。孤眠又起。應記取、別時淒語。道約共、燕子歸來。恁啼鳥、先將春去。賸拂面晴絲。搖落江潭秋雨。

探春慢　消寒小集同人集碧琅玕館、試香待雪、寶士寫黃梅花一枝、輒題其後、用玉田雪霽韻、

石葉禁寒。瑤華弄暝。篝燈惆悵春澹。替額塗妝。將煙寫韻。消息先催銀霰。冷豔宜金屋。也占了、東風一半。挂簾幺鳳初醒。曉雲休更吹散。　對酒記同芳苑。約返照南枝。疏影重見。麝浥檀痕。蜂黏翠羽。贏得玉龍哀怨。紅袖傳心字。空凝想、繡衾宵暖。漫倚斜枝。杏衫人夢深院。

## 馬汾　字澹于、浙江嘉興人、諸生、有耨雲軒詞二卷、

蝶戀花

門掩梨花深夜雨。無計尋春。兩槳湖塘去。人影衣香留小住。隔簾風細聞私語。　隱約窗紗遮似霧。未說銷魂。已把遊人誤。酒醒忽驚回首處。斷腸芳草斜陽路。

琴調相思引

小徑風柔雨乍晴。菜花香送撲簾旌。便教春在。已是過清明。　柳綫不穿今日淚。榆錢難買少年情。欲眠愁殺。檐外一聲鶯。

## 八歸 京口歸舟

顛風斷渡。驚濤衝岸。孤艇更繫今夕。婆娑老柳嗟衰矣。何況北行南走。十年爲客。浪喜醉紅雙頰在。早鏡裏、朱顏非昔。慢獨自、到處登樓。顧盼感蕭瑟。　難覓。銀章紫綬。應須歸去。把取荷衣重葺。翠箏蟬鬢。錦箋烏帽。夢醒江亭長笛。向蟾蜍說與。莫傍愁宵淚清滴。沈吟算、古來原有。賣賦相如。還家空四壁。

# 陳彬華 原名兆元、字元之、號小松、江蘇吳縣人、貢生、有綺玉詞瑤碧詞、

## 菩薩蠻

蘼蕪小院城東路。弓鞋淺印蒼苔步。虛掩舊房櫳。亂花無數紅。　秋潮江上暮。桃葉蘭橈渡。新燕啄泥香。斷橋流水長。

## 憶舊游 子鐵取玉田生斜陽巷陌詞意、繪册誌游、索予倚聲、丙子秋夕、寒餤一星、雨不成寐、新愁舊恨、悵觸萬端、爲譜此解、

記衫痕漬酒。扇影招香。往事魂銷。已是傷心別。又秋風吹怨。身世蓬飄。俊游漸多零落。金粉說南朝。歎襆被聯吟。布帆尋夢。青鬢重搔。　迢迢。最惆悵。是無數春柔。恨阻江潮。儘有閒情感。只碧雲天末。難遣今宵。甚時夜涼明月。小立聽吹簫。更欹枕愁生。敲窗碎葉。燈亂搖。

## 蕭應櫆
字子衡、浙江海鹽人、有鈔香閣詩餘一卷、

### 解珮令
春暮、暨陽署中、簡泉南春江、用竹垞韻、

一番風緊。一林雨驟。把桃花柳絮都飛盡。客裏怱怱。怎解得、漫天離恨。況驚心、幾絲霜鬢。　蘋洲詩思。荆溪畫意。算歸期、餞春相近。如此江山。且消耗、南朝金粉。縱句留、不多緣分。

## 董葆身
字寶生、浙江錢塘人、諸生、有寄廬詞一卷、

### 憶江南

閒夢遠。衡浦信音乖。雁影祇隨巫峽去。魚書不到越江來。脈脈動人懷。　平生願。願作水中鷗。曉日浴波彭蠡澤。暮烟棲雨岳陽樓。長在楚江頭。

### 西江月
柳絮

瞥眼還驚乍見。回頭恰笑重逢。懷人都在不言中。一枕春愁如夢。　開到誰家庭院。捉來幾隊兒童。飛花無主嫁東風。贏了粉殘香凍。

## 陸墺
字仲里、號次山、別號鐵野山人、浙江仁和人、諸生、官四川漢州知州、有鐵簫詞七卷、

白苧　春草

莽天涯。被春水。融成一色。年年燒後。早遞東風信息。漸參差、淡烟晞露醮輕碧。游客。怨征途。又馬首忽忽催夕。平蕪門巷。癡戀晴薰綺陌。釵鬟墮、拾來空翠杳無跡。　憶叶平昔。箭瘢漬土。錦裹埋香。千秋幽恨。除問斜陽記得。多少落花聲。更誰憐惜。池塘夜雨。便離情漸遠。夢還尋覓。寄語西湖。好護裙腰。青到簾隙。試踏長隄。忍繡鞋微窄。

黃位清　字瀛波、號春帆、廣東番禺人、道光元年舉人、官國子監學錄、有松風閣詞鈔、

蝶戀花　題友人菊花蜻蛚圖

幽香晚節誰相識。斜月疏籬。忽聽吟聲唧。身在高枝徵定力。一天都是涼秋色。　花後無花應見惜。小院清寒。值得長相憶。皓潔自矜清露食。王家酒有眞消息。

十六字令　閉戶養痾、悄然庭院、輒塡小令、以遣悶懷、

愁。士到新涼易感秋。無人說。隨意一登樓。

思。料理黃河遠上詞。憑誰唱。付與亂蛩知。

歌。只覺商聲感慨多。知無謂。籬外有人過。

凭。亞字欄干第幾層。回頭望。如豆讀書燈。

## 王筠

字荄友，號貫山，山東安丘人，道光元年舉人，官山西寧鄉縣知縣。

### 别銀燈　夜坐

無奈東君情淺。草草把、芳春餞。是處花飛，漫天絮舞，獨坐到、斜暉晚。宵寒衾展。只賺得、隨風遠。　强起重勻爐篆。叵耐醇醪不暖。欲醉偏醒，將眠又起，細聽徹、雨零更轉。幽懷難遣。只心逐、淋鈴聲軟。

### 桃源憶故人　題吳小山桂畫柳扇頭，奉送申翠微東歸

東風料峭楊枝短。早把離懷結綰。水驛山程無限。處處回青眼。　勸君略待春光暖。總覺情深杯淺。無那驪駒遄返。日近長安遠。

## 梁紹壬

字應來，號晉竹，浙江錢塘人，道光元年舉人，官廣東鹽大使，有兩般秋雨盦詞。

### 金縷曲　春陰

春在冥濛處。怪東風、無端收拾，蜂情蝶趣。淡煞梨花濃煞柳，嬌煞海棠一樹。更何俟、綠章乞取。庭院深深簾窣地，膩薰鑪、潤逼沈檀炷。香篆外，逗飛絮。　佳遊已誤尋芳侶。好繁華、樓臺十里，鶯花無主。剗地濃雲癡不醒，竟把韶光勒住。更不放、斜陽一縷。梁燕呢喃聲不定，似猜詳、明日風還雨。鎮相對，說愁緒。

## 章簡　原名程、字芝楣、號道生、江蘇金匱人、道光元年舉人、有思誤齋詩餘一卷、

### 買陂塘　題秋江晚晴圖

甚無憀、涼天過雨。滿懷幽思誰訴。江流不送吟愁去。只送夕陽紅暮。招白鷺。愛一樣風標、寫出司勳賦。閒商冷句。好笛外延秋。簫邊怨晚。蘆絮落無數。　東華夢。多少煙雲看取。何時料理漁具。蒓絲禁得風吹瘦。記否鱸鄉前路。煙幾縷。是寸寸秋魂、搖蕩渾無主。蓉湖訪渡。恐喚起涼蟾。空波對影。羞照鬢邊素。

## 秦巘　字玉笙、號綺園、江蘇江都人、道光元年舉人、官官學教習、有思秋吟館詞、

### 東風第一枝　花朝已過、春意闌珊、庭前新種梅花、尙無消息、譜此催之、

凍蕊凝香。疏枝斂影。巡檐頻索花笑。數來春色三分。已是二分過了。芳心勒住。應醞出、韶華多少。一任他、雪壓霜欺。獨伴歲寒空老。　回首念縞衣夢悄。轉眼望綺窗信杳。繡鈴緊護深叢。玉笛細吹怨調。尋鶯覓燕。宜占取、東風開早。問幾時、爛漫園林。慰我醉吟昏曉。

## 徐漢蒼　字荔庵、安徽合肥人、道光元年舉人、有碧琅玕館詩餘一卷、

### 小重山

四面朱欄擁畫樓。曉風簾半捲、柳絲柔。薰籠斜倚不宜秋。思往事、棖觸幾時休。　煙月任句留。鶯啼芳樹外、夢悠悠。那年寒食踏青遊。鈿車過、望斷玉搔頭。

### 驀山溪　太白樓

翠螺山上。宮錦仙人宅。檻外莽蕭蕭。擁萬怪、魚龍奔軼。天門開處。九派湧江流。牛渚夜。翹首望。碧落秋陰積。　清平雅調。國色芳華惜。仙樂按霓裳。悵無端、夜郎遷客。盪胸雲物。斗酒但澆愁。金闕迥。玉階遙。對影招明月。

### 八寶妝　盤塘水仙祠、揭曼石先生少日遇神女于此、臨別留詩云、盤塘江上是奴家、郎若閒時來喫茶、黃土築牆茅蓋屋、庭前一樹紫荊花、已而先生歸舟所遇、果如其言、予豔其事、因填此詞、

蓮座風和。獸爐香馥。草舍土牆堂宇。珠絡明璫冠珮豔。一片神鴉社鼓。盤塘江上老農。同薦溪芳。椒馨櫻熟登籩俎。春社祭餘人散。靈旗天暮。　孤艇棹向中流。倚篷鬢影。素妝仙子來處。記臨別、屬君過我。望簷角、荊花盈樹。又斜照、舟師繫艣。水仙祠在留人住。訝脫手新詩。相逢可惜終無語。

## 許乃穀　字玉年、浙江仁和人道光元年舉人、官甘肅燉煌縣知縣、有瑞芍軒詞一卷、

### 買陂塘　同人詣孤山、議建和靖祠、並補梅鶴、詞以紀事、

莽蒼蒼、斷垣衰草。無人來弔和靖。山中眷屬空梅鶴。滿目斜陽淒冷。君試省。賸七百餘年、舊蹟猶堪認。重

來繫艇。想一角添樓。二分臨水。先合補疏影。　閒身世。仕隱都難自定。不如沈醉無醒。買山有願非虛語。笑指西湖爲證。高處凭。把去住心情。訴與先生聽。夢尋雪嶺。更飛步登臨。憑空歌嘯。月下四山應。

## 湯建中　字德卿、一字允叔、江蘇陽湖人、道光元年舉人、官山東運河同知、有筠綠山房詞草一卷、

### 永遇樂　鞏華城懷古

萬點螺痕。危峯壓郭。青入庭戶。月照空城。聲沈破柝。夜有巡街虎。曙風撼壁。亂飛碧瓦。驚起寒鴉千樹。問牆根。玉魚金椀。幾時復出荒土。　當年此地。雄藩鎮撫。回首繁華何處。一十三陵。望中但見。燐火荊榛路。江山如舊。樓臺已改。賸有故宮禾黍。憑誰弔。荒烟暮靄。斜風細雨。

### 摸魚兒　趙于岡手繪荷花并題摸魚兒一闋寄贈即次原韻奉酬、

正憑欄。一池風雨。忽忽吹散萍聚。蓮心苦結相思子。盡逐絮飛江渚。懷舊侶。奈寂寞沙汀。信息沈青羽。迢迢極浦。剛盼得紅鱗。翻波欲出。又被荇絲阻。　涼飆動。收拾枯荷欲去。西風驚起鷗鷺。趨炎都上鴛鴦島。誰向冷波飛度。休自顧。瘦影浸深溪。益覺添酸楚。愁心萬縷。縱尚有殘紅。一枝堪折。也自感遲暮。

## 張維屏　字子樹、一字子曙、號南山、別號珠海老漁、又號松心子、廣東番禺人、道光二年進士、官江西南康府知府、有海天霞唱二卷、玉香亭詞一卷、總稱聽松廬詞鈔、

西江月　海天漁者雲水釣徒、偶逢山上老樵、海邊閒話、沽酒共酌、各製新詞、

掃卻風枝雨葉。添來雲影山光。老樵自插野花香。不管鬢絲飄颺。　消我胸中冰炭。憑他世上炎涼。仙人棋局請收藏。不必機鋒相向。

不用風蓑雨笠。何須蟹舍魚莊。老漁宛在水中央。但覺海天空曠。　懶看魚龍百戲。愛陪鷗鷺雙翔。武陵何必訪仙鄉。春水船如天上。

滿江紅　道經廣陵、維舟信宿、古懷骯髒、黯然有詞、

水冶山穠。遠望見、綠楊城郭。問多少、酒船燈舫。畫闌珠箔。空裏瓊花隨雨散。夢中歌吹和潮落。剩雷塘、幾箇草根螢。光如昨。　迷樓外。刀兵惡。青樓上。煙花薄。嘆錦帆禪榻。同歸蕭索。但願尋常浮綠蟻。底須十萬騎黄鶴。過平山、一勺醉翁泉。清涼藥。

## 黄德峻　字琴山、號景崧、廣東高要人、道光二年進士、官至福建糧道、有三十六鴛鴦館詞、

點絳脣　春暮

碧草無情。伶俜蝶抱斜陽冷。畫欄慵凭。中酒新來病。　何處飛花。飛到閒天井。簾櫳靜。片紅黏定。留住春風影。

醉花陰　獨步梅花下作

春風吹夢江南闊。酒醒翻愁絶。小步繞迴廊。花影參差。篩碎玲瓏月。　種花人去芳筵歇。寂寞花時節。獨自撚花看。花也憐人。瘦減三分雪。

## 孫家穀

原名家棪、字曙舟、號幼蓮、浙江鄞縣人、道光二年進士、官湖北襄陽縣知縣、有種玉詞一卷、

### 暗香　離恨

波如香篆。寫何人愁思。彎環不斷。暗漬酒痕。襟上分明淚千點。心口商量密語。恁分付、牙檣雙燕。獨自个、悄立船脣。回首暮天遠。　幽怨。問誰見。只翠閣有人。者般淒戀。亭長亭短。一日還教一程算。魂夢相隨何處。多則是、春江尋徧。待今夜、牢等着。燭花細翦。

## 趙慶熺

字秋舲、浙江仁和人、道光二年進士、官金華府教授、有香銷酒醒詞二卷、

### 憶蘿月

夢魂如絮。隨定東風去。一堵紅牆攔不住。直到畫樓深處。　落花小院池塘。鸚哥喚醒迴廊。誰道晝長春永。只消幾炷沈香。

### 陌上花

西風畫角。荒城吹上、滿天霜氣。遠水斜陽。紅到亂山無際。樓臺一味銷魂色。翠袖有人寒倚。料珠簾半捲。

斷愁如我百端難理。向關河走馬飄零長劍。舊夢淒涼空記。便作去黃花。瘦也問誰提起。年來多少無名淚。何處生綃緘寄。但青衫幅幅啼痕印滿。湖波不洗。

## 徐大鏞　字序東、號蘭生、直隸天津人、道光二年舉人、官河南杞縣知縣、有見眞吾齋詩餘、

### 滿庭芳　水仙

搓玉成肌。鏤冰作骨。藐姑仙子初逢。凌波微步。又似洛川蹤。所托清泉白石。冷香浸、高潔誰同。相輝映。梅兄礬弟。品定自涪翁。　仙風。還應藉。瑤琴彈出。雅操三終。笑銀臺金盞。刻意形容。底事求諸色相。清淨域、色相皆空。參妙諦。前身今日。流水月明中。

## 劉遵燮　字濬之、又字洵之、江蘇武進人、道光二年舉人、官江蘇太倉州學正、

### 露華　金絲荷葉

淺莎挹潤。便拂翠縈紅。嫋嫋絲引。繞偏緺雲。仍向雲根低襯。縱教不蓋鴛鴦。怎奈雨聲無準。池亭畔。羅羅薛侵。石色泉韻。　棲香蝶夢初醒。慣一晌嬌憨。時復相趁。可是細紋斜蹙。認他金粉。也應當作花看。點點碧痕圓暈。芳未歇。芙蓉肯教瘦損。

### 疎影　七夕分賦得牽牛花

閒情爾許。正晝屏無睡。偏惹愁緒。短蔓柔絲。籬角牆陰。憐伊慣受風露。明河鵲駕今何夕。可記否、迢迢星路。恁錦秋、翠瘦涼添。但放小齋幽處。　應是天孫別淚。等閒灑碧漢。殘影誰護。化作香痕。可奈旋收。一霎雲軿難駐。芳華綽約無多候。恁便放、曉霞催曙。算勝他、搖落春紅。點點被風吹去。

## 孔昭煊　字溫甫、號小蘅、山東曲阜人、道光二年舉人、有半舫詞、

### 卜算子

寒雨暗連江。芳草青迷路。山水重重阻客行。還有行人去。　風笛數聲殘。別酒離亭暮。不是花驄不肯留。春尚留難住。

## 徐金鏡　字以人、一字芸峴、浙江武康人、道光二年舉人、有山滿樓詞鈔三卷、

### 東風第一枝　周霱亭自日本攜歸倒垂梅二十餘種、譜此贈之、

嫩日烘晴。輕烟閣雨。嬌花勒住寒淺。晝簾深駐紅香。韡粉半舒笑靨。忺春綽態。料費盡、東風裁剪。傍繡屏、瘦骨慵扶。弄影自搖纖輭。　瀛嶠客、勝情最遠。思往事、暗驚夢斷。乍從鯨島移根。對舞靚妝照眼。初眠宮柳。算未抵、柔絲長短。待倩他、幺鳳收香。曉月漫吹羌管。

## 張湄　字春槎、河南汲縣人、道光二年舉人、官江西同知、有蝶花樓詞、

### 祝英臺近

月朦朧。人寂靜。曾記繡簾揭。小閣薰香。低把舊情說。可憐歡會無多。落花飛絮。又過了、清明時節。　愁千疊。對此旖旎韶華。孤衾夢猶劣。醒後思量。願化漆園蝶。有時再近雲鬟。迷香醉粉。好重訴、者番離別。

## 朱緒曾　字述之、江蘇上元人、道光二年舉人、官浙江台州府同知、有北山詞集、

### 百字令　庚戌重修曝書亭

稻花風裏。趁秋風一舸。梅溪重泊。甌舫三楹經改拓。柱史丹青堪託。槐汭煙晴。菱池潮減。願話豐年樂。欣聯鷗侶。開尊爭賀新落。　憶自七錄翁來。研經契古。圖畫煩斟酌。隔歲經營今始就。添得筆龕書幕。種樹留鶯。移花引蝶。細認新林壑。竹孫龍護。嶄然思露頭角。

## 祝壬林　原名懋成、字鞠門、浙江仁和人、道光二年舉人、官覺羅漢敎習、候選知縣、有長蘆秋笛譜、

### 疎影　綠陰

濛濛溼翠。看雨晴萬樹。涼合如水。淨洗春痕。略綴殘香。試問東風餘幾。雛鶯乳燕還來否。料不戀、枝頭青

子。記恁時、載酒江南。壓徧吳娘船尾。　遮斷郵亭十里。早斜陽遠近。亂蟬催起。那處人家。深掩重門。都在碧陰陰裏。而今歸踐溪山約。慣自愛、眠琴閒憩。任晚來、月上西窗。影暗一燈簾底。

## 李福培

字仲謙、一字仲騫、號心畬、江蘇金匱人、道光二年舉人、官廣東從化縣知縣、

### 蝶戀花

春到小庭春事晚。綠暗紅稀。無計將春挽。杜宇聲聲啼更嬾。殷勤且拾飛花瓣。　窗外月痕花霧綰。拌得無眠。整把歸鴻盼。不信彩雲容易散。曉妝人起春山淡。

## 戴鑑

字賦軒、一字石坪、山東濟寧人、有潑墨軒詞六卷、

### 滿江紅　宿金山寺作

孤嶼中洲。渾欲把、洪濤攔住。凝望眼、熒熒雲石。濛濛烟樹。傑閣平吞三楚盡。驚波倒捲前朝去。更塔鈴、對客話興亡。悲今古。　紅葉岸。青苔渡。江落日。山沈霧。看帆飛檻外。危檣低度。夕嶂懸燈鐘磬發。水軒吹笛魚龍舞。聽蒼崖、浪打夜潮生。驚風雨。

## 鮑俊

字宗垣、號逸卿、別號石溪生、廣東香山人、道光三年進士、改庶吉士、官刑部主事、有倚霞閣詞鈔、

桃源憶故人　秦淮

秦淮舊是芙蓉闕。爲問六朝金碧。不見後庭花發。紅粉銷陳迹。　幾株衰柳垂殘葉。斜拂酒帘凄絶。今夜管絃聲歇。空剩南朝月。

## 陳希敬　字笠甫、又字慎甫、浙江海鹽人、道光三年進士、官直隸深州知州、有退耕堂詩餘一卷、

霜葉飛　秋林

霜華曉染晴溪樹。乾紅瘦碧相照。烏枝蠹葉更難禁。連夜西風掃。露一角、山青未了。近來名手荊關少。剩畫稿荒寒。曳酒幟山塘。木末楓落寒早。　回憶把卷霜根。斜陽坐讀。一編蟫簡搜討。如今蕭瑟感江潭。攀折城邊道。寫石徑、停車吟眺。數莖短髮涼吹帽。望遠郵、亂雲邊。萬葉疏黃。暝禽聲悄。

## 陳竺生　字松瀛、江蘇新陽人、道光五年舉人、有紅雄山館心絃詞一卷、

齊天樂　秋蟬

濃陰一徑涼如沐。愔愔畫樓人悄。碧樹無情。故宮有恨。偏是西風信早。闕河人老。問敗柳蕭疏。幾番殘照。翠羽潛窺。曳聲飛過別枝小。　簾前疏雨乍歇。喜新晴弄響。頻和啼鳥。蛻影前塵。霜花後夢。冷葉殘枝猶抱。哀音嫋嫋。正夢醒西樓。疏桐月曉。伴我淸吟。一聲聲不了。

## 疏影 柳影

蘇堤月冷。記疏風短笛。曾檥孤艇。倒浸淸漪。掩映婆娑。含嚬獨傍妝鏡。春魂招向屛山住。又搭上、闌干靡定。歎鬢絲、一樣蕭疏。怕對短檠涼影。 隱約章臺日暮。絲絲弄淺碧。眉嫵誰認。涼夢惺忪。滿地珊枝。漫許黃鸝棲暝。柔情已伴離情遠。但偎著、畫簾人靜。怎小蠻、善舞腰支。如許橫窗瘦損。

## 摸魚兒 秋柳

記春晴、柔條暈碧。翛然今已秋冷。沙平潮落寒烟斷。賸有暮蟬啼哽。殘醉醒。認舊日秦淮、曾否朱樓映。風疏夜靜。但碧月紅尊。銅琶鐵笛。伴我宿孤艇。 重尋處。幾度殘鐘疏磬。孤城猶聽潮打。風流張緒憐消瘦。寂寞毿毿涼影。乘逸興。弔六代榛蕪、京口斜陽暝。畫闌獨凭。歎古寺寒鴉。荒郊老馬。往事共誰證。

# 鄧承宗 字孝旃、湖北江陵人、道光五年拔貢、有藻香館詞鈔一卷、

## 憶秦娥

秋風咽。秋宵吹落秋空月。秋空月。團圞不照。管人離別。 晴川不渡江流隔。蕭條看盡垂楊色。垂楊色。愁他歲暮。寒天冰雪。

## 南柯子 沔陽道中

風起零黃葉。灘迴聚白沙。艫牙聲裏間啼鴉。正是荒寒渡口、夕陽斜。 遠樹分新月。長橋擱暮霞。扁舟吹

雪向天涯。不信今宵殘夢、在蘆花。

## 黃富民

字小田、安徽當塗人、道光五年拔貢、官禮部郎中、有萍軒詞草、

### 雪月江山夜

去冬皖城大雪、嘯山與周縵雲侍御夜集李壬叔寓齋、出門見月、嘯山口吟此五字、侍御用爲起句、成金縷曲、互相唱和、今春寄示、次韻報之、侍御諸君作未見之也、

雪月江山夜。只張先、超然一語。便應無價。況有周郎仙李共。聚我枌楡里社。問此景、房山能畫。高房山有夜山圖恨不天風吹客去。儘安排、綠蟻盈千斝。飛一舄、我來下　酸寒不棄貧東野。咳珠璣、隨風而墮。隨流而瀉。從此江東添韻事。舊調新詞許借。想一例、冰生研瓦。壁上無由觀白戰。羨雄才、秀句爭陵跨。誰爲我。盡鈔寫。

### 瑞鶴仙

次韻嘯山、秦淮散步、紅樓翠館、盡爲瓦礫、惟丁字簾前、楊柳一株、依依如昔、

又隨春草碧。賸一株憔悴風纔煙織。斑騅去無跡。只紛紛涼月。夜成空白。金尊玉笛。悄無聞、闌干共拍。甚當年、水榭風簾。不及等閒阡陌。　誰惜。雕梁久壞。金縷空垂。燕鶯難覓。旗亭畫壁。箇人翠黛誰識。儘殘絲搖颺。纖腰不定。繫住柔魂弱魄。再休敎、跋扈風來。霜飛一昔。

## 程應權

字子衡、號小莊、江蘇武進人、道光六年進士、改庶吉士、授翰林院編修、輯有萍聚詞一卷、

### 摸魚兒　萍

問茫茫、天邊流水。盡頭卻在何地。仙槎八月隨能去。無奈盟鷗心事。秋賸幾。忍雨雨風風、只管和愁逝。晚霞休綺。怕波鏡深深。年光照出。對影見憔悴。　桃花浪。初長溪頭還記。回青漫認容易。前生不到沾泥墮。才幻此生根蔕。空自計。恁夕汐朝潮、算了儂今世。夢魂可至。願飛向隋隄。枝頭相屬。此處莫輕墜。

### 南浦　秋燕

天涯如此。悵飄零、底事未成歸。一夜平沙雁到。慘過子規啼。留得梁間泥印。累臨歧、欲去又依依。儘如人惜別雙襟顏色。紅染淚燕支。　便算一年一度。好韶光、也只付羈棲。知否眼前風景。不似六朝時。辛苦重來作客。怕斜陽、空自認烏衣。忍蕭蕭、落葉聲中。頻替卜行期。

### 齊天樂　燈花

一宵便自成開落光陰比春還短。開處常難。落時偏易。怕煞夢中不管。芳心縱煖。問到得成灰。能消幾晚。燭影沈沈。對伊枉墮淚痕滿。　深閨一般夜永。料剔殘未忍孤坐看倦。生恐尖風。忽忽吹謝。歸信天涯阻斷。重簾怯卷。還判著禁寒。遮將窗畔。恁識愁眉。照來空自展。

### 長亭怨慢　新竹

問三徑、春來荒未。又聽輕雷。鑄龍驚起。伴罷櫻廚。娟娟成篠當容易。憑君相呪。消不盡、干雲氣。一寸揣虛心。知幾度、棲鸞夢裏。　怕是忽忽孤負。卻盼到、成林無計。籬根何短。當日歎、一般生意。斷腸處、倚向愁邊。

易豫想、茫茫身世憑怪得、湘筠初長便含紅淚。

## 疎影　風竹

敲窗影瘦正蕭蕭聲裏。人意涼透。一樣青青。颭向風前。眉痕儘讓宮柳。春心易比冬心展。惜總有、絮飛時候。且中宵、个个低梢。長伴天寒翠袖。　還記籬邊初長。恰番番芳信。蔣徑吹後。寄語封姨。百種紅情。只合敎花消受。清談人去狂飆急。怕惹起、緇塵五斗。卻憐伊、耐得飄搖。翻把金鈴孤負。

# 吳　贊

榜名廷鈔、字惠欽、號偉卿、一字彥懷、江蘇常熟人、道光六年進士、改庶吉士、官刑部員外郎、有塔影樓詞一卷、

## 山花子

寂寞東籬菊已殘。夫容獨自倚江干。紅樹斜陽無限好。當花看。
錦帳眠雲嫌被重。珠簾立月怯衣單。天氣兩般渾不定。暖還寒。
蝶夢驚回夜向闌。鵑鴂啼徹曉窗寒。梳罷雲鬟頻照鏡。入時難。
柳渚魚喧迎玉餌。蘆灘雁警避金丸。日坐江頭帆過盡。不開船。

## 高陽臺　楊花

輭雪烘晴。香雲罥雨。未飛已自難禁。漫逐東風。天邊消息沈沈。珠簾十里都高卷。倚闌干、愁煞春深。最堪

憐。低共遊絲。暗裊牆陰。　玉人應省飄零恨。怎輕幡繡就。莫護烟林。一樣韶華。羣芳誰結同心。算他命比桃花薄。儘風流、不上瑤簪。卻無端。賺得兒童。飛去還尋。

## 水龍吟　鵲華橋踏月

街頭宵柝三更。霜華滿地秋空淨。吹簫何處。明湖一片。流光不定。好是團圞。偏從客裏。照來孤影。正寒砧催急。閨中今夜。應憶著。天涯冷。　悵望採蓮人去。悄西風、鴛鴦夢醒。那堪重問。紅香十里。舊時遊艇。寂寞橋邊。蘆花蕭瑟。露珠橫迸。這心情、待訴姮娥。怕高處。還愁聽。

## 阮郎歸

黃金散盡柳絲絲。酴醾故故遲。春光能有幾多時。背人雙淚垂。　飛燕去。畫樓西。珠簾一半低。闌干桂子月中枝。吹簫夜夜思。

如酥細雨浣春泥。青青草色肥。遊絲無力故依依。傍他胡蝶飛。　聞杜宇。數聲啼。春歸人未歸。起來重理舊羅衣。夢長誰得知。

## 永遇樂　寒鴉

暮色蒼茫。西風吹起。鴉點多少。一抹荒烟。幾灣流水。野闊孤村小。淒淒岸柳。已堪腸斷。況帶亂山殘照。便教他、寒枝揀盡。欲棲何處棲好。　春時記共。新鶯嬌燕。看偏穠花巧笑。蕭瑟而今。天涯回首。落木兼衰草。纔聽社鼓。又催城角。生怕歸飛不早。渾無奈、霜清月冷。夜啼到曉。

臺城路

寒枝未別聲先急。蕭蕭助人淒楚。帶月敲窗。和煙擁砌。一夜秋痕如許。花飛幾度。只略似花紅。也招風妒。百折愁腸。纔看貼地又回舞。　空庭飄灑無數。莫呼童卻掃。留待聽雨。低襯苔紋。細縈蝸篆。錯認玉人題句。家山舊路。記響踏斜陽。白雲深處。同是天涯。總難忘故樹。

## 顧夔

原名恆、字荃士、號卿裳、江蘇華亭人、道光六年進士、改庶吉士、官山西靈石縣知縣、有城北草堂詩餘二卷、

買陂塘　題某山圖

撲簾旌、一壺濃綠。朝來飛上眉宇。雲煙俄頃成千變。山色自無今古。鐘半杵。是古寺峯腰、隱隱紅牆露。懸崖缺處。更虹跨危橋。簾遮飛瀑。一鳥掠雲去。　終南徑。幾輩浮丘伴侶。出山都作霖雨。平生腰腳難誇健。雙屐未應全阻。君知否。有十畝松陰、郎是遊仙路。蒼茫回顧。恰覓渡僧歸。趁墟人散。樵唱入詩句。

## 陳其錕

字吾山、號棠谿、廣東番禺人、道光六年進士、官禮部主事、有月波樓琴言三卷、

綠意　柳色

千絲弄碧。繞蘇堤十里。嬌軟無力。照水全昏。潑酒還濃。一片新烟狼籍。紅閨莫放傷春眼。怕漏了、玉驄消

息。待問他、鬢影年年。可似陌頭顏色。　猶憶小蠻初嫁。唾花羅袖染。曾擣香汁。紺借鶯衣。影混鸚籠。誤認墜樓幽魄。關心金粉零星路。更畫出、清明寒食。最夕陽、慘綠撩人。莫把笛聲吹折。

### 水龍吟　紅蕙

質幽偏愛燕支。此花解得靈修意。湘波寫豔。吳霜染鬢。光風轉細。蘅露爲根。裁霞作朵。流馨服媚。待題詩寄與。紅綃點點。還道是、騷人淚。　不恨幽芳無主。恨棲遲、夕陽身世。丹心未改。朱顏難駐。樹猶如此。試弔三閭。重尋百畝。可憐憔悴。更何人痛飲。高歌楚些。酹他沉醉。

## 項名達　字步萊、號梅侶、浙江錢塘人、道光六年進士、官國子監學正、

### 祝英臺近　遣懷

惱蜂情。慵蝶意。春事又如許。小立蒼苔。花影亂深塢。如何人已天涯。花開依舊。爭忍見、翠圍紅舞。　漫延佇。猛記雙袖憑闌。吟香上詩句。能幾番游。風月竟拋去。只除夢裏歸來。夢醒何處。重簾外、斷烟零雨。

### 踈影　題歌樓聽雨圖

歌雲凝碧。化清寒陣陣。吹送簾隙。和著檐鈴。乍疾還徐。付與小紅低拍。多情唱到聲聲慢。恐怨入、梧桐蕭瑟。最關心、溼了櫻桃。一點絳脣留得。　我亦愛翻新曲。翦燈人不寐。同此遙夕。夢斷銀屏。燕怯鶯淒。孤負杏花時節。情禪參透渾閒事。更莫問、碎絲零笛。卻讓他、紅豆詞人。領略年年寒食。

## 林聯桂

字辛山、廣東吳川人、道光六年進士、官知縣、有見星廬詞稿、

### 齊天樂　對酒

夕陽紅線垂楊度。呼攜綠尊清酤。蟬咽殘風。鳩啼晚霽。一味清涼入箸。壚頭獨踞。算江國蓴羹。華山煨芋。草草功名。夢回一覺遠山暮。　兩間總成旅寓。對江山勝蹟。且留佳句。太白酒樓。伯倫醉鍤。何似輕斟絮語。流年如水。甚金築高臺。玉題清署。明日檐端。烘霞開海曙。

## 李文瀚

字雲生、安徽宣城人、道光八年舉人、官陝西岐山縣知縣、有味塵軒詩餘二卷、

### 蘇幕遮　題李式齋同年畫樓春曉圖

柳絲絲。花片片。一晌春陰。鎖住樓深淺。樓上分明棲燕燕。因甚西飛。寂寞窗紗茜。　聽鵑啼。憐蝶戀。鏡約釵盟。虛結星河願。願也漫隨春去遠。萬一桃花。重見劉郎面。

## 朱有源

字月槎、浙江海鹽人、道光八年舉人、

### 揚州慢　螢苑懷古

衰柳淒迷。暮煙零亂。夕陽還戀蕪城。問鶯花舊事。有水影簫聲。賸點點、流螢似火。六朝餘燄。同此飄零。算

二分明月。一分應付殘星。　扁舟夜泊。望迷樓、紅隱疏燈。縱瘦蝶傳神。寒蛩弔影。難寫幽情。隱約玉鈎斜畔。香魂杳、豔塚留青。歎長隄誰照。橋邊秋影分明。

## 談　澐

字鴻儒、江蘇陽湖人、道光八年舉人、官四川墊江縣知縣、有雲西詞一卷、

### 蝶戀花　執拂塵美人

聞說人間無限好。謫向人間。容易生煩惱。舊恨剛隨秋葉掃。新愁又似春初草。　畢竟塵緣何日了。花謝花開。花事知多少。孤影不堪明月照。年光已共斜陽老。

### 長亭怨　衰柳、步湯雨生先生韻、

豈曾被、朔風吹折。鴉背斜陽。馬頭飛雪。萬里行人。一鞭猶共亂絲拂。當年張緒。到此也應愁絕。回指短長亭。還記得、攀條時節。　聞說。到春光漏洩。風轉又從蘋末。眼前搖落。料未必、韶華銷歇。卻不信、羌笛吹來。竟如此、聲聲淒咽。一縷已無多。那更冷煙縈絕。

## 潘德輿

字彥輔、一字四農、號養一、江蘇山陽人、道光八年舉人、官安徽知縣、有養一齋詞三卷、

### 蝶戀花　春暮寄景邃

百尺高樓春色暮。不捲珠簾。怕惹黏窗絮。只有惜春鶯解語。隨風又入煙中樹。　陌上尋芳羞獨去。碧水

紅橋。盡是相思處。吹盡殘花須閉戶。黃昏漸有瀟瀟雨。

### 水龍吟 笛聲

一聲雲杪飛來。闌干雖近關山遠。酒邊今夕。可憐千里。月華如練。借問西風。數行衰柳。幾多哀怨。況鄰家眞有。山陽倦客。悲涼曲。莫吹徧。　佳句倚樓獨擅。算鄉心、一般撩亂。年時也愛。畫船三弄。枚皋宅畔。何苦天涯。銷魂長似。離亭春晚。早歸騎、牛背閒吹野外做。煙鐘伴。

### 齊天樂 酬王二波騎尉、時二波守備眞州、以詞集見贈、

好花猶被春寒勒。垂楊更知無力。竹密簾重。苔深屧少。空把闌干低拍。閒雲片碧。忽吹到緱笙。醒人詩魄。笑傲塵凡。素箏濁酒此風格。　江湖一官自適。十年明鏡裏。偷換霜色。月黑鳴笳。燈青拂劍。聲落紅兒歌席。余情最寂。訊亭館滄浪。故人都隔。己丑秋、與曹艮甫朱酉生諸友飲於滄浪亭、曹朱皆二波至交、　細雨江城。落花閒歎息。

## 梁梅 字錫仲、號子春、廣東順德人、道光八年優貢生、有寒木齋集、附詞、

### 探春慢 馮孟先生甲戌水村簡邀閏花朝之會、

花事關心。佳期屈指。尋芳遙遞霜簡。鶯戶絃詩。蝶欄譜笛。許我狂紅飫眼。春網鱖魚肥。早釀得、梨花一醆。拌將不惜雙攜。沿階苔綠拖損。　惆悵勝遊多蹇。負卯色三篙。水雲都嬾。閣嫋新烟。是日淸明　簾篩碎月。

夢倘能來今晚。愁緒攪東風。驀送到、名園歌板。再約流觴。落英防已吹滿。

## 顧廣圻

字千里、號澗薲、又號一雲散人、江蘇元和人、貢生、官訓導、有思適齋詞一卷、一名鷗邊詞、

### 虞美人

張鬘仙將之江右、出示虹橋泛月圖求題、因爲述其意、

十年夢到揚州短。今夜腸偏斷。舊時月色可憐生。應許伴人無寐向天明。　風情畫裏依然在。未覺前游改。一彎煙水太無聊。不解流將深恨過虹橋。

### 小重山

江鄭堂持畫蟬柳扇索題、於時秋也、即景賦之、

滯卻仙都欲蛻姿。聲聲吟不斷、助涼颸。總傷搖落少人知。斜陽外、淒絕最高枝。　儂鬢況成絲。聞聲還帶影、怎禁持。婆娑殘柳共衰遲。西風裏、獨立又多時。

### 齊天樂

笛

老羌傳出千秋怨。從敎樂家場擅。瘦竹剜穿。冰絲束緊。中有淒涼塡滿。桓郎鬢短。更不稱懽尋。玉簫金管。捉搦情懷。踞牀三弄漫消遣。　驚他夜深耳倦。賞音人頓覺。心事無限。試擫新腔。偷翻舊譜。都作關山腸斷。登高望遠。付吹裂餘聲。恨邊愁畔。寄語西風。送危樓韻轉。

## 奕繪

字子章、一字太素、號幻園、又號太素道人、宗室、封貝勒、官至正白旗漢軍副都統、內大臣、有寫春精舍

詞一卷、

### 臨江仙 八月下澣作

柏子焚香些少。菊花得句清疏。小山叢桂落無餘。雁聲秋社後。人夢午晴初。　滿架蒲萄霜飽。溜檐鈴索風徐。一窗竹影照編書。草玄吾豈敢。賦或似相如。

## 桂文燿

字子淳、號星垣、廣東南海人、道光九年進士、改庶吉士、授翰林院編修、官江蘇淮揚海道、有席月山房詞、

### 滿江紅 悼荔

試問羅襦。還剩有、幾分顏色。恨不與、羅浮縞袂。早依仙闕。待過一春霖雨後。忽驚海上紅雲熱。詫朝來、幺鳳學鵑聲。都啼血。　長生曲。那堪說。紅塵騎。憑誰覓。祇昌華廢苑。蜂愁蝶訣。露液拋餘金盌瘦。冰肌銷後紗囊裂。盼枝頭、還我舊春風。珠光活。

### 揚州慢 石帚此詞為竹西作、辛丑春、聞吾鄉兵燹、輒借此調寫之、

末麗鬟風。離支掌露。舊詞多少芳妍。乍南來燕侶。說故里烽烟。記簷外、一星墜處。海珠忽熱。驚損鮫眠。戰春風半夜。潮聲吹到花田。　珠兒珠女。惜淩波、幾幅裙湔。早山鷓將雛。花駒餉蕊。歸在春先。怕有仙雲嬌墮。憑誰與、問訊鷗邊。怪客窗鸚鵡。朝來偏唱遊仙。

## 張集馨 字桂吾、號椒雲、又號香海、江蘇儀徵人、道光九年進士、改庶吉士、授翰林院編修、官至署陝西巡撫、有時晴齋詞鈔、

### 慶春澤 丁丑花朝

十里橋灣。二分月色。光陰又屆花朝。幾樹垂楊。年年工舞纖腰。游絲慣把封侯誤。怨東風、不送歸橈。最無聊。倚徧雕闌。聽徧錫簫。　相思味似丁香結。悵空濛細雨。綠染芭蕉。前度桃花。無心再放紅嬌。尋芳繞避招提路。怕芊眠、草茁愁苗。負新韶。寒掩柴扉。暖透林梢。

### 湘春夜月 秋聲

問蕭蕭。聲從那處飛來。但聽昨夜庭前。梧葉落空階。挂上一丸涼月。照叢篁疏柳。影蕩樓臺。愛小庭夜靜。籟生虛幌。涼逼蕭齋。　啓幃遙矚。丁東送響檐鐵音諧。秋士鬢絲欲白。怕幽閨瘦損。愁對鸞釵。弓刀遠戍。歎玉關、人老天涯。呼童起、把銀釭細剔。籬扃休掩。攬景徘徊。

## 馬沅 字湘帆、號韋伯、江蘇上元人、道光九年進士、改庶吉士、官戶部主事、湖廣道監察御史、有塵定軒詞、

### 高陽臺 潘紱庭得黃蓼花於內閣典籍廳、寄乃兄功甫舍人、移植吳下鳳池園、次韻奉和、

滿地江湖。高秋風露。幾枝遙落魚天。誰當花看。脂痕褪盡年年。絲綸閣下秋仍瘦。浣紅塵、金粟纔圓。認吟

邊。舊侶蘆汀。萬緒飛綿。家林自有池棲鳳。恰疏漢乞取種藥堦前。冷到幽芳。有人茅店曾憐。黄花晚節知相似。儘平分、淡月寒煙。傍清漣。一抹斜陽。閒共鷗眠。

## 嚴保庸

字伯常、號問樵、江蘇丹徒人、道光九年進士、改庶吉士、官山東棲霞縣知縣、

### 西江月

草細微微印襪。苔深款款兜鞋。赤闌干畔重徘徊。招手廣寒人在。　燈火誰家庭院。管絃何處樓臺。光明只照妾情懷。不管風吹羅帶。

### 喝火令

曲曲尋簷徧。弓弓點屐輕。青田素影去冥冥。借問小溪前路。可有詠花聲。　帘角殷勤意。牆腰宛轉情。冷香深處最淒清。幾日芳銷。幾日斷清明。幾日高燒銀燭。花夢照難醒。

## 龔鞏祚

原名自珍、字爾玉、一字瑟人、號定庵、別號羽琌山民、浙江仁和人、道光九年進士、官禮部主事、有無著詞選、懷人館詞選、影事詞選、小奢摩詞選、庚子雅詞各一卷、總稱定庵詞、

### 臨江仙

一角紅窗低嵌月。矮屏山疊羅紋。梨花情性怕黄昏。淚憐銀蠟淺。心比玉爐溫。　底事雛鬟憨不醒。冬冬

蚪箭宵分。起來親手放簾痕。春空涼似水。西北有嬌雲。

鵲踏枝 過人家廢園作

漠漠春蕪春不住。藤刺牽衣。礙卻行人路。偏是無情偏解舞。濛濛撲面皆飛絮。　繡院深沈誰是主。一朵孤花。牆角明如許。莫怨無人來折取。花開不合陽春暮。

南浦 端陽前一日、伯恬填詞題驛壁上、淒瑰曼絕、余亦繼聲、

羌笛落花天。辦香韉、兩兩愁人歸去。連夜夢魂飛。飛不到、天塹東頭煙樹。空郵古戍。一燈敗壁然詩句。不信黃塵。消不盡、摘粉搓脂情緒。　登車切莫回頭。怕回頭還見、高城尺五。城裏正端陽、香車過、多少青紅兒女。吟情太苦。歸來未算年華誤。一劍還君。君莫問、換了江關詞賦。

湘月 壬申夏泛舟西湖、述懷有賦、時予別杭州、蓋十年矣、

天風吹我。墮湖山一角。果然清麗。曾是東華生小客。回首蒼茫無際。屠狗功名。雕龍文卷。豈是平生意。鄉親蘇小。定應笑我非計。　才見一抹斜陽。半隄香草。頓惹清愁起。羅襪音塵何處覓。渺渺予懷孤寄。怨去吹簫。狂來說劍。兩樣消魂味。兩般春夢。櫓聲盪入雲水。　是詞出、歙洪子駿題詞序曰、龔子璱人近詞有曰、怨去吹簫、狂來說劍、二語是難兼得、未曾有也、爰填金縷曲贈之、其佳句云、結客從軍雙絕技、不在古人之下、更生小會騎飛馬、如此燕邯輕俠子、豈吳頭楚尾行吟者、其下半闋佳句云、一棹蘭舟迴細雨、中有詞腔姚冶、忽頓挫淋漓如話、俠骨幽情簫與劍、問簫心劍態誰能畫、且付與、山靈詫、餘不錄、　越十年、吳山人文徵爲作簫心劍態圖、牽連記之、

## 戴絅孫 字襲孟、一字筠帆、雲南昆明人、道光九年進士、官浙江道監察御史、有味雪齋集、附詞、

### 望湘人 聞蟬

正清風一枕。紅日半庭。竹陰花影淩亂。鶴厭吟孤。蝶嫌夢嬾。祇許鳴蟬相伴。那少芳林。碧雲催送。憑高聲遠。怕有人、黏取櫻花。使我難成蕭散。　仙侶猶誇賜扇。奈驚寒太早。珥貂非願。只遺蛻泥沙。便抵北溟程萬。從他鬢薄鏡奩秋展。又早垂鬟人倦。快莫把、墜露蘭皋。譜入湘江幽怨。

## 吳葆晉 字紅生、河南固始人、道光九年進士、官江蘇淮海道、有半舫館詞一卷、一名半花閣詩餘、

### 蝶戀花 題孔星廬淮陰聽雨圖

花蕚樓臺淮水照。何處池塘。綠到王孫草。風片雨絲情渺渺。晚秋圖畫天然好。　齊魯雲峯青未了。無數鄉愁。併作聯牀稾。我亦夢飛淮上棹。相思一雁山陰道。家兄引疾將自會稽歸里

### 疏影 水仙花

幽姿似玉。恰晨葩半展。香凍經宿。欲覓芳蹤。霧鬢風裳。閒愁只寄湘竹。珊珊略現淩波影。更不管、蘭橈南北。看此花、恁地清寒。想見對花人獨。　三面瑤窗未敞。幾痕破素蕚。春逗庭綠。月落雕梁。一縷吟魂。但與梅花同屋。明璫翠羽移情久。待寫入、伯牙琴曲。問甚時、縞袂相逢。莫豔楚江裙幅。

疏影　綠陰、和韻、

酴醿未落。漸碧陰罨𦋺。平展芳幄。露溼風幽。檐際迷濛。疏枝半露山角。紗窗寂寂鸚無語。更綠到、石欄雙鶴。看亂紅、幾陣飛來。換了早春簾幙。　迴首韶光去去。絳桃臙馥在。空負前約。透入斜陽。一色銷魂。悵望天涯人各。涼雲又釀江南雨。恰好蔭、嫩苔生閣。怕翠煙、裊向羅屏。彩筆也難輕著。

胡元博　字篯初、廣西臨桂人、道光九年進士、官浙江候補道、

摸魚兒　隨園感舊

斂山眉、一痕斜照。蕭蕭紅妒楓柏。西風小曳鷗波冷。禁得鬢絲吹瘦。招素友。便輭踏椶鞋、選勝聯詩袖。蓼花汀口。認水瑟琉璃。天低菡萏。清景肯孤負。　園林好。指點雙湖依舊。憑闌幾度回首。秋心暗逐溪烟裊。省識吟魂孤否。休僝僽。算臨水登山、此恨年年有。莓苔坐久。驀菰黑沈雲。柳黃攙暝。涼意畫難就。

湯成烈　字果卿、江蘇武進人、道光十一年舉人、官浙江玉環同知、有淸淮詞二卷、

蝶戀花　題畫月季團扇

韶華已過芳菲節。狠藉春紅。染就傷心色。細雨寒燈人惜別。亂花風裏聞啼鴂。　輕羅新樣秋雲潔。何似朱幡。護取休輕折。不分銀屏惆悵隔。願伊夜夜人如月。

雙雙燕　榴花

絳英淺吐。自深護朱旛。不將風怨。瑤臺夢醒。負卻好春無限。隱約嫣紅一點。恰襯得、翠雲葱蒨。憐他蟬鬢簪來。可妒石家穠豔。　應羡。明妝照眼。記鬢損紅巾。綠陰初見。分明憔悴。怕說酒深愁淺。多半相逢覥腆。便誤了、羅裙痕濺。管取一月薰風。日日畫簾高卷。

六州歌頭　夏初高式之招飲薔薇花下、坐中各賦詞詠之。余未遑也、式之輯而成卷、屬余追和、賦此質之同人、以爲有孫子荆情生文文生情之風焉、

東風謝後。留得一分紅。芳草積。繁華歇。怨春空。太忽忽。憐我新來瘦。渾不管。風和雨。裁剪出。冰綃疊。費花工。似待殷勤。勸酒含情態。粉滴香融。恐長條牽惹。有恨訴和儂。芳意溶溶。爲誰容。　算多情客。題詞句。攜巵酒。遶珍叢。香引蝶。陰添碧。漸蒙籠。玉闌東。爲問春何在。空追想。夢難重。人自隔。天涯遠。幾時逢。遮莫吟成。哀怨花應笑。淺醉惺忪。有釵鈿墜澤。檢點付薰風。不似春濃。

蘭陵王　秋砧

暮砧急。殘夜聲聲掩抑。深閨意。長念路遙。斷續蒼涼轉淒咽。關山恨未識。空憶。天涯倦客。多應是。人瘦帶寬。秋到君邊動刀尺。　敲殘露華白。又漁火停紅。江雨催黑。機聲燈影風蕭瑟。愁入戶霜緊。望人天遠。芳衾寒峭夢正寂。那堪更聞笛。　鄉國。恨遙隔。奈疊水層山。難假雙翼。愁雲黯黯秋無色。伴斷雁深夜。暗蛩寒月。勞人無夢。便夢裏。怎聽得。

## 楊懋建 字掌生，廣東嘉應州人，道光十一年舉人，有留香小閣詞一卷，

### 高陽臺 詠萍

夢漸隨雲，春都成水，飄零别換心情。如此浮名。可知悔煞尋春。楊花誰說情根薄，儘纏緜、未放愁醒。肯貪看。十萬春華。誤了浮生。　衍波牋寫迴波曲，只約憑風綫，護倩雲根。似葉青衫，笛中怕聽淋鈴。遥憐花韻樓前柳，漾春波、水竹三分。忒怱怱。秋影依依，又換蘆汀。

## 陳鍾祥 字息帆，晚號抑叟，貴州貴筑人，道光十一年舉人，官直隸趙州知州，有香草詞五卷，鴻爪詞，哀絲豪竹詞，菊花詞集，牡丹亭詞各一卷，

### 燭影搖紅

一笑嫣然，衆芳減盡平時色。東雲放到海棠初，春殢嬌無力。應是小桃半破，暈酡顔、深紅得得。恰宜微醉。雅稱新歌，衫輕袖窄。　偏愛癡狂，酒餘茶半香初夕。小憐玉體憶横陳。誰把凝脂拭。别浦波痕新碧。喚聲聲、闌干輕拍。暗香疏影，低唱吹簫，更須浮白。

## 朱綬 字仲環，又字仲潔，號酉生，江蘇元和人，道光十一年舉人，有緹錦詞，湘絃别譜，黛湖漁唱各一卷，總稱

知止堂詞錄清詞選三卷、

## 琴調相思引　和澹懷虎丘紀遊

夢裏笙歌畫裏樓。夕陽無語下荒丘。滿湖秋水。長定向東流。　縈碧柳橋先度雁。鬧紅花舸不宜鷗。酒風涼鬢。偏是少年遊。

## 探春　寒花

病葉煙飛。愁枝蘚蝕。孤芳空自幽雅。曲幙懸金。閒釵垂玉。誰倚月亭風榭。無意殘妝束。似空谷、嬋娟不嫁。可憐遲省春韶。淒淒珠淚盈把。　堪歎靨紅媚紫。便鬬盡鉛華。鶯燕催謝。瘦影偎霜。貞心淩雪。肯借東皇聲價。籬落依依處。總未稱、圍鑪嬌冶。獨自銷魂。耐寒人在深夜。

## 湘江靜　代別思

岸曲西風催戍鼓。把金尊、勸留難住。蘋波漸起。蘆雲盡卷。是離船行處。玉井淚波寒。還分付、煙鴻彈與。千山萬水。書遙夢遙。斜陽外、半帆雨。　佩素璫。搴翠羽。誤神妃、暮皐微步。碧峯黛斂。瑤流鏡貼。定湘弦頻撫。人已隔天涯。愁今夜、月生南浦。銷魂第一。黃陵廟近。猿啼斷樹。

## 多麗　自來西湖雨雪間作、余與諸君無日不著屐遊也、在理安道中、飛泉橫流、褰裳徒涉、亦一奇矣、明日將為旋里計、歌此留別、

聽蕭蕭。風風雨雨朝朝。恁吹寒、還吹薄暖。斜陽慣自迢迢。露亭欹、花遲蝶眷。烟隄闇、柳禁鶯捎。繡土香凝。

妝樓笑淺。鈿車誰過第三橋。憶芳陌、畫衫扶醉。緩控玉驄驕。閒回首、十年塵鬢。綺想都消。　待山山、霞痕散霽。但須選勝林皋。磴泉飛、翠侵筍屐。雲崖轉、青潑松瓢。揞策情孤。翦燈話冷。勃姑聲裏喚歸橈。便天許、一春中酒。心事總無聊。西谿月、俊遊空約。夢穩梅梢。

國香慢　吳辛生出示惜花圖卷、鴛湖翟布衣所作、李丈子仙題絕句六首、緜渺淒怨有不盡之意、二君謝世皆數年矣爲譜弁陽老人夷則商一調、鬼唱秋墳、知予悲也、

那便傷春。對畫橋煙絮。怨思都陳。看春慣嗟遲暮。況是春人。憐惜江南二月。儘年年、碧樹花新。無端又惆悵。輭繡銅街。暗起香塵。　寂寥前度恨。向粉綃重認。綺想紛紛。蜀弦彈淚。吹溼萬點鵑雲。一片斜陽廢土。掩愁紅、陌上黃昏。人間更何處。道有嬋嫣。未解銷魂。

選冠子　琵琶

細馬妝殘。明駝影散。初寫漢宮離怨。刳檀木古。緪玉絃高。邏逤紫槽香滿。關塞荒涼路遙。攙入鄉愁。一聲蘆管。正將軍毳帳。傳歌沙漠。雁行飛斷。　知甚日、流響江南。釵樓稺小。手語漸成嬌輭。勻遮半面。側彈雙鬟。領略酒邊燈畔。惆悵蕭郎舊時。腰鼓纏來。倍添淒惋。莫幺絃撥冷。春風還是。曲終人遠。

瑞鶴仙　零雨飄風、秋蕪被野、順卿調齊天樂見寄、情詞悱惻、歌不成聲、拈此奉答、義託閨襜、旨兼風諭、亦離騷之遺也、

笑芙凋淚影。早柳外、人家虛檐秋淨。妝眉妒明鏡。記蘼蕪、采罷墜雲難整。啼螿訴病。倚寒幬、淒涼自省。舊

題紈碎。墨零烟萬點。怨紅新凝。　芳塍明璫緘字。換到鑪熏。漸消香餅。重簾度暝。斜照外。雨絲冷。歎悲黃書蝕。看朱歌斷。幾處銀缾恨井。最堪憐、嬌穉鄰娃。夢歡未醒。

## 夏塏

字子儀、江蘇上元人、道光十一年舉人、官福建建陽縣知縣、有信天閣詞、

### 摸魚兒　失題

更何堪、者番摧折。吹來無限淒切。一年容易秋光老。況是橙黃時節。羅袂怯。看幾日園林、掃盡閒蜂蝶。蕭蕭落葉。只賺得詩狂。心情中酒。鏡裏鬢添雪。　簾垂處。幾許蟲鳴幽咽。聲聲訴與檐鐵。江鄉有夢歸無計。隻影一燈清絕。心似結。算只有銜杯、是我消愁訣。光陰飄瞥。莫放過中秋。輕拋九日。孤負吹臺月。

## 劉楚英

字香鄖、一字湘芸、四川中江人、道光十一年舉人、官廣西梧州府知府、有石龕詩餘一卷、

### 御街行　五月曉雨發梧州

蕭蕭江岸嘶官騎。客送客、心先醉。同舟人聚木蘭舟。天遠火山浮翠。年年此地。迴環相送。都有沖霄志。火山一名沖霄、梧州迎送、與山相對、　連朝好雨含深意。替人灑、英雄淚。一家眷屬兩家分。獨領孤舟滋味。錦江非遠。鴛江非近。長寄回文字。

## 楊懋麐 原名堯杰、字子振、號友麓、浙江平湖人、道光十一年舉人、官直隸州州同知、有閒雲潭影詞二卷、

### 卜算子

簹影織人衣。花影描窗紙。又是昏黃月上時。脈脈簾垂地。　夢裏忒貪歡。夢後難忘記。一樣星辰一樣明。只把從前比。

### 八聲甘州 秋柳

甚秋光、作意畫深林。泫然驟魂銷。漸清潮滾滾。西風瑟瑟。一帶蕭騷。綰得向時情緒。非復小蠻腰。指點棲鴉處。流水平橋。　曾唱黃驄陌上。奈翻殘樂府。綺夢全拋。便疏陰披拂。波影怕重描。對江潭、樹猶如此。誤幾回、繫馬總無聊。誰知道、是前遊地。涕淚攀條。

### 臺城路 寒煙

笛聲吹冷迷平楚。絲絲漸縈沙尾。帶水迴腸。隨雲過眼。颺入頹陽天際。荒鐘到耳。認一角蒼茫。獨尋蕭寺。織暝飄愁。畫成空外暮山紫。　春城半籠翠柳。小樓紅缺處。明媚如洗。炊黍殘光。烹茶燧趣。換了篷窗風味。昏鴉未起。看雪壓茅檐。乍騰還殢。重惹簾旌。倚篝人倦矣。

### 長亭怨慢 題郁彝齋先生湖隄絜影圖

更能綰、幾多情緒。一片春痕。蕩成煙雨。嫁與東風。年年漂泊又何苦。乍低仍起。偏慘到、消魂路。約略小紅

樓。怎忘去卻、青驄前度。延佇。傍沙隄十里。重省舊曾遊處。湔裙水碧。染不作平盡。亂愁千縷。但賸得、踠地柔條。尙搖曳西泠官渡。說綺債全償。還有芳華如許。

齊天樂　寒蟬

無端喚醒南柯夢。淒清蛻餘身世。忍冷嘶風。含酸絮月。作去出深秋天氣。琴心未死。對落木蕭蕭。寫成哀思。妝閣塵封。半生幽恨又提起。　桐陰漸移節序。苦吟傷病羽。如訴還滯。響斷頹垣。愁飛古渡。羈旅何堪傾耳。流年逝水。歎蝶瘦蛩殘。更誰能替。鬢影霜凋。一絲斜照裏。

## 莫友芝

字子偲、號郘亭、晚號眲叟、貴州獨山人、道光十一年舉人、特用知縣、有影山詞二卷、集外詞一卷、

浣溪紗　書別

雪意盤風掣阜雕。寒雲沍日冷蕭蕭。暮烟山店一燈遙。　去路直隨黃蘗浦。前山猶見綠楊橋。水衾孤枕自今宵。

南浦　本意

風信度無痕。是何時、綠遍前溪芳草。唯見碧連天。金堤外、漲足半篙春曉。魚梭燕翦。韡紋皺入汀烟杪。一陣飛花隨水去。開過棠梨多少。　去年愁雨連江。送征帆開也。鷗眠未了。咫尺小漁莊。分攜處、生遍綠苔誰掃。滄波浩淼。斜暉脈脈平蕪悄。但是歸船憑問信。只被去帆顚倒。

瑞鶴仙　初夏、楊虛齋大令丁右衡孝廉偕招蔡茝溪楊竹坡袁佩蒼左吉亭四學博、會飲影山草堂、歌以侑爵、

春風才省識。早姹紫嫣紅。暗換深碧。回頭如過翼。倩輕寒細雨。往來牽惜。冥迷去迹。遍天涯、芳草無極。剩幾多、櫻筍時光。堪繫嫩薰烟色。　愁憶。少年時節。隨意清歡。浪拋輕擲。中年人事。思前度。便難值。問今朝何日。翠樽初漉。更萃吟豪墨客。可漫教、掌上金杯。等閑放得。

# 邵懿辰

字位西、浙江仁和人、道光十一年舉人、官刑部員外郎、有半巖廬遺詞、

滿庭芳

黃月成孤。碧梧是寂。誰家園子清深。桂之樹下。牖有石欄橫。遍了秋涼景色。便何須、再聽秋聲。還相問。倚樓悶後。長笛又何人。　江鄉流本事。斷煙零墨。一樣酸心。算天名離恨。媧石也難平。且莫嗔他薄倖。却愁他、幾處飄零。春蠶句。瞑絲吹淚。和墨上郵亭。

# 張　穆

原名瀛暹、字誦風、一字石洲、號㐆齋、山西平定人、道光十一年優貢、有月齋詞、

百字令　自題煙雨歸耕圖、仍用竹垞原韻、

客游倦也。問幾人信我。山林畸士。辛苦平生餘底物。數卷殘書而已。壠上春腴。圖中秋老。活計無逾此。山

堂在眼。行縢打疊歸耳。一笑竹垞當年。長楊奏賦。負吾師田水。開國風流難再覯。何事行歌燕市。獵聚田蕪。靖陽亭古。耕作吾家事。綠蓑青笠。淵明應說今是。

百字令　追題四十一歲小照、仍用前韻

緇塵斗擻。看圖中北海。仍然豪士。戢影蓬廬何所樂。惟有耽書而已。四十年頭。一椽無庇。淪落誰堪此。蟲魚注徧。任人笑我癡耳。　回首落帽幷門。徵裘京國。更橫帆江水。一第艱難頭早白。絕倒繡文倚市。晏相楹書。袁師燈火。自有無窮事。千秋盛業。及時努力纔是。

## 黎兆勳

字伯庸、一字伯容、號檬村、別號磵門居士、貴州遵義人、諸生、官湖北鶴峯州州判、有葑煙亭詞鈔四卷、

菩薩蠻　憶峨眉

佛光下罩塵沙界。半輪月挂毫光外。杖倚碧虛寒。千峯春雪殘。　一龕彌勒宿。松火明深綠。爲問白頭僧。孤眠雲幾層。

霜葉飛　白水河觀瀑

怒濤撞擊風霆捷。飛空忽露鱗鬣。誰追怪物出洪濛。巖捲雲根摺。髣髴似、銀潢一霎。紛紛冰雹鳴三疊。想禹鑿龍門。有多少、精靈竄逐。泉壑爭挾。　最是羅甸諸峯。駢肩攔阻。水亦飛過眉睫。擺磨地軸突孤雲。問石梁誰涉。算祇有、釣鼇客躡。笠檐不受濤頭壓。笑蹇驢、行迷跡。雨裏來尋。四山風葉。

## 解連環　碧雞關晚望

洪波掀雪。被危峯壓斷。海風南折。正滿眼、落日征帆。都付與江天。暮雲橫截。千古雄關。幾曾見、蠻煙銷歇。祇魚龍拜浪。猿鳥呼風。十分悽絕。　舊遊已凋華髮。悵東風馬首。一聲啼鴂。任南征、怨曲橫吹。渾不似當時。關山明月。迴首蒼茫。那更問、漢家城闕。又還待、王褒行到。爲君細說。

# 蔣因培　字伯生、江蘇常熟人、有烏目山房詩餘、

## 金縷曲　晤嚴小秋于袁江、出餐花館圖索題、計別來廿年餘矣、倚此應之、

好在詞人屋。問陂塘、幾時買斷。青溪曲曲。門對南朝江令宅。隨意數竿修竹。更位置、笛牀碁局。怪底胸中無俗豔。算輸君、飽飲秦淮綠。天最惜。此清福。　年來載酒江湖熟。記天涯、相逢幾度。西窗翦燭。照影南池池上水。不似舊時面目。多荒了、故園松菊。殘客飄零才子老。歎巤肩、斗酒無人續。何處覓。一囊粟。

# 全清詞鈔第二十卷

## 李星沅

字子湘、號石梧、湖南湘陰人、道光十二年進士、改庶吉士、授翰林院編修、官至兩江總督、諡文恭、有芋香山館詞、

### 滿江紅 遊辰州龍泉寺、次蔡黃樓韻、

夢墮蠻煙、更何處、招邀佳勝。指龍泉、金鋪古刹。前生遙認。十萬昏鴉催暮景。一雙瘦鶴同僧病。倘風流、太守肯重來、山靈幸。　回廊畔。斜陽映。經龕內。寒鐘隱。對龍蛇滿壁、之而猶賸。殿閣塵飛青鳥逝、江山劫換紅羊燼。問十年、宰相信如何、鑪香冷。

## 陸應穀

字樹嘉、一字稼堂、雲南蒙自人、道光十二年進士、改庶吉士、授翰林院編修、官河南巡撫、有抱眞書屋集、附詞、

### 臨江仙 崞縣道中

斜鞾吟鞭沙磧裏。遙山數點依稀。亂鴉箇箇傍人飛。夕陽高樹杪。殘雪小橋西。　蓬梗年來無定處。紅塵染盡征衣。霜鴻來路我歸時。郵籤輪十指。愁意減雙眉。

滿江紅　落葉

一霎西風，斷送了、穠華消息。空悵望、綠嬌黃嫩，已成疇昔。幾樹霜繁歸鳥亂，五更夢醒寒蛩泣。聽夜來、帶雨打秋窗，聲聲急。　空山外，人無跡。御溝畔，詩誰拾。但紅隨波逝，碧和煙溼。遠浦無心黏宿草，疏林有影悲斜日。待明年、鶯燕送春來，重相識。

# 吳　珩

字佩之，號我鷗，浙江仁和人。道光十二年進士，改庶吉士，官四川鹽茶道。有紘詩讀畫軒詩餘。

疏影　帆影

溟濛一片。趁澄江景霽，吹落波面。白鳥明邊，悄逐雲飛，斜陽半晌猶戀。樓頭送別銷魂處，任遠近、總迷心眼。正帶他、鷗夢輕移，又被浪花掀亂。　我亦曾經弱水，悵天風引度，俄又吹轉。鏡裏春晴，畫裏秋陰，幾度勞伊相伴。有時掠過溪心去，訝驀地、篷窗遮暗。待晚來、月上潮生，付與船娘凄怨。

# 溫肇江

字翰初，江蘇上元人。道光十二年進士，官戶部郎中。有鍾山草堂詩餘一卷。

月華清　題潘星齋花影吹笙圖

何處瑤笙，昏黃時候，悄將明月吹醒。積水空明，寫出半庭花影。任層層、圍住瓊樓，恰一桁、湘紋深靚。風定。正暖炙銀簧，爐熏未冷。　底事閒階久立，見依約紅牆，玉繩耿耿。一縷遙情，似隔蓬山無盡。訝鱗雲、低罨空青。渾不覺、夜寒人靜。誰信早衣上濃香。露華深沁。

## 黃曾

字菊人、浙江錢塘人、道光十二年舉人、官直隸香河縣知縣、有瓶隱山房詞八卷、

### 浣溪紗

一翦風搖末麗枝。紗屏秋夢織絲絲。晚妝宜早卸妝遲。　酒醒微聞抽鏡屜。夜涼還見下簾衣。銷魂最是未眠時。

### 花心動　秋海棠

涼暈圓姿。倚娟娟、燕支一叢勻淺。烟晚露初。點點星星。薄命畫來妝面。玉屏燒燭春成夢。賸蛩砌、半篝燈顫。儘零落、牆陰細雨。冷魂誰喚。　寂寂筠簾乍捲。怎一樣看花。別成淒眷。道是淚痕。道是愁根。都作可憐紅泫。小檀心已和風碎。那更有、離腸催斷。幾多恨、朱絲暗中替綰。

## 儀克中

字協一、號墨農、別號姑射山樵、廣東番禺人、道光十二年舉人、有劍光樓詞一卷、

### 南浦　篷窗聽雨、墜夢如雲、盡日憐春、閒愁似水、用玉田生詞韻賦之、

夜雨隔篷聽。乍成眠、卻又啼鶯催曉。墜夢覓江潯。東風輭、況是閒愁難掃。垂楊夾岸。斷煙浮出青山小。目送流紅何處去。魂醉王孫芳草。　心頭無限江山。向聲聲櫓裏。等閒過了。新恨未分明。稍凝候、驀地舊愁

都到。迴眸望渺。而今燕語鷗盟悄。一片歸雲留不駐。窗外夕陽多少。

## 紅情 賦紅梅

疏籬霧歇。見一枝照水。珊瑚挂月。倚竹無言。略帶微醺更幽絕。疑是武陵錯到。偏未許、漁郎攀折。記前度、聽笛江南。日暮落紅雪。　明滅。影重疊。認春在夕陽。時有香爇。古牆半缺。乍冷將開甚時節。纔得一宵細雨。都作了、唾壺冰結。正隱隱、風過也。茜裙響屧。

## 水龍吟 刋春園納涼

涼雲飛度雙隄。柳梢樓閣簾初捲。江鄉好景。隔年重到。落花如霰。波湧津亭。天浮浦樹。晚霞多變。向亂蟬聲裏。蒼烟起處。隱約見。孤帆轉。　漸覺芰荷風遠。又盈盈、暮潮將半。誰家擫笛。一回斷續。一回凄惋。月上三更。闌憑幾曲。冷吟都倦。記前宵、末麗開時。人在試香深院。

## 壽樓春 登太華、信宿西頂、躋落雁峯而還、留題明星玉女祠壁、

雲關開春晴。控蒼龍一脊。盤上孤青。漫道三峯如削。削都難成。仙掌拊。天紳攖。泛藕船、金波方澄。指箭括車箱。杯河芥渭。銜碧夜窗清。　寒猶甚。朝飛霙。正懸崖挽度。斷磬流聲。搔首誰將天問。料天還驚。呼玉女。披明星。叩蘚扉、香風冷冷。罄盌露揮毫。歸途似聞調玉笙。

## 桂枝香 遊鄧尉、憩聖禪寺佛閣、望太湖東西諸名山、

峯隨逕轉。喜天宇清涼。木犀香遠。才覺溪鐘度過。灌陰遮滿。遙知妙境藏金粟。倩松風、爲吹雲斷。精藍縹

緲。花爲四壁。閣飛天半。　漫對取、閒僧婉款。聽虛籟泠泠。喚簾齊卷。去燕無蹤。窮出鎔銀一段。動予天際眞人想。認螺鬟、舊時仙眷。從伊討約。梅花開了。更來相伴。

## 沈傳桂

字隱之、一字閏生、號伽叔、江蘇長洲人、道光十二年舉人、官松陵縣教諭、有鶯天笛夜新聲、今雪雅餘、蘭騷剩譜、小臨邛琴弄、霏玉集各一卷、總稱清夢盦二白詞、

### 高陽臺　韶景方妍、俊遊久歇、言愁眞欲愁矣、

酒薄欺寒。衣單約暖。輕塵不散春濃。舊夢笙歌。依然十里簾櫳。看花莫問花深淺。有斜陽、總是愁紅。漫憐儂。燕子人家。細雨空濛。　歡盟已誤鈿車約。但閒憑繡檻。倦倚薰籠。廢綠亭臺。一鵑啼瘦東風。能消幾日尋芳去。便翠陰、換了香叢。更惺忪。短草平蕪。怨笛煙中。

### 疏影　春影

香塵散玉。有舞筵綺袖。吹動華縟。如此江南。多少樓臺。都是霧窗煙幄。鈿車約略平蕪外。又滿徑、遊絲低撲。剩暝雲、淺碧玲瓏。鏡裏素波流縠。　猶記濃陰薄醉。佳人乍夢醒。閒倚修竹。縞袂無言。悄卷疏幃。但有一痕蛾綠。惺忪弱鬢春風倦。想別院、正燒銀燭。莫繡簾、過盡楊花。愁損畫闌幽獨。

### 踏莎行　春盡作

細綠迷鴉。疏紅醉蝶。一腔愁倩啼鶯說。東風吹淚過江城。黃昏細雨孤燈滅。　中酒心情。嫩寒時節。踏青

人又銷魂別。碧烟如夢不開門。門前千點梨花雪。

## 戚氏 孤館寒生、秋將老矣、言愁紛沓、如讀歐陽子秋聲賦也、

暮寒時。一天微雨黯屏帷。岸柳飄零。井梧凋謝。晚風吹。悽悽訴愁思。哀蛩吟斷豆花籬。當年楚客餘怨。不堪搖落到江蘺。遠水無際。空山誰語。女蘿還製單衣。甚牆頭冷蝶。簾外歸燕。猶是依依。　樓上翠袖斜欹。闌角望、晚雁正低飛。孤檠暗、夜眠難穩。悄掩窗扉。漏聲遲。二十五點緩移。夢境更有誰知。起來弔影。槭槭蕭蕭。何處碪杵淒迷。　次第重陽近。慵簪細菊。倦倒芳卮、强去登高命侶。怕行來、落葉滿荒蹊。定憐江上芙蓉。折將寄遠。紅瘦離人淚。歎鬢霜、易惹潘郎思。去瓊簫恨空對斜暉。寫斷腸、且唱新詞。便悲秋、能有幾多悲。向閒庭裏。涼蟾照夕。獨坐紘詩。

## 淒涼犯 破窗孤坐、風雪作寒、書寄蔣澹懷、

蕭風送冷重門掩。空城誰弄霜角。綺遊倦也。江南夢裏。舊歡非昨。愁懷自惡。更無那、天寒袖薄。抵僧寮、單衣暝宿。年少怨漂泊。　芳信今消滅。嬾賦西窗。罷眠東閣。雨燈醉淺。儘相思、翠幃朱幄。一笛湘波。伴山鬼、孤吟夜壑。正梅花、雪影萬點。向曉落。

## 陌上花 眞州柳屯田墓

鈿車路冷。無邊芳草。淚痕彈上。冶魄棲烟。絲柳墓門青長。愛才祇有蛾眉好。解得醵錢仙掌。歎清姿去久。斷腸詞句。尚留淒響。　世間兒女意。愁脂恨粉。付與幺紘低唱。夢語花香。胡蝶一生飄蕩。綠蕪暗灑清明

雨。春色夜臺誰賞。問浮名換否。月殘風曉。幾多惆悵。

踏莎行　紅心驛

暝絮飄烟。暗塵隨霧。征鞭駐影長亭暮。有情芳草送斜陽。誰知不是江南路。　翠掩樓臺。綠深門戶。看花覺道春懷苦。紅心滿地淚痕多。東風冷隔垂楊浦。

夜飛鵲　直沽夜泊、霜月淒皎、明日又將舍舟而陸、客郵馳歷、黯然於懷、

江樓雁飛盡。涼月初斜。行客遠去天涯。橋亭拂袂野風緊。寒聲吹入霜笳。登臨恨何限。有籠烟衰柳。綴水殘花。青山故國。甚浮雲、欲去還遮。　東下片帆如箭。誰念我今宵。無夢歸家。多少人間淪落。回燈掩面。淒弄琵琶。素衣漸化。是啼痕、不是塵沙。更徘徊前路。飄然獨倚。瘦馬單車。

永遇樂　廣武原在成皋城外、爲古來征戰處、暇日登眺其上、亂山斜日、平楚蒼然、賦此以寫古懷、

捲地驚飈。際天衰草。城郭春晚。故壘盤雕。雄關立馬。鳥道通雲棧。漢家歌吹。秦時烽火。陳迹霧沈烟散。興亡事、山河墜瓦。消得阮郎愁歎。　野花開落。驛塵來去。終古翠荒林澗。廢鏃沙埋。殘碑蘚蝕。行客登臨慣。戍旗飄處。夕陽紅閃。幾許斷榛零蔓。村醪賤、征衣貰取。儘銷醉眼。

瑤花慢　寒柳

蒼寒斜日。黯淡尖風。滿平隄荒驛。江潭路遠。烟水外、誰傍畫樓吹笛。門前繫馬。記不起、冶春蹤跡。剩亂鴉點破昏黃。錯認舊時疏碧。　赤闌橋畔曾經。綰不住行舟。分手南陌。旗亭倚晚。凝望眼、一樣酒帘飄直。千

絲瘦影。但換了、章臺晴色。莫綺閨翠袖閒時。更問笑桃消息。

## 陳澧

字蘭甫、廣東番禺人、道光十二年舉人、官廣東河源縣訓導、薦授五品卿銜、有憶江南館詞一卷、

### 綠意

苔痕、越臺詞社作、

空庭雨積。漸染成淺黛。延緣牆隙。正是池塘春草生時。難辨兩般顏色。閒門深掩無人到。已滿地、翠煙如織。又暗添、幾縷蝸涎。裊裊篆紋猶溼。　應誤迴闌倚徧。怕行近滑入。穿花雙屐。似澹還濃。漠漠平鋪。只道綠槐陰密。晚來幽恨知多少。訝看到、斜陽成碧。謝樹頭、吹落嫣紅。點點破伊岑寂。

### 水龍吟

壬辰九月之望、吾師程春海先生與吳石華學博登粤秀山看月、同賦此調、都不似人間語、眞絕唱也、今十五年、兩先生皆化去、余於此夜、與許青皋桂皓庭登山徘徊往跡、澹月微雲、增我怊悵、即次原韻、

詞仙曾駐峯頭。鸞吟縹緲來天際。成連去後。冰絃彈折。百重雲水。碧月仍圓。蒼山不改。舊時煙翠。只長林墜葉。西風過處。都吹作、秋聲起。　此夜三人對影。倚高寒、紅塵全洗。珠江滾滾。暗潮銷盡。十年前事。欲問青天。素娥卻似。霧迷三里。賸出山迴望。燈明佛屋。有閒僧睡。

### 前調

是月十九日、皓庭招集學海堂、爲補重陽之會、醉後疊前韻、

是誰前度登高。蒼苔屐齒留巖際。與來此日。也堪重詠。玉山藍水。菊有花時。蟬無聲後。漸疏林翠。正危闌縱目。夕陽紅處。看城郭、炊煙起。　忽覺秋心浩渺。倚西風、螺杯新洗。憑高釃酒。而今只願。八荒無事。容我

蹉跎。長騎款段。少游鄉里便傾壺醉倒。山空人靜。學希夷睡。

齊天樂　十八灘舟中夜雨

倦游諳盡江湖味。孤篷又眠秋雨。碎點飄燈。繁聲落枕。鄉夢更無尋處。幽蛩不語。只斷葦荒蘆。亂垂煙渚。一夜瀟瀟。惱人最是繞隄樹。　清吟此時正苦。漸寒生竹簟。秋意如許。古驛疏更。危灘急溜。倂作天涯離緒。歸期又誤。望庾嶺模糊。溼雲無數。鏡裏明朝。定添霜幾縷。

摸魚兒　東坡江郊詩序云、歸善縣治之北數百步、抵江少西、有磐石小潭、可以垂釣、余訪得之、題以此闋、

繞城陰、雁沙無際。水光搖漾千頃。蒼崖落地平於掌。溼翠倒涵天鏡。風乍定。看絕底明漪、曾照東坡影。林煙逕暝。只七百年來。斜陽換盡。一片古苔冷。　幽尋處。付與牧村樵徑。江郊詩句誰省。平生我亦煙波客。笠屐儻堪持贈。雲水性。便挈鷺提鷗、占取無人境。商量畫艓。向碎竹叢邊。荒蘆葉畔。添箇小漁艇。

甘州　惠州朝雲墓、每歲清明、傾城士女、酹酒羅拜、坡公詩云、丹成逐我三山去、不作巫陽雲雨仙、余謂朝雲倘隨坡公仙去、轉不如死葬豐湖耳、

漸斜陽、澹澹下平隄。塔影浸微瀾。問秋墳何處。荒亭葉瘦。廢碣苔斑。一片零鐘碎梵。飄出舊禪關。杳杳松林外。添做蕭寒。　須信竹根長臥。勝丹成遠去。海上三山。只一坏香塚。占斷小林巒。似家鄉、水仙祠廟。有西湖、爲鏡照華鬘。休腸斷、玉妃煙雨。謫墮人間。

高陽臺　元日、獨游豐湖、湖邊有張氏園林、叩門若無人者、遂過黃塘寺、啜茗而返、憶去年此日、游南昌螺

墩。不知明年此日。又在何處也。

新曙湖山。𤅚寒城郭。釣船猶閣圓沙。短策行吟。何曾負了韶華。虛亭四面春光入。愛遙峯。綠到簷牙。欠些些。幾縷垂楊。幾點桃花。　去年今日螺墩醉。記石苔留墨。窗竹搖紗。底事年年。清游多在天涯。平生最識閒中味。覓山僧。同說煙霞。卻輸他。斜日關門。近水人家。

# 項鴻祚

字蓮生。原名繼章。改名廷紀。浙江錢塘人。道光十二年舉人。有水仙亭詞二卷。憶雲詞甲乙丙丁稿四卷。補遺一卷。

## 百字令

夏日過七里瀧。飛雨忽來。涼沁肌骨。推篷看山。新黛如沐。嵐影入水。扁舟如行綠頗黎中。臨流洗筆。賦成此闋。儻與樊榭老仙倚笛歌之。當令衆山皆響也。

江流千里。是山痕寸寸。染成濃碧。兩岸畫眉聲不斷。催送蒲帆風急。疊石皴煙。明波蘸樹。小李將軍筆。飛來山雨。滿船涼翠吹入。　便欲艤棹蘆花。漁翁借我。一領閒蓑笠。不爲鱸香兼酒美。只愛嵐光呼吸。野水投竿。高臺嘯月。何代無狂客。晚來新霽。一星雲外猶溼。

## 湘月

壬午九月。避喧於南山之甘露院。就泉分茗。移枕看山。相羊浹旬。塵念都淨。出院不百步。越小嶺。即虎跑也。嘗月夜獨遊。清寒特甚。賦念奴嬌鬲指聲一闋紀之。

繩河一雁。帶微雲淡月。吹墮秋影。風約疏鐘。似喚我。同醉寺橋煙景。黃葉聲多。紅塵夢斷。中有檀欒徑。空明積水。詩愁浩蕩千頃。乘興欲叩禪關。殘螢幾點。颸寒星不定。清夜湖山。肯付與、詞客閒來消領。跨鶴天高。盟鷗緣淺。心事蒲塘冷。朔風狂嘯。滿林宿鳥都醒。

### 清平樂　元夜

畫樓吹角。酒醒燈花落。梅未開殘風又惡。今日元宵過卻。　更更鼓淒涼。翠綃彈淚千行。併作一江春水。幾時流到錢塘。

### 齊天樂　蟬

山童莫唱青林樂。清商暗吹愁到。桐翠垂檐。槐黃糝徑。吟斷露昏煙曉。疏簾夢覺。待寫入琴絲。和成悽調。冷落齊紈。一襟哀怨更誰弔。　年年蛻痕未換。賸西風鬢影。難寄幽抱。碧樹無情。斜陽易晚。消受淒涼多少。餘音自嫋。忍喚得秋來。頓敎秋老。漫約孤蛩。背燈啼夜悄。

### 減字木蘭花　春夜、聞隔牆歌吹聲、

闌珊心緒。醉倚綠琴相伴住。一枕新愁。殘夜花香月滿樓。　繁笙脃管。吹得錦屏春夢遠。只有垂楊。不放秋千影過牆。

### 菩薩蠻

鯉魚風起夫容老。金鵝屏展釭花笑。稍覺袷衣單。玉人心裏寒。　瀟湘天一尺。蹙破眉峯碧。箏雁不能飛。悔將情訴伊。

## 山花子 擬和凝

醉額紅綃約翠鈿。碧蘿籠月伴秋千。今夜新寒分一半。到郎邊。　鸞蠟同心搖翠幌。蜀箏纖手撥朱絃。學囀春鶯渾不似。似啼鵑。

## 酒泉子 擬李珣

獨上層樓。燕伴黃昏鶯伴曉。錦氍毹。金了鳥。鈿箜篌。　桃花月淺春寒重。睡香小鴨蘭膏凍。有時思。有時夢。有時愁。

## 謁金門 擬孫光憲

留不得。留也不過今日。今日雲帆天咫尺。明朝何處覓。　江上潮平風急。吹斷幾聲殘笛。獨倚小樓寒惻惻。欲眠燈又黑。

## 臨江仙 擬南唐後主

亂紅窣地春無主。宿寒還戀屏幃。夢中何日是歸期。玉臺金屋。空逐綵雲飛。　煙月不知人事改。夜深來照花枝。蕙爐香燼漏聲遲。闌珊燈火。殘醉欲醒時。

## 玉漏遲 冬夜、聞南鄰笙歌達曙、

病多懽意淺。空箏素被。伴人悽惋。巷曲誰家。徹夜錦堂高讌。一片氍毹月冷。料燈影衣香烘暖。嫌漏短。漏長卻在。者邊庭院。　沈郎瘦已經年。更嬾拂冰絲。賦情難遣。總是無眠。聽到笛慵簫倦。咫尺銀屏笑語。早檐角、驚烏啼亂。殘夢遠。聲聲曉鐘敲斷。

風入松 擬蜺巖

垂楊絲雨小窗前。溼粉墮香緜。東君不是繁華主。怕忽忽、信了啼鵑。要趁楝花風起、送他桃葉舟還。　每逢三月病懨懨。詩負衍波牋。連宵嬾索金蕉飲。有篝燈、知我無眠。忽憶去年今夜。春寒第幾樓邊。

南浦 詠柳

春水漲谿渾。是濛濛、昨夜楊花吹徧。走馬問章臺。長隄外、和雨和煙一片。纖腰自舞。料應未識相思怨。可惜笑桃人別後。孤負年年青眼。　怪他眠起無端。好光陰、都付小鶯雛燕。不向陌頭看。爭知我、盡日魂銷腸斷。絲絲縷縷幾時繫得東風轉。且去西泠橋畔等。萬一檥船重見。

水龍吟 詠敗荷

瑤池昨夜新涼。一匳環珮秋聲碎。多應卷盡。晴絲萬縷。靜香十里。鷺悵盟寒。鴛驚夢冷。畫闌誰倚。賸吳娃小艇。采芳重到。料比似。人憔悴。　可是淩波仙子。嫁西風、艷妝都洗。碧筩喚酒。紅衣試舞。舊懽難記。怕點清霜。怕逢疏雨。怕隨流水。算關心只有。跳珠零亂。作相思淚。

綺羅香 感舊

蠊影移香。池痕浸淥。重到藏春朱戶。小立牆陰。猶認舊題詩句。記西園、撲蝶歸來。又南浦、片帆初去。料如今、塵滿窗紗。佳期回首碧雲暮。　華年渾似流水。還怕啼鵑催老。亂鶯無主。一樣東風。吹送兩邊愁緒。正畫闌、紅藥飄殘。是前度、玉人凭處。賸空庭、煙草淒迷。黃昏吹暗雨。

蘭陵王 春晚

晚陰薄。人在荼蘼院落。秋千罷。還倚鎖窗。花雨和煙冷銀索。近來情緒惡。遮莫。青春過卻。單衣減。沈水自熏。酒病經年怯孤酌。 低低燕穿幕。任殘綠綃紅。心事難託。柳絲倚夢輕漂泊。歎衾鳳羞展。鏡鸞空掩。思量睡也怎睡著。恨依舊寂寞。 妝閣。閉魚鑰。怕唱到陽關。簫譜慵學。夜占蛛喜朝靈鵲。只目斷千里。錦帆天角。玲瓏幰月。照見我。又瘦削。

太常引 客中聞歌

杏花開了燕飛忙。正是好春光。偏是好春光。者幾日、風淒雨涼。 楊枝飄泊。桃根嬌小。獨自箇思量。剛待不思量。吹一片、簫聲過牆。

百字令 將游鴛湖、作此留別、

啼鶯催去。便輕帆東下。居然游子。我似春風無管束。何必揚舲千里。官柳初垂。野棠未落。纔近清明耳。歸期自問。也應芍藥開矣。 且去范蠡橋邊。試盟鷗鷺。領略江湖味。須信西泠難夢到。相隔幾重煙水。翦燭窗前。吹簫樓上。明日思量起。津亭回望。夕陽紅在船尾。

揚州慢 廣陵舟次

脫葉辭螢。涼波送雁。繫船野岸疏林。望重城靜鎖。聽斷續寒碪。且隨分、江湖落拓。二分明月。閒到如今。謾多情紅袖。琵琶彈破愁吟。竹西舊館。太荒寒、休去登臨。縱畫舫垂燈。朱闌喚酒。都是傷心。我亦風流秦七。青樓遠、有夢難尋。隋隄楊柳。吳霜染得秋深。

## 鶯啼序　春殘念遠、用夢窗韻、

晴窗峭寒驟減。掩荼䕷翠戶。曉陰薄、步屧前廊。漸覺芳訊遲暮。繞闌見、將雛燕老。榆煙漠漠鶯啼樹。黯離懷。衫袂東風。乍霑飛絮。　最憶西泠。畫舫載酒。倚垂楊綠霧。鈿波暎、隄上宮眉。錦鱗曾寄情素。任人間、愁深似海。儘銷入、檀牙金縷。趁斜陽。輕棹歸來。不驚鷗鷺。　評花小榭。待月虛幨。總未經雁旅。何況有、粉圍香陣。漏永燈燼。擣夢生雲。碾春成雨。京綃半臂。吳綾雙枕。如今都是銷魂處。悔無端、短楫秋江渡。旗亭悵望。天涯草又青青。采壁淚滿塵土。　鵑催碧晻。蝶怨紅稀。歎客衣換苧。但想像、鴉頭睡襪。鵲尾薰鑪。冷落瓊臺。醉歌醒舞。思量覓寄。同心梔子。知君應更憔悴苦。莫淒涼、長傍秦箏柱。新詞自摺鸞牋。暝寫晨吟。阿環噎否。

## 八聲甘州　重陽游百花洲

更不須、攜酒看黃花。淒涼勝游稀。但蘇翁圃外。藏鴉細柳。相對依依。回憶西湖舊夢。秋水浸漁磯。今日登臨地。風景都非。　自折茱萸簪帽。歎沈腰瘦減。淚滿萊衣。況天涯兄弟。不似雁同飛。誤江樓、玉人凝佇。盼歸舟、我尚未能歸。休悵望、有闌干處。總是斜暉。

## 水龍吟　秋聲

西風已是難聽。如何又著芭蕉雨。泠泠暗起。澌澌漸緊。蕭蕭忽住。候館疏碪。高城斷鼓。和成淒楚。想亭皐木落。洞庭波遠。渾不見。愁來處。　此際頻驚倦旅。夜初長、歸程夢阻。砌蛩自歎。邊鴻自唳。翦燈誰語。莫便傷心。可憐秋到。無聲更苦。滿寒江賸有。黃蘆萬頃。卷離魂去。

## 掃花游　寓齋海棠開時、正值風雨、

畫檐翠溼。柰幾陣餘寒。嫩紅如掃。采香徑悄。問鶯嬚燕戶。賸春多少。淚染情絲。尙憶華清睡好。黯懷抱。任亭角夜深。銀燭休照。　芳事虛負了。任錦障重圍。綠雲迷曉。瘦枝謾拗。便輕陰再乞。可憐花老。不是無詩。極目江南路杳。送愁到。掩紋窗雨斜風峭。

## 八聲甘州　黃葉樓賦夕陽

界斜紅、颺出晚晴天。相看轉悽然。甚忽忽只是。橫催雁陣。低照鷗眠。樹外山眉襯黛。遠道草芊芊。一段蒼茫意。都付樊川。　漢闕秦宮何處。送幾聲畫角。吹老華年。儘懽游長好。到此黯流連。倚江樓、玉人凝望。帶西風、帆影落窗前。愁無限、近黃昏也。新月籠煙。

# 戴熙　字醇士、號鹿牀、浙江錢塘人、道光十二年進士、改庶吉士、授翰林院編修、官至兵部侍郎、

## 南鄉子

瞥見小紅樓。楊柳隄邊杜若洲。湖水漫漫煙漠漠。凝眸。認得闌干一點愁。　猶記碧梢頭。雙燕呢喃絮不

休。一夜綠雲遮望眼。重遊。落盡梨花滿院秋。

## 葉元墀

字午生、浙江慈谿人、道光十二年舉人、官刑部主事、有海槳軒詞、

### 摸魚兒 湖上觀打漁

漸湖心、玻璃風起。鷺鷥飛下涼影。漁兄漁弟閒商略。兩兩三三相並。搖小艇。早轉過橋西、劃破斜陽暝。澄波似鏡。看白雨跳珠。翠煙黏絮。寒月載笭箵。　高歌響。幾曲憑君細聽。笑人塵夢難醒。十年負了閒鷗約。流水一條難證。今且問。問若箇浮家、肯與蓑衣分前山大茗。湖上山名　待霜後鱸香。春時酒熟。醉臥此間穩。

## 言友恂

字雲笙、湖南湘潭人、道光十二年舉人、官敎諭、有琴源山房詩餘一卷、

### 調笑令

池水。池水。終古波瀾不起。湘流暗引穿城。鑿取青天月明。明月。明月。休照鬢邊華髮。

凭几。凭几。攬勝江天百里。雲帆煙樹亭臺。日月雙丸去來。來去。來去。人與此樓千古。

## 唐汝翼

字鷺庭、江蘇金匱人、道光十二年舉人、有慧川園詞一卷、

## 垂楊 己亥清明前二日

春聲處處。任喚晴喚雨。燕嬌鶯嫩。漠漠輕煙。海棠開後清明近。芳情欲向東風訴。奈薄暮、峭寒成陣。望斜陽、雲影搖空早亂愁飛趁。　聞說傾城雅韻。總豔欺花柳。俊拋脂粉。不定驚魂。幾回惆悵無人問。酴醾化作相思淚。恁滴醒、重泉幽恨。殘宵漏點聲聲。銀燭燼。

# 符兆綸 字雪樵、別號卓峯居士、江西宜黃人、道光十二年舉人、官福建南屏縣知縣、有夢梨雲館詞鈔、

## 滿江紅 秋感

纔近涼天。已千樹、商聲交作。況兼著淒淒樓笛。嗚嗚關角。雁響忽沈風力勁。烏啼爭訝霜華落。慘邊城、無恙日蕭條。蠻山崿。　問籌策。誰帷幄。問門戶。誰鍵鑰。莽鑪錘鐵聚。九州猶錯。虛說賈生前席召。可憐祖逖先鞭著。漫無聊、酒盞合騷人。尋秋約。

# 汪𤋮 字子黃、浙江秀水人、道光十二年舉人、候選教諭、

## 水龍吟 洞簫

更無紫玉玲瓏。別裁粉籜調商羽。漢宮誦罷。秦臺仙後。賞音何許。秋管排星。春芽按節。隨風徐度。怕吹來一曲。樽前折柳。多半是。愁中語。　無限幽懷欲訴。趁微涼、自修新譜。柔腸幾疊。靈犀一點。分明通與。記否

揚州。良宵月底。黯銷魂處。倩何人喚取。小紅低唱。款行雲住。

## 劉家謀 字芑川、福建侯官人、道光十二年舉人、官臺灣教諭、有斫劍詞一卷、

### 山花子

七里橫塘半里山。山光無數翠眉彎。風亦多情吹客去。又吹還。　殘夢如煙尋不得。沾襟多少淚痕斑。賸有舊時杯底月。忍重看。

## 諸嘉杲 字麟士、號子量、浙江仁和人、道光十二年副貢、官江蘇州判、有棗花簾詞、

### 惜秋華 秋海棠同韻甫子述作、

憔悴西風。恰夢痕晝醒。閒尋芳苑。釀就嫩陰。催開荔牆東畔。拚將數葉紅絲。把秋思、十分句綰。幽階亂蛩吟。惆悵晚烟孤館。　疏影暮涼颭。認檀心一點。離離淒怨。小睡乍酣。辜負惜花人遠。回思夜雨簾櫳。薦新酒、螺杯頻勸。腸斷。數餘紅、闌干憑暖。

### 四犯翠連環 和子述自度腔

愁共秋深。詞從病減。天涯雁書空繫。一角畫梁前度月。望斷暮雲千里。舊情句又起。脂痕消盡蘼蕪地。簾寒鏡影。爐沈香氣。領略銷魂味。　此際。燕子樓空。記分牋鬬韻。去時嬉戲。十載鬢絲閒裏白。辜負春風紈

綺。玉階清似水。獸鐶冷落朱門閉。悵獨自、涼坐紗櫳。月淚浸、羅衫子。

## 熊德慶 字蘭坡、江蘇山陽人、諸生、有浣花閣詞鈔二卷、

### 雙紅豆

玉鉤垂。玉簾垂。怕到樓頭憶別離。銜泥燕子飛。　風絲絲。雨絲絲。芳草天涯一棹遲。江南春暮時。

### 青玉案

落紅成陣飛輕絮。又數點、清明雨。回首舊遊春幾度。玉簫聲軟。金鈴風細。誰解關情處。　青衫有淚愁如許。好時節、添芳緒。官舍蕭條懷舊圃。花無人賞。酒無人共。月也無人步。

### 百字令 落葉

蕭條林畔。怪酸風一陣、飄零無數。蟬曳殘聲聽不得。又是空階寒雨。感感疏疏。高高下下。驚斷吟蛩語。畫簾斜捲。此時多少秋緒。　試看岸嘴籬根。零紅碎錦。渾似沾泥絮。宿靄沉沉烟漠漠。冷落芳園閒圃。白雁聲高。青山影瘦。空闊長隄路。半輪明月。最憐鴉點飛舞。

### 滿江紅 雨窗感懷

細雨連聲。況又是、一天風色。長亭畔、絲絲殘柳。爲誰蕭瑟。落葉紛飛砧韻切。小窗寥寂蛩聲織。想畫樓、簾幙近黃昏。催刀尺。　望一片。楓林赤。愁一派。蘆花白。只凭欄立盡。暮天昏黑。水驛三秋霜角掩。山村滿樹

暝烟濕。斂涼空、鴉點噪寒雲。添淒惻。

## 董　毅　原名思誠、字子遠、江蘇陽湖人、有蜕學齋詞二卷、

### 長亭怨慢　春雨

是花外、春魂欲斷。釀就春愁。幾絲零亂。敲碎紗窗。恁禁啼鴂又頻喚。天涯人遠。悵夢裏、年華偷換。霧鎖雲遮。拌鎮日低垂銀蒜。　孤館。但重門深掩。莫問尋常冷暖。花期短短。料應是、東風不管。怕黏住、十丈游絲。更難繫、落紅庭院。只燕語呢喃。長向畫梁相伴。

### 疏影　寒柳、同湯子厚作、

陌頭掩映。正縮愁不住。狠藉清影。一片離懷。敲碎西風。相思今夜誰省。年時眉黛都消瘦。恨夢裏、霜華暗損。向斜陽、與說飄零。盡日畫樓閒凭。　便是章臺舊路。幾回冒輕霧。長共淒冷。殘月簾櫳。消受黃昏。忍把棲鴉喚醒。依依青眼知何處。更從此、怕尋芳徑。只者般、憔悴經年。看足雨昏煙暝。

### 摸魚兒

鎖眉峯、一雙愁黛。東風吹也難展。故園消息晴煙隔。一桁珠簾不卷。春夢遠。頻記取、王孫芳草征途晚。清宵苦短。立盡月黃昏。闌干倦倚。兩袖露華滿。　天涯事。長憶鵑聲輕喚。韶光已是偷換。相思故欲拋紅豆。

恨煞離情難斷。雲影亂。卻不道、香輪從此禁千轉。游絲天半。待柳骨飄殘。花魂瘦盡。細認舊時燕。

### 菩薩蠻 效溫飛卿

九華帳麗輝蓮燭。麝熏濃透夫容褥。夢醒暗魂銷。雙蛾金燼搖。　疏枝霏玉屑。圓鏡橫空潔。扶袖倚回闌。雪光和月寒。

罘罳深鎖樓頭夢。五更無奈鴛衾重。金雁送淒音。遼陽信已沈。　晴煙紅樹隔。隄柳輕無力。相憶贈江蘺。緘愁誰得知。

寶篋重疊花如雪。絲絲半綰同心結。蟬鬢玉釵寒。誰憐翠袖單。　撩人愁緒短。曲曲屏山遠。何處聽蘭砧。夜闌霜滿林。

卅年蹤跡浮雲度。燕橋冰雪黃塵暮。閒恨逗星星。畫簾斜月明。　金蟾香閣掩。枕上驚殘點。一樣繡羅襦。啼痕得似無。

## 陸容 字蓉鏡、號芙卿、江蘇陽湖人、諸生、有巢睫詞、

### 菩薩蠻

畫屏曉幕煙痕溼。海棠著雨嬌無力。蝴蝶上簾鉤。花飛紅滿樓。　腰纖羅帶緩。竟日凝妝嬾。何處鵓鴣聲。驚殘春夢輕。

## 清平樂

夢回何處。依約淩波步。乍合又離花似霧。一霎斷雲零雨。　迢迢清漏偏長。宮絲瘦脫鴛鴦。拌得腰圍如許。銷魂不是東陽。

## 珍珠簾

嫣然一笑渾無語。拂菱花、畫出遠山眉嫵。滿院落紅深。做曉來微雨。生怕簾開香易燼。卻待倩、好風留住。且住。看心字彎環。裊成千縷。　漫道骨瘦香桃。似漢家飛燕。淩風欲舉。幽恨付琵琶。唱梁州新序。試看梁塵飄蔌蔌。念顧曲、周郎何處。無處。問紅豆拈來。拋殘幾許。

## 西子妝　秋夜

簷際橫杓。筲中棄扇。秋意初尋梧院。桃笙如水夜如年。更長天、兔華如練。荷衣舞倦。有幾許、流螢低閃。正徘徊。忽被風扶起。飄來水殿。　雲片片。掩映銀河。不放天孫現。暗蛩斷續泣黃花。怕明朝、雨淩霜踐。剔殘紅燄。早聽到、漏沈銀箭。卸雲翹。留得殘妝半面。

## 木蘭花慢　游絲

是誰從空際。把殘錦。撚成絲。好綰住花魂。牽回蝶夢。纏就鶯癡。收將十分春色。只憑他、一縷繫相思。怪底似無還有。幾番欲即仍離。　淒迷。絮影太紛披。休道不如伊。儘香篆低縈。簾波徐颺。沒箇人知。漫猜天孫織罷。浣雲綃、誤漾出天池。祇恐柔情易斷。好風且莫輕吹。

## 曹楙堅

字樹蕃、號艮甫、江蘇吳縣人、道光十二年進士、改庶吉士、官至湖北按察使、有曇雲閣詞鈔一卷、續鈔一卷、

### 點絳脣　燕

巷冷斜陽、乍歸不識江南路。亂煙深樹。夢踏楊花去。　回首天涯、舊恨知何許。雙棲處。畫簾低護。又是瀟瀟雨。

### 風入松

酒醒燈灺費思量。無計問蕭娘。東風不管垂楊恨、捲飛花、隔斷紅牆。認得盧家雙燕、而今已是空梁。　歌殘金縷暗迴腸。空認合歡牀。相思記否簾陰路、小屏西、略度衣香。賸有舊時明月、夜深猶照淒涼。

### 眼兒媚　秋試被放、旋有騎省之悼、倚聲自遣、滋益潸然、

女牆西畔又啼鴉。門巷認誰家。西風簾捲、更無人影、休說黃花。　從前離恨今番覺、絲鬢透霜華。一杯冷酒、兩行熱淚、了我生涯。

### 減字木蘭花　閨情分集詩牌、

蘭愁壓鏡。鵲鎖沈烟和瘦影。細數花期。一翦春陰護蝶衣。　深深庭院。綠繡苔鋪榆莢滿。人正垂簾。燕子歸來繞畫檐。

## 解連環 題孫子和月底修簫圖

白門秋半。記冰蟾醮影。晚涼池館。倚畫簾、盼到傾城。有衣上新香。玉簫吹暖。儘說相思。怕未必、黃衫能管。只啼鵑聽去得。悄約花時。訴與幽怨。　江城幾番悵斷。把斑騅繫了。綠楊絲短。想翠娥、消盡春痕。問飄泊誰邊。夢和人遠。莫話前遊。總一樣、雪團雲散。又長安、自醒自醉。自題畫卷。

## 解連環 和玉田孤雁

玉門秋晚。正關山過處。冷笳吹散。自那日、片影分飛。便羞寄錦書。畫樓人遠。莫是相逢。又錯認、荒林鴉點。向蘆花細問。霜風乍緊。暗沙遮眼。　斜陽去時冉冉。怕書空未了。者番羇怨。想暮雨、催到江南。總淒斷春蕪。敗郵難轉。叫破重雲。算未必、彩鸞能見。有征衫、同恨飄零。一天絮捲。

## 揚州慢 題宋于庭綠楊絮影詞意圖

柔貼烟痕。暖飄春夢。綠陰淺處人家。趁東風一翦。只幾日飛花。問何苦、纖腰瘦盡。二分眉月。啼斷昏鴉。盼蕪城消息。番番曾駐香車。　杜鵑喚醒。又忽忽、催換年華。甚繡戶低拋。離亭倦舞。人易天涯。記得舊時門巷。青衫淚灑向琵琶。賸愁絲添碧。和雲吹透窗紗。

## 揚州慢 題宋于庭邗溝夜月詞意圖

雙槳鴛情。一彎蛾怨。惱人此夜邗溝。對疏星不語。總打疊離愁。聽宵靜、寒潮自響。去來嗚咽。絲鬢先秋。料闌干西角。斜河還照銀鉤。　豔懷未減。訴淒涼、休問東流。記淺笑尊邊。溫香坐側。前度紅樓。夢雨夢雲何處。江關路、穩繫孤舟。喚冰蟾低約。花時重見當頭。

## 孫承勳 字子勳、安徽休寧人、有讀雪軒詞一卷、

### 青玉案 秋夜玩月

黃昏惹起愁千縷。凭闌曲、頻延佇。秋思無憑心暗數。空庭似水。碧天雲遠。一點涼生處。　木犀飄落紛如許。拋損姮娥好眉嫵。下弦月已微缺、聽唱霓裳纔罷舞。露濕苔階。更無人賞。獨照寒蛩語。

### 長亭怨慢 題許金橋謹身悲秋圖

問茵溷、飄零誰主。根斷紅塵。重淹香土。不是吳郎。一枝嬌豔怎輕付。石家阿醋。翻勝似、封姨妒。寫恨徧天涯。怕更遇、知音儔侶。　羈旅。歎青衫落拓。忍見墮花飛絮。幽懷寄與。枉和卻、斷腸詩句。便玉笛、換羽移宮。遞不到、彩雲深處。拚譜冷霓裳。休憶當時金縷。

## 蔡宗茂 字小石、江蘇上元人、道光十三年進士、改庶吉士、授翰林院編修、官至陝西按察使、

### 高陽臺 黃蓼花惟中書省有之、潘紱庭得其種、寄乃兄功甫植之吳下、賦詞索和、

雁外風高。鷗邊雲冷。孤根遠託江湖。鳳掖移將。前身猶戀菰蒲。分來雨露宮壺貴。傍閒庭、小草沾濡。鎮相

依。階藥雙行。苑柳千株。秋容莫便矜紅紫。說黃花鄰畔。一例描摹。佛果重參。碎金委地曾鋪。涼痕攙入煙波去。又相思、舊路蘼蕪。儘攜歸。春夢池塘。秋思蓴鱸。

## 黎吉雲

原名光曙、字雲徵、一字月喬、又作樾喬、號黛方、湖南湘潭人、道光十三年進士、改庶吉士、授翰林院編修、官至江南道監察御史、有黛方山莊詩餘一卷、

### 蝶戀花　羅維垣畫蝶圖册中有馮光祿詩、感其歿時事、

回首南園芳草路。駭綠紛紅。是我嬉遊處。問柳尋花來幾度。晚風簾幙飛無數。　無計句留春且住。色色空空。重向丹青悟。惆悵題詩人已去。夕陽紅冷冬青樹。

## 端木國瑚

字子彝、號鶴田、別號太鶴山人、浙江青田人、道光十三年進士、官內閣中書、有太鶴山館詩餘一卷、

### 尉遲杯　紅葉

曉風墜。怪林花、鏗然聲清厲、青苔石上提壺。到來水邊煙際。霜天吹騎。啼鴉早、認得江南寺。算登高、一醉重陽。便把千峯紅醉。　何人竚想金溝。涼波上、相思幾箇芳字。鏡裏朱顏。年年換了。那有冷楓能替。憑誰說、丹砂容易。過橋看、和斜陽鋪地。付茶爐、撥火燒雲。有箇詩人無睡。

## 吳頡鴻 原名鴻謨、字嘉之、一字笛江、江蘇上元人、道光十三年進士、官山西五台縣知縣、有荃石居詞二卷、

### 江天秋影 落葉

新霜黃到楓亭樹。舞秋空、飂飅幾陣。聽槭槭蕭蕭。抵多少、風淒雨冷。瓊簫吹出吳江曲。早淡了、斜陽數頃。林角又黃昏。補一片、棲鴉影。 酒人易惹飄零恨。最銷魂、銅階金井。寂寞古牆根。無數螢愁蛩病。殘僧指點疏鐘外。怕迷却空山舊徑。回首柳陰邊。露片帆漁艇。

### 金明池 詠燕、壬辰五月廣平寓齋作、

柳暝蒼煙。桃霏絳雪。客裏忽忽春短。正倦羽、差池欲住。還依舊別懷零亂。好溪山、隱約樓臺。凝望處、不是故家池館。便雨潤芹泥。香黏藻井。無奈客巢已換。 回首笙歌昔遊地。正霧縠風絲。捲簾人懶。應惆悵、烏衣密約。長付與鵑愁鶯歎。怪年來、草草春秋。更狼籍紅襟。都無人管。試屈指芳期。重相見處。一色杏林花滿。

## 許謹身 字瑞徵、號金橋、浙江仁和人、道光十三年進士、官兵部主事、有師竹軒詞鈔一卷、一名虛竹軒詞、

### 清平樂 秋思

低低窗戶。獨自和燈語。悔種碧梧桐一樹。簾外只聞殘雨。 清晨慣聽淒笳。黃昏慣聽啼鴉。不解自家憔

悴。無端埋怨菱花。

## 高陽臺 春事成烟、舊歡如夢、黯然賦此、

蝸篆黏窗蛛絲界戶。依然六曲文紗。夢不分明。門前一樹枇杷。離筵但諱相思苦。說人間、何處天涯。記魂銷。酒冷燈昏雨細風斜。　十年未負尋芳約。奈如雲情緒。如水年華。舊日啼鶯。而今沒箇啼鴉。重來難覓春人面。況東風、落了桃花。太淒寒。幾杵秋砧。知在誰家。

## 摸魚兒 題席芸心西湖感舊圖

記分明、段家橋畔。蘭橈前度曾繫。西風吹夢秋無迹。腸斷十年前事。紅樹裏。看近水樓高、寂寞誰還倚。枇杷門閉。便穉柳腰輕。遠山眉瘦。都帶可憐意。　句留地。燕侶鶯儔賸幾。欲尋今已無計。湖光依舊圓如鏡。換了鏡中雙髻。愁又起。歎老去詞人、嘗盡飄零味。那堪凝睇。只淡淡斜陽。離離衰草。杳杳暮雲矣。

# 吳林光 字叔壬、號香泠、廣東南海人、道光十三年進士、官江西鉛山縣知縣、有飲蘭露館詞鈔、

## 滿江紅 中秋夜、臨清舟中懷都門諸子、

一鏡高寒。直暈作、天涯愁色。記前度、團圞照別。長安今夕。玉宇瓊樓空浩渺。哀絲豪竹添淒急。檢秋衫、誰灑酒痕多。葡萄碧。　人海住。泥鴻迹。雲海路。歸鴻覓。只歡場聚散。茫茫難憶。五萬春花回首夢。二分明月前頭識。賸離情、長付水分流。江南北。

## 范如松 字君喬、廣東番禺人、道光十三年舉人、有書三味軒詞、

### 掃花游

餘寒未盡。早釀就昏沈。困人天氣。夭桃豔李。賸嫣紅點點。枝頭樹底。幾信花風。已是楝花風起。春老易。忍待得春來。輕把春棄。　閒恨無可寄。只勤喚黃嬌。慵調綠綺。啼鵑何事。又苦催春去。欲留無計。坐向松間。吹落滿身空翠。月明未。且瞢騰、背燈酣睡。

## 姚燮 字梅伯、號復莊、一號野橋、亦號野樵、別號大梅山民、浙江鎮海人、道光十四年舉人、有畫邊琴趣、吳涇賡唱、蒻燈夜語、石雲吟雅、共五卷、總稱疏影樓詞、

### 江城子

繡罳六曲夕陽殘。夢漫漫。淚潸潸。桃葉東風。吹綠滿闌干。莫怨春紅遲二月。便開了。有誰看。

### 更漏子

水沈沈。天悄悄。雁帶遠秋飛到。煙澹碧。月昏黃。夜深微有霜。　羅袖舉。銀箏語。消得相思何許。疏柳外。一層樓。昨宵樓上頭。

### 如此江山 江山船

魚天眷屬凫鷗約。一篷翠嬌紅輭。處處爲家。年年送客。夜夜玉樽銀琯。錢塘月暖。更瀫渚煙明。桐江風緩。悄卷青簾。眉山隔鏡幾痕斷。　無聊詩夢催醒。晝籠纖羽綠。屏隙雙囀。守舵呼娘。補帆倩妹。學就楊花嬌嬾。泥燈歌婉。又移得愁儂。懷鄉心轉。萍水相思。暮潮流共遠。

## 高陽臺

拭唾題裙。橫箏坐酒。湖樓影事闌珊。兩地鵑愁。十年紅雨關山。重逢丁巷春如夢。病夭桃、褪了煙鬟。淚偷彈。紫玉犀釵。敲遍闌干。　舊歡那忍重提說。賸柳鶯曉箔。桐鳳秋紈。黯到香魂。牆陰誰護情旛。西風明日錢塘路。散蘋花、吹聚應難。悄無言。兩道愁青。抹上眉彎。

## 珍珠簾

銜花燕子飛無語。感春人、如影鬢煙飄後。水閣乎窺。趁了倚船纖柳。響箔駝鉤塵罥上。況箔底、斷衫零袖。知否。有樊川憔悴。風情非舊。　惆悵東風迴首。悔長春不種。種來紅豆。誤過楝花天。到熟櫻時候。漠漠西泠橋上雨。乍相見、夢中眉瘦。醒又。墜枕函斜月。濕雲涼縐。

# 吳彌光

字章垣、廣東南海人、道光十四年舉人、有芬陀羅庵詞、

## 滿江紅　赤壁夜泊

莽莽江聲。流不盡、英才雄略。想當日、舳艫銜結。旌旗閃爍。豪氣臨江宵酹酒。高歌對月人橫槊。到如今、赤

壁騰嵯峨。仍環郭。前一度。南飛鵲。後一度。東來鶴。奈到眼、山川猶昔。煙雲非昨。萬疊波濤愁路遠。雙崖風月和帆泊。算千秋、兩賦有坡仙。難重作。

## 孟鴻光

字蒲生、廣東番禺人、道光十四年舉人、

### 金縷曲　題友人醉禪小影

塵夢難追省。拚付與、幕天席地。一場酩酊。借得吾師杯渡法。宦海風波纔定。僥倖得、六根清淨。溼透青衫當日淚。是香山居士禪中境。聊一現。幻泡影。　半生踪跡如萍梗。況頻經、驚雷震耳。新霜黏鬢。欲改本來眞面目。生恐鬚眉未肯。忽悟澈、醍醐灌頂。世味飽嘗成道味。算從前非醉今非醒。閒寫作。畫中景。

## 梁廷枏

字章冉、廣東順德人、道光十四年副貢、官中書、有藤花亭詞□卷、春詞考一卷、

### 齊天樂　倪君雲癯囑題珠海夜遊圖、漫倚是解、

星燈倒映珠波活。何人野航恰受。蝶拍腔勻。鶯喉聲脃。逗起閒愁如舊。杯濃珀酒。漫染徧青衫。拋殘紅豆。絲竹哀豪。正饒壯氣射牛斗。　清宵乘與行樂。愛篷窗夜爽。眞未曾有。初日年華。明霞才調。不脛聲名飛走。人同緒柳。看寫入圖中。苦吟肩瘦。來夕憑橈。許儂橫笛否。

## 劉泳之

字彥沖、號梁壑、四川梁山人、監生、有歸實齋遺詞一卷、

### 南鄉子　中秋前一夕、感雨、

雲影下長洲。萬斛天香掩素秋。晴雨休提明日事。低頭。怕道姮娥也是愁。　殘夜水明樓。冷斂垂花燭淚流。疑是雨聲驚夢曉。回眸。一半風簾響玉鉤。

### 燕歸梁　爲玉甫寫桃花依舊圖

撲面長條拂水濱。雙燕話頻頻。來時衣上欲生雲。一半是。去年塵。　肩飄飛絮。手搓朱蕊。能有幾多春。小桃紅似酒微醺。何處覓。去年人。

### 眉嫵　新月

看殘霞洗盡。冉冉孤烟。練影挂秋暝。隔著重簾下。方留戀。秋光漸下東嶺。照人端正。訝柳梢、娟魄初孕。縱良夜、不作嬋娟樣。漾銀蒜風冷。　猶幸。靚妝堪並。恐朱顏變也。鏡裏悲省。何事愁人意。倘風雨、莫也便傷幽境。幾番掩映。乍倚樓、又度花影。況三五團圞。何限別時佳景。

## 謝堃

字佩禾、一作佩和、江蘇甘泉人、諸生、有春草堂詞二卷、

### 謁金門　擬馮學士延巳

春莫測。換了柳梢顏色。燕子一雙飛覓食。銜將花片入。　漫道是曾相識。憔悴舊時風格。記得去年今日。日離筵紅淚濕。

生查子

翠被曉生寒。銀蒜垂羅帳。一縷夢魂香。直入陽臺上。　春雨海棠潮。秋水夫容漲。栩栩蝶飛來。裙帶風前漾。

## 周恩綬

字艾衫、號小沙、江蘇丹徒人、道光十五年進士、改庶吉士、授翰林院編修、有享帚齋詞鈔二卷、

虞美人　晚泊十八號、有歌聲度水而來、詢之、知爲妓船、姑命榜人喚令停橈、移燈覘之、已傷老大、而珠喉宛轉、亦自驚燕撩人、乃命隔舶撥檀槽奏其技、曲終付纏頭、仍歌而去、時雨聲漸密、燈焰猶青、援筆成此、

飄零江上芙蓉老。蜂蝶闌心少。傳呼銀燭照殘紅。誰信無端擡舉有東風。　扁舟浩渺家千里。載得閒愁起。夜長欹枕聽寒潮。分付吳娘休唱雨瀟瀟。

水龍吟　紅蕙

美人獨立湘江、朝朝暮暮朱顏故。紅箋寫恨。絳綃封淚。欲言誰訴。沉醉東風。相思南國。夕陽應妒。笑桃花輕薄。海棠嬌豔。分明是。胭脂汙。　禁受楓林玉露。感離思、江淹曾賦。香蒸酒氣。光搖燈影。鬟邊斜覷。惆悵年年。花開又謝。歸期頻誤。把闌干拍遍。高吟楚些。綰芳魂住。

金　漉　字讓水、號穉伯、浙江仁和人、道光十五年進士、改庶吉士、有壓線詞、

豆葉黃

落花流出小橋紅。橋下春波雙槳通。惱殺門前楊柳濃。翠濛濛。知道闌干深幾重。

鬢雲鬆令

畫船高。春水滿。隔岸桃花。花底門雙扇。曾記東風窺半面。簾影絲絲。不識愁深淺。　鬢鴉分。釵鳳顫。輸與雕梁。燕子尋常見。幾日踏青歸去晚。夢也生疏。夜夜思量徧。

喬松年　字健侯、號鶴儕、山西徐溝人、道光十五年進士、官至東河總督、謚勤恪、有蘿藦亭詞一卷、

眉嫵　題眉子研

是濡豪對鏡。簇黛成詩。聰慧女郎性。爲憶疏香閣。拜新月。娥翾蟾滴爭映。一痕端正。料研山、眉史難並。便合作。刻玉雕瓊看。小名最相稱。　薄命。枯禪參證。便釆鸞仙去。膏馥殘賸。收取琉璃匣。團欒處、詩人還解歌詠。可憐片石。替嬋娟、留取清影。便私祝螺丸。要喚起浡妃醒。

彭蘊章　字琮達、一字詠莪、江蘇長洲人、道光十五年進士、官至武英殿大學士、謚文敬、有瓜蔓詞一卷、

## 鷓鴣天　小樓即景

漠漠輕陰落晚紅。曉鶯啼煞畫牆東。滿庭濃綠春歸去。珠箔闌干盡日風。　閒倚醉。趁拋慵。惜花無語小樓空。輕雷欲送南山雨。一角油雲點碧峯。

## 卜算子　和仲山眠琴館作

細雨碧桐花。百尺曾棲鳳。清影隨風入畫簾。一枕涼生夢。　石几夜焚香。膝上琴三弄。說與成連大海心。寂寞無人共。

# 黄燮清

榜名憲清、字韻甫、一字韻珊、浙江海鹽人、道光十五年舉人、官湖北松滋縣知縣、有倚晴樓詞集四卷、一名拙宜園詞、又輯國朝詞綜續編二十四卷、

## 鵲橋仙　七夕

月斜香几。露寒瓜席。牆外何人私語。隔花風遞笑聲來。卻不似、故園兒女。　有情時節。無情院落。坐對涼陰幾樹。卷簾獨自數秋星。點點是、離愁來處。

## 蝶戀花

自送行人無意味。獨上高樓。何處愁堪寄、聞道長安西北是。闌干不向東南倚。　別恨似煙春似水。一陣輕寒。一陣游絲起。小院落花飛燕子。夕陽閒在蘼蕪地。

## 燭影搖紅 南昌元夕

燈火江城。翠屏紅照魚龍舞。麝薰低裊繡輪風。粉市香成霧。草草鶯啼燕語。散珠塵、幾聲漏鼓。畫籠殘燭。送了黃昏。只應歸去。　鈿閣釵簾。故人明鏡傷幽素。玉梅花是去年栽。開到相思處。閒把闌干細數。一根根、無聊意緒。夜寒停夢。月靜重門。星繁高樹。

## 高陽臺 平山堂下廢園

酒國寒深。簫樓夢遠。平蕪綠過危廊。翠減紅疏。知他幾閱星霜。黃金銷盡繁華歇。有流鶯、代訴荒涼。漫思量。羅袂珠簾。一例斜陽。　煙花休憶南朝事。便尋常池館。也歷滄桑。蝴蝶飛來。猶憐往日衣香。東風自覺無聊甚。到春來、嬾上垂楊。最心傷。月裏歌聲。都在鄰牆。

## 珍珠簾 簾影

移來六幅湘煙軟。悄愔愔、襯貼迴廊幽蒨。只許夕陽通。慢放他歸燕。略有微風飄颺起。誤帶出、晚妝花片。人面。儘空濛瀟灑。碧雲同遠。　曾憶十二闌干。映高梧垂柳。波紋斜展。細露一燈紅。正夜涼初卷。別後相思惟夢到。錯認他、明河清淺。亭院。悵月淡星疏。那回羅幔。

## 徵招 檐馬

檐牙碎掛琉璃影。宮商爲誰煩絮。逼近繡窗櫺。說西風來處。愁人眠正苦。誤聽了、一鈴微雨。細語錚鏦。綵絲搖曳。嫩涼庭宇。　宵鼓靜方長。黃昏後、支頤背燈凝佇。好夢已難成。況秋聲留住。開簾頻看取。祇樓外、疏星三五。闞清響幾串玲瓏。和去竹梢殘露。

## 齊天樂 題張硯溪曉風殘月圖

垂楊替寫嬋娟影。依依送人孤棹。碎葉籠煙。零花膩雪。點綴斷腸詞稿。棲鴉睡了。問鶯燕樓臺。露涼誰靠。嬾不成眠。數聲漁笛夜天杳。　荒村殘柝過盡。悵風肥月瘦。棖觸情抱。獨枕支愁。離船守夢。水上一燈寒照。明星漸少。正酒醒無聊。五更鐘到。別有銷魂。畫中春自好。

## 疎影 題張松溪泰初花影吹笙圖

煙痕似雪。有瘦螢幾點。飛上衣褶。料理銀簧。坐對瑤天。黃昏韻事幽絕。淒清不耐離人聽。怕賸夢、斷時難接。莫等閒、作去弄涼聲。挑醒一窗梧葉。　仰見明河浪靜。夜深正露重。絲鬢微濕。袖底香歸。指上秋生。逗起惺忪蝴蝶。闌干閒了誰同倚。但靠碎、半身斜月。到恁時、尋取雙成。偷譜羽衣三疊。

## 掃花游 湖樓聽曲

小樓霽雨。看綠漸成陰。矮簾如水。送春去矣。正花香酒後。絮香檐底。料理閒愁。訴與雕梁燕子。管絃沸。算人在繡屏。紅豆能記。　涼破雲一紙。奏細韻泠泠。晚寒羅綺。夢遊自喜。認留仙院宇。絳霞宮裏。但識飛瓊。此外不知姓氏。曲終未。響天風、鬢絲吹起。

## 過秦樓 西疆用事、邊地苦寒、爲塡此解、

晚雨扶愁。曉陰勒夢。野樹朔風淒嘯。黃沙夢裏。白雁霜前。枯盡玉關秋草。堪歎落月陰山。燐火蒼茫。寒螿獨弔。聽幾聲胡管。幾枝羌笛。鬢絲催老。　誰記得、出塞歌長。新婚別苦。忽忽路繇書杳。金微萬里。銀燭三更。何處受降城堡。如此天荒地涼。寄盡征衣。何時吹到。便封侯覓取。樓外垂楊瘦了。

## 熊少牧

字書年、號雨農、一號雨臚、湖南長沙人、道光十五年舉人、官內閣中書、有小影珠吟館詩餘、

### 燭影搖紅　淡巴菰

噓氣成雲。風繅纖縷搖簾翠。筠筒斷取碧琅玕。痕漬斑斑淚。露畹龍耕鳥藝。冷淡中、別饒滋味。半消宿酒。半療朝飢。半降午睡。　鎮日摩挱。便堪抵、竹根如意。願君多采最相思。小結荷囊佩。領略琴停茗憩。撥殘灰、忪惺餘醉。椒蘭清韻。香火靈緣。煙霞幽契。

## 章溥

字寶華、浙江嘉興人、道光十五年舉人、有蘋花閣集、

### 翠樓吟　綠陰

紅黯殘葩。綠團叢葉。石闌幽蔭蔥蒨。柳塘烟靄鎖。釀天氣、嫩寒輕暖。溼痕一平片。看密綴苔衣。濃侵蕉扇。春人遠。踏青路杳。碧雲遮斷。　夏淺。將近蠶眠。作穀雨溫風。陰晴剛半。午鳩啼破瞑。罨翠羽、滿身涼濺。筍肥梅綻。正書榻琴眠。幽窗棋倦。迷歸燕。濛濛花霧。誤他雙翦。

## 錢聚朝

字曉廷、自號萬蒼山樵、浙江嘉興人、道光十五年舉人、官淳安縣教諭、

### 慶春宮　春雨遣懷

山影沈烟。湖雲罨樹。曉窗人起簾卷。中酒情懷。惜花天氣。者番愁緒難遣。微吟擁被。柰翠袖、樓頭寒淺。思量不信。逝水年華。夢長春短。　卻教錯怨東風。故故吹來。雨絲難斷。低徊閒佇。雕闌頻倚。待約尋芳猶嬾。散花人去。只一日、迴腸千轉。流鶯催暝。便過今朝。已愁今晚。

## 張際亮

字亨甫、後更名亨輔、福建建寧人、道光十五年舉人、有亨甫詞選一卷、

### 踈影　用姜白石韻、爲韻香題畫梅、

嬋娟似玉。記那年舊夢。林下曾宿。喚醒羅浮。雙翠啼痕。斑斑欲化湘竹。仙雲不墮春仍晚。甚處問、枝南枝北。恰夜來、墨影橫斜。又是月明人獨。　堪嘆朱顔宛轉。抱清怨痕損。眉嫵孤綠。可得東風。吹汝如花。只在空山茅屋。關河日夕愁烟暗。且莫聽、笛中淒曲。便算他、冷豔幽芳。也半落生綃幅。

## 程兆和

字香谷、江蘇武進人、道光十五年舉人、官安徽阜陽縣知縣、有春谷詞一卷、一名桐隱詞稿、

### 菩薩蠻　自道光丙申至丁未應春官者六、五薦不售、有感塡此、美人香草、類多寄託、識者諒之、

蟲聲斷續還如訴。蕉窗一夜廉纖雨。幽咽不分明。紅樓向曉聽。　起來勻粉額。眉暈春山碧。深淺自商量。羞窺鄰女妝。

淩波仙子微凝注。徘徊未敢通眉語。有意倩鳩媒。還防佚女猜。　瑤臺重徙倚。消息憑誰寄。翠袖怯衣單。月明風露寒。

黛螺描得愁多少。天涯何處無芳草。兩兩隔微波。相思奈爾何。　杏花風信到。好事年年杳。江上采芙蓉。蓬山又幾重。

## 江開

字龍門、安徽廬江人、道光十五年舉人、官陜西咸陽縣知縣、有浩然堂詞稿、一名雙忠硯齋詩餘、

### 長亭怨　由函谷至潼關作

問誰把、天根攻剖。萬古行人地中盤走。月落聽雞。仰天如線但垂手。谷風排闥。山自作、邊聲吼。令尹此爲誰。識紫氣、從東來否。　翹首。又潼關四扇。壁立半天雄陡。河聲嶽色。聚眼底、讓誰銷受。且擱下、礪帶山河。好明日、新豐沽酒。笑虎視龍興。都付陽關煙柳。

### 惜紅衣　清晨詣北園、方召青鏡之兄弟留賞池荷、竟日時已近秋、花將零落、僅數朶欹風、向人欲語、田田翠蓋、暮雨微喧、冷香四流、若不能捨之而去、因製此曲、臨流而歌、

竹露垂珠。林煙拽練。曉風無力。翠蓋生香。飄然遠迎客。花如解語。當問訊、淩波消息。欹側。蓮子藕絲。盡消

磨顏色。　盈盈脈脈。疏雨斜拋。紅衣未狼籍。傳言素女。永遠住層碧。慢到野塘秋水。賸箇鴛鴦住宅。奈暮蟬高柳。嘶斷水村江驛。

## 潘希甫

字補之、江蘇吳縣人、道光十五年舉人、官內閣中書、有花隱盦詞一卷、詞補一卷、

### 虞美人　宿順河集、見新月一鉤、寄內、

銜寒薄酒全無力。茸帽塵封積。風燈野店慣魂銷。偏是一彎眉影近鞭梢。　黃沙攔住春歸路。何處江南樹。分明照見綠紗窗。不信馬頭馱夢過層岡。

## 夏塽

字子俊、號去疾、江蘇上元人、道光十五年舉人、官知縣、有篆枚堂詞存一卷、

### 綺羅香　春水

洗夢無痕。照愁有影。何苦盈盈如此。曲曲柔腸。化作一江春水。剛換得、幾尺新潮。還攙著、舊時清淚。又悤悤、送盡歸帆。落紅捲浪櫓聲起。　年年鷗夢望我。見說前盟尚在。蘋花風裏。可惜春歸。孤負故人雙鯉。便濃似、百斛春醪。渾不醉、天涯游子。怕依舊、吟斷回波。去來潮訊駛。

### 摸魚兒　用稼軒韻

弄輕寒、不關風雨。殘秋如夢飛去。夢回庭樹無顏色。祇挂新黃三數。飄不住。可許仗西風、吹向江南路。憑

伊寄語。問舊日吴江。幾株楓醉。幾處荻飛絮。　清游事。自笑生平屢誤。故人真令人妒。銷魂最有文通賦。難遣琵琶低訴。如意舞。且領略、輭紅十丈長安土。風霜正苦。休更望家山。家山祇在。殘日雁飛處。

百字令　烟同湘帆作、

更無風處。儘徘徊、心與春雲同嬾。清簟疏簾人看弈。長日一罏消遣。引睡餘甜。書空幻碧。花影隨舒卷。江村望斷。幾家林外炊晚。　聞道蜃市蛟宫。青紅萬狀。海月寒芒掩。我欲振衣登日觀。細辨齊州九點。暗數昏鴉。明窺棲鷺。夢逐蒼波遠。佛香冷炷。等閒且閉花院。

## 吴廷燮　字彦宣、浙江海鹽人、諸生、有水仙别譜三卷、一名小梅花館詞集、

清平樂　夜泊潯陽、煙月蒼寒、荻蘆蕭瑟、推篷望極、渺渺余懷也、

西風兩岸。樹老秋聲捲。月小江空無過雁。幾點疏星寒濺。　可憐同此天涯。何須錯怨琵琶。唤起閒鷗共語。不教冷落蘆花。

浣溪紗　癸卯三月十二日偶感

睡起嬌雲壓鬢鴉。薄寒中酒日初斜。海棠謝後閉窗紗。　萬疊閒愁裁燕翦。一春幽夢逐楊花。小屏山外即天涯。

淒涼犯　笛

湘筠翠截。孤吟處、冷冷一片淒切。綺窗夢遠。遙空雁度。亂山千疊。頻年訴別。想吹暖、仙人凍鐵。記銷魂、闗河柳折。鏡裏正愁絶。　黄鶴西樓上。醉倚危闌。水遙天闊。舊遊喚起。怕梅花、夜寒飛雪。斷續風前。又倩和、啼猿共咽。悄無聲、碧漢倒瀉萬里月。

# 翁雒

字穆仲、號小海、江蘇吳江人、

南浦　詠秋水、次張玉田春水韻、

波靜淡烟澄。浸遙空、一鏡菱花常曉。闌檻盪涼陰。池塘柳、慵照眉痕重掃。伊人不見。眼穿孤鶩天邊小。新綠三篙曾送別。又是荻苗如草。　扁舟恍入香溪。問南渠莫是。芙蓉謝了。許渾詩、何處芙蓉落、南渠秋水香、還有涉江人。圓渦動、前日襪羅親到。予懷渺渺。所思猶復增憂悄。雙鯉魚書風倘便。還恐晚潮來少。

# 楊尙觀

字改之、號譜香、浙江錢塘人、有延秋佇月樓詞一卷、一名曲池小圃詞、

霓裳中序第一　瑞安東山晚眺、思鄉懷友、依淸眞體韻、

遙峯晚翠疊。冷逼亭皋辭瘦葉。愁與機絲並結。正舞燕避霜。來鴻奔月。蘆花起雪。料擣衣、樓上搜篋。歸期阻、旅懷未省。待倩素琴說。　幽絶。寒流嗚咽。送遠影、孤帆漸滅。江干誰解賦別。記俊語題瓊。綺情留玦。補

餘天更缺。又幾弄、關山怨闋。低回處、暗螿凄斷。喚醒粉黃蝶。

## 南浦　秋水、依玉田春水體韻、

殘月宿蘆花、倚篷窗、領取鏡霜迎曉。鄉夢白鷗邊。商飆起、吹捲疏萍如掃。沙淸岸遠。洞庭波落吳江小。深湖蒹葭人不見。一片大隄衰草。　於今空憶西湖。把蓴香藕嫩。閒吟過了。誰唱采芙蓉。寒塘外、鴻雁幾時纔到。荒灣古渡。載愁來去河聲悄。曾向宮溝流怨葉。中有淚痕多少。

## 探芳訊　弁陽翁韻

送淸晝。更絮語吹蘭。芳華中酒。看烟蕪生處。新愁又如舊。桃花應被斜陽笑。春向東風瘦。認重門、故燕棲梁。暮鴉啼甃。　光景逝波驟。見初日沈江。斷雲橫岫。倚笛臨風。關山繫情否。翠樓慵說凝妝上。鏡裏飛蓬首。甚閒情、更向章臺問柳。

# 張泰初　字安甫、號松溪、浙江錢塘人、貢生、有横經堂詩餘二卷、一名花影吹笙譜、

## 露華　霜、用碧山韻、

菊花偏坼。看廣野疏林。盡換秋色。指點信來。雲際征鴻遙拂。故宮瓦冷鴛鴦。尙憶玉妃丰格。疏鐘外。星河半明。瘦見山骨。　重幮夜靜寒惻。記月落烏啼。催動吟魄。著樹乍驚春好。不共花摘。板橋唱罷荒雞。正是屐聲初出。妝鏡曉。湖波教人詠得。

# 陸鼎晉 字康侯、江蘇陽湖人、諸生、有茶巢小隱詞一卷、

## 滿庭芳 題涉江采芙蓉圖

鏡影分嬌。襪塵微步。將離記贈文無。日斜風定。極目但平蕪。聽唱渡江桃葉。折芳馨、誰伴裙裾。凝眸久。煙裳水佩。渺渺欲愁余。　歡娛。嫌夜短。銀箏紅燭。掩映輕軀。悵昨宵攜手。疊夢模糊。憑借莫愁艇子。蕩輕波、兩槳同扶。還催醒。征鴻嘹唳。寒月下荒蘆。

# 邵建詩 字叶辰、浙江嘉興人、諸生、有聽春閣詞、

## 百字令

畫橈繫處。正霜天清角、江城催轉。客夢依依楊柳外。搖蕩離愁千點。吹鬢風尖。墮林月瘦。煙水黏空遠。長亭回首。望中無限淒黯。　何況香絮團雲。綠陰弄暝。那日閒庭院。一葉歸帆飛不到。枉自天涯腸斷。羅袂新寒。瓊簫舊約。幾度芳華晚。秋心迢遞。倩誰彈入箏雁。

# 張沅 字滄嶼、江蘇吳江人、

## 疎影 寒影

昏黃暖閣。訝彩雲一瞥。窗網紗拓。乍上銀釭。乍下冰簾。別是亭亭嬌弱。長宵獨自停刀尺。怕倦眼、認時還錯。怪素娥耐冷窺人。又到篆文闌角。　難忘春時院宇。夕陽淡在地。花底行樂。此際無聊。修竹陰邊。翠袖何堪垂薄。朝來試與圓冰對。只意態、自憐猶昨。憶夜深。擁被和郎。恰被畫屏偷學。

## 戴錫祺 字蘭卿、浙江嘉興人、

### 聲聲慢 自題楊柳岸曉風殘月圖

亂鴉催曙。獨雁驚寒。前溪曉色微茫。一抹村煙。不堪點綴秋光。尋常舊經過處。繫離愁、幾樹垂楊。帆乍卸。指青帘飄曳。路認漁莊。　搖落疏星山外。斂眉梢纖影。留照空塘。破帽多情。年來慣歷冰霜。天涯俊遊洵美。倚孤篷、無限淒涼。空極目。夢迢迢、千里故鄉。

## 勞勳成 字介甫、浙江桐鄉人、官江蘇藩倉大使、

### 霜葉飛 自題霜林覓句圖

錦霞千樹。江南路。銷魂秋色如許。少年綺思愛題紅。貯滿詩囊句。正十里、斜陽延佇。玉驄催裊征鞭去。歎幾載風塵。早塞柳霜痕。吹點疏鬢青縷。　縱使賦楚吟湘。憑誰慰取。天涯芳草遲暮。畫圖頻展舊冰綃。欲共青山語。問當日、楓人桂父。幽盟待我重尋否。倚玉簫、譜鄉愁。水遠雲昏。斷鴻何處。

## 秦　潢 字夢懷、江蘇金匱人、

### 金縷曲 揚州懷古

惆悵離亭暮。正揚州、煙花三月。亂紅如雨。一自風流傳小杜。寥落青樓無主。問薄倖、幾人輕許。豔說綠楊城郭好。奈繞城、吹徧濛濛絮。猶道是。斷魂處。　畫船多半紅橋去。有誰尋、玉鉤遺冢。迷樓賸土。芍藥易殘鶯易老。舊日瓊花在否。只落得、昏鴉幾樹。算有垂楊堪寄託。一行行、慣認隋隄路。幽恨曲。倩誰譜。

## 蕭師度 字晉卿、江蘇太倉人、諸生、有杏花疏影閣詞、

### 月下笛 秦淮水榭賦本意用玉田格、

雁底懷人。蛩邊語恨。旅窗情味。疏風外。何處悠揚笛聲起。梅花自向秦淮落。蕩一點、涼煙暗墜。乍秋魂吹醒。銀蟾冷照。碧空無際。　人意。清如此。奈肥韻飄來。暗縈離思。寒鴉病翅。倦飛無限心事。月明酒醒天涯夜。第一是、闌干怕倚。甚此曲、已淒涼。還又移宮換徵。

## 汪福辰 字致堂、號芷塘、江蘇吳縣人、諸生、有春水詞、

八聲甘州　秋日泛舟虎阜、感憶舊游、

又飄然、一棹趁西風。無聊事清游。傍蕭疏衰柳。蒼茫斷壁。是處尋秋。見說吹簫人去。怕倚水邊樓。只有淒涼月。還照樓頭。　記共嬉春伴侶。向花前顧曲。燈畔藏鉤。悔幾番飄泊。踪跡等閒鷗。漸銷磨、當年豔冶。歎此來、不是舊風流。凭闌處、聽蕭蕭響。落葉飄愁。

# 戈成傑　字曉薇、號孝維、江蘇吳縣人、諸生、

昭君怨

垂柳絲絲烟裊。風裏絮雲飛繞。小雨溼闌干。正春寒。　朱戶銅龍深閉。莫把紋簾鉤起。簾外卽天涯。況飛花。

# 楊稺雲　江蘇吳縣人

琵琶仙　丙子中秋、將客南沙、同人餞於山塘、詰朝始發、晚過泖湖、殘月照篷、滄波無極、黯然有寄、

涼意涵空。暮天遠、一雁驚飛殘月。雙槳淺掠輕波。蒼茫入斜碧。寒潮外、風聲棹語。猶道是、歌筵嗚咽。兩岸蘆花。滿村樹影。相對清絕。　記昨夜、夢醒湖樓。正隔舫、分燈送歸客。勸得玉娥起舞。又觴聲催別。歎那日、祇須沈醉。便重來、誰更相識。但看隄下垂楊。青青非昔。

## 倪煒文 原名印元、字笙巢、浙江歸安人、附生、有夢文山館詞、

### 南鄉子 爲王講泉題舊紅樹館

紅樹寄相思。十二闌干十二時。心字香燒煙乍裊。絲絲。舊恨桃花扇底詩。 往事問誰知。一夢揚州去較遲。賸有畫樓東畔月。如眉。猶照三生杜牧之。

## 秦熾昌 字笛樵

### 祝英臺近 同月坡至東湖、望百花洲、

碧天空。啼鳥換。秋影半湖縐。悄望重門。幾點落紅瘦。分明臺榭高低。玉鉤簾卷。怎隔斷、小橋疏柳。 莫孤負。試隨寒蝶尋花。煎茶度晴晝。山水留人。吟興問誰有。笑他也似秦淮。斜陽影裏。只少箇、倚闌紅袖。

## 袁祖悳 字又邨、浙江錢塘人、官江蘇上海縣知縣、

### 金縷曲 詠雁

暝色沈寒角。正秋江、茫茫流水。客愁無著。斜日灘頭帆卸早。遠渚平沙漠漠。問塵海、此身何託。底事黃昏風漸緊。祇一繩、來伴儂飄泊。霜意勁。酒潮薄。 低徊往事渾依約。算故園、近來烟景。儘輸猿鶴。卻意賓鴻

辭海國。一樣汀洲寂寞。感幾度、雲停月落。鷺佇鷗延江上住。甚傷心、情緒全非昨。聽津鼓。數寒柝。

王三畏 字薌穀、浙江錢唐人、諸生、

綠意 賦綠陰、和海門作、

晶簾細疊。正曉煙捲起。詩夢清絕。染上蕉衫。黏住苔堦。濃雲滿地披拂。闌干十二花迷處。定誤了、飛飛胡蝶。便嫩涼、不是新秋。小苑更無蟬咽。　休訴環肥燕瘦。幾番過夜雨。春事飄瞥。斗酒雙柑。楊柳樓臺。猶記聞鶯時節。斜陽隔斷青山影。有一縷、碧痕如接。最關心、悄立黃昏。踏碎半庭明月。

陳作敬 字湘漁、浙江海鹽人、太學生、

珍珠簾 簾影

空庭深護無人境。悄垂簾、閒卻犀鉤聲靜。花底不分明。寫幾絲波影。欲向吴淞尋舊夢。奈隔院、迷離光景。宵永。似微雲徐度。銀河清耿。　還看蕩漾湘紋。任風來乍卻。月移旋整。一桁度重階。望水痕天迥。回首朱闌低挂處。又那堪、桐花秋冷。誰省。賸香疏紙閣。夢闌孤醒。

褚逢椿 字錫庚、號仙根、江蘇長洲人、諸生、有午月樓詞一卷、

徵招　鷗隱園池上早秋觀荷、

亂紅留待聽殘雨。亭亭碧雲環砌。小徑引回廊。憶嬉春烟霧。畫闌人靜倚。又添了、吟商情思。玉佩飄香。金杯勸影。晚涼風起。　烟際片鷗飛。蘋漠漠、橫塘舊游曾記。一樣露華秋。少翠裳羅袂。淩波人到未。笑詩鬢、蕭寒如此。明月下。佳約吹簫。問冷痕誰寄。

## 談承基　字念堂、江蘇江寧人、貢生、有石禪精舍詞集、

臺城路　秋日偕朱䵚裳汪朗園宿北極閣、作秋山夜話圖、各題一解、

一襟秋思茫無著。山中話來偏永。樂欲招仙。悲疑泣鬼。樓閣齊梁成夢。驚猋怒湧。便老樹撐空。怎禁掀弄。砌畔哀蛩。似傳幽怨遞吟諷。　峯頭誰跨唳鶴。把陰霾掃盡。蟾馭呼動。露釀巖花。名香親炷。併作諸天清供。星壇夜聳。耐此處高寒。瘦燈堪共。睡思騰騰。布衾猶愛擁。

## 瞿紹堅　字夢香、江蘇常熟人、有吹月塡詞館詩餘一卷、

喝火令　庭前牡丹數本、春寒花滯、未免富貴驕人、作催花詞一闋、

密約期先負。芳姿訊未通。楊家金屋鎖重重。試問美人何處。鈴角曉煙籠。　珍重三分紫。嬌憨一捻紅。踏鈎雙燕語玲瓏。莫是春寒。莫是睡情慵。莫是牆陰餘冷。瘦怯妒花風。

蘇幕遮　落葉

日初沈。煙暗語。淅淅颼颼。作就秋聲譜。立馬荒郊尋古墓。斷碣零香。一帶銷魂處。　正思君。空怨汝。天上黃姑。今夜同碪杵。似和吟蛩催別緒。趁著昏黃。添陣瀟瀟雨。

# 全清詞鈔第二十一卷

## 何紹基

字子貞、號東洲、一號蝯叟、湖南道州人、道光十六年進士、改庶吉士、授翰林院編修、有東洲草堂詩餘一卷、

### 調笑令 即事、用東坡韻、

漁父。漁父。破笠衝風冒雨。雪花飛滿蓑衣。無計得魚暮歸。歸暮。歸暮。燈火上元何處。

孤雁。孤雁。飛向瀟湘遠岸。家書倩汝攜還。道我今宵苦寒。寒苦。寒苦。三日婁門外住。

## 沈兆霖

字尺生、一字子涤、號朗亭、又號雨亭、浙江錢塘人、道光十六年進士、改庶吉士、授翰林院編修、官至陝甘總督、謚文忠、有尺生詞一卷、

### 御街行 九月十四日過淀園

踏殘黃葉秋聲碎。拭不盡、銅駝淚。無情一炬送阿房。幷箇哀蛩都死。瓊樓玉宇。人間天上。卷入墟烟紫。

玉驄何日還重莅。望眼隔、居庸翠。白頭宮監更無言。悶倚頹闌閒睇。西山好在。癡雲深鎖。一樣含愁思。

### 疎影 詠柳

籠烟罥雨。蔽大隄一綫。彌望無路。窣地長條。莫綰春暉。愁絲自結千縷。疏花淺苣明湖岸。怎負了、擕柑儔侶。又夢回、鳥語分明。喚道不如歸去。　還怕芳華易歇。算應無幾日。簾外飛絮。倚仗東君。濯濯風姿。尚認當年張緒。天涯人遠樓臺近。怨笛裏、渭城聲苦。料有情、不會青青。望斷綠波南浦。

## 承齡

字子久、一字尊生、裕瑚魯氏、滿洲鑲黃旗人、道光十六年進士、官至貴州按察使、有冰蠶詞一卷、一名大小雅堂詩餘、

### 蝶戀花

日日江樓愁獨凭。潮去潮來。舊恨難重省。百折千回流不盡。斜陽一桁珠簾影。　海燕歸時花徑暝。月色銀黃。照見雙棲穩。一霎春寒催酒醒。春來料理傷春病。

### 憶舊游　送春

怎燕子鶯兒。忽忽舞倦。便勸春歸。荏苒隨流水。算榆錢買得。能住多時。落花乍低還起。如訂隔年期。縱說道東風。年年依舊。老了楊枝。　徘徊認踪跡。是碧汎萍圓。紅沁苔肥。打疊和愁送。奈天涯夢遠。黏著游絲。綠陰近來門巷。蜂蝶不曾知。但目斷斜陽。芳園客去簾晝垂。

### 雙雙燕　白燕

玉釵股上。共幺鳳輕搖。舊時曾見。鉛華淨洗。漫問漢家宮殿。催得柳明花暗。掠飛絮、風前零亂。留他月影

雕梁。屬付晶簾休卷。　芳院。梨雲片片。正蝶粉初乾。莫抛雙翦。傷春人老。憔悴雪香煙煖。翻妒愁痕太淺。想一縷、紅絲猶罥樓中。縱有春風。也恐鬢華早換。

## 采桑子

永豐坊裏尋常見。瘦削腰肢。雙燕來時。一翦東風萬柳絲。　江南花事憑人說。開到荼蘼。莫綰相思。如水春愁總不知。

## 臨江仙

往事零星難記省。思量常是經年。酒濃香殢困人天。綠雲斜壓。一枕夢初圓。　芳徑畫屏都未改。衹應閒了秋千。微波重與致纏綿。驀然驚斷。歸燕蹴箏絃。

## 陌上花　畫蝶、珮蘅寶鋆屬題、

青陵怨魄。年年還舞。廿番芳信。偶倚東風。那管晝長花困。錦叢儘許秦宮活。猶自棲香難穩。又天涯綠遍。怎生禁得。燕捎鶯趁。　露濃春有暈。鸞箋搨就。幾許六朝金粉。草色裙腰。誤認過牆雙影。是誰小撲輕羅扇。惹起落紅成陣。望羅浮路杳。漆園尋夢。者回應準。

## 金縷曲　蠟淚

莫翦燈花穗。灺啼痕、無情有恨。畫堂秋思。待把碧紗深深護。又被斜風喚起。更不管、玉釵憔悴。斗轉參橫人將去。暗相和、銀箭翻濤水。點點是。別時淚。　華筵似夢從頭記。記春江、徵歌說劍。六朝游戲。十萬驪龍珠齊吐。分照花天酒地。賸狼藉、堆階紅膩。結客歸來黃金盡。爇心香、伴我修眉史。誰忍賦。短檠棄。

## 疎影　殘雪

天花碎纈。問翦水鏤冰。誰解攀折。萬點花魂。分付迴風。也作亂紅飄撇。拚教詠絮無消息。奈畫角、一聲吹徹。卻怪他、催送春來。怎又暮寒騷屑。　銷得斜陽幾度。灞橋更極目。煙樹明滅。祇有蛾眉。深淺窺人。讓出遠山層疊。香泥不分隨鴻爪。但夢憶、參差雲葉。算幾宵、月滿瓊樓。已是試燈時節。

## 菩薩蠻

碧城十二籠煙霧。瑤天飄渺乘鸞去。清怨託琴絲。相思知爲誰。　越羅春水色。密約湔裙日。消息到東風。簷花自在紅。

雙雙錦綬銜金鳳。流蘇香煖搖殘夢。胡蝶抱花枝。夜深風定遲。　重簾低窣地。鴛牒分明記。四月熟梅天。畫樓聽雨眠。

子規啼雨催人醉。白波倒捲離人淚。莫惜百分空。問君何日同。　宿雲低鳥翼。潮長春流急。帆影盡遙天。斜陽千萬山。

迴腸日夜車輪轉。天涯不抵屏山遠。留得去年書。一雙紅鯉魚。　中央周四角。密字眞珠絡。軋軋九張機。春蠶多少絲。

## 姚斌桐 字秋士、漢軍正白旗人、道光十六年進士、官兵部職方司主事、有還初堂詞鈔一卷、

### 齊天樂

銷魂試向蓮塘問。吟懷頓添淒楚。冷露猶凝。枯香欲斷。禁得秋風如許。鴛鴦最苦。怕涼到天心。欲棲無處。比似春蠶。亂絲抽盡萬千縷。　當時翠盤醉舞。有划船越女。妝罷還妬。瘦怯羅衣。愁拋玉鏡。一樣銷凝遲暮。空房細數。歎流水年華。半隨伊去。甚得心情。夜窗留聽雨。

## 孫宗禮 字定夫、江蘇江都人、道光十六年進士、官廣東澄邁縣知縣、有二十四橋吹簫譜二卷、外譜一卷、

### 南浦 春水、效玉田體、卽用山中白雲詞原韻、

雁齒舊痕平。望粼粼、十里溪光初曉。乍覺縠紋圓。風吹過、又把鏡奩低埽。漁歌唱起。綠楊陰裏扁舟小。倚徧湖樓窗四面。還認黏天煙草。　閑來放鴨闌邊。正沙融浪暖。鴛鴦睡了。極目最關情。秦淮路、曾記夢中尋到。晴波渺渺。挂帆人去荒磯悄。一夜春潮流不盡。知帶落紅多少。

## 莊縉度 字眉叔、江蘇陽湖人、道光十六年進士、官戶部主事、有黃雁山人詞四卷、

### 賀新涼 和顧蒹塘

九陌黄塵淺。向長安、車如流水馬如飛電。昨日斜陽今日雨。做盡淚絲花片。恐誤了、鬱金雙燕。如此樓臺春世界。悵紅襟、只繫佳人綫。尋舊夢。畫梁選。　幽篁掩淚珠千點。伴深閨、一雙翠袖。暗愁難遣。試問天邊眉樣月。去照誰家庭院。且莫咏、秋風團扇。製就齊紈光皎潔。便攜來、障得凝酥面。研妙墨。好題徧。

采桑子　和曹艮甫落花原韻

惜春無計留春住。衣冷香篝。花撲簾鉤。萬種新紅裹亂愁。　飄零不信隨流水。飛上釵頭。點入茶甌。夢裏斜陽隔畫樓。

## 余遂生　原名曜甡、字蘭谷、江西崇義人、道光十六年進士、官四川巴縣知縣、

雙雙燕　秋燕

西風簾幙。看弱羽翩翾。尚相追逐。記從芳渚。悄把亂紅輕蹴。彈指流光何速。早換了、楓丹桑沃。海天歸路茫茫。何處更容雙宿。　冷落玉樓金屋。正對雨呢喃。相依漸熟。璇閨此後。應是暗傷幽獨。幾度倚闌遙矚。又誰與、商量寒燠。還期隔歲來尋。好把舊巢重築。

## 黄玉階　字蓉石、廣東番禺人、道光十六年進士、官刑部主事、有謏蘇室詞、

法駕導引

游仙夢。游仙夢。伉儷見情眞。葛鮑雲端攜手過。隨行仙蝶大於輪。圍繞藕絲裙。

## 又

游仙夢。游仙夢。字字護煙雲。寄語彩鸞休浪寫。人間韻學久翻新。舊本已千春。

# 馮志沂

字魯川、山西代州人、道光十六年進士、官至安徽按察使、有西隃山房詞、

## 蝶戀花　秋蝶

老圃花殘風露冷。是汝生遲。莫怨流光迅。半晌斜陽花外影。餘溫且晒零星粉。　萬紫千紅摇落盡。不信人間。曾有花如錦。燕已南歸鶯又噤。憑誰訴與西風聽。

## 又　春暮

雨過空庭人寂寂。縱掃春苔。不見春歸跡。飛絮初晴無氣力。因風還度疏簾隙。　不耐閒階頻佇立。靜掩房櫳。猶怯輕寒襲。斷夢惺忪何處笛。聲聲裊入爐烟碧。

# 載銓

□□宗室、襲封定郡王、謚敏、有行有恒堂集附詞、

## 霜葉飛　蘆溝曉望

夕陽西下。黄昏近。餘霞紅覆林表。古原衰草怕西風。正岸迷蒲蓼。驛柳葉、疏疏嫋嫋。桑乾秋水波流渺。見

一派狂瀾。送旅客、行程萬里。令人心悄。村落遠映青山。征鴻喚侶。轉覺無限深窈。又聞鴉噪暮烟迷。野曠繁星小。月欲墮、如鉤皎皎。人家燈火沿隄遶。畫角聲、頻淒切。節序生涼。此情難了。

畫堂春　春暮

嫩寒初過雨濛濛。乍晴蘚徑泥融。曉來無奈落花風。誰惜殘紅。　小閣開簾悵望。輕盈絮舞長空。乳鶯啼倦綠楊叢。春老園中。

## 史致澤　原名應鼎、字夔甫、江蘇陽湖人、道光十七年舉人、有荊餘草堂詞一卷、

浪淘沙　亂後游西湖

晴日滿寒灘。碧浪輕翻。湖光盡處是青山。恰得西湖眞面目。全沒遮攔。　竹樹已全刪。兵火燒殘。楝花風定釣絲閒。賸有鋧魚雙白鷺。倦亦思還。

## 張葆謙　字牧皋、直隸南皮人、道光十七年舉人、官河南武陟縣知縣、有墨華軒詞、

祝英臺近　湘江尋夢圖

客舟停。山月冷。夢境覓湘沅。怨竹啼紅。痕灑淚斑淺。是他風引羈魂。露凝湘佩。莫吹醒、梵鐘聲遠。　恨難遣。可惜彈指年華。怱怱夢緣短。夢草懷來。月下定飛徧。卻愁夢也難尋。夢中說夢。願常把、離魂雙綰。

## 鄭　珍　字子尹、貴州遵義人、道光十七年舉人、官江蘇候補知縣、

### 蝶戀花

瓔珞仙雲飛過處。一陣風來。吹散花龍雨。碧嶂紅泉愁日暮。苕華姊妹三山去。　爲寄麻姑君莫誤。黃竹難栽。還是栽桑樹。腸斷平生淒絕句。他生莫作涪陵女。

### 浣溪紗

萬水千山苦覓尋。斷崖荒澗杳無音。瀑西飛出一聲琴。　五十年間眞隔世。到來依舊謝家林。可憐相憶到而今。

## 陳良玉　字朗山、號鐵禪、漢軍鑲白旗人、道光十七年舉人、官知縣、有虞苑東齋詞鈔一卷、梅窩遺稿詞一卷、一名梅窩詞鈔、

### 三姝媚　杜季英齋中芙蓉和汪芙生韻、

酒潮連粉色。纔禁住斜陽。醉容欹側。好是幽齋。怕生來江上。看人離別。木末搴餘。腸又斷、苦吟騷客。遲暮空傷。娉婷不嫁。破愁無力。　芳檻青沾苔跡。西風露初寒。小憐當夕。惹盡相思。剩啼螿淒切。倩伊將息。喚作宜霜。應自信、拒霜標格。寂寞秋心。知有東籬伴得。

### 玲瓏四犯 牡丹已落、悵然賦之、

烘晝輕陰。惹檻外紅香。搖蕩深院。拍遍霓裳。欲舞楚腰仍嬾。年少幾許才華。早占盡、翠尊檀板。奈玉京、月下偷還。卻剩彩霞千片。　曉來怕展芳羅薦。對空枝、漫添葱蒨。豐臺競說餘春好。也定慵擡眼。粉膩待把酥煎。更怕引、豔魂淒斷。付戀叢雙蝶。風雨過。齊吹散。

## 陳長孺

原名丙綬、字伯章、一字秋轂、號稚君、浙江歸安人、道光十七年拔貢、有畫溪漁唱、紅燭詞、蕭瑟詞、寶鈿庵詞、

### 瑤華 風雪客窗、擁鑪孤坐、偶拈此解、寒寂頓消、

模糊畫本數點歸鴉。認亂雲堆墨。癡龍睡醒。剛喚起、聽我樽前吹笛。銀燈照處。悵絮粉、淚痕難覓。憑幾番、翠羽飛來。替說瑣窗岑寂。　空懷白石風流。儘寫箇湖天。千樹寒碧。騎驢舊興。尋不到、那日灞橋詩客。吟肩瘦矣。但老鶴、仍能相識。記昨宵、夢裏孤山。已探玉梅消息。

## 葉坤厚

原名法、字湘筠、安徽懷寧人、道光十七年拔貢、官至河南南汝光道、有江上小蓬萊吟舫詩餘二卷、

### 阮郎歸 亦園即景

輕烟漠漠雨絲絲。春寒花信遲。東君何事殢花期。問花花不知。　朝日霽。午風吹。芳菲天氣宜。誰家蜂蝶

已來窺。檻前三兩枝。

## 鈕福疇

字西農、浙江烏程人、道光十七年拔貢、官安徽舒城縣知縣、有亦有秋齋詞鈔二卷、

### 疏影

題月明林下美人來詩意小幅、此圖傳自吳門、爲蘭陵徐梅谷所撫、丁曉岡出索倚聲、爲塡此解、

虛烟一抹。看橫斜疏影。搖碎晴雪。二八雲鬟。三五銀蟾。寒生翠袖清絕。襯紅簾子昏黃夜。盪一樣、冰魂涼徹。怕青禽、夢醒枝頭。喚破冷雲千疊。　三載江南輕別。綺窗花事好。閒了吟屧。策蹇孤山。騎鶴揚州。前游歷歷誰說。五銖衣薄天風峭。能消受、幾番明月。料羅浮、仙子重逢。香透一身仙骨。

### 驀山溪

閒庭似水。天許人疏懶。鎮日下重簾。知簾外、春深春淺。雙雙粉蝶。飛撲小紅樓。銀蒜影。玉鉤聲。多少零星怨。　香泥冷落。一路如酥軟。燕子不銜來。怎禁得、遊驄作踐。陰晴無定。猜破幾番來。風裏絮。雨中花。都入傷春眼。

## 陳希恕

字養吾、號夢琴、江蘇吳江人、諸生、有鬧紅一舸詞八卷、

### 祝英臺近

陸瓣香屬賦柳花詞

日痕高。風力緊。作隊蕩春暝。簾捲淒迷。黏上玉釵潤。可憐飛絮今生。浪萍再世。除野鷺、也無人問。　斷芳

訊。天涯才子飄零。和墨寫春恨。不管離人啼到黛眉損。傷心灞岸埋愁。隋宮葬淚。卻翻羨、桐緜無分。

## 洞仙歌

客有自嶺南來者、以蝶繭一雙貽張薇人星、一夕蛻繭而出、形大於掌、異彩奪目、洵仙品也、越宿忽遁去、其一不勝惋惜、爰倩夏茝谷之鼎作憶蝶圖、有詞索和、爲次韻以報、

同功初蛻。便蘧蘧判影。未必歸途故山準。看紅闌無恙。芳草多情。還認是、花底雙棲同命。　羅浮春已去。夢也淒迷。何況殘紅落無定。根觸此離懷。萬一飛回。畢竟是、飄零金粉。膩描取、生綃莫輕看。怕爛化仙裙。前身重證。

# 唐壽萼

字蕙伯、號子珊、江蘇震澤人、諸生、有綠語樓倚聲初續集二卷、

## 玉漏遲

春陰沈滯、盆中水仙二月始花、風簾雨幌、婉悴可念、剪燈賦此、夜寒彌益淒戾矣、

怪春痕短短。行雲何處。半匳瑤碧。乍見惺忪。剗襪香階無月。不與素琴譜恨。禁得過、迢迢良夕。清淚滴。綠鬟低擁。背燈幽咽。　可憐最小華年。受何限春寒。芳心如結。舊約梅花。怎遣翠禽傳說。夜夜曲屏風底。拚訴盡、肝腸冰雪。休怨別。重遺漢皋金玦。

## 探春慢

上元節後、春寒甚力、澹日微陰、時有雪意、賦此遣懷、

雲輭棲檐。雨輕泫砌。東風如此淒緊。金鴨香溫。綠梅笑淺。盼斷芳韶無影。流水昏鴉外。正寂寞、谿山催暝。剪刀初試封姨。漫天斷絮零粉。　又是春燈落去。想霧閣陰陰。飄墜蘭燼。翠鈿拋匳。繡衾擁背。笑說江南

春冷。嬾與尋芳約。任別院、黃鸝三請。悄掩重門。夢痕搖盪烟艇。

## 玲瓏四犯 雨夜無寐、憶丙戌之歲、同虞堂山塘餞春、聽雨畫船、踏月山寺、撫今感昔、黯然傷懷、效白石翁體賦此、

春水綠波。夜船紅燭。相思今夕何夕。夢衾尋斷雨。醒枕留殘月。誰家水窗橫笛。攪離愁、寸腸堆積。梁燕頻驚。鄰雞再唱。風露曉天闊。　滄浪棹歌徐發。念五湖人遠。襖靄空碧。流年詩鬢改。舊院繁華歇。杜郎自是尋芳晚。謾贏得、啼痕狼藉。休怨別。拚相見、此情難說。

## 綠腰令 薰風代序、梅雨不來、白日清宵、所思渺然、賦此、

綠陰清晝。過了水嬉節。烟波畫船何處。縹渺夢雲碧。那有舊時雙槳。弄箇湖心月。湘纍幽咽。翠屏風底。一曲離絃再三絕。　羅襪凌波去遠。留此田田葉。須待菡萏花開。更喚疏篷揭。笑問蘭期誰省。晤與東風說。素琴纔闋。渺然身世。又聽江湖夜吹笛。

## 月華清 題孫次公秋燈遲夢圖

故扇棲煙。遺鈿墜地。人間如此清夜。一粟蘭釭。巳是闌風飄灺。恁冥冥、月影窺窗。又瑟瑟、霜華篩瓦。來也。想彩雲影裏。瘦鸞初跨。　莫問鴛機恨惹。只難浣啼痕。舊時羅帕。萬一相尋。悄立白紗幃下。儘多般、兒女柔情。渾未了、水天閒話。圖畫。勝隨身餅盝。清涼行者。余有半偈庵圖、亦爲悼亡作也、

## 程紹棨 字鶴衫、江蘇泰州人、有煙波漁唱詞、

### 瑣窗寒 櫓聲

解纜旗亭。聲來柁尾。乍疑鴻語。低昂未穩。傍岸漫驚鷗鷺。蕩離魂、春酲半醒。是誰曲唱瀟瀟雨。看柳灣轉艇。菰蒲零亂。水窗涼聚。　如訴。輕搖處。歎送盡行人。幾曾教住。催沈片月。隱約煙中前路。想紅閨、愁聽砌蟲。背燈擁髻知睡否。又天涯、歲晚江空。底事歸期誤。

## 儲徵甲 字紀堂、江蘇宜興人、舉人、官安徽青陽縣教諭、有種竹山房詞鈔二卷、

### 洞仙歌

梅天過了。尙瀟瀟殘雨。付與羈人作淒楚。憶秋宵聽徧、春國餘寒。都不似、者樣荒寒情緒。　瑤臺應不遠。遙想朱樓。也聽丁冬鐸鈴語。欹枕數深更。入曉行雲。可遞到、鄉關煙樹。怕潤偪衣篝未成熏。欲寄與都梁。斷鴻無據。

## 經　濟 字子通、號半園、江蘇甘泉人、有半園詞錄二卷、唁紅詞、韻䕩詞各一卷、

### 臺城路 春陰

鶉鴣不喚東風醒。樓臺萬家春晚。望去分明。尋時隱約。盡日教人排遣。鶯簾半捲。奈鼎鵲煙低。被鴛綿軟。未是傷春。爲誰羅帶近來緩。 韶光如此可惜。便黏花惹草。春去人遠。獨自憑欄。連朝小病。舊路還生新蘚。心情自貶。怕酒市帘收。笛家門掩。底處飄來。柳花三四點。

## 清平樂

荼蘼開了。更有春多少。斜日畫簾鶯語悄。又是一庭煙草。 舞腰瘦損弓彎。春愁卻在屏山。無雨無風時候。紗窗一剪輕寒。

# 王鑒

字烺若、號青谿、又號亮叟、山西靈石人、有楚雲燕夢存稿、蓉江新唱、蘋香絮影詞各一卷、總稱問紅軒詞、共二卷、

## 琵琶仙

首夏浣岳招同人既集雙樹广、復緣法海橋、時夕陽西匿、游船散去、煙水態呈、就雲山閣小飲、與樊榭當年紅橋載酒同一淸趣、倚此解誌游興、即以送別、

飛絮飛花。看撩亂、一片春痕無迹。腸斷芳草天涯。何堪聽啼鴂。凝望裏、雲山閣外。衹斜照、半鉤新月。窄窄蘭舟。盈盈帶水。三兩吟屐。 算孤負、三月烟華。謾回首、殘冬說游歷。浣岳去歲除夕獨游平山 遮莫者番情緒。似飄來榆莢。憑付與、微醺淺酌。共曳裾、我輩閒適。那便今夜分襟。暮愁空闊。

## 姚前樞

字古然，江蘇金山人，諸生，有紅林禽館詞錄一卷，又名來禽館詞錄，

### 西子妝

行吟堤上，長風捲沙，雁字明滅，倦柳愁荷，蕭騷滿眼，彌覺黯然懷抱也，

波外攜筇。鷗邊洗屐。霜壓敗蘆沙漵。蓮拋殘粉倚西風。鎮銷魂、斷煙零雨。採芳人去。正秋老、落英堪賦。碧溪頭。怪淡黃官柳，衰颯如許。　江潭暮。會得青青，不是多情樹。雁兒翻影瞑天南，駐蘅皋、素心憐汝。高城角苦。待搜入、烏絲闌譜。睨長堤、衰草頹陽迷路。

## 姚前機

字省于，號堅香，江蘇金山人，諸生，有懺情庵詞一卷，

### 水龍吟　題程襟蘭江山清空我塵土圖

碧空無際清流，替誰洗出青山色。可能容我，西江口吸。快滌胸臆。俯仰乾坤，冰壺澄澈。片雲無迹。甚烟波不語。巖花冷笑，神仙境。軟紅隔。　枉羨阮郎遊屐。好江山、幾人棲息。丹青寫徧，愁心千疊。漫勞相憶。喚起坡仙，與談身世，夢回頭白。問桃花流水，於中何處，著黃塵客。

### 水調歌頭　題張虛堂漁父閣塡詞圖，時將東歸，即以志別，

插脚軟紅裏，何似臥滄洲。烟波空闊無際，風雪擁羊裘。譜就玉田新句。付與小紅低唱。蕙帶縛箜篌。笑問元眞子。漁婢借人否。　今古恨。身世感。別離愁。十平聲年鶯脰湖住。遊倦欲歸休。拚買綠蓑青笠。送老橫

塘圓泖。夙約踐盟鷗。長揖別君去。散髮弄扁舟。

## 姚　汭　字水北、江蘇金山人、貢生、有二十三桂堂詞一卷、

### 邁陂塘　題白下江晴帆夢筆樓詞

恁江郎、缸花一呷。參差弄徹清曉。伊誰喚起梨花夢。怕是臺城香草。春未老。儘翠抹紅拋、打疊臙脂稿。荼蘼開了。便蛺蝶兜回。東風吼殺。也要被花惱。　剛回首。紅雪樓頭雙嘯。而今寶瑟聲杳。君爲心餘先生倚聲高弟縱教招破天香字。那比舊時懷抱。君曾譜丹桂傳院本知己少。算幾徧尋秋、恨不相逢早。江山應笑。笑白髮蕭臺。青衫子野。謂張歗峯空自說同調。

### 摸魚兒　題歗峯紅橋詞卷

問揚州、冶春詞後。幾人能唱水調。從他招徧江樓笛。都付亂螢衰草。君莫笑。便覓箇新題、也怕蘼蕪惱。樓臺杳杳。賸廿四橋頭。煙波無際。那肯酒人到。　繁華夢。從此一齊醒了。閒愁收拾多少。向人尚有隋堤柳。似訴十年潦倒。秋未老。倘住過深秋、更要傷懷抱。不如歸好。把一寸殘香。二分瘦月。添入舊詞稿。

## 汪　鋆　字硯山、江蘇儀徵人、有梅邊吹笛詞一卷、

### 掃花遊　秋陰

晚烟漾碧。漸漠漠侵簾。愔愔吹戶。悲秋甚處。正西風倦聽。寒蛩淒楚。望遠心情。舊日闌干怕撫。畫檐曙。有溼翠帶涼。來罥芳樹。　雲意和酲住。鎮閣夢籠愁。暗催詩句。故人在否。又黃昏過了。綠窗無語。團扇徘徊。更少寒鴉影妒。漏聲數。對芭蕉、卷殘心素。

## 王樹藩

字少愚、江蘇高郵人、廩貢生、有竹簾館詞一卷、

### 孤鸞

花雨灑窗、落紅滿徑、撫今追昔、情見乎詞、

漫天飛絮。漸綠滿紗窗。紅稀芳樹。小院無人。閒煞踏青情緒。年來好春易盡。況相催、又多風雨。試看炊烟低拂。又落英如許。　記當時、曾醉花前醑。有翠袖停歌。紅妝低舞。夢醒天涯。誰續西園題句。迢迢碧山綠水。定難尋、者番歸路。欲與東風同去。怕游絲攔住。

## 喬載繇

字止巢、江蘇寶應人、有裁雲館詞二卷、

### 長亭怨慢

晚蛩

更聽過、深秋時候。細雨初闌。一燈如豆。嫩怯西風。近來都聚畫闌口。者番哀怨。頻訴到、歸鴻後。滿耳斷腸聲。看石畔、秋花全瘦。　倦否。對淒清暮景。霽月又澄苔甃。離愁正苦。直咽冷、玉壺殘漏。問底事、吟斷柔鬟。攪幽夢、誰家窗牖。悵砌草將衰。還怕新霜飛驟。

## 柳梢青 詠初夏柳

萬縷雲遮。眠餘舞歇。猶拂行車。芳草隄邊。那時繫馬。不記誰家。　闌東依舊風斜。也容易、殘陽暮鴉。無用長條。無情倦眼。無定飛花。

## 揚州慢 老柳

青眼拋煙。細腰眠月。一時驕殺韶華。問輕寒暮雨。又幾樹飛花。試說與、章臺舊怨。倚樓橫笛。昨夜誰家。悵秋期尚遠。行人已惜天斜。　靈和殿外。數風流、前夢堪嗟。算才送遷鶯。猶穿乳燕。早帶棲鴉。賸有閒情點宕。柔條戀。去馬迴車。縱離愁能綰。春歸久到天涯。

## 曲遊春 中秋對月

玉露澄秋宇。恰羅雲宵捲。空翠如積。小院深深。愛虛廊受月。置身晶域。風細誰家笛。似酬我、瘦吟清寂。聽暗蛩。轉動花枝。催下半簾涼碧。　憶昔江城歸客。照幾度分襟。光泛離席。疏柳紅橋。怕年事換影。窗紗難識。感舊逢今夕。歎人老、賦愁無力。獨對桂魄孤懸。遊仙夢隔。

# 唐壎

字益菴、浙江秀水人、諸生、官富陽縣訓導、有竹西小築詞、小桃花塢詞、乘槎詞、雙璨詞、鐵白詞、俟秋詞各一卷、總稱蘇庵詩餘、

## 山花子 和南唐中主璟

斗帳香濃午夢殘。斷紅一片亂霞閒。報道樓頭新月起。卷簾看。 綠樹陰留湘簟滑。白荷風送玉簫寒。小步强扶花影去。倚闌干。

徵招 感秋、和蓮生、

年年有箇秋來去。無端人因秋瘦。落葉戰空林。認寒雲棲岫。南園芳草歇。笑蝶夢、戀春如舊。一翦疏風。幾絲涼露。强持尊酒。 如驟。惜流光。甚西春冷逼。重重銀甃。寂寞近黃昏。更擣衣時候。玉關人老否。最怕是、雪前霜後。只吟蟲斷砌。傳聲共殘燈相守。

## 葛湘

字吟舫、江蘇江陰人、有春鷗詞二卷、

掃花遊 遊君山梅花書院、用玉田韻、

城闉乍出。正嶠雨青收。海雲紅曉。綠鬟窈窕。有危樓嵌石。凍泉圍沼。滿徑飛花。鎮日東風暗掃。聽鸞嘯。怕上界孫登。歸去斜照。 江光橫浩渺。歷危磯百尺。鷲鼻青峭。綠楊未老。恁緜緜水外。絮花吹到。遠浦歸帆。襯著殘霞更好。凝佇悄。想東流、古今多少。

## 潘鍾瑞

字麟生、號瘦羊、別號香禪居士、江蘇吳縣人、諸生、有逍遙餘趣、僵瑟音、尋鷗閒語、聽風聽水譜、各一卷、總稱香禪詞、又稱百不如人室詞草、又輯碧香詞選若干卷、

## 長亭怨慢　柳絮飛庭、春事盡矣、

最無奈、飄零風絮。道是離人淚痕如許。點上儂襟。舊時餘暈更難數。可憐情盡。猶未得、埋香土。小院畫簾垂。且約共、殘紅留住。　悽楚。歎浮萍後果。落向硯池終誤。斜陽影裏。盪一縷、愁魂銷處。早不曾、同著春來。又何苦、同春歸去。算謝女多才、應也無心吟汝。

## 霜葉飛　詠明坤寧宮提鈴牙彄、　案陳悰天啓宮詞註、宮人有罪、罰提鈴唱夜、自乾淸門至日精門月華門、仍還乾淸門而止、徐行正步、高唱天下太平四字、聲緩而長、與鈴聲相應、雖風雨不敢避也、此彄蓋當時遺製、上鐫坤寧宮提鈴癸第二八字、吳枚庵朱酉生兩先生皆有詞、近王養初亦賦一曲、爲同人倡、依調繼之、

辟寒親製金彄樣。彎環曾記如許。可憐彈指淚珠圓。帶曼聲淒楚。悵永夜、歌樓醉舞。難隨牙拍承恩數。恁曲似柔腸。把一寸、春荑管領。約住愁緒。　空踏落葉聲乾。宮槐鴉影。閃入靑瑣燈戶。照伊眉月總無情。況苦風酸雨。驀咽了、昭陽曙鼓。沉沉鈴語人無語。剩半規、苔花暈縮。斷紅絲、玉鉤何處。

## 小桃紅　滬上寓齋、庭多花木、淸明時節、桃花紅笑、愁人對之、輒爲泫然、

紺唾黏香蘚。綃袖籠輕茜。可奈連宵、重門深閉。雨絲風片。算喚回、薄命舊春魂。有等閑鶯燕。　記得當初見。露井韶華變。欲問仙源、杳然流水。而今難辨。只崔郎、斷夢不重來。況去年人面。

## 戈載

字弢甫、號順卿、一號寶士、江蘇吳縣人、諸生、官國子監典籍、有翠薇花館詞三十九卷、宋七家詞選七卷、詞林正韻三卷、發凡一卷、樂府正聲、續絶妙好詞、詞律訂、詞律補各若干卷、

### 徵招

韋君繡以鶴阜看雲圖屬題、因賦此解、此黃鐘下徵調、白石道人所製、言之精且詳矣、予攷其旁譜、起韻末韻皆用凡、四而換頭第二字亦注凡、四其詞用紙寘韻、第二乃遞字、其爲叶韻顯然、況趙虛齋詠雪一首用際字叶紙寘韻、張玉田有二首、一用裏字亦叶紙寘韻、一用洛字作郎到切叶篠嘯韻、更有明證、惟周草窗九日詞未叶、此闋不見笛譜、即非僞托、亦屬弁陽之疏漏處、萬氏詞律取以爲法、謬矣、予故揭出之、以俟世之知音者、

幽居喜傍青山住。閒來倚筇登眺。出岫本無心。但松陰飄緲。谷風苔徑掃。引空翠、撲襟多少。一片秋情。幾重春夢。霧昏煙曉。　窈窱薜蘿深。三高去。遺蹤更誰憑弔。黃鶴嘆悠悠。伴石纚知切牀泉繞。拂琴眠正好。聽蕭寺、晚鐘催早。美人遠。碧合愁痕。黯隔林斜照。

### 杏花天影

壬申早春、園中杏花盛開、約客爲探春之讌、客翻白石譜、請予賦此、白石自度腔、多註明宮調、是曲獨否、因細考其旁譜、起調畢曲皆用下凡、住字亦同、二十八調中用下凡者、惟黃鐘宮、黃鐘宮者、宮聲七調之一、即無射宮也、若正宮之黃鐘宮、則住用合字、清用六字、與此全異、白石又有惜紅衣調、注曰無射宮、亦皆用下凡、而末兼四字、此則所謂寄煞耳、推尋得之、甚樂、酌客舊醅、聽予新倡、

茜雲嬌影迷花塢。鬧春意、香霏繡霧。隔村沽酒醉東風。倚樹算芳期、又幾許、　鶯啼處。紅牋覓句。問絃管、仙家舊譜。畫樓消息不勝寒。夜雨。怕明朝、淚粉汙。

湘月 秋日同沈芷橋、蘭如、閏生、朱酉生、潘功甫、陳小雲、吳清如、王井叔、游畢園、廣池峻嶺、有山澤景象、惜其亭榭荒蕪、寒煙衰草、滿目凄涼、徘徊水竹間、不勝葵麥之感、相約各賦詩詞志慨、予度此曲、即白石所製念奴嬌鬲指聲也、萬氏不明宮調、又不知鬲指爲何義、遂謂湘月與念奴嬌字句無不相合、此實可發大噱、湘月係雙調中呂商、念奴嬌係大石調、乃太簇商、因同是商音、故其腔可過、而太簇商當用四字住、中呂商當用上字住、簫管四上字中間只隔一孔、笛則兩孔相聯、至起調畢曲則一用一字、一用尺字、亦在隔指之間、是以謂之隔指聲、隔鬲古同字也、白石之詞因用四字不諧、配以上字聲方協、故其腔不得不過耳、是其音同而其律不同、安得謂欲塡湘月、即仍是塡念奴嬌乎、況句法平仄亦多異處、更屬顯然不可混、予悲宮調之理、知之者鮮、爰詳論及之、俟諸君子審定焉、

玉壺窈窕。向西園緩步。花引幽興。時先游徐玉臺鷗隱園、即在畢園之西、 曲折林巒。又換了、一片荒寒風景。雨暈苔青。雲飛泉白。亂葉迷深徑。煙霏橫鎖。翠涼別是清境。　回首舊日繁華。香迷醉擁。繞歌塵燈影。夢醒游仙過去聲眼處。木落天空人靜。月閉鶯樓。風摧鶴表。剩有閒鷗省。危闌憑久。樹頭夕照吹暝。

西湖月 戊寅元夕後一日、讌客春窗、同人中惟蔣淡懷、曹艮甫、沈蘭如、朱酉生、以游杭未與座、上咸繫懷思、乃歌此寄之、調本南宋遺民黃蓬甕所製、注云、自度商調、商調者、非商聲之統名、乃商聲七調之一、名曰

無射商實即林鐘商也、何以言之、考燕樂四均二十八調不用黍律、以琵琶絃叶之、七商爲琵琶之第二絃、商調爲第二絃之第六聲、七商皆生于太簇、用太簇夾鐘中呂林鐘南呂無射黃鐘七律、起太簇則無射爲第六、而太簇一均其聲皆生于應鐘、用應鐘黃鐘太簇姑洗蕤賓林鐘南呂七律、起應鐘則林鐘爲第六、是其名無射而其實林鐘、故段安節琵琶錄不曰無射商而曰林鐘商也、宋元人省言之、則直曰商調耳、沈括補筆談下凡字配無射、又曰無射商今爲林鐘商、殺聲用凡字、予觀白石霓裳中序第一亦注曰商調、兩結旁譜作𠂆𠂆、即下凡下凡也、是可引彼以證此矣、四子知音士也、能即倚聲和否、

西泠數徧芳程。想逸興聯吟。酒襟痕溼。聽去聲鶯期早。盟鷗地遠。舊游同覓。垂楊舒嫩眼。怕縷縷輕煙愁暗織。鎖岸曲薄暝尖寒。可比故園春色。　素心正倚瑤叢。指點點梅鈿。共探消息。颭燈風細。吹簫月魚夜切淡。總傷岑寂。停杯凝望久。但黯繞羅窗雲緲碧。待深夜。飛夢蘇堤。翠疏紅隙。

惜紅衣　皇甫墩觀荷有見、塡無射宮一解紀之、是曲殺聲當用下凡、白石則兼借四字、前杏花天影詞內、予已論及之、已觀白石旁譜、力字起韻、注下凡四、換頭以下至籍字始注下凡四、可知陌字非韻矣、玉田贈妓雙波一首不叶、是也、予故復指出之、以正詞律之誤、

鷺浴新凉。鷗盟舊夢。泫紅搖碧。載酒尋芳。清香沁瑤席。西風未老。還自媚、歌裙游屐。凝立。斜照晚煙。對一蓑漁笛。　驚鴻瞥影。環珮珊珊。淩波素羅溼。吹簫柳外。舊曲采蓮識。可惜粉雲香露。不是故鄉秋色。問九峯螺黛。知否碧城消息。

秋宵吟　孟秋中旬九日、董琢卿邀集廣川書屋、出示箨石老人秋葉圖寫溫飛卿一葉葉一聲聲詞意、索座客題詠、予賦此解、調本白石自製注曰越調、越調者琵琶錄所謂商七調之第一運黃鐘商是爲琵琶第二絃之第七聲、其聲實應南呂、今俗樂之六字調也、白石集又有越九歌越王一首、亦曰越調、注曰無射商、無射商乃商調之名、越調爲黃鐘商、何以又云無射商、不知宋時燕樂七商一均與七宮同用黃鐘大呂夾鐘仲呂林鐘夷則無射七律之名、越調爲第七聲、居無射之位、故朱子儀禮經傳通解云、無射清商俗呼越調、張玉田詞源云、無射商俗名越調也、攷白石原詞、古簾空至箭壺催曉、與下引涼颸至暮帆煙草句法既同、旁譜亦無少異、萬紅友疑是雙拽頭、甚是、上應分二段下作一段、爲三疊、觀前曉字用六上四、後草字亦用六上四可悟、六字爲殺聲、兼上四、畢曲與石湖仙同調也、其中平仄無一字可移動、且叶韻皆用上聲、諸去聲字尤爲喫緊、予謹謹守之、庶幾與古譜合耳、用以質諸主人並同社諸子、

黯涼陰。散玉宇。竟夕西窗敲雨。瀟瀟響。問那裏清商做成淒楚。　倚朱樓。望翠圃。怨入風林斜舞。空階畔。剩數點荒煙。倦秋堪數。　賦懶登臨。正病擁閑愁閉戶。興消棲碧夢斷題紅。遠被暮雲阻。何幸同尊俎。話到飄零。幽恨又補。但挑燈、驗取霜縑。詩筆詞筆舊畫譜。

淒涼犯　集新有軒分詠得枯樹、

庚郎正寫傷心句。西風催到寒促。小園乍種。繁紅嫩翠。駐春金谷。凋年太速。訝無復、濃陰繞（去聲）屋。嘆飄零、山腰半折。高榦望如禿。　贏得冰霜裏。峭石孤撑。凍苔煙簇。有人靜倚。倘相思、一枝秋綠。瘦竹斜披。好

添入、人智切倪迂畫幅。更昏鴉、墨影數點。向晚宿。首句第四字不用韻、從白石旁譜、定爲索字起韻也、陌字詞律注叶誤、曲字注叶更誤、

### 蘭陵王　和周清眞

畫橋直。明鏡波紋皺碧。輕烟繞、歌榭舞樓。一派迷離黯春色。東風偏故國。吹老關津怨客。長隄畔、千縷碧條。時見流鶯度金尺。　萍蹤半陳跡。記側帽題襟。香靄瑤席。天涯今又逢寒食。歎攜手人遠。俊遊難再。飛花飛絮散舊驛。送潮過江北。　悲惻。亂愁積。對孤館殘燈。無限淒寂。青禽望斷情何極。乍倚枕尋夢。怕聞鄰笛。那堪窗外。更細雨。夜半滴。

### 步月　春夜閒步

梨月籠晴。柳烟搖暝。纖隄夜景淒寂。嫩寒翦翦。逗一絲風力。記攜酒、流水畫橋。聽鶯語、翠陰無跡。如今換。徹曉淚鵑。盡情啼急。　蘼蕪芳徑窄。香影夢模糊。雲暗愁碧。玉簫甚處。正燈飄華席。問知否、門外落紅。已零落、鈿車消息。歸來也。蓮漏隔花靜滴。

## 雷葆廉　字約軒、江蘇華亭人、官訓導、有蓮社詞二卷、

### 疎影　竹影

琅玕一碧。漸夕陽淡照。扶上蝸壁。似寫生綃。烟墨淋漓。隨意數竿欹側。天寒沒箇嬋娟倚。悄不管、涼雲吹

逼。便晚來、雨曳風搖。絶少打窗蕭瑟。　難辨篔簹个个。月痕映瑣碎。濃翠空積。密密疏疏。青鳳飛來。深夜可能棲得。回廊那有秋聲起。祇一片、模糊秋色。看滿庭、篩亂秋陰。又被曲闌遮隔。

東風第一枝　孤山看梅

冒雪尋芳。衝寒覓句。今年何處春早。空山寂寞無人。疏蕊自開多少。逋仙去後。賸淡月、模糊低照。覺幾枝、屈曲橫斜。竹外水邊都好。　風靜也、冷香斜裊。人靜也、翠苔環繞。客中草草遊春。野鶴雲中應笑。花前小立。悵一片、鄉心難掃。料故園、開到繁英。九曲赤欄誰靠。

## 高顧　字樗仙、江蘇長洲人、有玉壺買春軒樂府一卷、

青玉案　見燕子定巢有作、用賀方回韻、

門垂五柳穿花路。聽軟語、尋巢去。掠水銜泥簷下度。玉鉤珠箔。玳梁綺戶。知有雙棲處。　夕陽海上春將暮。巷口烏衣舊吟句。飛入尋常還見許。一時王謝。斷垣飄絮。愁煞空樓雨。

塞孤　春雲、依柳耆卿體、並次原韻、

悄東風。柳外吹初歇。石氣層層爭發。迆邐暗從開岫別。蒸玉液。如流滑。魚鱗起、抹殘霞。龍噓影、迷圓月。悵歌喉驟。高韻穿裂。　蒼茫認玉京。淡沱橫珠闕。碧漢愁伊遮徹。只有仙源離恨切。前度客。來時節。剛散了、復氤氳。幽塢裏、堆疑雪。夢巫山、十二空設。

花犯　秋蝶、依玉碧山體、並疊原韻、

悟三生。涼煙冷雨。芳情逝如水。孤飛墟里。歎翅粉無多。空惹愁思。廢園寂寞難棲寄。衣金羞自倚。却記得、作團凝雪。追尋花霧裏。　鶯梢燕剪太忽忽。低徊有百感。紅塵蛻委。驚夢破。悽風著處添憔悴。香徑靜、露蟬聲曉。丹桂馥、殘魂句又起。早聽遍、謝郎詩句。描來先素被。

南浦　秋水、依張玉田體、並疊原韻、

白露濕蒹葭。溯中央忽聽烏啼霜曉。張翰引鄉愁。歸帆曳、千里蒓絲風埽。南華讀罷。放懷眞覺滄溟小。湘岸初飛涵雁影。明月照寒衰草。　如羅雲意遮空。泛冷煙落日。碧波了了。疏雨夜生潮。濤噴雪、曲曲廣陵誰到。遙汀杳渺。明霞孤鶩長天悄。何處漁舟閒唱晚。江上芙蓉紅少。

## 張鴻卓

字偉甫、號小峯、江蘇崑縣人、貢生、官江蘇元和縣訓導、有綠雪館詞鈔十卷二集二卷、百和詞一卷、

琵琶仙　己酉上巳後二日、討春虎阜、情不自慘、就戈順卿載論詞、偶觸白石老仙於己酉春游吳興、上下六百年間情事有相彷彿者、卽用老仙原韻、按照四聲倚此解、未知後之視今、更復何如也、

輕暝收烟。好春在、悶綠慵紅時節。鶯燕爭逐東風。嬌吭脆流葉。尋夢影、溪山未隔。又何許、那人蘭楫。玉鼎聽茶。銀屏品竹。前度明月。　縱猶有、當日吟儔。但蓬梗天涯易分別。兜我十年心事。枉鷗邊重說。斜照裏、眞娘墓草。替落花、捲起香雪。且更商略新詞。洞簫吹徹。

秋霽　和友人遊山寺作

秋入山空。正淡淡煙霏。半斂晴色。虹影河橋。酒香郁店。背林路通吟屐。岫連寺隔。暝鐘隱動蘿陰碧。行且息。還愛、玉莎瑤草遍游歷。　雲憩峻嶺。下咽泉聲。蔓懸孤松。旁點苔迹。問樵蘇、楓迴曲徑。扶筇徐步叩香積。茶後小樓重拾級。更倚闌處。遙見隔水蒼茫。一峯微雨。一峯殘日。

# 熊昂若

字雲客、江蘇金山人、

洞仙歌　秋信、同偉甫作、

關山萬里。恰涼風初報。庭角橫吹个螢小。甚竹簾土壁。片月模糊。眠未穩、忍聽孤鴻嘹曉。　鬢絲搔更短。開盡黄花。消息鄉關幾曾到。髦柳驛亭疏。匹馬重經。空冷落、舊時斜照。算輸與、江千弄潮兒。準子午相逢。荻灘垂釣。

# 朱和羲

字紫鶴、江蘇吳縣人、諸生、官國子監典簿、有萬竹樓詞三卷、新聲譜一卷、詞律拾遺刊誤一卷、

柳梢青　本意

放眼窺春。疏黄半翠。還蘸眉峯。爲認章臺。暮鴉啼處。一角簾櫳。　玉樓人怨殘紅。看萬縷、千絲颺風。長板橋頭。酒旗搖曳。好繫青驄。

## 張家鼒　字梅生、江蘇華亭人、有曼陀羅館詞鈔一卷、

### 摸魚兒　月夜大風、過春申浦、

澹青天、數星寒迥。銀蟾飛上高樹。寒煙一片團輕暝。碧露濛濛如雨。篷底語。趁水滿湖平、搖入江心去。垂楊古渡。忽萍末風狂。沙根浪湧。驚起老蛟舞。　茫無際。試望荒村何許。撐腸無限愁緒。一壺空想千金買。卻恨旅懷無主。雙白鷺。羡來往蘋洲、安穩誰如汝。高帆倏度。又笑問嫦娥。銀河倒瀉。誰洗玉盤古。

## 董國琛　字子珍、一字琢卿、江蘇吳縣人、諸生、有香葉山館詞、又四春詞一卷、

### 高陽臺　題戈順卿翠薇花館詞

雪絮留痕。風香款夢。纏綿未遣人知。渺渺鷗邊。微波倘許通辭。白雲無限天涯意。向空中、自寫相思。掩罘罳。半榻茶煙。懺盡情癡。　花陰舊譜分明在。歎畫闌春好。不似當時。便訴清愁。先應瘦了腰肢。輸君一舸楓江上。擫瓊簫、唱遍紅兒。賭烏絲。燕早鶯新。重證芳期。

### 一萼紅　秋花

數華叢。算連番花信。無此可憐紅。淡沁芳心。涼消香骨。園林光景忽忽。又引出、當時鶯燕。悵重來、不是舊東風。古木槎枒。荒藤婀娜。同老秋容。　一片芬華未歇。便動人淒冷。那比春穠。瘦朵籠烟。芳姿浥露。寒豔

只傍簾櫳。恰扶上、滿身疏影。有闌干、都在夕陽中。腸斷枝頭倦蝶。夢亦惺忪。

## 吳嘉亨 字禮堂、江蘇吳縣人、貢生、

### 齊天樂 題戈順卿翠薇花館詞

碧痕曲護重簾暝。輕陰散成絲雨。絮冷春濃。花深夢窄。喚起吟魂無主。瑤情幾許。拚一寸心香。共銷蘭炷。牋研烏闌。細研薇露織愁句。　華年暗嗟逝水。東風難繪影。緘恨何處。鏡裏鬟雲。尊前蠟淚。都付紅樓簫譜。宵長月午。怕調轉梅邊。亂英飛舞。寄語雙鬟。曼聲防燕妒。

## 章樹福 字清甫、江蘇嘉定人、有竹塢詞正續稿各一卷、

### 柳梢青 再用子屏韻、詠雁、

斷岸平沙。隔江風色。吹滿蘆花。萬里關河。一天星斗。砧杵家家。　妝樓秋夢猶賒。恨啼煞、斜陽亂鴉。水碧無情。霜寒有影。字字天涯。

### 暗綠 白石自製暗香疎影二闋、玉田易名紅情綠意、近有兼取兩家調名曰紅香綠影者、余作送春詞、復變曰疎紅暗綠、而音旨一宗仙呂宮舊譜、庶於古人無剌謬云、

林烟淺抹。漸澀鶯幾囀。催換千葉。自別羅浮。春夢零星。還憑翠羽能說。垂楊搭上鞦韆影。慣做弄、青樓風

月。想石家、絶世名珠。碎作碧霞蒼雪。　何時天涯綠遍。帶愁看未足。南浦先别。莫是萍漪。隔斷盈盈。怕過飛花時節。銷磨螺子知多少。點不盡、人間華髮。更罷琴、聽了蟬嘶。又是一場衰歇。

## 何文敏　字功甫、一字桃溪、江蘇荆溪人、官廣西太平府知府、有秋蓼亭詞、

### 南浦　秋水、用玉田韻、

一碧接天浮。漾扁舟、好是楓汀霜曉。題葉也無情。隨流去、帆影和烟輕掃。光搖如練。魚龍寂寞淪漣小。回首葦花遮岸白。夢杳謝家芳草。　茫茫隔斷伊人。悵浮沉雁影。流光換了。浪暖燕斜飛。垂楊傍、記得别時曾到。緘情渺渺。涼雲忽逗江蘺悄。鼓罷洞庭秋思曲。鏡裏亂峯多少。

### 琵琶仙　程浣亭藝菊數十本、重陽後二日、偕法濯古金曉江過訪不遇、

纔過重陽。又添了、幾處蕭疏黃葉。殘蝶故近荷衣。荒寒舞斜日。秋漸老、征鴻一片。忽逗起、遥情如織。且向東籬。漫尋舊隱。遺興幽絶。　步苔玉、鶴睡庭空。賸叢菊闌珊冷蛩咽。多少銀屏新句。盡陽春白雪。徙倚久、晚風颯颯。更小窗、敲碎冷鐵。但約伴侣歸來。踏殘明月。

## 汪元魯　字龍溪、浙江秀水人、

### 長亭怨慢　枯柳

怕重憶、扁舟前度。露壓柔絲。雪飄香絮。一別怱怱。阿蠻已跨碧鸞去。渚花無恙。空目斷、長亭路。獨客愈銷魂。誰更解、別離情緒。凝佇。聽枝頭雙燕。猶向花間低語。綺窗人面。記曾被、綠陰遮住。悵從今、眉黛消殘。空歷盡、淒涼風雨。問詞客重來。欲繫驕驄何處。

## 趙華恩

字碩軒、浙江秀水人、歲貢生、有碩軒詞鈔四卷、

### 南浦 秋水

蓮渚脫紅衣。露華濃、洗出明湖清曉。奩影淨無塵。平揩處、知有西風堪掃。蘋荒柳老。夜深蟹火星星小。前度何人來拾翠。換卻冷烟衰草。　憑闌遙望悠然。共長天一色。澄鮮不了。蘆雪不成花。寒塘外、幾點塞鴻先到。伊人渺渺。漁舟棹入孤村悄。夢寄吳江楓又落。盟得白鷗多少。

### 玲瓏四犯 落葉

樹暗林昏。正極目亭臯。殘旭紅閃。瑟瑟蕭蕭。慣攪碎風千片。憔悴漸脫高枝。但壓徧、石根籬畔。更夜時、瘦卻棲鴉。寒月照來零亂。　畫簾低掛重門掩。聽酸聲、紙窗輕撼。吳江第一橋邊夢。難把萍踪催轉。猶幸陌柳多情。剩卻綠陰一半。倩小童吹火。還煖酒。前村店。

## 王維新

字竹一、廣西容縣人、舉人、有海棠橋詞集二卷、

### 翠樓吟 殿角

碧瓦聳飛。彤雲鳳起。觚稜縹緲初露。森森槐與柳。縱濃密、安能遮住。蒼天無雨。笑鴟吻長銜。神魚爭舞。呀然處。伏龍昂首。獨當晴午。　其下。當有廉隅。仗玉欄球檻。北東回護。倦鬟依砌臥。合先有梅花黏住。何堪潛步。值月色清嚴。丁當鈴語。擡頭覷。玉繩初轉。秋天難曙。

## 王友光 字海客、江蘇華亭人、諸生、有味義根齋詞錄二卷、

### 攤破浣溪紗

錦樣前程暫翦裁。東風無語燕鶯猜。今日落花如雨又。幾時開。　春已杜鵑聲裏去。愁還莊蝶夢中來。說與短長亭畔柳。怕銜杯。

## 何振 字秋翰、廣東番禺人、有紅豆山房詞集一卷、

### 蘭陵王

曲闌角。門掩青苔漠漠。殘陽外、啼殺杜鵑。春已歸時更催著。傷春轉瘦削。銷得。纖腰一搦。銷魂處、飛絮落花。似向人前訴飄泊。　沈沈舊簾幙。但鎮日低垂。深護妝閣。晝長怎遣愁懷惡。儘恨似絲織。淚如珠墮。紅窗誰與慰寂寞。悵花下鈴索。　擔擱。燕鶯約。便挽住韶華。芳信難託。也休頻悔當時錯。算自合消受。病纏

愁縛。黄昏將近。倚砌竹。翠袖薄。

## 黄子高 字叔立、號石溪、廣東番禺人、優貢生、有知稼軒集附詞、

### 柳梢青

九十韶光。忽忽過半。久雨初晴。百草抽芽。垂楊孕絮。幾處春耕。撩人飛燕流鶯。最叵耐、啼鴂數聲。纔過花朝。剛剛寒食。又是清明。

## 周敏惠 字柳生、江蘇鎮洋人、

### 清平樂 夜坐古梅下

月先人到。花影無人掃。一角青山窺樹杪。也對梅花微笑。夜深孤鶴飛來。與人同立高臺。鐵笛一聲吹起。紛紛點上蒼苔。

## 汪熞光 字彥常、安徽桐城人、

### 疏影 題程卓芸花窗夢影圖

清暉滿目。笑東風無事。暗中薰爨。捲上珠簾。記得年時。依約上林春燕。江南江北花開處。有多少、夢魂飛

遍。只昨宵、酒醒香融。隔著窗兒遙見。　鳳泊鸞飄情緒。倪迂縱有筆。難寫幽怨。簇簇瓊枝。綴盡芳華。便爾嫣然流豔。繞牆一抹紅如錦。恰消受、斜陽片片。更丁寧。豎起朱旛。深護綠莎庭院。

## 徐鳳翼　號依竹生、有洞簫新譜一卷、

### 揚州慢　送蘋洲之廣陵

廿四橋頭。二分月底。可憐舊日繁華。悵飄萍一葉。流到玉鉤斜。怕吹醒、池塘好夢。草荒螢苑。誰話天涯。只聽風聽水。年年一樣無家。　柳條折盡。況楊花、身世堪嗟。歎鷗侶升沈。雁羣聚散。空比摶沙。刻意傷春惜別。青衫淚、不爲琵琶。奈烟花三月。遲儂同泛雲槎。

## 羅汝懷　字彥生、一字念生、號研孫、別號根梅居士、湖南湘潭人、拔貢生、官湖南龍山縣訓導、有研花館詞三卷、

### 鎖窗寒　秋海棠

薜砌露多。苔階寒淺。半秋庭戶。含苞乍坼。點逗一簾秋雨。問何緣、生成斷腸。怨痕歷劫留眉嫵。倩寫生妙手。都難傳出。可憐情緒。　剛吐還仍茹。更弱不勝衣。傍如欲語。香魂宛轉。淚灑西風無主。算春來、垂柳弄絲。似他旖旎能幾許。伴殘更、落葉哀蟬。爲爾傷心語。

## 潘　恕　原名士宜、字鴻軒、廣東番禺人、監生、有燈影詞、

### 蝶戀花　雨中送春

三月鶯花天似醉。綠慘紅悽裝點銷魂地。苦雨又添離別淚。曉鐘未報休敎睡。　十度送君回首記。後日南風。難寄相思字。爲語東皇須著意。早歸應念人憔悴。

## 孫　瀜　字次公、浙江秀水人、官長興縣訓導、有澼月樓詞一卷、

### 百字令　道光辛亥、金陵朱述之緒曾治禾邑、率同人重修曝書亭、補垞竹、栽階桐、浚荇池、新醧舫、供塑像其中、旁建四忠清芬兩祠、落成賦此、用太史集中索曹次岳畫竹垞圖韻、

百年喬木。記梅溪鼓枻。孤亭曾泊。潛釆堂虛遺額在。猶有文孫棲託。山罨頽青。桑牙綻翠。空賸禽聲樂。低徊芳草。蠨蛸經雨零落。　難得長吏蕭閒。故鄉風雅。叢稿煩商酌。一勺寒泉秋薦沚。水閣重開簾幙。梧拂清風。竹標勁節。點綴新邱壑。吟魂應戀。夕陽紅上樓角。

### 洞仙歌　題江鴻畫卷

江干蕭瑟。指蘆花明處。脈脈涼雲挂帆去。恍宵鳴柔艣。劃破菰烟。聽不得、客裏聲聲凄楚。　推窗勞望遠。似墨黏天。篷底催人和題句。頻歲稻粱謀。江北江南。歎羈旅、西風遲暮。任一片、鄉心碎紛飛。正月冷霜清。

秋橫遙浦。

## 方𩕄

字玉裁、號雲泉、浙江仁和人、諸生、官同知、有疏影庵詞一卷、

### 祝英臺近　張雲齋屬題秋雪庵坐月圖

響蕭蕭。涼瑟瑟。溪水浸寒兔。岸迴花深。一白不知處。任他懸閣燈疏。壓篷霜重。趁良夜、中流容與。　覓吟侶。最好煙景蒼茫。穿過小橋去。招手姮娥。同證此心素。想君蓑笠前緣。蓴鱸後約。肯閒了、渚邊鷗鷺。

## 申範榮

字仁孚、江蘇吳縣人、諸生、有陔蘭新雅、亦名怡䕫閣詞、

### 陌上花　寒郊冬曉圖

凍雲黯淡。晨星寥落。遠雞徐唱。驛路霜濃。楓葉瘦紅爭賞。曉鐘乍向禪關度。又聽戍笳悲壯。況迷茫影裏。陣鴉瑟縮。數聲淒響。　帶將殘夢影。雙雙蛺蝶。耐我回頭惆悵。冷霧荒煙。寒意一林飄蕩。露痕蘸得吟鞭溼。茅店板橋相望。問征衣薄否。語喧曝背。旭暾初上。

## 恩　錫

字竹樵、蘇完瓜爾佳氏、滿洲正黃旗人、廕生、官至江蘇布政使、有蘊蘭吟館詩餘三卷、

### 念奴嬌

鄭板橋有詠臙脂井念奴嬌一闋、筆氣蒼涼、可稱懷古傑作、雪窗無事、率倚原調和之、

一條修綆。竟輕輕棄了、陳朝基業。千載臙脂留豔蹟。賸有杜鵑啼血。玉樹歌殘。碧桃花謝。過此人悽絕。荆榛埋處。幾經蟾兔圓缺。　休道結綺臨春。珠簾寶帳。香夢迷蝴蝶。韓賀師來天險去。好比風摧霜葉。甃石煙封。寒泉雨嘯。四顧人蹤滅。銀瓶誰汲。但看山翠重疊。

## 秦喬章

字補茵、江蘇金匱人、官河南巡檢、有微雲山館倚聲三卷、

### 子夜歌

解維五日、漸出鄉關、未諳作客之情、初識離人之感、拈筆倚此、聊託所懷、

恁無情、江梅岸柳。忍記一程程遠。悵回首、家山何處。剛有暮鴉幾點。樹色初昏。斜陽欲暝。畫出離人怨。倚篷窗、悄對孤烟。不見舊游儔侶。寸腸空轉。　猛尋思香消玉減。此夜小樓無伴。春病三分。餘寒一枕。夢裏愁難浣。也應頻念我。天涯飄泊未慣。客裏年光。酒邊心事。付與誰人管。怕朝來、著上征衫。淚痕都涴。

## 黄衡

字任帆、號蘅皋、安徽歙縣人、有碧雲秋露詞二卷、

### 楊柳枝

風起梨花白雪香。滿堤楊柳月昏黄。樓前夜夜看參昴。不聽烏啼也斷腸。

郎似東風飄上下。妾如柳絮暮江津。可憐柳絮飛無定。一任風吹化渚蘋。

板橋疏影怕重論。金縷羅衣記淚痕。自是柳條牽舊恨。不關芳草思王孫。

## 程庭鷺 一名振路、字序伯、號蘅鄉、一字夢庵、又號篛盦、江蘇嘉定人、諸生、有緗秋詞一卷、

### 倦尋芳 山塘晚歸示同游俊侶、

白隄泛棹。風裊重楊。水也吹皺。笛脆笙寒。值得禁涼中酒。凭雕闌。簾初捲。花花絮絮春情逗。數韶華。怎瞢騰過了。燒燈時候。　最憐取。鴛鴦波路。愁水愁風。鷗影都瘦。短簿祠邊。賸照月眉如舊。雙槳催人留不住。畫樓隱約停紅袖。料樓前。露桃開。夢尋來又。

## 楊敬傳 字艮生、號師白、江蘇太倉人、有眉影詞一卷、春水船詞鈔一卷、

### 疏簾淡月 伯康杏花斜月填詞圖

遊蹤倦矣。問紅鬧枝頭。幾分春意。席帽年年。客路馬蹄能記。江南綺夢眞如水。最難忘、繡鴛簾底。未禁春寒。乍停小雨。上弦眉細。　有誰省、黃昏情味。只舊巢雙燕。畫梁斜睇。爾許清愁。消得粉柔香膩。相思題徧銀屏字。隔朝雲、花葉難寄。夜深酒醒。笙寒漏澀。玉樓天際。

### 凄涼犯 風色

夕曦漸薄。寥天外、寒容驀地蕭索。捲煙弄暝。行人望斷。戍樓旗角。離懷正惡。怕江上、歸帆未泊。更宵來、昏搖瘦月。星燄盪將落。　遙指荒村畔。老屋黃茅。幾家新縛。凍禽樹杪。戰枯枝、逆毛先覺。掉臂呼鷹。簪霜翅、

晴沙驟掠。閃孤紅、一點巷火送遠柝。

## 丁瀛

字步洲、江蘇婁縣人、有倚竹齋詞草一卷、

### 綠意

五月十四、平湖黃鶴樓顧蓉屏招錢淵亭張嘯峯熊蘇林放棹東湖、登弄珠樓小飲、嘯峯譜此紀事、爰爲繼聲、

花園四壁。蕩水雲滿檻。清影涵碧。近塔稜稜。遠岫蒼蒼。黃梅雨裏都濕。招來怪侶東湖集。有舊日、沙鷗能識。倚畫闌、幾樹垂楊。又換一番春色。　猶記當年載酒。萬山深翠裏。仙桂高摘。客裏琴尊。依舊淸狂。不管杯盤狼藉。十杉亭接蓉堤近。又醉後、同攜吟屐。和笛邊、子野新詞。一幅彩箋雙擘。

## 吳會

字曉嵐、江蘇泰州人、諸生、有竹所詞稿一卷、

### 青玉案　秋柳

朝來繫馬長干路。但目送、飛鴻去。薄霧疏烟籠遠樹。幾番捱過曉風殘月。又是瀟瀟雨。　長隄一帶銷魂處。瘦碧空蒼渺何許。倚徧西風誰是侶。晚來還見亂鴉殘照。一片秋山暮。

## 儲夢熊

字漁溪、江蘇泰州人、官浙江鹽運司副使、有余棲書屋詞稿一卷、

### 柳梢青

水影平沙。懸冰解凍。細草搓牙。昨夜春寒。今朝春雨。瘦盡梅花。　五更有夢回家。驚覺後、聲聲曉鴉。去歲春遲。今年春早。同是天涯。

### 人月圓　爲張氏取字品秋

芭蕉葉子梧桐樹。一樣護長廊。問他昨夜。秋生何處。好去思量。　風何蕭瑟。雨還淅瀝。月只淒涼。問他情思。比秋深淺。好去平章。

## 嚴廷珏　字比玉、浙江桐鄉人、諸生、官雲南麗江府知府、有小琅玕館詩餘一卷、

### 金縷曲　題金粟道人像、像爲法梧門先生所摹、有翁覃溪先生題識、今藏蔣文伯先生處、自題云、儒衣僧帽道人鞋、天下青山骨可埋、若問當年豪俠處、五陵裘馬洛陽街、

誰翦鵝溪幅。鎮蕭閒、椶鞋桐帽。替傳幽躅。留得一龕金粟影。夜月珠簾初軸。試借與、舉杯相屬。天下儘多豪俠骨。問誰能、埋向青山麓。甚愁緒。也論斛。　繁華夢破銀屏曲。猛思量、玉靴翠袖。幾銷濃福。七客寮中歌欲闋。好把鐵簫吹熟。更莫感、中年絲竹。配以坡仙圖笠屐。供烟雲、韻事還堪續。花雨裏。炷香祝。

## 吳　震　字壽之、江蘇常熟人、諸生、有拜雲閣樂府二卷、

## 金縷曲 楊椒山先生墨梅

欲破東皇笑。傍瑶臺、棱棱直榦。十分奇峭。苦戰寒威經百鍊。雪壓霜欺更好。冷眼看、鈐山春老。驛使重來驚摧挫。臏千年、孤鶴呼魂到。枝亂插。向晴昊。　傷心碧化留殘稿。算依然、清高遺象。一番憑弔。想見淋漓和淚寫。直抵當年諫草。定筆挾、風霜而掃。勁入毫端眞如鐵。況心腸、鐵石原同調。邀片月。夜深照。

## 徵招 觀荷

天風吹下空明影。和香蕩成清氣。瘦葦欲招涼。寫銀塘秋意。移舟尋夢裏。定驚得、花魂先起。轉笑漁家。短篷孤繫。抱花猶睡。　如喜。故人來。亭亭舞、淩波自然搖曳。露濕一湖烟。卻非雲非水。芳心曾訴未。想花語、亂蛩能替。隔幽岸。一朵芙蓉。也弄妝窺髻。

## 甘州 崇禎三年梅在招眞治道士房、枝無尺直。體俯首仰、落花深可半尺、垣外更植官梅、倚屏踞石、皆珊瑚枝也、

是花光、還是月精神。一白不能分。正天空如水。雲都掃盡。花外無人。冷盪山川清氣。香與古爲新。屈指花開落。二百年春。　逾老枝逾蟠曲。看千旋百轉。自挺乾坤。縱寒威力戰。摧不動孤根。試回首、東風殘局。算綠陰、成後最酸心。南飛鶴、一聲聲唳。招爾冰魂。

## 管以金 字品湘、號夢笙、浙江歸安人、

### 賀新郎　碧瀾堂

墨榜輕含露。蘸晴波、天敎占得，霅溪佳處。雙燕多情還掠𦖻。飛到風梁月柱。愛柳色、年年如故。落日平隄移短艇。只時聽、笛唱翻漁譜。思往事。有誰語。　水嬉聞道誇歌舞。記尋芳、綠陰靑子。已傷遲暮。說著前歡渾一夢。詞客幾番來去。再休問、舊時眉嫵。歌管樓臺都寂寞。賸蘇潭、冷月留人住。凝望眼。空懷古。

## 秦宗瀚　字韻江、江蘇江寧人、

### 洞仙歌　繪秋棠胡蝶圖贈鶴仙、

粉牆種徧。甚相思淸淚。比似春花色還媚。更伶俜孤蝶。瘦影偎香。嘗盡否、怨綠愁紅滋味。　南園芳草路。碎錦成團。昨夢迷離忍忘記。畢竟太癡生。身世西風。還擔著、惜花心事。幸一點、春情未消磨。倘仍化羅裙。可能牢繫。

## 劉汝完　字荊有、號笛漁、河南杞縣人、有蘆中語業、

### 謁金門　湘江夜泊

風戚戚、誰在夜船吹笛。一岸柳條攀未得。月斜帆影直。　湘水無情自碧。孤枕客懷悽惻。如夢遠山歸路隔。露涼燈外滴。

## 徐城　字仲堅、江蘇荆溪人、有聽雨樓詞、

### 蘇幕遮

畫屏空。羅幌靜。一道眉山。淡翠橫愁影。睡起海棠紅未醒。欲待尋春。只是懨懨病。　惜分飛。憐薄命。護水鴛鴦。慣向銀塘並。簾外游絲吹不定。莫倚朱闌。小院東風冷。

## 汪琨　字宜伯、號憶蘭、浙江錢塘人、太學生、官繡山典史、有懷蘭室詞四卷、

### 水龍吟　送觀瑟人出都

長安舊雨都非。新歡奈又搖鞭去。城隅一角。明籤一束。幾番小聚。說劍情豪。評花思倦。前塵夢絮。縱閒愁門蟻。羈魂幻蝶。尋不到。江南路。　從此齋鐙衙鼓。料難忘分襟情緒。瓜期漸近。萍蹤漸遠。合并何處。易水盟蘭。豐臺贈芍。離懷觸忤。任紅蕉題就。翠筠書徧。餞詞人句。

## 沈愛蓮　字遠香、浙江嘉興人、諸生、有小靈蘭仙館詞抄、

### 百字令　邑侯朱逑之先生緒曾倡修曝書亭落成紀事、用太史原韻、

釣船坊近。記閒攜琴鶴。仙舟曾泊。海宇孤亭留寂寞。眞契千秋遙託。晚稼屯雲。秋絲擷繭。儉歲江村樂。已

西夏大水、田禾盡沒、八月、圫南晚稼忽生雙穎、野蠶成繭、人以爲太史之祐、分來清俸。松陰池館新落。喜看疊石編筠。翻泥種藕。幽事重斟酌。勁節清芬圖主客。俯仰水窗風幕。亭西建四忠清芬兩祠 甌舫延尊。梧桯點筆。高韻傳林壑。詩靈如在。夕陽紅戀樓角。

## 減字木蘭花 題朱彥廬長谿釣豔圖

寒波似鏡。一瞥驚鴻曾照影。夢膩香醺。芳草閒情記錦裙。 難窺人面。流水無心天更遠。前度劉郎。落盡桃花鬢已霜。

# 王 鑒 字翕廷、江蘇江都人、有懷荃室詩餘、

## 霓裳中序第一

廉纖雨未歇。逐婦鳩巢聲怨咽。愁似遠山亂疊。任飄颺篆煙。縱彈簷鐵。書空咄咄。歎去鴻、幽恨如結。江城晚、一燈悄影。寂寞照華髮。 癡絕。睡鄉蜂蝶。把一半、韶光暗擲。東風猶怕漏泄。盼到花開、一霎啼鴂。畫廊頻蹀躞。待燕子、歸來與說。遙天外、雲陰遮定。不放二分月。

# 閔景曾 字松巖、江蘇南匯人、有石帆詞、

## 鵲橋仙 自題扇頭畫

長林凝紫。晚峯溼翠。貌出江南秋早。斷虹收影楚天高。只少卻、短亭蟬噪。　去年此日。秣陵東上。此景依稀曾到。荒村匹馬小丹陽。一樣是、亂山斜照。

東風齊著力　黃浦道中

一抹青山。數堆紅葉。九月江鄉。淡雲微雨。斷續映斜陽。晝裏扁舟一葉。芙蓉老、水落魚梁。田家樂。雞豚古社。禾黍秋場。　煙水去茫茫。江漸暝、林梢月散疏光。棹歌聲裏。高枕憶滄浪。遲我浮家來此。笭箵挂、舴艋夜鳴榔。炊菰米。鱸魚切玉。村釀乳鵝黃。

## 尤堅

字升固、號信甫、江蘇長洲人、諸生、有采綠詞、

祝英臺近　黑蝶

雨霏霏。風嫋嫋。花落又多少。墨點濃皴。幻出化工巧。笑伊栩栩遊仙。硯池魂繞。那抵得、青陵家好。　晝窗曉。卻隨王謝烏衣。一隊試飛早。羅幕輕翻。偏是午陰悄。混他鴉鬢雲堆。蛾眉月掃。勝留戀、南園芳草。

木蘭花慢　題翠薇花館詞集

春風吟袖擁。翠薇下、樂琴書。看曲寫藍天。絃揮紫月。清與蕭疏。閒居。驟驚鬢改。又銀簫吹怨向江湖。紅豆花開幾度。茂陵老却相如。　榮枯。怕問歧途。彈古調醉雙壺。賸麟毫鳳律、金鍼暗度。大雅輪扶。頻呼。碧霄儔侶。望鄉關一片白雲孤。多少新愁舊恨。半銷茗盌香爐。

## 莊士彥 字眉生、江蘇陽湖人、諸生、有梅笙詞、

### 相見歡 胡蝶、和丁小若、

春來芳序怱怱。落花紅。可惜年年三月、病愁中。　深院靜。繡簾冷。畫屏空。無奈斜陽飛絮、又東風。

### 又

撩人春色今年。意纏緜。飛向釵頭相對、抱花眠。　梅花月。梨花雪。總堪憐。最好一城絲雨、杏花天。

### 高陽臺 新柳

淺碧扶烟。澹黃映月。江南春到紅橋。細雨珠簾。吹來玉笛聲嬌。輕寒不管春無力。看臨風、影舞垂髫。更魂銷。淡淡纖眉。小小蠻腰。　繁華舊夢今應醒。有蝶穿蜂惹。燕掠鶯梢。黯黯離魂。斜陽何地曾招。那堪十里長亭路。罥游絲、百尺柔條。絮將飄。儘受風欺。未許愁描。

## 奕誌 原名奕約、號西園主人、清宗室、有古歡堂詩餘、

### 燭影搖紅 風雨淒淒、獨坐遙夜、天涯舊友、夢繞屋梁、不禁索居之歎、倚聲自遣、且哭笠耕、

風雨敲窗。更闌滴入秋心碎。簷花落處酒同斟。猶憶年時事。細數天涯朋輩。定今宵、孤吟不寐。蕭蕭短榻。耿耿疏燈。自扶殘醉。　老去詩人。高吟擫笛蒼龍背。魂歸蜀道上青天。夢冷芳蘭佩。便說浮休一例。總難

忘、雲埋玉笥。愁懷黯慘。墨灑如煙。都成幽翠。

## 王　錚　字于民、江蘇上海人、諸生、有夢草集、附詩餘、

### 柳梢青　柳眉

別後遲遲。又經相見。一樣舒眉。曉起妝成。螺痕細認。長短儂知。　去年今日相思。誰道是、高樓暗窺。半剪春回。二分春上。解語何時。

### 又　柳腰

欲起還眠。近來消瘦。可似前年。草綠新添。裙腰一道。共裊晴烟。　誰家紅露鞦韆。低舞處、爭嬌比妍。弱倩風扶。迴身瞥見。約住欄前。

## 賈履上　字雲階、江蘇南滙人、監生、

### 齊天樂　自題梅花三弄圖

烏烏淒響誰吹徹。蒼涼試翻殘譜。斥堠煙昏。麗譙月淡。三疊依稀如訴。猶傳舊句。算萬事艱難。不分今古。創業承家。幾人能記曲中語。　昇平文武享久。甚波頽莫挽。牢破方補。列戟門深。懸鈴閣敻。聽慣沈沈畫鼓。誰知調苦。比吹落梅花。玉龍哀楚。起望遙天。候蟲啼似雨。

## 承培元

字守丹、江蘇江陰人、優貢生、

### 謁金門

春乍遇。不道春光又暮。花亞闌干初著露。風來飄滿路。　蝶粉微微褪素。燕語生生軟絮。草草春歸留不住。送他花外去。

### 賣花聲　莫愁湖

打槳石城西。夕照低迷。半湖煙水恰平堤。湖上闌干閒倚徧。漁唱回時。　樂府舊詞題。曲譜憐伊。年年花月總相宜。寄語浮春輕艇子。休泛雙溪。

### 臺城路　阻風泊露筋祠、

湖陰遺廟今猶昔。野塘久消蓮白。鴉影翻寒。煙痕弄晚。垂柳數行搖碧。檣帆歷歷。漸閱盡江南。許多秋色。淹滯行程。朝朝怕聽石尤急。　波心冷澄月魄。尚千年舊事。村嫗能說。神女生涯。小姑居處。心跡明明分別。縞綦冰雪。怎翠羽珠璫。換他妝飾。流水無情。磯頭還夜咽。

## 蔡廷弼

字調夫、號古香、浙江德清人、貢生、官蘭溪縣訓導、有百末詞、一名太虛齋詞、

### 賣花聲　焙茶

三板小橋斜。幾稜桑麻。旗槍半展採新茶。十五溪娘纖手焙。似蟹爬沙。　人影隔窗紗。兩鬢堆鴉。碧螺山下是儂家。吟渴書生思鬬盞。雨脚雲花。

## 南鄉子　送友人遊幕貴州

投筆去封侯。樓櫓戈船汗漫遊。聽得夜郎蠻語怪。休休。筆竹蕭蕭風雨秋。　霧障亂山頭。箐密林深愁復愁。遙指羅施歌勅勒。悠悠。今夜相思有夢否。筆竹即桂竹、地產桂竹、見丹鉛錄、按其地即貴州、初名桂竹、後譌爲貴竹、今又譌竹爲州、見零陵記、

## 又　牽牛花

一水隔銀河。滴翠搖青惹恨多。聞說黃姑珠淚滾。蹉跎。終歲相思一夕過。　牛渚慢延俄。秋雨淒淒釀綠蓑。休向綺窗窺曉色。婆娑。弱蔓沿緣映薜蘿。

## 魚歌子　邗上雜詠

萬樹垂楊鬬舞腰。隔江山色是南朝。風裊裊。雨瀟瀟。十里珠簾廿四橋。

# 樊景升　字鶴齡、直隸天津人、有湖海草堂詞一卷、

## 水龍吟　武昌西山寒溪寺

萬松深鎖西山。冷然清磬風吹到。白雲約我。瘦筇孤引。一襟涼峭。路轉溪迴。琳宮開朗。瓊樓飄渺。祗天高

鶴響。花香鹿宿。蒼苔古。無人埽。　入寺僧齋散早。剔殘碑、暗塵荒草。紅羊劫換。赤烏年遠。滄桑誰弔。半晌偷閒。絃詩琴榻。煮泉茶竈。指江帆影落。四圍空翠。點鷗煙小。寺爲吳大帝避暑處、道光初年燬於火、今重修、

## 臺城路　水仙花

姍姍環佩銖衣細。淩波恍逢微步。鏤玉爲肌。裁冰作骨。羅襪輕無纖土。芳心一縷。待譜入湘絃。舊愁誰訴。棐几香清。午窗閒詠洛神賦。　嬋娟風韻絕世。恁苔肥石瘦。岑寂如許。淡影燈前。新妝鏡畔。倩女離魂何處。明璫翠羽。想夢斷黃陵。幾番煙雨。更薦寒泉。小梅花半吐。

# 全清詞鈔第二十二卷

## 嚴廷中 字秋槎、雲南宜良人、諸生、官山東福山縣知縣、有紅蕉吟館詞一卷、岩泉山人詞□卷、麝塵集□卷、

### 百字令 殘荷

潘妃步後、誰留下、一朶斷腸顏色。昨夜輕雷今夜雨。無復舊時明月。粉臉翻紅。新衣褪綠。憔悴眞難必。芳魂何處。歸來應感疇昔。　徘徊池上闌干。愛花心事。心事花應識。顏太嬌紅都薄命。誰爲紅顏憐惜。如此留華。也能結子。苦味偏堆積。埋香人去。澹烟一縷凝碧。

### 祝英臺近

夢初醒。簾不卷。鍼綫近來孏。幾箇黄昏。逐漸帶圍減。旲娘自入朱門。空房小膽。偏住在、深深深院。　倚闌徧。多日門掩梨花。芳徑綠苔滿。鏡裏襟邊。瘦也沒人見。呢喃燕子歸來。怱怱又去。剛訴得、春愁一半。

## 蔣學勤 字穎伯、號茗虹、又號茗伯、浙江海寗人、廩貢生、有辛盧吟草、

### 壺中天 秋思

蕭寥時節。聽梧桐疏雨。閒門深閉。籬菊忍看他日淚。又是已涼天氣。紫蟹新嘗。黄柑初熟。那有閒情味。征

鴻飛杳。萬千幽恨難寄。　庭外幾許秋花，憑誰同賞，句起年時事。翠幕銀屏寒乍透。刀尺有人催理。月扇將拋，雲衣空檢，怕向文窗倚。西風簾捲，暮雲凝望無際。

## 董恂

字諫甫，號壺山，浙江烏程人。諸生。有紫藤花館詞九卷。

### 疏影　荻塘帆影

橫塘百里。趁布帆乍上，今日風利。渡口潛遮，波面平移，渺渺迸來橋底。江邊八字分飛悶，夢醒、白鷗驚未。把夕陽、隔住篷窗，卻喚傍人斜曳。　不斷蒲懸夕挂，看蘆灣荻溆，旋露還蔽。桂楫棠舟，東船西舫，日日愁風愁水。江湖縱得人安穩，已識慣、天涯愁意。到夜深、寒月初高，又把明湖全翳。

## 朱步沆

字沁泉，浙江長興人。貢生，官訓導。

### 瑣窗寒　寒閨病趣圖，爲湯德媛女士題。

雪綴疏林，風淒曲院，畫簷虛靜。零脂賸粉，換了藥囊茶鼎。炷薰鑪、雙飄篆雲，轉因小極塵根淨。但翠帷半捲，依依相對，玉梅嬌影。　芳徑。煙霏暝。又幾日不來，屐痕苔凝。擁髻沈吟，未減年時風韻。證三生、天遠四禪，綺年錦瑟還暗省。倩檀奴、檢點神方，好駐璇閨景。

## 計光炘 字曦伯、號二田、浙江秀水人、有守甓齋詞一卷、

### 西子妝 丙午四月十四夜、醉後偕桐伯子宣泛舟雁湖、登冠鰲亭、人影寂寥、酒懷棖觸、相與徘徊久之、不自知感之何從也、

碧宇銷雲。金波綯月。一棹空明搖蕩。蕭條渾不似春餘。聽菰蒲、早驚秋響。絲楊繫榜。問一角、荒亭無恙。更誰來。剩隄邊鷗鷺。依依三兩。　烟波曠。比似西湖也。算無多讓。生憐睡起苧蘿人。未梳鬟、鏡臺羞傍。休擕畫舫。付漁艇、餐風眠浪。又殘宵、酒醒還添悵惘。

### 高陽臺 題唐蕉庵帆影催詩圖、圖爲亡友闕纖亭繪、

烟水空濛。林塘晻靄。一樓分占鷗沙。樓外征帆。隨風整整斜斜。分明一片雲頭黑。聽瀟瀟、雨腳如麻。又誰知。畫舫衝波。響出蒹葭。　遙峯九點青描黛。妒殘陽明滅。瞥見還遮。縹緲詩心。憑闌目斷飛霞。寂寥欲賦懷人句。黯離魂、吹向天涯。更何堪。感舊吟成。掩卷生嗟。

## 孟傳璿 字在星、山東章丘人、有紅藕花榭詩餘一卷、

### 沁園春 老將

舉目山河。一生筋力。老盡邊關。看兜鍪夕解。塞霜侵鬢。瞈根乍脫。刀箭餘瘢。善飯廉頗。雄心充國。恍到千

旗。萬馬間。時昂首見天邊新月。尚想弓彎。　堂堂歲月奔湍。歷百戰、功名誇據鞍。憶揮戈拔矟。烽消瀚海。騰龍哮虎。雷震天山。毳幕秋風。嚴城畫角。落日蕭蕭金鐵寒。摩長劍。問當年乳臭。幾輩登壇。

## 程梓誥　字瑤波、江蘇昭文人、諸生、有鑄夢詞、一名餘華館詞、

### 長亭怨　虛窗蕭颯、墜葉作響、頓觸余搖落之感、因度白石此調、曼聲甫闋、而暗飈又拂林矣、

問何處、霜彫乾翠。攪和簷鈴。打窗聲脆。瘦減秋容。冷紅難戀夕陽醉。畫樓無分。曾不及、飛花隊。歷亂舞山香。驀滿地、蟾陰穿碎。　憔悴。正蕭蕭瑟瑟。獨客暗拋清淚。宮溝路隔。溯昔夢、已隨流水。乍踏盡、古驛輪蹄。又聽徧、空江篷背。怕此際天涯。攙入別魂飛墜。

## 吳　栻　字墨仙、安徽涇縣人、官四川江津縣知縣、有課花軒詞、

### 滿庭芳　酒帘

樓角斜飄。簷牙半露。幾番捲起炊煙。有時風靜。端正一竿懸。比似麴車更甚。遙看處、早已情牽。行沽去。何須借問。亞樹夕陽偏。　堪憐。最好是杏花開候。春暖江天。傍水邨山郭。做弄輕妍。招引踏青人至。同認取、孤影翩翩。只休教。朦朧醉眼。錯認燕飛前。

## 汪鎮光 字星石、安徽桐城人、

### 暗香 題聽香館畫蘭遺蹟

餘香漸寂。賴銀箋玉版。菲菲長襲。並蒂同心。好佩蓮花舊詞客。想見瑤窗乍啓。爲營就、寒香吟國。那料是、石畔幽枝含玉露悽惻。　珍惜。意脈脈。歎九畹羈魂。怎生招得。湘波遠隔。空憶天涯渺橫碧。除是歸來月下。梅影裏、重尋仙跡。又卻恐、蘭質小。不堪再謫。

## 張爾旦 字眉叔、江蘇常熟人、諸生、有種玉堂詞、

### 百宜嬌 風日散晴、林花爭笑、連朝病酒、情緒無聊、漫賦是解、不自知意之何指也、

綺夢如煙。病懷中酒。消損幾年誰管。梅杏香邊。燕鶯聲裏。又做一番淒斷。東風太緊。聽玉笛、誰家孤按。悄無人、只有斜陽。晚來猶戀庭院。　難得是、春歸緩緩。多事惱啼鴂。要將歸勸。瘦已如花。對花何況。憶箇如花人遠。尋芳浪約。便不爲、傷春也倦。奈開簾、更自撩愁。看飛紅亂。

### 長亭怨 暮春出游吳瘦青相就話別、輒賦此解、

正開徧、桃花千樹。更向天涯。看飛紅雨。買箇烏篷。替搖詩夢渡湖去。已憐春好。奈人似、春風絮。絮便慣飄零。羨化作、池萍還聚。　且住。甚聲聲怨笛。隔夜暗催離緒。柔波翠淺。算怎抵、愁深如許。縱豫約、放棹相迎。

怕已有、霜鴻哀語。倘欲話相思須盼秋江歸旅。

## 汪元浩 字孟然、江蘇鎮洋人、

### 齊天樂 秋煙

非雲非霧非嵐氣。遙看半空籠住。似淡偏濃。乍分仍合。秋在極模糊處。輕綃萬縷。織一幅瀟湘。畫圖如許。踏葉人歸。斷紅橋外易迷路。　依稀蘆雪捲起。聽歌聲緩緩。漁艇搖去。水際將消。林端又起。欲斷還連情緒。蒼茫釣浦。問短笛誰橫。喚醒眠鷺。幾陣風絲。滿天篩細雨。

## 楊汝燮 字湘槎、江蘇無錫人、諸生、有湘槎詞二卷、

### 水龍吟

深閨暑氣初消。麗譙敲徧三更鼓。雲屏寂寞。悄然獨立。含顰無語。綺扇應捐。羅衣纔換。秋清如許。問銀蟾照此。淒涼瘦影。可一樣。添愁緒。　聲聲擣寒砧杵。斷離腸、有誰知苦。遙思此際。平沙曲岸。箇人何處。千里尋蹤。怎隨孤雁。夢魂飛度。正心傷又是。梧桐細雨。冷風吹聚。

## 張邦樞 字中之、號子鶴、浙江嘉興人、有鶴齋存稿附詞、

謁金門 山家

環水曲。傍有數椽茅屋。百道鳴泉爭挂木。亂峯齊迸綠。　落盡澗花紅馥。響答幾聲樵谷。吹滿松風棋一局。鷓鴣啼上竹。

## 吳曰鼎 字古亭、江蘇寶應人、

蜀火令 自題揚州詩夢圖

萬古揚州月。三生杜牧詩。滿湖燈火夜深時。誰把玉簫吹起。岸柳碧參差。　好夢鷗先覺。淸遊鶴未知。五年風雨唱將離。記得花開。記得亂鶯啼。記得翠樓人倚。走馬過長隄。

## 高崇瑞 字輯之、號藥房、江蘇華亭人、有玉笑詞一卷、

漁家傲 花影

一片春痕橫畫格。冶紅豔紫看無迹。悄向苔階遮軟碧。圓景仄。數枝移過雕闌側。　粉蝶棲香尋未得。芳魂欲起知無力。印入紅窗陰寂寂。紗影隔。玉人纖手思攀折。

掃花游 送春、用夢窗韻、

春歸甚處。算長駐韶光。總輸瑤島。小園閉了。已飄紅滿地。點苔依草。拾翠莎階。倘印金蓮步小。碧陰窈。賸

舌澀流鶯。音囀難好。前度曲徑掃。幾攜侶芳茵。酹花清曉。綠波倚棹。問東皇此日。去程多少。中酒心情。還向風前側帽。又斜照。悵今宵、遠鐘易到。

疏影　題春帆皋亭探梅圖用白石原韻、

谿流漱玉。算背城幾里。春塢雲宿。亂插繁枝。無數珠鈿。掩映疏松修竹。銷金鍋外清幽地。試覓遍、香南雪北。恍夜深、月落羅浮。酒店夢醒人獨。　聞說飛瓊去後。野桃更爛漫。紅殢煙綠。久客初歸。暫賞芳時。倍愛林間茅屋。風欹茸帽徘徊久。幸未聽、山香殘曲。但此時、又隔冰姿。賸對玉叉橫幅。

## 李鈞和　字仲衡、直隸清苑人、諸生、有紅豆詞一卷、

桂枝香　眞州後游

劉郎來也。問江上桃花。幾番開謝。葉葉蘋風。又送酒船西下。垂楊瘦影春波藉。記嫣然、一枝紅亞。繡鴛簾斷。藝蘭徑合。舊時臺榭。　有誰識、重來游冶。賸夕陽雙燕。杏梁閒話。一段閒愁。青子綠陰如畫。前塵分付隨潮瀉。悵仙源、蘭槳空打。碧雲渺渺。漁天缺月。照人涼夜。

## 單爲溓　字廉泉、號伯平、山東高密人、有懷香草堂詞、

慶春澤　客夜

孤館春深。閒堦兩遇。有人客久思鄉。怨紫愁紅。一尊羞對花王。揉酥搓粉尋常事。幾迴頭、觸忤堪傷。況於今。夢裏相思。水遠山長。　雕闌十二凭應遍。正月華匝地。豔影流香。荳蔻歌來。依然小杜淸狂。錦帷不卷傷春恨。把心情、偷問東皇。道此時。香霧雲鬟。可奈宵涼。

## 曹金籀

字葛民、號柳橋、浙江仁和人、諸生、有無盡燈詞一卷、

### 月下笛　牽牛花

幾點殘星。關山阻隔。故人初去。離情萬縷。在柴門、竹籬處。牽牛引蔓嬌無力。最怕是、淒風苦雨。颭靑花搖落。垂垂數朵。掛依芳樹。　延佇。天將曙。伴弱柳依依。可人風度。明河漫渡。天孫何事遙覷。免敎相會流珠淚。隔一水、盈盈欲語。聽絡緯、一聲聲。問訊佳期果否。

## 鄭濂

字子霞、浙江桐鄉人、有抱山樓詞六卷、

### 大江東去

明吳孝靖先生家吳江之荻塘、不屈節權倖、崇禎戊辰、倡爲復社、海內聞風至者二千餘人、黨事起、幾罹於禍、鼎革後、杜門著書、以諸生老歿後、盜劫書散佚殆盡、存者手編復社姓氏錄也、其五世孫愚甫山嘉復采遺事、成復社姓氏傳略十卷、竝付剞氏、且繪復社老屋圖題詠殆徧矣、旣又繪第二圖將徵詩、而愚甫歸道山、己亥冬、令嗣子辛淦持册屬題此解、先生諱翩、字扶九、號靜庵、孝靖蓋私謚云、

社間餘憤。聽今日、嗚咽江流如激。名冠黨人公轉喜。要守東林氣格。燕子牋中。蝗蝻錄上。那管斯文厄。青燈風雨。恁時憂在家國。　回憶歌舞權門。酒酣同唾罵。南都荆棘。何似草廬淸議處。喬木依然扶直。一卷楹書。千行熱血。合補苔碑刻。沿塘憑弔。夕陽船繫秋荻。

## 綺羅香　春雨、和梅溪韻

壓柳藏絲。凝花變淚。庭院沉沉疑暮。暗積梨陰。都被夢雲留住。添膩白、絮搭風簾。弄昏翠、草迷烟浦。惹烏衣、雙尾黏香。芹泥溼到舊飛路。　迢迢芳約又阻。空盼江南綠漲。蘭橈愁渡。密意連綿。如染黛蛾遙嫵。當此夜、孤枕聽時。想那人、小樓眠處。也應惜、窗外殘紅。曉來鶯怨語。

# 宋璇

字齊雲、浙江上虞人、有南樓詩餘一卷、

## 憶江南　秋夜

秋夜靜。池館漏初長。貪坐月光先熄燭。爲熏花氣罷燒香。魂怯水雲涼。

## 憶江南　湖泛

湖光媚。結伴到蓮塘。雲漏月痕呈曙色。水調荷氣學秋香。風引笛聲長。

# 潘諮

字少伯、一字少白、號誨叔、浙江會稽人、有林阜間集詞草一卷、

虞美人　樓上

閒庭晝靜新陰暗。春到梨花澹。一枰無緒下疏簾。欲往行游何處雨纖纖。　憑欄興味今都換。天引愁心遠。神仙何術倚高樓。不怕落花流水滿瀛洲。

## 劉敦元

字子仁，號笠生，安徽桐城人，諸生，有悅雲山房詞存四卷。

水龍吟　秋草次韻

遠看十里平蕪，一聲鶗鴂清霜早。渾如綠鬢，年華暗換，白頭催老。雨色濃銷，烟容淡抹，踏青曾到。悵西風吹處，寒蛩咽怨，苔階澀，誰堪掃。　觸緒愁生秋曉。憶芳魂、情隨雲杳。螢飛後劫，馬嘶前夢，總縈幽抱。縱盼春回，燒痕仍在，心悽多少。望天涯幾度，王孫歸去，者旗亭道。

徵招　蛩語

斜陽攙雨和煙墮，空階亂蛩聲苦。涼意潠苔花，話新愁無數。小樓誰是主。記當日、閒堂旗鼓。破瓦頹垣，草根低覆，斷腸難語。　脈脈又黃昏，淒涼甚、催來那家機杼。知我抱秋心，向妝頭低訴。別情曾幾許。喚回了、夢中歸路。西窗下，翦燭深宵，問甚時重聚。

桂枝香　爲嚴比玉廷珏題宜園詞隱圖

伊人小隱。看竹樹參差，淡涵雲影。正是垂簾香細，亞欄花韻。分明一片苕溪水，倚瓊簫、春痕銷凝。問誰消受。曉風殘月。鵝黄新褪。便滿耳、箏琶洗淨。要大羅仙子。霓裳同詠。忍換淺斟低唱。浮名夢醒。惱儂落拓梁園客。撥銅絃。天風吹暝。江湖千里。何時顧誤。畫圖重證。

## 黄錫慶　字子餘、江蘇甘泉人、有鐵龕詞甲乙稿各一卷、

### 長亭怨慢　隋堤柳

看堤上、柔條千樹。冷落雷塘。幾番風雨。十里迷樓。昔時穠豔問何處。曉風吹起。還說是、隋時絮。陣陣落茅簷。錯認作、紫泉宮宇。　細數。暮鴉棲幾點。合與綠楊終古。牆頭酒旆。乍疑是、錦帆飄舞。剩有那、淺翠雙灣。鬬明鏡、蕭娘眉嫵。聽隔岸漁歌。如賦離離彼黍。

## 王效成　字約甫、號子臣、安徽盱眙人、歲貢生、有伊蒿室詩餘一卷、一名軒霞詞、

### 南浦　春水、用玉田韻、

天上畫船來。望空濛、一片綠雲沈曉。曉日乍晴時。窺奩影、誰把纖塵齊掃。殘紅數點。桃花漲比前番小。覓取仙源渾不似。眼底都迷芳草。　分明流去春光。卻春愁似水。何時纔了。消盡別離筵。斜陽外、慣是催人頻到。魚忙雁渺。白鷗無語東風悄。賸有相思纔幾日。添得蘋花多少。

### 望梅　蜻蜓

晚紅盈陌。算蜂邊蝶外。更誰相識。幾樹正、纖翼飛飛。似剪就冰綃。翠痕猶溼。小綴梢頭。悄不許、花心知得。
甚游絲半縷簷角低颺。慣礙芳跡。 斜陽漸醺草色早濃添醉興。去來如織。看釣港、已歇蘋風。還愛向絲邊。伴人孤立。款款心情。怕點破、一奩澄碧。問何處、小舟喚取。柳陰誤覓。

## 徵招 遣懷

西窗一枕槐陰夢。懨懨又還驚醒。幾日雨兼風。已苔荒門徑。水流花事冷。更人泥、清愁成病。濁酒浮殘。素弦敲徹。此情誰省。 荏苒十年時。空孤負、湖山許多佳興。生計笑楊花。總依人不定。一燈青欲燼。只長向、夜深銷領。展蓉鏡。悽悄相看。怕早添霜景。

# 王 璘 字西文、江蘇鎮洋人、有少軒長短句一卷、

## 水龍吟 蓼花、依芙蓉山館詞韻、

幾枝開向寒灘。碧波倒浸垂垂影。霜飛露泫。摧殘取次。芰荷香衲。獨逞嬌妍。好憑渲染。江鄉清景。慣尋幽閒立。小橋流水。更一帶、丹楓冷。 上下嫣紅相映。愛臨風、翩翩不定。伊誰伴侶。蓬鬆瘦荻。參差香荇。同是蕭疏。零星點綴。秋容還賸。最憐他不識。朱闌翠架。只宜煙艇。

## 南浦 春水、依玉田韻、

風起縐春波。暖溶溶、恰對春山籠曉。魚戲唼甜香。沿隄畔、紅雨飄零如掃。楊花舞雪。碎萍初化憐嬌小。已

解萍蹤分一路。黏著連天芳草。記曾此處停橈。點輕篙、昨夜新痕漲了。尋著落花蹤。仙源迴、可許漁郎重到。深情渺渺。只今贏得離懷悄。眞箇迢迢如不斷。還似此情多少。

## 呂倌孫

字星田、江蘇陽湖人、道光十八年進士、改庶吉士、授翰林院編修、官廣東雷瓊道、

### 高陽臺

黃蓼花、次潘紱庭韻、花產內閣典籍廳、今寄歸吳下、植乃兄功甫所居鳳池園、

千尺涼波。一簾秋影。連牀夢入江天。仙掖移根。看花暗憶當年。東籬合伴黃花瘦。倚疏枝、金粟勻圓。試拔尋。淡月依稀。芳緒纏綿。　月湖回首風霜緊。任輕紅淺白。搖落洲前。明州月湖多紅白蓼花芳草天涯。舊游如夢堪憐。雲根珍護宜天上。傍薇垣、深染鑪煙。鎮相思。葉底蛩吟。花底鷗眠。

## 吳存義

字和甫、號荔裳、江蘇泰興人、道光十八年進士、改庶吉士、授翰林院編修、官至吏部左侍郎、有榴實山莊詞一卷、

### 臺城路

十年不踏青溪路。昔游夢痕重歷。吹絮樓臺。藏烏楊柳。多少六朝香蹟。豔歌數闋。有鏡檻搖波。燈船盪夕。滴盡蓮花。水邊猶響隔簾笛。　寒潮飄折鐵鎖。賸石城艇子。蕭瑟秋荻。灰冷紅羊。桁拋朱雀。誰問渡旁桃葉。蔣山暈碧。怕舊燕斜陽。都迷巷陌。算最無愁。女牆深夜月。

## 石贊清 字襄臣、一字次皋、貴州貴筑人、道光十八年進士、官至工部右侍郎、有紫荃山館詩餘一卷、

### 唐多令 山塘酒壚題壁

一片雨濛濛。輕寒壓翠篷。又垂楊、低舞橋東。雪絮煙條多少恨。遮不斷。小樓紅。　帘影百花中。客愁和酒濃。祝韶光、且莫忽忽。二十四番春似錦。纔數到。海棠風。

### 瑣窗寒 晴絲

裊裊飛來。新晴正放。海棠庭宇。空中輭繞。麗景繡成千縷。趁東風、送來畫樓。簾腰亂撲輕於絮。更柳絲織徧。花心穿定。非煙非霧。　機杼。留何處。怎落得香魂。悠揚如許。牆頭馬上。惹起紛紛情緒。最撩人、春痕二分。憑他繫得韶光住。又愁伊、舊夢牽殘。攪作黃昏雨。

## 吳嘉洤 字澂之、又字清如、江蘇吳縣人、道光十八年進士、官戶部員外郎、有秋綠詞、蟬前蜨後詞各一卷、總稱儀宋堂詞、

### 菩薩蠻 秋閨

紅閨刀尺催新月。東鄰砧起西鄰歇。黃葉下妝樓。有人生暮愁。　涼棉裝未滿。欲寄寒衣遠。遠道夢關河。雁聲天外多。

## 高陽臺 秋柳

幾樹垂隄。兩行拂水。春閨曾致纏綿。能幾回游。滿汀斜鎖寒烟。酒旗歌板都消歇。剩依依、弱態堪憐。最淒然。冷眼繁華。看到經年。　灞橋此日題詩客。恰衫痕憔悴。不似從前。聞說攀條。柔情不度溪邊。曉風殘月還疑夢。更何人、解弔屯田。望斜川。敗葉零花。如此江天。

## 角招 秋宵聞雁、和潘季玉、

暮雲捲。驚心處、幾聲響過斜岸。倚樓人乍倦。引起舊愁。秋思都換。霜華正滿。又數點、殘星橫漢。莫被西風吹斷。行行寫就封書。寄相思天遠。　誰管。荻蘆渚畔。飢烏恰似。隨定飛蓬轉。稻粱嗟歲晚。早傍南枝。棲煙還暖。關河歷徧。夢不到、濃春庭院。慣占平沙一片。祗贏取玉田詞。添淒怨。

# 孫超

字崧甫、別號青居士、江蘇通州人、道光十八年進士、官順天寧河縣知縣、有秋棠吟榭詩餘六卷、

## 望海潮 登盤山絕頂

地雄幽薊。襟連恆嶽。一山高矗晴空。孤寺罩雲。危峯挂月。何人劈破洪濛。山有罩雲寺、挂月峰、呼吸與天通。看下方僧寺。烟霧朦朧。倚樹掀髯。一輪紅日海門東。　登臨感喟無窮。算滄桑陵谷。回首怱怱。名士談禪。將軍舞劍。者回喚醒晨鐘。星斗快羅胸。喜今朝濯足。踏碎芙蓉。我欲披衣散髮。長嘯激清風。

# 姚輝第

字子箴，號稚香，河南輝縣人。道光十八年進士，官江蘇上海知縣。有菊壽盦詞四卷。

## 祝英臺近　閨情

柳烟深，簾影暮。人在斷腸處。紅了櫻桃，歸信渺無據。怎能愁似飛花，東風緩緩，也吹向、謝橋西去。　舊歡阻。眼看煙翠迢迢，芳草暗南浦。倦倚銀屏，春恨共誰語。想他叢荻吹寒，亂荷敲夢，獨自掩、畫船聽雨。

## 疏影　雪後送伯蕃還當湖，別後卻寄。

城南老屋。記雪深倚棹，來翦宵燭。紙閣氊簾，榾柮鑪紅，松泉石銚初熟。月團差遠風塵味，帶烟露、空山春足。算江梅、共此心期，解伴歲寒幽獨。　別後吟懷健否，松陵驛畔柳，應蘸柔綠。渺渺湖波，盼損雙鱗，中有相思盈匊。蘆花冷壓歸船重，那更載、離愁千斛。想到家、卸了春帆，還埽一篷寒玉。

## 長亭怨慢　送春

又門外、飛花如霰。綠樹愔愔，玉驄嘶斷。報道春歸，有人慵把畫簾捲。草平烟晚。騰萬疊、愁難剪。一路子規聲，儘說與、東風幽怨。　山遠。怎知春去處，卻比亂山尤遠。西園昨夜，應罷卻、牡丹芳讌。問天涯、多少香紅，還落向、舊家庭院。算約住春痕，猶有銜泥雙燕。

## 八六子　春暮病懷

擁鸞衾。湘篝麝冷，小樓連日輕陰。念倚病梨花瘦損，銜愁燕子歸遲，繞闌自吟。　銷沈往日朋簪。盼斷加籫錦字。拋殘鑄淚黃金。又芳草天涯。迢迢春去。落紅三月。碧雲千里。那堪憔悴頻移帶眼。纏綿懶託琴心。夢難尋。隔花更啼翠禽。

## 曲游春　湖上秋感、同次柳作、

側帽西風裏。問雁沙鷗雪。裙屐無恙。秋也無多。賸星星鈿翠。淺搖蘋浪。荻外烏篷響。都不是、鬧紅雙槳。更幾時。城角寒譙。換了碧灣菱唱。　凝想寶釵樓上。愛半額蟾痕。還學眉樣。舊日闌干。記曉奩畫箔。晚燈珠幌。瞑色沈丹嶂。又催起、橋南歸舫。聽葉聲。碎打疏帘。酒人三兩。

# 呂　洪

字福瑜、一字拔湖、廣東鶴山人、道光十九年舉人、官韶州府訓導、有廣文遺稿、詞附、

## 清平樂　酒地花天、流連旬日、偶得休暇、宿酲惘然、午枕夢醒、客窗茶熟、斜陽在樹、寒蟬當歌、秋已深矣、率成短調、

蟬啼煙暝。約住斜陽定。小夢繁華誰管領。恰被西風喚醒。　倚闌情緒懨懨。吳綾半臂新添。描出秋光無賴。晚花黃蝶疏簾。

## 摸魚兒　聞蛩

問人間、哀絲豪竹。何如此調悽惻。關山迢遞霜華老。啼澈井闌秋色。絃掩抑。算玉露金風、都盡情占得。更殘漏滴。聽永巷蒼涼。閒庭幽怨。如豆一燈黑。　當年事。驀地心頭記憶。聲聲如訴陳迹。蒼烟萬點燕臺路。

回首舊游難覓。吟未息。對蔓草荒塍、一片濛濛碧。誰家短笛。更飛過牆頭。飄來屋角。涼夢惱今夕。

## 沈曰富 字沃之、號南一、江蘇吳江人、道光十九年舉人、有受恆受漸齋詞、

### 買陂塘 白蓮花

忒微茫、溶溶月色。美人家在湖浦。紅情綠意都消歇。冷抱一重幽素。天欲暮。似織罷機絲、吹化涼烟去。爲伊小住。只倚玉無痕。偎香有夢。自恨不如鷺。　田田外。一段相思最苦。夜深多少風露。鉛華洗盡天姿見。相對何須解語。愁幾許。看一片秋陰、似縠還如霧。持杯問取。縱雪貌難酡。風裳耐冷。獨立甚情緒。

## 王蔭昌 字子言、號五橋、直隸正定人、道光舉人、官武定府知府、有尺壺詞一卷、

### 祝英臺近 怡園感舊

翠帘低。香徑遠。忽忽又春半。沒箇人來。闌干自憑遍。俊遊纔是經年。燕池鶯樹。都化做、淸愁一片。　久依黯。一痕山似眉顰。斜陽綠蕪淺。人影衣香。晴晝那時見。斷腸楊柳村西。杏花橋北。誰記取、鈿車歸晚。

### 八聲甘州 蘭因室話十年舊事、感而賦此、

記晝屏、蘭燼夜惺忪。斜月遏簾陰。正荼蘼放後。風絲露顆。涼偏羅襟。多少秦箏淸怨。池閣總愔愔。說到天涯遠。愁比春深。　去夢不堪重省。儘江天不盡。煙靄沈沈。更芳蕪綠減。鬢影漸霜侵。長亭路、楊絲攀罷。甚

離懷、猶繫到而今。渾無奈、有斜陽處、都是秋心。

## 楊秉桂

原名慶麐、字蕊周、號辛甫、江蘇吳江人、貢生、有潛吉堂詞錄一卷、

### 邁陂塘

盆荷翠蓋擎雨搖風、翩翻自得、而花蕊尚未出水、姍姍來遲、倚此爲水邊羯鼓、

盼盈盈、一泓新水。青闌干外風軟。蜻蜓幾箇尋光到。奈是弄珠人遠。涼露泫。訝淚灑、蛟人也費相思串。江皋目斷。只新月微茫。銀河飄渺。減却酒情半。　芳期緩。贏得銖衣歷亂。和烟和雨斜掩。縱教葉肯如花好。未免紅情淒婉。還自遣。記俏見鴛鴦、曾結花間伴。花如人願。定兜惹芳情。竝頭開出。珮解訴瑤怨。

## 楊廷棟

字載安、號東甫、江蘇吳江人、諸生、有東甫詩餘、

### 玲瓏玉　藕絲

圓玉擎來。且橫截、付與銀刀。纏綿不斷。甚時早種心苗。最愛蓮筒佐飲。稱風前搔首。詞鬢飄蕭。涼招。看當筵、冰水共調。　記取晶盤碎嚼。任棼如難理。瓊思偏饒。遞到葱纖。尙輕盈、皓腕紛撩。憐伊玲瓏心孔。便眞箇、癡蠶縛定。那算堅牢。莫成片。是相思、愁緒未消。

## 吳敬羲

字駕山、一字薇客、號孟暘、一號恬庵、浙江仁和人、道光二十年進士、改庶吉士、授翰林院編修、官至右

贊善、有一硯堂詞一卷、一名紫薇仙館詩餘、

琵琶仙　涼風灑襟華月當戶、庭樹蕭屑、秋聲悄然、渺渺兮余懷也、

涼透生衣。卷簾額、一縷暮烟明滅。烟外秋影飛來。空濛濛華月。看樹杪、澄暉零亂。盪雲氣、半規涼澈。苔磴涵青。藤陰瀉翠。無限情切。　舊遊處。湖上樓高。有人倚闌干盼天末。多少相思情味。向嫦娥低說。憑寄與、秋心一點。又夢回、驚響簷鐵。早是庭畔西風。閒愁時節。

淡黄柳

古隄煙暖。貼地長條踠。力未勝春春不管。偷傍小紅樓畔。斜露盈盈半嬌面。　悄凝盼。同心待雙綰。看一桁、翠簾卷。寄愁心、只有樓頭遠。莫說天涯。天涯何處。一樣斜陽催晚。

蔡壽祺　原名殿齊、字紫翔、號𥁕盦、又號眉安、江西德化人、道光二十年進士、改庶吉士、授翰林院編修、有鳳簫集二卷、

蝶戀花　客中春暮

十里芳林空翠染。繡幕低垂。黯澹誰家院。滿地落紅人不管。韶華也共天涯遠。　空際游絲飛緩緩。暗祝天公。替把飛花綰。綰住飛花絲又斷。春光那肯隨人轉。

## 汪士鐸

字振菴、一字梅村、號悔翁、江蘇江寧人、道光二十年舉人、以耆儒賞國子監助教銜、有悔翁詩餘五卷、一名悔翁詞鈔、

### 山花子

小院深深數折欄。繡簾匝地怯春寒。簾外杏花飛已盡。不曾看。　燭淚堆時人語寂。翦刀停處漏聲殘。欲去欲留無限意。夢中難。

### 祝英臺近　翻稼軒語

杏初開。梅已老。鶯燕皆分曉。趙酒微酸。旅客增懷抱。說是春帶愁來。春仍如故。卻只把、愁腸添了。　愁多少。若談往昔風情。春更添煩惱。粉暈脂痕。久漬蕭郎襖。只得拋去春光。不聽鶯語。奈夢裏、尚思愁好。

### 長亭怨慢　和王西湖詠柳韻

觸景有懷、涉筆成趣、危苦之音、出以柔曼、此義山之新調、宋玉之微詞、所以卒免於患害也、後之作者、倘其有感於斯文、

爲誰絆、銀塘淺渚。綠葉陰穠。飛雲何許。舞罷腰肢。豔情竟作沾泥絮。絲長枝短。可曾賦、楚宮雨。被雙眼青青。暗覷破、芳蓮心苦。　容與向隋隄攀折。見說樓臺有主。眉痕斂翠。怎禁得、故人離緒。縱柔條、不解傷春。奈鄰笛、斜陽吹處。況歸去陶潛、搖落柴桑幾度。

### 疏影　畫扇水仙爲熙叔賦、熙叔無妻、以長姬楊持戶、姬亦佞佛者也、

玲瓏畫月炤。黄冠瑤佩。襪羅小結。粉潤酥融。寫入吳綾。好伴詞人清絶。玉奴不作周秦夢。但遙禮、慈航金闕。卻深宵、一縷幽香。仍繞翠絲筆格。　苦憶粱溪老屋。正鏡妝膩粉。袖嫌單碧。嫁後娉婷。斫桂量珠。爭度故園風雪。等閒化蝶尋伊去。奈門外、寒雲重疊。待春來、雙鯉傳書。再把歸心細説。

## 彭昱堯

字子穆、一字蘭畹、別號閬石山人、廣西平南人、道光二十年舉人、有懺綺盦詞稿一卷、

### 蝶戀花

二月東風熏綺陌。嫩柳絲絲。裊娜煙籠碧。燕子穿簾如舊識。玉鉤花撲紅雲滴。　十二闌干春漸夕。一縷心香。沈水鑪烟直。錦樣葡萄花樣織。高樓夜悄銀燈剔。

### 前調

縹緲碧城春不隔。青鳥多情。芳信傳端的。百囀流鶯聲嚦嚦。驚殘好夢難尋覓。　紅雨闌珊煙冪䍥。門掩蒼苔。中酒愁如織。濃睡覺來無氣力。燈花爛熳空憐惜。

### 八寶妝

翠罽敷茵紅棉搓絮。腸斷天涯芳草。鳳泊鸞飄春不管。孤負香奩粉稾。都是嬋娟。羨他人、瓊華偏早。一樣紅顏遲暮。青衫顛倒。　看花猶憶長安。浪遊到此。箏絃淒絶懷抱。怎安排、搓酥滴粉。蛾眉樣、爲卿重掃。我亦逢場戲耳。廿年來、空山綦縞。別後相思。鏡中人、笛聲催老。

## 張觀美 字硯秋、安徽建德人、道光二十年舉人、官廣東龍川縣知縣、有寄影軒詞稿六卷、一名珠江詞草、

### 戀繡衾

花梢春老蝶影涼。倚東風、紅瘦斷腸。鎖不住、相思意。被遊絲、牽出粉牆。 閒窗寂寂梨雲夢。正別院、鶯語晝長。無限是、樓頭恨。送馬蹄、流水夕陽。

### 玲瓏玉 朱園移玉簪一叢花猶未吐、綠葉紛披甚可玩也偶倚此解、

閒院春深。倚疏砌、一碧光搖層層綠展。露痕映透芭蕉。一自紅閨別後。想鸞釵斜拔。雪魄無聊。朱園主人避處山中已五年矣、今宵皷銀蟾、螺黛淺描。 只恐雙蓮並蒂。把層波煙蓋。思鬬清標。漾影筠簾。襯湘雲一片魂銷。誰知當年青鬟。也幾度摩挲翠袖。不讓花嬌。怕重認。那遺簪香裏碧綃。

## 徐根 字初雲、江蘇甘泉人、道光二十年舉人、官內閣中書、有擷春詞鈔及詞學辨體各若干卷、

### 暗香 冬夜湖干小泊

西風漸惡。寫南湖一片。寒蕪蕭索。野渡曉霜。客裏重棉恁單薄。天末伊人不見。早辜負、蓬山俊約。愁望裏、衰草斜陽。瘦影對清削。 山郭。正寂寞。聽鴉陣驟驚。古戍哀角。孤舟夜泊。夢斷當時舊妝閣。遙指寒雲深處。應憶我、帶圍寬綽。更幾日、相見也。與君共酌。

## 潘曾綬

字紱庭、江蘇吳縣人、道光二十年舉人、官內閣中書、有睡香花室詞、秋碧詞、同心室詞、憶佩居詞、蝶園詞、花好月圓室詞各一卷、總稱陔蘭書屋詞集、

### 菩薩蠻　和仲修韻

蕊珠樓閣層層掩。綠紗窗外冰蟾斂。香冷翠衾單。東風惻惻寒。　紫霞衫子薄。雙手搴紅箔。親折小花枝。熏香獨坐時。

一襟紅淚愁難訴。游絲飛絮渾無數。千里寄書回。尋芳人不來。　畫屏圍曲曲。鏡裏人如玉。重到紫雲堂。好花依舊香。

### 喜遷鶯

一燈如豆。正薄衾新展。九秋時候。楊柳煙疏。芭蕉雨細。獨自淒然回首。殘夢竹風敲斷。珠淚枕雲濕透。背人坐。又曉來擁髻。光陰輕負。　黃葉蕭條處。望遠登高。隱隱排層岫。小院孤清。瑣窗深靚。人與菊花分瘦。愁對團欒明月。冷聽淒涼玉漏。訴心事。見妝樓雁過。素書來否。

### 羅敷媚

水邊楊柳拖愁起。怕折長條。偏折長條。儂住西泠第二橋。　燈殘酒醒人何處。來也魂銷。去也魂銷。自裏單衾坐一宵。

玲瓏玉　秋聲

梵寂風沈。忽聽得、玉漱聲聲。鬧中小定。此時欲辨陰晴。正是霜天送響。有羅浮仙境。輸與歸僧。錚錚。蒼烟空人靜月明。　料得松間孤坐。似遙天高落。泉溜清泠。曉鷺驚眠。韻珊珊、好夢難成。休嗟歸來頭白。只來到、匡山深處。心迹雙清。訪幽勝。轉林梢、蕭寺杳冥。

## 趙起

字于岡、江蘇陽湖人、道光二十年舉人、有約園詞稿十卷、

暗香　次白石韻、贈友、

十分春色。看幾番吹徹。樓頭長笛。檻外白雲。影入明波共旋折。儂是天涯倦侶。漸禿盡、春山黛筆。漫寫着、零亂花枝。芳意近前席。　香國。怕岑寂。正玉漏夜寒。翡翠雙積。背人暗泣。好夢初圓最堪憶。願似寒葩耐久。休閱遍、零紅斷碧。可省記、攜此樹。倚雲種得。

## 龍啓瑞

字輯五、號翰臣、廣西臨桂人、道光二十一年進士及第、授翰林院修撰、官至江西布政使、有漢南春柳詞鈔一卷、

綠意　戊己之春、余兩以試事泛舟漢沔、時則柳陰帀岸、飛花如雪、綣念韶華、感兹行邁、爲塡此解、用寄遐心、

濃陰繞住。祇泛槎不管。移棹西去。昨見長條。今忽飛花。香塵傍曉如霧。年年澤畔來相送。任徧拂、畫船簾

鼓。想暗中、綠鬢催人。再過好春休誤。　試問何人手種。漢南復漢北。青翠無數。罩水籠沙。和雨迷煙。掩映風前朝暮。流波可算多情甚。又卻送、舊愁千縷。望暝煙、遙接襄隄。認取往年攀處。

## 葛景萊

字次尹、號㠯伯、一號蓬山、浙江仁和人、道光二十一年進士、改庶吉士、授翰林院編修、官貴州銅仁府知府、

### 南浦　秋水、用山中白雲詞韻、

寒碧破湘奩。泛烏篷、領略秋江清曉。舊夢憶鴛鴦。涵雙影、尚對螺痕難掃。迴波斷處。隔谿微漏疏枝小。幾筆蕭蘆描未就。鉤出半灣荒草。　滿湖烟雨空濛。只湘潭月印。鷗盟負了。柔艣一聲聲。橫橋外、隱約采菱人到。新歌縹緲。暗風涼逼花魂悄。尚有清愁流未盡。催上晚潮多少。

## 張金鏞

字韻笙、一字笙伯、號海門、浙江平湖人、道光二十一年進士、改庶吉士、授翰林院編修、晉官侍講、有絳趺山館詞三卷、

### 賣花聲

雲髻挽鴉雙。小小年光。料來錦瑟似伊長。只恐江千黃竹子。容易成箱。　花影上西廊。纖月微茫。夜涼心事寫紅牆。兩字相思難寄與。何況明璫。

## 水龍吟　寄金眉生

杯前一寸光陰。研箋寫作相思字。蕉痕憶夢。桐花選句。別來心事。萬里橋邊。三年笛裏。未消殘醉。記題詩拜石。煙蘿袖底。天風拂秋雲碎。　飄零西窗蠟淚。渺歡悰、涼燈搖墜。青銅照影。蒼華壓鬢。獨憐憔悴。負了汀鷗。路長波闊。夜寒煙佩。倩江鴻寄與。綃輕墨瀋。化濛濛翠。

## 高陽臺　暝色在樹、秋聲乍繁、卽事言愁、率成此解、

病葉棲寒。愁雲殢暝。簾櫳知爲誰開。幾日新霜。牆陰點徧蒼苔。薜蘿青斷當時徑。記涼痕、曾罥瑤釵。鎮徘徊。一步迴廊。便隔天涯。　蘭悰絮夢都消歇。只冷吟低唱。減盡清才。泫別疏花。海棠紅上階來。蜘蛛細寫春前影。又絲絲、替織秋懷。悄亭臺。謾問幽期。纖月弦纔。

## 畫屏秋色　秋屏

幾牒珊牀側。記玉人、遙夜背燈愁立。山展研羅。錦迴沈綠。瀋催淒瑟。認絲縷蜘蛛。是誰摹恨子細刻。映鏡中、蛾黛碧。便約夢金鵝。叩聲銀鈕。但有一重雲母。笑香都隔。　簾隙。幽星照夕。柰瘦腰、比畫還窄。月窺金脈。涼蠅飛起。碎飄零墨。正冷燭銅荷未銷。無睡成怨抑。染退紅、珠露溼。猩紋還賸舊迹。□□□□莫寫寒林暮色。

# 潘曾瑩

字申甫、號星齋、江蘇吳縣人、道光二十一年進士、官至吏部左侍郎、有小鷗波館詞鈔二卷、嬰武簾櫳

詞二卷、

菩薩蠻 題順之兄桐葉題詩圖

碧梧庭院清于水。窗前颯颯風初起。蠣粉小迴廊。一絲秋意涼。 憑闌人影瘦。煙翠飄羅袖。一葉墮吟邊。空堦鶴未眠。

暗香 暮泊維揚、烟景蕭瑟、寄懷酉生閏生順卿諸君、

暮帆煙濕。指綠楊城郭。斷雲凝碧。廿四畫橋。多少西風作寒色。一片蘼蕪慘綠。又誰問、玉鉤遺蹟。驀記得、十里香塵。春影繡簾側。 人寂。愁暗積。更枯樹亂鴉。做成蕭瑟。夢涼津驛。杜牧年來倦遊歷。望裏青山何處。早盼斷、雁鴻消息。但訴與、明月下。一聲長笛。

潘曾瑋 字季玉、號玉洤、江蘇吳縣人、蔭生、官刑部郎中、有玉洤詞、詠花詞各一卷、

菩薩蠻

芙蓉帳外燒銀燭。畫屏雙坐人如玉。相見定成歡。此時明月圓。 好春容易過。只怕春光去。海燕正孤飛。妒他雙影棲。

輕雲冉冉籠殘月。橫風吹散梨花雪。香夢已闌珊。覺來驚曉寒。 尊中春酒綠。惆悵陽關曲。門外送君行。

別離無限情。

登樓一望傷心碧。行人不見關山隔。清淚溼羅衣。忍看雙燕飛。 離愁千萬縷。簾外風還雨。野水漲紅橋。怎教魂不銷。

相思不語香閨裏。時光虛度如流水。惜別又經年。歲寒霜雪天。 瑣窗人寂寂。欲問無消息。心事訴誰知。一鉤新月遲。

東風吹醒桃花浪。雙隄一夜溪痕長。何日是歸程。盼將春水平。 欲歸仍未得。依舊長相憶。遙望玉門西。可憐人迹稀。

征鴻不到邊城遠。迢迢萬里音書斷。脈脈倚熏籠。燭銷殘淚紅。 別時曾記否。記得春將暮。春去又春回。望君君未歸。

鄰家同戍遼陽轉。昨宵猶說瓜期緩。底事苦淹留。憶君愁復愁。 香銷銀篆冷。恨也無人省。夢影不分明。月華何處清。

透碧霄 秋煙

慣年年。惜花心事付秋煙。舊愁乍散。新愁還織。幾處縈牽。遠村風定。平林雨歇。冷翠堪憐。鎮相思、渺渺涼天。破橫空一線。飛來孤白。落日斜穿。 誤光陰冉冉。游絲曾繫。不似好春前。暗柳魂、醒蕉夢。閒尋瘦語誰邊。碧城人杳。藍田路隔。應也凄然。問空山、無奈荒寒。記霜初露晚。多少飄零。有恨緜緜。

## 孫鏘鳴

字韶甫、號蕖田、浙江瑞安人、道光二十一年進士、改庶吉士、授翰林院編修、官至翰林院侍讀學士、有盤阿草堂詞存一卷、

### 齊天樂 塵尾

繩牀竹簟偕消夏。當筵倍添閑雅。香飾沈檀。白垂霜縷。玳瑁屏前低挂。閒時慣把。愛玉柄團圞。午涼同話。翦翦風生。紅塵那到綠窗下。　空庭秋意如瀉。趁茶邊棋外。商量琴價。最愛談禪。偏宜滌暑。勝比松枝瀟灑。藤扉竹舍。憶故物由來。舊家王謝。坐久桃笙。語闌香未炧。

### 瑣窗寒 題陳琢如西窗話別圖

錦字啼嬌。烟眉鎖怨。玉繩催曙。殘宵倦酒。人在繡簾愁絮。聽分明、更闌未休。鳳箏掩抑春鶯語。更點盤蠟淚。零紅殷碧。伴誰淒楚。　休誤。尊前聚。問後夜滄波。峭帆何處。柔腸萬轉。縱有江郎難賦。最銷魂、雲裏素娥。背人怕照情味苦。小窗前、又作秋聲。碎滴芭蕉雨。

## 湯成彥

字梅生、號秋史、直隸清苑籍、江蘇陽湖人、道光二十一年進士、官刑部主事、有聽雲僊館詞一卷、一名梅隱盦詞、

### 菩薩蠻 仿金荃集體

冷雲斷續春空碧。花痕點碎朦朧月。吹散緑蘿煙。玉鉤垂曉天。　啼鵑聲自急。忍向枝頭咽。小雨又如絲。鎖窗腸斷時。

曉雲閣上新寒薄。暖香輕透瓊簫曲。山色碧於螺。餘青入翠蛾。　敲殘金屈戌。月影團香屑。暖漏滴花遲。偷防春未知。

## 王拯

原名錫振、字定甫、一字少和、號少鶴、廣西馬平人、道光二十一年進士、官通政司通政使、有茂陵秋雨詞四卷、瘦春詞一卷、總稱龍壁山房詞、

### 淒涼犯　長椿寺作、時施淑人喪已三年、余亦將戒歸矣、

露槐徑踏。西風悄、琳宮梵語愁答。歲華展轉。秋空凜冽。一林烏匝。香花黯黯。聽淒絶、圓鈴恨嗒。歸來好、綃衣繡褶。月冷夢雲閤。　閒脱朝衫了。記否當時。病吟塵榻。舊盟未改。指南阡、魏城新塔。丙舍松陰。待一路、濃青更插。辦歸艫、還自倦影伴翠翣。

### 湘春夜月　花影

夜朦朧。天邊新月如弓。捲起一桁簾波。流影入芳叢。者是玉京魂魄。被西風吹落。拂地煙濃。算紅銷翠蝕。芳情不斷。只在虚空。　畫樓西畔。金爐香燼。露冷霜重。步屧廊迴。驀憶得、欄杆慵倚。雙鬟蓬鬆。重門掩靜。又誰教、短夢惺忪。收不起。待明蟾落盡。心頭眼底。依舊無蹤。

暗香 瀋陽歲晚、行䢋酒仙祠下有作、

亂峯翠匝。笑幾人潦倒。相逢攜鍤。霰影四遮。雪窖冰廬氣蕭颯。便擬沙場醉臥。渾忘卻、東風鳴甲。甚歲晚、絕塞人家。簫鼓也迎臘。　閒踏。馬蹄怯。歎去國路遙。夜月殘闔。玉簫恨擫。迴首中原黯如雲。多少飛蓬淚眄。待準備、花時鑾榼。怕恁日、春去也。綠陰夢壓。

疏影

江樓跨鶴。算那回草草。揮手雲壑。曾記花時。宋玉牆東。春來好景如昨。湖山金粉都拋盡。漫記憶、江南江北。好重尋、墩墅風流。剩有舊時屏箔。　誰念長楊往事。闗河幾萬里。天淨塵幕。流水怱怱。四十華年。慘澹瓊犀簾月。窮荒蛉贏樽前在。倩玉手、駝酥更酌。判雁飛、不到天涯。祇是夕陽紅薄。

# 麒慶 字寶臣、號玉符、輝發那拉氏、滿洲正白旗人、道光二十一年進士、官熱河都統、謚莊敏、

暗香 初雪

凍雲初積。正暮天釀雪。疏林風急。翦水作花。飛上瓊樓懶無力。漁父扁舟夢穩。渾不管、梅花消息。任灑徧、江北江南。寒意阻行客。　愁極。闇將夕。擬奉帚掃門。莫留餘迹。有人愛惜。沽酒前村印雙屐。還怕朝暾早上。全化作、一庭泥溼。試問訊、空巷外。又深幾尺。

一萼紅 唐花

朔風寒。問芳菲何處。寂寞倚闌干。獸炭烘晴。馬塍護冷。幻出紅紫千般。拚鎮日、重簾不捲。任煖香、留夢繞屏山。淡惹桃顋。濃禁棠睡。春色斕斑。　回首謝家庭院。歎梅魂月冷。菊影霜殘。巧奪天工。潛移地脈。繁華占盡人間。剛盼到、東皇有約。悵枝頭、生意已闌珊。何似滿城桃李。坐待春還。

## 顧文彬

字蔚如、號子山、晚號艮庵、江蘇元和人。道光二十一年進士。官浙江寧紹台道。有靈巖樵唱、今雨吟、小橫吹、賸譜、鶯花醉吟、嫭板新聲、鷦巢碎語、百衲琴言、跨鶴吹笙譜、又續譜、共八卷、總名眉綠樓詞。

### 鷓鴣天

憔悴涼花耐曉看。半簾殘月照無眠。夢中訴恨瞞箏雁。愁外顰眉妒鏡鸞。　挑錦字。研銀箋。帕綃封淚寄長安。西風一夜碪聲急。翠袖鴛衾各自寒。

### 臺城路　九日同人集慈仁寺、送黎月樵侍御歸湘潭。

西風黃葉前朝寺。離筵乍成傾蓋。韻澀蟬絃。愁盈麝墨。難寫涼襟無賴。紅塵漲海。聽遠響冥鴻。一箏雲外。卻怕登高。翠微蛾岫斂眉黛。　鞭絲搖動夕照。觚棱空望極。烟樹橫靄。水佩紉蘭。田衣製芰。湘碧靈芬堪采。愁余鬢改。儘冷抱鮎竿。夢牽蝦菜。歲晚滄江。鶴和琴共載。

### 綺羅香　春雨、和史梅溪韻。

漲綠煙浮。啼紅霧罥。漠漠珠簾垂暮。滴碎空階。不放畫檐聲住。寒燭翦、留話西窗。晚潮急、送春南浦。悵芳隄、冷落雙鴛。蘚痕濃繡踏青路。　瀟瀟誰理舊曲。猶記吳娘艇子。橫塘呼渡。濛柳添絲。無復弄晴眉嫵。巫峽遠。攔夢來時。小樓深、擁愁聽處。最無聊、淒和淋鈴。一鳩花外語。

### 解連環　春柳、和高竹屋韻、

鬭蛾纖葉。已春痕裊動。一眉黃月。漸迤邐、新綠成陰。便蘸影晴漪。翠絲低接。略帶斜陽。還不許、棲鴉聲歇。枉東風費力。揉碎飛花。繡簾吹雪。　鶯邊記曾送別。聽陽關疊唱。尊前淒絕。總折盡、萬縷千條。也難絆清溪。劃破雙檝。嚬雨嚬烟。慣辜負、清明佳節。料長亭、玉鞭倦倚。暮寒正怯。

## 張曜孫　字仲遠、號昇甫、晚號復生、江蘇陽湖人、道光二十三年舉人、湖北候補道、輯有同聲集五卷、

### 疏影　芭蕉

紅闌半隔。看橫披俏影。愁怯無力。晝寢何人。深院濃陰。薔薇豔映新碧。芳心一片重重卷。似怕露、中藏消息。卻爲誰、暗折東風。枉費護函緘密。　曾記供書作紙。那時有小角。留補窗隙。乍聽牆邊。冷雨秋聲。好夢驚回頻滴。纔經落盡梧桐後。又賸此、宵來淒切。到恁時、再看寒池。畫出綠天雪積。

## 嵇蓉　字杏塘、江蘇金匱人、道光二十三年舉人、官元和縣教諭、有花間小草詞、

### 滿江紅　讀吳梅村祭酒白門感舊作

楊柳彎腰。何處是、當年臺榭。空回首、西風殘照。石城東冶。白髮重游渾似夢。青山一帶還如畫。悵江南、祭酒不勝情。悲來也。　新亭淚。登高灑。神州痛。憑闌寫。望故宫禾黍。霜封碧瓦。莫問開元天寶事。更無賀老龜年話。聽誰家、猶唱後庭花。秦淮夜。

## 買陂塘　擬南宋宫人送琴士汪水雲南歸四闋錄二

愴離筵、慷當以慨。傷心重爲君賦。龍堆雁塞燕支老。脈脈此情千古。休再鼓。料青塚烟荒、誰酹吾坏土。幽魂無主。便環珮歸來。河山故國。極目渺何處。　興亡恨。休唱後庭玉樹。繁華轉眼朝露。錢塘一片蒼茫月。曾照當年歌舞。君此去。問爨後枯琴、更向何人撫。湖山景暮。恐法曲淒涼。人間傳徧。白髮淚如雨。

# 勒方錡　字悟九、號少仲、江西新建人、道光二十三年舉人、官至福建巡撫、有太素齋詞鈔二卷、一名樽洲詞、

## 浪淘沙

闌角檥吳檣。人對離觴。一川夢雨溼春光。解向玉樓遮望眼。多謝垂楊。　後約指新凉。蘭鬢吹香。見時重認別時妝。留取羅襟紅淚點。添繡秋棠。

## 眼兒媚

鳳脛花明漏聲長。聽曲識秋娘。最欺人處。深杯壓酒。小閣迷香。　別時言語無頭緒。千轉結回腸。如今贏得。小舟孤枕。瑣碎思量。

## 臨江仙

多謝風前雁侶。相呼似說歸期。應憐漂泊楚江湄。沙長蘆荻短。水闊稻粱稀。　我比征禽更苦。年來孤影天涯。一春愁思只淒迷。九疑遮望眼。猶自向南飛。

## 浪淘沙

風葉響虛廊。燈颭寒光。翠衫蕭瑟十年香。記起江湖春夢影。千徧思量。　窗外急啼螿。如說衷腸。倩誰傳與卻愁方。難道秋來聽夜雨。都不淒涼。

## 解連環 別金陵後、卻寄、

片帆催發。望滄波浩渺。斷腸新別。歎半載、書劍飄零。又遙數去程。故關天末。領受淒涼。第一夜、寒江煙月。傍汀蘆岸葦。漁火數星。雁語幽咽。　相思寸心暗結。問魚牋鳳紙。誰寄緘札。待夢魂飛度青溪。怕依舊成愁。淚灑桃葉。護玉圍香。肯孤負、梅花時節。好重來、畫樓喚酒。翠篷泛雪。

## 薄倖

畫堂歌舞。乍一醉、燈筵綠醑。算歷徧、天涯風月。誰道縈牽如許。片時間、千萬迴腸。雲牋密寫傷春句。悵錦瑟華年。珠簾芳質。飄泊輕萍微絮。　最怕是、歸來後。空對影、旁皇獨語。解衣纔偃臥。披衣還起。眼前沒箇安愁處。倩何人訴。歎相逢、未信相憐。枉用相思苦。啼鴉喚曉。淒絕疏窗細雨。

## 惜餘春慢 送春誌感

豆莢橫畦。藤陰垂院。又是江南春老。尋詩意淺。對影歡疏。慵問露亭煙島。何況潘郎鬢華。佳節驚心。總添煩惱。似蠶房愁女。潛窺深夜。亂絲縈繞。　千萬朶、錦幄花枝。柔香棲夢。半入池荓階草。鶯巢翠暖。燕壘紅乾。芳事更餘多少。休念東園勝游。金榼酒空。玉平聲語居切鈿人杳。笑梅風生處。年時紈扇。舊恩重好。

## 周星譼

字湅人、號神素、河南祥符人、道光二十三年舉人、官安徽無爲州知州、

### 南浦　池上題襟再集

憑欄試問者銀河、清淺幾千年。可有乘槎客犯。來自海西邊。從此鯉魚風起。怕箜篌、一曲悵離筵。便挽回鯨浪。塡平蜃市。費許好金錢。　恰笑世間兒女。羨雙星乞巧。拜庭前。那管月中霜裏。遮莫鬭嬋娟。已是抱殘雲錦。把支機、剩石補情天。歎君平誰訪。垂簾終老蜀中廛。

## 蘇汝謙

字栩谷、一字虛谷、廣西靈川人、道光二十三年舉人、官直隸新樂縣知縣、有雪波詞一卷、

### 好事近　正月十四夜雨

簾隙夜寒輕。吹送五更檐滴。只恐東風溼透。試春燈無力。　看燈人在小紅樓。準備玉階夕。記得去年明月。照梅邊吹笛。

### 南浦　用山中白雲韻　卅年萍梗、未到江南、半壁河山、已成殘劫、辛酉過中山、遇吳人汪君東舫出江南春

圖索題、因拈此曲、作鷓鴣唱、不顧坐中之有江南客也、

金粉六朝山。望江南、只趁煙波一棹。因甚不來遊。繁華地、都付亂鴉殘照。香銷翠褪。夢華空逐東風杳。說與三生渾未省。枉卻杜郎年少。 當時巷陌人家。便燕子歸來。都迷芳草。試問舊王孫。天涯路、愁聽鷓鴣春曉。零紈斷綺。畫圖留得傷心稿。惟有傷心無畫處。看取畫中人老。

# 黃增祿

字伯穀、一字穀卿、號子芾、江蘇吳江人、道光二十三年舉人、有拜石詞、

## 浪淘沙 天寒翠袖畫册

慵唱女兒箱。秋老瀟湘。一回徙倚一思量。偎玉誰教添半臂。怕冷殘陽。 獨自訴愁腸。閒立昏黃。莫輕彈淚溼衣裳。製作扇兒裁作笛。還要凄涼。

# 汪士進

字逸雲、江蘇陽湖人、道光二十三年舉人、有聽雨詞一卷、鬘雲軒詞二卷、又與王曦、王憲成、吳贊合刻所填詞爲同聲集、

## 鵲橋仙

幾重煙水。幾重簾幙。認得舊時雙燕。闌干十二遶屏山。都被那、相思穿徧。 歌聲如許。酒痕如許。又是誰家庭院。早知見了又無言。怎背地、千思萬轉。

菩薩蠻

曉妝擬向瑤階去。游絲幾尺剛橫路。春好乳鶯多。花深夢若何。　句留簾半卷。寶盌浮香篆。金綫壓年年。嫁衣空自憐。

明璫玉髻無人識。繡襦新作焉支色。誤了踏青期。春光復幾時。　凝妝長盼望。只是添惆悵。從此掩重門。衫痕與淚痕。

高陽臺　秋海棠

人比花嬌。花如人瘦。年年長抱秋心。負此容華。安排籬角牆根。無言卻立西風裏。怕淚痕、攬上衫痕。儘柔腸。諳盡相思。過盡黃昏。　歸期屈指春前近。算幾回夢阻。又到而今。滿地欹斜。淒然細雨重門。宵深欲睡無人管。倩誰燒、銀燭重溫。勝沿階。多少寒蛩。與訴殷勤。

張應蘭　原名蘭階、字佩之、江蘇金匱人、道光二十三年舉人、有南湖詞存一卷、

南歌子

雁雁東風字。紅紅北里花。玉纖何處撥琵琶。記得夜明簾卷、鬢如鴉。　眉嫵邀看鏡。脣香泥鬭茶。一番幽夢小窗紗。又是新年柳色、那人家。

桂枝香　望月

彩雲如此。怎盼到清輝。碧闌重倚。手卷眞珠。還問釵鸞照未。青天畫出珊瑚影。儘句留、鏡痕裁試。銀釭花韡。玉琴弦悄。夜涼如水。 更往事、今宵提起。記茜袖吹笙木犀香裏。廿七年華。甫約瓊樓再至。縱敎遲卻團圓樣也不負、三秋桂子。準他青女霜濃細證。霓裳舊字。

## 崔曾益 一名曾頤、字仲遷、號芸龕、江蘇陽湖人、道光二十三年舉人、官至浙江通判、有拜石山房詞、

### 探春慢 奉和小庾先生孤山探梅原韻

春意初回。峭寒未斂。梅花猶遲芳訊。倦客歸來。歡悰重覓。悄喚吟魂欲醒。昨夜東風過。又添得、疏林瓊影。共攜詞客登臨。有人還賦清景。 遙想逋仙去後。經幾輩釣遊。幽恨難省。鶴夢棲霞。香心抱雪。耐得者般孤冷。爲問西泠水。卻笑我、年年浮梗。莫厭春寒。愁他容易春盡。

### 瑤華 奉題小庾先生天籟軒詞稿

霞軒鶴舉。萬里支笻。載奚囊如許。豪情柔緒。渾未減、都付碧箫金縷。蓬萊小住。記曾聽、鈞天新譜。經幾番、傷別傷春。換得鬢絲無數。 烟波好共句留。趁萬綠西泠。蘭棹容與。尋梅訊柳。卻喚起、湖上新盟鷗鷺。何郎漸老。還傳徧、春風詞句。等恁時、寫入冰絃。訴與小窗風雨。

### 翠樓吟 秋日放舟之金陵

鐵鎖千尋。銀濤萬頃。江涵秋影無底。平皋吹木葉。看落日、寒鴉聲裏。城頭笳起。念遠客雲邊。歸舟天際。東

風利。布帆斜挂。舵樓閒倚。猶記江表風流。有故宮花草。後庭羅綺。石頭高峙處。正凝望、蕪城如薺。消磨佳麗。歎玉壘浮雲。金陵王氣。秦淮水。尙留烟月。照人無寐。

## 紅情　秋海棠

蘚階露白看斷垣幾處。嬌紅如泣。暗憶故宮。金粉當年舊顏色。簾幕沈沈乍卷。扶不起、春酲無力。想夜靜、醉擁新妝。清夢到香國。　今昔。淚還滴。但訴與亂蛩。月斜離席。斷腸漫惜。還怕秋光去無迹。胡蝶西園不到。空委地、花鈿狼籍。待覓取、春夢影。那曾記得。

# 邊浴禮

字夔友、號袖石、直隸任丘人、道光二十四年進士、改庶吉士、授翰林院編修、官至河南布政使、有空青館詞三卷、

## 清平樂

征鴻過去。抛下愁無數。靜夜水沈香一縷。聽盡亂蛩疏雨。　舊家庭院紅樓。畫簾不捲深秋。如此淒涼天氣。可曾籠上瓊篝。

## 洞仙歌

闌風薦爽。攪半空疏雨。點點聲聲灑窗戶。看波涼簾押。潤裛琴絲。縹暈閃、一朶釭花微吐。　離心澆欲碎。如此深宵。不省淋浪甚時住。天遠雁書沈。數盡蓮籌。比往日、江湖淒苦。纔夢到天涯猛驚回。憶紅燭歌樓。

舊曾聽處。

## 金明池 本意

城柳啼鴉，汀沙宿雁，鳳艒龍旗何處。想當日、雕青惡少，草草把河山付與。儘生平、志在燕雲，便募取、十萬黃頭禁旅。看鐵甲呼風，金笳激浪，池面魚龍爭怒。　世上英雄本無主。恁好個家居，有人偷據。陳橋變、將軍袍換，韓通死、忠魂血汚。算古來、青史茫茫，只寡婦孤兒興亡難數。賸碧甃煙昏，荒灣月白，依舊寒波東去。

## 石州慢 初寒

薄暝搖窗，涼吹暗喧，梧葉吹落。瓦溝霜色微明，陡覺寒生羅幙。纔眠又起，厭聽唧唧陰蟲，哀音啼徧闌干角。瘦影一燈紅，伴愁人蕭索。　芳約。麝囊粉褪，鸞帊香黯，不成抱卻。傷別傷秋，此恨年年經著。瓊篝籠未。料得似水鴛衾，夜深好夢頻擔閣。憔悴怯添衣，漸纖腰如削。

## 憶舊游 秋寺

記潭空噀雨，堂古留雲，會呪龍歸。梵宇西風急，看雕甍紺瓦，都帶凊暉。諸天妙香吹散，寒翠徑松迷。對塔影亭亭，暮煙如水，涼透僧衣。　人稀。曳芒屩，踏半廊殘葉，消盡塵機。一杵疏鐘響，恁發儂深省，偏在招提。零落瞿曇眞相，苔色繡珠眉。賸蟲語空階，青熒燈火獨掩扉。

## 方濬頤

字子箴、一字飲茗、號夢園、一號忍齋、安徽定遠人、道光二十四年進士、改庶吉士、授翰林院編修、官至四川按察使、有古香凹詩餘二卷、

### 憶少年　用竹垞韻

辛夷塢裏。丁香閣下。回廊深院。金鋪望無際。去蓬山天遠。　莫是尋巢秋社燕。記分明、有何嫌怨。主人最情重。道春來還見。

### 垂楊　本意、用周保緒韻、

春來憶遠。說當年手種。舞腰柔婉。待月謠邊。半空搖曳金絲滿。榮枯爭奈流光轉。卻輸與、驛亭山館。竟無端、厄等焦桐。負化工風翦。　肥上攀條尙緩。盼後圃成陰。幾番寒暖。補柳沿湖。也曾親見眉痕展。而今絮雪黏歌扇。可藏得、鶯啼烏怨。虹橋牽住遊人。靑不斷。

## 周學濬

字彥深、號深甫、一號縵雲、浙江烏程人、道光二十四年進士及第、授翰林院編修、官山東道監察御史、

### 高陽臺　苕中同人重修明湖州司理馮楨卿故姬明霞墓、

夢亦爲雲。魂猶墮淚。斷腸桃葉江船。一樹棠梨。殯宮寒食年年。年來剝盡殘碑字。甚前塵、宿愛深憐。最淒然。宰木穨陽。蔓草荒煙。　梟燈不照重泉夜。但樵歌野徑。漁笛晴川。環佩歸來。傷心金粟堆邊。芳樽爲酹

詞人酒。護香泥、好傍鴛眠。對紋簾。尾展青鸞。泣憶紅鵑。

## 王柏心　字堅木、號子壽、一號蒻方、湖北監利人、道光二十四年進士、官刑部主事、有子壽詞一卷、

### 賀新涼　秋雁

莽莽關雲黑。度驚沙、攜羣萬里。新辭海國。淺水蘋花秋未老。來作江南羇客。寫遍了、滿天雰墨。似爲離人題錦字。有萬千、心事縈波磔。笑潦倒。封緘筆。　瀟湘幾日霜華白。羨冥冥、高飛不入。野鳧鷄鶩。空闊想無矰繳患。只怯平沙風力。驀吹折、冰絃何急。頻訴斷行兄弟感。墮天涯、我亦催殘翼。淸淚滿。罷瑤瑟。

### 八聲甘州　秋塞

閃旌旗、飛影逼盤鵰。笳角壯高秋。望雲黃沙白。無多紅樹。隱隱邊樓。飛令流星點騎。曠野萬貔貅。齊上祁連獵。火照山頭。　六郡良家健少。都玉關老矣。幾箇封侯。驀箭瘢吹裂。風急捲兜鍪。渺沉沉、寒衣消息。且蒲桃、五斗醉涼州。磨刀路、怪洮河出塞。還向西流。

## 劉熙載　字融齋、江蘇興化人、道光二十四年進士、改庶吉士、授翰林院編修、官至春坊左中允、有昨非集詞、

### 水調歌頭　漁父

潮落午風後。打槳破秋烟。但看素練千頃。隨意下漁筌。欲把鮮鱗換酒。恰好水前山後。村市一帘懸。得酒

灑然去。歸路葦花邊。　喚鄰翁。忘主客。儘流連。醉餘揮手。猶復對影自鳴舷。身外有何事業。只爲一江明月。夜半不曾眠。此趣渾難說。歌向碧雲天。

虞美人　塡詞二首

塡詞有意誇工巧。工處還非妙。要全本色發天機。試問桃花流水豈人爲。　湘漁撥棹歌清調。欸乃誰能肖。愛渠從不解塡詞。自後塡詞塡字可休提。

好詞好在鬚眉氣。怕殺香奩體。便能綺怨似閨人。可奈先拋骯髒自家身。　剛腸似鐵經千鍊。肯作遊絲罥。仰天不惜效歌烏。正要歌姝幾輩獻揶揄。

## 應寶時　字可帆、號敏齋、浙江永康人、道光二十四年舉人、官至江蘇按察使、有射雕山館詞二卷、續一卷、

二郎神　感舊用楊恢韻、

曲闌憑久。漸浸上。滿身花影。有銀漢垂天。冰輪鋪地。風透羅衣冷。四面蟲聲吟愁緒。一縷縷。作成秋病。歎昔日春遊。茜巾蘭佩。小樓明鏡。　猛省。消殘粉黛。香痕空凝。剩醒後吟餘。依稀斷夢。也被子規叫醒。露溼鳳簫。苔沾鴉襪。孤負那回清景。休再步。月下瑤堦如水。漏聲人靜。

## 譚瑩　字兆仁、號玉生、廣東南海人、道光二十四年舉人、官肇慶府教授、有辛夷花館詞□卷、論詞絕句一百

七十六首、

綠意 苔痕

蕭閑此局。是阿誰生。使來伴幽獨。便算金錢。也到朱門。風味紙窗茅屋。銀鋪釦砌渾難稱。更歷覽、遺臺古木。笑掩扉、原有青山。四壁畫圖誰讀。　忍使庭花著地。最憐嘆逝後。仍滿堦綠。幽幌曲屏。雨雨風風。濃翠總成茵褥。傷心人覺傷心碧。較草色、轉無拘束。憶惩時、頻繞巡廊。遠隔扶闌一曲。余甲午己酉兩賦悼亡矣、

## 徐一鶚

字雲汀、福建閩縣人、道光二十四年舉人、

柳梢青 蓼花

水國蕭然。疏疏幾點。殘照堪憐。烏桕添紅。叢蘆俱冷。人在秋邊。　扁舟曾宿江天。記那夜、枝搖暮煙。病酒衰顏。斷鴻孤影。瘦到今年。

## 陸長春

字籲士、一字瓣香、浙江烏程人、道光二十四年副貢生、有眉月樓籲譜、夢花亭詞存、

疎影 橫波夫人畫眉硯

青花薄漬。任幾番磨洗。粉暈猶膩。螺子香研。添染毫尖。寫出兩彎纖細。橫波小印憑誰篆。怎不上、板橋新記。憶眉樓、鉤起湘簾。偷取蔣山寒翠。　多事修成舊史。看幾點鴝眼。淹了紅淚。水滴蟾蜍。露滴薔薇。句引

鏡奩詩思摩挲抵得香姜瓦。更莫問、雀臺遺製要中間、鐫箇芳銘。替補數行銀字。

### 南歌子

蝶夢酣難醒。鶯聲澀未調。東風吹放綠楊條。檢點一年春事、過花朝。　陌上香車斷。樓頭錦字遙。無情只恨木蘭橈。記得那時分別、在紅橋。

### 浣溪紗

小鏡菱花對舞鸞。曉妝樓上怯衣單。一簾微雨作秋寒。　鎖夢暗通金屈戌。倚嬌斜嚲玉闌干。長眉畫了借人看。

## 劉璐

字佩卿、江蘇寶應人、諸生、有蘗叟詞、

### 賀新涼

炊煙久虛樵徑湮沒、家家冷節矣、間得野薪、珍如蘭桂、欷歔賦此、

谷口人何處。向平隄、候潮無信、一河塵土。遠擔逶迤雲外過、三百銅錢細數。悵秋水、漂殘蘆絮。覓箇船來愁價重、又餘寒、釀得西湖雨。偏溼了、港南路。　蕭疏籬落斜陽暮。恁生涯、朝朝冷食、禁煙前度。敝帚千金供榾柮、釜泣瓶愁如許。忒閒煞、吳郎仙斧。煙火人間眞不食、浣冰腸、鏤就梅花句。茶夢熟、對吟侶。

## 蔡僩

字季舉、號黃樓、湖北監利人、有黃樓集、附詞三卷、

憶舊遊　出乾州凊同灘、凹然一口、陡絕從天而下、舟過者後以二十人縋長繩數百丈、前以飛槳三十、一映而下、險路至此極矣、爲賦此解記事、

忽萬山黑壓。天光一線。呼吸陰風。中懸紅瀑布。似參空下挂。一尾神龍。四萬八千餘歲。巨斧破豐隆。正後

繫長繩。前揮大櫓。飛出蛟宮。　壯遊如迅羽。笑人生輕命。渾比秋鴻。萬里乘槎志。算今朝領悟。海色天容。

古樹山神設像、窔窖閃青紅。尙送客猿聲、凄凄腸斷千萬峯。

解連環　薜荔

粉牆語汝。問甚時製得。衣裳楚楚。記曾從、騷影呼燈。有含笑凝情。者般幽女。高士歸來。每醉仆、莓苔三五。趁晚風涼處。尊酒招邀。婆娑對舞。　尋徧碧紗籠句。歎舊時題壁。字都遮住。化空山、古屋龍蛇。作鱗甲之而。何年飛去。野草閒花。猶笑爾、傍人門戶。聽三更、老鶴毿毿。亂翻松露。

趙泰來　字梅皐、一字枚皐、廣東新會人、有絮香閣詞鈔一卷、

卜算子　靈山尋梅、時黃熠南先生鼓琴、張雲厓吹笛、

鐵笛吹空林。幻夢頻驚破。深夜扶笻立野橋。癡想仙雲墮。　臨水屋三間。古岸停琴坐。斗轉參横獨掩門。密室寒香鎖。

戀情深　梅花軒夜坐、寄陳蘭甫孝廉、

屋角梅花籠淡月。暗星明滅。半林虛籟見天心。夢難尋。　臯溪環繞短長吟。流水答瑤琴。午夜碧潭空影。坐花陰。

## 周壽昌

字應甫、一字春伯、號荇農、晚號自庵、湖南長沙人、道光二十五年進士、改庶吉士、授翰林院編修、官至内閣學士、有思益堂詞鈔一卷、

### 高陽臺　燭淚

顆顆圓圓。絲絲密密。替人訴盡離憂。一寸紅冰。凝寒不待涼秋。丹心爇透何曾冷。越心煎越是長流。夜深否。照着花啼。不管花愁。　銅盤堆出珊瑚豔。訝靈芸唾結。飛燕華留。雙炷偷彈。搖風頻閃星眸。歡場獨抱無言恨。便成灰泫也難休。筋痕收。蘙向西窗。滴碎更籌。

### 燭影搖紅　白秋海棠

土輭塵香。消他縞袂翩來倚。相思有淚寄西風。淨把燕支洗。約伴青娥素姊。鬬嬋娟。月中霜裏。李花縞夜。梨蕊眠雲。讓渠清綺。　玉砌銀臺。貯嬌宛轉相料平理。肌膚冰雪世間無。姑射仙差儗。素面朝天自喜。笑肥環、朝酲未起。綠章夜奏。乞借秋光。輕陰微霽。

## 孫鼎臣

字子餘、號芝房、湖南善化人、道光二十五年進士、改庶吉士、授翰林院編修、官至翰林院侍讀、有蒼筤

詞鈔一卷、

## 解佩令 柳

春波南浦。輕塵亭塢。約空煙、盪成柔縷。一晌青青。不會得、別離情苦。送斜陽、白門春暮。　紫鞭停處。碧衫憑處。鎮低迷、天涯歸路。淚眼東風。隨曉夢、化成飛絮。更何時、化將愁去。

## 探春慢 春煙

夾水樓臺。峭寒城郭。平林淺靄如畫。似有還無。欲開仍合。膩住垂楊無賴。微雨空濛裏。便忘了、踏青挑菜。釀成十日春陰。牡丹芳意偷解。　迢遞板橋西畔。捲一桁碧波銀蒜高挂。雁趁疏鐘。鴉拋殘墨。盈望亂山暮靄。好是愁人也。漸暝入、碧紗窗外。甚日歸來。淡痕埽上眉黛。

# 潘遵祁

字覺夫、號順之、又號西圃、江蘇吳縣人、道光二十五年進士、改庶吉士、授翰林院編修、官至侍講、有西圃詩餘一卷、詞續一卷、一名香雪草堂詞、

## 眉嫵 題功甫兄西湖秋柳詩卷

恁絲絲風減。葉葉霜搓。秋冷段橋早。卅載重回首。涼蟬外。吟鞭曾指斜照。澹煙瘦裊。似翠樓、憔悴蘇小。記傳唱、弄碧吟香句。倩蛩蝶憑弔。　無數江潭搖落。剩酒壚傷舊。鄰笛催老。我亦驚秋慣。君休憶。天涯萍點多少。閉門賸稿。伴鷺鷥、題徧紅蓼。問誰管春來。湖上路、黛眉埽。

洞仙歌　黃皆令仿管夫人畫竹小幀、和順卿韻、

翛翛涼玉。似疏櫺敲月。小閣西泠景幽絕。憶輕盈步障。飄泊詩航。都迸作、一味淒清到骨。皆令嘗以輕航載筆格游吳越間、寓西泠段橋頭、賃一小閣、賣書畫自給、見迦陵婦人集、　鷗波留畫稾。回首滄桑。誰似秋閨抱霜節。風雨不禁愁。翠袖天寒。吟徧了、濃梢澹葉。想客裏歸來閉關時。更莫問青山。卷簾屏列。皆令爲漁洋山人作山水小幅、自題云懶登高閣望青山愧我年來學閉關、見池北偶談、

## 李聯琇

字季瑩、號小湖、江西臨川人、道光二十五年進士、改庶吉士、授翰林院編修、官至大理寺卿、有好雲樓詞一卷、

望江南　山塘

山塘路。春水長蔞蒿。劃破鴿紋綾一幅。阿儂雙槳是并刀。掠燕妒蘭舠。　爲君壽。漫撚紫檀槽。誤到子絃曾莫顧。周郎惟解飲醇醪。一曲醉酕醄。

## 劉書年

字竹史、號仙石、直隸獻縣人、道光二十五年進士、改翰林院庶吉士、授編修、官貴州貴陽府知府、有滌濫軒詞、

壺中天　維揚感興

三生杜牧。早揚州夢覺。倦停風楫。一匊秋懷消不得。隔岸亂山青疊。小海歌終。大江淘盡。豪氣都磨折。暝鴉飛動。綠楊還映城堞。　休論織錦輕帆。泥金小戶。一例繁華歇。問訊玉鉤斜畔路。無恙二分明月。草際沾愁。烟中流恨。螢火交明滅。酒醒寒驟。玉簫聲聽淒咽。

## 長亭怨慢　月夜聽鄰舟琵琶

猛攙入、秋城寒漏。淒絕哀絃。檀槽初逗。訴盡飄零。一聲聲想翠眉皺。客愁喚起。問蓬背、誰回首。淸淚枉安排。渾未許、移舟相就。　僝僽。念泠泠俊語。可是十三妙手。曲終人遠。祇波面、月痕依舊。恁蕭條、楓葉蘆花。便抵得、潯陽江口。應悵望來宵。何處迴燈添酒。

# 王憲成

字蓉洲、江蘇常熟人、道光二十五年進士、官兵科給事中、有桐華仙館詞一卷、

## 菩薩蠻　洛陽上巳

玉津園裏韶華老。柳花如雪隋堤道。雙燕畫梁飛。相思天一涯。　竹扉青影鎖。雨潑淸明火。春暮不歸來。碧桃花亂開。

## 揚州慢　壬寅四月過揚州

水國魚鹽。雄關鎖鑰。過江第一官程。到竹西迴首。山色斷空靑。歎二百年來勝地。珠零錦粲。人不知兵。儘綠楊紅藥。年年豔發雙城。　冥冥雲海。拍鷩濤、誰掣長鯨。悵獨客南來。大江東去。莫訴離情。忍憶平山堂

下。青燕遍、絃管無聲。笑浮雲游子。隱憂空逐潮生。

## 王曦　字季旭、江蘇太倉人、諸生、有鹿門詞一卷、

### 菩薩蠻

金銀宮闕珊瑚樹。神仙只合蓬萊住。隔著輭塵紅。靈犀一線通。　笙歌天上杳。月落驚啼鳥。一別已三年。看花不似前。

紅牙低按霓裳曲。水晶簾底笙囊綠。三徑隔銀塘。笋芽今漸長。　鶯聲花外咽。春老憐人別。楊柳漾旌旗。落紅何處飛。

芙蓉奩展當華旭。分明瓠齒排香玉。鸚鵡困雕籠。一春心事慵。　脂痕雙暈透。眉月初絃瘦。花裏閉重門。眠鴛繞夢魂。

青青梅豆枝頭小。海棠初綻春紅少。聞道撥銀箏。提壺樓下聽。　瓊花難再覓。夢醒長相憶。相憶鎮相憐。平蕪半是烟。

### 長亭怨　見柳花賦

是一線、天涯愁縷。幾日東風。釀成飛絮。見說春醲。可憐羞自向人舞。牆陰低過。怎誤入、深深庭宇。偶傍簾櫳。莫便認、亂紅無主。　最苦、有多少旛鈴。知是倩誰能護。三更明月。算曾照、影兒如故。儘灑徧、千點榆錢。

渾怕見、落花塵土。願化作青萍。好共清流來去。

湘月

春風十里。又無端、吹度一庭芳氣。鎮日簾櫳愁不捲。多少愛花深意。寶馬新遊。雲晴風定。消得閒情未。香浮翠暖。相看如許清麗。　來向花下銜杯。渭城曲罷。莫綰青絲轡。屈指韶華容易過。忍誤春前歡醉。鬬草空堦。尋芳雕檻。記取釵鈿墜。最憐嬌小。一般黛影柔媚。

水龍吟　見海棠、和內、

分明鏡裏朱顏。一般嬌映珠簾下。韶光如許。碧闌干外。數枝低亞。越樣紅酣。十分春透。粉痕還卸。正傷心時候。斜陽弄影。空認作。啼鵑化。　不恨花期短短。恨春來、幾番花謝。旛鈴護取。何曾留得。不教開罷。蝴蝶飛飛。而今尚記。舊時庭榭。祝花魂、恁處招他。算只有。春風夜。

憶舊游　春感、和仲遠、

更看花幾度。一霎春光。已過三分。不管人憔悴。把幽情暗逗。添上眉痕。亂紅一片難掃。新綠又當門。待深壓重簾。恁伊簷外。燕曉鶯昏。　銷魂。遊冶路。悵草色而今。不似湘裙。一樣關心甚。是誰家容易。度了良辰。可憐幾點飛絮。無處種愁根。好祝與東風。莫將春去更惱人。

水龍吟　鵲華橋踏月

迢迢萬里長空。碧天如洗秋光淨。藕花十丈。思量舊日。半湖烟艇。一霎西風。年華暗換。者番淒景。只多情夜月。黃昏照處。寫蘆荻娟娟影。　萬戶擣衣聲裏。悵無家、闌干獨凭。歸期未卜。姮娥知否。客愁孤冷。萍梗飄颻。分明似我。遊踪不定。待來朝、早起開奩。卻對着團圞鏡。

## 徐本立

字子堅、號誠庵、浙江德清人、道光二十六年舉人、官江蘇知縣、有荔園詞二卷、詞律拾遺八卷、

### 玉樓春　將歸餘溪有贈

多情明月無情雨。隔斷重闈空寄語。休教燈下簇眉檀。最易春來寬臂縷。　妝成按鏡添愁緒。粉跡蘭痕銷幾許。湔裙時候水初生。柔櫓聲中人欲去。

### 大聖樂　春日

濃露濡花。澹烟籠月。正逢佳序。看小園、十作平二闌干。燕子歸來。猶識那時庭戶。幾樹碧桃花開後。認重印、弓彎循翠廡。凝望久。問迢遞綺窗。誰見嬌嫵。　飛瓊舊家伴侶。要青鳥殷勤頻寄語。漸番風吹遍。柳綿搖落。韶華如羽。待向繡屏尋佳約。怕今夜、黃昏還細雨。更闌夢。又驚見、巫雲飛去。

### 齊天樂　黃雀

半林斜照江村外。風前競飛纖羽。芡溆呼羣。秔畦寄食。飄瞥金衣來去。蜻蛉漫忤。怕多事王孫。探丸從汝。爲問江南。稻作去粱佳處在何許。　酸鹹誰共媚嫵。膹纍纍鮓甕。豪右爭貯。翅薄瑩冰。肪肥潤玉。曾伴風流尊俎。珍禽認否。看旋挈雕籠。庇他朱戶。自刷脩翎。倚嬌相對語。

## 賀新郎　泊舟滬瀆

夜色明于水。是何人、及時行樂。燕巢沈醉。依樣姑胥織月景。移照瀛堧佳麗。堆幾許、階前蠟淚。道是柘枝顛未了。乍朝暾、替卻蘭膏膩。長夜飲此何地。　忽忽玉漏笙歌裏。更誰知、金戈鐵馬。四郊多壘。盡道諸戎能掎鹿。倚作長城萬里。便壁上、閒觀來此。同此通宵人不寐。只迂生、獨爲聞雞起。渾欲擊。唾壺碎。

# 李　治

字舜卿、湖南新化人、道光二十六年舉人、有擣麈集詞鈔一卷、

## 浣溪紗　夜坐

颯颯秋聲百轉蓬。是煙是月總朦朧。思量寸寸是虛空。　踏雪了無痕可覓。行雲猶許夢能通。卻愁屈戌鎖重重。

## 疎影

東風輕薄。把名園處處。捲地吹落。怕上高樓。千點愁人。一片花飛減卻。杜鵑促送韶光去。欲駐景、恨無良藥。祇淒涼、語燕重來。闖入水晶簾箔。　莫說當年韻事。悵風景不遠。春夢如昨。無處追尋。空對尊前。滿眼綠雲簾幕。絲絲縱有垂楊線。繫不住、萍飄絮泊。但沈吟、排日芳醪。移就水邊清酌。

# 何兆瀛

字通甫、號青耜、江蘇江寧人、道光二十六年舉人、官廣東鹽運使、有心庵詞存四卷、老學後庵自訂詞

四卷、

摸魚兒　寒鴉

莽蕭蕭、半林黃葉。秋心正無歸處。一羣飛破斜陽影。帶得風聲無數。雲欲沍。爾待向、天涯何處尋巢去。行程莫誤。看西北高樓。有人樓上。寂寞正延佇。　論踪跡。我亦雲天失路。年年倦翮誰訴。生憎馬上誰家子。柘彈幾番輕覷。啼不住。還只怕、玉顏不及偏相妬。天寒日暮。好覓箇枝棲。呼雛啞啞。辛苦避風雨。

木蘭花慢　寒蝶

又秋風幾日。花落了。舊南園。喜無恙池臺。有情闌檻。留滯芳魂。憐爾淡黃粉褪。是深閨、團扇舊捎痕。莫便依人小住。夕陽多少朱門。　冷官階上鎖寒雲。也一樣黃昏。且夢裏纏緜。句留晚歲。便是三春。消受煖煙香霧。向主人、花隖自溫存。儘爾雙雙對舞。伴他芳草王孫。

月下笛　獨遊江亭、用玉田生孤游萬竹山中韻、

一抹荒煙。孤亭尚在。斷無人處。叢蘆瑟瑟。還是尋秋那時路。亭前臥柳渾相識。早耐盡、年年冷雨。卻重來攀折。霜顛顧影。獨行誰語。　愁緒。嗟遲暮。待歸去江天。再盟鷗鷺。風塵倦旅。聽蟬何事酸苦。菀枯容易都成夢。問入夢、有人醒否。賸幾點晨鴉。棲老禪門舊樹。

南鄉子

春事了殘紅。閒著闌干畫閣東。幾日杜鵑聲不斷。忽忽。一笛吹春唱懊儂。　無語下簾櫳。苦把春痕憶夢

中。雨又不來雲又散。濛濛滿院楊花滿院風。

## 秋千索

新詞多是銷魂語。卻攙得、秋聲如許。已覺涼蛩不耐聽。又添了、三更雨。　迷離往事抛難去。問舊日、鴻泥何處。燈影琴絲十載心。似夢裏、搏風絮。

## 臺城路　過廢寺

修蛇曲折城南路。倚笻還過蕭寺。掃葉門深。種花僧去。冷意野鷗知未。葦花滿地。有頭白人來。相看憔悴。瑟縮寒鴉。似曾相識一枝寄。　祇林無限往事。一般興廢感。都付深喟。詩夢烟空。酒人星散。眼底惟餘秋氣。流連荒砌。認疥壁蝸涎。模糊文字。鈴語催歸。夕陽天半墜。

## 金縷曲　燕

辛苦銜泥燕。儘迴翔、朝朝暮暮。雨絲風片。覓得新巢棲息穩。爲爾珠簾常卷。卻換了、一般庭院。故主恩情還記否。記幾番、王謝堂前見。曾舞得。紅襟倦。　炎涼世事尋常變。見說道、寂寥羅雀。翟公門掩。曲曲雕梁泥落盡。紅膩斜陽一線。聽枝上、流鶯低囀。似訴東鄰留滯爾。舊同羣、軟語含悽怨。秋近矣。莫飛遠。

## 壺中天慢　燈

緇塵人老。被秋燈照出。傷心滋味。四壁蟲吟風斷續。抱影與愁同睡。枕冷黃粱。簪欺白髮。一穗花猶媚。玉蟲無賴。向人開作如意。　當日膽怯空房。挑殘夜雨。泥檀奴相倚。倦蝶淒迷餘夢影。棖觸寒宵半臂。金粟痕空。銅荷塵瘦煙也含清淚。比他團扇舊情何忍捐棄。

## 金縷曲　海秋、和馬雲生感春詞、因同和之、

消息春風誤。悵朝來、煙迷雲困。春無尋處。一角樓臺斜日裏。我已傷心枯樹。略檢點、去年花路。多少春痕都記得。卻無端、人影青山暮。眞悔作、餞春賦。　癡鶯宛轉猶低訴。似說到、江山如夢。可憐歌舞。簾幙無人梁燕老。寂寞誰爲春主。縱留得、忽忽春住。還怕子規聲太緊。惱春心、仍喚春歸去。辦一夜、旗亭雨。

## 高陽臺　落花

燕疊泥香。鶯歌簧冷。小園又是春歸。幾度清遊。枝頭紅紫都非。花雖薄命花無語。漬啼痕、含雨低飛。掩琴徽。依着垂楊。目送斜暉。　菀枯莫怨司香尉。儘化爲蝴蝶。點上春衣。一角樓臺。可能留得芳菲。嬋娟受盡東風妬。怕東風、也不多時。素心違。洗了殘妝。閉了深閨。

## 八聲甘州　秋笛

是何人、瘦影倚高樓。一聲破秋空。恰樓前楊柳。斜陽幾縷。淡不成紅。曲裏無端哀怨。花落問西風。多少懷人淚。彈與征鴻。　記得江城五月。悵縞衣仙去。梅影忽忽。賸淒涼橫竹。吹冷月明中。纔擫指、一番腸斷。又兜將、餘恨采芙蓉。秋江上、辦雨蓑煙笠。水調玲瓏。

## 霜花腴　餞菊、同清畏、

款秋不住。辦一樽、忽忽替唱將離。煙影樓臺。雨聲庭院。花天往事都非。晚風漫吹。讓舊時、寒蝶低飛。憶天

涯、那處柴桑野雲三逕眷歸期。　珍重去程無恙。但盟將晚節。贈卻新詩。高雁呼羣。繁蛩啼夢。東籬換了斜暉。有人未歸問故山、誰采新薇。盼梅花、取次春來。歲寒芳信遲。

## 何兆濂　字廉甫、江蘇江寧人、

### 金縷曲　意有所觸、率然倚聲、長歌之哀、過於痛哭矣、

又向旗亭去。轉珠喉。春風楊柳。唱儂詩句。惟有佳人能得解。也是風塵知遇。問舊日、琵琶何處。多少烟花淪落感。儘傷心、莫便逢人訴。誰顧爾。曲中誤。　嬋娟底用悲遲暮。見說道、環肥燕瘦。人人相妬。別有一分增損法。意外評量如許。算不及、河間姹女。一枕紅甤香夢足。買胭脂、便與青錢數。慚愧煞。洛陽賈。

### 疏影　螢

閒庭夜寂。傍斷籬矮砌。來去無迹。淡月黃昏。低向空階。偷度幾重簾隙。誰家扇底纖纖影。恰兜住、一星秋碧。趁晚涼、輕點羅襟。照見酒痕猶濕。　憐爾飄零未定。看三五聚散。身世迴憶。依舊揚州。衰草荒烟。不是隋宮顏色。臨風強作句留意。只可惜、高飛無力。最有情、疏密依人。好映短檠瑤席。

## 呂儁孫　字曼叔、江蘇陽湖人、道光二十六年舉人、官陝西潼商道、有曼香書屋詞一卷、

### 高陽臺　秋柳

灞岸凝黃。隋隄膩碧。故宮何處棲鴉。鴉背斜陽。能消幾度韶華。沾泥飛絮渾無力。算柔情、難繫香車。莫留連。寒翠蕭條。巷陌人家。　臨風張緒悲遲暮。怕攜來菱鏡。對影生嗟。如此腰支。憑誰瘦舞堪誇。而今學作依依態。奈霜風、暗裏頻加。儘由他。怯雨偎煙。極目平沙。

綠意　杏花絹本爲馮士貞賦、

茜雲天半。是橫空瘦影。娉婷無伴。紅粉飄零。縱洗鉛華。誰識此心幽怨。爭春不作閒桃李。只隱約、日邊香暖。苦憶他、笑口無多。容易碧痕凝斷。　惆悵天涯淪落。怕清淚都付。愁深情淺。寄語春風。休向枝頭。誤認芳菲庭院。和煙速化青禽去。莫飄做、沾泥花片。算相逢、倩女歸魂。芳意一天吹遠。

長亭怨慢

記深雨、樓高春晚。那更萍飄。碧波天遠。芳草萋萋。別愁應識密如霰。不曾繾綣。怎又惹、花魂羨。細認舊羅巾。休更說、歸期太遠。　點點。有淚珠盈睫。曾灑鏡中人面。相如倦矣。果誰信、翠釵音斷。縱豔說、天上秋河。終恐是、黃姑不見。算禁得箏邊。酒畔玉消香散。

## 喻懷信　字芳余、雲南南寧人。道光二十六年舉人、官貴州郎岱同知、有漱芳詞、

滿庭芳　同荀梅叔樹、十刹海酒樓賞荷、

小雨收塵。微風滌暑。瀞鋪一鑑溪光。鷗波涵碧。秋意到菰蔣。消受蓮華世界。凝眸處、綠淨紅香。何須羨。西

湖打槳。菱唱豔吳娘。　憑樓還遠眺。西山送爽。暮靄蒼茫。歎他鄉風景。爭似吾鄉。時談及吾滇會城九龍池之勝好趁冰桃雪藕。拌一醉、劇飲淋浪。銀蟾上。脩隄緩步。葵扇卸宵涼。

## 秦緗業

字應華、號澹如、江蘇無錫人、道光二十六年副貢、官浙江候補道、有微雲盦詞錄一卷、虹橋老屋詞賸一卷。

### 高陽臺

張山人荔盟取易安居士醉花陰詞意圖其小象於扇、屬題此解、

碎玉無聲。淩波有影。分明靜治堂中。讀畫淒涼。紗幮寶枕都空。黃花依舊如人瘦。悄無言、秋上眉峯。問緣何。闘茗熏香。一例疏慵。　新詞自向烏闌譜。記錄成金石。夫婦同功。散後雲煙。怕聽雨滴梧桐。風鬟霜鬢添憔悴。怎琴心、老去偏工。莫憑他。野史荒唐。試認驚鴻。

### 一萼紅　新荷

六橋東。有新開菡萏。只是不多紅。豔欲烘霞。嬌還怯雨。西子妝束差同。一枝好、薄言往采。怪越女、雙槳未曾逢。淡淡微香。亭亭小影。湖水空濛。　偏愜詞人幽賞。儘徘徊隄畔。徙倚樓中。翠羽初飛。魚鱗暗動。一舸穿過花叢。休驚起、鴛鴦並睡。奈田田、葉短不遮風。試聽歌聲宛轉。憐子憐儂。

## 張其英

字瑋公、湖北天門人、優貢生、有用山詞一卷、

蘇幕遮　道中詠春草

颺絲天。飛絮日。雨後芊芊。一抹晴煙織。千里關山勞目極。塞北江南。處處傷心碧。　接堤平。鋪徑密。換卻燒痕。染盡青青汁。無那王孫征轡疾。怨入東風。日暮長亭笛。

## 戴賡保　字勉齋、江蘇元和人、官浙江布政司理問、有憶梅詞、一名小石山館詞、

摸魚兒　題雙峯舊隱圖

占仙都、白雲深處。螺屏如鏡環繞。全家鎮日山中住。小隱一廛偏好。從半道。看路近招提、古塔斜陽照。巒棲徑悄。算茅屋三間。柴門兩扇。詩境悟微渺。　勞勞。況鴻雪幾番印爪。黃塵吹滿烏帽。括蒼好比天台路。笑我阮劉重到。時余再權處州丞篆鄉夢杳。悵今日因君、欲動思歸調。清愁怎掃。待學箇巢居。結鄰峯右。相與話懷抱。

## 傅賓賢　字幼青、江蘇荊溪人、有綠眠齋詞、

臺城路　桃溪憶舊

泛秋一葉斜陽裏。昔遊檢點曾到。寒馥蒸霞。幽香宿霧。濃翠四山縈繞。天涯芳草。隔夢影糢糊。醒同花笑。贏得浮名。驚心怎伴閒鷗老。　清游情興未了。看楓丹日紫。晚景逾好。烏帽欹斜。桐鞋寬褪。吹滿客塵多

少。催歸衆鳥。只落葉堆階。和煙慵埽。涼夜愔愔。霽蟾催上早。

# 玲瓏四犯 春感、用梅溪韻、

水遠拖藍。問挑菜人歸。帶愁多少。舞榭歌臺。此地昔遊曾到。幾番惆悵闌邊。似一幅、畫圖縈繞。漫流連、紅雨飄殘。夢遠一波芳草。　綠窗瘦影吟成悄。倚屛山、幾傷懷抱。拋殘楊柳梢頭月。向畫樓重照。剛是眉語生憐。尙約略、醉拈花笑。剩流鶯細囀。冉冉年華。問誰知道。

# 摸魚兒 過長蕩湖登大培山作

渺煙波、荻蘆蕭瑟。遙看沙溆明淨。櫂聲隨意搖寒去。一色靜涵秋影。如鏡瑩。繞一帶丹楓、漸引高吟興。斜陽眺迥。愛釣客磯邊。蓼花叢裏。獨立鷺鷥冷。　登高望。列岫隔溪遙映。蒼茫斜曳清景。捫蘿直上丹崖裏。坐對空明千頃。游未盡。早幾點嵐光、冪䍥煙將暝。漁歌乍聽。又短笛吹來。星搖水綠。斜月半規靚。

# 全清詞鈔第二十三卷

## 袁績懋 字厚庵、順天宛平人、道光二十七年進士及第、授翰林院編修、官福建延建邵道、有訒庵詞、

### 一叢花

秋聲萬里度長空。落葉捲西風。愁心重疊渾無際。都付與、天末征鴻。菊老楓丹。故園何處。搔首月明中。
重幃迢遞隔遼東。雙鯉信難通。一枝修竹頻番倚早不道、染袂霜濃。拔劍歌哀。檢書燭短。無語聽疏鐘。

## 張修府 字允六、號東墅、一號悔齋、江蘇嘉定人、道光二十七年進士、改庶吉士、授翰林院檢討、官湖南永州府知府、有小嫏嬛園詞錄一卷、

### 南鄉子 慧林寺聽雨

孤客已如僧。照影禪關瘦一燈。偏是淒涼窗外雨。三更。不許歸人夢裏行。　湖海十年情。舊曲吳娘幾度聽。記起紅樓羅帳夜。三生。又打疏鐘欲曙聲。

### 蘇幕遮 簾波

巧迎風。低拂地。寶鴨留香。三折煙痕細。蕩漾春愁收不起。銀蒜多情。織了迴文字。　畫樓前。妝閣底。紅袖

回身。影蘸蘭膏膩。商略通詞呼燕子。一桁嗔垂。隔斷瀟湘水。

探春慢 吉唐贈折枝紅梅賦此報謝、

豔雪前生。暖風昨夜。催來山驛芳信。寂歷荒園。迷離殘燭。重見臞仙豐韻。誰解淩波佩。似微笑、纔添渦暈。案頭水仙盛開 只應愁別南枝。玉壺紅淚啼損。 重憶羅亭綺夢。料冷澹春心。金屋無分。舊曲霓裳。空山霞袂。況我治才都盡。拌共花前醉。怕短笛、驚飄香陣。替護朱旛。樊川癡約須準。

青山溼遍 庚戌元夕宿榆垡

青衫溼遍。天涯好月。第一回圓。曾記郵亭譜曲。傷心稾、催換今年。丁未元夕宿南沙河、有詩題壁、怨嫦娥、只照別離天。又無端、半鏡菱華缺。團欒樣、枉說刀環。是夕月蝕 佳節尋常負盡。而今始省從前。 料得紫姑迎罷。行程替數。暗卜金錢。嬌女宵來眠未。牽衣語、定憶長安。最淒涼、茅店一燈寒。把殘釭、權當銀華影。逗鄉心、萬疊雲山。歸路拚尋夢裏。邨更偏鬧愁邊。

## 張炳堃

原名瀛皋、字鶴甫、號鹿仙、浙江平湖人、道光二十七年進士、改庶吉士、授翰林院編修、官湖北糧道、有抱山樓詞四卷、又與黃燮清同校輯詞綜續編、

臺城路 柳花

託根曾在靈和殿。依依舊家風度。點染黃金。紛敷碧玉。豔雪都無重數。瓊蕤正吐。問因甚分飛。不隨春住。

愛逐東風。自家輕薄更誰訴。　江南千樹萬樹。子規啼欲斷。似喚歸去。帶雨冥迷。和煙冪歷。還向綠深深處。栖香淨土。也莫化浮萍。再營淒楚。說與芳魂。短篷吾倦旅。

徵招　題張樵野琴臺秋禊圖

西風吹散摶沙影。金鞍頓催行色。綠酒泛紅萸。已都成陳迹。一生江海客。只付與、倦郵荒驛。青眼難逢。緇塵易老。此情悽惻。　前路對名山。推篷看、依依似曾相識。舊侶有荊高。又呼尊命席。落梅如雪白。卻冷了、樓頭玉笛。待秋到。獨上琴臺。盼斷鴻消息。

陳元鼎　字芰裳、號實庵、浙江錢塘人、道光二十七年進士、改庶吉士、授翰林院編修、有同夢樓詞一卷、鴛鴦宜福館吹月詞二卷、遺詞一卷、又選詞畹八卷、輯詞律補遺□□卷、

南樓令

煙柳鎖芳洲。無人倚翠樓。掩征衫、獨上蘭舟。殘燭斷紅搖夢冷。渾不爲。別離愁。　老去雪盈頭。淒涼淚暗流。到天涯、心事都休。春水苧蘿何處影。莫再說。五湖游。

石州慢　九月朔出都

薄雨收塵。征袂乍寒。驪唱催發。鞭絲裊起秋風。掩映碧雲黃葉。煙鬟霧髻。相看無限依依。出門獨與西山別。揮手問賓鴻。正南飛時節。　淒咽。吟香伴侶。醉玉情懷。頓成消歇。不折垂楊。已是愁絲縈結。天涯此去。

舉頭猶見長安。誰憐歸夢迷蝴蝶。深夜睡醒來。但角聲吹月。

## 解連環 依片玉韻

素書曾托。自雙魚去後。綠波繇邈。倩燕鶯、喚醒春魂。奈夢繞絲輕。淚淹花薄。鏡夕釵晨。總未抵、而今離索。漸懨懨病裏。瘦減淡妝。嬾裹靈藥。　芳樽漫斟下若。悵星期暗數。偏遇張角。念宋郎、少小工愁。便豔冶光陰。等閒拋却。舊迹西園。已莫問、翠蕤紅萼。況淒涼、數聲杜宇。暮寒院落。

## 東風第一枝 戊戌吳門元夕

撾鼓重門。試燈小舫。東風吹暖吳語。嫩寒蛾袖微添。輕塵鳳鉤乍汚。今宵酒琖。第一度、月華圓處。便明朝、鬬草籌花。應動俊游芳緒。　翻豔曲、惜香院宇。題錦字、買春伴侶。客中未減閒情。銀箏自尋斷譜。梅邊靜瘦。渾忘卻、綺窗無主。聽鐘聲、響徹楓橋。分付醉魂歸去。

## 玉漏遲 中秋、用夢窗韻、

雨餘人意嬾。纖羅卷盡。霽華澄晚。耐冷嬋娟。定怯玉肌瓊腕。記起燈宵舊夢。似花影、春屏零亂。香正滿。等閒過了。秋光一半。　酒邊肯負吟情。甚錦瑟韶年。紫簫幽怨。霧閣雲窗。幾處水精簾幔。忍上銀牀睡去。漸坐到、繩河低轉。凝望眼。風前暮砧聲遠。

## 憶少年

無風簾幙。無塵階砌。無人庭院。斜陽更無語。但樓頭紅短。　淺色羅屏生綠展。舊題詩、蠹痕零亂。江城夜横笛。又梅花吹滿。

## 雷　對

字藴峯、江蘇華亭人、道光二十七年進士、官湖南龍山縣知縣、有荻窗詞、

### 百字令　抱香廬遺址

招提何處。賸頹垣穿竹、荒碑埋草。繞屋梅花香散盡。空指葛湖水抱。蘭若塵凝。蓮臺灰冷。沒箇殘僧掃。舊時芳徑。一畦寒菜秋好。　記得前輩風流。彈棋煮茗。郭外留鴻爪。小劫華嚴誰歷過。只有輞川遺老。王述亭丈說甚輪迴。滄桑陵谷。冷眼都看飽。支笻閒問。夕陽遙掛林杪。

### 滿江紅　送秋

鎮日吟秋。怎曉得、攀秋不住。分明記、征鴻初到。亂蛩初語。佇月有人眠綠綺。驚霜無計攔青女。到如今、五字賦河梁。憑誰訴。　魂黯了。梧桐雨。頭白了。蘆花絮。問舊巢歸燕。也還領取。南嶺便開香數點。西風翻結愁千縷。恨疏林、不會挂斜暉。輕教去。

## 沈　鍠

字笠湖、江蘇通州人、道光二十七年進士、官山東同知、有蝸寄廬詩餘、

### 疎影　題梅花扇子

峭峯一角。有梅花繞屋。低綴香蕚。瘦影横斜。淡月黄昏。何人獨倚林薄。分明一幅西泠畫。但少箇、天寒孤

鶴。到夜深、斗轉參橫。冷透幾重簾幙。　回首吾廬何處。故鄉夢不到。芳訊誰託。猶憶西溪。破帽衝寒風雪小橋如昨。扁舟悔不還家去。重訪我、舊時東閣。剩衹今、畫裏思量。山外水邊籬落。

## 朱延射

字季蘅、江蘇寶山人、有紅秋館詞稿、搗蘭詞、

### 曲游春

繇雨積旬、春寒轉劇、皮闕孤坐、有懷伯康同叔諸君、賦此卻寄、

客裏春光半。甚萍鴻無定。孤負佳約。問訊梅花。怨芳痕輕被。翦風吹落。暝色沈珠箔。算此景、最難描摸。料踏青、儔侶都稀。閒煞綠楊城郭。　寂寞。情懷正惡。憶聯話西窗。題句東閣。第一難消。是寒添霧帳。冷凝烟幄。愁極還思昨。要不似、今番離索。更夜來、別夢驚催。數聲畫角。

### 秋千索

此調譜律不載、納蘭詞載此四闋、意自度曲也、因和其韻、

故園重憶尋芳侶。記那日、看花深處。問花禁得幾回看。奈寂寂、花無語。　游人踪跡憐飛絮。甚昨夜、啼鵑不住。行到江南已斷腸。又聽了、黃昏雨。

## 宋志沂

字銘之、號詠春、一號去垢、又號浣花、江蘇長洲人、增生、有梅笛庵詞草四卷、詞賸一卷、一名浣花詞、

### 惜餘春慢

春暮坐萬綠陰中、愁絲不約而來、因譜此遣寂、然言愁又欲愁矣、

倦蝶偎烟。嬌鶯吹絮。鎮日香裯寒嫩。一番對鏡。半晌窺窗。卻道海棠開盡。愁煞湘簾萬重。不掛斜陽。掛將

春恨。料殘紅庭院。明朝還有。倚樓人問。依舊是、高燭巡花。深杯量酒。這樣淒其誰信。鵑呼夢去。燕帶愁歸。只怕意兒難穩。雙眼無多淚珠。禁得羅衫幾回偷搵。但低低分付。天邊蟾魄。再休相近。

## 淒涼犯　立冬後二日泛棹秦淮、歌樓舞榭、皆爲大水所殘、衣香鬢影、亦鮮有存者、扣舷歌此、不覺吟魂之黯黯也、

斜陽似昔。移舟去、蒼凉怕問陳迹。最休話起。漂殘粉黛。怒濤千尺。晨潮暮汐。慣消卻、歡場頃刻。更何人、倚闌擫笛。響裂片雲白。　聞道青樓上。翠帳邀春。玉缸沈夕。夢隨水逝。水痕留、夢痕難覓。綠怨紅悽。有誰省、停橈歎息。賸空波月影萬點皺冷碧。

## 長亭怨慢　送泖生北上

早過了、清明寒食。燕燕飛時。送君爲客。不分垂楊。曉風依舊畫橋碧。斷魂殘角。無計醉、春燈夕。澹月古牆陰。似夢裏、淒涼顏色。　京國。羨劉郎此去。攬勝盡歸詩筆。狂遊縱好。也須要、自家將息。怕倚枕、聽罷啼鵑。又蟲語、闌干秋溼。莫看劍登樓。回首江南江北。

## 長亭怨慢　秦淮枯柳、和孫月坡丈、

歎從此、纖腰慵舞。了卻秦淮。六朝煙雨。載酒聽鶯。勝遊空自感孫楚。畫闌重倚。香絮遠、無尋處。往事縱銷魂。怕未必、魂銷如許。　休苦。便青青似舊。怎忍近來愁緒。歡場散盡。更誰識、綠陰門戶。待夢裏、折贈相思。記不起、當時眉嫵。賸落葉寒蟬。還帶斜陽飛去。

## 夜行船

一片寒雲江上路。碎愁緒、數聲柔櫓。隔岸鴉啼。遙村雞唱。也似喚人歸去。　卻憶多情臨別語。道珍重、客程朝暮。昨夜樓頭。今宵篷底。明日不知何處。

## 渡江雲　寒夜舟泊松陵、天低欲雨、水冷不波、荒寂之景、增人旅感、扣舷歌此、風水聲如相嗚咽也、

夕陽山擁去。綠波萬里。暮色漸蒼茫。亂鴉枯樹外。一片漁歌。隱約度迴塘。今宵酒醒。舊時月、不在篷窗。空賸他、兩三星火。人語舵樓霜。　堪傷。蕭蕭雙鬢。渺渺雙魚。更忽忽雙槳。還說甚、詩留歡影。酒洗愁腸。孤衾料沒相思夢。便夢也、隔斷紅牆。簾幕底。不知誰對蘭釭。

## 蕙蘭芳引　癸丑上巳

芳訊幾何。等閒又、浣蘭佳日。歎弱柳絲絲。風雨暮愁共織。舊時燕子。怕未省、近來消息。怪畫樓宿處。不是江南春色。　扇底紅香。裙邊青膩。好夢難覓。任烟冷蘇臺。荒草背人自碧。蕭條門巷。故鄉似客。誰念我、花下倚闌岑寂。

# 錢國珍　字子奇、江蘇江都人、道光二十九年舉人、官浙江安吉縣知縣、有寄廬詞存二卷、

## 湘月　詠秋海棠、和溫琴舫、

幽情脈脈。正西風冷淚。羅袖輕挹。閱盡繁華賸幾點。籬角牆陰秋色。弱縷縈愁。芳心緘恨。含露嬌無力。斷

腸花對。斷腸人更淒惻。　試看倩影娟娟。背人無語。向空階斜立。冷淡餘芳錯認是。老去徐娘丰格。高燭燒銀。靚妝偎玉。春夢憑誰憶。宵涼如水。晚香聊與重覓。

真珠簾　籭波、和朱震伯母舅、

晝長慵把銀鉤上。度微風。蹴起韡紋輕漾。人影隔盈盈。恨畫屏如障。濃綠參差流不定。趁一縷、茶烟低颺。凝望。認路迴銀河。難通仙舫。　恰宜似水空庭。正疏雨廉纖。又添新漲。半幅卷湘雲。賸碧痕搖蕩。細縠粼粼輕蹴地。只恐誤、燕兒來往。惆悵。任一角冰蟾。悄窺珠幌。

## 江人鏡　字彥雲、號蓉舫、安徽婺源人、道光二十九年舉人、官至兩淮鹽運使、

木蘭花

樓臺不貰愁人住。先至何妨權作主。堂花施障界煙痕。山茗試壺充酒數。　晴新暖驟天催雨。但盼柳枝遲弄絮。今宵筵散悄無塵。明日燕來還自去。

卜算子慢　趙北口

征帆照影。回雁印痕。綠到鏡邊如拭。柳弄新條。又與岸蕪爭碧。向燕南趙北充遊客。記里數、纔踰淀口。翠樓添箇人憶。　早晚寒猶劇。願琖酒頻浮。笥裘重覓。靜掩疏篷。漫對半汀月色。縱無書、心裏誰抛得。趁此際、擕歸最好。念溪山遙隔。

## 潘愼生

字子愼、安徽懷寧人、道光二十九年舉人、有徵息齋詞錄、

### 鷓鴣天 贈邊袖石太史

連理榆遮翡翠幃。星星錢小繫相思。博山沈水雙煙暖。猶唱空房暮雨詞。　香夢歇。好春歸。花開幾日便花飛。青袍難浣名場淚。偏遇雲英未嫁時。

### 虞美人 落葉

濃霜驛路彫繁景。鐘動啼烏暝。雨深蕭寺白門秋。冷落吳江詩思夜添愁。　西風團扇年時晚。溝水流紅遠。玉階宮樹雜蛩聲。又是長生殿裏月孤明。

## 程鴻詔

字伯旉、安徽黟縣人、道光二十九年舉人、官山東候補道、有恆心齋詩餘二卷、

### 憶江南 浣花谿

溪水綠。修竹正相迎。鸞鶴無聲秋影淡。夕陽西下晚風生。佛火一燈青。

## 徐宗襄

字慕雲、江蘇宜興人、道光二十九年舉人、官內閣中書、有絜月詞一卷、

### 六醜 戊午春日、海棠謝後、用清眞韻、

試番風暗數。恁一樹、柔紅輕擲。趁春共歸。殘英如薄翼。留認塵跡。未省飄零恨。作團胡蝶。尙夢酣香國。層陰枉乞東皇澤。雨點空簾。煙迷曲陌。深閨有人低惜。記殷勤問夜。芳訊遙隔。　綠窗淒寂。歎看朱似碧。聽徹啼鵑苦。誰勸息。如今莫望行客。但臙脂滴淚。怨懷無極。憑收取。墜簪遺幘。應悔把、倚燭嬌眠喚醒。幾番寒惻。秋期準、待溯涼汐。怕月痕、襯出相思影。和愁看得。

## 長亭怨　秋堠

東陽秋館、蕭槭纏胸、筱棠以軍中九秋詞索賦、爲撰五解、白石道人云、余方感羈遊、不自知其詞之抑鬱也、還證筱棠、兼寄湘文、

看無限、西風疏柳。遠火爭明。短長亭堠。故壘新煙。可憐班馬正肥候。隔江旌影。搖落日、紅迷岫。甚日息狼烽。但報道、青山都瘦。　僝僽。聽哀鴻幾陣。飛繞戍樓前後。錦城夜永。猶沸耳、笙歌依舊。渾未省、萬戶砧聲。與寒柝、聲聲低湊。只水驛燈昏。儘許驚魂廝守。

## 疏影　秋堞

荒煙古堞。蘸夕陽一片。凝望淒絕。畫角聲中。城郭依然。不是綠楊時節。涵江幾點初飛雁。掠雉影、參差千疊。但障寒、不障新愁。多少敵樓摧折。　遙想登陴勁旅。陣雲漸散後。風冷欺骨。戍火星星。落木蕭蕭。都付狐狸營窟。周麾我欲呼閶闔。望不見、岧嶢金闕。過女牆、解得傷心。惟有夜深明月。

# 楊傳第

字聽臚、號汀鷺、江蘇陽湖人、道光二十九年舉人、官候補知府、有汀鷺詩餘一卷、

雙雙燕 詠蝶寄示仲儀、

娉婷瘦景。歎白騎重來。舊時庭院。珍叢試繞。愁絶翠陰零亂。猶記蛛絲宛轉。曾抱著、花枝低顫。只今牆角孤飛。還怕相逢羅扇。　悲咽。花枝不見。算舞向風前。斜曛相伴。憐儂癡小。如此淒涼怎遣。便有夢魂繾綣。奈香夢、醒來更怨。病翼能否經秋。已是粉痕銷滅。

## 孫廷璋

字仲嘉、一字仲佳、號蓮士、浙江會稽人、道光二十九年舉人、官國子監學正、候選知府、有玉井詞一卷、

永遇樂 茌平弔馬周

不遇中郎。斯人忠孝。道死而已。周處鄉人。淮陰惡少。成就英雄耳。至今下馬。魯連村畔。歷歷釣遊能記。問生時、鳶肩火色。五都識者曾幾。　因歎昔者。漢廷絳灌。埋沒長沙何意。何況卑卑。浚儀下邑。齷齪風塵吏。如卿他日。但除頭白。總不負他知己。新豐驛、而今還有。酒徒否矣。

卜算子

又是夕陽邊。目斷烟中樹。樹外寒山山外雲。雲外鴻飛處。　回首幾長亭。數了還重數。今日星辰昨夜霜。切莫明朝雨。

## 端木埰

字子疇、江蘇江寧人、道光優貢、官至內閣侍讀、有碧瀣詞二卷、宋詞賞心錄一卷、

## 洞仙歌　和瑟軒水仙

湘臯翠冷。正靈妃歸去。遺下金釵照芳渚。抱仙根、恰又多謝花神。親種出。一種珠明玉㛏。　盈盈漥浦外。羅襪淩波。堪與梅花共寒素。生性厭繁華、白石清泉。剛留得、仙人同住。更問取、春風幾時來。但冷月荒烟、悄然無語。

## 齊天樂　秋陰

峭風吹歛斜陽色。疏林黯收殘照。冪歷生寒。低迷做暝。一徑烟籠翠篠。歸鴉恁早。看潤護花魂。露香蘭笑。也似春來。綠章憑向上清告。　江湖秋水正闊。有溟濛遠影。鴻雁初到。釀作愁霖。催將落木。滿目氛昏難掃。黃花瘦了。鎮慵捲疏簾。翠樓人悄。付與莎邊。暗蛬吟到曉。

## 前調

前人有言、牽牛象農事、織女象婦功、七月田功粗畢、女工正殷、天象亦寓民事也、六朝以來、多寫作兒女情態、慢神甚矣、丁亥七夕、偶與瑟軒論此事、倚此糾之、

一從豳雅陳民事。天工也垂星彩。稼始牽牛。衣成織女。光照銀河兩界。秋新候改。正嘉穀初登。授衣將屆。春耜秋梭。歲功於此隱交代。　神靈焉有配耦。藉唐宮夜語。誣衊眞宰。附會星期。描摹月夕。比作人間歡愛。機窗淚灑。又十萬天錢。要償婚債。綺語文人。懺除休更待。

## 陸　豫

字樹齋、一字劍侯、江蘇寶山人、道光二十九年拔貢生、官安徽蕪湖縣知縣、有東虬草堂詞一卷、

## 臺城路 秋碪

橫江秋影斜陽淡。溪邊似聞人語。石磴敲烟。霜楓墜葉。惹起離愁如許。衾寒夢苦。有淚點征衫。費儂調護。月落關山。一聲聲和隔鄰杵。　天涯催斷客夢。記城高白帝。風急夔府。冷雁驚餘。哀猿叫後。添得更番淒楚。衰楊幾縷。是女伴春時。浣紗歸路。寄語龍沙。此聲休聽取。

## 錢恩棨 字芝門、江蘇太倉人、道光二十九年拔貢生、官知府、有蘅雲詞一卷、紫芳心館詞鈔一卷、

### 無悶 雪意、從碧山體、

天墨沙黄。雲釀樹癡。風急棲禽不語。剩幾筆寒峯。睡容淒苦。橋外孤村弄暝。試準備、疲驢尋詩去。只防今夜。玉梅信息。飛瓊偷取。　愁緒。渺何處。想煙杪紅樓。定扃珠戶。更翠袖安排。陶家茶具。莫是熏籠悄等。早瑟縮、潛吟風中絮。倘夢繞、一院梨花。應被凍雲留住。

## 錢官俊 字牧臣、一字心庵、號愛廬、浙江嘉興人、拔貢、有夢蝶生詞四卷、

### 南樓令

新柳舊旗亭。黄鶯脆管清。喚東風、沈醉難醒。爲道雙蛾眉黛減。渾不似。遠山青。　拾翠幾時行。芳郊雨乍晴。逗斜陽、紅盡山城。一道裙腰無處覓。帶春水。暗愁生。

## 徐虔復

字寶彝、浙江上虞人、道光二十九年副貢生、有寄青齋詞稿一卷、

### 金明池　春遊感事

紫陌香車。綠波畫舫。正是冶遊時節。花市外、幾痕香屐。畫橋裏、一枝玉笛。更春城、舞扇歌裙。妝點出、多少太平風物。惹渭曲司勳。江潭賀老。又把滄桑重說。　綺夢江南何堪憶。歎戍鼓征笳。鶯花成刦。婆羅舞、柘枝零落。瓊樹曲、花鈿狼藉。便鐃歌、譜就蘭陵。也同此河山。韶華非昔。只落月啼鵑。斜陽飛燕。送盡南朝春色。

## 呂耀斗

字庭芷、一字定子、江蘇陽湖人、道光三十年進士、改庶吉士、授翰林院編修、官至直隸清河道、有鶴緣詞一卷、

### 淡黃柳

身如病葉。愁比蛛絲結。一紙鄉書和淚疊。寫徧殘山賸水。都化相思杜鵑血。　漫輕別。清游竟銷歇。忍重唱、舊明月。這傷心、只共何戡說。燕子歸時。小窗深閉。落盡丁香似雪。

### 醉落魄

新涼簾幕。桐陰冰簟人初覺。繡檀微度羅衣薄。十二鍼樓。誰理舊絃索。　薔薇花底曾留約。蘅蕪又到闌

干角。蛛羅費盡絲絲絡。天末歸期。斜月畫樓落。

## 俞樾

字蔭甫、一字中山、號絢巖、晚號曲園居士、浙江德清人、道光三十年進士、改庶吉士、授翰林院編修、有春在堂詞錄三卷、金縷曲廿四疊韻一卷、

### 金縷曲

次女繡孫倚此詠落花、詞意悽惋、有云、歎年華我亦愁中老、余謂少年人不宜作此、因廣其意、亦成一闋、

花信匆匆度。算春來、瞢騰一醉。綠陰如許。萬紫千紅飄零盡。憑仗東風送去。更不問、埋香何處。卻笑癡兒眞癡絕。感年華、寫出傷心句。春去也。那能駐。　浮生大抵無非寓。漫流連、鳴鳩乳燕。落花飛絮。畢竟韶華何嘗老。休道春歸太遽。看歲歲、朱顏猶故。我亦浮生蹉跎甚。坐花陰、未覺斜陽暮。憑綵筆。綰春住。

### 水調歌頭

東坡明月幾時有一首、上下兩六字句皆叶韻、坡公他作亦不盡然、乃賀方回有一首平仄通叶、凡叶仄者九、叶平者七、除下半第一句外、句句有韻、視坡更密矣、因用其體、自題所著書後、

嗟我本無有。天地一沙鷗。盛年難又。無痕春夢付悠悠。拋了功名芻狗。還我千金敝帚。此外復何求。私署曲園叟。小占聖湖樓。　朝編蒲。暮緝柳。幾春秋。編排初就。居然傳誦到遐陬。浪使賣書人富。不管著書人瘦。此事豈良謀。太息百年後。辛苦豹皮留。

# 孫衣言

字克繩、號琴西、一號劭聞、浙江瑞安人、道光三十年進士、改庶吉士、授翰林院編修、官至太僕寺卿、有娛老詞一卷、

## 憶舊游

張楚寶作別業於冶城山下、種竹數千竿、以爲讀書游息之所、其師汪孝廉梅村士鐸、予友也、爲名曰君子居、而屬予賦之、

記輕颸印玉。淡日篩金。十里清涼。金陵城北多陂陀小山、居民皆在叢竹中、古清涼山也、予頗愛其幽致、自墮西州淚。但亂鴉灌木。滿地驕陽。眼明又見圖畫。清夢到江鄉。問草屋三間。疏篁四面。誰與徜徉。　難忘舊儔侶。有祭酒蘭陵。兩鬢秋霜。汝在春風坐。似衛詩淇澳。追琢成章。念我舊藏書處。埃蠹萬琳瑯。更搔首雲天。江流日夜心未央。予爲鹽巡道、嘗檄各省書局新刻經史每種各四分、爲十櫃庋之惜陰書院、使兩孝廉司其出納、以俟寒士借讀、

## 霓裳中序第一

茉莉別種有名寶珠者、花朵較大、尤芳烈、襲人、卽尹惟曉韻、倚此賞之、

孀娥粲笑靨。笑說人間方逐熱。雙杵輕篩素屑。卻半簇銀花。半妝銀葉。疏簾對月。更覓甚、珠宮貝闕。星河迴、團團秋影。與我共幽絕。　愁絕。漢皋新別。料粉淚、半銷香篋。深宵涼侵寶茀。縱夢裏相尋。難倩雙蝶。一杯澆豔骨。肯浼卻、清襟似雪。羅紈畔、秋風微度。此意向誰說。

## 摸魚兒

林星樵廣文自由拳歸、見顧敝廬、悤悤言別、出素紙索書近作、因爲填此解、卽用石湖晚春詞韻、

近重陽、更無風雨。看花還從誰去。平生伴侶多衰鬢。雲際遠山無數。君好住。正雁影横江、燕老尋歸路。一燈對語。聽落葉空堦。哀蛩夜半。向我話淒絮。　人間事。未必儒冠遂誤。蛾眉那禁人妬。垂楊恨入蕪城賦。除卻東風誰訴。正倦舞。更挽斷長條、滿目塵和土。知君良苦。但司業錢多。上丁肉美。尋個看山處。

## 周星譽

原名普潤、榜名譽芬、字叔昀、一字叔雲、號鷗公、又號芝𦾔、河南祥符人、道光三十年進士、改庶吉士、授翰林院編修、官兩廣鹽運使、有東漚草堂詞二卷、

### 鷓鴣天　席上有伎持寫柳障子乞題口占應之、

青眼窺人漫自妍。黄金拋得買華年。惺忪秋思難瞞水。作弄春光但借煙。　嘶馬地。坐鶯天。長亭回首更悽然。西風一例逢搖落。未必靈和勝外邊。

### 踏莎行　丙午春日即事

珠幕閒垂。銀屏慵展。櫻桃斗帳金鳧暖。綠楊池館閉春陰。卷簾人比東風嬾。　眉葉青銷。靨花紅斂。纖腰打疊游絲輭。厭厭病過海棠時。一身都被春愁管。

### 柳梢青　初秋泊嘉興

回首悽然。松陵城郭。一路寒蟬。藕葉圍涼。蘋花搖暝。人在秋邊。　相思昨夜尊前。酒醒後、疏楊暮煙。對月心情。阻風滋味。又過今年。

## 醉花陰 初三夜泊石門縣、微齋見月、同夢西、

吹笛語兒城下路。帆卸明湖樹。城上月濛濛。城下垂楊。倚涇前朝雨。　自檢麝囊燈畔覷。費盡閒情緒。無賴是秋鴻。但寫人人。不寫人何處。

## 齊天樂 秋日曲池看芙蓉

斷橋衰柳荒寒外。來尋舊家池館。粉堞欹苔。文窗鎖荔。寂寞無人尋翫。芙蓉開徧。看影寫銀塘。香支珊檻。凝立西風。重提往事更腸斷。　當年花底高會。有錦袍銀燭。翠裙羅扇。綠野琴尊。烏衣門第。都是此花曾見。如今誰管。任冷月疏煙。做伊秋怨。獨客青衫。落紅如淚滿。

## 翠樓吟 十三夜對月有憶、寄王嘯篁丁鑑叔、

鎖了重門。碧梧疏處。湘簾夜深猶捲。露鴉棲定後。只秋與、竹聲撩亂。單衫小扇。想花影吹笙。邢家庭院。無人伴。冷清清地。回廊兜轉。　腸斷。滿地蕉陰。靠紅欄幾摺。和誰同看。蘇家潭上路。正小曲、幽坊月暗。桂堂南畔。問剗襪香街。甚時重見。無眠慣。燈窗數盡。玉河新雁。

## 水龍吟 文之兄拈此調爲人題乙未亭讌月圖、雄俊可喜、因效其體賦此、並踵原韻、同夢西譜、

蒼然片月飛來。酒波都向青天卷。舉杯一笑。東南如此。且聽簫管。七百年前。黃樓吹笛。風流未遠。看萬荷香裏。魚龍跌宕。似睥睨。江山宴。　千載猿愁鶴怨。把湖波、傾來重浣。紅裙烏帽。古今多少。星飛雲亂。海樣秋光。不拚一醉。流年潛換。待明朝散了。皂韡雙腳。又黃埃滿。

## 虞美人 九月十六日夜泊雙橋、橋去嘉興六十里、

扁舟秋入嘉興路。夢逐回波去。斷腸名字說雙橋。消受孤衾單燭又今宵。　松陰暗轉篷窗悄。霜重溪風曉。亂蟲聲緊湅絲絲。剛是酒醒人睡月黃時。

## 永遇樂 登丹鳳樓望黃浦懷陳忠愍公、樓在滬城東北女牆上、宋淳熙間立、

放眼東南，蒼茫萬感，奔赴欄底。斗大孤城，當年曾此，笳鼓屯千騎。劫灰飛盡，怒潮如雪，猶捲三軍痛淚。滿江頭、陣雲團黑，蛟龍敢齧殘壘。　登臨狂客，高歌散髮，喚得英魂都起。天意倘教，欲平此虜，肯令將軍死。只今回首，笙歌依舊，一片殘山賸水。傷心地、青天無語，夕陽千里。

# 愼毓林 字壬甫、一字延青、號吉孫、一號芙卿、浙江歸安人、道光三十年進士、改庶吉士、授翰林院編修、

## 疏影 綠陰

疏痕盪碧。覆涼雲一角，檐畔低冪。蠣粉牆西，霧繞煙縈，濃青飛上瑤席。翠禽啼徹黃昏候，剛送到、嫩晴消息。認月痕、篩滿冰紗，殘夢那時難覓。　猶憶江南故事，玉闌共凭處，閒倚瓊笛。簾幕沈沈，庭院愔愔，悄悄畫樓人寂。而今客裏春歸去，怕重撚、茜窗詞筆。只寄情、芳草天涯，一種斷魂顏色。

# 沈彥曾 字士美、號蘭如、江蘇長洲人、諸生、有蘭素詞一卷、

西湖月　湖樓感賦、用戈順卿見懷韻、

新年乍試蘭燈，早雪點衫輕。雲飛帆濕，水仙祠冷。錢王廟古，鷺鷗重覓。柳絲吹不斷，莫瘦鬢疏疏愁正織。儘眼底、綠膩紅嬌，只道過江春色。　相思悵望何時，記月地雲階。斷無消息，鏡臺寒淺，琴裝夢遠，想同幽寂。幾番風信換，怕舊地、濃陰都化碧。料應盼、新燕重來，暗窺簾隙。

瑞鶴仙　月夜登葛嶺

萬峯凝望極，正瘦蟾吹上，松篁蕭瑟。危梯倚苔石，記平章燈火，半閒秋蟀。軍書漫惜，但逍遙、湖山半壁。恁當年、祕印葫蘆，付與暗塵深積。　空憶，丹臺人遠，樂譜遙天，更誰聽得。龍沙路隔，魂夢去，杳難覓。問杜鵑聲裏，杭州新曲，可似銀箏鈿笛。黯春痕、依舊梅花，斷隄夜寂。

浪淘沙　秦淮水榭、和戈順卿韻、

柳暈碧於紗，簾外輕遮。蘭燈初上月初斜。花影隔簾曾一見，不似盧家。　水夕又昏鴉，倦聽琵琶。沈郎絲鬢未全華，已覺秋心容易碎，何況天涯。

驀山谿　獨坐飛來峯下、天風泠然、有出塵之想、

支笻獨往，小憩清閒地。坐久不知寒，但衣上、低浮雲氣。峯高極目，終古向人青，昏樹影，曳鐘聲，何處斜陽寺。　江湖來去，略有風塵意。一笑冷泉清，黯孤語、微生妙契。蒼烟四合，古洞又呼猿。開徑待，打包來，輸與僧歸計。

## 汪世梅 字鐵宋、浙江秀水人、有雪香龕詞草、

### 醉太平

樓臺管絃。豪歌沸天。夜闌人散淒然。剩鴛鴦並眠。　蘆邊荻邊。蘋花滿川。曉風吹散湖烟。泊誰家釣船。

### 蝶戀花

漠漠陰雲排日雨。落盡閑花。燕子無情緒。剩有閑愁牽一縷。纏綿不逐春歸去。　入畫蒼茫江上艣。送慣行人。盡是愁生處。偏是西風吹不住。天涯酒醒知何許。

## 李子馥 字月樓、雲南人、官福建仙遊縣縣丞、

### 踏莎行

幾陣飛花。數聲杜宇。催將春去催人去。陌頭柳線萬千條。可能綰得游驄住。　別恨頻添。歡期易阻。況兼一夜沈沈雨。惱他芳草太無情。朝來綠徧天涯路。

## 錢　裕 字友梅、江蘇吳江人、有有眞意齋詞集四卷、詞譜三卷、詞韻一卷、

### 調笑令 春夜不寐

無語。無語。欹枕暗添愁緒。打窗風雨難眠。茅店雞聲曉天。天曉。天曉。深巷賣花人到。

## 王潤 字沛堂、號四篁、浙江嘉興人、有賞眉軒自喜集、

### 三姝媚 眞州道中

遙嵐嵌缺樹。露青青芙蓉。野煙初曙。叱犢聲中見麥鬚如戟。背風低舞。古苑荒凉。横斷碣、蒼苔深護。一隊神鴉。飛上靈旂。蔣侯何處。 嗚咽邗流千古。送不盡閒愁任潮來去。翠竹江邨。問寶坊香積。亂紅迷路。燕子歸來。知故榭、今誰爲主。料雕梁同惜。天涯倦羽。

## 劉培芬 字子江、江蘇陽湖人、官福建知州、有秋雲詞、

### 琴調相思引

紫燕分飛小院空。杜鵑啼斷落花風。柳綿吹盡。誰與伴殘紅。 好夢易醒春雨後。閒愁多在月明中。離魂一縷。猶在桂堂東。

### 相見歡

梨花深掩重門。月黄昏。只道開時還早、已殘春。 花如霧。愁如絮。夢如塵。怕向綠陰深處、認啼痕。

## 徐誦芬 字紅荃、江蘇吳江人、諸生、有賦秋聲館詞二卷、

### 高陽臺 倬雲弟將赴郡城、譜此以當驪唱、

帆葉抽雲。櫓枝搖雨。嫩寒過了花朝。執手依依。離情湧似春潮。年時小別魂銷盡。到今番、那有魂銷。悵攀條。短笛聲聲。水咽河橋。　春風去去胥江路。有閒愁萬斛。載滿征橈。如許年華。偏敎梗泛萍飄。薄游況味難禁受。又何須、水遠山遙。最無聊。咫尺天涯。酒醒今宵。

## 湯光啓 字冠卿、江蘇陽湖人、監生、有桐影軒詞一卷、

### 菩薩蠻

深深門巷垂垂柳。屏邊闌角還知否。纖月瘦黃昏。分明舊爪痕。　繡苔行跡少。怕見傷春稾。莫凭碧闌干。有人愁暮寒。

楊絲力弱游絲亂。退紅簾子垂剛半。香斷水雲沈。畫屏深更深。　東風時做冷。瘦盡春人影。胡蝶不歸來。櫻桃花又開。

### 滿庭芳 盆中洋月季盛開、愁紅慘碧、較之春色更覺可憐、爰爲倚聲、

花夢驚涼。月痕怯瘦。畫樓靜掩黃昏。軟紅十丈。何處漾纖塵。多少濃香倩影。彈指頃、重覓無痕。霜風裏。一

枝幽豔。淒絕與誰論。亭亭似賸有。未枯怨血。欲斷離魂。恁胭脂怕冷。翡翠愁溫。未許東風催嫁。任開落、不解傷春。雕梁畔。梅魂醒否。休把水沈熏。

## 吳丙湘　字次瀟、江蘇儀徵人、有瀟碧詞、

### 琵琶仙　文石太守以姬人鄭英墓志見眎、隱括大意、爲譜此解、

榕樹陰濃。渺塵夢、舊日閒愁如織。猶記輕曳黃衫。凝妝鬬春色。芳徑晚、桃花解語。爲憐爾、倚風無力。澀到琴絃。溫迴酒盞。能否禁得。　驀開眼、紫玉成烟。似紅雨、紛紛墮香國。惆悵一生幽恨。逗眉邊消息。千里外、更闌睡醒。訴月明、黯黮煙墨。賸有貞石薶雲。道山亭側。

## 顏琬　字東籬、廣東連平人、有東陂漁父詞、

### 遶佛閣　游黃坑東林寺

竹坡嶒峻。蘿逕詰曲。一線如蚓。蘭若猶隱。度來清磬、塵緣頓消盡。虬松萬本。螺髻千疊。空翠交襯。餅拂添韻。樵風乍起。林花落成陣。　坐久涼侵衿。怪底幽泉深澗噀。透入齋廚、灑落谿千仞。歎前度劉郎。粉蝶猶認。換星星鬢。愛鳥囀迦陵。凭徧欄楯。早澄潭、月痕斜印。

### 喜遷鶯　練笠人需次姑蘇、詞以寄之、

閶門茂苑。記舊日遊踪。也曾踏遍。桃葉香閨。貞娘繡閣。彷彿畫橋斜轉。安頓粉奩脂盝。留戀舞裙歌扇。青樓夢。恨流鶯啼覺。十年嫌短。　爲勸君到日。遮莫悲秋。懷古何時斷。千載江山。六朝風月。收入少陵詩卷。只怪當初種蠡。花草而今埋怨。彈琴罷。且沽京口酒。對瓊花宴。

## 孫佑培

字佑笙、號夢蕉、浙江錢塘人、有味紅閣詞二卷、一名嚼蕊吹花譜、

### 掃花游

夏日憩甌湖留春草堂、風景淒寂、亭榭半欹、追憶舊游、悄焉歌此、

柳煙墮碧。又竹壓風梢。驟驚涼雨。一窗嫩暑。正詩魂還到。悄難尋處。舊徑淒迷。付與空梁燕語。好春去。認點屐膩苔。愁種無數。　花事湖上路。記畫舫歸時。那人眉嫵。遠雲罥樹。悵天涯繫夢。俊游鷗侶。疊石欹斜。尚有樓臺影護。謾凝注。賸歌塵。暗吹香霧。

## 楊紹炯

字明甫、別號隱顚小史、江蘇高郵人、有眠綠詞一卷、

### 賀新郎　秋海棠

數點胭脂透。最多情。秋千架下。幾叢如繡。花面可如人面好。只看淚痕低溜。腸斷了。新涼時候。記得亭前春睡足。照紅妝。金屋憑伊門。簾捲處。淡蛾皺。　而今換作秋容逗。帶枝枝。烟愁雨泣。可憐依舊。小院苔盆偎傍冷。還是綠肥紅瘦。更開向。南牆陰後。生怕東風多薄倖。暈紅潮。合佐黃花酒。通明殿。又誰奏。

## 王敬之 字寬甫、江蘇高郵人、貢生、官戶部主事、有三十六陂漁唱三卷、乙稿一卷、又校刻淮海詞三卷、

### 陌上花 春盡揚州旅次、倚寫悶懷、

當時水調從頭歌起。夜篷悽韻。廿四橋邊。吹到幾番風信。落紅一點燕支淚。先付漾波流恨。恨而今枉是。二分眉月。照餘潘鬢。　更餘醒曉枕。疏鐘撞夢。夢裏繁華都盡。晼晚年光。細雨暗愁催盡。欲尋燕外春歸路。應待夕陽晴穩。料多情。只有隋隄風絮。趁人飛緊。

### 山亭宴 南歸道中、詠柳絮、

綠陰黯澹長亭樹。點行程。一襟愁緒。晴雪枉團成。料不數、芳妍到汝。午橋輕趁落花風。也作伴、殘春歸去。歸去碧湖頭。可又惹、萍波住。　濛濛撲面春街路。憶平分、輭紅塵土。蹤迹太怱怱。儘寫照、飄零倦旅。停鞭凝望最迷離。試尋夢、天涯無據。上座說沾泥。問有甚、禪心悟。

## 陳壽熊 原名爇、字獻青、號子松、江蘇吳江人、諸生、有靜遠堂詩餘一卷、

### 乳燕飛 和春木先生、用辛稼軒韻、

雲氣浮平野。出衡門、長空孤鳥。茫茫天下。東郭先生吾未識。處子依然不嫁。看細柳、眉痕新畫。禿盡枯楊無一葉。分韶華、與我風牛馬。底哀樂。可陶寫。　夕陽簫鼓枌榆社。縱江鄉、無田可種。我猶歸也。早是春風

留得住。花發城西臺榭。但有酒、臣能卜夜。倚醉狂歌公不怒。惜悠悠、今古無來者。好擕屐。趁初夏。

## 徐穆

字孝竹、號嘯竹、江蘇甘泉人、有越中歸棹詞、

### 多麗

施夢玉攝震澤、曾招寶帶橋譙月之舉、撫今追昔、情見乎詞、

盪蘭橈。灣環宛轉長橋。賸西風、湖光萬頃、參差吹出瓊簫。疏煙抹、黛螺丫髻。冷雲罥、鶯脰舒翹。乙未亭邊。松陵路畔。遠山隱約畫眉嬌。長堤上、柳絲堪折、離思一條條。更休說、賓鴻尙未、去燕難招。　憶當年、尊前譙月。多情酒醆詩瓢。庾樓客、珠璣錦織。踏搖娘、綺席笙調。雁齒排連。蟾輝皎潔。三生夢裏可憐宵。到而今、渚蓮泣露。啼鳥總無聊。文園老也應羞見。幾度回潮。

### 鶯啼序

越中歸棹成此寄施夢玉、沈芳淑勞介甫、倪次郊、吳門秦玉生、符南樵、王西御、揚州六舟禪友、阿絮女道士、

蓬窗一宵鷗夢。醒連天暮雨。菰蒲外、隱作秋聲。中流一任容與。山陰道、此時經過。壺觴空憶蘭亭敍。念家山千里迢遙。暗驚杜宇。　回首西湖。臨水獨眺。訪逋仙隱處。孤山路、落盡梅花。亂鶯啼遍叢樹。繞迴闌、青峯滿目。賸江上、斜陽淒苦。怎春歸、我尙天涯。綠陰如許。　韶華水逝。客思雲孤。放懷覓舊侶。彷彿是、南屏鐘動。西竺僧歸。金石交親。斷碑披誤。鬢絲幾縷。茶煙一榻。犀香梅熟休相訊。怕相逢、衣上多塵土。謾嗤嘯詠。且教留得題痕。證它鴻迹來去。時歸自京師淨慈主人六舟出所藏雁足燈各卷冊索題觀款、　江湖載酒。鑪椀參禪。

算一般意趣。儘孤負、烟花三月。佳麗揚州。薄倖司勳。飄零詞賦。予懷渺渺。知音寥落。千秋事業憑誰會。奈江東、羅隱同遲暮。邗溝水上琵琶。唱徹瀟瀟西興古渡。

## 蔣春霖　字鹿潭、江蘇江陰人、官兩淮東臺場鹽大使、有水雲樓詞二卷、續一卷、

### 浪淘沙

雲氣壓虛闌。青失遙山。雨絲風片一番番。上巳清明都過了。只是春寒。　花發已無端。何況花殘。飛來胡蝶又成團。明日朱樓人睡起。莫卷簾看。

### 柳梢青

芳草閒門。清明過了。酒滯香塵。白楝花開。海棠花落。容易黃昏。　東風陣陣斜曛。任倚徧、紅闌未溫。一片春愁。漸吹漸起。卻似春雲。

### 踏莎行　癸丑三月賦

疊砌苔深。遮窗松密。無人小院纖塵隔。斜陽雙燕欲歸來。卷簾錯放楊花入。　蝶怨香遲。鶯嫌語澀。老紅吹盡春無力。東風一夜轉平蕪。可憐愁滿江南北。

### 一萼紅　牆角小梅未春忽放、因憶東園萬樹摧殘可憐、哀吟成調、歌竟淒然、

短牆陰。怪東風未到。春色已深深。壓雪檐低。垂蘿徑窄。紅萼開倩誰簪。漫惆悵、天寒袖薄。喚玉笛、吹怨入

空林。烽火連江。河山滿眼。那處登臨。　回首東園舊路。賸幾分流水。幾樹寒岑。冷雨宮垣。斜陽喬木。還聽笳鼓沈沈。待銷盡、華鬘小劫。洗冰淚。招客說傷心。只怕南枝開徧。沒箇人尋。

## 揚州慢　癸丑十一月二十七日

野幕巢烏。旗門噪鵲。譙樓吹斷笳聲。過滄桑一霎。又舊日蕪城。怕雙燕、歸來恨晚。斜陽頹閣。不忍重登。但紅橋風雨。梅花開落空營。　劫灰到處。便司空、見慣都驚。問障扇遮塵。圍棋賭墅。可奈蒼生。月黑流螢何處。西風黯、鬼火星星。更傷心南望。隔江無限峯青。

## 鷓鴣天

楊柳東塘細水流。紅窗睡起喚晴鳩。屏間山壓眉心碎。鏡裏波生鬢角秋。　臨玉管。試瓊甌。醒時題恨醉時休。明朝花落歸鴻盡。細雨春寒閉小樓。

## 三姝媚　送別黃子湘

相思堤上柳。喚漁童樵青。繫船沽酒。水鶴飛來。背亂山無語。共君招手。莫上層樓。春已在、斜陽時候。雁磧沙寒。潮落潮生。暮帆催又。　塵海吟身驚瘦。賸卅載才名。對花消受。尚著宮衣。聽夜窗絃索。淚痕殷袖。眼底滄桑。休更疊、哀蟬淒奏。怕問王孫芳草。淮陰渡口。

## 虞美人

水晶簾卷澂濃霧。夜靜涼生樹。病來身似瘦梧桐。覺道一枝一葉怕秋風。　銀漢何日銷兵氣。劍指寒星碎。遙憑南斗望京華。忘卻滿身清露在天涯。

## 唐多令

楓老樹流丹。蘆花吹又殘。繫扁舟、同倚朱闌。還似少年歌舞地。聽落葉。憶長安。　哀角起重關。霜深楚水寒。背西風、歸雁聲酸。一片石頭城上月。渾怕照。舊江山。

## 渡江雲　燕臺游迹阻隔十年、感事懷人、書寄王午橋李閏生諸友、

春風燕市酒。旗亭賭醉。花壓帽簷香。暗塵隨馬去。笑擲絲鞭。擫笛傍宮牆。流鶯別後。問可曾、添種垂楊。但聽得、哀蟬曲破。樹樹總斜陽。　堪傷。秋生淮海。霜冷關河。縱青衫無恙。換了二分明月。一角滄桑。雁書夜寄相思淚。莫更談、天寶淒涼。殘夢醒。長安落葉啼螿。

## 臺城路　易州寄高寄泉

兩年心事西窗雨。闌干背燈敲偏。雪擁驚沙。星寒大野。馬足關河同賤。羈愁數點。問春去秋來。幾多鴻雁。忘卻華顛。昔時顏色夢中見。　青衫鉛淚似洗。斷笳明月裏。涼夜吹怨。古石欹臺。悲風咽筑。酒罷哀歌難遣。飛花亂卷。對萬樹垂楊。故人青眼。霧隱孤城。夕陽山外遠。

## 木蘭花慢　江行晚過北固山、

泊秦淮雨霽。又燈火、送歸船。正樹擁雲昏。星垂野闊。暝色浮天。蘆邊。夜潮驟起。暈波心、月影盪江圓。夢醒誰歌楚些。泠泠霜激哀絃。　嬋娟。不語對愁眠。往事恨難捐。看莽莽南徐。蒼蒼北固。如此山川。鉤連。更無

鐵鎖。任排空、檣櫓自迴旋。寂寞魚龍睡穩。傷心付與秋煙。

一萼紅　清明前一日、偕周蓮伯散步城北、紅日已西、乃至虹橋、復買小舟過桃花庵蓮性寺、煙水凄然、遊人絕少、共溯洄者漁船三兩而已、

趁春晴。步前汀未晚。舟小蹙波行。抱樹溪彎。眠沙石老。芳草隨意青青。乍驚起、閒鷗短夢。伴落日、三兩棹歌聲。水曲豪箏。柳陰叢笛。那處重聽。　多少夕陽樓閣。倚闌干不見。空見流鶯。螢苑星繁。虹橋月黯。還記玉輦曾經。自湖上、游仙事杳。問桃花、又過幾清明。賸取凄煙楚雨。愁畫蕪城。

凄涼犯　十二月十七日夜、大寒、讀書至漏三下、屋小於舟、虛窗生白、不知是月是雪、因憶江南野泊、雪壓篷背時光景、正復似之、

短檐鐵馬和冰語。敲階更少殘葉。鼠聲漸起。芸編倦擁。酒懷添渴。疏燈暈結。覺霜逼、簾衣自裂。似扁舟、風來柁尾。野岸冷雲疊。　回首垂虹夜。瘦艣搖波。一枝簫咽。窗鳴敗紙。尚驚疑、打篷乾雪。悄護銅瓶。怕寒重、梅花暗折。卻開門、樹影滿地壓凍月。

滿庭芳　秋水時至、海陵諸村落輒成湖蕩、小舟來去、竟日在蘆花中、余居此既久、亦忘岑寂、鄉人偶至、話及兵革、詠我亦有家歸未得之句、不覺悵然、

黃葉人家。蘆花天氣。到門秋水成湖。攜尊船過。帆小入菰蒲。誰識天涯倦客。野橋外、寒雀驚呼。還惆悵。霜前瘦影。人似柳蕭疏。　愁余。空自把。鄉心寄雁。泛宅依鳧。任相逢一笑。不是吾廬。漫託魚波萬頃。便秋風、

難問蒓鱸。空江上。沈沈戍鼓。落日大旗孤。

瑤華　敗荷

青房乍結。夢醒江南。又雨聲敲碎。羅衣葉葉。寒未翦、亂壓一湖深翠。月明歌斷。更誰倚、畫船閒醉。賸數叢、敗葦荒蘆。合寫橫塘秋意。　飄零漫惜青衫。算舞散湘皋。都是憔悴。鴛鴦自浴。竟不管、悄換西風塵世。淒涼太液。莫暗滴、露盤清淚。待幾時、重展枯香。斜日小橋魚市。

齊天樂　送周弢甫趙敬甫之杭州

天涯只恨谿山少。青春未留人住。海上閒鷗。沙邊客燕。總被西湖招去。垂楊萬縷。帶離恨絲絲。暗牽柔艣。好趁東風。畫船一路看飛絮。　相逢知更甚處。鷓鴣啼不斷。都是煙雨。淚點關河。軍聲草木。愁殺江南行旅。絲闌漫譜。怕怨笛吹殘。落花難數。門掩春寒。日斜聞戍鼓。

水龍吟　癸丑除夕

一年似夢光陰。匆匆戰鼓聲中過。舊愁纔翦。新愁又起。傷心還我。凍雨連山。江烽照晚。歸思無那。任春盤堆玉。邀人臘酒。渾不耐、通宵坐。　還記敲冰官舸。鬧蛾兒、揚州燈火。舊嬉遊處。而今何在。城闉空鎖。小市春聲。深門笑語。不聽猶可。怕天涯憶著。梅花有淚。向東風墮。

南浦　春草

綠意隱汀沙。雪痕消。又潤村村酥雨。山曉睡容蘇。斜陽外、深淺青無重數。飛飛蝴蝶。荒庭也是春來處。千里相思誰種出。攙了二分塵土。　年年空怨裙腰。甚愁根、欲剗東風未許。接岸綠波平。銷魂事、第一送君南浦。鶯啼幾度。憑高不見天涯路。陌上閒花開落後。多少馬蹄歸去。

## 風入松　昔夢重尋、春情非舊、絲竹中年、歲華自惜、東澤綺語債、亦將借此銷除也

彎環綠水抱西城。小舫臥聞鶯。櫻桃樹底春衫薄。倚紅樓、偷聽調箏。心事花開花謝。閒愁潮落潮生。　夕陽江上數峯青。烟草暗離亭。風懷老去如殘柳。一絲絲、漸減春情。重寫綠窗舊夢。酒闌渾不分明。

## 卜算子

燕子不曾來。小院陰陰雨。一角闌干聚落花。此是春歸處。　彈淚別東風。把酒澆飛絮。化了浮萍也是愁。莫向天涯去。

## 無悶

花外東風。吹過斷橋。香到春衫袖底。甚晚徑餘寒。畫闌猶倚。應自憐春欲去。看萬點、飛紅斜陽裏。冶遊散後。深深蝴蝶。綠煙垂地。　憔悴更無計。聚鏡角愁痕。遠山眉意。教燕子休歸。小窗須閉。只有楊花未醒。化一縷。春痕隨流水。怕片雲、殘夢谿西。又聽倦鶯啼起。

## 東風第一枝　春雪

糝草疑霜。融泥似水。飛花覓又無處。樹梢纔褪遙峯。簾外暗飛細雨。輕冰半雲。甚倚著、東風狂舞。怕一番、暖意烘晴。還帶落梅銷去。　花市冷、試燈已誤。芳徑滑、踏青尚阻。依然淺畫谿山。愁殺嫩寒院宇。春回萬

死。聽滴斷、檐聲淒楚。賸幾分、殘粉樓臺。好趁夕陽鉤取。

臺城路　金麗生自金陵圍城出、爲述沙洲避雨光景、感成此解、時畫角咽秋、燈𦦨慘綠、如有鬼聲在紙上也、

驚飛燕子魂無定。荒洲墜如殘葉。樹影疑人。鴞聲幻鬼。欹側春冰途滑。頽雲萬疊。又雨擊寒沙。亂鳴金鐵。似引宵程。隔谿燐火乍明滅。　江間奔浪怒湧。斷笳時隱隱。相和嗚咽。野渡舟危。空村草溼。一飯蘆中淒絕。孤城霧結。賸罥網離鴻。怨啼昏月。險夢愁題。杜鵑枝上血。

琵琶仙　五湖之志久矣、羈紲江北、苦不得去、歲乙丑偕婉君泛舟黃橋、望見煙水、益念鄉土、譜白石自度曲一章、以箜篌按之、婉君曾經喪亂、歌聲甚哀、

天際歸舟。悔輕與、故國梅花爲約。歸雁啼入箜篌。沙洲共飄泊。寒未減、東風又急。問誰管、沈腰愁削。一舸青琴。乘濤載雪。聊共斟酌。　更休怨、傷別傷春。怕垂老、心期漸非昨。彈指十年幽恨。損蕭娘眉萼。今夜冷、篷窗倦倚。爲月明、强起梳掠。怎奈銀甲秋聲。暗回清角。

丁至和　字保庵、別號萍綠詞人、江蘇江都人、有萍綠詞三卷、續二卷、補遺一卷、一名十三樓吹笛譜、

揚州慢　夕陽在樹、羣鴉亂飛、偶過玉句斜畔、聞流水潺潺作嗚咽聲、淒然感矣、因譜石帚自製中呂宮弔之、

歌扇香雲。畫橋春月。可憐迸斷瓊簫。記珠簾十里。有小燕斜飄。嘆如此、情天未補。草心愁醒。吹綠裙腰。近清明留得。餘寒分上林梢。 絳仙喚起。算相如、才思應消。便淚涴燕支。花緘荳蔻。魂倩誰招。柳外玉驄嘶盡。殘陽恨、說與空潮。但凝成淒碧。年年螢火涼宵。

臺城路 庚子歲、余賦黃葉詩四首於吟花館、四方知名士和者幾二百人、明年客袁江復賦此題、於律未協、亦隨置之、朅來朐上、西風吹夢、落葉打窗、回首聯吟、瞬經十數年矣、感舊友之凋傷、寫羈懷之鬱結、酒邊塗稾、七日始定、他日雨蓀見之、極爲歎賞也、

曉天霜信疏林早。閒門晝夜長閉。薄影篩雲。殘妝病酒。寒上斜陽鴉背。青山瘦矣。嘆憔悴秋心。樹猶如此。半榻茶煙。記留詩夢付蕭寺。 哀蟬身世最苦。露涼還自咽。幽怨空寄。故里園荒。滄溟客老。冷卻扁舟歸思。西樓倦倚。對一碧無情。豔懷都洗。蟹熟橙香。弄吟乘醉裏。

疏影 過露筋祠

銀牆樹隙看暮潮乍上。涼影吹碧。近岸人家。閒挂笭箵。垂楊舊是相識。昏鴉幾隊牙檣繞。漸霧合、靈旗飄直。想夜深、環佩淩波。隱約翠鬟低溼。 門外輕帆暫卸。素鷗似笑我。還帶行色。一片湖雲。攙入斜陽。早又樓陰催夕。白蘋野水秋無際。漫錯認、湘江瑤瑟。算甚時、谿藻盈筐。好薦玉尊芳席。

慶清朝 春草

燕陌泥蘇。苔裀凍坼。孤根同轉青陽。閒門晝掩。漸看春滿吟窗。十里馬蹄去後。綠腰裙繞蝶雙雙。燈期過。

好尋嫩約早鬭明妝。猶記故園翠輭。又爲誰鋪徧。石冷臺荒。征袍淚染。謝池幽夢難忘。漫剔玉鉤臥碣。雨昏煙碧下雷塘。王孫老。賦歸未準。愁共波長。

## 埽花游　春晚漚夢館獨坐書感

卷簾霧密。算釀出愁絲。玉階難埽。海棠睡好。借深紅障綺。護持嬌小。萬疊癡雲。慣把藍橋路繞。燕程杳。便日掩畫屏。猶自寒峭。　幽徑人語悄。又笛怨飛梅。帶縈芳草。病懷易老。問消沈翠幙。舊香多少。薹篋慵開。淚涴單衣暗惱。誤昏曉。聽花間、細禽啼到。

## 瑤華　自題十三樓吹笛圖

芳雲墜絮。夢雨飄茵。又東風寒食。孤吟情味。唯記取、小夜銀釭能識。相思怕種。柰流水、都成愁碧。便玉人、喚起梅邊。不似舊時消息。　催人杜宇聲聲。嘆我已無家。休問歸日。詞腸一寸。算總是、清淚零星摿得。棲鴉眉柳。悄畫出、傷心顏色。最可憐、刧後鶯花。漫把酒杯空擲。

## 齊天樂　寒鴉

天涯青鬢空啼白。蕭蕭凍雲翻碎。古寺靈旗。荒城畫角。消盡淒涼身世。斜陽隊裏。更休訴深宮。玉顏心事。萬樹西風。一枝纔定又驚起。　山窗喚回曙影。擁衾霜意緊。幽夢都墜。景逼凋年。愁塗醉墨。還歎飄零如此。銷魂故里。賸殘月楊絲。繞隄煙水。忍撥哀絃。曲終清淚泚。

## 醉落魄

來朝寒食。餳簫吹暖斜陽陌。美人煙水孤城隔。歸雁東風。簾底杏花白。　春衫寬盡春情窄。閒愁如縷回腸織。數聲殘漏銀燈側。暗換華年。清夜怨瑤瑟。

清平樂

丁香開後。小結同心就。日午晝堂沈翠漏。忽見青梅如豆。　去年人去京華。今年人未歸家。不是蕭郎漂泊。定應羞殺楊花。

瑣窗寒　己未十月寓碧藤華廎、西風樹樹、言愁欲愁、薄絮不溫、孤尊自引、酒闌更促、憮然成章、

碧瓦霜鋪。銀旛霧隱。亂鴉庭樹。琴書料理。靜掩藤蘿雙戶。盼涼風、雁音未來。五湖舊約成間阻。嘆塵箋蠹管。年時猶賦。故人羈旅。　秋暮。歸期誤。怕長鋏重彈。翦燈孤語。丹房夜永。衹有白雲千古。打疏櫺、黃葉半階。蕭蕭認是江南雨。又怎知香破梅花。夢醒啼翠羽。

## 杜文瀾

字小舫、浙江秀水人、官兩淮鹽運使、有采香詞四卷、一名曼陀羅花閣詞、又憩園詞話六卷、詞律校勘記二卷、又重刊夢窗四稿、

柳梢青

雨晝風宵。忽忽時節。容易花朝。移樹流鶯。過牆胡蝶。春被鄰邀。　垂楊禁得愁銷。漸折盡、長亭翠條。望徧征帆。知人心苦。只有江潮。

## 臺城路　秦淮秋柳

江南一夜香波冷。樓臺畫成秋意。舊院藏鶯。長橋繫馬。攀折遊蹤難記。飄零燕子。認六代斜陽。倦魂醒未。怨笛誰家。後庭歌罷更憔悴。　桃根桃葉易老。渡頭空照影。羞鬬眉翠。舞扇句雲。花燈背雨。都換傷春滋味。闌干傍水。問丁字簾前。細腰誰倚。無那西風。亂鴉啼又起。

## 長亭怨慢

竟偷被、東風吹暮。綺院銷香。畫橋颺絮。燕子歸來。一襟幽怨向誰語。落花蛛網。偏不放、春魂去。後約問薔薇。早拍徧、闌干無數。　空誤。甚年華似水。卻把舊愁留住。新寒未減。尚負手、玉階尋句。待檢點、小扇輕衫。笑呼酒、煙蘿深處。柰樹外斜陽還惹殘鶯啼苦。

## 八聲甘州　淮陰晚渡

尚依稀、認得舊沙鷗。三年路重經。問隄邊瘦柳。春風底事。減卻流鶯。十里愁蕪悽碧。旗影淡孤城。誰倚山陽笛。併入鵑聲。　空賸平橋戍角。共歸潮暗咽。似恨言兵。墜營門白日。過客阻揚舲。更休上、江樓呼酒。怕夜深、野哭不堪聽。還飄泊、任王孫老。匣劍哀鳴。

# 周閑

字小園、號存伯、別號范湖居士、浙江秀水人、官江蘇新陽縣知縣、有范湖草堂詞三卷、

## 生查子

愁似隔江潮。夢似漫天絮。絮盡夢醒時。愁不隨潮去。　鏡背綠鬟鬆。人翦紅燈語。畫閣碧桃花。深掩黃昏雨。

鵲橋仙

荒庭花落。空堂箏歇。客裏正逢秋晚。金尊便覆酒如泉。渾不信、全無人勸。　迴闌月上。疏衾香冷。鴉噪一天霜滿。辟邪火細夜深寒。渾不信、全無人管。

## 王　焱 字小汀、江蘇甘泉人、有受辛詞二卷、

淡黃柳 蕪城賦云、孤蓬自振、驚沙坐飛、今於西郊道中見之、譜此以示鴻道人、

蕭條白日看偏傷心色。野草黏天雲羃羃。但見風塵障目。不見江南數峯碧。　正相憶。山中臥詞客。乍寒暖。怎將息。怕梅花、落盡慵吹笛。中酒傷春。惱人天氣。偏有何人耐得。

大酺 上巳後一日同堯卿飲小秦淮酒家、

又鼠姑風。桃花雨。冉冉流光偷換。連朝過上巳。問綠楊城郭。幾人遊玩。草暗平蕪。煙迷粉堞。空外角聲吹斷。壚頭買春醉。且相攜素侶。小秦淮畔。歎華屋塵凝。珠簾人杳。淚隨花濺。　江山愁一片。算都做、暮靄朝霏卷。魂斷處、河橋煙柳。絮影天涯。勸春歸、杜鵑開偏。無計留春住。聊付與、酒杯消遣。怕酒笑、愁腸淺。更闌人散。門掩幾家庭院。廢垣一燈遙見。

## 八聲甘州　寒鴉和丁蕣綠、

繞空枝、三匝竟何依。天末夕陽孤。正無邊暝色。煙翻雲掠。愁接平蕪。誰信一寒至此。木落萬山枯。烏夜村何在。夢遠江湖。　生怕玉顏人妒。帶昭陽日影。敢近鴛鋪。歎鄉關多壘。風卷黑雲都。算我亦、飄零倦羽。向天涯、換了白頭顱。高城外、五更霜角。腸斷嗚嗚。

## 八聲甘州　詠游絲和樹君方伯、

蕩晴空、一縷繫春魂。芳訊數更番。是誰家庭院。重重簾幕。翦翦春寒。傍著爐煙低裊。飄忽有無間。纔惹鞦韆索。又礙花旛。　髣髴繡絨輕唾。想停鍼人倦。正倚雕闌。奈柔情縣邈。飛不過芳垣。已拚作、黏泥絮影。被晚風、故故又吹還。算描寫、十分幽緒。卻倩誰看。

# 黃之馴　字季剛、別號景碧山人、廣東吳川人、有宋人詞說四卷、

## 踏莎行　題丁保庵十三樓吹笛圖

水繞荒城。烟迷冷月。落梅如雨繁華歇。春風詞筆瘦誰知。綺懷空綰丁香結。　醉裏徵歌。客中話別。分明都是愁時節。天涯惆悵倚樓人。孤鴻夜掠平山雪。

# 周作鎔　一名在鎔、字陶齋、一字漢碧、浙江烏程人、廩生、官江蘇丹徒縣知縣、有瀟碧詞、一名賨月詞、

## 鷓鴣天

池柳初裁細葉新。夕陽紅溼畫闌春。日長人困慵梳洗。一鏡芙蓉認未眞。　珠箔捲。寶鑪溫。濃歡斗帳怕輕分。彩蟾心事無人識。西北高樓掩暮雲。

## 祝英臺近

晚妝慵。殘睡覺。春淺上蛾岫。錦帶移香。腰怯病來瘦。幾回釵卜燈窗。鵑啼月落。又枝外、青梅如豆。　步晴晝。記曾隔坐傳杯。花徑共攜手。別後相思。桃葉尚如舊。最憐一縷東風。吹愁不斷。竟亂似、空江煙柳。

## 解連環

倩魂誰喚。繞空階盡日。候蛩啼怨。惱豔懷、空付垂楊。幾寒食東風。絮花零亂。佩冷臺荒。恐愁與、平蕪俱遠。記風回徑悄。倚竹袖痕。溼翠吹斷。　殘宵苦傳壺箭。賸紅絲淚點。無限悽惋。待折取、短驛霜梅。拌孤負年年。五湖春雁。後約無憑。忍更向、畫圖重見。對西風、舊簾篆冷。暮陰自捲。

## 倦尋芳

犀帷繚霧。麟帶圍香。舊情無數。燕外風斜。初見試花桃樹。響屧愁聽鸚鵡院。寶紘淒拂鴛鴦柱。念前塵。悵朱門路隔。夢雲能阻。　記駐馬、長隄日暮。野水瀠回。涼翠飛聚。暗換華年。已是倦遊心緒。珠浦天寒誰贈遠。畫屏春老空題句。掩香篝。暗消凝。玉繩催曙。

## 趙彥俞　字次梅、江蘇丹徒人、官江寧教諭、有瘦鶴軒詞、正續集各一卷、

### 憶少年　昭陽學舍之西、鄭子雅曾種桃花數畝、距今二十年矣、獨游到此、風景全殊、根觸舊懷、誰能遣此、

陰陰時節。深深庭院。淒淒風雨。劉郎自重到。問桃花無語。　芳草而今猶帶露。憶當年、讀書何處。垂楊縱相識。恨天涯飛絮。

### 瀟瀟雨　泊揚州東關外、北風峭厲、寒氣襲人、臥聞柝聲、淒不成寐、枕上拈此、以寄旅懷、

咿啞停弱艣正鳴鳴。畫角起譙樓。怪垂楊幾樹。淒涼燈火。昔日揚州。怕說漫漫秋夜。今夜冷於秋。一樣嚴城柝。敲碎心頭。　驀記長安道上。聽騾綱鈴語。雨雪荒郵。渺天涯是夢。身世又扁舟。況依稀、隔江更鼓。把相思、零亂付東流。攲枕臥。爲春寒甚。莫典貂裘。

### 江梅引　瓶中黃梅花半開、燈下對之、悠然意遠、

一枝消息漏初春。待黃昏。影橫陳。小膽花觚。活水養氤氳。商略蠟丸心底事。寄何人。相思字。露幾分。　短檠搖曳繫冰魂。素兒來。絕點塵。東風昨夜。被誰惱。半面溫存。守口檀奴。獨自對芳尊。坐久蘭膏剛欲燼。濳無痕。娟娟月。又到門。

### 南浦　送江都丁保庵游吳門、兼有杭州之行、

春已不多時。送春歸、又送春波南浦。客裏過蕪城。東風緊、催曳一枝柔艣。吳娘見慣。此行應唱瀟瀟雨。芳

草天涯青欲徧。總是望中離緒。　相思還到西泠。夢迢遙早識。湖干鷗鷺。殘雪段家橋。怕梅花、折短孤山深處。汪倫舊侶。謂汪檢甫別來煩寄殷勤語。聞道蘇堤千萬柳。休被綠陰留住。

## 虞美人 殘紅

海棠開過荼蘼了。慵把殘妝掃。夕陽何苦戀紅樓。贏得蹴花燕子絮新愁。　朱顏憔悴無聊賴。杜宇啼魂在。莫從廢井問胭脂。一到江南春已去多時。

## 南浦 春日舟中詠鷺鷥

一夢醒沙鷗。蕩扁舟、愛對絲禽閒步。秋水記空明。霜華老、曾立蘆花深處。東風料峭。圓沙驚起飛難住。他日荷香知管領。且戀綠波南浦。　回思千里江山。米襄陽甘露寺詩、千里江山白鷺飛、更相逢不是家鄉煙樹。雪意訝蒙頭。垂垂鬢、我更飄零如羽。幽情羨汝。往來偏在無人渡。驀地澄潭魚上網。還背夕陽西去。

## 長亭怨慢 秋蝶

問身世、飄零誰主。夢破南華。一年春去。我見猶憐。玉奴腰已瘦如許。半生輕薄。禁不得、風吹汝。戲罷葛仙衣。又換了、秋娘門戶。　栩栩。縱偷香傅粉。懶鬬舊時眉嫵。青陵路杳。恨最恨、美人遲暮。更淒絕、草草西園。早黃入、夕陽深處。笑活計無多。還被殘花留住。

## 三姝媚 昭陽城北荷花最盛、自經潦水、一望淒然、回首舊游、倚舷成詠、

扁舟呼野渡。託微波通詞。花偏無語。隔水娟娟。折一枝爭奈。玉環遲暮。但見沙鷗。還戀定、荷灣風露。只是

當時。潮去潮來舊愁誰訴。秋色依然前度。記小艇瓜皮兩三游侶。夢到橫塘問昔年人面。六郎何處。莫唱憐儂空望斷、江南煙雨。倘過黃公壚畔。思量更苦。庚申秋同周元甫張子上鄭子雅諸君泛舟竟日今俱下世矣、

永遇樂　用辛稼軒北固亭懷古韻　初到郡城、愴然有感、是夕宿古梅溪十硯齋、

記得分明。范橋東畔。舊釣游處。巷陌糢糊。樓闌破碎。燕子先秋去。懷人江上。吳頭楚尾。多少可兒曾住。嘆於今、山川銷歇。峯高但說如虎。　旌旗影裏。黏天衰草。獨客何堪回顧。落日揚州。西風皖水。煙雨臺城路。登臨易倦。蕭齋一宿。怕聽夜深更鼓。淒然問、月下花前。酒徒在否。

# 王廷瀛　字筠舲、浙江山陰人、諸生、

金縷曲　憶燕

盼斷雙飛羽。看垂楊、陰陰遮徧。舊時庭宇。記得深林相送日。曾說歸期休誤。費多少、丁寧軟語。十二珠簾空自捲。恨梨雲、杳隔天涯路。社前約。竟無據。　漢宮顏色應如故。豈年來、別營新壘。頓忘故主。玳瑁梁空塵欲滿。都是惹儂愁處。莫飄泊、又隨飛絮。知否鶯儔今已散。未寒盟、只有閒鷗鷺。誰堪話。此情愫。

# 周惺然　字篤甫、浙江諸暨人、拔貢生、官山西知府、有雙紅豆齋詞鈔四卷、

鷓鴣天　值宿

一霎新涼雨過生。堦梧埤竹洗秋清。風吟瓊鐸疑絃語。月度銀河作水聲。　烽燧徹。鼓鞞驚。鬢絲欲白爲論兵。何時頓掃潢池靜。高勒燕然百丈銘。

秋霽　題俞逸仙直刺臥游圖

曳玉危樓。望賀監湖遙。亂岫迷碧。塵土狂踪。薜蘿故隱。天涯鬢絲催白。張南周北。甚時重倒花間幘。夢枕隔。定有紅鱸冷笑未歸客。　容易歲晚。歷歷魂驚。馬跡霜橋。雁聲烟驛。約鷺鷗、都來畫幢。綠楊可是舊相識。寂寞旅愁渾斷得。酒醒香炧。無奈一段銷凝。柯山莎屩。練塘蘆笛。

調笑令

杜宇。杜宇。喚春不如歸去。渡頭桃葉楊枝。空惹春波別離。離別。離別。夢碎一簾香雪。

朱孝起　字百原、號廉卿、浙江錢塘人、諸生、有韻蘭詞、

一萼紅　湖上春游

燒痕平。悄東風一夜。吹綠上南屏。天半箏絃。湖邊簫鼓。拼作一片春聲。淡黃柳、纔拖金縷。看幾時、飛絮幾時萍。一樣韶華。問渠攀折。何似飄零。　落日又催寒信。檢裝棉半臂。便覺多情。羃樹煙濃。迴船浪急。天氣難定陰晴。黯回首、踏歌聲斷。莫忘卻、前度白鷗盟。腸斷年年芳草。衹近離亭。

八聲甘州　南屏山看紅葉有感、

算繁華、已到盡頭時。零落好收場。怎重新裝點。枝枝葉葉。一片春光。埋怨天公多事。幻影太荒唐。幾日西風急。又早飄颺。　卻似悲歡無定。已迴腸斷了。再續迴腸。問秋波臨去。何苦一回望。冷落心情到此。怎當伊、淡抹與濃妝。休留戀。早些打點。衰草斜陽。

## 羅萱

字伯宜、湖南湘潭人、江西補用知府、有蓼花齋詩餘一卷、

滿江紅　得歐陽功甫書作此代柬、

萬古茫茫。且莫說麒麟圖畫。儘讓與、蠅頭蝸角。冷杯殘炙。捫蝨高談吾輩是。聞雞起舞何人者。合消他、箕踞與科頭。長松下。　湘岸上。君廬舍。漣水曲。余耕稼。悵迢迢百里。枌榆分社。人事悲歡同夢蝶。世間得失看翁馬。定何時、重與一尊同。心期寫。

## 齊學裘

字子冶、號玉溪、安徽婺源人、有蕉窗詞存三卷、一名雲起樓詞、又名賣漁灣詞

百字令　同秋谷伯宏登大觀樓作

雙溪放棹。晚涼天、到處沙明鷗靜。平遠山如人蘊藉。雲氣平鋪千頃。古木烏棲。荒蘆雁宿。畫意都無盡。憑窗小語。牆頭時落帆影。　記得梅雨初晴。薰風送暖。小蝶衣濡粉。幾度淹留終日坐。領略此間靈境。湖水

依然。湖雲不改。換作淒涼景。夕陽西下。掉船微覺秋冷。

## 關達源 號海雲、湖北漢陽人、有琴心詞、

### 渡江雲 題晚春白頭翁小景

暖香吹不起。綠陰一片。寂寞鎖春殘。苦吟頭易白。瘦到酴醾。好夢便闌珊。斜陽自去。戀餘芬、誰倚紅欄。畫蕭瑟、庾郎身世。垂老寄江關。 家山。故巢在否。城郭都非。況鶯鶯燕燕。請認取、六朝金粉。如此荒寒。新霜滿鬢芳菲歇。踏空枝、欲住渾難。歸也未。鷗波閒了漁竿。

### 洞仙歌 琴川訪舊、小住經旬、明日行矣、顧夢薌寫辛峯一角見貽、感而賦此、

翠岑幾疊。有閒雲曾住。認得彎環畫中路。嘆重來、倦客百感蒼涼。第一是、怕說青山如故。 故人知此意。偏向燈前。寫出娟娟舊眉嫵。剛道不看山。明日扁舟。翻載箇、峭峰歸去。笑結習、平生最難忘。早預約秋期。展痕同補。

## 江鳳笙 字韻樓、江蘇吳縣人、諸生、

### 解連環 哭戈順卿

分山斷碧。歎才人老盡。愴焉今昔。縱銷魂、最是江南。忍風月閒愁。枉抛心力。零落詞壇。今莫問、鸞箋象筆。

待哀歌楚些。彈折素絃。有淚難滴。當年月圓秋夕。墜半簾暗雨。同倣瑤席。算平生、鏤葉鐫花。賸一卷長留。塵世輕擲。化鶴歸來。怕重聽、隔牆風笛。料岑寂、夜臺伴侶。朗吟黯憶。

## 李長榮　字子黼、號柳漁、廣東南海人、貢生、官光祿寺典簿、有柳堂集、詞附、

### 小重山　舟泊小金山、謁蘇文忠公像、

白髮東坡舊到來。寶陀留夢後、尚徘徊。德雲前世莫疑猜。今我到。重認妙高臺。　肅拜動吟懷。二惇何在也、枉擠排。公名山色兩崔嵬。江心望。疑是小蓬萊。

## 秦兆蘭　字少薗、江蘇嘉定人、有譙羽餘音一卷、一名嘯沅詞、

### 齊天樂　金閶寓館秋夜

霜風旋作重陽訊。瀟瀟更添疏雨。病葉驚秋。單衾還夢。夢也難逢歡處。啼螿院宇。鎮攪和簷鈴。做成淒語。半臂涼欺。夜燈伴影甚情緒。　鶯花歌舞舊地。聽寒舂隱約。聲近皋廡。綠鬢飛蓬。黃金典藥。便算半生遭遇。蘭膏幾許。怎禁得通宵。短檠長炷。傍曉棲烏。欲飛還又住。

### 疎影　題眉子硯、即用吳石華學博原韻、

眉痕片石。記翠匳小小。芳麝凝碧。繡句牋愁。瑤軫調絃。留得疏香餘澤。而今一樣初三夜。賸聽取、吳歈淒

瑟。便等閑、櫻雨東風。二百廿回寒食。　還憶蕉窗近底。病魔感煮夢。零黛珍惜。瘦仿秋蛾。淡寫春山。畫筆都非疇昔。鉢曇漫詡詩禪悟。總誤卻、鸞凰消息。羨子喬、翰墨因緣。耐想淺深螺色。

## 鍾　景　字嵩生、浙江海寧人、諸生、官直隸東光縣知縣、有紅蕪詞鈔二卷、

### 西子妝

窗掩龜紗。鑪銷鳳篆。冷落湔裙時候。情根種了滿愁城。只年年、偏生紅豆。懷人病酒。總不許、春來不瘦。曉寒新。悵薄陰連日。苔封鴛甃。　憑欄久。雨碎烟零。芳事闌珊又。羅襟曾與拭啼痕。到如今、餘香還有。回文賦就。已容易、歡悰孤負。暗沉吟、昨夜雙魚去否。

### 陌上花　題惜花圖

雨慵烟困。晚來庭院。薄寒如水。似夢閒愁。半被東風句起。惜花盼得花開了。又怕落紅滿地。悵欄干倚徧。無人說與。萬千心事。　指忽忽絮影。桃憨柳怯。如此芳時能幾。打疊柔情。莫等綠陰青子。明年濃豔還依舊。畢竟春心不是。切休教、負卻吟牋。歌板燕鶯聲裏。

### 疎影　銷魂橋畔銷魂樹、不到秋來魂也銷、漁洋山人詠趙北口秋柳句也、余丙辰秋、莅任丘丞任、公廨距趙北口僅數里、官道之柳、悉歸管領、西風蕭瑟、悵然賦此、

天寒日短。正夕陽欲墮。鴉陣零亂。古道黃塵。古渡流澌。衰楊敗柳無限。銷魂橋畔銷魂樹。偏付與、銷魂人

管。悵朝朝、策馬經過、一度一回腸斷。 虹影波光相映。翠陰入望處。秋色如染。踠地柔條。弄瞑迎涼。行客都增悽感。那堪時節逢搖落。還親向西風檢點。賸愁心、棖觸重重。萬縷千絲難綰。

### 八聲甘州 秋意釀寒、夕陽弄暝、登樓眺遠、景物淒迷、旅思鄉愁、不覺毫端環集也、

聽迷離、漁唱起斜陽。長空笛音哀。看烟屯衰草。風梳敗葉。霜信先催。嬾上危樓獨倚。雁影正南來。蹤跡年年滯。怕說秋歸。 寂寞銀牋彩筆。恨雙魚都杳。書也慵裁。問故園籬菊。零亂向誰開。料今宵、天寒酒醒。有秋聲、和夢落江隈。還惆悵、更無人處。自勸螺杯。

### 高陽臺

瘦竹敲涼。破蕉捲夢。斜陽獨自憑樓。紅豆歌餘。沈吟燕侶鶯儔。無情雙雁傳書懶。替西風、只帶新秋。數從頭。如水韶華。盡付東流。 當年彩筆緘情處。記翠屏暖貯。銀燭春留。密意懽悰。都成別後閒愁。花前心緒知何似。似楊絲、難綰難收。晚颸柔。怕覩飛英。休上簾鉤。

## 徐其志 字伯宏、號湛人、江蘇荆溪人、候選訓導、有瑞雲詞一卷、

### 唐多令

風雨助孤吟。吟多思不禁。已逡巡、誤到而今。百折千回都過了。情更比。昔年深。 涼氣紵衣侵。鳴蟬空際音。漏斜陽、幾葉蕉陰。展轉蕉心難照到。爭照得。昔年心。

風流子　戊申之秋、偕友步袁江南隄、喟然有感、燈下成此、

河干風漸緊。長隄畔、回首亂雲飄。正夕陽艤渡。時逢去燕。空林墜葉。尚有鳴蜩。迤邐步。墟烟縈荻舍。虹彩斂衡皋。碧玉一灣。是誰院落。額黃無限。剛敎吹簫。　那堪美人暮。佳期晚、袷衣塵涴難消。孤負伎堂說劍。官驛題橋。況撋繡年華。含香心事。山眉隱約。雨腳刁蕭。還共遙天明月。度可憐宵。

# 湯貽汾

字雨生、號粥翁、江蘇武進人、官浙江樂清協副將、有琴隱園詞四卷、一名畫梅樓詞、又有江東詞社詞選一卷、

賀聖朝　宿松軍中

暮雲一片隨營落。看旗翻日腳。朝朝閒卻綠瑚弓。向霜林彈雀。　將軍白髮。征夫血淚。迸三更霜角。狂歌痛飲曷如吾。早枕戈眠着。

鷓鴣天　姑蘇

舞板歌紈送落霞。館娃淒似玉鉤斜。春風綠水楊花命。細雨紅樓燕子家。　波瀲灩。櫓伊啞。踏青不見七香車。曾將一掬相思淚。化作眞娘墓上花。

千秋歲　九日靈邱北城寺樓

僧樓側帽。無限悲秋意。斜風細雨重陽例。窮邊人自少。佳日秋餘幾。傾綠蟻。吟朋且把黃花抵。　無處思

兄弟。腸斷登高地。身又老。官如寄。全家霜角畔。雙淚飛鴻底。鄉萬里。幷無荒逕歸何易。

### 百字令　嚴修能元照、倪米樓稻孫、奚虛白疑三人爲莫逆交。修能先逝、米樓有榆樓感舊詞、虛白和之。迨米樓又逝、虛白復作榆樓感舊詞、且補圖徵同人和焉。榆樓者、虛白所居、嚴倪所常寓也。

碧天無際。看征鴻過盡。苕南弁北。自古騷人來往慣。此是詩天酒國。煙雨汀洲。斜陽樓閣。偏有傷心客。笛聲淒怨。不堪回憶當日。　須信過眼浮雲。無窮代謝。後視今猶昔。但問題圖誰尙在。只賸幾痕殘墨。清淚難收。芳魂易斷。何必曾相識。及時行樂。眼前如此山色。

### 長亭怨慢　衰柳

更誰向、灞橋攀折。萬里關河。一天風雪。古陌人稀。幾絲猶自馬頭拂。蕭蕭短鬢。正顧影、同淒絕。盼斷七香車。還只當、聽鶯時節。　休說。賺高樓翠袖。望眼欲窮天末。浮萍散了。怕流水、也應消歇。最苦是、落葉江城。賸一笛、風前幽咽。算夢裏腰肢。難解眉頭千結。

## 趙對澂　字野航、安徽合肥人。廩貢生、官廣德州學正。有小羅浮館詞六卷。

### 點絳脣　春草、和林和靖。

陌上人回。亂紛紛地春無主。六橋何處。落盡棠梨雨。　欲訪離宮。又是斜陽暮。牽愁去。煙嵐無數。來日西陵路。

## 虞美人 懷友人塞外

千金一劍留身畔。萬里音書斷。忽看雙雁影橫秋。料得征人此際定回頭。　胡笳拍徧關山路。都是相思處。穹廬四顧野蒼茫。祇有故園明月照邊牆。

## 蝶戀花 鷓鴣

聒耳聲聲行不得。誰是哥哥。漫喚生疏客。水驛山程啼欲絕。隔花又送音悽惻。　暫借一枝休歎息。許爾高飛。莫管江南北。前度詩人頭已白。歸期未向天涯覓。

## 永遇樂 采石懷古、用辛稼軒北固亭韻、

千尺危磯。陳隋舊壘。欲尋何處。斷鏃遺鐶。忽忽都被。霧捲風吹去。日落匡廬。煙迷建業。贏得行人少住。歎當年、後庭舞罷。天塹飛來擒虎。　棋局興亡。野雲成敗。莫向江南頻顧。春晚雷塘。秋深螢苑。一樣臺城路。祇有洪波滔滔東下。隱約猶聞金鼓。吾倦矣、白門柳色。尚堪看否。

## 水龍吟 登金山寺塔

江上指點微茫。登臨不盡悲秋意。楚天雲淨。吳門楓落。淒涼如此。百戰孫曹。一時王謝。幾篇蘇米。算英雄名士。古今多少。祇留得。鴻泥地。　寂寞心情誰寄。趁風前、闌干徧倚。樓臺縱好。鶯花非昨。風流盡矣。斜日荒荒。怒濤滾滾。寒鴉聲裏。正銷魂又聽。隔江畫角。寥空四起。

## 朱紫貴

字立齋、號曼翁、浙江長興人、廩貢生、官嘉興府學教授、有楓江漁唱、清湘瑤瑟譜、續譜各一卷、總稱楓江草堂詞、

### 西江月

喚醒春情語燕。驚殘午夢啼鳩。東風無力漾簾鉤。吹墮一花紅瘦。　細雨前宵深院。斜陽今日層樓。不知底事十分愁。恰是去年時候。

### 琵琶仙

中秋後一日偕蘭石沁泉出湧金門、夕照在山、水雲彌望、小舟喚渡、由西泠橋入裏湖、憶庚辰春、寓吳莊已六年矣、述白石道人黃鐘商調、

煙柳絲絲。早搖動、一片冥濛秋色。凄豔金粉樓臺。空簾映斜日。臨淺鏡、峰眉自綠。更雲水、斷橋催夕。桂雨飄黃。荷風颭翠。遊事蕭寂。　試重喚、雙槳沿緣。算梅鶴孤山舊相識。醒作平我十年塵夢。是鷗邊漁笛。還認取、花牆院宇。有那時、殢酒陳蹟。可奈丸月今宵。鳳城遙隔。

### 琵琶仙

雨後北園晚步至老君堂小憩、

絲雨初收。夕陽外、一片煙痕猶溼。扶醉人送飛紅。東風聽殘笛。禁幾度、晨鐘暮鼓。漸零落、鈿車金勒。趁蝶尋香。隨鶯選夢。幽趣還得。　算纔過、寒食清明。早初夏園林逗消息。無數柳花如絮。糝單衫零白。休更向、妝樓細訴。怕月眉、瘦損疏碧。便有盈架荼蘼。不成春色。

長亭怨 重過石湖

又重到、垂楊斜渡。雁陣驚寒，魚榔催暮。斷葦荒灣，挂帆低共片雲度。倦遊心事，誰念我、飄零苦。一霎翦江行，早望見、松陵煙樹。　延竚。見遙山幾疊，倒影鏡中眉嫵。弦詩載酒，算舊約、曾盟鷗鷺。甚獨自、水枕風燈，慣題徧、孤篷詞句。漸古戍黄昏，殘角月作平中低語。

## 莊棫

字中白，江蘇丹徒人，官主事，有蒿庵詞四卷，一名中白詞。

瑞鶴仙

望鈿車何處。香乍拂、暗鎖一庭薄霧。雲窗小院罅。恍屏山曲曲，紗籠珍護。玳梁幾許。問海燕、芳蹤可住。看紅襟飄瞥，重到畫屏，漫把人誤。　苦憶年年遠道。水驛山程，空怨零雨。鶯聲暗訴。催春至，共誰語。怕高樓去後，花枝滿眼。東風吹向繡戶。更青青柳色，陌上費人凝佇。

定風波

爲有書來與我期。便從蘭杜惹相思。昨夜蝶衣剛入夢。珍重。東風要到送春時。　三月正當三十日。占得。春光畢竟共春歸。只有成陰并結子。都是。而今但願著花遲。

壺中天慢

行雲何處，卻分明依舊，昨宵華月。城上烏啼啼未曉，正好三更時節。巷口煙深，窗間燭暗，乍見心先怯。那能再與。殷勤深訴離別。　回憶往日來時。手中團扇。竟難教抛撇。幾曲銀屛天樣遠。更有輕紗隔絕。欲住無言。爲愁含笑。此際心如結。遙知去後。比前更覺淒切。

蝶戀花

城上斜陽依綠樹。門外斑騅。見了還相顧。玉勒珠鞭何處住。回頭不覺天將暮。　風裏餘花都散去。不省分開。何日能重遇。凝睇窺君君莫誤。幾多心事從君訴。

百丈游絲牽別院。行到門前。忽見韋郎面。欲待回身釵乍顫。近前卻喜無人見。　握手忽忽難久戀。還怕人知。但弄團團扇。强得分開心暗戰。歸時莫把朱顏變。

綠樹陰陰晴晝午。過了殘春。紅萼誰爲主。宛轉花旛勤擁護。簾前錯喚金鸚鵡。　回首行雲迷洞戶。不道今朝。還比前朝苦。百草千花羞看取。相思只有儂和汝。

殘夢初回新睡足。忽被東風。吹上橫江曲。寄語歸期休暗卜。歸來夢亦難重續。　隱約遙峯窗外綠。不許臨行。私語頻相屬。過眼芳華眞太促。從今望斷橫波目。

揚州慢　過揚州作

飛絮時光。熟梅天氣。片帆又到揚州。繞荒城十里。尙似舊淮流。過多少、尋常巷陌。銜泥飛燕。何處句留。望紅樓人語。沈沈深押簾鉤。　杜郎老去。有何人、能訴淸愁。喜學語雛鶯。新聲百舌。不解含羞。好向綠陰深處。西風動、怕報涼秋。已酴醾開到。行人休憶春游。

## 唐多令

燈燄似凝脂。紅心草恐非。羃煙煤、一樣迷離。照得空庭都四徹。原不藉。蠟成堆。　影隔便難知。光留許來窺也。曾看、鏡裏蛾眉。窗外北風冰正沍。只微火。轉淒其。

## 虞美人　懷魯仲實

悠悠客鬢生華髮。十載音書絕。枕函殘夢醒微茫。瞥見南飛烏鵲不成行。　故人識我詞中意。說也先憔悴。蓬萊方丈不須游。近日乘槎直到海西頭。

## 高陽臺　丙子清明題郭湘渠所持臨宋人上河圖一角畫扇、感今懷古、念亂憂生、觸緒成吟、不自覺其言之拉雜也、

飄拂微風。芊眠楊柳。上河時候清明。扇底嬉春。誰人一角重臨。鑾輿猶記曾來駐。更趙家、圖畫重尋。久消沈。夢華舊錄。且說東京。　才人何事搜求苦。數弁州遺恨。直到而今。倦客相看。此時別自傷心。金戈鐵馬經過眼。看廿年、河外蜺旌。賸閒情。渡頭艇子。打槳來迎。

## 菩薩蠻

曈曨紅日纔當午。一鉤新月天邊吐。相去幾多時。參差形影隨。　深宵朱戶裏。環佩聲徐起。倘許共徘徊。羅帷可暫開。

寶函鈿雀金泥鳳。釵梁欹側雲鬟重。莫遣夢兒酣。江南春色闌。　音書金雀斷。芳草芙蓉岸。當戶理機絲。

年年戰士衣。

六銖衣薄迷香霧。畫屏曲曲山無數。生小愛新妝。輸人眉黛長。　夢迴深院靜。月過秋千影。宮裏醉西施。烏啼臺上時。

## 垂楊

東風幾日。怎留人不住。更添金縷。晛睆流鶯。依稀似欲迎人語。儂心縱使從君訴。柰飛燕、雕梁嬌妒。傍長隄、一碧無情。任玉驄嘶去。　淒楚連宵苦雨。竟沾水漬泥。不堪重顧。鬢已如絲。笛中偏惹閒情緒。柔枝婀娜誰攀折。但贏得、離愁幾許。年年踠地青青。休怨汝。

## 高陽臺　長樂渡

長樂渡邊。秦淮水畔。莫愁艇子曾攜。一曲西河。尊前往事依稀。浮萍綠漲前溪徧。問六朝、遺蹟都迷。映玻璃。白下城南。武定橋西。　行人共說風光好。愛沙邊鷗夢。雨後鶯啼。投老方回。練裙十幅誰題。相思子夜春還夏。到歡聞、先已淒淒。更休提。煙外斜陽。柳外長隄。

## 鳳凰臺上憶吹簫

瓜渚煙消。蕪城月冷。何年重與清游。對妝臺明鏡。欲說還羞。多少東風過了。雲縹緲、何處句留。都非舊。君還記否。吹夢西洲。　悠悠。芳辰轉眼。誰料到而今。盡日樓頭。念渡江人遠。儂更添憂。天際音書久斷。還望斷、天際歸舟。春回也。怎能敎人。忘了閒愁。

# 顧成順 字澹園，江蘇南匯人，有曙彩樓詞鈔二卷、補鈔二卷。

## 倦尋芳 題李韡園萼聯茂才愴懷草詩册

錦屏夜悄。珠絡香消。天遠人遠。敲缺銅壺，吟到玉梅簾捲。不是曉妝樓孄上，畫梁怕見雙棲燕。遶迴廊，正芙蓉路窄，鳳簫聲斷。　柰寂寂、東風庭院。紺縷飄零，情緒難翦。往事模糊，只賸研羅團扇。瓊苑從今深閉戶，誰憐虛砌鶯花換。被啼鵑，引愁人，頓生春感。

## 瑞鶴仙

露花淒古井。問塞鴻可帶，故人書信。歸鞭幾時整。竟渾忘客館，一簾涼影。凝眸暗省。數別夢、天涯未準。看江濱、棲穩鴛鴦，可憶素娥清冷。　愁損。數行衰柳，幾點芳蘋，翠樓偏迥。黃昏漏靜。深深院，恨誰引。被西風吹起，闌干倚遍，一笛關山又暝。縱風光、得似年時，與誰醉醒。

## 長亭怨慢 初夏感懷，用王中仙重過中庵故園韻。

任閒倚、畫闌吟遍。紅雨池塘，綠雲庭院。夢裏繁華，過時重省淚無限。一簾涼影，人病在、荼蘼苑。嫩碧颺晴絲，誰惜我、襟懷消散。　春遠。恨好春去也，況又玉環天遠。翠微路小，看風帶、落花辭燕。謾唱到、白苧江南，怕樓上、麴塵吹晚。更悵望旗亭，一片離雲淒惋。

## 金　泰

字改之、安徽英山人、浙江仁和縣知縣、有紅藥吟館詞二卷、一名佩蘅詞、又名怡雲詞、又與邊浴禮同撰燕筑雙聲一卷、

### 摸魚子　題邊袖石聽雁聽風雨圖

只疏疏、不多水墨。皴來秋色如許。一繩涼雁飛無定。響徧一天風雨。聽得否。偏有箇、悲秋人在銷魂處。年年聽取。那怪得青衫。者般憔悴。絲鬢半霜縷。　淒迷甚。夢裏深閨砧杵。夜寒吹上窗戶。層陰眼底關河隔。還憶金臺倦旅。離思苦。問何不、傳言商略同歸去。人生幾度。得小住家山。對牀燒燭。遣此歲華暮。

### 鷓鴣天

勝業坊前見淨持。冶妝猶畫入時眉。含情強倚東風笑。塵暗當年舊舞衣。　金鏤管。玉交卮。詞人爭賦小楊枝。除他一片秋江月。曾照芙蓉泣露時。

### 踏莎行　曉行

星沒鴻天。燈明鷺堠。荒雞膈膊初啼後。搴帷陡覺五更寒。馬毛吹白霜華厚。　野渡無人。堅冰斷溜。板橋何處堪沽酒。曉風殘月太淒涼。更無一樹垂楊柳。

### 瑤華　白秋海棠

輕紅頮玉。睡過春光。滿閒庭苔綠。啼殘鵑血。空剩得、鉛淚零星盈掬。亭亭瘦影。渾不稱、人間綃縠。儘自憐、

淡絕新妝。誰爲重燒高燭。 分明香色都空。便休作花看。移種空谷。煙淒露冷。偏愛傍、十二畫闌干曲。柔腸欲斷。甚粉蝶、依然雙宿。算月明、還到牆陰。深夜照他幽獨。

石州慢 初寒

鴛瓦新霜。寒到客邊。絲鬢催白。無邊木葉砧聲。添助半空風力。高樓漫倚。過盡幾陣疏鴉。塵沙吹暗斜陽色。燈影上重簾。儘銷魂今夕。 回憶。年時妝閣。簫局香溫。鏡臺花密。千重關山。雲樹一重重隔。征衣未寄。只怕倚竹牽蘿。唾絨窗下閒刀尺。待問訊平安。付南飛鴻翼。

## 魏謙升 字滋伯、號雨人、浙江錢塘人、歲貢生、官仙居縣訓導、有翠浮閣詞一卷、

曲遊春 闌影

界畫閒庭院。看日光頻轉。花壓春晝。寫出雙身。倚東風偎暖。佳人羅袖。卍字苔痕繡。更滿地、竹陰篩漏。印小池。幾折朱紋。魚戲闘萍搖皺。 負手。巡檐詩就。漸斜過蕉廊。移上桐牖。曾記仙山。繞彎環十二。碧城回首。樓角憑來久。半掩映、陌頭楊柳。量到曲尺縱橫。月波浸透。

一枝春 賦餅中桃花、憶皋亭舊遊、索西齋鞠門浣花三君和、

病起登樓。望郊原、忽見柳邊眉嫵。夭桃放了。分付薄陰留住。亭皋舊夢。在花隝、夕陽多處。還記否。畫舫吟尊。同賦減蘭詞句。 春寒中人如許。惜韶光過半。翦風絲雨。鄰家女伴。愛唱洗紅無譜。仙姝未老。又宜笑、

折枝含露。描不出。豔影玲瓏。背燈認取。

## 賈敦艮　原名溥、字博如、號芝房、浙江平湖人、諸生、有東武拏音二卷、一名餐霞仙館詞、

### 掃花游　小石林在吾邑大南門內、康熙間、葉笠亭先生之溶故居也、今爲周氏別業、三月之杪、約丁君鶴儔共游、余獨至而丁君不來、賦此示之、

水雲沁暖。正夜雨初晴。曲池波淨。篠梧舊境。有流鶯喚客。軟苔侵徑。瘦石玲瓏。幾惹詩人嘯詠。草堂靜。昔日唱酬。多少名勝。　芳信寒猶凝。任木筆書空。鼠姑窺鏡。歲華換景。賸香紅醉墨。雅流同證。步入幽亭。悔未聯吟煮茗。小闌凭。漏斜陽。滿身花影。

### 臨江仙　留溪舟次

四望雲山仍不礙。竹西何處名樓。元楊竹西居張堰、有不礙雲山樓、雨餘小堰客停舟。海腥魚入市。溪暖鴨爭流。　一帶垂楊新畫稿。綠陰濃罩船頭。蔞蒿蘆荻滿汀洲。夕陽紅似酒。春水碧於油。

### 水調歌頭　乙卯九日、俞芷衫招同人遊海上九峯、予以客遠不赴、作此寄之、

亭皋木葉下。風景又重陽。羞將短髮吹帽。歲月去堂堂。雨後九峯凝黛。仙侶移舟共載。乘興引壺觴。應被山靈笑。身滯水雲鄉。　謾尋思。斟菊琖。佩萸囊。吾廬何處。三徑秋色未全荒。人世難逢笑口。不如意常八九。慷慨鬱中腸。幾兩平生屐。搔首海天蒼。

## 汪守愚 字虎溪、浙江秀水人、官江蘇吳江縣縣丞、有虎溪詞存、

### 疎影 同孫月坡青溪看梅花

春愁萬倍。慣暗邀蝴蝶。同結游袂。一棹橫雲。兩槳衝波。劃破一溪濃翠。垂楊影裏珠簾捲。儘圍著、鬧紅如沸。算昨宵、有約湔裙。不識玉人來未。　陌上麴塵不動。亂鈴穿巷過。誰控征轡。趁此繁華。趁此清閑。趁此豔陽明媚。含情欲向東風囑。莫吹醒、儂游濃醉。怕重來、鏡裏朱顏。化作扇頭紅淚。

## 費伯雄 字晉卿、江蘇武進人、諸生、有留雲山館詩餘一卷、

### 菩薩蠻

暮烟半捲秋江闊。悲商怨徵瀟湘瑟。人瘦菊花天。開窗月滿簾。　滿簾新月白。秋燕都如客。燕子向南飛。客行何日歸。

## 韓　崇 字履卿、江蘇元和人、諸生、官山東鹽大使、

### 金縷曲 次鑑齋都轉韻、並屬外孫吳茂才寫秋宵話別圖送玉淦北上、

秋色含殘照。最關心、黃花節候。忽移雙棹。此去乘槎尋舊侶。秋水銀河浩渺。可惜我、盈頭霜早。廿載林泉

消酒賦。把刀環、應讓君年少。千萬里。暮雲繞。　梅花明月同襟抱。數幾番、春風載酒。畫船吟嘯。回首青雲凌健翮、羨殺龍鍾一老。夢不到、黃州春好。剩有纏緜情一縷。繫相思、惆悵旗亭杳。憑雁足。寄分曉。

## 陸循應

字子良、江蘇武進人、官河南南陽縣典史、有鷗汀詞草一卷、

### 高陽臺　高晴江邀灌園探梅、酒閒話西湖舊事、

淺水溶冰。寒英鎖雪。幾重簾幙周遮。消息傳來。春風先到誰家。行蹤且爲清樽駐。怕更闌、芳思交加。似年時。月上西洲。一抹殘霞。　孤山曉夢都陳迹。悵亭亭疏影。無限橫斜。笛裏新愁。爲儂細譜年華。誰憐紙帳香難續。縱春歸、依舊天涯。更憑他。過盡斜陽。數盡飛花。

### 鵲橋仙　楊花

春愁如夢。春魂如雪。拋卻半簾香霧。閒思往事獨憑欄。看過盡、飛花無數。　鬢痕霜褪。眉彎烟鎖。苦說當年張緒。總然耐得到春闌。能消受、斜陽幾度。

### 南浦　秋柳

極目碧雲深。算重來、難問夕陽門徑。怨笛咽酸風。卻憐他、舊日纖腰全褪。天涯夢短。何曾絆住春人影。一樣寒煙空外積。惟有暮鴉消領。　長隄慘綠都銷。便香驄繫徧。前游誰省。金縷恁拋殘。早難道、悽斷靈和芳訊。玉關人遠。霜花幾度添吟鬢。贏得鄉心千里共。依舊歸期無定。

## 滿庭芳 寒鴉

淒絕西風。黃雲做暝。三三兩兩樓頭。飄殘落葉。舊恨感西洲。賸有偎煙瘦影。無人管、一例經秋。斜陽外。亂山無數。點點是離愁。　荒流。回棹晚。暗隨帆影。細數歸舟。正篷窗夢醒。淡月如鉤。多少寒枝揀盡。幾容得、倦羽輕投。空搔首。天涯日暮。青鬢怨霜留。

# 羅志讓 號西津釣叟。有江潭漁唱。

## 眉峯碧 壬子客揚州。得武昌被圍消息。感賦。

旅館方岑寂。硯冷冰凝滴。一盞清醪萬斛愁。正悵望、寒蟾夕。　烽火傳消息。倚劍情空鬱。數尺寒衾倦欲眠。怕聽風吹壁。

## 鷓鴣天

睡起藤牀白日高。花階閒立自逍遙。蟻銜餘粒將歸穴。燕啄香泥自補巢。　烏几淨。爵煙飄。一襟幽思坐來消。斜行矮紙書齊語。清簟疏簾讀楚騷。

## 浣溪紗 題秋海棠

瘦石疏花掩映宜。美人欲折下階遲。秋風小院斷腸時。　生近玉簪通暗馥。隱來金井動幽姿。一天涼露影參差。

## 于培元　字養齋、江西金谿人、有惜分詞一卷、

### 風中柳　柳絮

簾外飛揚、都是落花情緒。被東風、輕輕送去。亂煙殘月。待相尋何許。怕霑泥、任衣留住。　斷梗浮萍。一樣飄零無主。更那堪、才憐謝女。梁園回首。笑當時空賦。又眞箇、惹來春暮。

### 誤佳期　閨思

無數良宵虛擲。皺損眉峯雙碧。水晶簾外月娟娟。獨望情何極。　斗轉漏頻移。羅襪蒼苔溼。梨雲夢冷擁衾寒。暗數流年惜。

## 丁彥和　字暢之、江蘇無錫人、諸生、

### 更漏子

露初凝。風漸起。月到碧天如洗。深夜夢。少年心。沈吟誤到今。　秋將盡。愁難整。更被笛聲句引。千重水。萬重山。征人何日還。

## 倪　鴻　字延年、號耘劬、廣西臨桂人、官廣東典史、有花陰寫夢詞一卷、

買陂塘　乙卯六月六日、穎勤上人招同張南山師、黄香石師、陳古樵、沈伯眉、許青皋、顏子虛、集永勝寺作、

繞招提、古松修竹。到門先得幽趣。支公好事爭迎客。留醉藕花深處。風滿樹。聽萬翼凉蟬、遠近聲如雨。爐烟裊住。漫就佛呈詩。拉僧說偈。且啖嬾殘芋。　精廬好。那用黄金散布。蕭然忘却塵慮。禪牀四大容人坐。茶話各揮松麈。鴻雪聚。想韻事他年、塔上鈴能語。斜陽漸暮。又百八鐘鳴。十千酒盡。黄月寺樓吐。

## 蔣　槐　字竹晉、浙江平湖人、有瘦籐書屋詞集、

### 蘇武慢　絮影

疑色疑空。無蹤無跡。瘦得夕陽如許。分明乍見。卻又驚回。轉眼便無尋處。移傍繡簾。兜住瓊鉤。依然飛舞。倏烟銷雲散。玉容歸去。了無情緒。　猶記得、捉住風前。兒童競逐。揉作去雪團無數。流光易老。故態全非。添得者番淒楚。誰倚畫樓。倦繡停鍼。迴眸斜注。歎模糊吹遠。消息傳來又誤。

## 張安保　字石樵、一字叔雅、號潛翁、江蘇儀徵人、有晚翠軒詞一卷、

### 長亭怨慢　舟夜聽雨、寄懷仲海、

久孤負、重陽佳節。雁侶鷗盟。幾年離別。滿徑黄花。一尊清酒自斟酌。舊遊如夢。誰念我、頭如雪。喜意外重

逢。會海國、婆娑華髮。一霎。頓情遷境過。執手河梁嗚咽。昏煙斷港。便輕換、碧雲明月。怎篷背、滴瀝蕭騷。直揉得、肝腸淒絕。醉眼看吳鉤。難斷愁痕千疊。

# 全清詞鈔第二十四卷

## 劉庠 字慈民、號純叟、江西南豐人、咸豐元年舉人、官內閣中書、有紫芝丹荔山房詞草、

### 暗香 沈芷秋梅花帳額

冰肌玉骨。甚好春欲透。畫屏山疊。隔著輕衾。相伴初三纖弦月。卻怪宵來幽夢。化一樹、玉霏瓊屑。誰識取、片片飛花。妝額豔珠纈。　悽絕。殘歌咽。有翠袖紅巾。起舞迴雪。冷香秀色。歎此身、淚眼盈睫。鬢影珠光已是。隨怨笛、江城吹徹。更望裏、垂繡幕。旅魂愁別。

## 鄒漢勛 字叔績、一字績父、湖南新化人、咸豐元年舉人、官直隸州知州、有斆藝齋詩餘一卷、

### 鵲橋仙

鴨放初回。漁歸欲暝。新燕戀巢偏晚。一襟幽恨語重牽。卻又怕、曉風吹短。　悤情灌露。密意霑雲。無那春深牆淺。狂鶯休更妒芳菲。也曾夜月題紅怨。

### 桃源憶故人 贈別

臨歧借問君歸處。遙指前邨煙樹。淚滴青衫無數。雲繞行人路。　王孫不解留伊住。此後寒窗空曙。執手

相看難語。不忍忽忽去。

## 潘誠貴　字樹軒、一字時軒、江蘇吳縣人、咸豐元年舉人、有篛紅詞一卷、歷代詞選四卷、

### 高陽臺　盤香

小篆蟠雲。圓規替月。宵深移近蘭釭。一寸芳心。和伊曲曲思量。東風肯把重簾揭。寫春人、九轉愁腸。更誰邊。夢影低回。情短情長。　灰深巧樣旋螺暈。正雙紋帳掩。六摺屏張。屈戍彎環。深深嗳護鴛鴦。輕煙綰做同心結。似偷來、寶髻新妝。鎮無聊。斜倚熏籠。都繞芸囊。

### 摸魚子　初秋病中

枕窗陰、芭蕉深處。秋來風雨無準。湘波窣窣簾垂地。吹醒一燈涼暈。眠未穩。聽瘦了蟬聲、又是蛩聲緊。黃昏漸近。拚數遍宵鉦。捱殘曉漏。攪夢五更盡。　羅雲薄。天半星河隱隱。銀屏香炷盈寸。已涼天氣都無賴。況又詩懷病損。愁暗忖。便不是悲秋、也抵傷春困。流光去迅。料疏柳闌干。殘荷池館。初雁已成陣。

## 于喬齡　字酉峯、江蘇金壇人、咸豐元年舉人、有浣綠草堂詞、

### 琵琶仙　感舊

淪落天涯。儭身世、一樣飄零如葉。偏是同調相逢。歌闌正愁絕。千萬徧、移宮換羽。抵多少、唳鴻啼鴂。舊夢

星星。前塵點點。生怕重說。　記窗下、彈徹幽情。漫棖觸、吟懷冶春節。消領幾番清賞。賸空階萁莢。渾欲把、冰絃碎卻。任鬧紅、疊捲晴雪。管甚兒女纏綿。古今離別。

## 黎庶燾

字魯新、貴州遵義人、咸豐元年舉人、有琴洲詞鈔二卷、

### 高陽臺　落梅、用夢窗韻、

竹外參橫。梅西月落。何人尚倚雲灣。縞袂相逢。愁看滿地雰環。東風早覺多情甚。把香魂、暗葬春山。賸依稀、幾點啼痕。惹上闌干。　回思破臘西湖路。記橫斜澹影。掩卻苔瘢。幾度飄零。難禁驛路春寒。孤芳縱結梨花夢。奈相思、已隔湖邊。最無聊。嗚咽聲聲。一笛空圓。

## 徐恩貴

字念初、號寶卿、江蘇宜興人、咸豐元年舉人、有曉湖詞、

### 長亭怨慢　燈花

漸銷盡、鴨鑪香霧。靜對銀釭。豔情輕吐。一點光圓。幾多蘭蕊結如許。玉人幾度。曾暗卜、添離緒。好夢未分明。肯便把、芳心灰去。　憐汝。恐容羞鏡影。祇賸瘦魂一縷。憑伊解語。恁消受、殘更三五。願今宵、並蔕長開。怯風冷、窗紗深護。待餤剔釵紅。還救飛蛾無數。

### 摸魚兒　孤雁

悵離羣、半江空晚。平沙欲下仍起。飛來曾度鴛鴦浦。顧影獨憐憔悴。書待寄。奈要寫相思、片幅難成字。驚風去矣。任雪夜呼奴。雲天覓伴。相與永抛棄。　調箏柱。賸卻冰絃十二。獨彈誰諒深意。看伊冷落孤栖久。嘗透異鄉情味。嗟兩地。祇撇下離愁、一點秋雲裏。歸程萬里。看紫塞塵清。玉關春好。何處覓知己。

## 金繩武

字述之、號韻仙、浙江錢塘人、咸豐元年舉人、有泡影詞一卷、與其室汪淑娟曇花集合刊、名評花仙館詞、又輯十家詞彙十卷、

### 憶蘿月　題仁和閨秀高子柔茹春閨曉妝圖

春花團樹。人在春樓住。香夢一簾花影護。春暖萬花深處。　曈曈日上窗紗。起來坐對菱花。正是海棠睡足。兩渦微暈紅霞。

## 承　越

字耀珊、江蘇陽湖人、咸豐元年舉人、官河南候補知府、有聽雲山莊詞一卷、

### 木蘭花慢　憶別

涼宵人獨立。深院靜。繡簾斜。想有約誰來。含情不語。暗卜燈花。懊惱雁聲西去。替愁人、一樣怨年華。啼破今宵好夢。知他吹落誰家。　秋蕉又見影交加。小隔綠窗紗。數屈戍三千。闌干十二。只算天涯。一曲鷓鴣人遠。怪相逢、空自送香車。賸有多情斜月。西窗還照琵琶。

## 范凌霳 字膏庵、江蘇甘泉人、咸豐元年舉孝廉方正、有冷灰詞一卷、

### 邁陂塘 癸丑七夕、和吳讓之、

怕鳴蟲、草間私語。淒涼秋到平楚。銀河自昔傷離甚。豈獨今年牛女。何太苦。悵十里揚州、無復陳瓜處。鵲橋一度。願與爾南飛。女牆依約。風月未孤負。　隋隄路。鬼唱秋墳黃土。當時枉自歌舞。生離死別須臾耳。寂寞恆河沙數。愁萬縷。欲問徧青天閶闔重重阻。桑榆已暮。但得見君平。支機辨石。蕭瑟任終古。

## 許　棫 字太眉、一字夢西、別號三橿翁、江蘇陽湖人、咸豐元年舉孝廉方正、有三橿老屋詞選一卷、

### 水龍吟 和題乙未亭讌月圖次文之韻、

秋光湧出孤亭。青天都作波濤卷。蒼然明月。蓼間吹墮。是誰拘管。只合江山。呑來杯底。醉看天遠。聽一聲鐵笛。呼回老鶴。便騎入。龍宮宴。　獨雁霜前喚怨。蘸波心、萬峯如浣。憑闌試望。海潮千里。甚風吹亂。中酒光陰。賞花筵席。黃金難換。看嫦娥西去。惟餘蘆雪。趁歸舟滿。

## 鄧輔綸 字彌之、號白香、湖南武岡人、咸豐元年拔貢生、官浙江候補道、有白香亭詞、

### 長亭怨慢 爲王湘綺題桃花燕子圖

問何處、似曾相識。門巷依稀。斷腸春色。故國歸來。舊遊如夢。那堪覓。雨絲晴絮。憑誰寄。樓頭消息。點點絲絲。都化作、啼襟紅濕。　歎憶恨天涯倦羽。早自舞腰無力。玉翦雙雙。更暗惹、故人愁臆。重來試、低認芳巢。應更笑、將離情急。好分付東風。莫把年時輕擲。

## 高望曾 字穉顏、一字成父、號茶庵、浙江仁和人、諸生、官福建長樂縣知縣、有茶夢盦詞二卷、

### 蝶戀花

樓上春寒眠未穩。樓角鶯啼。香夢頻催醒。卅六紋窗人語靜。半簾斜日扶花影。　憔悴芳姿羞對鏡。倦倚妝臺。有恨無人省。燕子不來空自等。碧闌干外東風冷。

### 一萼紅

漾簾旌。正層陰淒暗。啼破乳鳩聲。蘚澀牆腰。苔侵屐齒。落英堆滿閑庭。休重問、畫樓妝曉。懶梳裹、人意殢春酲。燕子歸來。小桃門巷。花事飄零。　回憶天涯路遠。嘆萋萋芳草。亂逐愁生。南浦烟帆。西泠風笛。說甚年少心情。儘盼斷、斜陽消息。釀餘寒、空外暮雲橫。怕聽樽前低唱。一曲淋鈴。

### 大聖樂 餞秋用草窗韻、戣士約賦、

苔徑雲荒。豆籬烟暗。薄陰籠樹。倚小闌、吟遍商聲。敗葉敲窗。清響似攙疏雨。莫問舊時題紅怨。共嗚咽、迴潮沈斷浦。詩懷減。對萸菊尊前。慵歌金縷。　天涯可憐夢苦。聽柔櫓搖空孤雁語。道晚寒催換。斜陽難綰。

離愁何許。怕卷畫簾西風冷。剩門掩、殘蛩深院宇。霜華緊。早分付、夾衣裝絮。

## 曲遊春 甲寅上巳、獨遊湖上、

中酒渾成病。漸踏青遊倦。愁思如剪。金粉樓臺。甚空濛付與。雨絲風片。天氣陰晴變。聽軟語、商量雙燕。悵綠波、芳草天涯。盼斷茂陵心眼。　不見當時人面。記鬢影衣香。丰韻幽倩。有限春光。便無關情處。總堪留戀。醉折花枝撚。又斜日、畫欄憑徧。看濛濛、垂柳長隄。翠眉尙淺。

# 徐廷華 字子楞、江蘇陽湖人、諸生有一規八棱硯齋詞一卷、

## 蝶戀花 庚子春日即事

花事方濃風信緊。香重紅酣。驀被春寒禁。乞護輕陰天未肯。綠章消息無憑準。　窣地簾櫳深院靜。燕子窺人。時度差池影。繡幙重重遮不定。一雙蛺蝶穿花徑。

百舌一聲先弄巧。小夢驚回。處處聞啼鳥。滿地楊花春去早。榆錢落盡人方曉。　天意十分寒料峭。雨僽風僝。還向枝頭鬧。寄語牡丹休更好。芭蕉新入彈章稿。

# 方駿謨 字元徵、江蘇陽湖人、諸生、官安徽知州、有耐餘書屋詩餘一卷、

## 踏莎行 寄三舍弟

露冷空庭。沙迷遠浦。迢遙目斷江鄉路。曉來風雨鎖重闈。祇憑巢燕深深護。　淚滴琴尊。愁傳尺素。不堪往事從頭數。東風不駐好春過。落花檢點藏幽處。

## 潘祖蔭

字伯寅、號鄭盦、江蘇吳縣人、咸豐二年進士及第、授翰林院編修、官至工部尚書、謚文勤、有芬陀利室詞一卷、

### 齊天樂　道出獲鹿、經蓮花峯下、

曼陀香散諸天雨。飛來亂峯無數。掌露搓花。膚雲排朵。翠葉渾疑攢聚。愁生步步。怕羅襪沾來。幾分塵土。無限銷魂。留仙回首漢宮舞。　屏風四圍遮住。山城如斗大。夜聽碓杵。夢到橫塘。浣紗人遠。贏得相思千縷。征騑此去。問玉井峯頭。高寒如許。樂府新歌。一聲聲聽取。

## 許宗衡

原名鯤、字海秋、江蘇上元人、咸豐二年進士、改庶吉士、官內閣中書、起居注主事、有玉井山館詩餘一卷、

### 百宜嬌　冰花

鏤玉無烟。雕瓊有蕊。連夜小池風緊。欲語誰譍。鏡中人笑。拈得一痕菱影。銷除紅淚。便唾點、細皴愁暈。恁鴛鴦、能耐宵寒。夢回雙抱香冷。　空惆悵、淩波舊印。蓮瓣幾時留。襪塵猶認。祇恐消磨。不關開落。負爾聰

明心性。霜華已老。願此後、東風無準。早猜詳、流水三生。上林難問。

## 南鄉子 秋夜歌筵

秋笛雨中涼。短燭深簾夜未央。便不何戡悲老大。衣裳。已是微沾淚數行。況我鬢邊霜。千里關山雁路長。滿眼干戈歸未得。茫茫。一度聞歌一斷腸。

舉酒向誰傾。板鼓淒涼劇有情。倚遍闌干誰按拍。分明。記得當時月在門。那用訴生平。舊曲低徊忍再聽。莫怪人間同調少。秋聲。摵摵蕭蕭耳獨聞。

## 霓裳中序第一 秋柳

西風又蕭瑟。一樹棲鴉驚落日。舊時門巷寂寂。□□□□□□□□折來殘客。有多少、心事誰識。樓臺影、絲絲如夢。憔悴倚荒碧。　堪惜。十年蹤迹。莫又向、隋堤悽惻。臺城烟景非昔。千古傷心如此。顏色幾人能遣得。看倦眼、青青淚濕。關河晚、衹餘短鬢。忍與亂愁織。

## 百宜嬌 道光己酉秋日、雨中與西澗飲揚州湖舫、

倚帽愁煙。泊舟疑夢。淒絕那知游俊。遠樹遮樓。望中人杳。落葉滿天殘恨。誰從吟處。尚記得、湖山春影。驀孤篷、點點秋聲。與君宜醉休醒。　空惆悵、酒杯易瞑。雲色作濃陰。暮晴無準。三月桃花。一隄楊柳。簫鼓當年曾聽。荒園廢冢。怕此後、鶯聲難問。趁羈孤、百感茫茫。雨斜風整。

## 齊天樂 盤香、同介夫、

簾風嬝娜闌陰曲。鑪烟一般輕綰。往復如環。纏緜似組。漫惜宵長晝短。交花不斷。算心字燒殘。塡愁難滿。香火因緣。夢魂低繞鏡臺畔。　從頭誰與暗記。抵相思寸寸。將舒又卷。縱使成灰。不教斷想。就裏迴腸一綫。殘痕賸篆。祝到底團欒。兩心休轉。起滅無端。箇中春自暖。

梁州令　自題塡詞圖依歐六一體、

祇覺浮名賤。別有傷心誰見。燈殘月落閉重門。換巢鸞鳳。已是棲枝倦。偷聲減字腸應斷。自拍闌干徧。似聞簾外。微雨飛花。便欲和春嚥。　一幅鵝溪絹。糢糊那家庭院。江湖載酒夜如年。旗亭畫壁。往事留歌扇。天風海水宮商變。黯黯詞人怨。圖成但有愁歎。仄空拋心力君休羡。

西窗燭　寒月和青耜、

薊門煙樹照影蒼涼。啼鴉驚拍風翅。茫茫千里關山白。似雪路冰河。欲歸無地。憶舊時、夢裏簫聲。良夜懽悰如墜。　和愁睡。玉宇瓊樓。人間天上。都是尋常事。便教萬古團欒好。恐耐到雞鳴。也非容易。忍思量、金粟前身。涼合三生清淚。

周學源　字星海、號岷帆、浙江烏程人、咸豐二年進士、改庶吉士、授翰林院編修、官至侍講學士、有采蘭簃詞、

買陂塘　題戴銅士西湖訪秋圖

盪晴漪、謝家船小。粼粼寒綠如許。踠隄楊柳蕭疏甚。眉鎖一痕愁緒。留不住。更瘦減菱花、冷減蘆花絮。商

紘待譜。有咽月蟲吟。隔煙漁唱。替寫斷腸句。 秋湖好。我也曾停雁艣。訪秋秋總無語。縷衣檀板都消歇。閒殺六橋鷗鷺。誰作主。只點點涼雲、儘伴人來去。生綃認取。認巾子峯頭。水仙祠下。依約舊遊處。

## 鄭守廉 字仲濂、號儉甫、福建閩縣人、咸豐二年進士、改庶吉士、官吏部員外郎、有考功詞一卷、

### 玉樓春

幽蘭泫露含啼萼。紅葉翻階風送謔。綠陰青子畫愔愔。隨絮游絲春漠漠。 日長未拆秋千索。一倍新來情緒惡。得人憐是小闌干。不比郎心無倚著。

### 滿庭芳 三月寓齋丁香盛開不旬日謝矣、愴然有賦、

滴粉珠飛。搓酥玉碎。韶華也忒零星。繁枝無賴。低亞小銀屏。十日忽忽開落。梨雲夢、容易吹醒。凭闌倦。錯疑風絮。春雪謝娘庭。 沈沈。畫漏寂。妙年影事。花下重尋。有柰窺半面。梔綰雙心。一自素鸞信杳。人中酒、憔悴而今。香篝底。不堪低訴。便訴有誰聽。

### 瑞鶴仙

雨風歸漻泬。正晶宇無塵。羅雲收徹。畫圖倩霜葉。認紅爲離淚。碧爲恨血。沙明水潔。是代飛、燕雁時節。問何人、古調拈來。忍把玉龍吹裂。 悽切。涼沁詩脾。秋士寸腸。不成猶熱。殘陽明滅。江流外。長天接。趁此時呼酒。登臨沈醉。一洗十年心鐵。奈故山、瀚海東頭。蒼然萬疊。

## 孫楫

字濟川、號駕航、山東濟寧人、咸豐二年進士、改庶吉士、授翰林院編修、官至順天府府尹、有郡亭詞集、

### 踏莎行　季春薄暮、偕楊雨泉郭舟來閒行池畔、雨泉有淺水低山疏紅密翠之語、因足成之、卽簡兩君、

斜日將沈。微風乍起。儘無聊暮春天氣。玉樓人靜繡簾垂。愁看春老園林裏。　淺水低山。疏紅密翠。籬邊罨畫妍如此。問君何處最銷魂。小橋月照濛濛地。

### 青玉案　秋葵

晚煙杳靄蘅蕪徑。添一捻、秋痕冷。悄立蒼苔忘夜永。露華湔魄。月鉤穿影。人倚明妝靚。　文波瑟瑟羅雲瑩。試著黃衫佩環整。小語西風花夢醒。芳心娟好。素心幽靜。還與琴心證。

## 陳景雍

字熙堂、河南商丘人、咸豐二年進士、有春影樓詞、

### 臺城路　枯樹

倡條冶葉都消歇。天涯儘牽離緒。淺賸殘紅。低縈慘綠。此景抃難重遇。斜陽古渡。記閒繫漁船。半經樵斧。寫出淒涼。賦才愁殺庾開府。　誰將竹籬悄護。恐東風不到。斷岸荒渚。病骨空存。情根未剗。側臥幾堆黃土。寒鴉無數。奈雨雪殘年。破巢難補。寄語同羣。一枝休自誤。

## 潘介繁 字椒坡、江蘇吳縣人、咸豐二年舉人、官湖南茶陵州知州、有曉夢春紅詞一卷、

### 長亭怨慢 延青水榭餞春

曾幾度、曲闌閒凭。綠易成陰。晚煙烘暝。一鏡涼漪。更無人處水風定。斷魂江渚。怕折取、蘋花贈。杜宇苦無愁。又啼老、蘼蕪香徑。　誰省。道天涯春去。還把春愁消領。傷春似我。奈偏向、尊前長醒。好寄語、燕子歸時。休負卻、西家妝靚。問笛裏江城。甚日花間同聽。

### 琵琶仙 春晚湖隄、綠陰如夢、畫船散盡、水風蕭寥、賦黃鍾商一解、唏其感矣、

纔有鶯啼。已吹滿、繡陌楊花如雪。芳樹難覓嫣紅。簾櫳正愁絕。春漸老、愔愔畫閣。怕聽取、脆絃彈切。十里柔波。縈青繚白。都付淒鴂。　漫回首、珠箔銀釭。悵斂粉、螺痕化冰纈。多少惜花心事。與圓蟾同說。剛話起、梨雲夢影。被笛聲、遠浦催別。只賸天末相思。斷蘋偷折。

### 探芳信 林花易落、春盡雨中、送客江干、別愁如海、

悄無語。正茗椀棲煙。筠簾鎖雨。悵斷腸人遠。孤帆向何許。惜春常怕春歸早。誤了看花侶。奈東風、撇燕瞞鶯。便催春暮。　何處更延佇。怎盼斷瑤箋。夢還無據。寄語江湖。來共載愁去。蘼蕪也是無情甚。綠到天涯住。黯銷凝、怨思濃於翠醑。

## 黎庶蕃

字晋甫、號椒園、貴州遵義人、咸豐二年舉人、官兩淮鹽大使、有雪鴻詞草二卷、

### 齊天樂　秋蟬

綠蕪衰柳長亭道。金飈乍收殘暑。薄翼驚寒。長吟抱葉。棖觸客愁如許。斜陽漸苦。悵一樹無情。碧於煙處。旅夢驚回。倚欄獨自困無語。　五更又聞疏雨。惱山窗到枕。如怨如訴。月落將沈。風疏乍斷。曳起殘魂半縷。寒螿和汝。甚葉落秋槐。曉天零露。更一聲聲。續成宮怨譜。

### 如夢令

花落鶯啼碧樹。濃睡不知春暮。杜宇一聲聲。勸道不如休住。歸去。歸去。明日鳳凰山路。

心字瑞香頻炷。日暖夢回無據。試問倚樓人。可是心情如故。休誤。休誤。寒食清明俱度。

花外錦衾深護。苦楝餘寒猶沍。六角小屏山。上有瀟湘別路。凝竚。凝竚。芳草天涯何處。

屋角鳩啼春曙。簾外馬嘶人去。煙水短長亭。謝了桃花幾樹。無趣。無趣。又是日長飛絮。

### 高陽臺　憶梅

竹屋煙輕。苔枝雨蝕。青禽暗啄疏花。雪點山廬。餘寒尚戀窗紗。故園早有春消息。奈東風、偷換年華。鎮相思。江北江南。薄暝人家。　何郎俊賞而今誤。況相逢縞袂。別意偏賒。流水年年。吹殘怨笛清笳。明妃縱抱冰心死。怕夢魂、不到天涯。更堪他。徙倚江樓。月落參斜。

## 金縷曲 詠鷓鴣送客

一片桃榔影。盡五谿、山重水複。雨昏煙暝。苦勸哥哥行不得。滿眼瘴雲橫嶺。似說與、行人共聽。花落黃陵春又暮。奈聲聲、啼盡繁華景。誰識汝。當年鄭。　瀟湘南下波如鏡。悵空祠、夕陽明滅。舞衣相映。回首越王春殿外。宮女如花夢冷。祇賸汝、能尋香徑。月黑湖昏煙草綠。算南游、到此銷魂定。君記取。鄭前詠。

## 風入松

試燈風過日初長。春事總難忘。筍皮鞋子揚州帽。繞青谿、穿徧垂楊。不是去年崔護。翻成前度劉郎。　虛庭門掩踏毬場。草色自年芳。鶯簧蝶板飄零盡。賸空階、一段淒涼。爲省舊時行迹。教人立盡斜陽。

## 望海潮 秣陵春感

山圍破堞。潮吹斷港。春城煙火蕭條。穉柳藏鴉。落花試燕。東風依舊紅橋。無地不魂銷。看珠簾繡柱。半掩蓬蒿。惆悵當年。玉人曾此敎吹簫。　而今樂事都抛。祇秦淮一碧。煙雨迢迢。罥夢香殘。畫眉筆冷。韋郎瘦盡纖腰。重與解金貂。問酒壚西畔。何處今宵。畫角無情。黃昏嗚咽又寒譙。

## 水龍吟 浮海還吳

天風萬古浪浪。火輪一發三千里。無邊巨浸。混茫遠接。太虛元氣。日月雙跳。魚龍萬變。空中游戲。聽舟人喜報。煙臺又近。青一髮。餘天際。　灝瀚淩虛引睇。恣奇觀、快逢新霽。蜃樓乍現。鮫宮半沒。黑臨無地。稊米一身。扶桑東望。渺焉如寄。問蓬萊何許。安期棗熟。擬浮槎逝。

## 高陽臺　與門人劉敬亭夜話

白雁賓秋。寒鴉噪晚。蕭蘆又點清霜。舊雨重逢。一番情話難忘。故園松菊知存否。怕陶家、三徑俱荒。感飄零。白了人頭。斷了人腸。　菟裘歸計宜重決。奈揚州一夢。老卻何郎。回首天涯。蟂磯雲樹茫茫。片帆衹落三山外。恨青天、不敵愁長。最難堪。一陣西風。一段淒涼。

## 蝶戀花　詠春草送劉敬亭之青浦、

一道輭波簾隱霧。夢醒池塘。小雨聲纔住。似有疑無看又誤。落紅亂點鶯飛處。　叵耐蘼蕪牽別緒。和水和煙。黏得天痕暮。畫角吹愁南浦路。斜陽又送王孫去。

## 卜算子

斜日漏山陰。小雨扶花病。一笛西樓斷續風。吹得湖天暝。　鑪鴨裊殘煙。柱礎回餘潤。捲上疏簾待月來。掃地留花影。

## 醉花陰　淡巴菰

象管筠筒新製就。呼吸香先透。金縷一絲絲。化作煙雲。清供閒消受。　夜長人困秋燈瘦。拈到雙紅袖。薄醉上眉心。隔霧看花。酒渴茶香候。

## 一寸金　往宿夜郎站、悚心駭目、追憶有作、

一線通天。萬古風雲鳥飛絕。是當年鑿就。羅施門戶。至今留下。蠻夷窟穴。黯黯斜陽滅。聽一片、瘴猿悲咽。

更堪憐、白草黃茆。吹上征衣盡成雪。 為問蒼天。何心鑿險。丸泥竟虛設。看不狠山外。危旌暮動。病鴉巢底。層冰曉裂。愁思眞如結。有多少、行人骨折。歎勞生、也逐雞鳴。銷盡輪蹄鐵。

一寸金 追憶滴淚三坡愴爲懷古之作、時去用兵未久、故末句云爾、

淚滴靑泥。化盡苔斑已成血。況竹王死後。蠻花冷笑。乖龍戰罷。瘴谿寒咽。萬古愁雲結。認天半、一稜積雪。最蕭騷、苦竹黃蘆。入夜盲風亂吹折。 猶想當年。楊家舊事。行人爲悽絕。自鳳皇一去。謂楊應龍妾田氏雌鳳蟲沙劫盡。猿猱亂和。鷓鴣聲切。成敗何須說。祇付與、殘山斷碣。漫傷心、夜聽巴兒。重唱無家別。

## 徐延祺 字引之、號芷綬、浙江烏程人、咸豐二年舉人、官內閣中書、有夢草詞二卷、

減蘭

深沈院宇。粉蝶輕盈隨意舞。十二紅樓。展盡眉山一寸愁。 梁間語燕。窣地珠簾春不卷。恰恰東風。吹上殘花一片紅。

虞美人

一鉤涼月來何處。照徧關山路。來時幾處卷簾看。可有人家雙照淚痕乾。 零襟斷袂長安道。華鬢淒然老。秋風容易客中聞。無那小樓愁煞倚闌人。

## 汪曰楨

字仲維、一字剛木、號薪甫、又號謝城、浙江烏程人、咸豐二年舉人、官會稽縣教諭、有荔牆詞一卷、

### 臨江仙

心字香灰金鴨冷。蘭宵翠被慵薰。殢人情緒是芳春。春愁波不斷。春事夢無痕。　殘燭銅槃清淚滴。前塵都化浮雲。當時持贈已銷魂。纏頭千尺錦。約指一雙銀。

### 定風波

昨日繁英尚滿枝。穠香深處坐金衣。忽地風吹紅雨亂。無限。新愁暈入兩彎眉。　試問幾時明月照。雙笑。羅幃春暖罷相思。爭奈歸期都不準。誰信。空江潮去有回時。

### 三臺 和詞隱韻

愛芳庭微映嫩日。晝檐乍收酥雨。正暖花、天氣近清明。漲新漵、垂楊煙浦。遊絲輭、弄影飄纖縷。慣繚繞、銀霞緋霧。度曲巷、纔聽餳簫。徧深村、漸鳴茶鼓。　豔東風紅杖翠屐。好隨踏青人去。看競迴吟袖折弓腰。聚多少、穠妝兒女。遺簪更墜珥長隄路。又笑靨、花邊窺戶。趁香迹、舞蝶先忙。訴冶遊、語鶯偏絮。　問歸來幽興倦否。半竿夕陽催暮。念黛痕、蟬影總魂銷。杏帘外、春情濃處。書幃悄、絳蠟分新炬。引古懷、閒搜文府。上河繪、難綰韶光。夢華編、暗移時務。

## 馮秀瑩

字子哲、又作滋浙、一字蕙襟、別號握月生、又號桐根居士、順天大興人、咸豐二年舉人、官雲南思安縣知縣、有蕙襟集詞四卷、

### 高陽臺　落梅

卻月香銷。裁雲珮冷。前宵對酒還斟。曾幾何時。飄然輕別幽林。江樓玉笛剛三弄。早蕭疏、一片芳心。最多情。看過庭陰。瞥過牆陰。　那人拾得翻長歎。數脂痕點點。已是春深。忍試宮妝。天涯鸞訊猶沈。東風縱會相思苦。怎吹飛、遠水遙岑。怕黃昏。無夢重尋。有夢難尋。

## 汪承慶

字馨士、一字稺泉、江蘇鎮洋人、咸豐二年副貢、官國子監博士、有蘭笑詞、

### 菩薩蠻

東風吹醒芳隄綠。吳儂齊唱蘼蕪曲。粉蝶抱花飛。亂紅香滿衣。　春波平似掌。欸乃聞蘭槳。煙雨一絲絲。去年人別時。

### 淒涼犯　廢井

暗泉尚滴銀牀壞、梧桐落翠蕭槭。小門閉也。絲拋玉虎。更無人汲。啼螢弔夕。看鴛甃、苔花都積。儘回腸、轆轤罷轉。昏月照幽寂。　迤邐。山廚下。綆蝕殘痕。甕枯餘瀝。漫窺倩影。記年時、露桃狠藉。恨事南朝。問何處、

燕支暈碧。怕淒涼、咽冷翠管唱柳七。

## 夏家鎬 字伯音、江蘇上元人、咸豐三年進士、官至刑部右侍郎、有蚓竅吟詞稿、

### 摸魚兒 落葉

訝無端、半天疏雨。蕭蕭涼撲窗碎。開門滿地梧桐月。幾點新黃初墜。風定未。笑老去春花、一例愁滋味。卷簾靜睇。只馱日寒鴉。偎霜瘦蝶。伴爾下煙穗。　棲鶯處。如幄濃陰薈蔚。疏疏漸露山翠。空階一片誰曾聽。道與琅玕同脆。君莫喟。看如此蒼涼、轉眼芳姿媚。故鄉可記。正一棹扁舟。銜波歸去。村犬向人吠。

## 薛時雨 字慰農、一字澍生、晚號桑根老農、安徽全椒人、咸豐三年進士、官浙江杭州府知府、署糧儲道、有西湖櫓唱、漁舟欸乃各一卷、總稱藤香館詞、

### 木蘭花慢

問春風來處。可經過。幾重山。慣偷揭珠簾。輕將離緒。逗入眉彎。機中織成錦字。更無人、重到玉門關。架上鸚哥自語。梁間燕子知還。　經年漸減芳顏。愁不斷。淚空潸。想東君恩重。料非薄倖。只是緣慳。妝臺懶勻粉澤。盼書來、重整舊雲鬟。難得知心小婢。背人私祝刀環。

### 臨江仙 大風雨過馬當山

雨驟風馳帆似舞。一舟輕度溪灣。人家臨水有無間。江豚吹浪立。沙鳥得魚閒。　絕代才人天亦喜。借他隻手回瀾。而今無復舊詞壇。馬當山下路。空見野雲還。

### 東風第一枝　章江新年

彩換桃符。聲喧爆竹。曈曈日射朱戶。蘭閨喜溢芳朝。花市袂聯姹女。香車扶上。看風裏、楊枝如舞。最憐他、血色羅裙。付與九衢塵土。　池洗馬。豔名自古。椿繫馬、舊游記取。臨街新繡春燈。隔江罷聞戰鼓。韶華卻好。偏十日、九逢風雨。倚綠窗、新按紅牙。補入竹枝新譜。

## 章永康

字子和。號瑟廬。貴州大定人。咸豐三年進士。改翰林院庶吉士。官內閣侍讀。有海粟樓詞一卷。一名瑟廬詞。

### 滿江紅　旅夜酒後題壁

古驛斜陽。聽一片、鳴蟬淒切。望漠漠、遠山如畫。客愁凝結。山寺碑斜苔意綠。戍樓風勁煙痕白。盼歸來、鴉點散零星。盤空黑。　悲憤筑。淒涼笛。此時意。與誰說。祇無情月瘦。半規如玦。燈影暗將鄉夢閃。江聲怒併離腸折。惹羈魂、飛向故山雲。輕如葉。

### 蝶戀花

雁語淒涼冰柱澀。錦瑟如人。忍使華年絕。一曲哀蟬吟落葉。梧桐雨冷湘煙瞥。　蕙帶餘香猶未滅。鳳紙迷茫。無處尋仙蝶。燕子依依飛又怯。晶匳空壓泥金蝶。

天仙子

水浴涼蟾風滿袖。雲波細蹙魚鱗皺。離家又值月圓時。人自瘦。花依舊。傷心歲歲殘春候。幾縷離魂飄欲斷。銀箏淒嫋誰家院。夜涼香寂不歸來。梁上燕。聞長歎。櫻桃雨濕胭脂面。卻憶青綾紅淚漬。芙蓉香霧成遙隔。願將幽夢化青禽。翔兩翼。來君側。一問鴛鴦頭可白。

百字令　七盤關

七盤高處。看芙蓉千仞。凌空如削。耿耿誰將雙劍倚。疑是巨靈曾擘。片石危撐。懸崖中斷。一線天疑裂。濛濛溪霧。哀猿啼出林隙。　祇愁窟底蛟龍。波濤咫尺。雷雨鳴金鐵。隔樹呼倀風正怒。吹冷一鞭秋色。秦蜀遙分。河山終古。斜日茫茫白。今宵月冷。又聽何處羌笛。

百字令　題黃忠節公遺墨卷寫羊叔子讓開府表。黃子壽編修所藏。

天荒地老。問幾日。支盡拔山之力。南國波濤鵑血染。莽莽斜陽吹碧。鐵狄秋風。銅駝夜雨。難草槐封檄。福王立南都。諸進士皆授官。惟忠節獨不赴選。金甌易缺。此心不轉如石。　從容兄弟同歸。孤心耿耿。肯作西山客。一角僧樓秋色冷。忠節以弘光元年。與弟淵耀對縊於嘉定城西僧舍。空際白虹千尺。賸墨依然。蘇仙舉贈。深意君應識。君是冊得之蘇庚唐侍御。石君同伴。蟾蜍清淚偷滴。

望湘人　己未立春

悵年年逆旅。處處魂銷。舊時芳思都嬾。人自天涯。春來昨夜。特地簾櫳烘煖。花信微茫。山眉黯淡。較來深淺。只憎他、一線晴風。又把離愁牽轉。　倚闌迢遞相思。算春風未似。那人天遠。香夢如煙。吹綠斜陽池館。燭淚縈紅。琴絲潤碧。雙燕又應腸斷。待看他、金縷抽長。又把離愁重綰。

### 踏莎行　發太原、至甎井小憩、

鄉夢深山。長途歲首。輕塵倦馬冰風陡。晉祠流水碧於煙。可能清到蓬瀛否。　絳蠟燒殘。金尊煖後。十年離恨濃如酒。玉笙誰與唱銷魂。春風不上天涯柳。

### 臺城路　旅夜步月

宵來又見團欒影。淒清可憐霜驛。迎歲花新。試燈風軟。此夜鏡臺相憶。紅樓怨抑。悔靈藥偷來。廣寒人隻。眉暈依然。水精簾下又今昔。　良宵曾話往事。算盈盈秋水。難問消息。第一番風。初三夜月。深處曲屏憐惜。青綾暗溼。怕慵鳳鬆金。怨蛾斂碧。惟有冰蟾。共人清淚滴。

### 浣溪紗　月夜宿長興店

燈火淒迷近鳳城。一重煙霧隔瑤京。傍高寒處倍分明。　素魄相看渾是夢。玉樓重問不勝情。浮雲無限海東生。

### 邁陂塘　夜坐懷錢芝門淀園

聽僧樓、暝鐘吹歇。輕陰移上吟幔。疏林無限斜陽碧。幾箇露蟬悽斷。吟又懶。漸一點螢燈、隔水青微閃。絲風乍蓊。正烟縷低沉。月痕涼瘦。蟲語繡苔輭。　懷人夢。一角雲樓天遠。愁波難較深淺。簾前不待西風驟。已自商聲吹遍。離恨綰。想人倚疏櫺、恰對荷三面。芙蓉開晚。待甆琖斟溫。珠缸話冷。相望夜蟾滿。

## 徐芝淦　字少梅、浙江德清人、咸豐五年舉人、官戶部主事、有桐香館詞、

### 浣溪紗

楊柳灣頭泊畫橈。東風扶起楚娘腰。便無離恨也魂銷。　蹤跡偶緣萍作合。華年應惜絮同飄。不堪今夜雨瀟瀟。

霧閣雲窗半掩開。階前雨過長莓苔。可憐人去燕重來。　鑪畔撥灰心字裊。鏡中鬬影鬢絲摧。春風不上舊樓臺。

## 馬凌霄　字子翊、福建閩縣人、咸豐五年舉人、

### 念奴嬌　春衫

瑣窗夢醒。聽流鶯、喚說春寒漸退。開篋商量郎意可。賤卻杏黃藕紫。領角鴛鴦。袖頭蛺蝶。熨帖經纖指。祇今消瘦。未知寬窄何似。　看取隔歲香濃。前番酒涴。中有多情淚。顏色淺深猶自好。怎忍將他輕棄。碧玉環輕。綠珠釦小。笑倩檀奴繫。邀人鬬草。滿襟都是花氣。

## 踏莎行 秋夢

羅帳風淒。畫屏燭暗。愁長莫遣秋宵短。一聲玉笛落湘江。眼前已是黄陵岸。　露氣濛濛。煙痕淡淡。碧天如水青山斷。關河千里月明中。相逢只有孤飛雁。

# 錢　勖

字揆初，一字葵初，江蘇無錫人，咸豐五年舉人，官内閣中書，有雙影龕詞，

## 虞美人

鶯魂蝶夢淒迷甚。瘦到梨雲影。一番風雨一番晴。賸有蘼蕪綠徧短長亭。　惜花愛傍花陰立。花落人知惜。只無人惜惜花人。依舊空閨寂寞度芳春。

# 馬汝楫

字濟川，江蘇江都人，咸豐舉人，官刑部主事，有雲笙詞一卷，

## 二郎神

一春冷淚。悄滴近、落花枝上。算不爲傷春生憐花謝。人漸如花飄蕩。八字眉痕羞重埽。效若箇、内家新樣。拚綠鬢易凋。纖腰易減。鏡臺慵傍。　凝望。柳陰陰處。幾家門巷。料燕子歸來。玳粱雙宿。那識空閨惆悵。繡不成紋。歌還誤拍。愁重可勝淸恙。最苦是、夜夜青燈照影。夢寒綃帳。

## 陳慶藩 字子宣、湖北江夏人、有九福研齋詞、

### 蝶戀花

暖意絲絲寒翦翦。似水紅樓。樓上珠簾卷。燕子未來春尚淺。柳條無力東風軟。　夢裏尋春尋不見。不信春光。更比天涯遠。一夜天涯都繞遍。笛聲喚起江南怨。

## 陳慶溥 字子虔、號心泉、湖北江夏人、官江蘇知縣、有蘺窐詞四卷、一名夢秋詞、

### 臺城路 枯柳

眼中多少飄零苦。無情也成憔悴。不肯藏鴉。由他繫馬。那有婆娑生意。繁華去矣。怕經歷紅羊。自家枯死。一角紅樓。夕陽無語對秋水。　河梁記曾送別。幾番攀折後。衰謝容易。絮影全空。長條已盡。莫問楊枝年紀。淒涼燕子。似相對呢喃。樹猶如此。昔日青青。可憐殘夢裏。

## 汪清冕 字子周、又作蒞洲、浙江錢塘人、有酒邊人倚紅樓詞草、

### 高陽臺 用張玉田西湖春感韻

洞古猿空。亭荒鶴老。儘敎閒殺游船。一樣春光。如何不似當年。東風縱解憐西子。者情懷、憔悴誰憐。興蕭

然。獨立蒼茫。冷弔荒煙。　無端觸我滄桑感。賸寥寥花月。寂寂山川。芳草斜陽。傷心第幾橋邊。紅樓杳眇人何處。哹楊枝、嬾起愁眠。怕窺簾。瘦了明蟾。損了啼鵑。

## 郭　夔　字堯卿、江蘇江都人、有印山堂詞一卷、

### 淡黄柳　歸自西山途中見江南山、

青山與客。相伴長途側。遠黛單衫同一色。會到蛾眉恨壓。不在江南在江北。　正愁極。行行更相憶。野雲滿。隱斜日。怕來朝、又被濃陰隔。爲道天涯。任人憑弔。還有何人去得。

### 琵琶仙　寄李冰署

何世人間。信惟有、杜牧傷春傷别。空外清角吹寒。簫聲自凝咽。芳思渺、江湖夢隔。鎮吟冷、戍樓殘月。掌上擎腰。尊前落魄。秋盡時節。　又經歲、花發相思。正簾捲春風盪香雪。知否一春新病。把心情銷歇。依舊舞、章臺細柳。認玉驄、幾許攀折。爭似春日凝妝。翠樓愁絶。

## 王映薇　字紫垣、安徽合肥人、諸生、官教諭、有漱潤齋詩餘、

### 醜奴兒令

不情最是天邊月。缺也淒涼。圓也淒涼。照得離人兩鬢霜。　低頭惱問身邊影。纔到家鄉。又到他鄉。到處

隨儂有底忙。

臨江仙　江上阻風

載酒湖山佳處去，大江滚滚東流。打頭風惡滯孤舟。溼雲雙袖冷，明月一肩愁。　回首蔣山青未了，六朝金粉句留。客懷鄉食兩悠悠。身如紅豆樹，無那白門秋。

王尙辰　字北垣，號謙齋，安徽合肥人，貢生，官翰林院典簿，有遺園詞。

淡黄柳　秋晚尋赤闌橋遺址，次白石韻。

城陰巷角。疏柳青連陌。惹起西風心轉惻。我亦江南久别。秋燕歸來可曾識。　暮喧寂。行吟自忘食。二分水，半弓宅。看頽陽、淡閃寒鴉色。夢斷簫聲，小紅何處，無那情絲蘸碧。

賣花聲　清明

小鳥自呼晴。午夢零星。泖西舊路怕經行。熱淚漸枯青塚瘦，淚亦成冰。　强起上空亭。烟雨冥冥。誰家風咽玉簫聲。看到梨花香雪冷，又是清明。

張　道　原名炳杰，字伯幾，號少南，浙江錢塘人，諸生，有漁浦草堂詩餘二卷、影香詞一卷。

慶宮春

鏡汐啼紅。鈿星貼翠。晚妝慵檢眉譜。倦眼頻瞤。癡心暗算。歸期數徧箏柱。粉塘煙水。總難覓、春帆去路。樓高不見。雁背南雲。寄書何處。　舊時月底歡情。錯裏因緣。幾年空鑄。思量無限。挽回無計。聽著春風耽誤。畫裙寬賸。料漸解、相思味苦。愁懷待說。妝檻前頭。幾聲鸚鵡。

## 戴　纓 字伯鏞、浙江烏程人、諸生、

### 解連環 闈鑪

旅愁荏苒。歎敝裘似昔。又逢歲晚。甚風雪、尙客天涯。奈酒困詩慵。與誰相暖。撥盡殘灰。只賸得、紅心一點。料深閨、翠袖無言。獨倚暗燈頻翦。　沈沈霜華滿院。悵闈香舊事。夢隨人遠。漫記得、細語纏緜。正寶鴨初溫。畫簾不捲。半臂重添。想更有、何人靑眼。倚夜臺、還念寒衾。也應難遣。

## 余新傳 字浣花、浙江仁和人、有盟鷗館詞、

### 高陽臺 癸未三月偕菊門遊湖上有懷亡友丁野鶴、

閣雨嵐癡。流雲水滑。重堤不散輕陰。湖海歸來。悠然身世難禁。天涯每憶相逢樂。到相逢、轉又愁深。儘東君。花自年年。華髮羞簪。　扁舟搖過西泠路。悵舊時攜手。寂寞人琴。烟柳籠堤。漸看綠暗沈沈。重泉應有相思寄。只人間、幽夢難尋。最無聊。香絮溟濛。攪碎春心。

三姝媚 陳雲伯明府重修菊香小青雲友三墓、詩以紀事、西齋先譜此闋、余亦繼聲、

纖紅抽宿草。又東風垂楊。亂鶯啼老。絮酒澆遲。畫冷烟一片。斷碑斜照。護玉深情。問瘞得、落紅多少。淺土留香。月下如歸。珮環聲悄。 楚夢當時初覺。伴聽雨燈寒。想應同調。望裏雲龕。只湖雲低隔。嶺雲輕繞。共結芳鄰。好更約、錢唐蘇小。但到梅花開後。蒼苔替掃。

## 蔣箕 字楚亭、江蘇江寧人、有瀟湘館詞抄、

蝶戀花 秋草

怨葉愁苗芟不得。目斷天涯。總是傷心色。路入蒼茫殘照黑。可憐祇有霜花白。 多少樓臺蟲唧唧。瘞玉埋香。瞥眼成今昔。暮雨寒烟渾不識。踏青何處尋遊跡。

## 蔣志凝 字子于、號澹懷、江蘇元和人、諸生、有心白日齋詞、

疎影 辛丑初春、白沙旅廨、購置水仙數盆、屏帷易暄、柎萼競吐冷香、豔若華月之破夜、而翠煙之融晨也、趙艮甫有詞、余亦譜此、

盈盈脈脈。伴玉沙瑤草。吟事幽絕。紙閣晴初。棐几燈初。相看世外瑩潔。嬋娟自慣天寒倚。悄換卻、銖衣重疊。便賦成、翠羽明璫。佇立渺然難說。 移向西湖廟裏。鏡波試照影。都是冰雪。悵望湘娥。杜若汀洲。歲晚

芳華消歇。還愁海上琴心杳。隳冷夢、空江煙月。算似伊、羅襪無塵。那識豔陽蜂蝶。

## 蔣承訓 字澹人、江蘇吳縣人、有棲碧詞、

### 高陽臺 秋日重游陸氏意園

臨水欹闌。穿林坐葉。幽探又趁霜晴。記否年時。淒涼此地曾經。楊花縱是離人淚。但紛紛、猶弄春情。甚重來。不見楊花。只見浮萍。　舊愁還比新愁重。奈蘧蘧蝶夢。欲喚難醒。往日題詞。如今怕已零星。烟梢一樣廉纖雨。只紅心、草長閒庭。又西風。吹上梧桐。化作秋聲。

## 陶景義 字吉甫、號琴子、順天宛平人、原籍浙江會稽、國學生、有茶煙禪榻詞、

### 菩薩蠻

雕鞍夜走章臺路。花枝嬌小留人住。潮暈漲霞腮。新聲入破纔。　三條絃子澀。暖炙銀簧舌。一曲斷人腸。柳花滿店香。

## 錢符祚 字小南、宛平人、諸生、

### 浪淘沙慢 滕王閣攬遠、和韻甫韻、

漸兩岸、烟籠穲柳。作弄春色。折屐來尋燼劫。閣曾屢燬於火 褰衣尙有倦客。看一桁、西山簾外隔。細認取、舞影歌塵。賸數行狠藉舊題墨。寒照暮天白。　目極。旅愁待共誰釋。羨江上漁子收筒去。雙槳搖歸汐。唱夕陽鷗點。橫谿萍迹。怒濤亂卷三十年、此地曾經游歷。余不登閣者近三十年矣、依舊是樓臺層疊。浮雲黯、屈指瞬息。甚空裏高風又墮幘。算幾度、把酒登臨。坐擫笛。涔涔熱淚憑闌滴。

## 吳承勳

字子述、浙江錢塘人、諸生、有影疊館詞一卷、

### 探芳信　湖上春游、繼草窗韻、

戀芳晝。甚豔語傳歌。幽懷泥酒。歎倚樓人遠。闌干未全舊。飄烟拖月渾如夢。春比梨花瘦。最模糊、蝶恨瑤階。燕迷苔甃。　橋外亂紅驟。更心篆凝香。眉痕描岫。鏡裏銷魂。敲缺唾壺否。玉笙吹徹離宮怨。斜照空回首。再休將、畫扇風流問柳。

### 祝英臺近

月穿櫺。香結篆。芳思理逾亂。翠袖生疏。涼引繡屏遠。那知絡緯聲中。蜘蛛影裏。早作弄、秋成一串。　晚風輭。安排挹露調冰。珍簟北窗展。消損花枝。隨意畫成卷。可憐青粉牆陰。海棠幾朶。最相稱、玉人團扇。

### 鷓鴣天

細轂驕驄起鈿塵。一屏紅燭照愁人。夢尋幽會偏無據。醉許歸期誤當眞。　深院宇。悶黃昏。追思往事倍

傷神。梨花繡在羅巾上。預爲離筵種淚痕。

唐多令

愁共水潺潺。離人當暮餐。況禁他、杏子衣單。隔箇窗兒同聽雨。消不得。是春寒。　宮燕報平安。音書比夢難。景陽鐘、可似寒山。奉帚平明花落盡。閒殺了。好欄干。

西湖月

西村畫舫初回。正嫋嫋微風。作成蕭瑟。幾枝疏柳。幾枝瘦蓼。碎搖輕白。閒鷗窺鏡悄。待轉過、平橋秋夢積。樹陰外、三兩漁燈。最是耐人尋覓。　清暉未減當年。甚扇綺香銷。袖羅愁羃。水晶簾底。酥雲醉露。晚妝顏色。紅樓芳事遠。怕寫入、瓊簫寒更力。算只有、扶病荷花。舊時相識。

陌上花　歲暮自金陵歸瀨感賦即寄定生、

歸來歲晚。幾番消得。冷吟閒醉。孤月投襟。人與病梅交慰。覓鴻遙寄珍珠篋。難抵一椷紅淚。倩衡蕪暈遍。烏絲格子。夢兒飛墜。　凭欄干眺遠。酥雲凝處。莫辨鄉關空翠。蔥指禁寒。定把玉笙冰碎。擬從鏡裏窺春黛。照眼平山如睡。繫相思。但有盈盈羅帶。兩彎江水。

# 徐廷模　字直甫、江蘇荆溪人、有直齋詞、

菩薩蠻

簾纖細雨空階滴。酴醾佳約無消息。杜宇一聲聲。尊前酒未醒。　營巢雙燕子。舊縷分明記。何處是陽關。隔江雲滿山。

曉妝濃抹遭花妒。花殘賸有相思樹。莫自卷簾看。妨他玉指寒。　鴛鴦金縷繡。幅幅羅裙綯。約略步生蓮。香塵到處憐。

### 高陽臺　花魂

春老枝頭。香銷葉底。依依恍隔塵凡。賸有濃情。還疑倩影窺簾。芳心未忍埋芳草。渺離愁、輭怯風尖。更難禁。淡月朦朦。細雨纖纖。　殘紅尙逐晴橋絮。綰相思一縷。肯便泥沾。鏡認啼痕。黯然怕拂塵奩。斜陽抹處零金粉。盼煙波、空憶江南。奈歸來。鶴唳淒淒。蝶夢沈酣。

## 陸聽應　字小晉、江蘇陽湖人、

### 六州歌頭　秋海棠

秋陰庭院。低亞一枝枝。顏色薄。腰支弱。傍疏籬。隱嬌姿。仿佛深閨裏。濃睡覺。鬢雲亂。紅袖展。拋歌扇。不勝衣。記得年時。話別鞦韆下。淚漬臙脂。儘嫣紅姹紫。無計遣相思。終日簾垂。燕歸遲。　早闌干外。西風緊。荒苔冷。暗蛩啼。花徑誤。平蕪暮。屐痕稀。此何時。舊日銷魂處。宿妝褪。燭光微。春夢遠。芳音斷。蝶分飛。耐得閒階淒寂。無人賞、獨自芳菲。待宵來月上。和爾鏡中窺。莫怨將離。

## 疏影 春影

東風吹處。訝乍濃還淡。非花非霧。凭徧雕闌。踏徧蒼苔。總覺耐人延佇。小池碧水新來漲。更漾得、一庭紅雨。早誤他、舞燕流鶯。都向波心飛渡。　容易韶光重到。彩雲飄散後。可還如故。牆角籬邊。柳眼分明。記得斜陽幾度。簾旌猶自深深押。已過盡、游絲狂絮。待夜來、明月盈階。又是一番情緒。

# 徐士烝 字嗣根、號祖香、江蘇荊溪人、監生、有息庵詞、

## 蝶戀花

挑菜人歸芳草碧。放下湘簾。隔住尋香蝶。飄瞥紅絲開夜合。驚心枝上先啼鴂。　聽得窗前涼雨歇。無計留春。怕問春消息。燕子不來門巷寂。空餘滿地楊花雪。

# 謝應芝 字子階、江蘇武進人、貢生、有會稽山齋詞一卷、

## 高陽臺 擬張叔夏西湖春感

夢斷天涯。幾經蠟屐。怱怱三五流年。又值春歸。隔江怕聽啼鵑。一襟曾漬杭州酒。到如今、酒病懨懨。憶湖西。零落桃花。可有人憐。　殷勤青鳥知人意。說空山古木。無數神仙。但解餐霞。阿誰不駐芳顏。平陵松柏蕭蕭處。也當初、急管繁絃。最無情。流水東歸。落日西旋。

### 謁金門

庭草綠。黏惹翠羅裙幅。夕照也憐人影獨。依依留屋角。　昨夜海棠睡足。今日紅飛撲蔌。不許東風開繡幄。梁間雙燕宿。

### 掃花游　落花

冱寒清曉。記小住東皋。無聊聽雨。問花知否。恐點點紅飛。相思欲訴。賸有殘枝。誰把紙旛低護。閒凄楚。看屐齒痕深。莓苔滿路。　窗下擕酒處。悵雲散風流。詩人老去。幾回延竚。恍簫聲天上。乘鸞舊侶。招手難留。也怕蕭條院宇。在何許。縱相逢、又愁春暮。

## 蔣曰豫　字侑石、一字友石、江蘇陽湖人、諸生、官直隸蔚州知州、有秋雅詞一卷、

### 八聲甘州　擬柳屯田

喚鉤簾、曾記試調鶯。剗地作秋聲。看瀟瀟暮雨。澹含殘日。吹下蕪城。舊徑采香誰到。煙綠已零星。賸有江南曲。伴老浮生。　夢裏不知是客。驀憑高望遠。悽入歸心。縱花前中酒。渾未似春酲。誤江樓、寒衣燈火。怨西風、偏只解傳碪。那說是、鳴鴻信杳。恐惹啼痕。

### 南浦　秋水用玉田春水韻、

一碧澹如煙。便和雲、淨洗珠塵浮曉。倒落雁聲寒。憑喚醒、滿鏡清愁難埽。眉痕瘦後。影蛾畫出孤峯小。試

向池塘尋舊句。不見夢中芳草。 采香人去空山。想蘋風裊處。緩歌未了。鷗外問斜陽。可還記、那日湔裙曾到。相思渺渺。葉題空寄靈槎悄。回首夫容湖畔路。今夜落紅多少。

## 甘州 秋紅

問鳴鴻、縱喚醒秋根。淸淚向誰彈。趁回闌衆曲。霜濃石瘦。併作新寒。一樣銷魂顏色。從未當花看。除是西風影。還與盤桓。 休說芳期長謝。便籠衣證夢。金粉都乾。算何曾中酒。強笑學春酣。費情波、幾番深淺。更愁拋、涼豔妒啼鵑。元自有、箋詩溝葉。天上能傳。

## 賀新涼 雨後觀荷因感吳中舊游用家竹山韻、

夢雨敲詩屋。界涼煙、鏡光微動。泫紅低撲。依約湔裳湖陰路。可信秋眉換綠。鎮鉛淚、浪浪如蔌。還恐羅衣催褪早。展芳雲、借潤融簫局。憐夜永。耿明燭。 羽璫垂手猶疑玉。趁琴歌酒賦未倦。冶盟重卜。俊粉疏香銷沈盡。獨對溪山小幅。終不似、舊時妝束。風露淸愁隨處有。只無人、解奏江南曲。抒遠思。寫靑竹。

# 劉煒華 字懷祖、又字子皋、湖北天門人、有琴聲簫韻譜一卷、碎絃餘響三卷、鴻雪長短句一卷、

## 探春慢 秋柳

落葉淒黃。殘條褪綠。西風吹冷孤樹。弱不禁秋。垂來欲暝。嫋嫋瘦腰猶舞。月逗林梢影。祇凝得、恨縈眉嫵。羨他霜裏楓新。醉紅渾似春暮。 又聽白門鴉語。憶繫馬長堤。織鶯芳渡。江北江南。碧陰無數。一例暗煙

涼雨。青眼還開否。甚處問、當年張緖。莫怨飄零。明春重歌金縷。

## 孫仁淵　字筱蘭、浙江仁和人、諸生、官麗水縣訓導、有賦山堂詞二卷、

### 疎影　馮子明索賦黃梅花、用竹垞翁韻、

雪晴小院。正嫩黃幾朶。鎔蠟新翦。磬口含香。輕抹沉檀。蕭疏葉底頻見。天涯信息春前遞。聞寄與、一丸偷展。那更人、寂似枯禪。敎伴瘦臞曇面。　猶憶塗妝甫插。鬢脣匌葉𩊡。嬌額消淺。折供銅瓶。留傍燈青。低映叢殘書卷。淒迷暝色橫枝誤。認宿處、凍禽千點。稱姓名、江夏無雙。心素不將塵染。

## 于　源　字惺伯、號秋淦、浙江秀水人、貢生、有題紅閣詞鈔、語兒村篴、

### 齊天樂　縐雲石爲國初吳將軍六奇贈海昌查孝廉伊璜物事見鈕玉樵觚賸、後更數姓、道光己酉歲、石門蔡學博錫琳得之、移置城北十二里福嚴寺、頃客是邑、暇日拏舟過之、歎賞不足、因憶里中徐太僕祠舞蛟石上古藤花開且落矣、賦此寄故園朋好、

五丁夜遣移山到。墨雲尙含雷雨。乞食王孫。乘時豪傑。隱現淚痕千縷。幾番易主。只豔說西湖。雪中人遇。付鎭山門。諸天龍象並森護。　中郎可惜逝去。我來溪上晚。更共誰語。青眼三生。黃金一飯。白日消磨無緖。鄉園夢阻。憶舊宅隨州。瘦蛟飛舞。寂寞荒祠。紫藤花落處。

## 吳熙載 原名廷颺、字讓之、别號晚學居士、江蘇儀徵人、監生、有匏瓜室詞一卷、

### 摸魚兒 癸丑七月、寓邵伯埭、同人有七夕詞屬和焉、

問天河、可能回挽。洗將離恨都去。雙星未識人間世。今夕那同前度。空自語。料不是銀沙、怎斷來時路。心傷莫訴。賸鵲噪荒城。畢逋予尾。瑟縮甚情緒。　盈盈步。尙憶當筵兒女。鍼樓依約如故。空階指著同生死。要平與證盟休負。愁萬縷。縱卜了他生。先把今生誤。匏瓜獨處。任海水枯時。昆池劫盡。難謝此心苦。

## 李肇增 字冰叔、號冰署、江蘇甘泉人、官浙江玉環同知、有冰持庵詞一卷、

### 念奴嬌 和白石道人詠荷花

冷波十里。怪年時、魚戲東西無主。粉薄香淸羅袂惹。兩兩紅兒低舞。湘瑟含愁。楚雲閣夢。恁是鴛鴦侶。裁將青鏡。玉臺空照眉嫵。　日暮江上移舟。淸歌轉切。淒絶銀塘路。擬與銜杯深對影。容易秋催人去。軟步驚塵。邃房闋月。回首搴無處。江南多恨。此心誰似儂苦。

## 黄溼祥 字琴川、江西樂平人、諸生、有豆蔻詞一卷、

### 掃花游 宿還道上賦楊花

一天夢影漫認不分明。衹疑輕霧褰帷獨覷、怪東風消息。枉吹前度。漾到花濃。那管將春飛暮。落無數。動客裏亂愁斜日孤戍。　黃意初逗樹記脆縷柔條。那家藏住。蘼蕪滿路。有離魂繾綣。在鶯啼處。綠葉成陰。便約重來已誤。趁晴絮送行人、一程程去。

## 姚正鏞

字仲海、奉天蓋平人、有江上維舟詞一卷、

### 霓裳中序第一　同硯山吳陵城西看木芙蓉

微飈盪靜碧。惻惻昏鴉寒落日。羈旅亂愁似織。正疏柳墮黃。殘蘆縈白。經秋暗憶。有一枝、開向幽夕。繁華盡。西風影裏。憔悴見顏色。　拋擲。玉容誰惜。漾波底、嬌紅凝滴。蕭條留伴葭荻。亂落清煙。不傍阡陌。拒霜甘寂寂。問別怨、何人識得。應憐我、辜來木末。冷露淚同濕。

### 淒涼犯　寒鴉

幾家落日黃昏過、殘鴉噪影羣積。晚楓漸脫。荒江浩渺。暮山愁碧。歸飛正急。更村舍、無煙向夕。繞空林、枯枝踏折。葉落失棲息。　應念蕭條況。屋角霜濃。城頭月黑。羈愁倍楚。甚飄零、亂寒侵客。共是無依。漫回首、思歸未得。怕西風、一夜冷斷塞草色。

## 朱壽喬

字瓊圃、江西萍鄉人、

祝英臺近 題山寺尋泉圖、和俞芝恬、

洞棲雲。梁瀉月。指點梵宮路。活水源頭。舊是印心處。算來塵夢剛圓。西山一角。又招引、斜陽歸去。 望衡宇。踏殘落葉聲乾。記里幾程許。點綴江城。橘柚兩三樹。分明圖畫天然。虎頭癡絕。卻翻把、素縑描取。

過芳辰。吟別賦。青草斷腸路。比似晨星。落落兩三處。而今回首前塵。禪關闃寂。卻輸與、閒雲來去。 慨寰宇。吹來鶴唳風聲。仙源在何許。君感萍蓬。我亦悵雲樹。畫圖難寫相思。情長情短。試卷起、桃潭量取。

## 錢熙泰 字子和、號鱸香、江蘇金山人、廩貢生、候補訓導、有古松樓詞、

蝶戀花 自題悼亡畫意

百計留春春不住。懊惱東風。盡日吹香絮。爭得殘紅還上樹。洗妝偏又連宵雨。 別夢迷離無意緒。聽殺鵑啼。聽殺鶯兒語。人自傷心春自去。憑闌靜憶春來處。

百字令 弋雲巖尋梅寫照圖

一鞭春色。指段家橋外。橫斜千樹。難得徐熙傳妙筆。剛被臞仙留住。雪壓吟肩。苔侵蠟屐。往往孤山路。筆隨花落。喜神添訂新譜。 我亦曾訪逋翁。巢居閣畔。杖策尋孤嶼。老鶴空山呼不得。祇有浮雲如絮。流水三生。春風半面。讀畫重題句。似曾相識。冷香開卷飛度。

## 談人格 字立生、號孚遠、江蘇高郵人、優貢生、有困悔齋詞鈔五卷、

### 倦尋芳慢 春晚賦落花

問天怎忍。眼看芳菲。一霎都斷。曉夢醒遲。惆悵繡簾初捲。飛蝶影邊香未歇。啼鵑聲裏魂先散。儘輕陰。向通明乞得。幾枝猶戀。 況此日、雲山留滯。孤館辭春。情倍難遣。咫尺名園。著屐欲游還嬾。夜雨漲添流水急。晚風寒送斜陽短。漫登高。只濃綠。望中痕遠。

### 徵招 客齋水仙花

游仙夢忽驚寒斷。香來若近還遠。渺渺步淩波。認襪羅塵滿。參差排玉琯。豈遙憶、吹笙芳伴。月落安歸。水流空迅。歲華都晚。 幽館。對花斟。人初醉、斗覺離愁難遣。一樣惜飄零。問孤根誰翦。東風看又轉。只蓬閬、幾時能返。待通詞。仍屬陳王。怕濡毫先嬾。

## 蔡鵬飛 字梅茵、江蘇婁縣人、諸生、有六半樓詞鈔一卷、

### 桂枝香 絡緯

蟲鳴草樹。縱倡作秋聲。偷樣紅女。恍揭排筒。輾轉亂牽絲縷。凭欄悄聽無人語。響低昂、似來還去。碧蘿籬下。白茅舍底。不辭晴雨。 又何獨、終宵作苦。被清夢催回。天又將曙。慨念花田歲歉。戶停機杼。淒涼不免

寒無絮。聽蕭蕭、得少生趣。更聞徐織。玉梭抛擲。有誰堪與。

## 顧　濟

字作舟、江蘇金匱人、諸生、官安徽同知、有竹椒草堂詞草一卷、

### 臨江仙

記得來從梅嶺日。經過一碧清湘。紉蘭堪佩芰堪裳。楚天蹤杳。夢入水雲涼。　青鬢鏡中渾不是。絲絲點上秋霜。梧桐小院夜初長。五更蛩語。訴斷九迴腸。

## 萬立籛

字叔陶、江西南昌人、官湖南縣丞、有楳隱詞四卷、

### 齊天樂　浙西道中作

離亭攀盡垂楊縷。扁舟載愁多少。水鑑山容。窗移岸影。一幅輕帆風飽。鄉關夢覺。去聲悵人在天涯。情多易老。指點前邨。兩三烟樹暮鴉噪。　年來遊興漸嬾。憶雲窗霧閣。棖觸懷抱。舊約盟鷗。新愁語燕。吟冷半篷殘照。歡悰未杳。問花韻欄干。露涼誰靠。別恨題牋。畫樓寒月好。

## 顧世沅

字湘綎、江蘇元和人、諸生、

### 洞仙歌　題張夾柳雲破月來花弄影圖

春陰弄暝。正花間殘醉。向夜朦朧背花睡。忽深深淺淺。移上春衫。擡眼看、玉宇銀盤乍洗。起來開讌賞。湛湛長空。無數雲痕疊如綺。劃碎碧玻璃。庭外空明。如藻荇、參差橫水。便姹紫嫣紅不分明。也颭得春晴萬般嬌媚。

## 盛樹基 字艮山、江蘇元和人、諸生、

### 洞仙歌 張文柳以三影詞句繪圖、各述一解、

輕綃剪破。又冰蜍斜漏。風約簾波漾春皺。隔蟬紗幾眼。搖曳黃昏。何處有、點點紅香吹逗。銀鉤隨意捲。挑盡蟲釭。覓豔分明在羅袖。淺碧愛輕籠。移上闌干。還搭了、絲絲楊柳。倘小院、無人坐吹笙。怕夢透花陰。蝶魂都瘦。雲破月來花弄影

池塘春晚。已歌殘金縷。病酒年光弄飛絮。是撲簾香雪。聽到無聲。撩亂也、萬種人間離緒。銀蟾窺戶好。流水三分。攏暝攙寒總無據。何處寄芳心。欲去仍回。倘夢裏、將伊留住。但剗襪、瑤階步輕輕。便瞞了東風。扇邊兜與。無數楊花過無影

沈沈金屋。愛月明風定。春在鄰家綠楊並。已虬壺催曙。笑語誰來。空盼斷、縹緲驚鴻過影。餘香牽綵索。多恐今宵。畫板輕霏露珠冷。風景憶年時。馬上曾窺。花深處、杏衫低映。慢比似、銀河隔紅牆。算一點相思。素娥能省。隔牆送過鞦韆影

# 汪　芑　字燕庭，別號茶磨山人，江蘇吳縣人，諸生，有茶磨山人詞稿，

壺中天　題潘西圃老人藏瞿子冶砂壺拓本

碾泥琱玉，是故人持贈，冰心堪貯。石銚圖成添供養，雅配中泠泉注。畫竹雙鉤，新茶一串，小啜春風句。紙窗清玩，色香和味俱古。　應憶晻水西頭，瓦盆盛酒，家傍梅花住。廿載摩挲留長物，怊悵摶沙人去。瀔雨旗翻，松風鼎沸，老伴湖山主。午陰攤飯，一甌閒泛花乳。

# 汪　璪　字玉泉，一字芙生，號瀔庵，廣東番禺人，有隨山館詞一卷，

齊天樂　秋蟬

西風一夜來何易，寒聲已傳高樹。乍響琴絲，相看鬢影，也自蕭條如許。秋心似訴。正衰柳斜陽，古槐疏雨。警我分明，故園蕪色在何處。　天涯有人聽取。但更番斷續，涼共煙語。黃葉宮深，白頭客老，一樣淒涼情緒。功名漫與。算問到金貂，此生應誤。且學神仙，五銖宵浥露。

翠樓吟　清明日，坐碧痕館中，微雨如夢，薄寒中人，顧影微吟，不勝悽黯，賦此簡仲容蘭臺諸子，

雨不成絲，雲還作去，暝簾波微隔香霧。禁煙都過了，是誰把、餘寒留住。銷凝幾許。在酒乍醒時，夢曾游處。青袍誤。有人似我，慣吟愁賦。　欲與俊賞清歡，向綠蕪東郭，紅橋西塊。蘼蕪憔悴矣，怎重趁、踏青人去。天

涯倦旅。算燕子應知近來情緒。傷心路。一川煙草。二分塵土。

## 宴清都 春陰竟日餘寒中人、棖觸客懷、淒然有述、

未覺餘寒斂。迷濛處、不分花影濃淡。簾紋似水。煙痕似夢。作去成銷黯。斜陽乍露牆匡。又漠漠、微雲半揜。問藏春、何處樓臺。移春幾處闌檻。　新來病酒年華。薰爐況味。無限悽感。袷衣換了。香篝炧後。勝情都減。無端鳳紙相思。賸襟上、紅冰點點。怕等閑、過卻燒燈。東風荏苒。

## 百字令 五月望夜偕葉蘭臺杜仲容季英登粵秀山看月、

空山今古。問月明如許。百年能幾。夜半猶來淩絕頂。吾輩清狂如是。城郭千家。樓臺一片。都化空濛水。扶胥何處。海天風露無際。　相與茗椀分曹。蕉衫袒右。頓忘人間世。好事肯同河朔飲。但詡浮瓜沈李。疊磴雲生。荒臺地古。忽忽生涼意。松陰鶴睡。試憑長笛吹起。

# 翁同龢 字笙階、一字韵夫、號叔平、晚號松禪、又號瓶廬、江蘇常熟人、咸豐六年進士及第、授翰林院修撰、官至戶部尚書協辦大學士、謚文恭、有瓶廬詞鈔二卷、詞補一卷、

## 浣溪紗 謝橋小泊待潮

錯認秦淮夜頂潮。牽船辛苦且停橈。水花風柳謝家橋。　病骨不禁春後冷。愁懷難向酒邊消。卻憐燕子未歸巢。

## 青玉案 送鄭庵

銀河絡角詞淒絕。聊付與、秋蛩咽。病久不知長劍折。昨宵風雨。燭花飄瞥。山鬼來時節。　九秋同看秦關月。何事盈盈圓又缺。客裏送君情百結。驀然回首。短亭殘雪。一棹胥江別。

## 臺城路 登咸陽原

冷雲頹日咸陽道。莽然更無秋草。白閣如螺。樊川似帶。閲盡興亡多少。倚風憑弔。有詞客同來。冷吟閒嘯。我自工愁。綠牋悔寫舊時稿。　天涯一樽醉倒。渭城春已怨。何況秋杪。官柳依然。碧梧何在。可許鳳凰棲老。宦遊倦了。歎綠鬢婆娑。年來漸縞。羞對秦川。北流波浩渺。

# 潘祖同 字桐生、號譜琴、江蘇吳縣人、咸豐六年進士、改庶吉士、授翰林院編修、有竹山堂詞稿、

## 菩薩蠻 題吳子述春眠風雨圖

舊時月色今何在。無端春夜鳴秋籟。欹枕聽分明。含愁背短檠。　漏殘珍夢影。啼鳥催人醒。芳草已天涯。空庭但落花。

## 南歌子 題郭紀獨立圖

欲語愁難訴。思吟語未工。有時獨立小庭中。待得一鉤新月、上梧桐。　身世同飛絮。天涯類轉蓬。何時破浪快乘風。鐵板銅琵高唱、大江東。

## 陳壽祺

原名源、字子穀、一字珊士、號雲杉、浙江山陰人、咸豐六年進士、改庶吉士、官刑部主事、有青芙館詞鈔一卷、二韭室詩餘別集一卷、

### 惜餘春慢　睢州題壁

沙影搖星。雲痕凍月。馬首曉風吹亂。草枯鷹健。木禿鴉寒。滿眼秋光都變。說甚封侯少年。歲暮飄零。夢沈書遠。算三千歸路。大河南去。商量一半。　故園裏、蝸粉牆西。蜜梅花底。知否暗香吹滿。花邊明月。月底闌干。閒煞也無人管。料得蘭閨夜寒。細數歸期。金釵劃徧。道天涯、一樣銷魂。拚底爲伊腸斷。

### 南歌子

倩語紅鴛錦。香盟翠鳳翹。秋魂已爲箇儂銷。多謝銀黃月子、照雙橋。　別夢商孤枕。相思逐暮潮。小門花底罷吹簫。知道有人無睡、說今宵。

## 葉衍蘭

字蘭臺、號南雪、廣東番禺人、咸豐六年進士、改庶吉士、官戶部郎中、有秋夢盦詞鈔二卷、續一卷、

### 長亭怨慢

已拚作、天涯羈旅。半壁殘燈。恁般離緒。珊淚緘紅。瑤情懺碧。奈何許。斷魂千疊。都做盡、愁絲縷。影事忒淒涼。可記得、文鴛雙履。　延佇。只梧桐院落。幾點冷楓疏雨。秋心一握。化胡蝶、夢中飛去。又恐隔、霧露夫容。

訴釵約、無人爲主。賸澹月銀屏，猶照鏡鸞棲處。

## 珍珠簾　題高唐神女圖

楚天環佩清秋迥。悄姍姍、誰見行雲微步。蘭澤散芳馨。歷六宮眉嫵。巫峽生涯原是夢。渾不怕、細腰人妒。凝佇。望縹緲仙軿，鬢鬟煙霧。　休説幻想荒唐。歎微詞豔絶。一篇遺賦。幽咽到驚鴻。寫洛川辰浦。翠蓋霓旌無定所。總腸斷、峯頭朝暮。愁緒。認倩影陽臺，春風留住。

## 青玉案

櫻桃未洗枝頭露。被燕子、銜將去。錦瑟華年春已暮。畫闌重倚，舊曾游處，猶有尋芳侶。　垂楊巷陌深如許。柰遮徧、漫空絮。寫恨難題腸斷句。連天衰草，夕陽無語，占盡蘼蕪路。

## 垂楊

章臺夢杳。記陌頭弄色。嫩黄初裊。舞損纖腰。小垂煙態偎人抱。那知隄畔凋零早。絮飛盡、翠樓春悄。賸當時、汁染青衫。漬淚痕多少。　猶説靈和殿好。柰朝雨幾番。也摧殘照。倩影依依。怎禁憔悴香塵掃。攀條更恨長安道。怕重問、燕昏鶯曉。歎風前一樣蕭疏，絲鬢老。

## 瑞鶴仙

海棠嬌欲語。正紅溼屏山。花光如許。流鶯尚啼樹。怪無端吹上。二分塵土。飄殘錦絮。怎飄得、愁絲恨縷。怕呢喃、雙燕歸來。不是畫梁朱戶。　何處。枇杷門巷。鸚鵡簾櫳。舊遊都阻。尋芳伴侶。誰共賦。傷心句。縱春風詞筆。吟成荳蔻莫寫天涯倦旅。倚高樓目斷斜陽。一襟淚雨。

## 水龍吟 五月十五夜偕汪芙生瑔、杜仲容友章登粤秀山看月、同芙生作、

銀蟾何處飛來。碧空捲得炎飆淨。樓臺一抹。是煙是水。鎔成清景。道冷呼鸞。天高唳鶴。露淒風警。料廣寒今夕。素娥無睡。晶簾外。羞孤影。　我欲淩虛絕頂。洗塵襟、玉壺冰鏡。穠花錦石。漢家遺恨。那堪重省。惆悵江南。有人歸夢。相思愁證。仲容有歸梁溪之信試憑欄長嘯。橫吹紫竹。喚啼烏醒。

## 清平樂 題自畫桐陰擫笛仕女

蟾光似水。花影層欄碎。風露羅衣涼欲洗。此際高樓誰倚。　鄰家絃管分明。兒家庭院淒清。只有一枝橫竹。柰他都是秋聲。

## 瑤花 辛酉七月十五夜坐月綠莊嚴館、秋光欲波、天人息籟、老蟾素輝、盟予孤寂、意有所感、橫竹寫之、

纖雲淨洗。萬里含輝。瓊宇都澄澈。花魂初醒。簾乍捲、冷浸一天涼雪。塵襟盡滌。渾不覺、天風飄瞥。歎素娥依舊團圓。明鏡幾曾傷缺。　高吟拍遍闌干。問法曲霓裳。今向誰說。河山無恙。還憶否、當日廣寒宮闕。危樓獨倚。聽鶴背、瑤笙清絕。瞰秋江、喚起魚龍。橫竹數聲吹裂。

## 長亭怨慢 余與芙生別三十年、舊雨再聯、春風重唱、以詞稿屬爲點定、即書其後、

問何事、頻年載酒。畫壁旗亭。青衫依舊。湖海歸來。故人無恙試攜手。燕啼鶯笑。猶只是、春僝僽。悵一掬潭波。悽豔有、萬紅香透。　回首。憶鬘天夢影。題徧錦屏歌袖。蠻牋鬬擘。寫不盡、斷腸花柳。又誰信、絕代才華。

祇贏得、杜陵詩瘦。且料理琴尊。重翦夜闌春韭。

菩薩蠻 甲午感事、與節庵同作、

遙山黯淡春陰滿。游絲飛徧梨花院。野草冪閒庭。紅棠睡未醒。華筵歌舞倦。簾外流鶯喚。錦帳醉芙蓉。邊書不啓封。

琅璈鈿瑟瑤池宴。素娥青女時相見。濁霧起樓蘭。邊風鐵騎寒。扶桑東海樹。移種荒崖去。淚眼望斜陽。關山別恨長。

觸輪夜半飛鰐惡。魚龍曼衍潛幽壑。海蜃駕長空。寒濤戰血紅。珊瑚金翡翠。滴盡鮫人淚。遺恨鵲塡河。波斯得寶多。

鳳窠羣女顚頏舞。纏頭百萬輸無數。紅錦稱身難。瑤箏不肯彈。銀屏圍十二。私印綢繆記。醉眼太迷離。雙雙金縷衣。

淮南赴召牙璋起。紫皇寵報金如意。烽火已漫天。何時著祖鞭。淸人河上樂。卿子誰偕作。大漠陣雲昏。淒涼烈士魂。

封狼天塹能飛渡。鸛鵝半壁空如虎。釜底惜游魚。游魚薄太虛。華陽頒十賚。恩重鰲山戴。湯網總宏開。和羹宰相才。

金鑾下詔璇宮裏。縷裳特爲蒼生起。瓊戶玉樓臺。誰敎斫桂來。乘槎空挂席。未採支機石。靑瑣點朝班。

琵琶出塞難。

窮鱗縱壑滄溟闊。姮娥巧計能奔月。天際動輕陰。冥鴻何處尋。　青燐飛不斷。慘慘蟲沙怨。江上哭忠魂。

同仇粉將去軍。向陽花木都腸斷。青鸞望絕音書遠。鶗鴂忒知時。春情聽子規。　嗚珂金紫煥。赫赫麒麟楦。簪紱樂昇平。

終軍漫請纓。卅年競鑄神州鐵。水犀翻被蛟螭截。雷火滿江紅。傷心駭浪中。　長城吾自壞。添築蠮螉塞。廷尉望山頭。

思君雙淚流。

## 韓　欽

字孟仙，號螺山，浙江蕭山人。咸豐六年進士，官內閣中書，有閑味齋詞鈔二卷。

### 徵招

羊城寄園當闤闠之閒，得林泉之趣。余昔與吳君夢花師惠共尋觴詠之樂，晴衫雨屐，蓋無日不往來其間也。忽忽二十餘載，夢花已歸道山。壬戌春晚，復經其地，則竹亭半圮，蘿徑就荒，予懷悄然，有不能已於言者，以白石自度黃鐘下徵調賦之。

荒畦懶點尋芳屐，苔花滿階如繡。細認雪泥痕，只青山依舊。碧欄看已朽。記前度、隔欄招手。吮墨裁紅，卷波浮白，不堪回首。　賸有。燕呢喃，曾相識、劉郎近來消瘦。訴與一襟愁，問東風知否。惜春春易負。早寒食、禁煙時候。柳陰外、獨立斜陽，驀笛聲吹又。

## 玉漏遲 病起、池荷已殘、澹雲疏雨、漸含秋意、

夕陰搖岸柳。吟蛩咽晚。秋心先逗。半臂吳緜。禁架嫩涼時候。幾度闌干倦倚。笑人共、西風爭瘦。花事負。絳雲散盡。淥波依舊。　不是淺醉難勝。是一味懨懨。釀愁成酒。小閣疏簾。燈蕊細於紅豆。試把相思訴與。問有約、黃昏來否。凝望久。霜天雁聲催又。

## 程霖壽 字小炳、號雨滄、晚號箕叟、湖南寧鄉人、咸豐七年舉人、官常德府教授、有湖天曉角詞二卷、

### 西河 九日攜弟輔羲登雲麓寺、憶癸丑與茶村偕、今別去二載矣、林泉無恙、風景頓殊、譜此示弟、兼訊茶村江右、

憑眺處。山川滿目如故。天風盪得日光寒。澹雲未雨。翠巖萬木漸知秋。秋山猶欠紅樹。　煙際雁。紛爾汝。寒鴉逐隊爭舞。來登絕頂盼長江。一航快渡。古今萬事繫心頭。蒼蒼相對無語。　等閒有酒念故侶。問天涯、何酒能沽。料也者番延佇。立孤峯、目極章江路。一片斜陽闘山暮。

## 戚氏 秋蛩

甚幽情。秋來噓出萬千聲。露冷階空。月高天靜。夜三更。悲鳴。似難平。荒郁響答不分明。俄乘院落風起。攪成商籟滿前庭。度去樓角。穿從窗隙。漸聞四壁泠泠。便蕭蕭瑟瑟。酸楚嗚咽。無限淒清。　彌望腐草平陵。

哀語斷續。落葉又飄零。音流處、悄和雲墮。冷帶煙橫。更交幷玉漏暗地瓏琤。勝似夜雨聞鈴。雜將戍鼓。助起邊笳。那管羈客心驚。　獨立頻回首。關山萬里一片愁縈。漫與離腸代訴。驀魂銷、似醉復如醒。況衾枕畔鑪邊。遞寒護煖。清夢應難覓。賸一腔哀怨成悲哽。剛移坐、孤對燈檠。待曙雞、起舞重聽。露鸞瓦、隱約白初生。衆哀纔歇。惟餘曉月幾點晨星。

## 徐樹鈞

字叔鴻、湖南長沙人、咸豐七年舉人、官江蘇淮揚海道、有寶鴨齋詞二卷、

### 黃金縷

門掩黃昏春寂寂。滿地紅英。費盡東風力。絲雨和煙朝又夕。蕭條庭院傷情極。　苦恨啼鵑聲太急。催起人歸。斷送春無跡。一段春愁銷不得。萋萋芳草連天碧。

## 潘觀保

字辛芝、江蘇吳縣人、咸豐八年舉人、官河南彰衞懷兵備道、有鵲泉山館詞一卷、

### 金縷曲　甲寅春日懷鄭盦都中、

目斷鴻飛處。整歸鞭、霜僝雪僽。儘添離緒。馬上看山原草草。何況天涯逆旅。早兩鬢、星星如許。檐鐸風尖搖夢遠。傻歸期、殘夢隨君去。尊酒畔。共聽雨。　垂楊都化無情縷。隔官河、亭長堠短。舊游重數。三尺秋潮催畫舸。今日渡江來否。奈滿地、驚人笳鼓。別恨如烟檣燕語。道西風、搖落河橋樹。殘照外。去時路。

# 易佩紳 字子笏、號笏山、晚號壺天遯叟、湖南龍陽人、咸豐八年舉人、官江蘇布政使、有函樓詞鈔二卷、

## 採桑子

客行正對鴻來處。鴻過汀洲。客在孤舟。鴻到天南報客愁。　去留一樣蒼茫感。遠道回頭。高處凝眸。風裏砧聲月下樓。

## 阮郎歸 用歐陽文忠春景韻

朱樓翠閣卷簾時。青驄陌上嘶。綠楊葉葉展新眉。小風花片飛。　芳草遠。夕陽低。浮雲天末垂。江南門巷舊烏衣。燕歸人未歸。

# 徐士鑾 字沅青、直隸天津人、咸豐八年舉人、官浙江台州府知府、有蝶訪居詞鈔、

## 望海潮 題倪耘劬大令鴻瀛臺觀海卷子

胸羅星宿。氣吞雲夢。斯才足挽狂瀾。破浪乘風。鯨鰲任釣。何人假與綸竿。壯歲溷閑官。儘星添雙鬢。未遂鵬摶。作客天涯。且舒雙眼太虛寬。　天風特地高寒。有鹿門潮白。鯤島霞丹。明鏡霧昏。妖氛未埽。樓臺不作奇觀。矯首指雲端。笑中流穩坐。博望槎還。記取萍飄梗泛。一卷畫圖看。

## 王偉楨

字寄蟠、號仙根、浙江秀水人、咸豐八年舉人、官內閣中書、

### 臺城路　爲楊利叔象濟題蟬曳殘聲過別枝詩意小幀

愔愔一樹無情碧。殘聲曳歸何處。乍卽還離。旋停又續。空際暗催秋去。身輕似羽。問頻換宮商。可能成譜。庭院深深。槐花一逕落如雨。　梧桐倏驚葉墮。甚餘音嘒嘒。響隔窗戶。古寺牆邊。長亭柳外。別有那般淒楚。幽懷漫訴。但回首齊宮。荒寒片土。瑟瑟西風。更斜陽作暮。

## 趙福堂

字華初、一字蓮谷、號藕村、浙江山陰人、有小石帚生詞二卷、和姜詞一卷、

### 南浦　灞橋楊柳、細雨斜陽、客愁如夢、默塡此解、愈覺黯然、

楊柳夾長橋。是古來、銷魂第一多處。一片碧無情。斜陽外、偏把好山遮住。東風微動。樹梢兜定絲絲雨。倚闌凝竚。看沙渚玲瓏。白翹雙鷺。　天涯有恨誰憐。向花底停鞭。煙中呼渡。灞岸水潺潺。波三尺、搖盪別離情緒。沿堤草長。黯然尋到春歸路。數聲杜宇。曾苦勸春歸。還催人去。

## 陳　重

字小蕃、河南商丘人、拔貢、官直隸永定河道、

### 百字令　過廠肆有感

江山如此。有蜃樓海市。百般奇幻。忽憶皇州春色好。曾聽漏壺傳箭。溫樹陰濃。香楓影祕。紅葉都難見。人間天上。星霜暗裏偷換。　可惜內府宣和。遺聞天寶。去夢隨流電。清淺蓬萊山下水。銷盡翠愁珠怨。花草淒迷。丹青零落。淚洗銅人面。閑坊冷市。駐鞍爭忍留玩。

## 潘定桂

字子駿、一字駿坡、廣東番禺人、增生、有三十六村草堂詩鈔、附詞、

### 水調歌頭

十二月十五夜、板橋玩月、同鴻軒伯兄、

碧宇淨如洗。海霧散長風。不知今夕何夕、上下鏡磨銅。已見當頭圓相。又見低頭圓影。素彩散玲瓏。久立不能寐。疑在廣寒宮。　上元夜。中秋夕。一般同。恨無畫舫絃管、吹送暖波中。比到雲開牛渚。又擬山高赤壁。請問李蘇翁。莫恨已年盡。流覽正無窮。

### 杏花天

近購牡丹二本、移置室中、戲名曰買春、又曰藏春、系以二詞、

何須浪擲千金價。問春到、幾回晝夜。春光肯賣愁難借。花肯替春新嫁。　一分讓我攜歸罷。輸鶯蝶、園林游冶。縱然紅杏牆頭寫。畢竟隔鄰春也。

唐花舊歲栽培好。嫌洩漏、芳春太早。花心緊把春情抱。狠藉怕隨芳草。　雨風難自書齋到。暫放下、詩人愁惱。綠章何用新裁稿。管取春容不老。

## 汪壬林 字雍伯、江蘇上元人、有餐青閣詞稿、

### 疎影 廢寺

蒲牢聲渺。賸頹垣敗址。供人憑眺。十笏蓮龕。衹見苔痕。不見香煙縹緲。殘鐘臥地無人管。都付與、夕陽低照。款禪關、古佛橫斜。絕似醉翁傾倒。　試與山僧閒話。說當年此處。梵宮旋繞。零落而今。破瓦埋煙。黃葉滿階不掃。欲尋斷碣從頭讀。又一片、青青芳草。怪如來、不解傷心。猶自拈花微笑。

## 高思齊 字文樵、浙江錢塘人、

### 南鄉子 過小西湖

落日淡湖灣。湖上煙光抹翠寒。人倚彩虹來又去。飄然。驚起沙鷗夢未完。　隔水叩禪關。樓閣參差暮靄間。風送疏鐘江樹暝。前川。紅藕香中一棹還。

### 夢江南 春夢

蓮漏動。燭影又搖紅。倦倚香篝渾不覺。最難禁受五更風。人在小樓中。

## 王　復 字愧庵、江蘇吳縣人、有煙波閣詞、

## 長亭怨慢 邗江舟次題湘君小影、

正遙夜、夢闌孤艇。淡月微茫。殘燈掩映。展取生綃。亭亭一尺驚作去聲鴻影。香魂遠近。應盪作、梨雲冷。晝裏小眉峰。猶恐被、餘愁壓損。 誰省。悵憐儂憶汝。一霎鈿樓韶景。星眸灩灩。慣拋向、酒邊人領。甚短夢、綠瞥紅飄。抵一劫、曇花長命。問綺業如何。二十四橋煙暝。

# 溫子顥 字筠栖、廣東順德人、有倚銅琶館詞、

## 蝶戀花 秋曉

露溼銀塘人乍起。隔水芙蓉。紅到秋心醉。六扇全開窗槅子。朝曦漾得罘罳碎。 添衣悄向欄干倚。掩映修篁。豔絕爐銀娟。對吐秋絲涼蔓底。小蟲也解憐秋意。

# 程珮琳 字璧畬、安徽婺源人、有碧腴詞一卷、

## 西江月 小摘秋海棠一朵

春睡纔醒曉夢。西風又試新妝。可憐嬌態不成雙。獨抱秋心惆悵。 袖冷最宜纖手。情多怕斷愁腸。凭肩軟語細商量。好絆玉搔頭上。

## 滿江紅　題吳衡堂江天一碧圖

坐箇仙槎。認不出、人間天上。但極目、長空無際。碧浮千丈。嫩色鷗邊春草發。濃情雁外秋煙蕩。更晚來、醉眼看朱成殘霞朗。　銀河路。消塵障。澄江練。翻微浪。想臨風搔首。暫停雙槳。雲樹蒼茫詩鬢健。波濤浩渺襟懷曠。對月明、一曲踵髯蘇。銅琶唱。

# 譚溥　字仲牧、號荔仙、湖南湘潭人、有四照堂詞、

## 鷓鴣天　畫梅

雪裏寒光照酒杯。前村昨夜敞花魁。問誰能寫橫斜影。笑指空山好月來。　高閣外。短籬隈。東風難挽瘦芳回。怪他玉笛曾吹落。五月江城不復開。

# 孔廣淵　字蓮伯、山東曲阜人、有兩部鼓吹軒詩餘、

## 百字令　重過袁江有感

荒涼如此。賸頹垣斷井。幾家零落。獨立煙蕪思往事。魂黯者番歸鶴。曉鏡評妝。宵燈絮夢。回首還如昨。而今安在。夕陽猶是城郭。　長歎一劫紅羊。繁華洗盡。轉眼成蕭索。悄問呢喃雙燕子。憶否春風簾幙。汝失雕梁。我飄斷梗。一樣愁棲託。年年壓線。嫁衣空爲人作。

## 馬福齡 字伯膺、安徽當塗人、有恨不讀書齋詞略一卷、

### 轉應曲 姑蘇即事

搖艣。搖艣。攪碎一溪煙雨。前汀想有灣頭。聽得歌聲轉喉。喉轉。喉轉。生怕珍珠串斷。

## 江泰鈞

### 滿江紅 辛酉送春

恁遣春歸。無賴是、朝朝雨風。賸一縷、將離情緒。知爲誰容。擬託鵁鶄通款語。杜鵑何事促青驄。盼梁間、燕子卻飛回。銜片紅。 春來也前度逢。春去也何處蹤。便留春春住。不管愁儂。說與有家歸未得傷春都作可憐蟲。最魂銷、破曉一聲聲。山寺鐘。

## 孫汝燮

### 揚州慢

香袖長垂。翠樓閒倚。卷簾十里新晴。聽新腔水調。正夜月初生。幾回過、臨江竹徑。隔煙回首。曾認青青。算芳春好景淮南第一揚城。 而今寂寞。賸紅橋、波影空橫。自爛漫花飛。風流夢覺。莫再多情。三十六宮禾

# 全清詞鈔

下册

葉恭綽 編

中華書局

夕陽薄。低照陰陰院落。鞦韆外、微見幾絲。惹恨牽愁瘦如削。飛花陣陣落。尋樂。兒童誤捉。端詳看、人字宛然。欲下珠簾又還閣。　前游記京洛。拂禁苑河橋。車轂交錯。喬柯宵靜沈魚鑰。看閶闔迎曉。火城初近。紅牆描上楚腰弱。又誰識飄泊。　孤酌。映羅幕。漸吐出銀蟾。風裏梳掠。眉痕眼態春如昨。有靜息枝杪。兩三烏鵲。闌干移上。夜雨過。又隱卻。

# 陳　偉

字培之、江蘇元和人、咸豐九年進士、官戶部郎中、有隱蛛龕詞稿、又名香影餘譜、

## 疏影　枯樹

寒雲凍墨。鎖病枝偃蹇。螺黛無色。矗影杈枒。霜月荒涼。空山夜鬼愁泣。文章不露虬鱗古。聳健骨、參天千尺。早絢紅、脫下楓林。鸛鶴怒盤巉壁。　疑是平蕪畫幛。蒼痕暈蒼上莽。何限凄碧。獨對西風。如此婆娑可奈天涯行役。江南觸起蘭成怨。笑禿鬢、一般蕭瑟。問甚時、潛茁瓊蕤。豔說好春消息。

# 梁鳴謙

字禮堂、福建閩縣人、咸豐九年進士、官吏部主事、

## 摸魚兒　漁燈

正黃昏、一番微雨。溪雲收卻無數。夜潮乍長涼風峭。間出一星魚步。低望處。倚兩兩輕舟、伴著閒鷗鷺。蒼茫煙樹。有晤裏歸人。隔江扶蓋。照影正呼渡。　幾回覷。恍惚似移還住。菰蘆深淺低護。平波正好開漁網。

波底魚蝦爭赴。休回顧。問一棹故鄉、何處停沙渚。相看最苦。忽夜半鐘聲。霜痕滿被。夢醒記吟句。

## 魏熙元 字玉嚴、浙江仁和人、咸豐九年舉人、有玉玲瓏館詞存□卷、

### 風蝶令

半面玫瑰笑。三生豆蔻詞。叮嚀攜手下階時。不信今年情比、舊年癡。　出谷鶯違約。歸巢燕爽期。惜花心被妒花欺。拋了相思芍藥、采將離。

### 鬲谿梅令

倚欄無力笑東風。惜怱怱。花到酴醾、蝶夢也惺忪。尋芳春興慵。　思量贈別表情濃。卻愁儂。一幅蠻箋、和淚手親封。開時揩眼紅。

## 宋謙 字巳舟、福建侯官人、咸豐九年舉人、有鐙昏鏡曉詞四卷、

### 定風波 漁燈

卸輕帆、斷港人稀。愁雲黯黯向夕。舵尾傳餐。篷陰坐酒。一破黃昏寂、碧波心。小紅濕。冉冉孤煙散寒荻。誰識。是鷗邊雁外、宵來秋色。　晚潮正急。更星星、碎點漁天擲。甚鄰船無賴。寒篝夢醒。起弄滄浪笛。賺蛟龍。暗中泣。幾陣江風忽吹息。愁極。半艙殘月。憑誰收拾。

## 王彥起 原名起、字硯香、浙江錢塘人、咸豐九年舉人、官會稽教諭、有淨綠軒詞六卷、

### 南樓令

春霧黯啼鴂。春聲繞畫樓。望江南、綺夢全收。紅到桃花青到柳。排著了。教儂愁。　卍譜舊風流。誰歌水調頭。懺聰明、身世悠悠。牆外琵琶牆裏月。渾不似。故園秋。

### 金縷曲 添線詞

一縷春痕逗。費工夫、較量長短。儘伊纖手。漸喜紅閨舒旭景。恰稱圖開九九。道莫把、天公辜負。學刺鴛鴦忙裏覺。算明朝、比翼應成就。須緩緩。駐晴晝。　安排自試金鍼繡。擬癡心、跂烏繫住。情絲牢扣。巧樣徐抽機上錦。消息箇儂知否。問何處、篝燈寒守。似水年華頻壓線。怕光陰、雖好人非舊。撩亂緒。向誰剖。

## 曹鍾英 原名毓英、字子千、一字紫荃、江蘇吳縣人、咸豐九年舉人、官浙江同知、有耡梅館詞、

### 長亭怨慢

是誰傍、高樓橫笛。幽咽風前。離魂銷得。短鬢蕭蕭。者番顧影共淒惻。葉乾絲盡。都皺了、荒寒色。鴉點散零星。又風雪、江邨畫出。　蕭瑟。看垂垂幾樹。一樣酒帘飄直。藏鶯掠燕。怕記著、冶春蹤跡。便斜照、紅上闌干。熨不暖、幾絲愁碧。算來歲春濃。只隔玉驄消息。

## 長亭怨 殘紅、和實甫、

聽前夜、杜鵑啼斷。血淚模糊。枝頭灑徧。狼藉香堦。箇儂生怕卷簾看。朱闌低亞。扶幾縷、芳魂倩。無復是濃春。只空憶東風人面。 零亂。認蒼苔點點。澹照斜陽一半。綠陰圍繞。漸隔着、畫樓天遠。最憐他、燕子多情。和飛絮、銜來宛轉。把賸粉零脂。留向秋千池館。

# 宋家蒸 字雲甫、江西奉新人、咸豐九年舉人、官四川峨眉縣知縣、有譜杏軒詞草四卷、

## 飛雪滿羣山 梨花

刻玉爲膚。鏤冰作朵。糝來晴雪輕勻。玉奴嫁晚。瑤臺夢曉。等閒度盡芳春。雨餘知有恨。搵難住、溶溶淚痕。喜晝陰薄。分明照眼。素袖白羅裙。 頻寄語、東風須護惜。看輕輕態度。淡淡丰神。羽衣千佾。明珠十斛。忍教散作香塵。化身空色裏。且團入、花魂蝶魂。怕良宵誤。清風皓月難遇君。

# 潘遵璈 字子綸、號譜士、江蘇吳縣人、咸豐九年貢生、有小賓洲笛弄、鶴唳瑤天譜共四卷、總稱香隱盦詞、

## 探芳信 樓陰殢夢、簾波盪春、小憩園林、感吟成調、

步幽窈。正柳眼開初。花魂醒了。算一年芳事。閒中占多少。夕陽樓閣遲歸燕。簾卷人偏悄。訴柔情、絕似游絲。向空斜裊。 天氣嫩晴好。怕謝盡荼蘼。錦書還渺。試問東風。能否把愁掃。闌干曲彔同誰倚。淚染紅心

草。暗銷凝、不信嬉春尙早。

## 踏莎行　和晏同叔

細草生齊。輕塵舞徧。秋千樹隔深深見。玉人小病怕風尖。下簾故掩芙蓉面。　枝上啼鵑。梁間語燕。留華似夢年年轉。梨花帶雨又紛飛。不知落在誰家院。

## 倚風嬌近　落花

紅褪啼妝。杜鵑聲裏腸斷。一年春事忽忽換。風雨昨宵聞。愁煞倚樓人。散了香魂。尙倩游絲低捲。　凝想多時。難寫秋娘凄怨。留客金尊重款。賸粉零脂賦情倦。閒庭院。畫闌但壓斜陽滿。

## 垂楊　秋柳

章臺舊路。甚春情換了。秋情無數。一角殘陽。可憐猶照舊眉嫵。飛鴉歸向梢頭聚。謾贏得、瘦痕如許。最銷魂、臨別攀條。唱柳郎詞句。　休憶青青前度。蘸流水半隄。倦腰難舞。繫馬人來。幾回惆悵和烟語。西風便解梳千縷。總不似、少年張緒。況聲聲又聽寒蟬。吟漸苦。

## 西窗燭　秋檠

銀蟾影沒寶鴨香殘。燭奴還對愁客。乍明乍滅渾難定。憐救盡飛蛾。玉釵倦剔。便鬬妍、頃刻花開。輸與嬉春那夕。　伴岑寂。祇向更闌。銅盤垂淚。帳裏依稀暈入。料他棊子閒敲處。也一點熒熒。搖成黯色。等恁時、聽徧歸鴻。寒雨簷前尙滴。

## 王星誠

原名于邁，又名章，字平子，更字孟調，浙江山陰人，咸豐九年副貢，有西梟山居殘草附詞一卷。

### 望江南　念西梟山居作

山居好。門外野梅春。縛筧讓根流水路。折枝橫髻過年人。香意隔溪新。

山居好。時節又梅黃。醉覡解談鍾進士。水村多唱蔡中郎。踏月下前岡。

山居好。新榨酒香微。暖窨花如嬌女瘦。春盤橘似粉奴肥。燒葉閉柴扉。

山居好。幾處負暄同。矮屋書聲開小學。地爐閒話就村翁。餘味耐冬烘。

## 林天齡

字受恆，又字錫三，福建長樂人，咸豐十年進士，改庶吉士，授翰林院編修，官至翰林院侍讀學士，

### 念奴嬌　憶燕

春愁難說，又今年寒食，雨絲風片。寂寂簾櫳如水洗，腸斷舊遊亭院。紅線緣慳，烏衣夢杳，長日空巢掩。泥痕無恙，柴門花事誰管。　苦憶起早歸遲，銜煙拂水，幾度曾相見。舊語呢喃聽已熟，猛被西風吹斷。日短襟寒，雪深羽薄，遼海應何戀。倘勞寄訊，故人餐飯猶健。

### 南浦　秋草

野闊綠煙低，乍一夕、新霜染出秋色。斜照下平蕪，萋萋處、一例無情慘碧。王孫去也，歸期只恨天涯隔。蝶

魂難覓。空悵望南園。飛花無迹。簾鉤依様銷魂。指一道裙腰。芳華暗擲。春夢化流螢。賸南浦、前度綠波如織。風僝雨僽。馬蹄狼籍。憑誰惜。紫臺何極。問青塚埋香。有無消息。

## 劉淮年

字蜀生、號樹君、又號約園、順天大城人、咸豐十年進士、改庶吉士、授翰林院編修、官廣東惠州府知府、有約園詞二卷、

### 菩薩蠻　用飛卿韻

紅樓畫燭金鸂鶒。依稀人影紗幮碧。一樹紫花梨。春風吹上枝。　酒痕濃笑靨。曉夢迷胡蝶。一様好芳菲。愁人到眼稀。

銀箏一曲秦娥憶。殘紅嬝娜春無力。十里草萋萋。誰家征馬嘶。　雙蛾愁斂翠。點滴壺中淚。不用曉鶯啼。遼西夢已迷。

## 吳唐林

字子高、號晉壬、一號蒼緣、江蘇陽湖人、咸豐十一年舉人、官浙江候補知府、有橫山草堂詞一卷、又刻侯鯖詞五卷、

### 疎影　武清道中見楊花作、

玉關消息。又長條作絮。搖亂春色。幾日濃陰。和雨和煙。吹起滿空晴雪。東風不解傷春思。更誰綰、天涯離

別。算一年、一度飄零。唯有倚樓人識。　行盡短長隄畔。問旗亭舊曲。誰譜羌笛。陌上雙輪。一樣花開。不是踏青時節。萍蹤未肯隨流水。卻繞住、遊絲千尺。透征衫、料峭寒輕。生恐裝棉無力。

## 沈景修

字汲民、號蒙叔、浙江秀水人、咸豐十一年拔貢、官壽昌縣教諭、有井華詞二卷、

### 一萼紅　題家祥叔瑞清蘿庵憶月圖

倚牆根。有藤陰窣地。幽綠鎖閒門。互竹編籬。通泉引沼。鑪篆輕漾簾紋。最難忘、涼宵似水。呼月上、留客倒芳尊。悴葉零秋。疏花媚夕。容易黃昏。　惆悵紅羊浩劫。莽家山焦土。無計逃秦。草沒頹垣。苔封荒甃。蛩語空弔斜曛。歎多少、分飛旅燕。認香泥、猶戀舊巢痕。擬泛清溪罨畫。載酒尋君。吳興有罨畫溪、兩岸多朱藤、吾鄉同姓皆出休文公裔、

### 鷓鴣天

病酒光陰繡幕垂。愁痕深淺翠顰知。傷心花落春三月。照面萍開水一池。　風翦翦。雨絲絲。無人庭院燕雙飛。爲誰消瘦看衣帶。正是苔階小立時。

### 賣花聲

何處小紅樓。放下簾鉤。隔窗蕉雨夜颼颼。一滴一聲聲不斷。白了人頭。　裙屐記前游。挈鷺盟鷗。杭州夢醒又蘇州。似水韶華東去也。怎肯西流。

祝英臺近　秋蝶

暑紋移。鑪篆冷。午睡北窗醒。手擘蠻箋。几席喜清瑩。最憐小蝶情癡。背人偷墮。卻誤認、畫屏花景。　棲乍定。趁伊栩栩游仙。替寫彩衣靚。倚翠偎紅。舊夢忍重省。怎禁粉褪涼煙。殘英尚抱。早瘦怯、一絲風勁。

踏莎行　題宗載之得福陌上尋鈿圖

草長紅心。桐垂碧乳。香車塵碾湖邊路。平波飄瞥見驚鴻。春山依約通眉語。　翠羽音沈。錦衾夢阻。今宵酒醒人何處。重來崔護已銷魂。杜鵑啼過西泠去。

## 張鳴珂

字玉珊、一字公束、晚號窳翁、浙江嘉興人、咸豐十一年拔貢、官江西義寧州知州、有寒松閣詞四卷、國朝詞續選一卷、

南浦　春水、用山中白雲詞韻、

谿雨夜廉纖。趁東風、著力溶溶流曉。新漲漸平堤。垂楊外、一帶林塘如掃。偷窺鏡面。理妝十五漁娃小。南浦那時曾賦別。腸斷綠波春草。　年年開徧桃花。數江鄉、又是鱖魚肥了。杜若暗生香。汀洲畔、可有搴芳人到。烟波杳眇。湔裙佇立風前悄。回首畫船天上坐。載得落紅多少。

綺羅香　和羊辛楣復禮韻

蝶夢剛回。蠶絲盡吐。多少纏緜吟緒。青鳥傳言。又報碧雲期誤。畫簾半、飛絮偏縈。曲闌外、落花無主。看燕

鑪、心字香銷。迢迢蓮漏夜如許。 紅牆遙指一抹。猶記雙雙拜月。嫦娥應妬。彩筆攜來替寫十眉新譜。歎團扇、漸欲捐秋。問桃葉、幾曾名渡。任拋殘、紅豆相思。斷腸人共語。

## 甘州

甚年時、蹤迹似浮萍。東風又天涯。望鄉關渺邈。羊車再到。開落桃花。可是棲香願滿。疏雨冷琵琶。忍聽哀蟬曲。愁鬢都華。 記得鳳喈橋畔。展眉籤殘月。同倚窗紗。道尋春未晚。仙夢碧城遮。蓊淞波、綠蕪千里。誤幾回。燕子傍誰家。魂歸也。有垂楊處。啼煞昏鴉。

## 長亭怨慢 題王夢湘太守以憖柳泉選夢圖

又消受、纖腰低舞。盼到春來。柳絲盈路。夕照明邊。好山依約露眉嫵。夢痕無據。頻繞徧、門前樹。聽雨記高樓。隔幾扇、銀屏難度。 薄暮。便移船載酒。試問鵲華何處。晶簾月上。漫扶醉、踏歌歸去。算只有、舊曲飄零。奈同是、天涯羈旅。願化作浮萍。腸斷東風吹絮。

# 陶然

字藜青、號芑孫、江蘇長洲人、咸豐十一年拔貢、有蜆江漁唱一卷、亦稱味閒堂詞鈔、

## 一枝春 詠白桃花

悄倚東風。笑吟吟、別有一枝嬌倩。幾痕清露。喜得鉛華淨浣。巧翻新樣。把寸寸、冰綃碎剪。只怕他、玉蝶雙雙。飛入花叢難辨。 何時更逢人面。歎年來崔護。鬢絲已變。仙源可訪。那復輭紅塵戀。經春愁雨。慣粉淚、

無言偷濺。倘不有、簾外銀蟾。芳心誰見。

## 費丹旭　字子苕、號曉樓、又號環溪、浙江烏程人、有依舊草堂詩附詞一卷、

### 步蟾宮

寶釵斜嚲新妝淺。翠簾底、湘波自卷。小窗昨夜雨聲寒。漸成了、秋陰池館。　綠天無際愁無限。幾度欲吟又倦。擬將心事比芭蕉。願一葉、一番舒展。

### 月上海棠

一番杏雨簾櫳曉。更幾番、梨雪倩誰掃。寂靜重門。燕差池、窗開窈窕。分明似。碧玉年華最小。　香雲嚲鬢梳妝巧。入時無。展轉菱花照。如此春寒。怎禁他、綠遲紅早。何心問。昨夜花落多少。

## 楊後　原名得春、字師山、江蘇上元人、諸生、有柳門詞、

### 琵琶仙　題王雨嵐七星巖探梅圖

一臥滄江。早閒了、踏雪尋詩雙屐。雞黍相約登臨。層雲盪胸臆。煙樹外、斜陽一片。漸紅破、亂山愁碧。斷壑流泉。疏花映水。塵夢無迹。　甚贏得、身似浮鷗。況都是、江南舊遊客。回憶去年何處。又今年春色。偏不奈、當歌對酒。說故園、別後消息。夜月還照梅邊。那堪吹笛。

# 許光清 字雲堂、號心如、浙江海寧人、歲貢生、

## 醉桃源 題蔣生沐戴笠圖

筍鞋椶帽稱山居。偏宜野服疏。千秋金石百家書。前身應蠹魚。　開竹徑。嘯蓬廬。牢騷習未除。長安相識自乘車。相逢一任渠。

## 踏莎行 題費子苕背立美人雙燕扇

芳草初齊。斜陽欲暮。妝成一段尋香路。銜花雙燕正來時。踏青未怕羅裙汙。　嚲柳纖腰。迴蓮細步。佳人太惜傾城顧。祇應回首易春歸。等閒不受東風誤。

# 許光治 字龍華、號鬻梅一號穗稛、浙江海寧人、廩貢生、有江山風月譜一卷、

## 好事近 詠鬢邊花同張子祥韻、

膩雪擁銀翹。恰愛晚來香透。玉鏡臺邊初整。壓雙鬟雲覆。　酔來山枕小横陳。釵重半邊溜。可惜夜闌開盡。又卸妝時候。

## 湘春夜月 費曉樓寫棲鴉流水詩意

記秦淮、板橋舊日人家。相望曲曲清溪。十里暮雲遮。幾樹淡黃疏柳。祇半籠斜日。賸鎖殘霞。渺秋光何處。

西風點出流水棲鴉。十分蕭瑟。斷腸司李詩鬢空華。寡女絲寒。爭奈是、哀音一縷淒絕琵琶。機中織錦。更有人、愁憶天涯。何況又、白門暝色。烏啼欲隱。已少楊花。

## 沈　吾　字旭庭、江蘇無錫人、有蓉湖漁笛詞、

### 點絳脣

燕子歸來。海棠紅褪春將暮。倚闌無語。一院荼蘼雨。　人去天涯。夢也無憑據。將誰訴。亂愁如絮。飛徧江南路。

### 百字令　爲宗湘文題江天曉角圖

六朝形勝。對金焦兩點。江流一碧。嗚咽戍樓聲不斷。早把夢雲吹溼。星捲旌旗。霜凝笳鼓。天際神鴉黑。戍煙零亂。故園芳訊遙隔。　曾記返棹江南。青山依舊。轉瞬成陳迹。舞榭歌臺何處問。賸了斷戈殘戟。庾信清愁。蘇公俊賞。俯仰悲今昔。酒邊話舊。何堪前事重憶。

## 宋恭敬　字勝吉、號惺甫、浙江桐鄉人、有拜石齋詞一卷、

### 高陽臺　秋日小步慶壽庵卜孟碩先生讀書處、

斷渚橫舟。連畦植杖。依依幾室村農。古柳疏篁。茅庵曲徑微通。蓬門半掩無人到。但欹牆、露蕚凝紅。渺前

蹤。野鶴孤飛。幾植吟笻。　摩挲不盡低徊意。悵文窗蛛網。篆碣苔封。三百年來。蕭然誰繼淸風。商量琴硯從安頓。有白雲、遍戶留儂。儘從容。楚些悲歌。好和疏鐘。

## 瑞　璸 字仲文、富察氏、滿洲旗人、官福建布政使、有一鏡堂詩餘、

### 點絳脣 春宵

沈醉初醒。宦情似水飛雲軟。柳枝花片。簾外春風捲。　一樹桃花。飄落閒庭院。無人管。霑泥貼蘚。點點春愁糝。

## 秦代馨 字薦香、四川合州人、有薦香遺稿、

### 醉春風

遠樹綠成幄。修篁青入閣。十分春色一分無。錯。錯。錯。柳約花期。燕昏鶯曉。等閒拋卻。　鳥向枝頭說。也似尋春腳。癡心欲倩喚歸來。莫。莫。莫。芳草青時。落花紅外。山光如昨。

## 傅　霖 字雨蒓、一字雨人、浙江山陰人、有夢蘐樓詩鈔、附詩餘、

### 點絳脣 明湖偶泛

蓮子湖頭。樓臺巧得林巒助。畫船柔艣。髣髴江南路。　底事頻年。慣被風塵誤。輸鷗鷺。雨朝烟暮。只宿花深處。

## 程泳涵　字鳴一、江蘇陽湖人、諸生、有劍膽琴心詞、

### 蝶戀花　秋雨

怪底秋從何處度。庭院深沉。不斷秋來路。最是淒涼天欲暮。秋聲一片斜陽樹。　思避窮秋無避處。促織多情。爲我催秋去。唧唧怨秋秋不語。殘更又滴空階雨。

## 汪　鉽　字式金、號劍秋、浙江錢塘人、諸生、有二如居詩餘剩稿一卷、二如居贈答詞一卷、

### 連理枝　和子苕

夢淺翻成怨。憶久翻成嬾。燕燕鶯鶯。風風雨雨。最難消遣。便留春、春去太忽忽。尙輕寒輕暖。　惻惻衣慵換。寂寂簾慵卷。吹絮閒情。弄梅情事。黃昏庭院。對舊時月色、舊時闌。只舊時人遠。

## 恭　釗　字仲勉、號養泉、博爾濟吉特氏、滿洲正黃旗人、廕生、官至甘肅西寧道、有酒五經吟館詩餘一卷、

### 釵頭鳳

鶯聲輭。秋波轉。畫圖疑向東牆展。低羅袖。藏紅豆。眉頭難解。添愁偏又。皺。皺。皺。 閒庭蘚。香塵淺。見時心是三春繭。簾鉤溜。鴛鴦繡。藕絲寬卻。青衫非舊。瘦。瘦。瘦。

## 菩薩蠻 多飲甚憊既醒遣懷、

枕函攲遍屛山曲。杏花消息春寒促。夜雨小樓聽。宿酲剛半醒。 玉卮前日渥。翻倒宮袍綠。襟上一重新。詩痕和酒痕。

# 吳邦法 字揖蓮、江蘇上元人、有浣香流夢詞初鈔一卷、

## 金盞子 對燭

玉漏聲催。金雁足旁。一枝銀燦。怪點點熒熒。青烟裏、多少煎心幽怨。思量鳳蠟啼珠。黯離愁誰見。孤帷皎。任欺畫蟾。總爲月娥天遠。 熱淚忽如泫。卻偷把、同心結彩瓣。多情替人照管。寒宵永、無奈檢書燒短。休論綠酒扶頭。更停紅房暖。歸期誤、佳節幾回。雙輝凝盼。

# 法良 字可盦、瓜爾佳氏、滿洲正紅旗人、官江南河道、有夢蝶詞一卷、

## 沁園春 梨花

嫩白纔開。香雪漫天。小園正春。看深深玉蝶。穿花有影。溶溶眉月。照地無痕。疏雨簾櫳。落紅庭院。一樹繁

英空掩門。折來處。插茴香髻子。點綴鮮新。　無端根觸司勳。恰夢醒、迷離欲化雲。遇柳風初起。渾疑作絮。粉牆斜露。色似堆銀。白也詩中。黄荃畫裏。祇恐描摹尙未眞。難尋覓。在九仙殿外。冷豔嬌人。太白詩、梨花白雪香、黄荃有折枝梨花圖、

## 王壽庭　字養初、江蘇吳縣人、有吟碧山館詞四卷、

### 長亭怨慢　媚波樓聽雨偶占

漸窗外、涼雲凝碧。幾陣瀟瀟。似疏還密。夢短愁長。畫樓人靜遠聞笛。翠尊休勸。容易惹、嬋媛泣。縱不病懨懨。也瘦似、梅花堪惜。　悽惻。賸靈犀一點。未許小鬟偷識。籠燈欲去。莫相送、鬱金堂北。看濕透、徧地青苔。怕羅襪、明朝留跡。怎燕子無心。猶說盧家消息。

### 西河　酒闌聽述秦淮近事、愴然有作、用周淸眞金陵懷古詞體、淒厲之音、當付秋墳鬼唱也、

歌舞地。烽煙換卻羅綺。秦淮小劫算殘棋。翠憔粉悴。酒邊絮語已堪悲。琵琶今夜休理。　舊王謝。門巷廢。滿城怨血凝紫。尋常百姓也無家。可憐燕子。五更只賸鬼吹簫。嗚嗚丁字簾底。　夕陽畫鼓動戰壘。唱招魂、吳楚千里。灑徧倚樓人淚。奈無情柳色。青青如此。流水棲鴉秋風裏。

## 張崇蘭　字猗谷、號悔廬、江蘇丹徒人、有夢溪櫂歌二卷、

## 鵲橋仙 燈

凝青一點。飄紅半焰。可有光華替月。流輝曾照半牀虛。念解帶、翻愁成結。　羅幃不卷。錦衾無恙。夜夜向人明滅。更長依舊結雙花。又夢斷、孤眠時節。

## 祝英臺近 春恨

五更風。連夜雨。惆悵又春暮。苦勸春歸。鵑語太酸楚。幾回欲挽韶光。落紅無主。又愁裏、絮飛難住。　望南浦。只恐憔悴江郎。此別不堪賦。燕約鶯期。後會再休阻。無聊獨上層樓。人家何處。正目斷、江頭煙樹。

# 周尚文

字釋香、廣西象山人、官廣東知縣、有小遊仙館詞鈔一卷、

## 水龍吟 白蓮

參差帶露齊開。亭亭小立銀塘影。鉛華盡洗。粉痕輕抹。照將青鏡。一片波明。十分月滿。鷺鷗堪竝。正玲瓏小榭。晶簾捲起。清如許。瓊欄凭。　未是雲昏雨暝。逗依微、有香都淨。弄珠人妒。贈環人幻。景光俄頃。解語曾誇。聞歌始見。玉顏相映。甚冰絲雪瓣。風吹欲墮。又秋江冷。

# 楊希閔

字臥雲、江西新城人、官內閣中書、有痛飲詞一卷、又輯詞軌十四卷、

## 浣溪紗 丙辰七月、邑中感事、

夢警香閨睡起難。羅襦珠翠盡抛殘。馬蹄狂踏亂山間。 一片繁華何處覓。角聲催月上城端。連雲甍棟半灰寒。

清平樂 余老屋數椽、置書萬卷、牆周雜蒔花木、寇亂遷徙、空無人居、亡室在時、思歸無已、今念及不勝感慟、

藏書萬卷。老屋殊堪遣。牆角芙蓉秋色豔。可惜荒苔一片。 牽蘿幾度新秋。天寒翠袖籠愁。今日何人倚竹。哀笳吹滿城樓。

## 王慶勳

字叔彝、一字菽畦、江蘇上海人、官浙江候補道、有蘆洲漁唱、梅嶂樵吟、沿波舫詞各一卷、總稱貽安堂詩餘、

紫萸香慢 寄鍾子良

挂蒲帆、吳淞江畔。一尊送上扁舟。奈關河迢遞。只空悵、碧雲稠。見說青衫如舊。怎年來詩夢。總爲悲秋。盼天邊斷雁。錦字易沉浮。可更耐草蟲訴愁。 凝眸。月又南樓。誰弄笛唱涼州。向江湖載酒。閒吟淺醉。曾幾句留。豔詞翠囊同賭。憶當日、舊歌樓。到而今、漸成陳迹。剩燈花放。空復一穗雙頭。形影互酬。

## 宗 韶

字子美、號石君、別號漱霞龕主、哲爾德氏、滿洲鑲藍旗人、官兵部員外郎、有斜月杏花屋詞稿、

## 南浦 春水、和張叔夏韻、

閒步向平隄。立東風、憑眺欣當春曉。隔岸數峯青。映澄江、鏡裏梅痕誰掃。赤欄橋畔。鴨兒試暖憐嬌小。當日銷魂離別地。舊徑又生芳草。　無情一片微波。把九十春光。輕輕放了。休問碧桃花。何時見、前度阮郎重到。空青浩渺。蔚藍一色漁舟悄。白鷺飛來還自去。應訝采蓮人少。

# 儲淳士 字麗江、江蘇荆溪人、諸生、有安素軒萍寄草、

## 菩薩蠻 吳午生書來勸歸應舉、寄答、

畫裙翠纈閒箱摺。繡衾紅浪空牀疊。懶更去安排。合歡金縷鞋。　羞看花照眼。鏡裏雙蛾淺。明月下簾來。清光知爲誰。

# 金嘉穗 原名守正、字子則、又字邠懷、號芷衫、又號病鶴、江蘇長洲人、諸生、有秋燈遲夢詞、

## 臨江仙 柳絮

柳眼青歸纔幾日。又逢飛絮時光。謝庭詩思奈淸狂。春如遊子影。風送少年塲。　有客飄零無賴甚。吳緜擁立虛廊。羨他都爲一春忙。化萍浮碧浪。猶傍野鴛鴦。

## 凌其楨　字蔭周、江蘇吳江人、有萍游詞、

### 柳梢青　梅雨連綿、翦燈譜悶、

一粟燈昏。雨絲風片。好夢難溫。擬坐窗前。苦吟燭底。儘够銷魂。　夜深清悄柴門。只添得、相思淚痕。有酒偏愁。未秋先冷。消瘦詩人。

## 張　熙　字子和、一字籽荷、浙江山陰人、官江蘇丹徒縣知縣、有三影樓劫餘草、扁舟草、

### 玉漏遲　己酉十二月望日、寒雨侵簾、夜窗無月、譜此志感、

寂寥聽亂雨。敲愁做冷。撩人心緒。殘響瀟瀟。卷起溼煙如絮。聽說梅花瘦了。歎林下、無人來去。誰共語。燈昏小閣。夢流何處。　倚徧十二闌干。悵有約樓頭。歡游多阻。月到團圞。偏被白雲遮住。悄數一年幾見。只賸有、今宵三五。天欲曙。停琴幾回延佇。

## 蕭承萼　字棣薌、江蘇太倉人、有微波閣詞一卷、

### 江城子　早過藕花池上、清香襲衣、涼露沁骨、余懷渺渺、美人不來、惟見翠鳥翩躚、飛鳴上下而已、

芙蓉依舊十分妍。對嬋娟。憶嬋娟。曾記相逢。一舸笑嫣然。雙槳不來潮又急。風乍起。渡江難。　昨宵寫盡

衍波牋。儘纏綿。奈纏綿。空寄相思。一寸恨無邊。采采芳馨終莫贈。花便好。好誰看。

## 李曾裕

字玉之、號小瀛、江蘇上海人、官浙江同知、有枝安山房詞草一卷、

### 蘇幕遮

小紅樓。春影暮。燕子驕人。兩兩呢喃語。爾自雙飛儂獨處。不許歸簾。請到他家去。　好年華。空自誤。萬種柔情。綰就愁千縷。小小眉兒擔不住。分付秋波。拌作梨花雨。

## 徐睿周

字商卿、號東籬、江蘇荆溪人、諸生、有籬角閒吟、

### 燭影摇紅　白燕

滿院棃雲。絕無踪跡頻來去。乍驚枝上蹴殘英。細聽呢喃語。有約重尋故主。認紅絲、疑傳尺素。剪移新月。翅抹輕煙。疏簾飛誤。　王謝豪門。白衣怎向堂前舞。也知孤潔不宜時。敢怨棲香侶。清影銀塘謾顧。怕經秋、霜添倦羽。玉樓人遠。冰鏡臺空。似曾遊處。

### 高陽臺　絮影

晴雪團風。香雲碎夢。漢宫攪散春魂。眠起渾忘。晝陰虚度長門。甚時撲帳窺鸞鏡。但朦朧、細認啼痕。悄難憑。暗逐遊絲。輕漾湘紋。　依依張緒添霜鬢。便相逢白眼。偏趁紅塵。點畫書牀。硯邊誰與傳神。六朝依舊

斜陽裏。蕩空江、不見桃根。最堪憐。纔化新萍。又值迷津。

## 長亭怨慢　秋燕

說不盡、將雛辛苦。漸緊西風、漸稀儔侶。轉憶春陽。上林曾約伴花住。舊時王謝。多冷落、栖香處。鎮日故飛飛。憔悴了、差池雙羽。　休誤。縱天涯作客。忍負玉樓前度。烏衣望遠。感輕別、歲華如許。只自惜、夢杳紅梁。卻翻似、心驚巢幕。叶好趁海霞晴。還怕歸途淒雨。

# 蔣敦復

原名爾鍔、字克父、後字純甫、號劍人、江蘇寶山人、初爲僧、名妙廛、後補諸生、有綠簫詞、碧田詞、紅衲詞、青琴詞、白華詞各一卷、總稱芬陀利室詞集、又有詞話三卷、

## 玲瓏四犯

和白石道人韻、案白石自注云、此曲雙調、世別有大石調一曲、詞律所載片玉梅溪夢窗諸作、與此大異、即所謂大石調也、雙調者商聲七調之一、即仲呂商、詞源謂之夾鐘商、南宋律高、故云夾鐘、殺聲用上字、大石調亦商聲、即大簇商、詞源謂之黃鐘商、殺聲用高四字、二調相近、中隔一高大石調、亦猶念奴嬌本大石調、于雙調吹之爲湘月、湘月爲指字句不異、此則字句隨調而易、所云犯者、白石自注、玉田詞源言之甚詳、謂之四犯、所犯四調、同一殺聲、歸于本律也、讀白石文章信美知何用句、慨然賦此、

客鬢漸絲。梅花應笑。傷春人瘦如許。無憀身四海。有恨心千古。登臨仲宣罷賦。望湘雲、渺然湘浦。西北樓高。東南日出。誰識此情苦。　悠悠眼看行路。傍雙飛燕子。王謝門戶。柳緜鶯思窄。花落鵑聲去。十年一劍

飄零矣。歎落落、風塵孤旅。待尋得盟鷗。共江湖倦侶。

## 臨江仙慢

依樂章集體、題遠浦歸帆圖、此調詞律所載五十四字至七十四字、或令或中腔、茲其慢聲也、調屬中呂羽、即仙呂調、詞源謂之夷則羽、南宋七羽一均、亦用黃鐘以下七律、此調居第六、當夷則之位、所用九聲與仙呂宮林鐘商同、殺聲用上字與雙調同、白石淒涼犯自注云、仙呂調犯商調、商調殺聲用凡字、所住字不同、何由相犯、商當作雙、傳寫之訛也、

片葉下湘浦。四山暮雨。篷背瀟瀟。翠愁外、蘋花幾點煙飄。波遙。奈鄉夢阻。碧雲合、目斷紅橋。沙洲冷。聽數聲漁笛。鷗隱同招。　魂銷。舊曾遊處。都付寒水迢迢。恨天涯芳草。仍賦離騷。空歎。棹扁舟去。江湖約、載酒誰邀。歸來也。祇布帆無恙。門外春潮。

## 綠意

新綠、和西生、

春空夢寂。又一簾翠雨。香繡苔迹。換了年韶。依舊傷心。怕過踏青時節。天涯不恨無芳草。恨去馬、玉鞭飛疾。盼畫隄、柳眼多情。只是少年堪惜。　蘋際絲風嫋嫋。縠紋起綠水。都似愁碧。天遠青山。人遠青樓。悵望暮雲無色。羅窗便有銷魂意。奈薄暝、絮煙堆積。待十年、杜牧重來。鬢影也應蕭瑟。

## 瑣窗寒

九寒詞、分詠得寒意、

暮色侵鴉。雲容凍墨。歲華驚晚。江湖倦矣。衰草夕陽天遠。想空山、玉梅未花。一聲老鶴流清怨。有箇人小病。袖痕扶翠。倚風零亂。　淒惋。難禁慣。算似水年華。春歸休緩。鸞衾夢冷。可憶夜深孤館。漏沈沈、羅幃鎮

垂。蘭釭碧暈和愁顫。更何心、帳底銷金。泥酒雙鬟勸。

大酺

問一重山。兩重水。天涯知在何處。春來慣消瘦。儘羅衫寬著。黛眉愁嫵。陌上花開。樓頭燕過。芳訊玉關通否。無情終不信。把前番已悔。後期還誤。記楊柳陰中。封侯人遠。白頭飛絮。　最憐香夢苦。夜來恨、隔斷長亭樹。漫注念、踏青鬬草。寒食清明。畫羅裙底城南路。東風卷塵去。任一片、馬蹄紅雨。奈多病、傷遲暮。相逢須早。縱是傾城顏色。華年那堪細數。

蘭陵王　秋柳、用清眞韻、

暮煙直淒斷湖橋瘦碧。陽關曲、前度送人。折取香絲贈行色。芳萍寄水國。誰識。鶯花故客。秋千畔、寒食舊游。韋杜城南去天尺。　佳期杳無迹。祇藕外停船。鷗際移席。音書珍重安眠食。看玉勒人去。畫樓天遠。長亭芳草接敗驛。隔雲樹江北。　心惻。淚頻積。怨絮影飄零。長恁孤寂。腰支有恨愁無極。奈萬里征戍。一聲哀笛。西風殘露。盡化作恨淚滴。

阮郎歸

玉驄人去畫樓西。天涯芳草低。落花情願作香泥。但隨郎馬蹄。　新燕語。舊鶯啼。小園胡蝶飛。春風昨夜解羅幃。今朝裙帶吹。

買陂塘　嘉平十九日、丁步洲瀛招同人集聽秋館、懸坡公像、祀公生日、步洲偉甫各賦一解、譜此繼聲、擲銅絃、大江東去。蒼茫還酹杯酒。瓊樓玉宇知何處。明月高寒依舊。公記否。有磨蝎身宮、往事愁箕斗。髯乎不朽。看十丈穹碑。三年瘴海。萬古黨人首。　心香奉。今日與公爲壽。風流七百年後。驂鸞紫府來天上。一曲南飛重奏。山鳥友。正世外逢余。孤鶴橫空瘦。高歌擊缶。把笠屐圖開。梅花供養。窗外朔風吼。

## 沈世良

字伯眉、廣東番禺人、貢生、官韶州府訓導、有楞華室詞二卷、又與許玉彬合輯粤東詞鈔、

### 唐多令 送李明遠

華髮漸星星。扁舟逐去程。向西風、殘酒初醒。卻笑輕裝如落葉。吹過了。短長亭。　驛路瘴花明。檣烏五兩輕。渺天涯、水熟潮生。苦竹黃蘆聽不斷。更聽到。夜猿聲。

### 雙雙燕 問燕同葉蘭臺朱墨莊作、

層檐睇處。笑雙影怱怱。定巢遲到。樓臺舊夢。聽說久迷煙草。應向歸鴻細道。總一樣、風塵懷抱。年年塞北江南。不管天涯人老。　寒峭。烏衣路杳。甚貼地東風。柳緜吹曉。尋常巷陌。曾換幾番斜照。又是棃花瘦了。試重話、春愁多少。黃昏待汝西樓。半桁窺簾月小。

### 臺城路 雨夜寄懷李研卿、

雨聲攙入懷人句。虛堂夜燈紅小。木落空波。天寒古驛。那更長安西笑。愁深醉少。料酒醒天涯。打窗吟悄。病起維摩。錦箏誰與寫瑤抱。　來鴻一聲樹杪。倚樓重問訊。月黑霜曉。水幔移船。冰奩解佩。見說盟鷗都

老。秋風又到便不爲蓴鱸。也應歸了。檐溜依稀。斷蛩鳴暗草。

清平樂

茶鐺藥鼎。長日懨懨病。千里魚波歸夢冷。愁入眉山無影。　沈沈倦拓窗紗。黃昏又換啼鴉。諱說天涯飄泊。東風吹過楊花。

疏影 秋柳寓感、

沙邊水際。正輕船問渡。帆影如葉。白袷依然。青眼全非。年光暗老詞客。離亭記與鶯爭樹。苦自把、同心牢結。甚別來、幾夜清霜。頓減斜陽千尺。　已是腰圍瘦損。那堪酒醒後。相對愁絕。雨倦烟慵。草草黃昏。又到山城聞笛。落花仙掌屯田墓。怕萬一、啼鴉能說。說往時、鏡約釵盟。總付曉風殘月。

蝶戀花 客燕竟去、沉鱗不來、天末懷人、寤歌永夕、

題詩一研槐花雨。排遣閒愁。强索歡娛句。客燕辭歸留不住。丁寧又作傷心語。　密字封題憑寄與。水闊雲寒。夢入蘆花去。到日樓臺須記取。第三橋畔鶯啼處。

渡江雲 平樂道中、水石清駛、斷蘆叢葦、秋聲四合、短篷搖兀、如蕩客愁、榜歌既發、塡此繼響、

城笳吹恨起。西風向晚。猶帶別離聲。捩帆烟浦外。斷柳荒蘆。寂寞趁江程。簾鉤落日。甚如今、也戀長亭。拋卻了、淡黃庭院。鴉影暮零星。　消凝。漁天市散。縴路沙移。正關河霜迥。還又是、寒欺酒薄。夢借茶醒。新來漸飽江湖味。喚沙鷗、閑說生平。丸月上。嵩螺一抹浮青。

## 百字令 揭陽寓樓、俯臨大江、近山窺研、悽濤撼榻、每當日曛煙晚、花飛燕來、鳴琴不張、濁酒孤引、傷春傷別、尤難爲懷、濡墨染管、聊破岑寂、

破除茶夢。又江濤春枕。戍樓吹角。沙觜雨晴斜日嫩。二月吳緜寒薄。草草鶯圍。蕭蕭燕隊。風定瓶花落。客游倦矣。打包誰念行脚。　曾是曲院調笙。短衣說劍。寶馬青絲絡。飄泊天涯空縱酒。苦憶退紅簾幙。鏡裏愁心。機中恨字。早被啼鵑覺。黄昏過了。相思依舊無著。

## 浪淘沙 題汪水雲黄冠歸里圖

秋草薊門烟。鄉思年年。滄桑閲徧作神仙。故國山河吹白雁。怕上湖船。　心碎玉琴絃。人在天邊。舊時鷗夢許重圓。一樹冬青零落盡。無限啼鵑。

## 蘭陵王 感舊、用片玉詞韻、

錦波直。單舸輕衫颺碧。平橋外。無限柳條。鏡水梳春蘸愁色。離情渺水國。憔悴江南舊客。重來問、蛛網小門。花落蔫紅早盈尺。　荒苔沒行跡。況燕去人非。塵滿歌席。銅鞮誰唱猩脣食。但恨繞箏柱。淚縈羅帕。夢程迢遞附雁驛。高樓認西北。　酸惻。怨懷積。記麝篆香深。鸞帳春寂。仙源路杳情何極。空對燭呼酒。攏船邀笛。沈思眉暈。曉鏡裏。翠暗滴。

# 鍾道生 字子逸、浙江錢塘人、諸生、有漚寄廬詞稿、

疎影 詠鴉

西風野渡。看潑殘墨點。空際盤舞。帶得斜陽。繞向孤村。便覺荒涼如許。天涯一樣栽烏桕。終不是、漢江雲樹。向晚來、試覓歸程。越過亂山無數。　憐爾飄零羇倦。丈人屋未止。身世誰主。猶憶年時。誤入昭陽。惹得玉顏生妬。從今好學鷦鷯寄。且漫詡、垂楊終古。問幾時、食唼高檣。還聽臨江社鼓。

八聲甘州 詠螢

趁新秋、闌外晚涼時。微輝閃空庭。看高低弄影。纔黏芳碱。又上簾旌。幾處樓臺人靜。花底度無聲。點點寒芒射。來照書城。　舊夢蘼蕪已杳。問隋隄衰草。憶否前生。舞一階幽碧。歷亂誤殘星。最關心、天涯游子。倚西風、感爾共飄零。宵行慣。誦東山句。多少離情。

許玉彬 又名馥、字璘甫、號青皋。廣東番禺人。諸生、有多榮館遺稿附詞、又與沈世良合輯粤東詞鈔、

無悶 元夜草堂對雨。興趣索然。里巷人稀。不待雪飄燈車闌珊後也。獨酌清尊。因用此調排悶、

簾冷重樓。燈寂六街。看罷鼇山幻變。正密點淒迷。輭紅沾徧。待得空階響歇。怕幾處、幽林花都損。料應誤卻。遺鈿墜珥。鬧蛾裝嬾。　難遣。曲屏掩。記蹴鞠場邊。舊游誰踐。歎暗度良宵。月如人遠。又是傳柑節過。任玉漏、壺中聲聲轉。且醉去、春夢濃時。領略被池輕暖。

鳳凰臺上憶吹簫 越王臺春望

北郭峯迴。南溟雲重。憑高兩眼偏明。把舊時歌舞。試問流鶯。憶自呼鑾人渺。空寂歷、輦路苔生。東風急。飛紅萬片。吹滿佗城。　闗心。狠烽乍熄。又珠海繁華。暖入簫聲。看百蠻春闊。野燒痕青。盼到遙天如夢。環十里、烟樹冥冥。剛新霽。淩空一枝。古塔撐晴。

綠意　苔痕、次陳蘭甫韻、

銀牀暗積。又幾番剝落。烟鎖林隙。斷鏃消磨。殘碣模糊。猶帶前朝寒色。頹垣一角憑誰管。賸裊裊、蟲絲閒織。最泥人、薄暝迴廊。照到月光微溼。　遙憶天台路滑。篆紋猶繚繞。青染遊屐。壞蝕簷牙。肥漱籬根。低隔花陰濛密。題詩石上曾經掃。更遠借、蘼蕪空碧。任啄餘、老鶴歸來。踏破小庭春寂。

## 吳恩慶

南浦　草色

殘燒未全蘇。倩東風、一夜長隄吹醒。送別最魂銷。橫橈處、泊岸綠波相映。萋迷入畫。殘紅點綴飛花影。一樣鬢絲飄慘綠。妬殺美人妝鏡。　凝眸直到天涯。望依稀似我青袍一領。舊夢鎖池塘。迷離徧、侵入簾波難定。斜陽作去暝。淒香怨碧蘼蕪徑。幾點裙腰何處覓。悄向苔階偷並。

## 梁履將

字洛觀、福建長樂人、諸生、官江蘇縣丞、有木南山館詞一卷、

### 摸魚兒　塵

甚柔絲、吹空不斷。將人閑事牽綰。掠煙穿樹難尋跡。幾度颺輪暗轉。情無限。漾一片濛濛、飛絮遙天半。夕陽又晚。嘆金粉人間。文章地下。零落有誰管。　天涯遠。愁向風前拭眼。遮愁何處亭館。一春抖擻青衫影。爲問淚痕深淺。君莫浣。君不見。行宮蕪沒成秋苑。寸懷黯黯。且慘綠叢中。輭紅堆裏。斟倒濁醪盞。

## 張絢　字原素、浙江錢塘人、有蕙雪詞稿四卷、

### 瑞鶴仙　同張歗山吳穎仙散步秦淮即次歗山前游詞韻、

遠天寒影碧。只晚風吹面。波紋如織。斜陽戀陳迹。照橋邊一帶。粉垣殘白。經過邀笛。尙檀牙、何人按拍。恨十年、遲到江南。莫問看花香陌。　堪惜。秋魂乍醒。一樹依依。劫餘曾覓。旗亭畫壁。料青眼。總相識。又飄零金縷。風流悽迴。無復長條似昔。歗山前游、猶見丁字簾前楊柳一株、今至巳爲人伐作薪矣、　賸飛迴、舊日棲烏。夜啼皓魄。

## 郭鍾岳　字叔高、一字外峯、江蘇江都人、官浙江同知、有懊儂詞、屑玉詞、委宛詞各一卷、總稱和天倪齋詞、

### 柳梢青

春鎖閒門。綠迷曉霧。紅染香塵。有限韶光。無聊排遣。一箇吟身。　天敎種下愁根。判銷盡、花魂淚痕。久雨

輕寒。新晴驟暖。都是催春。

## 黄文達

字笠雨、一字笠漁、號石瓢、江蘇江寧人、諸生、有夢碧詞、綠蝶詞各一卷、總稱綠梅花龕詞、

### 高陽臺 春陰連日、苔長閉門、時節撩人、閒愁萬種、香殘茶罷、淒然成聲、

密雨絲柔。尖風翦利。畫檐日日春陰。數點殘梅。紙窗冷伴閒吟。階前草色青如許。怪芳痕、比似愁深。怕登樓。目極天涯。烟靄空林。　怱怱早又收燈後。悵王孫羈泊。時序侵尋。回首關河。飄零不道而今。柳枝漸綠腰肢瘦。問誰憐、拋盡黄金。恁多情。小燕飛來。替訴芳心。

## 岑應麐

字希白、號荔舫、浙江會稽人、諸生、有蠡龕遺詞二卷、一名荔舫詞、

### 摸魚子

乍西風、一番疏雨。空庭晚爽輕倩。暮蟬聲裏微黄柳。嫋嫋欲連還斷。愁思亂。待燕子歸來、細與從頭算。晚山青淺。看雲影橫空。煙痕繚夢。詩緒更疏嬾。　斜陽外。多少葭汀蓼岸。漫聽水調幽怨。一聲玉笛天涯近。十二珠簾齊卷。情怎遣。又瘦草寒花、淒入愁人眼。朱闌倚遍。問天際殘霞。水邊疏樹。誰似野鷗淡。

### 綺羅香 春雨

穉綠新蘇。膩紅低溼。纖縷織成春影。柳絮榆錢。暗遞幾番風信。惹雕梁、栖燕生愁。怕明日、落花成粉。儘西

窗、一夜瀟瀟。芭蕉不種已愁聽。　東風料峭太甚。還更朱樓翠檻。相思無準。幾折珠闌。惆悵鳳鞋香損。正拂簾、一樹櫻桃。又潤到、綺琴檀鼎。似者般、釀冷添寒。踏青期怎穩。

## 姚　文　字竹卿、浙江錢塘人、官安徽府經歷、

### 邁陂塘

近重陽、滿城風雨。幽懽無那淒緊。聲聲滴滴簾波外。並作薄陰殘暝。催夢醒。更玉片涼敲、響入疏窗影。閒愁自省。悵一抹雲低。茅檐幾尺。淡墨畫圖靚。　天涯遠。縹緲芳洲餘恨。采香曾踏明鏡。芙蓉秋水今何處。況又海棠消損。人語靜。渾不解、歷歷只覺黃昏近。吟邊思警。歎涼雁橫空。吳楓吹老。喚棹暮江冷。

## 胡爾坤　字厚堂、順天大興人、

### 石湖仙　題丁保庵萍綠詞

梅邊攜手。正霜滿危闌。明月依舊。一笑碧雲空。怕吟肩、春寒聳瘦。珠簾何處。早綠暗、大隄烟柳。知否。但爲君、夜雨聽久。　西園那回妙舞。度新鶯、輕羅障袖。只恐離愁。負卻當時歌酒。畫舸紅橋。畫屏紅豆。雁箏誰奏。人去後。林花亂落千畝。

## 黄長森 一名長生、字襄男、江西新城人、有自知齋詞一卷、

### 蝶戀花 逆旅蕭條、俯仰身世、濁醪偶撫、清愁轉深、託興房幃、以宣伊鬱云爾、

繡幙禁寒人似玉。試啓菱花、未慣新裝束。碧樹雲籠屏六曲。無端眉黛遙山蹙。　酒淺香殘清睡足。不管人憐、儂自傷春獨。夕照層樓還極目。東風不管平蕪綠。

春老天涯芳草暮。錦瑟年華、似水拚虛度。金雀鈿蟬飛幾許。香車繡陌爭來去。　寂寞瑣窗風又雨。爲問鸚哥、可解傷心語。獨撫青琴調玉柱。翠蛾眞被芳容誤。

記得花天攜素手。痛惜惺惺、忍唱驪歌驟。風月房櫳渾是舊。珍珠簾下應回首。　玉靨含顰還病酒。膏沐休施、誰管腰支瘦。香夢忽忽醒憶否。斜暉繫在長亭柳。

### 踏莎行 秋懷

玉宇天高。錦屏雲護。重簾窣地懷人暮。不知佳約負儂無。思量往事年年誤。　語蟀吟秋。飢烏繞樹。誰知鴻雁聲還苦。門前江水比愁深。江流不解流愁去。

## 崔廷琛 字吟珊、浙江平湖人、諸生、有譜華吟館詞集、

### 珍珠簾 絮影

濛濛萬點柔情攪。亂隋隄、跟著飛花騰趠。纔得映簾旌。又半空吹渺。六扇窗紗描不定。正避過、閒庭斜照。多少。誤涴地纖塵。呼童輕掃。　曾記鈸弄簷前。指愁痕縷縷。空留旋繞。春夢欠分明。睨淡烟爐裊。虧是黃鶯銜不去。好留綴、月殘風曉。微眇恨一樣萍蹤。芳音難討。

## 謝庭蘭　字湘谷、江蘇丹徒人、有湘谷詩餘一卷、

### 徵招　秋雨

梧桐喚醒幽窗夢。瀟瀟半簾疏雨。羅袂怎禁秋。掩齊紈誰訴。薄雲低玉宇。早天際、一繩雁度。添箇牆陰。淒淒如答。暗蛩孤語。　寥落不勝情。行苔徑、翠溼襪羅涼聚。蓮粉滴殘紅。搵淚痕幾許。瓊籤憑細數。遣一段、清愁何處。倚闌久。聲寂蕉叢。又靜飄數縷。

### 浣溪紗　讀衍波詞、追和紅橋懷古韻、

天淡銀河水欲流。絲絲殘柳不勝秋。簫聲猶自出揚州。　迴首繁華成一夢。紅橋烟鎖昔時愁。螢光點上舊迷樓。

### 水龍吟　次石莊遊焦山韻

海門嵐滴吟窗。僧庵寂寞斜陽透。二三朋好。款扉月上。循廊雲覆。戰鼓攔空。烟塵匝地。游蹤非舊。只連宵歸夢。帆檣影裏。遙指是南徐口。　鄉國何堪回首。賸天涯、冷篷相守。是誰吟侶。閒愁句起。蕭蕭影瘦。我欲

邀君。孤篷載雨。幾番醉酒。望淸江一曲。叢蘆飛雪。訪垂綸手。

## 田興恕 字忠普、湖南鎭筸廳人、官至貴州提督、兼署巡撫、有更生詩草、附詞、

### 滿江紅
恕幼失怙、稍長投筆從軍、初先慈姚太夫人勉之曰、吾夢岳忠武公而生汝、汝異日得志、其勉爲忠義、勿負此佳兆、遂仿忠武故事、爲刺精忠報國四字於臂、恕迺自奮勵、後秉節鉞而任封疆、凡覺於義不可者、必以死生爭之、惟恐偶負慈訓、終以法夷事獲譴、自維蹇陋、何敢妄擬前英、而受義方於萱幃則同、先振威將軍資政公與忠武先德諱同、先太夫人與忠武太夫人姓同、早孤同、起行伍而少年建節同、梗和議而獲戾同、惟忠武畢命於權奸、恕邀全於聖哲、則遭際之幸不幸較異矣、緣是僭擬忠武滿江紅詞一闋以見志、

虹吐龍泉、冷邊月、相看不語。問蒼昊、幾重天界。是人來處。節鉞折磨豪俠膽。英雄退後神仙步。奈捫心、多少未酬恩、難抛去。　腥血濺。陣雲怒。驚殘夢。烏啼曙。淚斑斑灑熱。陰山冰樹。鷹隼翅翻沙漠起。鯨鼇背踏滄溟渡。縛降王、還闕解征袍。扁舟暮。

## 陸初望 字文泉、江蘇陽湖人、諸生、有懷白軒詞鈔二卷、

### 醉花陰 秋日舟次銅陵

瓶汲新泉閒試茗。天色晴還暝。故國已重陽。孤負萸樽。只覺愁難醒。　歸鴉萬點江心映。客夢天涯艇。翹首望歸程。一片斜陽。黃到浮圖影。

## 趙慶瀾 字笛樓、浙江仁和人、諸生、有叫雲詞、

### 東風第一枝 春雨慳晴、悶填此解、

暗水鳴蛙。輕雷啓蟄。匆匆春又催暮。薄寒尚勒花風。濃陰似飄梅雨。蛛懸網重。但冒得、跳珠無數。驀曲廊、微放斜陽。回首片雲遮住。　漸綠潤、天涯芳樹。還淨洗、枝頭香絮。絃膠倦習琴心。燈炧厭聞鈴語。雙鴛慵繡。怪幾次、踏青期誤。問西泠、載酒何人。愁殺畫船簫鼓。

## 朱文溥 字越亭、廣東番禺人、有吹劍樓詞集、

### 臺城路 春夜集葉蓮裳妙蓮花室、同詠綠胡蝶、

翠裙幾疊留仙皺。穿花越添明瑩。照水無痕。憐香有伴。黛筆自描春影。燕昏鶯暝。正低亞雕欄。團飛藻井。一夢蘧蘧。松花吹墮素衣冷。　韶光乍逢百五。悵蘼蕪舊約。幽怨重省。軟抱香雲。輕隨錦絮。蕩得簾波莫定。花風將盡。只幾度尋芳。暗催青鬢。蕙徑苔封。扇羅人倦等。

### 掃花游 落葉

漢南別後。悵暮色寒林。頓添酸楚。病黃冷翠。趁鞭絲帽影。馬頭聲碎。極目亭皋。不斷西風四起。正蕭寺。掃一片夕陽紅壓僧背。　秋又將盡矣。漸半委繁霜。半隨流水。月華似洗。怕姮娥此夜。也凋青桂。寂寞深宮。記得題紅往事。悄無寐。伴淒涼、數聲蟲語。

## 許維漢 字卓人、安徽桐城人、有玫瑰香館詞鈔一卷、

### 蝶戀花 德化途中送春、次歐陽子韻、

蝴蝶穿花花幾許。人面東風。吹落紅無數。玉勒香車流水處。微雲淡雨西山路。　飛絮沾泥春色暮。我送春歸。春解留人住。玉燕入簾嬌自語。玳梁香暖銜泥去。

### 摸魚兒 連日同人遊山看花、余羈於事不克偕、爰成此解、

莽乾坤、幾人閒散。塵心都被泥絮。杜鵑啼破青春老。春意可曾領取。遊倦汝。羨佛國香空、煙染菩提樹。杖頭未駐。又去向仙源。幔亭張錦。笑索詠花句。　吾無事。辜負花嫣柳舞。珠簾雙燕新度。清歌一曲牙琴譜。淅瀝打窗風雨。鶯學語。盼睍睆枝頭、早乞濃陰護。春光幾許。料夢裏香魂。酒邊帽影。爭共惜金縷。

## 黃宗彝 原名熾、字肖巖、福建侯官人、諸生、有婆梭詞一卷、

### 步蟾宮

風簾怕礙金釵滑。好穩步、淩波羅襪。貪看明月可中庭。偏過了、團圓十八。　鼕鼕街鼓如相答。早聽到、雞聲雜沓。清宵已是不成眠。更何處、鳴機軋軋。

百字令

晴窗破曉。又開門牆角。迷濛山色。萬籟無聲人悄悄。風墜空庭一葉。殘月留輝。微雲弄影。意象都澄澈。泠然善也。妙悟難索言說。　卻嘆横海經年。乘風破浪。兩鬢都成雪。失計歸來仍得計。免涉波濤深闊。六月旋家。三冬就道。依舊身爲客。衝寒犯暑。年年忘卻除夕。

好事近

搔首問青天。是我知心惟月。多少不團圓事。莫向青燈說。　年來何事慰春心。有兩鬢華髮。休似柳花飛散。任行人攀折。

紅娘子

皓月窗間射。清淚如鉛瀉。圓枕冰寒。敗衾鐵冷。漫漫長夜。喚兒曹、吹火煮新茶。當圍爐行炙。　莫漫窺駒罅。更把重簾下。細檢新詞。旋抽舊草。殘燈欲灺。聽秋蟲、吟到五更天。正更籌亂打。

葉元階　字仲蘭、號心水、浙江慈谿人、諸生、

風蝶令

瘦影人如夢。寒鐘月在樓。西風撕弄小銀鉤。猶道隔廊㘩響、誤回頭。　溼玉憐紅筯。輕珠泥翠喉。短紘拚抑不勝愁。卻向衆中佯笑、眼波流。

## 葉元壁　字小譜、浙江慈谿人、

### 疏簾澹月　簾陰

珊瑚蕩處。儘舊夢愔愔。斷雲留住。闌隙花明。羅幌薄吹春霧。晝長睡燕棲難定。辨陰晴、玳粱私語。琵琶聲悄。湘波淺貼。醉魂來去。　更半額、暗添幾許。認細罥窗塵。澹黏櫓絮。隔鏡羞鸞。一桁綠濛濛護。東風不卷斜陽入。黯銷凝、恨絲愁縷。翠篝香潤。和烟流散。蝶衣涼度。

## 戚人鏃　字鶴年、浙江德清人、貢生、有鎖紅詞草一卷、

### 尋芳草

無限傷春意。更盼斷、相思烟樹。小重山、隔住人千里。隔不住、愁千縷。　獨自上妝樓。看飄泊、滿庭飛絮。悄東風、吹到春歸處。吹不到、人歸處。

## 馬賡良　字幼眉、一字白華、號鷗堂、浙江會稽人、有鷗堂詞一卷、

### 疏影　娛園早梅

鷗邊檥艇。正園林雪後。煙景清冷。悄步尋芳。瞥見緗梅。數枝籬落斜整。龍綃細襯香猶澀。是春色、江南初醒。好喚他、野鶴歸來。相伴月黃人靜。　每憶消寒時節。悵雲凝月凍。芳信難訂。驀地冰花。飛上煙梢。紙閣蘆簾都稱。青裙縞袂誰描寫。有一角、銀塘偷影。只新詞、石帚難追。孤負此花幽勝。

## 謝昌霖　字雨亭、江蘇武進人、官福建知縣、有問月樓詞、

### 清平樂

雨晴雲散。陌上斑騅遠。雙燕飛來簾不卷。掠過畫堂西畔。　小桃一樹開殘。東風陣陣衣單。賸有無多新釀。能消幾度春寒。

### 虞美人

綠紗窗外春寒峭。百囀流鶯巧。起來無語暗魂銷。不道一年容易又花朝。　曉妝初罷雲鬟溼。顫鳳金明滅。蝶兒還比箇人癡。飛向玉搔頭上立多時。

### 連理枝

庭院梨花雨。簾幕楊花絮。早是花開。一枝堪折。莫將花誤。正賞花時節釀花天。奈落花無數。　曾乞春陰護。還恐春光暮。卻被春風。搖晴弄暝。催將春去。笑尋春伴侶探春人。又青春虛度。

## 屠鑑 字保三、浙江仁和人、諸生、

### 摸魚兒 高茶庵悼其室、繪空江弔影圖索題、

恁淒涼、劫灰飄散。惹人無限酸楚。低徊顧影斜陽裏。衹有江流如故。愁不語。對一片空濛、煙草銷魂路。重來問渡。把萬種愁腸。千絲恨淚。都付暮潮去。　家山破。江上波濤雪舞。浮萍身世無據。年華錦瑟隨流水。彈指遽成今古。還記取。記香霧清輝、幾費相思苦。頻揮淚雨。問碧海青天。回頭顧影。此恨向誰訴。

## 李蓉 字鏡生、湖南善化人、有箕韻齋詞、

### 南浦 榷舍小園、薄有花木、霜露既降、景物蕭疏、余寓此十有三年矣、暇日娛游、偶有感慨、詞以遣之、

紅葉晚蕭疏。數勝游、西園屐齒頻到。粉蝶戀芳菲。斜陽外、猶向暗叢縈繞。秋容豔冶。鏡波低寫芙蓉照。碧雲徑窅。聽幽韻輕敲。竹林風小。　闌干幾曲閒憑。驀根觸滄桑。淒涼懷抱。把酒醉黃花。琴尊畔、零落舊游多少。羈愁喚醒。鬢絲空對茶煙裊。小山桂老。想石上題詩。苔痕誰掃。

### 念奴嬌 秋柳

暮鴉啼斷。對長亭風景。魂銷無極。三月垂條臨別路。青眼曾憐行客。幾日西風。一絲殘照。聽徹蟬聲急。悲秋懷抱。怕看憔悴顏色。　渾似解舞阿蠻。腰肢病損。慵困嬌無力。惆悵風流將盡後。尙想靈和當日。瘦影

驚秋。蕭條如此。問有誰能惜。瑯琊人在。料應感慨難釋。

# 楊慶華

字申甫、江蘇陽湖人、官浙江巡檢、有綠芸館詞、

## 摸魚兒　鏡湖春泛

正新晴、一篙初漲。天涯春又如許。垂楊夾岸東風軟。吹徧滿湖香絮。閒看取。蕩一葉輕橈、蕩破琉璃去。山圍鏡宇。念狂客知章。高風誰繼。難覓舊鷗鷺。　臨風望。隱隱芳堤碧樹。湖山閱盡今古。虛亭傑閣依然在。試問玉人何處。春欲暮。賸飛燕流鶯、款語留人住。浮生易誤。待約伴他年。耕烟釣雪。好結素心侶。

# 李昌熾

字潔華、江蘇寶山人、諸生、有春風沈醉室詞、

## 相見歡

忽忽一曲陽關。淚空彈。門外斜陽愁照、萬重山。　離緒亂。音書斷。一年年。夢也不曾眞箇、況無眠。

## 踏莎行　風雨連朝、庭花盡矣、徘徊樹下、不能無詞、

短夢飄塵。餘寒晚絮。分明都逐春光去。煩伊青帝好收藏。莫敎搏作相思土。　蝴蝶忙時。杜鵑愁處。眼前便是人天路。風風雨雨忒無情。朝來綠徧傷心樹。

## 馮焯 字子明、山西代州人、官安徽巡檢、有道華堂詞、

### 翠樓吟 蔚農先生見訪荷葉洲、兼示江舟欸乃詞、倚此奉題、即以贈別、

宿雨初晴。芳洲波暖。故人爲我停棹。津亭楊柳影。剛襯出、布帆風小。別離恁早。望江北江南。連天芳草。塵蹤掃。蘇堤人去。六橋春曉。　渺渺。千里雲停。看旗亭壁上。半留行稿。昔遊渾似夢。又打岸、春潮上了。河豚正好。把杯酒消愁。任斟多少。寬懷抱。憑君細認。鬢絲新老。

### 念奴嬌 題許邁孫敬亭昔夢詞

春光澹沱。恨年年啼鴂。春歸何處。席帽鞭絲寒食過。重指敬亭山路。芳草黏天。羅裙化蝶。已是傷情緒。花飛又見。垂楊風起吹絮。　凝想新月樓頭。篛燈深夜裏。梨雲夢雨。一自贈環常惜別。誤了美人遲暮。心字香焦。臂支玉冷。不信眞黃土。澹烟散盡。那堪山遠平楚。

## 鄧琮 字仲權、湖南新化人、有小九華山樓詞一卷、

### 減字木蘭花 和彭暄塢作

綠陰庭院。舊日桃花今始見。我自來遲。莫怪青青子滿枝。　鶯啼欲老。嫁與東風春尙早。他日重尋。只怕侯門似海深。

惜餘春慢 寄晏叔立長沙

舊夢重尋，新愁又續，目斷桂林何處。雲遲雁信，天遠蠻荒，斜日亂山無數。底事窮愁逼人，壓線年年，爲誰辛苦。算去期又是，洞庭波起，太無憑據。　當日見、學畫蛾眉，薄梳蟬鬢，已自風姿娟楚。香含豆蔻，鏡冷英蓉。再見可能如故。只怕維摩病身，憔悴江湖，舊情消阻。要思量三載，香盟莫被游塵竟誤。

## 喬守敬

字醉笙，一字燕生，江蘇寶應人，諸生，有紅藤館詞，

點絳脣

著意尋春，樊川未是風流減。惜花人滿。只露看花眼。　還怕春深，花亦如人嬾。笙歌散。留春一半。判與閒鶯燕。

掃花游 次廓父登城北樓韻

女牆一桁，認舊鎖春眉，此時應展。登臨送眼。數今朝薺麥，閣寒猶淺。往緒如塵，禁得東風忽轉。且微遣。看新綠漸圍，如挂纓冕。　消凝心自遠。剩髡樹栖鴉，短籬呼犬。遙村近堰。把年前草夢，一齊都翦。社鼓摧晴，恰好手翻白點。暗中換。對長空、與雲舒卷。

## 陸灝

字善泉，別號虎道人，又號病隱山人，亦曰南麓贅翁，浙江紹興人，諸生，有鄂不書齋詞鈔一卷，

水龍吟　狹湖月夜歸舟

一聲欸乃中流。銀河界破秋江影。月光照得。水邊天際。一般如鏡。何處漁歌。幾星蟹舍。蘆花小艇。這人天清福。共誰銷受。休更唱。吳江冷。　對此煙波風景。把生平、夢魂都醒。沙汀雁起。玉簫聲斷。江村人靜。天濟橋頭。長楊堤畔。菱花千頃。歎臨風破帽。頭顱如故。賸秋心警。

## 俞鍾禕

字汴瞻、江蘇昭文人、貢生、有紅薔小院詞、

南浦　小集荷香曲榭、時尚未花、次張玉田韻、

波淨碧沈沈。望芳塘、一鏡光開晴曉。何處著纖塵。薰風過、翻喜炎氛都掃。橋低岸仄。游魚唼喋浮萍小。昨夜溪痕經雨漲。一綠叢生芳草。　醉鄉風月無邊。祇豪情已爲。幽香分了。夕照映顏酡。黃昏近、還待月華來到。歌聲杳渺。豔遊不似年時悄。等待繁華看世界。消受紅情多少。

## 張寶鏞

原名星、字璿甫、更字羨甫、亦作璇父、號薇人、江蘇吳江人、官國子監典籍、有伊蘭室詞稿、花月塡詞館綺語、

賀新涼　八月十三夜、招同翁穆仲、徐清華、金銘雲、楣仲、蘭修、家弟尺瑺、放舟木蘭洲、觴月、

似此秋光好。道明明、酒星天上。幾宵閒了。料理缺瓜船一隻。野思撩人多少。看鏡樣、波痕新埽。蓼影欲紅

蘆漸白。怕淩波、羅襪都虛渺。只涼月。能尋到。　烟襟露簦皆年少。坐團欒、銀餅索飲。玉山拚倒。嬰母栝輕蟲蠟瘦。欠箇小紅嬌小。還勝似、月殘風曉。空闊水天閒語冷。除眠沙、鷗鷺誰同調。歌一曲。漁家傲。

買陂塘　菱

碧迢迢、曉光如夢。一繩港口攔住。水心鑄出花容瘦。能照阿誰眉嫵。絲曳去。有兩角䰀紅、葉底彎彎露。涼風顫處。似藕覆纖纖。淩波不定。妒煞采香女。　閒歌罷。爽口幾回剝取。尖尖刺手休誤。嫩嘗剛好新鮮采。那比蓮房心苦。船載與看翠釜安排、和雨和烟煮。悄聞低語。怕一夜風潮。滿湖吹散。忘卻舊時路。

## 張寶鍾

原名鎮、字尺寶、號昔冶、又字苕叔、號薌吏、亦號香午、江蘇吳江人、諸生、有瑨朗閣詞鈔、梅邊吹笛譜、餅說庵詞、

買陂塘　積雨初晴、同曹尺玉水部、朱甘白翰林、久庵筠友兄泛舟罨畫溪、

碧泠泠、挐音曲折。此間風景妍雅。水邊漫惜朱藤老。尚有萬花低掛。晴放乍。聽一路清潺、無數明珠瀉。鷗邊鷺下。算詩夢能仙。塵襟略浣。清氣正如畫。　烟林好。莫問舊時亭榭。娟娟叢竹青亞。湖蝦出網光如雪。笑向漁娃論價。春事罷。漸鴛侶嬉遊、雙槳花陰打。水天閒話。趁茶熟山前。酒沽上箬。碧月佇今夜。

掃花游　冒雨游岩山

東風招客。看兩屐拖雲。一筇扶雨。山靈笑語。莫迷陽易唱。綠陰遮路。醜石嵌空。翠絡朱藤花古。拂烟霧。驀

放出四山。奇景無數。　休問垂釣處。任古迹荒荒。幽尋無據。舊時仙侶。賸病紅未埽。杜蘭香去。凡手何人。能洗山眉楚楚。凖留住。作斯閒、萬梅花主。山多古梅朱滕邑志稱鵬居其麓、手自創滌、奇石畢出、今爲余叔竹虛先生所買、將築生壙、並營別墅焉、

## 宗源瀚　字湘文、江蘇上元人、官浙江溫處道、有頤情館詞鈔、

### 南浦　題黃琴川南灘春柳圖

幽恨逐東風。一絲絲。盡化溪邊煙雨。長記畫船過。雙蛾淺、依約銷魂眉語。流鶯未老。幾番啼出飄零苦。陌上花濃香夢杳。翻入玉龍新譜。　枇杷門巷依然。繫青驄、不似前番綺緒。還說別離難。殘宵月、換了冰絃無數。斜陽古渡。那邊疑有春歸路。便是青青無恙在。禁得鬢華如許。

### 月下笛　題丁保庵十三樓吹笛圖、依玉田體、

暝遠秋空。江荒夜迥。倚樓人別。婆娑瘦影。多少清歌唾壺缺。梅邊消息年年換。已賺得、頭顱似雪。況風悽成片。雲頹欲墨。玉龍都裂。　愁切。揚州月。幻野哭夷歌。夜鵑啼血。霜高水咽。迸成幽怨千折。玉人簫管飄零盡。賸瘦竹、淩風淒絕。枉拍遍、舊闌干。飛絮春衫淚結。

## 吳國俊　字伯鍈、江蘇江寧人、官福建福清縣知縣、有知不足齋詞、

祝英臺近　客中春感

雨如絲。風似翦。閒向曲闌倚。新碧潭潭。春色已如此。看他雁齒橋橫。鴨頭波漲。且莫負、流鶯聲膩。　游倦矣。可堪無定浮蹤。依舊泛萍似。帆飽舟輕。又把水程紀。誰憐一樣韶光。及時游冶。終不是、故園情味。

## 張鴻績　字藥農、貴州仁懷人、四川候補道、有枯桐閣詞稿一卷、

蝶戀花　登瀧關城樓

濁酒難澆心上事。才說登臨。又觸新愁起。漠漠寒雲千萬里。長河落日天垂地。　醉後欄干慵更倚。冷月樓頭。誰會悲來意。莫聽烏烏橋下水。幾多未老英雄淚。

前調

何物驅人愁裏去。醉不成歡。夢也無情緒。萬樹垂楊絲萬縷。灞陵三月東風路。　錦繡華年知已誤。莫道情多。更有多情妒。待得君來春已暮。落花紅入天涯雨。

西江月

夜雨亂蛩荒徑。天涯獨客新秋。斷情已逐水難收。萬一捲簾來又。　冷月照人自睡。相思攬鏡還休。紅綃若解拭溫柔。不怕因春不瘦。

踏莎行

依夢尋愁。憑鶯問燕。春心不共春流轉。十年盼得繡簾開。今宵豈是尋常見。　梅雨流酸。蓮香溢暖。被風拉雜吹還散。玉京環珮肯重來。重來那怕心情變。

## 祝英臺近　和猶子少谷浪淘沙

懊儂天。惆悵地。腸斷已無計。滿目新愁。秋在斜陽裏。可憐萬里關河。西風一夜。便不似、當年人世。　漫凝睇。多少零亂閑情。憑誰爲料理。雨黑雲昏。莫問别來事。祇慚清淚無多。離魂有限。怎禁得、悲笳四起。

## 憶舊游

記花開韋曲。草暗秦川。同浣清塵。客裏驚離緒。望棠梨花落。六度逢春。昔年漢南種柳。搖落已傷神。況巷陌斜陽。幾多燕子。商量黄昏。　銷魂。倚欄處。悵海天空闊。目送歸雲。曳杖尋詩去。問武夷烟月。可許平分。此中自有千古。殘夢苦羈人。願再約盟鷗。共尋黄葉江上村。

## 青玉案

天涯儘許愁人住。盼不到、行雲步。燕約鶯盟空付與。碧雲黄葉。淡烟微雨。寂寞江頭路。　春歡已墜無尋處。賸有依稀夢無據。知道蓮蓬心裏苦。未妨惆悵。幾番延佇。水自東流去。

## 滿江紅　落葉

楓冷吳江。早瘦卻、青山一半。淒緊處、不因風起。覓同雲散。凉意蕩搖秋有迹。晴空飄漾愁無限。倩倪迂、淡墨有無間。寒鴉點。　刪不盡。長年感。吟不盡。深閨怨。任晚砧催落。堠蛩淒斷。沽酒客驚樵逕沒。殘燈影自僧樓見。甚相思、飄泊遍天涯。難拘管。

金縷曲

兩鬢霜華滿。算有緣、浣花溪上。與梅爲伴。儂倘先歸君有恨。那道君歸儂怨。搓不起、雙烟一線。細雨玉簫聲似泣。把人間天上都猜遍。寒意重。簾休捲。　蓬山何事如天遠。試檢點、殘香剩粉。怎禁腸斷。百計留春留不住。問訊幾時重見。也莫管、雲深山淺。料得雙鸞遙待我。有相思、翠羽頻頻喚。眠未穩。夜將半。

劉　藻　字湘耜、貴州貴筑人、諸生、官四川通判、有姑聽軒詞一卷、

賀新郎　雨中游南岳寺

煙雨蒼茫裏。笑游人、拖笻着屐。衝雲犯水。踏碎苔痕臨絕頂。翠繞佛堂如儿。看城郭、週遭眼底。燕語鶯啼渾不住。一聲聲、欲喚垂楊起。憑欄處。暮山紫。　東風肯助吾儕趣。破空中、溼雲掠去。夕陽徙倚。十八女郎歌唱罷。報道天晴心喜。便催酒、再三無已。緩撥琵琶嬌整髻。令青衫司馬魂銷矣。謂嚴伯牙司馬在座、想金谷。樂應似。

西江月　獨酌

滿院清香茉莉。一樽明月高樓。朱簾捲不去春愁。人影梨花同瘦。　小燕歸銜落蕊。杜鵑啼送更籌。嫦娥相對足風流。襟上酒痕新舊。

# 蔣玉棱 字公頫、江蘇江陰人、有冰紅集詞三卷、

## 八聲甘州 辛卯秋、乞假東歸、八月十日出麗正門、越五日次霑益州、醉後題壁、示李仁宇太史、

强邀人、翦燭看吳鉤。西風鬢毛斑。對荒城古戍。零鉦斷角景物闌殘。不惜貂裘換酒。健骨敵秋寒。塞下淒涼曲。醉譜烏闌。 笑拂蠻靴茸帽。任浮鷗身世。疲馬津關。賦壯遊萬里。又唱大刀環。未輸他、五陵年少。有一枝、瘦筆寫空山。新霜裏。聞雞聲起。更上征鞍。

## 高陽臺 小病乍卻、春事已闌、有懷雙清閣、

石潤苔腴。波搖萍皺。虛庭斜日闌干。柳自無愁。背風偷結連環。東君不管春狼藉。任翠雲、欹上桃鬟。又今番。曲巷幽坊。花事都殘。 文園病骨輕於葉。尙暗憐蝶粉。細驗蜂瘢。韻思柔情。憑誰說與幺鸞。吟香小琯歌迴雪。餞飛英、替唱陽關。怕江南。鸚鵡簾櫳。只是輕寒。

## 蝶戀花 甲午

絮亂絲繁天不管。偏有閑情。約束閑鶯燕。一角朱門煙鎖斷。背人無語思量遍。 婪尾開殘春漸遠。遮莫今年。又負看花眼。小扇單衫風似翦。回頭祇覺層陰滿。

## 高陽臺 戩青約賦方銅煙盤

鏡格磨青。燈痕溜碧。方池冷漾波紋。徑尺槃薖。可憐老卻幽人。何年移自金仙掌。總消除、漢殿苔塵。藉桃

笙。四角中央限住春魂。周遭縱有回文界甚衾裯界斷。不界朝昏。玉管瓊簫伴他覓日横陳。銅臺那是煙霞窟。恨芙蓉種出愁根。最難禁。燭炧香殘燕惱鶯嗔。

淒涼犯　乙未秋、卸騰越榷務、取道蠻募、航海南歸、冬月至阿瓦、遊緬王故宮、曾賦長古、歲久藁佚、偶與友人話西南夷事、輒復補紀、

蕊宮貝闕。蒼龍偃、驚風畫楯吹折。玉溝半涸。銅舖悄掩。亂鴉園雪。螺梯峭絕。宮門右建層臺一、形若旋螺、高可三百餘級、登其顛則全境在目、蓋緬王平居瞭望處也。況歲晚、懷歸時節。望中原、青天一髮。萬里陣雲熱。時東事猶未大定蠻觸當年事。小劫楸枰可憐倉卒。陸沈舊恨。到而今、野老作平猶說。光緒乙酉冬、英人稱兵時阿瓦城堅械利、士有鬥心、緬王信叛臣耿溫莽巳代礁氏之言、略不設備、十一月二十八日英人入緬都、即阿瓦、代礁氏刼王以獻、是日國亡、代礁氏近猶獨居故宮左掖門外、英人保護之、土人至今深恨焉、按緬語緬人謂官爲莽巳、耿溫莽巳者、如中朝之宰相云、莫話滄桑。笑終古、興亡一轍。亂邊愁、鬵棄動地捲敗葉。英人時猶駐兵於內

蕃女怨　新架坡觀西樂、亦乙未南歸時事也、

白題胡舞融汗粉。春綻香吻。玉衣翻。珠絡褪。乳酥雙嫩。萬枝燈影照滄波。擁天魔。

三部樂　懷黃笛樓太守騰越

海角浮鷗。泛萬里翠波。墜空如葉。舊盟塵冷。還夢清涼詩窟。又剛見、紅雨辭枝。憶那時、帳飲上馬初別。素心寄與。手把一規明月。新詞共敲象背。和水音梵鐸。靜飄林樾。乙未秋、笛樓約同張犖森軍門、陳笛舫司馬、彭友蘭

剌史、假南甸刀土司馴象騎遊山南之水音古刹、歌嘯竟日、致足樂也、 記曾拍肩笑我。狂花簪髮。恨忽忽、又歌散雪。盪離思、湘雲亂疊。良會易歇。東風外、啼瘦春鵑。

木蘭花

繁英無力棲芳樹。午醉醒來聞社鼓。茸茸暖翠撲鶯簾。蔌蔌冷紅侵鳳屧。 危漪不放春痕聚。暗水流將殘夢去。杏粱塵涴燕歸遲。滿地綠煙攙碎雨。

洞仙歌 叔問瘦碧詞、有南蕩觀荷和蘇均洞仙歌之作、余亦適遊後湖、舉鬧紅之宴、並依坡老韻賦此、

環妃倦舞。浸霞綃宮汗。卅六鴛鴦翠陂滿。翦明光、一片涼吹去聲吹空。人半醉。露息塵香歷亂。 酣波圓鏡約。解珮湘皐。笑睨天孫阻銀漢。膩粉撲秋眉。絳雪消融。瑤池夢、玉龍催轉。待喚起、龜年譜霓裳。怕水殿西風。素商偷換。

聲聲慢 賦復園木芙蓉

蜂酣翠隙。鷺綴紅邊。楚汀淺約秋光。笑暈圓渦。瑤仙新試吳妝。疏塵暗栖歌袖。背西風、偷裛霞漿。朱顏悄。襯燕支一抹。佔了斜陽。 想象凌波微步。彈煙鬟霧鬢。弄影瀟湘。木末相思。無人替解明璫。招來舊時冷月。與重談、太液淒涼。寒漸勁。甚柔姿偏解拒霜。

唐多令 函關弔古、題猶龍閣上、

風勁角弓遒。霜晴塞草柔。倚雄關、回望神州。東峙嵩高西太華。少一柱。砥中流。 鑄錯恨難收。丸泥志倘

酬。莽塵沙、無地埋憂。我欲凌虛呼尹喜。隨老子。跨青牛。

## 長亭怨 旅夜書懷

最悽絕、城陰殘雨。鏡幙沈沈。綠煙棲戶。短夢驚回。獸罏香燼懶重炷。客愁無睡。偏不放、東窗曙。畫閣遠天風。卻錯認、景陽鐘鼓。　危苦。自銅仙去後。冷落玉槃清露。年光換矣。眼底亂山如故。縱任我、側帽尋詩。已難問、當時韋杜。算祇有衰楊。還識前生張緒。

## 琵琶仙 羈紲長安久不得去、譜此題家書後、

霜鼓擂晴。北原上、一片邊聲蕭颯。班馬嘶入旗門。酸風夜鳴甲。何處有、青樓大道。況不是、少年遊狎。萬里歸心。三秋病翮。飛起還怯。　更休憶、江北江南。正梅萼垂垂破初臘。無限鬱沈幽抱。付深杯消納。空盼斷、天涯淚眼。甚雁書、比夢尤乏。料也遙數征程。玉纖頻掐。

## 祝英臺近 宿牛頭寺

寺踞勳蔭坡之顚、即牛頭山第一祖遍照禪師之居也、唐貞元十一年建、徐士龍撰碑、宋太平興國中改寺曰福昌、元豐癸酉、長老道文自南方來、居於寺之北堂、葺南軒以延客、有朱公琰題壁、明初乃秦邸香火院、莊嚴爲諸寺冠、南軒今廢、寺復久爲營卒所據、益蕪穢不治矣、徐碑及題壁字並亡、

佛燈殘。山月吐。夜靜斷鐘鼓。松磵無人。欻欻竄蒼鼠。何期茶夢圓時。香禪悟後。暗風度、鬲煙僧語。　淡忘暑。幾痕蘙水閒雲。商量做微雨。倦鶴宵還。欲下又飛去。似疑如此巖阿。可憐林壑。甚狂客、猶來覓（作平）句。

## 燭影搖紅 酒醒、聞隔鄰按歌聲、有懷叔縵日本、

寒入罘罳。夢邊箏語風搖斷。一絲白髮束春心。老去看花懶。無賴星初露。晚倦相如、閒愁怕管。素屏欹枕。珠箔飄燈。宵長更短。　聞道扶桑。海天如鏡滄波淺。蠻姬擘酒玉峴崙。翦水傳嬌眼。應記攀條灞岸。乍迴頭、叢陰又滿。一作年光又換 塞鴻歸後。梁燕來時。書沈人遠。

## 如此江山 癸卯九月、一齒落、瘞於黃鵠山仙棗亭下、竢之以詞、時年五十又六、正立冬前一日也、

平生不識紅綾餤。相隨累君垂老。齟齬無心。徘徊有意。欲去何如去好。犀株蛻了。似墜絮辭枝。落花依草。鄭重薶幽。墓田乞作平與傍仙棗。　華池休戀舊侶。享江風海月。黃鶴來弔。慢恨脣亡。猶矜舌在。豁我談天奇抱。從今易飽。對荼苦梅酸。盡成一作平笑。未免闕情。菜根誰共齩。

## 鷓鴣天 甲辰、雄楚樓春望、

鶗鴂聲殘白日徂。絮雲煙浪滿江湖。湘君吟淚淹黃竹。楚客騷心化綠蕪。　山斷續。樹支吾。怯程征雁受風疏。高樓暝色難留戀。爲恐春愁赴老夫。

## 鷓鴣天

蘿石陰陰古刺捎。桃鬟簇簇寶簪翹。鸎邊冷語猜紅豆。燕外春痕限翠巢。　今古事。往來潮。年年雲物眼中消。生憎陶令門前柳。不爲東風也折腰。

## 鷓鴣天 江樓小集、醉中作、

沙雨和煙黯翠微。年光消落勝遊非。空教杜老因詩瘦。信是嘉王好酒悲。　佳約梗。素心違。病猿彳亍帶秋歸。眼前儘有忘機客。坐任驚塵挾浪飛。

木蘭花　甲辰臘月二十日、大雪醉中作、

春愁莽蕩鎔心鐵。刺眼風光殊鶻突。混茫天意劇難知。昨日輕雷今日雪。連日氣候如中春、雷聲隆隆、可異也、　嵯岈松老空搘鬣。臃腫梅蜷疑沒骨。酒醒香燼卻開門。換了疏星零碎月。

木蘭花　適園即景有作

樓臺出沒層陰裏。寒重濕雲飛不起。東風日暮翦緗英。羽客鬲煙呼鳳子。　彎彎虹脚欹如墜。蹙蹙山眉慵似睡。小橋行過寂無人。弄影一花春在水。

金縷曲　春事漸闌、日以杯勺相料理、弁陽翁所謂薄醉孤吟者也、時下榻適園之拜蘭宧、

雨過蕉痕亂。任翻空、冷紅撲簌。信風吹嬾。蛛網殷勤留春住。剛被楊絲觸斷。又瘦損、今年人面。嫩綠枝邊重回首。漸涼陰、鋪到鴉巢畔。幽恨遠。倩誰遣。　簪花秀句傳烏爨。楊新都編管金齒日、曾醉中簪花騎象、考金齒今永昌府屬地、予甲午乙未間、筦権滕越、西隃永昌、且二百餘里、每與朋儕騎象游山、壯浪自喜、有簪花騎象塡詞圖、繡弓衣、當時費盡。小蠻鍼線。老去豔懷成消歇。無奈韶華在眼。忍更放、金尊檀板。一曲清歌陶然醉。煮蒓羹、輭嚼雕菰飯。吾倦也。不須勸。

賀新涼　秋柳

諳盡愁滋味。悄冥冥、永豐那角。野陰如水。雨黯灞橋斑騅去。誰惜長條踠地。又强被、酒（作平）帘扶起。怨緒罷抽風情老。有青蟲、替寫相思字。休更說。少年事。　當時苦爲纏綿死。裹離魂、乘濤泛雪。送人千里。燕子銜歸春心定。參破枯禪妙旨。也不怨、泬（作去）寥身世。天際晚晴秋光好。帶斜陽、冷上棲鴉翅。殘夢壓。角聲底。

# 全清詞鈔第二十六卷

## 曹秉濬　字朗川、廣東番禺人、同治元年進士、改庶吉士、授翰林院編修、官江西南昌府知府、

### 買陂塘　十七日試院再宴、和馮恩江韻、

記銀河、天孫渡夜。羅裙低蘸波綠。騷人一段無聊思。寫出幽蘭空谷。清興續。又介壽賓筵、爲奏南陔曲。深慚倚玉。笑搓豔江蓉。搴芬江芷。終讓國香馥。　風塵裏。早有知音括目。君才何止量斛。今宵交錯觥籌影。且效留賢絜束。霜漸肅。看月上簷高。蓮漏聲聲促。燒殘絳燭。況多士銀袍。龍門待試。筵散請歸速。

## 吳重憙　字仲懌、山東海豐人、同治元年舉人、官至河南巡撫、有石蓮闇詞一卷、又輯刻山左人詞四十六卷、與李葆恂合撰津步聯吟詞一卷、

### 滿江紅　感舊

偶夢前游。滿座上、凄凄切切。纔幾日、釵光釧影。鬢雲肌雪。淺碧窗兒梧葉雨。深紅簾子梨花月。憑誰將、舊境翦分開。幷州鐵。　蠶已死。絲難絕。麝已盡。香難滅。歎憨生兒女。癡心空熱。南國年華桃葉妹。西風捐棄蘼蕪妾。把將來、歸宿較而今。爲悲咽。

## 趙彥倫 字雲持、一字雲齊、又字雲墀、號懿士、安徽合肥人、同治元年舉人、官旌德縣教諭、有香徑詞、

### 鳳凰臺上憶吹簫 和李易安韻

月滿離亭。天荒花國。斷腸重問妝樓。正銀雲横漢。又早清秋。只得臨歧數語。相思恨、都付東流。低徊久。似楊花離樹。尙想風留。 休休。傷心景色。倩龍眠山翠。送到簾鉤。任愁生杯底。淚在心頭。贏得巢痕新掃。銷魂地、省我回眸。何心見。枝名連理。草號牽牛。

## 呂鑑煌 字嘉樹、廣東鶴山人、同治元年舉人、甘肅知縣、有竹林詞鈔、

### 南柯子 木棉

緜絮翻飛亂。臙脂渲染工。燭龍十丈躍晴空。記得越王臺畔樹燈紅。 火傘撐天闊。霞標插地雄。四圍靑絢透寒風。安得蒼生衣被萬家同。

### 巫山一段雲 晚泊保定府省河、舟中作、

市散漁歸浦。山空客倚樓。笛聲催月出峯頭。天地一扁舟。 煙草孤村暮。霜林八月秋。黃昏禁得幾多愁。停棹問閒鷗。

### 疎影 壬午再赴甘省、留別送行諸戚友、

唾壺敲缺。問西風短笛。曾否吹裂。驛路梅花。官舍椒花。此後與誰同說。柳枝巧織連環鎖。枉製就、同心雙結。待倒飛、簾外嚴霜。起唱相思淒絕。　獨坐桐陰疏影。受深宵風露。衣袂寒怯。桂賞中秋。菊醉重陽。兩負故園佳節。迢迢銀漢紅牆隔。空惹我、愁腸千摺。恐歸來、淨洗塵裝。贏得鬢絲冰雪。

## 滿庭芳　京邸聞柝

敲碎秋心。芳魂搖曳。聲聲似斷仍連。霜鋪鴛瓦。清冷不成眠。萬籟四圍俱寂。空闊處、響答遙天。料羈客。山城高臥。夢醒息塵緣。　獨行青草岸。蝦蟆吠影。鼓吹塘邊。想孤燈坐對。入聽淒然。起弄綺窗明月。題襟怨、筆挾飛仙。憐長夜。六街人靜。空翠鎖寒煙。

## 惜紅衣　枯荷

錦繡池塘。鞦韆庭院。雨聲初歇。留得殘荷。鳴蛩正哀切。舞衣斜挂。露千頃、煙波空闊。飄瞥。惱恨西風。把玉盤敲缺。　香銷蝶外。吟冷鷗邊。閒愁半騷屑。榮枯有數。此意向誰說。堪歎美人遲暮。不是採蓮時節。憶鴛衾同抱。三十六灣秋月。

# 張祖同　字雨珊、號詞緣、湖南長沙人、同治元年舉人、有湘雨樓詞五卷、

## 惜餘春慢　寄家書

細雨聞鵑。斜陽繫馬。只有離悰難寄。郵亭壞壁。鎖閣垂簾。春在兩邊愁裏。花外彎環畫闌。紅袖單寒。倦時

休倚。想高樓風急。垂楊無定。樹猶如此。　還自歎、生小聰明。年年羈旅。始識封侯無計。空江阻夢。殘堞銷魂。引我客中歸思。珍重心情萬千。絲鬢綠雲。莫教憔悴。待商量偕隱。西山深處。玉梅栽未。

## 玉漏遲　中秋出都、夜過蘆溝、

雁兒無意緒。傍雲斜度。夜分淒苦。落葉征車。回首鳳城天暮。一片秦時古月。已照徧、關山羈旅。凝望處。蘆溝西北。數行烟樹。　自憐草草天涯。悵負了家園。桂花尊俎。牢落青衫。暗染幾痕涼露。今夕未知何夕。甚易水、荒寒如許。愁欲賦。三聲兩聲更鼓。

## 瑞鶴仙

畫樓人暫住。倚闌干日暮。有何情緒。愁風又愁雨。只遙山猶學。舊時眉嫵。垂楊漫舞。攀折後、無多翠縷。恁蕭寒、難繫青驄。翦翦寸波空注。　前度。悲歌誰訴。錦瑟裝絃。那堪重賦。天涯信阻。渾不管。玉顏誤。奈傷春池館。爲伊惆悵。怎料秋深更苦。想宵分、惟有淒涼。背燈自語。

## 暗香　落花、用白石韻、

畫闌無色。按落梅舊譜。花陰橫笛。燕子不來。獨倚柔枝怨空摘。何事東風未準。再難寄、朝雲詩筆。只一樹、瘦盡相思。稀影拂琴席。　香國。更岑寂。悵碎錦亂飄。數疊愁積。露零似泣。金谷迢迢忍追憶。還爲伊人寫照。應褪了、銖衣殘碧。便夢去、低問也。幾曾到得。

## 減蘭

年年此恨。除卻東風渾不省。說與伊知花落花開又一時。　明知無益。只要玉人都識得。楊柳高樓。冷雨秋來各自愁。

## 八歸

夜深吹笛移船去、三十六灣秋月明白石道人集中詩也、秋夕過此、望古成吟、詞客有靈、定應識我、

香蘅落漲。疏林淒響。湖外頓滿夜色。秋懷莫向西風語。還是曲隄然火。短篷飄笛。卅六灣頭無恙月。總照見涼波痕白。奈聽到、一陣哀音。過雁怨遙夕。　懷古心情未已。滄桑依舊。只憶當時詞客。冷雲迷浦。澹烟移棹。水驛燈昏誰識。也飄零訴久。苦調何曾異今昔。思歸意、畫橈知得。後日寒溪。荷衣還帶葺。

## 瑞龍吟

相思路。門外便抵天涯。數枝殘樹。陰陰城北坊南。暮雲暗鎖。淒涼怨處。　小延佇。愁問素梅風景。去年庭戶。垂簾已覺單寒。簾前舊燕。呢喃甚語。　還報香車初繫。鷓鴣聲裏。無心歌舞。誰省試燈春衣。都判新故。斜陽悵立。空賦蕭郎句。何曾見、芊芊茜草。弓彎微步。又道還鄉去。翠塘淺水。浮萍墜絮。飄起游絲縷。幽恨渺、霏霏桃花紅雨。豔情念著。不堪重絮。

## 綠意　新綠

東風舊識。又枝枝葉葉。渲染芳陌。花路條條。都繡殘春。隨意草痕疏密。屏山煙雨渾如夢。賸幾片、落紅狼藉。怪喚人、闌畔籠鸚。撩亂午陰難覓。　多事三眠細柳。爲誰一寸寸。眉黛凝碧。依約鬟雲。便捲重簾。也誤綠箋消息。尋常衣袂誇年少。略記憶、者般顏色。問別來、南浦波流。魂是幾時銷得。

瑞龍吟 汴城訪艮嶽遺址

城東路。惟有幾縷殘楊夕陽天暮。荒涼三兩人家。路旁借問。前朝故處。 暗凝佇。聞說昔年岡阜。雜花生樹。平明輦道無塵。漏聲點點。瓊津報曙。 題徧椒崖丁障。翠華臨幸。爐煙春駐。愁入絳霄樓前。聲動鼙鼓。黃沙北徙。胡騎翻歌舞。渾誰問、宮中環佩。飄零無數。寂寞寒鴉語。亂蕪沒了。荒甎斷礎。嗚咽河流去。憑弔意、茫茫興亡今古。舊時夜月。曲終淒苦。

摸魚兒 漳河弔銅雀臺

問斜陽、雀臺何處。東風吹老人世。漳河一帶傷心色。綠徧往時煙水。歌舞地。只寂寂、荒堆蔓草依稀是。裙腰扇底。已過了春深。鴉來鳳去。舊夢醒難記。 垂楊柳。西北枝枝旖旎。新眉曾妒宮妓。分香莫問當年恨。雲幌亂塵飄起。多少事。君不見、英雄兒女都如此。淒涼故址。賸片瓦遺留。供人憑弔。古硯洗寒翠。

瑞鶴仙

曲欄三四轉。淡黃柳、一絲兩絲殘綫。西風繡簾捲。記簾陰倚笑。玉笄雲翦。天涯近遠。悵眉棱、重山隔斷。嗅千林、落葉飄完。露出畫樓人面。 不平見小塘方閣。依約黃昏。數楓新染。尋春舊怨。非關是。燕來晚。奈燈前商意。琴邊別調。又把年華暗換。只孤鴻、信渺臺天。誤人望眼。

望海潮 海上

風來無地。雲橫有岸。中邊一碧浮沈。方丈去遙。連翹舞倦。波濤終古難平。車馬半空行。問枯查羽客。幾度曾經。暮色蒼蒼。擬將心曲託孤琴。 滄洲何處傷情。怕重聞水淺。還見塵生。青海故軍。烏湖異域。唐家遺蹟堪驚。西北是神京。幸中原無事。人道休兵。忽近煙臺。亂鴉斜日大旗橫。

## 法曲獻仙音 經舊游處

窺影方塘。覓蹤香閣。記得青春朝暮。癡燕曾邀。病鶯猶識。垂楊尚描眉嫵。憶二十年前事。依依耿無語。黯延佇。柰重來草痕如夢。消幾許、三月綠陰風雨。曲折小紅樓。認依然、東角門路。片片殘花。換傷春、傷別情緒。悵莓苔滿壁。肯問碧紗題句。

## 鶯啼序 金陵

王家謝家燕子。話閒愁萬緒。指形勝、白下雄城。蔣山依舊終古。聽雲外、東流滾滾。分明訴出傷心語。只秦淮、仍蕩春波。絕無殘樹。 太息神州。望裏浩渺。認西邊幕府。想當日、流涕新亭。過江名士何處。歎繁華、從來似夢。金粉墜、銷沈歌舞。翠華空。憑弔興亡。故宮禾黍。 東南半壁。慷慨悲歌。又十年戰鼓。有列陣、大旗飄出。畫角嗚咽。骨化青燐。血飛紅縷。金戈鐵馬長江天塹。垂虹慘慘無顏色。莽烽煙、徧起秋陵路。鐃歌唱罷。橫吹四野腥風。午餘鬼嘯陰雨。 孤篷倦旅。對此茫茫。說豔游頓阻。黯賸蹟、鴉啼壕斷。鳳去臺空。一炬華林。亂蕪桃渡。淒涼欲問。人間何世。蕭蕭蘆荻寒故壘。儘挑燈、重續蘭成賦。箏船縱拍紅牙。怨曲難終。暮潮更苦。

## 朱雋瀛 字芷青、順天大興人、同治元年舉人、官至河南知府、有玉屑詞三卷、杼湖詞一卷、

### 燭影搖紅 梅影、和伯希太史南湖舍人原韻、

記否瑤臺。當年月下相逢處。而今塵世幾黃昏。認恐前身誤。妙曲歌聞瓊樹。怎禁持、風塵雪暮。還虧修到。冰沼高臨。雲峯斜據。　夢淺無痕。冷陰漠漠和雲語。不教同占早春時。頓想江干步。笑煞清流夷甫。望癯仙、隔如層霧。徘徊自賞。詩魂悄引。句隨香度。

## 李　馨 字香山、號鹿曲、江蘇丹徒人、諸生、有灌花翁詞稿一卷、

### 眼兒媚

亂蟬衰柳荻花秋。雲淡雁聲柔。半山紅葉。一籬黃菊。催白人頭。　海棠著雨胭脂透。桐際響颼颼。殘星數點。漁歌幾處。引起閒愁。

## 王惟成 字愜龕、江蘇嘉定人、諸生、有延桂山房詞草一卷、

### 望湘人 潭川舟中晚眺、和亮生弟、用有正味齋韻、

乍煙凝楚橘。霜落吳楓。隔江山色無際。一棹鷗眠。半峯螺擁。更聽數聲雁起。吟未分羣。夢還惜別。寂寥如

此。是愁人、慣動愁心。那禁離懷如醉。瞬息流光屈指。又春回梅嶺。望人凝睇。奈雨暝風寒。無限沅湘客思。天涯冷落宦情堪棄。最憶蓴鱸況味。惟願取、載酒行吟。釣隱煙波鄉裏。

## 張之洞

字孝達、一字香濤、又字香巖、號壺公、別號無競居士、又稱廣雅、同治二年進士及第、授翰林院編修、官至體仁閣大學士、謚文襄、

### 摸魚兒　鄴城懷古

控中原、北方門戶。袁曹舊日疆土。死狐敢詡生天子。袞袞都如囈語。誰足數。强道是、慕容拓跋如龍虎。戰爭辛苦。讓倥偬追歡。無愁高緯。消受閒歌舞。　荒臺下。立馬蒼茫弔古。一條漳水如故。銀鎗鐵錯銷沈盡。春草連天風雨。溫飛卿詩、鄴城風雨連天草、堪激楚。可恨是、英雄不共山川住。霸才無主。剩定韻才人。賦詩公子。想象留題處。

## 陸爾熙

字廣敷、江蘇陽湖人、同治二年進士、改庶吉士、授翰林院編修、

### 南浦　冰花

清極但凝寒。問前身、合是湘妃清淚。消受五更風。渾不管、一晌珠沈玉碎。波心微步。淚痕點滴成憔悴。還認亭亭殘月夜。隱約水仙環佩。　本來骨格天然。算平生除引。梅花無對。只是太玲瓏。空贏得、冷淡生涯

誰耐。瑤池細數。何因小謫塵寰墜。洗盡鉛華銷盡雪。如夢重尋難再。

## 彭君穀

字貽孫、别號洮湖漁隱、江蘇溧陽人、同治二年進士、改庶吉士、官廣東新會縣知縣、有洮湖漁隱詞鈔二卷、

### 小重山

一路殘紅襯馬蹄。尋春春已去、惜芳菲。香塵撲面絮沾衣。天涯客。何事竟忘歸。　高下短長隄。行行剛轉過、小橋西。雙雙蝴蝶逐人飛。沿溪岸。開徧野薔薇。

## 趙國華

字菁衫、直隸豐潤人、同治二年進士、官山東候補道、有青草堂詩餘二卷、

### 滿庭芳

鄉景久闊、苦夏重經、回憶水園蔆芰、青青娟靜可念、

陂淺塘深。花明葉暗。柳枝撥住柔航。年來記得。倚醉畫橋旁。也只盈盈一水。拚流盡、無數斜陽。銷魂徑。波平岸遠。迢遞綠相望。　難忘。曾幾度。打蔆聲近。說藕情長。甚蘋絲吹散。舊夢都涼。滿眼天涯芳草。暮煙裏、愁損王昌。空惆悵。更無消息。三十六鴛鴦。

### 鷓鴣天

淺醉深愁映玉㔶。落花如夢不堪拈。擲殘釵背枝枝鳳。望盡江頭葉葉帆。　子規北。鷓鴣南。朱樓青壁雨

簾纖。階前一自生紅豆。三日懨懨未捲簾。

## 劉鳳紀

字竹雲、晚號蒹筠老叟、江西南城人、同治二年舉人、官廣西賓州知州、有繡雲仙館詞集一卷、

### 蝶戀花　送春

開到楝花春欲去。吹落榆錢。灑遍天涯路。獨立黃昏渾不語。愁人幾陣簾纖雨。　燕子不知人意苦。猶自呢喃。似把離愁訴。秋去春來期不誤。歸與似我何時賦。

## 楊祖學

字心淵、江蘇陽湖人、官福建邵武縣知縣、

### 祝英臺近　酴醾香夢圖爲珊珊題、

燕飛慵。鶯語倦。花信過將半。擬倩游絲。悄把好春綰。爭禁開到酴醾。聽殘鶗鴂。早韶景、暗中偷換。　綺闌畔。幾回夢覺銀屏。未語意先懶。一抹眉痕。淡比遠山遠。生憎彩筆拈來。輕綃染徧。總難把、冷香偎暖。

## 朱鑑成

字眉君、四川富順人、同治三年舉人、官內閣中書、有題鳳館詞稿一卷、

### 洞仙歌　和鍈君

夭桃花下。漸紅香成路。點染春流黯然處。看雙雙彩燕。飛去飛來。可記得、客裏雙聽秋雨。　人生如夢耳。

解了連環。便把連環暫拋去。奈酒盡。又香溫。勻黛裁紅。暫再把、櫻桃擷取。祇怯怯、離亭此宵寒。有誰下羅幃。把花籠住。

## 許玉瑑

原名賡颺、字處臣、一字起上、號鶴巢、江蘇吳縣人、同治三年舉人、官刑部郎中、有詩契齋詞集六卷、獨絃詞一卷、

### 聲聲慢 聽雨、用王碧山韻、

苔深門掩。草長亭空。無端思動滄洲。點滴空階。重簾鎮日低頭。寥天更無雁影。但暗螢、窺戶還流。會心處。似琵琶掩抑。只訴深愁。　回憶中年客裏。聽津亭殘柝。一鼻句留。自去江關。悄然人海虛舟。而今倦游溯往。又依稀、紅燭歌樓。盼新霽、要銀蟾、來共素秋。

## 沈昌宇

字子佩、江蘇武進人、同治三年舉人、官直隸候補知縣、有泥雪堂詞草五卷、

### 六州歌頭 新柳

鵝黃淺嫩。春意十分嬌。吹不斷。揉還亂。一條條。醮春潮。細雨輕煙裏。拖著地。扶難起。人半醉。和愁倚。赤欄橋。短陌長亭舊日分攜處。驄馬先驕。況陽關極目。萬里碧迢迢。一例魂銷。笛聲高。　玉樓天半。珠簾捲。東風軟。鬬纖腰。從一去。人何許。共春遙。鎮無聊。早又春來候。雙蛾皺。不堪描。煙外縷。風中絮。莫輕飄。引做晴

絲萬丈。應堪繫江上蘭橈。閉星星倦眼。愁恨且同拋。眠過花朝。

## 蝶戀花　虞溝道中口占

布穀聲中鄉味苦。笑拂征衫。到此行應住。去便歸來來又去。勞勞一道長安路。　送燠噓寒君自誤。極目天涯。何處無風雨。指點白雲閒自語。鳥飛漸近天空處。

# 羊復禮　字敦叔、號辛楣、又號禔龕、浙江海寧人、同治三年舉人、官廣西泗城府知府、

## 湘月　月夜十刹海觀荷索雲門寄龕同作、

涼蟾飛白。看綠荷萬柄。風來香滿。隱約雲橫瓊島碧。半是廣寒宮殿。柳外星高。桐間露溼。想像天閶遠。妝樓千尺。土花繡齧蟬鈿。　當年避暑離宮。鬧紅深處。四面窗紗茜。水佩風裳無恙在。不信繁華都換。鴛宿花寒。鷺依人遠。遙盼銀河斷。晶簾如水。幾聲玉笛悽眷。

# 莊人寶　字質可、號肩百、又號堅伯、江蘇震澤人、同治三年舉人、官浙江知府、有香姜閣詩餘、

## 如此江山　夕陽

做成一片傷心色。天邊斜照將墜。衰草平沙。長亭短堠。江上冷楓如醉。登臨信美。早暝入譙樓。角聲高吹。遮斷青山。行人那更在山外。　還來湖畔小駐。絲絲搔鬢短。紅得無賴。歸騎嘶風。啼鴉弔月。飄蕩亂烟投

水。餘霞散綺。道暖意猶存。滿馱鴉背。容易黃昏。孤燈愁獨對。

## 陌上花 題沚邨圖

陶家居處。宅邊五柳。碧痕回繞。門設常關。柳外更停舟小。溪流一帶生新漲。輕漾亂紅多少。倘夜闌人靜。素絃彈罷。海天長嘯。　歎年年浪迹。洞庭湖畔。負卻故鄉遊釣。旅倦西風。枝上杜鵑啼老。甚思歸買名山隱。難得烟明浪悄。待隨君、料理綠蓑漁具。聽秋去好。

## 邁陂塘 同陳念東盧雨厂觀敗荷

更何人、西風打槳。白雲搖碎千頃。隱侯詞客今仙去。有感沈南一丈 賸我畫闌孤凭。波似鏡。奈瘦損朱顏。鏡裏難悽認。筩杯香淨。便盡摘空房。休刪敗葉。留作雨聲聽。　尊前感。一輩江湖浮梗。因緣萍絮空證。無端忽動清商怨。風上袖羅知冷。行自省。要趁早歸休。莫負蒓鱸興。吟魂約定。且攜手長隄。蒹葭深處。呼鷺話秋暝。

# 劉勷 字贊君、一字贊軒、福建閩縣人、同治三年舉人、官寧德縣教諭、有非半室詞存一卷、一名效顰詞、

## 蝶戀花

天氣困人微做暖。零落殘花。草色侵池館。燕子不來春又晚。斜陽瘦盡無人管。　寂寂重門幽夢短。起熨輕衫。淚點零星滿。欲捻金針情更懶。纖腰還比東風輭。

### 水龍吟 塵

簾前昨夜西風。登樓一望迷南北。濛濛乍起。紛紛自墜。斜陽欲黑。舞榭燈昏。妝臺釵冷。模糊春色。嘆掃空有帚。遮難用扇。雙鬟染誰人識。　無賴青青垂柳。又愁痕、雨邊暗織。半黏去馬。半隨流水。銷魂行客。十斛量愁。萬重疑夢。青衫淚溼。好拂衣歸去。低徊明鏡。把朱顏惜。

## 劉荃

字旭初、福建閩縣人、同治三年副貢、有茗尹詞一卷、一名夢陽詞、

### 惜紅衣 黃葉

萬里涼風。千山夕照。馬蹄催急。亂踏煙昏。鄉心醉行客。吟情縱好。驚訊問、江南消息。愁覓。銷盡草痕。但平林霜色。　寒蟬惻惻。宮闕誰家。傷心弔沈碧。敧梧斷柳。故苑黯蕭瑟。莫認一天秋送。往恨不堪重積。最夜闌魂斷。燈外弄聲淒槭。

### 淒涼犯 角

邊霜昨夜。新聲緊、蕭風散入荒野。玉關轉戍。沙場苦役。萬愁淚瀉。遙驚塞馬。正黃月、高空淡寫。待何時、雄軍破虜。一曲壯戲下。　多事催昏曉。暝雁飛初。曙烏啼罷。又翻急調。做悲淒、驛亭村舍。驤首旌旆。漸朝日、高城如赭。恰嗚嗚、動響胡天早白也。

## 陳應祥 字子吉、江蘇元和人、有松翠館詞稿、

### 眼兒媚

玉人花底暗吹笙。鶯燕語聲聲。半簾烟縷。滿庭風絮。過了清明。　沈沈無奈春光老。題徧錦雲屛。雨催春去。月留春住。幾日陰晴。

## 蔣坦 字平伯、號藹卿、浙江錢塘人、諸生、有百合詞二卷、夕陽紅半樓詞二卷、一名微波詞、

### 霓裳中序第一 湖上、用草窗韻、

移篷翠嶂疊。路轉漁灣風鬧葉。醉把蘋絲自結。漸柳市上燈。蘆漪催月。殘梅點雪。向晚來、吹滿行篋。春懷冷、十年影事。倩對鷺鷗說。　清切。小橋泉咽。念橋上、題詩字滅。江潭依舊賦別。甚夢解珠鞋。兆驗金玦。看花人漸缺。更怕聽、陽關舊闋。悽迷甚、滿湖風起。吹過紙蝴蝶。

### 賣花聲 西湖夜游

露氣薄如煙。柳港橋偏。五更殘夢落鷗邊。一度曉風人不覺。開盡紅蓮。　燈火憶當年。癡絕堪憐。未來先已想回船。只有今年身較逸。醉倒尊前。

## 韋業祥

字伯謙、廣西永寧人、同治四年進士、改庶吉士、授翰林院編修、官直隸河間府知府、有醉筠居士詞一卷、

### 鵲橋仙　覓句堂賞雨

御溝水活。天街酥潤。一洗輭紅塵土。捲簾正對米家山。有多少、人家春樹。　芭蕉葉上。梧桐樹底。都是耐人聽處。玉壺不待醉春醪。早沁卻、秋心如許。

## 顧雲臣

字子青、號持白、江蘇山陽人、同治四年進士、改庶吉士、授翰林院編修、有抱拙齋詩餘一卷、

### 憶舊游　題于紹香今雨樓圖

記聯詩竹所。索酒鶯邊。幾輩清游。好事浮雲去。又軒開水北。重約閒鷗。翦燭殢聽春雨。忘了古今愁。有遺老華顛。新知慘綠。一樣風流。　悠悠。起長笛。試省路尋鄰。驀地回頭。我是頻來燕。問烏衣門巷。何處簾鉤。背人替花彈淚。欲去更遲留。勸典卻朝衫。良時醉客休下樓。

## 濮文昶

字春漁、江蘇溧水人、同治四年進士、官湖北隨州知州、有味雪龕詞鈔一卷、

### 洞仙歌

酸風苦雨。是愁人滋味。不到聞歌已憔悴。又龜年再遇。商婦重逢。襟袖上。容得幾多紅淚。　故鄉歸不得。同是他鄉。莫更淸尊買殘醉。往事怕思量。一著思量便滅了、晨餐宵睡。還認道、孤燈不知愁。怎料得燈花。也隨歡墜。

## 吳汝綸　字摯甫、安徽桐城人、同治四年進士、官直隸冀州知州、有摯甫詩文集、

### 摸魚兒

看夫君、楚雲湘雨。飄然一舸西去。江湖合眼多情思。夢繞觚棱無數。休穩住。怕鵾鴂鳴時、斷送尋芳路。臨歧對語。一霎到黃昏。平皋極望。顚撲儘輕絮。　長相憶。早被嬋娟坐誤。多情遠別猶妒。明妃馬上琵琶曲。怨恨分明如訴。如意舞。這大海迴瀾、那便成桑土。傷離意苦。悵春水浮花。秋雲捲葉。飄轉定何處。

## 諸福坤　字元簡、江蘇長洲人、諸生、有杏廬詞鈔一卷、

### 御街行　送春

春愁欲寄憑誰可。挽不住、啼珠墮。深深庭院好韶光。又被綠陰閒鎖。東風無緒。晴絲搖曳。只是空撩我。　仙源捩轉中流舵。奈何處、楊花簸。亂紅如雨鷓鴣啼。無計安排能妥。嬌癡婪尾。雕闌倦倚。一寸心灰裹。

## 萬釗

字硼盟、一字硼民、江西南昌人、有蘆波詞一卷、

### 長亭怨慢　寄譚仲修武昌

記垂柳、絲絲烟浦。酒罷歌闌。送君行處。倦倚霜篷。峭帆便逐早潮去。離情似水。問流到、何方住。雁影楚天遙。只夢繞、晴川芳杜。　凝竚。乍魚書剖得。爲道春遊遲暮。沙洲望遠。弔文采、舊時鸚鵡。算客裏、過了清明。又開老、碧桃千樹。怕玉笛江城吹徹。歸期還誤。

### 憶秦娥

春流碧。故人家住青谿側。青谿側。畫船同載。夜深橫笛。　而今望斷鍾山色。離懷空對垂楊陌。垂楊陌。雨昏煙暝。暮雲如織。

## 王詒壽

字眉叔、一字眉子、浙江山陰人、廩貢、官金華縣訓導、有笙月詞五卷、花影詞一卷、

### 虞美人　石門夜泊

峭帆風裏眠難穩。紅颭孤燈影。不知今夜夢如何。偏是春來夜短醒時多。　打篷幾陣瀟瀟雨。抵死將愁絮。羅衾偎徧枕函單。又是柁樓人語說輕寒。

### 清平樂

三更時候。燈暗衾兒皺。月透瓊絲花影瘦。此際銷魂知否。　東風幾陣輕寒。溫香翠被重添。管取明朝風峭。屬郎休放歸船。

揚州慢　水郭西邊、河橋東畔、向來歌舞樓臺、爲蠡城最盛處、今皆鞠爲茂草矣、偶尋舊徑、愴然成詞、

笙玉排雲。歌珠溜月。東風十里桃花。記春衫殢酒。是花底人家。自軍鼓、江南動後。燈樓釵館。都付啼鴉。賸青青芳草。煙痕猶似簾紗。　麗華散盡。儘飄零、鬟霧衫霞。便紅豆深情。青梅舊約。休問琵琶。我亦傷春杜牧。歡場夢、易觸天涯。悵夕陽無語。高城催起悲笳。

夢橫塘　蜃湖廿四堆、爲南宋葬宮人處、偶尋往跡、愴也成吟、

零花熨雨。濟柳描波。夕陽紅墮烟溆。禁得銷魂。只幾個、粉奴來去。金縷餘香。珠簾春夢。杜鵑猶訴。似玉鉤斜畔。亂絮濛濛。重到了、雷塘路。　東風枉自多情。鎮吹得苔痕。綠偏平楚。可有羅裙。向月下、珊珊微步。流不盡、深宮舊恨。嗚咽江聲夜深語。望斷君恩。但青青草色。伴冬青一樹。

鵲踏枝翻　偕施均父補華夜過方谷園、有懷董仁甫愼言、

柳影閒街。笛波飛起。是誰調按龜茲。徹曾記涼蟀聲中。步屧相尋。老屋疏燈漏黃葉。茂陵人病已經年。藥爐小火香初發。　今日重過黃壚。淒咽疏林。依舊涼煙織。猶認故人無恙。蒼苔仄徑。來蹴花如雪。西風門巷夜烏啼。秋陰掩了濛濛月。

## 譚獻

原名廷獻、字滌生、更字復堂、號仲修、浙江仁和人、同治六年舉人、官安徽含山縣知縣、有復堂詞三卷、一名蘼蕪詞、又輯篋中詞六卷、續四卷、詞錄十卷、詞話一卷、

### 青門引

人去闌干靜。楊柳曉風初定。芳春此後莫重來。一分春少。減卻一分病。　離亭薄酒終須醒。落日羅衣冷。繞樓幾曲流水。不曾留得桃華影。

### 蝶戀花

樓外啼鶯依碧樹。一片天風。吹折柔條去。玉枕醒來追夢語。中門便是長亭路。　眼底芳春看已暮。罷了新妝。祇是鸞羞舞。慘綠衣裳年幾許。爭禁風日爭禁雨。

下馬門前人似玉。一聽斑騅。便倚闌干曲。乍見迴身蛾黛蹙。泥他絮語憐幽獨。　燕子飛來銀蒜觸。卻怕窺簾。推整羅裙幅。語在修眉成在目。無端紅淚雙雙落。

帳裏迷離香似霧。不燼鑪灰。酒醒聞餘語。連理枝頭儂與汝。千花百草從渠許。　蓮子青青心獨苦。一唱將離。日日風兼雨。豆蔻香殘楊柳暮。當時人面無尋處。

庭院深深人悄悄。埋怨鸚哥。錯報韋郎到。壓鬢釵梁金鳳小。低頭只是閒煩惱。　花發江南年正少。紅袖高樓。爭抵還鄉好。遮斷行人西去道。輕軀願化車前草。

玉頰妝臺人道瘦。一日風塵。一日同禁受。獨掩疏櫳如病酒。卷簾又是黃昏後。　六曲屏前攜素手。戲說分襟。眞遣分襟驟。書札平安知信否。夢中顏色渾非舊。

### 河傳

樓畔。輕喚。鬟低垂。欲語含羞語遲。送郎出門郎馬嘶。相思。夢回儂未知。　難倩征鴻傳我意。情似水。空灑無名淚。畫鴛鴦。更漏長。殘妝。君眠何處牀。

### 鳳凰臺上憶吹簫　和莊中白

鏡掩塵。枕寒別淚。綺窗暗換春風。悔翠眉輕別。華月匆匆。問訊趙家姊妹。看擁髻、都是愁中。雙棲燕。雕梁在否。容易相逢。　重重。故山望斷。有一片飛雲。曾度牆東。想倚闌無語。玉袖啼紅。不分銀笙吹冷。調怨曲、銷損芳容。春依舊。天涯斷腸。人去房空。

### 鷓鴣天

綠酒紅燈睡起遲。黃昏風起下簾時。文鴛蓮葉成飄泊。幺鳳桐花有別離。　雲淡淡。雨霏霏。畫屏閒煞素羅衣。腰支眉黛無人管。百種憐儂去後知。

### 洞仙歌　初秋

楊枝弄碧。繫天涯心眼。幾日涼風便零亂。畫橋邊、一片流水無聲。人獨立。暮角將愁吹斷。　春塵煙雨裏。如夢簾櫳。曾拂檐華笑相見。我已厭聞歌。玉笛蒼涼。又吹起、十年清怨。問采采、夫容隔西洲。卻樹下門前。

爲誰留戀。

西河　用美成金陵詞韻題甘劍侯江上春歸圖、

江上地。長亭草樹猶記。夢回故國渺鄉心。斷鴻喚起。萬方一槩聽笳聲。煙波來去無際。　耿長劍。何處倚。楊枝渡口船繫。烏衣巷畔有春風。晚蘆故壘。倒吹淚點上征衣。知他江水淮水。　女牆夜月過小市。照飛篷、歸來千里。往事幾回塵世。只龍蟠虎踞。山形依舊。還枕滔滔寒流裏。

尉遲杯　西湖感舊、用周韻、同潘少梅丈作、

平隄路。正落照、欲下城頭樹。離離草色城陰。前日鈿車來處。東風宛轉。吹不醒、離魂夢南浦。卻相逢、柳外黃昏。送他雙燕歸去。　回頭海國浮雲。難忘是園林。坐石萍聚。唱徹家山渾蕭瑟。話幾許、零歌斷舞。如今又、江深草閣。但添得、巴山一夜語。問飄來、甚處簫聲。倚樓應是愁侶。

綺羅香　白蓮

與月依依。非煙脈脈。獨抱愁根遲暮。一片行雲。爭許妙香留住。驚夢醒、返照當樓。聽歌起、棹舟歸浦。鎮相憐、病榻維摩。拂衣正在花深處。　飄零人事盡改。休唱田田舊曲。江南樂府。遠水生秋。消受和煙和露。憐往日、羅襪淩波。願化身、膽缾深護。恁禁得、搖蕩眞圓。銀塘連夜雨。

渡江雲　大觀亭同陽湖趙敬甫江夏鄭贊侯、

大江流日夜。空亭浪卷。千里起悲心。問花花不語。幾度輕寒。恁處好登臨。春旛顫裊。憐舊時、人面難尋。渾

不似、故山顏色。鶯燕共沈吟。　銷沈。六朝裙屐。百戰旌旗。付漁樵高枕。何處有、藏鴉細柳。繫馬平林。釣磯我亦垂綸手。看斷雲、飛過荒潯。天未暮。簾前只是陰陰。

## 大酺

柰枕常攲。裘常擁。愁病桃花時節。紅芳原不改。過瀟瀟風雨。闇銷顏色。燕姹鶯嬌。梨昏柳暝。哀樂何曾忘得。驚心長亭路。但春泥沒馬。要留車轍。便山欲化雲。絮都成淚。怨離傷別。　年年挑菜日。怕多露、門外青蕪逕。有幾許、瑤琴餘恨。淥酒餘歡。到而今、總成追憶。更與吹橫玉。還弄徹、落梅淒切。正迢遞、斜陽驛。嘶騎遙駐。人在江城天末。倚樓忍聽幾疊。

## 摸魚兒　用稼軒韻、自題復堂填詞圖、

唱瀟瀟、渭城朝雨。輕塵多少飛去。短衣匹馬天涯客。遙見亂山無數。留不住。又只恐飄零、長劍悲歧路。舊時笑語。待寄與知心。被風吹斷。曉夢託萍絮。　瑤琴上。曲調金徽早誤。深宮人復誰妒。一紘一柱華年賦。但有別情吟訴。鸜鵒舞。已草草青春、紅袖歸黃土。斜陽太苦。獨自上高樓。迷離望眼。不見送君處。

## 長亭怨慢　霜楓漸盡、書和廉卿、

又消受、江楓低舞。幾徧清霜。落紅盈路。返照蒼茫。亂山憔悴、黯無緒。悵華吹絮。曾目送、春風去。往日倚樓人。早領略、芳容愁苦。　薄暮。望昏鴉宿雁。卻向隔城煙樹。長亭載酒。道休負、別時言語。記得是、荳蔻梢頭。怕回首、尋芳前度。柰一晌停車。林際葉聲如雨。

## 孫德祖

字彥清、號峴子、浙江會稽人、同治六年舉人、官淳安縣教諭、有寄龕詞四卷、

### 浣溪紗　雙橋雨中

一雨瀟瀟溼畫橈。輕寒惻惻透冰綃。愔愔小醉過雙橋。　碧柳江城愁隱隱。綠槐官驛夢迢迢。可堪暮暮又朝朝。

### 買陂塘　菱花、同雲門次同年諸可寶遲菊韻、

摘蒓絲、棹歌未歇。美人纖手愁冷。平湖淼淼秋痕薄。洗得晚來妝靚。宮額瀞。映小樣青銅、不照芙蓉鏡。詩魂可醒。定月下波明。沙邊露重。夢與宿鷗並。　沈珠恨。待揃冰綃持贈。芰裳歷亂難整。那禁立上蜻蜓子。猥偏收筒煙艇。風乍定。莫絮雪迷春、點入湘江暝。疏香幾頃。又蘋滿汀洲。盈盈一水。立瘦玉人影。

### 高陽臺　酒樓秋柳

紅板橋頭。青帘影裏。西風吹老吳山。慘碧絲絲。是誰抹上涼烟。濆濆斜陽鴉點外。照離情、別夢都酸。最難忘。金勒驕嘶。芳草樓前。　鏡中潘鬢知何似。渡清秋冷節。殘月年年。羌笛聲中。幾人搖落江關。醉來溼盡相思子。祝長條、休拂朱闌。待芳塵。漬箇愁痕。留與人看。

## 諸可寶

字璞齋、號遲菊、浙江錢塘人、同治六年舉人、官江蘇崑山縣知縣、有捶琴詞一卷、

## 水龍吟 桐緜

綠陰濃處如雲。最高枝上都鋪徧。未彈先碎。欲離還合。溫柔細輭。春柳秋蘆。一般身世。要誰拘管。也飛行無礙。怕沾泥水。渾不怕。天涯遠。 正在黃梅熟了。奈年年、陰晴冷暖。團霜聚雪。飄風泊雨。日長人倦。厚布銅街。薄堆金井。幾重妝點。笑從頭說起。郎花妾鳳。頓添新怨。

# 劉三才 字壽芝、一作壽之、福建閩縣人、同治六年舉人、官永安縣教諭、有隨庵遺稿、

## 摸魚子

儘無端、閒愁牽絆。匆匆又值春晚。鷓鴣聲裏東風急。百五歡場催散。春欲返。正滿目關河、煙雨都遮斷。鶯忙燕嬾。問歌舞樓臺。繁華地主。知否落紅怨。 留連慣。應與金樽同伴。窮檐曾未回盼。早知有腳難教住。忍負陰晴寒暖。春且緩。怕柳絮桃花、一去憑誰管。夢長夢短。便今日相離。明年重到。還恐舊顏換。

# 孫詒讓 字仲容、浙江瑞安人、同治六年舉人、官刑部主事、有經微室詞存一卷、

## 蘇武慢 光緒辛卯、蒙自楊稚虹大令得岳忠武王玉印於武林、屬爲題詠、時大令正移攝鄞篆、并以送別、

小截鵝肪。深含猩暈。手澤摩挲猶馥。中原傳檄。北伐哦詩。印徧剡藤千幅。玉楮文孫。金陀祠宅。珍庋幾時零落。共紹興瑤璽。沈薶桑海。不曾刓角。 天付與朗映仙鳧。飛來靈鵲。健羨賢侯清福。劇治榮移。琴鶴同

攜。想見斗牛光燭。何日重逢。錦綬紆花。定喜新符剖竹。更細撫蝠扁譜續吾邱。商量箸錄。

## 褚成亮　字叔寅、浙江餘杭人、同治六年舉人、有校經室遺集、

### 綺羅香　秦鏡

阿閣塵生。瓊簫響斷。誰記秦宮金粉。一樣菱花。曾照昔年幽恨。星影動、曉匣匀妝。黛痕淺、月華留暈。怎承恩、非爲紅顏。燈前顧影忍相問。　盈盈樓上望極。回首行雲飄渺。佳期無準。一片涼蟾。輕喚鳳臺人近。愁黯淡、纖綠光凝。似素娥、淚珠偷搵。甚時節、雙照心同。畫眉峯輕俊。

## 許頌鼎　原名誦原、字子曼、浙江海寧人、同治六年舉人、官山東膠州知州、有曼廬詞一卷、

### 鷓鴣天

一樹紅雲翦綺霞。東風催放碧桃花。靈根移向湖西去。人面難尋渡口斜。　鶯選樹。蝶移家。離愁別恨繞天涯。仙源縱斷春消息。前度劉郎夢倘賒。

## 顧榮達　字上之、江蘇吳縣人、同治六年舉人、有篋玉詞、

### 月下笛　朔風淒然、一燈枯坐、塡此示申眉、並問海樓病況、

殘角聲乾。空庭寒峭。擁燈無語。孤吟情緒。天涯今又歲暮。枯楊門外疏疏影。最淒絕、鴉棲那樹。但更深月暗。故園回首。故人何處。　揉取愁千縷。悵似錦年華。去如迅羽。銷魂曾賦。玉臺冷落新句。藥鑪煙冷維摩榻。愁更聽、江湖夜雨。正客裏、憶梅花。誰掐春痕寄與。

高陽臺　春陰

薄靄園林。濃陰城郭。迷離紫姹紅嫣。試問東風。妒花何事年年。鷓鴣喚醒蘼蕪夢。又溟濛、滯月凝煙。鎮無聊。獨客樓中。垂柳樓前。　江南春事休重省。怎春如人醉。只愛酣眠。淒絕青驄。而今又駐誰邊。薰鑪不暖餘香潤。悄空庭何處啼鵑。最關心。深巷花聲。陌上花鈿。

## 侯　煒

字石琴、江蘇無錫人、同治六年舉人、有鐵梅館詞、

極相思　題王少梅羅浮香影

笛聲吹裂春痕。香破一緺雲。披圖恍見。花如人瘦。鶴夢初醒。　記得孤山幽夢好。悄巡簷、銷盡吟魂。霜清水淺。煙橫月淡。又是黃昏。

## 陳克劬

字子勤、江蘇丹徒人、同治六年舉人、有紅豆簾琴意一卷、

疏影　菊影

秋無尋處。認碎陰滿地。還共秋住。寫韻籬根。搖月籠雲。也是蕭疏風趣。有人斜倚闌干角。蕩一片、傷秋情緒。悵十分瘦盡秋容。化出倩魂如許。　幸未飄零遲暮。更重陽節近。減盡風雨。畫不分明。疊疊重重。橫臥晚涼庭宇。西風冷夢吹難醒。但暗地、亂蛩烟語。待殷勤、爲喚宵燈。移上素屏看取。

## 傅衡　字虎生、貴州貴筑人、同治六年舉人、官廣西左州知州、有師古堂詞一卷、

### 滿江紅　和秋丞太守錢塘觀潮原韻

立馬吳山。靈胥出、龍堂貝闕。堪恨是、赭龕爲阻。怒張毛髮。一線穿空天目近。千人掃陣軍容發。替鴟夷、淘恨瀉銀河。吞吳越。　枚乘筆。寫晴雪。錢鏐弩。彎秋月。合英雄名士。串成三絕。天地皆青浮霧掃。湖山轉碧餘波歇。一年年、有信約儂看。中秋節。

### 一叢花　爲葆芝岑方伯畫梨雲獨覽、並題一闋、

門前昨夜月溶溶。釀出玉玲瓏。層層疊疊山山裏。遙看似、鶴羽凌空。柳絮迷離。李花歷亂。萬樹白雲封。
怡情最好水西東。曲路小橋通。高寒玉宇瓊樓處。往來者、應是髯翁。冷透冰魂。香凝粉本。獨自寫春風。

## 王景曾　字夢仙、浙江秀水人、同治六年舉人、官刑部員外郎、有塵舫詞稿、

### 西子妝　題徐韻舫濠梁觀魚圖

銀尾緺波。青瞳映鏡。寄得閒情如許。魚蓑舊夢訪天隨。炯雙眸、煙波深處。鷗儕鷺伍。應笠澤、叢殘同譜。掬清漪。撲寒光照影。認伊眉嫵。　陂塘雨。何不浮家。竟逐鴟夷去。可知淺黛鬟烟鬟。一例如、玉鱗煙浦。看花記取。這妙理、蒙莊應補。笑王郎、亦是鴛湖釣父。

## 陳適祺

字子駒、福建閩縣人、同治六年副貢生、有湘音樓詞、又與黃經唱和、有雙鄰詞鈔三卷、

### 浣溪紗

十二珠簾一桁斜。金蟲檀屑蛀琵琶。鬟雲濃綠坐烹茶。　海月銜窗飛燕子。湘煙隔水落梅花。春愁多在玉人家。

## 柳兆薰

字詠南、號時安、一號蒔安、晚號悟因生、江蘇吳江人、同治六年副貢生、官丹徒縣教諭、有勝溪釣隱詞鈔、

### 暗香疎影

題婁縣張筱峯學博鴻卓花影吹笙圖、用元張夢庵自度腔韻、

庭陰玉潔。浸欄干一角。豔痕如雪。誰炙鶯簧。春透小樓寒尚怯。莫認瓶笙沸也。風送響、微敲仙玦。正靜夜、花底香團。簾底孕圓月。　猶憶酒闌燈炧。紅牙初按罷。餘韻徐歇。忽作鸞吟。來伴張仙。未許雙成言別。拂時羅袖冰紋碎。忍負卻、二分佳節。儘黃昏、林下亭亭。好把碧天吹徹。

## 陳克常 字步良、江蘇丹徒人、諸生、有藤花館詩餘一卷、

### 清平樂 清明日野步

清明晝出。楊柳毿毿碧。天氣晴明無雨色。容我偷閒今日。　平生雅愛山行。綠陰濃處聽鶯。香氣入林不斷。野花芳草無名。

### 南浦 和羅耦廉春草、兼以贈別、

一歲一枯榮。又回黃轉綠。無窮生意。著力是東風。吹噓得、一片燒痕都翠。耽吟也未。池塘好夢分明記。君亦有情如謝客。新句儘堪尋味。　無如一去難留。任銷魂南浦。歸舟不繫。遠色映青袍。斜陽外、晴翠極天無際。綠波迢遞。送君對此愁懷起。一霎王孫歸去也。惟見碧蕪千里。

### 點絳脣 秋隼

身小於鷹。瞥然飛出風塵上。金眸玉掌。羽厲秋風響。　華嶽峯巔。一露威神爽。回眸望。蕭蕭林莽。凡鳥爭尋丈。

### 齊天樂 詠燕

綠窗人靜東風暖。翩翩隔花來去。小影差池。輕身上下。縈亂落紅飛絮。舊巢須補。看點滴香泥。亂拋庭宇。瞥入風簾。幾回斜掠翦刀股。　飛飛畫堂深處。認雕梁藻井。舊日曾住。結伴來看。回眸屢睇。祇爲傍人門

戶。含情誰訴。問辛苦將雛。有人知否。我正忘言。卻飛來軟語。

## 朱文炳 字慕庵、浙江仁和人、諸生、有南湖漁隱詞、

### 南樓令 秀州道中懷瑤卿

帆影簸明霞。波寒點暮鴉。倚東風、竹外枝斜。青漆雙門香一片。知道是。那人家。　何處問琵琶。情長路更賒。怎春來、偏是天涯。昨夜海紅簾底月。孤負了。故園花。

### 瑤花慢 自秀州至滬瀆、風雨連日、離懷悄然、譜此寄譚仲修王眉叔、

離亭春晚。挨到黃昏。便一聲風笛。亭長亭短。全不管、簾外梨花如雪。問花無語。也知道、芳心難說。更幾番花落花開。誤了天涯消息。　縱教夢裏尋春。奈夢醒江船。依舊今夕。聽風聽水。還聽過、幾處吹笳遙驛。青春老矣。怎忘得、尊前蜂蝶。記夜深曲曲屏山。月下吹笙時節。

## 周騰虎 原名瑛、字韜甫、江蘇陽湖人、諸生、官分部員外郎、有蕉心詞一卷、

### 疎影 柳、和王季旭張仲遠、

長隄繫恨。恰綠波如織。亂雲生暝。風絡斜飛。雨絲低罥。一棹楚江烟冷。翠樓望遠空凝佇。正目斷、天涯飛影。又怱怱、過了春時。蛾綠幾分都褪。　曾記紅漂悽愴。有依依憔悴。向我低映。欲折柔條。怕聽陽關。衫袖

淚痕猶暈年時識得銷魂未。更殘月、曉風初醒。儘垂垂、吹老秋風。蕩作亂愁千頃。

## 楊晉藩　字蕉隱、江蘇陽湖人、官浙江知縣、有蕉林書屋詞、

### 綠蓋舞風輕　秋荷

玉露下寒塘。翠袖盈盈。斜陽冷南浦。空外幽香。看一枝素豔。倚檻徐吐。淺蘊啼痕。想芳緒、應傷遲暮。悵天涯。遠阻秋期、孤負仙侶。　記取。轉眼飄零。賸水佩風裳。零亂無數。月曉霜清。步淩波、夢向碧雲深處。寄與湘君。休更怨惜花無主。最淒涼。籬角又添蛩語。

## 丁　翼　字雲龕、江蘇無錫人、官福建撫標中軍參將、有浣花山莊詞、

### 浪淘沙

誰竊舊宮衣。春思迷離。南朝金粉未全非。愁絶玉鉤斜外路。綠怨紅悽。　紫陌畫樓西。拾翠人稀。金鈿委地茜裙低。二十四橋歌舞歇。祗賸香肥。

## 丁毓杰　字馨芝、江蘇武進人、有憐香詞、

### 掃花遊

珠簾半卷。想鎮日閒將。歸期數徧。韶光一綫。怕深紅落盡。幾絲香輭。重上湖舟。可似苧蘿初見。水波暖。也解送行人。疾流如箭。　密約而今踐。記楊柳樓頭。枇杷庭院。頻窺嬌面。怪春來小別。雙蛾較淺。掠水銜泥。辛苦舊巢歸燕。且消遣。漫疑猜、酒貪花戀。

## 汪亮清

字晉萊、江蘇武進人、有碧蘿詩龕詞一卷、

### 菩薩蠻

春光欲去渾無計。滿天飛絮飄香砌。聽得子規啼。此時心轉迷。　片雲遮不住。寂寞斜陽渡。燕子說無家。隔溪銜落花。

### 齊天樂　秋燕

畫樓雙燕歸何處。飄零海天無數。疏雨愁長。斜陽夢短。難覓春時伴侶。不如歸去。者衰柳斷腸。行行休住。行盡天涯。回頭應望江南路。　江南眼底如許。說故巢安穩。也只無主。舊日棲遲。新來瘦損。我亦秋風倦羽。卿還知否。歎王謝堂前。幾番歌舞。相約年年。把深情細訴。

## 馬寶文

字芷名、一作芷民、又字相如、江蘇武進人、自號柳隱詞人、諸生、有茶山草堂詞、

### 賀新涼

花事銷春雨。問天涯、綠肥紅瘦春深何處。曲曲闌干都倚徧。眼見垂楊亂舞。怪只聽、聲聲杜宇。門掩梨花寒料峭。猛思量、覓徧傷春句。多只是、殘紅數。　東風抵死催春去。任撩人、旗亭芳草。畫橋飛絮。臥病深閨慵未起。賸有春魂爾許。忍再把、柔懷說與。滴碎春心腸欲斷。耐春宵、破例將情補。休被覺、儂辛苦。

## 鄧恩錫　字晉占、江蘇金匱人、官浙江慈谿縣縣丞、有清可亭詞一卷、

### 菩薩蠻　秋蝶

嬌花寵柳尋前夢。粉痕薄褪鬖輕動。側側上階飛。天涼氣力微。　芳情空自惜。欲覓殘枝歇。輭翅懶馱香。西風抱葉黃。

零星舊伴無聊賴。綺羅生長他生再。儘自小徘徊。一叢紅蓼開。　消除輕薄意。略試清涼味。魂妥冷香中。疏花猶護儂。

## 葉長齡　字曼生、號眉生、晚號蓑翁、江蘇江陰人、歲貢生、官訓導、

### 賀新涼　題陳午生持螯賞菊圖

瞥眼秋歸驟。又忽忽、江芙粉褪。嶺梅香逗。記得西風簾卷處。把盞曾開笑口。賸狼籍、酒痕襟袖。三萬六千場酩酊。算銷魂、總在持螯候。輕負了。好重九。　翩翩豪氣元龍胄。寄秋懷、霜華滿徑。綠雲盈甌。恰喜江鄉

風味足。不負天生左手。渾未覺、秋容消瘦。爲向尊前歌一曲。許狂奴、借酒澆胸否。同一笑。汎湘酎。

## 徐增禕 字懿門、江蘇荆溪人、

### 鎖窗寒 秋雨

冷霧斜横。寒煙密鎖。釀成秋雨。絲絲細織。別引一番愁緒。最淒涼、空階韻長。卻教有夢無尋處。但卷簾、徙倚吳淞。遙憶舊時漁浦。　蟲語。悲清露。比繡閣佳人。淚多幾許。梧桐滴響。又替淋鈴翻譜。儘銷魂、燈影漸微。敗蕉落葉聲滿戶。待更深、霽色開時。月上銀河曙。

## 管　樂 字才叔、江蘇陽湖人、諸生、有才叔詩餘、

### 臨江仙

海月初生庭院悄。涼颸吹透輕紗。那人不自惜年華。酒闌燈灺。催上七香車。　朱戶閒扃簾箔卷。秋心知在誰家。玳梁雙燕自天涯。青山斷處。紅樹滿棲鴉。

### 滿庭芳 扇簫詞

槢就雲痕。裁成月魄。攜來花底聽鶯。團欒未許。心事訴分明。暫伴玉簪翠袖。更何事、平近朱櫻。驀地裏。瓶笙細響。嗚咽最多情。　重聽。莫道是。尋常扇手。寫出簫心。怕當筵一曲。雙鬢難青。忍把相思疊起。依約處、

暗說如今。休忘卻。畫橋東畔。重與叩花扃。

## 鄧溱

字憶僑、江蘇金匱人、有夢梅軒詞、

### 虞美人

風風雨雨重陽候。籬角黃花瘦。思歸已是不勝情。何況征鴻都作可憐聲。　十年不到江南路。目斷浮雲暮。幾株衰柳白門寒。誰在夕陽紅處倚闌干。

### 蝶戀花　送別

燭翦西窗春雨急。儘著瀟瀟。不管人離別。紅淚一絲黏袖濕。袖痕都作桃花色。　誰向樓頭吹玉笛。一曲陽關。催送天涯客。滿目關山春草碧。明朝何處尋行迹。

## 吳寶鈞

字子和、別號耕石農、江蘇陽湖人、諸生、

### 高陽臺　送均甫甥之閩、即題其艤舟話別圖、

將酒徵歌。因詩選韻。未妨惆悵清狂。漫訴離懷。已驚鬢影新霜。人間作客尋常事。到臨歧、便覺徬徨。怕聽他語燕呢喃。多少商量。　披圖秋色江城裏。看荒亭瘦菊。晚浦疏楊。一點高鴻。海天萬里茫茫。刪除涕淚成歡笑。願翻飛、直到扶桑。待歸來。收拾溪山。併入詩囊。

## 趙熙文 字敬甫、江蘇陽湖人、安徽候補直隸州、

### 踏莎行

鏡裏朱顏。客中情緒。韶華易去愁難去。迻情不共水東流。臨風自逐沾泥絮。　擣麝成塵。抽金作縷。深心密意知何許。去年楊柳又今年。依依只繫斜陽處。

芳草無涯。離人有淚。柔懷繚繞都如醉。繡檀卻枕黯縈愁。玉琴罷軫渾無奈。　袖複鴛雙。香沈鴨睡。遊仙夢憶明珠佩。栖烏啼徧夢初醒。醒來依舊銀釭在。

## 趙烈文 字惠甫、江蘇陽湖人、官直隸易州知州、

### 長亭怨慢

甚千疊、雲羅糾縵。鼓蕩涼颸。欲黏還斷。似此清秋。幾人憑眺弄柔翰。青山無語。悲極浦、帆零亂。錯認晚妝樓。莫誤了、歸舟天畔。　傑觀。賸登臨勝地。只見玉驄無算。斜陽試望。抵多少、酒闌人散。歎滿眼、一樹冥冥。鎖愁被、玄霜偷換。怕聽得舞風。孤葉蕭寥如喚。

## 謝質卿 字蔚青、別號九日山人、江西南康人、有轉蕙軒詞、

琵琶仙　聞笛有感

如此關山。忽空際、迸出一聲長笛。孤館人正無聊。霜風蕩吟魄。春尚遠、江梅暗落。怕吹斷、故園消息。柳岸烟疏。蘋洲月悄。淒動闌夕。　記仙侶、同詠霓裳。也自向樽前弄花拍。惆悵酒天雲散。但塵凝歌席。休更問、何戡在否。想那時、舊譜誰識。便與重按宮商。怎生聽得。

## 沈穆孫

字彥和、江蘇寶山人、諸生、有碧梧秋館詞鈔一卷、

絳都春　集戴曉初升鰲坐花讀畫齋詠秋海棠用翁處靜韻、

涼侵鏡面。看纖蕚暈霞。紅圍牆院。繞砌露穠。淚眼盈盈情波遠。冰綃翦碎秋心換。恨瘦蝶、寒蛩相伴。豔雲娟楚。啼妝弄雨。怕題湘管。　重按尋芳舊譜。悵簾外凝去睇。光陰飛雁。媚月繡屏。金屋煙飄鬢絲短。猩魂銷黯瑤臺畔。問誰訴、重門幽怨。悔伊枉嫁西風。翠闌夢淺。

## 孫麟趾

字清瑞、號月坡、江蘇長洲人、諸生、有零珠詞、碎玉詞、共二卷、又有清七家詞選七卷、詞選一卷、詞韻指南一卷、嘉慶來絕妙近詞六卷、續選一卷、一魚庵詞話、詞的雅詞萬選、詞學正宗各若干卷、

虞美人　病中有懷

東風小院春寒淺。慵把湘簾卷。閒思往事甚分明。半是鈿釵羅扇夢中情。　碧窗樹近聞鶯語。弄暝沈沈

雨。畫橋幾日不曾過。未識誰家門巷落花多。

長亭怨慢 落葉

漸銷去、秋聲一半。冷巷蕭條。濕烟堆滿。懶步斜橋。好山吹瘦有誰管。砌邊牆角。人不掃、西風卷。拾取待題詩。怕悞入、荒溝流遠。 腸斷。算青青昔日。悔把亂紅偷換。淒涼此際。定飛徧、故宮離苑。替孤客、畫出飄零。凝淚眼、霜痕千片。歎已剩空枝。幾個寒鴉猶戀。

長亭怨慢 斜陽

慣描寫、六朝金粉。檻外山眉。暗將愁引。燕子依然。舊時王謝有誰問。玉驄何處。無奈是、黃昏近。水榭已蕭條。況點點、歸鴉飛盡。 堪恨。恨繁華易換。難覓扇香衫影。斜門病掩。怎不管、蝶淒花暝。漸紅過、一半雕闌。怕寒到、玉人釵鬢。剩幾樹荒烟。湖上亭臺慵認。

## 江順詒

字秋珊、安徽旌德人。廪貢生、官浙江知縣、有願爲明鏡室詞九卷、詞學集成八卷、

浣溪紗

楊柳當門青倒垂。一雙蝴蝶向人飛。封侯夫壻幾時歸。 西子湖邊尋舊夢。東風陌上寄相思。一春心意沒人知。

蝶戀花 用湘眞詞韻

啼破鶯聲天欲曉。幾陣廉纖斷送春光了。鏡裏新愁人易老。無言空把殘紅埽。　好夢如煙煙更杳。翠影生生。長遍閒庭草。簾底惺忪春意惱。杏衫正薄紅樓小。

望湘人　用有正味齋韻

漸香泥碎雨。銀押驚秋。寄巢如許留戀。病久消肌。思深刻骨。寒煖心情百變。一鏡秋痕。一燈瘦影。但悲天遠。忽隔櫺吹透。酸風驚起。幾行征雁。　漾到浮雲數點。把如洗圓蟾。空濛翳遍。拚湘絃斷絕。一任芳塵滿薦。酒痕化淚。淚痕化血。賸了藕絲一線。問何日、借徑移山。笑向愛河填滿。

## 劉履芬　字彥清、號泖生、一號漚夢、浙江江山人、諸生、官江蘇嘉定縣知縣、有漚夢詞一卷、

長亭怨慢　秦淮枯柳、和月坡、

又風裏、楊花吹盡。歎息沈埋。六朝金粉。便做瀟瀟。畫船聽雨繫無分。暮笳聲慘。還偷伴、淒煙緊。不待訴飄零。早耐了、寒鴉成陣。　愁損。記清秋盪槳。慣惹翠消香褪。江關戍火。怎留得、少年青鬢。任想到、載酒評花。已孤負、天涯芳信。儘夜泊歌闌。常共雛鴻緘恨。

長亭怨慢

漫回首、漂萍零絮。如此江山。可憐鼙鼓。不分魂銷。夜燈酸對鎮無語。瑣窗人靜。曾記得、天涯雨。宿雁起沙灘。算一樣、銜蘆辛苦。　愁賦。問斜陽古巷。王謝幾時曾住。西風作冷。歎秋燕、尋巢都誤。畫一片、敗葉疏林。

悄傍得、誰家門戶。只天外姮娥。能共清輝千古。

## 蝶戀花

幾日游蜂飛絮趁。乍見生憐。憔悴春人鬢。過後韶華如玉殞。天涯何處尋芳信。　道是愁多蛾綠損。別夢依依。雙頰添朝暈。亂卷珠簾風有信。奈他燕子無憑準。

細草平沙三月暮。一夕花開。零落春無主。看作舞衣金縷縷。啼鴂何苦留人住。　斜掩翠翹迷處所。酒半相思。卻聽連宵雨。銀燭乍銷窗未曙。斷魂衹在閒庭戶。

# 李龍孫

字湘賓、廣東嘉應人、諸生、有綠雲山館詞鈔、

## 南鄉子　白門卽事

扶醉繫蘭橈。鏡影釵痕認六朝。花外東風成短夢。魂銷。粉本如烟沒處描。　桃葉已難招。踏徧江頭只絮飄。剩有撩人雙燕語。今宵。春在秦淮第幾橋。

# 温承皋

字惠言、號少霞、廣東順德人、官通政司經歷、有妙香簃詞鈔、

## 西江月　春暮

夾岸垂楊似線。繞隄芳草如茵。池塘新漲綠無痕。兩兩文鴛睡穩。　銀押湘簾半捲。金爐香炷初焚。畫梁

燕子語頻頻。似話天涯芳信。

## 俞敦培　字芝恬、江蘇金匱人、官同知、有藝雲詞四卷、

### 長亭怨慢　送孫月坡歸里

正商略、將春留住。不道詞仙。更隨春去。順水舟輕。載儂鄉夢定應許。已成歸計。誰信有、羇人妒。夕照亂鴉飛。問相趁、收帆何處。　溢浦。甚評花說劍。只共月圓三度。離懷似醉。便沈醉、怎忘淒楚。看兩岸、疊嶂雲遮。也都是、黯然情緒。待悄囑東風。重把閒鷗吹聚。

## 孔廣牧　字力堂、山東曲阜人、有飲冰子詞一卷、

### 玲瓏四犯　叢卉含秋、觸緒縈抱、仍用清眞韻寫之、

搖落牆陰。甚嫋嫋娟娟。還自嬌豔。瘦蝶闌珊。香罥數枝笑臉。門掩獨自聽秋。恁薜徑、夢雲零亂。趁夜涼、月遲星換。一夕百回相見。　茗甌聊抵芳椒薦。已無眠、綠蕉休蒨。東風誤我難重訴。怕展看花眼。誰引暗雨打窗。管不住、落紅千點。儘燕泥細認。春去也。琴絲散。

### 六醜　楊花、用清眞薔薇謝後作韻、

甚春心蕩漾。儘萬里、和煙輕擲。近村遠村。娟娟生怨翼。結翠無迹。爲慣隋隄老。暮雲朝雨。遲美人南國。冰

綃織就蘊芳澤。霎霎長亭。毿毿短陌。無言冷紅相惜。賸樓頭塞上。幽夢不作平隔。　斜陽人寂。恁晴波蘸碧。燕子東風晚。剛瞬息。飄零莫說如客。況天涯逆旅。此情何極。青絲裏。點霜侵幘。還又惱。幾許江淹別緒。小池傾側。萍生處、低訊潮汐。怕再來、綰住年年恨。誰能遣得。

## 陸文鍵

字蓉初、江蘇寶山人、有餘園詞稿四卷、

### 齊天樂　春陰

鶉鴣啼近清明後。輕陰釀來如許。醡雨難成。籠晴不放。漠漠一天飛絮。爐煙暗炷。待欲度重簾。溼痕低沍。未是黃昏。滿庭花影杳無主。　踏青曾記舊約。奈紅船白馬。閒歇簫鼓。輭水吹寒。孤花弄暝。愁掩綠窗朱戶。呢喃燕語。道銜遍芹泥。夕陽何處。絳蠟燒殘。海棠眠醒否。

## 黃錫禧

字子鴻、江蘇甘泉人、官同知、有棲雲山館詞存一卷、

### 埽花游　答楊慧生

滿庭寒碧。正客底相逢。翠篁深處。斜陽院宇。賸茶烟半榻。鬢絲千縷。屐齒蒼苔。一片綠陰冪樹。閒閉戶。看黃鶴素雲。幾度今古。　回首芳華誤。算同是飄零。十年詞賦。盟鷗締鷺。問載酒西園。故人在否。醉裏青衫。惆悵天涯倦旅。更休撫。畫闌前、亂紅無數。

### 陌上花　紅葉庚申十月作、

燕支一抹。疏林點綴。愁心濃淡。烏桕邨邊。霜意淺烘深染。韶華漫說蕭條盡。又做十分濃豔。倚新妝對鏡。夫容應妬。倦憑闌檻。　化殘霞萬縷。吳江波冷。未許吟懷消滅。認取荒溝。怕見故宮門掩。誰憐醉向尊前舞。還庇寒鴉千點。待東風信息吹來。依舊好春重占。

## 陳如升　原名升、字東寅、號同叔、江蘇寶山人、監生、有尺雲樓詞鈔一卷、一名搴紅詞、又有滄江樂府口卷、

### 憶蘿月　從榆仙女兄處分得秋海棠一叢、拈此寫之、

玫階雨過。寂寞蔫紅嚲。銀燭燒殘嬌半墮。只合小庭深鎖。　憐他命薄如人。斷腸空怨黃昏。欲乞重陰低護。可堪不似濃春。

### 高陽臺　七月初八夜、吳門寓樓聽雨、

別夢啼紅。孤懷滯碧。嫩涼半透輕羅。暮雨瀟瀟。看秋無奈秋何。吳娘水閣黃昏易。最難聽、一曲清歌。儘消磨。腸斷微雲。目斷迴波。　華年客裏怱怱換。記雙星密誓。昨夜銀河。靈鵲無情。怎知離恨誰多。畫簾暗聽西風起。悵流螢、一去如梭。引愁魔。今夕淒涼。總怨殘荷。

### 徵招

愔愔一片春聲起。催殘豔春多少。語燕本無情。奈看花人老。玉衫離恨早。勸休把、鏡鸞偷照。記憶年時。翠

尊低款。幾回歡笑。　人悄。掩重簾。黄昏近、冰蟾又成孤皎。歸雁暮天空。料銀箋不到。采香前夢杳。總羞見、舊時芳草。但遙夜。擁被閒眠。怨綺窗難曉。

## 朱 𤅷

字伯康、江蘇寶山人、有東溪漁唱一卷、一名籥材琴德廬詞稿、

### 淒涼犯

白石自度此腔、注云、使國工田正德以亞觱栗歌之、其韻極美、是此調爲老仙得意之筆、細按四聲、確有不可移易之理、末句連用去上、尤極謹嚴、近人泛塡平仄、殊失製譜之意、秋宵孤坐、棖觸余懷、偶倚此解、四聲一依原譜、未敢意爲更改、書質緗秋詞翁、並乞同度、是曲當更有印合也、

竹梢漏月。篩寒影、淒涼隔院吹笛。酒深夢淺。疏燈吐燄。瘦蛩吟壁。愁多漫織。共纔浣羅襟比色。怎從前、尋春杜牧。潦草付詞筆。　空記天涯恨。好景相逢。好花相識。少年過了。早西風、鬢絲添白。信美文章。祇題徧、悲秋字迹。賸青衫、十載賺我淚點濕。

## 韓聞南

字薰來、江蘇江浦人、官浙江遂安縣知縣、有雪鴻吟館詞一卷、

### 疏簾淡月　靡陰

沉沉脈脈。只一縷幽香。透從鉤隙。零落春人俱去。晝長時刻。花魂滿地涵秋影。驀撩人、亂愁如織。月明雲淡。閒庭似水。素懷誰識。　記何處、曾留鴻跡。悵銀蒜低垂。玉屏遙隔。燕引人行。銜破一堦寒碧。瀟湘一別

思無限。對臨波、空憶疇昔。眼前清況。予情如許。且憑長笛。

## 秦雲

字膚雨、別號西脊山人、又號胥母山人、江蘇長洲人、諸生、有錦鴛詞、瑤笙詞、紅蘅詞、湘瑟詞、井華詞、青衫詞各一卷、總名裁雲閣詞鈔、

### 憶秦娥　野望

西風急。水雲深處漁舟笛。漁舟笛。銜烟鷺起。一雙鷗白。　長空碧淨天如拭。遠波黃浸斜陽濕。斜陽濕。蓼花紅瘦。半湖秋色。

### 疏影　游虎丘作

山塘晝寂。有白堤舊柳。曾綰金勒。照罷歡娛。還照淒涼。斜陽紅冷如昔。青山不語終含恨。訝戰血、巖花春色。覓斷碑、短簿祠荒。草長上聲綠黏詩屐。　一曲吳娘暮雨。不堪把樂事今日追憶。莫問樓臺。莫問笙歌。莫問畫船游客。繁華掃地兵戈後。賸七里、荒波愁碧。更有情、海湧峯孤。與我似還相識。

### 九張機

一張機。綠紗窗外夜星稀。蟲聲四壁秋如水。停梭不語。玉人心事。惟有一燈知。

兩張機。織成素練已秋時。方花礁擣梧桐下。蕭郎天末。夜深刀尺。先與作寒衣。

三張機。巧翻花樣要新奇。銀河絡角蘭房夜。輸他織女。一年一度。相見及秋期。

四張機。鳳梭抛擲疾如飛。朝朝暮暮和愁織。寒絲凝雪。織來易盡。難盡是愁絲。

五張機。迴文織就錦中詩。蘇娘玉手封題好。殷勤寄遠。萬言千語。都是説相思。

六張機。金錢卜取盼郎歸。流黄欲織無心緒。慵投龍杼。淚揮中婦。明月照羅帷。

七張機。紅蕤枕冷夜眠遲。銀釭照影當窗織。鴛鴦錦就。展來細玩。愁見一雙飛。

八張機。妾身惟願作花枝。花枝織上吳綾豔。裁成衣服。被郎著取。朝夕不相離。

九張機。萬絲織罷更千絲。絲絲盡是纏緜恨。寒閨燈火。聲催札札。腸斷五更時。

## 陸志淵 字靜夫、別號瓠落散人、江蘇江陰人、有蘭紉詞、瓠落詞各一卷、

### 南歌子 次飛卿韻

善病慵梳鬢。工愁懶畫眉。終日只凝思。爲誰憔悴盡。暮春時。

### 鷓鴣天

解笑雙瞳解語眉。芳心爭忍更思維。嬌啼弱態花欹雨。惜別柔情絮著泥。 尋好夢。夢難期。春風回首恨依依。黄昏別是愁滋味。惻惻輕寒自掩扉。

## 潘敦儼 字清畏、江蘇江寧人、官至御史、

### 疏影 詠柳

千條細細。逗古今幾許。離別清淚。隄畔橋邊。殘月曉風。青青照眼垂地。樓頭盡日凝妝望。空思殺、水明天媚。莫誤猜、不解傷春。底事賺人憔悴。　曾記隋家舊樹。錦帆拂舞絮。十里煙翠。一霎嬉遊。但賸棲鴉畫舫。驕驄誰繫。絲絲蘸透湖光碧。卻不耐、晚蟬滋味。最堪憐、深處黃鸝。啼了數聲圓脆。

## 王慶昌 字雨湘、江蘇上海人、諸生、官分部郎中、有昔夢詞一卷、

### 風流子

倚樓空悵望。梅花裏、五月落江城。正淚漬酒痕。今宵何處。曲終人遠。短夢無憑。且莫說、文通縈別恨。騎省寄閒情。悶損光陰。斜風細雨。無憀庭院。嫩柳嬌鶯。　思量難禁處。新愁與舊恨。併上心旌。便算鬢絲禪榻。已悟前因。柰重門獨掩。形單影隻。寒帷苦憶。香冷燈昏。賸得一場衰歇。待與誰論。

### 醉花陰

黯黯蘼蕪風更雨。愁不和春去。庭院碧愔愔。怕立蒼苔。且爇沉檀炷。　濕雲枉護垂楊樹。陣陣狂飛絮。收拾太無端。蝶怨蜂忙。含意留他住。

## 陳宇 字叔安、江西鄱陽人、有蘜梅詞、

## 垂楊 游鄱陽湖浮舟寺感賦

鵝黃細縷。看繞堤已報。早春煙樹。醉上湖亭。廿年重到愁如許。依然飛燕尋門戶。杖藜有、過橋漁父。訴歸來、鄉語生疏。問舊巢何處。　閒對雲堂佛古。聽茶版清晨。飯鐘當午。故國詞仙。勝情偏愛吳興住。輕拋里巷經風雨。暗惆悵、遠遊意緒。甚明朝。又掛征帆隨雁去。

## 喝火令

魯酒休嫌薄。秦箏且爲歡。眼前不耐是春寒。待到鶯簧暖日。花信又將闌。　影事分明在。腰圍逐漸寬。別時容易會偏難。但問幾重流水幾重山。但問新來燕子。知否舊門欄。

# 劉瑞芬 字芝田、安徽貴池人、官至廣東巡撫、有養雲山莊詞、

## 虞美人 題鄭茗仙女史畫卷

生香活色渾無數。鬭豔開朝暮。啼鵑血染一枝枝。慘綠愁紅腸斷吮毫時。　竹西鼓吹揚州路。閬苑歸何處。未隨浩劫化塵沙。懺盡鉛華留得女貞花。

# 劉紹綱 字雲圖、一字健爲、福建侯官人、諸生、官廣東縣丞、有屏綠山房詞集、

## 驀山溪 秋草

蕪城何處。四望漫漫路。羸馬幾銷魂。悵滿池、斜陽無數。青袍已改。翠羽更難尋。烏桕外。白蘆邊。黯黯縈愁緒。　關山欲暮。斷送王孫去。回首李陵臺。空惆悵、離離誰主。寒蛩泣雨。白雁下仍遲。天如幕。地成氈。戍客歸來否。

## 真珠簾　蝶魂

春愁黯黯晴兼雨。忿句留、總在芳菲多處。深院悄無人。只一天飛絮。不信東風吹不嬾。尚兀自、游情栩栩。休去。問翦紙相招。誰家庭宇。　恰似倩女身輕。早朱闌繞遍。依依芳樹。曉夢醒羅浮。更翩然來暮。不怕鶯捎和燕逐。卻恐被、游絲纏住。最苦。是簾影沈沈。落花無主。

# 朱寶善　字櫻船、江蘇泰州人、官福建縣丞、有紅粟山莊詩餘一卷、

## 清平樂

閒愁依舊。帶綰腰圍瘦。目斷來鴻眉枉皺。又是夕陽時候。　賺人信是燈花。昨宵吐盡光華。多事高樓凝望。柳梢數徧棲鴉。

## 蝶戀花　楊花

織影迷離團復散。似夢如塵。暗把年光換。輸與好花雙髻綰。闌干醉倚東風軟。　便化浮萍誰結伴。南北東西。總是隨流慣。安得將身依繡幔。春痕不共游絲斷。

# 沈成章

字達卿、浙江秀水人、諸生、有陸湖老漁行吟草、附詩餘、

## 漁家傲 庚寅春日、題殷植庭平波垂釣圖、

一舸鴟夷湖是宅。老鶯䠶與玄眞得。棹破波光千載碧。留仙迹。斜風細雨今猶昔。 雲水閒情生小識。風標公子華年客。便欲抽身分隱席。塵海窄。把竿拂破扶桑赤。

# 全清詞鈔第二十七卷

## 吳大澂

字止敬、一字恆軒、號清卿、一號愙齋、江蘇吳縣人、同治七年進士、改庶吉士、授翰林院編修、官至湖南巡撫、有愙齋詩餘、

### 念奴嬌　題一蒲團外萬梅花圖、和翁叔平尚書韻、

廿年歸思。悵家山如夢、辜負吟侶。天末故人空有約。回首清遊可數。孤棹尋春。層巒入畫。來聽樓頭雨。滿身香雪。舊圖重補新句。　薄暮帶月描松。望雲寫柏。捲取名山去。十里湖光收尺幅。約略風帆江浦。鑴石題詩。攜鐙拓篆。韻事天留住。萬峰煙靄。欲歸又恐無路。

## 寶　廷

字竹坡、號偶齋、滿洲鑲藍旗人、宗室、同治七年進士、改庶吉士、授翰林院編修、官至禮部侍郎、有偶齋詞、

### 喝火令

衰草連荒壘。寒林繞故關。角聲嗚咽晚風酸。遙見征人無數。曝背古城邊。　朔氣侵金甲。嚴霜冷玉鞍。停鞭一望更淒然。幾點旌旗。幾點夕陽山。幾點頹垣斷壁。掩映暮雲間。

## 潘衍桐 原名汝桐、字孝則、號菶廷、又號嶧琴、廣東南海人、同治七年進士、改庶吉士、授翰林院編修、官至翰林院侍讀學士、有踽莽詞存、

### 賀新郎 許季仁以風雲會傳奇囑題、爲紅拂奔李衛公故事、因題此闋、

放眼乾坤裏。莽中原、黃塵擾擾。奇才有幾。不信手提三尺劍。偏讓裼裘公子。天種就、蟠根仙李。劫急蒼黃風信緊。猛推枰、一局全輸矣。從此逝。東流水。　人生難得惟知己。便千金、何妨持贈。玉成雙美。指顧風雲逢盛會。好佐眞人崛起。須記取、陰符宗旨。苦問他年龍起處。看海門、日照迴瀾紫。遙相賀。一杯醴。

## 陳啓泰 字寶孚、一字伯平、號癯庵、湖南長沙人、同治七年進士、改庶吉士、授翰林院編修、官至江蘇巡撫、有癯庵詞一卷、

### 高陽臺 蟬

倦柳扶涼。凋梧墮暝。飄來何處商音。病裏愁邊。翻成一調淒琴。鬟雲描就春人影。甚黃昏、冷抱秋陰。賸星星。意也闌珊。夢也銷沈。　齊宮莫問當年事。怕墜歡如葉。語到傷心。玉甃銀牀。暗蛩偏助哀吟。西風幾日長亭道。便荒烟、衰草寒林。訴聲聲。別未多時。瘦已難禁。

### 陳影

飛瓊舊事。並美人絕代。誰貯金屋。巧避時妝。嬾御鉛華。朝朝淡掃蛾綠。桑田滄海渾閒事。但託意、鼓宮彈角。早禁中、樂府流傳。聽有內家敎讀。　已覺陽春和寡。又還到帝所。歌唱黃竹。惹恨湘靈。五十朱絃。寄與纏綿心曲。翻招擁鼻吳兒笑。道洛下、書生音濁。忍絳河、札斷星橋。未許燕梁雙宿。

## 王增年　字逸蘭、直隸天津人、有妙蓮花室詩餘一卷、

### 鳳凰臺上憶吹簫　二月晦日、滄浪亭探梅、

水醫瓊酥。山眉翠活。東風纔上南枝。甚春寒不退。誤了花期。生怕玉龍吹散。做弄到、月冷烟迷。商量且。巡檐一笑。慰我相思。　淸奇。湖山佳處。正水竹蕭疏。亭榭參差。有新香古豔。點綴偏宜。欲折一枝寄遠。悵隴上、驛使歸遲。空延佇。愁懷何限。翠羽應知。

### 玲瓏四犯　隔水小桃花

昨夜東風。正碧月窺簾。露井寒淺。脈脈含情。竹外數枝紅短。猶記春水生時。曾幾度、前溪相見。向門外。帶雨無言。低映隔花人面。　自從桃葉淩波去。隔春江、相思天遠。染成鳳紙愁難寄。色比淚痕深淺。也似息國人歸。倚斜陽、傷心無限。都不見、舊日劉郎。空把畫闌偎煖。

### 埽花游　由保陽赴津門、夜泊淀中。清風吹空、碧月在水、荷香蘆影、靜絕無塵、倚棹延望、黯然有懷、乃賦此解

涼波不動。正秋入平湖。水雲無際。浣紅濯翠。愛扁舟小艤。藕花香裏。瘦月依人。滿袖淸光似洗。短篷底。寫烟影露痕多少幽意。　參差漁笛脆。向鷗夢圓時。曼聲吹起。蘆汀蓼沚。映蕭蕭水葉。一燈紅醉。別思蒼茫。更被鳴蛙惱睡。這滋味。問今宵、那人知未。

月華淸　九日登歷山

亂葉翻紅。疏萸綴紫。西風來約雙屐。攜酒峰頭。踏破一山寒碧。看湖上、十里波光。蕩歷下、滿城秋色。蕭瑟。正斜陽衰柳。鵲華烟白。　東望靑徐何極。但海岱連雲。亂峰愁積。寥廓霜空。風緊雁程無力。欹破帽、短髮蕭騷。早孤負、樽前吟筆。今夕。且黃花醉插。蟹螯親擘。

## 顧復初

字子遠、號幼耕、一號聽雷、江蘇元和人、拔貢生、官光祿寺署正、有海風嘯詞、蜀桐絃詞、絳河笙詞各一卷、

永遇樂　中元月色如晝、未至二更、露下如雨、萬瓦皆白、就枕後、夢與人泛舟江上、吟嘯甚樂、客屬予作詞、醒惟記錦水澄瀾以下至仙翁歎息止、因更足成之、

秋色西來。當空飛到。峨眉霜月。十萬人家。露珠影裏。綠樹叢叢密。錦水澄瀾。玻瓈凍影。小艇淩風吹笛。記銀河、夜闌尋渡。畫橈盪破煙白。　紅塵幾度。龍顛虎蹶。留與仙翁歎息。爲問瓊樓。故人安否。今夕知何夕。把酒高歌。不思歸去。一笑海山橫碧。顧桂華、年年生長。靑天無缺。

百字令　咸豐丙辰清明日、謁惠陵、

漢家故事起巴西。慢道偏安基業。天遣孫曹爲敵手。不是尋常莽籍。羇旅君臣。零星世宙。一樣高光烈。攢宮依舊。漳河疑冢非昔。　卻想玉殿雲低。翠華月冷。應有歸來魄。赤帝乾坤終白帝。風埽興亡陳跡。暮氣河山。春游士女。異地逢寒食。通天臺畔。初明清淚如織。

## 吳豐本　字芑湄、江蘇儀徵人、有海漚漁唱一卷、

踏莎行　秋蟬

驛柳眠闌。宮槐墮井。玉樓殘夢風吹醒。箇時謄得兩三聲。日光卓午林棲影。　倦息烟寒。妨飛露緊。羽衣輕褪原非病。螳螂連日少機心。沙平雁落琴絃靜。

前調　秋鶯

春去多時。相逢那處。柳枝橫斷遼陽戍。珠喉拋露不成圓。眼前消瘦黃金縷。　公子當初。王孫末路。聲聲撩入愁腸訴。洞庭新結有雙柑。來年留伴東皇住。

## 曹毓秀　字實甫、江蘇吳縣人、貢生、有桐華館詞一卷、

南浦　蘆花

一片認蒼茫。悄西風、點上離人頭白。蕭瑟滿汀洲。丹楓冷、補綴江天秋色。半篙淺水。閒眠鷗鷺斜陽隔。不雨溟濛聲似雨。藏箇漁舟吹笛。　無邊弄影搖空。卻疑他飄泊。楊花無力。只恨軟於綿。征衣薄、誤了寒閨刀尺。眷情南雁。年年棲託烟波碧。聽到夜潮來去也。愁煞孤篷羈客。

## 張　琮 字石鄰、廣西臨桂人、同治九年舉人、官廣東候補知府、

### 水龍吟 中秋夜同人小集、醉後登粤秀山作、

舉頭百尺層樓。偏城燈影繁星碎。溶溶夜色。十分蟾魄。二分秋意。酒泛紅螯。煙浮翠鴨。誰家環佩。有林塘小築。光寒籟寂。羣仙伴、姮娥醉。　消得湖山信美。澹塵襟、琴懷無際。孤笻導客。上方鐘定。更闌僧睡。荇藻縱橫。花陰滿徑。月華如水。看波澄鏡澈。海天清晏。是還珠瑞。

## 錢士杓 字奎卿、別號淸遠山人、江蘇如皋人、同治九年舉人、有奎卿詞選一卷、一名蓮因詞鈔、

### 浣溪紗

不脫羅衫酒力微。涼天如水月痕低。書燈紅出小窗西。　往迹飄零萍幾點。新愁撩亂柳千絲。碧桃花下立多時。

### 摸魚兒 蘆花

甚前灘、鏡波搖曳空明描出烟渚。灣邊吹火孤篷繫。藏著白頭漁父。懷舊侶。黏一片寒雲、誤了歸帆路。雲陰釀雨。看葉葉催涼花花織暝情盡渺何許。　西風緊暗送潮痕來去。千枝晴絮飛舞。溶溶遠水天低岸。淡了夕陽無數。沽酒處。露半角青帘隱約前溪樹呼誰共語。驀宿雁驚人輕身撲雪帶月入南浦。

## 張兆蘭

字晼九、江蘇儀徵人、同治九年舉人、官至監察御史、有醉經齋詞鈔一卷、

### 瑣窗寒　寒鴉

叫月聲酸。棲烟夢冷。一天風雨。寒生古木。碎墨點來無數。向平林、爭歸舊巢。陣雲飛黑叢祠樹。看短堤秋老。前朝休問垂楊終古。　天暮。銷魂處。正酒醒天涯。剪燈細語。江南黃葉。我是倦飛歸羽。向關山、同訴離懷。白頭今日還羈旅。指遙天、小雪初飛。幾陣呼羣舞。

## 潘鴻

字儀父、號鳳洲、浙江仁和人、同治九年舉人、官內閣中書、有萃堂詞一卷、

### 菩薩蠻

沈沈小院飛香雪。屏山靜掩梨花月。春事忒模糊。鸚哥檐下呼。　雙鈎輕戛玉。夢冷夫容褥。半面隔蟬紗。情知作計差。

### 解連環　聞雁、用玉田韻、

野空煙晚。聽西風乍緊。幾聲吹散。望四圍、重疊關山。把多少秋心。共君飛遠。不寄相思。又偏有、愁痕千點。想燕雲夢冷。避繳渡頭。倦洗雙眼。　應憐歲華荏苒。況飄零似我。誰語哀怨。便夜來、得到江南。已霜滿蘆汀。月沉星轉。莫過高樓。恐憔悴、有人窺見。念天涯、更無伴侶。薄去帷怕卷。

## 金縷曲　將有天津之行、用譚復堂甲戌都門春感韻、錄別四首、

折折闌干影。倚斜陽、風枝歷亂。斷魂無準。坐怯宵來羅衣薄。泥枕雲鬟不整。已漏水、天街將盡。强弄鵾絃難成曲。者心頭、滋味誰同領。還細認。照花鏡。　今生錯說三生定。最難忘、羅襟檢點。酒痕猶凝。歷徧神山罡風劫。依舊紅銷翠冷。便決絕、從今應肯。臨曉青驄嘶花去。恐游絲、無力鞭絲緊。春夢短。幾曾醒。

# 尹恭保

字仰衡、江蘇丹徒人同治九年舉人、官廣東雷州府知府、有江東詞稿一卷、

## 六州歌頭　讀徙戎論有感

神州登眺。部落滿幽幷。晉陽虜。上黨羯。鮮卑營。單于庭。想平吳而後。州郡弱。親藩鬩。燕趙外。河朔內。亦羶腥。關隴西來。倚嘯東門上。意氣縱橫。有名王大獵。北部角弓鳴。戎馬郊生。典午傾。　念華裔隔。關塞限。守邊徼。界長城。侈王會。奉冠帶。致神京。慨陸沈。豈覓清談悞。恨晉武。不知兵。縱劉石。安種類。釁先成。一自永嘉南渡。齊梁後。陝洛難平。願防嚴夷夏。職貢謝虛名。西北塵清。

## 周郇雨　字叔篔、浙江臨海人、同治九年舉人、有黍薌詞□卷、

### 明月生南浦　通州夜泊

酒醒烏篷空徙倚。日落葭蒼。雁叫蒼葭裏。流盡桑乾千尺水。秋人持比悲秋意。　眠不成眠翻坐起。旅思如潮。遠去何迢遞。易水秋風家萬里。阿誰不道歸來是。

### 憶王孫　同子常

才聽別調十三弦。又上催歸萬里船。何處聞歌不惘然。夜如年。月冷江邨人未眠。

## 邊葆樞　字竺潭、直隸任丘人、同治九年舉人、官浙江仁和場鹽大使、有劍虹盦詞一卷、

### 解連環　偶憩摩訶庵西山朝爽蒼翠撲人、灑然有出塵之想、歸拈此解、用周稚圭登香山北麓塔院韻、

早霞城郭。見西山一抹。翠鬟如約。趁曉色、茸帽絲鞭。指塔影石壇。梵鈴高閣。漸遠緇塵。有初地、清涼堪託。歎官閒似隱。便擬此間。招我猿鶴。　黃粱霎時夢覺。對晶熒佛火。花雨爭落。轉傲他、煨芋年光。領青瑣朝班。夜聽金鑰。欲證枯禪。試叩取、天親無著。謾消凝、促人歸騎。麗譙畫角。

## 楊長年　字樸庵、江蘇江寧人、同治九年舉人、官武進縣教諭、有妙香齋詞、

## 齊天樂 題宗湘文江天曉角圖

朔風吹墮金焦月。城頭冷雲深護。凍雀無聲。游魚不上。清角嗚嗚催曙。悲鳴似訴。又敲枕寒潮。互相吞吐。望斷江南。問君一棹向何處。 扁舟曾過北固。別來纔幾日。容瘦如許。霜月哀笳。關山怨笛。不是前番簫鼓。情懷正苦。怕聽到黃昏。更添淒楚。且趁天晴。掛帆從此去。

## 祝英臺近 展重陽會於盧龍山館、並送張子和熙之吳門、

懶題糕。愁對酒。佳節已孤負。寂寞江邨。忽忽歲將暮。問秋歸在人先。人歸秋後。底還念、滿城風雨。 料應訴幾回悵望鄉關。離情繫雲樹。待賦茱萸。梅香上詩句。那時孤館淒涼。燈昏月冷。定夢繞舊登高處。

# 楊恩壽

字鶴儔、號蓬海、湖南長沙人、同治九年舉人、官湖北候補知府、有欸乃餘音、擷春紅譜、繪影庵影語、玉笛梅花弄、桐軫雙聲、滇池漁唱各一卷、總名坦園詞錄、

## 蘭陵王 詠柳贈別、用美成韻、原作誰識京華倦客、本上二下四、兩句兩韻也、後人誤作一句、致嫌脫韻、全守萬氏之說、特爲標出、得無詆其膠柱乎、

淡烟直。鎮日長隄弄碧。紅橋畔、波漲鴨頭。照出天涯別離色。春光徧水國。省識。扁舟獨客。依依處、殘月曉風。付與柔條綰千尺。 回思舊游跡。正酒泛旗亭。花撲瑤席。鳳城綺序逢寒食。偏萬縷縈恨。半彎新怨。分飛絮影各堠驛。故人又天北。 悲惻。淚痕積。柰燕外鶯邊。如許寥寂。關河短夢情何極。更斷斷續續。遠飄

羌笛。蜻蜓篷底。一點點。夜雨滴。

### 浪淘沙慢

將出都門、長安舊好、排日飲餞、酒邊絮語、相對黯然、昔周美成京師留別詞云、南陌脂車待發東門帳飲乍闋、其景光約略相似、爰次其韻倩旗亭風笛譜之、

鳳城晚、鈴淋雨轂。角隱烟堞。惻惻離聲忽發。絃絃碎語乍闋。看楊柳、纏綿絲正結。謝吟侶、笛裏親折。不待到、他年更相憶。尊前頓悽絕。　切切。望中碧海遼闊。聽入夜風濤移船處。淚並琴韻咽。仍擬航海南旋　把九陌春燈。添照離別。漏聲未竭。憑曉鶯、啼出觚稜斜月。　雲影參差魚鱗疊。盤歧路、馬蹄欲歇。看燕樹、斜陽蒼巘缺。但寫將、兩字相思。倩驛使、江南寄與梅花雪。

## 周家祿

字彥昇、一字蕙修、晚號奧簃老人、江蘇海門人、同治九年優貢、官江浦縣訓導、有蕙脩盦詞一卷、

### 探春　病起

冰簟難溫。蘭釭易盡。無人庭院秋早。山寺疏鐘。江城斷角。帶夢和愁驚覺。搖動閒階露。早一片、蕉帆欹倒。迎風儘有殘荷。亭亭擎雨猶好。　第一莫栽葒蓼。縱開向斜陽。瘦紅垂沼。蝶粉偷黏。蟲絲自罥。作盡淒清懷抱。波影窺人靜。誰見我、離情縹渺。獨自開尊。闌山吹與青篠。

### 湘春夜月

掃閒階。荷風吹了潮痕。借得一片蒼苔。湘簟展黃昏。不見沈煙細火。但縈帷度幌。自裊詩魂。待銀屏露溼。

誰同淸絕。悵望伊人。　經春任是。啼紅怨綠。都付閑雲。如此良宵。教判與、一庭藻荇。搖漾簾根。丹脣翠篠。問幾家、吹斷粱塵。甚意緒、又芸籤展盡。愁聽疏竹。自捹重門。

## 宗　山

字小梧、一字嘯吾、亦作獻梧、魯氏、漢軍鑲黃旗人、官浙江乍浦同知、有窺生鐵齋詞一卷、

### 一萼紅

映斜陽。認疏林幾簇。一色好秋光。轉綠回黃。微酣薄醉。臨風頓換新妝。尙約略、重來門巷。似桃花、前度引劉郎。不是春深。是秋漸老。莫漫尋芳。　此際停車卻好。正鐘聲催晚。漁火微茫。輕拂生綃。濃皴畫稿。燕支多買何妨。卻笑我、靑衫依舊。聽琵琶、淪落感秋娘。不信良媒難託。猶傍宮牆。

### 齊天樂　山行阻雨

牆陰不斷蝸涎篆。濃雲四圍如冪。瀑瀉珠簾。苔斑石井。陡覺單衣寒惻。淹留楚客。問千里離魂。甚時歸得。更有秋蟲。籬根獨自怨幽寂。　惱煞黃昏容易。想燈前兒女。空卜消息。孤枕啼痕。空階急點。隔著幽窗同滴。四絃漫拍。聽黃葉聲多。酒腸偏窄。篷底瀟瀟。曲終衫更濕。

## 俞廷瑛

字小圃、一字小甫、號紫卿、江蘇吳縣人、官浙江通判、有瑤華室詞二卷、

### 買陂塘

算年光、春分過了。忽忽又是寒食。羅衣生恐吳緜薄。天氣陰晴難測。春信息。只廿四番風、已賸三分一。餳簫巷陌。看冷葉淘槐。柔條插柳。好景畫難得。　尋芳去。細認裙腰草色。可憐天水同碧。桃花零落梨花瘦。飛到楊花無力。情脈脈。悵亭榭依然、楚潤都非昔。似曾相識。問檐下鸚哥。梁間燕子。可記舊踪跡。

## 張佩綸

字繩叔、一字幼樵、號言如、一號蕢思、直隸豐潤人、同治十年進士、改庶吉士、授翰林院編修、官至左副都御史、

### 念奴嬌　和節庵雨中同游後湖

溟濛烟雨看練湖一片。蒲桃新釀。競說江南佳麗地。難洗余懷悵惘。幕府山孤。昆明池淺。誰戢滄溟浪。憑闌長嘯。吾曹能不頹放。　偶爾李郭同舟。角巾微墊。俗士應猜謗。迴首觚稜同一夢。小海吳兒休唱。皮骨空存。姓名難變。萍絮從飄蕩。蔣陵青盡。英魂招取同葬。

## 陳康祺

字鈞堂、浙江鄞縣人、同治十年進士、官江蘇昭文縣知縣、有篷霜輪雪詞一卷、

### 蝶戀花　吳趨客感

鉛粉香娃空滿眼。酒溜纔乾。簫鼓游人散。斗帳昏燈孤不慣。客中偏易斜陽晚。　一上青驄天樣遠。簡點征衫。還賸珍珠串。煙水耶溪消息斷。雙飛妬煞南來雁。

南歌子 別意

九轉腸隨轂。千行淚載舟。相思那有片時休。豈獨陌頭楊柳、怕登樓。　信口呼如願。癡情祝石尤。江南兒女慣離愁。只爲女牛分野、屬揚州。

## 曾淞

字幼荃、福建閩縣人、同治十二年舉人、官廣東南雄州知州、有紉茶詞一卷、

滿江紅 春草

怎不魂銷。又綠遍、芳郊遊跡。東風軟、吹烟不起。弄晴無力。蝴蝶天涯飛夢晚。鷓鴣遠道啼聲急。問王孫、何日卻歸來。遲消息。　斜陽外。閒愁織。微雨裏。新寒積。更一江春水。落花千尺。做出離人多種思。堆來恨眼無情碧。共長堤、疏柳一行行。傷心色。

雪獅兒 柳絮

曉風吹水。斜陽弄暝。紛飄池閣。盡日濛濛。愁重欲飛還着。顰輕態弱。正拂面、春寒猶削。畫欄外。忒無情思。酒懷尤惡。　夢裏相思暗捉。悵蓬根身世。粉香難託。別後垂楊。應悔風流輕錯。韶華誤卻。似也解、憐人情薄。驚舊約。苦被燕捎鶯掠。

## 劉大受

字紹庭、福建侯官人、同治十二年舉人、官江西候補知縣、有樊香詞一卷、

### 金菊對芙蓉　柳絮

鵝氄輕吹。雲錦細擘。好風搓處成團。正困人天氣。日漾欄杆。過牆浪逐桃花片。被高樓、燕子銜還。多情誰見。乍飛頻殢。欲住偏難。　游絲綰繫渾閒。任亂拋馬足。碎點征衫。怪東君做雪。飛遍江南。蘇臺行盡人何處。只當年、宮粉叢殘。傷心最苦。凝妝思婦。比淚同看。

### 六州歌頭　角

譙樓秋動。猛可聽來驚。衝沙轉。枯蓬亂。莽商聲。助悲吟。萬里霜風勁。蕭蕭起。嗚嗚響。淒淒咽。沈沈斷。黯無情。地角黃雲壞堞。棲烏叫。亂葉爭鳴。甚寒宵催盡。吹落曙天星。涷鼓淒清。小窗明。　把恩讐事。悲歌氣。都提上。睡無成。傷明鏡。愁金印。感飄零。激雄心。幾度聞雞舞。還爲汝。起披襟。哀蛩急。玉龍嘯。恨難平。此是隴頭流水。只教我、淚下如傾。儘肝腸輪轉。捱過短長更。萬感塡膺。

## 成肇麐

字漱泉、江蘇寶應人、同治十二年舉人、官直隸靈壽縣知縣、贈太僕寺卿銜、謚恭恪、有漱泉詞一卷、唐五代詞選三卷、

### 夜飛鵲　寒鴉

颺塵蕩無際。寒訊催歸。天末幾度徘徊。黃昏漸近向何處。餘溫還戀沈暉。江湖漫尋倦侶。但沙塡殘戍。雪壓平陂。飄零數點。背遙磧、欲逝仍迴。　爲問舊巢安在。終古此衰楊。凴盡千絲。不信人間曾有。芳蘂暖絮。

相伴棲遲。玉關心事。縱荒涼、忍便成灰。且空山韜影。微霜斂羽。留待春來。

## 瑞鶴仙 十月之杪、東裝北度、泊舟燕子磯、阻風雨不得下、

溼雲低遠港。傍葦花繫纜。隔江潮長。纖纖弄餘響。漸寒生篷背。客心淒惘。危亭欲上。柰遮斷、煙絲十丈。向晚來、短蠟熒熒。不是少年羅帳。　凝望。巖山山色。歲歲經過。亂青無恙。多情畫槳。偏幾度。戀疏嶂。願東風留與。小鶯雛燕。釀就陽春澹蕩。漫連朝、愁裏禁持。打頭急浪。

## 阮郎歸

傷禽倦客共踟蹰。迴飈吹過湖。湖心蓮葉有生枯。征人無日無。　蘭枻轉。荔裳紆。微芳聊自娛。低昂北斗漾天衢。迢迢秋水徂。

## 河瀆神 露筋祠晚泊

叢樹掩窗扉。夜涼低卷靈旂。銀河初下篆香微。時有神鴉自飛。　湖水拍隄霜滿地。月明今又千里。還是短篷孤倚。溼煙何處空翠。

## 清波引

夢迴沙渚。正催徧、戍樓斷鼓。故園何許。野蛩怨遲暮。碎浪觸孤艇。約略潮生人語。自憐羅被禁寒。又楓葉、下如雨。　華年慣負。但贏得經歲倦旅。悄移燈炷。攬絲鬢非故。驚烏展風翅。引起遥天砧杵。卻向窗隙低窺。曉星無數。

渡江雲　夢華入蜀送之江干、他鄉遠別、益難爲懷、歸途馬上賦此、

清笳凝遠戍。漸催暝色江上去潮寒。大隄攜手處。蔌蔌驚風倦柳莫重攀。天涯此別。念鄉園、更阻層巒。遥望極、斜陽帆影低轉古城灣。　歸鞍。驚沙慘淡。槁葉飄搖隔相思不平斷。嗟我亦、頻年寄旅。帶減圍寬。人生聚散秋鴻跡。問甚時、飛倦知還。書縱寄林花卻與誰看。

王鵬運　字幼霞、一字佑遐、又字鶩翁、晚號半塘僧鶩、廣西臨桂人、同治十二年舉人、官禮科給事中、有褏墨集、蟲秋集、味梨集、蜩知集、鶩翁集、校夢龕集、庚子秋詞、春蟄吟、南潛集、晚年刪定爲半塘定稾二卷、賸稿一卷、又校刻吳夢窗詞及四印齋叢刻宋元人詞二十種、四十四卷、

念奴嬌　登暘臺山絕頂望明陵

登臨縱目。對川原繡錯、如接襟袖。指點十三陵樹影。天壽低迷如阜。一霎滄桑。四山風雨。王氣銷沈久。濤生金粟。老松疑作龍吼。　惟有沙草微茫。白狼終古。滾滾邊牆走。野老也知人世換。尚說山靈呵守。平楚蒼涼。亂雲合沓。欲酹無多酒。出山回望。夕陽猶戀高岫。

滿江紅　送安曉峯侍御謫戍軍臺

荷到長戈、已禦盡、九關魑魅。尚記得、悲歌請劍。更闌相視。慘淡烽煙邊塞月。蹉跎冰雪孤臣淚。算名成、終竟負初心。如何是。　天難問。憂無已。眞御史。奇男子。只我懷抑塞。媿君欲死。寵辱自關天下計。榮枯休論

人間世。願無忘、珍惜百年身。君行矣。

八聲甘州 送伯愚都護之任烏里雅蘇臺

是男兒萬里慣長征。臨歧漫淒然。只榆關東去。沙蟲猿鶴。莽莽烽煙。試問今誰健者。慷慨著先鞭。且袖平戎策。乘傳行邊。　老去驚心鼙鼓。歎無多憂樂。換了華顛。儘雄虺瑣瑣。呵壁問蒼天。認參差、神京喬木。願鋒車歸及中興年。休回首。算中宵月。猶照居延。

南鄉子

斜月半朧明。凍雨晴時淚未晴。倦倚香篝溫別語。愁聽。鸚鵡催人說四更。　此恨拚今生。紅豆無根種不成。數徧屏山多少路。青青。一片煙蕪是去程。

鵲踏枝 和馮正中

幾見花飛能上樹。難繫流光。枉費垂楊縷。箏雁斜飛排錦柱。只伊不解將春去。　漫許心情黏地絮。容易飄颺。那不驚風雨。倚徧闌干誰與語。思量有恨無人處。

沁園春 島佛祭詩豔傳千古八百年來未有爲詞修祀事者、今年辛峯來京度歲、倡酬之樂、雅擅一時、因於除夕陳詞以祭、譜此迎神、而以送神之曲屬吾弟焉、

詞汝來前。酹汝一杯。汝敬聽之。念百年歌哭。誰知我者。千秋沆瀣。若有人兮。芒角撐腸。清寒入骨。底事窮人、獨坐詩。空中語。問綺情懺否。幾度然疑。　玉梅冷綴苔枝。似笑我、吟魂盪不支。歎春江花月。競傳宮體。

楚山雲雨。枉託微詞。畫虎文章。屠龍事業。淒絕商歌入破時。長安陌。聽喧闐簫鼓。良夜何其。

沁園春　代詞答

詞告主人。酬君一觴。吾言滑稽。歎壯夫有志。雕蟲豈屑。小言無用。芻狗同嗤。擣麝塵香。贈蘭服媚。煙月文章格本低。平生意。便俳優帝畜。臣職奚辭。　無端驚聽還疑。道詞亦、窮人大類詩。笑聲偷花外。何關著作。情移笛裏。聊寄相思。誰遣芳心。自成沓舌。翻訝金荃不入時。今而後。倘相從未已。論少卑之。

摸魚子　以彙刻宋元人詞贈次珊、承賦詞報謝、即用原調酬之、

莽風塵、雅音寥落。孤懷鬱鬱誰語。十年鉛槧殷勤抱。絃外獨尋琴趣。堪歎處。恁拍到紅牙、心事紛如許。低徊弔古。試一酹前修。有靈詞客。知我斷腸否。　文章事。覆瓿代薪朝暮。新聲那辨鐘缶。憐渠抵死耽佳句。語便驚人何補。君念取。底斷譜零縑。留得精神住。停辛佇苦。且醉上金臺。酣歌擊筑。雜遝任風雨。

齊天樂　讀金陵詩文徵所錄疇丈遺箸感賦、

一從玉局飛仙去。清琴久塵淒調。落月牽愁。驚濤撼夢。誰訪茂陵遺稾。虛堂夜悄。倘彷彿平生。奮髯悲嘯。莫賦招魂。惹他幽恨到華表。　堂堂忠孝大節。叢殘文字裏。誰證孤抱。郭泰人師。灌夫弟畜。慙負鍼砭多少。元亭夢杳。歎我亦無端。鬢絲衰早。彈淚西風。霜空孤鶴渺。

水龍吟　戊戌小除立已亥春、夢湘同作、

歲寒禁慣冰霜。隔年翻訝春何早。錦旛颭處。玉梅香裏。酹春一笑。春遣儂愁。儂將春負。悶懷丁倒。算重城

煙景。花明柳媚。原未覺。繁華少。　大塊文章誰假。占春先、翠蛾兒鬧。番風無賴。催完芳信。便催人老。金埒游情。玉壺吟思。莫教閒了。看忘情彩勝。盈盈弄影。向釵梁裊。

## 齊天樂

馬神廟海棠、百年故物也、春事方酣、意古微日吟賞其下、不能無詞、擬此待和、

豔陽初破瓊姬睡。依稀沁園軼事。纈幄圍鴛。簫臺駐鳳。隔斷香紅塵世。繁華夢裏。記別殿承恩。綠章催霽。幾番花風。舊時香色底憔悴。　承平歌舞漫憶。儘燒殘絳燭。密意誰會。海燕移家。仙雲換影。贏得孀娥清淚。殷勤步綺。莫付與鶯鄰。妒春桃李。黃月簾低。倩魂縈倦蕊。

## 玉樓春

好山不入時人眼。每向人家稀處見。濃青一桁撥雲來。沈恨萬端如霧散。　山靈休笑緣終淺。作計避人今未晚。十年緇盡素衣塵。雪鬢霜髯塵不染。

## 金明池

扇子湖荷花

環佩臨風。樓臺寫影。咫尺璇源路近。秋色共、湖光無際。疏香背、冷雨暗引。記年年、翠陌籠鞭。是幾度、神往菰蘆深隱。算冷眼雲山。忘機鷗鷺。省識吟邊幽恨。　忽漫飛塵驚掠鬢。怕水佩風襟。舊情難問。芳時換、哀蟬曲破。花夢短、野鴛睡穩。裊空烟、複道垂楊。望太乙仙舟。歸期難準。賸泣露欹檠。飄零鉛淚。悄共銅仙偷搵。

## 滿江紅

敬書岳忠武王贈吳將軍寶刀行墨蹟後

雷雨空堂。驚展卷、龍蛇起陸。瞻拜處、凜然如見。劍光盈軸。浩氣縱橫山欲撼。交情鄭重杯相屬。想夜闌、盾墨灑淋漓。歌還哭。　嗜嗚氣悲涼曲千萬偏。循環讀。歎王刀可假。何堪重辱。悵望千秋人不見。相尋一轍車還覆。問誰歟、雪涕和哀歌。燕臺筑。

## 黃　膺　原名訓仁、字鹿泉、湖南善化人、同治十二年舉人、官雲南直隸州知州、

### 玉樓深　次澂園尚書韻

撩人愁緒劇。亂飛桃李。妬春長住。青鳥路遙。綠章夜奏。昚蒼冥何許。幾費殷勤護惜。算花事、平量清楚。奈海棠、沈醉東風。夢中憨舞。　蜜房曲蜂先據。香界引。蝶常駐。瓊樓高儘鸚鵡喚。驚寒處。江南燕語。湘西鶴語。似招人、舊夢雲千縷。檢點玉杯珠柱。良時不再。趁者番、花好月圓。乘風容與。

## 唐贊袞　字韡之、湖南善化人、同治十二年舉人、官福建臺南道、有鄂不齋詩詞、

### 臺城路　臺陽晚渡

狂濤搖冷斜陽色。片帆下如飛鳥。畫角吹寒。孤城帶暝。一線黃沙蟠繞。低檐樹杪。說月底相逢。影形都好。故燕重來。嬌啼似惜春歸早。　長宵海外回首。黔闈將萬里。鴻訊緜杳。芝館雲眠。蘭檠煙語。莫怨天涯芳草。荒雞唱曉。把一載離悰。翦綃傳稿。伴我吟魂。海鷗清未老。

## 錢錫寀 字亮臣、浙江仁和人、同治十二年舉人、官順天北路同知、有聞妙香室詞鈔四卷、

### 壺中天 秋夜策騎郊巡張家口

羣山蒼莽看長空似洗、明星疏落。門巷愔愔凡籟寂。鈴語悠然高閣。關塞人稀。河梁濤怒。此際誰橫矟。一聲長嘯。樹間驚散烏鵲。　凝望曠野蕭條。月明地迥。萬里連沙漠。信馬郊巡忘遠近。漸聽邨雞咿喔。露溼鞭梢。風吹衣袂。靜夜秋先覺。塵勞身世。算來眞負邱壑。

### 翠樓吟 憩亭觀鷹

健翮摩空。雄姿照水。長天素秋初霽。羽毛豐滿後。任高下、擕雛游戲。昂頭雲際。愛顧視清高。翶翔多致。青雲志。偶然兜起。一空塵世。　猛鷙。誰與爲儔。有皁鵰黃鵠。逸情同寄。攫身思狡兎。向林表、翩翩輕舉。將軍知未。正有客憑闌。爲君凝睇。西風細。卷簾迎爽。涼飄衣袂。

## 馮　鋒 字梓臣、浙江桐鄉人、同治十二年舉人、

### 浪淘沙

眉語不成聲。素手停箏。銀河笑指兩星明。貪看梧桐新月上。不覺寒生。　天外正風清。麝散煙橫。想伊消瘦此時情。有甚腰肢禁得起。者様三更。

## 許祐身　字子原、浙江錢塘人、同治十二年舉人、官江西贛州府知府、

### 臺城路　春雪

冷雲揉碎花千片。無聲暗欺芳樹。乍整還斜。將疏忽密。疑是隔簾飛絮。檐聲易誤。記前度挑燈。小樓聽雨。換卻繁華。一窗寒色頓如許。　天公巧施玉戲。把瓊樓頃刻。移置庭宇。柳眼慵舒。梨魂未醒。誰趁青旗芳醑。天涯儔侶。怕舊夢鴻泥。欲尋無據。屈指花朝。問春歸恁處。

## 葉大莊　字臨恭、號損軒、福建閩縣人、同治十二年舉人、官江蘇松江海防同知、有玲瓏閣詞一卷、一名曼殊盦詞、

### 八聲甘州

又西風吹雨送秋歸。最是可憐宵。正金樽酒冷。銀燈影黯。玉珮聲遙。料理藥鐺茶臼。心字篆香燒。留得殘蕉在。添做蕭騷。　猶記藕花香裏。倚一雙紅玉。閒品瓊簫。信愁能瘦骨。瘦損沈郎腰。甚而今、煙悽露惻。掩空齋、清絕似禪寮。誰念取、文園病渴。騎省魂銷。

## 傅　潽　字畬荃、山東聊城人、同治十二年舉人、官內閣中書、有石雲詞、

## 揚州慢 維揚感舊

髠柳黃凋。病楓紅皺。暮鴉萬翅盤青。認瓜洲進泊。更踏葉閒行。戀衰草、壕空臥馬。凍旌風掣。殘壘雲平。似千年遼鶴。飛來重認蕪城。　冶春罷唱。步虹橋、誰數秋螢。問綺榭珠簾。銀箏畫舫。寒月無聲。轉首雪鴻疑夢。朱顏換、劍鐵飄零。悵孤篷攲枕。依然人語潮生。

# 凌　泗

字斷仲、號磬生、自號莘廬、江蘇吳江人、同治十二年副貢、官內閣中書、有莘廬詩餘、

## 三姝媚 湘妃竹扇骨、吳姍姍夫人物也、邱媛遠香、姚姬俠莛分畫便面、擁百屬歐齋題詞、余亦繼聲、

兜螢星點顫。記浮眉詞人。爲伊題扇。豔說徐陵。正玉臺聯詠。聚頭仙眷。幾度秋風。渾不解、班姬幽怨。自落滄桑。瘦骨空支。笑桃人面。　先後三英成粲。有舜水邱香溪姚畫齊雙管。摺疊重裝。看淨洗鉛華。簪花署款。寫韻樓荒。騎虎去、音沉黃絹。贏得湘妃淚漬。斑紋不浣。

# 方燕昭

字伯融、安徽定遠人、同治十二年拔貢、官江蘇候補道、有紅牙吟館詩餘刪存二卷、

## 臨江仙 放舟金山作

兩岸峯巒堆似畫。孤帆飽挂西風。烟波浩渺望無窮。滿江明月。搖破櫓聲中。　此際水天同皎潔。高歌誰唱江東。一聲長嘯海天空。狂濤陡湧。驚起睡蛟龍。

## 鄭德璜　字渭珍、浙江鄞縣人、優貢生、官知縣、有學圃詞賸一卷、

### 徵招

打頭不耐江風惡。扁舟掣回沙浦。煙火幾家村。泊帆檣無數。客中稀伴侶。有誰個、似儂吟苦。極目長堤。雨昏煙暮。兩行春樹。　稽首訴江神。東風緊、殷勤把人留住。儂不是周郎。要西風換取。新詩酬可許。只慚乏、錦囊佳句。好安排、鐵板銅琶。唱大江東去。

## 徐灝　字子遠、一字伯朱、別號靈州山人、廣東番禺人、官廣西慶遠府知府、有攓雲閣詞一卷、

### 青玉案　尊經閣、與蘭菊山廣文弈、

綠榕高閣疏簾挂。清晝永、圍碁罷。一局分明誰見者。風雲變態。滄桑浩劫。多少興亡話。　推枰起凭闌干亞。看天末、飛鴻何處也。遠水平田都入畫。秋山城郭。幾重烟樹。歷歷斜陽下。

### 摸魚子　南寧軍中

鬱蒼蒼、南交重鎮。金城形勢雄展。山圍近郭江流永。舊是盛唐邕管。春事晚。歎隴畝、汚萊蓬翟棲芳甸。柳堤騎遠。漸大野天低。平原萬幕。風掠畫旂捲。　還思省。但覺談兵未慣。平生自信疏懶。沙蟲猿鶴都休問。怕聽澤鴻哀怨。愁漫遣。又斷續、蘆笙吹得鄉心亂。烟橫霧斷。正暮色空濛。飛鳶跕跕。墮地草痕淺。

# 黄家鼐 原名祥𤁻、字彦生、號峴孫、浙江鄞縣人、官福建布政司理問、有藝蘭山館詞一卷、

## 南浦 草色

淒絶楚騷心。甚美人遲暮、春愁難醒。恨雨更蠻烟。閒門閉、寂寞黛蛾低映。光風未轉。玉階冒住秋千影。一夜芳洲生綺怨。繡澀半規銅鏡。　含情獨自依依。笑爛漫鶯花。肯教管領。便作路旁看。飄零況、應是浮生前定。遥岑破暝。小園未厭蓬蒿徑。忽卷疏簾秋滿楊。青眼坐中誰並。

# 楊壽煜 字耀南、號埜生、江蘇吳江人、官浙江按察司照磨、有聽松館詞、一名芊紋硯齋詞、

## 如夢令

新酒乍開瑤甕。乳燕雙棲畫棟。閒事最關情。滿地落紅香凍。如夢。如夢。愁與春寒俱重。

# 周星詒 字季貺、一作季況、號㢃翁、河南祥符人、官福建建寧府知府、有勉熹詞一卷、

## 壺中天 秋日過青未了閣故址、才媛徐昭華讀書處也、

西風黄柳。認當年畫閣。有人曾倚。背手循簷閒步徧。直恁冷清清地。敗檻欹苔。壞廊堆葉。畫出淒涼意。花前凝立。夕陽闌角紅膩。　當日趁月抽琴。憑春灑翰。多少閒情味。一自讀書人去後。風景蕭條如此。惟有

青山。彎彎一線。猶學眉痕翠。傷心臺榭。芭蕉搖得秋碎。

虞美人　疏雨江頭墜歎天際客愁雲亂、別淚潮來、倚聲誌恨、時泊舟崑山驛下、四月十一日也、

翦風絲雨銷魂路。脈脈情誰訴。屏山獨對篆煙微。羨煞天涯燕子作雙飛。　相思相望煙波隔。極目平蕪碧。閒愁拚向睡中過。可奈孤衾偏是醒時多。

## 張百熙

字詒孫、號埜秋、一號冶秋、湖南長沙人、同治十三年進士、改庶吉士、授翰林院編修、官至郵傳部尚書、謚文達、有退思軒集、

浣溪紗　過國大夫祠

斜日鞭絲過洧川。輿人猶誦大夫賢。訪碑東里踏秋煙。　芍藥洲邊喧社鼓。李桃花下奏神絃。靈祠香火亦千年。

## 張景祁

原名左鉞、字孝威、號蘊梅、一號蘩甫、別號新蘅主人、浙江錢塘人、同治十三年進士、改庶吉士、官福建連江縣知縣、有新蘅詞六卷、外集一卷、

浣溪紗

日日蘭橈絆客程。隔江不見越山青。臥聽簫管到三更。　羅帳燈昏寒漸峭。枕樓人語夢初醒。不知是雨

是潮生。

## 天仙子

煙柳垂隄春已半。綠蘺蘼蕪芳徑輭。殷勤織錦待郎歸。雲鬟亂。新愁綰。鸞鏡照心千重遠。　風裏落紅拋采扇。蝶夢如塵迷故苑。知他何處繫花驄。釵影顫。金尊滿。高燭當樓簾不卷。

## 一枝春　落梅詞

不管清寒。問東風、忍把高枝輕埽。瑤臺夢杳。未許探芳重到。生涯慣冷。任離落、水邊都好。誰會得、千種飄零。併入笛聲淒調。　仙雲甚時流照。歎珠塵半委。萼華空老。無言更苦。肯怨早春啼鳥。關山去也。又蹴損、馬蹄多少。還盼取、點額人歸。翠尊共倒。

## 雙雙燕　秋燕

玳梁對語。歎門巷烏衣。舊家誰主。巢痕剛暖。又觸故園離緒。漫約催歸伴侶。看玉翦、將飛還住。自憐瀚海飄零。也學年年羈旅。　辛苦。天涯倦羽。怕負了深閨。寄書香縷。重簾空卷。咫尺畫堂何處。容易流光夢雨。便銷瘦、紅襟如許。何況萬里西風。更送玉關人去。

## 小重山

幾點疏鴉眘柳條。江南煙草綠。夢迢迢。十年舊約斷瓊簫。西樓下。何處玉驄驕。　酒醒又今宵。畫屏斜月上。篆香銷。憑將心事託回潮。青溪水。流得到紅橋。

八歸 泊舟平望、追憶舊游、感賦、用白石韻、

煙寒鷺漵。燈昏魚寨。闌夜戍鼓未歇。朱樓已隔蓬山遠。休問翠樽銷黯。玉笙淒切。尚憶垂虹秋色好。倚畫檻、鑪香同撥。頓忘卻、客裏行舟。不住喚鶗鴂。　誰念江鄉歲晚。淹留無計。一笛離亭催別。赤闌橋畔。那時來路。落盡蘆花楓葉。縱淩波賦就。何處芳塵夢羅襪。君知否、片帆相送。惟有天邊。朦朧無恙月。

高陽臺

月苦啼鵑。堂空去燕。斷腸人正悲秋。素柰橫簪。雲鬟無限清愁。花陰暗怯金鈴報。訴心情、鸚母前頭。待句留。江渚潮深。莫放行舟。　天涯豈料驚風鶴。念綠楊城郭。遽賦離憂。鏡檻琴臺。黯然一別妝樓。玉谿底事添惆悵。又無端、錦瑟成謳。綺窗幽。涼雨瀟瀟。怕上簾鉤。

木蘭花慢

萬重蓬海隔。幾開落。碧桃花。歎蟬鬢棲塵。銖衣溼露。飄泊憐他。芳華。暗隨逝水。託春潮、流夢到天涯。杳鈿愁拋翠帶。柳緜疑撲香車。　堪嗟。洛浦朝霞。珠箔卷。暮雲遮。想低徊倚扇。淒涼擁髻。燭淚紅斜。盧家。玳梁燕子。但年年、江國老風沙。獨自憑闌望遠。暝煙催送歸鴉。

木蘭花慢 花影

好春何太濬。埋沒盡。錦千堆。訝玉笛無聲。金尊若夢。清影徘徊。蒼苔。亂橫萬點。更誰知、曾倚碧雲栽。一片高寒委地。畫堂渾似天涯。　簾開。明月去還來。鶯燕莫相猜。便東風著意。輕移茵席。總是塵埃。香階。夜深

露重。賺尋芳、溼透縷金鞋。不道仙山路隔。誤人覓徧瑤臺。

## 曲江秋 馬江秋感

寒潮怒激。看戰壘蕭蕭。都成沙磧。揮扇渡江。圍棋賭墅。詫綸巾標格。烽火照水驛。問誰洗。鯨波赤。指點鏖兵處。墟烟暗生。更無漁笛。　嗟惜。平臺獻策。頓銷盡、樓船畫鷁。淒然猿鶴怨。旌旗何在。血淚霑籌筆。回望一角天河。星輝高擁乘槎客。算只有鷗邊。疏葒斷蓼。向人紅泣。

## 秋霽 基隆秋感

盤島浮螺。痛萬里胡塵。海上吹落。鎖甲煙銷。大旗雲掩。燕巢自驚危幕。乍聞唳鶴。健兒罷唱從軍樂。念衞霍。誰是漢家圖畫壯麟閣。　遙望故壘。毳帳淩霜。月華當天。空想橫槊。卷西風、寒鴉陣黑。青林凋盡怎棲託。歸計未成情味惡。最斷魂處。惟見莽莽神州。暮山銜照。數聲哀角。

# 黃玉堂 字僊裴、廣東順德人、同治十三年進士、改庶吉士、授翰林院編修、有凝夢齋詞草二卷、

## 水龍吟 對月

麝蘭香燼餘熏。晚風輕篆爐烟細。珠簾初捲。一輪剛滿。淡雲無翳。漏響催蓮。露痕侵桂。殘機嬾理。想妝樓夜悄。闌干倚徧。空惆悵。人千里。　爲問人間天上。算團圓、一年曾幾。棲鴉夢冷。吟蛩聲咽。誰家秋思。漸減清輝。乍圓還缺。月猶如此。對中庭地白。含情待訴。欲眠猶未。

## 龍繼棟

字松岑、一字松琴、廣西臨桂人、有槐廬詞學、

### 臨江仙

黄葉歸程多少路。片帆雲樹低迷。楚江影滅夕陽西。旅愁無那。山鳥向人啼。　心緒轉多何處寫。垂楊衰柳長隄。無情踠地一絲絲。綰人別夢。偏怯五更時。

### 虞美人

柳花如雪江城暖。不放簾鉤卷。輸他燕子尙歸來。卻自花前無語儘徘徊。　箇儂多是無情緒。背束纖腰素。問他春去幾多時。怎地棠梨開徧沒人知。

### 秋千索

土花含雨和風亞。看盡是、傷春臺榭。欲共黄鶯語此愁。又鼓吹、嚴城夜。　歸來醉向鸚哥罵。管甚事、梨雲開謝。今古興亡一夢中。說不盡。漁樵話。

## 袁學瀾

字文綺、號春巢、江蘇元和人、有零錦集詞稿二卷、適園論詞一卷、

### 四字令

崑崙破關。燕支奪山。長歌漢月刀鐶。登淮陰將壇。　征袍血殷。年衰鬢斑。沙場幸得生還。空摩挲箭瘢。

## 揚州慢 蕪城懷古

井廢胭紅。鉤埋苔碧。暝煙暗遍蕪城。晉陳隋冶夢。只鬼閃燐青。話仙閣、迷樓往事。亂蛩衰草。淒咽秋情。剩吹殘幽怨。紅橋何處簫聲。　樊川載酒。悵尋春、遲到心驚。縱玉局琵琶。金瓶芍藥。都付飄零。翠色蜀岡依舊。風流盡、野墓田平。更鈔關燈火。繁華空逐雲行。

# 鄧繹

字保之、一字辛楣、湖南武岡人、諸生、官候選知府、有曉寒詞、

## 桂枝香 四月望日、諸故人攜琴酒招餞螺墩、歌此答意、

蘼蕪吹綠。送寂歷斜陽。江程換目。贏得蓮腸清苦。藕絲難續。南朝舊寺鶯啼老。最飄零、數聲檐玉。春韶彈指。飛花舞燕。尊前曾蹴。　自數遍、背樓竿竹。歎絳樹重來。蠻紘偏促。相對幾回銷黯。酒醒悵觸。彩雲飛去紅闌冷。繞泠泠、江上殘曲。異時重話。青衫影裏。淚搖宮燭。

## 西江月

記得花前判手。離痕掐在心頭。西風瑟瑟滿蘆洲。又是銷魂時候。　薄醉非關中酒。殘啼不爲悲秋。眞珠簾捲十三樓。今夜月明依舊。

## 浣溪紗

悶賦閒情上小樓。翦刀風緊動銀鉤。嬌鬟微顫玉搔頭。　試捲燕簾花氣潤。漸偎鴻案藥香浮。幾絲檐雨

濕春愁。

虞美人

西風一夜淩波竭。菡萏齊銷了。畫樓今夜鬢雲寒。獨對楚江煙水倚闌干。　樓烏點點危檣影。月白青山醒。漫拈垂柳繫行舟。早是兩三星火近瓜州。

南樓令　湖上懷故人

花氣潤單衣。江南百草齊。贈詞人、陌上鞭絲。待送春歸君已去。只獨聽、鷓鴣啼。　瘦燕嬾重飛。多因芳信稀。笑閒來、翠漲封堤。數點綠楊遮不住。還認得、畫橋西。

顏錫名　字艮亭、江蘇丹徒人有一枝軒詞、

踏莎行　草

夢醒西堂。魂銷南浦。蕭蕭又送王孫去。夕陽影裏閉閒門。蘼蕪滿院人無語。　慣惹愁煙。常沾恨雨。荒城古道江南路。春光不惜馬蹄遙。等閒綠到天低處。

曾惠　字二泉、有夢軒詞、

一萼紅　依白石調

灑離襟。有鮫珠點點。應識那時心。江岸帆紆。吳檣月皎。歸夢猶記相尋。又還去、天涯浪跡。數帶眼、未老瘦難禁。倚枕情懷。背燈愁思。都在宵深。　重問碧桃門巷。認蟔蛸戶底。蟋蟀牆陰。荷檻追涼。梅簷索笑。惆悵歡緒都沈。便花下、幽期準卜。已朝朝、孤負舊香衾。可惜年華鬢絲。漸妒瑤簪。

## 於士廉　浙江人

### 念奴嬌　秋柳

驚風淒切。對短長隄畹、悲秋時節。鶯燕不來烏夜宿。多少畫船都歇。春水橋邊。綠波影裏。送盡人離別。年時聞笛。舊遊心事誰說。　日暮憔悴生寒。情人不見。空見離亭月。昔日青青何處去。悔唱陽關三疊。無限斜陽。不堪重倚。難綰同心結。近來瘦影。絲絲兩鬢添雪。

## 錢琴　字韻清、浙江長興人、諸生、

### 菩薩蠻　秋閨

一庭楓葉垂紅淚。秋來銷盡寒山翠。好月入西樓。西樓人更愁。　砧聲霜滿地。獨向窗前倚。何處是秦關。千山萬水間。

## 余一鼇 字成之、號心禪、江蘇無錫人、官候選通判、有楚楚吟、覺夢詞、春蠶詞、影桃簠詞、亦云詞、

### 菩薩蠻

宵來不覺清霜降。燕巢冷落烏衣巷。屏上闕寒圖。蘆汀一雁孤。　當年歌舞地。花裏逢君醉。別夢憶瀟湘。瀟湘非故鄉。

思君不見迢迢鯉。夢中得句爲君起。攜手憶河梁。月圓人影雙。　相逢須下馬。別淚臨歧灑。何處是歸程。低頭聞雁聲。

柳陰濃護秋千索。柳緜飛趁池塘角。去去作青萍。鴛鴦傍一生。　清明春有限。錯怪東風翦。飛燕惜殘紅。銜來似告儂。

相思無賴拈紅豆。月明香細深深叩。絮語祝花前。人歸在雁先。　枕函蝴蝶夢。夢好應珍重。珍重可憐宵。宵長減瘦腰。

琵琶隔舫瓜洲月。月明風靜人離別。別意滿儂懷。懷中荳蔻胎。　郎如風漾絮。妾似花沾雨。雨細蝶飛遲。遲君楊柳枝。

梨花如雪吹香粉。眉痕低約愁相準。不信夢無憑。子規三兩聲。　青山憐小別。紅豆無人拾。春燕又銜泥。故園花亂飛。

## 山花子 秋感

桂子香飄一笑同。二分秋已到芙蓉。昨夜三更蛩語咽。海棠風。　都爲遠山憐夕照。不因近事泣秋風。惆悵沿階花是葉。雁來紅。

# 金鴻佺 字希偓、號蓮生、浙江秀水人、官候選訓導、有雙柏詞一卷、

## 綺羅香 白秋海棠

憔悴飛瓊。伶俜弄玉。化作秋魂淒楚。血淚啼乾。褪盡斑痕無數。更能消、幾度斜陽。也耐得、連番愁雨。最憐他、蠣粉牆陰。疑無似有瘦腰舞。　荒涼庭院日暮。一任柔腸斷盡。誰傳心素。聘得濃妝。還是癯仙負汝。試安排、調蜜瑤鍾。先料理、擣香金杵。儘吳娃、抹上嬌頣。未將紅豔妬。

# 芮達 字薌碧、號宜庵、江蘇江都人、

## 金縷曲 叩鐶聲

朱戶沈沈閉。上燈初、料無人到。銅壺凝水。隔著葳蕤遙送響。疑似閣鈴敲碎。怪小犬、繞花低吠。欲喚紅鸚憑問訊。有誰來、昏月層檐底。孤夢破。枉欹起。　長門想是銷魂地。踏苔階、幾番推手。幾番斜倚。悄拂金鋪愁露溼。無奈夜深風細。又只恐、玉扃遲啓。依約空廊環珮動。卻還防、轉入罘罳裏。閒竚久。試彈指。

## 張延邴　原名丙、字漁村、一字娛存、安徽合肥人、貢生、官候選訓導、有學操縵齋詞、

### 邁陂塘　秋煙

蕩秋情、一痕煙活。前村雨過塵淨。破晴樹杪棲雲斷。閃閃斜陽紅映。凝暮景。卻界破青苔、暈合遙山頂。淒迷做冷。漸林際歸鴉。天邊叫雁。墟落散人影。　瀰漫處。涼月波平如鏡。汲泉自煮茶鼎。菰蒲叢裏香秔熟。晚飯柁樓親領。浮孤簹。雜幾許漁炊、併入湖中艇。西風不定。驀冒去沙洲。吹開渡口。水氣白千頃。

## 楊錦雯　字晚嵐、號絅士、浙江錢塘人、諸生、

### 暗香　梅魂

翠禽寂寞。怕冷香未透。潛催東閣。喚醒綠華。月底濛濛吐僵萼。前度春風易轉。休更怯、淒迷霜角。奈徧覓、鶴夢無蹤。疏影出籬落。　愁魄。又漠漠。似倩女乍離。化蝶依約。誤將笑索。癡絕雲根怎棲託。追念關山雨細。知倦客、年時飄泊。共舊痕、吹幾縷。暝煙澹薄。

### 齊天樂　賦鶯集李供奉韋蘇州聽鶯詩字、

玉笙忽聽花間弄。朝暉未來南苑。紫陌烟新。青門曙早。殘漏宮城纔斷。情人夢遠。自不鎖閒愁。一聲鶯轉。啼在兒家。繞樓何處近相喚。　東風枝上乍卷。好春迴百五。時已過半。綵輦隨雲。雕楹耀日。飛向蓬萊千

囀。園棲樹暖。又學作嬌音。曲翻能變。柳碧池清。出林猶意嬾。

## 李希鄴 字仙根、江蘇江寧人、監生、官湖北東湖縣知縣、有梅花小隱廬詞一卷、

### 長亭怨 甲寅二月、客雉皋荒齋臥病、細雨一窗、枕上聞鶯啼聲、知門外春深矣、

向孤館、驚春多病。又是清明。幾番風信。爲怕傷情。看花沽酒事無分。起來還坐。常獨自、題幽恨。每到捲簾時。午後送輕寒偏準。　人困。更廉纖細雨。嬾爇鴨爐香潤。愁絲萬丈。爭網得、落紅一寸。見燕子、對對飛來。是樓角、黃昏將近。問此去江南。可有烏衣能認。

## 姚詩雅 字仲魚、廣東番禺人、官河南孟縣知縣、有景石齋詞略一卷、

### 點絳唇

不雨重陽。今年身比年時健。黃花開偏。何處登高宴。　客裏塡詞。半是淸商怨。斜陽倦。天涯人遠。落葉秋聲亂。

## 沈鎣 原名杰、字晴庚、號秋白、江蘇無錫人、諸生、有留漚吟館詞存一卷、

### 蘇幕遮

燕簾垂。鶯戶悄。漠漠沈陰。閣住紗窗曉。芍藥酴醿開不了。難道今年。猶怨春歸早。　夢惺忪。寒料峭。碧海藍霞。別有愁懷抱。春去還來人已老。花外高樓。樓外黏天草。

## 志潤

字雨蒼、號伯時、一號白石、他塔剌氏、滿洲鑲紅旗人、官四川綏定府知府、有暗香疏影齋詞稿、又輯日下聯吟詞八卷、

### 瑤花　水仙

輕羅疊雪。小盞排金。又一番春色。湘皋別去。重結就、幾縷柔情緜密。愁含癯影。有誰念、檀心岑寂。消受盡、霜冷冰寒。始與玉梅同室。　瘦餘翠帶腰圍。看迴雪輕翻。香返冰魄。銅瓶紙帳。到永夜、冷豔也應憐惜。王孫去矣。問誰識、白描新格。空賸卻、窈窕瓊姿。一水盈盈相隔。

## 項瓚

字禮瑳、號芝石、浙江瑞安人、增生、有癸辛詞二卷、水仙亭詞二卷、

### 高陽臺　自初夏及秋、夾竹桃盛放、

絳露輕蔫。緋霞綻注。抱來勁骨珊珊。修到三生。此君嫁與應難。飄零未了臙脂恨。誓今番、耐久相看。算芳卿。玉立綃含。兩意同歡。　還愁弱體欺紅雨。緊挽伊翠袖。卻伴秋寒。死倚貞姿。謝他鶯燕心酸。嬌盈苦憶春風面。偷背人、湘淚闌干。喚劉郎。倘訪仙源。敲遍琅玕。

# 汪元治 字仲安、一字珊漁、號謐卿、江蘇鎭洋人、有結鐵網齋詩餘、

## 憶少年

斜陽院落。飛花窗戶。冷清清地。闌干尙如昔。認斑斑殘淚。　不見舊時簾卷起。況淒然、卷簾雙髻。傷心向誰訴。有東風燕子。

# 王頤正 字子登、江蘇宿遷人、有痕夢詞一卷、

## 孤雁兒

秋風玉簟人依舊。寶篆冷。銷金獸。青霄淒迴玉笙寒。零落當時紅豆。梧桐如病。海棠如夢。爭爲誰消瘦。愁魂惝怳行雲逗。夢未遠。啼痕溜。殘釭低照鳳幃空。腸斷前宵今又。傷心試問。人間天上。猶許相逢否。

## 燭影搖紅 紅葉

萬樹暄紅。冷霜一夜楓林飽。天嫌冬景太無聊。幻出千般巧。恰似桃花繚繞。輭紅塵、驚春乍到。嶺松孤映。江水吹寒。豔妝人悄。　佳約難憑。曲溝流水題詩好。疏煙殘照下樓臺。獨自朱顏老。最是滿階未掃。五更風、添儂懊惱。短衾鴛冷。殘夢鴉驚。霽霞烘曉。

## 吳恩垛 字子可、號景晞、浙江錢塘人、有聽秋聲館詞一卷、

### 念奴嬌 秋海棠

軸簾銀押。正勻脂殺粉、影敧牆側。老圃黃花同耐冷。又是乍開時節。弱不禁秋。暈如酣酒。偏占傾城色。碧雲堆護。伴儂消此清夕。 應記掩扇重逢。嫣然一笑。不仗東風力。香霧迷離嬌欲墮。禁得幾分憐惜。翠羽啼殘。紅煙夢冷。睡去甜鄉黑。膽瓶曾供。還誇舊日標格。

### 生查子 春旦

花間燕子飛。搖弄秋千索。輭語報春深。暖入垂簾薄。 鈿閣罷歌聲。惆悵黃昏約。楊柳最無情。又向東風綠。

## 繆之鎔 字醒園、號鍊卿、江蘇丹徒人、有醒園詞集一卷、

### 梅子黃時雨 青梅

萼綠華來。認點點黛螺。淺暈輕染。更枝北枝南。碧凝新蘚。春老相看陰作幄。滿林結子房俱斂。酸微濺。畫閣笑擘。玉唾頻嗛。 深院剛醒香釅。記紅錫沁久。纖筍偎勸。傍茗椀薰鑪。袖羅依捲。舊怨新嬌彈指換。金丸已向梢頭薦。潺淙遍。贏得方面髭撚。

## 方愷 字子可、江蘇陽湖人、官國子監典簿、有句婁詞一卷、

### 蝶戀花 燕

細草清池芳徑曉。無限樓臺。迷卻來時道。總是閒花閒不了。輸他春色知多少。　百尺晴絲前路杳。爲戀雙雛。只覺雕梁好。見說江南芳訊老。輕飛莫再將春掃。

### 蝶戀花

罨畫清溪楊柳岸。一段新愁。底事年年換。量到春痕春已半。西風惆悵東風怨。　花自迷離人自倦。草淨煙蕪。綠滿閒庭院。燕子不知腸欲斷。拚飛只趁春光亂。

## 楊世謙 字伯撝、陝西醴泉人、有棠夢詞一卷、

### 一枝香 水仙

簾捲湘雲。昚花痕、未醒瓊妃香夢。瑤簪劃玉。影入綺疏初凍。羅裳粉凝。去記前度、扁舟曾共。愁素襪、空解淩波。惱說瑣窗清供。　冰斂霧紋涼動。正仙魂欲墮。哀絃獨弄。銀釭暈碧。舊怨數聲低送。尖風料峭又寒蹴、六銖衫鳳。漫省是、煙冷湘臯。酒銷雪重。

### 念奴嬌 春雨

嫩寒料峭。獨含情默默、惜春無語。花事商量簾半捲。那禁連宵風雨。黯淡新歡。迷離舊夢。魂斷桃花隖。闌干倚徧。客情憔悴誰訴。　惆悵杏院紅酣。梨花雪墜。風雨漫相妒。愁煞海棠消息斷。畢竟春歸何處。玉枕慵欹。金鋪靜掩。消受涼如許。無言相對。暮雲飛上煙樹。

## 宗得福　字載之、江蘇上元人、官湖北知府、有墮蘭館詞存一卷、

### 虞美人

錫簫吹暖垂楊岸。蟬鬢春雲亂。病中消損似梨花。商略東風吹夢早還家。　夜深低捲青油幕。風颭秋千索。今宵纔說不思量。怎奈燈昏酒醒漏偏長。

### 甘州　蘆雪

漸西風催得浪花翻。寒月下汀洲。問西谿烟水。玉梅凍未。翠羽啾啾。匝地蒼葭如此。夜夜露珠浮。一片哀笳緊。吹起鄉愁。　猶憶此中人去。想刺船天際。晚唱悠悠。倚琵琶說夢、別淚灑江州。待低向、寒波照影。怕星星、白上少年頭。空江上、有人冷夜。獨釣孤舟。

## 劉觀藻　字玉叔、浙江江山人、監生、有紫藤花館詩餘一卷、一名瓊簫詞、

### 垂楊　衰柳

啼鶯已散。甚舊巢露處。暮鴉猶戀。翠羽黃金。舞枝無力纖腰倦。當年走馬章臺畔。怎烟縷、銷愁芳岸。送行人、欲折長條。卻最增悽惋。　記得青青未遠。悵千里隋堤。剪刀驚換。笛不須吹。曉風殘月愁難遣。鞦韆閒煞無人管。怕寂寞、那家庭院。門前一角青山。深漸見。

## 葉衍桂　字天船、廣東番禺人、有天船詞、

### 百字令　白蓮一種、多夜開晝斂者、名夜舒荷、清氣撲人、遠離塵俗、水宮仙子也、

亭亭仙影。訝夜遊何處。蕊宮翔步。素面朝天銀燭冷。一色妙香雲護。綃拂烟凉。珮搖風定。不許潛窺鷺。嬋娟欲門。月中霜裏同顧。　爲問洛水神留。瑤池韻寫。可有人間妬。十斛珠塵揚碧海。散作瓊裾飛舞。曲譜霓裳。音傳湘瑟。心事何曾露。曉寒賦罷。衍波詞筆光吐。

## 余焜　字石莊、別號湘麓居士、江蘇興化人、諸生、有玉藤仙館詞存正續二卷、

### 鷓鴣天　保老歸邗上已半月矣、舊雨不來、春寒如水、挑燈燭坐、賦此柬之、

曲曲欄干漠漠簾。春寒料峭晚來添。欲溫花夢先燒燭。怕寫春詞且賦箋。　風似剪。月如弦。光陰又近楝花天。遙憐疏柳虹橋畔。吟瘦東風雪一船。

### 鷓鴣天　丁保菴由邗上惠書、知杜小舫將刊詞話、已將拙詞寄去、戲成一詞、卽寄小舫、

天末涼風入夢。思最難消遣蓼花時。二分明月傳簫語。一鏡湘秋裊釣絲。　書報與故人知。江南都唱杜家詞。生平不遇陳同甫。那識人間有改之。

徵招　市人有素心蘭一盆、娟秀可愛、余力不能致、爲之悵然賦此、

閑門十畝蒼苔古。珊珊影來何暮。嬌極不成春。洗空山涼雨。簾櫳都不捲。悄還怕、曉風吹去。月魄修容。冰痕捧出。病懷休賦。　腸斷十三絃。湘江上、迢迢數峯青處。好夢不多時。怎啼鵑無數。相思徒自苦。問誰與、冷香爲主。問何事。一縷閒情。付水萍風絮。

## 楊保彝　字鳳阿、號瓻盦、山東聊城人、官內閣中書、有歸瓻齋詞鈔一卷、

滿江紅　郊外

夢裏天涯。憶昔日、五雲多處。悔不盡、去時冠劍。年華竟誤。春社桃花僧寺酒。晴波楊柳泉河渡。問梁間、燕子苦營巢。能如故。　秋湖月。烏啼樹。塵海跡。風吹雨。見堤邊楊柳。又生新綠。葉裘敝誰憐蘇季子。河開忽過丁都護。怕相逢、白髮倦游人。臨歧路。

## 許善長　字季仁、浙江仁和人、優貢生、官江西知府、有碧聲吟館倡酬錄一卷、

長亭怨慢　明姚簡叔畫白太傅潯陽送別卷、爲李蘄淵太守題、

望平楚、天垂無岸。一棹西風。碧雲催晚。客思離情。者時幽緒倍零亂。塞鴉嘹唳。偏迸入、江聲遠。恁處起商音。儘較量、愁腸深淺。悽斷。正楓寒荻冷。忍把四絃頻按。絃絃掩抑。早揉碎、萬千哀怨。況幾載、落魄天涯。便悲絕、何人能管。看妙筆摹來。清淚生綃猶滿。

## 李應庚

字星村、福建閩縣人、諸生、有琴寄齋詩剩、

### 浣溪紗　湘簾

漾漾微波十萬行。此中正可夢瀟湘。挂時銀漢隔紅牆。　何處樓臺歸燕子。更垂池館傍鴛鴦。但看嬌影不聞香。

## 葉蘭生

字楚香、江蘇吳江人、

### 慶宮春　題顧菊籬蒹葭秋水圖

片片西風。帶雲斜去。蒼然天水相永。呼我閒鷗。翩然欲遠。背人搖弄虛暝。釣徒何處。蕩寒雪、斜陽中影。對人欲笑。兩兩浮眉。淡妝初竟。　依稀越尾吳頭。好夢圖成。浮家清景。繁華怕到。蘆中人老。白頭堆上明鏡。絮因飄泊。儘牽惹、絲菱緯荇。秋心留得。如此盈盈。舊盟還認。

## 王　棠　字臺叔、江蘇吳江人、

### 百字令　題顧菊薌蒹葭秋水圖

秋光老去。聽西風湖上、夜潮横捲。葭菼蕭蕭沿岸曲。遙間柳條長短。亂葉欹烟。凉花點雪。獨立斜陽晚。平沙雁語。觽聲依約淒斷。　凝想三月芳時。河魨乍上。紫筍添新饌。一自繁霜初落後。又見冷雲吹滿。客舫寒依。漁磯低傍。秋士多清感。月華照夢。伊人悵望天遠。

## 王汝鼎　字和萕、浙江山陰人、有適安盧詞鈔一卷、

### 菩薩蠻　郄山湖

東風料峭寒猶力。珠湖來去帆如織。雨氣一湖濛。春波似酒濃。　隋堤三月暮。不見楊花舞。還記別家時。烏篷繫柳絲。

### 江城子　蝶

一生情緒問東風。草茸茸。雨濛濛。記得來時。春在畫屏中。幾度移花臨曲檻。爲句引。到簾櫳。　羅浮香夢半惺忪。乍相逢。又忽忽。欲話芳心。無計繫芳踪。莫是鄰家春更好。又飄影。過牆東。

## 吳載勳 字慕渠、安徽歙縣人、官山東濟南府知府、有慕渠詩餘一卷、

### 南樓令 題李香君小像

眉嫵暗生愁。秦淮烟水流。送斜陽、下了簾鉤。看到蘼蕪春又去。誰與我。共登樓。　香冷玉搔頭。西風兩鬢秋。掩重門、清夢如鷗。眼底桃花襟上淚。知此恨。幾時休。

## 黃維申 字復唐、湖南善化人、諸生、有報暉草堂詞三卷、

### 人月圓 金陵懷古

滄桑六代憑誰證。空唱大江東。衹今惟有。秋江月影。曾照吳宮。　梁朝粉黛。陳家狎客。都付西風。無情最是。臺城柳色。依舊烟籠。

### 減字木蘭花

春歸何處。一片斜陽江上樹。珍重年華。魂夢依依戀落花。　晚風隄柳。綰得東皇權住否。小立磯頭。無限江波帶月流。

### 西子妝 新秋早涼、向夕遠望、傷離感逝、渺渺予懷、用夢窗自度腔、寫其抑塞無聊之狀、

煙外山遙。雲邊水遠。野草閒花無數。早秋時候別愁生。倩西風、替吹愁去。輕盈笑語。最難忘、去紅樓深處。

歎浮生。是年年離恕。天涯孤苦。佳期誤。一抹霞痕照見長干路。衰顏悩悵日斜時。倚高樓、自題詩句。憑誰遞與。教知我飄零心緒。怕難堪、一夜淒風夢雨。

## 王濟

字蓮舟、湖南湘潭人、諸生、官通判、有扶荔生覆瓿集一卷、

### 臨江仙　游小姑山

半壁東南鍾秀色。巍然楚尾吳頭。一峰橫截大江流。樓臺都縹緲。蒼翠半沈浮。欲採山花供藻薦。靈旗夕照颼颼。神功彪炳問誰儔。金符三峽廟。錦瑟二妃愁。彭郎小姑之說、千古荒唐、故援神女湘妃證之、

### 南浦　春草用碧山體、

雨過畫闌邊。正謝池、夢迴緣意齊展。纔是凍消時。長亭路、朝來燒痕都轉。客行何許。翠烟還比天涯遠。那堪送別腸斷處。碧草芊芊如染。　今番怨入東風。想露潤情深。烟隨愁滿。休傍玉階生。傷春淚、應有落紅千點。香縈翠綣。夢中蝴蝶教誰喚。踏青須惜韶光好。莫遣王孫歸晚。

### 又

嬾日玩芳菲。待詠成、樹蔭堂北春永。野綠上鞭絲。輕塵輭、遊驄幾番還騁。碧堤回首。六朝金粉銷沈盡。但愁翠色斜照外。容易雨昏烟暝。　差池燕子飛來。正漠漠平蕪。霏微低映。和露襯殘花。東風裏、一碧染成春恨。青袍漫惜。醉餘茵榻眠方穩。最憐幽意牽情處。歲歲綠侵簾影。

## 王　章　字雨嵐、一字宇南、江蘇上元人、諸生、有靜虛室吹笙草一卷、

### 長亭怨慢　題杜小舫詞稿

任孤負、春風來去。悵望江東、碧天雲暮。夢覺揚州、廢池喬木、暗吹雨。十年烽火。依舊是、蕪灣路。老柳臥隋隄。儘繫我情絲千縷。　心苦。怕頻年況味。說也累伊淒楚。烏啼月冷。問今夜、鐘聲何處。記來時、絮影茫茫。卻又化、浮萍團聚。且起舞雞鳴。試聽長淮金鼓。

### 探春　春已過半、文杏作花、客窗增感、瓶供一枝、爲塡此解、

聽雨歌殘。禁煙眠早。樓外杏花聲徹。翦劃新愁。梭拋舊恨。何苦燕鶯儘織。人懶隨春鬧。又驀憶、去年今日。畫橋左側雙扉。綠陰嘶徧金勒。　昨夜芳魂對泣。自嫁與東風。任伊狼藉。如此韶華。誰家院落。腸斷江南消息。從古天涯路。最難遣、清明寒食。向晚停妝。料應珠淚偸滴。

## 舒佐堯　字唐陔、湖南瀏陽人、諸生、有湘芬閣詞、

### 垂楊　秋柳

繁華夢短。賸翠籠倦客。撫柯長歎。萬縷寒煙。繡春亭外年光換。東風幾樹流鶯滿。舊游處、綠陰池館。更休提、枚叔風流。便賦情都嬾。　頻向長堤望遠。料波冷灞橋。雨荒隋苑。瘦馬關山。問誰來作去斜陽伴。邊聲

又聽胡笳怨。驀句起、別愁無限。空教淚灑金城。人未返。

### 疏影　梅影、和玉田、

流雲漸薄。乍凍蛟隱隱。檐際頻掠。恰灑疏花。攙入黃昏。和煙半吐依約。明蟾欲畫孤山句。看墨暈、銀牆纔著。悄印成、一樣橫斜。記得水邊籬落。　寒透湘娥縞袂。鏡中漸瘦也。幽夢誰託。玉佩珊珊。疑有疑無。幻出冰魂偏弱。瓊枝卻在溟濛處。誤折向、雪深闌角。點翠釭、邀入娉婷。伴我綺窗孤酌。

## 居　仁　字叔鴻、廣東番禺人、有棻花草堂詞、

### 慶春宮　珠江感舊

月浸玻璃。天涵淨碧。蘋風淺送蘭橈。白戰題襟。紅酣顧曲。笛聲響徹層霄。奈何頻喚。祇愁是、芳華易拋。後遊蘇子。前度劉郎。忍負良宵。　那堪綺恨重挑。春夢留痕。未逐雲飄。眼底滄桑。意中風月。祇今閒話漁樵。海山依舊。但添得、悲風怒潮。鼓鼙殘夜。絲竹中年。怎不魂銷。

## 謝朝徵　字章庵、廣東南海人、官湖北典史、有安所遇齋詞□卷、白香詞譜箋四卷、

### 醉花陰

頻年浪跡渾無據。又買扁舟去。誰識此時情。花片游絲。容易相縈住。　蘭臺載酒曾歡聚。轉盼風吹絮。何

處最難忘。芳草連天。天外斜陽樹。

## 綺羅香 甲戌秋夜與樊雲門話舊、有懷杜仲丹、

砌草凝煙。池荷瀉露。簾底疏螢微度。不道西風。今夕解吹愁去。銅漏轉、斗柄潛移。碧雲斂、月華旋吐。看清秋、幕府梧寒。江湖同集倦飛羽。　人生何事最樂。要算相逢縱酒。能忘羈旅。怎奈宵闌。淒絕籬根蛩語。試翦燈、檢讀新詞。轉遙念、瘦吟狂杜。想高樓、獨倚蒼茫。別情應更苦。

## 水調歌頭 好春向盡。花絮羣飛。譜此遣懷。

花事一春了。輕絮點晴空。玉笙吹徹何處。依約小樓中。悽咽和鶯私語。苦道香銷色悴。煙雨更濛濛。悄地捲簾幙。惆悵怨東風。　啼別夢。傷春恨。幾人同。迷離一枕。空向流水認芳蹤。應是留春無計。縱有蘭成詞賦。殢酒總情慵。但倩萬蛛網。隨處罥殘紅。

# 居巢 字梅生。廣東番禺人。有今夕庵詞。一名烟語詞。

## 柳梢青

小巷誰家。雙扉白板。一樹桃花。花底驚看。心頭牢記。碧玉年華。　重來劫墮塵沙。賸幾點、淒煙亂鴉。莫問東風。飛花飛絮。何處天涯。

## 夜合花 題落花詩意圖

玉雨頻吹春陰漫乞。碎鈴怨語丁東。紅嫣紫姹。誰教獵偏芳叢。更啼鳩忽忽。算淒迷、雌蝶雄蜂。甚干卿事。鶯儔燕侶。也呪東風。　蕭辰特恁瞢忪。六曲闌干。倚來人意都慵。春婆夢熱。無端打破鄰鐘。正客散尊空。儘蕭瑟、珠幌瑤櫳。慰他芳樹。紅情縱減。綠意差濃。

## 黃振墀　字叔丹、江蘇山陽人、諸生、有晚學齋詞、

### 清平樂

畫樓初曉。重檢雙魚報。說是愁懷眞箇少。怎又腰圍瘦了。　亂峯高與人齊。天涯何處遼西。昨夜疏簾淡月。薄寒新中羅衣。

### 齊天樂　春柳、時月清兄初逝、兼以志痛、

溪流隔斷芳原路。門前數株誰主。鬱鬱樓臺。沈沈夕照。乍認遙天低處。狂颸驟舞。又捲盡江南。濃青萬縷。觸眼迷離。惹人別淚灑成雨。　柔條猶憶初吐。綠窗花弄影。莫鬥眉嫵。踠地絲垂。生翠重尋。盡是關河塵土。飄零亂絮。直斷送春魂。東皇難訴。對此餘陰。飄蕭情太苦。

## 黃振均　字子河、一字天河、江蘇山陽人、有比玉樓遺稿附詞、

### 綺羅香　螢

曲苑花疏。空庭漏靜。隱約飛從何處。耿耿孤蹤。怎向人叢來去。覆烏雲、寂寞湖山。鬧黄昏、淒涼風雨。賸星兒、一點微光。夜深能照幾多許。　疏簾正好飛過。卻被輕輕紈扇。無端兜住。暗裏偏明。可惜清輝自露。到深秋、片影誰棲。問前生、夕陽無語。莫思量、廢苑揚州。綠楊猶亂舞。

齊天樂　題錢塘張孝威蛹甲廬詞稿

新聲半是離人感。依依此情誰語。晝槳搖烟。金尊照影。織得柔絲千縷。瑤情如許。和寶月清輝。散飛天宇。迢遞湖山。有人銀漢共淒楚。　當年幾聽砧杵。被蘭言綺思。句起愁緒。別意雲牽。春華水逝。賸了疏林倦羽。清歌漫與。待理楫西湖。調箏細譜。長日簾櫳。夢凉花外雨。

## 翁之潤　字澤芝、江蘇常熟人、有桃花春水詞、

虞美人

嬌紅姹紫誰爲主。脈脈無言處。已凉時節未寒天。人在夕陽紅處倚闌干。　欄邊花意如人懶。人意如花淡。花光人影不分明。隔著迴廊蓮漏自聲聲。

祝英臺近　心

裊爐煙。熏錦字。還比篆煙細。一點靈犀。通得箇中未。最憐琴恨緜緜。鍼愁脈脈。空悵望、月明千里。　玉壺底。縱饒冰雪玲瓏。依舊化紅淚。生就相思。珍重託蘭芷。肯教芳約成灰。春情似結。怕都被、杜鵑催起。

暗香　題古藤書屋用竹垞韻、同瓊隱姑丈君直緩仙錦芝弟作、

夕陽庭院。有藤花古屋。平蕪淒斷。百尺青虬。空桑三宿幾留戀。舊日何郎老去。竹垞詞注云、飲何侍御䕫音古藤書屋、只留得、春風詞卷。悄無人、一縷茶煙。搖漾畫簾畔。　凝盼。碧雲遠。賸過客低佪。多少幽怨。綠陰晼晚。花落花開酒人散。誰向西風影裏。重問取、登樓王粲。陳迹杳、詩夢醒。墜歡繾綣。

## 葉世熊

字堷卿、江蘇青浦人、有醉月居詞鈔一卷、

齊天樂　白蓮花

淩波玉立誰堪侶。浮雲遠煙如許。隄外風微。池中浪靜。正是鴛鴦戲處。紅裳脫去。更白鬬輕裝。慣盟鷗鷺。色相都空。晚來不怕美人妬。　初似芙蓉着雨。陂塘三十六。飄飄低舞。幾點清香。三更淡月。別有幽情芳緒。滿身冷露。聽歌曲遙傳。聲聲如訴。採摘歸來。細將蓮瓣數。

## 沈化杰

字偉士、廣東番禺人、有棣華館詞、

南浦　帆影

有客正登樓。看碧空、蒲痕掩映飛度。風利浪花高。迷離外、遙隔萬重烟樹。蘋洲蓼岸。夕陽不定隨波去。閒愁莫訴。同飄泊江湖。更誰留住。　何當望遠天涯。似昔日浮蹤。今朝離緒。舊夢總依稀。自徘徊、休認落霞

孤鶩。吳頭楚尾。六朝山色無尋處。江郎別賦。銷剩此吟魂。低回南浦。

## 劉淮焴

字星岑、山東濱縣人、有康瓠詞一卷、

### 南鄉子

囊由沅入湘下洞庭、刺船者多善歌、曼聲促節、嚦嚦可聽、今泛潞河、榜人歌聲、頗與湖南相髣髴、有感於中、聊寫其概、

柔艣過芳洲。宛轉輕圓未肯休。猶記瀟湘明月夜。夷猶。觸起思鄉一夜愁。　妙響發清謳。欹枕難禁客裏秋。和雨和風聽不得。颼飀。不是桓伊也淚流。

## 胡焯

字光伯、湖南武陵人、有楚頌齋詩餘、

### 瑞鶴仙

張海門同年以其亡室錢夫人畫蘭屬題、爲賦此闋、海門新喪侍姬、因并及之、

鵝舫新翦就。寫楚畹風神。翠嬌紅秀。霜華泠烏桕。惹河陽憔悴。畫簷晨霤。芳叢蝶宿。更蛩聲、苔花井甃。又經秋、桃葉飄零。夢絕黛痕春岫。　怎受。愁莖怨葉。露泣煙啼。影銷魂瘦。餘香染袖。腸斷盡。恨依舊。祕瓊箱珍重。緹巾十襲。錦帖重裝綠繡。掩屏山、蟾護銀釭。忍敎清透。

## 錢學懋

字耐生、浙江定海人、諸生、有珍硯齋詞鈔四卷、

桃源憶故人

昔年洞口桃花滿。未識溪流近遠。可是天台西岸。流出胡麻飯。　夙聞此地無秦漢。那有紅塵牽絆。今日重來人散。黄葉風飄亂。

水龍吟　素心蘭

幽懷如許纏緜。夜來引入騷人夢。湘烟乍洗。楚雲未卸。蓬山新種。細貼苔衣。嫩沾茶乳。蕭齋清供。看黄磁斗裏。玉蕤雙扣。含細麝。香微動。　巖壑知誰培壅。劚春芽、帶泥分送。搴將荔帶。結將芷佩。美人情重。庭竹清虚。山梅孤瘦。品題須共。寄相思滋味。滿天風月。聽瑤琴弄。

呂　泰　字階甫、有篸鶴山房詞、

臨江仙　阻風憶家人

獨客篷窗行不得。西風幾日曾休。東君莫是勸回舟。落花千萬片。都不向前流。　最怕天涯蹤跡滯。離魂黯黯登樓。荒雞那會管人愁。五更啼夢斷。好夢也難留。

見説征人容易瘦。夢回子細端相。水沈香裊客衾凉。欲歸歸未得。燕子話雕梁。　擬倩聲聲鄰院笛。倩他譜出迴腸。加餐兩字卻尋常。背人何處寄。無語立斜陽。

# 余　燮　字琴庵、□□□□人、有說劍廬詞、

## 疏影　題羅浮仙夢仕女

溶溶冷月。正玉壺夜靜。香更清澈。倚偏闌干。偏是今年。瘦了一庭晴雪。歷歷守定參橫影。怎耐得、舞衫淒切。最憶他、玉笛吹殘。淺水江南時節。　無奈楊枝力輭。便芳情依舊。也成胡蝶。道是冰魂。裏住相思。怕被東風吹洩。枝頭任有靈禽喚。更莫管、夢痕難接。儘化來、一縷愁絲。繞著春雲寒怯。

# 陶邦穀　字峴農、□□□□人、有浮尊詞、

## 摸魚子　重游皖城、遇於蓮生、感贈、

數垂楊、短長亭畔。孤篷還檥烟浦。吳頭楚尾漂零久。贏得鬢添霜縷。愁日暮。換幾處樓臺、欲問春何處。零歌斷舞。只郭外滄江。波光渺渺。問訊舊鷗鷺。　尋芳路。卻有琴尊俊侶。幽懷難共人語。荷衣脫了還重著。廿載雪鴻來去。歸與阻。問甚日乘潮、同喚西陵渡。離愁幾許。待補屋牽蘿。開簾過酒。長與結鄰住。

# 全清詞鈔第二十八卷

## 張德瀛

字采珊、別號山陰道上人、廣東番禺人、有阮俞笛譜、空中語、畫禪外篇、擊劍錄、紉蘭賸稿各一卷、總稱耕烟詞、又有詞徵六卷、

### 謁金門　雙調

簾乍捲。還認暮雲池館。一樹夭桃斜照晚。離情天不管。　內手徒憐袖短。入世祗如蓬轉。明日挂帆風緩緩。淥波人去遠。

### 長亭怨慢　中呂宮、甲午暮秋感賦、

正目斷、遼東荒樹。滿徑寒雲，泬寥如此。柳意蕭疏。夕陽時候影淒楚。襹褷孤鶴。還耐得、征途苦。試與捲簾看。又幾日陰晴無據。　無據。驀西風一陣。翻把飛鴻吹去。深杯漫舉。空自抱、滿襟愁緒。待說與、花底前盟。奈辜負綠陰門戶。勸雙燕歸來。好覓杏梁幽處。

### 疏影　仙呂宮、曉起窺窗新萍已滿沼矣、倣樂笑翁體、以寫其趣、

橫塘雨過。正柳花滿院。昨夜飛墮。乍合還離。似淡仍濃。疑把香痕輕唾。晴漪暗捲游魚戲。到二月、光陰猶可。問阿誰、采綠吟成。撐出鬧紅一舸。　遙指人家臨水。舊盟鷗鷺在。涼夢先破。愁煞東風。春緒無聊。卻共

荷錢吹皺。鏡中顏色分明記。莫漫被、羅衣低涴。想隔牆、乳燕來時。應訝碧雲深鎖。

## 張文虎 字孟彪、一字嘯山、別號天目山樵、江蘇南匯人、諸生、官候選訓導、有索笑詞甲乙二卷、

### 謁金門

無一語。盡日憑闌情緒。開到荼蘼春欲去。夜來風更雨。　一帶長亭烟樹。一片斜陽飛絮。春到天涯無著處。勸春還小住。

### 瑞鶴仙 秦淮散步、紅樓翠館、半爲瓦礫間、賸頹垣、惟丁字簾前楊柳一株、依依如故、憑弔憮然、

鏡波瀠淺碧。裊恨絲愁縷。秋心如織。紅闌已無跡。況憑闌人影。鬢華應白。清箏脆笛。記晴宵、橋邊聽拍。甚飄零、金粉餘香。化作暗塵南陌。　空惜。烏衣巷口。王謝堂前。夢痕難覓。朱門畫壁。舊時燕。幾能識。慘西風殘照。盈盈一水。未盡消沈怨魄。只依依、照水低顰。瘦腰似昔。

### 徵招 三日不至秦淮、丁簾株柳忽又仙去、賦此志哀、

翠雲一片陽臺影。霜風忽吹何處。幾日不來遊。訝荒寒如許。離情千萬縷。莫都化、前朝煙雨。撫徧紅闌。文德橋新葺冰澌凝碧。銷魂無語。　欲作平去轉沈吟。人間事、瞥眼便成今古。選勝問南朝。賸絲絲堪據。依然留不住。只消受、新詞幾句。認殘甃、悵絕棲烏。更玉驄迷路。

### 水龍吟 題焦山僧大須守鶴圖 鶴者、瘞鶴銘也、

仙禽已返芸田。空山片石誰留誌。雲霾浪打。鷗翩鴻戲。糢糊殘字。祠近徵君。龕鄰彌勒。一亭森峙。又鯨濤靜息。腥氛不染。蟲沙劫。銷彈指。　依舊林巒青紫。話斜陽、浮漚往事。天魔狂舞。禪心常定。何曾生死。逸翮重來。貞珉無恙。還應戀此。有諸天龍象。千年呵護。住人間世。

## 孫銓 字子揚、浙江山陰人、官廣東府經歷、

### 滿江紅 泛棹珠江感賦

過眼煙花。到今日、都成陳迹。回首處、波濤浩渺。江天寥泬。魚藻門前鶯燕換。漱珠橋畔笙歌寂。問當年、誰見畫中人。三更月。　冶遊路。烽烟息。金粉地。樓船列。歎茫茫碧海。揚塵才歇。謔碧嘲紅如夢散。曉風殘月堪愁絕。賸魚龍、出沒夜珠圓。瓊簫裂。

## 曾行淦 字湘蘋、一作蘋湘、有蘋影軒詞、

### 瑣窗寒

疏柳曉寒。黄昏人靜。晝簾慵捲。空階小立。閒煞紵衣綃扇。轉明河、更闌未沈。離愁不似新涼淺。怪亂苔四壁。殘蛩低絮。乍驚秋換。　腸斷。芳游嬾。記門掩梨花。翠尊同款。銀箋欲寄。爭奈吳山籠晚。料西窗、聽雨自眠。夢回水驛天樣遠。待歸時、檢與征衫。淚點和塵浣。

## 琵琶仙　偕獄生夜步長橋上、時聞櫓聲與高樓笛聲相贈答、獄生即晚歸湘中、倚此爲別、

天闊潮寒。畫橋外、誰倚危闌橫笛。深夜吹轉明河。微雲淡無跡。帆乍遠、風燈漸亂。怪隱了、斷岑虛碧。霜滿孤舟。宵來甚處。腸斷今夕。　甚前度、踐約紅樓。只酒醒應思舊遊歷。歸夢暗憐都阻。墮蒼煙無力。待說與、湘娥素怨。奈月昏沓眇難覓。早是茸帽生塵。扣舷愁絕。

## 江南好

青溪曲。閒立夕陽時。欲采蘋花秋水遠。畫簾單舸夢遲遲。何處小姑祠。
秦淮好。終古水西流。流水送春春送客。夜深吹笛上高樓。樓下木蘭舟。

# 楊文斌　字稚虹、雲南蒙自人、官江蘇知縣、有香海閣詞□卷、海濱酬唱詞一卷、

## 齊天樂

小樓日日輕陰護。今朝喜逢晴霽。綺陌風和。茜窗晝永。恰好湔裙天氣。花明柳媚。想此際春江。定多佳麗。寶馬香車。紛紛士女競游戲。　荒城清興易減。歎良辰負了。金谷難繼。鬭酒人遙。聽琴客散。直恁冷清清地。尋芳無計。挈半榼春醪。海棠花底。無數閒愁。逐春煙又起。

# 江鴻鈞　字仲和、江蘇江寧人、諸生、

摸魚兒　題朱鳩隱西泠放月圖、即次原韻、

悵西泠、忽忽過了。而今還補新句。畫圖省識扁舟月。句起那回情緒。收暮雨。正萬頃玻璃、裝點南屏路。綠波容與。算別後秋風。蟾圓又幾。惟有夢來去。　漁陽鼓。驚起蟲沙無數。斷雲飛過前渡。桃源依約人家在。錯認武陵深處。遙寄語。恁欸乃聲聲、搖出鷗邊艣。再游儘許。怕一笛樓頭。湖山猶是。換了舊時樹。

## 周　南

字荔軒、江蘇青浦人、諸生、

好事近　苔院

昨雨過閒庭。輕暈遙山黛色。誰向花陰深處。印一雙春跡。　烟綿還似舊愁生。珠簾捲寒碧。目送斜陽歸去。更數聲殘笛。

木蘭花慢　秋望

漫憑高望遠。問何地可埋愁。但瑟瑟蘆花。蕭蕭落木。滾滾寒流。悠悠。翠濤萬里。倚帆檣、雁外碧雲收。一片南朝舊壘。夕陽還臥閒鷗。　悲秋。日日醉登樓。煙樹引雙眸。更一聲殘笛。吹回鄉思。牢繫眉頭。句留。岸芙放也。悵天涯、幾度月如鉤。倚檻空舒倦眼。雲中何處歸舟。

## 華孟玉

字約漁、江蘇南匯人、諸生、有百花莊詞、

## 祝英臺近 阻雨留待月吟詩館、草窗獨坐、苦無聊賴、塡此遣悶、

燕來遲。鴻去早。消息萬山阻。怕倚雕闌。烟柳黯南浦。一春常是懨懨。都無人見。更盡日、落梅風雨。　甚情緒。要說夢裏歡娛。忽忽也無據。贏得虛窗。點滴到淸曙。怪他雨比愁多。愁酸雨苦。奈雨住、愁還不住。

# 沈汝瑾 字公周、號石友、別號鈍居士、江蘇常熟人、諸生、有月玲瓏館詞、

## 卜算子

纔到早秋天、已做深秋景。雨雨風風惱煞人。不管羅衣冷。　新夢不堪尋。舊事還重省。看到靑山山外天。難著孤鴻影。

## 臨江仙

小閣蘭燈半燼。嚴城更鼓三撾。月明低度碧窗紗。一枝花影上。猶有並棲鴉。　靑鳥遲來人世。錦屛隔似天涯。鼠姑風裏夢香車。纖肌鬆玉釧。不是舊容華。

# 馮　𤍭 字次泉、江蘇金壇人、

## 昭君怨

月子彎彎淸絕。秋到海棠如雪。砧杵夜千家。又天涯。　道是那時輕別。誤煞鬢邊華髮。等得浙江潮。上蘭

橈。

## 侯家鳳　字翔千、江蘇金匱人、諸生、有倚瓊樓詞、

### 念奴嬌　舟人楊月娟以扇索詞、爲倚是解、

石橋西畔、是謝娘當日，浣紗曾住。自向溪邊浮桂棹，便與垂楊爲侶。枉嫁東風，長條零亂，依舊飄金縷。憐他身世，雙蛾滅盡眉嫵。　漫道翠袖單寒，青衫落拓，一樣含淒楚。何事劉郎迷醉眼，錯認笑桃門戶。强笑尊前，背人簾底，暗拭梨花雨。夜涼爭奈，芙蓉湖上風露。

## 鄧　濂　字似周、江蘇金匱人、諸生、官訓導、有瑤情詞、

### 玉漏遲　客中聞隔院琴聲

嫩寒消不去，麝斂鴛被，鎮愁人處。誰在重屏，閒按紫瓊新譜。不似鶯聲曉陌，似絕塞、歸鴻淒語。雲景暮。洞庭月冷，瘦蛟低舞。　文園病已經年，怕鏡裏人知，暗銷眉嫵。幾許閒愁，併入玉絃同訴。驚起鷄雌斷夢，寄遙怨、冷烟淺樹。聲更苦。淒淒蜀桐吹雨。

### 秋波媚

幾絲垂柳趁風斜。可可著棲鴉。春愁一片，漸吹漸亂，絕似楊花。　昨宵朱鳥窗西坐，茜月濇銀紗。斷烟淒

雨。矮篷殘燭。如此天涯。

## 高陽臺 惠麓感舊

茜槅留香。湘屏掩玉。葳蕤深鎖重門。夢境闌珊。東風幾片梨雲。綠蕪迷斷樓前路。任馬嘶、冷雨殘春。更消凝。鴛檻風淒。蛾岫烟顰。　銷魂不爲南樓笛。爲笙寒水皺。篋冷銅昏。鸚鵡猶呼。重來也勝無人。褪紅闌角微黃月。認墜歡、如影如塵。莫開簾。怕見桃花。嬌泣啼痕。

## 摸魚兒 春深矣、一簾雨意、芳事闌珊、故恨新愁、一時棖觸、

最銷魂、綠陰門巷。濛濛只欲成雨。畫樓雙掩葳蕤鑰。誰與東風爲主。樓外路。賸三兩、吳鶯忍淚看春去。逢人暗訴。道莫再開簾。好春只在。烟草可憐處。　還記得。渺渺綠波前度、杏鈿零落無數。春愁除是花能解。猶傍玉樽低舞。春也苦。問底事、當時錯信啼鵑語。如今且住。試留取殘紅。玉京墳畔。贏我斷腸句。

# 殷用霖 字伯唐、江蘇常熟人、官浙江縣丞、有玉雨樓詞、

## 疏影 秋海棠

牆陰蘚隙。似背人暗怨。紅淚偷滴。嚬雨愁風。泣露啼烟。無聊自抱幽寂。十分哀豔飄零命。孰會得、芳心酸切。算未曾、嫁與東風。莫把小名呼出。　悽黯柔腸已斷。亂蛩替訴恨。愁度秋夕。清影誰描。絳淚誰收。幻出情根誰識。能消幾個黃昏月。蕩瘦影、玉階秋黑。看畫闌、一平夜輕霜了。卻嫩紅深碧。

## 袁　翼　字穀廉、江蘇寶山人、有小清容山館詞鈔二卷、

### 疏影　夾竹桃

晶簾照夢。有豔魂一縷。霞影輕捧。記得湘皋。籬角黄昏。木蘭艇子相送。別來憔悴東風面。早誤了、雙棲金鳳。任曉屏、怯損胭紅。翠袖薄和煙擁。　前度劉郎再到。玄都舊觀裏。千個分種。碎粉娟娟。倩笑盈盈。付與黄鶯銜弄。渡江姊妹歌聲杳。灑幾點、淚斑猶凍。只每年、呪筍時光。露井倚欄愁重。

## 胡嗣福　字杏孫、安徽桐城人、官浙江嘉興府通判、有竹榭詞稿一卷、

### 漁家傲　漁父

水遠山平環鶴嶼。小舟泊近垂楊樹。身世清閒天所與。眞樂趣。一蓑一笠烟波住。　釣得白魚長尺許。市橋沽酒過村渚。篷底頻斟杯獨舉。歸何處。巖邊月上搖船去。

## 張光裕　字雨珊、浙江桐鄉人、

### 鵲橋仙　自題費子苕畫望春圖

多情杜牧。多愁宋玉。一樣相思心苦。綠楊無力綰春光。便不想、東風留住。　詞成團扇。圖成錦瑟。畢竟箇

人何處。伊邊寫到燕歸來。任豆蔻、花梢凝雨。玉樓聽雨。玉壺賞雨。一一攙儂方寸。刹那二十四番風。又容易、傳來花信。　眉烟翠鎖。眼波紅溜。半爲春情流恨。千金值得買良宵。最怕是、東皇還靳。

## 柳以蕃　字价人、號子屏、又號豉廬、江蘇吳江人、諸生、有食古齋詩餘一卷、

### 柳梢青

雨淨溪沙。扁舟晚繫。淺水蘆花。濟濟風燈。疏疏驛樹。人語誰家。　客程鄉夢偏賒。酒醒處、殘楊亂鴉。半枕疏星。一篷落月。如此天涯。

### 摸魚子　詠裳邀同錐菴夢粟子方葵卿集蘆雨厂、酒酣賦此、即贈厂主楊利叔、

問何人、風簾水檻。吟廬小築三四。此來可惜秋容晚。溪上荻花殘矣。窗洞啓。只一角紅闌、占斷全湖勢。塵襟盡洗。有繞榻嵐光。浮杯帆影。留我座中醉。　煙波好。隨分蒓絲菰米。爲誰鄉夢輕棄。黃皮袴褶從軍樂。何似綠蓑閒理。君倦未。算蟹簖魚牀。儘可成歸計。扁舟待檥。便酒榼三升。詩瓢一笠。分領畫中意。

## 莊寶澍　原名安泳、字甘來、號仲芳、別號赤鷃詞人、樗叟、紅豆詞人、江蘇武進人、諸生、官江西典史、有嬾翁詞一卷、

## 謁金門

人寂寂。躭誤翠樓春色。楊柳多情偏漏洩。玉關無信息。　吹落梅頭殘滴。雨過夕陽紅溼。十二闌干千百折。有時還小立。

## 長亭怨慢　新柳

莽回首、柔荑初吐。記得相逢。晚陰窗戶。一捻春痕。碧衫微涴六街土。陌頭新綠。纔幾點、疏疏雨。彈淚杏衣寒。更誰道、折腰辛苦。　天暮。尚河橋立馬。指點翠烟深處。剪刀風軟。也裁出、青青如許。只憐取、瘦影伶俜。還强畫、舊時眉嫵。儘裊斷晴絲。莫再吹殘香絮。

# 許　增　字益齋、號邁孫、浙江仁和人、有煮夢龕詞、又彙刻前人詞爲榆園叢刊二十八種、八十六卷、

## 菩薩蠻　題復堂填詞圖

迷濛稚柳春將半。隔花春遠天涯遠。誤了踏青期。紅鵑盡日啼。　千金誰買賦。那有旁人妒。都道不如休。花飛樓上愁。

# 王廷鼎　字銘之、號夢薇、一號嬾鶴、江蘇震澤人、官浙江縣丞、有紫薇花館詞稿一卷、一名春光百一詞、

## 玉京秋　秋雨

雲欲沒。佳人肯來否。金風拂拂。散不成絲。急偏有陣。淋漓未絕。已是荒涼景況。更愁人、重九時節。儘連朝、冷霧欺花。寒煙病葉。 不信黃梅彷彿。盼高雲、一天爽歇。倒寫銀河。眞成孤負。中秋明月。玉露凋傷。何處認、縹緲芙蓉城闕。還淒切。繞砌啼蛩絮說。

## 汪　淵

字詩甫、一字詩聞、安徽績溪人、貢生、有瑤天笙鶴詞二卷、一名古調獨彈詞、又藕絲詞四卷

### 小重山

絡緯秋啼夜漏長。玉階苔尙涴、襪羅香。一痕燈暈冷搖窗。窗外竹。又送雨聲涼。 舊事暗迴腸。臙脂陂下路、月昏黃。西風轉眼露成霜。南去雁。遠夢落瀟湘。

### 摸魚子

暮色蒼茫、舟行未已、鄉思棖觸、愴也成吟、

劃鷗波、琉璃萬頃。艣聲鴉軋隨喚。銷魂冷雨疏烟外。人意與秋俱遠。秋色淺。甚十里蘋香、吹作西洲怨。潮平古岸。任柳隙蟬嘶。蘆根雁語。脈脈水天晚。 蒓鄉路。中酒阻風曾慣。旅愁依舊難浣。江空月黑迷津樹。側臥篷窗吟倦。腸欲斷。聽碎笛零歌、別淚征衫濺。孤衾夢短。賸芡葉偎涼。葒花攪瞑。青滴一燈顫。

## 何桂林

字子劭、號一山、廣東增城人、官福建候補縣丞、有海天琴思詞、

### 如夢令

露墮碧梧金井。院落沈沈人靜。幺鳳立寒枝。蹴落飛花無影。無影。無影。澹月迷離風定。

## 滿庭芳　庚午夏日集離明觀小嫏嬛館

蒼靄橫江。晴嵐當戶、一痕新綠連天。谿山如畫。院落碧籠烟。迴合夕陽一角。初雨過、清漲漣漣。江亭外。白鷗幾點。飛過釣魚船。　前游如夢影。舟維南岸。路記西園。且隨緣奚論。燕後鶯前。彷彿三生石上。徘徊處、賸有詩篇。十載裏。嫏嬛舊館。山色尚依然。

# 史念祖　字繩之、江蘇江都人、監生、官至廣西巡撫、有弢園詞一卷、

## 鷓鴣天

風雨誰家發夜謳。儂心自怯怨更籌。海棠已病還酣夢。杜宇能啼定說愁。　絲罥鏡。絮黏鉤。一春禁得幾憑樓。蠣牆遮住依依柳。驄馬東來未肯留。

## 渡江雲

一番梅子雨。晴雲未老。水閣又回涼。小窗情緒亂。與燕商量。莫啄豔泥香。多眠少夢。枉壓斷、鏤玉釵梁。誰更信、深閨日影。例比世人長。　迴腸。頹樓一角。深護楊絲。怕書鴻北上。儘覓遍、雕欄繡闥。錯認紅牆。游絲已被東風誤。甚落英、還鬥殘妝。愁病損。梨花不稱斜陽。

# 黃燊 一名育翰、又作育韓、字欣園、福建永福人、光緒元年舉人、官廣西容縣知縣、有夢潭詞一卷、

## 水龍吟 柳絮

闌干永晝新晴。沈沈午院輕風轉。鶯催日盡。燕銜春去。無人拘管。隨分輕狂。等閒離別。乍飛還嬾。者因循怎了。禁伊不住。爭來撲。行人面。　卻似無家倦客。短長亭、行蹤都遍。飄零不怨。怨春分付。韶華太淺。莫逐香塵。章臺遊蕩。幾人青眼。願歸來繡戶。搓酥滴粉。向妝匳畔。

## 百字令 闌干

紅闌百折。護春陰尺五、玲瓏花影。燕子歸來人獨立。一角斜陽近暝。昨夜星辰。今宵風露。寂歷樓臺迴。亭倚徧。華年暗裏重省。　年時凝佇天涯。連環亞字。曾寫迴文信。淚眼看朱成碧後。博得和愁重凭。四畔垂楊。半池流水。拍拍輕塵印。更無人到。一方明月淒冷。

## 摸魚兒 歌板

製紅牙、和伊花鼓。一雙鏤就歌板。綵絲綰箇鴛鴦結。打入那人心坎。聲正慢。看檻外亂紅、輕落桃花片。鞋尖暗點。待換羽移宮。促絃過調。按節唱新犯。　分離後。當日繁絃急管。而今都付鶯燕。檀槽舊夢無心覓。零落鈿蟬金雁。還再按。恐一曲伊州、淚盡淒涼眼。闌干倚遍。剩蝴蝶無心。輕翻粉翅。拍拍院中轉。

## 蔣　蕚

字跗棠、號醉園、江蘇宜興人、光緒元年舉人、官江蘇高郵州學正、有醉園韲臼詞一卷、

### 齊天樂

夢中不識相思路。眞眞者番尋徧。燈火幽窗。爐烟小閣。驀到畫樓西畔。靨深笑淺。問劃地相逢。可還如願。一霎朦朧。又驚花外曉鶯囀。　蓬山休恨萬里。坐來人近處。猶似天遠。蝨甲黏屛。蝦鬚織箔。障卻盈盈心眼。離愁怎遣。便明月虧殘。有時還滿。無定行雲。楚峯終望斷。

## 杜貴墀

字吉階、一字仲丹、湖南巴陵人、光緒元年舉人、有桐花閣詞鈔二卷、

### 桂枝香　秋蛩

西風響碎。向候館空幃。喚愁驚睡。又是荒臺草羃。故宮門閉。年年不少傷心事。傍潘郎、鬢絲提起。怕分明語。淒淒切切。又低低地。　料思婦、寒生孤被。正月暗莓牆。雨侵苔砌。恨縷情絲宛轉。弄梭聲裏。回腸那織回文字。但聲聲、促教憔悴。又誰憐我。荒郵野宿。瘦吟燈底。

### 綺羅香　秋柳

斷檻扶慵。危橋倚困。日日無情煙雨。舊識蕭娘。不是者般眉嫵。直瘦到、金縷衣寬。斷魂比、玉門關苦。念漂萍、泊絮都非。斜陽空付亂蟬語。　年年嘶馬陌上。看一般憔悴。無聊張緒。草草繁華。枉了浪搖顚舞。殘月

寺、鐘外愁來。曉風岸、酒邊人去。便饒是、吹斷情絲。也還留恨縷。

## 陳　書

字伯初、號俶玉、晚號木庵、亦號馮盦、福建侯官人、光緒元年舉人、官直隸博野縣知縣、有遙集詞、

### 浣溪紗　次珠玉韻

散盡高陽幾酒杯。謫居從此下樓臺。七年蓬轉不曾回。　無可斷腸人老去。與誰攜手夢歸來。地偏官冷獨徘徊。

## 鄧嘉縝

字季垂、江蘇江寧人、光緒元年舉人、官奉天巡警道、有晴花暖玉詞二卷、

### 江城子

池頭楊柳漾輕絲。逞嬌姿。影參差。道是無風無雨最相宜。記得晚妝新月罷。同照影。月來時。　斑騅不用放驕嘶。碧萋萋。暮煙低。常日歸來素手一相攜。爭奈綠陰斜掩處。渾不是。畫樓西。

### 南浦　秋燕

涼意上羅襟。漸疏闌、翦翦西風輕掠。巷口夕陽斜。蹁躚影、還入深深簾幕。呢喃對語。料應記得來時約。便道主人須惜別。換了新霜城郭。　年年秋去春來。算天涯到處。芹泥堪託。滿地認江湖。相逢處、知是誰家樓閣。山河迢遞。多情休念烏衣薄。回首舊時明月在。只是雕梁閒卻。

八歸　庚子五月書感

方塘月朗。曲闌塵定。一霎風起蘋末。步虛只道聞天籟。誰料紅愁綠慘。無端紛錯。分付馮夷休浪舞。怕玉鏡、被雲遮卻。怎不念瓊宇高寒。送與六銖著。　吟罷玉川月蝕。清光無恙。只是蝦蟆輕薄。歌管俊遊。詠觴勝侶。未礙及時行樂。向青天試問。忍缺團圓桂花魄。待看取、鯨呿響息。鮫泣聲潛。效靈來海若。

南浦

梅雨暗簾纖。漸苔痕、綠上闌干幾曲。晝靜罨鑪煙。鎮無聊、拋卻泠泠青玉。新愁莫訴。切須休近彈棊局。金縷衣單逢酒醒。簾外輕寒妨觸。　幾番望遠登樓。甚青山無語。黛蛾低蹙。不惜賦閒情。胸中事、深夜共誰翦燭。方塘如鏡。亂紅蘸盡春波綠。說與東風渾不信。煙際鴛鴦睡熟。

余嵩慶　字子澂，號茝芩，湖南武陵人，光緒元年舉人，官安徽知縣，有緋芳仙館詞存。

國香　眉伽買蘭數本，賦此紀勝，和韻述懷。

淺笑留春。儘紅情綠意。種就靈根。休教玉簫吹徹。中酒纔醒。應是瓊華小劫。歷三生、幻出香魂。羅浮踏歌處。殢夢凝愁。偎徧囊笙。　年時尋嫩約。記眉彎柳翠。鬢彈華簪。酒邊盟舊。何處鑄就雙心。看到東風絮影。併煙痕、吹上鬟雲。人天綺緣在。後日枝頭。滿幅濃青。

大酺　和眉伽韻，送王夢湘落第出都。

又五更風。三月雨。離魂黯黯無據。落紅纔幾點。只數聲鶗鴂。催歸何許。綠鬢堆愁。斑騅怨別。惆悵酒邊羈旅。流年原似水。拚殘醉句留。莫敎東去。奈畫鼓城頭。鞭絲柳外。鐸鈴孤語。 歸雲低欲駐。和去淚、溼徧旗亭樹。空悵望、墟煙堠火。滿目山川。層層不是花前路。儘容華絕代。祇須在、畫堂深處。誰令豐臺舊侶。鳳泊鸞飄。贏得雨絲煙絮。夢痕幾番朝暮。

## 張雲驤 字南湖、順天文安人、光緒元年拔貢、官內閣中書、有冰壺詞四卷、

### 醉花陰

粉梨庭院催春暝。角枕敧還凭。無地踏歌行。情緒迷離。香瘦鑪煙冷。 陰晴天氣渾難定。不放春酲醒。愁外隔簾櫳。簾外花陰。花外愁來影。

### 珍珠簾 春水

柔情不斷春波溜。恰滌翠吹藍、曉風時候。折柳河橋。猶記忽忽分手。載得行人雙槳去。也解得、載人歸否。溪口。隔一灣碧玉。嫩煙猶瘦。 不久。心期輕負。爲絮漂萍泊。也難迴首。說與鏡中人。莫唾他羅袖。綠到眉心都是恨。怕也被、東風吹皺。依舊。瀉桃花千尺。濃情還有。

### 清平樂

粉雲香雨。釀得春無主。輭綠鵝屛通密語。瞞了玉籠鸚鵡。 尊前替拍紅牙。鶯喉溜出文紗。愛唱曲中折

柳。不知身是楊花。

鷓鴣天　客思

睡起鑪煙一半消。倚闌愁聽紫雲簫。鸚哥瑣屑偏驚夢。燕子丁寧爲换巢。　春寂寂。客寥寥。曉寒猶在杏花梢。不知故里春波水。緑到門前第幾橋。

祝英臺近　萍

點清波。依畫舫。蹤迹傍蘭渚。回首楊花。舊恨那堪數。可憐兩世飄零。一身清潔。算到底、不沾塵土。　更誰主。伴他江上芙蓉也自怨遲暮。鏡裏年華。容易此生誤。殷勤説與東流。憐伊薄命。莫輕被、曉風吹去。

湘月　闌干

鬱金堂後。是何人作就、春愁不斷。嬌懶花枝。隔不住、鶯底珠簾人面。春影重重。夢痕疊疊。圍住珍珠院。斜陽斜處。有人閒數花片。　碧玉十二玲瓏。玉人倚處。似怯微風顫。不盡迴環。恰比似、九曲柔腸同轉。霧閣迷離。雲廊曲折。取次行難徧。乍離又卽。肯教容易相見。

李宗禕　一名向榮、字次玉、號佛客、福建閩縣人、官分部員外郎、有零𡖉詞、雙辛夷樓詞各一卷、

菩薩蠻

一春只是成慵倦。啼痕點綴臙脂面。月不下西樓。怕人樓上愁。　鴛鴦傷獨宿。池水添新緑。白袷悄嫌單。

猜知明日寒。

菩薩蠻

西風掠地秋將半。客程惟見昏鴉亂。天入大江流。蒼茫一片愁。　倚欄成獨望。涕泗危樓上。早晚到長安。猶歌行路難。

## 周繼煦　字春甫、江西泰和人、官貴州思南府知府、有蕉心閣詞一卷、

摸魚兒　柳絮

隔紗窗、逐團飛起。秋千繩外塵曖。樓高不礙珠簾影。也共燕泥爭點。全不管。任幾許、和煙和雨空中捲。鶯愁蝶怨。怕逝水流年。飄零身世。又逐浪花轉。　東風裏。吹老韶華一綫。楊枝無力難綰。深閨人正瑚闌倚。莫把玉纖輕撚。凝望眼。計去歲、新棉寄到當春晚。思長夢短。問布滿天涯。卻因何事。只怕玉關遠。

## 鄭由熙　字曉涵、安徽歙縣人、官江西知縣、有蓮漪詞二卷、

淡黃柳　河干垂柳雙株、依依楚楚、低回弄影、頗愜秋情、

含煙弄夕。涼月黃昏逕。一縷柔情和雨織。待更參花夾竹。添作秋邊好顏色。　感今昔。紅樓舊吹笛。綺羅夢、杳無迹。只寒鴉、噪晚西風急。對面屏山。一灣流水。野渡無人自碧。

玲瓏四犯　螺墩爲章門昔年游讌地，今則頹垣敗井，瓦礫榛蕪，僅存老槐數株，無聊自綠，用白石韻寄慨，

薜荔上牆。龍槐支屋。尋春知在何許。庭草無人綠。暈入殘碑古。靈光那堪作賦。儘低回，西山南浦。壞色伽藍。破聲鐘磬。著箇病僧苦。　當年小橋通路。有鈿車寶馬。朱碧窗戶。一般斜照裏。逝水滔滔去。摶沙聚散渾閒事。算都是，恆河羈旅。吾孰與。煙波有，鴟夷伴侶。

## 曾傳均　字茶村，號文邵，湖南善化人，官廣西西林縣知縣，有萬松堂詞鈔一卷，

水調歌頭

江水淨如練。江月洒秋寒。不知江水江月。流照自何年。款款澄波浸月。颯颯涼風吹水。光漾萬珠圓。一白浩無際。千里接長天。　鼓蘭楫。傾桂醑。敞華筵。華筵易散。江水江月總依然。參得瀾渦起滅。悟到清輝盈缺。靜裏證因緣。流水自今古。明月是生前。

洞仙歌　入廬山訪證月上人

濛溶飛翠。是西溪烟雨。行過溪橋日微露。恰山如展笑。鳥自呼名。深樹裏，尋得彎環苔路。　丁丁樵斧響。驚起青猿。躍上蒼巖又回顧。奈我已忘機。目注清泉。和一片，閒雲流去。向梵磬，聲中覓招提。卻穿出桃花。漸聞僧語。

## 疎影 夕陽

羣峯暈紫看牛羊下也。秋草無際。景射虞泉。光耀黃金。照得江山清麗。依稀屋角凝紅處。渾不是、隔林蕭寺。一霎時度過寒原。數點晚鐘徐起。　須向伊吾試劍。認斜暉映處。關塞雄峙。陣馬蕭蕭。征旆飄搖。萬影都橫沙地。光陰一寸丹心競。願趁此、搴旗摩壘。學魯陽、奮力揮戈。不使赤輪西墜。

## 多麗 題西蜀紀事書後

路崎岈。萬山勢走龍蛇。逐岷江、潺湲東去。水聲洶出三巴。話兵戎、樓船石陣。談租賦、橦布賨幏。棕覆郵亭。巖穿棧道。木蘭陰裏度褒斜。任幾代、偏安割據。望帝不還家。空留得、子規聲苦。啼徧天涯。　訪瀼溪、眉州舊跡。心情卷入烟霞。儘羈留、古今詞客。還細數、川蜀名娃。曲唱花卿。舞翻渝女。年年星月照繁華。莫但羨、臨邛境好。酒向美人賒。猶須記、薛濤居處。門對枇杷。

# 鍾德祥

字西耘、號愚公、晚號耘翁、廣西宣化人、光緒二年進士、改庶吉士、授翰林院編修、官至江西道監察御史、有睡足齋詞鈔、

## 卜算子 秋風

落葉亂鴉翻。冷月城頭小。樹浪搖空聽欲飛。風送鴻來了。　回首百花時。番報春香曉。幾日吹霜點菊金。菊老知人老。

風入松　十月二十四夜感興

竹宮燈火候神仙。颯颯有風先。瑤池西望如天遠。問何人、能上青天。還是蓬萊方丈。傳聞在海東邊。　故人徐福舊乘船。樓閣蜃雲間。大魚銜箭無回信。到不如、鳥使能言。忽地傳呼方朔。果然桃熟千年。

卜算子　夜聞秋風、木葉如掃、寒菊獨在、系之以詞、

落盡碧梧桐。樹與風俱定。如洗閑庭月獨來。只月和人影。　幽極不知寒。賸有黃花省。直到霜濃始作去聲花。生性元來冷。

卜算子　月夜獨坐軒卽景

屋小一舟虛。四面浮空水。天色溶溶海洗清。浸月光明裏。　獨坐正蕭寥。心卻壺冰似。露比霜寒雁那知。樓角參差起。

陶方琦　字子縝、一字子珍、號蘭當、又號漢廬、浙江會稽人、光緒二年進士、改庶吉士、授翰林院編修、有玲青館詞二卷、蘭當館詞四卷、

永遇樂　玉河橋觀荷

水殿柔瀾。貝宮麗粉。掩映斜照。太液流光。石鯨微動。那許秋風到。翠華飛雨。金盤承露。多少銖衣圍繞。涼生處、碧幢飛舞。遂有人窺蓬島。　重重深綠。鳳城濃靄。髣髴銀河初曉。十二雕闌。三千素面。秋色遲晴昊。

紅牆擫笛。迷離宮怨。香夢人間醒早。芳尊側、客塵休浣。仙源路渺。

## 長亭怨 雨感

苦曉雨、纏綿催冷。楝葉清陰。晝簾搖暝。珍簟方牀。暗愁不似夢時醒。紗幃人靜。獨吹爇、沈檀鼎。待離袂重熏。又還惜、餘香猶賸。　偏恨者天涯飛絮。長與春心無定。蘭情水盼。也解道、鏡中花影。更莫憶月底銀箏。是扶酒、殢愁曾聽。恁奈何、紈扇吹涼。未秋先省。

## 菩薩蠻

鹿葱花發珧窗暖。腮光題粉春紅怨。山枕海紅衾。君恩高復深。　綃屏香影韡。青蚓文簾鎖。愁絕拗蓮絲。纏緜誰得知。

湔裙香侶無尋處。笛牀又檢紅絨去。日日繡芙蓉。誰人憐繡工。　宮妝搴紫鳳。百福香緜重。春暖復春寒。儂心兩樣看。

# 朱鏡清

字至堂、號頻華、一作平華、浙江歸安人、光緒二年進士、改庶吉士、官江蘇知縣、有曼睩詞、珍髩詞、蘋花詞、

## 長亭怨慢 中呂宮、松心證道圖、

儘抛卻、脂匳釵股。一片冰心。萬松深處。鬢影蕭疏。歲寒霜雪等閒度。石牀苔暈。聽落葉、聲疑雨。換了道家

妝。認樹色青青如故。倚樹。甚傳牋寫韻。贏得玉臺佳句。冷然珮響。有幽翠、鍊涼吟緒。更十指、撥澁吳絲。繞空際、愔愔無語。怕別鶴枝頭。驚破蒼雲飛去。

## 袁　昶　字重黎、號爽秋、浙江桐廬人、光緒二年進士、官至太常寺卿、謚忠節、有朝隱巵衍詩、附詞一卷、

### 阮郎歸　松濤

夢迴午枕篆烟霏。玉笙空際吹。錯疑茶熟沸嘎咿。松風魚眼宜。　來浩浩。去飀飀。問濤何氣爲。華陽洞口月生時。有人巾角欹。

## 黄遵憲　字公度、廣東嘉應人、光緒二年舉人、官至湖南按察使、有人境廬詞集、

### 雙雙燕　題潘蘭史羅浮紀遊圖

羅浮睡了。試召鶴呼龍。憑誰喚醒。塵封丹竈。賸有星殘月冷。欲問移家仙井。何處覓、風鬟霧鬢。祇因獨立蒼茫。高唱萬峯峯頂。　荒徑。蓬蒿半隱。幸金谷無人。棲身應穩。危樓倚遍。看到雲昏花暝。回首海波如鏡。忽露出、飛來舊影。又愁風雨合離。化作他人仙境。

### 金縷曲　賓甫爲題吳船聽雨圖、和韻奉答、自注云、破綺語戒、故作畔離騷、以廣其意、

海水隨杯瀉。賸殘山、青溪幾曲。丁簾如畫。乾盡桃花紈扇淚。莫論六朝官瓦。又黑到、漫漫長夜。喚取花奴

催羯鼓。便手如、白雨聲聲打。今不樂。休放下。　一年容易秋風也。聽烏篷、淒淒戚戚。逼人驚怕。我欲逃禪君破戒。且作拈花情話。何苦要、龍癡羊啞。一味婦人醇酒樂。把百年、樂盡歌纔罷。君莫管。酒燈炧。

## 趙懿

字淵叔、貴州遵義人、光緒二年舉人、四川名山縣知縣、有夢悔樓詞一卷、

### 漁歌子

壯誤功名老學詩。五湖煙水似鴟夷。呼雞犬。載妻兒。共住瓜皮艇一枝。

潑綠春江水色濃。一船滿載是青峯。玄鶴伴。白鷗蹤。釣竿巢父偶相逢。

瑟瑟江風恰定初。鉤穿香餌碧綸虛。選苔石。坐清渠。春風釣得柳花魚。

雲水悠悠第幾層。一聲漁笛衆山應。晴補網。雨開罾。得魚沽酒醉騰騰。

罩以罾罿掩以柴。白攔橫截水之涯。灘淺淺。水湝湝。蘆花風月十分佳。繩懸雞羽以驚魚、謂之白攔、

垂柳絲絲蔓碧蘿。綠陰深處聚魚窠。拋玉尺。擲銀梭。乍傾珠露瀉秋荷。

草屩撈蝦近富春。子陵臺畔大江濱。龍種貴。鹿裘貧。眼中天子是何人。

一片鷗飛向碧空。芙蓉四壁壓船紅。搖短棹。駕烏篷。一蓑一笠老漁翁。

### 醉花陰

十載遼陽音信絕。錦字寄怎得。今夜最清寒。夢醒樓頭。一枕梅花月。　猶想昭君辭漢闕。酸苦更難說。忍

淚別長門。馬上琵琶。去踏萬年雪。

蝶戀花　柳絲、和胡詩舲、

裊裊垂楊春色暮。幾縷青絲。幾縷離愁緒。不繫斷腸人暫住。和春一抖無尋處。　昨日濃烟今日雨。漬重柔絲。飄泊辭條絮。誰道江潭搖落苦。纏綿不盡傷春語。

## 周元瑞

字紫筠、號澹齋、一號子雲、江蘇元和人、光緒二年舉人、有紅豆吟館詞鈔一卷、情禪詞一卷、

四字令

重重畫屏。疏疏短檽。月明何處吹笙。墮飛花滿庭。　焦琴自横。雕闌自憑。夢兒夜夜難成。更鸚哥喚醒。

## 李輔耀

字幼梅、號和定、晚更名吉心、號定叟、湖南湘陰人、光緒二年副貢生、官浙江候補道、有玩止水齋詞一卷、

青玉案　用方回韻

一聲風笛離亭路。競說道、君歸去。三月烟花容易度。曲闌深院。洞房幽戶。都是銷魂處。　癡雲恨雨無朝暮。悵憶臨分斷腸句。割得愁來愁未許。舊愁何限。新愁無數。賸伴淒涼雨。

## 王仁堪 字可莊、一字忍䕫、福建閩縣人、光緒三年進士及第、授翰林院修撰、官江蘇蘇州府知府、

### 金縷曲

金碧湖山好。又天然、錦屏韻友。冷吟同調。似此年華孤負慣。一例香衾顛倒。都付與、羈游草草。閒煞樵青無宅泛。老頭皮、準備新詩誚。雛鶴怨。野鷗笑。　望雲首向觚棱矯。那能忘、淨湖湖畔。白蓮風曉。忽唱歸田江水句。喚醒夢婆多少。早料理、煙蓑雨棹。贏女洲前香芰熟。十年來、打就丹青槀。塵土債。幾時了。

## 盛昱 字伯羲、號伯希、一號意園、又號韻蒔、滿洲鑲白旗人、宗室、光緒三年進士、改庶吉士、授翰林院編修、官至國子監祭酒、有鬱華閣詞一卷、

### 浪淘沙

丹鼎閟青霞。倏忽天涯。屏風六曲隔文紗。憑仗溶溶春院月。照煖梨花。　多謝木蘭槎。飽飯胡麻。杏梁新定燕兒家。自折花枝循紺鬢。如此年華。

### 八聲甘州 送伯愚都護之任烏里雅蘇臺

驀橫吹意外玉龍哀。烏里雅蘇臺。看黃沙毳幕。縱橫萬里。攬轡初來。莫但訪碑荒磧。同人屬拓闕特勤碑爾是勒銘才。直到烏粱海。蕃落重開。　六載碧山丹闕。幾商量出處。拔我蒿萊。愴從今別後。萬卷一身埋。約明

春、自專一壑。我夢君、千騎雪皚皚。君夢我、一枝榔櫪。扶上巖苔。

燭影搖紅　梅影

一縷冰魂，和煙瀉到無尋處。幾番相約是黃昏，又怕餘寒誤。冷落江頭千樹。奈相逢、風斜日暮。春愁滿地，淺夢如烟，都無憑據。　晚笛吹殘，玉龍似和湘波語。獨扶殘夢下瑤臺，可是淩波步。解佩縱逢交甫。亦淒涼、幾番煙霧。翠禽宿後，寒蝶來時，者番前度。

繼　昌　李佳氏、漢軍正白旗人、光緒三年進士、官至江寧布政使、有左庵詩餘、又左庵詞話、

無悶　羞園老人示以新春踏雪與在廷味蒓會飲塡詞、清興不淺、爲賦此解、

料峭春寒，黯淡夕陰，懶向高樓獨倚。悵一片癡雲，亂山如睡。誰把銀河攪碎。待夢入、梨花霏霏起。朔風未肯，吹敎暖玉，有聲輕墜。　清致。羨吟侶。卻踏向天街，酒家帘裏。算一度銜杯，春明重聚。欲喚飛瓊起舞。也不管、分明天公妒。更短笛、吹破蒼茫，看取玉壺冰宇。

祝英臺近　詠梅

碧雲晴，紅蕚展。一丈老梅本。春意先蘇，十月朔風暖。便敎瘦影橫斜，欄邊竹外。恰料理、看花倦眼。　情何限。憶曾人在江南，醉臥雨窗懶。怯掉扁舟，吳山似天遠。算來鄧尉南枝，海成香雪。待舊約、那年重踐。

## 楊調元 字孝虋，一字和父，又號仲和，貴州貴筑人，光緒三年進士，官陝西渭南縣知縣，有綿桐館詞一卷。

### 清平樂

蒼巖如削。人語空中落。隱隱山樓窺一角。疑是眞靈栖託。　時平不拚關門。往來一任閑雲。細草香風滿路。落花流水前村。

### 水調歌頭 題葆清桃花便面，即送其應舉中州。

明月入懷袖。花影一重重。恍然舊時人面。倩笑倚門中。捉得一枝春在。引得一雙蝶至。搖破夢惺忪。紫陌豔遊處。好障輭塵紅。　武陵渡。仙源口。久雲封。生非太元時世。那復問漁翁。聞道九重天上。王母瑤池高宴。霓詠衆仙同。振翼向雲漢。萬里海鵬風。

## 謝章鋌 字枚如，福建長樂人，光緒三年進士，官內閣中書，有酒邊詞八卷，賭棋山莊詞話十二卷，續話五卷。

### 更漏子

雨疏疏。風索索。一片傷心樓閣。人影隻。燭花單。羅衣澈夜寒。　斷蟲吟。孤雁語。添出許多酸楚。雲黯淡。樹糢糊。家山認得無。

### 長亭怨慢 登金山塔院

算三度、鷗邊拚酒。一月垂天萬山窺牖。看劍哀歌。當年此際、同吾友。而今往矣。空折得、離亭柳。柳已綠成陰。欲齊上、江樓能否。　回首。那馮夷起舞。睒睒雙眸如斗。腥臊海氣。莫染卻、蓬萊八九。問誰是、占住鼇頭。眞辜負、屠龍妙手。何日快澄清。爛醉騎鯨西走。

綠意　新竹

籬根雨足。看涼痕低亞。蒼翠如玉。幾葉蕭疏。扶上輕陰。便占脩闌一曲。佳人生小眞憐汝。問誰憶、天寒空谷。莫瘦魂、夢到瀟湘。一樣春衫搖綠。　知否幽居寂寞。多情寫幾字。食可無肉。一醉春風。早解虛心。卻喜此君非俗。平安從此殷勤報。好留與、鳳皇棲宿。盼甚時、才得淩雲。青入故人雙目。

## 蔣其章　字子相、浙江錢塘人、光緖三年進士、官甘肅知縣、

綺羅香　題吹簫低唱圖

畫舫聽煙。紋窗邀月。慣挈雛鬟容與。酒熟香溫。又理舊時簫譜。和啼鶯、笙炙脣寒。招彩鳳、箏通眉語。甚蒼涼、一片歌雲。漾如泉咽裊如縷。　休說江南羈旅。憑仗酒邊選夢。花前徵舞。按徹參差。沁入秋心如許。逗新愁、六詔山川。縈舊憶、五湖煙雨。笑吟仙、深負豪情。更旗亭暗賭。

## 賈　璜　字小芸、號冷香、山西夏縣人、光緖三年進士、官工部郎中、

齊天樂 鴉

數聲啼破繁華夢。翛然碧梧金井。流水郵邊。夕陽原上。莫是驚寒雁陣。西風正勁。甚回旋遙空。欲棲不定。接翅南飛。舊巢蕭瑟恐難認。　上林如許好樹。一枝爭借取。託地偏近。銜尾翩翩。呼羣啞啞。無柰黃昏將近。宮彎倚恨。看猶帶依稀。昭陽日影。欲卜心期。聞聲愁暗省。

## 胡薇元

字玉津、一字孝博、順天大興人、光緒三年舉人、官四川知縣、有鐵笛詞、天雲樓詞、天倪閣詞各一卷、歲寒居詞話一卷、

踏莎行

瓜蔓波長。棗花香罷。踏歌初過欒公社。陂塘三十六鴛鴦。冰紋笛簟涼如瀉。　取次相招。紗幮曲榭。江南詞客增聲價。阿誰消得此纏緜。暮雲落照青山下。

鎖院重臨。苔箋再擘。雨中不辨青山色。孤雲更比客心閒。劃開一角亭陰直。　鄉夢西湖。旅愁蜀國。杜鵑枝上分明說。丁東井畔品茶人。放翁也是江南客。

海天闊處 人日草堂懷宗室紫蕙將軍

東風吹瘦梅魂。寒香萬本金鈴護。料應留待。酣春俊侶。對花起舞。錦水春風。年年此地。玉驄頻駐。說堂成背郭。緣江路熟。是杜老。吟哦處。　小隊元戎賓主。出郊坰、悵懷嚴武。行廚竹裏。聽鸝花外。倦遊都誤。人日

歸來。分明記得。當時舊句。有雕梁春燕。烏衣門巷。自家來去。

## 蔣汝僴

字毅甫、江蘇無錫人、諸生、有吟梅仙館詞稿一卷、

### 鷓鴣天　雜感

春意闌珊春思空。瑤臺零落舊花叢。杜鵑不復棲幺鳳。社燕依前戀塞鴻。　情靡極。恨何窮。笑看桃杏嫁東風。眼中淚點枝頭血。染著征衫一樣紅。

### 瑣窗寒　春寒

料峭東風。廉纖暮雨。幾番吹送。棲烟宿霧。更復晝檐森竦。和庭前、未消雪光。連宵釀得春寒重。看玉盃晶硯。玻璃窗戶。一齊都凍。　誰共。吟肩聳。擬酌酒呵毫。滿開春甕。旅館淒淸。卻又銀杯愁捧。縱然欹、花底醉眠。也應怯作鴛鴦夢。況冰輪、冷氣侵人。正向天邊擁。

## 李錫彤

字芋亭、河南夏邑人、優貢生、官內閣中書、有芋亭詞、

### 綺羅香　雨後見月有感

宿霧籠烟。濃雲蘸水。攔住清光如許。空說圓靈。那照斷魂淒楚。暗銷磨、綠鬢朱顏。惹悵觸、舊愁新緒。倩封姨、吹徹長空。織纖彎印澹眉嫵。　瑤臺休怨夢渺。不是嫦娥。那得私奔高處。桂殿蘭宮。惟有衆仙來去。好

珍重、七寶前身。莫錯認、九霄雲路。更聲聲、落葉橫飛。打窗驚又雨。

## 王汝純 字邃府、山西太谷人、官吏部主事、有醉芙詩餘一卷、

### 祝英臺近 和幼霞韻

柳酣眠。花睡覺。春嬾更傾倒。輕暖輕寒。天氣釀花好。幾時草踏瀛洲。馬蹄歸去。開笑口、一舒幽抱。　詩腸擾。贏得寫綠吟紅。芳心倩誰曉。寵燕嬌鶯。歡悰近來少。非干老去傷春。春風多事。便老去、春情未了。

## 李超瓊 字紫璈、四川合江人、光緒五年舉人、官江蘇上海縣知縣、有石船居詞賸一卷、

### 訴衷情近 晚眺有懷

晚涼氣爽。小立斜陽影裏。青搖細蔓含風。紅泫嫩花上露。還見香鬟粉翅。兩兩春駒。結隊深叢去。　孤烟外。隱隱雲峯無數。四圍山色。翠靄都凝住。天將暮。遠鐘過了。行雲目斷。佳期還誤。誰與傾情素。

## 呂增祥 字秋樵、安徽滁州人、光緒五年舉人、

### 高陽臺 瘦蝶

飛絮團雲。游絲盪影。畫闌小寄生涯。幾日春歸。亂紅飄向誰家。相思一夜腰圍減。認舊容。是也非耶。最淒

涼、寂寞園林。風雨沙沙。眼前身世原如夢。奈夢魂未醒。終戀繁華。悔不當初。將身化作飛花。而今憔悴憑誰惜。待尋芳、綠葉全遮。鎮無聊、拂遍簾旌。倚遍檐牙。

## 程秉釗　榜名秉銛、字蒲孫、安徽績溪人、光緒五年舉人、有丹荃館詞、花影吹笙譜、

### 臺城路　濃陰閣春、薄寒消酒、予將爲廣陵之游、書示玉性琴言閣主、

淒陰似與人同感。冥濛更無重數。助暝侵花。凝寒病柳。釀出愁容如許。魂銷倦旅。待盼到斜陽。已傷遲暮。黯黯遙山。送將離恨渡江去。　呢喃又聞燕語。差池渾不定。一平樣無主。嫩約湔裙。歡情蔔勝。別有芳盟堪溯。低迷院宇。早春色三分。二分留住。莫作去蕭槮。背燈飄暗雨。

## 葛其龍　字隱耕、江蘇上海人、光緒五年舉人、有寄庵詞、

### 百字令　楊稚虹得前明益藩古琴、次韻奉和、

酒闌燈灺。驀高山飛下、寒泉千尺。秋冷冰絲誰撫弄。勝國猶留遺迹。石獸埋烟。銅駝咽露。一樣同拋擲。焦桐爨下。攜歸獨自珍惜。　從此月下風前。鸞鳴鶴舞。響遏雲天碧。寥落塵寰知己感。幽契無如松石。藩邸餘音。深宮舊譜。喚起沈淪魄。美人何處。相思聊寄遙夕。

# 汪　夔　字典韶、安徽休寧人、光緒舉人、官霍山縣教諭、有芸香館詞、

## 碧桃春　題柳陰垂釣圖

東風剪出柳絲絲。春波魚正肥。一竿閒釣小橋西。野花紅上衣。　峯澄翠。水生漪。溪山畫裏宜。誰能識得此中機。問鷗鷗不知。

# 黄紹箕　字仲弢、號鮮庵、浙江瑞安人、光緒六年進士、改庶吉士、授翰林院編修、官湖北提學使、有𪊲舸詞一卷、

## 齊天樂　王幼遐給諫假余所藏舊鈔宋元詞輯刻見貽、賦此柬之、彭文勤藏汲古鈔宋未刻詞見知聖道齋讀書跋尾、余藏本行款悉合、蓋出一源、彭跋又云合李西涯輯南詞一部、又宋元人小詞一部、於已刻六十家外得六十二種、安得好事者續鐫後集云云、幼遐所刊、適得其半、他日當相助訪求、繫之篇終、以當息壤、

絳雲消歇金風謝。虞山祕儲星散。漁笛腔邊。樵歌譜外。花草飄零無算。春回雪案。忽雙白仙人。笑呼儔伴。擬爲君圖。烏絲紅燭校詞館。　平生躭玩古翰。苦刪除綺語。偏被情絆。㮣夢留淒。荷心卷悴。幻出玉鏘金燦。風騷一瓣。料詞客英靈。未應枯爛。劍合他年。補南昌一半。

## 志銳

字伯愚、號廓軒、別號窮塞主、滿洲鑲紅旗人、光緒六年進士、改庶吉士、授翰林院編修、官至伊犂將軍、謚文貞、有窮塞微吟詞一卷、

### 柳梢青　烏城上元燈社

水戲魚龍。錦江燈火。璀璨雲霞。月色依然。風情非舊。人又天涯。　回頭廿八年華。酒醒後、寒烟暮笳。九陌金蓮。千門簫鼓。春在誰家。

## 丁立鈞

字叔衡、號雲樵、又號衡齋、江蘇丹徒人、光緒六年進士、改庶吉士、授翰林院編修、官山東沂州府知府、

### 徵招　辛丑三月、舟次海鹽、過外舅小雲尚書竹隱廬、感賦

碧波低蘸琅玕影。淒涼武原池館。十畝好平泉。惜主人未見。招魂歸路遠。怕不識、窈深庭院。綺夢京華。而今醒未。海桑偷換。　舊事尚何言。登臨客、賸有憑闌一歎。千里聽潮來。正胥濤怒卷。急風吹雨散。儘淚盡、西州誰管。伴斜暉、幾樹垂楊。又暮鴉啼亂。

## 陳與冏

字弼宸、一作弼臣、號緘齋、福建侯官人、光緒六年進士、改庶吉士、授翰林院編修、有緘齋詞、

### 念奴嬌　觀海

混茫一氣。是百靈風雨、蛟龍之宅。限斷華夷如此水。放眼蒼蒼無極。素魄澄寒。炎精浴熱。晝夜抛雙璧。渺然粟大。欄前飛到巨舶。　可歎百萬樓船。三千犀弩。輕向濤頭擲。沈到神州無陸地。何止東南半壁。誰實盧龍。潛收宛馬。卮漏今難塞。鑿空去也。河源目斷槎客。

梅花引　角

黄葉下。青霜夜。半規月墜駝樓瓦。走城狐。起檣烏。凄凄咽咽。風雨迸菰蘆。白頭老卒防秋苦。吹火然篝相聚語。望關山。怯衣單。捱盡寒更。無夢説刀環。　金甲裂。寶刀折。袖底冰花手中血。弄悲聲。起爲營。胡沙滚地。劍戟暗磨鳴。打圍十月交河道。毳幕無煙生白草。馬蕭蕭。旆摇摇。借問將軍。恐是霍嫖姚。

摸魚兒　落葉

戰西風、暮林如洗。平蕪忽斷行跡。寒煙衰草無人過。多少蟬嘶蛩唧。誰第宅。抹一片斜陽、終古凄涼色。暝痕漸積。問何處江南。村孤水闊。怊悵未歸客。　涼飇入。知有幽人暗泣。蒼茫此意誰識。漢宫唐苑飄零盡。何況杜陵韋陌。看不得。還憶否成陰、芳薺黏天碧。閒愁無極。但雙屐尋烟。孤笻弔月。淚盡倚樓笛。

龐鴻書　字鄘亭、號劬庵、江蘇常熟人、光緒六年進士、改庶吉士、授翰林院編修、官至貴州巡撫、有歸田吟稿、附詞、

滿江紅　卣南作送春詞、依韻和之、

怯雨愁風。三月暮、最難將息。又還見、紅稀綠暗。春歸無跡。柳線頻催鶯語老。露珠也學鮫人泣。更惆悵、闌影護將離。開偏急。　青鳥使。將還轍。翠鳳輦。難留蹕。早蜂房蜜熟。暗移時節。簾外引雛看紫燕。花間褪粉憐黃蝶。只贏得、風絮點波心。萍添碧。

## 崔永安　字磐石、漢軍正白旗人、光緒六年進士及第、授翰林院編修、官至直隸布政使、

### 滿江紅　吹臺感事

百感茫茫。又萬里、劫灰吹聚。空贏得、滿腔熱血。頭顱如許。負手尚吟梁苑月。傷心每憶蓬山雨。更那堪、徙倚信陵祠。夷門樹。　功名事。成腐鼠。澄清志。徒畫虎。歎危巢完卵。幾人撐住。大局艱難堪痛哭。君王神武非虛語。願二三、豪俊佐中興。圖伊呂。

## 王頌蔚　原名叔炳、字芾卿、一字黻卿、號蒿隱、江蘇長洲人、光緒六年進士、改庶吉士、官戶部郎中、有寫禮廎遺詞一卷、

### 摸魚子　題宋浣花梅笛盦詞賸稿

理哀絃、女牀鸞杳。東陽腰瘦如許。綺愁忍把浮名換。悽絕蘋洲笛譜。歡夢阻。算淚落如鉛、總爲多情誤。瀟瀟暮雨。聽記曲吳娘。橫塘十里。都唱柳郎句。　家山破。三尺龍泉笑撫。草間偷活何苦。奚囊碎錦都零落。

賴是樊川重序。留片羽。甚鐵石心腸、也有梅花賦。挑燈細語。更金井闌邊。啼蛄弔月。來向夜深訴。

### 念奴嬌 庚午秋、就試白門、道大功坊南有顧樓二字高揭、知爲眉娘故居也、譜此誌感、

板橋西畔。有蛾眉淡掃、遙山一碧。酒市紅燈無恙在。絲管春風非昔。九畹崇蘭、衍波箋上。畫本今狼藉。眉娘善畫蘭迷樓何處。余濟心戲呼爲迷樓白門秋柳無色。合肥尙書作白門柳傳奇 當日南部烟花。翩翩文酒名士多於鯽。聲價青溪如此貴。彩鳳隨鴉應惜。碧玉華筵。紫絲步障。一笑歸禪寂。眉娘臨歿現老僧相兒家門巷。寄聲飛燕來覓。

## 李慈銘 初名模、字式侯、更名後、字悉伯、號蓴客、晚號越縵、浙江會稽人、光緒六年進士、官至山西道監察御史、有霞川花隱詞二卷、桃花聖解庵樂府一卷、

### 新雁過妝樓 初秋既望、皎月澄霄、涼思滿懷、悄然有憶、不自知其言哀已深也、

玉宇澄空。初涼地、秋聲漸到梧桐。小庭夜靜。愁緒碎攪吟蛩。窣地闌干誰共倚。亂螢飛度竹間風。恁怱怱。絳河舊影。來約新鴻。 爭知星期乍過。怎鈿蕭翠管。取次成空。謝家池畔。香霧自上簾櫳。清暉暗憐玉臂。怕重到、鍼樓疑夢中。星星鬢。便鞸鬟如故。妝鏡羞同。

### 水龍吟 乙卯春日坐後圃柳下作

小園偏是楊花。濛濛做盡東風色。幾回茗芋。雨絲如夢。已過寒食。選石安琴。芟枝布几。暫消遲日。看緗桃

落處。苔錢滿地剛繡出春愁跡。可歎年年華髮且連朝、玉缸痕藉。溪唇挑菜、牆頭度饌漫通殘客。一覺斜陽。風前酒醒。解衣吹笛又黃昏近也。梨花月底。襯闌干雪。

## 王詠霓

字子裳、號六潭、浙江黃巖人、光緒六年進士、官安徽鳳陽府知府、有芙蓉秋水詞、桐槃詞各一卷、總稱函雅堂詞、

### 卜算子

深院寂無人。篆縷銷香閣。偷得幽窗半刻眠。一任楊花落。 向後不思量。怎不思量著。欲借餘酲抵峭寒。禁否羅幃薄。

### 卜算子 和東坡韻

稚柳未禁風。梁燕栖才定。折盡花枝待贈誰。寂寞秋千影。 小院月微明。好夢伊誰省。不是愁中卽病中。守到衾兒冷。

### 疏影 桐槃

好春去也。正綠陰剪就。薦紅飛罷。莫似楊枝。盡日悠揚。作去聲出纏綿無奈。因風縱解迴旋舞。怎招受、燕嗔鶯惹。任無人、當作花看。愁絕碧紗窗下。 記否疏簾亭角。有多情幺鳳。伴渠婀娜。幾度淸明。夢斷闌干。莫問花開花謝。琴絲漫譜離鸞曲。認點點、淚痕鉛瀉。怕重來、一葉驚秋。井上商音吹乍。

# 鄧嘉純

字笏臣、江蘇江寧人、光緒六年進士、官浙江處州府知府、有空一切盦詞一卷、

## 南歌子

鬢影籠釵鳳。脂痕䁣鏡鸞。嬌紅愁怯杏花殘。剛是玉簫吹罷、指尖寒。　蝶隊腰支瘦。鴛衾夢影單。小樓只有燕飛還。望到平蕪盡處、是青山。

## 琵琶仙

紈扇纔拋。一彈指、過了清秋時節。霜信冷入寥天。疏林墮黃葉。斜陽外、歸鴉萬點。又多少、陣雲盤結。荏苒年華。蕭條況味。愁鎖眉纈。　憶前度、簾卷湘波。邉花影依依弄春色。爭便送將春去。譜陽關三疊。誰寄訊、千山萬水。剩夢中、杳杳風蝶。最惜金碧樓臺。蕙銷香歇。

## 高陽臺 柳

斷岸冰澌。紅橋雪霽。柔條暗逗芳春。多謝東風。爲渠輕熨眉痕。郵亭萬樹鷗波綠。仗煙絲、綰住離魂。弄輕柔。眠向花溪。舞向苔䌸。　桐階一葉驚秋早。又蟬聲寂寞。鴉點黃昏。多事西風。爲渠濃鎖愁顰。年時繫馬聽鶯處。到而今、一例傷神。更看他。花信重吹。黛色重勻。

## 八聲甘州

聽蕭蕭落葉打閒門。與誰訴牢愁。數忽忽景物。鶯啼早樹。雁起汀洲。容易殘春過了。瞥眼又殘秋。爲戀斜

陽晚。獨自登樓。好在斷橋流水。縱枯荷折葦。也稱淸游。問蓼花紅處。零落幾沙鷗。謾相思、南枝春早。訊江梅、沒箇寄書郵。沽村釀。棹扁舟去。且伴漁謳。

## 黃經 字笛樓、號聖莞、福建永福人、諸生、官山東候補縣丞、有瑤鶴山房詞草、

### 蝶戀花

新月華堂初罷讌。風颭紅衫。小立閒庭院。一縷幽情針引線。通詞卻借新紈扇。　尙記署儂妝閣掾。伴柳依花。何日還重見。往事都隨雲雨變。筝心酒淚思量徧。

## 吳蔚元 字我才、江蘇陽湖人、有吳天殘唱一卷、

### 百字令　春意

餘寒庭院。恰文園賦客。病身初起。柳正垂髫花總角。春似小鬟年紀。鸚鵡簾邊。秋千架畔。無限留人意。闌干倚徧。多情芳草知未。　枝上百囀流鶯。丁寧勸我。好做尋芳計。可奈休文消瘦甚。孤負紅情綠意。南浦沙棠。西陵油壁。一任閒羅綺。藥鑪詩卷。先生今日風味。

## 王錫元 字蘭生、安徽盱眙人、有夢影詞六卷、

## 長亭怨慢 寒鴉、庚申徐州作、

悵當日、巢柯何處。急陣飛來晚天無數。賸有疏林。一枝棲寄暫相許。霧昏煙暝。更一霎、風兼雨。瑟縮已堪哀。何況是、驚心烽戍。　漫訴。問斜陽影裏。可似玉顏淒楚。慈烏逝矣。忍重聽、飢雛啼苦。縱染徧、絳葉千山。總難忘、春城前度。看繞樹紛紛。愁殺垂楊終古。

## 六醜

又東風送暖。滿徑裏、榆錢紛擲。繞簾燕飛。巢泥銜一一。散絮狼藉。試訊春歸處。畫橋煙雨。愴贈離顏色。樓頭尚自吹羌笛。斑管頻拈。紅箋緩擘。江郎最矜吟筆。念山程水驛。重到何日。　沈思平昔。認衾裯履舄。不盡相憐意。成歎息。幽窗永晝岑寂。任摧殘玉鈿。暗塵瑤瑟。空枝上、露寒鵑泣。知甚事、徹夜添人怨緒。慘悽無極。祗應是、蟻酒傾碧。醉夢中苦志勤尋覓。依稀見得。

## 天仙子

新月修眉煙約鬢。猩紅微注脣邊暈。竛竮翠袖不勝寒。風一陣。塵一寸。滿地梨花春欲盡。　迢遞關河遲遠訊。雨覆雲翻愁未準。願君常似錦鴛鴦。飛相趁。棲相近。消盡人間離別恨。

## 東風第一枝

燕外尋愁。鶯邊說恨。東風欲送微雨。新楊漸嫋柔絲。飛英已添別緒。長簫短笛。早吹出、千般淒楚。念昔時、錦帳春深。此日紅綃淚聚。　愴極目、萬重雲樹。縈遠思、一庭花霧。最憐睡鴨猶溫。未覺明蟾暗度。回文織字。問頳鯉、寄將何處。待喚回、蝴蝶盈盈。莫便夢中飛去。

## 戚氏

又秋宵。月明如水漏迢迢。巖桂飄馨。水蒗搖影。颭寒潮。無聊。境蕭寥。玉人何處正吹簫。當時卍字闌畔。媚鬟雙娳翠雲翹。柳下攜手。風前整袂。未愁睡鴨熏焦。自睽離幾許。書殘蠹錦。腸斷鮫綃。迢遞水國山椒。船脣馬背。歷碌暮還朝。見多少、長亭短驛。仄徑危橋。黯魂銷。寂寞旅館。寒燈坐守。苦柝聽敲。暗思甚事。鳳拆鸞分。綺帳鴛枕輕拋。　何日方歸去。重掛玉斝。共飲香醪。長是雲窗霧閣。看花芳、月滿素琴調。相將似駏如蛩並鶼比鰈。兩兩情顛倒。奈此情、空自縈懷抱。徒悵望、碧宇丹霄。海燕歸、無復棲巢。清鏡裏、雪鬢逐時凋。對瀟湘畫。沅蘭澧芷。痛讀離騷。

## 魚遊春水

東風吹羅幕。春睡醒來人未覺。差池雛燕。故故暗窺妝閣。鶯語不離楊柳隄。蝶夢猶戀秋千索。池漾翠萍。階翻紅藥。　怨雨愁雲似昨。斷簡零牋憑誰託。從敎數徧征途。佳音誤鵲。撫絃猶怯葱纖冷。倚竹應憐羅袖薄。孤負昔時後期前約。

## 蘭陵王　次周美成韻

獸煙直。簾外絲桃散碧。思當日、行步柳陰。萬草千花盡無色。芳姿冠上國。省識。玄都故客。違離久、回首鳳樓。月牖雲窗去天尺。　蒼苔賸綦迹。看粉墮瑤階。尊散瓊席。清虛屢見蟾蜍食。問黯淡璫札。歷年經歲。浮沈鱗羽怨堠驛。暮雲遲西北。悲惻。寸塵積。任永晝鶯啼。長夜蛩寂。分流溝水知何極。怎梅蕊吹落。怨他羌笛。可憐衫袖憶舊淚。斷續滴。

## 早梅芳

寒食煙。清明雨。春到銷魂處。梨花院落。楊柳樓臺漫延竚。鬢緣香絮亂。粉被珠啼污。訝嬌鶯破夢。頓作斷腸語。燕停飛。蝶罷舞。人去知何許。愁侵帶眼。恨滿琴心倩誰訴。苦思迷晝夜。遠望空雲樹。願天涯。萬山饒杜宇。

## 安公子

柳外霏絲雨。送春歸向長隄路。吹徹玉笙寒未減。漸斜陽催暮。問花落花開。可是鵑啼處。漫重把、廿四番風數。料曲檻迴廊。仍聽流鶯低訴。南浦江郎句。傷心卻爲何人賦。恨碧啼紅渾不省。恐流波難駐。念桃葉江邊。應有人呼渡。見一帶、曾繫離舟樹。應怨他、迢迢雙鯉。不將愁去。

# 端方

字午橋、號陶齋、姓托活絡氏、滿洲正白旗人、光緒八年舉人、官至直隸總督、北洋大臣、

## 多麗 爲易實甫題蘭蘭柳柳便面

問幾人。收拾南都歌舞。祇斷腸斜陽煙柳。湘魂一碧終古。待喚起、玉階苔印。對秋風、共訴淒楚。不須話到。興亡舊恨。零脂賸粉。銷沈無數。都化作、絳雲餘燼。孔雀庵邊土。渾無恙曾攜玉手。春痕重聚。試較量、玄

玄素素。雙蛾鏡裏眉嫵。最無聊、横江木柹。留得催妝舊時句。楚畹香殘。金城客老。簿書叢裏春風度。更改柯易葉。那識歸根處。輸君團扇家家。江湖多少吟侶。

## 周名建 字屛侯、號茗園、湖南衡陽人、光緒八年舉人、官雲南知府、有蓼園詩餘、

### 唱火令

翠被寒增劇。紅爐火待加。幾重屛帳護窗紗。提起昨宵春夢。臉暈醉流霞。　銅漏聽將永。金錢卜屢差。荒江野渡一寒鴉。莫是維摩。小病梵王家。莫是灞橋風雪。清興負梅花。

### 蘇幕遮 題魏弱叟古木寒鴉畫册

烏桕村。冷楓岸。萬葉霜飛。野渡西風換。曉角清嚴霜有信。一抹斜陽。瘦了秋光半。　荒雞棲。征雁散。黯黯神祠。社鼓羣鴉亂。墨點蕭疏連復斷。繞樹無依。憐爾空迴轉。

## 皮錫瑞 字鹿門、湖南善化人、光緒八年舉人、有師伏堂詞一卷、

### 齊天樂 藕絲和吷庵、

珠盤瀉露難穿線。纖纖弱縷清絕。欲斷還連。將縈又拂。正好納涼時節。佳人手折。趁落日輕風。自調冰雪。玉腕玲瓏。瓊枝相比更瑩潔。　璇宮瑤杵未歇。問支機石贈。心向誰結。蠶室春愁。鮫人夜織。縱倚并刀難

截。相思漫說。有萬種纏綿。莫教輕洩。一點靈犀。恐秋來更熱。

## 張信

字韻舫、別號遲園居士、山東濰縣人、光緒八年舉人、官福建興化府知府、有眠琴閣詞六卷、外集一卷、

### 蝶戀花

盱衡時事、萬感填膺、不自覺其言之沈痛也、

翠幙低垂金屋靜。好夢沈沈。卻被鶯啼醒。睡眼朦朧看不定。鏡中花影和人影。　錦樣韶華空管領。些子春愁。釀就懨懨病。辜負東皇渾未省。下簾猶自焚香餠。

### 生查子

卷起水晶簾。陣陣殘紅落。不是曉風寒。自怯羅衣薄。　漫天楊白花。那似人飄泊。飛去復飛來。只在闌干角。

### 南歌子

新釀和愁醉。輕帆帶夢低。夕陽衰柳問隋隄。怕聽露筋祠外、亂鴉啼。　浪跡留鴻爪。鄉心付馬蹄。蕭蕭黃葉撲征衣。無數好山相送、過淮西。

### 虞美人

妝成斜倚湘奩坐。日影紗窗過。爲誰歡笑爲誰顰。算是不曾瞞卻鏡中人。　薰香小閣涼如水。慵把冰絃理。問伊倘解別離愁。待看歸來消瘦似儂否。

### 木蘭花慢 燕

笑雙雙燕子。又辛苦。壘香巢。正細啄芹泥。斜穿芳徑。玉翦低拋。年年社前社後。覓幽棲、占得畫梁高。似說主人情重。呢喃輭語誰教。　最憐瘦羽翛翛。分柳影。掠花梢。看引雛上下。綠陰庭院。紅雨溪橋。秋來便歸甚處。問烏衣、鄉路夢迢迢。賸有歸鴉數點。伴他寒樹蕭條。

### 解連環 遼左春感和小玉笥山人

碧紗窗畔。爲傷春恨別。畫闌凭徧。算誤他、錦樣韶華。卻消領年年。鳳簫幽怨。薄倖東風。釀多少、綠悽紅惋。驀金鈴暗動。燕子乍來。慰我長歎。　瑤情倩誰寄遠。問朱樓甚處。重鑰低款。好說與、憔悴春光。怕還惹流鶯。隔花偷眼。望斷天涯。那更把、玉杯深勸。尙依約、笑桃巷裏。醉時夢見。

## 李經達 字郊雲、安徽合肥人、附生、官湖南候補道、有滋樹室詞、

### 鷓鴣天 代人閨思

冰簟銀牀漾錦文。輕羅衣倩晚香熏。誰家玉笛紅牆隔。小立花陰偶一聞。　愁璧月。夢巫雲。良宵似水漏初分。果然覓得金錢卜。何必江頭采白蘋。

## 張　預 字子虞、號虞庵、浙江錢塘人、光緒九年進士、改庶吉士、授翰林院編修、官江蘇松江府知府、有量月樓

詞、

高陽臺 宣南春暮雨聲咽宵、遺悶拈此、和同年樊茗庚韻、

夢雨簾深。流煙燈淺。沈沈銷盡爐熏。今夜江南。又添幾尺潮痕。當時短槳蘭皋外。恁張帆、催渡江雲。太忽忽。指上鸞簫。掌上螺樽。 天涯容易東風老。問別來花信。誰管寒溫。門外香車。轔轔猶碾宵塵。夢兒待逐雙輪去。怕相逢、祗益銷魂。最難忘。聽雨闌干。煙夕芳春。

## 蒯光典 字理卿、一字禮卿、安徽合肥人、光緒九年進士、改庶吉士、授翰林院檢討、官江蘇淮揚道、有金粟齋遺集、

青玉案

王孫芳草生無數。漸綠遍、長干路。春色忽忽愁裏度。幾番風雨。幾番晴霽。又早遙山暮。 青鞋不怕春泥污。紅藥重敧曲闌護。細數落花成獨步。自緣山野。不堪廊廟。不是文章誤。

## 志鈞 字仲魯、號陶安、滿洲鑲紅旗人、光緒九年進士、改庶吉士、授翰林院編修、官至正黃旗滿洲副都統、

一枝春 庭前玉蘭一株、花頗繁盛、道希以詞來索、惜前夕風雨搖落殆盡、詞以答之、

玉樹亭亭。趁東皇、第一暗香吹透。花期乍數。醞釀好春如酒。梨雲淨對。試分較、燕環肥瘦。愛迎入、滿院韶

光。不綰錦屏鴛鈕。臨風素妝依舊。豈湘蘭采罷。簪來紅袖。冰姿雪貌。恍認蕊宮仙耦。瑤臺夢醒。算贏得、膽瓶消受。憐昨夜、見妬封姨。問君惜否。

## 陳宗遹

字雲窗、福建閩縣人、有竹窗詞一卷、補眠庵詞二卷、

### 鞦韆索

新涼庭院秋如許。尋未着是秋來處。似水羅衾夢不圓。看雁影。南樓度。　閒情獨共燈兒絮。恨少箇那時人語。梧葉蕭蕭已怕聽。禁幾陣。紗窗雨。

### 阮郎歸

弄晴鵲語鬧簷牙。紅窗日未斜。雨絲繡出一枝花。深深簾幙遮。　思影事。杳天涯。春風又那家。簸錢堂下抱琵琶。重逢爭奈他。

### 月中行

垂楊古渡雨瀟瀟。別淚灑長條。東風人遠木蘭橈。冷月又紅橋。　燕歸時節花殘日。正峽口、漲滿春潮。博山鑪上篆煙銷。心字爲誰焦。

## 金石

字夔伯、號石翁、浙江會稽人、諸生、有蔗畦詞二卷、

## 月下笛

夢裏楊花。隨風漸杳。繫心何處。愔愔小院。輕燕飛來路休誤。紅簾不是情慵捲。想礙著、重重碧霧。指蓬山非遠。緘璫怕遣。素鸞銜去。　無語。閒階步。聽唱倦流鶯。夕陽芳樹。柔腸幾許。翦刀難斷愁緒。綠楊門巷青驄繫。說待把、梨雲賺住。聽水曲、歇鴻箏。還自榆錢獨數。

## 金縷曲　秋柳

漫結西風恨。算從前、調煙弄月。冶春歡趁。一漾江南隋隄路。爭奈花驄嬾引。頓黯淡、樓臺金粉。掩帶紅亭流波轉。絢魚霞、不比夭桃襯。清減了。舊丰韻。　朱門往事空思忖。悵雲羅、孤飛雁影。作去聲成霜信。暮雨瀟瀟銀塘冷。虛說鷗邊夢穩。只淚似、連絲難搵。憔悴天涯柔腸斷。歎江潭、過客誰相問。那更聽。笛聲緊。

# 朱彝　字鄂生、號眞齋、湖南長沙人、諸生、有眞齋詩存、附詞、

## 西江月　湘江雨

薄霧輕籠畫舫。濃雰穩罩平沙。西風吹處雨橫斜。水氣冷光相射。　白浪搖驚鷗夢。紅燈明暗漁家。蓼花深淺雜蘆花。掩映竹籬茆舍。

## 漁家傲　邊思

白草黏天斜日暮。歸鴻又向衡陽去。一夜鄉心誰共語。情幾許。胡笳羌笛星河曙。　把酒澆愁愁萬緒。遙

山隔斷還家路。待得封侯重把晤。闗心處。雲鬟玉臂應如故。

## 王玉驥 字雪潭、直隸大城人、有退一步草堂詞鈔一卷、

### 青玉案

楚峯隔斷蓬山路。望不見、銷魂處。回首天涯春已暮。閒愁難遣。落花無數。愁向伊誰訴。　蒼茫無際雲低樹。癡對遙山賦離緒。悔把佳期空自誤。夢隨流水。香飄飛絮。賸有相思句。

## 張照潛 字次陶、山東濰縣人、有無爲齋詞、

### 點絳脣 聞礁

一夜西風。金閨欲寄征衣去。音書何處。又被飛鴻誤。　分付流螢。爲照林邊路。鳴霜杵。君留荒戍。妾怨黃昏雨。

## 范濂 字鏡川、浙江山陰人、有世守拙齋詩餘一卷、

### 東風第一枝 爲石卓甫茂才題蛺蝶畫扇

丹借飛雲。痕分石黛。葛仙衣豔如許。羨他身世光陰。半與冶春同駐。微風庭宇。儘隨意、欲飛還住。乍黏來、

雙板輕紅。正是落花如雨。　憶當日、唐宮佳遇。有多少、玉容共佇。一番春夢驚回。空懷舊情無據。賣花人過。漫隨入、簾櫳深處。趁三春、紫陌紅塵。好向上林飛去。

## 蔣學堅

字子貞、浙江海寧人、有懷亭詞錄三卷、又與許仁沐同輯硤川詞續鈔一卷、

### 摸魚兒　初夏雨中即事

怪檐前、鵲兒頻噪。占晴偏是無據。斜陽已見明牆角。又被薄陰潛妬。容半露。宛待字鄰娃、不許人輕覷。臨流拓戶。看雲截峯尖。煙鋪水面。都化晚來雨。　東風惡。不與春光共去。閒花吹落無數。荼蘼芍藥都狼藉。何況碧桃盈樹。山下路。悵一霎羅裙、散亂隨飛絮。尋芳興阻。祇草色如茵。林陰似幄。繞遍舊遊處。

### 水龍吟　筠蕃參軍曾於己丑歲偕其夫人王卍雲泛舟濮川之幽湖、今夫人謝世已久、而參軍追念舊游、過時猶痛、爰作幽湖載月圖以寄慨、並徵題詞、

幽湖一片澄波。當年曾此蘭橈艤。雕闌四面。玉人兩箇。銀蟾千里。露滴菱花。風搖藕葉。清香無次。聽譙樓鼓轉。僧廬鐘動。還雙笑。船窗裏。　撥棹而今重過。對深宵、獨拋珠淚。垂楊依舊。脩篁依舊。悵無人倚。樽畔脂痕。鏡中眉影。蕩成煙水。問曩時情事。除他鷗鷺。更誰能記。

## 崔　瑛

字瑤齋、號匏叟、廣西桂平人、諸生、有璠𥳑吟館詩餘一卷、

## 惜餘春慢　臨川李氏廢園、在壘綵山後、

平地樓臺。四時花果曾爲谿山生色。一帶林塘詩境界、四時花果隱生涯、仙李園門聯也、安排圖畫。點綴笙歌。費盡許多心力。都道仙李名園。園本靖藩別業、舊名仙李、芸甫水部得之、仍曰李園、酒釅花濃。游人如織。想堂開簪碧。簪碧堂爲園中最勝處、平章風月。主人難得。　誰曾料、金谷俊游。銅駝新恨。轉瞬皆成陳跡。鏡亭水淺。鶴洞苔深。瞻鶴洞在山麓、鏡亭在池中、空樹兔葵燕麥。回首風流靖藩。蕉鹿滄桑。一般堪惜。歎凝眸垂柳。棲鴉猶在。遠靑寒碧。寒碧千層遠靑一角、簪碧堂聯中句也、

# 程頌芬　字彥淸、號牧莊、湖南寧鄉人、貢生、官敎授、有牧莊詞三卷、鹿川詞三卷、

## 霜葉飛　林和靖墓、用玉田韻、

六橋烟繚。梅花路。墓前碑臥芳草。幽棲今古白雲中。奈縞衣香抱。莽風雪、西湖傍曉。隴頭芳信仙家早。甚翠羽今番醒後歇、啁啾冷到空林春笑。　岳王墳近芳鄰。衣冠宋代。猶是當年斜照。月明華表獨歸來。感素心人少。算只與孤山偕老。竭來騎鶴尋芳到。正夢破、羅浮迴。第一香天。仙雲散了。

# 程頌芳　字海年、湖南寧鄉人、

## 摸魚兒　送中實嶽遊

泛桃花、一潭春水。量來深可千尺。催成一枕離人夢。夢入嶽雲寒碧。朝更夕。怎綠酒紅燈、盡是銷魂色。欄鸚一隻。又飛到簾陰。覓儂秀句。未許茜紗隔。　雙游屐。七二峯頭片石。夢游今日重覓。前番叔度留題處。謂叔由可有麴塵聚積。尋舊跡。借江上東風、吹得蒲帆直。日斜帽側。有蕭寺枯僧、待君禪榻。謂詩僧寄禪芋火正狼藉。

### 臺城路　和未由

斜陽那角傷心路。吟邊況逢花滿。慘綠衣衫。嬌紅院宇。幾日曲闌尋徧。當筵莫勸。怕小小舦船。擱來愁淺。細寫烏絲。一行行字一行怨。　東風催我去早。悵天涯馬色。秋夢偏遠。班管題箋。紅簫度曲。吹得兩頭凄斷。秦樓那晚。有雙照華燈。暈紅人面。已是銷魂。奈橫波又轉。

## 陳瀚　字裕楣、號子峻、一號德軒、湖南湘鄉人、諸生、有劍閒齋詞一卷、

### 西溪子

春曉錦衾香夢。斜颭玉釵雙鳳。畫簾垂。新燕語。人未起。諳盡愁中滋味。消息問梅花。在誰家。

### 燕山亭　雲秋恢元客遊浙西、久未得書、旅窗暮雨、愁思黯然、爲賦孤雁、

隻影離羣。迢遙萬里。無奈凄涼雲樹。顧影伶俜。遲下寒塘。恁是哀吟暮雨。相喚相呼。誤幾回、關山低度。非誤。記何處分飛。待探前路。　苦憶伴侶今宵。怕不是空江。蘆花深處。吳山越水相望。怎生飛鳴無據。寫不

成行。也爲我寄將愁去。休訴。正滿目、寒江烟霧。

## 蔣彬若

字次園、號山樵、江蘇宜興人、有山樵新唱老去詞甲乙丙丁稿、總稱替竹盦詞、共五卷、

### 雨霖鈴　重陽舟過揚州、和柳耆卿韻、

秋聲悲切。到邗溝外。畫槳初歇。籬邊幾許黃菊。全無聊賴。向人爭發。爲念隋宮楚苑。對斜陽嗚咽。問曩日、楊柳長堤。三十六陂烟波闊。　無情流水催人別。況蕭騷、又值重陽節。今宵歌吹何處。依舊是、竹西涼月。一霎瓊花。算祇玉闌、珠楯虛設。贏得了、數畝雷塘。莫與閒鷗說。

### 六醜　和清眞韻

看荼蘼謝了。又暗把、春光偷擲。畫樓並棲。年時雙鳳翼。悵望陳迹。記取嬉遊伴。粉香脂膩。算總輸傾國。輕風過去聞薌澤。打槳萍波。垂鞭柳陌。依依自相憐惜。奈離亭一去。音問長隔。　鴛幃人寂。任眉峯皺碧。好夢經年杳。空歎息。重來舊燕如客。聽呢喃絮語。話愁何極。長安道、暗塵侵幘。還應念、共我花前月下。玉杯傾側。歸期卜、準似潮汐。便那時、待與衷腸訴。何由訴得。

## 邵曾鑑

字心炯、江蘇寶山人、諸生、有艾廬詞一卷、集句詞一卷、一名眉韻樓詞、

### 念奴嬌　內人偶學爲填詞、作此調求改、爰因其意而潤色其詞、

日長人靜。祝東風、悄把閒愁吹去。拍徧闌干春寂寂。總是無情沒緒。放下簾鉤。由他雙燕。花外呢喃語。也應瞋我。一雙飛向何處。　須要飛向天涯。催回客夢。不准他鄉住。若是人歸花正好。依舊雕梁留汝。兀自回腸。干他甚事。簾卷斜陽暮。樓頭聽得。一聲雲外歸艣。

### 金縷曲　到家

薄倖仍歸矣。到門前、還疑君在。藥爐烟細。寂寂樓頭停嬌欬。想是無聊小睡。料又值、悶昏昏地。稚女迎爺依舊笑。冷燈光、慘綠幽窗裏。褰繐帳。淚難止。　年時握手揩雙淚。兩相看、千頭萬緒。從何說起。任是纖腰慵無力。强要瘦扶花倚。强要做、歡顔破涕。不到而今那曉得。但銷魂、不算傷心事。無可奈。竟如此。

## 任端良　字心莊、浙江海鹽人、監生、有風雨對吟齋詩餘一卷、

### 望海潮　由澉浦東海沿海塘步至長川壩、時夕陽在山、寒天欲暝、迨至舟中、篝燈已上矣、

奇峯環擁。危塘高亘。潮聲怒壓城頭。舟楫路窮。風雲態變。蓬壺隱現中流。天際豁雙眸。看夕陽欲下。蜃氣全收。未了青痕。隔江遙望越山浮。　人生不倦遨遊。指煙波浩渺。何處滄洲。乘興刺船。成連徑訪。鳴琴一曲清幽。驚起狎眠鷗。奈黃昏漸近。無限句留。燈火微茫。遠尋歸路解輕舟。

## 黃文瀚　字瘦竹、江蘇江寧人、有揖竹詞館詞草一卷、

### 清平樂

夜長漏永。燈瘦搖寒影。喔喔荒雞催夢醒。如繭重衾耐冷。　起來半啓窗紗。庭前六出飛花。何用乘風歸去。瓊樓玉宇人家。

### 柳梢青

深掩重門。殘陽滿院。又近黃昏。城上悲笳。牆頭新月。最易銷魂。　無端閒緒紛紛。頻望斷、天涯雁羣。一點心情。兩彎眉色。并化愁痕。

## 唐嘉禾 字少垣、有雞肋詞、

### 瑤花 白桃花

冰紋窗外。亞字欄邊。看瑤蕤初發。無言悄立。門玉女、縞袂明璫幽絕。香魂一縷。慣句引、翩翩銀蝶。問爲底、洗淨鉛華。也學梅花淸節。　堪憐渡口溪頭。一樣共垂楊。亂飛晴雪。漁人惆悵。春水滿、不辨仙雲波闊。春寒賜錦。恨新寵、未窺丹闕。祇伴他、素李園中。冷映瓊筵娥月。

## 蕭璭常 字伯瑤、別號西園種菜叟、廣東南海人、諸生、有蘼齋詞、

### 水龍吟 夏日泛舟荔灣、小醉彭氏園作、

江深烟樹迷離。半篙花影沿溪碧。名園一角。波光蕩漾。有人倚笛。出水芙蓉。臨風欲語。怎生消得。想離宮舊恨。鏡鸞何處。都賸與。潮和汐。　空恨連天草色。儘吾儕、日饒游屐。灣頭買夏。紅雲十里。吹來瑤席。休說南朝。千絲楊柳。風流如昔。怕魂銷故苑。難禁病酒。對涼蟾白。

## 湯　濂　字螽仙、江蘇江寧人、有小隱園詞鈔一卷、

### 長相思　秦淮秋泛

山無聊。水無聊。舟泊蓮花第二橋。斜陽送晚潮。　詩一瓢。酒一瓢。九曲清溪和淚澆。波中有六朝。

### 減字木蘭花　蓼花

西風獨立。又見蓼花紅皺皺。縱使悲秋。不共蘆花嘆白頭。　汀洲無數。送盡離人何處去。渺渺相思。望到斜陽不見時。

# 全清詞鈔第二十九卷

## 關棠

字季華、湖北漢陽人、光緒十一年舉人、官羅田縣敎諭、有師二宗齋遺集附詞、

### 百字令　和譚仲修感秋

生來愁病。況驀然秋到、高樓夢醒。亂擁氍毹眠正好。輸卻箇人安隱。絮柳鶯忙。嗔花燕老。疇曩無心聽。枕函清淚。惜春時已偷搵。　贏得桂嶺霏晴。楓江豔晚。待與春爭勝。點綴湖山誰作主。莫誤鷗盟有定。七夕星憐。中秋月醉。累我神形影。孤松知否。塵寰何處先冷。

## 黃紹昌

字懿傳、號芑香、廣東香山人、光緒十一年舉人、有帶花倚劍堂詞、

### 疎影　秋殘緒惡、顧影無憀、適張研秋司馬有詞見示、寫懷作答、

碎霜墜葉。驀雲窗霧檻。催作去騷屑。冷迫琴絲。瘦玉孤彈。吟墮碧空纖月。年來慣作悲秋客。又卻負、重陽佳節。對黃花、一縷幽情。付與晚風殘蝶。　鏡裏容華如許。怕秋眉換綠。雙鬢寒怯。藥氣深宵。笑似枯蘭。愁謝芳心難說。撫時我自增依黯。甚司馬、青衫淚浥。想桐陰、點筆紅題。起唱相思淒絕。

# 嚴以盛 字同生、一字覲侍、浙江歸安人、光緒十一年舉人、官直隸遵化州知州、有玉京詞、夢影盦詩餘各一卷、

## 虞美人

楊花無主春如夢。枉把情絲種。那堪飛絮又天涯。一霎東風吹去落誰家。　釵光鬢影人何在。薄怒翻成悔。而今回首轉相思。最是日斜風定捲簾時。

## 惜餘春慢

舊夢春闌。新愁秋嬾。賸得歡情多少。愁眞有味。夢也無聊。心事一燈難曉。偏又層層軟紅。兜住游絲。不堪纏繞。悔當初知有。而今仍被。東風誤了。　休再把、解語鸎兒。玉堂春夢。檢點舊時吟草。梨雲綺合。杏雨紅睎。差喜韶光還早。端怕傷春怨秋。贏得一生。恨人懷抱。看將來、花謝花開。知道箇儂誰好。

# 徐鑄 字巨卿、廣東番禺人、光緒十一年舉人、

## 揚州慢 雁來紅

華片零霞。蒨絲沈水。秋人淒絕堪憐。恰新叢豔冶。媚此穉寒天。料池館、卑枝悄亞。一聲箏柱。展向蘆邊。襯鶗屏猩色。尖風巋碎湘烟。　鸞綃紛舞。乍相逢、曾障嬋娟。記蠟蕊輕挼。瓊英私掐。滴粉芳妍。留得瘦金體態。休排與、錦字雲牋。笑闌簾紅燕。銷魂輸卻年年。

## 王光第 字綬雲、江蘇江寧人、光緒十一年舉人、

### 高陽臺 瘦蝶

淡粉偎烟。薦黃病雨。畫圖省識眞眞。小影愁紅。雙飛猶傍花根。東皇寵眷難忘記。倚閒階、溫了重溫。最堪憐。似恁飄零。還說溫存。　半生花底情緣好。怎風風雨雨。驚醒柔魂。縱惜芳菲。天涯已是殘春。而今不作游仙夢。耐淒涼、獨到黃昏。甚承恩。芳草明年。憶否王孫。

## 胡　延 字長木、號研孫、四川成都人、光緒十一年優貢、官至四川江安糧儲道、有兜羅緜詞、寶鬘雲詞、祇洹珠詞、恆河鬘影詞、雙伽陀詞、燕子龕詞各一卷、總稱苾芻館詞、

### 菩薩蠻

相思試問何時歇。錦屏夜夜桃花月。織錦字難成。春天不肯明。　睡餘霞印臉。膩瑩香羅搯。搵淚倚闌干。金壺清漏殘。

### 鳴梭 用譚明之韻

碧城如水月如梭。涼宵騎馬過。青油年少。聽曲坊幽院笑聲和。笑倚流蘇屏暖。人影隔簾波。皂髻嵯峨。帳烟鈎翠蘿。　殢歡猶惜醉顏酡。思量能再麼。玉潭秋漲。蘸粉光依舊萬枝荷。莫問浮花輕蕊。狼藉更如何。

風雨金河。斷紅吹更多。

## 六幺令

酒腸愁直。淚釀花陰溼。幾時燕忙鶯嬾。芳樹漸成碧。昨夜冰輪窺戶。彷彿疑顏色。隔牆吹笛。一聲聲怨。懸淚風前未歸客。　便是笙歌此際。醉倚雲鬟側。一樣密愛深憐。芳意如今別。都爲玉釵繡帕。幾度無消息。不堪重說。誓盟屢誤。尙有天涯箇人憶。

## 掃花游　詠苔

翠衣簇簇。問白石巖扉。繡成文否。幾番過雨。又依依黏得。落花無數。傍砌依牆。深鎖綠陰院宇。謾凝竚。怕舊日墜鈿。尋總無處。　參差知幾許。更病葉飄零。冷蛩私語。故林晚步。喜斜陽返景。照人歸路。別有淒涼。總在頹垣斷礎。莫相誤。這青錢。療貧無據。

## 眉嫵　新月、用王碧山韻、

看西南樓角。一掐秋痕。雲破碧池暝。巧掩班姬扇。香烟外、微光斜度苔徑。半鉤未穩。怎碧天、猶號離恨。更誰念、翠袖雙雙拜。桂華夜深冷。　門鎖金蟾誰問。歎蘂砧誤了。天上飛鏡。莫憶連昌事。風林外、纖纖良夜清景。畫樓漏永。待看他、瓊樹端正。更移過疏寮。雙照淚痕鬢影。

# 金其恕

字養齋、浙江嘉善人、諸生、有倚雲樓集、附詞、

菩薩蠻　聽雨

空階雨滴東風緊。海棠枝上三更冷。迸入漏聲中。伴人燈影紅。　清眠眠未熟。響破紗窗綠。心事落花知。小樓春夢遲。

## 李煊　字西岑、浙江烏程人、貢生、有溪上玉樓詞、

探春慢　春暮

白紵徵歌。黃柑勸酒。冶遊過了寒食。鬬草閒門。賣花深巷。一片綠蕪斜日。愁緒紛無數。翦不斷、柳絲千尺。怪他雙燕歸遲。小窗誰伴岑寂。　幾陣黃昏疏雨。又滿地梨雲。春去無迹。短燭燒紅。曲屏掩翠。吹冷畫橋橫笛。夢到江南岸。但橋外、煙波凝碧。送客明朝。落紅應惹吟屐。

## 郭寶善　字培初、江蘇上元人、諸生、有東甌吟、

水調歌頭　遊飛霞洞

洞府落花靜。瞥眼萬塵空。四圍山影爭翠。霞起不能紅。青草白雲仙境。謝客可堪重到。苔壁爛詩筇。斜日黯今古。平臥一樓松。　滄海事。書劍侶。總途窮。者回蠟屐來破。幾緉浙西東。煙水遠明孤嶼。誰信愴人魑魅。佳處薜蘿封。坐嘯感牢落。殘酒醒疏鐘。

## 于齊慶

字安甫、號穗平、又號海帆、江蘇江都人、光緒十二年進士、改庶吉士、授翰林院編修、官至廣東布政使、有小蕁暢樓詞鈔、

### 齊天樂 鴉

延秋門上西風緊。烏烏角聲吹散。逐隊盤雲。横空噪晚。濃墨模糊一片。庭柯繞徧。獨私愛區區。丈人池館。說甚高飛。暮天寒色半淒黯。　綠楊城郭盡處。故枝依戀久。聽慣簫管。茂苑新吟。昭陽舊恨。心事教人零亂。秋期更遠。待呼取猲尼。共塡銀漢。怕是星星。又催青鬢換。

## 葛金烺

字景亮、號煜珊、浙江平湖人、光緒十二年進士、官戶部郎中、有竹樊山莊詞一卷、

### 月華清 夜坐無聊、倚此破寂、時八月二十夕也、

詩夢縈花。秋心警鶴。半簾涼透蟾影。癡月含愁。愁伴愁人愁永。憶年時、香贈蘼蕪。溼羅襪、瑤階露冷。回省。歎一樣黃昏悄成兩境。　賸有海棠依舊也。綠怨紅愁。似傷漂梗。幾度欹眠。翻累吟魂無定。又誰家、玉笛聲聲。渾不管、有人吹醒。淒緊。正漏斷銅蠡。花陰人靜。

## 劉孚京

字鎬仲、江西南豐人、光緒十二年進士、官廣東海陽縣知縣、有求放心齋詞一卷、

摸魚兒

鎮愁人、柳邊絲雨。是他牽惹春住。東風底事將春至。釀得春愁爾許。春太苦。算催得花開、佳約依然誤。閒情待訴。縱說與東風。東風不管。吹送到伊處。雙飛燕。爲問相逢曾否。奈他不解人語。陌頭柳色還如昔。應上高樓凝竚。春好去。便千樣韶華、不是儂情緒。天涯亂絮。只芳草堤邊。斷霞山外。指點舊來路。

虞美人　憶京師丁香海棠、憮然有作、

鷓鴣啼遍春山樹。人住山深處。丁香雪白海棠紅。記得洛陽城裏好春風。而今空有傷春淚。無復花前醉。勸君聽取鷓鴣啼。莫問長安陌上夜烏栖。

虞美人　晚春

瀟瀟夢雨驚殘夜。多少林花謝。曉來凝望繡成堆。添得遠山生翠入城來。眼前依舊春光好。誰道春將老。含情把酒問東風。何事年來年去太忽忽。

陳廷焯　字亦峯、江蘇丹徒人、光緒十四年舉人、有白雨齋詞鈔一卷、詞話八卷、又選詞則四集二十四卷、

鷓鴣天

一夜西風古渡頭。紅蓮落盡使人愁。無心再續西洲曲。有恨還登舴艋舟。殘月墮。曉煙浮。一聲欸乃入中流。豪懷不肯同零落。卻向滄波弄素秋。

蝶戀花　中宵不寐，萬感交集，賦蝶戀花一闋，天下後世見我詞者，皆當興起無窮哀怨，且養無限忠厚也。

采采芙蓉秋已暮。一夜西風，吹折江頭樹。欲寄相思憐尺素。雁聲淒斷衡陽浦。　贈我明珠還記否。試撥鵾絃，更欲從君訴。蝶雨梨雲渾莫據。夢魂長繞南塘路。

蝶戀花

細雨黃昏人病久。不分傷心，都在春前後。獨上高樓風滿袖。春山總被鵑啼瘦。　昨夜重門人靜候。料得燈昏，一點懸紅豆。夢裏容顏還似舊。南來消息君知否。

蝶戀花

回首行雲三月暮。覓日相思，不道相思苦。私祝東風休作雨。憑伊遮斷春歸路。　簾外斷紅重拾取。淚眼依依，枉自關情緒。金篋留香還記否。沈吟前度憑欄處。

菩薩蠻

卷簾人倚東風下。亭亭瘦影秋相亞。宛轉繡花枝。當窗理亂絲。　生來高格調。慣惹閒煩惱。楊柳夜烏飛。愁中音信稀。

## 費念慈

字屺懷，號西蠡，江蘇武進人，光緒十五年進士，改庶吉士，授翰林院編修，有歸牧集，附詞。

金縷曲　題冒廣生鶴亭填詞圖

不解蒼茫意。竟飄零、斜簪散髻。詞人而已。十萬鶯花姚冶甚。過眼嬌春如許。漫重向、危闌孤倚。黨籍家聲湖海客。問清才、似此今能幾。掛大斗。爲君起。　塵勞夢影休重理。悵年來、鬢絲禪榻。廣陵吳市。羊胛光陰龍漢劫。淪落斜陽身世。且莫更、狂呼青兕。劍態簫聲無著處。譜紅牙、併入雕蟲技。木葉落。秋深矣。

## 金菊對芙蓉　與鶴亭話舊有感、次蒉原先生韻、

猛拍闌干。墜歡零落中宵。月好誰延。憶尊開花底。香裊琴邊。綠苔生閣塵凝榭。況銷沈、紫玉成煙。東風不管。桃花如雪。卻爲誰妍。　紅橋流水斜連。悵青鸞縹緲。瑤札空傳。剩豔金淒粉。憔悴年年。玉簫聲斷銀箏歇。莫惺忪、夢到從前。好春歸也。萬千紅紫。雨驟風顛。

# 江標

字建霞、號萱圃、一號師許、別號靈鶼閣主、江蘇元和人、光緒十五年進士、改庶吉士、授翰林院編修、有紅蕉詞一卷、又輯宋元名家詞十五種、

## 菩薩蠻

玉鏤飛鳳銀屏小。畫羅帳捲春雲曉。繚亂海棠絲。還移明鏡遲。　無言成獨坐。底事慵梳裹。簾外鷓鴣啼。泥金褪舞衣。

天涯只合多飛絮。化萍還向天涯去。妾命不如他。終年彎兩蛾。　大隄音信絕。夢裏剛離別。雙燕入簾來。故園花正開。

# 李傳元

字橘農、號安般、江蘇新陽人、光緒十五年進士、改庶吉士、授翰林院編修、官至浙江提法使、有滂嚴詞一卷、一名芬陀利館詩餘、

## 洞仙歌 水仙

一枝輕舉。便亭亭烟表。屋角風微暗香小。看瓊肌孕粉。鴉額塗黃。垂手舞、還恐曲終人杳。　翩翻冰雪裏。怕見春回。何事東風被花惱。調護費心情。秀石新瓷。終不似、山中泉好。最堪惜、淩波半開時。已纖手攀將。釵頭縈裊。

## 一萼紅 重陽

峙崚嶒。有滂圖百級。衰病怕攜藤。抑塞悲歌。飄蕭短髮。詩懷不似崔丞。怪人世、春秋非我。甚九日、風雨也無憑。小閣玲瓏。朱闌窈窕。且共閒憑。　對菊可能無酒。況霜肥紫蟹。香透新橙。眼底家山。樽前兒女。拚取一醉瞢騰。也休盼、青天一缺。怕望遠、老淚又重凝。回首蒼梧萬里。千喚誰譍。

## 聲聲慢 漁隱　玉田有此闋、讀而好之、戲擬以寄幽懷、

清游明月。淺醉萱花。一枝橫竹穿雲。隱士誰招。今古惟有玄眞。武陵桃花幾樹。到如今、已是殘春。鼓枻去。怕人間雞犬。也雜先秦。　莫訪樵夫閒話。除百泉弊弊。誰共評論。冷落蘋洲。誰敎閒卻秋蓴。五湖煙波好住。有巢由、也莫爲鄰。看海水。記潮痕、還記淚痕。

## 朱懷新

字苗生、浙江義烏人、光緒十五年進士、官廣東知縣、有惜餘芳館詞、

### 金縷曲

撲面塵如霧。又今番、馬蹄得得。忍寒將去。一抹荒烟斜照外。彷彿離魂無數。更送到、雁聲淒楚。如許閒愁嘗未慣。甚愁人、偏與愁相遇。酒醒也。在何處。　夜深鎮向孤燈絮。記年時、有人相對。綠窗眉嫵。媿我新來增落拓。贏得青衫塵汚。但提起、便傷遲暮。望斷雲山千萬疊。莽天涯、何處尋歸路。今夜夢。恐無據。

## 黃元直

字梅伯、一字存甫、自號冷頭陀、廣東南海人、光緒十五年舉人、官江西瑞昌縣知縣、有黃梅伯詩文集、附詞、

### 水調歌頭　春日瑞昌東堂

雲氣四山合。萬里作冥濛。遲遲春日沈閣。雷鼓殷長空。簷外霤聲如瀉。鎮日重幃深下。黯黮一燈紅。夢斷酒初醒。思入混茫中。　憶西園。桃與杏。嫁東風。知他憔悴何許。歸計太忽忽。多少華年錦瑟。試問窺簾雙燕。無語對惺忪。聞道夕陽好。天外有冥鴻。

## 楊銳

字叔嶠、又字鈍叔、四川綿竹人、光緒十五年舉人、官內閣中書、特授四品卿銜、充軍機章京、

## 念奴嬌 雁來紅

菊花村晚。正斜陽一抹、向人淒絕。萬里衡陽秋信遠。盼到重陽時節。岸柏酣霜。橋楓染燒。詩思同淒切。長空錦字。落霞高傍明滅。　堪歎作客隨陽。春生溢浦。又值征鴻發。塞北江南何處是。悵想山堂濃葉。照檻非花。烘簾似錦。祇剩鵑啼血。墜歡如夢。幾時芳意重說。

# 金文楳 字養知、江蘇元和人、光緒十五年舉人、有倚雪山房詞二卷、一名鵜鴂館詞、

## 鷓鴣天 和白石韻

閒立空階不見人。無端飛絮入芳津。雲中曉日知穿閣。風裏游絲解絆身。　花尙吐。竹疑嚬。者番人對者番春。柔情一握憑誰訴。望極橫波不是雲。

## 疎影 荷葉、和張叔夏韻、

綠衣最潔。正晚涼早動。闌干清絕。如此田田。一往低徊。能沁我心餘熱。情人握手堪傾蓋。底不把、綺懷同說。想箇中、別住遊仙。繡襪翠裳重疊。　回首蜻蜓戲水。怕飛去便礙。鮫綃裙褶。翠袖盈盈。猶倚湖亭。還待藕絲同雪。深宵擎露明珠在。定不料、商飇吹折。喜那時、白練平拖。倒捲半池涼月。

# 譚嗣同 字復生、號壯飛、湖南瀏陽人、諸生、官江蘇候補知府、特授四品卿銜、充軍機章京、

### 望海潮 自題小影

曾經滄海。又來沙漠。四千里外關河。骨相空譚。腸輪自轉。回頭十八年過。春夢醒來麽。對春帆細雨。獨自吟哦。惟有瓶花。數枝相伴不須多。　寒江纔脫漁蓑。剩風塵面貌。自看如何。鑑不因人。形還問影。豈緣酒後顏酡。拔劍欲高歌。有幾根俠骨。禁得揉搓。忽說此人是我。睜眼細瞧科。

## 朱啓連 字跂惠、號棣垞、廣東番禺人、有棣垞詞、

### 高陽臺 庚辰冬、粵秀山探梅、

南雪都非。西園幾換。梅花底事還開。便解尋香。冷蜂猶自疑猜。春風除卻何郎筆。算無人、肯費詩才。恁相逢不似孤山。不似瑤臺。　而今索向冰霜裏。任飛霙捲雨。沒個人來。有限春心。年年寄與天涯。天涯又只無歸處。漸東風、不管塵埃。儘銷凝。一段蒼煙。一片蒼苔。

## 秦寶瑚 字禹臣、江蘇金匱人、諸生、

### 西子妝 湖樓晚眺

爽挹西山。涼迎北牖。日暮闌干閒凭。四圍空翠漾明漪。罨漁矼、夕陽猶賸。湖陰閣暝。更染出、殘霞半嶺。采菱人正迴橈。盪破一奩雲影。　休重省。劫火初消。閱盡繁華境。幾株衰柳不成陰。噪棲鴉、營巢未定。池臺

煙冷。尚留得、青蕪滿徑。最淒然、林外數聲清磬。

## 徐士怡

字棣友、安徽石埭人、有瘦玉詞鈔一卷、

### 浪淘沙 題李松濤美人畫幀

生小住江鄉。畫舫明妝。愛他風景似瀟湘。兩面新荷三面水。一面垂楊。　衣薄五銖涼。扇影兜香。朝朝常伴睡鴛鴦。甚欲採蓮還又怯。怕遇空房。

### 月華清 秋海棠帳額

冷翠鬟煙。冶紅泣露。幾分秋意微逗。楚楚芳叢。也費西風雕鏤。甚抱香、倦蝶飛來。訝憔悴、腰肢非舊。回首。記華清春睡。半酣時候。　昨夜嫩寒侵否。便寫入冰綃。夢痕都瘦。輸與東籬。禁得濃霜僝僽。悄黃昏、掩卻羅幃。篩清影、半牀相守。消受。更蛩聲曳怨。暗吟虛牖。

## 文廷式

字芸閣、一字道希、號薌巖、別號純常子、江西萍鄉人、光緒十六年進士及第、授翰林院編修、官至侍讀學士、有雲起軒詞鈔一卷、

### 浣溪紗

縹緲眉痕憶遠山。一春愁思不曾閒。斷雲祇在有無間。　原是花身應惜惜。猶凝竹淚記斑斑。小樓今夜

恰輕寒。

祝英臺近

翦鮫綃。傳燕語。黯黯碧雲暮。愁望春歸。春到更無緒。園林紅紫千千。放教狼籍。休但怨、連番風雨。　謝橋路。十載重約鈿車。驚心舊遊誤。玉佩塵生。此恨奈何許。倚樓極目天涯。天涯盡處。算祇有、濛濛飛絮。

賀新郎

別擬西洲曲。有佳人、高樓窈窕。靚妝幽獨。樓上春雲千萬疊。樓底春波如縠。梳洗罷、卷簾游目。采采芙蓉愁日暮。又天涯、芳草江南綠。看對對。文鴛浴。　侍兒料理裙腰幅。道帶圍、近日寬盡。眉峯長蹙。欲解明璫聊寄遠。將解又還重束。須不羨、陳嬌金屋。一霎長門辭翠輦。怨君王、已失苕華玉。爲此意。更躑躅。

三姝媚　王幼霞侍御見示春柳詞、未及奉和、又有送行之作、賦此闋答之、

鶯啼春思苦。看湖山紛紛。尙餘歌舞。折柳千絲。殢酒痕猶沁。錦襟題句。倚遍危闌。澹暮色、飄殘香絮。似繡園林。一霎鵑聲。便成今古。　當日花驄聯步。共遊冶春城。踏青歸路。夜半承明。聽漏聲疑在。萬花深處。可奈東風。吹不散、濃雰淒霧。好記靈和舊恨。淸商自譜。

翠樓吟　歲暮江湖、百憂如擣、感時撫己、寫之以聲、

石馬沈煙。銀鳧蔽海。擊殘哀筑誰和。旗亭沽酒處。看大艑、風檣峨舸。元龍高臥。便冷眼丹霄。難忘靑瑣。眞無那。冷灰寒柝。笑談江左。　一笴。能下聊城。算不如呵手。試拈梅朶。苕鳩栖未穩。更休說、山居淸課。沈吟

今我。祇拂劍星寒。欹屏花妥。清輝墮。望窮煙浦。數星漁火。

## 鷓鴣天 王幼霞御史得其友人由江南搨寄江總殘碑、因作秋窗憶遠圖、屬題、爲賦此闋、

壁滿花穠世已更。讀碑猶記擘箋名。屋梁月落懷人夢。易水霜寒變徵聲。 家國恨。古今情。鏡中白髮可憐生。君知六代怱怱否。今夕沙邊有雁驚。

## 水龍吟

落花飛絮茫茫。古來多少愁人意。游絲窗隙。驚飆樹底。暗移人世。一夢醒來。起看明鏡。二毛生矣。有葡萄美酒。芙蓉寶劍。都未稱。平生志。 我是長安倦客。二十年、輭紅塵裏。無言獨對。青燈一點。神遊天際。海水浮空。空中樓閣。萬重蒼翠。待驂鸞歸去。層霄迴首。又西風起。

## 永遇樂 秋草

落日幽州。憑高望處。秋思何限。候雁高鳴。驚麏晝竄。一片飛蓬捲。西風萬里。踰沙越漠。先到斡難河畔。但蒼然、平原目極。玉關消息初斷。 千年祇有。明妃冢上。長是青青未染。聞道胡兒。祁連每過。淚落笳聲怨。風霜頓改。關河猶昔。汗馬功名今賤。驚心是、南山射虎。歲華易晚。

## 蝶戀花

九十韶光如夢裏。寸寸關河。寸寸銷魂地。落日野田黃蝶起。古槐叢荻搖深翠。 惆悵玉簫催別意。蕙些蘭騷。未是傷心事。重疊淚痕緘錦字。人生祇有情難死。

## 江雲龍

字潛之、號潤生、一號石琴、安徽合肥人、光緒十六年進士、改庶吉士、授翰林院編修、官江蘇淮安府知府、有師二明齋詩集、附詞、

### 綠意　庭梧

酸枝悽葉。知年時諳盡。幾多冰雪。盼得鸞棲。露老烟荒。怎禁蟲嘶蟬咽。羅衣瑟瑟驚秋冷。伴夜讀、開軒坐月。也應知、清福難修。陡被罡風吹折。　眼底流光飄瞥。儘乳鴉叫苦。老烏頭白。爛到枯琴。縱換新聲。迸出絃間哀惻。江城一樹清陰合。料難掩、亭亭高節。最憐渠、結子青青。留與後來人惜。

## 張茂鏞

初名懋鏞、字聲伯、又字申伯、江蘇元和人、光緒十七年舉人、官浙江金華府知府、有麋盦詞稿、

### 一萼紅　紅梅

照吟眸。爛明霞千點。窗綺破清幽。有淚承冰。無脂點雪。人間芳事還休。恁時節、東風著力。囹瑞錦、吹上百花頭。夜燭凝妝。朝酲酣酒。低首紅侯。　不信西湖風月。把京塵都涴。春色仍稠。處士園庭。山妻妝束。也作如許風流。算衹有、詞人先覺。道柔情、都被暗香句。倘比尋常豔冶。未許羅虯。

## 蔣師轍

字紹由、江蘇上元人、光緒十七年舉人、官安徽無爲州知州、有靑溪詞鈔、

高陽臺 秋海棠

半院斜陽。一階絲雨。秋光點破啼痕。如此輕盈。幾時墮落風塵。託根舊是相思地。晝闌前、無限離魂。卻生成。虢國含愁。西子含顰。　新涼昨夜催芳信。看嫣紅漸瘦。貼翠偏勻。掩抑嬌羞。芳心不爲傷春。柔情肯被黃花誚。也如他、淡到無言。慣銷磨。蟋蟀聲中。多少黃昏。

鄧邦達 字誦臧、江蘇江寧人、光緒十七年舉人、官江西瑞金縣知縣、有蹇齋詞二卷、

夢江南

江南夢。烽火照江樓。幽恨一絲霜入鬢。鄉心五處月當頭。蟲語替人愁。

鷓鴣天 簾

寂寂宮槐晝漏長。湘紋不動夢生涼。鑪烟上下迷空霧。鉤影東西送夕陽。　花片亂。柳絲忙。春風捲起隔年香。歸來燕子重相問。可是兒家玳瑁梁。

長亭怨慢 登滕王閣

怪昨夜、馬當風起。底事催人。片帆飛渡。暢好江山。閣中帝子渺何處。天涯憔悴。更誰買、千金賦。醉袖倚危闌。且消受、斜陽一度。　遲暮。問往來過客。可憶太平歌舞。珠簾畫棟。剩多少、朝雲暮雨。任教他、彩筆分題。怎奈爾、金尊無主。算只有水天。依舊落霞孤鶩。

## 吴翊寅

字孟棐、江蘇陽湖人、光緒十七年舉人、官廣東知縣、有曼陀羅花室詞一卷、

### 高陽臺 南浦

廿四番風。兩三點雨。踏青纔過清明。惆悵垂楊。春深不管啼鶯。畫船莫向煙波住。怕曉風、殘月長亭。更銷魂。南浦淒迷。沒箇人行。　江干打槳桃根去。問落花何處。流水無聲。門巷依然。斜陽又放新晴。雙飛燕子江蘺岸。悔重來、負了鷗盟。但盈盈。望斷歸橈。數盡郵程。

### 好事近 效張東澤

雙燕蹴庭花。細雨一襟紅濕。悵說天涯芳草。比去年還碧。　畫樓重上望江南。無限斷腸色。十里垂楊依舊。更數聲風笛。

## 陶福履

字綏之、一字稚箕、號畫峯、一號君賜、江西新建人、光緒十八年進士、改庶吉士、官湖南慈利縣知縣、有怡雲詞二卷、

### 摸魚兒 重過煙雨樓感賦

向危樓、更尋幽趣。斜陽剛在庭樹。尖風料峭微波瘦。閒煞幾多鷗鷺。冬且暮。看耄柳荒蒲、都是淒涼處。憑闌不語。記一葉扁舟。悄攜尊酒。新月眷眉嫵。　南湖路。閱盡朝煙暮雨。忽忽塵夢無數。停燈弄影知何限。

不是那時情緒。休更訴。算落得河陽、鏡裏絲如許。鍾情最苦。便掩卻烏篷。冷潮幽咽。寂寞載愁去。

賀新郎 舟中雜感

瀟洒衡門下。絕冠纓、向天而笑。毫無牽挂。醉把岑牟單袷著。一任呼牛呼馬。窮與達、誰眞誰假。華屋山邱俄頃耳。未央苔綠上銅臺瓦。薤上露。易凋謝。　著書仰屋還聊且。讓相嘲、千秋萬歲誰傳此者。劃粥黃虀窮徹骨。不要終南聲價。算落得、旁人笑罵。獃女癡兒歡樂煞。只先生、不合時宜也。淪落感。更休寫。

## 史悠咸

字澤山、順天宛平人、光緒十八年進士、官內閣中書、有海上餘紘詞、

菩薩蠻

春魂一碧敲難醒。冷香鎖夢縈珊枕。索性起來遲。怕看花落時。　垂楊如許瘦。不管眉痕皺。無語立東風。手拈雙豆紅。

梅梢月 古北口

圓蘆聲裂。一竿吹落關門月。黏天塞草先秋白。老柳飛花。贈盡行人雪。　紅閨幾許傷離別。錦機緘恨憑誰說。西風昨夜吹華髮。駐馬心情。爲斷鴻愁絕。

## 江逢辰

字孝通、號雨人、廣東歸善人、光緒十八年進士、官吏部主事、有孤桐詞、華鬘詞、

蝶戀花　丙申三月出都

惆悵年年聞好語。花草闌珊。逐漸春難主。又被流鶯催別緒。何心便控珠鞍去。　望眼低迷三月暮。無限情懷。沒箇悲歡處。落盡木緜飛盡絮。日斜腸斷人歸路。

念奴嬌　焦山海西庵海棠特盛、余來山中、將花寫照、渺然余懷、

層芳淒浥。裊游絲幾縷。空山牽惹。枯木堂西人獨立。冷碧落花夜夜。粉意霜寒。茜痕雨苦。依舊冰紅灑。纖纖眉月。瘦枝愁絕盈把。　可念古甃迷離。畫闌欹倚。重有悲秋者。蝶夢零星蟲語細。一片柔魂疑化。露睫含酸。霞渦凝睇。薄暈無言罷。蕭疏煙寺。低回人老花謝。

## 孫正礽　字雲伯、號蠖叟、江蘇江寧人、有憶香詞一卷、一名水南草堂詞存、

蝶戀花

殘醉纔醒春欲暮。一唱將離。日日風兼雨。添得春潮深幾許。亂紅已逐春潮去。　多少短長亭子樹。萬縷千絲。挽得春長駐。不信自家難綰住。楊花先與春爭路。

## 方受穀　字耕花、別號桃溪漁隱、浙江嘉興人、有稻香館粲香詞四卷、補遺一卷、

摸魚兒　美人折秋柳枝圖

記從前、淡黄時候。東風初剪金縷。多情碧眼曾回盼。約略十三嬌女。春幾許。看陌上遊人、尋到蘇家去。陰濃夏五。尚翠幄藏鴉。青絲掠燕。蜂蝶鬧樊圃。　臨官渡。纖手將他折取。風流休說如故。隋堤蕭瑟年光晚。空自倚煙啼露。秋思苦。問走馬何人、重覓章臺路。秋娘暗數。正病損腰肢。愁銷眉黛。同樣感遲暮。

## 醉紅妝 芙蓉

芙蓉較勝美人妝。暈臙脂。玉露涼。拒霜花綻最宜霜。青腰女。蒻羅囊。　傾城姿態錦城裝。弄嬌影。送清香。粉白嫣紅三醉後。斜日照。倚東牆。

## 醉翁操 聽張倚鬯茂才彈琴　張君名寶棻、秀水邑庠生、住禾郡南門外、

猗蘭。龜山。誰彈。響冰絃。流泉。清風入松微涼天。更爲別鶴離鸞。同愴然。一客倚闌邊。曰學何博哉茂先。見君指撚。上聲　絃際閒關。一彈再鼓。令我深知仰歎。平聲　山極高兮危巔。水急流兮潺湲。於今三十年。移情猶留連。此調絕人間。廣陵之曲無復傳。

# 李恩綬 字丹叔、一字亞白、晚號訥盦、江蘇丹徒人、附貢生、有縫月軒詞錄正續二卷、

## 點絳脣 秋陰

疑雨疑烟。涼陰一片秋娘宅。芙蓉采得。閣住晴湖色。　天外斜陽。鴉返應相識。寒瑤瑟。眉峯愁窄。容易紗窗黑。

## 湘春夜月　春水

問并刀。可能劃斷離愁。偏是新水方生。卻漲到汀洲。二月荻芽半吐。尚殘春未送。先送行舟。測相思深淺。也應勝似。千尺東流。　卿姑小別。片帆隱約。望倚高樓。且憑闌干貪看。向波光溜處。想像明眸。銀河渡汝。卜歸期、約在初秋。悄無語、勸東風莫緊。怕教吹皺。比似眉頭。

## 蘭陵王　偕梓堂游汪氏廢園、因寄汪六寅卿、

好泉石。聞是南園陳迹傷心事十四萬松。無復清陰罩歌席。平臺哀吹絕。添得鶯兒調舌。空堂外、頹倒木蘭。蒼蘚猶存舊時碣。　閒尋野翁說。記里聽鳴珂。門誇列戟。風流裙屐多詞傑。看梓澤灰燼。蘭亭草茂。可憐興廢風掃葉。況春雨秋月。　岑寂更悽切。儘冷落花枝。低亞牆缺。池臺付與紅羊劫。尚水響環珮。山圍斗笠。主人歸否。恁笑我索句癖。

## 劉炳照

字光珊、號語石、江蘇陽湖人、諸生、有夢痕詞、焦尾詞各二卷、春絲詞一卷、總稱留雲借月庵詞、一名無長物齋詞存、

## 清平樂

韶光虛度。黯黯添愁緒。砌下落梅紅似雨。莫對逋仙說與。　年年淚溼青衫。路遙歸夢難酣。自恨不如芳草。隨春綠到江南。

梅子黃時雨

無數樓臺。鎮梅雨釀寒。庭院如水。和溼霧濃煙。作成秋意。不管孤眠人怕聽。空階滴得秋心碎。深閨裏。望遠有人。欹枕垂淚。 猶記。隄楊凝翠。自纖腰瘦後。今更憔悴。只燕子知人。相思情味。不是花魂呼不醒。近來天亦愁如睡。渾無計。替儂把華扶起。

喝火令 春寒猶力、花信較遲、挑菜之節已過、尋芳之約未踐、得毋爲名花所笑耶、爰填此解、以寄離懷、

酒醒詩魂瘦。燈昏旅夢殘。孤眠已覺客衾單。底事東風猶作去 十分寒。 陌上蘭期緩。邵山人芝巖善藝蘭、多異種、屢訪不値、隄邊柳色閒。誰敎辜負豔陽天。惆悵花開。惆悵月將圓。惆悵無人攜手。同倚畫闌看。

## 徐宗亮 字晦甫、號茶岑、安徽桐城人、世襲騎都尉、官候補主事、有善思齋詩餘一卷、

桂枝香 丁巳仲春客六安、晚步西郊、次鄭吉甫韻、

湖天向晚。下雲陰數重。空翠吹散。好〻昏鴉未定。低鴻如喚。尋花欲問春山徑。傍平林、小車歸緩。汀洲多少。飛來煙雨。作寒欺暖。 野寺裏、疏鐘欲斷。問淸供年時。佛前香暗。老樹無言小劫。夢華初換。壁塵待覓閒題句。掃春風、數行零亂。前村何處。依依一燈。照人歸眼。

水龍吟 夜坐聞雁

西風吹瘦霜華。爲誰辛苦秋邊去。楚天淸瞑。照來斜月。差池斷羽。漂泊三生。分明一字。書空誰顧。只水雲

片片。蘆花瑟瑟偏耐汝。禁寒住。　莫把前程細數。算江湖、一年一度。春來多少別離情緒。幾聲低訴。喚起天涯。連宵歸夢。相思寄否。怕有人愁倚。孤燈彈斷十三箏柱。

## 朱福清　字修庭、浙江歸安人、附生官江蘇候補道、有擁翠詞稿一卷、

### 如夢令　春情

昨夜夢痕清淺。扶上梅花深院。瘦了沈郎腰。怎奈香溫玉軟。情短。情短。偷展垂楊青眼。

### 高陽臺　城南即事

鶴市晴波。鶯湖輭漲。娟娟新月初三。剝繭抽絲。渾如自縛春蠶。柔情密意無人管。笑巡簷、酸意偏諳。最憐他、飛絮飛花。地北天南。　春光未老人先瘦。只聽鸝選夢。揮麈清談。未嫁朝雲。鬢絲禪榻何堪。閒愁如草黏天碧。記攜君、鄧尉同探。驀回頭、濁酒醒時。疊嶂層嵐。

## 王　寅　字賓谷、江蘇高郵人、有北海漁唱、

### 木蘭花慢　睡燕、和駢卿、

歸來人倦後。聽紅袖下簾聲。正花暝樓臺。柳昏庭院。香夢初成。玳梁雙棲正穩。把天涯、芳訊總忘情。可識有人愁損。羅幃一枕春酲。　舊時王謝畫堂更。幻境悟浮生。念巷口斜陽。橋邊落絮。一覺心驚。雙雙曉窗

軟語。但呢喃、入耳不分明。料得春眠未足。怪他幾處啼鶯。

## 吳德潚 字季清、四川達縣人、光緒□□年舉人、官浙江西安縣知縣、

### 滿江紅 爲薛亥申題枕經書屋圖

大好溪山展畫卷、百端交集。記海上、孤城斗大。沈沈雲黑。手挽東南全局轉。功成拂袖無人識。儘歸來、老屋枕荒江。纔容膝。開講舍陳經籍。門第盛。芝蘭植。看睨雲騏子。重森雙戟。天塹飛芻籌大計。朝來更運陶公甓。祝君家、堂構繼前徽。平泉石。

## 續廉 字子隅、又字曉泉、號輝發、那拉氏、滿洲正白旗人、光緒十九年舉人、有螢園詞、

### 金縷曲 答恩席臣

妙法無容說。更何妨、打穿牆壁。掃除藤葛。獨往獨來無罣礙。一任紅爐點雪。笑種種、多情華髮。誤我半生成底事。問尚能、幾見當頭月。一再鼓。湘靈瑟。人生最苦傷離別。怎禁他、癡兒怨女。肯忘歡合。多少閒愁拋不卻。惹得相思入骨。恩不甚、敢言輕絕。三十六州齊鑄錯。剩孤懷、未死堅如鐵。風動屋。瓦吹裂。

## 惲毓巽 字季龕、順天大興人、光緒十九年舉人、官內閣中書、有翦紅詞草一卷、

如夢令　遵陸已積旬日、去京師尚三百里、行踪淹滯甚矣、日晡過河間府、黃埃蔽天、客顏爲黧、口占此解、

又逐昏鴉歸去。極目長安何處。鞭影忒忽忙、馬踏亂塵如雨。休住。休住。不是輭紅香土。

百字令　伯亮以送春詞屬和、春去久矣、別有新感、依韻酬之、燈昏欲花、夢墮疑葉、碧雲天際、我勞如何、

送春纔了、更東風吹起、離情如絮。禁暖扶寒都不是、砌就濃愁無數。蘭蠟偎煙、桃笙眷夢、只盼行雲住。醒來更平斷。鵲爐空有香炷。　因念落日樓頭、疏星簾底、輭語丁寧處。準備忽忽拋撇過。偏又臨歧重遇。南浦波黃。西洲草綠、一例銷魂路。窺檐涼月、者宵知我心緒。

浣溪紗

簟影搖波展夕涼。亂風吹雨入長廊。幾回淸夢落瀟湘。　新樣簾櫳嗔燕子。舊時釵股數鴛鴦。小樓銀燭又昏黃。

張祥齡　字子苾、一字子芾、號芝馥、四川漢州人、光緒二十年進士、改庶吉士、官陝西大荔縣知縣、有半篋秋詞一卷、續一卷、一名子苾詞鈔、又與王鵬運況周儀合和珠玉詞一卷、

鷓鴣天　次小山

玉手纖承琥珀鐘。幽窗蠟炬更嬌紅。柳移綵舫深深路。花引朱絃款款風。　愁裏見。病中逢。香腮還與舊時同。韶華正是春時候。斷送歌殘酒罷中。

## 蝶戀花　次延巳韻

紘索正高成別宴。淚粉飄零。有日還能見。只要桃花逢一面。蓬山不恨千重遠。　枉說從前恩與怨。剩了殘香。添印還辭嬾。試問愁期何日滿。西風片片吹衣斷。

## 生查子　次小山、寄仲由海上示仲藍、

紅樓夾道旁。認熟黃衫馬。翠幄各留人。閒卻千燈夜。　寶髻擁花梁。偷試花開謝。明月有誰看。背落寒潮下。

繡幙慣溫存。乍別荒江浦。明日海濤頭。新月知人苦。　攜手倚梯闌。欲下還留語。心事萬千重。說得三分否。

拋卻自家心。占了他人住。江岸寂無人。燈火搖煙浦。　枕淚濕雲鬟。醞造絲絲雨。耳畔尙嬌啼。乍換殊方語。

## 虞美人　次小山、題虔共宦、

夢中忘卻江無路。枕上從容去。綠窗鸞鏡理蛾眉。依舊玉闌攜手似平時。　韶年只道花長好。不識飄零早。忍看紅淚滿簾飛。還算剩香殘粉燕含歸。

篋中詩句箋頭字。都是傷心事。早知秋菊是離時。因甚石榴開後尙歸遲。　古簾明月長依舊。百歲誰能有。夜深千轉繞迴闌。長恨眼前羅帳是蓬山。

夢揚州　次淮海、三月二十五寄孝莊、

寶箏收。掩鏡奩、幽恨難休。怕寫舊詞。總是傷春悲秋。倚闌閒立斜陽外。望綠楊、芳草煙稠。空箱裏。羅巾黯。庾郎無字題愁。　追憶芳時俊遊。傳小字紅箋。楚尾吳頭。淚粉暗銷。悔爲當時淹留。玉堤柳老緜飛盡。落燕泥、閒鎖簾鉤。鄉夢冷。萍飄梗泛。腸斷蘇州。

夜半樂　次屯田、偕仲容別惠山、

遣愁酒醒無計。攜來麗質。雙槳尋芳渚。挽柳繫蘭橈。畫船稀處。晚霞帶水。蒼然落照。望中城堞依稀。酒旗飄舉。更幾點、漁燈出煙浦。　舊遊載雪訪戴。斷雁荒蘆。冷煙枯樹。煙浪裏、無人潮頭孤去。驟驚重到。嬌紅寵綠。倚樓翠袖層層。豔姬妖女。爛堆錦、嬌歌雜鶯語。　念我因甚。帶眼頻移。玉驄輕駐。縱欲卜、他生也無據。對東園、臺榭有與仍銷阻。空悵望、隔斷瑤臺路。杜鵑啼徧千山暮。

胡矩賢　字眉壽、號致綏、湖南長沙人、光緒二十年進士、改庶吉士、授翰林院編修、有夢芍軒集、

菩薩蠻　憶舊

嶽雲黯淡湘流急。佳人一去無消息。又是歲將殘。畫屏生暮寒。　桑田今變海。此恨終難改。和淚問歸期。來年春到時。

卜算子　用東坡韻

夢比落花多。愁似春雲聚。點點蒼苔迹尚存。蓮步經行處。　春解送愁來。不解攜愁去。更有何人伴寂寥。只合同愁住。

## 羅長裿

字申田、湖南湘鄉人、光緒二十一年進士、改庶吉士、授翰林院編修、官駐藏左參贊、有𧤏餘稿、

### 賣花聲

峨髻晚妝鴉。寒勒簪花。洞簫吹出小簾斜。偏是今宵明月好。圓到天涯。　蠟淚洗鉛華。驛夢雲遮。樽前心事寫紅牙。只恐重來雙燕子。難認王家。

## 沈桐

字敬甫、號鳳樓、廣東番禺人、光緒二十一年進士、官至奉天東邊道、有鳳樓詞、

### 虞美人　澎浪磯舟夜

雁來爲訂茱萸約。屈指程期錯。沙頭風色滯歸航。壞柳蕭蕭殘照不勝黃。　江城夜柝渾無據。兀坐深更雨。壯懷都向酒杯降。昨夢小姑含淚說彭亡。雩琴新逝

### 菩薩蠻

鵑鴂不識春歸去。聲聲猶喚離人住。別院沸笙歌。新愁可奈何。　闌干都倚徧。翻妒營巢燕。往事等閑休。飛花上小樓。

## 憶王孫

桃根桃葉木蘭舟。只載離人不載愁。欲訴萍蹤豈自由。兩悠悠。碧海青天又早秋。

# 牛蔚堂

字秀臣、一字文棨山東諸城人、官山東范縣訓導有問吾心齋詞一卷、

## 百字令　用東坡赤壁韻

舉頭天外。問此中空洞、所容何物。江北江南名勝地。曾把新詩題壁。淮海千帆。金焦兩點。洗盡肝腸雪。山河如故。至今誰是豪傑。　猶記雁蕩龍湫。甌江深處。一棹隨風發。宦海茫茫無可語。終與煙塵俱滅。富貴何時。精神未老。鏡裏添華髮。浩然歸去。故鄉依舊明月。

## 桂殿秋　夏夜

紅菡萏。碧琅玕。水邊亭子趁溪彎。嫦娥夜夜來相共。應是人間勝廣寒。

# 梁煦南

字璧珊廣東香山人、諸生、有三洲漁笛譜、

## 疎影　送秋

商飇騷屑。陡菊天分袂。嶺猿催別。繾綣西郊。露鶴霜鴻。最與阿儂關切。風沙萬里歸何處。怕歸去、故山明滅。怎怱怱、撒手楓江。抛卻庾樓涼月。　我是蓴羹客子。又長亭送客。笑挽輪鐵。玉笛誰家。日暮河梁。老柳

不堪攀折。炎涼閱盡鄉心急。更那管、離絃淒咽。拚一樽、醉臥東籬。免對征塵飄瞥。

### 陌上花　柳花

半烟半雨樓臺。颺起雪毬千片。蝶惹蜂黏。風際欲飛還戀。灞橋驢背迷行客。惆悵斜陽春晚。怎飄飄弄暝搖晴。拋過杏花庭院。　酒帘吹聚處。剗地芳塵。惱得啼鶯都倦。人去旋遮。似怕望枯愁眼。多情卻恨嬌無力。難繫征鞍橋畔。只浮生。一夜漂流池沼。綠萍波遠。

## 沈祥龍

字約齋、江蘇婁縣人、諸生、有樂志簃詞錄、

### 高陽臺　春日登南樓

寺小藏雲。樓深擁靄。登高不見天涯。況有垂楊。還將水隔山遮。如今處處狂飛絮。趁東風、暗逐香車。但聽他。燕語連番。似惜韶華。　春殘更覺愁心苦。問芳菲世界。付與誰家。任是無情。不應斷送餘花。殷勤欲向東皇訴。奈濛濛、細雨絲斜。倚雕闌。且醉金樽。且撥銅琶。

## 呂應靖

字篔舫、江蘇陽湖人、有靜廬詞一卷、

### 八聲甘州

悵東風吹不散離愁。孤城暮啼鴉。只無情芳草。年年綠遍。滿路橫斜。眼底殘山賸水。游倦莫停車。千里空

回首。何處歸槎。夢覺東窗依舊。歎沈郎憔悴、青鬢都華。積閑愁幾許。深淺認桃花。燕歸來、舊巢何在。問這番、門戶傍誰家。春歸也、亂紅千點。飛絮天涯。

## 馮永年 字恩江、廣東番禺人、官江西南康縣知縣、有看山樓詞、

### 疎影 詠白牡丹菊

嫣紅如錦。向東籬深處。幻出幽隱。疑是肥環。浴罷殘妝。特地滌除脂粉。東皇沈醉幽叢裏。一霎被、西風吹醒。似素娥、青女同遊。攜得綠珠陪媵。　誰把春秋攙亂。仙人殷七七。游戲三徑。顛倒芳魂。參錯纖穠。別有一天風韻。繁華移入清涼界。笑色相、恁般無準。待明朝、落帽筵前。同話洛陽春景。

### 壺中天 避亂獅江舟次中秋

驚魂定否。早白沙洲外、清光如雪。恨雨蠻烟收拾盡。漫把冰輪推出。千里波光。滿天星影。相映俱澄澈。扣舷長嘯。天香飛下瓊闕。　爲問當日歡場。曾來相照。可是今宵月。一樣團圞秋色好。頓判悲歡情節。數點微雲。一行悽雁。似我愁難滅。西風料峭。無端寒透詩骨。

## 余庭訓 字勉齋、安徽績溪人、有淑園詩餘、

### 眉峯碧

雁過長天碧。倦整西風翮。池上芙蓉晨暮煙。又砌下、蛩聲急。　展轉愁今夕。自把銀釭剔。戍鼓樓頭點點清。隔牆誰弄梅花笛。

## 陳壽嵩

字蝶仙、浙江錢塘人、有海棠香夢詞四卷、和白香詞譜一卷、

### 綺羅香　柳浪聞鶯

折柳魂銷。尋花夢短。此地怕逢春暮。多事青驄。又向者邊尋去。聽啼鶯、猶說當年。問走馬、而今何處。便擕柑、載酒重來。六橋都是斷腸路。　闌干私底凝竚。指點斜陽外。亂愁如許。過雨垂楊。換盡舊時眉嫵。渾不似、江北關情。怎禁得、城南烟雨。更憐他、欲別還啼。又低聲喚住。

## 潘光瀛

字宗韶、廣東番禺人、諸生、有梧桐庭院詞鈔、

### 踏莎行　山莊晚眺

草輭眠烟。秧低沐雨。嵐光洗出山深處。斷橋流水怨黃昏。鷓鴣聲裏催人去。　疊疊江雲。行行村樹。迷離隔斷家山路。垂楊知我動歸情。暗將離緒牽儂住。

### 賣花聲　雁來紅

顏色傲江楓。妝點秋容。非花非葉寫難工。愛與斜陽爭晚景。淚漬胭紅。　心事寄征鴻。錦字頻通。不隨幽

怨託深宮。鄉思仗伊撩撥起。一半朦朧。

## 劉　懷　字懷孫、江西南豐人、諸生、有止止居士詩餘一卷、

### 御街行

西風吹冷銀潢水。看葉葉、雲衣碎。誰家玉笛暗飛聲。惻惻嫩寒侵袂。畫屏銀燭。秋光正好。無奈人憔悴。長安自古傷心地。往事不須重計。幾回碧海換紅桑。何況飄蓬身世。酒愁花恨。一齊化作。夜月銅仙淚。

### 虞美人

東風陣陣催鶗鴂。陌上花如雪。夕陽雖好怕凝眸。人在柳邊沙外小紅樓。　酒痕新舊嬌黃染。忍把羅衣浣。柔情似水總難消。日日東流日日兩回潮。

## 馮詠樍　字秀如、廣東高要人、官工部主事、有雙翠閣詞、

### 菩薩蠻　爲商梅生中翰廷修題畫

瑤階小立莓苔輭。惜春無計能排遣。胡蝶慣尋香。窺人正晚妝。　拈花緣底事。衹是愴愁思。含笑罵東風。花開轉惱儂。

## 張文田 字哲甫、浙江山陰人、有螟巢詞一卷、

### 憶秦娥 擬征夫怨

邊風急。角聲吹老邊庭月。邊庭月。無情只解。照人離別。　十年征戍頭如雪。鄉關渺渺音書絕。音書絕。關山萬里。夢魂飛越。

## 劉恩黻 字星甫、號麐楥、江蘇儀徵人、有麐楥詞一卷、

### 八聲甘州 秋感

莽風煙四起弄蒼波。歸情正闌珊。歎西風汾水。零丁雁影。人字書殘。莫唱庭花舊恨。且唱月彎彎。歌舞秋香裏。吹夢人間。　同是新亭杯酒。到謝郎心目。獨灑河山。想西湖楊柳。衰極不堪攀。問何時、滄浪東下。聽數聲、煙笛泊魚灣。歸休也、采芙蓉去。一棹江南。

### 大聖樂 法源寺牡丹

香國紅禪。梵天珠孕。露濃煙泫。最可憐、妃子新妝。卯酒未蘇。爭倚入時勻染。記踏錦塵翻新調。正熏醉、曇雲芳氣曖。拈來笑。似朱帔翠瓔。莊嚴初展。　燕支舊人畫卷。悵書寄朝雲天樣遠。自漢宮春盡。銜花鹿去。

金牌誰管。是色是空春人夢。費枝上、迦陵千萬轉東風醒。更休問、朱門瓊苑。

## 鶯啼序　題水繪庵填詞圖

闌干四圍秀影。翦晴漪半畝。畫圖裏、禪榻茶烟。淡墨和淚皴皺。慢惆悵、秋風破屋。當年幾兩吳絲繡。自蔫紅銷褪蒼茫。頓覺詩瘦。　蟬碧鵑紅。麝粉蠹羽。付精靈護守。問奩豔、顏色何如。鏡中人面非舊。影梅庵、苕華硯匣。換三尺、漁竿帘酒。更銷凝、瓜蔓鶯簾。菜花鴛甃。　閒搜段錦。碎拾零璣。共紫囊佩肘。人去也、曲終重見濁世公子。煉雪團香。飲霞餐秀。吳娘畫槳。王郎團扇。情根情種年年發。是前人、偶擲雙紅豆。秦淮自綠。風流舊日春燈。到頭竟落誰手。　懷中鳳撥。唱徹春城。倚軟塵障袖。痛眼底、紛紛清淚。又灑南朝。乳燕辭梁。亂鴉爭柳。君家自有。溪山佳麗。桃花流水休浪賦。怕漁郎、猶識秦人後。相逢湖海詞仙。座客江南。倘能唱否。

## 周洪彝　字仲敍、號蓮君、浙江烏程人、諸生、有夢笛詞、

### 疎影　秋雨

紅啼翠咽。向碧空淨洗。如許秋色。織碎煙痕。愁嫋風絲。幾度纔零還歇。濛濛又近黃昏後。奈一晌、燈殘香滅。想短籬、花淚闌干。夢冷暗蛩荒蝶。　滴破幽情未了。閣鈴自語處。相和淒切。井畔梧桐。窗外芭蕉。總是聲聲清徹。忽看雁影微茫裏。更漠漠、孤帆低接。記那回、客館尋詩。響入滿山寒葉。

## 凌志珪 字桐叔、號竹泉、江蘇上元人、諸生、有懺綺詞一卷、一名惜分陰館詞、又名桐叔詞、

### 玉漏遲 題鄭小航歌樓聽雨圖

采香涇畔路。紅樓望冷玉人何處。簾外潺潺。忍撇綠窗朱戶。暢好是羅帳側。翦銀燭、鵲鑪香炷。花解語。問郎心賞是誰詞句。　記我水閣瀟瀟。愛買笑吳娘。板橋西去。滴上芭蕉。聽到天明纔住。蜀道昨年歸夢。任腸斷、零鈴聲訴。今更苦。僧廬獨嗟遲暮。

## 鄭福照 字容甫、號潔園、安徽桐城人、有潔園綺語一卷、

### 鎖窗寒 庚申上巳日雪

絮影欺花。冰痕畫淚。峭寒深院。蒼苔細糝。渾似落梅千點。隔東風、瓊窗玉塵。最憐望斷歸來燕。正重簾低放。熏爐暗爇。暫停鍼線。後一日爲春社　凝盼。韶華換。問幾許淒涼。釀成愁片。梨雲夢醒。冷落還驚秋苑。怕湔裙、臨水斷魂。遡紅甚處芳訊遠。便忽忽、放卻春晴。已是春光晚。

## 吳鴻藻 字琴舸、福建永定人、

### 燭影搖紅 和忍盦

楊柳愁人。滿城一片飛花路。又從客裏過清明。消息都無據。費盡朝朝暮暮。怕輕塵、游絲暗誤。亂紅誰問。衆綠纔生。春歸何處。　舊日東君。幾番風信偏催去。海棠嬌睡悄相留。桃李殘妝妒。慣引蜂狂蝶舞。判綠章、乞陰許護。柰天不管。淚溼燕支。啼鵑聲苦。

## 張邁　字哲甫、浙江會稽人、有白癡詞二卷、

### 南樓令　題春人擁髻圖

樓閣倚明霞。文窗卷絳紗。掩東風、楊柳周遮。只有春愁遮不住。尋夢也。又天涯。　芳草夢痕賒。青春宿那家。鎮歷歷、閒煞菱花。早是一鉤新月上。人影瘦。太涼些。

## 王在宜　字萬逵、山東諸城人、有瓠尊詩餘一卷、

### 南歌子　冬夜

地僻吟情薄。天寒酒力加。一庭雪意靜棲鴉。不解月明今夜、向誰家。　冷恨光全掩。香知影暗斜。巡檐春信透窗紗。好待扶持清夢、到梅花。

### 綠意　綠楊

長亭短陌。儘送迎不斷。愁殺行客。客路年年。離別偏逢。春時掩映深碧。玉關怨譜陽關疊。一勸酒、一聲羌

笛。看恁般、綠徧天涯。幾許黯魂禁得。　休怪煙孱雨困。翠條折太苦。應爲珍惜。城郭樓臺。處處鶯啼。占盡江南江北。龍沙萬柳紅如茜。盼不到、蘇隄春色。怎漢家、舊苑旁邊。兀自三眠猶昔。

## 蔣文鴻　字伯荃、一字次香、四川華陽人、有水潢國櫂歌一卷、

### 聲聲慢　都門春半、賦詒叔瑶、

信風吹半。霽雪銷殘。餘寒不放花開。京洛尋春。空費豔冶詩才。庾郎近來病損。掩閒門、兀自吟梅。明月底。倚紅闌子夜。玉笛聲哀。　我亦頻年羈旅。對東風感舊、淚灑金臺。相約聽鶯。青門尚少黄埃。瀛洲草深幾許。映宮袍、一色新裁。猶未晚、二分春、都在酒杯。

### 壽樓春　次叔問韻

搖孤帆秋魂。趁江蟾暈夕。旅雁排昏。重到蘇臺花晚。綺羅留春。尋瘦碧。壺中人。舊屐裙、翩翩王孫。聽飛唱金荃。新聲石帚。横笛墮梁塵。　家山遠。愁斜曛。話當年意氣。遼海翻尊。尚憶呼鷹戍壁。射雕關門。詩筆峙長城軍。歎水蓱、無端吳根。儘題徧千峯。蒼厓月痕籠岸巾。

## 施　山　字壽伯、號望雲、浙江會稽人、監生、有通雅堂詞、

### 桂枝香　送杜仲丹回楚

登樓目倦。正江上斜陽。一繩歸雁。雁外青天壁立。洞庭人遠。幾行書札東方客。算來程、愁心誰見。片帆初卸。長空月冷。照人腸斷。　念往事。離騷一卷。付湘竹皐蘭。臨風悲怨。從此句消別緒。補歡何限。一盃翦燭西窗夜。奈驪歌、又隨更轉。願君今夕。長留天上。客星三點。

## 譚恩闓

字祖武、號元愛、湖南茶陵人、廕生、官陸軍部員外郎、有柳意詞、豔雪詞、薊鴻詞各一卷、總稱靈鵲蒲桃鏡館詞、

### 西江月　擬花翁

臨晩輕妝裊裊。禁寒薄袖盈盈。啼花嗔柳舊心情。淺約宮黃眉影。　別枕依依短夢。微風故故吹醒。新來不爲酒方醒。猶是春前一病。

## 朱光熾

字昌甫、浙江嘉興人、有清芬館詞草一卷、

### 買陂塘　庚午元夜

枉朝來、幾番打量。黃昏去看燈火。知他一陣風和雨。好事端端摧挫。儂且臥。任月姊今宵、儘向癡雲躲。愁心滴破。還可惜閨人。踏歌歸去。早又襪羅涴。　年時事。扶醉那家門左。晩妝剛卸鈿朵。燈花重剔金釵股。笑遞解酲酸果。還泥我。坐碧玉梅邊、替定消寒課。流光易過。問此際紅樓。數殘檐霤。可也斷魂麽。

# 沈沆 字伯華、浙江□□人、

## 蘭陵王 題徐袖芝湖橋春影圖、用原韻、

夢魂直。飛入層霄睡碧。游絲裊、牽住落花。零亂湖陰夕陽色。金錢卜故國。惆悵京塵作客。茶煙颺、雙鬢漸疏。愁對人間髻高尺。　明湖豔陳迹。有拾翠湔裳。鬭草分席。波痕殘唾魚爭食。愁酒醒人去。露橋風晚。江南回首定幾驛。話餘鳳城北。　悽惻。薄情積。問舊曲桃根。雙槳都寂。十年影事思量極。待覓句題扇。擫譜敎笛。篷窗何處。更翦燭。聽雨滴。

# 魏態 字在田、直隸趙州人、有碧窗詞二卷、

## 南浦 春水、次張叔夏韻、

春暖鴨先知。傍芳洲、問彼也難分曉。吹皺怪東風。多情柳、幾度纖腰低掃。拖藍湛碧。沈浮魚影金鱗小。長板橋頭人送別。渡口斜陽煙草。　也曾流入桃源。便紅潮乍起。餘青未了。花外艣聲輕。有畫舫、幾處舊遊重到。吟情正好。鴛鴦睡穩池塘悄。一片楊花何處去。換出青萍多少。

# 劉超 字班侯、江西南豐人、諸生、官江蘇鹽城縣知縣、有味閒居士詩餘一卷、

## 滿庭芳

飛絮漫天，游絲黏樹，起來慵挂簾鉤。正扶殘醉，偏是替花愁。花外聲聲杜宇，東風裏、一半春休。空回首，年時夢影，襟上淚痕留。　悠悠，多少恨，新妝對鏡，落日登樓。想碧闌干外，獨自凝眸。一片青青柳色，應悔煞、多事封侯。銷魂處，天涯望斷，幾度誤歸舟。

## 青玉案

東風一抹垂楊樹，又繫馬、章臺路。卻憶王孫游冶處。綺窗燈火，玉樓歌舞，依舊春無數。　綠陰處處流鶯語，爲問行雲向何許。滿目風花愁日暮。入簾芳草，過牆飛絮，誰解閒情緒。

# 徐奉世

字小谷，號曼郎，江西義寧人，光緒二十九年舉人，有无敵詞賸、瀟游詞各一卷，總名无敵詞剩。

## 聒龍謠　吳江晚泊，登客舍之亭，

四野新霜，六朝古木，多少悲秋心眼。地迥樓高，容易人腸斷。夕陽中、數點吳山，長天末、一痕江岸。聽因風、暮角聲哀，吹魂去，吹魂返。　孤館暗，萬檣明，想六橋今夕，玉人簫管。滄涼流水外，古愁千萬。開門月、照故宮秋，過江潮、打空城晚。又黃昏、海上歸人，淮南過雁。

## 摸魚兒　悲秋

看河山、六朝人去，樓臺煙雨仍舊。新愁帝子悲今日，還甚落花時候。江上走，正草木西風，胡馬來窺後。烏衣巷口。料一片寒蕪。倉琅無主。燕燕共相守。霓裳奏。聲斷琵琶已久。堂前誰問崔九。路隅日暮王孫泣。別淚可堪盈袖。將進酒。行不得、金陵子弟頻攜手。夕陽在柳。看五里徘徊。東南飛鳥。去國尚回首。

## 吳恩熙

字定甫、號菡青、一號覺遲、江蘇吳縣人、諸生、旌表孝子、有旅窗聽月詞、玉笛詞、總稱玫壽廬詞集、

### 羅敷媚 秋宵寄怨

纖纖楊柳彎彎月。月影蒼茫。柳色昏黃。不是愁人也斷腸。　碧天如水簾波漾。冰簟銀妝。如許秋光。羅袂西風分外涼。

### 洞仙歌

嫩涼微逗。喚西風起矣。一葉梧桐墜瑤砌。正琴邊蟬咽。扇底螢流。明月夜、倒影天階如水。　畫欄空倚徧。不見伊人。惆悵音塵隔千里。何處寄雲箋。萬疊秋心。偏織就、恨羅愁綺。便遙望、銀河訴離情。明日七夕奈立盡花陰。重門深閉。

## 王祖詢

字蟫廬、號炇歐、浙江秀水人、優貢生、官湖北通城縣知縣、

### 望湘人 題填詞圖

正篷梢壓雨。舵背欹風。萬花爭向圍住。柳瘦梳煙。蠟殘濺淚。替寫纏綿溫語。慘綠衫痕。褪紅簫局。嬌憨如

許。喚小紅、低唱新聲。雙槳載愁來去。　調笑青春鸚鵡。問今宵酒醒。旗亭何處。恨似水年華。轉眼又傷遲暮。朱絃錦瑟笛牀箏譜。都付銷魂詞句。更約略、擁髻樓頭。舊夢易迷風絮。

## 周天麟

字石君、江蘇丹徒人、官山西澤州府知府、有水流雲在館詞鈔四卷、

### 夢橫塘

藕花多處別開門、白石句也因念勺湖荷花盛時、約同人泛瓜皮艇於風裳水珮間、舊遊如昨、寫以慢詞、用寄遐想、

露盤擎豔。水珮含馨。碧雲飛滿湖上。一舸輕攜。抵多少、鬧紅雙槳。倚笛邀涼。折筩銷酒。那回吟賞。怕淩波不見月墮銀塘。閒鷗鷺、成惆悵。　誰營草閣三楹。有朱闌壓水。羅袂曾傍。雨過香留。料未許、夕陰吹盪。看蘸影、青奩搖夢。恰趁風漪蕩秋爽。待約詞仙。藕花多處。別開門相向。

### 疏影

題心盦萬梅花屋塡詞圖、用石帚韻、

玲瓏碎玉。有綺窗短短。疏影同宿。昨夜相思。低喚冰魂。偷聲便弄橫竹。吹殘滿地黃昏月。只解照、枝南枝北。儘讓他、鶴守天寒。那管詠花人獨。　猶記依燈側帽。暗香正繚繞。吟鬢愁錄。凍羽啁啾。啼破三更。一片霜團林屋。檀痕細掐鵝笙譜。更拍徧、畫闌干曲。甚而今、背寫東風。費盡彩箋盈幅。

### 玉燭新

感舊

曉鶯啼倦後。正昨夜東風。落花時候。綠波畫槳。人何處、賸有天涯回首。孤篷聽雨。算已把、中年輕負。離別

恨、都付春江。春江那曾量縠。　當年忒覺悤悤。想霧鬢風鬟。見時難又。斜陽眷柳。憑誰問、鏡底眉痕消瘦。新詞憶舊。卻便抵、相思紅豆。還悄閉、簾幙餘寒。厭厭病酒。

## 張百寬 字文叔、湖南長沙人、有酒痕詞、

### 清平樂

欲尋歸路。遠被山攔住。好倩江風吹夢去。夢破角聲低語。　新愁不逐東流。華年又自驚秋。江上美人遲暮。搴蘭莫怨靈修。

### 蘇幕遮

黯魂銷。清影瘦。情緒都非。只有愁如舊。無計銷愁頻殢酒。香霧朦朧。夢繞秦淮柳。　路橫斜。江亂吼。酒醒天涯。夢斷愁還又。城上角聲懸北斗。酒痕和淚污襟袖。

### 曲遊春 和章縵仙五日遊秦淮作

正鑄江心鏡。趁畫船輕漾。燈影如織。捲起簾波。隱紅樓一角。翠縈簷隙。嫋嫋因風憶。送五月、江城梅笛。逗鄉心。怨感靈均。湘上美人遙隔。　酒漬舊痕凝碧。剩幾點疏星。涼夜無色。回首年時。有珠囊贈佩。旗亭題壁。珍重酬今夕。恨醉醒。又難尋覓。寄語桃葉桃根。漫輕擊楫。

### 長亭怨慢 瀟湘淹滯、重憶舊游寄懷縵仙京師、

聽午夜、驚濤咽雨。江外天孤。夢中人去。願託微波。新愁和淚墮江浦。淺斟低訴。是那日、銷魂處。別淚染啼痕。忍重憶、嫩涼庭宇。　辜負。問好風何事。吹散一時歌舞。天邊月影。只道是、鬢邊眉嫵。念別來、影事依稀。又改了、年時非故。恁臥病相如。獨自翦燈愁語。

## 張景昌 字子蕃、號餐霞、順天人、官貴州同知、有蓉帶詞、秋江苦竹詞、

### 憶舊游 讀賓甫次香古州冶春詞

鎮微薰花氣。淺暈燈痕。涼嫩於秋。回首嬉紅處。爲鄉心觸撥。怕按梁州。無端酒初茶半。顛倒替春愁。只鳳稚零煙。鷴雛悴雨。輕把儂句。　臨流。記前度。奈鸞谿滰影。玉蚌難鉤。金屋誰凝盼。儘香溫寶鴨。夢穩銀鷗。東皇應許憐護。幾夜綠章修。又一枕江南。秦淮明月人倚樓。

## 徐紹植 字伯生、廣東番禺人、有水南閣詞草、

### 少年遊

一江春漲碧迢迢。隔岸酒旗招。十里鶯花。半溪楊柳。小泊漱珠橋。　名園綠水年年好。雙槳莫辭遙。無賴春風。牽情芳草。到處惹魂銷。

### 摸魚兒 湘子橋夜泊

漸黃昏、雨絲風片。沈沈天宇催暝。扁舟獨倚湘橋泊。橋下水平如鏡。人乍靜。過不盡、咿啞柔櫓尋春艇。韓江夜永。看隔岸漁燈。半明還滅。搖蕩客心迴。　揚州夢回首衣香鬢影。煙花無限風景。南朝金粉銷魂地。往事那堪重省。愁莫迸。祇付與、詩人詞客閒歌詠。篷窗睡醒。但月照鳧汀。煙籠鷗溆。一枕柁邊冷。

## 楊文桂 字子沛、一字湘舲、廣東番禺人、諸生、有養豔室詞、

### 秋蕊香 珠蘭

窣地筠簾半捲。奕奕光風輕轉。蕊珠點點薔薇盥。髣髴牟尼一串。　申椒菌桂休同畹。拈花粲。徵歌漫作騷苗怨。秋佩未堪紉綰。

### 後庭宴 夏日鶴洲草堂即事

薜荔當門。琅玕繞砌。小窗午靜蠅敲紙。無人剝啄到柴關。胡牀攤飯松陰裏。　跳枝小鳥窺人。睡起晴欄斜倚。一簾花影悄悄紅鋪地。茶話未移時。詩心清似水。

## 楊永衍 字蕃昌、一字椒坪、廣東番禺人、有添茅小屋詩草、詞附、

### 長相思 用唐人春江花月夜意

望春江。渡春江。江上看花月影雙。花光浮月光。　江花香。江月涼。醉月邀花枕野航。江隨花月長。

一葉落　立秋作

一葉落。人初覺。雨餘淡月侵簾幕。銀牀照影涼。明河挂簷角。思量著。橋近填烏鵲。

## 黄映奎　字仲照、號日坡、廣東香山人、廩生、有杜齋詩鈔、詞附、

憶秦娥　梅邊吹笛圖

紅樓咽。舊時空賸梅梢月。梅梢月。幾番照我玉龍吹徹。　黄昏悄悄花時節。一聲花底飛香雪。飛香雪。冰魂喚醒。餘音清絶。

## 黄衍昌　字椒升、廣東香山人、諸生、有倚香榭詞、

憶仙姿

碧瓦霜華方重。透得鴛衾俱凍。昨夜酒香濃。枕損鬢邊釵鳳。風動、風動。撼破紅窗幽夢。

滿袖壓來金線。行共花枝搖顫。倦倚玉闌干。桃影豔輸人面。誰見、誰見。都讓燕鶯窺徧。

滿江紅　讀文信國公指南後錄有和王昭儀詞、感賦此解、即用其韻、

鴛掖龍樓。曾醉倒、幾番春色。誰信道、霓裳驚破。劫塵生闕。金鳳飄零荒徑外。銅駝冷落空城側。向天南、回首舊山河。宮車歇。　花鈿碎。銀釭滅。昭陽事。今休説。想盈盈珠淚。唾壺凝血。夢裏螿聲啼暮雨。愁邊雁影

搖寒月。更那堪、疏柳曳殘秋。牆陰缺。

## 蔡秉衡

字竟夫、湖南□□人、有松下廬詞、

### 浣溪紗

詩孫招集三雅亭禊飲、用子大韻、四首錄一、

簇簇濃陰鬱不開。舊游如夢認荒苔。紅襟小燕卻飛來。　綺槅雙扃雙照燭。好春一度一銜杯。曲闌干外水紋回。

## 舒紹基

字摯甫、安徽懷寧人、官江蘇候補道、有人天清籟集一卷、

### 醉落魄

山居

及時杯酒。十年人事空回首。乞身漚外天容否。隨意園茆。風雨半椽敨。　杜宇啼殘花信驟。掃花嬾縛東風帚。吟牀賺夢詩痕瘦。那角斜陽。淡照水楊柳。

### 如夢令

無題

隔斷花前屏幛。望斷飛仙旗仗。無可奈何天。作出別離情況。惆悵。惆悵。人與桃花一樣。

### 醉落魄

雨中送春、用高觀國韻、

雨將春濕。花簾外、杜鵑聲急。回頭細數初來日。多少東風。作出萬山碧。　我今爲主春爲客。離情遠浦波

無極。飛花替我傳消息。鏡裏孤鸞。舞罷影兒隻。

## 李應庚　字星卓、號卓仙、廣東香山人、廩生、有香茗龕詞、

### 長相思

雨如絲。柳如絲。柳色簾邊窺畫眉。不知人別離。　漏遲遲。夢遲遲。待得春歸人未歸。小樓花又飛。

### 秦樓月

蒼苔薄。花間悄立無人覺。無人覺。海棠枝上。露珠吹落。　昨宵春夢空尋索。閒情不管歸香閣。歸香閣。忽驚紅雨。又堆牆角。

## 姚紹書　字伯懷、浙江山陰人、官廣西太平思順道、

### 蝶戀花

一角紅牆遮夢斷。燕子來時。綠滿閒庭院。心事訴春春不管。梨花瘦盡東風懶。　錦瑟年華悲畹晚。蹙損雙蛾。鏡裏朱顏換。放入輕寒簾未捲。漫天飛絮如愁亂。

### 菩薩蠻

棗花簾外烟初暝。棠梨一樹無人徑。斜月又黃昏。綠窗餘淚痕。　枕函驚墮玉。悄悄屏山曲。睡也莫相思。

夢來君未知。

## 鄭襄

字湛侯、又字贊侯、湖北江夏人、官安徽太湖縣知縣、

### 金縷曲

詩冢和子大韻、

那復堪蒙語。只塡胸、淒音苦調、推排不去。早歲耽吟今衰老。終似看花隔霧。況病鶴、毰毸羞舞。工易窮人生奇策。葬詩魂、合覓深深土。窮送去。卻尋汝。　劉家文冢標千古。伴精靈、後先輝映。酒徒三五。尺許荒阡嵯峨甚。未必光芒藏住。特點綴、柳塘花塢。走乏奇才如公等。笑蓁蓠、漫雜荃蘭樹。顧蜕也。莫相妒。

## 秦寶鑑

字櫟年、號懋昭、江蘇金匱人、有劍霜龕吟稿附詩餘、鴻影樓詩記附詞、

### 金縷曲

焚寄珮儂、以詞代書、

泉下平安否。別些時、寒烟冷月。定難消受。斯恨緜緜何日補。千尺絲縈斷藕。扶不起、玉棺翠袖。宿昔歡娛疑是夢。算南柯、聚散從來驟。眞與幻。未參透。　草堂雙榻還依舊。想芳魂、深宵獨坐。佩環輕叩。牢記釵鈿秋夜誓。忉利重圓原有。只此刻、冰姿莫覯。眉黛而今應蹙損。憶妝成、倩我描新柳。對殘燭。欷歔久。

我憶卿知否。送華年、步兵淸淚。信陵醇酒。壯采豪情都減了。儘著帶圍削瘦。算樂事、今生難又。百日柔情悽欲斷。算無多、日僅縈迴九。但自悼。尙誰咎。　空名猶厭傳身後。更何心、鸞絃再續。鳳簫重奏。縱使仙葩

容易覓。舊夢那堪回首。春去也、徒呼負負。絡緯啼殘螢火滅。悄塡詞、正是銷魂候。卿珍重。鑑拜手。

## 西泠酒民　有酣酣詞鈔一卷

### 琴調相思引　窗外孤雁

鴛瓦寒飛半夜霜。誰憐隻影背虛窗。別懷無限。夢不到衡陽。　殘月如鉤偏著眼。一燈似豆枉愁腸。那堪樓外。陣陣叫淒涼。

### 謁金門　江樓

江樓晚。帆影櫓聲爭亂。剩得夕陽剛一線。任風吹不見。　燕子也應飛倦。誤入誰家深院。只有雙鷗眠水淺。愁人凝淚眼。

## 蒿亭居士　有醉墨詞三卷

### 減字木蘭花　春暮

啼鶯婉囀。似惜落紅春不管。但替花愁。那管愁人白了頭。　楊花榆莢。攪亂春光九去八。一分殘春。及早花前醉幾巡。

# 佽　舟　有襄雲詞草

## 柳梢青

柳帶毿毿。番風廿四。遲日初三。花記紅籤。鳥啼綠樹。春滿江南。　屧廊何處尋探。更細馬、長亭駐驂。竹葉深盃。楊花小扇。杏子單衫。

## 天香　龍涎香

瀛嶠收漦。蓬壺聚沫。驪宮喚起春睡。鳳杵研雲。犀椎搗月。片腦篆成心字。薰薇浥露。渾不數、鮫人鉛淚。遺蛻仙山路杳。芬馨夢餘花氣。　芳尊惱人半醉。展銀屛、紫猊煙細。好是日長人倦。繡簾深閉。茍令而今漸老。未忘卻、金爐換沉水。燼冷微熏。空篝翠被。

# 南窪牧叟　有南窪牧笛一卷

## 解連環　寒鴉

淡烟催晚。趁斜暉不暖。角吹爭散。便隊隊、銜度銀塘。又聲澀路遙。凍凝雲遠。繞遍昭陽。帶影朦、疏星幾點。歎南飛翼巧。冰枝怕滑。玉顏酸眼。　長門有人荏苒。伴青琴一曲。夜深同怨。倘愛屋、爰止生憐。也替恨成啼。日輪呼轉。背色翻金。待奉帚、平明相見。笑隨春、鶯燕歸來。花羞淚掩。

## 無名氏 飲綠亭詞

### 生查子

簾影透斜陽。人在深深處。公子不歸來。梁燕雙雙語。　卵色晚晴天。閣住催花雨。柳線綰殘春。莫遣春歸去。

### 醜奴兒令

一聲鐵笛心如醉。獨自登樓。山影遙浮。落盡芙蓉水國秋。　試看新月如弓末。纔似銀鉤。釣恨牽愁。欲倩青天爲我收。

畫橋碧水情人夢。怨殺王孫。采得芳蓀。目斷清秋江上村。　和烟滴淚輕紈重。月浸離魂。悄倚朱門。橫竹吹愁掃晚雲。

滿牀秋思生清夢。鳳背身輕。下視花城。月底樓臺按玉笙。　紅窗夢斷幽篁動。露滴無聲。一派閑情。別鶴孤飛暝五更。

### 千秋歲

病花簌簌。點綴鞦韆索。簾影暗。句欄曲。夢隨風笛遠。草比烟江綠。閒倚枕。印愁雙臉開紅玉。　鵾絃低轉軸。入破鸞歌促。迴雪急。凝蛾蹙。袖邊新淚疊。衣上餘香續。凝雨裏。桐陰朱戶人幽獨。

# 全清詞鈔第三十卷

## 徐　媛　字小淑、江南吳縣人、范允臨室、有絡緯吟十二卷、附詞、

### 燭影摇紅　望遠

一上高樓。夕陽影裏無窮路。冷烟衰草送秋時。曾記臨歧語。歸信莫教輕誤。恨西風、偏成間阻。虚窗促織。別院寒砧。總添愁苦。　過盡征鴻。躊躇沒計傳衷素。織將錦字又糢糊。顛倒難重數。小月花梢微露。鏡臺前、暗窺眉嫵。玉簫聲斷。金鴨香寒。夢回誰訴。

## 項蘭貞　字孟畹、浙江嘉興人、黄卯錫室、有裁雲草、

### 南唐浣溪紗　小春

浙浙寒風撼玉鉤。起來斜日照紅樓。簾外一聲鸜鵒喚。喚梳頭。　花發小春情脈脈。笛吹長夜恨悠悠。多少淚珠彈不斷。倩誰收。

## 姚青蛾　浙江秀水人、范君和室、有玉鴛閣集、

女冠子

玉窗珠閣。霧鎖烟籠漠漠。曉妝遲。遮雨檀心小。偎人星靨微。　黃鴛沿水浴。錦雉啄花飛。多少傷春意。侍兒知。

## 胡　蓮

字茂生、浙江天台人、有涉江詞、

蝶戀花

憶昔相逢銀燭底。細語難傳。彈入瑤琴裏。隔坐相邀歡未幾。登樓悵望情何已。　腸斷當時書一紙。兩字鴛鴦。印入雙心裏。瘦減羅衣都爲此。秋風吹落梧桐子。

## 顧若璞

字和知、浙江錢塘人、黃茂梧室、有臥月軒集六卷、

玉樓春　晚春三橋看月

花飛錦帶春波起。殘月流輝明水底。萬珠的皪照新妝。故擲嫦娥纖手裏。　柳綫牽烟輕重綠。漁燈高下鴛鴦宿。無情花柳送歸春。不管離人腸斷續。

## 陳　沅

字圓圓、一字畹芬、江南武進人、吳三桂室、有舞餘詞、

## 轉應曲　送人南還

隄柳。隄柳。不繫東行馬首。空餘千縷秋霜。凝淚思君斷腸。腸斷。腸斷。又聽催歸聲喚。

## 醜奴兒令　梅花

滿溪綠漲春將去。馬踏星沙。雨打梨花。又有香風透碧紗。　聲聲羌笛吹楊柳。月映官衙。懶賦梅花。簾裏人兒學喚茶。

# 柳　是

本姓楊、名愛、字蘼蕪、後改今姓名、字如是、小字影憐、號我聞居士、浙江嘉興人、常熟錢謙益室、有我聞室鴛鴦樓詞、

## 金明池　寒柳

有恨寒潮。無情殘照。正是蕭蕭南浦。更吹起、霜條孤影。還記得、舊時飛絮。況晚來、烟浪迷離。見行客、特地瘦腰如舞。總一種淒涼。十分憔悴。尚有燕臺佳句。　春日釀成秋日雨。念疇昔風流。暗傷如許。縱饒有、繞隄畫舫。冷落盡、水雲猶故。念從前、一點春風。幾隔着重簾。眉兒愁苦。待約箇梅魂。黃昏月澹。與伊深憐低語。

# 楊絳子

浙江嘉興人、柳是妹、有鴒靈閣小集、

高陽臺　春柳、寄愛姊、

過雨含愁。因風助態。江南二月春時。少婦登樓。憐他幾許相思。流鶯處處啼聲巧。織柔條、搖曳絲絲。散黃金。持贈旗亭。勞燕東西。　逢人莫便纖腰舞。縱青垂若輩。濁世誰知。張緒風流。靈和情更依依。天涯一霎花飛候。也應嗟、墮溷沾泥。怨東風。吹醒芳魂。吹老芳姿。

## 顧眉　初名媚、字眉生、號橫波、又字智珠、別字眉莊、江南上元人、合肥龔鼎孳室、有柳花閣集、

千秋歲　送遠山李夫人南歸

幾般離索。只有今番惡。塞柳淒。宮槐落。月明芳草路。人去眞珠閣。問何日。衣香釵影同綃幕。　曾尋寒食約。每共花前酌。事已休。情如昨。半船紅燭冷。一棹青山泊。憑任取。長安裘馬爭輕薄。

## 寇湄　字白門、江南上元人、

蝶戀花

眉淡衫輕春思亂。不怪無情。翻受多情絆。怕上層樓凝望眼。落花飛絮終朝見。　釵鳳暗敲雙股斷。劃損雕闌。一一相思遍。香裊獸爐空作篆。荼蘼開謝閒庭院。

## 沙宛在 字嫩兒、又字未央、自號桃葉女郎、江南上元人、有蝶香詞、

### 醉花陰

翡翠樓頭風幾陣。斷送殘紅盡。薄暮掩羅幃。睡鴨香寒。冷卻沉檀印。　夢回寶枕垂雲鬢。愁壓蛾彎損。窗外雨聲疏。響入芭蕉。又是黃梅信。

## 紀映淮 字冒綠、小字阿男、江南上元人、映鍾妹、莒州杜李室、有眞冷堂詞、

### 醉桃源 早春

疏簾不捲早春寒。殘梅倚石欄。碧天無際路漫漫。孤雲獨去閑。　絲添鬢。意闌珊。頻將雙淚彈。中庭明月又團團。愁人不要看。

### 桃源憶故人 暮春

樓前花逐東風舞。惟有楊花堪妬。一味入簾穿戶。不管愁人顧。　枝頭杜宇聲偏苦。叫得斜陽欲暮。門外殘紅無數。零落橫塘路。

## 顧之瓊 字玉蕊、浙江錢塘人、錢繩菴室、有亦政堂集、

浣溪紗　閨思

一縷烏雲散篆香。雨絲紅淚破殘妝。沈吟長自送斜陽。　烟嫋嫋升遲寶鼎。雨濛濛過凍銀牀。不堪人去日添長。

## 葉小紈

字蕙綢、江南吳江人、紹袁女、沈永禎室、有鴛鴦夢草及詞一卷、

臨江仙　經東園故居

舊日園林殘夢裏。空庭閒步徘徊。雨乾新綠徧蒼苔。落花驚鳥去。飛絮滾愁來。　探得春回春已暮。枝頭纍纍青梅。年光一瞬最堪哀。浮雲隨逝水。殘照上荒臺。

## 徐燦

字湘蘋、號深明、江南吳縣人、海寧陳之遴室、有拙政園詩餘三卷、

少年游　有感

衰楊霜遍灞陵橋。何物似前朝。夜來明月。依然相照。還認楚宮腰。　金尊半掩琵琶恨。舊譜爲誰調。翡翠樓前。胭脂井畔。魂與落花飄。

水龍吟　次素庵韻、感舊、

合歡花下留連。當時曾向君家道。悲歡轉眼。花還如夢。那能長好。眞箇而今。臺空花盡。亂烟荒草。算一番

風月。一番花柳各自鬬。春風巧。　休歎花神去杳。有題花、錦箋香稿。紅陰舒卷。綠陰濃淡。對人猶笑。把酒微吟。譬如舊侶。夢中重到。請從今秉燭看花切莫待花枝老。

### 踏莎行

芳草纔芽。梨花未雨。春魂已作天涯絮。晶簾宛轉爲誰垂。金衣飛上櫻桃樹。　故國茫茫。扁舟何許。夕陽一片江流去。碧雲猶疊舊河山。月痕休到深深處。

### 永遇樂　病中

翠帳春寒。玉墀雨細。病懷如許。永晝愔愔。黃昏悄悄。金博添愁炷。薄倖楊花。多情燕子。時向瑣窗細語。怨東風、一夕無端。狼藉幾番紅雨。　曲曲闌干。沈沈簾幙。嫩草王孫歸路。短夢飛雲。冷香侵佩。別有傷心處。半暖微寒。欲晴還雨。消得許多愁否。春來也、愁隨春長。肯放春歸去。

### 永遇樂　舟中感舊

無恙桃花。依然燕子。春景多別。前度劉郎。重來江令。往事何堪說。近水殘陽。龍歸劍杳。多少英雄淚血。千古恨、河山如許。豪華一瞬抛撇。　白玉樓前。黃金臺畔。夜夜只留明月。休笑垂楊。而今金盡。穠李還銷歇。世事流雲。人生飛絮。都付斷猿悲咽。西山在、愁容慘黛。如共人淒切。

### 唐多令　感懷

玉笛擫清秋。紅蕉露未收。晚香殘、莫倚高樓。寒月多情憐遠客。長伴我。滯幽州。　小苑入邊愁。金戈滿舊游。問五湖、那有扁舟。夢裏江聲和淚咽。頻灑向故園流。

虞美人　有感

滿枕瀟瀟今夜雨。人共孤燈語。鳳皇臺畔亂香紅。只道尋常煙月竟怱怱。　江上蓴絲秋未采。莫怨朱顏改。吳山幾曲碧漫漫。還有許多風景待人看。

憶秦娥　春感、次素庵韻、

春時節。昨朝似雨今朝雪。今朝雪。半春香暖。竟成拋撇。　銷魂不待君先說。悽悽似痛還如咽。還如咽。舊恩新寵。曉雲流月。

訴衷情　暮春

今春何事待將休。絲雨柳梢頭。恁般心緒撩亂。還要替花愁。　江南景。綠陰稠。倦紅收。暫飛鄉夢。試看歸鴻。也算忘憂。

踏莎行

水咽離亭。夢尋歸渡。今春曾向江南去。笑人柳絮不知愁。幾番弄雪還驕雨。　半榻茶煙。一絲香炷。春光有盡愁無數。杜鵑啼斷夕陽枝。月明又到花深處。

## 朱中楣　字遠山、江西南昌人、吉水李元鼎室、有鏡閣新聲、

## 滿庭芳 花朝偕陳浣花君朱女琴士集東湖草堂、隨過杏花村舍、風雨驟歸、因訂後約、

纔過春分。又將寒食。烟光處處宜人。欲邀仙侶。選勝趁芳辰。尚卜陰晴未穩。重游意、兀自逡巡。城南畔。招提小小。桃李亦紛紜。　閒評。傷往事。王孫草綠。帝女花芬。漸苔侵古逕。蒿滿閒門。賸有方池碧漲。凝情處、樹古亭新。還惆悵。踏青期阻。微雨杏花邨。

## 西江月 暮春雨夜

細雨欲收春去。殘花暗約鶯留。無心閒玩强登樓。陌上行人還有。　泥滑難將舊恨。提壺喚起新愁。天涯芳草自悠悠。零落海棠消瘦。

# 李因 字今生、號是庵、又號龕山逸史、浙江會稽人、葛徵奇室、有竹笑軒集、

## 菩薩蠻

鶯聲漸老春歸去。游絲著意留花住。獨自倚空樓。珠簾懶上鉤。　妒他雙宿燕。故把重門鍵。月照小闌干。羅衣怯暮寒。

## 南鄉子 聞雁感懷

嘹嚦過南樓。字字橫空引起愁。欲作家書何處寄。誰投。目送孤鴻淚暗流。　憶昔共追游。荻岸漁汀繫小舟。又是那年時候也。休休。開到黃花知幾秋。

## 杜漪蘭 字中素、江西吉水人、建昌熊文學室、有恥廬集、

### 阮郎歸 新柳

條風處處放新枝。行行春日遲。閒看芳草影參差。鶯花爭豔時。楊柳岸。畫船齊。相思憶畫眉。那禁對對鳥飛歸。風光只自知。

## 劉淑 字淑英、江西安福人、鐸女王藹室、有个山遺集附詞、

### 菩薩蠻 秋夜

離離碧徑重門掩。長天無那癡愁展。意欲學寒梅。梅花況不開。唾壺清興滿。野外居人散。落影似霜飄。孤星吐寂寥。

### 畫堂春

涼飈列列摧深紅。淡秋欲別難容。朝來羞睹綺霞工。雁急歌風。轉盼華圖如捲。江干哭損芙蓉。送秋已是意都慵。又說寒冬。

### 踏莎行 梅

珠蕚將成。香痕乍遂。冰霜繪就驚春意。含英不與牡丹開。傾心原共山茶醉。古幹蟠天。孤根託地。扶搖

風雪添豪氣。連枝可許說調羹。春光遙遞人千里。

### 臨江仙 早春

樓外山川渾入畫。東風醉煞朝霞。遙岑嫩碧吐萌芽。半簾微雨意。一潑漫銀紗。　鏡匣人孤輕比目。羅衣點染羣花。馬蹄聲遍白門斜。亂鴉驚曉渡。眼底是京華。

## 彭琬

字玉映、浙江海鹽人、期生妹、適馬氏、有挺秀堂集、

### 錦堂春

月已幾番圓缺。漫云別未三秋。誰憐心曲無多地。貯盡萬千愁。　鵲語朝朝無準。燈花夜夜空留。惱他雲樹連天遠。何處認歸舟。

## 賀潔

字靚君、江南丹陽人、裳女、溧陽史左臣室、有潄水詞、

### 燭影搖紅

綠鬢慵梳。晝長不放香簾鎖。羅衫香褪獸烟消。脈脈愁無那。誰擺花枝嫋娜。悄窺人、黃鸝一箇。玉階苔徧。寂寂花茵。愁人獨坐。　燕子多情。銜泥故向簾前過。年年多病似傷春。料亦春憐我。蘭夢因風攪破。盼枝頭、纍纍熟果。鵲饑偷啄。戲拽金鈴。含桃驚墮。

## 顔繡琴

字清音、江南吳縣人、適分湖葉氏、

### 謁金門

愁脈脈。幽恨滿懷誰識。芳信經春還又隔。晚風花陣急。　紫燕雙雙飛入。簾外一天雲碧。可奈妝臺人寂寂。繙書和淚漬。

### 長相思　憶葉昭齊表妹

思漫漫。恨漫漫。春色芳菲取次看。閒庭花影寒。　繞闌干。倚闌干。夢見雖多相見難。紅香泣夜殘。

## 顧　諟

字天孫、江南崑山人、武進董玉虬室、有浮螺軒詞、

### 謁金門　暮春

心似織。無數悶懷堆積。腸斷年年芳草色。鶯花何處覓。　百鳥啼殘春色。千樹綠肥南陌。若個喚伊留不得。泥人長歎息。

## 侯承恩

字思谷、一字孝儀、江南嘉定人、江東益室、有盆山詞鈔一卷、

### 虞美人

春過九十餘芳草。門掩經過少。荼蘼架上暗香消。尙有深深蛺蝶趁風嬌。　詩篇廢卻憐春去。難買流年住。小樓獨上覺淒涼。只見一池荷淨浴鴛鴦。

## 畫堂春

夕陽時候薄寒生。依依獨自閒行。一羣鴻雁帶愁聲。飛過高城。　攬鏡暗傷憔悴。背人偷落紅冰。畫橋西去是蓬瀛。只隔雲程。

# 黃媛介

字皆令，浙江秀水人，楊世功室，有離隱詞、湖上草。

## 菩薩蠻　秋思

芙蓉花發藏香露。白雲慘澹關山路。愁思惹秋衣。滿庭黃葉飛。　宵深簾乍捲。夢與離人遠。秋雨又如煙。魂消似去年。

## 臨江仙　秋日

庭竹蕭蕭常對影。卷簾幽草初分。羅衣香褪嬾重薰。有愁憎語燕。無事數歸雲。　秋雨欲來風未起。芭蕉深掩重門。海棠無語伴銷魂。碧山生遠夢。新水失殘痕。

# 張學雅

字古什，山西陽曲人，佚女，金壇于沚聘室，早卒，有繡餘草。

### 蝶戀花 夜雨

門掩蒼苔春寂寂。暮雨瀟瀟。隔著窗兒滴。小院黃昏人獨立。一雙飛鳥歸棲急。　萬里瀟湘雲霧濕。簾外風聲。疑是吹蘆荻。腸斷梅花和淚泣。還驚夜半高樓笛。

### 燭影搖紅 秋思

搖落江天。一庭淡日閒清晝。素衣時怯曉風侵。睡起籠金獸。病後東陽消瘦。憑高幾度空回首。籬邊疏菊。天際孤鴻。年光依舊。　不解雙蛾。偏將惱恨深深覆。蓮房泣露粉香愁。池水風吹皺。昨夜雨輕寒驟。海棠滿砌胭脂透。暮蟬疏柳。黃葉堆階。斷腸時候。

### 浪淘沙慢 冬夜

正淒慘、黯然獨坐。一燈明滅。情緒此時難說。柳眉空鎖雙蘖。奈詩句、慵題逢令節。怕描出、寸腸千結。念往事。星霜容易換。空庭又飄雪。　悲咽。耿耿雁鳴天闊。不道悄悄畫堂深處。有個人愁絕。抱影自尋思。清夜魂怯。昏烟凝白。向小窗私語。一鉤殘月。　蘭麝消、鴛衾空疊。香閨靜、更籌將歇。陰風凜、嫩寒侵透袷。想何處、可遣閒愁。除入夢。蘧蘧幻成箇胡蝶。

## 張學典 字古政、號羽仙、山西陽曲人、佚女、吳縣楊无咎室、有花樵集、

### 菩薩蠻

遠烟籠翠舒新柳。春光暗向樓中逗。莫把繡簾開。東風引恨來。　遙山雲一帶。人在雲山外。芳草似離情。逢春處處生。

## 張學象　字古圖、號淩仙、山西陽曲人、佚女、吳縣沈載公室、有硯隱集十五卷、

### 點絳脣

斗帳春寒。夢回隔院雞聲報。曉妝初了。眉蹙吳山小。　楚瑟秦箏。撥盡淒涼調。傷懷抱。落花休掃。可惜春光老。

## 張學聖　字古誠、山西陽曲人、佚女、金壇于廷機室、有瑤草集、

### 清平樂　宮詞

昭陽春暖。風送歌聲遠。舞罷霓裳歸院晚。凝醉海棠紅軟。　窗前鸚鵡嬌呼。錦帷春夢如酥。女伴相邀鬬草。雲鬟起倩人梳。

## 沈憲英　字蕙思、號蘭友、江南吳江人、自炳女、葉世傛室、

### 點絳脣　早春

簾幕輕寒。斷腸漸入東風片。遊絲千線。難挽離愁半。　小立迴廊。劃損雕闌面。春誰見。梅花開遍。烟鎖深深院。

虞美人　留別蘭餘妹

白雲掩映青山老。鬢入霜華早。今宵且醉畫屏前。明日還移小艇綠楊烟。　黄昏細雨重門鎖。挑盡孤燈火。斷腸無處問天公。夢逐陌頭芳草付殘紅。

水龍吟　胥江競渡

薰風池館新篁，片紅飛盡驚梅雨。紈扇初裁，羅衣乍試，又逢重午。萬戶千門，遊人爭出，俱懸艾虎。看碧蒲縈恨，朱榴沾醉，似續離騷舊譜。　惆悵韶華易換，最關心、畫船簫鼓。當年沈水，今朝寒食，依然荊楚。抉目城邊，捧心臺畔，恨垂千古。霎時間惟見，清江一曲，綠蓑漁父。

## 張　淑

字靜和，江南長洲人，錢大毓室，有哦香小草。

古調笑　春晚

春晚。春晚。人與燕鶯同嬾。小庭昨夜風過。紅紫還憐謝多。多謝。多謝。剩有荼蘼遲嫁。

## 鍾　青

字山容，浙江仁和人，適海鹽吳氏，有寒香集。

如夢令 五月十五夜

皓月柳梢堪戀。風散榴花片片。總是一情癡。可惜流光如電。倚遍。倚遍。花影遮人半面。

## 蘇清月 江南常熟人、有夢草亭詩餘、

長相思 秋興

曉風生。晚烟深。幾樹丹楓點翠屏。鐘聲處處聞。 零白露。罨青雲。征雁蕭蕭下遠汀。斜陽照短亭。

## 林瑛佩 字懸藜、福建莆田人、西仲女、閩縣鄭郯室、有林大家詞、

清平樂

青苔庭院。梁畔呢喃燕。飛向風前試新翦。蹴落楊花幾片。 無情春色偷歸。等閒斷送芳菲。獨剩夜闌明月。影來扶上花枝。

## 李懷 字玉燕、江南華亭人、灝女、曹爾垓室、有問花吟繫聯環樂府、

永遇樂 七夕

露灑銀塘。烟搖金井。秋颸涼透。弦月一鉤。屏風六扇。百和香焚獸。魚鱗雲淨。蜻蜓翼捲。試問鵲橋填否。望

河邊。軿車繡幄。環珮叮噹拋透。絲分五色。鍼穿七孔。兒女殷勤纖手。羅列杯盤。浮沈瓜果。美景休辜負。雙星今夜。話愁難盡。只願重添銅漏。怕明日。機中織錦。停梭還又。

## 商景徽　字嗣音。浙江山陰人。周祚女。上虞徐咸清室。有詠雛堂集。

### 菩薩蠻

篆煙吹過花深處。幾叢葉底垂甘露。何處見如來。青蓮筆下開。　朝朝研墨盌。不畫春山遠。但寫妙蓮華。香風徧若耶。

## 商景蘭　字眉生。浙江山陰人。祁彪佳室。

### 燭影搖紅　春感

春入華堂。玉堦草色重重暗。寒波一片暎闌干。望處如銀漢。風動花枝深淺。忽思量。時光如箭。歌聲撩亂。環珮丁當。繁華未斷。　游賞池臺。滄桑頃刻風雲換。中宵笳角惱人腸。泣向庭幃遠。何處堪留顧盼。更可憐。子規啼遍。一枝殘蠟。滿壁圖書。幾聲長歎。

## 吳綃　字素公。一字冰仙。又字片霞。江南長洲人。常熟許瑤室。有嘯雪菴詞一卷。

憶王孫　秋夜

寒碪風急搗衣秋。木落聲中人倚樓。月午涼陰滿地愁。恨悠悠。一夜江南千里舟。

卜算子　詠蓮

誰種白蓮花。秋到花開處。陶令騰騰醉欲歸。香滿廬山路。　莫笑出青泥。心淨還如許。一片琉璃照影空。常向波中住。

## 陳璘

字蘭修、江南常熟人、瞿式耜媳、伯申室、有藕花莊詞、

臨江仙　詠簾

嫵媚風光須掩映。瓊軒畫舫朱樓。湘波蕩漾翠波流。祇憐妨燕子。常捲上金鉤。　宛胃游絲黏弱絮。最宜燭影紅幽。藏春彷彿暗香浮。月分千片雪。雨隔一重秋。

滿庭芳　丁巳端陽過春暉閣述懷

紅綻葵榴。翠添榆柳。佳節喜遇新晴。清幽池館。一棹小舟輕。坐看新荷泛水。驀忽地、嬌囀流鶯。間關舌。醒人心目。欲去又遲行。　喧聲。來隔浦。龍舟競渡。錦奪標爭。看時妝豔麗。畫舫鮮明。追想當年此景。西子湖、泣薦離觥。傷心事。沉湘殉粵。今古恨難平。

## 郝湘娥 直隸保定人、寶鴻室、

### 清平樂

簾鉤雙控。時有薰風送。惱煞鳴禽花外弄。驚破瑣窗殘夢。　分明對坐鳴琴。醒來依舊孤衾。且莫輕拋珊枕。再從夢裏追尋。

## 吳文柔 字昭質、江南吳江人、兆騫妹、楊焯室、有桐聽詞、

### 謁金門 寄漢槎兄塞外

情惻惻。誰遣雁行南北。慘淡雲迷關塞黑。那知春草色。　細雨花飛繡陌。又是去年寒食。啼斷子規無氣力。欲歸歸未得。

### 長相思

關山秋。故山秋。葉落宮槐起暮愁。新涼作意收。　蓼花洲。荻花洲。分付蛩吟且暫休。斷腸人倚樓。

## 顧道喜 字靜簾、江南吳江人、許季通室、有松影庵詞、

### 滿江紅 移居嚴莊有感

禾黍斜陽村皋外、紅霞飛滅。回首去、依稀風景。繁華銷歇。沼冷鴛鴦荷謝雨。臺荒麋鹿松篩月。忽一聲、野寺斷鐘鳴。疏籬缺。　淸曉怨。簾鉤揭。王孫夢。鵑啼竭。問天涯何處、銅仙金闕。猿鶴三秋淹短草。風雲萬里悲高碣。料明朝、鏡裏不相饒。霜侵髮。

## 王靜淑

字玉隱、浙江山陰人。思任女。陳樹勳室。有青藤書屋集。

### 踏莎行　七日寫懷

片月光寒。孤桐影折。闌干幾曲花陰疊。天香細細透紗幮。龍涎裊裊鴛衾爇。　笑語何來。雙鬟悄說。鍼樓乞巧人歡悅。天孫應笑我無言。耽愁忘卻佳時節。

## 王端淑

字玉映、別號映然子、浙江山陰人。思任女。丁肇聖室。有吟紅留篋恆心諸集。

### 浣溪紗　春閨

濃綠輕紅掩畫樓。珠簾盡日下金鉤。玉人鸞鏡倦梳頭。　春老夢尋芳草路。銷魂人在木蘭舟。月明何處弄箜篌。

### 憶秦娥　秋夜

秋寂寂。月寒風細涼無力。涼無力。今宵情緒。舊時離憶。　黃昏門掩秋蕪碧。寒江縹緲聞吹笛。聞吹笛。樓高夢遠。夜長聲急。

## 高景芳 漢軍旗人、張宗仁室、有紅雪軒詞一卷、

### 小重山 春晴

雲過前軒雨乍收。百花猶帶淚、盡垂頭。綠楊枝上曉鶯愁。東風急。吹入最高樓。　簾控紫金鉤。憑欄聊遠望、漫凝眸。天涯何處尚淹留。王孫草。依舊滿芳洲。

### 垂楊 本意

隋堤古道。見萬條翠帶。倚風繚繞。葉細枝輕。一眠初起眉痕小。千絲低把遊人罥。最堪惜、雨拖烟裊。奈征帆、過卻河橋。望綠雲縹緲。　遮卻離亭不少。被新鶯舊燕。往來相擾。影浸溪流。釣絲牽入浮萍杳。微波有恨春將老。又陣陣、飛綿難掃。無人更折。鴉啼殘月曉。

### 祝英臺近 莫愁湖

柳條長。春水闊。中有斷腸路。曲曲平堤。郿徑夕陽暮。舊時艇子曾來。金樽蘭槳。競尋訪、莫愁何處。　昔年事。湖上水鳥雙雙。只許鴛鴦住。寂歷江干。誰是燕鶯主。可憐花謝花開。帆來帆去。總付與、石城煙樹。

### 曲遊春 清涼山

虎踞關前路。近土岡西去。青山相接。古寺殘碑。紀當年曾是。六朝宮闕。舊事渾難覓。剩一片、夕陽黃葉。更

幾堆、破瓦頹垣。不見望仙踪跡。　況對禪扉枯寂。聽粥鼓齋魚。銷盡煩熱。塵世榮華。似浮雲變幻。不多時節。此意誰能識。透一點、清涼消息。便覺雪灑風吹。頓超淨域。

## 沈友琴

字參荇、江南吳江人、周鉞室、有靜閑居詞、

### 減字木蘭花　風前楊柳

池塘樓外。漾盡眉峰多少翠。飄泊游絲。卻似章臺繫馬時。　凝煙凝雨。留得鶯聲三月住。唱徹陽關。斷送離人不忍看。

### 浪淘沙　月下桃花

清露釀花煙。皓魄無邊。數枝低亞笑嫣然。一自天台迷路後。辜負年年。　蟾影罩霞鮮。似共流連。茅齋相對恍疑仙。賺得東風今日好。莫爲愁牽。

## 龐蕙纕

字紉芳、一字小畹、江南吳江人、同邑吳鏘室、有唾香閣集、

### 浣溪紗　夏日

綠映亭臺薄暮天。薰風寂靜小庭前。晴香浮動一池蓮。　柳絮紛紛飄畫檻。桐花點點墮湘簾。紗窗雨過卻慵眠。

## 沈御月

字纖阿、江南吳江人、皇甫鍔室、有空翠軒詞、

### 虞美人影　送春、和韻、

送春春去添煩惱。閒悶何時得了。試看落紅多少。點破階前草。　流鶯樹上啼聲悄。驚破羅幃夢杳。斷送鏡中人老。都爲春歸早。

## 鍾筠

字賁若、浙江仁和人、仲恆室、有梨雲榭詩餘三卷、

### 虞美人　春閨

一春花信多擔阻。贏得連朝雨。千絲碧柳萬絲愁。幾度春風吹不到空樓。　百般小鳥傳聲巧。紅日窺窗早。隨他鏡裏舞孤鸞。待畫春山只怕曉風寒。

### 減字木蘭花　春曉

曉鶯破夢。九十春光誰與共。望眼迷離。粉蝶梨花一處飛。　東風無力。小院迴廊春寂寂。悄傍妝臺。明鏡無端引恨來。

## 周瓊

字羽步、一字飛卿、江南吳江人、有借紅亭詞、又與吳蕊仙同著比玉新聲集、

## 謁金門

風屑屑。吹冷一簾新月。深院薔薇和影折。兜裙紅刺密。　昨夜露濃苔滑。早又殘花濃葉。閒倚紅窗尋綠蝶。掀簾銀蒜揭。

## 南歌子

細雨將愁織。輕風引夢飛。餘寒料峭逼羅幃。怪底春來瘦減、舊腰圍。　蝶夢迷芳草。楊花滿釣磯。開箱怕見嫁時衣。賸有一雙燕子、話依依。

# 李　朓　字冰影、江南華亭人、沈賚初室、有鵑啼集、

## 尋芳草

贏得千愁逼。閒抛卻、許多月色。寒烟窗外碧。正夢到舊家園。誰吹笛。　腰瘦不關秋。天河似我啼痕積。又哀哀、孤雁鳴沙磧。魂去也。江山黑。

# 宋　瑊　字淑眞、江南溧陽人、許處賡室、

## 賣花聲　春暮寄外

日日怕春歸。不展雙眉。柳絲無力繫斜暉。又是落花時候也。腸斷天涯。　繡戶閉簾衣。兀坐樓西。無情燈

火把人欺。夜夜虛開花一穗。賺我歸期。

## 季　嫺　字靜婐、號元衣、江南泰興人、興化李長昂室、有雨泉龕集、

### 月中行　晚步樹園

園林好景夕陽西。花壓畫橋低。爭泥雙燕受風欹。點綴暮春時。　寂寂長廊無客到。樓臺倒影漾方池。無端小婢促歸遲。細細點遊絲。

### 浣溪紗　楊花

昨夜東風透露臺。無端柳絮遍蒼苔。一春心事又成灰。　無力自隨流水去。有情還伴落花來。天涯游子幾時回。

## 東　蘅　字佩君、江南武進人、烏程沈宋圻室、有栖芬館詞、

### 南唐浣溪紗　西園春游、同唐靜因夫人、

傷春春半始尋春。時樣衣衫藕色新。團扇擎來明月滿。好遮身。　細數落花臨曲澗。緩尋芳草步香塵。怪煞東風吹欲暮。促歸輪。

### 踏莎行　寄洛珍

暖透窗紗。雲迷院樹。停鍼時有薰風度。閒看稚子捉楊花。穿花小鳥來還去。　翡翠生香。芭蕉垂露。落紅返照家門路。不知何事苦縈懷。鶻啼欲住春難住。

## 蔡婉羅

字仙季、江南太倉人、汪梅坡室、有蕉閣詩餘、

### 點絳脣　對燈

簾外無風。芭蕉尚滴朝來雨。寒生金縷。燈欲和人語。　剔去燈花。紅淚休敎覷。還留住。影兒相顧。同在屏山路。

## 黃　筌

字逸佩、江南太倉人王璐室、有蕉隱詞、

### 瑤華　詠並頭蓮

日分蒂影。風合花香。記雙棲無力。臨波微步。最羨是、婀娜一般傾國。玉容相對。任兩兩、苦心同識。試丁寧、水佩風裳。休敎共爭顏色。　還是舊日深宮。笑並浴溫泉。露薇堪惜。冷香飛處。料不似、銅雀二喬遊歷。西風來也。怕吹動、碎雲狼籍。誰耐見、花底鴛鴦。也學並頭溪側。

## 歸淑芬

字素英、浙江嘉興人、高陽室、有雲和閣靜齋詩餘、

如夢令　春閨

數日珠簾慵捲。檻外初來新燕。繡袂倚朱欄。春暖風吹人倦。人倦。人倦。且向海棠消遣。

## 楊澈

字朝如、江南吳縣人、韓君明室、有蟾香樓詞、

滿江紅　秋閨

秋入銀屏、金鉤冷、湘簾高軸。嘆秋老、芙蓉粉褪。桂枝香觸。月殿冰輪光乍冷。玉樓鴛瓦寒生粟。倚欄杆、庭院悄無人。風敲竹。　池塘裏。鴛鴦浴。簾櫳下。鸚哥宿。聽何處簫聲。吹殘紅玉。月轉西廊花影亂。漏沉東閣砧鳴促。又依稀、銅箭已將殘。疏鐘續。

## 楊瀓

字元卿、江南吳縣人、徐廷棟室、有鵲巢閣詞、

玉樓春　遲起

香閨幾度眠過曉。羅綺風柔鶯料峭。碧桃萬樹倚雲栽。幾日東風都放了。　花枝手自淩晨拗。圖史餘閒香篆裊。雕闌十二鎖春寒。樓閣重重人不到。

## 倪小

字茁姑、江南青浦人、永清妹、適陸氏、有斯堂吟、

菩薩蠻　秋夜獨坐

蘭閨幽靜纖塵絕。博山香炷挑燈爇。何處弄哀箏。淒涼獨自聽。　銀河清似水。人坐秋聲裏。窗外月華生。粉牆花影明。

## 陳梅龕

江南華亭人、平生室、有梅龕吟、

醉公子

綠窗殘夢醒。霧重花如暝。曉起寶簾垂。濕風吹雨絲。　鏡臺梳洗嬾。羅勝同心綰。低語囑雙鬟。香殘簫局寒。

謁金門　春情

春欲暮。簾外落紅無數。斜倚曲欄渾不語。笑看雙燕舞。　惆悵夜來風雨。吹散滿城飛絮。一段夕陽留不住。馬嘶芳草去。

## 王朗

字仲英、江南金壇人、彥泓女、無錫秦某室、有古香亭詞鈔、

浪淘沙

幾日病淹煎。昨夜遲眠。强移心緒鏡臺前。雙鬢淡煙低髻滑。自也生憐。　不貼翠花鈿。嬾易衣鮮。碧油衫

子裩紅邊。爲怯遊人如蟻擁。故揀陰天。疏雨滴青簾。花壓重簷。繡幃人倦思厭厭。昨夜春寒眠不足。莫捲湘簾。　羅袖護摻摻。怕拂妝奩。獸爐香燼侍兒添。爲甚雙蛾長翠鎖。自也憎嫌。

## 沈榛 字伯虔、一字孟端、浙江嘉善人、錢黯室、有松籟閣詩餘一卷、

### 玉樓春 春思

芳林無數飄紅蕊。綠映裙腰芳草地。金鑪繚繞自生煙。羅袖輕盈唯掩淚。　東風吹面雲層起。柳線搓縣空旖旎。三春寂寞重含情。幾處瑣闌愁獨倚。

## 龔靜照 字鵑紅、一字冰輪、江南無錫人、廷祥女、適陳氏、有永愁人集、附詞、

### 滿庭芳 春日苦雨

春晝淹淹。春愁脈脈。嬌黃媚紫都非。韶華幾許。九十半成違。風暖水紋如皺。憑闌處、漫漫芳菲。殘夢醒。雲迷霧鎖。何處覓餘暉。　追思曾玩賞。舊時情事。珠淚頻揮。漸看看成病。減卻香圍。又是清明過也。空贏得綠慘紅稀。如萍燕。東西飄泊。不解認人歸。

# 王芬 字蕙田、江南婁縣人、華亭唐壽椿室、有十燕巢閣詞、

## 卜算子 七夕

偶向閒庭立。又報雙星節。每歲今宵一度逢。莫話長離別。　銀漢鵲橋低。金井瓜盤設。不信姮娥不解愁。掩卻天邊月。

# 丁白 字素絲、陝西長安人、新安張伯岩室、有月來吟、

## 傳言玉女 閒吟

歲序忽忽。又是清明時候。野棠花落。小院閒淸晝。芹泥潤浦。燕子歸來未久。暖烟微雨。似無還有。　撫景傷情。怕近雲窗月牖。恨心難訴。鬱懷如病酒。倦思無聊。新句綠箋吟就。東風悄立。暗成消瘦。

# 張鴻廡 字淑舟、安徽當塗人、桐城方念祖室、有案廊閒草紙閣初集、

## 柳梢青 丁巳元旦、兼寄夫子、

綠蟻椒觴。聲聲爆竹。驚起東皇。瑞靄寒輕。風和香軟。共試新妝。　晝簾日影初長。鳥啼處、梅花弄香。芳草王孫。垂楊行客。費盡思量。

# 趙家璧

字連城、江南上元人、歙縣金潛五室、有花嶼詞、

## 荷葉杯

簾外一輪明月。淒切。空自照秦樓。玉簫吹斷碧雲秋。愁麼愁。愁麼愁。

# 張 虁

字采于、江南長洲人、吳士安室、有衡棲詞、

## 清平樂 憶妹

重門深處。聽盡黃梅雨。千徧懷人慵不語。魂斷臨歧別路。 一天離恨分開。同攜一半歸來。日暮孤舟江上。夜深燈火樓臺。

# 許定需

字碩園、江南長洲人、陸素絲室、有鎖香樓詞、

## 望江南

山塘好。秋到更魂銷。花市天香來簇馬。酒帘斜照引吹簫。月掛望山橋。

# 許心榛

字山有、幼字阿秦、江南長洲人、竹隱女、陸升枚室、

菩薩蠻 舟中感舊

數聲漁笛斜陽裏。離愁亦傍寒風起。烟樹幾人家。冬殘猶放花。　昔時歡笑處。各自東西去。恰見斷鴻飛。霜帆獨棹歸。

# 許心檀 字阿蘇、江南長洲人、竹隱女、

眼兒媚 庭荷

太華峯頭玉井蓮。移種曲闌前。緑衣笑擁。紅妝新豔。面面堪憐。　珠實蜂鬚照水鮮。宛宛洛波仙。含情勿怨。曉風披露。夜月籠烟。

# 浦映淥 字湘靑、江南無錫人、武進黄永室、有繡香草、

竹枝詞 采蓮

荷葉田田水滿磯。蕩舟鶩逕女兒衣。阿儂今夜渾忘卻。喚取西風送月歸。
半溪柳色碧於烟。葉葉低枝綰釣船。歧路忽忘羞借問。且隨蝴蝶過花前。

陽關引 江村夕望

四望寒煙結。黯淡秋容越。孤舟短棹。人來往。心淒切。念故鄉佳處。卻是雲山接。奈多愁、又隔雲山第幾折。

水漾明霞影。烏啼徹。最關情事。天邊雁。樓頭月。只斜陽樹樹。與當年無別。試臨風、回首空見江流咽。

## 趙承光　字希孟、浙江錢塘人、秀水朱喬三室、有聞遠樓稿、

### 竹枝詞　虎丘四時詞錄二

春來事事漸繁華。殿閣雲深萬樹花。鶴澗香生羅綺簇。引人不獨只烟霞。

短簿祠前雪漸鋪。林巒粉飾畫難圖。梅枝相映山塘月。一抹寒烟失太湖。

## 沈靜筠　字玉霞、江南吳江人、呂元洲室、有橙香亭詞、

### 滿宮花　秋閨

籬菊寒園蝶冷。簷馬忽驚夢醒。天街夜色涼如水。梧葉滿階移影。　星辰細數銀河靜。飛雁穿雲暝。不知何處弄簫聲。一樹梅花吹盡。

## 張　芸　江南崑山人、葉子公室、有偶存草、

### 南鄉子　憶家園

滿徑草花香。鳥弄晴暉蜂趁狂。回憶故園春正好。斜陽。薄靄輕烟暈海棠。　徙倚曲欄旁。寂寞天涯客路

長。極望雲山遮萬疊。蒼茫。閒看游絲過粉牆。

## 吳　朏

字華生，又字凝真，號冰蟾子，江南華亭人，嘉善曹焜室，有忘憂草、採石篇、風蘭獨嘯三集。

### 西江月　春游，同莫慧如。

匝路萋萋芳草。重過曲曲谿橋。倚樓兒女黛眉嬌。目送錦江征棹。　金屋柳烟深鎖。玉人何處吹簫。幾行歸雁入雲霄。啼徹一痕殘照。

## 嚴懷熊

字芷菀，浙江餘杭人，錢塘吳磊室，有攬雲樓詞。

### 小重山　春愁，和姑母嚴繁韻。

擬學迴文卻又休。怪他楊柳綫，拂樓頭。絲絲縷縷被鶯揉。心中事。欲語卻含羞。　妝罷下層樓。一庭花影亂，暗香浮。撲簾紫燕響銀鉤。今春也。還是舊時愁。

## 許飛雲

字天衣，江南元和人，吳縣王文溟室，有含英雜詠。

### 謁金門　花朝

春光好。滿院杏花開了。猶憶數株江畔繞。倚欄眉淡掃。　惆悵碧山雲杳。辜負鏡中人老。燕子一雙歸恁早。晝梁昏又曉。

## 姚鳳翽 字季羽、安徽桐城人、方雲旅室、有賡噫集、

### 憶王孫 秋夜

薰籠夜靜篆煙微。殘月侵簾夢破時。一陣秋風冷透幃。淚沾衣。卜盡金錢人未歸。

## 袁寒篁 字青湘、江南華亭人、正平女、有綠窗詞、

### 虞美人 春感

輕寒漸退東風暖。漫把湘簾捲。眼前萱草不忘憂。偏是一絲楊柳一絲愁。　年年對景增淒切。恨共丁香結。不如掩了碧窗紗。一任淡烟微雨送韶華。

### 蒼梧謠 瀟湘有感

愁。湘水無情歲歲流。湘君恨。一片九疑秋。

### 秋夜月 詠月

一輪月吐清光。夜茫茫。映柳穿花。髣髴畫文窗。　香霧裏。霓裳細。照殘妝。影動冰簾。疑似織流黃。

### 畫屏秋色 悼白海棠

綠紗窗側。有一枝、玉潤珠圓標格。素質娟娟。冰姿嫋嫋。天然國色。擬折供銀瓶。又囑付、雙鬟休摘。露溼粉光欲滴。好從他雅淡。隨地清妍。伴我臨書刺繡。兩情脈脈。　堪惜。西風狠籍。向苔階、蘚砌堆積。試問花魂。斷腸遺恨。何時消得。寂寂對空庭。蟾光逗處偏餘白。夢去雪衣還識。休道易飄零。如伊皎潔。離塵離垢。深人思憶。

## 吳　碧

字玉娟、浙江仁和人、有柳塘詞、

### 燭影摇紅　梅花

雪壓霜催。歲寒心事誰人曉。三分冷豔十分香。瘦影天然好。笛裏飄零最早。抵多少、別離煩惱。相思恨結。未到開時。頭先白了。　玉潔冰清。尋常攀折休傾倒。怪他桃李太輕狂。羞共東風笑。莫待壽陽人老。最堪憐、羅浮夢杳。月當頭處。人倚闌時。幽心悄悄。

## 于啓璋

字靜媛、浙江嘉興人、武林沈蓄室、有鍼餘草、

### 清平樂　新月照積雪

宿寒未去。留卻餘光住。惹得姮娥嗔復妒。皓色隨風遙吐。　纖纖下浸瓊樓。迷迷遠帶銀鉤。江上不分夜影。惟聞蘆荻颼颼。

## 吳森札
字文照、號瀟湘居士、江南吳江人、谿女、適周氏、有小瀟湘集、

### 綺羅香　賦得願在衣而爲領

一幅鮫綃。幾回忖量。拈卻繡刀裁翦。穩貼雙肩。記把芙蓉扣掩。綴珠翠、顧影沉吟。臨鏡面、瘦痕羞斂。漫尋春、蝶眷蜂憐。芳心猶恐舊香淺。　繡罷重封奩篋。怕新來寬褪。瓊酥銷減。倦壓鴛衾。蘭麝休教再染。愁春去、怨雨啼雲。惜花殘、香柔紅輭。解羅衫、閒疊熏籠。甚心情更展。

## 錢徹
字玩塵、浙江嘉興人、有清眞集、

### 鷓鴣天　詠藕花

嫩涼微雨小荷池。菡萏生香鬬豔姿。兩兩文鴦翻荇藻。田田綠葉襯胭脂。　揮羽扇。把金巵。六郎底事卻輸伊。縱教折向軍持內。留得纏綿未斷絲。

## 錢宛鸞
字翙青、江南吳縣人、適雲間張氏、有玉泉草堂詞、

### 畫堂春　落花

今宵微雨昨朝風。落盡殘紅。黃鶯啼老綠陰中。搖漾簾櫳。　拾翠人遙洛浦。爲雲夢散巫峯。將開將謝怨

春工。未解芳容。

## 錢貞嘉

字含章、浙江錢塘人、適黄氏、有聽潮吟、

### 月籠沙　新犯曲

纖手低、籠寶釧。銀紗微掩酥胸。舊時相見畫屏中。重向月光花影下。總是朦朧。　無語含嬌小立。多情密意難通。小樓獨自倚東風。夜夜夜深清淚滴。好夢成空。

## 周禧

號江上女子、有畫餘譜、

### 西江月　詠月

玉鏡塵氛莫染。冰輪展轉難追。古今鑒盡但成灰。積此寒光獨對。　海島乘槎幾遇。蟾宮伐桂誰虧。有時風雨暗相催。到底圓明不晦。

### 醉花陰　菊

形影翩翩塵俗掃。一任西風老。逸韻自凝妝。月落籬邊。夜夜酬詩草。　百般鬥色天工巧。結伴寒霜曉。三徑未荒蕪。醉倒淵明。不覺乾坤小。

## 黃御袍

字九香、江西新昌人、錢岳室、有萸閣詩餘、

### 點絳脣　秋夜憶夫子、時客淮安、

月淡燈昏。自家將息除非睡。漏聲花裏。不斷如清淚。　羅帳風寒。夢覺人千里。披帷起。長空露洗。畫閣還孤倚。

### 浣溪紗

卍字闌干青粉牆。滿頭珠翠隔花香。草煙鋪綠襯鴛鴦。　竹徑蕭蕭人不到。嬌羞頻縮越羅裳。雲鬟映水額山黃。

## 丘瑟如

字六一、江西吉安人、康小范室、

### 臨江仙

高樹嘶蟬秋已半。晝長人靜香清。欄花難記舊時名。蕉心分綠影。桐葉送秋聲。　獨坐焚香空悄悄。遠山一帶初晴。晚涼池館亂蛙鳴。望中垂柳斷。水上暮雲生。

## 林以寧

字亞清、浙江錢塘人、錢肇修室、有墨莊詞、

離亭燕

皎皎銀河如練。相映小樓人倦。幾度寒砧聲斷續。逗起離情千萬。明月不知愁。猶照舊時庭院。　立盡西風凝盼。回首故園魂斷。窈窈長宵渾不寐。枉覓衡陽歸雁。飲泣織回紋。淚點模糊一半。

## 方　筀

字豫賓、安徽桐城人、周在建室、

夜行船

春帶愁來花事早。惜花心、又愁春老。一枕風聲。半窗雨響。又是落英時了。　曉起捲簾心草草。又無端、被花相惱。燕苦香殘。鶯嫌豔冷。觸撥閒情多少。

## 方　佺

字允吉、安徽桐城人、吳芃室、

錦堂春　立春

昨日臘殘椒酒。今宵冰解東風。一年花事從頭起。次第看欹紅。　梅綻香飛宮額。柳開青壓眉峯。小廊長日添如線。春色繡簾櫳。

## 吳　湘

字婉羅、浙江錢塘人、磊女、有組紃草、

小秦王　柳浪聞鶯

香霧濛濛不肯休。絲絲垂柳綰春愁。玉驄也解遊人意。卻聽鶯聲便欲留。

菩薩蠻

誰家玉笛聲嗚咽。小亭夜月增淒切。月又不分明。教人怎麼聽。　更深人已靜。悄有燈和影。燈盡欲拋奴。誰憐影也無。

林綠　字映山、福建莆田人、

鷓鴣天　晚春

拋卻銀鍼喜晚晴。遣情無奈獨傷情。高低別院鞦韆影。遠近人家笑語聲。　黃鳥碎。白萍輕。綠苔春盡點紅英。一年好景仍辜負。堪笑嫦娥老此生。

戴淩濤　字文姬、又字文淑、江南江都人、蔣曠生室、有綠窗遺稿、

虞美人　秋山

千林葉落千峯曉。颯颯西風早。隔山何處逗鐘聲。回首蒼茫雲樹接歸程。　寒鴉古木深秋後。楓葉霜初透。停車晚步望山頭。又是一行征雁過秦樓。

## 潘端 字愼齋、江南婁縣人、倪永淸室、有不掃軒詞、

### 鷓鴣天

瑞腦空燒入夜香。輕風吹恨上羅裳。倚欄無語看明月。暗覺芭蕉影半牆。　秋寂寞。夜淒涼。偏來愁思惱愁腸。愁腸寸寸因愁絕。又送愁人兩鬢霜。

## 查淸 字太淸、安徽靑陽人、劉靜寰室、有綠窗小草、

### 暗香 落梅

飛飛玉屑。第一番風信。吹來輕劣。喚起新妝。鏡裏纖英正宜貼。亂點叢蘭石畔。恍疑是、尋芳蝴蝶。恁叨嘈、二字應仄翠羽枝頭叫落黃昏月。　嗚咽。笛聲徹。惹古驛荒村。夢魂淒絕。膽瓶凍裂。揉碎寒姿可禁折。寄語天邊滕六。把撇下、餘香休滅。使片片、猶戀在。畫裙百褶。

## 章有湘 字玉筐、又字令儀、號橘隱、江南華亭人、桐城孫中麟室、有澄心堂詞、

### 浣溪紗 旅懷

此夜難分怨曉鐘。夢魂偏又到吳淞。愁情先上兩眉峯。　滄海一聲臨遠道。蘭橈千里破長風。可憐回首

隔江東。

## 章有渭

字玉璜、江南華亭人、嘉定侯泓室、有淑清草、燕喜樓草、

### 玉樓春　寄外

月華一簇雲團結。秋到愁邊無可說。人傳郎意薄於雲。儂信此心明似月。　月明會有圓時節。怪殺閒雲隨處沒。雲消月墮夜淒清。只有離懷無斷絕。

## 李月兒

### 祝英臺近　寄贈邀看龍舟

月鉤斜。榴火豔。競渡滿遙浦。也擬同游。沒箇爲歡處。怕伊粉蝶齊飛。彩鸞雙舞。悲冷淡、孤鴻誰與。　能相顧。只這練水谿邊。便是藍橋路。又恐饑鷗驚破冶春塢。那堪斜照城闉。晚風舟尾。難排遣、酒闌人去。

## 張畹香

江南上元人

### 巫山一段雲　聞鶯

嫩綠啼將徧。嬌紅啄易殘。花前百囀和應難。蜀魄枉流丹。　金縷衣偏好。瑤笙奏未闌。雙柑柳下佐清歡。

誰念玉樓寒。

## 武氏 字鐵峯、適錢塘陳氏、

### 秦樓月 關盼盼

春寂寂。落紅飛滿闌干碧。闌干碧。危樓空結。素心誰白。　去年歸燕今年識。獨留清怨千秋惜。千秋惜。畫成纖影。試臨風說。

## 趙氏 浙江錢塘人、海鹽查容室、

### 燭影搖紅 楚中寄外

瑤瑟聲悲。洞庭落木秋風急。蘭旌桂棹水中央。渺渺烟波隔。獨倚危樓百尺。正黃昏、長天一色。汀沙月淡。野戍烽高。寒山凝碧。　雙鯉沉浮。錦書三載無消息。江南江北折垂楊。歷亂愁如織。歲暮虛傳畫鷁。浪花殘、蓮歌聲寂。雲迷翠羽。露冷瓊枝。流光暗擲。

# 全清詞鈔第三十一卷

## 吳山 字岩子、江南當塗人、江寧卞琳室、有青山集、

### 減字木蘭花 畫屏梅妃

宮闈落葉。金風團扇悲時節。玉漏遲遲。翠輦遙傳太液池。　君恩浩蕩。瘦影寒香如妾樣。明月丹除。誰奏新聲一斛珠。

### 鷓鴣天 題釣鼇圖、用黃魯直韻、

風細澄江浪不飛。一竿應不羨鱸肥。青山久對成良友。白鳥頻來送好詩。　瓊作骨。芰爲衣。柳底磯邊立幾時。一圓靜待秋蟾滿。收拾絲綸載月歸。

### 青玉案 西湖七夕用賀方回韻、

彩霞不續長河路。一水渺然流去。睆彼清光何以度。隔年離恨。千秋情緒。都在雲深處。　籃輿倏轉藍橋暮。惜別應留秋月句。試語人間愁幾許。兩行情淚。滿天秋露。疑是巫山雨。

## 蔡琬 字季玉、奉天遼陽人、毓榮女、高其倬室、有蘊眞軒詩餘、

## 南柯子 寄永夫人

已惜分巢燕。猶憐對鏡鸞。袖香餘暖共憑闌。記得綠窗松影、不勝寒。　芸局他時約。花亭一晌歡。錦囊佳句好誰看。今夜嫦娥望爾、報平安。

# 馮挹芳

字琴仙、江南長洲人、馬友波室、有三影樓詞、

## 菩薩蠻 雨窗對菊

繡衣風透餘香織。玲瓏嫩葉凝眸碧。花影半簾秋。簫聲起畫樓。　夜深人獨立。風雨蕭蕭急。燭灺閃虚櫺。疏枝映素屏。

# 陳　㛷

字無垢、江南南通州人、孫安石室、有茹蕙編四卷、

## 菩薩蠻

今生浪擬來生約。如今悔却從前錯。腰帶細如絲。思君君不知。　五更風又雨。兩地儂和汝。着意待新歡。莫如儂一般。

# 顧　姒

字啓姬、浙江錢塘人、鄂曾室、有靜御堂集翠園集、

滿江紅　泊淮示夫子

一葉扁舟。輕帆下、停橈古岸。燈火外、幾枝疏樹。人家隱見。漂母祠前荒草合。韓侯臺上寒雲斷。歎從來、此地困英雄。江山慣。　窮愁味。君嘗遍。人情惡。君休歎。問前村有酒。金釵拚換。舉案無辭今日醉。題橋好遂他年願。聽三更、怒浪起中流。魚龍變。

## 謝季蘭

字湘沚、江西寧都人、魏叔子室、

醉花陰　夏日

薰風淡蕩吹羅袖。槐柳新蟬驟。池內小荷翻。何處簫聲。吹徹梅花透。　如今景物還依舊。茉莉花開後。不坐已愁人。可怪黃鸝。叫得垂楊瘦。

## 華慧空

字貞素、江南金匱人、楊逢春室、有環翠軒詞草、

沁園春　病中訣別口占

六十年來。弱草棲塵。春歸夢醒。似吐絲作繭。纏綿欲盡。採花釀蜜。辛苦垂成。多病衮師。無家織素。棄置何煩屬累卿。今而後。把幻緣剪斷。萬劫冥冥。　知卿影事縈情。料難禁、悲從腹裏生。悵蘆簾紙閣。芸編歷亂。冰牀雪被。蘭炷青熒。眼莫長開。腸休頻轉。留取禪心伴老僧。來朝去。便篤摩一卷。送我西行。

# 張　傳　字汝傳、江南婁縣人、徐基室、有綉餘譜、

## 搗練子　梅花

皎似雪。潔如霜。分外清幽一種香。可愛冰心甘冷澹。幾枝疏影照斜陽。

# 張道介　字椒岑、江南長洲人、顧筠千室、有好雲樓詞、

## 浣溪紗　夏閨

開遍荼蘼一院香。困人天氣日初長。池塘深淺浴鴛鴦。　褉帖午臨欹枕倦。玉琴晚奏短襟凉。登樓惆悵又斜陽。

# 葛　宜　字南有、浙江海寧人、朱爾邁室、有玉窗詩餘一卷、

## 虞美人　春感

春來春去當春仲。舊事如春夢。無情綠柳繫相思。不盡江頭流水去遲遲。　吳宮楚館今誰在。歎息年華改。一朝風雨暗芳洲。白日光輝何處照重樓。

## 薛瓊

字素儀、江南無錫人、江陰李崧室、有綠窗小草、附絳雪詞、

### 如夢令　夢到故園

重過舊時綠野。再啓竹西書舍。一曲冷清清。流水落紅輕瀉。去也。去也。月挂淒涼臺榭。

### 梧桐影

月欲斜。風偏冷。秋思鄰家分得來。隔牆移過梧桐影。

## 王璋

字季璞、浙江錢塘人、仁和孫孝楨室、有菀柳齋集、

### 減字木蘭花　春恨

簫聲笛韻。多少離情誰借問。雨密雲流。殘夢闌心懶下樓。　深沈小院。猛拍闌干人不見。欲寄音書。無奈西風雁影疏。

### 漁家傲

依舊年時花發路。高樓無復伊人住。幾曲簫聲吹不去。回首處。那堪又是黃昏雨。　柳嚲鶯嬌千萬樹。游絲粉蝶紛無數。燕子喃喃還又語。春已暮。劉郎底事尋前度。

# 馬福娥 字蘭齋、浙江平湖人、嘉興沈宏略室、

## 卜算子 夾竹桃

葉比綠筠疏。花似丹霞剪。鉤却蝦鬚一笑看。錯認芙蓉面。　不是舊玄都。惹起春風怨。早許蕭蕭伴此君。莫計林深淺。

## 謁金門 歸舟曉景

漁唱起。煙靄半江風細。塵世茫茫何日已。野鷗渾得意。　歸棹蔚藍天裏。舟穩卻如平地。月射浮萍金瑣碎。一聲魚跳水。

## 南鄉子 立秋

凉氣逼罘罳。驟雨蛙聲撼曉池。羅帳不堪衾似鐵。誰知。秋到梧桐第一枝。　多病起遲遲。莫把菱花照鬢絲。團扇無言空自感。凄其。一半離情付與伊。

# 吉珠 字夜光、山西平陽人、有萍浮詞、

## 菩薩蠻 寄遠

南天一雁飛無跡。美人斜背闌干立。眉黛爲君攢。暗將珠淚彈。　佳期今是否。又綠樓頭柳。待月撥銀箏。

誰人知我情。

減字木蘭花　閏六月初七

遙情兩兩。盼到而今猶悵望。如此良宵。烏鵲南飛不駕橋。　金風玉露。辜負盈盈河漢女。迢遞佳期。恐是仙家好別離。

## 劉雲瓊　字靜娟、山西臨縣人、趙倡室、有水雲居集、

如夢令

花滴雨香鶯啄。波皺雲纖魚掠。誰動護花鈴。寶彈暗敲金箔。輕薄。輕薄。人被柳絲兜着。

## 商　彩　字雲衣、浙江山陰人、羅蕚青室、有散花吟、

如夢令　暮春

一夜東風飛絮。滿目名花何處。悶坐對雲屏。更覺愁懷難去。無緒。無緒。簾外數聲梅雨。

## 俞　浚　字安平、浙江仁和人、鄭慕韓室、有平泉山莊集、

瑞鷓鴣　咏紅樹

露冷江皋萬木秋。一林霜葉映南樓。遥疑蝃蝀天邊落。近似珊瑚海上浮。　貼水波平風日淡。隔山烟淨火雲流。年年此際深宫裏。可有題詩託御溝。

## 沈士芳　浙江山陰人、來孫謀室、

### 清平樂

柳風梅雪。繡幙雲彄月。花氣撲簾香影折。睡暖一雙蝴蝶。　斂眉獨倚金扉。輕寒吹上銖衣。滿地星紅小綠。鳳尖怕蹴香泥。

## 王素音　湖南長沙人

### 減字木蘭花

塵沙障眼。細計來程家漸遠。野草閒花。不見當年阿母家。　詩題古驛。雞骨柔情無筆力。錦字偷裁。立到黄昏雁不來。

## 毛媞　字安芳、浙江錢塘人、先舒女、徐鄴室、有靜好集、

### 如夢令　春冷

耐過一番春冷。閃殺數枝花影。日日懶朝妝。問卻銀牀金井。烟凝。烟凝。柳外睡鶯初醒。

## 柴靜儀　字季嫻、浙江錢塘人、世堯女、沈鏐室、有凝香室詞、

### 風入松　擬塞上詞

少年何事遠從軍。馬首日初曛。關山隔斷家鄉路。回首處、但見黃雲。帶月一行哀雁。乘風萬里飛塵。　茫茫塞草不知春。畫角那堪聞。金閨總是書難寄。又何用、歸夢頻頻。幾曲琵琶送酒。沙場自有紅裙。

## 韓智玥　字潔存、浙江烏程人、敬女、金壇于御君室、有晨鳳堂集、

### 滿庭芳　秋思

葦草傳霜。殘荷冒雨。白雲隨處安排。文心藻思。入夢總成灰。玉剪翻燈燕子。還消得、幾遍徘徊。空惆望。五陵狂客。殘病到秋來。　風篁如醉客。小山叢桂。綺絢霞裁。更北窗深處。蕉影苔堦。金粟愁關異代。誰招隱、花落花開。孤吟罷。雙雙翡翠。常繞碧欄迴。

## 黃德貞　字月輝、浙江嘉興人、孫曾楠室、有劈蓮詞、

### 望海潮　乍浦天妃宮觀潮

扶桑縹緲。霓光龍采。金宮砥柱銀濤。烽堠星羅。營屯棋布。驚看碧浪迢遙。萬疊捲鮫綃。恍瓊鼇駕水。白馬淩霄。一蹴春霆。千尋秋雪勢滔滔。　幾回目眩魂搖。羨東南形勝。奇絕神皋。雲佩莊嚴。繡幢屹峙。滄波晝夜騰驕。浴日海門潮。更昏徵朏魄。時共盈消。聞說蓬瀛。鼉梁虛駕笑秦橋。

## 王蓀　字若蘭、河南宛丘人、周亮工室、有貝葉菴詞、

### 長相思

見時羞。別時愁。兩次三番不自由。教儂怎罷休。　倦梳頭。怕凝眸。明月光中上小樓。攝山紅葉秋。

### 南鄉子　閨情

鶯語正從容。杜宇無端叫落紅。倚遍欄干閒一角。重重。江外千峯與萬峯。　錦字淚痕封。待欲傳他沒便鴻。風自掀簾雲且住。濛濛。細雨樓頭潤晚鐘。

## 丁瑜　字靜嫻、浙江長興人、臧眉錫室、有皆綠軒集、

### 昭君怨　秋閨

簾外秋聲何早。染得葉兒黃了。淚濕倚欄干。怯衣單。　正是傷情時候。新恨濃濃如酒。好夢忽然驚。夢中鶯。

南歌子　春愁

別路孤帆遠。離亭落照斜。輕盈歌舞是誰家。笑我一春憔悴、伴啼鴉。　粉淚長盈袖。愁懷滿絳紗。天涯夢到翠屏遮。無奈黃昏人靜、落梅花。

南鄉子　閨情

釵鳳似飛鴉。裊裊香羅籠絳紗。妝罷戲將紅豆擲。休譁。無數黃鶯鬧柳衙。　蓬島卽伊家。那得輕乘天上槎。只恐無情如柳絮。愁他。夜半殷勤訴月華。

虞美人　憶外

疏籬隱隱迷天曉。簾捲雲山小。數行雁字自南來。卻帶相思離恨萬千回。　東風一夜添憔悴。滴盡長江淚。凝情日日倚妝樓。無那夢魂今夜到涼州。

唐元觀　字靜因、浙江烏程人、沈雲石室、有南有軒詞、

鷓鴣天　和外咏柳

葉葉撩人太瘦生。枝枝蕩漾最輕盈。長堤驛路隨雲斷。小閣疏簾伴月明。　邀舞燕。住啼鶯。風流張緒是多情。幾回欲寄回文字。萬縷千絲織未成。

## 唐榛 字玉亭、四川奉節人、鑄萬女、宜興周耆占室、

### 清平樂

江南三月。好雨知時節。一夜小樓聽不歇。桃花李花俱發。　重樓山外青山。春光多在珠灣。試問清風明月。何曾拘管人間。

### 浪淘沙

把盞餞東君。綠皺紅顰。爲春憔悴不憎春。嬌鳥避風翻葉底。狼籍花茵。　細雨濕香塵。柳魄梅魂。今年花伴去年人。只有心愁如織錦。別樣翻新。

## 黃淑貞 字三四、江西星子人、胡紹舜室、有繡閣小草、

### 阮郎歸 九日示外

深秋雲淡晝難工。茱萸今又逢。勸君且莫上高峯。須防落帽風。　橙已綠。葉初紅。鄉關景不同。塞鴻嚦嚦語長空。還添四壁蛩。

## 黃修娟 字娟清、浙江秀水人、沈希珍室、有效顰集、

鷓鴣天　咏齋中薜荔

蝕粉牆陰引蔓長。綠雲搖曳弄風光。百年虬幹留春雨。一樹蟬聲噪夕陽。　書帶草。伴焚香。荷衣同結野人裳。唯憐窗外初生月。影落清輝滿竹牀。

## 王璐卿

字繡君、號仙嵋、江南南通人、馬振飛室、有鴛鴦社錦香堂諸集、

陽關曲　舟前落花

青草河頭花正妍。綠莎汀畔水連天。扁舟載得春多少。無數輕紅畫槳邊。

## 齊景雲

直隸順天人

浣溪紗

曉起無人上玉鉤。遲遲日午怯梳頭。羅衣繡帕冷香篝。　滿眼落紅黏別淚。一天疏雨織春愁。倚欄無語暗凝眸。

## 顧瑶華

字畹芬、浙江錢塘人、適裘氏、有自怡草一卷、附詞、

卜算子　題畫

殘雪壓南枝。月上黄昏靜。疑是林逋處士家。清淺溪邊影。　寂寂暗香浮。幽意無人省。爲占江南最早春。耐盡風霜冷。

## 周姍姍　字小姍、江南武進人、適黄氏、

### 減字木蘭花　和別

梅花何意。開落從君君曰未。收拾韶光。消得天公幾度霜。　心魂何在。花欲訴人人似醉。月底惺忪。忍聽明朝馬上鐘。

## 吴九思　字柏隱、浙江嘉興人、適平湖陸氏、有霜飛草、

### 生查子　子夜體

水底月團圞。一似芙蓉鏡。人向碧溪行。如把菱花映。　斷藕兩分開。惟有絲難盡。荳蔻已開殘。無復同心並。

## 黄　鴻　字鴻輝、浙江錢塘人、克謙女顧若羣室、有廣寒集閨晚吟、

### 蝶戀花

着意留春春不許。一陣東風。吹落花無數。記取等閒花落處。重游怕是桃源路。　門外青絲垂日暮。偏惹離腸。不繫征帆住。兩兩畫梁新燕語。飛飛又入花間去。

## 嚴曾杼　小字蘩、浙江餘杭人、沈女、沈時晉室、有素臆遺詠、

### 疎簾淡月　本意

霽收烟靄。見淡月疏簾。芳心欲碎。聲斷玉簫。鳳遠秦樓如水。淒淒畫角殘更遲。去聲 香篝冷、薫消鴛被。孤燈昏照。三星淡列。欄杆徙倚。　嘆寂寞、長門深閉。紅巾淚染。黃花憔悴。屏掩西風。寒悄歸期迢遞。花箋難綴離情味。託行雲、馳神千里。鸞音盼斷。陽臺夢隔。躊躇無寐。

## 閔懷英　字畹餘、號蘭軒、浙江錢塘人、昌化方祜俊室、有猗香樓吟稿附詞、

### 減字木蘭花　憶杭

春寒驚夢。被擁巫雲誰與共。望眼迷離。粉蝶楊花一片飛。　倚闌無力。深掩重門人寂寂。兒女牽懷。目斷西冷雁不來。

## 黃藻修　字蘅卿、浙江仁和人、

珍珠簾

二分明月瓊花映。聽啼烏、宵枕喚將夢醒。誰撥玉鑪灰。烟裊釵頭冷。釵冷愁生新白髮。卅九年、伴殘妝鏡。誰信。似逝水無情。殘花風引。　回首繡幕金奩。救飛蛾剔落。燈花紅燼。梁燕繞無蹤。悵凍雲寒凝。試問玉埋何處也。寄愁吟、古臺秋井。寂靜。憶一曲游仙。數聲清磬。

## 張阿錢

字曼殊、直隸獻縣人、蕭山毛奇齡室、有留視吟、

減字木蘭花　寄姊

離懷難訴。手摘蓮花心自苦。別恨還多。長日無心畫翠蛾。　綺窗自省。蝴蝶翩躚交撲影。寄語閨妝。不獨薫風斷我腸。

## 顧信芳

字湘英、江南太倉人、吳縣程鍾室、有生香閣詞、

浣溪紗

一樹清陰倚粉墻。雨餘小院淡斜陽。笛聲掩抑似回腸。　蟾影穿簾千點雪。玉魂和夢一絲香。殘燈欲炧更淒涼。

浣溪紗

鳳髻梳成整翠鈿。珊珊玉骨自生憐。未灰心事鵲鑪煙。　粉蝶帶香迷曉夢。冰蠶縈繭怯春寒。惜花人老落花天。

### 浣溪紗

嫩綠新紅映碧池。纖纖弱柳鬬腰肢。一枝和恨寄相思。　微雨燕歸春寂寂。暖香花睡日遲遲。小樓人嬾似游絲。

### 浣溪紗

一雁橫飛萬里秋。西風人倚木蘭舟。蕭蕭南浦碧雲稠。　腸是有情牽別恨。心因無蒂殢離愁。夕陽影裏凭危樓。

### 點絳脣

雨過晴窗。參差花影和簾捲。袖羅寒淺。獨立閒庭晚。　新雁橫空。天寫秋雲怨。斜陽岸。亂愁千點。落葉西風滿。

## 鮑芳蒨

字蘭畹、浙江餘杭人、德清徐梅莊室、有舉案吟、

### 綠頭鴨

同梅莊西湖春泛

掛紅簾。蕩波綠縐蘭橈。起鴛鴦、睡鄉初醒。句留香渚銀橋。看無盡、夭桃豔粉。描不出、脆柳宮腰。七字分題。

一輪添韻。錦湖風月共逍遥。珠簾捲。拈花微笑。露出鏡中嬌。那怪得、風魔少伯。我也魂銷。　兩峯高。青天外落。半空雲起千條。山如黛、眉横淺印。裙似水、紋搊輕招。漁曲聲流。禪燈影瀉。晴晴雨雨盡良宵。餘更有、曉煙暮樹。觸處慰無聊。錢塘景從今領取。去聽江潮。

## 蔣晱　字玉映、浙江仁和人、吳觀莊室、

### 南歌子

別路山川遠。離堂琴瑟賒。歌聲燈影是誰家。笑我一春憔悴、數飛花。　粉淚長沾袖。殘香伴臂砂。懷人旅夢斷天涯。無奈黄昏啼殺、後棲鴉。

## 李端生　字五絲、甘肅正寧人、

### 蝶戀花　春恨

被擁餘香銀燭短。睡起無聊。眉黛從教淺。早是傷春情緒懶。雲鳩更惹離魂遠。　獨對東風腸萬轉。煙雨霏微。苔襯飛花滿。點點妝成花淚眼。花寒不似啼痕暖。

## 許傳嫣　字虞姝、浙江餘姚人、鮑之汾室、有碧巢詞、

春光好　咏梅

姑射仙人體素。羅浮仙子肌鬆。受盡一番寒徹骨。嫁東風。歌翠羽。暮煙濃。冷香叢。雪滿山中樹欲空。月光溶。

## 冒德娟

字嬿婉、江南如皋人、無譽女、石亘閒室、有自怡軒詞、

浪淘沙　觀雨

閒倚小樓西。風雨頻催。望中新漲畫橋低。洗得柳枝肥又碧。一片煙迷。鴉濕傍檐棲。窗暗雲披。不堪憔悴病春歸。高控玉鉤簾怕卷。寒透羅衣。

## 沈宛

字御蟬、浙江烏程人、納蘭成德室、有選夢詞、

菩薩蠻　憶舊

雁書蝶夢皆成杳。月戶雲窗人悄悄。記得畫樓東。歸驄繫月中。醒來燈未滅。心事和誰說。只有舊羅裳。偷沾淚兩行。

朝玉階　秋月有感

惆悵淒淒秋暮天。蕭條離別後。已經年。烏絲舊詠細生憐。夢魂飛故國、不能前。無窮幽怨類啼鵑。總敎

多血淚。亦徒然。枝分連理絕姻緣。獨窺天上月、幾回圓。

## 陸瑤英 字秀餐、浙江錢塘人、湯佺修室、有閒窗詞、

### 小重山

獨坐明窗午夢遙。落花閒覆地、語鶯嬌。枕前珠淚濕紅綃。雲鬟亂。眉黛倩誰描。　日影上芭蕉。離懷無可遣、費推敲。匣中金粉爲誰銷。人瘦也。寂寞度長宵。

## 俞　璥 字宜宜、浙江錢塘人、沈豐垣室、有柳花詞、

### 祝英臺近

繡鞋鬆。羅襪剗。歸去春無限。鶯語枝頭。惱起綠窗倦。卻憐眼底韶光。花期潮信。那解得、舊愁新怨。　望歸雁。如今音問休傳。知他費拘管。帳底淒清。有分寸腸斷。便教遶遍天涯。尋郎踪跡。只圖個、夢中相見。

## 田玉燕 字嬌飛、浙江錢塘人、徐懋升室、有謝堂詞、

### 臨江仙 茉莉

珠蕊細飄蘭麝。綠陰點綴春冰。小闌干外晚涼生。含嬌無語。清絕最宜人。　素質慣籠新月。幽姿不受纖

塵。殘妝折取兩三莖。水晶簾捲。香滿絳紗輕。

## 紀松實 字多零、江南江寧人、映鐘女、江都王易室、有懷孟堂詩詞、

### 虞美人

井梧薮薮飄黃葉。露濕寒蛩泣。炎天日日盼秋風。怎到秋來蕭瑟更愁儂。　憑高幾度空懷遠。搖落情何限。斷蓬心事有誰知。除向天孫相訴有憐時。

## 錢潔 字瑜素、江南江陰人、土司龍氏養女、陳鼎室、有蓉亭詞、

### 雨中花 秋海棠

滿砌濕紅嬌欲滴。似睡起、渾無氣力。看苔蘚籠香。薜蘿擁翠。相映幽姿別。　妒煞曉霞爭豔色。奈暮雨、絲絲如織。想腸斷西風。自憐冷落。未與春相識。

## 梁善娘 廣東番禺人、眞祐女、

### 蝶戀花 本意

蝶爲花忙花怨蝶。故趁春陰。亂落如紅雪。和蝶和花飛不歇。教人錯怪東風劣。　細雨纔催寒食節。誰料

寒多。半路將春截。夢被酒醒聞百舌。畫屏飛去羅浮月。

## 堵霞

字岩如、號綺齋、又號蓉湖女士、江南無錫人、吳元晉室、有含烟閣詞、

### 秋波媚 寄懷如臯閨友冒嫵婉

月明小艇憶同遊。輕槳浪花浮。春光正在。梨花深院。楊柳高樓。　染香閣上重攜手。曾數一天愁。不堪還念。香箋題句。漂泊寒溝。

### 解語花

盆中草蘭、植之盞有年矣、每到春時、花發最茂、色潔香清、以供客窗雅玩、今歲花發倍常、香亦更甚、不意於元宵日叢中忽生一梗、連綴四花、幻耶、瑞耶、賦此以記、

柳腰斜舞。杏靨含嬌。明媚春光好。綠窗清悄。香徑軟、百卉迎花如笑。叢蘭獨巧。忽並蔕、四花連繞。想從來、一本根苗。兩樣繁英少。　陋室儼如蓬島。似仙娥羣聚。弄晴春曉。花容窈窕。湘簾下、素影參差回抱。香魂縹緲。又渾是、一羣嬌鳥。趁東風、齊上瓊枝。帶綠煙輕裊。

## 申蕙

別號詩農、字蘭芳、江南長洲人、適秀水沈氏、有縫雲閣集、

### 早梅芳 夜怨

窗半開。簾低捲。竹影風搖亂。銀蟾微照。不點紅燈掩深院。依稀前度約。游賞新來倦。聽銅壺漏水。偏向恨

時轉。睡成癡醒又懶。被冷誰攸戀。枕兒欹著。萬緒千端怎消遣。絲絲愁絡緯。字字驚哀雁。乍離魂。被他花霧綰。

陸　敏　字若士、江南長洲人、諸生顧端文室、有紝餘草、

江南春　春草

風欲偃。路愁遙。枝頭鶯語滑。柳下馬嘶驕。堤邊嫩綠年年長。幾換游人過畫橋。

蝶戀花　春盡

鶯喚紗窗驚曉夢。日上三竿。亂把花枝弄。楊柳池塘煙水重。荼䕷香暖時相送。　懊惱遊蜂閒打鬨。自捲湘簾。玉笛輕輕動。暗卜金錢何處用。六幺倒挂窗前鳳。

青玉案　題趙夫人文淑畫

寒山閨秀神清澈。映千尺、流泉雪。忽見花開來舞蝶。縑緗乍展。丹鉛漫染。點綴香痕濕。　玉人天授生花筆。非霧非煙空翠滴。好鳥和鳴呼欲出。紅蕉白蓼。柔枝嫩葉。生意毫端集。

沈　珮　字飛霞、浙江桐鄉人、石門吳起代室、有繡閒殘草、

浣溪紗　春去

楊柳絲絲繫玉驄。杜鵑啼處晚烟濃。春光遍逐水流東。　滿院落花愁寂寂。一簾飛絮恨悤悤。無聊最是月明中。

卜算子　元夜

臺館遍笙歌。又是黄昏後。寂寂梅花小院開。報道春依舊。　夢斷月初斜。素影清如晝。光景年年一樣新。且放眉間皺。

## 黄之柔

字靜宜，號玉琴，安徽歙縣人，江都吳綺室，有玉琴齋集。

百尺樓　明月樓，元時趙氏建，子昂題詩，春風閬苑三千客，明月揚州第一樓。

往蹟已難成。勝事猶能說。只爲王孫兩句詩。今古留明月。　金碧亦尋常。彩筆眞奇絕。如此樓臺豈一家。寂寂都灰滅。

## 劉氏

小字阿咸，安徽潁上人，元敬存室，有鏡閣集附詞。

浪淘沙　初秋見庭柳

昨夜雨綿綿。寒澀燈烟。薄衾蕭索不成眠。曉起牀頭看歷日。換了秋天。　綠葉尚新鮮。猶似爭妍。教他知道也淒然。眼底韶華容易逝。樹且堪憐。

## 張令儀 字柔嘉、安徽桐城人、英女、姚士封室、有蠹窗詩餘一卷、

### 鷓鴣天 壬寅新歲作

尖惻東風送峭寒。飛花亂點雪漫漫。柳絲難展青青眼。春色窮如我一般。　剛獻歲。少追懽。梅花幾日不曾看。也應怕上西樓望。滿目雲山客路難。

## 顧貞立 原名文婉、字碧汾、自號避秦人、江蘇無錫人、貞觀姊、侯晉室、有棲香閣詞一卷、

### 浣溪紗 三首

風雨妨春苦不寬。開簾怕見嫩紅殘。錦屏深護早春寒。　新嬾一身扶不起。愁痕萬點鏡慵看。空拈斑管寫長歎。

獨坐無聊對簡編。閒題恨字滿花箋。夕陽西去轉悽然。　掩淚低徊妝閣畔。掀簾私語瘦梅前。此時試問阿誰憐。

曉日凝妝上翠樓。惱人春色徧枝頭。湘簾風細蕩銀鉤。　燕子未歸寒惻惻。梅花初落恨幽幽。重門深鎖一天愁。

### 望湘人 春雨

怪輕風吹夢。細雨黏花。夢裏愁思難翦。鬢憎香殘。眉驚翠削。淡絕不堪勻染。乍醒還凝。欲眠重起。此情誰見。畫梁絮語棲香。依舊歸來雙燕。　指點韶光忒賤。又青苔漸長。紅英如霰。記少日遊蹤。楚水吳山曾偏。碧玉鄰家。青溪小妹。幾處歡娛堪戀。回首十年舊事。便與暮天同遠。

## 沈闗闗　字宫音、江蘇吳江人王珹室、

### 臨江仙

春睡懨懨如中酒。小庭閒步徘徊。雨餘新綠徧蒼苔。落花驚鳥去。飛絮捲愁來。　纔覺春天春又暮。枝頭纍纍青梅。年光一瞬總堪哀。浮雲隨水逝。殘照上樓臺。

## 薛凝波　江蘇上元人

### 水龍吟　詠楊花、和蘇東坡韻、

因何不見花開。紛紛只見花飛墜。臨桃色減。擬梅香遜。渾無佳思。羅幌黏時。瓊樓着處。幾人深閉。想東君不爲。繁華妝點。多只爲。愁人起。　遙憶灞陵橋上。折長條、綉鞍難綴。都來幾日。韶光催迸。共人心碎。更學遊人。隨風化作。斷萍流水。看一年一度。春殘敢則。是天揮淚。

### 菩薩蠻　有懷用孫光憲韻、

鬟雲輕惹蜂兒翼。眉山淡着蛾兒色。墻外賣花聲。新妝滿鏡明。　舊時歌酒態。只有朱紘在。年少不思歸。曾聞金縷衣。

畫堂春　望遠、用鄭中卿韻、

梨花不爲雨中慳。枝枝吹做春寒。畫樓窗小受遙山。翠疊青彎。　好句鏡中紅葉。歸書夢裏青鸞。鷓鴣香共漏聲殘。燭淚成斑。

錦纏道　幽棲

萬頃波涵。一段好山如畫。種烟霞、稱人瀟灑。是誰獨占東風下。剪竹編籬。不放閒車馬。　向疏林影外。一尊常把。步逍遙、共漁樵閒話。行人似解幽情道。畫中人是。五柳先生也。

昭君怨　月夜賞荷花

花與麗華同住。月送六郎歸去。玉骨自清涼。不焚香。　莫使星河搖動。錯被封姨斷送。一片惜花心。在羅衾。

滴滴金　梅花、用孫夫人韻、

色侵簾幌香侵屋。又交着幾竿竹。借得瀟湘月影來。伴南枝春宿。　玉簫聲老朱紘促。中有佳人歎幽獨。只恐風吹海棠天。有孤芳誰續。

## 黄妙婉 江蘇江都人

### 生查子 即事，和魏承班韻。

日靜對窗奩。塵不驚羅幙。浣手酎臙脂。只怕櫻桃薄。　促得曉妝成。花下尋春樂。不待侍兒來。自解鞦韆索。

### 如夢令 春眠，避居花莊時作。

學做梨花模樣。尋着子規聲響。二十四番風。冷到散花綾帳。非想。非想。趕個夢兒不上。

## 武意兒

### 一絡索

黄河九曲渾如許。怎相逢便去。河流也似怕君行。一曲曲、回環注。　春草馬嘶何處。賸綠楊愁聚。龍樓此去看花時。還憶著、河東否。

## 燕燕 江蘇江都人

### 上西樓 春曉

纔聞燕語纖纖。慢開簾。染着幾分春色。到眉尖。　情耿耿。如花影。倩誰拈。怕使鏡中人見。掩香奩。

朝中措　隋宮

明霞院裏望飛塵。風月願常新。祇是玉階芳草。報人一度青春。　缺月依人。殘花顧我。惟有開尊。餞送一池楊柳。也應橋上銷魂。

南柯子　閨思

夢語臨窗憶。啼痕背枕揩。而今花落怨空階。何事不教塵涴、合歡鞋。　秋帖函春字。新詩感舊梅。西風應恐被人猜。留着幾行征雁、莫歸來。

天仙子　春望

雨過空階簾影潤。林外烟清山色嫩。一春多病此登樓。心自認。無人問。眼到眉分剛一寸。　清泉餅冷銷香印。羅衾拭徧寒脂粉。今宵拾得夢魂歸。腸斷盡。誰能信。明日鏡中挑兩鬢。

阮郎歸　即事用蘇東坡韻、

綠雲初綰夜飛蟬。心在十三絃。珍珠簾外雨如烟。斜風驚柳眠。　鶯語細。燕飛翻。閉門思悄然。博山新火試清泉。四和香印圓。

## 柳霞卿　江蘇江都人

## 憶王孫 春曉

粟留啼處憶鞦韆。軟雨無聲做曉烟。起看紅窗不忍眠。賣餳天。手弄梅花擬畫鈿。

## 點絳脣 飲酒

乳燕聲中，尋春不着將春送。紅遮翠擁。更沒些兒空。　風雨歸舟，滿載江南夢。愁無用。榮榮萬種。只有藏春甕。

## 望海潮 別意

銷魂橋畔，兩行疏柳，年年只做輕柔。風拂綉鞍，塵縈紫陌，行人半是清遊。何事艤行舟。正淚潮酒眼，怨錯歌喉。一掛征帆，橫開十幅總離愁。　夕陽漸冷汀洲。怕清霜未斷，難解貂裘。指點夢魂，舊家山色，重來恐負凝眸。寂寞下江州。見千峰過處，一片雲留。玉笛聲中，琵琶江上莫回頭。

# 許玉晨

字雲清，江蘇華亭人，有琴畫樓詞。

## 好事近

春水碧漪漪，鸂鶒下來雙浴。恰被落紅驚去，剩浮蘋新綠。　小欄花韻倍嫣然，香睡午晴足。困倚畫屏深處，又風敲修竹。

## 金縷曲

晝永何當遣。向晴窗、開爐試茗。提壺洗硯。偏是珍禽檐間語。又喚繡牀鍼綫。誰省識、相思人倦。幸有牆東櫻桃樹。破東風、已覺紅深淺。對妝閣。作清伴。 鳳城多少香輪輾。只閑門、一番新雨。繡苔凝遍。欲倩生花傳幽緒。奈被江郎占斷。但夢憶、故山清遠。遙盼吳淞春波闊。恨錦鱗、不寄迴文轉。餘芳淚。枕函泫。

## 范姝 字洛仙、江蘇如皋人、李延公室、有貫月舫集、

### 浣溪紗 月夜懷延公夫子

庭竹瀟瀟弄晚風。月光如洗露華濃。瑤堦花影自重重。 非愛良宵清不寐。因憐歸燕思無窮。夜深獨倚畫樓東。

## 陳翡翠 字碧桁、江蘇吳縣人、

### 轉應曲

桃葉。桃葉。渡口雙雙繡屧。霞明日暮城西。幾陣東風絮飛。飛絮。飛絮。歸去獨眠情緒。

## 湯萊 字萊生、江蘇丹陽人、與化李大來室、有憶蕙軒詞、

### 春風嫋娜 隋隄烟柳

憶荒臺舊苑。浪說隋朝。龍舟歇。管弦消。只沿堤、賸有殘陽疏影。繫人愁思。幾許長條。嫩綠將舒。淡黃微改。二月春風似剪刀。曉霧低迷隨古渡。暮雲黯淡傍河橋。遙望三眠未起。臨風學舞。渾一似、常折纖腰。眉鎖恨。黛含嬌。依稀欲見。愁重難描。塞外一聲。征夫淚滿。門前五樹。隱士風高。驪歌送盡。任今來古往。興亡不管。付與漁樵。

## 王琛 字洛珍、江蘇江寧人、沈宋圻室、有聽香閣集、

### 謁金門 遙青閣春晚

春正好。桃李滿園開了。草色青青簾逼遶。落紅童未掃。　一望雲迷山杳。嗔殺卷中人老。燕子雙雙歸恁早。捲簾初月小。

### 鷓鴣天 題山園和東珮君、

地僻林深人蹟稀。重陰寂寂掩雙扉。竹窗半啓爐烟細。殘夢初醒酒力微。　雲作蓋。芰爲衣。山容黯淡水光低。鳥啼花落消長晝。小立空堦月到西。

## 劉令右 字伊只、安徽阜陽人、有涓亭集、

### 天仙子 咏水仙

高下鷺鷥三十隻。水田漠漠秧深碧。晶盤黏粟影玲瓏。呈瑤席。香塵辟。墨海屏山隨所歷。

浣溪紗　春暮

滿庭槐影石紋涼。雨過簾櫳午夢妨。柔風無力伴梳妝。　春去無蹤留不住。飛來花片識行藏。游絲空自繞枝長。

吳懷鳳　字梧閣、安徽桐城人、適楊氏、

鷓鴣天

幾許情懷恨未完。花枝常向病中看。漸依人面春雲薄。欲拾楡錢夜月殘。　愁沒緒。思無端。低徊鎮日自憑欄。東風芳草渾無賴。弱質偏敎耐晚寒。

瞿寄安　江蘇常熟人

憶秦娥　感懷

簫聲歇。梅花夢斷紗窗月。紗窗月。半枝疏影。一簾淒切。　心前舊願難重說。花飛春老流鶯絕。流鶯絕。今宵試問。幾人離別。

## 秦　曇 字疊篔、江蘇無錫人、卞令之室、有友梅齋剩稿、

### 蝶戀花

寒食纔過春又半。燕子銜泥。畫棟營巢滿。細雨濛濛扃小院。臙脂落盡桃花片。　羅襪倦移情緒懶。觸目淒涼。不覺雙蛾斂。風景依然人事換。舊游追省空腸斷。

### 醉公子

香囊垂繡鳳。是妾兒時弄。微物詎堪珍。憐他伴妾身。　紅綿著在裏。扣上同心縷。一縷一相思。數來千萬絲。

## 吳　瑗 字文靑、江蘇無錫人、適武進薛氏、有喁喁集、

### 如夢令 鸂鶒

本是烏衣伴侶。不學文鷺沙渚。偶爾寄寒林。消受酸風苦雨。無語。無語。猶自解憐毛羽。

## 徐應坤 字淑媛、江蘇如皋人、鄒恭士室、有紅餘集、

### 望江南

深夜雨。滴滴更瀟瀟。繡閣燈殘人影瘦。羅幃香冷夢魂銷。寒結一庭蕉。

## 李長宜 安徽阜陽人、劉揞室、有隱秀軒詩、晉中草、

### 畫堂春

小軒無事日初長。閒吟帶草生香。榴花簇簇映斜陽。半吐紅妝。　月色暗侵簾幕。風來宛似瀟湘。流螢輕透點羅裳。無限淒涼。

## 程茯娥 字蓮村、安徽休寧人、蔣壐室、有雙松詞、

### 桃源憶故人

西窗斗柄驚秋早。昨夜玉簪開了。蝴蝶不知身老。猶傍花叢繞。　芳階吹落王孫草。桐葉飄來風掃。無限秋心誰曉。添得愁多少。

## 王　睿 字智長、江蘇泰興人、吳野人室、有陋軒詞、

### 清平樂 柳絲

柳絲何意。葉葉閒垂地。收拾春光都是你。可是新愁不繫。　板橋雲外啼鶯。斜陽掩映蕪城。不顧生同飛

絮。如何死化浮萍。

## 周蘭秀 字淑英、一字弱英、江蘇吳江人、平湖孫愚公室、有槃花遺稿、

### 踏莎行 秋懷

葉落平沙。雲迷遠樹。糢糊山色連村渡。芙蓉笑摘上蘭橈。輕鷗驚入波心去。 衰柳含煙。涼蟬咽露。年年重覓王孫路。可憐人靜玉樓空。滿庭芳草家何處。

## 鄧繁禎 字墨嫻、江蘇如皋人、冒禹書室、有靜漪閣詞草一卷、

### 浣溪紗 月夜聞笛

殘月斜穿槅子明。誰家巧作斷腸聲。無端心緒最關情。 風動羅幃驚好夢。披衣重起正三更。蕙蘭露濕暗香生。

## 卞夢珏 字元文、號篆生、江蘇上元人、江都劉峻度室、有繡閣集、

### 玉燭新 詠茉莉、用周美成韻、

亭軒微雨過。看綠蔭雕欄。蕊珠新就。輕柔婉約。冰姿倩、百顆玲瓏芳漏。含情幾許。最月淡、風清時候。人靜

矣、涼透屏紗。素香膩沾衫袖。　清端足並梅花。雅不受紅塵。冷暄勻否。粉猜玉闕。纖可擬、洛浦浣溪人瘦。烟凝露秀。每自殷勤回首。遙寄語、桂殿蘭宮霓裳慢奏。

## 沈樹榮

字素嘉、江蘇吳江人、永楨女、葉舒穎室、有希謝稿、月波詞、

### 臨江仙　病起

草草妝臺梳裹了。捲簾猶怯憑樓。年光荏苒又深秋。一番風似剪。兩度月如鉤。　病裏高堂頻囑道。而今莫更多愁。當時檢點也應休。重新來眼底。依舊上眉頭。

## 許華存

字小魏、江蘇常熟人、錢塘姚漢友室、有寒漣集、

### 虞美人　題便面丁香花

此花開在櫻桃後。小比凝脂口。紫衣妬殺杏衫紅。說道生來半面背東風。　丁香本是同心結。多少青青葉。欲從花底訴花知。我怕暮春三月送春時。

## 王仙媛

浙江仁和人、韓充室、

### 生查子　秋閨

花香愛捲簾。月淡多清暇。獨自倚紅樓。片片霞光射。　暮雀亂深林。昏靄愁長夜。霜冷玉琴收。小膽空幃怕。

## 歸　湘　字蘭風、江蘇常熟人、王祐商室、

### 蝶戀花　月夜梨花

冷豔慭嬌嬌欲滴。傲紫驕紅。獨擅江梅白。夜月溶溶人寂寂。玉奴斜倚東風立。　掩斂濃雲幽夢隔。彈指韶華。無計留寒食。酒冷香消眠不得。十分春恨花應識。

## 徐元端　字延香、江蘇江都人坦庵女、適范氏、有繡閒集、

### 清平樂　憶别

珠簾輕揭。憔悴憐黄葉。忽憶小亭人與别。正是重陽時節。　當初一段清秋。平分兩下離愁。試向西風寄問。知他還似儂否。

## 金　莊　字子嚴、江蘇上元人王雲門室、有怡堂諸刻、

### 清平樂

淒涼晚色。絲雨和愁織。夢到楚江行不得。一片濕雲空隔。　年時曾憶城東。杏花點點飛紅。門外憑他寒食。玉闌自有春風。

### 玉樓春　春晚

早鳥啼起銀蟾落。錦帳春寒春意薄。天涯路遠幾曾經。莫怪夢中常是錯。　起來小婢催梳掠。拈著青絲心緒惡。無情鏡子不憐人。暗把紅顏都換卻。

## 楊　琇

字倩玉、浙江錢塘人、沈豐垣室、有遠山樓詞、

### 謁金門　晚眺

看落日。樓外遠山橫碧。多少心情言不得。倚欄空嘆息。　帶眼頻移寶玦。一任落紅無色。彈盡淚珠衣又濕。晚風吹更急。

### 江城子

繡幃睡起倚香篝。鏡光浮。翠雲流。向午懨懨。猶自怯梳頭。廿四番風吹欲盡。花縱好。為誰留。　背人獨上最高樓。捲簾鉤。黯凝眸。信道垂楊。難繫是孤舟。渺渺關山煙水外。芳草路。織成愁。

## 孫蘭媛

字介畹、浙江嘉興人、陸渭室、有硯香閣詞、

感皇恩 鴛湖泛月

煙雨釣鰲磯。楓林遙映。南浦舟移夜光靜。昨朝風雨。半捲晶簾猶冷。今宵秋水闊、嬋娟影。　紅試蓉裳。綠窺菱鏡。棹破煙光浪千頃。鷺鷗飛處。寫出汀洲芳景。對清輝萬里、銀河淨。

吳琪 字蕊仙、江蘇長洲人、管勛室、有鎖香菴詞、

玉樓春 山樓

山影入樓剛尺許。隄柳陰濃吹作雨。簾低不礙野雲飛。窗小只容慈燕舞。　又看明月松梢住。漁夢江邊無覓處。白鷗期我且休歸。鶯花滿地誰爲主。

# 全清詞鈔第三十二卷

## 賀雙卿

字秋碧、江蘇丹陽人、適金沙周氏、有雪壓軒詩詞集、

### 鳳凰臺上憶吹簫　殘燈詞

已暗忘吹。欲明誰剔。向儂無燄如螢。聽土階寒雨。滴破三更。獨自懨懨耿耿。難斷處、也忒多情。香膏盡。芳心未冷。且伴雙卿。　星星。漸微不動。還望你淹煎有箇花生。勝野塘風亂。搖曳魚燈。辛苦秋蛾散後。人已病、病減何曾。相看久。朦朧成睡。睡去空驚。

### 黃花慢　孤雁

碧盡遙天。但暮霞散綺。碎翦紅鮮。聽時愁近。望時怕遠。孤鴻一箇。去向誰邊。素霜已冷蘆花渚。更休倩、鷗鷺相憐。暗自眠。鳳凰縱好。寧是姻緣。　淒涼勸你無言。趁一沙半水。且度流年。稻粱初盡。網羅正苦。夢魂易警。幾處寒烟。斷腸可是嬋娟意。寸心裏、多少纏綿。夜未閒。倦飛便宿平田。

### 摸魚子　謝鄰女韓西饋食

喜初晴、曉霞西現。寒山烟外青淺。苔紋乾處容香履。尖印紫泥猶輭。人語亂。忙去倚柴扉、空負深深願。相思一線。向新月搓圓。穿愁貫恨。珠淚總成串。　黃昏後。殘熱誰憐細喘。小窗風細如箭。春紅秋白無情豔。

一朵一儂難選。重見遠。聽說道傷心、已受殷勤餞。斜陽刺眼。休更望天涯。天涯只是。幾片冷雲展。

望江南

春不見。尋過野橋西。染夢淡紅欺粉蝶。鎖愁濃綠騙黃鸝。幽恨莫重提。　人不見。相見是還非。拜月有香空惹袖。惜花無淚可沾衣。山遠夕陽低。

## 曹鑑冰

字葦堅、號月娥、江蘇金山人。爾坺女、婁縣張殷六室。有繡餘試硯稿、清閨吟、

疎影　雁影

行行點點。問誰將淡墨。憑空灑徧。雪壓危橋。月暈閒庭。描寫春愁秋怨。蘆花港淺參差過。還認是、掠波歸燕。帶斜陽、時近南樓。界出一繩天遠。　總使懸鍼垂露。只模糊不辨。隸蟲符篆。寫上征衫。落到寒砧。可也寄封書便。驚弦任爾高飛起。原依約、晴川荒甸。最銷魂、暮雨朝雲。吹墮平沙不見。

步蟾宮　卻燕

任伊繞徑翻雙剪。紗𢄼子、齊闗紅扇。去年不聽故人留。又何用、故人重見。　舊巢泥污休依戀。請棲託、鄰家深院。算儂非是忒無情。怕牽惹、秋來腸斷。

## 虞兆淑

字蓉城、浙江海鹽人。有玉映樓詞、

點絳脣

梅綻芳菲。垂楊烟外低金縷。韶華小住。生怕廉纖雨。　繡戶凄涼。蝴蝶雙飛去。愁如許。夢魂無據。還在秋千路。

## 葉慧光　字妙明、自號月中人、江蘇南匯人、鳳毛女、婁縣王進之室、有疏蘭詞、

珍珠簾　孤雁

冥冥萬里分儔匹。歎浮生、也復漂流南北。一點落平沙。認往時泥跡。轉展驚魂猶未定。正雪滿、寒灘蘆荻。悽惻。待寫怨留情、不成行墨。　清影獨占天涯。傍瀟湘苦竹。淚痕凝碧。天半動哀聲。似斷絃瑤瑟。十二樓中明月夜。悵舊侶、那堪思憶。哽塞。只孤鶴橫江。似曾相識。

淒涼犯　木芙蓉

秋江水淺。紅蕖落、寒英又遍江岸。畫船歌歇。西風漸緊。綺羅重換。鴛鴦拆散。但留得、寥天一雁。帶衰楊、蕭疏幾線。杳杳斜陽晚。　那更新霜濺。度蕭辰、恁般清怨。溪花落盡剩娉婷。尙疑人面。待插銀瓶。怕憔悴、愁顏莫展。更伊誰、無情酒盞向汝勸。

## 葉宏緗　字曉菴、號書城、江蘇崑山人、嘉定闞敷在室、有繡餘詞草二卷、

## 踏莎行　秋閨

寒雁侵吟。籬花伴繡。蕭疏一派秋時候。曲欄倚遍望天涯。斜陽斷處青山瘦。　屏掩銀牀。篆噴金獸。芭蕉影壓疏簾縐。那堪月上又黄昏。聲聲露滴梧桐漏。

## 廣寒秋　中秋侍勝蓮菴女禪師賞月

纖雲初斂輕風微度。秋色平分佳節。涼蟾海外忽飛來。將寶刹、裝成雲闕。　廣庭閒眺。虚堂共賞。月色天香雙絕。只愁一墮又明年。拚坐到、晨光相接。

# 倪素玉　字無瑕、江蘇無錫人、鄒雲城室、有冰壺小草、

## 憶王孫

捲簾無語倚朱欞。好鳥歸棲梳短翎。雲外山痕一髮青。日沈冥。風落桐花月滿庭。

## 點絳脣　燕

燕子參差。隨風舞入深深院。向人如戀。記得前年見。　掠水低飛。不厭營巢倦。天將晚。繡簾還卷。待汝銜泥返。

# 胡慎容　字觀止、號臥雲、別號玉亭女史、浙江山陰人、會稽馮坦室、有紅鶴山莊詞一卷、

## 鳳棲梧　寄采齊大姊

羅袂香微風暗度。佳節重逢。越自生愁緒。鏡影懶窺消幾許。一枝愁壓榴花雨。　歲月催人容易故。柳絮無情。惹起相思句。往事徒悲腸斷處。雙雙燕子來還去。

## 又

別淚臨風吹不去。夢繞天涯。那得留人住。花影重重無覓處。夕陽紅透傷心樹。　流水遠通芳草路。一點痴情。牽惹愁無數。楊柳青青朝復暮。翠煙空罩黃鶯語。

# 徐裕馨

字蘭韞、浙江錢塘人、程煥室、有蘭韞詩草、附詞、

## 鷓鴣天　芙蓉

一片霞光映綠蘿。美人睡醒豔情多。試妝贏得春風面。十里秋江聽踏歌。　烟織綺。月生波。閒將風味語湘娥。今朝顏色還如昨。送別蘭橈慣是他。

# 陳　敬

字端寧、號髻儒、江蘇華亭人、婁縣周宗炘室、有山舟紉蘭集、附詞、

## 畫堂春　送春

呢喃雙燕傍簷飛。綠陰搖曳成圍。朝來便覺眼前非。初試羅衣。　寶馬香車人散。金鈴綵幔花稀。年年此

際對斜暉。可奈春歸。

## 湯淑英

字畹生、一字畹素、江蘇長洲人、休寧吳翺室、有繡餘軒稿、

### 南鄉子

天氣最無憑。乍雨還晴又做陰。時候困人三月也。清明。暗買韶光柳釀金。　杯酒恣閒吟。寂寞春庭鬬草心。院落昏黃簾幙靜。沈沈。獨坐譙樓又起更。

## 歐　瓏

字白神、號瓊仙、江蘇江寧人、金山湯雲開室、有零翠集附詞、

### 虞美人　新秋

井梧簌簌飄黃葉。露濕寒螿泣。炎歊日日盼秋風。怎到秋來蕭瑟更愁儂。　憑高幾度空懷遠。搖落情何限。斷蓬心事有誰知。除向天孫相訴有憐時。

## 廖雲錦

字蕊珠、一字織雲、號錦香居士、江蘇青浦人、華亭馬姬本室、有仙霞閣詩草附詞、

### 點絳脣　紫藤花

翠幄陰濃。最宜婪尾春歸後。細風輕逗。依約低長袖。　瞥見妍姿。穿得明如繡。簾垂晝。曲闌干右。一架煙

痕瘦。

點絳脣　荷花翠鳥

香遠逾清，卷簾靜對消殘暑。何須解語。絕勝淩波侶。　瀲灩芳塘，賺出沙頭女。斜陽暮。一聲柔櫓。翡翠驚飛去。

## 范貞儀　字芳筠，號一柏，江蘇如皋人，高纕室，有愁叢集附詞，

蝶戀花　暮春

春暮尋春芳草岸。綠慘紅稀，暗把韶華換。隔樹猶聞鶯語亂。柳絲不挽春光轉。　杜宇啼殘春夢短。脈脈離愁，人比春還遠。把酒問天天不管。羅衣飛得春花滿。

又　送春

杜宇催春歸意切。寂寞黃昏，門掩梨花月。未解丁香猶自結。東風懊惱成輕別。　燈暈影搖明又滅。面壁遲遲，清漏頻頻徹。誰與惜花人共說。春歸仍有來時節。

## 鍾　孃　字桂仙，江蘇儀徵人，吳庇源室，

蘇幙遮　歸舟卽事

五湖烟。三月渡。多少青山。説是錢塘路。勸得王孫歸閉戶。歌扇舞衣。從此知何處。　燕叨叨。鶯絮絮。眼底春風。休把行人誤。怪殺女郎相伴住。夜夜江南。偷夢揚州去。

## 方是仙　字澹然、浙江歸安人、有萍香詞、

### 女冠子

曉鶯啼罷。起來多少愁緒。鉤簾飛絮。水流花落。銷魂時節。拋人歸去。玉鞭門外路。和淚看人。更無言語。燕釵燭冷。雲鬟花欹。倦臨繡戶。　愛風流、幾許賺人句。恨此生卻似。海棠開無主。佳期難據。怕魚沉雁杳。尋伊何處。況多病多愁。怎禁零落。這番春暮。空閨今夜。夢魂深鎖。半窗烟雨。

## 鍾　韞　字眉令、浙江仁和人、海寧查羲室、有梅萼園詩餘一卷、

### 如夢令　春暮

攬鏡朝來無緒。簾外飛花如許。林際子規鳴。又見荼蘼細雨。春去。春去。欲問春歸何處。

## 彭孫瑩　字信芳、浙江海鹽人、徐復貞室、有碧筠軒詩草、附詞、

### 減字木蘭花　春雨

數聲淒切。窗外芭蕉因雨折。困柳摧花。抹殺春光景色賒。　峭寒相逼。染就胭脂和淚濕。淺潤蒼苔。一夜階前積翠來。

臨江仙　春思

簾外春寒風悄悄。落花輕點苔痕。愁看芳草欲銷魂。淡雲依遠樹。綠水漲閑門。　寂寂瑣窗鶯報曉。半牀蝶夢猶存。起來無力倚瓊軒。含情聽燕語。留意待王孫。

## 彭貞隱　字玉嵌、浙江海鹽人、平湖陸烜室、有鏗爾詞二卷、

千秋歲　憶鹽官故園、用淮海詞韻、

碧桃花外。綠漲新痕退。樓影直。濤聲碎。炊煙疏樹出。殘月孤城帶。清盥處。蓬萊山色朝朝對。　萬景蒼茫會。目盡天如蓋。亞字檻。今猶在。松杉依舊翠。門巷何曾改。吹夢轉。袖中一勺攜東海。

江南春　送春

水東去。日西斜。垂楊供策馬。芳草碾香車。江南春盡無人惜。獨遣蛛絲綰落花。

## 沈　彩　字虹屏、號埽花女史、浙江平湖人、陸烜室、有春雨樓集、附採香詞二卷、

南鄉子　春晚

江北江南。山色連綿水挼藍。杜宇聲中金粉歇。清歌發。玉釵敲斷梨花月。

## 生查子 和斷腸詞

掩鏡下妝臺。花氣薰晴晝。書來雁到前。人約春歸後。　如弦月又新。似水閨仍舊。畢竟幾時歸。笑把香羅袖。

## 聲聲慢 和漱玉詞韻

秋風起矣。木葉蕭蕭。大似飄零諸戚。打疊銷魂。難睡儘燒安息。一曲寒蟬落雁。又彈破、清琴弦急。誰信我九迴腸。只有姮娥能識。　回首山重水積。記此日、曾把新橙香摘。欲釣竹竿。菰渚浪沈雲黑。丹楓門巷何處。想高竹、依然翠滴。傷心也。聽樓外、馬蹄得得。

# 陳素 字雲有、浙江海昌人、海寧查硯北室、有花角樓詞鈔、

## 望江南 送夫子往山右

君欲去。無計可相留。到眼韶光偏惹恨。關心風雨盡含愁。春恁卻如秋。

君欲去。綠水染前溪。漠漠愁雲迷遠道。萋萋芳草沒長隄。何處是山西。

# 張素 字侶仙、江蘇吳縣人、嚴約齋室、有貯月樓詞鈔、

水龍吟　白蓮

仙人掌上分來。或疑種出瑤池裏。水軒晚眺。雪光一片。暑消涼起。羞着紅衣。愛依青蓋。鉛華都洗。看似烟難抱。如酥欲滴。清香送。空濛際。　照向秋波渺瀰。倚熏風、粉姿搖曳。倘教玉女。和將瓊客。折他連理。霧隱難分。此時應羨。鷺窺鷗睇。問東林結社。嘉名借取。豈亭亭意。

## 李　素

字冰心、河南懷慶人、常熟許偉人室、有疎影詞、

眼兒媚

無端風雨到高樓。春思總悠悠。芙蓉帳掛。水晶簾捲。恰好梳頭。　落花可惜誰人惜。空自付東流。傷心何限。紅衫揾淚。綠酒澆愁。

## 毛茂清

字林逸、江蘇太倉人、顧清振室、有筠雪軒草、

齊天樂　絡緯

碧梧芳信驚初到。秋聲晚來無數。金井闌邊。荳花籬落。做得凄涼幾許。蕭蕭振羽。似一度高吟。一番低訴。乍斷還連。依稀吹入小窗戶。　還疑春繭曳緒。引秋情暗起。宛轉千縷。錦字縈愁。哀絃紡夢。獨立空階風露。不勝酸楚。共促織鳴悲。寒螿啼苦。絜恚新愁。夜涼誰共語。

踏莎行

閑裏心情。病餘詩酒。忽忽寒食淸明後。柳絲無力綠低迷。花枝有恨紅消瘦。　春晚韶光。暖風吟袖。爐烟不動湘簾晝。夕陽天外亂山多。望中又是愁來候。

## 陸鳳池

字秀林、江蘇靑浦人、上海曹諤庭室、有梯仙閣詞、

憶秦娥　杜鵑

東風咽。杜鵑簾外啼紅血。啼紅血。一枝竹影。半庭殘月。　當年幽恨憑誰說。鄉關望斷眞淒絕。眞淒絕。不如歸去。舊時宮闕。

## 沈纕

字蕙孫、號散花內史、一號玉香仙子、江蘇長洲人、林衍潮室、有浣紗詞、

蝶戀花　春暮

百五韶光餘幾許。輕暖輕寒。漸覺芳時暮。落盡桃花飛盡絮。闌干凭到無聊處。　試聽梁間雙燕子。豈解傷春。卻作傷春語。打疊愁腸千萬縷。夜來那更風和雨。

高陽臺　贈廣陵九校書

月傍層霄。露滋香畹。蓮燈照到花關。一片湘雲。教人疑煞仙山。迴腸脈脈誰相似。黃河水、幾曲銀灣。笑無

端。轉盡鑪頭爇熟靈丹。　明珠穿破風流蟻。更起來爲我妙解連環。謝女機絲。鴛鴦繡徧雙翰。黄花插到西風鬢。記重陽會上追歡。且盤桓。紅袖圍鑪。共爾消寒。

## 王韻梅　字素卿、江蘇常熟人、有問月樓詞、

### 南浦　秋水、用玉田韻、

楓冷落吳江。漾漣漪、一鏡澄清初曉。雲夢到瀟湘。芙蓉外、一段清愁難掃。蒼茫獨立。半空飛下魚雲小。舊日蓮塘零落盡。賸有蘋花蓼草。　蘆汀荻渚舟横。問季鷹歸未。蓴鱸誤了。落日古荒灣。西風裏、空溯浣衣人到。餘情渺渺。洞庭木葉波生悄。行徧陂塘三十六。消盡秋心多少。

## 張屯　號麗然、江蘇婁縣人、褚念劬室、有小華薴集二卷、

### 暗香

溶溶夜月。向苔階小立。倚風横笛。香襲輕裾。珠蕊盈盈忍攀摘。最愛孤林澹月。清韻恰、共儂吟筆。捲綃幕、玉蝶飛來片片點文席。　南國。素寂寂。正庾嶺春回。凍雪猶積。低徊欲泣。歷盡冰霜不堪憶。瘦賸一枝癯骨。疏竹外、石寒溪碧。看素質、瀟灑處。幽情自得。

## 馬翠燕 號添香女史、江蘇江都人、海寧查小山室、

### 鵲橋仙 七夕

銀灣斜挂。金波徐展。天上人間今夕。黄姑渚畔路迢迢。何處問、支機消息。 錦屏紅燭。玉窗羅襪。賸喜鵲橋不隔。青鸞休促紫雲車。且良夜、倍相憐惜。

## 王煒 字功史、號辰若、江蘇太倉人、海鹽陳緯度室、有翠微樓集、

### 賀新郎 留春

不放春歸去。仗樓前、千枝暗柳。片時遮住。無奈東風吹故緊。誰怕茫茫飛絮。都只管、亂抛行路。春太難留人易老。怪銷魂、橋畔銷魂樹。空惹得。淚如雨。 一春不合因愁誤。縱而今、賞心醉酒。也傷遲暮。枝上流鶯花底蝶。記起舊時歌舞。奈歸約、終成間阻。倚枕分明春又在。一絲絲、夢裏黄金縷。燈再剪。夜三鼓。

## 莊𤍠 字磬山、江蘇華亭人、徐祖鎏室、有剪水山房集、附詞、

### 暗香 和張筆芳梅花詞

蒼寒岫色。正園林雪後。悠然聞笛。細蕾纔匀。莫認珠胎誤輕摘。陡見低枝吐曉。向窗外、催人詩筆。汲井冽、

小貯幽芬。春思散瑤席。仙國音久寂。想尋玉嶺高粉華重積。夢回自泣。一墮紅塵渺難憶。閒向妝臺品量。邀密友湘蘭凝碧。便豔陽無分也。素心亦得。

## 疏影

森森抱玉。伴蒻燈讀易。孤館齋宿。不畏霜威。靜對冰崖。相依冷淡叢竹。黃昏但覺疏香逗。待覓遍、枝南枝北。問瓊仙、悄倚屏山。瘦盡九疑人獨。　羞共繁花競放。空村片雨外。溪繞晴綠。幾度臨風。粲笑無言。不管金堂茅屋。寒閨漫說和羹事。且記取、羅浮殘曲。等晚來、吮墨籠香。寫破練裙斜幅。

# 錢孟鈿

字冠之、號浣青、江蘇武進人、維城女、崔龍見室、有浣青詩餘、鳴秋合籟集、

## 青玉案　杏花

輕雲籠霧飄紅雨。又取次、春如許。活色生香饒態度。鳳釵斜溜。月眉新約。一曲山鄉舞。　鶯簧燕翦分無數。溼鬢輕盈踏花去。卻憶江南芳草路。舊遊如夢。斷魂應在。煙柳迷離處。

## 蝶戀花

著雨林花紅暈溼。風裊晴絲。吹入眉峯碧。綠遍池塘芳草色。催歸杜宇聲聲急。　病起綠窗春事寂。何處留春。深院濛濛月。金縷歌殘檀板歇。海棠夢醒梨雲白。

## 吳　瑛 字雪湄、一字若華、浙江錢塘人、嗣爵女、平湖屈作舟室、有芳蓀書屋存稿詞一卷、

### 憶真妃 鷓鴣

齊飛錦翅啼春。戲煙津。一曲幾多淸怨喚離人。　湘水闊。荒祠冷。弔黃昏。翻羨縷金雙影綴紅裙。

### 醉桃源

碧天日落冷淸閨。喧嘩棲鳥啼。一枝梅影弄風低。疏簾人向西。　扶密竹。走閒堤。霞飛雞已栖。柳梢星斷浸銀谿。煙浮歸路迷。

## 張　介 字筆芳、江蘇華亭人、蒙泉女、上海沈璧璉室、有環翠閣詞鈔、

### 疏影

鏤冰琢玉。倩一枝瀟灑。依我眠宿。不愛繁華。自向霜寒。蕭疏但倚修竹。巡檐幾度探香好。待賞遍、枝南枝北。愛淡妝、韻致天然。恰伴小窗人獨。　應是別饒仙骨。羊家省識處。珠蕊還綠。幾樹臨溪。幾樹藏苔。雪月朦朧詩屋。評章賴有神仙守。家大人有梅花嶺外神仙守印章 重度與、小紅雙曲。望天南、五嶺羅浮。料得吟箋千幅。

### 暗香 乙丑春、家大人緘示梅花詞、用石帚韻敬和、

繡窗曉色正夢回庾嶺。一聲羌笛。小展綠紗。對此盈盈忍輕摘。萬點瓊瑤綴樹。彩鸞下、偷描仙筆。月乍過、篩影橫斜。香氣拂吟席。　梅國。久寂寂。悵萬里路遙。夢痕空積。題箋欲泣。淸冷官齋鎭相憶。疑是花神索笑。幾朵暈、屏山輕碧。恨驛使、無便也。幾時寄得。

## 王貞儀　字德卿、江蘇上元人、宣城詹枚室、有德風亭稿、

### 卜算子　夏晚

雨後晚涼多。衫葛含風細。小摘庭前茉莉花。弱縷穿連蒂。　團扇葉裁蕉。閒坐荷塘砌。剝取池荷帶濕看。蓮子生還未。

### 歸朝歡　詠雁、次德巽齋太史韻、

水落平沙潮下渚。瑟瑟蘆花飛白雨。江南秋好恰長征。塞天霜冷攜新侶。漸遠聯素羽。榆關朝發看無數。下江皐。斜斜整整。煙月滿湘浦。　落日況當人逆旅。草帛書成思寄語。聽到淒聲不忍聞。誰家夜靜調冰柱。天涯悲歲暮。故鄉望斷雲迷樹。歎嗷嗷。留心矰繳。空爲稻粱苦。

## 張芬　字紫蘩、一字月樓、江蘇長洲人、夏淸和室、有兩面樓詩詞、別雁吟草、

### 虞美人　夜坐憶汪嫒

別時愁對經秋柳。紅淚沾衫袖。今宵恰是月圓時。只見霜條露葉不成絲。　金針彩線餘殘繡、忽忽情懷舊。小春芳信到南枝。試問青山何處寄相思。

疎簾淡月　春夜懷諸姊妹

春歸何處。見草長青烟。花飛紅雨。杜宇聲聲。更勝秋光凄楚。謝庭昔日東風駐。捲珠簾、爭春眉嫵、香侵羅袂。月爭鸞鏡、共商簫譜。　歎凋零、舊時亭榭。望絮影天涯。魂杳泉路。篋裏雲箋。題遍斷腸詩句。從今了却尋芳意。任紛紛、蜂蝶飛去。千行血淚。幾聲長笛。一庭疏樹。

## 江　珠　字碧岑、江蘇甘泉人吾學海室、有青藜閣詩餘一卷、

望江南　梅

風剪剪。冷淡着疏林。消得相公佳句也。箇儂眞箇鐵爲心。雪壓一枝横。　團粉絮。香護縞衣人。記取灞橋風雪候。花妨徽月月妨雲。詩影間梅魂。

## 李　孅　字婉兮、江蘇吳縣人、陸昶室、有琴好樓小製、

蝶戀花　得梅垞書

風定高樓籠月暈。秉燭殷勤。尺素從頭認。荳蔻梢頭清露潤。丁香枝上遊蜂穩。　酒醒夜寒翻抱恨。未準

歸期。誤了何須問。滿目淒其人意悶。隔溪漁笛三聲近。

## 搗練子　春閨

春悄悄。病懨懨。愁到眉峯兩碧尖。妬煞呢喃雙燕子。尋巢依舊入風簾。

# 尤澹仙　字素蘭、一字寄湘、江蘇長洲人、有曉春閣詞、

## 點絳脣　春晚和陸素窗姊韻、

晝靜簾垂。落花滿地鶯無語。亂愁如許。不共春歸去。　佇望天涯。一帶雲連樹。人何處。相思難訴。分付風前絮。

# 朱宗淑　字德音、一字翠娟、江蘇長洲人、驤雲女、有修竹廬吟稿、德音近稿、

## 漁父詞

黃葉秋風稻蟹肥。鷺鷥曬翅立漁磯。山翠濕。野花低。沽酒歸來月滿衣。

# 顧樹芬　字春榮、江蘇長洲人、朱雲翔室、

## 浣溪紗　楊花

昨夜東風透露臺。無端柳絮遍蒼苔。一春心事又成灰。　無力自隨流水去。有情還伴落花來。天涯游子幾時回。

## 徐映玉

字若冰、號南樓、浙江錢塘人、長洲孔青崖室、有南樓集附詞、

### 點絳脣　上元後一日

獨倚薰籠。舊游誰是關情處。霜清月午。香雪孤山路。　春到吳閶。卻被東風悞。紗窗暮。收燈院宇。擁髻瀟瀟雨。

### 采桑子　題畫

仙山樓閣空中住。不作雲車。便上靈槎。又跨青鸞弄彩霞。　蒼苔白石巖扉靜。煙水生涯。風月年華。愛伴雙成掃落花。

## 瞿繼鍾

字靜拙、號素芬、江蘇常熟人、王負劬室、有藕花村遺草附詞、

### 南歌子　夏日

雨過消殘暑。蟬聲送夕陽。一彎斜月映空廊。薄薄羅衫。獨自倚南窗。　竹塢玲瓏碧。荷亭縹緲香。紗幮笛簟趁新涼。放下簾鉤。隨意夢瀟湘。

## 王采薇　字薇玉、一字玉瑛、江蘇武進人、陽湖孫星衍室、有長離閣集、附詞、

### 醉花陰　和薇隱韻

嘹唳歸鴻驚社後。旅館鄉心逗。夢入曉雲飛。綠徧天涯。不見門前柳。　露桃影裏人非舊。春也應難久。風日又清明。獨對殘紅。寂寞簾垂晝。

## 吳瓊仙　字子佩、一字珊珊、江蘇震澤人、徐達源室、有寫韻樓集、附詩餘、

### 南鄉子　題廖織雲女士畫

煙鎖雲平。依稀此境昔曾經。雞犬人家都不管。山花亂。屋角斜陽紅一段。

### 清平樂　題馮甥月夜聽簫圖

碧桃開了。春事江南早。刻翠裁紅詩思好。花信番番吟到。甥有二十四番花信詞　阿誰紅豆親拈。碧簫偷擫檐前。贏得玉人雙笑。秦樓月正纖纖。

## 范　玉　浙江山陰人、吳江郭麐室、

### 闌干萬里心

春山平遠不宜秋。新月彎環只似鉤。說與蕭郎莫浪游。怕登樓。一曲闌干一曲愁。

## 浦安

字靜來、江蘇金匱人、吳縣張玉穀室、有停梭詞、

### 如夢令 憶遠

幾日嫩寒輕暖。又聽雛鶯學囀。妝罷倚雕闌。心與芭蕉同捲。人遠。人遠。況是宵長夢短。

## 吳清蓮

字菡生、一字佩雲、江蘇長洲人、蔣錫綬室、有定生樓草、

### 南鄉子 秋夜納涼

獨坐擘蠻牋。小院蛩吟雨過天。秋月纖纖秋漢淨。遲眠。睡鴨香消裊細煙。　悄倚畫闌邊。素袂臨風雅欲仙。人影娟娟花影瘦。堪憐。贏得新涼又一年。

## 邵瑩

### 如夢令 題秋海棠遺畫

綠萼花飛如霰。姊妹花開不見。祇剩斷腸花。那不教人腸斷。腸斷。腸斷。灑作紅冰幾片。

## 賈　永

字雲艾、湖北均州人、泰州丁柔克室、有花雨繽紛館詞、

### 浣溪紗　寄外

感綠驚紅歲月流。黃花黃葉又深秋。西風殘照怯登樓。　君已天涯追杜牧。我猶清夢覓高柔。新愁舊恨兩悠悠。

## 錢斐仲

字餐霞、浙江秀水人、昌齡女、德清戚士元室、有雨花盦詩餘一卷、詞話一卷、

### 綠意　戊申六月過羅浮探荷、雨多池溢、花不透水、悵然拈此解、

吟香邃館。甚綺疏靜掩。花樹塵滿。笑指鴛鴦。定守空池。依然蓼溆莎岸。風裳水佩分明在。但隔了、晶簾一片。悵同舟、仙侶難攜。贏取者番幽怨。　還把雕闌倚徧。襪羅遲不到。游與全嬾。漬淚紅衣。卷恨遺簪。留與浣紗人看。雲癡雨老芳期誤。怕後約、年華偷換。待西風、掃盡閒萍。來照鏡波清淺。

### 解連環

抱愁含醉。啓晶奩顧影。臉霞消未。解香絲輕付鸞篦。驗舊夢無痕。鬢雲疏翠。幾摺紋紗。可留取、那時清淚。記砌蟲唧唧。窗蕉策策。伴人不作平寐。　輕衾又還自展。更自寬羅帶。自憐腰細。慣淒涼、守盡殘更。漸忘卻人間。歡娛情味。冷了熏鑪。依舊是、和衣斜倚。怎禁他、月曉霜濃。叫寒雁起。

## 解連環 西堂賃與唐氏矣己未三月六日過慎宜堂唐氏眷屬邀余過西堂蓋不知余懷之悲也歸而愴然賦此解、

絮雲千點。問何年種柳。長條堪綰。繞碧沼、悄照春波。怕鬢影蕭疏。素絲偷換。燕子翩翩。定忘卻、卷簾人面。指臨書棐几。學繡紋疏。翠陰還滿。　誰忺這回再見。料亭臺不語。怨人輕賺。記那時、摵雪留花。泥（去聲）阿母深憐。隔窗頻喚。驀地傷心。搵淚眼、闌干憑徧。恨無情杜鵑催去。斷霞弄晚。

# 葛秀英 字玉貞、江蘇句容人、無錫秦鎣室、有澹香樓詞、

## 蝶戀花 落花

幨外飛花愁挂樹。柳線搓煙。欲綰春難住。蛺蝶成團慵對舞。宿花香夢尋無處。　幾度問花花不語。瘦盡嫣紅。散落胭脂雨。踏作春泥香滿路。多情燕子銜將去。

## 柳梢青 中秋西湖泛月

湖上清秋。南屏鍾遞。嵐翠煙浮。衣怯新涼。月扶殘醉。人倚蘭舟。　月明正好句留。且放棹、湖心上頭。鏡淨浮光。潭空瀉影。人在瀛洲。

## 桂殿秋 聽雨

衣袂冷。上高樓。繁雲遮斷碧山頭。小窗獨坐聽秋雨。荷葉芭蕉各自愁。

## 湯百純

字清芬、號石華、江蘇江陰人、陳詩觀室、有玉琴餘韻一卷、亦稱山煙樓草、

### 畫堂春　新柳

小樓連苑雨濛濛。柳搖新綠牆東。千絲還似翦愁濃。不爲春風。　學舞依依拂水。淡黃山色煙籠。二分明月笛聲中。難繫青驄。

### 浪淘沙　秋夜

江上雁橫天。霜信初傳。紅衣落盡並頭蓮。細雨共愁無處著。化作秋煙。　潮汐鏡中看。瘦損青山。玉琴時動不成眠。寄語西風今夜夢。吹到君前。

### 憶秦娥　七夕後三日偶成

新秋夜半輪皓月桐陰挂。桐陰挂。光流碧瓦。涼波微瀉。　金風吹動簷前馬。分明似說前宵話。前宵話。水晶簾外。女牛星下。

## 蔣宛儀

字芝生、江蘇常熟人、

### 偷聲木蘭花　自題畫紫藤

金鶯啼破窗紗曙。紺架垂垂籠紫霧。一片晴香。濃護湘簾畫影長。　料應昨夜羣仙醉。揉得絳雲千縷碎。

罥住東風。只在秋千小院中。

## 屈秉筠 字宛仙、江蘇常熟人、同邑趙同鈺室、有韞玉樓詞、

### 漁家傲 楊花

水外隄邊春影瘦。依稀似夢和情逗。正是高樓簾捲候。斜陽漏。半窗晴雪紋紗透。　撇卻繡茵溫又厚。迎風只愛天涯走。化作浮萍緣亦偶。心知否。一池春水剛吹縐。

### 青玉案

一燈紅賸殘花滴。覺帳底、濃寒襲。倚枕聽時聲響寂。鐘兒敲畢。雞兒啼歇。窗影依然黑。　此時小夢剛收拾。又幾許、閒愁積。耐得繡衾頻轉側。凄凄惻惻。思思憶憶。誤了東方白。

## 焦妙蓮 江蘇上海人、陸尢茶室、有愛日樓詩餘、

### 沙頭雨 惜春

零落臙脂。綺窗片片侵書案。凄涼庭院。萬點飛花亂。　雨驟風狂。一昔芳華暗。鶯聲換。柳殘金線。難繫春光轉。

### 碧桃春 新秋

閒窗曉起試羅衣。輕寒簾幙垂。焚香靜几篆烟緋。秋聲竹外微。　雲薄薄。雨霏霏。涼痕入繡幃。時光忽覺眼前非。天涯音問稀。

## 莊盤珠　字蓮佩、江蘇陽湖人、吳軾室、有秋水軒詞、

### 踏莎行　春柳

曉月離亭。斜陽古渡。有時遮斷行人路。桃花作伴過淸明。誰家池館藏烟雨。　拂岸千絲。縈橋萬縷。影隨流水何曾去。笑他無計綰東風。東風吹起漫天絮。

### 菩薩蠻　春蘭

羣芳逞媚韶光裏。一花秀影偏無比。草綠不逢人。空山忽見君。　立驚遺世獨。獨把幽香宿。春澹只如秋。芳心不貯愁。

### 探芳信　絡緯

冷消息。到曉露牆根。晚烟籬隙。正繡衾夢斷。豆花風又急。殘燈窗裏明還暗。月在窗前白。忽驚猜、巷北街西。那家宵績。　何日便成匹。怪響引絲長。緩憐絲澀。靜夜寒閨。幽韻雜刀尺。亂愁誰漾千千縷。爭把秋心織。便無愁、也自聽他不得。

### 洞仙歌　寒蟬

西風近遠。在柳條池館。幾抹晴烟樹催暗。怯寒鴉、小歇又續殘聲。聲已斷。尙有游絲難斷。　蛻前原是夢。身世蒼茫。驚醒空枝夕陽滿。記槐陰翠葉、葉底初聞。歎轉眼、炎涼更換。似扶病、騷人更吟哦。怕苦調淒音、聽時也暫。

### 踏莎行　病起

最怕殘春。落紅堆徑。今年人比花先病。不教細雨幾番催。留春一日花應肯。　風定簾閒。燕眠梁靜。清明近也寒還賸。空欄病起已無花。夕陽只照游絲影。

### 滿庭芳　殘雪

瓦背全融。牆陰還賸。幾回凍住斜陽。早梅枝上。猶壓一分香。晨起圍鑪小坐。聽簷溜、尙響晴窗。寒消到、今番向盡。畢竟冷於霜。　樓臺如古畫。粉痕界處。脫落微茫。記小鬟驚報。庭院銀裝。多少瓊林玉樹。纔轉眼、便減容光。憑闌久。回頭欲誤。殘月下空廊。

### 虞美人　中秋夜聽雨、寄懷凝暉大姊、

角聲催夢清宵斷。翠被和愁捲。瀟瀟風雨響窗櫺。忽憶去年今夜月華明。　別來兩葉眉長縐。可也懨懨瘦。秋光强半已難留。記取雁來時候少登樓。

### 清平樂　秋夕憶佩之

暝煙欲上。蟲在籬根響。幾許亂鴉風底颺。笛冷殘秋門巷。　柳梢一箇明星。闌干短倚長憑。若要心兒不

轉。除非沒有黃昏。

卜算子　春游

曉雨弄新晴。蝶夢花梢醒。一路垂楊到畫橋。過盡春衫影。　日暮卻歸來。風約虛簾定。花頂泠泠月一痕。還怯黃昏冷。

汪菊孫　字靜芳、浙江錢塘人、金文炳室、有停琴佇月軒詞、

柳梢青　春暮

過了清明。輕寒輕暖。春膩些些。花褪鶯慵。苔濃蝶嬾。閒掩窗紗。　夢醒寶鼎煙斜。又柳外、紅搖暮霞。怨殺東風。一年春事。都付楊花。

洞仙歌　題南湖華隱樓圖

嫩寒三九。看玉梅微唾。記得徐娘舊庭宇。奈粉奩零落、香椀飄殘。風乍緊。卷了半湖春去。　翠樓人已渺。紫玉煙沈。暮雨朝雲更何許。蝸蝕壁間題、鄰笛悠揚。空惆悵、花前儔侶。賸幾樹、衰楊亂啼鴉。忍卷裏重尋。相思千縷。

曹佩英　字小琴、江蘇長洲人、王嘉祿室、

## 曲遊春 題顧畹芳夫人畫海棠花

小院春陰裏。正繡牀人倦。閒放刀尺。殺粉調鉛寫烟愁。依約海紅簾隙。細雨燕支溼。恰纔展、絳綃輕裛。料夜深、喚起華清。嬌墮翠鬟無力。　豔絕雕闌春色。記聘到梅花。開過寒食。銀燭黃昏。怕紅成瘦損。綠催消息。斜倚秋千側。試添箇、春人吹笛。更著一幅新詞。錦心細織。

# 陳芳藻 字瑞芝、湖南祁陽人、金壇于彭齡室、有挹秀山莊詞、

## 南浦 春柳、用玉田春水詞韻、

嬝娜舞長條。繞隋隄、翠羃金衣啼曉。細縷蘸晴波。低搖漾、水面落紅頻掃。柔情弱態。盈盈十五憐嬌小。十里曉風殘月岸。譜入才人詞稿。　樓頭觸起相思。覓封侯、忍把年華負了。怕見擘棉時。飄零恨、點點紗窗飛到。韶光易渺。杜鵑喚得春歸悄。回首灞陵橋畔路。綰住離愁多少。

# 許英 字梅林、浙江錢塘人、嘉興沈光春室、有清芬閣吟稿、附詞、

## 江南好 霽峯園十六景、石笏葊、

筠葊小。瘦石挺雲根。寸碧玲瓏迷竹影。一卷磊落蹴苔痕。拄笏立如人。

## 江南好 嘯虹亭

吟嘯晚。天半彩橋橫。影帶斷霞歸水浦。氣含殘雨過江城。雌霓喚分明。

## 何佩芬

字吟香、安徽歙縣人、范志全室、有藕香館詩餘一卷、

### 搗練子

烟漠漠。霧霏霏。啄遍香芹燕子肥。繡閣雨餘簾乍捲。桃花紅上美人衣。

### 雨中花　春陰

香霧朦朧迷曉樹。聽屋角、鳩聲如訴。鬢影寒生。黛痕翠潤。一霎催花雨。　片片膩雲驅不去。似一縷、柔情難據。鶯怯啼紅。蝶愁泫綠。魂斷烟深處。

## 陳愛眞

字澹秋、江蘇上元人、嚴駿生室、

### 鵲橋仙　七夕寄外

銀河浪靜。彩橋風細。斜挂彎彎明月。相逢應說別來愁。須多駐、天邊雲轍。　紅塵千載。仙家幾日。一歲光陰電瞥。雙星離別未多時。渾不似、人間離別。

## 汪玉軫

字宜秋、江蘇吳江人、陳昌言室、有宜秋小院詞、

海棠春

無端一夜東風驟。便吹得杏花消瘦。待等小桃紅。是晚春時候。　惜花心事花知否。看鏡裏雙眉長皺。花信一番番。只芳年難又。

菩薩蠻　題郭頻伽先生盟鷗圖

雨晴雲淡江村暮。輕舟短棹葦間渡。秋曉水風凉。白蘋花暗香。　野鷗三十六。溪上閒相逐。招隱有前盟。烟波深復深。

數聲漁笛滄江晚。一痕疏雨汀沙軟。夢穩櫪頭船。與鷗相對眠。　夜來霜月苦。聽得征鴻語。辛苦渡關河。天寒風雪多。

## 袁青

字黛華、浙江錢塘人、上元車持謙室、有燕歸來軒詞一卷、

風蝶令　題莫愁小像

芳侶尋桃渡。新聲按草窗。佳人南國自生香。底要家鄉抛卻、戀他鄉。　環珮春風遠。湖山楚影荒。尚容海燕宿成雙。誰共一纖纖月、織流黄。

## 陸姮

字鄂華、江蘇長洲人、張詡室、

菩薩蠻　寄外

小樓昨夜春寒漸。綠筠簾子何曾捲。簾外又斜陽。一溪新水香。　已教人遠別。更把青山隔。人自不思歸。布帆空解飛。

菩薩蠻

釀花天氣春愁重。淡雲微雨都如夢。金斗熨沈香。夜來鍼綫忙。　踏青渾懶去。女伴空招取。多事是黃昏。替人催淚痕。

## 史璞瑩

字心玉、江蘇江都人、致儆女、汪彙樞聘室、有冰清閣詞存、

採桑子　贈美心女史

明知此日留難住。雲鎖遙峯。別路無窮。有夢還愁夢不通。　從今只想天涯隔。他日閨中。握手重逢。人與桃花依舊紅。

唐多令　落葉

蕭颯不堪聞。飄零不是春。但雨餘、霜後紛紛。一夜西風無賴甚。空想像、綠成雲。　聚處縱歸根。吹來已化塵。嘆題紅、枉費殷勤。比似落花尤命薄。從未見、賞花人。

減字木蘭花

寒蟾如水。爲愛淸光眠又起。繞遍迴廊。踏處還疑滿地霜。　回看孤影。塵夢悠悠何日醒。欲上高樓。祇恐依然照獨愁。

金縷曲

轉瞬流光速。嘆而今、淒涼心緒。自悲幽獨。又見迴廊花弄影。又見窗横新竹。還又見、苔痕階綠。春到人間仍似舊。但傷春、不見人如玉。闌干外。忍凝目。　雲屏好夢難重續。怪無端、夢來夢去。夢緣偏促。從此題箋休覓句。從此爐熏空馥。便從此、金經重讀。鸚鵡未知幽恨重。向簾櫳、猶唱當時曲。賡楚些。黛痕蹙。

## 劉琬懷

字韞如、一字撰芳、江蘇陽湖人、金壇虞朗峯室、有補蘭詞、

浣溪紗　看花

消遣閒愁百卉中。金鈴小宕語丁冬。海棠紅暖一㡊風。　謾學唐宮傳鼓促。未煩隋院剪刀工。輕衫薄袖倚欄東。

點絳脣　重陽後二日

落帽題糕。蕭蕭又是重陽後。將開笑口。幾陣寒香逗。　遙望疏林。隱隱南山透。須攜酒。西風來驟。轉眼秋容瘦。

金縷曲　春日感作

夢影雙丸逐。漸消磨、輞川煙水。平泉花木。龍腦一爐茶七碗。悔不襟期偏俗。分領略、人間清福。謾問禁煙明日事。且懵騰、閒展離騷讀。山鬼笑。湘君哭。　也知生世原空谷。太忽忽、隙塵過馬。隍陰覆鹿。我是箇中參透慣。冷眼花前銀燭。獨倚遍、碧闌干曲。滿逕雲停門自掩。種琅玕、幾樹森森玉。聽春雨。長新綠。

## 熊璉　字商珍號澹仙別號茹雪山人江蘇如皋人陳遵室有澹仙詞鈔四卷

### 滿庭芳　雨後月

蕉葉無聲。桐陰猶濕。長空洗淨塵埃。素華千里。一色徹清淮。應是姮娥新浴。晚妝罷。海上飛來。雲鬟動、輕風披拂。香霧滿天街。　玉簫何處是。隔花庭院。臨水樓臺。怕良宵易度。着意徘徊。十二珠簾乍捲。松梢鶴、夢覺還猜。問誰向、浮雲深處。絃管試吹開。

## 楊芸　字蕊淵江蘇金匱人芳燦女秦承霈室有琴清閣詞一卷

### 如夢令　春閨

隔院黃鸝聲近。午夢瞢騰初醒。放下水晶簾。一憕明波相映。無定。無定。飛絮遊絲交影。

### 高陽臺　曉起書懷

乍試生衣。猶欹單枕。曉窗清夢初殘。香篆縈青。重扉靜掩雙鐶。嬌癡鸚鵡玲瓏語。喚雲英、移近闌干。卷疏簾。翠雨如煙。一片迷漫。　瘦人天氣人憔悴。任脂零粉膩。明鏡慵看。燕子來遲。小樓空貯春寒。閒愁只在垂楊裏。被東風、吹上眉端。凭妝臺。細字蠶眠。寫遍冰紈。

## 曹慎儀

字叔蕙、江西新建人、顧清昕室、有玉雨詞一卷、

### 摸魚子

記仙源、夢中曾到。壺中別有幽境。深扃玉戶無人迹。但見煙飄金鼎。誰管領。數十二城樓、萬點秋霞影。塵空日冷。便披霧成裳。摘星爲佩。飛上最高嶺。　幾回省。碧海茫茫急景。白雲爭似高隱。洪崖右拍靈巖畔。閒語華胥乍醒。斜照暝。看紫鳳淩風、吹出蕭聲緊。蓬山未迥。問悟徹空明。何時再證。鶴背度滄溟。

### 賀新涼　荷花

香汎横塘路。愛天然、風裳水佩。淩波仙步。看盡春英無數豔。爭及一枝嬌嫵。驀花底、星星涼露。綠意紅情銷不盡。儘飄零、秋怨同誰訴。被涼思。幾回誤。　含顰欲語無人處。整風鬟、芙蓉鏡裏。溼雲飛度。萬縷愁絲牽不斷。誰識芳心獨苦。又蘭槳、摇來煙渚。三十六陂開遍未。恰宜它、素手纖纖數。載明月。過前浦。

### 聲聲慢　聞雁

燈昏香燼。屏掩簾垂。霜風刬地淒緊。冷落東籬。還是送秋將近。忽聽數聲哀雁下。虛窗一行雲影。似怨語、感離魂。過盡也無鄉信。　月浸寒塘煙暝。歎孤飛斷葦。欲棲難穩。水遠天長。博得雪泥纖印。歧途更憐矰

纖。望關山、偏多別恨。又幾度、顰愁暝。清淚獨搵。

## 浪淘沙

斜日半庭陰。銷盡春痕。曇花小劫付金輪。底事些兒蛛網在。猶戀香塵。　又見藥闌新。莫也銷魂。浮生難據總如雲。知否來年春再到。可似而今。

# 曹玉雨　江西新建人

## 相見歡

夜闌玉篆香消。漏聲遙。獨自鈎簾、新月上花梢。　鄉夢斷。春燈暗。鎮無聊。閒疊紅箋、小字賦櫻桃。

## 綺羅香

搓絮成團。吹花作片。怎得低徊春住。數遍金鈴。新綠暗窗如許。拂樓角、蛤粉香殘。墮簾額、蟲絲塵汚。奈東風、離恨難消。畫闌一抹露紅嫵。　等閒苑冷秋千。說甚湔蘭祓夢。惜花芳序。試問啼鵑。喚得春歸何處。漸晝永、蓮漏頻添。更愁續、蕙鑪濃炷。憶舊雨、客社淒涼。怕聞歸燕語。

# 孫雲鳳　字碧梧、浙江仁和人、按察使嘉樂女、程懋庭室、有湘筠館詞二卷、

## 菩薩蠻

華堂宴罷笙歌歇。夜深香裊爐烟碧。酒醒小屏風。燭花相對紅。　玉釵金翠鈿。柳葉雙蛾淺。日午未成妝。繡裙雙鳳凰。

又

翠衾錦帳春寒夜。銀屏風細燈花謝。鴛枕夢難成。綠窗啼曉鶯。　愁來天不管。鬢墮眉痕淺。燕子不還家。東風天一涯。

浣溪紗

十二珠簾掩碧窗。懶吟慵繡不成妝。困人時節日初長。　湖水雨餘浮鴨綠。柳絲風暖漾鵝黄。畫船猶記落花香。

柳梢青

紅藥東風。綠陰疏雨。何處鳴鳩。門掩殘春。簾垂清晝。人倚高樓。　緜緜不斷離愁。似芳草、萋萋遍洲。天若有情。月如無恨。水亦西流。

## 孫雲鶴

字蘭友、一字仙品、浙江錢塘人金瑋室、有聽雨樓詞兩卷、

點絳脣　草

酥雨勻來。萋萋先徧江南地。杏花風細。漠漠和煙翠。　燕子歸時。休向高樓倚。斜陽裏。天涯無際。離恨年

年起。

點絳脣

黃鶴樓頭。塞鴻聲裏清秋暮。水邊歸路。人立斜陽渡。 十二屏山。有箇人凝竚。知何處。暝煙殘霧。幾點瀟湘樹。

菩薩蠻

迢迢不斷天涯路。今宵又向蘆汀住。夢斷酒初醒。雁聲疑艣聲。 滿篷霜似水。渺渺情千里。殘月在孤舟。故人何處樓。

清平樂

澹煙濃霧。一幅淒涼譜。人在江南啼鳥處。行盡綠蕪春雨。 杏花梢際簾鉤。玉簫聲裏瓊甌。離夢不知近遠。月明夜夜層樓。

點絳脣

杏字寒輕。西樓人怯嫞梳掠。釵頭金雀。鬥草還輸卻。 紅袖花前。扶上鞦韆索。聞清角。燈殘月落。驀地思量著。

梅子黃時雨 立夏前一日

單衣趁暖春將去。又滿目、吹風絮。漲綠池塘閒院宇。潤侵屏幛。雲生庭戶。卻似山深處。 碧蕪千里天涯路。小立闌干謾凝竚。佳節篷窗尊酒度。幾重煙水。半川雲樹。一霎黃梅雨。

浣溪紗

一抹青山曉霧遮。半塘春水畫橋斜。垂鞭無語聽啼鴉。　玉笛聲中飛燕子。鞦韆影裏出桃花。綠楊門巷是誰家。

菩薩蠻

繡簾風定鑪煙直。碧紗窗外垂楊色。微雨杏花殘。小庭生薄寒。　天涯幽思遠。雙燕歸來晚。煙草滿平蕪。春山聞鷓鴣。

臨江仙

常記壽松堂畔住。卷簾初上朝暾。藕花風露散氤氳。曉屏銀燭冷。秋帳玉鑪溫。　水絮風蘋眞一夢。今宵羇館重門。故園人遠與誰論。苔堦蟲瑣碎。竹院月黃昏。

清平樂

片帆初卷。風靜波如練。日落楚天聞過雁。歸客洞庭秋晚。　松梢月映虛廊。舊遊回首蒼涼。花氣蟲聲露井。燈光人影雲窗。

謁金門

秋已半。悶拚小門深院。望斷碧雲書不見。嶺南無過雁。　閒卻繡牀鍼線。裊盡玉鑪香篆。歸去枕屏山六扇。夢中家近遠。

### 點絳脣

點點楊花。東風亂攪離心碎。羅衣香膩。多少分襟淚。　雙燕歸時。特地愁無際。空凝睇。綠蕪春水。長共人千里。

### 水龍吟　答碧梧姊秋夜彈琴詩

明河瀉月疏星。閒房永夜珠簾卷。紗窗風緊。銀屏燈暗。慵開書卷。樹杪秋深。天涯信斷。有懷難遣。算幾多離恨。憑誰共語。都付與、清商怨。　謾把金徽輕按。怕因愁、指隨心亂。人琴無恙。山長水闊。甚時重見。絃外知音。意中同調。目窮鴻遠。但柔腸一縷。和它香篆。百迴千轉。

### 青玉案　乙丑九月十九日登粵秀山

丹臺石檻夫容頂。秋氣爽、羅衣冷。別有幽懷誰共領。天涯風景。故園霜露。難遣登臨興。　林巒三竺應堪竝。回首煙霞舊遊境。何處塵襟都洗淨。青山眼界。白雲身世。一片斜陽暝。

## 席佩蘭　字道華、一字韻芬、江蘇昭文人、孫原湘室、有長眞閣詩餘一卷、

### 蘇幕遮　送春、寄子瀟、

綠陰深。深院閉。怕倚闌干。春在斜陽裏。幾片飛花纔到地。多事東風。又促花飛起。　篆絲長。簾影細。一逕

無人。遮斷春歸計。人縱留春春去矣。點點楊花。還替花垂淚。

## 陸珊

字佩玥、一字珊珊、江蘇元和人、錢塘張應昌室、有聞妙香室詞一卷、

### 憶秦娥 題大漠行旅圖

明駝疾。咸陽古道西風急。西風急。連天衰草。四無人跡。　解鞍下騎聊休息。擁裘閒話家山隔。家山隔。天涯夢見。翠樓春色。

### 謁金門 題芳草蝴蝶便面

春欲去。不管落紅如雨。蝴蝶留春春不住。依依芳草路。　寫上滕王圖譜。錦翼對飛雙舞。愛傍畫裙香重處。夜來仙夢度。

## 楊繼端

字古雪、別號西川女史、四川遂寧人、輯五女、張問萊室、有古雪詩餘一卷、

### 瑤華 詠梔子花

塗香暈色。膩粉團酥。薝瑤池仙境。梅風乍拂。看六出、差與雪花相近。晶盤貯水。常伴得、玉纖清潤。笑綺窗對此同心也算合歡蠲忿。　朝涼恰好梳頭。稱蟬翼輕分。斜壓雲鬟。菱花月滿。釵朵重、不減舊時丰韻。多情蛺蝶。又栩栩、飛來相並。誤幾回夢醒紗幮。尋偏小屏山枕。

買陂塘　西泠送春

最難忘、六橋烟柳。清陰搖蕩如許。東風吹得春來早。怎不繫將春住。成寄旅。聽記拍、紅牙唱徹黃金縷。深沈院宇。漸拾翠人稀。添香夜短。獨自甚情緒。　渾無據。惆悵鶯啼燕語。韶光容易飛去。青山綠水還依舊。瞥眼頓成今古。傷別否。試問取、春歸可是春來處。摧花落絮。又併作黃昏。疏疏淅淅。幾陣打窗雨。

## 屈鳳輝

字梧清、浙江平湖人、胡之垣室、有古月樓詩詞、

水晶簾

春雨濛濛草色齊。繡簾垂。暮雲低。愁聽林中。時有一鶯啼。無奈落花留不住。亂紅飛過小橋西。

## 許庭珠

字林風、江蘇婁縣人、姚椿室、

生查子　送春

珠箔隔輕寒。鸚鵡玲瓏語。悄喚鎖重門。莫放春歸去。　桃李可憐生。各自啼紅雨。點點帶愁飄。吹入春江住。

采桑子

紅櫻斗帳愁難寢。明日花朝。準備無憀。春過江南第幾橋。　碧天如水橫珠斗。豆蔻香燒。韻字紗挑。月寫

花枝上綺寮。

## 浦夢珠 字合雙

### 臨江仙

記得銷魂橋畔路。無端細馬馱歸。蘼蕪長遍舊紅閨。縷金箱啟處。塵滿五銖衣。　聞說犀簾紅淚漬。檀奴瘦減腰圍。紅牆不隔燕雙飛。怪伊難寄恨。只解啄芹泥。

## 陳爾士 字煒卿、一字靜友、浙江餘杭人、紹翔女、嘉興錢儀吉室、有聽松樓遺稿附詞、

### 青玉案 景陽井

瓊枝璧月江南碎。剩一片、深深地。並坐黃鸝誰喚起。柳絲風亂。石闌霜重。結綺春烟裏。　銷沈不見遺簪珥。梧桐樹、偏枯死。只有年年雙燕子。夕陽紅外。絮催東下。幾點胭脂水。

### 浣溪紗 硯貞女士魏塘歸思

彩疊經年舊舞衣。魚牋屢約是耶非。曉鶯殘月送將歸。　水欲微波風嫋嫋。愁生遠道柳依依。第三橋外一帆飛。

### 浣溪紗 詠柳

萬縷千條覆白門。半烟半雨弄黃昏。絲絲葉葉是離魂。　灞岸更無殘雪影。秦淮還憶舊眉痕。烟迷霜壓不堪論。

浣溪紗　對月

湖上浮雲幾點開。清光皎潔映樓臺。兩三人自月中來。　山色欲明輕霧隔。鐘聲纔斷晚潮迴。露華江影夢徘徊。

浣溪紗　冬閨

閑坐房櫳看日斜。簾風陣陣峭寒加。自擕金鴨款梅花。　凍水一方休洗硯。輕烟幾縷任煎茶。錦書無奈憶天涯。

天香　水仙

翠箭擎寒。粉黃拂豔。盈盈乍隔秋水。湘夢雲迴。玉魂煙鎖。溫藹一窗晴意。飛瓊不見。問帶上、仙題恁寄。縱是深藏金屋。難拋碧巖清致。　芳姿是誰競麗。只梅花、晚妝同試。抹倒萬紅千紫。獨明珠佩。一段心情泉石。但付與枯桐寫幽思。儘耐牽蘿。琅玕靜倚。

## 鮑之芬

字藥纕、一字澣雲、江蘇丹徒人、皋女、適徐氏、有三秀齋詞、

如夢令　憶燕

紅杏枝頭春吐。不定連朝社雨。輕暖又輕寒。總把歸期耽誤。何處。何處。悄立珠簾繡戶。

賀新涼　疊韻、再和七夕詞、

逸句花生管。賤離居、西風落葉。鄉心自遣。紅豆從來多寫怨。總是啼春鶯燕。誰畫出、碧天涼漢。一片宮商雲外度。頓鉛華、洗盡箏琶撩。屈宋後。詞人見。　賞心此夕還誰羨。想姮娥、白團扇底。佳期暗判。抛擲流黃機上錦。十二闌干倚徧。也分領、客懷一半。何日秦樓聯綵鳳。續簫聲、共待銀河絢。畫屏暖。人無倦。

## 歸懋儀

字佩珊、號虞山女史、江蘇常熟人、朝煦女、上海李學璜室、有聽雪詞、

陌上花　題秋燈聽雨圖

西風漸緊。新涼微逗。寸心秋警。萬葉商聲。敲碎半窗涼影。玉壺句譜冰絃脆。幽韻和它清勁。似分明聽得。悲秋人道。此聲難聽。　慣縈愁攪夢。蕭蕭瑟瑟。不是離人還醒。一點銀釭。那比昨宵青炯。夜深尚倚書帷坐。儘耐輕衫微冷。是天公。付與十分詩意。慧心人領。

風蝶令　題美人便面

畫裏春風面。懷中明月光。綠陰消受午風涼。料得愁深夢淺、不成妝。　窈窕神仙質。聰明玉雪腸。句成應是費商量。待看筆花吹作、滿身香。

清平樂　十六夜聽雨、次圭齋妹春月之韻、

夕陽西下。月向簷前挂。香靄空濛花夢惹。此景宜詩宜畫。　輕寒一縷穿簾。夜深沈水添燒。華燭清尊昨夜。昏燈冷雨今宵。

## 梁德繩 字楚生、浙江錢塘人、詩正孫女、敦書女、德清許宗彥室、有古春軒集、附詞、

### 拋毬樂

小雨吹涼溼桂林。畫簾不捲足秋陰。吟邊意共青山遠。閒處愁隨綠酒深。日暮空庭裏。北雁飛來動遠音。

### 金縷曲

杭有章娘者、故隸山西裴中丞家、通曉音律、從師學琴、以轉授女公子、中丞與高相國姚尚書密戚也、每會集使章娘鼓琴、無不激賞、其後嫁尚書僕某、中丞歿後、隨其夫流轉武林、傭於人任煩辱之役、偶至余家、爲余鼓琴、因言往事、感喟者久之、嗟乎、才人厮養、念華屋而悲生、商婦琵琶、感青衫而淚下、爲譜斯詞、亦庶幾有以傳章娘也、

金谷繁華息。更驚心、喬松鶴去。大絃聲急。絲管春風前日事。悲動白楊蕭瑟。對弟子、青娥暗泣。小隊銀箏零落了。玳梁邊、誰管雙棲翼。秋燕影。浪萍跡。　燕飛萍轉錢唐客。鼓飛濤、泠泠江上。尊前鬢白。換羽移宮傳別恨。回首蓬萊雲隔。但海水、數峯揺碧。停拂銀鉤增悵惘。坐幽篁、爲譜胡笳拍。詞未盡。淚盈臆。

### 百字令 題生香館詞稿

秋空琴響。是清商清徵。一般凄惻。雖乏鍾期山水賞。略辨絃桐燥濕。蘭秀空山。珠明午夜。露潔涼蟬翼。眉

山未接。滿襟芳意先襲。　爲想結習薰修。浮幢香海。一寸靈心納。我亦絳河曾夢去。欲訪錦機消息。思比雲忙。才如花豔。怕被天孫識。新詞吟罷。幾回惆悵胸臆。

## 惲　珠

字珍浦、號星聯、晚號蓉湖道人、江蘇陽湖人、毓秀女、完顏曙堺室、麟慶母、有紅香館詩餘、

### 點絳脣　秋夜

夜靜天空。西風料峭秋聲老。浮雲如掃。月到天心小。　一卷南華。解卻愁多少。香閨悄。爐烟細裊。錦帳羅衾好。

### 甘州子　曉妝

菱花乍啟覷分明。雲鬢攏。玉釵橫。茜衣新試越羅輕。何事最關情。深巷裏。風送賣花聲。

## 張玉珍

字藍生、江蘇華亭人、有晚香居詞、

### 水龍吟　白蓮

銀塘十里波澄。仙人掌上芙蓉吐。亭亭弄影。粉光交暈。天然幽素。雨浥珠明。風撩香淨。翠盤低舞。料玉娥攜艇。夜涼月上。渾難辨。花間路。　自喜芳姿無汚。那容他、蝶猜蜂妬。含情隔水。鉛華都洗。盈盈不語。雲母屏前。水晶簾外。頓消殘暑。倩伊誰剪取。生綃一幅。寫崔吳譜。

齊天樂　咏蟬

虛堂簾捲初聞處。重重綠陰低映。抱葉嘶風。棲枝吸露。高潔天生誰竝。哀吟不定。怕寫入琴絲。亂愁交併。最是難忘。曉涼清夢爲伊醒。　驚飛還向別樹。更聲聲斷續。無奈時聽。細雨微晴。斜陽淡抹。喧遍條條槐徑。迴闌小凭。把秋意三分。暗中偷領。觸忤吟情。幾回羞鬢影。

解連環　丁巳閏六月初七夜、爲牛女解嘲和悔堂遠春兩弟作、

寂寥亭榭。正桐陰斂碧。月鉤低挂。算好景、已屆仙期。奈緣阻新秋。閏逢長夏。數隔三旬。料未許、鵲橋先駕。盼纖雲四卷。耿耿銀河。素影斜瀉。　頻催漏聲幾下。想天孫此際。離情難寫。爲寄語、莫漫縈愁。讐青女姮娥。一生常寡。小別無多。又奚必、織停梳罷。惹人間、晝樓數處。納涼夜話。

行香子　咏柳

渡口橋邊。陌上樓前。碧參差、弄影堪憐。幷刀裁出。二月春天。看也宜風。也宜雨。也宜烟。　高颺鞦韆。低拂吟船。最銷魂、折贈離筵。靈和殿裏。別樣爭妍。愛幾回斜。幾回起。幾回眠。

王　謝　字絜卿、江蘇常熟人、邵元亮室、有瘦紅閣詩詞、

秋蕊香　紅豆

庭外幾枝春早。紅綻櫻桃猶小。香奩寶盒藏多少。根觸傷離懷抱。　拈來計曲非工巧。添殘稿。人生總爲

多情老。此物千年長好。

御街行 芭蕉

弄晴作暝愁初展。綠襯窗紗遠。一枝一葉盡秋聲。敲碎芳心重捲。涼雲微破。碧雲如洗。掩映蘼蕪院。閒消永晝臨書篆。未忍將伊翦。無端添箇雨和風。不管有人淒惋。乍醒塵夢。三更愁坐。贏得吟魂斷。

## 顧翎

字羽素、江蘇無錫人、敏恆女、楊敏勳室有綠梅影樓詞存一卷、

謁金門

梧陰碧。滿院秋聲蕭瑟。斜掩銀屏燈暗泣。小鑪香寂寂。　窗外芭蕉露滴。欲上玉樓無力。月斜只在闌干側。天淡秋河直。

采桑子

朦朧簾影梨雲薄。竹度風斜。月漾寒紗。冷逼雕梁燕子家。　夜涼窗外聞礁杵。露井啼鴉。殘夢天涯。背立秋燈數墜花。

菩薩蠻

湘屏十二山千尺。霏霏香霧凝愁碧。霜氣一燈涼。漏迴金燧長。　風搖鈴索動。驚破幽閨夢。愁聽夜烏啼。蘭窗月又西。

心老。

## 點絳脣　蝶

日暖垂楊暮。吹卻絮雲多少。霽痕初曉。闌畔千回繞。　密影翻階。曾爲尋香到。一枝好。幽棲夢杳。春減芳心老。

## 齊天樂　新柳

夕陽影外吟情古。湖隄幾絲飄碧。輕染衫痕。纖描眉樣。離恨已堪消得。天涯怨抑。見罨雨鴉昏。拂晴燕惻。爾許春陰。津橋初醒倦遊客。　寶釵樓畔行過。有嫩鶯幽語。如話江國。喚笛紅亭。拋笙香閣。憐我紵衣顏色。芳蹤難覓。待刪竹眠琴。補苔移石。折贈歸人。晝橈遲戴笠。

# 王瑞

字湘梅、湖南湘潭人、攸縣夏恆室、有印月樓詞賸一卷、

## 生查子　夏夜

新荷晚更香。月上珠簾捲。花影墮窗前。未識紅深淺。　撇酒坐殘更。玉笛誰家院。向夜獨徘徊。幽夢今宵遠。

## 虞美人　送春

香階陣陣飛紅雪。梅子枝頭結。啼鵑獨自惜殘春。不管心頭千里未歸人。　春歸畢竟知何處。蝶也無心緒。多情忍遽別香紅。猶自悤悤來去繞珍叢。

乳燕飛　春暮

無計供長晝。遣幽懷、碧窗且聽。提壺勸酒。纔過清明花漸減。怪爾杜鵑聲又。已喚得、海棠消瘦。乍暖香閨春夢熟。任啼鶯、揀遍樓前柳。謝女伴。慵看繡。　湘簾半捲輕風逗。甚雕梁、歸來燕子。覓巢依舊。病起自憐梳裹倦。況是落花時候。心內事、眉應知否。惆悵雨催芳草合。怨東皇、不許花開久。妝閣靜。意僝僽。

# 李畹

字梅卿、浙江嘉興人、馮登府室、有隨月樓殘稿、

南柯子　寒夜

細點瓜鹽譜。閒栽萱草花。三年爲婦慣貧家。且喜蘆簾紙閣、手同叉。　獸火溫篝局。蛾燈罷紡車。戲他小女綰雙丫。懶放鴛針今夜、較寒些。

醉太平

綠波半篙。綠楊幾條。二分春色初嬌。奈風瀟雨瀟。　赤欄板橋。青棠燕梢。天涯暮暮朝朝。怨山遙水遙。

# 孫蓀意

字秀芬、一字苕玉、浙江仁和人、蕭山高第室、有衍波詞一卷、

天香　秋燈

灰燼銀荷。苔生雁足。漢宮舊製誰見。照破秋心。拋殘蠟淚。最怕昏黃庭院。長門雁過。多分是、不勝淸怨。記

杳巴山同話。西窗那回曾翦。幽閨夜闌人遠。祇影兒、與伊相伴。挑落金蟲紅粟。釵頭猶顫。聽盡梧桐疏雨。正斜倚薰籠夢初斷。簾鉤風來。一星微閃。

# 徐蒞

字湘生、號古蘅、別號南林內史、浙江烏程人、武莘開室、有古蘅吟稿、附詩餘二卷、

## 菩薩蠻　題王湘尹茂才落花人獨立微雨燕雙飛圖

風中雨作斜絲織。落花猶剩燕支色。有客懶凝眸。東君不管愁。　江南春事晚。吟興從之遠。何必怪烏衣。人前故意飛。

# 傅隱蘭

字文卿、江蘇宜興人、程嘉杰室、有刈蘭軒詞鈔一卷、

## 燭影搖紅　紅葉

雁陣驚寒。四圍山色秋容暮。枝頭不聽杜鵑啼。灑遍臙脂露。洞口桃花漫妒。恐重來、劉郎又誤。酒旗影裏。隔岸人家。相思樹樹。　百斛丹砂。盛年易去丹難駐。天涯行客悵西風。對此情千縷。留得斜陽幾許。問長亭、飛紅誰主。車停林下。影弔吳江。霞迷南浦。

# 梁蓉函

字韻書、福建長樂人、許濂室、有影香窗詞、

## 清平樂 寄外

憾憾離思。寫入瑤琴裏。憶唱陽關無限意。柳色遥遮千里。　不知天外歸鞍。幾時準卜刀環。別夢常隨明月。夜來飛度關山。

# 高篃

字湘筠、江蘇元和人、朱綬室、有繡篋詩詞小集、

## 疎影 春影

珠簾半揭。有暖風小漾。吹起雙蝶。繡檻妝成。偷寫眉山。鏡裏一痕愁碧。濃春滿壓闌干角。漫罥柳、晴絲飄直。想映花、避月迴廊。幾處悄垂裙褶。　長是歡游未已。玉人正倦舞。鬟𩬆釵側。別院池臺。綠徧空波。約略驚鴻無迹。夕陽不語香桃瘦。又卻誤、重來尋覓。有隔牆、送過秋千。低問佩環消息。

## 探芳信

庚午春、偕小妹送母入都。歸舟過白隄、纔纜塔影橋畔、瞬息八年、妹又作湘中行矣、今春復偕女伴修禊於此、悵觸前遊、賦此誌感

舊遊處。有蕙扇縈花。榴裙浣雨。自片帆人遠。芳情向誰訴。江南何限銷魂事。怕讀傷春賦。倦東風、燕築香巢。柳低眉嫵。　春色又如許。看金谷裁歌。瓊樓試舞。碧草鈿車。猶認去時路。重來淚浥紅綃透。攬佩人非故。渺離情、葉落黃鸝對語。

## 管筠

字湘玉、號靜初、浙江錢塘人、陳文述室、

### 浪淘沙

日遲芳甃。聲停玉漏。東風種出雙紅豆。好韶光、偏是春瘦花瘦人瘦。　重簾不捲香微透。頻添紅袖。小池風軟閒春晝。鏡奩依舊、波皺雲皺眉皺。

## 吳尚熹

字小荷、號祿卿、廣東南海人、榮光女、有寫韻樓詞一卷、

### 燭影搖紅　春柳

金縷含烟。河陽幾處青青色。絲絲慣惹客邊愁。挽就同心結。謾道柔條無力。綰離情、江南江北。隨風低舞。帶雨轉垂。纖腰一搦。　南陌留春。池塘影轉黃昏月。靈和殿裏最風流。是處經攀折。送盡殷勤契闊。更堪憐、飛花似雪。飄零水驛。裊裊樓前。灞橋初別。

## 陳貞

字紉秋、浙江秀水人、陽湖楊晉藩室、有織雲樓詩餘、

### 邁陂塘

庭中白海棠盛開、無人共賞、未免秋芳寂寞矣、爲譜南呂宮曲、

倚牆陰、翦雲團絮。春風錯認前度。濕螢殘蝶都餘夢。聽盡玉階疏雨。休暗數。怕瘦損朱顏、憔悴傷遲暮。惜

花無主。剩一徑斜陽。半籬冷月。寫影入庭戶。 珠簾外。隔斷紅塵一縷。霜痕淒濇如許。蛾眉慵埽鉛華淨。莫問軟紅芳樹。須記取。看顫向西風、應供寒蛩語。秋心何處。且寄與傾城。無情有恨。誰慰別離緒。

## 蘇穆 一名姞、字佩襄、江蘇山陽人、宜興周濟室、有貯素樓詞一卷、

### 虞美人

愁多不識愁來路。鎮日空凝佇。簾前雙燕報春殘。羅袖寒輕還去倚闌干。 花枝不記東風怨。新綠生庭院。箇人窗下暗魂驚。除問嬋娟何處得分明。

### 望海潮

濛濛疏雨。漸敲朱戶。西風吹透簾旌。深閣晝眠。重幃暗鎖。鶯啼殘夢偏驚。春盡絮飛輕。共海棠落去。千片無聲。此際魂銷。但將離恨寄春行。 清池水上橋橫。被行人遮住。隔岸初晴。斜日樹邊。簷前燕子。銜泥虛傍雕楹。人倚越山屏。是爲花憔悴。減卻芳情。冷落香篝。又隨雲想度長更。

### 齊天樂

一番花信東風裏。怱怱落梅多少。日暖煙輕。池清水皺。海月初生林杪。西窗夜悄。怪覓日飛英。尙縈懷抱。野寺鐘聲。暗催前夢過瓊島。 天涯誰念倦旅。料嬋娟萬里。堪共吟嘯。鏡裏溶雲。簾前點雪。幾度闌干低繞。鶯聲弄巧。甚絮絮深情。向人頻道。總惜春歸。奈春歸自好。

## 張秀端 字蘭士、廣東番禺人、維屏女、錢君彥室、有香雪巢詞、

### 菩薩蠻

碧茵繡幔重重錦。流蘇五彩鴛鴦枕。匝地簟紋涼。氤氳來異香。　敲棋聲定後。笑語閒清晝。六幅畫屏風。夜闌燈燭紅。

### 前調

梧桐苑落清秋夜。星光晢晢明河瀉。獨自倚胡牀。池荷來暗香。　竹深聞墜籜。風響花鈴索。何處小樓頭。簫聲有別愁。

## 王　淑 字畹蘭、江蘇吳江人、仁和周光緯室、有竹韻樓琴趣、

### 采桑子 春閨

流鶯喚起紗窗夢。暖日晴融。花氣迷濛。粉蝶尋香罥落紅。　訴愁燕子梁間語。寂寂簾櫳。澹月煙籠。瘦盡梨花昨夜風。

### 金縷曲 秋暮抵里、舟泊垂虹有感、

舟泊垂虹住。正秋深、丹楓落盡。寒螿泣露。到得家鄉翻有恨。回望白雲何處。暮煙裏、月痕徐吐。極目關山

江水闊。淚模糊、難覓來時路。腸斷也。共誰語。　一聲哀雁鳴江渚。更那堪、殘鴉疏柳。夕陽古渡。多少才人存沒地。祇剩江淹恨賦。正渺渺、予懷如許。舊恨新愁渾不定。仗西風、吹夢隨潮去。孤帆捲。碧天暮。

## 周敏貞　字玉窗、江蘇鎮洋人、僖女、

### 浣溪紗　黄葉

未展楓林舊錦帷。輕霜爲染作仙衣。也分新色似鵝兒。　濃襯山眉金粉畫。豔題宮體色絲辭。影和初月上窗時。

## 孫麗融　字蕙纕、浙江錢塘人、闞雪香室有碧香詞、

### 減字木蘭花　思鄉

夕陽雲樹。閱盡古今離别緒。荒草寒蕪。半是離人淚染枯。　數聲風笛。喚起鄉心歸未得。雁過遥空。不帶南來信一封。

## 秦𦩇　字綺仙

### 洞仙歌　倚吳蘋香女士調、並用原韻、

冰簷一角。正臘殘時候。帖帖春魂向人逗。儘沈吟小月。寒抱雙肩。渾篩徧、水墨畫綾衫袖。　冬釭青入夢。起拂苔箋。攬取蟾光不盈手。悄影似窺人。女字橫枝。訝今歲、與伊同瘦。待小軸、犀簾喚寒簧。對雪北疏花。冷香先受。

## 楊蘊輝　字靜貞、江蘇金匱人、閩縣董敬箴室、有吟香室詞、

### 玉樓春

萬山霜氣含秋冷。木葉紛飛風力勁。砌蛩入夜尚悲吟。塞雁驚寒爭度嶺。　金鉤不掛簾櫳靜。玉笛無聲銀漏永。伶俜翠袖怯憑闌。涼沁一亭修竹影。

## 陶　淑　字夢琴、江西新城人、寧陽周文耀室、有菊籬詞、

### 清平樂　菊

澹香初逗。寂寂人何瘦。十二湘簾纔卷後。只有東籬如舊。　何妨品自孤芳。任它未合時妝。耐得風霜已耳。從來不藉春光。

### 臨江仙　苔

滿地濛濛鋪未遍。望來非霧非煙。幾行惟借屐痕添。綠憑分細草。青不上疏簾。　幾日東風寒又重。奈它

亭下臺邊。采桑時節落花天。不關春長養。惟愛雨廉纖。

## 醉太平　柳影

前溪後溪。長隄短隄。闌干半角迷離。是斜陽下時。　望來似絲。畫來似眉。解人惟有黃鸝。向煙中一啼。

## 點絳脣　秋柳

可奈秋深。西風斜日荒城晚。蕭蕭淺淺。幾里鄉關遠。　添箇寒鴉。免得愁無伴。憑誰管。水邨山館。別恨同長短。

# 汪韞玉

字蘭雪、安徽休寧人、浙江歸安金潮室、有聽月樓遺草、

## 鷓鴣天　聽雨

松籟蕭條燭影幽。雨聲和漏到西樓。金爐香斷三更夢。玉簟涼生五月秋。　人寂寂。夜悠悠。天涯信阻暗凝愁。疏簾到曉簷花落。滴碎離心苦未休。

# 陳　銀

字令儀、號一塘、又號練湖女史、江蘇丹陽人、有黛山齋詞草、

## 虞美人　步小鸞韻、送春、

亂紅風急啼鶯惱。暗數韶光過了。愁緒新添多少。綠遍閒堦草。　歸梁紫燕聲聲悄。有客憐春去杳。滿眼

鶯花漸老。猶喜荷錢小。

如夢令　春曉

喚夢鶯聲驚早。睡覺餘寒料峭。黛減鬢斜時。密緒有梅知道。休笑。休笑。你也憐春瘦了。

# 全清詞鈔第三十三卷

## 張鎔英 字孟緹、江蘇陽湖人、琦女、常熟吳廷鈞室、有澹菊軒詞一卷、

### 疏影 新月

新涼庭院。正綠陰搖曳。花光初斂。暝色籠烟。樓角微明。眉痕依約嬌倩。迷離塵夢愁難醒。算惟有、清輝不減。怎新來、慵整殘妝。錯認徐妃半面。　千古興亡閱徧。有誰堪記省。幾許哀怨。絕域孤蹤。獨夜長門。祇有素娥曾見。相看永夜還惆悵。待訴與、碧天遼遠。等甚時、海上槎回。試問廣寒宮殿。

## 張綸英 字緯青、江蘇陽湖人、琦女、江陰章政平室、有緯青詞、

### 疏影 賦得蛛絲網落花

簷蛛暝織。放游絲一縷。黏住香魄。滿地餘芳。不捲重簾。正怯晚來淒寂。東風又是頻吹送。共柳絮、一般輕別。忍看他、罥盡殘紅。春去者番難覓。　澹月深林乍影。小樓凝望處。斜絡籬隙。恰似閒愁。繫得芳心。一刻幾回欹側。多情鳳子尋香夢。想葉底、雙雙憐惜。莫教他、粉翅飛仙。來伴春魂狼籍。

## 張綸英 字婉紃、江蘇陽湖人、琦女孫劼室、有綠槐書屋集、

### 高陽臺 菊、和若綺妹作、

春夢驚回。槐陰盡捲。闌前暗闘深秋。雨細風疏。廿番花信皆休。叢殘已分同芳草。仗輕雲、扶上瓊樓。最堪憐。淺笑輕顰。還抱新愁。　東皇應是嫌幽獨。悵霜天寥迥。穠豔都收。容我清狂。一般顧影籬頭。閑情陶令常相憶。歎江梅、沈夢汀洲。好憑他。丹桂清芬。伴我忘憂。

## 張紈英 字若綺、江蘇陽湖人、琦女、太倉王曦室、有餐楓館詞、

### 高陽臺 菊

雲護簾櫳。霞烘庭院。一枝獨倚斜曛。淨洗鉛華。西風展盡愁痕。幽懷祇有姮娥識。傍瓊臺、避卻芳塵。笑東風。花信頻番。誤了春人。　玉樓好伴難重省。賸疏桐夜月。衰草重門。此日相看。休辭頻倒清樽。碧闌千外秋如夢。有幽香、飛上羅巾。願年年。把酒疏籬。伴我黃昏。

### 疏影 畫芙蓉、同孟緹大姊作、

素秋涼迴。記綠莎洲畔。窺見妝靚。避卻春紅。占了秋風。亭亭獨耐淒冷。澄江九曲波如練。經幾度、月昏雲暝。驀西風、吹斷冰魂。蕩卻一痕香影。　誰灑靈芸紅淚。素綃點染處。愁恨都凝。夢裏盈盈。笑靨歸來。可認

舊時青鏡。江南回首空惆悵。休更問、斷蓬浮梗。只尋他、空外幽香。消我一生酸哽。

## 董琬貞 字雙湖、江蘇陽湖人、湯貽汾室、

### 卜算子 寫梅寄外、時在粵東、

折得嶺頭梅。憶著江南雪。君到江南雪一鞭。可是梅時節。　畫了一枝成。沒箇人評說。抵得家書寄與看。瘦似人今日。

## 袁綬 字紫卿、浙江錢塘人、上元吳國俊室、有瑤華閣詞一卷、補遺一卷、

### 洞仙歌 冬日與柔吉妹圍爐賞雪

紅闌六曲。向風前凭徧。曉雪霏霏撲人面。笑雛鬟睡起。倦眼惺忪。猶認是、一夜柳緜飛滿。　水邊梅破蕊。疏影横斜。不似年時等閒見。翠袖暗香凝。料峭寒生。拚醉倒、博山爐畔。更枝北枝南酹芳醪。祝萼綠仙人。月明相伴。

### 喜遷鶯

夜初長。燈欲爐。深院漏聲遲。輕寒漠漠透羅衣。正是雁歸時。　夢成煙。愁着絮。怕聽啼螿如雨。畫闌凭倦玉繩低。涼月下樓西。

## 袁淑

字疏筠、浙江錢塘人、有剪湘亭詞、

### 買陂塘

倉山尋秋、坐雙湖亭眺望清流、見落葉辭枝、蕭蕭然不知秋生何處也、

戀山眉、一痕斜照。蕭蕭紅妬楓桕。西風小颭鷗波冷。青鬢幾人吹皺。招素友。便軟踏香莎、選勝聯吟袖。蓼花汀口。認水瑟玻璃。天低菡萏。清景肯辜負。　園林好。指點雙湖依舊。憑闌幾度回首。秋心暗逐溪烟裊。省識吟魂孤否。休僝僽。算臨水登山、此恨年年有。莓苔坐久。驀菰黑沉雲。柳黃攙暝。涼入采菱手。

## 袁嘉

字柔吉、浙江錢塘人、天長崇一穎室、有湘痕閣詞、

### 木蘭花慢

倉山尋秋、與雲根各填一解、

繞琅玕深處。牽翠袖。墮明璫。早衰柳沈雲。枯荷洗露。寒到銀塘。鴛鴦。綠波夢穩。怕分飛、冷了白蘋鄉。貪向湘闌凭處。鐘聲催送斜陽。　思量。往事最難忘。水閣記傳觴。惜花煩般紅。山眉紺碧。豔襯霞裳。流光。又驚瞥眼。驀西風、吹徧井梧霜。惆悵鴻來燕去。敎人閱盡炎涼。

### 唐多令

蘆花

慣送往來舟。風生瑟瑟秋。傍荒灘影共江流。一片冷雲低欲護。棲不定。有沙鷗。　渾似柳綿柔。吹殘紅蓼

洲。嘆年華、逝水難留。最是愁多頭易白。擔盡了。別離愁。

南歌子　春日病起

寒怯衣棱峭。眉嫌鏡影濃。病餘落絮不禁風。爲倩游絲宛轉、罥飛紅。　泥酒心猶怯。搴芳事已空。梨花深院靜簾櫳。又是一年春負、雨聲中。

## 沈湘雲　字綺琴、江蘇江陰人、有三峽餘音、

淡黄柳　歸舟咏蟬

寒蟬乍咽。橋外停蘭檝。一帶江村殘雨歇。聽到五更欲斷。淡月蕭疏又秋色。　這時節。夢兒乍成得。櫓聲苦。響偏急。記烏衣巷柳曾相識。捲起孤篷。迢迢往事。一樹無情自碧。

## 季韻蘭　字湘娟、江蘇常熟人、屈宙甫室、有楚畹閣詞、

百字令　孫子瀟以錢叔美所畫尙湖偕隱圖屬題

尙湖千頃。鏡奩光、蕩得吟情如許。別有古梅花世界。一笑春無尋處。鶯老吹涼。魚眠選夢。一葉飄然去。玉臺雙影。暗香飛上眉宇。　還記仙署當年。九霄環珮。妙奏淩雲賦。抛卻軟紅塵十丈。料理天隨漁具。寫韻樓臺。瀰波亭館。一樣同團聚。菱歌四面。紫簫還按新譜。

## 席慧文

字怡珊、江蘇吳縣人、石同福室、有瑤草珠花閣集、

### 踏莎行　題黃君韻甫帝女花院本

禁苑烏啼。鼎湖龍擻。瓊枝慘遇紅羊劫。青門路斷入空門。淒涼舊事憑誰說。　蜀鏡雲沈。秦簫露咽。生憐明月圓還缺。千秋遺恨九重恩。一齊付與檀槽撥。

## 蔣紉蘭

字秋佩、浙江嘉善人、適錢氏、有鮮潔亭詩餘一卷、

### 點絳脣　七夕簡外

天上相逢。人間偏把佳期誤。佇看碧樹。漸覺斜陽暮。　倚遍朱闌。羅袂沾瓊露。傷幽素。人迷津渡。咫尺天涯路。

## 趙友蘭

字佩芸、一字書卿、江蘇無錫人、適王氏、有澹香閣詞一卷、

### 晝堂春　春暮病起卽事

賣花聲過粉牆東。喚回春夢惺忪。輕寒惻惻睡猶濃。日上簾櫳。　病久味參黃蘗。愁深怯對青銅。海棠狼藉夜來風。滿徑殘紅。

## 生查子 秋夜望月、懷余佩青女士、

閒拓碧紗窗。放入玲瓏月。冰簟展銀牀。涼浸幽花骨。　滅燭露華滋。天外飛鴻沒。千里共嬋娟。苦恨音塵闕。

## 漁家樂 本意

家住桐江臨曲渚。富春山色長當戶。獨掉扁舟傍煙嶼。邀伴侶。桃花春水催柔艣。　漁弟漁兄忘爾汝。生成傲骨容狂語。市散歸來沽酒煮。長歌處。月明醉脫蓑衣舞。

# 呂采芝 字壽華、江蘇陽湖人、趙鏞謨室、有秋笳詞一卷、

## 浪淘沙 春夜

鑪裊麝香濃。花影重重。夢醒欹枕意還慵。試問海棠知道否。昨夜東風。　憔悴鬢雲鬆。蹙損眉峰。銜泥雛燕覓芳蹤。無那新愁愁怎解。明月簾櫳。

## 如夢令 柳絮

搖漾碧空如霰。又被東風吹綻。落處比輕塵。生怕惜花人見。撩亂。撩亂。疑是謝家庭院。

# 黃婉璚 字葆儀、湖南寧鄉人、本騏女、適歐陽、有茶香閣詞、

### 楊柳枝

寂寞閒階夜悄時。漏遲遲。傳秋一葉井桐知。雨如絲。　殘夢闌珊人倚醉。釵斜綴。香銷瑞腦冷金猊。畫簾垂。

### 滿庭芳　江樓晚眺

雲擁遙青。山拖殘碧。暝色飛上層樓。柳絲搖夢。分綠掛簾鉤。何處書傳錦字。南來雁、聲斷蘋洲。蕭疎甚。煙淒岸樹。蒼染半江秋。　凝眸。天渺渺。帆搖楚尾。心遠吳頭。算多少征魂。空載扁舟。怕聽湘騷寫怨。銷不盡、香草風流。蒼茫裏。愁痕界破。飛起一汀鷗。

## 汪衡

字采湘、浙江仁和人、許礪卿室、有紅豆軒詩詞稿、

### 百字令　題畫扇寫玉人和月折梅花詩意

蒼苔凝望。把姮娥喚起。涼侵鴛瓦。小摘瓊枝驚睡蝶。絕勝羅浮仙畫。冷逗冰魂。寒移素魄。補到闌干罅。瑤階獨立。暗香輕襲羅衩。　遙盼玉鏡團圞。幻成雙影。扶上秋千架。葱指瓐瓏紅袖薄。一笑拈來盈把。倦倚春風。斜臨淺水。占盡江南夜。疎林月澹。滿亭清意如瀉。

## 戴珊

字衣仙、號虹橋女史、浙江錢塘人、梁傳系室、有廡下吟、附詞、

### 踏莎行

繡倦憑欄。槐陰正午。榴花窗外飄紅雨。閒將綵綫綰離愁。誰憐枉結同心縷。　竹影搖涼。荷風拂暑。年年此日偏羈旅。舊時飛燕到簾西。含愁欲對愁人語。

## 沈芳

字夢湘，江蘇吳縣人，顧昌賢室，有寂寥詞。

### 長亭怨　秋柳

斷魂處，冷煙疏雨。遠岸斜橋。亂垂殘縷。漫說風流。可憐不是舊張緒。春前曾記。向鏡裏，描眉嫵。換了好繁華，更瘦減，腰肢難舞。　秋暮。剩殘蟬留戀。葉底抱吟淒楚。鶯梭燕剪。恨拋卻，青青都去。最怕聽，唱徹陽關，又句起，離愁如許。過幾點蘆花，休認長條飛絮。

### 綠意　春草

濃連水色。弄嫩晴苒苒。青偏南陌。別去王孫。愁滿天涯。細雨又逢寒食。銷魂最是汀洲路。有翠袖，蘼蕪同拾。記送行，此地曾經，古道尚嘶金勒。　珍重登樓望遠。亂紅點綴處。還襯游屐。鬭罷纖纖，小巷人歸，但見煙痕狼籍。餘香不斷斜陽瘦。影幾度，蝶尋蜂覓。想晝間，夢繞池塘，好試謝家吟筆。

### 念奴嬌　落花

香銷玉減。又東風斷送，輕紅撩亂。誰倚湘簾彈粉淚。一霎閒階吹滿。天上瓊宮。人間金屋。豔色難常戀。飄零如許。杜鵑深夜啼斷。惆悵薄命生成。韶華逝水。夢裏人難喚。曾怕寒欺圍錦帳。又替花愁春短。忍拾殘脂。慵尋碎佩。獨立深深院。多情明月。照來離恨何限。

## 熊象慧 字芝霞、安徽潛山人、吳栻室、有紫霞閣詞、

### 西江月 落花

幾陣摧花雨過。亂飄茵溷誰憐。雙飛燕子畫簾前。銜得殘紅一片。　庭草依然凝碧。愁腸宜付吟箋。也知轉眼又明年。怎奈此情難遣。

## 項紉 字祖香、浙江錢塘人、

### 木蘭花慢 詠蝶

整翩翩粉翅。愁燕子。怯鶯兒。向細草闌干。游絲庭院。雙宿雙飛。腰肢。瘦來一搦。愛紅香、影裏鎮相隨。花底可憐蹤跡。夢中何處天涯。　深閨。風景正芳菲。長自傍簾幃。早倚窗人見。繡上羅衣。依依。似嫌春晚。更幾番、縈繞綠楊枝。忍把泥金小扇。等閒追過牆西。

## 鮑淑媚 字詠洲、安徽歙縣人、程惠川室、

## 臨江仙

寶篆煙微香細細。繡餘閒倚銀屏。郎來帶到月華明。海棠枝上。一半碧雲橫。　相對吟詩詩未穩。窗前花影亭亭。隔牆何處度歌聲。簾兒下了。還恐峭寒生。

# 左白玉

字小蓮、江蘇陽湖人、輔女、常熟言良鈞室、有餐霞樓軼稿詞附、

## 菩薩蠻　白蓮

翠雲重疊煙明滅。胭脂洗淨團香雪。已是厭紅妝。還愁似六郎。　無情天欲曙。啼盡淸江露。幽恨竟誰知。月明香滿池。

# 袁毓卿

字子芳、江蘇陽湖人、金士麟室、有桐陰書屋詞、

## 如夢令

夢壓鸞衾初醒。睡起玉釵慵整。門掩篆香殘。斜日畫堂人靜。風緊。風緊。吹皺一簾花影。

## 高陽臺

細雨催花。嫩寒鎖夢。醒來還帶餘酲。倦試單衣。那堪又近淸明。雲屏寂寞秋千冷。早啼殘、窗外流鶯。怕梁間。燕子歸來。蹴損紅英。　愔愔天氣昏昏過。正枌榆社散。烽火心驚。賦到江南。誰憐蕭瑟蘭成。柳綿不管

華年換。尚依然、撲向簾旌。更銷魂。畫徧闌干。添倍淒清。

## 韓芸章

### 玉樓春

華竹樓文桓嘗經鳳皇山麓、得牙牌於樵子家、廣一寸二分、徑二寸、額鐫芝草、一面折枝荔支、一面玉樓春詞、制作極精、字畫亦淳古可愛、按詞係北宋魏國公賈文元昌朝所作、題款子明、即其字也、當是汴京宮人攜此南渡、墜失於荒烟蔓草間、經山樵拾得者、拓本裝册、同人賦之、用元韻、

芙蓉樓閣知何處。日落秋蕪聞蟀語。砑光滑笏琢新詞。汴柳當年題夢絮。　鈿抛珮冷怱怱去。定有銅仙飄淚雨。一般魚椀出人間。誰問玉鉤斜畔路。

## 陳紫婉

字桐生、浙江海鹽人、

### 虞美人　詠水仙

湘靈解佩淩波去。都是留春住。替他歡喜替他愁。也並梅花一處夢羅浮。　天生修潔天生冷。小坐明妝靚。十分香孕碧琉璆。除卻窗前明月沒人知。

## 錢清婉

字韻梅、江蘇吳江人、陳希恕室、有攤月樓詩存、附詞一首、

醉太平

涼雲影流。新蟾影浮。有人今夜紅樓。唱纖纖兩頭。　吟燈早收。吟毫倘留。要人眉樣重修。學彎彎一鈎。

## 吳清蕙

字佩湘、江蘇元和人、彭南屏室、有寫韻樓詞草一卷、

蝶戀花

自別蘇臺春色遠。萬縷千絲。那得重相見。絮影漫天飛歷亂。東風著意吹難轉。　玉井瓶沈音信斷。芳草多情。綠過長洲苑。明月曾窺當日面。畫梁空賸銜泥燕。

## 呂承婍

字子奇、江蘇陽湖人、湯成烈室、

瑤花　霧淞

吹簾風峭。樹樹玲瓏。攪絮痕多少。曈曈日上。薄霧捲、放出碧天晴皎。黏枝綴葉。認玉蕊、珠光相照。算等閒、妝點園林。便做花看都好。　淩寒瘦影亭亭。想冷絕青娥。描來粉稿。梅花香沁。隱約處、自有仙靈縹緲。爭禁搖落。似鏡裏、春人易老。恰惜他、不耐東風。一霎和雲收了。

## 呂季安

高陽臺

玉琯吹春。濃雲閣雪。暗香初傍霜毫。如此幽棲。輕顰底上眉梢。琅玕待刻珍珠字。怕冰姿、著意難描。映疏寮。箋展紅霞。袖展青綃。　江南芳訊今何似。鎮鬟煙蛩雨。愁倚瓊簫。夢繞江村。一枝細認溪橋。何時眞向圖中坐。倩長娥、詩句重敲。漫魂銷。亞字闌低。心字香焦。

## 顧　春

字太清、滿洲西林氏、貝勒奕繪室、有東海漁歌四卷、

早春怨　春夜

楊柳風斜。黃昏人靜。睡穩棲鴉。短燭燒殘。長更坐盡。小篆添些。　紅樓不閉窗紗。被一縷、春痕暗遮。澹澹輕煙。溶溶院落。月在梨花。

醉翁操　題雲林湖月沁琴圖

悠然。長天澄淵。渺湖煙。無邊。清輝燦燦兮嬋娟。有美人兮飛仙。悄無言。攘袖促鳴絃。照垂楊、素蟾影偏。　羨君志在。流水高山。問君此際。心共山閒水閒。雲自行而天寬。月自明而露溥。新聲和且圓。輕徽徐徐彈。法曲散人間。月明風靜秋夜寒。

霜葉飛　和周邦彥片玉詞

萋萋芳草。疏林外。月華初上林表。斷橋流水暮烟昏。正夜涼人悄。有沙際、寒蛩自繞。星星三五流螢小。見

白露橫空。那更對、孤燈如豆。淸影相照。　昨夜夢裏分明。遠隨征雁。迢遞千里難到。西風吹過幾重山。悵故人懷抱。想籬落、黃花開了。尊前誰唱淒涼調。應念我、凝情處。聽雨聽風。恨添多少。

### 珍珠簾　本意

濛濛未許斜陽透。蕩參差、一片縠紋微縐。閒煞小銀鉤。度困人長晝。落花飛盡絮。任幾處、鶯聲輕溜。依舊。此好景良辰。也能消瘦。　多少苦雨酸風。障游蜂不入。晴絲難逗。雲暗曲房深。聽轆轤銀甃。隔住紅燈花外影。淸露下、香濃金獸。偏又。到月照流黃。夜涼時候。

### 浪淘沙　登香山望昆明湖

碧瓦指離宮。樓閣玲瓏。遙看草色有無中。最是一年春好處。烟柳空濛。　湖水自流東。橋影垂虹。三山秀氣爲誰鍾。武帝旌旗都不見。鬱鬱蟠龍。

## 談印梅　字緗卿、浙江歸安人、孫亭崑室、有九疑仙館詞、

### 如夢令

笛裏梅花三弄。燈下吟肩雙聳。倦倚繡屏寒。卸却釵頭幺鳳。珍重。珍重。驚破一簾春夢。

### 滿江紅　題廬山眞面圖

霧裏凝眸。遙指點、靑攢紅簇。渾不識、匡山遠近。廬山面目。峽口雙龍波底吼。峰前五老雲中矗。羨此間、風

景異人間。康王谷。停遊屐。溪橋熟。漾帆影。春江綠。愛蓮花嶺下。堪留信宿。王粲新添懷古句。步兵不作窮途哭。待船頭、冷月向東升。吹黃竹。

## 楊瑾華

字映蟾、江蘇陽湖人、慈谿岑雲鶴室、有杏花山館詞、

### 奪錦標　杜鵑花

新綠成陰。啼鵑聲裏。恰好花繁似錦。折向吟窗賞玩。嬌妒榴裙。豔過珊枕。念韶光易晚。恐春去、頓添新恨。屬東君、護惜芳華。莫使雨風摧損。　開徧枝頭濃潤。一片丹霞。又記鶴林仙境。爛漫千房挹露。宮燭凝光。曉陽留影。願朱顏久駐。占年年、三春好景。更朝來、掩映晶簾。暗助玉臺新詠。

## 楊璿華

字蘊蕁、江蘇陽湖人、適宜興徐氏、有聽秋聲館詞、

### 清平樂

晝長人倦。寶鴨沈烟煖。檻外閒雲和夢捲。寂寞綠陰深院。　愁多懶整花鈿。酒醒猶是慵眠。鶯燕已銜春去。空餘長日如年。

## 錢令芬

字冰仙、浙江山陰人、江女、戴燮元室、有竹溪漁婦詞、

憶王孫

風疏雨細鳥聲闌。花信頻催到牡丹。幾回斜倚玉闌干。怯衣單。不分春陰如許寒。

## 陸　惠　字璞卿、一字又瑩、江蘇吳江人、張瀞室、有得珠樓箏語、

浣溪紗　十月十九夜寒甚、寄夫子客中、

檐鐸郎當雁語孤。霜風走葉柝聲粗。可憐情味倩誰摹。　一點寒燈挑不起。兩行清淚滴將枯。問君此境似儂無。

憶舊游　題五湖漁莊圖

指湖光、一抹巒翠雙螺。縹緲堪尋。天末迷離影。賸濃雲擁絮。隔斷煙岑。卜居水竹何處。遐想碧波深。便畫出巢痕。訪來詩境。煞費仙心。　沈吟故鄉路。歎樹杪斜陽。誤了歸禽。驀向圖中見。有鷗眠遠渚。鷺立寒潯。漁莊似此清劇。未許點塵侵。試卷上疏簾。西山爽氣涼到襟。

## 李　媞　字安子、號吏香、江蘇上海人、桐城方傳烈室、有猶得住樓遺稿附詞、

水龍吟　白蓮

羞他澹粉濃脂。朝天虢國綃衣素。水光似鏡。紅妝多少。見伊生妒。不合時宜。喜無人折。翠雲深護。羨如冰

如玉。泥根偏潔。餘一點。芳心苦。　晶琖盈盈承露。月明中、渾無覓處。歎生塵世。阿誰識得。空能解語。顧影呼卿。不勝幽恨。聰明反誤。料多情只有。嫦娥夜夜。照淩波步。

## 李佩金

字紉蘭、一字晨蘭、江蘇長洲人、虎觀女、山陰何仙帆室、有生香館詞一卷、

### 菩薩蠻　秋夜書懷

冰輪碾破遙空碧。砧聲敲冷相思夕。望斷雁來天。瀟湘煙水寒。　玲瓏花裏月。知否人間別。一樣去年秋。如何幾樣愁。

### 金縷曲　癸亥暮春初九夜見月、懷林風畹蘭於吳中、時予將赴中州、感賦此解、

月照梨花白。背銀屏、疏檠黯澹。薄寒猶怯。烟暝星搖青欲墮。幾樹香桃紅溼。恰正是、銷魂時節。夢影迷離歸路遠。聽啼鵑、染遍春山碧。飛不度。滄江闊。　柔腸細綴丁香結。想于今、去原有恨。住還無益。兩地相思終不見。何似翻然輕別。怕此後、更無消息。一點墨痕千點淚。看鸞椾、都漬殷紅色。數虬箭。四更徹。

### 百字令　新秋卽事

嫩晴庭院。見餘霞散綺。明河清淺。茶沸瓶笙香浥浥。剗地涼風似翦。燈暈孤青。窗搖瘦碧。夜色屏紗澹。井梧墮葉。飛來滿紙秋怨。　忽聽鈿釧聲聲。隔牆吹度。離思天涯遠。閒煞碧闌干外月。逗影潛窺銀蒜。病不禁秋。愁多怯夢。心較癡雲嬾。無聊吟罷。羅衫淚點猶泫。

## 金縷曲 闌干

梵字隨花轉。正銷凝、孤鴻影裏。斜陽庭院。一桁翠簾波瑟瑟。依約隔花曾見。渺天際、嬌雲弄晚。背立東風空徙倚。奈離愁、曲曲都縈滿。認千點。啼紅怨。　低徊怕向閒池館。賸依然、杏梁雙燕。惜春微嘆。寂寞海棠紅暈近。只是看花人遠。再輭踏、苔衣尋遍。十二碧城天似水。嵌玲瓏、夜月春痕淺。又試拍。輕魂喚。

## 蝶戀花

記得黃昏眈靜坐。籠柳嬌花。春恨吟難妥。珠箔飄燈風婀娜。四圍碧浪春痕鎖。　譜就紅鹽蘭燭墮。擊碎珊瑚。唱徹誰人和。提起閒愁無一可。淚絲彈瘦緗桃朵。

# 王倩

字雅三、號槑卿、浙江山陰人、陳基室有洞簫廔詞一卷、

## 疎影 徐孏雲明經索畫梅爲贈題此誌愧、用玉梅影詞韻、

繁枝浸月。記空山作伴。夢也幽絕。底事東風。催送春歸。彈指不堪攀折。美人天遠相思甚。怎排遣、酒醒時節。試替伊、貌出橫斜。一抹烟痕明滅。　君是徐熙儔侶。墨花香濺處。絕代高潔。那便傾心。索畫前身。玉笛頻頻吹徹。笑儂萬事看如水。只愛覓此中生活。挂銀屛、莫訝清寒。冷褎久成冰雪。

## 南浦 秋水、用張玉田韻、

一色遠連天。最消凝、江上日斜烟曉。倒影浸芙蓉。澄鮮極、豈待鯉魚風掃。楓灣柳港。星星紅露漁燈小。惆

悵楚魂招不起。零落幾多香草。　者回夢度瀟湘。訝沙清石淺。比前退了。打槳入蘆花。谿橋斷、偏有鷺鷗尋到。予懷渺渺。浮家人去烟波悄。那更霜濃洲渚冷。漸漸采菱船少。

## 王長生　字畹蘭、江蘇吳江人、

### 生查子　送春同楊芷雲姊作、

杜宇一聲聲。似怪花無語。宛轉告愁魂。且自隨春去。　垂柳畫樓陰。翠滴絲絲雨。芍藥喚將離。怎肯留春住。

## 郭慧娭　字佩芳、江蘇吳縣人、蔣澐室、有鳳池仙館詞、

### 南鄉子　聞笛

隔院度紅腔。細逐宵風轉曲廊。四顧無人蛩語歇。微涼。惜少歌喉囀泰娘。　夜色照瑤窗。酒盞猶溫月過牆。雨被蟬琴彈住了。梅黃。又報梅花落楚江。

## 蔣仁　字釧師、江蘇吳縣人、

### 孤鸞　閨怨

畫屏依遍。慨黛溼香螺。雙眉難展。薄病懨懨。又是楚風庭院。苔侵襪羅沁碧。逐纖塵、柳腰嬌顫。爭忍瘦紅飛盡。訴從前恩怨。　任刺桐枝上翠禽喚。奈珠絡香消。海霞催晚。寶鏡慵開。說甚鬢蟬釵燕。可憐墜歡一夢。夢初醒、怕歌紈扇。惆悵葳蕤靜鎖。更暮雲零亂。

## 江淑則

字閬仙、江蘇昭文人之升女、俞鍾綸室。有獨清閣詞一卷、

### 踏莎行　春夜

新月娟娟。花陰沈靜。夜深獨自穿芳徑。金鈴犬吠悄無人。池塘涼浸春星影。　引起詩魂。吟懷誰省。隔林宿鳥枝頭警。不教幽夢落銀牀。香篝露濕蒼苔冷。

### 清平樂　梅花雪

高低玉屑。點綴成雙絕。冷落柴門撐傲骨。漠漠暗香飛越。　光華一片清寒。只容幽客盤桓。戲撚疏英細嚼。居然當得晨餐。

### 東風第一枝　柳絮

拂水成蘋。隨花吹淚。韶光欲繫難住。漫疑晴雪飄香。豔說謝庭詠句。尋芳漸懶。怪小巷、綠陰如許。向樹底、亂撲輕煙。腸斷踏歌人去。　空倚偏、繡簾綺戶。難忘是、寶煙翠羽。落紅猶積谿橋。那得一般解語。離懷正苦。莫誤認、鬢絲添素。更杜宇、催送春回。幾點弄愁疏雨。

一枝春　春雨

竹弄輕寒。又簾纖、釀出離愁多少。香車待覓。小徑溼煙難掃。蕭條院宇。漸綠長、滿階芳草。空自望、千里行雲。雁足不傳書到。　黃昏最憐人悄。正疏簾半卷。一燈相照。十年舊事。頓使暗縈懷抱。寒衾倦聽。和鶯語、隔窗催曉。腸斷是、零落梨花。好春易老。

長亭怨慢　次步華夫人韻

正惆悵、綠迷烟樹。夢隔紅樓。暗愁如許。燕子銜花。此時春滿畫橋路。舊游難續。還只恐、流鶯去。獨自立蒼苔。記那日弓鞋同步。　延佇。怨東風易老。兩地錦箋慵賦。慨慨意緒。但鏡裏、恨添眉宇。閉閒門、暗數韶光。枉過了、幾番晴雨。又滿院濃陰。生怕蝶來都誤。

陳珍瑤　字月史、浙江歸安人、適楊氏、有賦鷀樓詞、

少年遊　送春

絮飛花舞。紅消香暗。樓外夕陽斜。庭院深深。簾櫳悄悄。春去到誰家。　夢回怕見梨花落。靜掩綠窗紗。不管鶯愁。任他蝶怨。閒坐讀南華。

蔣沁芳　字湘仙、浙江歸安人、

## 水龍吟　題謝疊山琴

攜來三尺枯桐，苔痕洗盡銘辭露。當年文節，麻衣掩泣，一彈再鼓。欲媿鷗波，欲羞蕉氏，壯懷如訴。任珠徽冷落，冰絃斷絕，誰與奏，采薇賦。　應是天教棄趙，溺厓山、被誰輕誤。半壁河山，六陵煙雨，空悲無路。茶坂風高，團湖月暗，憫忠潛赴。拋錦囊何地，延陵今得，朱絃南渡。

# 許孟嫻

字靚宜，江蘇常熟人，李春海室，有似山樓遺稿一卷，詞一卷。

## 邁陂塘　梅

問枝頭、一窩香雪，帶將春在何處。月明照澈花無影，可是玉魂來路。花不語。花只向疏簾、暗把寒香度。芳心自許。奈孤鶴忘歸，清宵誰守，賸有冷雲護。　消寒意，欲畫何如折取，春痕飛繞詩句。年來錯認東風好，風慣將花吹去。花且住。花好倩情絲、繡上相思譜。冰顏長駐。待春欲成烟，春歸如夢，重與縞仙遇。

# 王清霞

字湘波，江蘇青浦人，華亭顧夔室，有小鄉嬛室詩餘一卷。

## 浪淘沙　揚州

微雨洗遙峯，翠影溟濛。小桃收淚舞東風。隱約竹西聞鼓吹，廿四橋通。　何處一聲鐘，烟柳重重，水邊樓子一燈紅。今夜誰家明月好，玉笛聲中。

虞美人

飛飛鴉影濃於墨。天際欺孤客。夜深扶影上妝樓。忍看菱花分照兩邊愁。　一燈搖曳蓮枝冷。徹夜風威緊。翠幃愁寂繡衾單。小小薰籠怎抵恁般寒。

木蘭花慢　渡江

借東風助我。輕舵撥。峭帆張。趁浪盡沙沈。波平雲淨。鷺集鷗翔。汪洋。水流不斷。笑當年、鐵鎖付滄桑。賸有金焦兩點。曾窺幾代興亡。　蒼涼。水影浸篷窗。山影鎖斜陽。記玉局風流。中泠味好。清沁詩腸。端相。接天樹暗。只宵來、魂夢渡微茫。瞥見瓜洲晚渡。一痕月破雲光。

謁金門

推篷早。瞥見露桃花笑。昨夜雨餘芳草道。一園蝴蝶鬧。　遠岫雲開破曉。翠濕柳枝煙裊。一縷風來寒峭峭。夜來鄉夢少。

沈　蕊　字芷薌、浙江嘉興人、濤女、桐鄉勞介甫室、

霜葉飛　題介甫霜林覓句圖

萬山秋老。西風緊。冷楓紅入幽窅。白雲出岫本無心。有尋秋人到。悵千里、江南路杳。斷霞殘錦知多少。正樹影翻鴉。更雁帶寒聲。夕陽斜挂林杪。　相對飛瀑流泉。素懷似洗。一襟詩思清妙。身如野鶴自飄然。任

高歌長嘯。見幾處、澹煙衰草。亂蛩啼徧停車道。待策杖歸來。十幅吟箋。休教閒了。

## 甘州　題楊柳岸曉風殘月圖

正天涯酒醒客星孤。扣舷發清謳。漸微茫曉色。霜風乍緊。薄霧初收。江柳絲絲蘸碧。彷彿白門秋。回首關河遠。今夜扁舟。　悵望一丸瘦月。問何時變照。人在鄜州。倩萬重煙水。流夢度韓溝。歎年來、俊游未了。算閒情、都付與沙鷗。空贏得、偷聲減字。譜盡離愁。

## 玉女迎春慢　雪美人

衣織冰綃。妝初竟、悄立玉樓瓊戶。脈脈新愁舊恨。淚滴斜陽紅處。芳容難駐。怕弱質、不勝風露。前因曾悟。消得冶情。羞比飛絮。　亭亭獨對梅花。無言斂黛。似傳心素。好把聰明懺盡。莫化唐宮鸚鵡。月痕微度。更冷胃、一身香霧。雅韻天然。恐有隔窗人妒。

## 綠意　芭蕉簟

朱闌六曲。剪碧痕漾水。清潤如玉。八尺含風。莞蒻都拋。銀牀晝展幽綠。蛛塵幾度殷勤拂。看滑笏、琉璃光熟。算織成、一片回紋。略勝素心愁束。　猶記紗㡡夢醒。雨聲聽滴瀝。吹斷還續。午倦停鍼。靜倚閒眠。雅韻最宜窗北。憐他人影如秋瘦。怕寒逗、雪膚珠粟。愛月明、庭院鋪來。掩映數竿修竹。

## 趙我佩　字君蘭。浙江仁和人。慶熺女。錢塘張上策室。有碧桃館詞一卷。

霓裳中序第一　感懷君蓮、用草窗韻、

青山恨萬疊。蹙損雙彎眉上葉。愁似蠶絲寸結。更怕聽亂蛩。空階啼月。香消臂雪。賸紺紗、和淚留篋。傷心處、挑燈不語。忍把舊情說。　悽絕。鳳簫聲咽。嘆地下、芳魂易滅。相思無限悵別。儘拋卻湘奩。玉環瑤玦。素娥明鏡缺。早唱到、霓裳斷闋。從今便、夢中相見。瘦影化秋蝶。

探芳信　湖上探梅、追憶君蓮、用草窗韻、

趁清晝。好嶺上探芳。隄邊載酒。只玉波無恙。青山尚依舊。東風識得詞人面。笑比梅花瘦。怕重來、嫩綠成陰。亂紅飛甃。　何處笛聲驟。正夢醒烏篷。淚凝螺岫。湖水湖煙。相看斷腸否。劇憐冢畔香魂杳。往事空回首。感流光、又見春歸細柳。

霓裳中序第一　過舊居感賦、用草窗韻、

苔衣冷翠疊。亂石荒階飛敗葉。蛛網當門暗結。有古甃絮蛩。頹垣篩月。香羅膩雪。賸繡衾、和淚封篋。滄桑事、舊時燕子。輭語向儂說。　悲切。短歌聲咽。嘆轉眼、浮雲變滅。妝樓曾記賦別。怕覓當時。玉佩珊玦。唾壺敲又缺。早譜就、幽蘭怨闋。休重問、花前盟約。夢斷故園蝶。

臺城路　秋夜不寐、有懷昔遊、

玉笙吹徹無眠夜。桐陰半階煙暝。鬢亸雲鬆。眉彎月瘦。坐看燭花紅凝。銀濤萬頃。正簾卷秋河。倚妝人靚。目斷青鸞。星橋水沍碧空靜。　菱塘曾記汎艇。一肩荷露重。涼墮釵影。豔譜烏絲。香浮翠箋。繡檻宵來閑凭。鷗盟未冷。奈贏得清愁。幻成新病。梵磬圓催。甚時塵夢醒。

### 鷓鴣天

密織魚鱗百尺篷。綠陰陰裏小簾櫳。水窗涼透菰蒲雨。月榭香生菡萏風。　眉斂翠。頰銷紅。病餘鸞鏡掩青銅。晚來誰弄陽關笛。吹出垂楊古苑東。

## 吳巽　字道嫻、浙江嘉興人、鄭聯室有二分明月閣詞、

### 鵲橋仙　花朝、次宋人韻、

紗窗雨濕。梅花香細。簾捲曉妝深院。峭寒特地掩春光。數過了、春光未半。　佳辰空負。好天誰借。或恐晝橋人怨。迷離烟霧幾時收。卻又誤歸來梁燕。

## 居慶　字玉徵、廣東番禺人、賀縣于丹九室、式枚母有宜春吟草、

### 摸魚兒　題倪耘劬野水閒鷗館圖

任栖遲、草堂幽絕。一泓秋水如鏡。浮沈自有忘機樂。到此俗塵俱淨。清夢穩。喜朝來、昂頭舉笏看山近。安排吏隱。試笑問山靈。水泉清濁。可有白鷗省。　名區好。難得詞人管領。天然觴詠佳境。方城才調藍田趣。消受波光雲影。吟眺永。聊偃息、神仙稱尉風流甚。焚香試茗。算高詠溪山。閒談風月。此外總休問。

## 居文

字瑞徵、廣東番禺人、

### 眼兒媚　爲倪耘劬題珠江夜泛舟圖

金樽檀板泛青翰。璧月漾微瀾。勝遊傳遍。詩留烟墨。圖寫霜紈。　而今風景滄桑異。賸向畫中看。海珠何處。平鋪湘水。簇卻君山。

## 何慧生

字蓮因、湖南善化人、臨桂龍啓瑞室、有梅神吟館詞集一卷、

### 浣溪紗　七夕

簾捲西風月似鉤。數聲征雁度妝樓。身如弱柳豈禁愁。　幾片輕雲猶帶雨。半庭黄葉乍驚秋。畫屏閒倚望牽牛。

### 青玉案

垂楊無計留君駐。儘目送、班騅去。倚劍天涯偏歲暮。驪歌一曲。傷心南浦。明日知何處。　人間只有情難訴。夢裏關山斷腸路。最是雲屏添別緒。銀釭四壁。夜來風月。省識相思苦。

### 浪淘沙　思親

紅葉滿青山。雨後生寒。數聲征雁度鄉關。客路長途多少淚。羅袖難乾。　衰草漸闌珊。離思千般。浮雲出

岫幾時還。憑仗西風吹恨去。莫在眉彎。

## 浪淘沙　寄外

微雨打扁舟。天氣初秋。最難爲客五更頭。回首家園何處也。夢繞秦樓。　倚枕聽江流。雁唳蘆洲。離情如水幾時休。誰似鴛鴦蓮葉上。不解離愁。

# 趙韻卿　號悟蓮、江蘇武進人、吳縣潘曾瑩室、有寄雲山館詞鈔二卷、

## 卜算子　春暮

門掩綠楊風。靜聽梨花雨。芳草池塘漲碧波。點點沾飛絮。　雙燕語呢喃。似惜春歸去。小立簾鉤蹴落紅。銜入香巢裏。

## 浣溪紗　秋夜待月

秋到深閨夜氣涼。捲簾徐步繞迴廊。隔牆吹過木樨香。　月影嬋娟花漸瘦。蛩聲啾唧漏偏長。露華如水浸羅裳。

# 左錫璇　字芙江、江蘇陽湖人、武進袁績懋室、有碧梧紅蕉館詞一卷、

## 燭影搖紅

向晚春寒。羅衣不奈東風冷。屏山寂寂帶斜陽。但見鴉成陣。檻外落梅如粉。又忽忽、清明相近。桃花依舊。碧水自流。海棠未醒。　酒宿燈昏。無聊怕到黃昏靜。月明倚徧曲闌干。少箇年時影。柳外離鴻相應。悵因循、歸期未定。伯勞東去。歸燕西飛。此情誰省。

## 小重山

天半疏星澹欲流。小庭人不至、月如鉤。晚涼如水露華浮。微風動。花影碎難收。　雁字過南樓。聲聲啼別怨、助離愁。乘槎我欲覓歸舟。凝眸望。何處是皇州。

## 水調歌頭　小除夕

離合自今古。斬不斷情關。東流流水不盡何日復西還。欲借吳鉤三尺。埽淨邊塵萬里。巾幗事征鞍。多少心頭恨。清淚不勝彈。　酒樽閒。人影瘦。夜燈寒。不知今夕何夕獨醉不成歡。人世悲歡不定。歲月一年已盡。無語倚闌干。風雨荒郵夜。歸夢到長安。

## 解珮環　梅爲風雨所敗、感而作此、

夜來風雨。悵小園梅蕚。飄墜無數。纔見花開。又見花飛。轉瞬便成塵土。但教落去人知惜。更何必、重幡深護。祇愁他、沒箇知音。枉自魂銷千古。　日暮凭高不見。嘆繁華似夢。韶光迅羽。乍雨乍晴。輕暖輕寒。種種惱人情緒。天心到此應難問。慢惆悵、留春不住。看枝頭、點點殘英。空剩寒香一縷。

## 左錫嘉 字冰如、一字小雲、號浣芬、江蘇陽湖人、華陽曾詠室、有冷吟仙館詩餘一卷、

### 雙雙燕 秋燕

一年過半。正花底栖遲。又逢秋社。商量軟語。欲別也應難捨。閑煞風廊月榭。更那覓、當時王謝。西風去忒悤悤。海屋相思空惹。　生怕。淒涼客舍。似倦羽低飛。自春徂夏。天涯人遠。紅雨淚曾輕灑。應待明年杏嫁。許依舊、雕梁棲借。須知盼爾歸來。肯把畫簾早下。

## 錢瑗 字玉爰、順天宛平人、符祚女、有小玲瓏舫詞一卷、

### 長亭怨慢 題帝女花院本

問何事、興亡重譜。爲惜瓊花。慘遭風雨。幾點殘山。倩誰來畫舊眉嫵。杜鵑啼苦。家國恨、從頭數。缺陷總難償。合付與傷心人補。　三五。算華年草草。併向亂離中度。忽忽去也。夢不到、舊時宮樹。倩絮影、替寫愁痕。又生怕、斜陽無主。祇一縷情絲。還被犀簾鉤住。

## 黃蘭雪 字香冰、江蘇宜興人、伍楊燦室、有月珠樓詞、

### 高陽臺 秋曉

高樹含烟。涼花滴露。碧天澄澈如波。促織聲停。知人嬾擲金梭。風前幾度凝眸立。算愁心、無奈秋何。漫樓頭。羸得遙峯。學斂雙蛾。　香消寶鴨雲屛掩。早寒生楚簟。扇卻輕羅。欲覓餘芬。池邊但有殘荷。爭春舊館聽鶯處。料而今、綠滿庭莎。忍憑闌。數盡飛鴉。盼斷明河。

## 百保

字友蘭、薩克達氏、滿洲旗人、延祚室、有冷紅軒詞一卷、

### 浣溪紗　春夜即事

梨影溶溶小院幽。秋千閒挂綠楊稠。微風輕曳繡簾鉤。　月色冷臨金屈戌。花枝低拂玉搔頭。紫簫閒按小揚州。

## 楊琬

字佩貞、江蘇無錫人、嫠生女、秦恩普室、有選雲樓詞、

### 點絳脣

小雨初收。野波淸淺明如鏡。荻花千頃。細響穿幽徑。　半杵晨鐘。欲被風吹冷。聽來近。寺藏松頂。玉塔玲瓏影。

## 吳藻

字蘋香、浙江仁和人、適黃氏、有花簾詞、香南雪北詞各一卷、

## 清平樂

一庭苦雨。送了秋歸去。只有詩情無著處。散入碧雲紅樹。　黃昏月冷烟愁。湘簾不下銀鉤。今夜夢隨風度。忍寒飛上瓊樓。

## 木蘭花慢　擬草窗

明湖千萬頃。正春曉。鏡匳張。看日腳烟浮。魚天漲碧。鷗夢迷香。橫塘。鈿車繡幄。趁流蘇、髻子鬱金裳。空翠遙分鬟影。亂紅低颭釵梁。　垂楊。嫩綠迴黃。開燕剪。弄鶯簧。認第三橋外。花驄慣識。酒市深藏。怱忙。畫船去也。漸鐘催、暝色入斜陽。銀鑰重關乍掩。半山皓月飛光。

## 月華清

柳稚勻黃。梅嬌墮粉。綺櫳春暗如霧。曉鏡圓冰。羞見遠山眉嫵。計芳信、逝水年華。疏俊侶、畫船簫鼓。輕誤。問舊時羅袖。淚痕紅否。　棐几重尋笙譜。說鬭草無心。減蘭空賦。燕去塵梁。强半繡簾香阻。玉纖冷、怨寫琴絲。銀燭短、悶敲釵股。遲暮。又碧雲四合。晚陰窗戶。

## 探春　落燈後四日、夢蕉兄招同西溪探梅、

料峭風痕。微茫雪意。嫩晴天氣春曙。水曲環花。舟輕泛葉。棹入空明深處。枝北枝南路。一半與、秋蘆分住。欹斜淡墨吳箋。冷香清沁詩句。　回首鈿車曾駐。記寒碧西湖。壓波千樹。皴玉肌膚。夢雲身世。偷眼翠禽無語。橫竹吹來未。怕仙珮、縞衣飛去。待過芳期。綠陰愁聽疏雨。

風流子

闌干十二曲重回首、爭忍酌金卮。悵昨夜雨疏。今朝風驟。落花小徑。飛絮平池。餞春會。離歌三兩闋。添譜懊儂詞。芳草有情。綠應如此。夕陽無主。紅不多時。　韶華歸何處。垂楊繫不定。還裊煙絲。一霎人間天上。香冷雲癡。近黃昏院落。湘簾半卷。玉階小立。數徧胭脂。腸斷數聲啼鳥。都在空枝。

陳蘊蓮　字慕青、江蘇江陰人、陽湖左晨室、有信芳閣詩餘一卷、

摸魚兒　題周溫甫烟波泛棹圖

寄豪情、茫茫大地。商量遺興何處。軟紅十丈徒紛擾。只合烟波同住。心暇豫。趁一棹空濛、領略滄浪趣。漫斟綠醑。看青嶂重重。輕鷗片片。隨着畫橈去。　才人筆。幻出高人意緒。傳來清境如許。春江匹練開懷抱。箇是神仙伴侶。儘延佇。十二萬年間、幾輩能容與。夢魂栩栩。想賀監當年。鏡湖烟月。似向此中遇。

范淑　字性宜、江西德化人、匯川女、有憶秋軒詩鈔、附詩餘、

一斛珠　秋晴

秋心無有。新晴遍啓閒窗牖。病餘惜別園林久。滿地花陰。這是別離後。　風送菊花香似酒。霜林果熟紅堪剖。關心明日還重九。斷石疏籬。有句能佳否。

## 張振芬 字澹香、浙江人、

### 賀新涼 閨情

深院清如許。透湘簾、涼颸拂拂。漸消炎暑。金井乍飄梧桐葉。愁聽瀟瀟細雨。更砌角、寒蛩淒楚。漸近黄昏饒惆悵。看秋雲、淨捲無纖縷。涼月色。照花塢。　簫聲斷續來何處。倚闌干、徘徊半餉。儘添情趣。愛惜海棠儂心事。紅影一枝帶露。渾不減、三春眉嫵。小立一回香飄散。悄無人、相對花無語。蓮漏盡。去還佇。

## 戴　錦 字綺江、浙江歸安人、烏程張金笙室、有焚餘草、附詞、

### 如夢令 春夜

波弄一池風皺。香滯小鑪煙瘦。月上半闌干。夜靜只聞更漏。依舊。依舊。人立黄昏時候。

## 陳星垣 字仲奎、江蘇上元人、宿遷何忠萬室、有秋棠軒詩詞草、

### 減字木蘭花

年年團扇。玉顏愁絶秋風換。添了吟蟲。幾簇幽花颭冷紅。　遙情萬里。天遠欄杆人獨倚。半臂須催。月滿西樓待雁回。

## 錢湘

字季蘋、江蘇武進人、趙仁基室、有綠夢軒遺詞一卷、

### 惜餘春慢　春草

剗盡還生。拔餘不死。只有春來芳草。含煙襯碧。帶雨浮青。消盡三冬枯槁。何事萋萋滿庭。惹蘚縈苔。更無分曉。儘教他生意濃添。羅襪不曾輕到。　還又向、斜日樓頭。浮雲檻外。遙望晴痕一道。花驄去後。油壁來時。今古離愁多少。試問長亭短亭。芳意年年。幾時纔了。只愁他、綠徧天涯。不管閒庭人老。

### 摸魚兒　庭有雙桂年來憔悴甚矣、感賦、

記年時、空庭桂樹。無聲暗濕涼露。霏霏金粟黃千粒。吹滿一庭香霧。抛繡譜。只此是、秋風秋雨憑闌處。年華細數。看此樹婆娑。斜陽重倚。舊夢總無據。　禪心悟。試問天香幾度。閱人青鬢成故。一枝倦付人間賞。似擬小山隱去。花且住。還只怕、秋江人去秋無主。一尊酹汝。聊共對銀蟾。濃添金粉。莫便歎遲暮。

## 凌祉媛

字茝沅、浙江錢塘人、丁丙室、有翠螺閣詩集、詞附、

### 浣溪紗

柳絮飄零滿徑飛。酴醾落盡雪霏霏。一年花事又將離。　坐樹啼鶯窺鏡檻。銜泥飛燕蹩簾衣。無人庭院

綠陰肥。

洞仙歌　朔風釀寒、斜陽無信、花飛成陣、梅冷洌香、斗室圍爐、疑在瓊樓玉宇中也、媿無謝女淸才、殊辜負此景耳、

凍雲撥墨。正釀寒時候。六出飛花滿巖岫。似瑤臺仙子。碎翦瓊霙。看頃刻、世界琉璃裝就。　玉龍誰喚醒。起舞迴風。鱗甲紛紛撲窗牖。消息問南枝。漏洩春痕。笑梅影、也如人瘦。且獨擁熏鑪、倚妝臺。道日暮天寒。早停鍼繡。

# 萬　鈿

字淑娫、江西南昌人、

滿江紅　題黃韻甫帝女花院本傳明季坤興宮主事

殘照西風。渾不見、漢家陵闕。更堪傷、瓊蕤珠蕊。一般摧折。家國空悲田換海。親庭不奈金寒玦。痛餘生、何處認離宮。娥臺堿。　春繭恨。絲難絕。銀燭淚。啼乾血。歎吳門鶴去。秦樓簫咽。眼底新歡人倚玉。心頭舊怨禽銜石。比樂昌、破鏡强重圓。圓還缺。

# 趙　棻

字儀姞、一字子逸、號婉卿、晚號善約老人、江蘇上海人、秉沖女、烏程汪延澤室、有濾月軒詞一卷、

蘭陵王　潯酒

一溪碧。環抱西吳釀國。春波滑、新泛綠醅。化作眞珠小槽滴。鵝黃好顏色。招得。高陽醉客。茅簷外、靑颭杏帘。明月淸風兩橋側。　壺觴感今昔。記少小評量。秦黍燕秫。醉鄉日月頭將白。恁滿引村酌。麴生淸味。晃花蟻蕊總不敵。有名士標格。　岑寂。翠樽泣。只日飲袁絲。曾詡歡伯。詩仙俊賞難重覓。奈土銼愁煮。瓦盎狂吸。風流公瑾醞藉處。更孰識。隨園食單以紹興酒爲名士、又謂潯酒似紹興酒而淸冽過之、

金明池　震澤王研農藏河東君書鎭靑田石、高寸餘、刻山水亭榭、款云倣白石翁筆、小篆五字、面鐫崇禎辛巳暢月柳蘼蕪製十字、研農方搜輯河東君詩札爲蘼蕪集、將以付梓、適得此於骨董肆、云新出土者、自謂冥冥中所以酬其晨鈔暝寫之勞也、余見其拓本、因題此闋、卽用蘼蕪集中詠寒柳韻、

片玉飛來。脂香粉豔。解珮疑臨蘭浦。誰拾得、絳雲殘燼。歎緗帙、早成風絮。賸芳名、巧琢苕華。揮小草、依約芝田鶴舞。伴十樣濤箋。摩挲纖手。記否我聞聯句。　玉樹南朝霏淚雨。共紅豆春蘼。飄零何許。霑幾縷、綠珠恨血。只畫裏、山川如故。二百年、洗出苔痕。感詞客多情。爇膏辛苦。想蘇小鄉親。三生許認。試聽深篁幽語。河東君本楊氏、小字影憐、盛澤人、

遶佛閣　題雷約軒葆廉蓮社圖

鶴林淨土。香界結社。裙屐吟侶。三泖東滸。卻疑遁迹廬岑遠公住。粥魚飯鼓。金粟影裏。塵劫重數。瑤盞頻注。笑他愛酒柴桑喚難去。　憶昔弁峯頂。舌湧靑蓮留法炬。聞說俊遊攜笻曾久佇。想約踐嬉春。來幾新雨。世間今古。問白業因緣。殘衲能訴。更浮圖、一鈴幽語。

## 阮恩灤 字媚川、江蘇儀徵人、阮元孫女、錢塘沈霖室、有慈暉館詞一卷、

### 浣溪紗 吳江舟次

江北江南暮靄平。濛濛烟樹雨初晴。萬家燈火隔湖明。　風送歸雲棲斷嶺。星連寒月帶孤城。輕帆一刻過松陵。

何處幽人玉笛吹。聞隔岸笛聲 新愁遙寄落梅時。隔汀鷗鷺未教知。　江渚風濤羈客恨。水窗紋索女郎詞。夢回朱舫漏遲遲。

### 掃花游 自雲棲寺歸、泛舟西湖、游覽竟日、倚聲成歌、

萬篁徑裏。正翠滴籃輿。海霞初曉。寺門漸杳。更明湖瀲灩。鏡波迴抱。極目羣峯。百變雲容盡掃。晚春好。問堤柳舊栽。添種多少。先文達公撫浙時、濬西湖、曾命海塘兵剪柳三千餘枝、徧插蘇堤、并令逐年添插千枝、　何事贏懊惱。指絢碧亭臺。俊游曾到。謝墩自小。歎而今、賸有冷煙衰草。先文達公又於湖心積葑成堆、中建小亭、徧栽桃柳、杭人呼爲阮公墩、今圮廢有年矣、 無限悲懷。且聽鶯啼樹杪。日西了。儘徘徊、晚花池沼。日暮、舟抵湧金門、復游朱氏園、時丁香大放、

## 王素心 江蘇江都人、張積中女弟子、

冷入吳江。西風昨夜霜初透。亂鴉歸後。葉落秋山瘦。　說到題詩。往事空回首。眞僝僽。拋殘紅豆。愁緒濃於酒。

## 鄭　蕙　字茞仙、一字懷蘇、江蘇江都人、山陽程振室、

### 滿庭芳　留別夫君、用徐君寶妻韻、

三月煙花。二分明月。香車陌上如流。變來今日。犀甲帶吳鉤。何日甲兵雨洗。長驅入、迅掃貔貅。危城裏、天荆地棘。不是等閒愁。　長淮三百里。回頭一笑。夢也休休。幸分飛兩地。翻謝河洲。自顧此生安寄。問前生、著甚來由。只餘得、青燐碧血。何處十三樓。

## 秦　雲　字佩芬、浙江仁和人、蕭山丁文尉室、有媚晴樓詞、

### 齊天樂　題王獻篁明府小竹里館圖

三間臨水低低屋。柴扉正當溪口。聚影梢窗。團雲互石。百尺清泉飛溜。煙凝霧皺。把六扇文紗。青藍染透。畫幟疏櫺。此中知道有人否。　三竿兩竿風折。亂雲寒不掃。苔點濃繡。做不成煙。散還作雨。涼得夕陽都瘦。牽蘿未就。誰憶到天寒。有人羅袖。斜立西風。打簾黃葉厚。

## 臺城路 題蔣平伯茂才坦弢光紀游圖

小紅亭子清豁上。緣階自生秋草。亂竹飄泉。喬松閣雨。如綫長江橫繞。殘星曙早。漸煙火人閒。萬家青曉。風起潮音。布帆點點出林杪。　前塵回首如夢。荒涼苔蘚碧。沈沒丹竈。鐘影沈秋。茶聲過夢。猿鶴空山都老。湘簾下了。只一片寒雲。晚樓低到。獨倚危闌。亂林風自掃。

# 戚桂裳 字夢桃、浙江臨海人、學標女孫、黃巖王維哲室、有東鞶集一卷、

## 臨江仙 月夜弄笛

短笛良宵閒試品。新腔按節纔工。遏雲餘韻遠隨風。梅花非破臘。朶朶落晴空。　偷曲李生今已逝。慧心高致誰同。悠揚方度小牆東。料無人點拍。閒立月明中。

## 長亭怨慢 代外送佩虞上人歸國清寺、

問何事、皈棲蘭若。世界華鬘。等閒拋卻。如夢勞生。脫身槐穴悟依約。飄然瓶鉢。算未被、塵緣縛。皓月照禪心。莫辜負、千山行腳。　休愕。祇空門寄跡。忘了是非今昨。紅塵偶蹈。漫看做、閒雲孤鶴。喜天龍、豎指能參。恨稽首、蓮臺緣薄。只折柳河橋。翹望瓊臺高削。

# 沈善寶 字湘佩、浙江錢塘人、武凌雲室、有鴻雪廔詞、

如夢令 不寐

半壁燈光孤立。一縷鑪煙弦直。夢斷小樓中。何處數聲長笛。幽絕。幽絕。恰好疏簾澹月。

鵲橋仙 題紅綠梅

江南江北。水邊月下。一樣橫斜疏影。昨宵花底獨尋詩。又驚得、霜禽夢醒。　香生絳雪。寒生翠袖。絕似羅浮仙境。折枝欲寄隴頭人。應不怕、東風吹盡。

滿江紅 渡揚子江

滾滾銀濤。寫不盡、心頭熱血。問當年、金山戰鼓。紅顏勳業。肘後難懸蘇季印。囊中剩有江淹筆。算古來、巾幗幾英雄。愁難說。　望北固。秋烟碧。指浮玉。秋陽出。把篷窗倚徧。唾壺敲缺。游子征衫攙淚雨。高堂短鬢飛霜雪。問蒼蒼、生我欲何爲。生磨折。

## 陳嘉

字子淑、浙江仁和人、高望曾室、有寫麋樓詞稿一卷、

菩薩蠻 閨中四時詞

綠楊蹴地春愁重。流鶯啼破紅閨夢。睡起悄憑闌。羅襦怯曉寒。　賣花聲漸近。催把雲鬟整。對鏡畫雙蛾。遠山眉樣多。

梧桐漸長芭蕉大。愔愔庭院清陰鎖。曲檻繞芳塘。風來荷葉香。　晝長人意懶。盼煞斜陽晚。齒汗濕鮫綃。

休將紈扇拋。

萬花開瘦紅衣落。金風襲體羅衫薄。屈指數星期。神仙還別離。　玉堦鳴促織。砧杵千家急。枕簟愛新涼。夢和蓮漏長。

日高猶戀重衾臥。葱纖冷怯慵梳裹。簾外暗香來。早梅開未開。　同雲天欲雪。鴉陣盤空黑。數九約圍鑪。先將窗紙糊。

### 柳梢青 新柳

望裏魂銷。和煙和雨。綠徧亭皋。乍拂征塵。乍牽離恨。亂逐風飄。　踏青纔過花朝。聽一路、鶯聲畫橋。淺蹙顰眉。微開倦眼。低舞纖腰。

## 孔印蘭 字夢仙、山東曲阜人、

### 蝶戀花 題百蝶圖

逐隊飛來如解語。栩栩蘧蘧。相與成儔侶。寫遍鵝溪多逸趣。香生一硯梨花雨。　夢醒南華天欲曙。底事罡風。亂捲春深處。剩得粉痕黏落絮。芳魂已返羅浮去。

## 汪仲媛 字香荃、浙江錢塘人、吳縣張毓蕃室、有怡雲館詞、

蝶戀花

倦倚銀屏垂翠袖。簾控金鉤。怎解雙眉皺。篆裊鑪烟燈似豆。清宵數盡沈沈漏。　怪底夜來風雨驟。點滴空階。不解人僝僽。憔悴自憐新病後。關心最是秋花瘦。

## 沈允慎

字湘濤，號仲玫，浙江仁和人，錢塘張錫元室，有靜怡軒寫香樓詠月軒詞。

憶秦娥　隔湖望柳

東風急。兩隄垂柳平湖隔。平湖隔。煙籠初月。柔絲如織。　睡眉冷眼曾相識。詩魂縮向青青隙。青青隙。宿寒猶滯。啼鶯無力。

醉太平

微風畫廊。斜陽繡窗。欲臨金鏡慵妝。對花枝忖量。　青牋半方。烏闌數行。情絲還比春長。寫東風太忙。

## 張友書

字靜宜，江蘇丹徒人，陳宗起室，有工餘草、越吟草、海鷗吟草各一卷，總稱倚雲閣詩餘。

西江月　憶燕

王謝堂前舊侶。年年偏向天涯。重來消息待梨花。屈指明朝春社。　閒卻舊營巢處。傍誰門戶爲家。劇憐望眼已將賒。爲爾湘簾不下。

國香慢　詠水仙

沅湘何處。歎蘼蕪杜若。飄零無數。洛浦寒深。宛宛流年。望斷美人遲暮。江皐風雨朝還夕。只相伴、寒梅千樹。悵蒼梧、落木蕭蕭。一派江聲流去。　最好移來妝閣。看星眸素靨。翠幃低護。盈盈波深。照影亭亭。羅襪不教塵污。明璫翠佩今何在。又怨入、暗香風露。問甚時、寫入瑤琴。待倩伯牙重譜。

汪淑娟　字玉卿、浙江錢塘人、金繩武室、有曇花集、與夫泡影集合刊、名評花仙館詞、

虞美人　再柬雯卿

鞦韆影落閒庭院。明月移花轉。幾天不掛玉簾鉤。難道春來總是不梳頭。　綠窗還是攤書好。何苦尋煩惱。自家去驗小腰肢。卻比垂楊肥了那絲絲。

賣花聲　韻仙別三月、以客中所製賣花聲詞郵寄、淚影離聲、恍惚紙上、因用原韻、倚聲以報來雁、

春信又今年。柳絮飛緜。去年曾記晚鶯天。替檢青梅頭上戴。鏡裏移肩。　別後感瑤箋。心地誰憐。紅羅斗帳薄如煙。夜夜爲伊長夢見。風雨河邊。

孫瑩培　浙江錢塘人、阮子祥室、有翠薇僊館詞、

東風第一枝　題梅花帳簷

老幹渾苔。虬枝綴玉。此花端的幽獨。江南江北風光。譜入徐熙畫幅。橫陳紙帳。抵多少、水邊籬落。再添箇、翠羽幽禽。或抵得縞衣孤鶴。　香撲蔌、粉光澹薄。紅一抹、指痕綽約。寫來筆底精神。轉憶舊遊東閣。黃昏清境稱高眠、絕塵遠俗。聽枝頭、翠羽啾嘈。早已參橫月落。

## 許悳蘋　本姓鄧、字香濱、江蘇吳縣人、朱和羲室、有澗南詞一卷、和漱玉詞一卷、

### 虞美人　春日病起

曉鶯啼破愁人夢。紫燕窺簾縫。侍兒扶我過樓東。只見琴牀畫篋被塵封。　兩肩猶覺羅衣重。瘦與梅魂共。病餘不耐訴情衷。忍看花明柳暗一重重。

## 孫汝蘭　字湘筌、河南魯山人、華亭張鴻卓室、有參香室詞、

### 壺中天　秋柳

夕陽荒影。怪西風吹瘦、一絲絲碧。衰草長亭寒水渡。別意何堪重憶。繫馬痕消。藏鴉陰減。無限淒迷色。霜清絕塞。也應搖落山驛。　漫道灞岸荒蕪。隋隄蕭索。愁煞長途客。鷓鴣樓頭春夢換。昔日依依猶識。褪盡腰圍。拋殘眉譜。悵望煙痕直。黃昏將近。更誰吹動羌笛。

## 陸　蒨　字芝仙、江蘇陽湖人、謝俊士室、有倩影樓詞集一卷、

### 早春怨　自題拈花小引

梅柳煙斜。海棠風細。春去些些。帊冷鮫綃。塵封鸞鏡。人在天涯。　可憐錦瑟年華。儘一例、飄零落花。十二重樓。三千弱水。隔著儂家。

### 月華清　院中木香盛開、用花簾詞韻譜之、

微雨初收。濃煙未散。憔悴幾枝低亞。攜伴燈前。倩影珊珊淡寫。待分香、薜荔牆頭。支瘦骨、薔薇花架。宜野。把鉛華洗盡。亭亭疏雅。　燕子商量閒話。道萬綠成陰。小紅剛嫁。攔住殘春。有幅蛛絲如畫。可傷心、夢冷荼蘼。曾記否、月明亭榭。餘暇。看深清如訴。靚妝如砑。

### 南浦　憶梅

春意逗春風。最關心、卻是故園香雪。驛使信沉沉。全不管、孤館箇儂淒絕。一枝瘦影。美人獨向瑤階立。此際芳魂應恨我。忍把幽姿輕擷。　伴伊尚有胎禽。只靜對黃昏。相思難說。吟賞已無人。好珍重、休被笛聲吹裂。宵來有夢。多應化箇羅浮蝶。萬籟無聲飛去也。低了半輪明月。

## 劉　氏　字絮窗、江蘇武進人、管蘅若室、

行香子

柳色纔勻。草色方新。怪東風、釀就離情。絃鳴玉軫。酒泛金樽。奈不銷愁。不銷恨。只銷魂。　極目行雲。是處傷神。看斜陽、又近黃昏。桃花片片。杜宇聲聲。正欲歸春。欲歸鳥。未歸人。

## 錢念生

字咀椵、江蘇常熟人、有繡餘詞一卷、

謁金門　早春

春一線。幾點梅花新綻。殘雪初融鶯未囀。青歸楊柳眼。　幾縷輕風剪剪。怕煞寒生庭院。依舊小樓簾半捲。待他雙燕轉。

雨中花　落花

風雨連緜不斷。殘韻餘香零亂。著意留春。難將春綰。轉眼紅妝換。　寂寂小庭飛片片。花夢可憐誰管。最算是多情。憐香蛺蝶。猶是尋花伴。

## 邱瑤姿

字伯馨、福建閩縣人、張秉銓室、有綺蘭閣詩詞、

曲游春　湖上晚春

暖日湖西路。颺柳絲花片。鶯思綢密。蘸影晴漪。動吟情、都在芷青蘭碧。寂寂塵喧隔。聽遠浦、數聲漁笛。映

翠尊、傍岸輕陰。惆悵送春行色。　林隙。疏鐘催夕。向洲畔停橈。雲外題壁。莫留取幽蹤。看鷗盟月冷。墨香苔蝕。心事雕闌識。恨物外、年光過翼。算古今、若許清愁。有誰會得。

# 全清詞鈔第三十四卷

## 吳茝

字珮纕、號紉之、江蘇吳縣人、汪桐于室、有佩秋閣詞一卷、

### 露華　題聽秋讀騷圖

西風瑟瑟。正滿院商聲。獨坐愁絕。一卷荃蓀。對影釭花明滅。憶到玉簟涼生。況是候蟲吟壁。閒階悄。蟾蜍挂空。冷露珠白。　梧桐葉落遙夕。訝幾許幽懷。橫竹吹徹。更和清碪敲遍。寒聳詩骨。剩與楚些招魂。聊伴海天岑寂。空悵望。瀟湘暮雲凝碧。

### 紅情　紅梅、用玉田韻、

無多春色。訝玉顏笑淺。暗窗籬密。換了霓裳。不似羅浮舊相識。薄醉朦朧未醒。疑夜雨、小樓遙憶。算九九、勻遍臙脂。和露曉妝濕。　欹立。帽檐側。似九英映人。趁迎朝日。鍊砂賸液。寒鶴低頭啄苔碧。應憶洗多漸減。仍冷抱、冰魂如昔。甚出塞、聲斷續。坐聞怨笛。

### 綠意　綠梅、用玉田韻、

玉苔比潔。正淨無可唾。纖塵俱絕。渡了烟江。滌向冰壺。不與春心爭熱。幽姿別染眉螺淺。好畫取、雪蕉同說。峭一枝、占斷東風。細字隴頭書疊。　猶憶江南訊早。嫩寒倚翠竹。衫袖輕摺。夢冷揚州。吟繞西湖。怎見

小窗飛雪。蒼苔幺鳳迷無影。算一種、暗香堪折。待晚來、木末遙窺。猶似舊時明月。

## 查慧

字定生、又字菡卿、浙江錢塘人、吳承勳室、

### 南鄉子 壬寅春日登陽羨凝秀閣

簾語喚新晴。小滴珍珠釀欲成。偏是他鄉饒節物。清明。已見筠籃賣紫櫻。　準擬放船行。罨畫谿頭縠浪生。爭說夕陽紅處好。零星。一樹梨花一水亭。

### 清平樂 湖上泛月

新涼似麴。釀就西湖綠。醉後尚堪斟百斛。飛下一甌寒玉。　月華小駐橋東。蕭蕭幾陣微風。趁著采蓮人去。不知身在秋中。

### 如夢令

籬外一痕殘雪。池上一丸明月。新種白藤花。不許小鬟輕折。休折。休折。箇箇養成蝴蝶。

## 許嘉儀

字仙圃、江蘇華亭人、大興湯世熙室、有天風珮韻軒詞、

### 聲聲慢 白桃花

春心鍊雪。膩靨凝酥。韶華濟到無痕。本色天然。清豔肯映朱門。吟邊又來瘦鶴。認疏香、應誤黃昏。瑤臺畔。

問冰霜多少醞釀仙根。　一任閒評輕薄。有澄潭明月。自證前身。夢斷梨花。春來嬾對芳尊。瑤階露華如晝。正縞衣、孤立銷魂。台洞遠。付相思、流水冷雲。

## 徵招 爲袁薇生題隨園餞別圖、圖作展重陽會、爲先貞愍公手筆、

少徽化去煙霞在。琴尊幾番歡聚。只此好家山。認天涯羈旅。豪情酬俊侶。且休論、斷腸南浦。寂寂秋容。疏花短柳。滿城風雨。　指顧劫灰飛。銷魂地、滄桑頓成今古。大樹感將軍。渺英靈何處。千秋終自許。任詩骨、亂侵塵土。問多少。勝境消沈。有畫圖留取。

## 南浦 題黃琴川南灘春柳圖、夙約未諧、寫圖誌感也、

飛絮蕩春雲。憑東風、釀到愁根都倦。煙暈黛痕濃。銷魂事、應記花邊初見。嬌波青顧。韶華妒煞聞鶯燕。分付柔絲千萬縷。好把豔懷長綰。　而今眞悔多情。問楊枝怪否。飄零不管。芳影尚依依。春光去、可奈夢隨春遠。琵琶寫怨。何時重聽秋江畔。一樣相思同樣種。輸與笑桃仙伴。謂冬花館中人也

## 卜算子

棲鳳不成巢。莫種梧桐樹。便倚金徽覓賞音。字字清商苦。　花影曲闌干。月上寒蛩語。一笛西風百感來。黃葉飛如雨。

## 丁善儀 字芝仙、江蘇無錫人、江西楊炳室、有雙淸閣詞、

憶王孫

梧桐分綠上雕欄。幕卷簾垂夜未闌。玉骨珊珊慣耐寒。掩青鸞。絕代娥眉稱意難。

## 闕鍈 字秋芙、浙江錢塘人、蔣坦室、有夢影樓詞一卷、

蝶戀花 題無人庭院圖

幾箇黄昏風雨惡。鬧得苔紋、綠滿闌干角。薄日熏衣春氣弱。小樓簾卷風翻卻。　春到紅桃纔破萼。天作餘寒。又替花擔閣。燕子歸來全不覺。隔牆亂踏金鈴索。

生查子

儂家江上頭。潮到門前住。一日兩三回。不肯江南去。　江南有暮潮。未識潮生處。還去問梅花。他是江南樹。

高陽臺 送沈湘佩入都

淚雨飄愁。酒潮流夢。惜花人又長征。見説蘭橈。前頭已泊旗亭。垂楊元是傷心樹。怎怪他、踠地青青。向天涯。一樣纏綿。各自飄零。　開筵且莫頻催酒。便一杯飲了。愁極還醒。且住春帆。聽儂細數郵程。壓船煙柳烏篷重。到江南、應近清明。怕紅窗。風雨瀟瀟。一路須聽。

高陽臺 夕陽

斷雁飄愁。盤鴉聚暝。一鞭殘夢歸鞍。酒醒郵程。嶺雲隴樹漫漫。渡江幾點歸帆影。近荒林、一帶楓斑。最難堪。第一峯前立馬斜看。　而今休說鄉關路。賸濛濛野水。瘦柳漁灣。短帽西風。古今無此荒寒。蘆笳聲裏旌旗起。問當年、誰姓江山。有悠悠。幾處牛羊。短笛吹還。

南樓令

夢醒杏花叢。春寒淺閣鐘。近黃昏、便起東風。已過今年三月半。恰只是。雨濛濛。　小膽怯屏空。濃愁斂碧峯。好琴絃、怎被塵蒙。算有多情雙燕子。還肯到。舊房櫳。

清平樂　春盡夜同妹侶瓊作

畫簾人定。更漏聲淒緊。滿枕玉釵春夢冷。斜月小樓鐙影。　金猊容易香銷。落華堆過闌腰。還有疏燈一點。酒醒不算明朝。

蝶戀花

幾日池塘雲不住。柳也濛濛。想做清明雨。半榻茶煙和夢煮。畫屏幾點江南樹。　欲捲珠簾風不許。如此黃昏。休去移箏柱。樓上晚山青不去。夕陽正在鴉歸處。

清平樂

畫梁春淺。簾額風驚燕。不信天涯人不見。草也池塘生徧。　東風吹澹屏紗。飛飛多少楊花。何怪兒家夫壻。一春長不還家。

# 鄒佩蘭 江蘇金匱人、華蘅芳室、有綴餘詞草、

## 西江月 己巳送別

桃葉流將舊怨。柳絲又綰新愁。無端春水泛扁舟。記得畫樓分手。　帳裏綃封紅淚。燈前帕掩青眸。一團別恨倩誰收。心事渾如中酒。

# 周佩蓀 江蘇無錫人、華芸樓室、有瀞餘詞鈔、

## 如夢令

樓外垂楊無數。不繫春光少駐。淸夢恰驚回。叵耐半簾花雨。飛舞。飛舞。究向天涯何處。

# 江瑛 字蕊珊、江蘇甘泉人、汪階符室、有綠月樓詞一卷、

## 淸平樂

東風庭院。寂寞珠簾捲。小立花陰題句懶。又見舊時雙燕。　樹頭一點殘陽。薄寒飄盡薌香。牆外誰家玉笛。等閒吹斷人腸。

## 東風第一枝 白桃花

細雨梳春。晴雲抹曉。武陵一夜花遍。吹開幾疊冰綃。獨自臨溪洗豔。烟淸霧白。似淡月、梨花庭院。記玉除、和露曾栽。怎謫人間重見。　沈宿醉、銀屏低掩。鎖舊恨、粉痕愁顫。自傷誤嫁東風。卻把紅塵久厭。淩波人杳。更莫問、春潭深淺。應黯然、卸盡鉛華。極目素雲淒斷。

### 月下笛 送春、柬秋玉、

細雨催晴。殘陽還在。柳陰深處。紅衰綠減。爭倩春幡遮護。流鶯低訴韶華換。問此日、東風誰主。縱江南芳草。還生那省。踏青情緒。　吹遠愁何許。奈不見春歸。怎教春住。春詞誰譜。新聲空憶金縷。斷腸烟景分明在。更夢落、梨花一樹。自冷澹、向銀箏。怯伴簾櫳薄暮。

## 于曉霞 字綺如、江蘇金壇人、浙江金文淵室、有小瓊華仙館詞、

### 菩薩蠻

雨纖風輭春將半。春愁空逐游絲亂。孤負踏青期。游蹤因病稀。　畫梁雙燕懶。花落閒庭晚。金鴨篆煙殘。羅衣怯暮寒。

### 水調歌頭

山色澹何處。都在渺茫中。白雲千縷萬縷、忽現又還封。如此風光休誤。只合焚香煮茗。相對撫絲桐。古寺隱林杪。依約度疏鐘。　倚危闌。舒遠目。意無窮。亂鴉陣陣歸去、鳥道暗相通。嶺畔丹楓落去。陌上綠楊凋

盡。晚節羨蒼松。撫景一長嘯。幽思付歸鴻。

## 支機 字靈石、江蘇寶山人、蔣敦復室、

### 鷓鴣天

垂柳垂楊滿畫樓。誰家夫壻拜封侯。水流別恨花飛淚。金鑄相思玉琢愁。　春渺渺。夢悠悠。自憐臨鏡怕梳頭。天涯芳草知何處。一點靈犀不自由。

## 郭蕙 字素嫻、浙江仁和人、臨海傅廷標室、有澂香閣吟草一卷、

### 望江南 西湖

西湖好。十里弄雲霞。翠陌煙絲籠叱撥。畫船香粉截琵琶。今夜宿誰家。

西湖好。南北插高峰。石佛寺前尋瑪瑙。水仙祠畔弄芙蓉。花港夜燈紅。

西湖好。草長亂鶯啼。油壁香車蘇小墓。露桃煙柳白公隄。歌舞斷橋西。

西湖好。烟鎖舊棲霞。西子不知亡國恨。南枝猶放斷腸花。芳冢鄂王家。

西湖好。處士舊孤山。蝶狓寒梅香漠漠。鴨頭春水碧灣灣。鶴去幾時還。

西湖好。秋色滿南屏。淨寺鐘敲霜月白。雷峯塔挂夕陽青。紅葉亂春星。

## 朱雲裳 字步華、浙江仁和人、孫麟趾室、

### 疏影 寄外

輕寒小暖。又杏花雨過。草長遙岸。楊柳梢頭。多少春光。漸被東風偷換。銷魂自送征帆去。便瘦減、冰肌誰管。但繡窗、課女紅餘。有句暗題紈扇。　回憶連環忽解。帕羅凝淚點。天渺人遠。且喜雙魚。寄得鸞箋。幾度剪燈重玩。平安縱把離愁慰。奈愁緒、如絲難斷。更夜深、懶入屏帷。對鏡自除釵燕。

## 姚若衡 字芷湄、安徽桐城人、江陰夏詒鈺室、有紅香閣詞、

### 如夢令

一夜小庭疏雨。添得綠苔如許。曉起自憑闌。幾簇玉簪纔吐。無語。無語。閒看蟲絲一縷。

### 菩薩蠻 自題望雲思親圖

行人不共秋鴻返。勞勞盼斷看雲眼。悄立倚桐陰。憶親停素琴。　蕉心秋共卷。夢繞天涯遠。不見華峯青。晚風吹竹林。

## 黃潤䕶 湖南善化人、周椿圃室、有詠萱室詞一卷、

### 宴西園　春燕

花信風流三徑。嫩蕊幽香齊盛。海燕乍歸來。意徘徊。　幾度商量溫語。相定雕梁同處。翠館與紅樓。儘句留。

### 更漏子　秋夜

晚風涼。天氣肅。一枕新涼如玉。梧葉落。桂花香。靜聽更漏長。　人語悄。餘香裊。何處寒砧頻擣。星漢淨。月輪高。秋聲隱樹梢。

## 陳書　字仲玉、浙江海鹽人、文齋女、

### 瑤華　水仙

峭寒孕寂。每到花時。被春風先識。淩波去也。早減了、冷月三分顏色。羅幃對影。儘愁織、簾痕淒碧。試問他、瓊蕊開殘。誰解隔年相憶。　香芽寸許纔抽。漸出水亭亭。看已盈尺。今宵夢裏。應許我、細訴離塵心迹。冰魂未醒。怎蕚綠、偷傳消息。便肯教、仙子重來。禁得幾番淪謫。

## 蔣左賢　字翰香、別號梅邊女史、浙江海寧人、張葆恩室、有梅邊笛譜二卷、

### 清平樂　春草

餘花落處。煙鎖斜陽渡。昨夜池塘春漲雨。綠遍天涯歸路。　淒淒陌上如薰。鈿車莫展香輪。待到清明過後。繡鞋誰印泥痕。

## 蔣英

字仙蕊、浙江海寧人、郭沈子芳室、有消愁集二卷、

### 點絳脣　題落花人獨立圖

輕啓菱花。蛾眉淡掃青山遠。花容月面。鬢上雙珠鈿。　悄倚雕欄。且把閒愁散。春不見。落花成片。飛過斜陽院。

### 上林春　詠燕

紫燕初歸庭宇。畫簾來去。呢喃軟語話多時。如欲和儂同住。　問爾烏衣舊主。此時何處。裁紅翦綵舞春風。管領著花千樹。

### 浣溪紗　花溪歸棹

瀲灩山光似畫屏。一峯纔過一峯迎。短篷斜挂晚風輕。　歸路遠迷芳草影。沿隄時聽嫩鶯聲。淡黃楊柳送人行。

### 謁金門　偶題

花事半。山郭酒旗風暖。草色青青簾半捲。倚樓閒自看。　樓下春波風戰。陌上閒花開滿。忽有賣花舟近

岸。隔窗香不斷。

## 念奴嬌 秋柳

韶華一霎。又金風瑟瑟、河梁攜手。疏雨涼蟬聲乍咽。鬢綠暗凋堤柳。憔悴千枝。蕭疏幾樹。仍拂行人首。赤欄橋畔。小蠻腰恁消瘦。　惆悵曩日風姿。於今換了。眉眼多非舊。春夢迷離何處覓。湖上輕寒初逗。紅蓼花邊。白蘋香外。寂寞閒亭堠。棲鴉幾點。曉風殘月時候。

# 陸恆

字衡卿、江蘇武進人、劉灝室、有哀絃詞一卷、槐陰詞一卷、

## 疏影 旅雁

寒塘暮雨。有相呼倦侶。宵渡淒冷。似此天涯。長向西風。消磨如許瘦損。平沙淺草蒼茫裏。正一樣、飄零無定。認遙空、點就疏痕。絕似離人倩影。　容易年華換了。霜泥數爪跡。吹散萍梗。辛苦浮生。怎及閒鷗。日日水邊睡穩。衡陽便是傷心地。已信斷、亂峯難問。賸牢愁、獨抱無眠。聽遍轆轤金井。

## 如此江山 殘月

分明消盡懨懨樣。堪憐一痕無主。愁不禁秋。瘦難成影。耐得幾多酸楚。前蹤漫數。已負了團圞。休言眉嫵。挨到而今。料應靈藥亦無補。　前身曾做底事。累青天碧海。長伴風露。曲繞腸迴。黯拚魂斷。險勝銀灣遙阻。催殘禁鼓。似斜倚薰籠。夜涼凝霧。扶起零丁。有懷誰共訴。

## 陸蓉佩　字□□、江蘇陽湖人、趙念植聘室、有光霽樓詞一卷、

### 探春慢　蠟梅花

絳蠟凝黃，瓊枝綴蕊。一夜微香初透。月冷雲封。霜欺雪壓。剛是峭寒時候。幾度臨風看。怎玉骨、者番消瘦。綺窗紙帳輕籠。殷勤珍護知否。　獨鶴也應閒守。想皓腕輕攀。冷香盈袖。伴我孤吟。一般清絕。不許春風吹逗。忍記年時紅紫。零落那堪回首。插向銅瓶。歲寒標格如舊。

## 包韞珍　字亭玉、號菊籬、浙江錢塘人、莊丙照室、有淨綠軒詩詞、

### 浪淘沙

玉露下泠泠。斜漢無聲。風吹砌竹近三更。一帶紅牆臨小院。飛過流螢。　寂寞繞廊行。屈戍雙扃。往來魂夢不分明。珠淚半乾燈半灺。一晌忪惺。

### 菩薩蠻　庭前綠葉漸濃、計餞春無半月矣、病起有懷、率成短闋、

綠陰一地池塘靜。翠生一地羅衫影。扶病倚闌干。簾聲起暮寒。　日長雲鬢亸。不耐熏香坐。斜日下樓西。夢回聞鳥啼。

## 周詒蘩 字茹馨、湖南湘潭人、張聲玠室、有静一齋詩餘一卷、

### 菩薩蠻 對雪

幾枝瘦菊搖殘綠。一簾雪影輝金谷。愛上小樓看。羣峯展玉顏。　雲開風色緩。薄酒浮杯煖。入暮凍痕融。微陽屋角紅。

### 西江月 蝴蝶花

紅蘂階前雨細。碧蕉闌外春遲。尋香低傍玉釵時。恰是曉妝初起。　花裏丰姿渾異。夢中身世還非。東風吹得柳依依。猶自酣眠不起。

### 風入松 秋林

露珠零落晚秋心。霜氣結平林。幾番覓句隨吟眺。西風健、吹透層陰。新月雲邊依約。夕陽鴉背升沈。　一天離思入羅襟。目斷楚江潯。疏疏寫出迂倪筆。輕煙外、綠瘦紅深。雖是家園難見也。教數費登臨。

## 周翼杶 字德媗、湖南湘潭人、長沙徐樹籙室、有冷香齋詩餘一卷、

### 菩薩蠻 晚眺

繡餘閒步青苔院。暖風微拂珠簾捲。斜日下迴廊。梨花淡淡香。　高樓閒自上。静倚朱欄望。片片晚霞新。

盈盈月近人。

## 秦楨

字鈺仙、江蘇金匱人、侯家鳳室、

### 賣花聲

窗外雨瀟瀟。爐篆香銷。閒拈湘管寫芭蕉。蕉上雨聲心上恨。一樣難描。　何計破無聊。試剪紅綃。自憐去住等春潮。連日陰晴歸未穩。又說明朝。

## 馮蘭貞

字香畦、江蘇金壇人、于倘齡室、有吟翠軒詞、

### 疏影　梅魂

空庭寂寂。悵冰痕一縷。誰更描得。瘦影荒煙。冷雨前村。猶認舊時江驛。輕盈倘化梨雲去。便剪紙、招來難覓。又依稀、淺水黃昏。喚起數聲風笛。　彷彿亭亭倩女。夕陽移素影。一樣清絕。月地濛濛。雪徑沈沈。剩有啼禽消息。幾生縱使重修到。已悟徹、者番空色。等甚時、購取名香。可奈土花寒碧。

## 闞壽坤

字德嫻、安徽合肥人、方承霖室、有紅韻閣詞一卷、

### 憶秦娥

繁華歇。繁華未了羣芳接。羣芳接。紅樓夜雨。綠窗明月。　清明寒食中秋節。池塘藕換東風雪。東風雪。梅花玉笛。楝花絲纈。

## 吳蘭畹

字宛之、江蘇常熟人、宜興任道鎔室、與道鎔合著詞曰沅蘭詞、

### 長亭怨慢　柳綫

是一段、天涯愁緒。綠徧東風。未飄香絮。倩影毿毿。陌頭搖碎幾絲雨。送人多矣。休歎逐、紅塵舞。願綰住春光。奈惹得、花飛無主。　莫誤。怕柔痕剪斷。錯認玉關歧路。高樓日暮。算菱鏡、翠眉生妒。忍看那、儘意纏綿。把無數、閒愁牽住。聽幾處笛聲。如怨寸腸千縷。

## 王夢蘭

字畹芬、安徽太湖人、趙梓芳室、有三十六鴛鴦吟舫存稿、附詩餘、

### 菩薩蠻　春晚口占

一聲百舌啼金井。海棠枝上燕支冷。小院燕雙飛。湘簾鎮日垂。　薄寒輕似水。慵把闌干倚。牆角杏花殘。臨風翠袖單。

## 張逸藻

字文若、江蘇江陰人、元灝女、適章氏、有錦錢詞、

### 點絳脣

枝上紅殘。堆階重疊花無數。榆錢滿樹。難買春光住。　杜宇頻啼。亂舞長空絮。風和雨。送春歸去。畢竟歸何處。

### 如夢令

愁比亂絲常絆。心共芭蕉不展。屈指幾分秋。落葉又驚秋晚。休算。休算。秋不抵愁一半。

### 浣溪紗

倦眼慵開半未醒。雲鬟低壓玉釵橫。朦朧扶枕不分明。　破夢有聲風着力。惜花留影月多情。夜深無語立銀屏。

## 嚴永華　字少藍、浙江桐鄉人、歸安沈秉成室、有鰈硯廬詩集、

### 柳梢青　杜筱舫蘇樓春眺圖

柳色青青。桃花灼灼。春在西泠。一角紅樓。兩峰夕照。人倚疏欞。　東風大好揚舲。攜酒向、蘇隄聽鶯。舊日鴻泥。今朝鷗夢。畫裏分明。

## 俞繡孫　字絿裳、浙江德清人、樾女、錢塘許祐身室、有慧福樓詞、

齊天樂　春霽

翠衾昨夜春寒重。朝來頓成淒冷。密護瓊窗。輕霏玉屑。疑把梨魂喚醒。瑶華糝徑。怕草色青青。惹人離恨。醉裏凝眸。莫教顏色上青鬢。　庭空風力似翦。玉梅休怨寂。飛去相趁。柳未三眠。春無一半。何事楊花成陣。飛霙弄暝。問誰向東皇。誤傳芳信。極目天涯。素娥羞避影。

## 殷秉璣

字莖仙、江蘇常熟人、陳錫祺室、有玉簫詞鈔一卷、

綺羅香　黄葉

幾處人家。數間僧寺。記得看花曾到。一棹江南。飄泊不如歸好。看疏林、捱過斜陽。偏攙和、天涯衰草。怎西風、簾捲佳人。病容消瘦比秋早。　陰陰梅子熟後。雨雨風風淒緊。春先催老。零落東籬。滿地殘英難掃。最愁是、踏碎征塵。又還怕冷楓相笑。任題詩、不寫相思。寸紅流共杳。

長亭怨慢　夕陽

看一平角、高樓紅暈。望斷遙天。畫闌偷凭。柳外長虹。黯魂早已化秋冷。落花三徑。吹不去、春風影。萬古此茫茫。算多少、英華消盡。　重認。已孤村不見。只見遠山明淨。幾番雨過。又小小、新蟾相映。最愁是、一縷忽忽。共荒渡、片帆剛趁。正鴉背歸來。餘恨人間猶賸。

## 濮文綺　字彈綠、江蘇溧水人、何鏡海室有彈綠詞一卷、

### 虞美人　種桃花

劉郎去後無音信。春色飄零盡。莫隨流水去人間。未到花開先護小闌干。　香泥潤透連宵雨。簷影斜陽裏。晝慵春困綠窗人。別有一天幽恨不分明。

### 祝英臺近　重過余氏園

菊英殘。梅霧醒。花落已成淚。雪意雲情。多少別來味。銷魂何處簾鈎。誰家池館。可記得、酒邊人醉。　添憔悴。空憶夢影如塵。何堪再相對。回首天涯。話別正春水。殷勤說與東風。遞將燕子。休再問、主人歸未。

## 濮文湘　字芷緗、江蘇溧水人、寶應朱策勳室、有懷湘閣詞鈔、

### 南歌子　感事

說夢原無據。燒香又太癡。起來嫌早睡嫌遲。卻似初籠鸚鵡、學新詞。　送別人何處。催歸鳥未知。魂兒剛賸一絲絲。險被東風吹上、斷腸枝。

### 虞美人　畫落花蝴蝶贈靜媛女史、

夢痕偎暖花心露。亂疊香成霧。落紅紅褪粉衣嬌。莫被春愁壓損可憐腰。　隔花有箇人如玉。一樣眉峰

燈。拈毫欲畫轉沈吟。只恐天涯風雨更關心。

## 鄧　瑜　字慧珏、號蕉窗主人、江蘇金匱人、錢塘諸可寶室、有蕉窗詞一卷、

### 金縷曲　丁卯春日初遊西湖

第五橋邊去。繞橫隄、殘山賸水。柳髮如許。我與西湖初識面。風景淒清細數。有幾帶、望中煙樹。岳鄂王墳蘇小墓。信英雄、兒女分千古。移畫舫。向何所。　水天別映孤山路。放中流、斜陽影澹。一支柔艣。乍聽鐘聲風外落。知在雲深深處。又背轉、蘋洲蔆渚。留得殘荷依弱蓋。可憐紅、猶作淩波步。閒意態。問鷗鷺。

## 葉靜宜　字峭然、浙江仁和人、有蘊香齋詞、

### 浣溪紗　綠蝴蝶

省識園蔬葉二分。仙蹤幻出碧羅裙。小青莫不是前身。　撲向花叢渾似葉。倦栖芳草夢無痕。綠天深處認難明。

### 秋夜月　本意

玉鉤初上簾旌。夜雲輕。寂寞梧桐深院、月華明。　團圞影。清輝冷。恁無情。底事年年圓缺、更陰晴。

## 葉澹宜　字筠友、浙江仁和人、有凝香室詩餘、

### 菩薩蠻　春曉

賣花聲早驚殘夢。妝臺閑理銜珠鳳。窗透曙光紅。吹來楊柳風。　隔簾鳩喚雨。紫燕穿簾舞。春去尚餘寒。春衫白袷單。

### 小庭花　月夜

十二疏櫳卷綺寮。青天碧海望迢迢。金荷銀燭漫高燒。　獨對寒光淸不寐。倚闌閒譜一枝簫。夜深涼露濕冰綃。

## 葉翰仙　字墨君、浙江仁和人、有適廬詞、

### 柳梢青　寒食

風捲簾旌。人憑曲檻。燕語雕楹。撲蝶時過。踏靑期近。何日新晴。　雨餘花滿春城。望幾處、朱門柳縈。最好繁華。今朝寒食。明日淸明。

### 南鄕子　聞雁

萬里織羅雲。斷續天邊一雁鳴。試問新秋曾帶未。聲聲。不管離人不要聽。　入耳韻偏淸。棖觸閒愁夢不

成。我亦天涯同作客。飄零。已過江南第幾程。

# 柯劭慧 字稗筠、山東膠州人、孫季咸室、有楚水詞一卷、

## 虞美人

秋苔點綠秋花小。寒意來偏早。夕陽一綫上簾衣。正是去年游子憶家時。　高梧又下淮南葉。冷翠和愁疊。堆來偏在曲籬東。似爲啼寒絡緯障西風。

## 清平樂 憶西村舊居桃花

東風如剪。剪碎桃花片。斜日閒庭紅亂捲。舞蝶游蜂不管。　無端夢裏還家。輕攜滿袖飛花。玉漏丁冬催晚。依然蹤跡天涯。

## 蝶戀花

楊柳依依沙外渡。萬縷千條。不綰飄零絮。啼斷嬌鶯三月暮。行人說向江南去。　嶺複山重江上路。九點蒼烟。回首無尋處。漠漠蠻雲兼萵露。綠楊還是西郵樹。

## 蝶戀花 梅花、家慈命作、

不見綺窗窗下樹。買得寒香。自向銀瓶貯。昨夜狂風今夜雨。窗前零落應無數。　客裏年華愁裏度。借汝消愁。更到愁生處。莫道看花花似霧。問花可解人遲暮。

鷓鴣天

露濕莓苔夜氣清。星回斗轉已三更。愁添北牖蠨蛸網。寒入西堂蟋蟀聲。　荷漸老。桂初榮。秋來總是故鄉情。深閨不用催刀尺。白紵裁衣取次成。

## 許誦珠 字寶娟、自號悟空道人、浙江海寧人、棣女、歸安朱鏡仁室、有雯窗瘦影詞一卷、

點絳脣　自畫墨梅便面贈莫九嫂並成是解、

春透疏櫺。一枝晴雪和煙冷。乍斜還整。寫出江南景。　姑射仙人。清夢呼初醒。新妝靚。暗香浮嶺。明月前身影。

洞仙歌　白桃花

鉛華淨洗。認人間尤物。底事無言對明月。恁文君瘦影。倩女柔魂。悲薄命、同向東風嗚咽。　江頭雙姊妹。淺澹梳妝。素手纖纖弄輕艓。水暖鱖魚肥。鬬豔爭輝。看一樣、冰肌玉骨。漫寄語、重來問津人。早洞口春深。斷人殘雪。

## 翁端恩 字璇華、江蘇常熟人、心存女、歸安錢振倫室、有簪花閣詩餘一卷、

疎影　庚申冬、自通州移泰州、僦屋戈氏之藏墨山房、舊有園亭小景、惟餘地苦少、藝菊不蓄耳、同治癸亥、外

就清河崇實書院主講院燬於兵燹、漕帥吳公購黃氏廢宅葺之、講舍後有屋數楹、復徙寓焉、旁爲園頗寬曠、蒔菊爲宜、三疊前調、仍題種菊補籬圖後、

靈光留獨。記纔經劫火。一洗澆俗。往日亭臺。講舍新移。老圃勞他重築。飄零我是無家客。幸庇廈、何妨茆屋。待殿春、花事闌時。分取半弓蒔菊。　連歲吳陵小住。長鑱躬託命。園蔬自劚。欲乞淮王。殘藥分嘗。安得刀圭盈掬。江南烽火連天地。已歷徧、羊腸九曲。知何時、眞息勞蹤。笑問平安修竹。

## 鄭蘭孫

字娛清、號蘅洲、浙江錢塘人、仁和徐鴻模室、有蓮因室詞、又名都梁香閣詞、

### 蘇幕遮　憶外

白蘋洲。黃葉渡。雲靜天空。人逐飛鴻去。目斷斜陽天欲暮。遠水孤帆。細草輕烟路。　漏聲沉。桐影午。江闊山遙。有夢還難度。簾外寒生風不住。明月扁舟。今夜知何處。

## 許淑慧

字定生、江蘇青浦人、有瘦吟詞一卷、

### 如夢令　畫竹

石罅新篁半吐。簾底綠雲微度。昨夜小窗紗。添得嫩涼如許。聽取。聽取。可似瀟湘秋雨。

### 卜算子　畫菊

松下短籬邊。開謝都無主。畫出淩霜一點心。不怕風和雨。　著意染生綃。秋影深深許。試問羅含宅裏花。還似當年否。

## 玉樓春　畫牡丹贈謝淑眉世妹

名花過雨煙光溼。淺白深紅渾一色。五雲樓閣晝陰陰。百寶闌干春寂寂。　天香暗惹題花筆。冰絹輕盈芳影窄。畫成持贈問誰宜。祇有玉臺人第一。

## 疎影　詠菊影

繁花似雪。正晚風悄悄。吹上檐鐵。開徧東籬。斜月初明。枝枝瘦影幽絕。流雲千點瓊英碎。看細葉、和花一抹。任教他、玉女春葱。鏡裏總難攀折。　惆悵星河欲曙。露寒翠袖薄。幽恨空切。短笛悽涼。不管生愁。舊恨又還重疊。依依莫把銀牆度。怕轉眼、韶光催別。待夜來、擕酒花間。重醉昔年風月。

## 滿江紅　聽雨

簾幕輕寒。虛閣外、暮煙如織。最苦是、黃昏細雨。乍停還滴。不管愁人腸易斷。碎聲偏在花梢急。縱青梅、酸盡一春心。誰堪摘。　芳恨遠。眉峯窄。清淚掩。春衫溼。算今生消受。孤燈岑寂。香漏迢迢春晝淺。綠窗靜掩梨花白。待夜闌、雲破月來時。吹橫笛。

## 李道清

字味蘭、安徽合肥人、常熟楊鑑瑩室、有飲露詞一卷、

浪淘沙　春閨

柳葉澹如煙。柳絮如棉。黄鶯紫燕共纏綿。一片飛花斜日裏。紅過秋千。　無語下珠簾。怕聽啼鵑。閒愁棖觸上眉尖。一曲琵琶渾不是。廿五冰絃。

更漏子　秋思

菡萏香。龍鬚冷。簾子風搖不定。還對鏡。更添衣。玉墀清漏稀。　畫樓近。天涯遠。夢裏醉中恩怨。無可奈。不堪尋。小庭秋雨深。

菩薩蠻

蓮塘夜靜簫聲起。銀屏夢覺涼如水。玉臂捲湘簾。星河秋滿天。　悠悠今夜怨。只有鴛鴦見。清影不分明。流雲移月行。

## 屈茝纕

字雲珊，浙江臨海人，葛詠裳室，有綴秋樓詩文叢。

減蘭　和黍薌詞韻

茫茫煙水。江上芙蓉偏易萎。月暗燈昏。葉落西風響到門。　無端惹恨。塞雁驚秋傳遠訊。鏡影明明。愁鎖雙蛾畫不成。

## 屈蕙纕 字逸珊、浙江臨海人、黄巖王詠霓室、有含靑閣詩餘一卷、

### 高陽臺 秋柳、用玉田韻、

脈脈含秋。遲遲眷夢。春游記拂蘭船。只解牽愁。何曾綰得華年。關山笛裏西風冷。便纖腰、瘦盡誰憐。裊情絲。亭短亭長。一抹荒煙。　天涯凝望斜陽遠。只平蕪弄影。澹靄籠川。纖手攀條。舊條猶在隄邊。棲鴉流水添蕭瑟。喚柔魂、欲起還眠。更能消。幾度春歸。幾處啼鵑。

## 何桂珍 字梅因、湖南善化人、上虞俞維藩室、有枸櫞軒詩餘一卷、

### 多麗 重九登樓

暮雲浮。連天水墨滴秋。正蕭疏、黄花時節。斷腸人在南樓。咽秦簫、篆埋猊鼎。融漢粉、塵壓麝裘。感舊情深。登高意遠。且傾萸酒學齊謳。自太華、峯頭一醉。仙掌幾曾遊。空回首、金神捧杖。玉女飛霙。　乍憑欄、湘簾半捲。許多塵事盈眸。逐香塵、紫燐衰草。臥古碣、白骨長楸。銅馬銷沈。杯蛇幻影。天涯客子不勝愁。今古恨、眉尖齊鎖。酒醒興難留。因延望、多情明月。欲下還休。

## 繆珊如 字寶娟、江蘇昭文人、李振鵬室、有吟秋閣詩草、

## 滿庭芳 餞春

新綠愁烟。殘紅妬雨。悤悤斷送芳春。曉鐘怕聽。偏是易黃昏。吹到楝花風信。驚瞥眼、絮雪棃雲。增惆悵。東郊祖餞。芳草也銷魂。　癡心何處訴。薄澆杯酒。暗祝花神。倩杜鵑枝上。留住東君。莫使驪歌頻唱。有多少、燕惱鶯嗔。還憑藉。游絲一縷。悄繫住斜曛。

# 戴青 字書卿、號浣蕉老人、浙江歸安人、陽湖惲世臨室、有浣蕉吟館詞鈔一卷、

## 蝶戀花

門掩梨花寒料峭。剪樣東風。吹落紅多少。燕子不來人悄悄。湘簾低亞鉤兒小。　九十春光看漸老。小病新瘳。怪底情顛倒。靜倚闌干思未了。惜花打幅春愁稿。

## 金縷曲 感懷

不解蒼蒼意。古今來、把人孱僽。者般游戲。只有疏狂嵇阮輩。未許俗塵羈繫。若脫屣、浮名金紫。臥穩空齋魂夢適。笑邯鄲、磁枕還多事。迷與悟。總非是。　茫茫千古誰知己。問天涯、可能道出。塡胸豪氣。睥睨人間雙白眼。說甚幕天席地。奈一片、雄心未死。痛飲高歌聊作達。儘半生、蹤跡壺中寄。眞自在。有如此。

## 如夢令

風弄一池波皺。香浥小罏煙瘦。月上海棠梢。爛熳芳春時候。休負。休負。人與東風如舊。

## 唐韞貞 字佩蘅、江蘇武進人、董介貴室、有瘦秋閣詞一卷、雨牕軒詞三卷、

### 綺羅香 雪意、和錢塘吳誦芬、

霧影低迷。烟痕作態。爲釀一天寒豔。清冷如斯。誰把玉妃頻喚。看尊前、起舞因風。漸簾外、飛花成片。甚閒情、鎮日慵慵。望雲不遠望人遠。　是誰高卧偃蹇。不覺光陰暗度。梅花開遍。做不成春。偏向春來消散。問灞橋、詩思誰傳。算祇有、幽人繾綣。更那堪、白髮蕭蕭。望青山不見。

## 曾懿 字朗秋、一字伯淵、四川華陽人、曾詠女、陽湖袁學昌室、有浣月詞一卷、

### 好事近 和蜀章三弟漁父

疏斷插江干。笠影釣絲相得。一片蒹葭秋影。寫出荒寒跡。　生涯水國寄行蹤。笑傲江湖側。昨夜酒醒何處。看柳梢殘月。

小艇不驚風。雙槳劃開寒碧。網得鮮鱗歸去。沽酒村南北。　由他名利不關心。煙水樂朝夕。祇合沙鷗爲侶。任斜陽明滅。

## 李藻 字蘋秋、江蘇江寧人、汪子湘室、有棲香閣賸稿、

浣溪紗 梅影

籬角煙籠絕世姿。窗開水面一枝欹。微雲淡淡月斜時。　玉笛橫吹春未破。冷香有夢鶴應知。誤他粉蝶幾番癡。

柳長春 柳線

細雨如酥。柔情似綺。樓臺搖曳雲拖地。短長亭畔短長條。如何不把花驄繫。　燕翦裁紅。鶯梭織翠。煙籠霧罩東風醉。一天情緒散千絲。千絲縮盡離人淚。

## 趙佩湘 字澗𧄼、江蘇武進人、陳裔仲室、有澗𧄼遺稿、

醉公子

淑氣催黃鳥。春色江南好。一片雨聲中。桃花無限紅。　望遠空雲樹。難把離腸訴。莫便打黃鶯。遼西夢已醒。

## 彭鶴儔 字若梅、江西樂平人、有妙香閣詩餘、

清平樂

遙山翠染。眉影當窗斂。粉壁題詩塵半掩。添上新苔幾點。　別來幽夢難通。碧闌朱檻重重。誰放綠楊花

入。捲簾低罵東風。

浣溪紗

瑟瑟西風透碧紗。斷雲飛下雨些些。薄羅衫子不須加。　欹枕有時來好夢。隔林無事數歸鴉。夕陽紅瘦一庭花。

賀新涼

一例華鬘劫。莽閻浮、嬌香稚蕊。等閒衰歇。桐樹心孤驚秋早。說甚瓊枝璧月。更多少、無情霜雪。綠鬢如今憔悴盡。便菱花也爲人愁絕。燈燼暗。漏聲咽。　南園栩栩飛胡蝶。趁晴春、草薰烟暖。釀花時節。舊夢迷離無尋處。早共瓶沈簪折。算只有、蠻箋稠疊。怕似彩雲吹易散。付啼鵑、一夜啼紅血。心上恨。不能滅。

浣溪紗　過錢氏園

碧水粼粼映淺沙。林塘清絕勝山家。到門一架紫藤花。　著雨夭桃成病果。離根小草茁愁芽。夕陽燕館亂啼鴉。

漁家傲　遯園病中

倚壁箏鐙寒欲墜。東風料峭重門閉。書破銀光千幅紙。何處寄。愔愔小雨天垂淚。　攬鏡殘妝慵更理。惜春可有留春計。樹底落花飛不起。紅滿地。燕兒銜入香巢裏。

## 蕭恆貞

字月樓、江西高安人、薌泉妹、丹徒周天麟室、有月樓琴語一卷、

### 高陽臺　追和元遺山雁邱詞、同石君作、

叫月聲酸。涵波影瘦。雙雙暗渡河汾。響裂驚弦。無端比翼輕分。霜閨盼斷天涯信。怕秋江、煙櫓空聞。悵離羣。夢冷圓沙。合殉斜曛。　十三數到哀箏柱。只同埋玉骨。猶紀貞珉。賸水殘山。依然青冢黃昏。相思怨魄歸何處。儘傷心、付與詞人。認啼痕。碧化蘼蕪。都長情根。

### 謁金門　歸帆亭

孤亭脊。一角斜陽留得。烏外風帆烟影織。歸舟天際識。　聽罷蕭蕭楓荻。欲問霜潮消息。水國吟魂何處覓。一星漁火碧。

### 浣溪紗　春曉

一桁簾波畫不成。嫩涼天氣半陰晴。隔牆風送賣花聲。　紅杏雨香融乳燕。綠楊煙濇護啼鶯。玉鉤春影欠分明。

### 生查子　書所見

殘荷紅漸稀。香老詞人筆。小立釣絲風。悄倚蘆漁笛。　雨乍收。涼眘夕。秋夢無痕迹。莫是水螢飛。誤認疏星碧。

## 劉　韻

字繡琴、江西南豐人、黃家鼎室、有紅雨樓詞鈔、

### 如此江山　秋聲

虛堂夜靜眠難穩。商音乍聞高樹。碎竹敲廊。枯桐墜砌。一片淒清如許。長空雁語。怪送得秋來。又催秋去。獨枕驚心。響飄簷鐵甚時住。　天涯正思倦旅。短篷蘆葦泊。根觸離緒。怒挾江潮。悲含戍角。添了滿階蛩絮。挑燈聽取。但瑟瑟蕭蕭。暗鳴疏雨。起瞰紗窗。月明深院宇。

## 宗　婉

字婉生、江蘇常熟人、有夢湘樓詞二卷、蕉根詞一卷、

### 如夢令

素練裁成團扇。新樣十分圓滿。試向掌中擎。明月全身都現。如面。如面。只當素娥相見。

綵筆閒題團扇。小院日長門掩。不寫古人詩。須要別開生面。翻遍。翻遍。幾曲小詞香豔。

手弄生綃團扇。風動藕花香遍。病後減容光。羞說芙蓉嬌面。斜掩。斜掩。恐被采蓮人見。

不是班姬團扇。不是芳姿便面。卻是廣寒人。親剪一層雲片。消遣。消遣。小字自家題遍。

## 李掌珠

字蘭如、江蘇丹徒人、項耕娛室、有怡秋軒初稿、附詞、

## 如夢令 暮春

雨過空庭煙暝。獨向小樓閒凭。靜裏萬緣消。天半一聲清磬。風定。風定。留得落花滿徑。

## 如夢令 寄遠

靜對半窗斜月。寒逼重衾如鐵。離緒訴無從。欲倩夢魂飛越。愁絕。愁絕。風弄一庭落葉。

# 吳小姑 號海山仙人、廣東瓊州人、邱玉珊室、有唾絨詞一卷、

## 法駕導引 隨金門夫子渡瓊海

珠帆挂。珠帆挂。碧海蹴銀濤。漫說湘靈能鼓瑟。天風不藉紫檀槽。龍女興尤豪。

## 滿江紅 梁山謁譙國洗太夫人廟

巾幗英雄。擅兩世、忠貞威烈。想當日、錦幢寶幰。靈旂獵獵。銅鼓聲傳儋耳峒。銀刀影冷驪龍穴。到而今、奇甸仰鴻慈。留旌節。　千載後。鍾豪傑。迎香火。平山賊。算功成告廟。雷轟電掣。都督非常誰早識。嶺南奠定華夷悅。咄彼哉、將帥畏仇讎。空咋舌。

# 金　馥 字小香、江蘇元和人、適程氏、有靜鄉居詞一卷、

## 闌干萬里心 舟行書所見

雙枝晝槳蕩香溪。芳草如茵遍繡堤。柳弱風微吹向西。燕銜泥。故傍蘭舟掠水飛。

## 鷓鴣天　月夜偶憶蕙姑

斗帳低垂夜色遙。香篝無意水沉燒。樓頭人伴孤燈瘦，庭外鴻飛淡月高。　眉黛鎖，淚珠拋。幽情密恨甚時消。夢魂不識天涯路，空逐江頭上下潮。

# 汪鳴瓊

字靜君，浙江錢塘人，元和江標室，有瑤碧詞。

## 菩薩蠻

夕陽紅瘦高樓影。西風吹就秋花病。獨自卷簾看。羅裳怯嫩寒。　愁多人更嬾。燕語雕梁怨。冷煞小池塘。鴛鴦夢一雙。

## 虞美人

重門靜鎖桃花雨。梁燕相將乳。輕寒輕暖妒花風。倚徧闌干人在畫樓東。　春雲撩亂無情緒。幽恨憑誰訴。綠窗背坐夢惺忪。淚濺羅衣褪盡舊時紅。

# 繆珠蓀

字霞珍，一字稺青，江蘇江陰人，金匱鄧乃溥室，有霞珍詞。

## 南柯子　折枝梅紈扇

冷倚團圞月。晴烘薄薄霞。煙鬟恰稱一枝斜。簪向東風還認。小桃花。

### 生查子

心清聞妙香。閒把柔毫弄。絛脫響丁東。襯壓雲箋縫。　雲箋寫葉長。滴露和煙種。靑上鬢雲邊。宛似釵頭鳳。

### 轉應曲

香色。香色。自向枝頭攀得。東風昨夜紅勻。一翦羅浮曉春。春曉。春曉。不爲惜花起早。

### 醉花陰

泛綠偎紅消永夜。佳節團欒也。羅薄未更衣。霧影雲容。花氣穿窗罅。　冰紋窈窕枝低亞。萬里清光瀉。扶醉話西風。天上人間。秋色平分乍。

### 瑞鷓鴣　夏窗戲拍

天時人事兩難衡。覆雨翻雲孰定評。醉豈堪醒彭澤意。醒原如醉楚騷情。　黃梅時節家家雨。梅子黃時日日晴。至竟是晴還是雨。熟梅天氣不分明。

## 許禧身　字仲萲、浙江錢塘人、貴陽陳夔龍室、有亭秋館詩詞鈔、

### 長相思　感懷

風颼颼。雨颼颼。桐葉凋零已入秋。淒涼人倚樓。　山悠悠。水悠悠。催動歸心不自由。夢隨江水流。

## 葉璧華　字潤生、別字婉仙、廣東嘉應人、李蓉舫室、有古香閣詞集、

### 浣溪紗　新秋

梧院涼痕濇欲流。單衣乍換怯登樓。垂楊影瘦不禁秋。　小步清溪欹略彴。輕波片片逐閒鷗。蓼花紅上釣魚鉤。

### 浣溪紗　秋夕小坐中庭

鶴睡琴停夜氣清。爐煙繚繞出花屏。流雲如水濇疏星。　獨把冰紈羅暈薄。薇香和露滴釵輕。一痕涼月碧無情。

### 臺城路　蛺蝶

綠陰不鎖晴紅路。斜陽乍催春晚。玉甃迴廊。金鋪繞砌。栩栩任伊遊遍。庭花暗顫。有翠袖盈盈。撲來紈扇。採得餘香。又隨飛絮度鄰院。　羅浮底經小謫。問王孫碧草。尚留舊怨。粉翅牽黃。綃衣曳紫。倦繡幽閨人懶。滕王畫卷。試認取前身。雙飛猶慣。影入湘簾。夢魂悽欲斷。

## 裘凌仙　字筱芸、江蘇江都人、適秦氏、有明秋館詞集一卷、

## 阮郎歸 山水扇面

春山似笑草蘢葱。清幽曲徑通。小橋流水夕陽東。含桃映日紅。　樓閣遠。柳絲濃。人在畫圖中。武陵勝景目難窮。溪雲迷遠峰。

## 千秋歲 謹步淮海公棲霞寺題壁原韻

溪邊林外。紅雨隨波退。思往事。心堪碎。微風飄鬢絲。清露沾襟帶。愁懷最。春殘花落孤雲墜。　舊雨何由會。客路誰傾蓋。監酒處。遺容在。古今時代異。俯仰滄桑改。姜山下。漁樵猶説秦淮海。

# 俞慶曾 字吉初、浙江德清人、樾孫女上元宗舜年室、有繡墨軒詞、

## 浪淘沙

往事慣銷魂。銀甲金樽。蛛絲應罩舊題痕。孤館簾垂燈上早。疏雨江村。　夢裏暫溫存。衹欠分明。花陰燕子鎖重門。兩地酒醒香灺後。一樣黄昏。

# 薛紹徽 字秀玉、號男姒、福建侯官人、陳壽彭室、有黛韻樓遺集附詞二卷、

## 菩薩蠻 題畫

紅閨不識天涯路。畫圖先擬描紅樹。野渡泊溪灣。秋聲何處山。　紙長描不得。盡染黄沙色。衰草玉關陰。

迢迢萬里心。

## 金方荃 字晼雲、浙江秀水人、平湖陳景邁室、有綴秋館詞、

### 如夢令 絮影、應東湖消夏社作、

樓外夕陽紅暝。晴雪亂飛花徑。纖手誤拈來。隱約暗隨春盡。香影。香影。飄泊東風無定。

## 張清揚 字巧先、一字凝若、號宜悅、福建侯官人、林蘭亨室、有淸安室詞甲乙稿、

### 玉漏遲

嫩寒舒又勒。烟梢雨萼。啼春酣溼。客裏怱怱。莫負翠尊芳夕。薄醉追悰自永。影零亂、燈痕簾隙。深院隔。燕鶯合怨。東風岑寂。　爲道已半韶光。儘秉燭重游。祇增陳跡。幾折闌干。多少春愁堆積。閒向花陰覓夢。頓忘卻、錦箋詞筆。珊枕側。情思阿誰知得。

## 蕭道管 字君珮、一字道安、福建侯官人、陳衍室、有戴花平安室遺詞一卷、

### 菩薩蠻 錢塘江上事、代石遺賦、

玉驄誤卻湖邊路。無端僥倖錢塘住。明日富春江。那人開曉窗。　鏡臺剛草草。結束淩波好。仔細覷龐兒。

遺巾伴不知。

菩薩蠻　代石遺題浣芸夫人畫石榴紈扇

紅巾半吐新妝束。一時扇手渾如玉。玉局賀新涼。天然粉本張。　石家來醋醋。十八姨休妒。愛惜豔陽天。人生此盛年。

## 劉世珍

字珠圓，安徽貴池人，南陵徐乃昌室，有夊奩詞。

一絡索　積餘以滿江紅喜雪詞見示，因作憶梅詞答之。

本是謝家吟絮。寄懷豪素。聲聲合唱滿江紅，好倩小紅低譜。　況值歲華云暮。春風閒度。者回消息到梅花，渾不見、花開處。

## 許之雯

字脩梅，浙江錢塘人，福建王孝亮室，有細芸館詩鈔，附詞。

憶蘿月

金風料峭。冰簟涼偏早。一枕西窗殘夢覺。庭院悄無人到。　雨聲點點蒼苔。幾回攬鏡徘徊。判與黃花同瘦，年年憔悴秋來。

## 顧翊徽 字伯彤、江蘇山陽人、泗縣楊毓瓚室、著有熙春閣詞、

### 瑞鶴仙

流螢侵砌碧。正秋澄如水。涼懷吟得。遲花鎖嬌色。試減新半臂。縫羅雲窄。初生桂魄。鏡屏前、柔光幾尺。最多情。小幌風烟。鄰架舊芸今夕。　遙憶。姮娥天上。未必嬋娟。更嫌寥寂。藤蘿繞石。人影瘦。井梧直。聽寒蛩欲語。憑欄心事。江冷波濤夢隔。夜厭厭、銀漢無聲。玉階露白。

### 瑞龍吟 題仙山樓閣圖

玉京路。遙望紫蓋霞飛。錦軿雲渡。三清瓊室琳房。綺窗盡啓。嬌龍懶護。　舊游處。還憶翠巖西畔。種芝無數。春烟冷濕雙鬟。萬紅似海。桃花滿樹。　池上神絃初奏。湘靈幽怨。迸盤珠雨。玄鶴一聲長天。銀漢橫素。星文寶笈。誰錄金華語。香泉咽、空青未定。寒絲七炷。暗記凌虛步。鯉魚乍起。波光小駐。畫筆龍眠妒。風弄響、時疑空篌微度。好藏繡幕。不教仙去。

## 勞紡 字織文、浙江桐鄉人、陶葆廉室、有織文女史詩詞遺稿、

### 摸魚兒 新荷

聽鶯聲、送春歸去。閒庭換了幽景。輕風吹動柔波縐。溶漾碧紋難定。闌獨凭。看數點青浮、弱梗牽絲荇。殘

芳滿徑。被紫燕銜來。綠萍圓處。片片落紅冷。　涼珠瑩。曉露盤中微凝。搖搖將碎還整。鳴蟬幾日催炎暑。出水亭亭妝靚。香氣靜。更翠蓋紅衣。綽約明姿映。斜陽乍暝。待皓月當空。水光皎潔。高下舞清影。

### 祝英臺近　雪夜

篆烟斜。燈影瘦。乍覺夜寒峭。短夢初回。疑是綠窗曉。中庭鳥鵲無聲。青松不見。但千樹、梨花開了。　莫輕掃。待看明日新晴。清夜素輝照。瑤樹瓊臺。猶此畫中好。疏櫺祇欠梅花。空敎惆悵。更何處、暗香飛到。

## 左又宜

字鹿孫。湖南湘陰人。新建夏敬觀室。有綴芬閣詞一卷。

### 霓裳中序第一　用草窗韻

苔衣冷翠疊。亂石荒堦飛敗葉。蛛網當門暗結。更古甃絮蟲。頹垣篩月。香消臂雪。賸錦牋、都付吟篋。還追念、別巢燕老。軟語向儂說。　淒絕。銀屏涼咽。歎客裏、流光易滅。清商惟是怨別。悵淚溼紅輪。腰冷金玦。唾壺敲又缺。怕更譜、陽關恨闋。秋如水、西風庭院。夢繞故園蝶。

### 暗香　除夕庭梅盛開。置酒花下。以風琴譜白石暗香疏影詞。聲韻幽美。因與映奩各和之。

四山寒色。漸冷魂喚醒。燈樓橫笛。細蕊乍舒。雪底闌邊好攀摘。驚聽催春戲鼓。休閒閣、吟牋詞筆。趁此夕、一醉屠蘇。花暖燭搖席。　南國。思寂寂。歎歲去歲來。萬感縈積。翠禽漫泣。仙夢羅浮那堪憶。清漏簾閒滴盡。疏竹外、雲封殘碧。怕暗暗、年換也。有誰見得。

### 疏影

苔盆種玉。倚繡屏婀娜。深夜無宿。碧袖天寒。朔管頻吹。淒風弄響簾竹。薰籠紙帳烘纔暖。但笑索、枝南枝北。想姹紅、悉待春來。讓卻此花開獨。　同向燈筵送歲。醉顏對鏡淺。杯映眉綠。末世悲歌。及早收身。可有孤山林屋。宵殘臘賸匆匆去。瞬息奏、落梅酣曲。恐漸攜、臥陌長瓶。酒漬埽香裙幅。

### 解語花　白桃花

肥堆豔雪。澹卻濃脂。生恐朱顏誤。淚痕彈許。清鉛水、點滴袂羅娟素。天台舊路。怕玉洞、更無尋處。瓊樹新、春在樓東。子夜歌誰度。　斜傍瑚闌怨暮。恁千紅成陣。珠玉頻覩。倩魂來去。流連久、露井粉光無數。停尊待語。有澹月、清風遲汝。愁宴闌、門掩深深。同夢梨花雨。

## 李慎溶　字穉湇、福建閩縣人、孫鴻謨室、有花影吹笙室詞、

### 長亭怨慢　戊戌二月、寄拔可兄杭州、

恨輕被、紅塵纏著。往歲湖山。似曾留約。夢裏滄波。去帆搖曳、向何託。竹窗燈火。歡笑地、渾如昨。暢好故園春。卻孤我、聽鶯闌角。　蕭索。恁蘇堤柳色。猶倚翠腰新削。湔裙又近。有多少、畫橈芳酌。柰別後、惻惻寒輕。怕征袂、和人飄薄。漫細數歸期。容易江蓮香落。

### 解連環　爲王碧棲詞丈題寒城旅眺圖

倚笻人嬾。正昏鴉禿樹。古城秋晚。驀憶著、王粲當時。擱歸計西風。鬢霜輕換。異地登臨。恨猶帶、故園心眼。問鄉愁此際。不用悲笳。已是難緩。 年芳去人漸遠。對沈吟尚有。圖畫疏散。縱賺得、詞賦江關。歎蹤跡平生。倩誰能綰。有限回程。奈也被暮雲遮斷。更淒迷、夕陽盡處。數聲過雁。

## 蝶戀花

一夕涼飆辭舊暑。颯颯牆蕉。恐是秋來路。轉眼薰風時節去。不知燕子歸何處。 抽紙吟商無意緒。短檻疏窗。難寫黃昏句。今夜夜深知更苦。階前葉葉枝枝雨。

## 踏莎行 春日感舊並示江右諸妹、

乳鴨池塘。初鶯院落。回頭往事全如昨。人生那得似東風。東風依舊穿簾幙。 萬里迢迢。尺書空託。一春但見離懷惡。勝游別後負南園。花間閑煞秋千索。

# 羅莊 字孟康、浙江上虞人、有初日樓稿、

## 采桑子

海棠零落香紅謝。嬌鳥翻枝。一霎鶯啼。苦向深叢覓絳蕤。 綠窗人自成閒坐。不似花時。睡起頻窺。遶樹攀條日幾回。

## 菩薩蠻

叢蘭泣露垂垂溼。美人堂上停瑤瑟。强起步中庭。玉階殘月明。　流年知暗換。未忍捐秋扇。弄影愛團圞。佳名記合歡。

## 黃曾葵 字甌碧、浙江瑞安人、紹第女、冒廣生室、

### 滿庭芳 紅蘭圖題詞、爲曹君直舍人、

冷落吳宮凋花殘草年年雨打風吹。那回空谷。記與素心期。憔悴無人解賞。向月明、偷寄相思。驀驚醒。江郎夢短。賦別已多時。　洗深顏色淺。傷遲怨暮。鸞鏡應知。把靈均幽恨。譜入琴絲。目極湘雲楚水。怕重逢、已分天涯。祇留住。生綃倩影。腸斷寫燕支。

## 汪　清 字湘卿、江蘇東臺人、夏寅官室、有求福居詩餘、

### 浣溪紗

倚遍闌干夜色寥。月明清露濕輕綃。一簾香氣篆烟消。　庭院落花還寂寂。江南歸夢轉迢迢。銷魂何處玉人簫。

## 陳　芸 字芸仙、號淑宜、自號道山女子、福建侯官人、壽彭女、有陳孝女集、附詞、

## 如夢令 落花

幾日陰晴寒燠。滿地落花枯槁。狼藉不成春。春緒亂如春草。煩惱。煩惱。欲倩柳絲輕掃。

## 醉花陰 用漱玉韻

一樹寒蟬催白晝。煙篆飄香獸。簾幙下銀鉤。簷鐵丁丁。微覺西風透。　病來竟落荷花後。腕弱擎羅袖。攬鏡欲梳妝。不道眉痕。已越秋山瘦。

## 齊天樂 春寒

柳慵花嚲芳菲候。春寒忽然如許。夕照光沉。浮陰暈薄。疑有三分風雨。斑鳩獨語。更遙和雛聲。燕鶯無主。惻惻羅衫。啓箱重復換輕絮。　餳簫喧雜社鼓。賣花曲巷冷。溼紅凝佇。寶硯將冰。薰爐復熱。怕凍簾前鸚鵡。關心細數。念桃萼將殘。海棠遲吐。悵望憑闌。却看芳草暮。

# 顧玉琳 字淑瓊、江西永新人、裴維侒室、有花韻樓詞賸稿、

## 柳梢青 春曉

一夜東風。和煙吹夢。無定行蹤。芳草池塘。梨花院落。楊柳簾櫳。　小橋流水溶溶。笑潑眼。春光酒濃。如許朝雲。得無昨雨。濕了輕紅。

李家瑢　字小齋、江西德化人、江陰何震彝室、著有櫻雲閣詞、

浣溪紗

曲折簾波畫不成。黃梅天氣半陰晴。一窗紅日賣花聲。　簗得香巢看乳燕。碎彈花露聽啼鶯。眉樓琴語欠分明。

琴調相思引

鈿雁箏疏媚小樓。戲拈檀點拜牽牛。翠衫香浣。兜起半襟秋。　綰綠柳堤初度雁。鬧紅花舸不驚鷗。鬢絲風裏。檢點少年游。

醉花陰　春晚坐藤花下作

小閣西偏簾窣地。門掩藤花裏。何處覓幽香。翠絡朱英。一苑春零細。　東風鬧起知沈醉。玉雪紛紛墜。中庭日午悄無人。蝶冷鶯閑。別有殘春味。

齊天樂

垂虹秋色看如許。荒寒自成幽抑。野水鷗鄉。明霞雁漵。空際柔雲染夕。倚樓望極。正天末懷人。蒼波遙隔。淡抹晴嵐。江皋斜對舊山色。　今夜月生南浦。十年歌吹地。芳思寥寂。短柳未霜。叢蘆初雪。惟有一繩涼碧。潮迴訊急。賸帆影篙痕。晻人離席。綺陌飛聲。誰家新弄笛。

臨江仙 擬李後主

萬紅如霰春無主。餘芬猶滯屏帷。蘭翹新卸晚來時。畫鉤微漾。乳燕蹴簾飛。 烟月豈知人事改。金粱月上花枝。隔花苕蔕漏聲遲。熒熒燭燄。薄醉乍醒時。

## 沈韻蘭 字淑英、浙江錢塘人、武進瞿倬室、有倚梅閣詞鈔、

虞美人 春日旅思

東皇不解留春住。日日摧花雨。倚樓無語惜殘紅。卻好一雙蝴蝶入簾櫳。 天涯路滑行人少。綠滿長亭道。故鄉咫尺未能歸。羨煞多情燕子往來飛。

## 周演巽 字繹言、浙江山陰人、有湖隱詞、

高陽臺 紀夢

海底珠光。春殘繭緒。銷沈舊恨多時。待理琴心。夜涼瘦到冰絲。爐香定解清冥意。儘飄零、那便傷離。暗凝思。曲曲闌干。花落誰知。 無端怨淚簾前映。有吟魂迤邐。悄倚紅蕤。墜月疏鐘。頓教覓夕猜疑。人生夢覺都成幻。任前塵、何許淒迷。陡醒來。簟冷窗虛。月暗天低。

## 俞因

字季則、浙江慈谿人、馮幵室、有婦學齋詞、

### 清平樂　寄君木

金鳧烟直。月弄疏篁碧。湛湛明河天一尺。苦憶他鄉今夕。　笛聲隱約誰家。夜凉獨掩窗紗。一昔畫屏無寐。淚絲彈上秋花。

## 包蘭瑛

字者香、江蘇丹徒人、如皋朱兆蓉室、有錦霞閣詞集一卷、

### 翠樓吟　秋砧　有序

秋夜將半、聞礁聲自別院來、斷續高低、如泣如訴、爲拈翠樓吟一闋寫之、

白月簾櫳。金風庭院。海棠一夜紅盡。關河書乍到。驀傳出、千家霜信。羅衣偏冷。怎鐵甲能支。宵寒初永。聲聲緊。兩三燈火。萬千離恨。　驟聽。冷韻悠揚。較數聲湘竹。更添幽懣。晚來經御苑。最難遣、長安秋興。征人夢穩。攪一片西風。也應驚醒。銷魂甚。竊刀鳴處。淚痕重搵。

## 張錦

字麗芬、湖南長沙人、朱應徵室、有閑與軒遺詞一卷、

### 鷓鴣天　春愁

遠客離愁怕倚闌。雨中無計避春寒。故園今日休回首。柳墜柔絲不忍看。　拋歲月。感雲山。可曾芳草綠湖南。金尊空向花前醉。風景催人又一番。

畫堂春　春燕

東風吹醉滿園芳。綠窗簾卷斜陽。一雙新燕去來忙。細語暄涼。　尋伴渾身杏雨。安巢一嘴芹香。似曾相識到華堂。棲穩雕梁。

## 楊延年

字延年、湖南長沙人、湘陰左臺孫室、有椿蔭廬詞存一卷、

臨江仙

回首家山紅葉。遙空冉冉飛鴉。那堪三載旅京華。覺來鄉夢。皓月上窗紗。　底事歸期難計。輸他燕子還家。薊門烟樹隔晴霞。瀟湘何在。江笛譜梅花。

## 呂景蕙

字若蘇、號璇友、江蘇陽湖人、趙君卿室、有紉佩軒詞草一卷、

臺城路　歲暮有感兼懷大兄

綺窗斜透蕭疏影。東風暗吹情緒。眉月窺人。鬟雲壓夢。賸有春魂如絮。淒迷雲樹。歎草草華年。流光難駐。無地埋憂。愁心還逐逝波去。　空庭幾番延佇。雁行天際遠。寒峭如許。薄霧欺烟。棲鴉啼月。點點離痕凝

聚。愁人夜雨。看憔悴青蛾。鏡鸞慵舞。小立回闌。夜寒雙袖護。

## 湯淑清

字菊仙、江蘇陽湖人、嘉興李鏞室、有晚香樓詞稿一卷、

### 滿庭芳　春草

南浦春來。西園雨過。萋萋芳草如雲。踏青節近。綠徧浣花村。最惜弓鞋行處。穿曲徑、軟襯羅裙。郊原外。東風似剪。吹返舊燒痕。　銷魂離別際。短長亭外。催送征人。更堪憐金勒。踏碎芳茵。回首前遊舊跡。天涯遠、空憶王孫。深院裏。和煙浥露。翠色映重門。

## 濮賢孄

字書華、江蘇江寧人、嘉興李鏞室、有意眉閣詞稿一卷、

### 蝶戀花　畫蝶

曉夢醒來無處覓。幻影南華。筆底傳消息。吮粉調脂誰省識。滕王舊譜新翻得。　軟翅穠舒風約折。碎錦迷金。做就羅裙色。可惜一叢花影隔。娉婷飛去嬌無力。

## 濮賢姮

字荔初、江蘇溧水人、長沙蔣壽彤室、有拈花小社詩餘一卷、

### 踏莎行

雨外殘花。風中弱絮。春痕究竟歸何處。尋春倚偏玉闌干。綠陰滿地無人住。　乳燕爭飛。嬌鶯亂語。等閒不解春情緒。晚妝獨自上高樓。斜陽卻照東鄰樹。

賀新涼　秋草

空谷淒涼絕。更何堪、斜陽荏苒。荒烟狼籍。花界零星留晚翠。夢繞江南江北。憔悴煞、西飛蝴蝶。究竟愁魂銷幾許。掩重門、盼斷春消息。清露冷。寸心熱。　天涯觸處傷離別。傍晚來、砧聲纔住。蟲聲轉切。回首河梁空涕淚。莽莽寒雲如昔。渾不辨、青鞋行迹。爲惜王孫歸信晚。縱平蕪、也作傷心色。霜重處。早頭白。

鳳凰臺上憶吹簫　落葉

雨護雕欄。雲裁錦帳。東皇費盡春工。記晚春時節。嫩綠初濃。偏是年華如水。纔轉眼、早怯秋風。斜陽外。蒼煙數點。病透梧桐。　忽忽。隨風歸去。一霎下瑤臺。不待霜紅。剩蕭條庭院。殘月疏鐘。只有空林凍雀。猶偎傍、十二樓東。更無奈。長廊夜深。啼斷寒蟲。

## 汪梅未　字春綺、江蘇元和人、義寧陳衡恪室、

慶清朝　用梅溪韻、同師曾作、

遠翠澆塵。曲泉通石。柳絲斜繞溪亭。烟昏霧曉。倩誰繡筆經營。占得一枝瀟灑。淡霞照綺晚妝成。花陰外。啼鵑夢斷。不盡芳情。　遙念背燈對月。正綠窗人靜。珠箔光凝。三春過了。羅衾依舊寒生。珍重朱顏未老。

天涯錦字寄丁寧。憑闌處。蕙風似翦。吹遍江城。

## 呂鳳

字桐花、江蘇陽湖人、趙椿年室、有清聲閣詩餘、

### 鵲踏枝

春日遲遲人意倦。炷罷沈檀。珍重垂銀蒜。不使濃煙空外轉。怕他心字如絲亂。　慣不加餐偏自勸。盃酒酬花。强把眉痕展。花總有情醒病眼。東風吹起愁無限。

### 過秦樓　簾

瑣院留香。深堂遲燕。永晝慣閒銀蒜。蝦鬚織就。犀押拋殘。窣地垂垂輕軟。儘教一桁風前。花影重篩。珍珠零亂。看波翻霧罥。蝶迷蜂誤。湘痕清淺。　最無賴、隱約藏來。玲瓏界處。咫尺天涯人遠。斜縈細雨。暗度涼蟾。雅襯瑤窗紗茜。偏是游絲無端。飛上雕櫳。黏將花片。把春光留住。爲語等閒莫捲。

### 賀新涼

霜鎖閑庭院。朗層霄、溶溶冰鏡。素輝圓滿。望到當頭能幾見。偏是北風吹亂。賺頻歲、天涯人倦。一樣良宵寒氣重。想嫦娥、心事終難遣。守寂寞、瑤臺畔。　還丹分付蟾蜍鍊。試新妝、娟娟千里。深情流遠。悟徹盈虧歡意淺。不獨華年輕換。儘耐盡、嚴更無怨。照到人間棋局變。恐神仙、也覺眉慵展。清夢閣。幾腸轉。

## 呂湘

字惠如，安徽旌德人，有惠如長短句一卷。

### 瑣窗寒　綠陰

空欲成煙，淨無堪唾。碧悄悄際。淒迷一片。隔斷故園千里。隱江邊，誰家小樓。有人背立斜陽裏。正單衣纔換。玉釵風漾，滿身涼翠。　花事久消替。又換了梅園。清和天氣。鳴鳩乳燕。共賞綠天新意。想前番、殘紅褪餘。此中猶有春魂寄。伴畫橋、明月眠琴，夜色籠清綺。

### 洞仙歌　菊

叢金碎玉。看幾枝疏瘦。昨夜新霜又重九。正古簾月悄。羅薦香寒。是詞客、薄醉微吟時候。　南山眞意在。孤絕幽芳。千載襟期繼陶叟。端不負初心。寂寞東籬。總未向、春風低首。願歲歲、秋光似花濃。這夕照閒門。有人同守。

### 好事近

滿袖落梅風。吹笛石頭城下。楊柳小於嬌女。倚赤闌低亞。　六朝金粉盡飄零。燕子傷心話。賸有齊梁夕照。罨青山如畫。

## 呂碧城

字聖因，一字蘭因，安徽旌德人，有信芳集、曉珠詞。

祝英臺近　爲余十眉題神傷集

背銀釭。拈象管。秋影瘦荀倩。洛賦吟成。人共素波遠。可憐魂覓帷間。釵尋海上。都不是、等閒恩怨。幾曾見瓊樹日日常新。冰蜍夜常滿。贏得情長。那怕夢緣短。瓣香待卜他生。慈雲乞取。好深護、玉樓仙眷。

祝英臺近

縋銀瓶。牽玉井。秋思黯梧苑。蘸淥搴芳。夢墮楚天遠。最憐娥月含顰。一般消瘦。又別後、依依重見。倦凝眄。可奈病葉驚霜。紅蘭泣騷畹。滯粉黏香。繡屧悄尋徧。小欄人影凄迷。和煙和霧。更化作、一庭幽怨。

汨羅怨　過故都作

翠拱屏幃。紅邏宮牆。猶見舊時天府。傷心麥秀。過眼滄桑。消得客車延佇。認斜陽、門巷烏衣。怱怱幾番來去。輸與寒鴉。占取垂楊終古。　閒話南朝往事。誰踵清遊。採香殘步。漢宮傳蠟。秦鏡開星。一例穠華無據。但江城、零亂歌絃。哀入黃陵風雨。還怕說、花落新亭。鷓鴣啼苦。

俞玫　字佩珣、浙江德清人、許寶蘅室、有絮影樓詞、

祝英臺近　白秋海棠

雪留痕。香化淚。冷露一枝寄。次第西風。扶得倩魂起。縱教月地移根。雲屏護影。尚只恐、留仙無計。蟲吟細。伶傳覓夕低鬟。誰解此中味。銀燭休燒。清夢遠難記。最憐箏柱華年。香桃瘦骨。也莫問、斷腸深意。

## 弘智

字無可、別字藥地、安徽桐城人、本姓方、名以智、字密之、明崇禎十三年進士、翰林院檢討、入清爲報恩寺僧、有浮山詞、

### 憶秦娥

花如雪。東風夜掃蘇隄月。蘇隄月。香消南國幾回圓缺。　錢塘江上潮聲歇。江邊楊柳誰攀折。誰攀折。西陵渡口。古今離別。

### 浪淘沙　示陳涉江

風起恨青霄。堆砌無聊。亂紅催語肯相饒。九十春光留不住。只在今朝。　舊淚灑橫橋。那更吹簫。一聲斷處血難消。夜半子規啼不盡。只見花飄。

## 今釋

俗姓金氏、名堡、字道隱、浙江仁和人、崇禎十三年進士、官御史、入清後爲僧、號澹歸、有徧行堂集、附詞、

### 木蘭花慢　和蔣竹山賦冰

朔風開鐵柙。鍊飛雪。不成花。間薄泯裁痕。厚消疊跡。妙手誰家。浮槎。驟膠銀漢。料天孫、穩送七香車。須信黄河到底。爲人截斷流沙。　殘霞。影裏絕棲鴉。望外失蒹葭。更休教洞口。賺他菜葉。泛出胡麻。神媧。待扶寒日。勸融通、讓與月生華。不道清霜照夜。還成玉宇無瑕。

簷牙聲澌歷。聽絕續。響玻璃。似甲蛻銀龍。雹含石蜴。迸出寒溪。流澌。瑚霜鏤雪。也裁裁、翦翦襯沙隄。卻怪膽餅碎處。梅花落得心齊。　淒淒。水鈍月難期。風尖日易低。想橋頭玉版。草根珠顆。乘馬聞鷄。重携。輕綃開看。怕明璫、化去是耶非。腸斷鮫人淚點。冰紈更忍留題。

夏蟲不可語。知何處。納凌陰。聽聚雨量珠。抽泉析骨。一笑蒼繩。難尋。奇窮地脈。是全埋、凍海截雷音。巧試蓮膚龜手。平欺鑠石流金。　稜稜。十暴總無侵。微吹又不禁。只移來六月。換人雙眼。元自冬深。如今有山莫倚。把熱腸、軟作歲寒心。紫燕滿園春色。暮猿三峽悲吟。

## 小重山　得程周量民部詩卻寄

落落寒雲曉不流。是誰能寄語、竹窗幽。遠懷如畫一天秋。鐘徐歇。獨自倚層樓。　點點鬢霜稠。十年山水夢、未全收。相期人在別峰頭。閒鷗意。煙雨又扁舟。

## 風流子　上元風雨

東皇不解事。顛風雨、吹轉海門潮。看煙火光微。心灰鳳蠟。笙歌聲咽。淚滿鮫綃。吾無恙。一爐焚柏子。七盌覆松濤。明月尋人。已埋空谷。暗塵隨馬。更拆星橋。　素馨田畔路。當年夢、應有金屋藏嬌。不見漆燈續燄。蕉節生苗。儘翠繞珠圍。寸陰難駐。鐘鳴漏盡。坏土誰澆。問取門前流水。夜夜朝朝。

# 雪灘　姓陳氏、名盟、四川富順人、明末入清爲僧、

## 水龍吟 招鶴

仙翁胡不歸來，摶風瞬夕辭蓬島。竹籬茅舍，青松白石，於今尙好。舊日江山，半啣落景，半沉衰草。記西湖西畔，雪中去後，塵世事，幾雲擾。　趁此月明如練，想令威、歸來華表。玄裳縞袂，惠然顧我，一聲林杪。朝飲流霞，夕餐沆露，相期縹緲。待梅花栽就，成林何似，洞天淸曉。

## 靈表

姓李氏，名繩遠，字斯年，一字尋壑，自號樵嵐山人，又號補黃村農，浙江嘉興人，諸生，考授州同知，入淸爲僧，有尋壑外言。

### 青玉案 夏日同友宿范蠡湖

碧湖一片殘陽外，有亭館、參差帶。西子粧臺今可在。紅香墜粉，翠陰橫黛。畫舫人同載。　簾櫳夜捲涼飈快，望明月、遙相待。迢遞高城曾不礙。酒杯還把，睡情須耐。此景眞堪愛。

## 止嵓

字豁堂，浙江餘姚人，杭州淨慈寺僧，有屛山詞。

### 點絳脣 湖上

來往煙波，此生自號西湖長。輕風小槳。盪出蘆花港。　得意高歌，夜靜聲偏朗。無人賞。自家拍掌。唱得千山響。

## 濟日 字句玹、有逸庵詞、

### 菩薩蠻 幽居

無能只合棲茅屋。春來喜發千竿竹。翠竹繞山房。藤牀午夢涼。　素琴閒不理。茶竈松煙細。坐看日將斜。庭風掃落花。

### 臨江仙

何處忽聞雞犬吠。白雲洞口人家。竹籬茅舍絕紛譁。春風吹不住。滿地落藤花。　幾度叩門人不見。采芝應在山涯。遙看林外夕陽斜。空教題短句。石上拂煙霞。

### 江城子

飛來小嶺削芙蓉。樹青葱。石玲瓏。斷壑橫橋。疑與石梁通。林籟寂時溪水靜。雲影裏。出疏鐘。　山僧定起萬緣空。石牀中。落花重。雨過門前。多少虎狼蹤。天地不知何歲月。看草木。自春冬。

## 今無 俗姓萬氏、字阿字、廣東番禺人、廣州海幢寺僧、有光宣臺詞、

### 滿庭芳 出山海關

地盡天窮。雲寒雪重。月明畫角聲長。荒鷄塞遠。漂泊淚如霜。城旦鬼薪何處。學蘇卿、嚙雪驅羊。郤從來。堦

憐節烈。抵死問蒼蒼。 長城東去也。沙封白骨。雪打皮囊。更烟流短草。雁起邊牆。淒斷神州抛撇。氈毯問、箕子佯狂。莫回首。秦淮簫鼓。特地又悲涼。

## 弘倫

姓徐氏、字叙彝、一字孝均、江蘇無錫人、宜興反哺菴僧、有泥絮詞一卷、

### 點絳脣 春陰

玉笛丁寧。落梅滿地愁無主。連宵風雨。魂夢都無緒。 野水平橋。岸柳迷烟縷。鶯無語。花廊月廡。一幅春寒譜。

### 鷓鴣天 松陵江上

茆店青帘矗酒旗。畫橋垂柳閉朱扉。桃花點水流春去。杜宇沿江喚客歸。 鄉夢薄。落紅知。哂儂終是有情痴。一舡離恨疎疎雨。莫怪吳娘兩槳遲。

### 河瀆神 丫姑廟

野廟集啼鴉。紅牆一角崩沙。楓根擷網繫漁艖。漁娘滿髻黃花。 新月㛹娟眉樣子。也解照人心事。一帶暮山凝紫。疎鐘打響煙寺。

### 清平樂 畫溪

畫溪春漲。雙槳桃花浪。白鳥飛邊漁笛響。山月一痕眉樣。 綠陰冉冉煙村。數聲布穀初聞。黃犢一犂歸

韙。夕陽吹絮柴門。

## 滿江紅 雷塘

席帽塵襟怱怱過、落花時節。鵑聲苦、玉鈎斜上。逾加淒咽。畫槳晴湖尋故事。新蒲細柳催寒食。聽舟人、指點說雷塘空陳迹。　頹寢上、飢烏集。斜照裏、江流碧。見野棠風老。亂紅堆積。宮纜牙檣悲逝水。銅麟繡瓦埋荒棘。恐鶴歸華表認迷樓煙明滅。

## 賀新郎 題悅可道兄照

意氣雄河朔。說髫年、彎弓盤馬。曾輕衛霍。劇孟朱家連飲席。杯酒不輕然諾。心下事、金仙難度。一自風塵吹世換。盼功名、不上麒麟閣。漫撥斷。檀槽索。　君胡不去耕東郭。叫春雲、風鳶綫斷。此身無著。賸取香篝和茗椀。冷伴梅花簾幙。喜共我、連吟西嶽。一幅飲光圖畢肖。歎蕭蕭、短髮霜刀削。婚與嫁。並勾卻。

## 采桑子

麗譙聲斷誰吹角。叫罷離鴻。訴罷秋蟲。黃葉堆階滿院風。　瞯人斜月涼於水。夢也成空。見也無從。廿五霜鉦百八鐘。

## 浪淘沙

聽盡賣花聲。碧樹無情。薔薇嬌輭墮紅輕。三月江南春似海。化作愁城。　時節換朱明。少雨多晴。夕陽天際暮山横。小院東風門不掩。啼老流鶯。

小重山 秋夜夢登虎邱莫釐諸峯

秋染吳山入夢邊。闔閭埋玉處、第三泉。可中庭上月初圓。僧梵放。花雨散諸天。　鶴背記遊仙。洞庭催落木、水如煙。浣紗人去五湖船。長留恨。七十二峯前。

超　正　字方竹、江蘇宜興人、

江城子 過廢園

竹籬花徑小山幽。碧雲浮。淡煙收。猶記當年、歌嘯每臨流。芳草無心隨處緑。人去也。恨悠悠。　飛來粉蝶弄春柔。漫凝眸。上心頭。惆悵今番、不似舊時遊。人世茫茫渾似夢。聊一枕。學莊周。

隨　時　字悦可、江蘇宜興人、

滿江紅 自題小影

問爾何爲、空潦倒、頭顱已白。歷幾許、甘辛苦淡。繁華蕭索。覆雨翻雲緣底事。劒花筆彩都無益。賸殘生、稽首法王前、尋消息。　料不上。淩煙壁。夢不到。槐安國。甚重開生面。鳶肩火色。畫裏幾時懷法喜。龕中何處尋彌勒。殿東偏、屋角破袈裟。還須識。

## 原詰 字又維、號放庵、原籍太倉、江蘇宜興人、有紅豆詞、

### 桂枝香 秋夜

寒蛩語細。聽訴盡淒涼。客心將碎。不捲珠簾。怕見月華如水。羇愁黯黯渾如醉。爲悲秋、一番憔悴。碧天空闊。畫樓縹緲。鳳簫初起。　昔曾向、花間竹裏。把玉巵浮白。縞袖凝翠。自去瀛洲仙馭。頓忘塵世。而今諳盡愁滋味。更休提、故人千里。夜闌酒醒。參橫斗轉。最憐無寐。

## 行悦 字梅國、號呆翁、江蘇太倉人、住理安寺、有呆翁和尚詩餘、

### 金菊對芙蓉 周屺公至、邀同張孺子夜話達曙、

海角深秋。牙檣薄暮。惠然竟泊東籬。適芙蓉未老。黃菊初知。西窗剪燭堪清話。怎更沈、心曲攢眉。聖賢勳業。天教多難。奮發英姿。　今夕快踐前期。任寒蛩絮壁。漏轉河移。補幽懷未了。暢快詩脾。此回不是廬山夢。他時夢、此恐生疑。摩挲兩眼。披襟叫笑。驚起鄰雞。

## 雲門僧

巫山一段雲

竹杖穿花徑。蘭橈渡柳村。欹斜古寺白雲屯。相對坐黄昏。　香篆消殘印。霜花凍曉痕。十年情事若爲論。一笑月臨軒。

## 明　瑜

姓蔡氏、字昀熙、江蘇無錫人、主席靈巖、

三部樂

極目煙汀。有幾點白蘋。幾枝紅蓼。翠盤攲側。巳報藕花衰老。夢回冰簟涼生。恁銅壺滴盡。銀屏難曉。芳期易負。又過針樓乞巧。　試聽井梧葉墜。似西風有意。敎人知道。那更石臺蛩語。珠簾螢繞。是誰家疏礎頻擣。慣禁受月昏雲悄。歸雁到也。早句起、離愁多少。

## 大　璸

滿庭芳　章江旅思

吳樹雲深。楚江春老。夢回何處疎鐘。拍天無際。煙雨畫樓中。故國梨花香繞。車輪驟、寒食東風。江淹恨。消來不盡。鎮鎖兩眉峰。　朦朧分手地。愁雲慘雨。直恁匆匆。儘三分春色。都變秋容。巳信繁華電影。怎禁得、萬里飄蓬。傷心處。闌干倚遍。一笑海棠紅。

## 燈演 字靈奕

### 浪淘沙

春色滿池塘。草木含芳。柳鶯巧囀日初長。多少遊人如醉夢。可惜時光。　花落惜餘香。客路淒涼。新愁無限憶他鄉。回首春風歸未得。燕語雕梁。

## 超直 字問石

### 唐多令

心事與誰商。堪憐鬢點霜。歎而今、古道云亡。屈指昔人都不見。千載恨。莫思量。　舊事漫悲傷。松風白日長。更蘧蘧、一枕黃粱。蒼狗白雲隨意去。山寂寂。水茫茫。

## 高雲 盤山寺僧

### 踏莎行 寄花影菴主

漏靜鐘鳴。霜寒月冷。羣陰剝盡春將醒。滿腔碧血阿誰知。百年心事傳花影。　去去留留。潛潛等等。高雲一樣蹤無定。玲瓏夢破玉壺中。翩翩光映摩尼頂。

## 本照 字暎雲、湖南湘潭人、

### 滿江紅 還山後寄黃石櫓

旬日離山。探囊內、新詩餘幾。憶昨夜、五更驚夢。歸心難已。兩隻芒鞋邱壠外。一條榔栗巔崖裏。趁涼天、荷衲早歸休。松篁里。　東嶺畔。泉聲駛。西林外。霞光起。把塵容滌淨。幽情堪喜。紅藕香中書卷在。綠楊陰下軒窗啓。算將來、名利不如閒。吾休矣。

## 繡鐵

### 赤棗子 汾水道中

烟外雨。雨邊山。啼盡鶯聲二月殘。青粉墻陰人獨立。茜紅衫映杏花寒。

## 果心 姓朱氏、字得源、江蘇吳縣人、有迂禪詞草、

### 水龍吟 荷葉

鏡中未見新粧。翠裳先向風前舞。月明露濕。輕凝鮫淚。曉來幾許。圓影亭亭。鴛鴦深睡。綵雲低護。想洛妃出水。不勝嬌怯。憑扶好。凌波步。　鎮日軒窗獨倚。暗飄來、清香消暑。嫩涼枕簟。驚回幽夢。小池驟雨。最恨

無情。一番寒信碧霞飛去。料應看江畔秋容。寫入玉溪愁句。

## 了璞

字韞庵、江蘇丹徒人、住象山石隱庵、有清夢軒詩餘二卷、

### 鵲踏枝　江上晚霽

綠映遙天芳草渡。無限煙波。暗徧前村路。江上斷霞低遠樹。漁舟唱向空江去。　徙倚闌干看日暮。過雨歸鴉。點點飛無數。隔岸一聲清磬度。夕陽淡入遙山霧。

### 木蘭花慢　秋思

乍長空雲黑。飛濤白。遠天黃。只旅雁行行。寒鴉點點。極目空江。蒼茫。敗蘆蕭瑟。又無端、衰柳挂斜陽。獨對山鐘漁艇。難消苦茗清香。　思量。潦倒幾星霜。脈脈惜流光。正無語憑闌。關心舊事。空自迴腸。虛廊。蛛絲冪滿。舞秋風、梧葉落琴牀。自覺詩懷都懶。悲吟偏有寒蛩。

## 達塵

字月樵、江蘇震澤人、梅堰顯忠寺僧、主長慶寺講席、有一指窩詩餘一卷、

### 少年遊　鶯湖泛棹圖

芳草如烟。綠波如縠。迤邐水雲鄉。輕槳雙划。平湖萬頃。宛在小瀟湘。　先生自署鶯湖長。蓑笠任行藏。樹裏鐘聲。沙邊鷗夢。塵事淡相忘。

## 能印 字九方、江蘇常熟人、

### 桃源憶故人

重重花影眠春月。不管杜鵑啼血。又是清明時節。何事音塵絕。　青山遮斷途紆折。楊柳橋邊言別。幽鳥小窗調舌。不省如何說。

## 西印 字竺仙、浙江石門人、

### 清平樂 蘋花、和于惺伯、

半篙溪嘴。薄采蘋花蕊。來伴荷花缸面水。別有清涼滋味。　昨猶泛泛中流。今何小小瀛洲。老去不妨偕隱。浪花一朵逢秋。

## 明心 雁山某寺僧、

### 三部樂

去去閒雲有幾處青山。幾番芒屩。夢覺霜鐘。又是冷蛩啼老。等閑無奈雙丸。只多般做弄。塵中昏曉。秋聲易警。那見癡兒醒了。　瞥眼舊時甲帳。似西風亂葉。忽忽都掃。漫說戟門春麗。牙旗雲繞。算逍遙、孤帆抽早。儘禁受浪春潮擣。征雁過也。驀勾起、前情多少。

## 寶筏 號蓮西、廣州海幢寺僧、有蓮西詩鈔、附詞、

### 春風第一枝 何一山先生見示瑤溪探梅詞、次韻和作、

雪地冰天野梅花矣。先生慣赴幽約。平林四面香雲。黏得一身飛萼。臨風映水。且休歎、芳心飄泊。有太湖、逋叟行吟。南海坡仙同酌、烟漠漠問春何著。花片片、經時未落。寒香傾入芳尊。一醉何知寂寞。枝頭數點。卻早把、十分春覺。問當年、水部揚州。何似小池孤閣。

## 能啓 姓李氏、江蘇如皋人、文峯閣住持、

### 東風第一枝 分咏望江樓探梅

雪已爭春。花應索笑。冷香猜入幽戶。者番高閣清吟。莫被薄寒鎖住。迴廊繞遍。伴老鶴、月明來去。驀記起、舊歲登臨。凍折幾多煙樹。今夜可、白雲穩護。明日定、曉霜妝素。共誰小隱山家。累我遠招伴侶。苔痕踏碎。幾忘卻、江城歸路。好待取、一笛吹開。紅到上方深處。

## 寄塵 字雲閒、江蘇如皋人、蘇州報恩寺僧、

## 清平樂 題話荔圖

櫻桃紅過。夢向炎荒墮。說著海南風露顆。閒煞綠窗人坐。　京華北望關山。如今行路艱難。回首紅塵那角。三年前住長安。

## 余一淳 號體厓、浙江杭州人、大滌山羽士、

### 好事近 入大滌山

一片石玲瓏。身入洞天幾曲。點起明明爐火。見如鴉蝙蝠。　琴牀丹竈跡依然。雲冷不堪宿。待覓素書歸去。倩稽康解讀。

## 榮漣 字三華、號澗泉、江蘇無錫人、明陽觀道士、

### 少年遊

荒亭自署草玄居。剝啄近來疏。瓶養幽花。欄栽細藥。清課莫教虛。　芳叢時見蝶蘧蘧。竹牖夕陽餘。飯畢徐行。詩成獨立。適興飼盆魚。

## 周道昱 字靜涵、浙江烏程人、南潯廣惠宮道士、有補閒詩餘、

### 漁歌子　雨過

料峭東風纖嫩寒。深深庭院綻春蘭。烟漠漠。露團團。譜就新詞調紫鸞。

## 上　鑒　號輝宗、江蘇長洲人、吳氏女、原名琪、字蕊仙、一字佛眉、有香谷焚餘艸、

### 玉樓春

山影入樓剛尺許。隄柳蔭濃吹作雨。簾低不礙野雲飛。窗小只容憨燕舞。　又看明月松梢住。漁夢江邊無覓處。白鷗期我且休歸。故園自有鶯花主。

### 少年遊

一階新草碧痕輕。紫幔怯風鈴。粉妝玉靨。爲誰消滅。空自撥秦箏。　幾回夢裏尋芳訊。花底憶生平。半醒梨雲。朱簾靜悄。獨聽畫眉聲。

## 舒　霞　姓賀、名元瑛、字赤浦、江蘇丹陽人、出家爲尼、

### 菩薩蠻　留別

天涯芳草春歸路。無端風雨將花妬。相續古今愁。春江無盡頭。　孤帆猶未動。先做思鄉夢。離恨儘今生。他生莫有情。

## 臨江仙 舟中作

閒却此身滄海外。帆輕不計途長。村村樹色染秋霜。波漂菰米熟。風送野花香。　蓼渚蘆灣何處宿。狎鷗一樣行藏。十年前事已相忘。只愁今夜夢。隨月到家鄉。

# 慧海 浙江人、

## 虞美人 九日

相逢盡唱涼州曲。更盡樽中綠。霜花猶喜上枝開。歲歲重陽時候獨登臺。　茱萸佩得香盈袖。往事休回首。三秋幾見月微茫。怕向短長亭畔望昏黃。

# 王嶽蓮 字韻香、江蘇無錫人、女道士、號玉井道人、又號清微道人、有清芬精舍小集三卷、

## 采桑子

一犂雨足清溪漲。幾處蛙聲。幾處蟬聲。菡萏風吹暑氣清。　石牀臥覺松濤靜。嬾譜棋經。試補茶經。月影今宵分外明。

# 全清詞鈔第三十五卷

## 王闓運

初名開運、字紉秋、改字壬秋、號湘綺、湖南湘潭人、咸豐七年舉人、光緒三十四年授翰林院檢討、有湘綺樓詞鈔一卷、湘綺樓詞選三卷、

### 宴清都　和盧蒲江

春夢無拘管。人去後粉牆花影撩亂。分明月在。闌干倚處。佩香猶暖。荼蘼似肯相伴。過夏雨、池臺綠換。只刺、藤會罥羅裙橫斜占了西苑。　窗前帕印脂冰。牀偎簟汗。嬌笑如見。重簾暫護芳塵莫埽。一方空院。良緣若道眞斷。怎猶得、歡情在眼。耐思量惟有閒愁依依傍晚。

### 長亭怨　紙煤

正妝罷、搓胭掐粉。早又拈起。筋圓輕褪。巧削葱根。細吹蘭氣口脂暈。酒邊茶後。頻敲處、微紅印。看似碧蕉心不許展、春風一寸。　香盡。怎知香歇後。剛被冷茸留燼。殷勤記取。喜羅袖、暗籠低抆。問那日、細寫相思。待燒了成灰教認。莫點作孤燈。長是照人離恨。

### 轆轤金井　廢圃尋春、見櫻桃花、感賦、

玉窗長別。分今生、不見淚痕彈粉。春夢潛窺驀相逢傍晚。亭亭似問。背人處、倩妝誰認。朝雨香殘。斜門煙

鎖。費他思忖。常時上林芳訊。見玉妃侵曉。撩亂雙鬟。妒殺夭桃。占東風不穩。如今瘦損。記前度、挂心提恨。又欲成陰。一時判與早鶯銜盡。

## 王先謙

字益吾、號葵園、湖南長沙人、同治四年進士、改庶吉士、授翰林院編修、官至國子監祭酒、內閣學士、有六家詞鈔及詩餘偶鈔六卷、

### 摸魚兒 題輯刻六家詞鈔

夢遊仙、步虛天遠。聯翩秦女煙霧。遺聲散作人間曲。依約彩軿留駐。新按譜。試賭唱旗亭、儘讓雙鬟度。從今樂府。說水皺風吹。雲微山抹。都是錦囊句。　眞堪笑。老我儒冠不誤。平生文字知故。嫏嬛曾記當年到。教作掌書都護。緣可悟。便綺語消磨、也勝閒情緒。前身印取。問佳到秦黃。干卿甚事。徒步海鹽路。

## 陳寶琛

字敬嘉、又字伯潛、號弢庵、福建閩縣人、同治七年進士、改庶吉士、授翰林院編修、官至山西巡撫、有滄趣樓詞一卷、

### 霜葉飛 落葉

一秋無緒。霜天裏。朝朝風葎辭樹。夜長還要警孤眠。聽打窗如雨。更惻惻、危枝倦羽。添薪虛憶庭槐古。儘唱徹哀蟬。底處覓題紅。那管客衣緇素。　長記九日江亭。商飆獵葦。舊題周甲曾賦。而今人亦禿成枯。羸

共階蛩語。怎撇卻、乾梢斷縷。飄零休便隨流去。但保得、冬心在。轉綠回黃。是歸根處。

## 澹黃柳　詠新柳

回黃轉綠。誰透春消息。入畫纖眉舒未得。寄語行人莫折。留與千門作寒食。　御河側。青青自今昔。乍裝點。可憐色。憶當年、重爲靈和惜。試念東風。玉關遮斷。猶有羌兒怨笛。

## 金縷曲　寒鴉

朔氣催成暝。暮沈沈、亂雲堆壘。橫斜千陣。槐柳故宮深藏處。禁得霜天淒冷。又正恐、爭栖難定。寒日無光何時曙。記翩飛、曾帶昭陽影。終古恨。幾人省。　夜啼動攪孤眠醒。更憐伊、月明繞樹。最擔虛警。投止倉皇知誰屋。接飯叢祠差幸。且珍重、羽毛休損。開口易招南兒唾。漫誤人、北鴈傳邊信。頭盡白。故山迥。

## 齊天樂　早蟬

蟄居又入蕤賓律。新陰蓊然槐柳。苦鵙愁聽。荒蛙厭聒。琴曲迎薰初奏。冠緌似舊。任費恨聲聲。怎消長晝。不是先鳴。變商容易落秋後。　無情宮樹一碧。況蕪平梗泛。何限回首。露逐盤移。天留葉翳。高處猶容廝守。違山許久。賸對鏡慚衰。蛻身嗟朽。別動經年。更煩相警否。

## 惜紅衣　立秋後五日、同梅生重泛荷灣、和石帚韻、

夜雨成秋。前塵計日。勝遊猶力。一棹香雲。疎花戀叢碧。芳辰易駛。傾意待、同舟詞客。清寂。支枕扣舷。得斯

須將息。銅駝廢陌。擎翠搖紅。菰蒲恣陵藉。無因再夢。化國海南北。寒卻舊盟鷗鷺。自笑萬波空歷。恁滿房心苦那似昔時顏色。

## 何維樸 字詩孫、湖南道州人、同治九年副貢生、官內閣中書、

### 點絳脣 泛舟八里臺觀荷、次子有韻、

一舸清渠。曙風障斷塵闤暑。過雲行處。不帶些兒雨。　本是浮家。花欲留人住。無多路。便隨香去。收取荷盤露。

### 南浦 南泊觀荷用玉田韻、同幼遐、

涼動雨餘天。不多時、又是一番秋曉。鴻爪認前蹤。蒼苔上、惟有斜陽難掃。半篙煙水。十年也換滄桑小。說到家山君似我。負卻池塘春草。　何如倒盡金尊。看窗前樹色。雲光了了。明鏡照紅妝。瑤臺路、倘許世間人到。幽懷浩渺。醉歌驚起鴛鴦悄。翻羨溪童搖艇去。消受月明多少。

### 前調 立秋次日又觀荷南泊、

晨旭暈簾旌。快初晴、一笑剛逢吟侶。清絕藕絲鄉。頻番到、纔覺秋光如許。風環水佩。盈盈欲託微波語。道是嬌陽禁不慣。況又峭風吹雨。　憐花翻被花憐。甚年年長作。天涯倦旅。明鏡點秋霜。青衫恨、一樣飄零似汝。泛商刻羽。嘔心欲把霓裳譜。卻有垂楊能笑我。那得當年情緒。

## 勞乃宣　字仲瑄、號玉初、晚號韌叟、浙江桐鄉人、同治十年進士、官至學部副大臣、有勞山詞存、

### 祝英臺近　途次寄內

雨聲疏。風力碎。蕭瑟打篷背。倦旅天涯。此際客懷最。料他蕙被禁寒。蘭釭照夢。也嘗到、傷春滋味。　幾回悔。不如不訂歸期。離情尚堪慰。爭似番番。贏得鏡邊淚。而今楊柳愁深。海棠位淺。又添了、一般憔悴。

### 揚州慢　虎邱感舊

暮棹尋煙。春衣試暖。夕陽紅過橋東。望巍然一塔。正獨倚晴空。舊日樓臺何日。畫船簫鼓。夢影朦朧。　賸貞娘墓。草萋萋綠徧東風。　墜歡渺渺。算閒鷗、曾識遊蹤。甚紫塞餐霜。燕然踏雪。辜負吟筇。陌上翠鈿誰拾。垂楊外、油壁希逢。送歸艎、流水棲鴉。幾杵疏鐘。

## 石德芬　原名炳樞、字星巢、廣東番禺人、同治十二年舉人、官四川川邊道、有緗春詞一卷、

### 秋波媚　己酉春朝于役邊北、離營卅里、柳林在焉、地名弓丫、去天尺五、聽鶯無館、盤馬有隄、余乃傍水尋春、籠鞭覓句長條灞岸、應是短笛郵亭、幸逢言寫我憂、率拈此解、

沿隄問柳到弓丫。新綠正含芽。東風過處。纖腰欲舞。羞煞蠻娃。　稚條怎便能成絮。雪點混楊花。天涯何處。劇撩人恨。春色些些。

## 惜餘春慢 疊蓋晚望示同幕諸君子

又過清明。無花無酒。孤負芳春去也。原頭射鹿、港口叉魚。別是一般瀟洒。不管長亭短亭。絮墮萍生。憑伊造化。愛斜陽正在板橋深處。綠陰如畫。　今日箇峻嶺雲橫。荒江雪湧。欲駐何能駐。下弓衣拚碎箭袖拚殘。且向峯頭立馬。漫道淵明笑人。帽影鞭絲。未妨儒雅。忽簫聲吹出。邊愁蠻語。參軍聽者。

# 沈澤棠

字茝鄰、又字芷鄰、廣東番禺人、同治十二年舉人、官候選知縣、有懺庵詞鈔一卷、詞話一卷、

## 買陂塘 酒後登城晚眺、寒飈逼人、春遊尚阻、塡此遣懷、時壬子冬至後十五日也、

甚悽悽、鵂鶹啼遍。獰飈寒厲如許。銅缾冷剩紅梅瘦。此外春光何處。天不語。任淚灑山園、黯淡冬青樹。呼鸞道古。看一角蕪城。荒苔敗堞。眼底盡愁緒。　鐘聲送。指點昏鴉三五。迷林知否歸路。羣兒未解興亡恨。艷說承平歌舞。情自苦。縱織箔鈔書、意氣仍龍虎。尋芳尚阻。待人日題詩。花朝呼舸。主客畫圖補。

## 虞美人 題馬湘蘭蘭竹

風梢露葉亭亭立。翠壘看猶溼。小名題處是花名。一段瀟湘殘夢不曾醒。　秦淮依舊波如鏡。不見巫雲影。畫屏指點認春痕。只有江南倦客最銷魂。

## 摸魚子 樂昌寓樓俯臨江濱、山翠撲簾、浪青涵榻、來帆婀娜、如蕩客愁、率塡此解、寄石臞兄少眉弟、

鎮蕭蕭、打簷風勁。曉來冷逼孤館。高樓帆影明還滅。空戀夕陽一片。情自泫。漫贏得離懷、說與啼鵑怨。寒

深醉淺。料聽雨窗前。聯牀夜話。應念客遊倦。　塵勞恨頓被笛聲吹斷。迴闌十二吟遍。薰罏煙裊添香細。門掩落花零亂。愁莫遣。問愁與情絲。較比誰長短。宿醒未浣。又衾薄霜濃。簾疎月峭。歸夢萬山遠。

## 鄭文焯

字俊臣、號小坡、又號叔問、晚號大鶴山人、別號冷紅詞客、奉天鐵嶺人、流寓吳越、光緒元年舉人、官內閣中書、有冷紅詞四卷、比竹餘音四卷、苕雅餘集一卷、瘦碧詞二卷、晚年刪定爲樵風樂府十卷、又撰有絕妙好詞校釋一卷、詞源斠律二卷、批校花間集、東坡樂府、清眞集、夢窗詞、白石道人歌曲五種、未刊稿有律呂古義、燕樂字譜考、白石歌曲補調、詞源斠正、詞學甄微、曲名考原、詞韻訂各若干卷。

### 湘月　山塘秋集、分題得壞塔、

夜鈴語斷。更斜陽瘦影。誰問今古。獨立蒼茫鎮占老、一角青山無主。衰草叢生。枯楓倒出。時見歸禽度。殘烽零劫。仗他半壁支拄。　長見峭倚荒天。淒涼如筆。寫愁邊風雨。不許登臨。怕倦客、題遍傷心秋句。臥影空丘。招魂破寺。賸有孤雲駐。夢痕飛上。故王臺榭何處。

### 虞美人

鏡屏香冷夫容薦。花趁人凝澹。問誰下馬看梳頭。長是畫簾高捲臥清秋。　宿妝留得新眉在。人意依前改。一溝脂水繞樓東。中有幾行閒淚往來紅。

### 玉樓春

梅花過了仍風雨。著意傷春天不許。西園詞酒去年同。別是一番惆悵處。　一枝照水渾無語。日見花飛隨水去。斷紅還逐晚潮回。相映枝頭紅更苦。

## 玲瓏四犯

壬辰中秋玩月西園、中夕再起、引侍兒阿憐露坐池闌、歌白石道人玲瓏雙調曲度鐵洞簫、繞廊長吟、鳴鶴相應、夜色空寒、花葉照地、顧景淒獨、依依殆不能去、遂倣姜詞舊譜製此、明日示子苾、以爲有新亭之悲也、宋譜雙調煞聲以中呂上字爲夾鍾商、按詞原律呂四犯、夾鍾商犯夷則羽、爲仙呂調、亦中呂上字住商犯角爲夾鍾閏角、歸本宮爲夾鍾宮、即中呂宮調也、周清眞所歌、別是大石調一曲、梅溪草窗並效其體、與此不同、近世詞人樂工莫達斯旨矣、

竹響露寒。花凝雲澹。淒涼今夜如此。五湖人不見。故國空文綺。歌殘月明滿地。拍危闌、寸心千里。一點秋槃。兩行新雁。知我倚樓意。　參差玉生涼吹。想霓裳譜遍。天上清異。鏡波宮殿影。桂老西風裏。擕槃夜出長門冷。漸銷盡銅仙鉛淚。愁夢寄花陰見、低鬟拜起。

## 謁金門

煙浪惡。花滿海山樓閣。遼鶴無書雲漠漠。故宮春夢薄。　莫惜舞人零落。長袖爲君重著。墮地鸞釵成密約。捧觴千日樂。

花窣地。紅玉枕山雲膩。良夜好天濃睡裏。蠟盤空轉淚。　妾似楊花飄墜。郎是一江春水。容易東風無好計。少年須著意。

釵鳳墜。人意不如初會。圓月後逢歌舞地。斷腸明鏡裏。　早是君心難恃。恨不玉顏先悴。恩重嬌多情易費。枕函花有淚。

## 月下笛 戊戌八月十三日宿王御史宅、夜雨、聞鄰笛感音而作、和石帚、

月滿層城。秋聲變了。亂山飛雨。哀鴻怨語。自書空。背人去。危闌不爲傷高倚。但腸斷、衰楊幾縷。怪玉梯霧冷。瑤臺霜悄。錯認仙路。　延佇。銷魂處。早漏洩幽盟。隔簾鸚鵡。殘花過影。鏡中情事如許。西風一夜驚庭綠。問天上、人間見否。漏譙斷。又夢聞孤管。暗向誰度。

## 鶯啼序 秋感、和夢窗豐樂樓韻、

滄洲半殘畫稿。認河山錯綺。自槎客、豔說仙瀛。浪疊愁滿空際。蜃噓起、樓臺幻境。金銀夜氣渾無霽。怪塵昏。蠻海驚鳶。跕影都墜。　陳迹蒼黃。對酒看劍。向青天漫倚。漢宮月、猶過邊亭。墮榆飛盡寒翠。最銷凝、昆池劫壘。石鱗泣、秋棱荒水。閱年涯。三淺蓬萊。此身何世。　長安似弈。局外樵柯。睡境正深美。幽恨切、數聲啼鳥。夢裏誰見。覆雨翻雲。楚天疑事。西山縹緲。香霏一片。玉龍哀變清商曲。漏沈沈、燭背簾垂地。拋殘舊舞霓裳。獨坐繁霜。淚花溼紅蔆緯。　宮槐翳日。苑柳扃煙。念鳳樓久遲。但夢繞、瑤池仙步。鶴怨猿猜。望斷層城。玉梯十二。驕雲滿眼。森森冠佩。江關投老詞賦客。歎京塵、空染憂時袂。傷心孤燕巢林。亂葉迷歸。夕陽故里。

## 賀新郎 秋恨

晤雨淒鄰笛。感秋魂、吟邊憔悴。過江詞客。非霧非煙神州渺。愁入一天冤碧。夢不到、青蕪舊國。休灑西風新亭淚。障狂瀾、猶有東南壁。空掩袂。望雲北。　雕闌玉砌都陳迹。黯重扃、夷歌野哭。晦冥朝夕。十萬橫磨今安在。贏得胡塵千尺。問天地、榛荆誰闢。夜半有人持山去。驀崩舟、墜壑蛟龍泣。還念此。斷腸直。

日落羌笳咽。認一行、高鴻盡處。五雲城闕。滿眼驚塵還鄉夢。重見昆池灰劫。更馬上、琵琶催發。露冷橫門移盤去。甚金仙也怨關山別。愁寄與。漢家月。　故人抗議多風烈。漫銷魂、題詩隴樹。誰旌奇節。易水空成塡恨海。西北終憂天缺。但目盡、平煙區脫。不信天心渾如醉。好江山、換了啼鵑血。長劍倚。向誰說。

## 謁金門

行不得。颭地衰楊愁折。霜裂馬聲寒特特。雁飛關月黑。　目斷浮雲西北。不忍思君顏色。昨日主人今日客。青山非故國。

留不得。腸斷故宮秋色。瑤殿瓊樓波影直。夕陽人獨立。　見說長安如弈。不忍問君蹤迹。水驛山郵都未識。夢回何處覓。

歸不得。一夜林烏頭白。落月關山何處笛。馬嘶還向北。　魚雁沈沈江國。不忍聞君消息。恨不奮飛生六翼。亂雲愁似冪。

## 燕山亭　題自畫薊門秋柳圖

衰柳空城羌笛數聲。溼了樓臺煙雨。珠箔四垂。客燕迷歸。棲老綠陰無主。弱不禁攀。更愁唱、陽關西去。凝佇。賸舊苑歌塵暗飄金縷。還記驕馬章臺正花拂長堤。麴波隨步。而今莫問解舞腰肢。淒涼故宮誰妒。便喚春回忍再見倚簾吹絮。歧路腸斷也、一絲絲苦。

## 御街行　紅橋飲席感少年事

峭寒翦翦風如水。又亂颭、花陰碎。月明橋上玉闌干。曾見凭春羅袂。好天涼月。依然昨夜。只是人憔悴。　當時何限風流地。儘賺得、銷魂計。年來對酒怕聞歌。換了疏狂身世。分明襟上。唾花醉粉。都作今朝淚。

## 浪淘沙慢　江南早春、鄧尉山梅垂垂欲發、因憶己丑秋、方舟載酒、與湘潭王壬秋二三同志、山澤行吟、連句和清眞此曲、極歲晚清逸之娛、忽忽舊遊、奄踰一紀、年荒世難、儔侶飄零、今見園中南枝初葩、斜月在水、將治舟討春西磧、間淒獨之感、哀斷成歌、再和清眞繞枝三帀、興言昔懷、益以重予離憂也、

墜月悄、花光練結、夢繞西磧。倒影浮杯盡綠。吹香點袖自碧。想載雪、橫江澆大白。正暝蹋、一葉蒼茫。又數峯青入短篷笛。煙水弄愁色。　脈脈。旅懷仗酒能釋。歎遊舊零落如花雨。孤絕尋芳客。認石屏苔屐依稀陳迹。眼前好景。空繞枝百轉。愁腸都窄。年事換、傷春殘稿。西園約、夢境頓隔。翠禽啼、繁英滿路陌。似淚粉、亂點東風。悵悵極、清歌更有何人拍。

## 瑞龍吟　抱碧先生和清眞是闋見示、懷古傷春、高健處不減耆卿風格、繼聲報之、

西橋路。還認故苑飄花。小城欹樹。淒淒江國年芳。怨紅淚粉。魂銷甚處。　悄延佇。休念舊狂清事。鏤香題戶。悲來一曲回風。滿汀墮蕙。零絃自語。　空度。春光流景。引杯看劍。愁多慵舞。腸斷庾郎哀吟。知爲誰故。

推烟唾月。何用驚人句。傷心見、新亭老淚。臨江遺步。轉燭繁華去。酒醒自理。悲歡墜緒。年鬢催霜縷。歸夢繞、沈沈荒臺雲雨。楚天恨隔。夕陽飛絮。

迷神引

看月開簾驚飛雨。萬葉戰秋紅苦。霜飆雁落。繞滄波路。一聲聲。催笳管。替人語。銀燭金鑪夜。夢何處。到此無聊地。旅魂阻。　睠想神京。縹緲非煙霧。對舊河山。新歌舞。好天良夕。怪輕換。華年柱。塞庭寒。江關暗。斷鐘鼓。寂寞衰燈側。空淚注。迢迢雲端。隔寄愁去。

安公子

急雨驚鳴瓦。轉檐風葉紛如灑。閉戶青山飛不去。對滄洲屏畫。換眼底、衰紅敗翠供愁寫。窺冷檠、半落吟邊炧。正酒醒無寐。怊悵京書題罷。　到此沈沈夜。爲誰清淚如鉛瀉。夢想銅駝歌哭地。送西園車馬。歎去後、闌干一霎花開謝。空怨啼、望帝春魂化。算歲寒南鶴。解道堯年舊話。

拜新月慢　秋夜聞笛和清眞、

潤逼煙紗涼。添山枕。待月簾陰竹暗。笛語飄來。隔燈痕鄰院。悵流景。漸覺、銀牀玉簟疏冷。露葉霜花明爛。照水秋魂。繞空廊誰見。　鏡屏中、倘識吳娘面。無人、唱暮雨清尊畔。莫問翠冶紅驕。總行雲催散。燕重來、寂寞西風館。年華淚。錦瑟聞長歎。但夢他、百轉飆輪。觸回腸欲斷。

六醜　芙蓉謝後作

又年芳催老。悄立徧闌干、危碧怨花後期。無言花暗泣。颭地誰惜。更灑黃昏雨。水環風佩。數斷紅消息。羅裳自染秋江色。繐帳纔遮。珠茵旋積。盈盈怎堪搴摘。只輕朱薄粉愁上簪幘。　西園霜夕。照清池宴席。步綺淩波地成往迹。尊前換盡吟客。縱仙城夢見。玉顏非昔。釵鈿墜、似曾相識。総不向、一鏡東風媚晚鬢邊狼藉。飄零恨獨在江國。怕舊題錦段。重重淚無人贈得。

## 夜半樂　秋盡夜聞雨有懷

暝寒中酒情味。江天漠漠。秋盡仍連雨。繞舊綠闌干。覓愁無處。砌蟲乍咽。城烏旋起。滿廊黃葉飄零。散風還聚。背暗燭、敲簾作人語。　夜窗又到雁陣。獨掩低幃。更添沈灶。霜堞隱、羌笳淒淒危曙。淚凝叢菊。魂縈蔓草。幾回夢裏登臨。亂山歧路。渺京國、蒼茫見煙霧。　此際追感少日狂遊。舊家歌舞。念俊約經時動離阻。恁蕭條、空歎雪滿梁園賦。驚歲事、一臥滄江暮。晝樓天遠孤雲去。

## 慶春宮　同羇夜集秋晚敘意

霜月流階。蕪煙銜苑。戍笳愁度嚴城。殘雁關山。寒蛩庭戶。斷腸今夜同聽。繞闌危步。萬葉戰、風濤自驚。悲秋身世。翻羨垂楊。猶解先零。　行歌去國心情。寶劍淒涼。淚燭縱橫。臨老中原。驚塵滿目。朔風都作邊聲。夢沈雲海。奈寂寞、魚龍未醒。傷心詞客。如此江南。哀斷無名。

## 永遇樂　春夜夢落梅感憶因題

江驛迢迢。片時枕上。春事如許。亂插晴霄。低橫野水。悽斷東風主。枝南枝北。眼看搖落。不爲翠禽啼住。攬遺芳、瓊瑰滿抱。覺來頓成今古。　虛堂酒醒。傾城消息、詳盡故山風雨。玉砌雕闌。傷心還見。繫馬郊園樹。人間空有曉寒。一曲誰信隔紗煙語。恁淒涼。南樓夜笛。送春舊處。

## 虞美人

斷魂空畫相思景。細語成悽哽。鸚哥猶喚舊坊名。幾度尋春簾幕誤人迎。　年時繫馬門前柳。樹更如腰瘦。月櫳懸淚夜盈盈。長見小樓圓夢到天明。

## 摸魚兒 金山留雲亭餞沈仲復中丞、酒半聞江上笛聲起、亂烟衰柳間、感音而作、不自覺其辭之掩抑也、

渺吳天、覓愁無地。江山如此誰醒。亂雲空逐驚濤去。人共一亭幽迥。斜月耿。怕重見、青尊中有滄桑影。吟魂自警。對潮打孤城。烟生壞塔。笛語夜悽哽。　招提境。還作東門帳飲。中流同是飄梗。當年擊楫英雄老。輸與過江漁艇。愁暗省。換滿目、胡沙蠻氣連天併。苔茵坐冷。任怪石能言。荒波變酒。莫更賦離景。

## 東風第一枝 春雪、和梅溪韻、

玉闕新梅。珠敲暗竹。江鄉半釀寒暖。粉雲幾處愁深。素波者番恨淺。尋香舊徑。趁細屧、弓痕輕輭。怕笛邊、誤約飛花。閣住小簾歸燕。　沙草際、漸迷望眼。風絮裏、暗消醉面。乍看舞鶴閒庭。又尋印鴻故苑。吳箋誰倚。畫淡遠、山眉如線。更鏡娥、含淚窺人。夢想縞衣重見。

## 易順鼎 字實甫、一字仲實、號哭庵、湖南龍陽人、光緒元年舉人、官至廣東欽廉道、有鬘天影事譜四卷、楚頌亭

詞一卷、丁戊之間行卷詞一卷、湘弦詞一卷、琴臺夢語一卷、摩圍閣詞一卷、又編容園詞綜一卷、

鷓鴣天　五開道上

瘴树無蟬野徑幽。幾層雲氣叫鉤輈。山青少見中華店。人黑多居上古樓。　沽酒去。趁墟收。斜門近港不通舟。清溪錦石行蹤斷。照見鴛鴦影亦愁。

飛鳥行人路不分。樵歌更在上頭聞。替秋增色惟紅葉。與世相忘只白雲。　鞍月樣。劍星文。少年驕馬向斜曛。何如結箇山中屋。枯坐蒲團埽葉焚。

鷓鴣天　客自滬上歸、言海上多傳余豔詞、賦此感舊、

潑墨濃愁寫數行。妓樓僧院酒家牆。西陵松柏盟蘇小。南院桃花弔李香　珊作架。錦爲囊。少年別樣治遊裝。鴛鴦乞句題紅藕。鸚鵡徵詩贈綠楊。

疏影　詠桂

瑤華寄語。正碧山喚起。仙夢如霧。翦碎秋心。寸感難銷。微熏冷麝淒苦。金風翠雨全身溼。渾不見、花魂來處。待問他、小謫根由。頭白廣寒宮女。　怊悵蛛絲蘚砌。嫩涼過幾日。霜訊飄羽。一角蟾天。似有低鬟。悄倚懸香幽樹。殘煙膩水年芳在。算錯向、景娥池住。自甚時、都沒行蹤。付與暗塵爲主。

踏莎行　京口舟中作

鐵甕樓船。銀山戍鼓。江南江北愁來路。斷霞魚尾畫金焦。殘陽鴉背分吳楚。　三十功名。萬千詞賦。英雄

才子俱塵土。佛貍祠下聽潮回。垂虹橋上呼秋去。

## 慶宮春

清溪水曲不秋自涼、與二窗繫舟垂柳下、水風蕭寥、斜日入坐、遊船罕到、明漪絕塵、相對閒鷗、忽忽已有歸意、和白石此詞、扣舷歌之、望美人兮天一方、不能無赤壁之感也、

高樹蟬涼。斷橋虹瘦。隔煙喚起秋闊。魚國吹漪。空香四遠。水風還似百末。有人凝睇。對簾外、眉山秀發。詩愁多少。飛滿吳天。畫篷難壓。　十年俊侶飄零。短艇蘋洲。笛聲悽答。松陵歸棹。飄然欲去。幾被閒鷗相遏。玉階蘄簟。怕今夜、寒侵露襪。沙邊幽恨。分付斜陽。澹紅半霎。

## 探芳訊 白門訪蔣二窗

客程悄。正湘怨侵弦。吳音隨棹。訪南朝山色。依然蔣家好。相逢坐說旗亭夢。欲哭翻成笑。幾銷凝、故國鴉多。天涯鷗少。　重理舊時稿。記蠻雪紅衫。燕塵烏帽。此日相如。應是倦遊了。傷心詞賦終何用。一樣供憑弔。緝荷衣、翻恨秋歸不早。

## 六州歌頭 金陵弔古

金陵雪後。來訪帝王家。龍和虎。鶯和燕。豕和蛇。剩棲鴉。此日經行處。白門市。青溪埭。紅板路。烏衣巷。寂無譁。欲問秦淮舊院。煙籠水、水更籠沙。甚當年商女。淪落也天涯。一曲琵琶。後庭花。　念陵十一。樓十四。闌十二。暮雪遮鸚鵡墓。麒麟冢。草交加。樹槎牙。廢苑都栽菜。新編出竹籬笆。兒女淚。英雄血。尚留些。不解長江何意。渾淘盡、六代繁華。但憑高西望。斜日大如瓜。吹起寒笳。

## 陳作霖

字雨生、號伯雨、晚號可園、江蘇江寧人、光緒元年舉人、官教諭、有可園詞存四卷、國朝金陵詞鈔八卷、

### 減字木蘭花　諸葛菜

將星落後。留得大名垂宇宙。老圃春深。傳出英雄盡瘁心。　濃青淺翠。駐馬坡前無隙地。此味能知。臣本江南一布衣。

## 繆荃孫

字炎之、號筱珊、晚號藝風、江蘇江陰人、光緒二年進士、改庶吉士、授翰林院編修、官至學部候補參議、有碧香詞、又常州詞錄三十卷、雲自在龕彙刻名家詞十三卷、

### 水龍吟　桐緜

卷簾惆悵春深。何人繫得春魂住。沈沈庭院。濛濛池館。罷飛綠乳。生怕東風。和雲吹起。乍開還聚。縱飄茵無分。沾泥也好。總不化萍流去。　回憶呼鸞道上。墮斜陽、萬紅如雨。無情一例。綠陰成幄。參天古樹。寂寞唐宮。未逢秋信。已添愁緒。盼棲香小鳳。生憐墜落。銜歸高處。

### 瑤華

人日新晴、小梅破蕚、曉寒猶勒、殘雪未消、忽憶成都草堂、萬花成雪、搖曳東風、小橋通人、池水如鏡、臨流寫照、游魚唼響、一十六年、拋如夢幻、迴憶清境、未能一日忘也、

他鄉人日。吹上枝頭。有暖紅新拆。舊曾遊記。花埭外、認是少陵遺宅。繁枝晴昊。便醞釀、萬千春色。怎一般、

羈旅天涯。不似而今蕭瑟。東皇付與嬌姿。但抛墮黃塵。誰共珍惜。孤芳自賞。渾未解、百五韶華消息。尊前夢裏。總辜負、錦城風月。寄相思萬里。橋邊莫向隴頭人說。

### 金菊對芙蓉 送春

柳眼微舒。蕉心盡吐。斷腸人在天涯。悵繡旛難護。羯鼓頻撾。遼陽信斷東風緊。漸吹散、鬢霧衫霞。相思紅豆。嵌來入骨。是也非耶。　管甚春深春淺。把春光一半。分送鄰家。更買春開宴。重撥琵琶。鶯嗔燕咤眞多事。有誰能、收拾芳華。可憐杜牧。綠陰如水。尙逐香車。

### 高陽臺 題潘蘭史桃葉渡填詞圖

花外鵑啼。蕉邊鹿夢。行人猶說南朝。金粉江山。可憐劫火頻燒。美人名士都零落。共霸圖、一樣魂銷。自吹簫。半捲珠簾。變徵聲高。　酒酣欲問當年事。有樓頭遠岫。檻底寒潮。瞥眼滄桑。心田難剗愁苗。西山歌後西臺竹。聽餘音、上薄風騷。慰無聊。新水輕航。冷月長宵。

## 樊增祥

字嘉父、一字雲門、號樊山、又號天琴、湖北恩施人、光緒三年進士、改庶吉士、官至江寧布政使、有東溪艸堂樂府二卷、五十麝齋詞賡三卷、總名樊山詞、又輯微雲榭詞選十卷、

### 金縷曲 闌干、同愛伯子纈、

江外青青柳。倚東風、迴廊幾曲。斷魂時候。細燕輕貍都不隔。卍字玲瓏嵌透。曾幾度、玉羅衫袖。一樹東頭

梨花景。熨微寒、總在春前後。同徙倚。聽清漏。　如今得似當時否。繞銀牆、輕紅一抹。緒風吹舊。录曲凝塵輕拍徧。空認指痕纖瘦。恁步屧、鄰家聲逗。畫徧相思都無迹。賸回文、不斷苔花繡。明月底。怕回首。

## 齊天樂　己卯春初寄子珍都門

雕輪試碾瀛洲路。萋萋又生芳草。錦樹垂鐙。冰河試艇。約略春回瓊島。花韉步早。看袖拂宮黃。御煙微裊。苑柳依依。認君猶是舊時貌。　離人江上望極。倩青琴寄與。芳緒多少。解玉煙臯。傳梅水驛。別是新來懷抱。風情漸老。自小別吳江。便疏歌笑。回首瑤京。碧天雲縹緲。

## 珍珠簾　茉莉團扇、和愛伯韻、

小花私貯羅囊底。玉釭前、一種溫馨初試。小扇恁輕盈。更泥他纖指。一握眞珠親贈與。當纓佩、襟邊長繫。風細。問明月圓時、好花開未。　別有卻扇風情。且茶甌罷點。鬟翹休綴。不借采絲穿。怎盡成連理。喜字迴環三十六。最難得、花花相對。臨睡。定羅帳風來。幽香如醉。

## 賀新涼　題秋江菱榜晚霞圖

照影清波裏。映秋汀、菱花一翦。晚霞明麗。鏡裏春人紅裳薄。剛似芙蓉並蒂。有無限、夕陽詩思。蘸取明珠多少淚。染情天、一抹鮫綃紫。渾未陷。絳河水。　瀟湘舊愛牽芳芷。甚新來涼蘋罷采。玉璫雙綮。側帽花間塡詞客。祇辦香吟粉醉。早料理、雙鬟釵費。一舸霞川尋夢去。喚楊枝、作姊桃根妹。誰會得。五湖意。

## 滿庭芳　明刊薛濤集、爲乙盦題、

萬里橋邊枇杷花底。閉門銷盡爐香。孤鸞一世。無福學鴛鴦。十一西川節度。誰能捨、女校書郎。門前井。碧桐一樹。七十五年霜。　琳瑯詞半卷。元明槧本佳語如簧。自微之吟玩。持付東陽。恨不紅箋小字。桃花色、自寫斜行碑銘事。昌黎不用還用段文昌。

## 張仲炘　字慕京、號次珊、湖北江夏人、光緒三年進士、改庶吉士、授翰林院編修、官至通政司參議、有瞻園詞二卷、續一卷、

### 小重山　歌席和古微韻、

酒做奇溫夜不寒。夢中渾未覺、客衣單。睡餘呼茗爵煤殘。惺忪際、驚倚玉琅玕。　去路指江關。唾痕襟袖在、別離難。繡圍金帶戀餘歡。釵頭鳳、燈下幾回看。

### 月華清　乙未中秋曾譜是調柬半唐、今忽忽兩年矣、浮雲萬變、悲從中來、半唐復倚之索和、誠如來札所云圓缺頻驚、悲歡無據、正不獨歲月如流之足感也、愴然賦此、

將水消愁。假花作影。素娥岑寂無侶。一夕嬋娟。不抵十年塵土。巧幻就、羽客銀橋。閒認取、仙人玉斧。悲苦。趁碧天無滓。不如歸去。　況是蛾眉多妒。算一歲光陰。能幾三五。纔得圓時。未識明宵何許。試徧數、昨夜星辰。莫更問、昔年風雨。無主。又紛紛催徹。五更譙鼓。

### 解連環　秋夜苦長、鬱懷莫遣、讀古微詞、如子野聞歌、輒喚奈何不已和韻既竟、眞不自覺淚滿沾臆也、

怨懷何極。井梧飄亂點。玉階霜色。念遠道、愁寄相思。早腸斷鳳箋。恨凝螺墨。海素秋瑩。料難照。紅樓心跡。盼微波阻絕。靜掩畫屏。淚滿羃臆。　長宵幾回挫抑。又蟲聲絮苔。幽夢難入。想此日、天際歸舟。正催槳潮生。蘸損清碧。未寄寒衣。怎耐得、蓬窗風力。但淒淒、對燈細數。漏壺碎滴。

## 月華清　中秋雨竟日、三更向盡、雲破月來、高歌曾純甫進御壺中天詞、不啻置身水精宮闕也、效顰爲此、

波練澄天。雲羅疊晚。破空飛出清境。一片琉璃。幻作素秋千頃、幾浴向、滄海橫流。又攝取、山河全影。人靜。甚南烏驚繞、依棲無定。　往事何堪回省。記飛雨敲窗。醒重難醒。不道姮娥。更比舊時妝靚。忍忘卻、玉宇高寒。要守住、朱闌長凭。端正。把金甌無缺。新詞重詠。

## 解蹀躞　宦京師廿餘年矣、西山尺咫、迄未一遊、俗惡可知、行且南歸、不可負此佳景、古微實甫欣然偕行、途中倚此索和、

翠筍紅滕經處。岫面迎眸轉。霧含朝旭。疑寒更疑暖。還是高處風多。寸懷無限思量。頓時吹斷。　正春半。夾路荊桃微綻。山禽苦相喚。向人如說。飄蕭鬢華滿。花底中酒年年。可堪孤負清遊。恨今來晚。

## 摸魚兒　和伯平留別原韻

又忽忽、片帆南浦。涼雲來勸秋去。元龍氣自吞湖海。落筆也多悽緒。愁四顧。抵漆室哀吟。掩泣情如訴。臨歧袂舉。願一日雙鴻。風傳雨送。賡和共吳楚。　江關夢。庾信愁深待語。天涯能幾親故。斜陽萬頃秋潮急。波影蕩無重數。孤絮舞。怕招隱無山。空念淮南賦。田園路阻。歎去國情懷。憂時涕淚。同是倦遊侶。

## 塞翁吟

壬寅春季晤叔問同年於滬瀆、蓋別又五年矣、頹然各老、握手無可言者、臨別屬題詞卷、漫拈清眞澀調以應命、正如來敎所云聊充相思券耳、

夢跡凋春綺。衰鬢海國重逢。念往事。雨聲中。歎客寄孤鴻。無言自有傷心處。沈恨半掩青銅。對酒濁。怨春濃。況金縷歌慵。　匆匆。銅駝路。清秋素袷。纔幾日、啼妝換紅。聽曲裏。伊涼變調。杳何處。楚澤行吟。佩結蘭叢。閒愁萬頃。且倚吳歌。休畫眉峯。

## 金縷曲

陳伯平前輩布政江蘇、道經金陵、爲題日望樓餞別圖、依韻賦謝、

酒畔秋雲疊。蘸清霜、黃花漸老。晚香纔發。春燕巢痕迴睇認。夢逐銀霄絳闕。怕不是、尋常風月。一曲梁州剛放隊、又紅牙換譜龜茲闋。愁未已。況傷別。　無緣久侍鵷鸞列。只頻年、離多聚少。積思縈骨。我自浮鷗飄泊慣。不羨昌黎見蝎。但別有、癡懷奇絕。泛渚輕艭如許共。待從君、鄧尉餐香雪。長嘯處。石應裂。

## 九張機

一張機。女桑葉老乳鶯飛。春絲更比柔荑白。簇新機杼。無邊光景。不似舊年時。

兩張機。織花先選好花枝。尋常卉葉難相稱。蘭花嫌俊。梅花嫌瘦。宜配耍花兒。

三張機。千端萬緒苦顰眉。纖纖細把金釵擘。機頭纔理。心頭一點。越覺亂如絲。

四張機。嘔嘔軋軋響參差。篝燈彩伴深宵聚。一般花色。千般情緒。各自費禁持。

五張機。寥天雁斷錦書稀。中間待織回文字。愁伊不識。無人能會。筆畫省些兒。

六張機。鴛鴦織就悄尋思。年來只是分飛慣。如何偏恁。雙雙棲宿。獨立淚痕滋。
七張機。七襄異樣彩紛披。無端改製天孫錦。盤花結朵。翻雲覆雨。驀地觸相思。
八張機。金刀在手故遲遲。深情比似誰長短。憑教裁翦。莫將錯斷。長是兩分離。
九張機。相將寄與作春衣。一梭一縷絲縈繫。迴腸九曲。隨伊千轉。誰爲告君知。

## 夏震武

原名震川、字伯定、浙江富陽人、光緒三年進士、官工部主事、有夏伯定集附詞、

### 南柯子

衫試單羅輭。香飄細篆清。綠窗盡日鬧流鶯。又是厭厭貪睡病初成。　對酒心全懶。調絃手已生。菱花太是不知情。照得人來消瘦忒分明。

## 况周頤

原名周儀、字夔笙、一字葵孫、別號玉楳詞人、晚號蕙風詞隱、廣西臨桂人、光緒五年舉人、官內閣中書、有新鶯詞、玉楳詞、錦錢詞、蕙風詞、蓤景詞、二雲詞、餐櫻詞、菊夢詞、存悔詞、修梅清課各一卷、第一生修梅花館詞三卷、晚年刪定爲蕙風詞二卷、又有香海棠館詞話五卷、詞話外編一卷、輯薇省詞鈔十一卷、粵西詞見三卷、聯句和珠玉詞一卷、

### 齊天樂　秋雨

沈郎已自拌憔悴。驚心又聞秋雨。做冷欺燈。將愁續夢。越是宵深難住。千絲萬縷。更纔入蟲聲。攪人情緒。一片蕭騷。細聽不是故園樹。　沈沈更漏漸咽。只檐前鐵馬。幽怨如訴。倘是殘春。明朝怕有無數飛花飛絮。天涯倦旅。記滴向篷窗。更加淒苦。欲譜瀟湘。黯愁生玉柱。

## 早梅芳近

海棠春。芙蓉晚。特地明妝換。銀鸚呼酒。拌去得相思更相見。坐慵鬟翠重。笑怯眉青淺。近尊前小立。無語杏衫蒨。　紫鸞簫。丹鳳琯。金粉江南怨。仙山樓閣。不抵人間繡簾遠。瘦花鶯易妒。倦柳驄難戀。醉扶歸。鸝鸝殘月滿。

## 蘇武慢　寒夜聞角

愁入雲遙。寒禁霜重。紅燭淚深人倦。情高轉抑。思往難回。淒咽不成淸變。風際斷時。迢遞天街。但聞更點。枉教人回首。少年絲竹。玉容歌管。　憑作去出、百緒淒涼。淒涼惟有。花冷月閒庭院。珠簾繡幕。可有人聽。聽也可曾腸斷。除卻塞鴻。遮莫城烏。替人驚慣。料南枝明日。應減紅香一半。

## 握金釵

鐵笛倚層樓。天涯怨芳草。定巢新燕能道。畢竟無塵是壺嶠。花作伴。海流愁。人未老。　竟夕聽笙歌。棖棖甚時曉。翠尊莫惜頻沈醉。東風夢長好。春黯黯。事茫茫。難自料。

## 沁園春　綠櫻花第三詠

東都妙姬。燕城賦句 南都石黛。玉臺新詠序句 傾國傾城。恁宜笑宜顰。盈盈晚翠。如煙如夢。冉冉春青。妒煞鸚哥誤它鳳子。照影前池澹不勝。芳菲節。倩碧雲捧出天外飛瓊。多情更惜殘英。只點上、蒼苔辨未曾。算何必成陰。總然蔥蒨。忍教結子。如此娉婷。中國櫻花不繁而實、日本櫻花繁而不實 淺暈鄉愁濃分海色。回首東風第幾町。花知否。念荷衣慘綠。似我飄零。

## 定風波

未問蘭因已惘然。垂楊西北有情天。水月鏡花終幻迹。贏得半生魂夢與纏緜。 戶網遊絲渾是羂。被池方錦豈無緣。爲有相思能駐景。消領。逢春惆悵似當年。

## 戚氏 詠櫻花

倚珍叢。落日搔首海雲東。錦織鶯情。粉含蛾笑。總愁儂。玲瓏。占春工。酥搓蕊破一重重。綠華舊日、吟賞。駐馬何似少從容。閬苑環佩。瓊林冠冕。後塵五等花封。算神州載得。西指槎遠。何處相逢。 說與俊約仙蓬。江樹玉秀。綺縞岸雙通。餐英侶、飯抄霞起。餅擘脂融。弔驚鴻。畫舸淚雨。繁華燭轉。記省番風。殢鶯浪蝶。島日町煙。眼底著意妍穠。 舜水祠環繞。憑香豔絕。映帶貞松。怪底星旛未改。付花狂、絮舞暗塵中。劇憐畫省翹冠。翠娥彈鬢。春好人知重。甚醉鄉、容易韶華送。風雨橫、多少殘紅。牘倦吟、暮色簾櫳。又芳節、蒨雪照春空。作去神山夢。瓊枝在手。俛瞰魚龍。

## 最高樓 雨夕餞秋

風和雨。鳴咽似驪歌。芳節惜蹉跎。高樓何況聞鴻雁。重衾生怕夢山河。說傷心。應更比。送春多。 鐘未到、尚餘梧幾葉。更欲斷、最憐花寸蠟。霜晚晼。鬢消磨。西風樹到無聲苦。東籬菊亦奈愁何。牘淒清。今夕也。等閒過。

## 曲玉管 憶虎山舊遊

兩槳春柔。重闉夕遠。尊前幾日驚鴻影。不道瓊簫吹徹。淒感平生。忍伶俜。□杳杳蘅皋。茫茫桑海。碧城往事愁重省。問訊寒山。可有無限傷情。作去鐘聲。 換盡垂楊只縈損、天涯絲鬢。那知倦後相如春來苦恨青青。楚腰擎。抵而今消黯。點檢青衫紅淚。夕陽衰草。滿目江山。不見傾城。

## 滿路花 彊邨有聽歌之約、詞以堅之、

蟲邊安枕簟。雁外夢山河。不成雙淚落。爲聞歌。浮生何益。儘意付消磨。見說寰中秀。曼睩修蛾。舊家風度無過。 鳳城絲管。回首惜銅駝。看花餘老眼。重摩挲。香塵人海。唱徹定風波。點鬢霜如雨。未比愁多。問天還問嫦娥。梅蘭芳以嫦娥奔月一劇、蜚聲日下、

## 減字浣溪紗

一晌溫存愛落暉。傷春心眼與愁宜。畫闌憑損縷金衣。 漸冷香如人意改。重尋夢亦昔遊非。那能時節更芳菲。

風雨天涯怨亦恩。漂搖猶有未消魂。能禁寒徹是情根。 月作眉顰終有望。香餘心字索重溫。不辭癡絕

佇黃昏。

錦瑟知人恨已深。如何絃柱不侵尋。暗思前事擁輕衾。　燈灺自憐偏炯炯。更長難得是沈沈。一簪華髮十年心。

## 六州歌頭 韓无咎體鏡中見鬢絲有白者、

飛蓬兩鬢。容易雪霜欺。能似舊青青否。一絲絲。不須悲。草木無情物。催換葉。清秋節。芳未歇。寒先徹。底禁持。似我工愁。倘不敎憔悴、造物何私。況天涯飄泊後、昨夢都非。老態垂垂。鏡先知。　念歡事少。憂心悄吾衰早。復奚辭。長似此。星星矣。欲胡爲。莫頻窺。一樣傷心色。行滋蔓。到吟髭。金粉改。江山在。越淒其。商婦琵琶。咽到無聲處。禁損蛾眉。便青春又也忍憶少年時。醉插花枝。

# 顧印愚

字印伯、號所持、別號塞向翁、四川華陽人、光緒五年舉人、官湖北知縣、

## 蘭陵王 癸丑春分前一日、程十髮武昌書來、不能忘情於石巢舊居、依周美成蘭陵王詞韻寄之、

相風直。烟裊湘竿篆碧。芝楣在、垂桁衍波。明月窺簾舊時色。予懷寄酒國。曾是圖中主客。重來日、翻惹別情。一路桃花水千尺。　青苔履綦跡。恁我屋爭墩。同舍爭席。休論魚尾猩脣食。乍七曜潛通。九華持去。江梅惆悵寄書驛。繫愁北山北。　悲惻。歲華積。抵一夢華胥。驀地喧寂。江花江草何終極。且晝捲螺黛。譜留漁笛。玉蟾蜍老。伴漫士。與淚滴。

## 徐壽茲

原名謙、字受之、一字袖芝、號亢盦、江蘇元和人、光緒五年舉人、官河南許州知州、有濟遊詞鈔、亢盦詞鈔各一卷、

### 南浦 秋水用玉田春水韻、

涼夢櫓聲中。減溪痕落葉西風驚曉。盪月鏡匳開。垂隄柳、憔悴娥眉懶掃。浣紗人去。閒鷗分占烟鄉小。載過桃家雙姊妹。悔煞春遊草草。　記曾南浦停橈。怎蕭郎別後。信都沉了、漁火暗菰蒲。空江上、那日歸帆能到。長波浩渺。綠愁影子窺篷悄。水閣苦吟王勃句。一夜瘦添多少。

### 月下笛 寄夢湘濟上用玉田韻、

綠髮傷春。青衫喚酒。幾人同調。清愁未掃。玉簫聲裏吹老。明湖月滿尋詩路。尙記得、題香句好。恁孤吟無奈。此時羈旅。那時懷抱。　信杳歡情少。感折柳官橋。東風吹帽。年華草草。登樓怕看殘照。雨花泥絮飛難起。算已是、禪心定了。待細說、與君知。何日西窗夢曉。

## 裴維侒

字君復、號韻珊、一號雲衫、河南祥符人、光緒六年進士、改庶吉士、授翰林院編修、官順天府府尹、有香草亭詞一卷、韻珊詞選、

### 高陽臺

長安榴花早開、先於芍藥、暮春剛半、赤英在林、其氣候使然耶、亦土宜之偏合也、

桃葉情根。梗絲恨結。一枝描影春紅。照眼芳華。誰知也費東風。牡丹開後。天香滿。漫商量、婪尾杯濃。未愁、伊山冷。胭脂芳事匆匆。　曲江黯淡飛蝴蝶。想羅裙豔化。絳管圖工。還伴櫻桃。嬌妍摘映筠籠。酸多莫怯。歌歡子。長紅心、草亦憐儂。暗銷磨粉艾茸蒲。廿四番中。

## 西湖月

園居寂處、日對虛窗、朝景夕暉、林花百態、一時一事、觸目感懷、皆閒中況味也、悶拈此詞、

碧簾不捲疏風。乍謝了棠梨。墜嬌千點。雁絃懶訴。春襟涴酒。那時香豔。斜陽蘇柳夢。蕩淺淺橫波青在眼。總過卻。悶裏閒中。領略薄寒輕暖。　藥鑪茗盞芸煤。歎幾許銷磨。又吟團扇。二分憔悴。一分護惜。一分愁怨。柔情難遣處。但少著思量。天樣遠。暗拋與、絮水東灣。月廊西轉。

## 宴清都

用草窗韻

老去閒情懶。東風外、霏霏花絮零亂。輕鷗漲綠。啼鵑暗碧。一春過半。尋芳已是來遲。怕迤邐、年光暗換。應、悵恨白雪歌空。秋霜鬢冷。誰管。　憑闌自笑清狂。事隨花謝。愁與春遠。持盃顧曲。登樓賦筆。杜郎才減。前歡已隔殘照。但耿耿、臨高望眼。迥流紅、一棹歸時。半蟾弄晚。

## 梁鼎芬

字星海、一字伯烈、號節庵、廣東番禺人、光緒六年進士、改庶吉士、授翰林院編修、官至湖北按察使、有欵紅樓詞一卷、

## 卜算子

萬葉與千枝。紅照花如海。可惜車塵日日來。頃刻容顏改。　想象好芳時。寂寞閒庭外。只好明年再踏春。攜酒同君待。

## 浣溪紗

己庚之間、與葉伯遴仲鸞叔達時有文讌、余愛斯調、得數十首、離合斷續、不知爲何題也、今記憶三首重錄於此、以作春夢、

並載金臺二月天。海棠巢下杏花前。試將明鏡照華年。　一晌綠窗纔記夢。幾回錦瑟未張絃。傷春無處不堪憐。

欲問花前第幾春。卻看桃片委苔塵。賦情誰及杜司勳。　菱髻初裝珠絡小。芹泥淺傅玉膏勻。輕衫細馬那時人。

攤破紅箋篆碧螺。酒醒腕弱墨慵磨。暗吹蘭氣載香多。　倚玉笑餐雲子飯。拋珠貝勝雪兒歌。吾生休自說蹉跎。

## 蝶戀花

題荷花畫幅

又是闌干惆悵處。酒醉初醒。醒後還重醉。此意問花嬌不語。日斜腸斷橫塘路。　多感詞人心太苦。儂自摧殘。豈被西風誤。昨夜月明今夜雨。浮生那得常如故。

## 臺城路

乙酉六月二十四日爲荷花生日、越八日姚樫甫文約雲閣與余往南河泡看荷花、各得詞一首、時余將出都矣、

片雲吹墜遊仙景。涼風一池初定。秋意蕭疏。花枝眷戀。別有幽懷誰省。斜陽正永。看水際盈盈。素衣齊整。絕笑蓮娃。歌聲亂落到煙艇。　詞人酒夢乍醒。愛芳華未歇。攜手相贈。夜月微明。寒霜細下。珍重今番光景。紅香自領。任漂沒江潭。不曾淒冷。只是相思。淚痕苔滿徑。

## 梅梢雪　天寒有憶沈二

天寒日落。佳人翠袖驚初薄。當時笑共彈金鵲。漂泊如今。手嬾心情惡。　別來虛掩苔花閣。無聊細揀銀瓶藥。懨懨只恐顏非昨。立盡風前。莫問青琴諾。

## 浣谿紗　江船聽雨

臥雨江邊聽水流。當春風物似清秋。可知世事有沈浮。　酒盡得茶偏助醉。燈殘繼燭豈能休。無憀坐到四更頭。

## 浣谿紗

春夢來時在那廂。呢人半晌去思量。落花多處滿斜陽。　手挽飄紅惟有影。眼看成碧太無常。人生到此可能狂。

## 少年遊

碧苔如夢。酒醒時。看月上花枝。四面蛩聲。一襟露氣。猶自冷支持。　等閒何事耐尋思。便說也迷離。漏點聽殘。闌干數徧。百樣不相宜。

## 菩薩蠻 和南雪丈甲午感事

芳春如夢愁時節。惜花長是經年別。淚眼隔風簾。幽香和恨添。　重重窗網密。消息從無實。開徑見菲紅。驚呼是夢中。

霜文翠照橫晨夕。流杯巧鏤桃花石。亭館極蟬嫣。淸風也費錢。　西園鶯燕好。拾翠春爭道。楊柳裊千絲。誰言非盛時。

曼延更奏魚龍戲。驂鸞仙子青霞帔。各自唱迴波。纖兒奈汝何。　繁聲香旖旎。天也胡爲醉。東去望扶桑。麻姑泣數行。

無端橫海天風疾。龍愁鼉憤今何及。夜夜看明星。荒雞聽二更。　淒涼三月雨。念此芳菲主。鶗鴂一聲先。人間最可憐。

欽䲹違旨誰能捍。狐埋狐搰成功罕。幾隊狹斜兒。暑寒猶未知。　金鈴全付汝。一晌花飛去。總是不關情。高岡要鳳鳴。

鶯銜蝶弄紅英盡。松臺竹崦潛相引。一處一淒迷。相思背燭啼。　冷苔封劍滿。犀象知難斷。且過賞心亭。稼軒無復醒。

縹縹鸞鳳扶雲下。綠章次第通宵寫。不敢負深恩。身危舌尚存。　如何無一答。密字銀箋合。滄海亦成枯。當筵淚更無。

璇宮夜半驚傳燭。西頭勢重貂相屬。桃宴酒酣時。春殘那得知。　搴芳情緒各。不念花開落。庭院這般荒。有人空斷腸。

峨峨一艦浮東海。春帆樓約千年在。叔寶是何心。眞成不擇音。　通人眉語妙。豈避旁觀笑。此恨竟無期。尋春歲歲悲。

冤禽塡海知何日。芳懷惹得秋蕭瑟。莫憶十年前。腸回玉案煙。　釆繭輕決絕。唾牕壺中血。無謂過浮生。思君空復情。

## 左紹佐

字季雲、號笏卿、別號竹勿生、湖北應山人、光緒六年進士、改庶吉士、官至廣東南韶連道、有竹勿齋詞鈔一卷、

### 掃花遊　述感

澹雲微雨正玉埒輕嘶。草痕猶淺。乍寒乍暖。甚傷春意緒。帶圍鬆減。小倚闌干。細數青山幾點。楚天遠悵。消息不來。花事强半。　王謝堂上燕。儘撇去烏衣。舊巢難戀。信風已換。又梨雲夢醒。夕陽庭院。苦憶紅樓。尚有吹蕭侶伴。遊興嬾。卻還輸柳眉舒展。

### 虞美人

平生心事何曾了。氣力新來少。玉犀緊押半簾風。靜看一星香燼落鑪中。　烏衣巷口斜陽在。迤邐朱門

改。可堪輕舸滿裝愁。直任碧波無際拍天流。

## 臺城路

斜陽穿出青林杪。斷霞抹成魚尾。醉把萸囊。狂歌桐帽。十二闌干都倚。商歌又起。記錦繡園林。朝珠暮翠。剗地西風。溪山無奈只憔悴。　香楓不管世事。儘冷紅抱葉。低傍江水。塞遠鴻孤。巢空燕老。多少淒涼情味。天容似洗。問露掌金莖。幾家鉛淚。倦極歸來。畫樓殘點裏。

## 南浦 春水、效白雲、

江上片帆來。曉雲開、迤邐新潮通浦。花落一篙深。橫橋遠、不見流紅歸處。垂楊夾岸。雨晴猶有沾泥絮。誰念江郎垂老日。禁得滿懷離緒。　忘機還有清鷗。待相招且共。閒人爲侶。山影倒涵青。扁舟去。驀想武陵津渡。銀灣何許。綠蒲猶記千門路。寂寂龍池春浪輭。多少淚痕添注。

## 秋思耗 中秋、用夢窗韻、和朱彊邨侍郎、

橫雁明河側。看素娥、料理晚天涼色。風約霧鬟。露低煙髻。宮式衣窄。對圓魄凝愁。似憐秋扇怨沮抑。蕩夜心、雲海碧。想樹密簾疏。燭深香暗。正在畫樓西畔。有人孤憶。　清夕。方諸自滴。洗桂宮、淺黛新飾。纖塵無影。江山如畫。蕩空一白。聽玉笛聲聲弄寒。吹送南去翼覷鏡容、羞自識。歎華髮星星。歸期無計。辦得夢隔秋槃巷北。

## 沈曾植

字子培、號乙盦、晚號寐叟、浙江嘉興人、光緒六年進士、官至安徽布政使、署巡撫、有僾詞、海日樓餘音東詞、語業、曼陀羅寱詞、晚刪定爲曼陀羅寱詞一卷、

### 臨江仙　彊村詞來、調高意遠、諷味不足、聊復繼聲、

西北浮雲車蓋去。晚來心與飄風。高樓獨上與誰同。名隨三老隱。聲在九歌終。　不是憑闌無下意。新來筋力添慵。江心桃竹倚從容。音書遲雁字。經本閟龍宮。

### 江城子慢　閣夜

寒更欺病客。江閣夜、蚪箭伶俜滴。金粟尺。玉帶硯、隱約避人書迹。隕星石。萬里歸來鵑血。汙天門淚、仙人兵解厄。人間直恁休囚。星漢更無消息。　年時連環共解。對雪江愁晚。眼迷朱碧。枉拋擲。行雲夢、神女今來天隔。了無說。袖裏衣冠飄撇下。第幾劫、昆池灰暈赤。冥冥碧火巢中鴞夜嚇。

### 高陽臺

借月湔愁。牋天訴夢。碧城十二星期。擁髻歸來。夜闌露細風微。中庭種樹成紅豆。那寒心、鸚鵡先知。拚酬他。扇底秋心。絃上秋思。　當年對影聞聲地。剩花濺淚萼。柳鬟愁絲。羅帶同心。有情天亦憐癡。荒唐夢峽歸雲晚。甚神娥、猶妒腰肢。祝芳風。莫窅飛花。莫鬭纖眉。

### 摸魚子　彊村寫示龍華桃花詞、依韻答之、是日寺僧約看花未往、

謝闍黎、十年禁足。玉鞭忘了春騎。夕陽漫想亭亭影。烘入澄江霞綺。呼角里。道收拾商芝、移種秦源裏。鷓鴣啼起。便紅雨紛紛。道人悟了。作飯了非計。　傷春目。多少蜂酣蝶戲。不是涼州樂世。散花天姊含顰見。不斷花間興廢。樓笛倚。便吹徹蒼龍、難遣悲華意。東風休矣。只笑也堪憐。開原多事。鵑血漬巾淚。

## 夏慶紱　字文之、江蘇上元人、有聱齋詞、

### 一剪梅　枕上聞雨作

一穗燈痕逼漏殘。月色中天。昨夜還看。鹿盧瑤井易生寒。滴到波心。料有微瀾。　獨客江樓淚暗彈。何處驚風。只覺衾單。夢回愁緒理無端。墮葉疑人。又響東欄。

### 定風波　秋夕、時湘鄂有兵事、

香滿中庭露已多。澹搖花影上簾波。今夜月明偏似水。無寐。玉罏冰簟看秋河。　湘漢迢迢橫殺氣。此際。幾家樓上夢金戈。征馬不歸多少恨。誰問。淚絲彈損對星娥。

## 胡念修　字靈和、號右階、浙江建德人、附貢生、有瑤艇詩餘後庚雅詞各一卷、總名捲秋亭詞鈔、

### 虞美人　旅夜

遊絲搭上秋千柱。夜夜迷紅雨。東風無力淡煙低。卻是玉人待月畫樓西。　珠簾深下銀釭背。祗有花相

對小樓何日便歸鴻。最恨江山難入夢魂中。

金縷曲 劉君語石見示程心芽大令所藏馬湘蘭聽鸝深處遺印拓本、屬題、

片石同千古。憶前遊、雙柑斗酒。好音深處。舊院風流秦淮水。都化臙脂膩雨。更記得、板橋人語。如是柳枝無言李。共橫波、問字封侯去。誰肯伴。玉京住。 烏衣門巷瑯琊侶。倩何郎。迴文密篆。鏡匳教護。印爲王伯穀屬何雪漁作 孔雀庵旁黃鸝館。讀畫論詩買賦。看卷底、芳痕新署。燕子春燈桃花扇。比紅泥、顏色終輸汝。將此意。綀裙補。

## 魏 繇 字季詞、湖南邵陽人、有金谿詞一卷、

菩薩蠻

沙隄憶照團欒月。馬嘶鬢影皆愁絕。閒卻舊鴛機。心情胡蝶飛。 長城凝望久。玉筯空搔首。莫漫凭雕闌。故園春正殘。

斜陽卻送清秋客。女蘿一片無情碧。殘醉暮憑闌。背人生暮寒。 對窗迷遠岫。牆外花枝瘦。涼月上溶溶。清暉自不同。

## 陳 衍 字石遺、福建侯官人、光緒七年舉人、官學部主事、有朱絲詞二卷、

## 揚州慢

南浦殘紅。西山冷翠。一舟怎去溜存。自江郎賦別。此恨算重論。望烽火、鄉關照徹。酒旗歌扇。消歇芳尊。已全家兒女片帆來挂荆門。 自來俊賞總牽纏、哀感餘根。把白練裙題。紫羅囊佩。併與消魂。寂寞鷗波門館。花無主、蝶夢黃昏。有溪流和淚潺湲都到江村。

## 蝶戀花 落梅

地近闌干能幾尺。一夜東風。點盡梅花白。只有一窗窗紙隔。不知誰弄江城笛。 花氣藥鑪多病客。疎影暗香。絕調今難得。逝水年華看錦瑟。昭君關塞琵琶黑。

# 林紓

原名羣玉、字琴南、又字畏廬、福建閩縣人、光緒七年舉人、官教諭、有畏廬詞、一名補柳詞、

## 子夜歌 己未六月爲高子益招至西站小園、樹影中見某校書、即庚子亂中爲某大酋載入西苑者也、

悄花陰、玉人半面。抑抑似聞微歎。溯前事、儀鸞春困。夢裏柳風吹散。臨鏡黛娥勝衣。釵客未解年光換。甚天家全缺金甌。抛下翟台黯碧。燕慵鶯嬾。 舊遊處、豐樓累榭。望裏已堪悽惋。倦枕追歡。芳園罷酒。都覺傷心慣。儘移紅換紫。春痕銷盡。啼眼年少風流。擔愁禁恨。爭比楊花健。想歸休、人靜燈昏。怎生排遣。

# 何維棣

字棠蓀、湖南道州人、光緒八年舉人、官四川候補道、

沁園春　詩冢疊前韻、

棄爾西園。萬載千齡。悲歟樂哉。把嶽靈春麓。一坏壓倒。湘魂秋水。幾卷招回。馬骨誰收。麟皮莫問。未必重泉尚有臺。非無酒。怪澆來不是。是淚盈杯。　故人衡嶽歸來。道江上、孤帆明日開。算何須朱履。對君如見。不多黄土。有我能堆。悔作雕蟲。待尋遺蛻。此後憑誰更薦梅。吾衰也。讓諸君痛飲。且獨遲徊。

## 呂景端

字幼舲、號藥禪、江蘇陽湖人、光緒八年舉人、官内閣中書、

滿江紅　和胡右階渡揚子江作

六代青山。重到也、扁舟倦客。笑眼底、東南名士。往來如鯽。鶴背朝摹銘石字。龍吟夜奏横江笛。看詩成、擲筆向滄洲。昂頭窄。　珠簾月。無聊白。珠湖水。無情碧。賸鴻泥舊印。年年追惜。余客淮上最久　孤寄竟同巢幕燕。退飛甘作迴風鷁。待何時、淮海續題襟。塵蹤滌。

## 唐晏

初名震鈞、字在廷、一字元素、號涉江、吉林率賓人、光緒八年舉人、官陝西□□道、有涉江詞二卷、

齊天樂

流光瞥眼經重九。蕭寥一天秋韻。林染霜痕。江涵鴈影。都入詞人粉本。遊雲太忍。賸一抹殘陽。也忺遮盡。幾縷垂楊。素颸吹去正淒緊。　尊前休問何世。歎三年奔走。消減潘鬢。繞遍東籬。黄花信渺。芳事全無憑

準。天高莫問。卻儘著西風。亂翻鴉陣。中酒爰絲。那堪新瘦損。

## 賀新涼 登掃葉樓

放眼空千古。且憑闌、臨風小立。爽人眉宇。江水接天流不盡。水外青山無數。況沙鳥、風帆煙樹。試問秋光應恁在。在莫愁、湖水盈盈處。葭菼外。數聲櫓。 樓高祇許閒雲度。渾不管、吳宮花草。晉陵禾黍。多少雄圖眞落葉。掃去還生如許。君試訊、沙邊鷗鷺。暮去朝來江水上。可曾知、幾換江山主。看落日。下平楚。

# 朱祖謀

原名孝臧、字藿生、一字古微、號漚尹、又號彊邨、浙江歸安人、光緒九年進士、改庶吉士、授翰林院編修、官至禮部右侍郎、有彊邨語業三卷、棄稿一卷、又輯有今詞綜三卷、滄海遺音十三卷、湖州詞徵三十卷、國 朝湖州詞錄六卷、有宋詞三百首一卷、詞莂一卷、校刻彊邨叢書二百五十九卷、

## 長亭怨慢 葦灣重到、紅香頓稀、和半塘老人、

儘消盡、涉江情緒。風露年年。國西門路。紺海涼雲。昨宵飛浣石亭署。亂蟬高柳。淒咽斷、蘋洲譜。莫唱惜紅衣。算一例、飄零如雨。 遲暮。隔微波不恨。恨別舊家鷗侶。青墩夢斷。枉贏得、去留無據。試巡徧、往日闌干。總無著、鴛鴦眠處。賸翠蓋亭亭。消受斜陽如許。

## 鶯啼序 龍樹寺餞別高理臣府丞、張次珊參議、用夢窗豐樂樓韻、

輕陰傍樓易暝。帶春雲步綺。畫闌繞、凍柳初黃。暗結沈恨天際。細禽喚、年光冉冉。荒波盪晚疑無霽。殢離

人。腸斷斜陽絮點飄墜。　十載東華。對酒念往。信孤根自倚。鏡中路、窺熟西池。楚吟流怨紅翠。賦深情、蘭荃繡筆淚花迸、銅仙鉛水。慣傷春。蝶悄鶯沈。夢醒何世。　劉郎老去。咫尺蓬山倦數舊遊美。天外緊、東風一信絳蕊顛倒。縹緲鵑聲誤人歸事。銀河夜挽珠宮晨叩。香煖飛出迴鸞篆。悄冥冥、海闊星垂地。情絲怨極。長宵霧閣雲窗。頓拋亂紅萎緯。　橫汾舊曲。采石新吟。料畫輪正遲。怕點檢、鑪薰花外。笛譜梅邊。酒醒觚棱鳳城十二。東門帳飲西臺車馬。江湖頭白回望處。惜芳菲須掩傷高袂。白鷗去矣難馴。燕幕孤棲。蕩魂萬里。

## 臨江仙

花底相思無處說。香殘燭燼依依。春寒分付與單棲。比愁量錦瑟。和恨卷羅衣。　誰信謝娘香閣畔。天涯錦字淒迷。柳花風起亂鶯啼。莫將孤枕淚。尋夢月西時。

## 玉樓春　分和小山韻、同半塘伯崇、

目成已是斜陽暮。誰分合懽花下住。心知明月有圓時。身似斷雲無定路。　當時不合多情遇。風卷紅英隨水去。莫欹單枕故相尋。夢裏已無攜手處。

少年不作消春計。孤負酒旗歌板地。好天良夜杜鵑啼。今日逢春須著意。　斜陽煙柳迴腸事。小雨闌花千點淚。等閒尋到眼前來。欲避春愁除是醉。

## 燕山亭　寄題鄭叔問薊門秋柳圖

消盡鬖毿。斜照淡黃。一夜驚鴉無數。移恨漢南。舊日闌干。只有亂塵隨步。眠起無端。便忘了、龍池煙雨。何苦、又按徹伊涼。換他金縷。　身世愁寄孤根。是禁慣清霜。伴人羇旅。西風笛裏。滿眼關山。絲絲繫春不住。自怯宮腰。幾曾爲、倚簾人妒。歸去還、夢繞一天風絮。

### 聲聲慢 辛丑十一月十九日味聃賦落葉詞見示、感和

鳴螿頹城。吹蝶空枝。飄蓬人意相憐。一片離魂斜陽搖夢成煙。香溝舊題紅處。拚禁花、憔悴年年。寒信急。又、神宮淒奏。分付哀蟬。　終古巢、鸞無分。正飛霜金井。拋斷纏綿。起舞回風。纔知恩怨無端。天陰洞庭波闊。夜沈沈、流恨湘絃。搖落事。向空山休問杜鵑。

### 定風波

點鏡春姿起翠禽。經年喚醒五湖心。照眼嬌梅臨水放。惆悵。疏香不上小紅簪。　別去雲軿千種憶。無益。狂來蠻榼百分斟。江上北書無雁託。休說。海南千里瘴花深。

### 燭影搖紅 晚春過黃公度人境廬話舊

春暝鉤簾。柳條西北輕雲蔽。博勞千囀不成晴。煙約遊絲墜。狠藉繁英剗地。傍樓陰、東風又起。千紅沈損。鵯鵊聲中殘陽誰繫。　容易消凝。楚蘭多少傷心事等閒尋到酒邊來。滴滴滄洲淚。袖手危闌獨倚。翠蓬翻、冥冥海氣。魚龍風惡。半折芳馨。愁心難寄。

### 摸魚子 梅州送春時得輩下故人三月既望書、

近黃昏、悄無風雨。轡春安穩歸了。忽忽染柳熏桃過。贏得錦箋悽調。休重惱。問百五韶光、醞造愁多少。新翠舊。笑有坼繡池臺。迷林鶯燕、裝綴半殘稿。　流波語。飄送紅英最好。西園沈恨先掃。天涯別有憑闌意。除是杜鵑能道。歸太早。何不待倚簾、人共東風老。消凝滿抱。恁秉燭呼尊。綠成陰矣。誰與玉山倒。

## 浣溪紗

獨鳥銜波去意閒。壞霞如赭水如牋。爲誰無盡寫江天。　並舫風絃彈月上。當窗山髻挽雲還。獨經行地未荒寒。

翠阜紅匡夾岸迎。阻風滋味暫時生。水窗官燭淚縱橫。　禪悅新耽如有會。酒悲突起總無名。長川孤月向誰明。

## 金縷曲　書感、寄王病山秦晦聞、

斗柄危樓揭。望中原、盤雕沒處。青山一髮。連海西風掀塵黯。卷入關榆悴葉。尙遮定、浮雲明滅。烽火十三屏前路。照巫閭、知是誰家月。遼鶴語。正嗚咽。　微聞殿角春雷發。總難醒、十洲濃夢。桑田坐閱。銜石冤禽寒不起。滿眼秋鯨鱗甲。莫道是、昆池初劫。負壑藏舟尋常事。怕蒼黃、柱觸共工折。天外倚。劍花裂。

## 夜飛鵲　香港秋眺懷公度

滄波放愁地。遊棹輕迴。風葉亂點行杯。驚秋客枕酒醒後。登臨塵眼重開。轡煙蕩無霽。颭天香花木。海氣樓臺。冰夷漫舞。喚癡龍、直視蓬萊。　多少紅桑如拱。籌筆問何年。眞割珠厓。不信秋江睡穩。掣鯨身手。終古徘徊。大旗落日照千山、劫墨成灰。又西風鶴唳。驚笳夜引。百折濤來。

## 掃花遊 花朝微雪、和夢窗、

罨空淡色。黯杏葉河梁。燕風微峭。凍波乍媚。卷愁心似惜。亂沙鷗老。覷冷春紅。細踏瑤光鏡曉。喚吳棹。怕幽約五湖。花夢稀到。　樓觀還縹緲。是亂蜃飄寒。碎玉凝照。度春草草。被瓊妃斷卻。翠溫簾窈。倦笛飛梅。怨咽江城變調。柳絲早。誤東園、鳳韡人掃。

## 洞仙歌 丁未九日

無名秋病。已三年止酒。但買萸囊作重九。亦知非吾土。強約登樓。閒坐到、淡淡斜陽時候。　浮雲千萬態。迴指長安。卻是江湖釣竿手。衰鬢側西風。故國霜多。怕明日、黃花開瘦。問暢好、秋光落誰家。有獨客徘徊。憑高雙袖。

## 瑞龍吟 和夢窗韻

市橋面。還是臥柳吹緜。去波明練。芳塵簾閣愔愔。黃昏細雨。遊絲自轉。　漏催箭。容易曼歌消酒。舊襟須澣。烏衣也怯殘寒。謝堂夢醒。春陰絮晚。　拋盡芳華前事。過江人老。行雲天遠。鶗鴂未休。衰蘭歧路零亂。蔫紅病綠。今夕愁無岸。不辭到、西窗燭燼。南鄰鐘斷。坐閱狂香卷。誤人睡裏。清歌漸散。懽緒東風懶。空付與、吳娘哀箏彈怨。後期最惜。橫塘帆片。

## 金縷曲 井上新桐植七年矣、周無覺撫之而歎曰、此手種前朝樹也、斯語極可念、拈以發端、

手種前朝樹。帶虛廊、斜陽一角。閱人無語。乞向西鄰斤斧底。曾共籜龍敎取。看玉立、亭苕如許。今日離披銀牀畔、問孤根肯傍龍門否。一葉葉戰風雨。　蟪蛄三兩啼相訴。說年來、紅悽翠慘。好秋誰主。剗地霜蕪連天白。棲鳳長迷處所。算乾淨、猶餘吾土。眠坐清陰渾閒事。要歲寒根幹牢培護。盟此意。酹清醑。

## 洞仙歌　過玉泉山

殘衫臏幘悄不成遊。計滿馬西風背城起。念滄江一臥。白髮重來。渾未信、禾黍離離如此。　玉樓天半影。非霧非煙。消盡西山舊眉翠。何必更繁霜。三兩棲鴉。裹柳外、斜陽餘幾。還肯爲、愁人住些時。只嗚咽昆池石麟荒水。

## 齊天樂　乙丑九日陳庸庵招集江樓

年年消受新亭淚。江山太無才思。戍火空村。軍笳壞堞。多難登臨何地。霜飆四起。帶驚雁聲聲。半含兵氣。老慣悲秋。一尊相屬總無味。　登樓誰分信美。未歸湖海客。離合能幾。明日黃花。清晨白髮。飄渺滄波人事。茱萸舊賜。望西北浮雲。夢迷醒醉。並影危闌。不辭輕命倚。

## 高陽臺　除夕閏生宅守歲

藥裹關心。梅枝熨眼。年光催換天涯。綵勝迷離。忘情紅入燈花。常時風雨聯床地。付冷吟、閒醉消他。更休提。束帶鳴雞。列炬飛鴉。　驚心七十明朝是。甚兩頭老屋。舊約長賒。醉倚屠蘇。寧知肝肺槎枒。干戈滿目悲生事。對阿連、休話無家。卻因依。北斗闌干。凝望京華。

## 鷓鴣天　廣元裕之宮體八首錄四

生小仙娥不自妍。璧臺金屋誤嬋娟。幾曾宛轉酬千琲。巳忍伶俜過十年。　蚪箭水。鵲鑪烟。無端芳會散金錢。簾櫳早是愁時候。爭遣新寒到外邊。

聞道嬋媛北渚遊。東風連苑冷於秋。無多裝綴花宮體。禁斷排當鞠部頭。　歡易散。夢難留。女床鸞樹向人愁。紅蠶憔悴同功繭。纈盡春絲未放休。

未必芳期未有期。等閒蜂蝶劇嬌癡。側商小令翻新水。卷地狂香發故枝。　風雨裏。苦禁持。有人低唱比紅兒。纔知滿樹金鈴繫。未有秋人落葉悲。

歷劫相思信不磨。親將雙帶綰香羅。未灰蠟苣拚成淚。垂絕鵾絃忍罷歌。　休躑躅。巳蹉跎。珊鞭拗折負恩多。人間會有相逢事。奈此青春悵望何。

# 丁仁長

字伯厚、晚號潛客、廣東番禺人、光緒九年進士、改庶吉士、授翰林院編修、官至翰林院侍讀、

## 賀新涼　題汪憬吾雨屋深鐙塡詞圖

濁浪乾坤簸。更顛狂、噓涎礪角、蝸爭幺麽。聞道摘星梯絕頂。平步懸崖鐵鎖。又截月、米家一舸。盾墨淋漓何所試。校殘經、且爇松明火。呼佛起。共龕坐。原注、君近好佛、爲七星巖之遊、　風瀟雨晦人誰過。判長年、如舟屋小。打頭亦可。八尺檠高珠翠鬧。牆角例遭坎坷。未甘說、儒冠誤我。天付春愁成獨賞。擁寒衾、細數檐花墮。

煎茗約。待君果。原注、君有城北茅屋沽春之約、

## 秦綬章

字佩鶴、江蘇嘉定人、光緒九年進士、官至鑲黃旗滿洲副都統、有諷籀室集附詞、

### 翠樓吟 題吳子述春眠風雨圖

燕子梁空。梨花院靜。無奈黃昏時候。孤燈人影畔。準分付、離人消受。鼉更閒守。怕夢到屏山。鶯回偏又。拚辜負。是惜花心事。捲簾吟瘦。　記否。翠被寒輕。慣替儂商略。麝蘭薰透。天涯何處也。猛催醒。隔宵殘酒。樊川歸後。料病榻心情。鬢絲非舊。春光驟。向畫圖重問。譜銷紅豆。

## 李岳瑞

字孟符、號小郢、陝西咸陽人、光緒九年進士、改庶吉士、官工部員外郎、有郢雲詞一卷、

### 六醜 壬子九月朔日紀滬上所見、用夢窗韻、和季剛、

正涼霞紺海。漏瑟轉、西風微掣。小山桂叢。留人馨半滅。卻值佳節。曼衍魚龍戲。萬枝擔影。傍五雲高揭。驕嘶寶馬香韉熱。路幕傳籤。淞波翦纈。迢迢蜃樓仙闕。聽嚴城簫管。一霎吹徹。　懂悰未歇。奈霜痕苧髮。俊侶嬉遊處、懷抱別。年芳又過啼鴂。漸街塵倦步。露寒侵襪。銀花燼、鈿車聲絕。不堪問、玉殿秋期。換了故宮新月。清商怨、休唱回雪。向夜闌、更續傳柑夢。缸華恨結。

### 八聲甘州 辛亥九月簡漚老

蕎黃花都傍戰場開。銷魂故園秋。悵西風韋杜。衰蒲細柳。一片清愁。望裏秦山破碎。涇渭自東流。飲罷瑤池暮日晏崐邱。問訊胥臺倦叟。但無端歌哭。爭挽神州。念浮家有約。何事苦淹留。碧沈沈、江南舊樹。怕煙波無地著閒漚。千秋事、祇霜花卷。爲寫煩憂。

## 燭影搖紅 辛亥十二月廿五日作

樓上黃昏。繡簾垂地花光亂。斜陽猶自冒危闌。天末餘紅戀。人世東風悄換。悵玉妃、鸞綃淚浣。暮鴉啼後。鳳瑟新聲。誰家歌管。　璧月弦沈。素娥未肯輝分半。釭花今夜冷於秋。凍折瑤簪斷。陌上鈿車緩緩。問何時、金迷翠煥。遠書憑寄。遼海藍霞。北飛南雁。

## 六醜 壬子送春

鎭看花淚眼。悄立徧、池頭凝碧。曉鐘乍臨。芳暉驚過隙。一逝難覓。望帝魂歸夜。舊時臺榭。剩斷紅狼藉。零環碎佩添蕭瑟。絮影空迷。簫聲旋寂。佳人更無消息。但苔痕襪印。猶認香跡。　留君今夕。對清尊易泣。萬里青蕪苑非故國。江關老去詞客。便重逢鏡裏。朱顏殊昔。闌干外、燕愁鶯澀。君不見、日暮東風御柳。可憐行色。芳華怨、莫問天北。縱錦箋、遍寫相思字。何由寄得。

## 鶯啼序 上元期邇、簫鼓喧闐、顧影自憐、煩憂萬種、依夢窗韻度此、

春聲夜來四起。徧千門萬戶。碧天遠、玉宇高寒。珊珊明月何暮。御街畔、魚龍曼衍。星橋鐵鎖銀花樹。漾晴暉、搖曳因風。盪成芳絮。　舊日東華。幾輩勝侶。踏天街軟霧。醉簫鼓、遊宴承平。京塵緇盡衣素。驀驚心、天

吳蹴浪。彩雲散、飄零金縷。怕重論。青瑣朝班。舊時鵷鷺。　金輿北去。紫氣西來。九重尚寄旅。聞說道帝城無恙。昨夢依稀。北里笙歌。南湖煙雨。靈均顑頷。蘭成蕭瑟。支離東北風塵際。最銷魂、一曲公無渡。釵分鏡拆。悽然更愴離鸞。玉顏寂寞黃土。　茫茫萬感。漫鼓秦箏。聽夜歌白苧。試問取、余情何似。江上烟雲。夢蝶逍遙。聽鷄起舞。沅湘南濟。重華何在。瑤臺娀女方偃蹇。莽風濤、誰是中流柱。江南草長鶯飛。招隱詞成。故人在否。

## 絳都春　和夢窗韻

釵梁舊燕。悵塵滿鏡臺。奩衣慵換。笛裏暮愁。琴裏秋心。春痕短。高樓明月吹簫伴。隔瀛海、仙山天遠。亂鶯啼後。碧苔院宇。履綦誰見。　江館。蕭蕭夜雨。暮雲外尚把。鸞音凝盼。騎省費詞。元相悲懷。誰深淺。朱顏省識春風面。倩誰寫、眞眞行看。芳魂縱使招來。怕隨夢散。

## 菩薩蠻　擬飛卿

西洲一夜西風緊。玳梁乳燕棲難穩。回首鬱金堂。可憐雙鳳凰。　金鈴黃耳護。莫放崑崙度。何處最魂銷。冶城朝暮潮。

三巴昨夜家書到。相迎直抵長風好。望斷水悠悠。如何祇去舟。　相思了無益。懶把金錢擲。愼莫學彈碁。不平教訴誰。

昨宵纔把香羅解。今朝蟢子棲蠨帶。多謝石尤風。送郎懷袖中。　相將紅燭背。滴盡思君淚。已過綠陰時。

落花爭上枝。

惜紅衣　七月十八夜中宵不寐、蛩聲到枕、露氣滿簾、悄然有作、仍用白石韻並呈漚尹、

絡緯虛堂。哀蟬墜葉。枉拋心力。一樹無情。悽然怨凝碧。新愁黯黯。聞也到、鷗邊狂客。沈寂。斟酌九秋。斷姮娥消息。　鵑聲紫陌。寥落宮花。玉容淚痕藉。霜前白雁。戀國斗依北。爲問故家亭館。更待幾回遊歷。奈誤人多矣。江上六朝山色。

## 金武祥　字溎生、號粟香、江蘇江陰人、官廣東赤溪廳同知、

齊天樂　遊白門愚園

塌來城市山林地。依稀六朝煙水。疊石皴雲。分池浣月。倂作新秋涼翠。蘭亭已矣。問獅子滄浪。較量誰似。更築層樓。峯巒四望極天際。　西園尚存舊址。滄桑棊局換。興廢如此。巷訪烏衣。渡尋桃葉。勝蹟今看餘幾。剜苔覓字。有前度劉郎。再來還記。引我徘徊。倚巖同一醉。　原注、園爲徐中山王西園遺址、中有張乖崖醉石、劉季高題名云、劉季高甫徘徊其旁、紹興丁丑七月己未十六字、是日之遊、同劉君叔卿、故有前度劉郎之句、

## 吳保初　字彥復、一字君遂、號癭公、安徽廬江人、陰生、官刑部主事、有北山樓集附詞、

尉遲杯　題孫師鄭銓部先德子瀟先生雙紅豆圖

江南路。正綠遍、萬樹垂楊縷。愔愔嚼蕊吹花。清絕蘼蕪庭宇。單衣貯立。問秀靨、孤鼙隔何許。羨才人、老去塡詞。生綃題偏名字。　應念歷劫雲烟。偏畫絹詩龕。錦段如故。淡墨詞痕無塵涴。日抱向、江湖來去。如今對殘山賸水。覓誰語、熏香獨自撫。有何人、一例心情。翦燈珍重題句。

蝶戀花

小院落紅初過雨。門掩屏山。纔可喁喁語。密意愔愔成間阻。簾前恨煞紅鸚鵡。　燕自呢喃花自舞。占斷年光。便把芳遊誤。淡月疏星雙掌路。那堪忍淚班騅去。

王允晳　字又點、號碧棲、福建長樂人、光緒十一年舉人、官安徽婺源縣知縣、有碧棲詞一卷、

瑞鶴仙　遼陽道中昔感寄滄趣樓老人、

黃塵嘶馬去。歎而今不是。少年羇旅。荒程渺何許。但雲水縱橫。亂山無主。人間事苦。有垂柳、青青倦舞。繞天涯、不見啼鶯。那見一春歸處。　凝佇。聽笳身世。換酒年光。驟如風絮。滄洲舊侶。總孤負。翠尊語。料溪橋南北。藤花零亂。長有愁香秀句。滄趣樓前後植紫藤數十本　甚忽忽、茶熟湖亭。便成間阻。

木蘭花慢　寓居與郡小西湖、杪春多雨、客感幽單、張韻舫太守用補柳翁韻作詞見訊、依次答之、

洗紅蓮夜雨。吹不散。畫橋烟。歎景物關人。光陰在客。情味如禪。尋思刺船弄水。便歸歟、何用買閒田。拚約春風爛醉。恨春輕老花前。　湖天碧漲簟紋邊。日日憶家眠。料試衣未妥。暈妝還嬾。鬢冷歌蟬。分明片時

怨語。說相思、金篋已無箋。雨歇西齋淡月。隔牆猶咽幽絃。

## 長亭怨慢

丙申九月同年張珍午侍御與余別於台江舟次、執手悵然、襟袖沾濕、歲暮無緒、賦此追寄、并訊芝南小軒徵宇諸君、

又還是、將離時節。酒盡江樓。雁聲相接。喚得愁生。半篙雲浪漲天闊。故人都散。爭忍唱、旗亭闋。那處不飄零。恨莫恨長安秋葉。　淒切。擁吟鞭試望。縹緲夢華宮闕。蘆溝過也。怕冰渡、暗凘先結。更問訊、近日西山。可猶有、梅花香發。念一片陰陰。誰掃蒼崖苔雪。

## 齊天樂

秋日偕友人遊台江作

曲塘不是調鞭路。當當更聞珂馬。涼水斜門。疎花占屋。稱得蕭娘聲價。紅香慣惹。有事疊吟牋。淚藏離帕。再見蛾妝。俊懷銷減定應訝。　江關詞賦縱好。少年情味在。秋氣難寫。跂腳眠雲。扶頭醉雨。換了當時臺榭。波容漫冶。消幾日相逢。渚蓮開謝。老盡愁鴛。暗霜飄翠瓦。

## 疎影

余以光緒丙申歸自塞外、信宿湖上孤山、梅候已過、嫩葉青青、停舟草際、光景奇麗、己亥冬日再至、獨登巢居老柳荒波、蕭寥滿目、俯仰不能無感、適林丈迪臣太守以孤山補梅圖屬題、用石帚自製調寫之、音節尚清婉也

漣漪數尺。浸翠微雁影。涼思堆積。畫裏危亭。山冷花遲。不見逋仙行迹。詩翁此意無人會。自劃遍、蒼寒苔壁。問舊時、春在誰家。總有斷雲知得。　堪笑當年倦旅。臥枝看未足。關上吹笛。萬里歸來。身世悠然。換了

西泠愁碧湖鷗不管人情怨但勸我重攜吟筆又怎知明日經過漠漠半篷香泣。

## 夜行船

玉帳牙旗無定據迴潮咽岸沙如語後夜南樓一川煙月歷亂倩誰爲主。　別夢曾過平楚路儘官柳半堤綠嫵故國西風行人回首秋在角聲疎處。

## 甘州　庚子五月津門旅懷寄友

又黃昏胡馬一聲嘶斜陽在簾鉤占長河影裏低帆風外何限危樓遠處傷心未極吹角似高秋一片銷沈恨先到沙鷗。　國破山河須在願津門逝水無恙東流更泝江入漢爲我送離憂是從來興亡多處莽武昌雙岸亂雲浮詩人老拭蒼茫淚回睇神州。

# 趙藩

字樾村雲南劍川人光緒十一年舉人有小鷗波館詞鈔六卷滇詞叢錄三卷

## 清平樂　次毛熙震韻

園林薄暮畫閣開窗戶蝶懶蜂慵花不舞漠漠一天微雨。　疎燈紅上蘭幃金猊香燼煙微且莫珠簾放下待他燕子歸飛。

# 魏峸

字鐵珊號匏公浙江山陰人光緒十一年舉人有寄榆詞一卷

## 買陂塘 偕季裴伯蓀遊角山亭懷简盦、

倚危亭塞垣一角。海山青了何處。雲羅不礙高飛鳥。幾片南來倦羽。誰是主。儘點撿殘磚。秦漢無憑據。風鈴自語。和夾水笙簧。叢祠鐘磬。隱約亂笳鼓。　玄都樹前度劉郎曾賦。如今還冒晴絮。舉頭西北浮雲遠。莫問銅仙清露。天又暮。算只有、女蘿山鬼愁堪訴。離悰更苦。好說向江鴻。輸他社燕。認汝舊巢去。

## 蘇幕遮

掩芳尊。扃繡戶。醉裏愁來。夢裏愁應住。自拂羅裀尋夢去。隔寺疏鐘。夢又今宵誤。　剔殘燈。書尺素。塞雁明朝。帶上瀟湘路。圓月不知人正苦。斜影穿簾。故照無人處。

## 六醜

正斜陽過雨。看隔苑、林陰如沐。砌蛩亂吟。聲聲還斷續。若奏離曲。曾記章臺路。那回攜手。趁晚涼新浴。羅襦晴麝留殘馥。殢酒停杯。行花秉燭。清遊未輸金谷。奈年光瞥去。催送車轂。　歡情悵觸。似蕉園寄鹿。靜想瀟湘水、紋浪蹙雙魚。寄遠難速。向郵亭聽漏。醉眠初熟。殊鄉景、那堪縈目。應憶我、十載江湖載酒。夢醒人獨。相思意。莫對斑竹。恐斷腸、又灑黃昏淚。侵他嫩綠。

## 高陽臺

隄草青黏。池萍碧聚。秋心知到誰家。塞雁南飛。獨憐人在天涯。懷人莫上層樓望。正夜來、風雨催花。總淒然。下了簾旌。掩了窗紗。　邊城不解離愁苦。把秦絲楚管。換卻悲笳。拚得朝朝。酒杯與度年華。無聊欲作魚書寄。又生憎醉墨欹斜。更難禁夜聽啼鵑。曉聽啼鴉。

## 汪兆銓

字莘伯、廣東番禺人、光緒十一年舉人、官廣東海陽縣教諭、有惺默齋詞一卷、

### 滿庭芳

燕子不來。狻爐初燼。垂簾閒坐春陰。翻書人倦。獨自抱寒襟。試向午窗閒睡。偏惆悵、嬾見瑤衾。無聊賴。難將心事。悄說與青禽。　重尋前日事。冷雲如夢。也似而今。怎尋常妝閣。過了春深。一樣舊時庭院。經行遍、祇是傷心。閒猜取。有人窗下。此際也停鍼。

### 買陂塘　落花、辛亥冬作、

乍驚心、萬紅飛盡。霎時新綠都換。東風渾未相催逼。已自雨零星散。君莫怨。君不見、經時到耳蜂聲亂。珍叢東畔。算祇有一枝。七星旛子。猶自向風展。　繁華事。回首不堪重算。陳芳國裏公案。雜花野草誰移植。曾被滿園都占。君莫歎。君試聽、興亡如說斜陽燕。休彈淚眼。任落溷飄茵。都由自取。更倩阿誰管。

### 高陽臺　新正小雨、和俞伯歔韻、

夢雨催寒。濃烟閣霧。韶光比舊都非。淅瀝空階。一聲聲透重帷。燈前看取簷花落。入愁腸、酒力偏微。小迴廊。屐齒殘痕。生了苔衣。　迷濛濕遍郊原路。想酒旗虛颭。悵望輪蹄。嫩約無憑。幾番辜負佳期。萬紅相對渾如泣。縱婆娑、生意都稀。儘徘徊。陌上花開。緩緩人歸。

## 李　孺　字子申、號龠庵、漢軍正白旗人、光緒十一年舉人、官至署湖北提學使、有愛雲軒詞、

### 祝英臺近

水紋生。山綠秀。窗外過新雨。獨倚朱欄。別思向南浦。眼中何處天涯。斜陽影裏。但一片、昏鴉爭樹。　幾凝佇。最憐滿地香塵。落紅已無數。曲曲屏山。無計梗愁路。更愁柳徑春深。東風多事。又吹起、一天飛絮。

### 長亭怨慢　爲季幼梅題越南貢使阮叔恂詩卷

有天外、飛來星使。小駐湘春。醉逢仙李。柳雪經年。海天萬里片帆駛。阮郎歸矣。驚滿地、烟塵起。回首卅年前。直看到、江山如此。　往事。憶名花乞取。一卷小詩頻寄。爪痕尚在。更南雁、北來無字。歎故國、一例荆駝。莫重問漢鳶周雉算只有深情深過桃花潭水。

### 祝英臺近　詠苔

玉階前。金井畔。夜夜溼秋露。雲護松陰。又過幾番雨。故園倘許歸來。向經行地。試認取、屐痕前度。　昔遊處。愁看滿壁蝸涎。不見舊題句。寂寞花開。徑滑已迷路。傷心別後春宮。青青一色。空付與、江郎詞賦。

### 鷓鴣天　春感

最是愁人二月天。暫懽聊破酒腸慳。新槐近節將傳火。弱柳籠寒未放棉。　雲北望。日西遷。傷春有恨已難箋。夢中況是身爲客。閒裏誰知味近禪。

## 查爾崇

字峻丞、號查灣、順天宛平人、光緒十一年舉人、官至四川候補道、

### 霜葉飛　落葉

倦鴉啼絮黃昏後。霜林如替秋語。已涼天氣可憐宵。偏又銷魂雨。聽槭槭、吟商最苦。宮溝堆徧相思路。奈怨笛西風。斷送忒無情。忍問舊題紅處。　何況太液波荒、巢鸞輕換。寂寞梧苑終古。餅柯心事盼春回。春也傷羈旅。甚一霎、流光過羽。江潭憔悴寫蘭成賦。任喚醒、滄桑夢。便算青青。亂愁誰主。

### 綠意　綠陰

江南恨滿。又參差萬綠。天際遮斷。倒柳郵亭。無限離愁。添入夢雲零亂。煙梢露葉冥濛影。早暗裏、韶華偷換。恨杜鵑、啼斷殘春。似道謝橋人遠。　猶記危闌乍倚。畫簾鎮未卷。簷翠籠淺。不信流鶯。青子枝頭。喚得春魂能轉。簪花俊約都休問。儘黛色、眉痕淒怨。怕瘦黃、重試清霜。更惱感秋心眼。

## 康有爲

原名祖詒、字長素、一字廣廈、號更生、廣東南海人、光緒二十一年進士、官工部主事、有萬木草堂詩鈔、附詞、

### 蝶戀花

記得珠簾初捲處。人倚闌干。被酒剛微醉。翠葉飄零秋自語。曉風吹墮橫塘路。　詞客看花心意苦。墜粉

零香。果是誰相誤。三十六陂飛細雨。明朝顏色難如故。

## 劉福姚

字伯崇、號守勤、一號忍庵、廣西臨桂人、光緒十八年進士及第、授翰林院修撰、官至祕書郎、有忍庵詞、

### 琴調相思引

老屋疏檠一欠伸。亂愁多似夢中雲。鎮無聊處。寒月一痕新。　垂老儒冠能傲客。久居山鬼喜窺人。世情銷盡。翻讀送窮文。

### 玉樓春 和小山韻

啼鵑那解留春住。烟草淒淒春去路。莫將殘酒酹飛花。愁見細風吹弱絮。　人生盡說多情誤。情到深時天忍負。君看花月滿春江。都是淚痕無盡處。

好風良月應無價。金琖深深消永夜。驪歌一曲醉中聽。螺黛雙彎愁裏畫。　今宵酒醒紅窗下。明日西風吹瘦馬。雁邊莫望寄書頻。除卻相思無別話。

### 齊天樂 鴉

垂楊終古傷心地。淒淒幾多幽怨。亂逐驚飆。低翻墜葉。一夕長安秋徧。微茫倦眼。訝煙鎖叢祠。暗塵一片。幾處軍笳。陣雲悽共雁行斷。　江邨殘照漸暝。舊巢何處認。寒信催換。繞樹風悲。透林月黑。寥落宮槐千點。歸飛恨晚。問頭白江湖。苦吟誰伴。漫趁危檣。楚天涼夢遠。

## 桂枝香　銀魚

濠梁夢渺。弄萬頃玉波。乘月初到。錯認明珠躍浦。夜深光照。詩人惜取天然白。儘浮沈、海鷗應笑。漫呑芳餌。輕敎點點。墨痕汚了。　怕越網、千絲密罩。正水市聲喧。霜信催早。那得澄江如練。趁潮歸好。潛鱗莫傍鮫宮去。翦冰綃、凝淚多少。浦雲流汞。殷勤爲盼。素書頻報。

## 西窗燭

千林霧鎖九陌塵稀。素娥誰伴孤寂。蕊宮也自愁風露。更莫問人間。凄涼信息。憶舊時、幾處簫聲。夢冷瑤臺咫尺。　恨無極。目斷天涯。江空歲晚。因甚無眠竟夕。晝簾還鬥嬋娟影。怕白徧關山。霜寒正急。儘苦吟、碧漢沈沈。不放一痕曙色。

# 全清詞鈔第三十六卷

馮　煦　字夢華、號蒿庵、江蘇金壇人、光緒十二年進士及第、授翰林院編修、官至安徽巡撫、有蒙香室詞二卷、一名蒿盦詞、宋六十一家詞選十二卷、蒿盦詞話一卷、

江南好

青溪曲。稚柳不勝春。獨自吹香橋下過。晚鶯如夢絮如塵。惆悵更何人。

河傳　同次泉登夔州城樓

城闕。愁絕。落花時。野戍殘旗。雨微。峽中一春無雁飛。相思。北來音信稀。　十二青樓臨大道。春漸老。處處生芳草。杜鵑啼。人未歸。路迷。片帆吹又西。

南鄉子

一葉碧雲輕。建業城西雨又晴。換了羅衣無氣力。盈盈。獨倚闌干聽晚鶯。　何處是歸程。脈脈斜陽滿舊汀。雙槳不來閒夢遠。誰迎。自戀蘋花住一生。

一枝花　曉經秦郵過故居作

帆影收殘驛。問訊鷗邊消息。未黃寒柳下。曉風急。湖水湖烟。一抹傷心碧。甚處尋秦七。衰草微雲。依然舊

日詞筆。霜重城陰溼。歸路暗驚非昔。東偏三五畝。薜蘿宅。十載塵顏。算只有頹波識。俊遊忘不得。認禿樹荒祠。乳鴉猶帶離色。

八聲甘州　乙亥除夕

甚忽忽百歲隙中塵。天涯又相催。正春燈上了。亂山殘雪。來照深杯。惆悵鷄聲馬影。人隔楚雲隈。簫鼓蛾兒曲。懷抱難開。　還念故園今夜。趁辛盤薦後。西望徘徊。掩銀釭不語。獨自撥寒灰。總休卜、鏡中消息。算歸期、先負綺窗梅。思千里。向東風祝。莫放春回。

琵琶仙　野泊、寄拂青、

何事西風。又催我、一點征帆東下。無那寒驛燈昏。沈沈怨遙夜。秋色裏、青袍似草。算離恨、不堪重寫。倦倚烟篷。霜空雁杳。誰共情話。　最惆悵、石老雲荒。漸忘卻、城陰舊遊冶。賸有一鈎殘月。映晴川如畫。添幾許、枯荷敗葦。便夢回、誤了亭榭。爲語沙際輕鷗。恁時來也。

江南好

三月暮。何事更干卿。草長鶯飛春水皺。勞勞亭下五清明。東望不勝情。

霓裳中序第一　丙子元夕、與次泉踏月夔州城東、

孤蟾下倦驛。落盡江梅春是客。城中夜烏正寂。漸星暗戍樓。煙沈荒磧。誰歌楚魄。罷玉尊、腸斷今夕。空凝

望、峽門秋練。一道界寒白。遊歷。柳邊坊陌。有箔影釵光似織。年年歸計未得。曲榭懸燈。小檻橫笛。斷雲迷故國。忍重問、傳柑信息。君休歎、團鑪兒女。尚守杜陵宅。

## 宋育仁

字芸之、號芸子、四川富順人、光緒十二年進士、改庶吉士、授翰林院檢討、官湖北補用道、有問琴閣詞一卷、

### 西江月

銀押放鈎麗叕。金鐶齧鎖葳蕤。博山爐子裊烟微。春與梨花同醉。　鸚上瑤軒對語。燕窺銀桁雙飛。春駒褪減玉腰圍。昨夜海棠新睡。

### 風入松

小樓一雨作春寒。獨自倚闌看。東風又綠樓前柳。一絲影、一憶華年。泥酒情懷似絮。焚香心事如烟。　流光彈指記華鬘。揮手向人間。夢身猶著天花雨。認綠楊、魂往江南。覺後追尋迷路。屏風無限關山。

## 闊普通武

字安甫、號青海、一號槎客、滿洲正白旗人、光緒十二年進士、改庶吉士、授翰林院編修、官至西寧辦事大臣、有華鬘室詞一卷、

### 桂枝香　題江亭玩月圖

池塘秋老。正亂葦蕭蕭。煙郵花少。露白星疎。遠望漁家燈小。酒闌席散更深候。膹禪林、滿天霜曉。蒹葭臥水。伊人何在。嫦娥初到。　喜此地涼風最早。聽萬籟無聲。清磁誰擣。璧月團圞。恰照揚州懷抱。江郎亭子何郎筆。梅叟　算雅流、後先同調。吹簫廿四橋邊。一曲不如歸好。

## 宋伯魯

字子鈍、一字芝棟、號芝友、一號竹心、又號芝田、陝西醴泉人、光緒十二年進士、改庶吉士、授翰林院編修、官山東道監察御史、有蘐紅詞一卷、

### 青玉案

柳條不斷旗亭路。但目送、征軺去。陌上雕輪留不住。鷄聲野店。馬蹄荒戍。盡是銷魂處。　碧山隱約分朝霧。踣鐵全沾草頭露。歷歷風光君記取。一灣流水。兩行春樹。陣陣梨花雨。

## 秦樹聲

字右衡、一字晦鳴、號乖菴、河南固始人、光緒十二年進士、官至廣東提學使、

### 霜葉飛

天寧寺讌集送朱古微之嶺南、

俊遊陳緒。疏鐘外、依然紅暈凋樹。翠微傳酒向離煙。愁幻征帆雨。訪敗壁、詞流片羽。風鈴鳴咽荒今古。儘海角銷凝。畫舸罥珍柯。夜夜照君鉛素。　休問蠹粉塵縑。雞栖病策。故人蕭瑟吟賦。隴頭娟影擢冰姿。雲凍春何許。任別淚、緣巾萬縷。丹成當共三山去。好寄將、蘋州譜。不負斑騅。亂鴉飛處。

## 曾福謙 字伯厚、福建閩縣人、光緒十二年進士、官四川奉節縣知縣、有梅月龕詞草一卷、

### 如此江山 夕陽

一鞭遙指空山路。嵐光撲人如燒。老樹歸鴉。寥天斷雁。茅舍炊烟旋繞。疏林葉掃。正倦旅郵亭。酒醒愁惱。衰柳西風。別來情事問多少。　何處長江渺渺。有漁舟唱晚。布帆風飽。荻渚霞頹。蘋汀霧散。倒景晴波殘照。漫漫遠道。幾消受黃昏。鏡中人老。待月東升。放光明更好。

## 成　昌 字子蕃、一字湟生、號南禪、薩克達氏、滿洲鑲黃旗人、光緒十四年舉人、官四川夔州府知府、

### 玉京秋 用草窗韻

羅帶闊。年來更消瘦。惜春心切。亂紅落盡。驚看新葉。門掩梨花幾樹。訴東風。休摧香雪。傷離別。綠窗鸚鵡。替人先說。　袖薄餘寒猶怯。燭高燒、銀屏影缺。畫角聲聲。吹殘前夢。輕歌應歇。淺草迷天。歎客裏、誰惜芳菲時節。蜀絃咽。鵑血空啼夜月。

## 徐致章 字煥琪、號拙廬、江蘇宜興人、光緒十四年舉人、官浙江瑞安縣知縣、有拙廬詞草四卷、又輯樂府補題後集甲乙二卷、

徵招　立秋日有感用憶雲韻、

井梧墜葉池荷颭。商聲暗催涼夕。瘦月似悲秋也低迷雲隙。枯螢搖冷碧。訝團扇、頓疏今日。膩雨滋花。和風薰柳。不堪追憶。　愁寂。數年時滄桑感。前度淚痕猶溼。冷信又驚。催送西風消息。悽蛩愁聽得。看梁燕、漸成歸客。問幾時、點點新鴻。寄遠人書迹。

## 周登皞　字熙民、號補廬、福建侯官人、光緒十四年舉人、官至監察御史、有補廬詞、

金縷曲　寒鴉

極目寥天闊。驀何來、壘痕萬點。欲回還折。暮色西山蒼然至。掠過寒林數疊。漸水外、飛霞明滅。夾道槐陰曾幾日。到而今、冷與征鴻答。遙指點。黯城堞。　昭陽舊事休重說。但斜暉、無情一片。影迷宮闕。幾樹垂楊銷魂處。弱縷驚栖未帖。又槭槭、風欺病葉。閧道佛貍祠未圮。儘看他、殘飯江天接。感時物。總愁絕。

## 楊鍾羲　原名鍾廣、字幎盦、號子姓、又號子勤、漢軍旗人、光緒十五年進士、改庶吉士、授翰林院編修、官江蘇江寧府知府、有雪橋詞、又輯白山詞介五卷、

東風第一枝　和約菴韻

朝雨欺寒。夕陰吹暝。東風猶勒新暖。儘教閒爇香篝。閣住春衫緘線。一年花事。拚遲放、幾枝蘭箭。初不道、

社鼓楓林。容易日斜人散。 愁似水、并刀難翦。酒如瀉、提壺休勸。是誰斷送年華。相與急催絃管。重衾醉擁。祇惆悵、銅輿夢遠。那堪向、易主樓臺。又見定巢語燕。

### 浪淘沙慢 和身雲

爲春瘦、琴絲倦理。脆管慵炙。鎖日沈陰似墨。東風向晚更劣。正目斷、青門芳草隔。惜春意、閒裏虛擲。看穠李緋桃自開落。風情黯非昔。 凄寂。舊時燕子曾識。問畫棟雕梁營巢處。此日誰主客。空銜盡香泥痕掃無迹。簾鈎絮徹當亞闌。徧倚落花時節。 原自無心江頭檝。輕拋卻、海天霽月。能幾日、棠梨飛作雪。但追恨種柳陶桓勤攬結。漫天成就春雲熱。

## 余誠格

字壽平、安徽望江人、光緒十五年進士、改庶吉士、授翰林院編修、官至湖南巡撫、

### 金縷曲 徐積餘屬題定林訪碑圖

鍾阜高寒境。有前朝、渡江才子。此間觴詠。隱約層城煙外寺。一晌疏鐘初定。閱今古、興亡如鏡。虎落龍沙天際險。怕玉關、不隔清秋信。聽哀怨。度鴻陣。 殘山賸水休教恨。但年年、浮雲靉靆。幾時吹盡。空惹詞人雙蠟屐。踏破蘚封莎暈。幸留得、斷碑名姓。感舊摩挲千百徧。趁清遊、遮莫虛清景。添畫本。墨花冷。

## 曾廣鈞

字重伯、號環天、又號觙庵、湖南湘鄉人、光緒十五年進士、改庶吉士、授翰林院編修、有環天室詞、

一萼紅　題無愛塡詞圖

訴芳心。拆桐花爛熳。飛絮舞樓陰。刻黛量顰。裁瓊界恨。有人寄託遙深。彈不盡、閒愁萬種。算一齊、分付與知音。白石商聲。紫霞越調。同歎飄零。　舊恨繡阡埋玉。膹鸞腸碧唾。駿骨黃金。吳帶曹衣。風亭水榭。能傳凄斷幽襟。念當日梅妻鶴子。捧楹書、珍重到而今。從此十眉詞譜。添箇青琴。

## 葉昌熾

字鞠裳、江蘇長洲人、光緒十五年進士、改庶吉士、授翰林院編修、官國子監司業、有奇觚廎詞、

慶清朝　題王西室半偈龕圖、圖爲文文水筆、翁尙書舊藏也、許丈鶴巢識爲尊甫舄舟先生故物、光緒庚辰尙書典禮闈、許丈被放、遂以此圖歸之、並塡詞爲贈、有云投珠遺恨略補前因、愛士盛心、可感也已、韜甫前輩復屬張雨生刺史臨此幀、出以徵題、敬步卷中原韻、

青桂連蜷。一袈裟地。佛龕雕鏤如新。伯穀與王元美書云、燕山匠者、善造阿育王塔、雕鏤若鬼工、擕歸樹於半偈龕前青桂之下一袈裟地、白毫彈指。非非夢亦成塵。伯穀夢偈云、佛手指端放白毫光如十匹練、又云若云非夢即非非夢、贏得後來好事。一圖分作兩家春。今猶昔、從來大隱。都在金門。　此日停雲羣從。論休承才調。數到君身。祖庭愛士洵濡欲濕枯鱗。苦歎焦琴未遇。殷勤爲拂爨餘痕。投珠恨。轉成佳話。翻盡陳因。

## 張允言

字伯訥、直隸豐潤人、光緒十五年進士、官至度支部大清銀行正監督、

暗香 用白石韻和金養知

素梅一色。喜冷香供養。清宵吹笛。院宇雪霏。玉指生寒有誰摘。空記瑤天舞影。應難覓、題花仙筆。但剩卻、一味高寒。無語落芳席。　香國。恨闃寂。怎見此靚妝。更益愁積。對花漫泣。明月多情伴儂憶。吟罷風前柳絮。愁凍卻、衫羅新碧。奈鳳馭。三島遠。只應夢得。

## 金蓉鏡

字香嚴、號甸丞、浙江秀水人、光緒十五年進士、官湖南永順府知府、有滮湖遺老詞一卷、

永遇樂 題林鐵尊半櫻庵詞

洄溯芳洲。孝廉船在。雲海人悄。柳已成圍。顛毛欲雪。歸夢仍空繞。譜成漁笛。追尋野語。起舞水蒼風峭。記乘槎、天河泛月。目極大荒煙嶠。　霜腴舊話。金樽相對。同是承平年少。遊戲人間。流連故國。揉碎霓裳調。鶯□過平了。花枝謝後。浪說十洲春到。況重問、冬青怨語。斜陽又弔。

## 沈宗畸

字孝耕、號太侔、又號南雅、別號甓道人、廣東番禺人、光緒十五年舉人、有繁霜詞一卷、又輯今詞綜四卷、

蝶戀花 乙卯秋日、和邑威、

決絕春前成隔世。獨繭抽絲。直怎懨懨地。翻羨秋花辭病蒂。停辛佇苦韶光費。　別後鏡鸞和月閉。脂粉

嫌汙。此意無人會。未肯輕教憐斌媚。明珠不抵雙行淚。底事浮梁微利戀。共苦同甘。荆布何嘗怨。昨夜中庭初集霰。君邊私祝秋風暖。

翠袖伶俜堂廡淺。巷口斜陽。淡到愁人面。纖手織成憐錦賤。蠶飢今歲繅絲短。

## 一萼紅　紅梅用碧山韻、

門芬菲。怕春痕冷淡。和雪更調脂。啼枕新妝。凝壺舊淚。窺戶偷換瓊姿。倚蛟背、珊珊凍骨。怪今夜、齊化絳雲飛。月浸肌涼。霧融膚膩。波淺香霏。　何遜已無清興。擣珊瑚屑粉。沁上筠枝。福豔難修。魂清易染。靈境重證無期。悵幺鳳、人間去後。再休問、潮暈酒迴時。欲寄翻愁誤認。嵌豆相思。

# 徐　珂

字仲可、浙江仁和人、光緒十五年舉人、官内閣中書、有純飛館詞二卷、近詞叢話一卷、清代詞學概論七卷、歷代詞選集評一卷、清詞選集評一卷、

## 疏簾淡月　梅花、爲彝齋賦、

羅浮春暖。正一片隨流。和夢都遠。賺得檐前。獨笑爲誰簾捲。淡黃月色回闌底。認眉痕、舊時曾展。佩環聲悄。啼殘翠羽。儘容淒戀。　漫冷卻、芳心一半。有空際仙雲。流照亭院。忍著橫斜。雙影鏡瀾清淺。東風消息還宜準。怕高樓、玉笛吹怨。夜寒人靜。相偎素被。冷香熏徧。

## 南鄉子

疏雨晚來晴。一帶長隄草色青青到夕陽紅盡處。迴汀。知是蘭橈第幾程。　雙髻坐調箏。不道朱絃手慣生。柳外東風花裏月。清明。容易高樓又晚鶯。

## 采桑子

黄昏幾陣瀟瀟雨。歷亂風鈴。料峭寒更。付與春宵各自聽。　紅鵑啼瘦清明節。架落還縈。枝嫩纔青。一様東風兩様聲。

## 絳都春　次況夔笙先生韻

相逢客裏。恨燕麥兎葵。斜陽何世。舊柳漢南。閱徧番風知曾幾。高樓西北登臨地。怕滄月、愁邊飛墜。隔鄰歌管。嚴城鼓角。夢回情味。　英氣。花銷不盡。忍都付倦後茂陵吟醉。看劍問琴。同是天涯青衫淚。銅仙一去觚稜遠。漫重話長安春事。燕棲何處。雕梁麴塵又起。

## 霓裳中序第一

斜陽閃屈戌。雨過眉峯凝恨碧。休傍茸窗小立。尙點點聲聲。隔花殘滴。聽他不得。比昨宵、還更悽惻。沈吟久、黛蛾雙蹙。徙倚玉闌側。　風急。落英狼籍。只一霎、枝頭寂寂。香泥誰肯護惜。念曉鏡妝臺。憔悴顔色。峭寒羅袖逼。怎倚竹、無言暗泣。春深矣。牡丹依舊。甚處問消息。

# 梁啓超

字卓如、號任公、廣東新會人、光緒十五年舉人、有飲冰室詞、

## 六醜　傷春。學清眞體柬剛父。庭院碧桃開三日。落盡矣。藉寓所傷。後之讀者。可以哀其志也。

聽徹宵殘雨。正簾外曉寒衣薄。莫道春歸。便濃春池閣。已自蕭索。問歲華深淺。悄悄桃葉。在舊時闌角。繁紅門盡無人覺。待解尋芳。東風已惡。歡期未分零落。尚曲牆扶繞。頻動春酌。　情懷如昨。祇休休莫莫。似水流年底成飄泊。故枝猶綴殘萼。又蜂銜燕蹴。乍欺怯弱。愁對汝自扃深閣。卻不奈一陣輕颯。無賴送敲垂幕。慼啼鳥未拋前約。向花間道。不如歸去。怕人瘦削。

## 暗香　延平王祠古梅。相傳王生時物也。

東風正惡。算幾回吹老。南枝殘萼。水淺月黃。長是先春自開落。二百年前舊夢。早冷卻。棲香羅幕。但賸得。片片倩魂。和雪度溪彴。　依約。共瘦削。便撩亂鄉愁。驛使難託。鸞牋罷寫。閑煞何郎舊池閣。休摘苔枝碎玉。怕中有。歸來遼鶴。萬一向。寒夜裏。伴人寂寞。

## 金縷曲　丁未五月歸國。旋復東渡。卻寄滬上諸子。

瀚海飄流燕。乍歸來。依依難認。舊家庭院。惟有年時芳儔在。一例差池雙剪。相對向。斜陽淒怨。欲訴奇愁無可訴。算興亡。已慣司空見。忍拋得。淚如綫。　故巢似與人留戀。最多情。欲黏還墜。落泥片片。我自殷勤銜來補。珍重斷紅猶軟。又生恐。重簾不卷。十二曲闌春寂寂。隔蓬山。何處窺人面。休更問。恨深淺。

## 王景沂　字義門。號味如。江蘇江都人。光緒十五年舉人。官廣東嘉應州知州。有瀣碧詞。

浣溪紗

幾日西風上綺樓。薄寒如水浸簾鉤。晚香疏夢不宜秋。　鶯老臏憐歌舌倦。柳黃還惜舞腰柔。一分遲暮一分愁。

相見無緣續舊歡。月波吹水錦屏寒。昨宵清露溼紅蘭。　別院花深魚鑰閉。小樓香燼鴨鑪閒。惜春何必是春殘。

淒涼犯　都門倦旅、風雨如晦、夜窗無俚、追念往人、新愁舊愁、含毫欲絕矣、

黑雲似墨。秋窗裏、沈沈一片愁色。淺醒助夢。淒颸送冷。自家將息。無言向夕。怎能聽、蟲聲四壁。伴更長、燈花照怨。幽影黯成碧。　前度長安市。綺懺低迷。錦衾孤憶。斷紅碎了。泣瓊枝、但餘鵑魄。瘦損詩心。怕雙燕、歸來不識。只而今、往事墜雨甚處覓。

遶佛閣

凍梅破蕊。春意此夕。輕逗朱戶。憔悴羈旅。怕提舊日、燒燈俊遊處。悶吟正苦。狂醉杜曲。還聽箏柱。良夜何許。一庭燭影。花光噀香霧。　浪跡怨飄泊。望極江南芳草路。長記翠樓、迴文機上句。便定子當筵。心事誰語。鬢華虛度。料鏡閣妝成。羞畫眉嫵。待安排、夢中歸去。

汪兆鏞　字憬吾、號伯序、廣東番禺人、光緒十五年舉人、官湖南知縣、有雨屋深燈詞一卷、續稿一卷、三編一卷、

## 憶舊遊 登韶州九成臺

隱林梢半角。危榭荒苔。踏碎涼煙。無限蒼茫意。恰泠泠虛籟。飛到吟邊。晚風暗吹雙鬢。秋影不堪憐。念津鼓敲寒。郵燈煑夢。銷損華年。　留連。感今古。問法曲南薰。遺響誰傳。賸平蕪殘照。添數絲衰柳。搖落山川。根觸天涯情緒。淒咽答幽蟬。休更計明宵。疎篷凍雨人獨眠。

## 柳梢青

雨暗煙昏。故園何處。花落成茵。幾日離愁。閒拋笛譜。懶拂箏塵。　儘教燕去鶯嗔。休忘(去)却。東風舊因。夢裏還尋。愁邊獨寫。忍說殘春。

## 疏簾澹月 盤香、同素人、

房櫳似水。訝麝氣縈迴。欲銷還起。蘭屑輕搓。巧樣市坊新製。生來宛轉柔腸細。一分香、一分憔悴。幾回酒醒。淺紅注火。曲屏慵倚。　鎮相對。遣愁無計。祇蕙鑪綫裊。稱伊風味。屈曲人間。贏得孤芳如此。篆槃舊記回心字。撥寒灰、歸念初地。倩誰畫取。重簾捲處。塔痕飄墜。盤香亦名塔香、

# 王甲榮 字步雲、浙江嘉興人、光緒十五年舉人、官廣西富川縣知縣、有冰鏡詞、

## 金縷曲 惠妃印鑰牌、爲屈爔伯剛題、

燕市流離日。儘悲歌、□□悵望。寂寥宮闕。阿監青娥譚往事。詔選良家婉孌。佩寶鑰、紅絲曾結。奈爾牙規

明月樣。海王邨、漫付騷愁客。嗟玉盌茂陵出。　馬嵬豈是楊妃舄。又不是、班姬素扇。棄捐籢篋。迴首繁華渾似夢。一例金甌破缺。更何論椒風瑣物。靜閟葳蕤親檢點。試摩挲定愛簪花格。牌鐫惠妃位號、小楷精絕、留擁髻夜深說。

## 吳蔭培 字樹百、號穎芝、江蘇吳縣人、光緒十六年進士及第、授翰林院編修、官貴州鎮遠府知府、

### 金縷曲 題秦佩鶴湘絃秋夢圖

無限秋情緒。總傷心、華年錦瑟。曲終湘浦。千里征軺隨落日。遙指君山前路。問環佩、天涯何許。聽到新詞歌變徵。更那堪、重按淋鈴譜。彈不盡。斷腸句。　鏡釵舊事懷佳侶。甚匆匆、花穠月滿。忽摧風雨。江上峯青人不見。惟有夢魂來去。便夢也、了無尋處。縱使蒙莊工解脫。奈離愁萬種難撐拒。塵簟拂。轉淒楚。

## 王以敏 原名以慜、字子捷、一字夢湘、號古傷、湖南武陵人、光緒十六年進士、改庶吉士、授翰林院編修、官江西瑞州府知府、有海嶽雲聲二卷、燕山鐘梵三卷、江上琴音隴笛餘音天南小海唱墜鞭臏譜碧紗煙語宜君館琴憶鏤冰碎語各一卷、霜天雁唳二卷、湘煙閣幻茶譜三卷、總稱檗塢詞存、又有西江殘留蘆中人語未刊、

### 蘭陵王 白桃花、疊待制韻、

雨絲直。花外啼痕沁碧。無人見、娟影自憐。肯藉脂香涴春色。傾城比虢國。初識。居然笑客。玄都觀、霜鬢再

來。應俯雕闌又高尺。仙蓬話萍迹。趁豔雪移燈。蔘月鋪席。飛英還侑離亭食。嗟背景心事。洗紅詞筆。空拋根葉送遠驛。羨流水歸北。思惻亂愁積。怕洞口雲漫。津渡船寂。空山縞袂情何極。憶倚扇窺酒。隔牆邀笛。塵心銷盡。付露井露共滴。

惜黃花慢　自清淮舍舟而陸、南朝舊夢、北客新裝、歸旌搖搖、秋緒如繭、以夢窗自度曲寫之、

小隊西風。袖楚雲萬葉。扶上花驄。望江不見。涉淮漸遠。青山夢裏。細草愁中。水茫低佩搖霜訊。冒鞭影、不是春紅。客路重、鈿車俊約。眉語誰通。　長河北去如弓。看繫情病柳。倘戀吳篷。采菱煙槳。落梅雨笛。秋眸兩翦。人在樓東。素衣無著鮫珠處。索彈與、天末離鴻。野店空。夕陽呼渡匆匆。

戚氏　樊橋聽雨、萬緒紛來、以長調寫之、秋聲賦不足喻其悲也、

客程遙。雪飛偏雜雨蕭騷。敗榻棲塵。古牆黏粉。可憐宵。林梢。亂鴉號。碎紅一把隔窗拋。分明帝女秋怨。湘波萬里瀉天瓢。夢冷無際。漏長誰語。獸鐶疑有人敲。誤披衣悄聽。眢井瓶墜。虛閣鈴搖。　何處百八蒲牢。雲外溼也。還帶杵音飄。愁難寐、孤衾自擁。鬢髮從凋。雁聲高。背水轉過山椒。似訴倦旅無聊。侵星歲月。苦霧關河。知他魂爲誰銷。　彈指三生約。荷衣煙浦。箬笠湖橋。篷背新霜酒醒。泛箏船、清響潤吳綃。幾年膽鏡摧鸞。心香換鴨。兩槳催人老。采蘋花、不滿春風笑。又金城、枯柳攀條。漫相思、玉軫雙調。問多情、月姊可能招。但重簷下。絃詩洗硯。有淚如潮。

遶佛閣　戊戌夏始南行、將發、幼遐古微由甫三君子以叠清眞韻聯句詞、飛騎傳示、晚待潮海上、吟諷淒

斷、依調賡此、

四山翠斂哀角邉曉催去燕館。腰扇揮短。庾塵蔽日。驚颷動車幔。　蜀牋袖滿。吟侶甚處。迴首天遠。驪唱清婉。料應倦夜綸巾醉同岸。　獨客思如積。淚接滄波流一綫。終古蜃樓金仙誰識面。念枉渚歸期。秋在蘭箭。故園新見。便到也無家。休訴離亂。羨培風、北溟鵬展。

## 淡黃柳　蟂磯孫夫人祠

苔痕枕岸。風外靈旗掣。蜀道青天鵑語切。萬古江濤不盡。家國傷心共嗚咽。　霸圖歇。荊州幾灰劫。問恩怨、爲誰結。明珠步幛成虛設。月夜魂歸。佩環何處。千點楓林絳雪。

## 八聲甘州

記香塵十里走鈿車。紋窗按紅牙。又短衣孤劍。亂山危驛。獨去天涯。落絮捲春無影。夢斷碧雲斜。昔日華堂燕。今日誰家。　吟偏宮溝冷葉。望重城不見。但見飛沙。儘悲涼心事。分付晚啼鴉。把東風、當時錯怨。算人間、無地種瓊花。千秋恨。滿青衫淚。不爲琵琶。

## 六州歌頭

雙雙粉蝶。飛入海棠枝。沈水靜。屏山掩。繡簾垂。午妝時。記坐冰奩側。輕擡腕。低撩髮。徐安髻。重勻面。細修眉。含笑羅裳背整。瑤階下。欲步還遲。把花枝凝睇。霞暈上豐肌。不語支頤。費尋思。　最銷魂處。教拈筆。催猜謎。倩敲棋。春三月。宵三五。是良期。問遊絲底。放香輪去。空遮夢。不教隨。秋千院。弓鞋印。尚參差。一樹嫣紅何處。東風惡、到晚頻吹。料迴闌倚徧。和淚涴臙脂。恨只花知。

## 王乃徵

字聘三、又字病山、號平珊、四川中江人、光緒十六年進士、改庶吉士、授翰林院編修、官至貴州布政使、

### 霜葉飛　金梘園即事、寄懷滬尹、

烟銷六代衣香散。秋陰濃罩霜樹。月亭風榭幾滄桑。花外驄誰繫。覔謝屐、行吟着處。江山合讓蒼苔古。祇攬勝登臨。對夕照而今。短筇荒逕誰與。　此際日遠長安。舥棱追憶。夢華驚換如許。江湖愁緒雁飛初。目渺寒林侶。正寂寂、冰絃罷撫。商量載酒滄浪去。問一舸、今無恙。賀老風流。鑑湖秋嫵。

### 八聲甘州　秋感、和歸安宗伯用屯田韻、

盪愁襟付酒黯西風。蕭蕭又逢秋。最天低衰草。雲黄遠磧。笛怨高樓。柳悴吟蟬競響。夕照不曾休。霜菊寒無語。依媚泉流。　甚事天涯羈旅。慣逝波易縱。逆棹難收。覷歸鴻寥闊。殘映幾星留。遡回風、蘭摧芷變。慨夜行、何地卜藏舟。殘春夢、再凝思處。淚染醒眸。

## 李綺青

字漢父、一字漢珍、别號倦齋老人、廣東歸善人、光緒十六年進士、官吉林寧安府知府、有草間詞、聽風聽水詞各一卷、

### 摸魚兒　賓州訪五國城

卷西風、雁飛寥落。沈雲疑是無路。黃深塞草賓州道。五國舊阡何處。閒弔古。問一片、金源今又誰家土。斜陽幾度。歎南陌冬青北垣瘴骨一樣化烟霧。　銷魂事花石池臺在否。淒涼忍話鸚鵡。斡離江水春如染。曾照六宮東渡。君莫苦便嚙雪、龍荒比翼猶雙聚。重來訪故更鬢髮霜凝。節旄冰墜。誰念老蘇武。

## 木蘭花慢　蟬

隱高林翠杪。問何事獨悲吟。正故苑風微。殘柯雨洗。戢影槐陰。蕭森。夕陽幾度。怪輕鬟、都被晚霜侵。聽到餘音斷續。石床愁拂孤琴。　愔愔。漢曲難尋。瑤珥散鈿箏沈。恨樹碧無情。葉疎難庇。易到秋深。幽襟。自耽露飲。怕銅仙、去後也寒喑。勾引淒涼未了。和愁更有清砧。

## 解連環

曉帷寒薄。剛條風送到。數聲乾鵲。想西樓、殘夢猶留。正烟冷篆銷。霧凝妝閣。小燕呢喃。似來報、野桃花著。奈逡巡欲去。絮影半簾。又負深約。　芳盟幾曾忘卻。恨春萍化盡。還是飄泊。漫記得、當日徽容。祇兩地相思。遠在天角。去雁還來。總不見、江南紅萼。但銷魂、聽風聽水。淚珠暗落。

## 憶舊遊　寧安府爲寧古塔故部、即順治間吳漢槎謫戍地、庚戌余守是郡、乃于廳事西偏構亭、顏曰憶槎、幷集飛卿義山句爲聯曰、詞客有靈應識我、人生何處不離羣、云

記槖駝東去。黃鶴西歸。幾度滄桑。一卷秋笳集。有天風珮影。吹墜蒼茫。十年謫居離思。錦字滿奚囊。想春雪弓衣。邊山傳徧。名重詞場。　持觴。欲遙酹。恨楚魄難招。碧漢相望。待訊松陵客。問秋風何處。更有鱸鄉。

手攀舊時楊柳憔悴飲冰堂。正一抹斜暉遙汀雁落江路長。飲冰堂是子廳事額、

## 許南英

字蘊白、一字允白、自號龍馬書生、福建臺灣人、光緒十六年進士、官廣東三水縣知縣、有窺園詞一卷、

### 清平樂 遊恆心園

尙留殘暑。陣陣椰榔雨。度臘殘荷今又吐。一味新涼如許。　倦來夢入黃粱。蘆簾竹簟藤牀。誰道羈人萬里。華胥當作還鄉。

### 畫堂春 思故園梅花

釀春天氣雨霏霏。棉蘭有客懷歸。故山梅樹放新枝。惟有春知。　耐冷巡檐有我。寄人遠道伊誰。天涯消息夢依稀。兩鬢成絲。

## 陽　顗

字翰卿、號悔庵、廣西桂林人、光緒十七年擧人、官廣東普寧縣知縣、有悔庵詞一卷、

### 長亭怨慢

再休問、秦皇漢武。富貴神仙。一朝塵土。天本無情。有情終古竟誰補。英雄漫詡。徒自作、欺人語。一十八年來。總一例、魚龍虎鼠。　無據。記烏衣巷口。王謝舊時曾住。重來燕子。怕故壘、都無尋處。謾回首、畫棟雕梁。轉瞬已、尋常門戶。倚一角斜陽。最是興亡難訴。

## 薄倖 螢火

黃昏庭院趁新晴、墻陰乍見。又幾點、草黏花綴。和露和煙不斷。偏有時、巧入低穿。身輕婉轉乘風便。便亂翻金井。坐拂人衣。高下隨伊舞徧。　縱得到、銀屏上。空自抱、微光一線。任潛蹤暗度。依闌傍牖。撲來難避輕羅扇。青燐碧燄。問於今、腐草荒涼。誰識隋宮苑。淒淒秋雨。月黑池塘影散。

## 掃花遊

去年今日。曾省識春風。桃花人面。湘簾半捲。正翩鴻驚視。翠蛾羞斂。縷縷春魂。爭奈隔花人遠。儘留戀。問何日題詩。定情相見。　塵影輕逐電。便有約重來。空繫心眼。薄遊小倦。任芊芊碧草。織愁深淺。極目天涯。紅剩斜陽一片。閒庭院。怕相逢、舊時雙燕。

# 程霱

字廿園、安徽休寧人、光緒十七年舉人、官度支部主事、有匏笙詞二卷、一名黃海洞簫譜、

## 六醜 立梅花下作

看黃昏照水。便悄倚、枝南枝北。去年看花。今年花送客。應共追惜。長記尋春處。粉雲千樹。壓湖陰寒碧。探芳漫憶谿橋側。斷角孤城。殘鐘小驛。江南更誰相識。祇飛殘絳雪。香冷瑤席。　春痕狼藉。背牆陰暗泣。帶雨華妝洗。羞重飾。東園片月如昔。有何人思我。夜寒吹笛。何郎老、更誰題壁。縱排就、玉琯金葭。難寫舊遊詞筆。但夢魂、暗遶銅阬路。依稀見得。

## 沈惟賢 字思齊、號逋翁、江蘇華亭人、光緒十七年舉人、官浙江候補知府、有逋居士集附詞、

### 燭影搖紅 春曉觀梅有感、和王晉卿、

侵曉池塘。燒痕纔褪蘆芽淺。數枝紅萼正窺人。人似秋蓬轉。霜雪年來乍慣。更何心、東風顧盼。倩魂疎影。除是逋仙。夢中曾見。　無計留連。夢緣能比春宵短。玉龍吹怨鶴南飛。回首孤山遠。莫是香塵易散。怕相逢、桃腮柳眼。爲君留取。三五青圓。綠陰深院。

### 謁金門 和馮延巳

推枕起。衣上月痕如水。微嗅薰風簾影裏。晚香初破蕋。　自爇鑪熏暫倚。笑撲流螢看墜。屢卜歸期渾不至。燈花猶送喜。

### 惜紅衣 和白石題秦山鍊劍圖

素練禁秋。清尊度日。遣愁無力。醉舞龍泉。星芒破山碧。憑高淚眼。拚寄與、天涯羈客。沈寂。何地避秦。泊風塵殘息。　中原綺陌。連騎橫磨。儒冠任凌藉。岩栖望氣。舊國斗杓北。可惜楚宮宵夢。不省湛盧來歷。怕過江飛去。搖落秣陵楓色。

### 解連環 和夢窗

亂愁如結。望繁星夜落。遠天無極。乍喚起、圓魄當頭。又雲殢雨欺。驟添寒色。茗菊初花。未應問、淮流南北。

只湘尊暗泣。渺渺素波。怨絃誰憶。　鶯梭者番浪擲。任飄綿水曲。蘋泛秋白。等桃根、桃葉來時。怕笛裏畫樓。黯銷金碧。海鶴西飛。更搖動滄江幽汐。蕩孤舟晚風。傍柳怎生繫得。

## 姚鵬圖

字柳坪、一字柳屏、號古鳳、江蘇鎮洋人、光緒十七年舉人、官山東鄒縣知縣、有柳屏詞一卷、

### 浪淘沙　櫻桃

珊樹近東牆。花影生香。珠簾帶雨卷斜陽。如此風光堪繫馬。何必垂楊。　滋味到甜鄉。心在中央。朱籠猶記別時將。當箇玲瓏紅豆子。歸去思量。

## 陳伯陶

字子礪、一字象華、號瓜廬、廣東東莞人、光緒十八年進士及第、授翰林院編修、官至江蘇布政使、

### 滿江紅　和磐石韻

萬里飄萍。忽兩地、因風偶聚。試回首、東流西日。天涯何許。胡雁驚呼樓上月。秋花瘦損闌邊雨。莽愁人。蕭瑟葉辭枝。繁臺樹。　憑城社。憂狐鼠。攖關塞。悲豺虎。悵横流滄海。幾人安住。辭漢銅仙空有淚。立朝金馬終無語。聽哀絃、掩抑孰更張。調鐘呂。

### 歸國謠

晨發。瘦馬板橋殘夜月。藐姑仙子羅襪。料知寒徹骨。　幾處淡烟迷沒。遠山青一髮。玉京天上金闕。夢中

猶恍惚。

## 歸國謠

嗚烟。破帽黃塵經歲別。去時門外車轍。綠苔生又歇。　自斷此生長訣。故山千萬疊。那堪和淚和血。再尋青瑣闥。

# 夏孫桐

字閏枝、江蘇江陰人、光緒十八年進士、改庶吉士、授翰林院編修、官浙江湖州府知府、有悔庵詞、

## 絳都春　分詠京師詞人第宅得納蘭容若淥水亭、

蓮凋渚晚。問緱嶺墮音。吹笙人遠。豹尾退閒。蝸角幽棲依瓊苑。重光詞筆同凄怨。恁抱膝、繁華輕遣。倚闌曾是。梨花落後。望春深淺。　一片璇流漱碧。遶鴛甃似帶。烟蘿空睠。花底著書。席上題襟多英彥。烏衣三度朱門換。祇謝墅、巢痕尋燕。邈然裙屐承平。夢華痕斷。

## 惜餘春　慈仁寺雙松

佛國滄桑。仙根陵谷。太息樹猶如此。攤書客去。題障詩傳。都付洛陽殘記。龍蛻何年復生。溜雨皴痕。拏雲騰勢。縱蒼髯非古。也曾親見貞元朝士。　憑弔處、劫火迷茫。梵香零落。栖鶴僅留孤翠。空王殿宇。故國風烟。誰省眄柯深意。門外垂楊送春。分到新陰。炊爨堂裏。任行吟庭靜。清濤淒影。夕陽鋪地。

## 蘭陵王　詠柳效清眞、

爲誰碧。千縷春愁似織。年年見、拕雨弄晴。此樹依稀玉河側。長條覆路直。金勒。猶嘶過跡。東風緊、飄盡暗塵。惆悵攜柑倦遊客。　春痕試尋覓。對蔓草瀛亭。斜照銅陌。遲鶯早燕沈消息。空青眼拋汝。白頭催我。靈和前事付過翼。嘆人已非昔。　羌笛聽吹入。又郭黯烽晨。旗閃煙夕。漫天飛絮浮雲隔。念千里芳埃。五湖幽宅。聲聲橋上。喚杜宇。去未得。

瑞龍吟　崇效寺看牡丹、用淸眞韻、

城南路。還見繡陌橫蕪。紺墻欹樹。名花偏傍空王。石壇淨埽。來尋勝處。　小延竚。無恙笑春人面。暖風當戶。酣香染徹仙衣。彈煙簇簇。翩翩欲語。　多少繁華姚魏。酒闌雲散。銷歌沈舞。難得過門相呼。遊侶逢故。鈿車錦障。都入傷心句。僧寮外、茶烟歇影。苔茵遲步。寸寸斜陽去。何人向說。憑欄意緒。春事留殘縷。休更問、明朝無端風雨。對花慰藉。燕雛相絮。

燭影搖紅　獨遊北海、步譚篆青九日登高韻、

虛度重陽。遲來霜葉紅如醉。過塘寒鴨避人行。還借殘蘆庇。小立石欄自倚。盼晴空、全消水氣。蕭寥詩境。便作濠梁。悠然心會。　金粉迷茫。登臨怕說先朝事。誰家哀笛送秋聲。搖曳蒼波墜。柳外斜陽尙蔽。乍閒愁、歸鴻引起。怪他張翰。訴盡西風。蒓鱸長計。

燭影搖紅　乙丑元日書懷、次邵伯絅韻、

坐對流光。伴人紅萼垂垂老。殷家甲子醉模糊。那辨春遲早。新歷本元旦較萬年歷差一日往事蓬山更杳。鎖

東風、龍樓日曉。杜鵑聲咽。未穩寒枝。夜烏同繞。　鄉思花前。況驚驛使今年少。江鶯江燕語烟塵。愁入瀛洲草。倦夢華胥未覺。整殘編、漫題卻掃。盼春何處。強把屠蘇。丁寧青鳥。

## 高陽臺　怡園曲社

絮攪天愁。花隨水去。治辰分外驚心。飈響喧廊。塵香到處堪尋。薰風沸湧笙歌地。早瞢騰、一片藤陰、晝沉沉。不信歡場。不悟春深。　年時醒卻華胥夢。笑閒招鶴侶。倦聽鵑音。木石心腸。吳兒那解新吟。茶煙半晌清池影。怕回看、淺鬢而今。更誰禁。萬竹斜陽。笛破穿林。

# 耆齡

字壽民、號漊齋、伊爾根覺羅氏、滿洲正紅旗人、官至內閣學士、兼禮部侍郎銜、有消閒詞一卷、

## 桂枝香　答阮南

銅駝巷陌。又落日寒烟。黯然將夕。流水年華。往事可堪追憶。西風不暖笙歌夢。但蕭寥、鬢絲催白。萬重緘感。百端裁恨。幾番沾臆。　祇此意、深藏自昔。奈換盡悲涼。影單形隻。說也無聊。惟有對花憐惜。拗蘭試濯香難滅。忍寒衣、等閒拋擲。幽懷誰見。一輪飛上。遠天凝碧。

## 三姝媚　九月初三夜和阮南

愁多嫌漏緩。聽冥鴻宵征。回腸輪轉。檢點芳華。只倦遊情緒。最難消遣。折柳章臺。輕負了、玉溫香輭。舊曲重過。今日惟餘。斷歌零怨。　別有蕭疏庭院。記共譜瑤笙。小蘋初見。瘦不勝衣。對雨昏烟暝。頓驚春晚。誰

與纏綿。簾外又、秋紅千片。莫再相思徒說。菱枝露泣。

## 浣溪紗

草暖沙融雁乳時。天涯春較故園遲。水程山驛要禁持。　遠訊早知成間阻。歸期難說又參差。楝花開過雨如絲。

天接平蕪水蔚藍。鬧晴雙燕正沈酣。曉風時節似江南。　縈柳斷烟仍漠漠。隔花新月自纖纖。有人樓上怕鈎簾。

## 鵲橋仙 四月廿日紀雹

飄瓦風馳。入樓波駭。一片冷光隨雨。半空飛下李將軍。想當日、雲中旗鼓。　轡噤林鶯。驚翻幕燕。何況斷蓬零絮。競看的皪走明珠。又誰念、柳遮花護。

## 減蘭 題萱草

籬根牆角。顧影應憐衫袖薄。淺碧輕黃。猶抱芳心試晚妝。　此情共說。惟有明明天上月。我縱忘憂。露朵風枝可奈秋。

# 曾習經

字剛甫、號蟄庵、廣東揭陽人、光緒十八年進士、官度支部右丞、有蟄庵詞一卷、

## 鷓鴣天

鈿轂香車彼一時。黃昏璧月下瓊枝。可憐寂寞春寒夜。抱影凝情卻爲誰。　如此恨。奈何伊。露桃花底弄哀絲。試將海水量深淺。卻那東流無盡期。

## 浣溪紗

畫燭幢幢夜未央。暗抛珠佩委明璫。沈沈春睡殢殘妝。　幸是未添他日恨。不成終少隔生香。今宵親切試思量。

## 高陽臺

積雨妨車。愁陰禁馬。愔愔芳陌傷春。無賴朝寒。吹花都作輕塵。垂楊已是深深處。更東風、斜掩孤顰。甚年年。病酒情懷、容易黃昏。　蘭堂舞罷無消息。賸茗華玉冷。誰與溫存。最苦羈魂。今宵夢亦無因。屏山約略眉峰翠。便相思、都化春雲。近清明。瘦盡香桃。啼鳥空園。

## 解連環

車塵漠漠。嗟羈情遊蕩。怨懷無託。念海水、流到天涯。正津鼓曉沈。參旗秋邈。燕子孤飛。傍煙柳、畫闌如昨。想風風雨雨。盡是客途。亂絮黏著。　花時微聞酒惡。甚春歸迤邐。塵夢銷鑠。記駐馬、曾宿河橋。漸葵麥青青。候館蕭索。京國歡遊。料後日、相思紅藥。漫徘徊。翠尊易別。夕暉沈閣。

## 桂枝香　庚子閏中秋

晚雲紺碧。悵不語依前。嬋嫣何極。幾度凝妝。愁鎖暗塵羅額。重來恰喜逢秋慣。問瓊宮、幾時將息。良宵暗展。鉛華淨洗。鏡顰相憶。　臢幾處、笙歌瑤席。似今夜寒些。桂陰狠藉。小影山河。應也徘徊陳迹。墜歡零夢輕輕記。儘憐伊、撅愁鈿笛。情懷積疊。平分不盡。半樓斜白。

## 天香　鹿港香

麝粉成塵。龍荒墜夢。餘熏夜爇孤館。荀袖分溫。賈簾窺俊。記得暗聞清遠。人間別久。空冷落、秋痕一線。只恐遊絲不定。還愁夜風吹斷。　幾回故人寄遠。撥殘灰、寸心先亂。更恨鬱金消盡。舊家池苑。芳思年來頓減。便羅薦、宵寒有誰管。寂寞南沈。春燈獨翦。

## 高陽臺

虛閣蛩淒。重雲雁渺。秋霖一片潺潺。茂苑人歸。誰憐酒病闌珊。豆花紅落愁燈燼。待不眠、特地清寒。甚心情。明日黃花。殘雨闌干。　謝娘別後閒瓊瑟。只丁東細漏。夢也都難。地老天荒。知他何處關山。故家歌舞沈沈去。點羅衣、清淚斕斑。最無聊。扶醉今年。瘦盡愁顏。

# 蔣廷黻　字穉鶴、號盟廬、浙江海寧人、光緒十八年進士、官廣東潮州府知府、有看鏡詞盟廬詞各一卷、

## 滿庭芳　秋夜不寢、擬淮海詞意、

更不成眠。何曾是醒。晚涼猶帶餘醺。滿庭花霧。蝶夢杳難尋。秋到簾帷深處。遙天外、一笛銷沈。披衣坐。博爐香燼。寶篆自添溫。　卅年尋舊夢。阻風聽水。幾度銷魂。看斷霞明滅。依約行雲。欲採蘋花寄與。人千里、

淡月黃昏霜砧動棲鴉驚起無語掩重門。

## 潘之博 初名博字若海、亦字弱海、廣東南海人、有弱盦詞一卷、

### 木蘭花

畫簾隔斷遊絲影寶鴨香微偎易冷。秋千院宇晝沈沈。落盡百花風始定。　綠陰一桁斜陽暝。小雨疏疏妝晚景殘鶯强囀兩三聲。愁欲來時偏酒醒。

### 浣溪紗

蠟燭紅消寸寸心。孤單客枕薄寒侵。起聽天地滿商音。　雲日高高鴻避弋。雨風黯黯鳥投林。一回悵望一沈吟。

### 大聖樂 落葉

病蝶飄黃怨蟲蠹碧。寒聲深閉恨西風、一夕飛揚吹盡綠陰。換了斜陽人世。舊憶女牀棲鸞偏甚今日、殘蟬難覓庇枝頭恨被空際晚鴉帶霜蹴起。　天寒酒醒翠被聽簌簌敲窗人不寐。倚哀絃待訴飄零舊曲忍教重理溝水東西分流後。料題盡怨紅誰與寄。拚搖落問故國、杜鵑知未。

### 霜葉飛 宿開平鎮署、和清眞韻、

接天衰草荒山戍。夕烽光照林表。戰營羣馬猛嘶風。動四城悽悄。漸獵獵、旌旗蕩曉。譙樓低挂涼星小。便

是未聞雞。也起舞、婆娑自喜。燭影迴照。因甚挾策擕書。辭家萬里。遠遊邊塞還到。白頭幕府厭趨迎。感杜陵懷抱。況戰伐、乾坤未了。邊笳猶奏悲涼調。看夜徂、干戈裏。萬事低迷。恨添多少。

### 霜葉飛 秋籟送寒、羈愁萬種、和夢窗韻、

斷雲如緒。飄難定。層層更遮鄉樹。西風併力做秋陰。鴈外微微雨。早冷入、疏林病羽。苔痕刻畫霜花古。幾盼極歸艎。舊國渺蒼波遠。恨不傳魚素。誰念客燕飄零。故巢換盡。謝堂幽感難賦。月明羅帳酒醒時。黯共餘香語。翦不斷、來愁萬縷。吹燈尋夢鄉關去。料那人、相思倦。抱影淒涼。曲屏深處。

### 解連環

露華流夕。沁吳雲片片。盡成愁碧。幾盡徧、如畫空江、奈一舸寒漪。載春無力。早月生時。有人在、高樓西北。恨鴈翎冷落。遠道尺書。不寄胸臆。年時故歡盡擲。賸鏡匳粉膩。悽惹思憶。漸一縷、沈水煙微。熏不暖閒牀。被鴛雙翼。片雯行雲向夢裏、依依尋覓。但縹緲、楚峰十二。翠屏遠隔。

## 麥孟華 字孺博、號蛻庵、廣東順德人、光緒十九年舉人、有蛻庵詞一卷、

### 蝶戀花

珠幌春星和夢數。夢不分明。便上斑騅去。芳草何曾遮得住。尊前便是天涯路。不怨玉容成間阻。只怕春深。容易花遲暮。送淚流波嗚咽語。斷紅珍重相思句。

庭院愔愔人悄悄。減了腰圍。添了閒煩惱。綠徧階苔人不到。厭厭春恨誰知道。　起撥薰鑪寒料峭。願作鑪煙出入君懷抱。鏡裏朱顏春易老。相思盼斷紅心草。

## 解連環　酬任公、用夢窗留別石帚韻、

旅懷千結。數征鴻過盡。暮雲無極。怪斷腸、芳草萋萋。卻綠到天涯。釀成春色。儘有輕陰。未應恨、浮雲西北。祇鸞釵密約。鳳屧舊塵。夢回淒憶。　年華逝波漸擲。歎蓬山路阻。烏盼頭白。近夕陽、處處啼鵑。更剗地亂紅。暗簾愁碧。怨葉相思。待題付、西流潮汐。怕春波、載愁不去。恁生見得。

## 六醜　丁未除夕、索彊村若海同賦、

又凋年黃落。恨玉葬、韶華輕擲。晚陰釀寒。欺人年事急。燈影搖壁。夢墮橫塘路。蛤蜊菰葉。寄倦禽羈翼。瀾翻萬態趨殘夕。更箭沈沈。羣喧向寂。尋常踏歌生憶。況鬧蛾歡會。芳訊沈隔。　白鷗相識。笑荒江倦客。兩槳松花冷、歸未得。銅駝夢斷消息。倚危闌黯望。浮雲西北。屠蘇薄、祓愁無力。酒醒後明鏡明朝。怕換舊時顏色。林鴉散、倦馬嘶櫪。獨夜闌、倚枕看槃燭。幢幢燄碧。

## 月下笛　二月十四夜泊煙臺、獨坐舵樓遠眺、寒江如練、皓月中天、水天一色、光景奇絕、倚此歌之、海濤若互答也、

萬頃寒漪。搖空盪碎。一輪明鏡。星垂野闊。萬籟沈沈入煙暝。掠舟孤鶴驚飛起。驀點破、寒空月影。認微茫、一點風燈。搖過隔江漁艇。　人定。沙洲靜。漸拍拍潮生。宿鷗驚醒。露華輕泫。起來微覺衣冷。亂山照影寒

無睡待付與、羈人消領。試吹竹高歌。應有老蛟潛聽。

## 陳銳

字伯弢、一字伯濤、湖南武陵人、光緒十九年舉人、官江蘇試用知縣、有褒碧齋詞一卷、詞話一卷、

### 望江南

春不見。孤負可憐春。淡柳鎖愁煙漠漠。小闌扶恨水粼粼。往事已成塵。　人不見。孤負可憐人。花下又逢三月雨。夢中猶隔一條雲。風露夜紛紛。

### 長亭怨慢

壬寅歲杪、半唐老人受儀董學堂之聘、其詞有曰鷗鷺莫驚猜、試認取盟書一紙、時在秦淮妓家屬和此調、僅得半闋、今夏過揚、一夕盤桓、云將爲西湖之遊、且促成之而未能也、秋間余臥病秦郵、乃倉猝聞君噩音、初都未碻、既讀北海文叔問吳門書、始復痛絕、酒壚人眇、悲逝自悲、取續前聲、比于紼謳之無節、半唐有靈、其識我否也、

未拋卻、一年春計。對酒當歌。舊狂重理。檻外東風。流鶯呼我、定何意。燈初茗後。纔領略、江南味。醉眼問花枝、已暈入、薦紅窗紙。　身寄。歎江關老去。怕說故山烽起。紅橋廿四。且分付、杜郎憔悴。甚倦旅、一別西湖。卻來傍、要離眠地。祇無恙黃壚。憑弔先生歸只。

### 綺寮怨

題鶴道人沽上詞卷

對雨當風殘夜。早涼吹上衣。暗舞樹、數點狂香。征塵裏、怕見花飛。當年旗亭畫壁。黃河唱、麗日春遲。悽念

醉中、玉笛羌條。關山遠、怨曲當寄誰。　悵望去天一涯。昆明舊事。何堪再夢銅犀。露泫雲淒。有蟬淚、灑高枝。滄江故人都老。且漫譜、冷紅詞。悲君自悲。相思待盡處、蠶又絲。

## 應天長　連雨有歎、用夢窗韻、

風竿轉暝。雲絮蘸空。沈陰偏灑郊陌。正見燕寒巢幕。銜泥話春色。烏衣巷。前度客。定識我、秀眉吟窄。舊塵在、一片殘衫。酒暈青碧。　哀樂念今昔。不到中年。不信世情隔。但憾著書緣絶。咿唔撫空壁。滄波路。歸思寂。早倦聽、下亭淒笛。賦愁了。冷雨檐花。清漏初滴。

## 燭影搖紅　吳門春雨、得夢湘潯陽書、幷和叔問見懷詞、棖觸舊遊、不能無作、對叔問益念夢湘也、仍同夢窗韻、

門掩昏燈。離觴斟酌愁深淺。城根一夜雨漂花。春老吳娘院。撥盡鑪灰坐暖。數皋橋、羈遊影徧。舊人誰證。吟鬢星稀。禪心泥濺。　江上楓青。琵琶還訴天涯怨。眼前同調已無多。休作尋常看。夢裏行雲未散。采江蘺、橫塘寄遠。清明過了。糝絮光陰。年年萍捲。

## 小梅花

寒風結。花如雪。花前又是經年別。卷羅帷。天四垂。娟娟小紅。秀發香生肌。美人贈我錦繡段。何以報之青玉案。奏瑤琴。惜同心。但覺一花。一歲一愁深。　湘之水。人千里。夢想冰盤舊風味。燭盈盈。賦難成。而今何遜。漸老漸無情。江南城頭夜吹笛。不管清寒與攀摘。粉牆坳。月當霄。賺得些時。擡舉放春嬌。

## 水龍吟 題大鶴山人樵風樂府

十年雪涕神州。氣酣西蹴崑崙倒。素商夜起。潛蛟暗舞。危絃苦調。亂插繁花。時溫濁酒。自成悽悄。爲一閒放汝。掉頭高詠。蒼茫處。無人到。 回首東華塵渺。溯題襟舊遊都老。堯章歌曲。玉田身世。最傷懷抱。占得吳城。荒園半畝。儘堪愁了。怕茂陵他日。人間流落。有相如稿。

## 戚氏 薄遊金陵、九日陪諸公登掃葉樓、和樊山布政韻、

五湖秋。蘋花飄雨點輕鷗。古驛荒磯。晚天零雁。起新愁。凝眸。望官郵。高城睥睨落帆洲。當時利名奔走。遵此佳景幾回頭。吳楚迢遞。東南羈旅。但看江水悠悠。念悲哉宋玉。魂斷千里。何以銷憂。 江左第一名流。乘輿命駕。徙倚面林邱。青山好、賦詩招李。荷鍤呼劉。又安求。醉後戲語前騶。若可喚馬呼牛。每逢令節。掃葉階前。煮茗同試甆甌。 獨有河山。感當全盛日。意氣雲浮。顧我人前漸老。便當歌、對酒怕登樓。即今上座衣冠。過江伴侶。客裏逢重九。話六朝、風物都非舊。尋往迹、爭忍淹留。桂露零、潤壑沈幽。步踟躕、野色送人否。剩歸來後。清涼片影。上了簾鉤。

# 張謇 字季直、江蘇通州人、光緒二十年進士及第、授翰林院脩撰、

## 羅敷媚 菊會

秋花豔向秋風冷。羞鬥春穠。愛爲霜容。根性天生衆不同。 同時都道芙蓉好。脂粉嫌濃。羅綺嫌重。相稱

瑤臺月下逢。層層透露層層掩。祇是尋常卻費裁量。願否詩翁插鬢旁。　看花人祝花難老。留得時光。脈脈酬香。攔住悲秋一段腸。

## 滿江紅　挽又錚又錚工詞、故詞以弔之、

問客彭城眄芒碭。風雲猶昨。數人物、蕭曹去後。徐郎才霸。家世不屠樊噲狗。聲名曾雋燕昭馬。戰城南、小怯亦何妨。能爲下。　將玉帛。觀棊暇。聽金鼓。橫刀咤。趁續完騫傳。更編遵雅。又錚集名反命終申知遇感。履凶不論恩讎價。好男兒、爲鬼亦英雄。誰堪假。

# 饒芝祥　字九芝、號符九、江西南城人、光緒二十年進士、改庶吉士、授翰林院編修、官貴州銅仁府知府、有占齋詩餘、

## 菩薩蠻　辛丑商於道中題壁、和壁間天門蔣范伯韻、

月華滿地涼如水。分明照見征人淚。匹馬出長安。千山更萬山。　忍將情撇去。更被秋牽住。去住兩愁予。何人唱鷓鴣。

# 梁文燦　字質生、號炙笙、山東濰縣人、光緒二十年進士、改庶吉士、授翰林院編修、官至福建道監察御史、有蒙

拾堂詞稿、

## 浣溪紗 即景

雨洗殘陽一縷霞。小橋流水帶棲鴉。詩心清到白蘋花。　別路已隨秋草遠。遙空猶綴雁行斜。玉人芳訊隔天涯。

# 吳式釗 字釗其、號楚生、雲南保山人、光緒二十年進士、改庶吉士、授翰林院檢討、官分省補用道、

## 沁園春 詩冢

更千百年糞壤芝英。那暇計哉。算鏤金錯采。錦同雲麗。排山倒峽。筆挽瀾回。吐餤何時。埋憂終古。幾輩騷魂哭夜臺。知誰更向零煙碎雨。一酹深杯。　待他歷劫人來。會重把天荒椎鑿開。學西州漆簡。亂離在握。南朝井史。聚訟成堆。血碧流虹。腸黃化水。可有瓜犀蔗李梅應銷得有名花供養名士低徊。

# 陳昭常 字平叔、號諫墀、一字簡始、亦作簡持、廣東新會人、光緒二十年進士、改庶吉士、官至吉林巡撫、有廿四花風館詞一卷、

## 高陽臺

繡幙圍煙。華燈照海。釵光劍影參差。蕩漾愁心。空縈越綢千絲。花田即是西陵樹。正綠波、春水生時。最淒

迷。採盡瓊英泛盡金巵。　天涯又見萋萋草。奈仙人迢遞。故作佳期。候館陰寒。綺懷觸緒紛披。班騅不向垂楊繫。怕長條、易綰相思。更休提。褪了衣香。損了腰肢。

### 疏影

人日立春、檗園澂齋隽龕同拈此解、題旨既佳、和者亦衆、忍俊不禁、輒一效顰、傷心人蓋別有懷抱也、

東君無語。縱歸來未晚。花信誰主。夢憶春明。三五年時。輭紅衣襪塵土。合懽羅勝隨宜剪。仍慣見、珠歌翠舞。自散仙、謫下蓬萊。換却幾番風絮。　可笑熏桃染柳。學時世巧樣。妝點豪素。怎奈芳期。早晚無憑。算把韶華輕負。登樓旅雁沈消息。更誰識、離家心苦。莫爭窺、綵燕輕旛。飛傍玉人釵股。

## 毓隆

字紹岑、清宗室、光緒二十年進士、改翰林院庶吉士、授編修、官至典禮院學士、有覲秋龕詞一卷、

### 醉花陰

欲剗春愁愁不斷。夜漏催銀箭。清淚背人彈。惜別傷春。袖染羅痕茜。　雨風故意和春戰。未識東皇面。破曉捲簾看。一夜相思。滿地桃花片。

### 眉嫵

淩波曹君藏天馬鏡、眉樓妝臺物也、君與紅蘭相款、常欲持此證蒙叟故事、丁壬錯迕、蘭竟不果終從、君恆悒悒、譜是解廣之、

看花中鳳倚、匣外龍垂。秋水半規冷。翠溼楊妃黛。唐宮裏、孤光久閟眢井。綠衣元頴。悔絳雲、殘夢俄頃。記曾作、烏帽紅衫伴。與雙照春影。　休問倭蘭妝靚。憶畫眉情事。花面交映。明月圓如故。輕消受、當初多少

僥倖墜歡漫省。悵素霜、飛上青鬢。奈辜負山莊。紅豆子、爲誰贈。

## 汪述祖 字子賢、號著林、安徽休寧人、光緒二十年進士、官吏部主事、有餘園詩餘一卷、

### 醉花陰

闌外碧桃花一樹。細蕊紛無數。瞥見暗思量。院落深深。似是曾經處。　畫梁雙燕留人語。門巷今如故。此去早些還。綠葉成陰。莫誤來時路。

### 雙雙燕 白燕

呢喃並語。正珠館徘徊。巢痕同覓。今番燕燕。不似舊曾相識。頭上絲絲盡白。莫非是、秋來作客。飛飛近入梨花。翻恐難尋蹤跡。　回憶樓中冷寂。想十載孤棲。淡妝如昔。微禽何感。素羽暗相憐惜。欲傍桃林展翼。怕紅雨、汙將顏色。惟應揀取雕梁。高向玉堂休息。

## 陶邵學 字子政、一字希源、號頤巢、廣東番禺人、光緒二十年進士、官內閣中書、有頤巢類稾、

### 金縷曲 有感

撫劍悲塡臆。歎古來、乾坤莽莽。多少豪傑。天遣沈淪非無意。何事南胡北越。便槁餓、何妨嚙雪。況豈君恩長棄置。甚男兒、甘作中行說。君誤矣。空嗟惜。　生平已矣休重說。想當年、上書北闕。壯心何烈。變幻浮雲

須臾事。一旦頓成輕絕算從此、與君異轍。莫謂伍員能覆楚、豈無人願效包胥節。凝北望。肝腸裂。

## 曹元忠

字君直、號夔一、一號揆一、江蘇吳縣人、光緒二十年舉人、官至內閣侍讀、有淩波詞一卷、一名箋經室詞、又名雲甌詞、

### 霓裳中序第一

戊戌初春、予客浙中、一日大雪、買舟湖上、賦詩甚逸、是冬貽美訪予眉研樓、索長短句、使蘭君倚笛度之、復譜是闋、

長安正倦客。又逐南鴻歸故國。重向酒樓醉覓。只樂府新詞。尊前攜得。平康巷陌。促冶鬟、低按工尺。瓊觚畔、曼聲一縷、勸我注春碧。　今夕。閱時應憶。好記取、秋娘舊宅。臯橋西弄路側。記得秋娘家住臯橋西弄、弇州詞、即今眉研樓地、有月替簷燈影亂、花拍綠箋濡蠟液。待袖裏、梅邊校笛。聽闌夜、沈沈街鼓。滿地曉霜白。

### 金縷曲

綠暈螭奩雪。試重搴、鏡衣一片。照人圓缺。曾照眉峯顰碧韻。曾照淚冰紅結。恨不照、千年小別。聞說擁衾低髻夜。賸羅衫、瘦裹飛龍骨。腸欲斷。送春節。　畫樓深鎖金蟾齧。記年時、吟聲低和。有人點屧。重掐玉彄塡怨句。無復病鵑悽咽。只窗外、籠鸚替說。還恐姍姍環珮至。為思君、啼損黃昏月。怕泉下。更淒切。

## 劉世珩

字聚卿、安徽貴池人、光緒二十年舉人、官度支部參議、有夢鳳詞、素玉詞、洗文詞、賸稿各若干卷、

## 南浦 送戴蘭亭都尉彭城

孤蓬坐振。咽寒流、淮水匝東城。萬里尻輪遊倦。滄海任橫鯨。酒座畸人都是。怎秋歸、塞雁墮淒聲。更那堪飄泊。霸陵猿臂。華髮上霜莖。　說甚鑄金印大。殄先零、奇計問營平。肘後垂楊生未。芒碭好山青。日暮角吹枯草。動拳毛、望遠馬悲鳴。贈繞朝餘策。莫教空負玉關情。

## 曲遊春 和長沙張文叔百寬韻

漫補湘纍曲。門烏衣年少。新句初識。烟月房櫳。繫瓜皮艇子。柳絲隄隙。瀟灑臨觴憶。乍吹出、水龍吟笛。渺靈修。弔賦長沙。沈絕杜愁蘅泣。　半漬。昔時衫碧。問舊日臺城。宮女顏色。夢冷臙脂。賸銅鋪寂寞。蝸書蘚壁。紅淚彈疇夕。驀驚醒、滄桑難覓。莫待白了頭顱。讓他祖檝。

## 念奴嬌 積餘招同玄武湖觀荷、用白石韻、

畸人城北。啓花天水國。招攜吟侶。四壁香光紅藕逕。隔住柳絲無數。淸脆鳴蟬。迷離睡鴨。攪起鍾山雨。淋漓翻墨。助儂裝點奇句。　悵想金匱當年。史宬煨燼。圖籙隨煙去。牢落滄桑如嫭惱。洗出淸涼極浦。簪佩雲寒。楸桐冰潤。且共斯須住。碧蓮瓣小。載人穩指歸路。

# 范　鐘

字仲林、江蘇通州人、光緒二十年舉人、官至湖北知縣、有蜂腰館詞一卷、

## 水調歌頭 乃園探梅

縹渺向山笑。辛苦釀寒胎。多時怪道消歇。獨鶴冷徘徊。盼有東皇一息。天上人間吹遍。斡轉費奇才。絢日衆花舞。破夜一枝開。　香凝雪。冰作骨。玉成灰。去年今日滿地。依舊地中回。不管盈柯墮砌。只是風光次第。火急待春催。芳訊有時到。客去幾重來。

## 俞安鳳

字伯歇、廣東番禺人、光緒二十年舉人、有水周堂詞一卷、

### 南浦　春草用玉田春水韻、

絲雨織流光。乍簾波、盪碧山鬟妝曉。誰剪舊愁根。憑鶗鴂、輕喚春風難掃。閒門翠繚。認伊羅襪侵階小。評泊邱遲今漸老。吟斷落花依草。　驚心原上風煙。甚年年野火。青痕不了。金勒暗嘶風。垂楊路、猶記王孫曾到。平蕪渺渺。蝶闌香散南園悄。千里萋迷連漢苑。生意入秋多少。

### 高陽臺　唐花

羯鼓頻撾。曇雲乍現。休誇花樣翻新。蝶誤蜂迷。也驚偷換芳辰。繁華一晌催春夢。更誰憐、綠慘紅顰。漫長敎、歲晚冰霜。同伴松筠。　人間易幻炎涼境。縱揚葩吐豔。總失天眞。浪說神仙。能開酒畔逡巡。無端費盡隋宮綵。笑何如、著手成春。怕空敎零落花朝。誤了湔裙。

### 花發沁園春　丁卯展上巳葉遐公招同禊集北海畫舫齋、分得李字、

畫舫鷗波。紅牆烟柳。上林借展春禊。春濃似酒。須要重斟。況是筍香蔬美。風光取次。憑占斷、崇蘭流水。正

花落、香點蠻牋。泉鳴聲和綠綺。 十載燕臺客裏。向春城陰陰。看盡桃李。文漪翠膩。瓊島烟深。莫問永和何世。羊裙漫繫。應不減、烏衣名士。但修竹、空滿山陰。故鄉遙阻歸計。

## 姚肇椿 字壽慈、湖南善化人、光緒二十年舉人、

### 蝶戀花 和中實蛻園看雨池上獨吟韻

密密疏疏難盡數。池上輕烟。遮斷池邊路。隔岸風來吹不住。房櫳寂寞惟聞雨。 有恨無言愁萬縷。壓柳攢花。散作絲絲霧。又聽寒鴉啼日暮。空亭悄立傷神處。

### 臺城路 和叔由韻

十年醒盡揚州夢。春蠶又牽絲滿。擁扇含啼。停杯想恨。此境當初嘗遍。籠鸚漫勸。算千尺量愁。楚江還淺。寄語東風。替儂吹雨洗清怨。 簾波和月做冷。奈飛花無定。偏盪魂遠。紫撥輕迴。紅牙緩拍。忍把柔腸催斷。琵琶恨晚。也一樣傷心。抱來遮面。空認苔痕。曲闌三四轉。

### 沁園春 疊韻柬同社諸子、

對酒當歌。人生幾何。語亦壯哉。趁青衫蠟屐。此身健在。朱門華屋。好夢初回。攜得玄霜。邀齊舊雨。同上孫登長嘯臺。休辭醉。把泰山作枕。滄海爲杯。 無端春色飛來。看大地、河山花亂開。但種情香界。年年依舊。埋愁詩冢。處處能堆。百代興亡。幾人成敗。搖落江天數點梅。君休問。有珠喉一串。翠袖低徊。

## 李祖廉　字綠茹、江蘇武進人、有懷靑盦詞一卷、

### 探春慢

細雨凝愁。輕煙篩夢。相思勾起多少。片片楊花。條條柳線。暗把情絲低裊。已送王孫去。問誰似、傷離原草。捲簾恨煞啼鵑。催得春心漸老。　試向玉樓憑眺。想前度羣芳。綠章奏到。燕子飄零。鶯兒瘦損。怎禁幾番寒峭。蛺蝶尋何處。應惆悵、賣花聲杳。欲賦新詞。荼蘼今已開了。

## 程松生　字筠甫、安徽歙縣人、有香雪盦詞二卷、詞賸一卷、

### 桂枝香　秦淮秋感、依譚仲修韻、

樓臺映碧。有隔岸垂楊。籠就秋色。莫問南朝興廢。笙歌都歇。簾前已是銷魂處。又何人、倚風吹笛。遠山眉際。淺波眼底。空留消息。　念此日、心情誰識。歎獨檥蘭舟。閑對孤月。欲遣愁媒。分付玉壺金瑟。冶遊盡逐朝雲散。記年時、三度爲客。倩他鴻雁。將人離思。細傳江北。

### 卜算子

繡幙障新寒。人靜更初定。月滿中庭不忍眠。倚遍闌干影。　消息渺天涯。欲向征鴻問。還是征鴻一箇無。還是天涯梗。

## 王嘉詵

原名如曾、字少沂、一字劭宜、晚號蟄庵、江蘇銅山人、廪貢生、試用通判、有蟄庵詞一卷、劫餘詞一卷、

### 菩薩蠻 庚辰

畫樓西畔朦朧霧。千重錦幙嬌相護。亭外牡丹枝。開時人未知。　相逢花下語。鳳子雙飛去。輕扇影徘徊。回頭墮玉釵。

輭綃蹙損燕支色。蛾眉綽約簾波隔。金釧響燈前。雲屏月未圓。　玉簫聲不斷。天上星辰遠。十二碧闌干。羅衣夜夜寒。

珊瑚敲碎花枝冷。翠禽枝上交加影。語短妾心長。星眸一寸光。　淚多羅袖重。燭底留殘夢。紫麝暖仍熏。春心總不溫。

梁間燕子眠難穩。春愁零亂機中錦。夢醒夕陽低。玉驄何處嘶。　江南花似雪。歲歲傷離別。鈿股合黃金。黃金是妾心。

瑤階柳絮濛濛墮。東風不入金蟾鎖。瓊蕊護綢繆。春魂一縷柔。　行雲歸欲盡。迢遞天涯信。無語折空枝。斷腸君不知。

### 探芳信

度長晝。正小困聞歌。初晴中酒。甚鈿箏閒卻。韶光尙依舊。相逢猶有年時燕。也爲傷春瘦。悄無人、花墮空

回簾草侵荒甃。長笛晚來驟。又飛靄穿林。落霞依岫。采綠歸來。知君斷腸否。年年羅袂荀香冷。墜夢空回首。首。更何堪重向風前折柳。

## 蝶戀花

幾日西風潘鬢換。迎得新涼。便欲拋紈扇。昨夜燈前疏雨斷。驚人初有南來雁。　欲寄明璫愁望眼。萬里雲羅。消息吳天遠。落盡芙蓉空歲晚。曉寒翠被生秋怨。

## 大酺 己亥

乍竹陰清。荷香靜。池上鵁鶄新浴。黃昏疏雨歇。又娟娟纖月。照人幽獨。碧簟微瀾。羅裳薄暈。涼沁秋肌如玉。年年銷魂處。是紅牆碧漢。畫屏銀燭。更誰道今宵。露寒風細。夢痕難續。　沈沈幽思觸。記樓外、芳草縈鈿轂。算幾度、輕鬟彈戶。素襪侵階。度花間、麝煤香馥。一自春人去。都換卻、少年心目。況潘鬢、新凋綠。秋情漫寫。空付哀蟬殘曲。報君淚珠一斛。

## 燕歸梁

別院文楸葉葉霜。聽斷雁淒涼。謝娘紅淚溼秋光。又檻外、月昏黃。　離多見說芙蓉老。怕重緝舊時裳。小屏一角是瀟湘。向那處。寄明璫。

## 張愼儀

字淑威。號藑園。一號芋圃。四川成都人。有今悔庵詞一卷。

## 一叢花 梨花將謝、漫賦、

小園花事太忽忽。渾不見春紅。沈沈院落溶溶月。隔珠簾、一樣玲瓏。雅素不妝。穠華汰盡。悄倚粉牆東。

冰魂飄泊尚留蹤。蝶意也都慵。重門雲護無人到。只詩情、息息相通。冷雪幾枝。餘春一線。無語呪斜風。

## 宴清都 秋陰

慘淡秋容苦。有狠藉野雲。飛散還聚。菊荒松暝。清清冷冷。寂無人語。深深槅掩紅蠻。掩不住、過牆碪杵。更遙空、陣黑歸鴉。悠然拚沒烟樹。　自憐中酒情懷。不勝騷屑。怎禁秋暮。泬寥天氣。冥濛山色。夕陽何處。者回盼斷霜晴。獨自聽、暗蟲叨絮。說題糕、節近要釀滿城風雨。

## 燭影搖紅 黃葉、和趙堯生、

幾日沈陰。疎林殘葉寒成陣。蟬鳴鴉點不勝秋。秋色和煙暝。片片斜斜整整。借西下、頹陽繪影。風搖不定。漸起商聲。凭闌試聽。　凋盡蒼顏。江南舊夢今初醒。小園寂歷飽新霜。又蓼疎葵冷。襯出十分幽景。好料量、檀鑪荈鼎。更攜筆硯。小坐林間。著書養性。內閣典籍廳有黃蓼花、亦名典籍黃、蕭山糠、金山亦有黃蓼、見近人詞注、

## 楊其光

字崙西、號公亮、別號雙溪詞客、廣東番禺人、有花笑詞、歸夢醒餘詞、華月詞、錦瑟哀詞各一卷、總稱花笑樓詞、

## 虞美人

二分春鎖荼蘼架。暝色偏難畫。花間濃笑隔牆聽。人在畫樓深處不分明。　菱花照影傷愁損。步轉苔階遠。淒淒芳草碧如何。行到悄無人地夕陽多。

## 虞美人　秋海棠

黄昏漸覺寒香輭。十二湘簾捲。酒醒春睡不多時。記得玉人扶病晚妝遲。　憑誰持照燒紅燭。夜月明金屋。芳心一寸冷秋紅。爲問娉婷何事嫁西風。

## 如夢令

漏水沈沈夜永。月冷碧梧金井。涼夢乍圓時。簾外悄風吹醒。風靜、風靜。約住一痕花影。

## 疎影

層空未洗。正涼紅暈燭。秋在簾底。月暗東牆。微釀晴陰。掩映露苗煙蕊。寶兒遠去花無賴。漫更憶、好春羅綺。遶豩廊、踏徧蒼苔。一片澹黄鋪地。　誰又調笙隔院。舊愁早竊棄。都被吹起。和著疏更。不管悽涼。做盡今宵情味。西風長簟緣非淺。怎冷落、翠紗香被。悔睡時、杯減瓊蘇。輸了茜窗沈醉。

## 陳星涵

字有庚、號寄紅詞客、江蘇昭文人、有看劍引杯錄、無盡藏風月引、小蓬萊仙館玉笛譜、春雲閣體物集、擘雲絮語楊花春影卷各一卷、總名洞仙詞、

## 南浦 春水、用玉田韻、

花氣暖蒸雲漾晴漪、十里紅船春曉。嫩柳裊如煙。臨波立、窺鏡修眉先掃。拋堶競戲。點來一串圓紋小。一自送君南浦。後愁煞長隄芳草。　粼粼新漲藍光被門前一樹濃陰奪了。不是武陵源。東風誤、偏引漁郎來到。綠波渺渺。湔裙人去苔磯悄。斜日桃花紅照影。驚起鴛鴦多少。

## 西河 蓼花

長堤淨。搖曳空江烟暝。蘋花蘋葉已飄零。怕他秋盡。尚留餘豔夕陽中。垂垂還伴孤艇。　水鄉晚。秋意靜。寂寞愁窺蓉鏡。幽然丰致自成姸、此間堪隱。疏紅無意媚春風。亭亭自顧秋影。　灑數點、疏雨淒緊。況朝來、西風吹冷。零落臙脂殘粉。想江鄉風味偏新。待采共綠葵烹。誰消領。

## 謝逢源 字石溪、江蘇甘泉人、廩貢生、官候選訓導、有篴波詞一卷、續一卷、又撰白香詞譜箋、

## 祝英臺近

數新愁。尋舊夢。心事倚燈訴。滿地黃花。記得別時路。不知扇底青山。尊前紅葉。便尋著、尚依然否。　幾曾去。此日風絮雲蘋。飄泊又何處。欲寄相思。魚雁早孤負。縱令燕子重來。楊枝再遇。恐難耐、這般酸楚。

## 洞仙歌 春綠江南、渡江人去、傷春惜別、寸心不知何許也、

楊花無主。任煙波搖漾。甘化浮萍自來往。問含愁底事。斂袖垂鬟。卻添出、一種可憐情況。　天涯留夢想。

草綠平湖。風月年年舊無恙。子夜懊儂詞。翠咽紅嗚。奈沒箇、玉人同唱。待采到蘼蕪更相逢。恐不似當時。笛波樓上。

## 眼兒媚

柳絲不斷漾輕柔。烟雨織成愁。江南江北。相思相望。白了人頭。　依依往事難拋卻。除是醉時休。夢魂猶殢。杏花屋角。燕子高樓。

## 江神子

小樓疎雨杏花寒。恨漫漫。淚潸潸。一夜東風。吹滿綠闌干。燕子不知離別苦。猶對語。畫梁間。　眉痕重寫鏡中山。晚妝殘。怯衣單。水閣春燈。人唱望江南。道是明年花信早。便開了。與誰看。

## 楊葆光

字古醞、江蘇婁縣人、諸生、官浙江景寧縣知縣、有蘇盦詞錄一卷、

## 憶舊遊　題茂苑從遊圖

記山横淺黛。水漾輕波。人泊蘭橈。萬古傷心事。把枯筇倚處。說與垂髫。紅愁綠怨難遣。幾樹夕陽搖。只短曲烏烏。疏螢閃閃。不覺魂銷。　飄飄向風立。但入望家山。未悵迢遙。只喜相攜去。便蒼茫行旅。那便無憀。多少舊愁新恨。風雨付瀟瀟。問遊子天涯。蘇臺夜月何處招。

## 高德馨 字遠香、號紓隱、江蘇吳縣人、附貢生、官浙江候補知縣、有紓隱詞、

### 長亭怨慢 重遊舊都、觸事增感、

漸飛盡、江亭芳絮。幾處人家。冪烟籠霧。草草春歸。故宮臺榭、問誰主。別君南浦。便一棹、天涯去。去國只經年。卻薺麥、青青如許。　獨竚望仙鄉不見。只見亂紅迷路。昆池水淺。那禁得、劫灰千度。第一是、燕子歸來。認前日、雕梁存否。算只有啼鵑。知道羈人心苦。

### 桂枝香 和茗理月餅

團欒髣髴。問刻玉鏤冰。新樣誰乞。天上盈虧。幾度暗驚佳節。年年客裏中秋過。佐登盤、冷淘槐葉。桂枝香滿。芝泥字印。影留蟾窟。　算不盡、人間陷缺。記飽啖紅綾。嘉話能說。瓜果分擕。曾伴天厨肴核。虛名畫地知何用。對西風、綠鬢如雪。衹今魂夢。時時猶繞。廣寒宮闕。

### 西子妝 西湖感舊

如此江山。一般烟月。消得幾番春暮。藐姑仙子忽濃妝。悔當年、苧羅村住。芳情欲訴。恨隔水、難招鷗語。俯晴湖。歎綠波誰浣。西泠塵土。　歸來誤。鶴去亭空。寂寞誰爲主。柳條牽拂短長隄。尚依依、剩絲殘縷。重尋古渡。慨芳草、都成馳路。莫登樓、怕見斜陽滿樹。

# 全清詞鈔第三十七卷

## 李瑞清

字仲麟、號梅庵、晚號清道人、江西臨川人、光緒二十一年進士、改庶吉士、官至江寧提學使、有梅庵詞、

### 浣溪紗　夜宿永州城

珠漏頻催旅舍清。淡雲微雨滿荒城。相思一夜枕邊生。　脈脈暗肌消瘦盡。懨懨斜臥數殘更。教人愁思不分明。

### 浣溪紗

兩岸紅樓萬柳條。興亡何處問前朝。且貪明月趁今宵。　花氣侵筵催魯酒。香風吹袂薄吳綃。夜烏啼斷五更潮。

## 袁祖光

字小僊、號瞿園、安徽太湖人、光緒二十九年進士、官吏部主事、有瞿園詩餘三卷、

### 河傳

相見。人面似花紅。嫞嫞芳叢巷東。一樹枇杷幽徑通。重逢。懨懨春病中。　簾幕深深煙月鎖。鶯暗坐。那處花梢妥。上高樓。樓上頭。莫愁。年時人自由。

## 留客住 題高麗遺臣金滄江詩集

共誰語。望故鄉、沈沈一片。飄零斷雁。老大天涯淒楚。滄瀛不堪回首。太息箕子遺封非故主。衣冠帶笏。拚此身朽落。埋憂無處。　心緒苦。旅客江南又聽啼宇。夢裏誰家。竟被狠山留住。鎮對淒雲慘月。蕭瑟蘭成。獨吟愁裏句。休談前事。向瓜棚豆架。了君昏暮。

## 胡元儀 字子威、湖南湘潭人、拔貢生、官教諭、有步姜詞二卷、綢髮集□卷、詞旨暢一卷、

### 阮郎歸 遲子瑞東山書院未歸、用白石韻、

天光揩翠浸玻璃。來鴻江上啼。前番垂柳舞秋枝。山多橫遠眉。　慵把卷。謾吟詩。斜陽風定時。寒鴉點點逐雲移。月歸人未歸。

### 探春慢 春日追念荆襄舊遊、用白石韻、

宋玉祠荒。章華宮圮。苔痕淺繡郊野。地控襄樊。波清睢漢。又逐隆中駐馬。悵霸圖消滅。壯懷對、溪山吟寫。草廬無恙。人間寂寞。劉郎佳話。　三載車輪歷錄。空擊碎唾壺。豪情自把。謾賦歸與。倏驚時換。夢觸當年遊冶。啼鴂聲聲起。早已見、亂紅飛下。笛弄斜陽。冉冉做成春夜。

## 張上龢 字沚蓴、號怡蓀、浙江錢塘人、官直隸知縣、有吳漚烟語一卷、

## 臺城路 遊元墓聖恩寺

滿身松影尋秋路。飛來白雲蕭寺。佛火龕深。鴉林社集。參到木樨香未。壞苔布地。有黃眼支郎。相看憔悴。渺渺湖波。斷紅危碧一樓寄。　滄桑無限往事。古鐘留拓本。殘蝕文字。壁句籠紗。甌香試茗。勝領蕨蔬風味。樵歌四起。指雁外斜帆。亂峯淒異。鈴語催歸。冷楓天半墜。

## 瑤華 楊花

珠簾捲未。弱態拈來。又粉雲吹碎。鉛華未洗。芳草外、隱約遠山眉意。秋千背面。怕倘有、靚妝偷忌。問幾時、化了萍根。綠皺一池春水。　年年送別關河。糝徧征衣。都是憔悴。東風自舞。竟不管、詞客蒼茫身世。盈川老矣。愛點綴、斜陽滋味。記那回、墜夢重尋。悄被倦鶯呼起。

## 拜星月慢 虎邱秋賽、用清眞韻、

路鬼呼燈。吳姬裁扇。棹入橋西月轉。露草蟲吟。接垂楊歌院。豔情處。爲問、誰家玉笛吹起。幔卷星河爭爛、鬢亂釵橫。被荒螢窺見。　憶春宵、省識琵琶面。蘋飇軟。又近篷窗畔。只恐步屧歸遲。喚城烏驚散。送神旗、一去成涼館。繁華夢、付與秋魂歎。莫再費、老淚登臨。望青山不斷。

## 解語花

驚鴉易墮。怖鴿愁飛。溫室迷烟霧。斷紅誰訴。宮中事。付與淚鵑自語。羊車夢阻。望不到、咸陽片土。恨別後、一縷癡雲。化作神娥雨。　猶有啼鶯勸駐。待秋衾銅輦。塵海歸路。滿身仙露。銷何易、帝子碧霄深處。韶華已去、休再被、襪羅偷妬。賸幾分、殘月黃昏。怨珮環無主。

## 菩薩蠻

潛虬舞罷春陰重。回潮千里愁鸞共。蠟淚有時乾。錯刀歸贈難。　玉階凝望處。空約湔裙侶。新換越羅單。不知門外寒。

## 被花惱　春感、用紫霞翁自度腔韻、

江湖倦羽古城陰。清角數聲催曉。俊約年來故人少。粱園客散。青尊冷落。一任昏鶯覺。和翠墨。拚熏篝。那堪憔悴華燈照。　南陌暗塵飛。過眼烟雲亂如草。東風夢遠。細數歸期。昨夜家書到。縱闌干獨倚避春愁。怕無賴、楊花又添惱。待說與、故國啼鵑雙淚老。

## 瑞龍吟　滬尹聽楓園餞春、用清眞韻

橫塘路。還見古寺沉鐘。畫船依樹。年年紅燭題愁。海棠嫁後。銷魂是處。　漫延竚。依舊杏粱歸燕。謝家堂戶。詞仙慣客江南。出門一笑。沙鷗共語。　休說吳宮前事。夜烏啼斷。東風慵舞。誰念酒邊青衫。飄泊如故。零絃碎珮。憔悴花間句。無人問、滄波舊苑。琴臺高步。暗逐遊塵去。柳條怕綰。離盃怨緒。無意歌金縷。偏負卻、西園瀟瀟殘雨。五湖夢熟。一篷烟絮。

## 蔣兆蘭

字香谷、江蘇宜興人、有青蕤盦詞一卷、詞說一卷、

更漏子　宮詞

月纖纖。風細細。一桁繡簾垂地。雙半彈。黛輕描。澹妝人更嬌。　長門怨。迴心院。不信君恩易斷。新燕語。乳鶯啼。夢兒花下迷。

## 汪佩祖　字子猷、安徽休寧人、諸生、有詩餘一卷、

南歌子

徹夜瀟瀟雨。連朝翦翦風。起來教折一枝紅。報道薔薇零落小庭空。　午繡拈針倦。晨妝對鏡慵。暫來猶憶夢魂中。相見遲遲相別卻忽忽。

## 王鍾麟　字旡生、安徽歙縣人、

蝶戀花

睡鴨香殘天欲暮。一出中門。便是離亭路。私祝西風休作雨。將儂吹上横塘浦。　贈汝明珠猶記否。便是重逢。已把華年誤。昨夜夢中曾見汝。可憐夢也無尋處。

## 黄　人　字振元、號夢庵、一號摩西、江蘇常熟人、有摩西詞八卷、

## 風流子 城西見楊柳

西風添旅慼。尋秋去、信步出胥關。看夾道垂楊。悄無生意。絲多仍擾。絮去無還。空移得。章臺千萬樹。畢竟託根難。暗蘸飛塵。亂牽衰草。不知搖落。尚賭眉彎。　涼蟬淒如語。道金銷翠減。愁緒難刪。從此流鶯情薄。繫馬遊闌。只瘦蝶憐伊。奈何頻喚。離筵送客。攀折更番。莫把當初眉樣。做與人看。

# 陶牧 字小柳、江西南昌人、有了盦賸稿詞一卷、

## 探芳信 約蓮公虎邱探梅天寒未綻悵然而返、

軟塵裏。正繫馬垂楊。鞭絲風起。問隴頭枝上。疏影少春意。冷香暗送催花發。夢醒羅浮未。怪東君、做盡陰寒。憐伊憔悴。　休話海桑變。想索笑當年。情隨流水。頑石無言。芳草斜陽醉。蒼茫我輩愁吟苦。誰向江南寄。捲珠簾、覓遍歸來燕子。

## 高陽臺 月夜憶家

樹綠籠烟。燈紅篩影。良宵如此清閒。數點殘星。浮雲遮住雕闌。年年夢縷搏成絮。趁西風、依舊關山。看飛來。歸雁相思。字寫平安。　舉頭不見銀河隔。怨天涯咫尺。客枕孤單。薄薄羅衣。窗深時透輕寒。階蟲何苦聲聲訴。訴飄零、淚濕刀環。最淒涼。何處荒鷄。又是更殘。

## 袁緒欽

字叔瑜、號守愚、湖南長沙人、光緒二十一年進士、官度支部主事、

### 邁陂塘　和中實韻

背蘭汀、一池新水。輕漪卷盡千尺。蒼苔雨過無人見、便有零紅碎碧。春靄夕。映鬵鼓錫簫、萬樹緗桃色。紅鴛影隻。祇細柳柔煙、東風吹冷、香夢綠波隔。　梁園客。舊是工詞白石。騷魂江上重覓。烏衣巷陌樓臺悄、怕見玉窗塵積。尋淚迹。賸㯏絮斜陽、亂裊遊絲直。孤吟帽側。悵紫玉年時、鮫綃闇漬、墜粉尚狼藉。

### 臺城路　和叔由韻

絳桃開過橫塘路、煙中綠波初滿。柳密藏鸝、花深夢蝶、芳草東風吹遍。提壺且勸。正榆莢晴飛、杏衫寒淺。莫上高樓、有人翠鈿倚春怨。　金閨日長壓綫、想欹鬟倦憶、江上天遠。錦字沈魚、紅絲繫燕、回望碧雲低斷。銅荷照晚。總負了年時、鏡中人面。一寸柔腸、似湘流九轉。

## 朱家驊

字雲逵、別號心岫詞人、江蘇華亭人、有半甲乙詞草一卷、

### 西江月　春暮八指翁偕遊雲間小學堂、途中景物歷歷在目也、用東坡平山堂感歐韻、

兒向城南路曲、小橋流水聲中。林花閒笑白頭翁。鳥喚提壺相送。　好景偕娛春暮、感懷不道秋風。北來雁字盡書空。梁月寒宵詩夢。

## 如夢令 春恨

好好春光將去。簾外落紅如雨。試問別離人。恨緒今朝幾許。無語、無語。知在眉峯深處。

## 何震彝

字鬯威、江蘇江陰人、光緒三十年進士、官郵傳部郎中、有八十一寒詞、鞮芬室詞各一卷、又集詞爲詩名詞花珠塵一卷、

### 垂楊

輕簾悄卷。望疏花夾砌。碧腴紅泫。秀筆清尊。高閒舊侶行吟倦。翠奩棲影多空豔。更烟語、昵人淒戀。問吳臯曲水如環。比新愁深淺。　風裏暗銷醉面。便約住飛花。重門深掩。素意沉沉。鈿塵如埽還如綫。儘多繁飾因時減。怕一抹、霜華易散。夜蛾怯照秋衾。憎夢短。

### 玉漏遲 寒漏

銅龍深夜裏。霜中涼訊。懸壺暗滴。虬箭冬丁。耐盡幽閨沈寂。幾陣苔階碎雨。又添得、一番淅瀝。雜感集。風力撼窗。雪光射壁。　粲夜紅頹釭蕊。賸疏柝敲寒。繞窗悄急。戍鼓哀哀。同報西風消息。窺睡小蟾如鏡。祇曲彔、鑪烟暈夕。聽細滴。休問而今何夕。

### 八聲甘州 寒灰

忒荒寒何處寄風花。寸寸是相思。便老去閒情。客中宦況。孤冷如斯。溫鼎蘭薰罷炙。一樣逐煙飛。省識此

時意。燈闇簾垂。　不忍撥來細碾。恐麝塵凝凍。含吐芳蕤。歎騰騰烈燄。也自有銷時。攙幾分、冰痕雪屑。歷殘冬、小劫有誰知。須領取、徐回元氣。葭管頻吹。

## 許引之　字汲侯、浙江錢塘人、諸生、直隸候補道、有蕉石詞、

### 虞美人　秋柳

江潭細雨輕霜下。清簟辭殘夏。絲絲涼入玉關秋。惹得鄰家思婦下簾鈎。　清明曾共長亭話。不繫青驄馬。明年千萬綰行舟。莫放一江春水向東流。

### 菩薩蠻

良宵三五新晴乍。瑤琴錦瑟多清暇。鑪鴨篆烟浮。春風吹畫樓。　珠簾風不動。繡帳春無縫。何處結同心。畫樓深復深。

## 黃宗憲　字碩臣、福建永福人、光緒三十年舉人、有呋菴詞、

### 水龍吟　殘月

岸旁楊柳孤舟。漸醒別酒人何處。疎鐘古寺。長橋人跡。秋天妝曙。盼斷嬋娟。恨塡兔魄。一鈎瑩素。雁聲飛過也。離心曲曲。看欹向、青天去。　記得團圞笑敍。記搴簾、偷摹眉嫵。嬌姿瘦盡。今休提起。初三十五。閨裏

雲鬟。屋梁顏色。此生眞誤。問何如缺月。重圓轉瞬。古歡仍覯。

## 王景峨

字伯璋、湖南益陽人、光緒二十九年進士、

### 金縷曲 詩冢、和子大韻、

寫盡傷心語。料埋愁也都無地。且埋君去。短鍤攜來荒園晚。行入斷煙淒霧。莫更問、楚臺歌舞。除卻三閭沈湘死。算才人詞客皆黃土。何況是。我和汝。　莫言湘社無千古。合當時、建安子七。竹林君五。十二狂奴心中血。一穴居然同住。待後世、來尋遺塢。潦倒江湖終何用。倘因他博得豐碑樹。諸達者。豈余妒。

## 周曾錦

字晉琦、號臥庵、江蘇通州人、光緒三十二年優貢生、有香草詞一卷、臥庵詞話一卷、

### 氐州第一 帆影、應閩省林萩莊之徵、

江闊潮平。煙銷樹出。長天暎帶秋水。似挂斜陽。輕移極浦。依約舟行鏡裏。飛過蘋洲。渾不礙、鷺眠沙背。歸信難憑。望中無恙。又西風起。　柳外樓高紅袖倚。簾開處、幾番凝視。指點遙空。模糊不定。現一痕如紙。斷霞邊、知幾里。難傳語、危檣燕子。莫漫銷魂。還愁將、行雲錯擬。

## 鄧鴻荃

字雨人、號休庵、廣西臨桂人、官四川候補道、有秋雁詞二卷、

疏影　和堯生黃葉

亭皋換色。正北風漸緊。霜降時節。强半辭根。襯着斜陽。高低弄影明滅。歸鴉慣喜尋秋寺。也不管、愁人愁絕。祇著書、開了重門。冷浸一眉新月。　簾外黃花比瘦。遠山額盡。露煙澹天闊。旅雁聲多。一抹寒林。醞釀天涯霜雪。鳴蟬已噤餘荒戍。更莫話、漢家宮闕。問幾時、春到江南。萬樹綠陰芳葉。

## 張丙廉

原名堯燊、字夢蘧、一號孟耀、四川射洪人、光緒二十一年進士、官江蘇無錫縣知縣、有炊黍詞、爨桐詞、轉蓬詞、拗蓮詞、濯纓詞各一卷、總稱聞妙香室詞鈔、

蘭陵王　春暮遊公園、次美成韻、和仲堅、

午烟直。檐瓦參差絢碧。東風過、花信幾番。綠草如茵弄晴色。青蕪慨故國。愁識。鴻賓燕客。回廊外、金奏競喧促作平。拍悽音變工尺。園內時奏軍樂　宮牆半苔跡。但鵲作上朧空巢。鶯占去文席。遊女多曲院中人　玉作平音無準盟言食。嗟劫火猶熾。橫去流狂湧。軍書徵調偏堠驛。更彊畫南北。心惻。暗愁積。悵鹿走園荒。人散壇寂。妖星焰閃陵辰極。又夕照收影。四吹笳笛。沈吟懷舊。竚望久。夜露滴。

眞珠簾　本意

玲瓏不礙看花眼。正西山、雨過瀟瀟秋晚。波影盪寒星。耿素光如練。縷縷情絲憑繫著。莫散作平、淚痕千點。高捲。認瓊枝玉樹。蕊宮曾見。　庭院鎮日低垂。歎昭陽夢冷。珮珩聲斷。一桁儘招涼。但露零秋苑。深坐

含顰愁黛斂。問底事、殘粧啼泫。誰伴。又十里春風。揚州路遠。

## 掃花遊 春夢無影、羈愁逼人、舊雨不來、古歡寥闃、散步荒園、悽然成調、

嫩苔繡碧。步晚霽園林。徑通深窈。暮寒尚峭。看桃英綴樹。破紅猶早。小立池亭。細數歸飛倦鳥。有誰到。引天際素蟾。來伴吟悄。　張緒今漸老。歎象管花枯。畫眉難巧。玉臺信杳。又番風廿四。等閒過了。靜掩書帷。恨縷長縈帶草。恁懷抱。待書空訴天知道。

## 長亭怨慢 棄婦吟

漸吹老、西風芳樹。冷落園亭。寂寥朱戶。篋鎖秋紈、玉臺塵積。黯金縷。鏡鸞羞舞。誰與買、文園賦。獨自掩閒門。聽敗葉敲窗如雨。　愁苦。念秋花命薄。敢借錦幨深護。飛蓬亂髮也、休望比縑論平素。第一是、怕見新人。恐粧就、翻招憎妒。只翠袖天寒。修竹蕭蕭日作平暮。

## 綠意 綠楊

紅樓一角。看綵旛翦處。烟縷青嫋。拂水絲絲。搖曳東風。波光淺照梳掠。傷心莫問隋家事。已瘦了、纖腰如削。只一方、澹月中庭。慘照舊時池閣。　還記沙隄曲岸。那回繫馬處。芳景猶昨。罨畫橋邊。夕照微茫。認得揚州城郭。柔條不繫陽春駐。又悄把、夢痕黏著。但願他、長護宮溝。滿布翠陰如幄。韋莊詩綵旛新翦綠楊絲、又詞、綠楊滿院中庭月、白居易詩綠楊陰裏白沙隄、孫光憲詞金絡玉銜嘶馬繫在綠楊陰下、溫庭筠詩莫黏香夢綠楊絲、

## 魏元曠

字斯逸、江西南昌人、光緒二十一年進士、官法部主事、有潛園詞四卷、

### 玉漏遲　秋花

傍涼生露砌。嫣紅點點天然嬌媚。闇淡秋光。賴破一庭愁思。開徧牆陰幾處。卻不是、當年啼淚。剛引我。幽襟冷抱淺吟相對。　看他兩兩三三。向蟋蟀聲中輕搖銀穗。雨裏痕消。轉又弄痕烟裏。境僻無人到得。有寒蝶伶俜曾識。應領取此花十分疎意。

### 買陂塘　維揚客感

恨銷沈、二分明月。有誰騎鶴來此。平山堂下笙歌怨。嗚咽不堪提起。應祇是。賭一瞬、韶華夜入紅燈市。簫聲斷矣。問不出司勳。江湖落魄。載酒舊遊地。　江南岸。隱隱青山無際。天邊歸棹仍艤。孤吟細剪寒窗穗。漫遺翠蛾頻倚。啼蠟淚。便滴滿、銅盤難與離人替。珠簾十里。賸問禊橋頭。幾家破屋。門向夕陽閉。

## 邱煒萲

字菽園、福建海澄人、光緒年舉人、有嘯虹詞、

### 卜算子

曾是小紅樓。吹出簫聲迥。偷繫斑騅傍綠楊。歷亂秋千影。　猶是小紅樓。一桁簾衣冷。誤盡春深燕子飛。開落風前杏。

## 念奴嬌　檳嶼倦遊，歸舟垂發，何錄事手所御梳，爲余壓裝，爰酬此解，用東坡韻。

梳疏成讖，驀驚心一握，香奩中物。便許風鬟長對坐，莫遣家徒四壁。憔悴雙文，水晶簾下，蕙草看銷雪。軟裘快馬，我非赤縣豪傑。　偏汝膏沐誰容，玉釵臣挂，當此輕舟發。明覺曉風楊柳岸，正值殘星明滅。夢裏驚迴，吹篷落葉，料峭生華髮。新弦頭上，明明此意如月。

## 柳梢青　恨別

一樣簾旌。舊時月色，今夜秋聲。佇遍靈風，吹殘夢雨，何處雲行。　春人如絮飄零。便絮也、相逢斷萍。翻羨楊花，教題輕薄，有個來生。

# 余際春

字梅岑，安徽潛山人，光緒二十一年進士，官山東莒州知州，有梅岑詞草一卷。

## 高陽臺　梅影

新月蛾眉，疏籬厖眼，園林倏近黄昏。一抹寒煙，依稀招得芳魂。清香不解隨波去，度簾陰、點點輕匀。可憐他、纔化斜陽，又化春雲。　縱來滿地珊瑚碎，被圍屏遮隔，半晌無痕。留住東風，夜深聊與溫存。殘妝省識崔徽面，鎮描摹、略似三分。好憑伊，洗去浮愁，悟到前身。

# 樓　巍

字幼靜，浙江諸暨人，有瑤瑟餘音。

### 惜紅衣

廢苑清笳。高樓亂笛。畫闌愁拍。夢老尊罏。西風斷消息。金貂換酒。頻瞻念、吳根殘客。堪惜。燈外枕邊。覺羅衣霑溼。　寒蟄晚蝶。秋露黃華。猶憐舊吟筆。湘簾漫捲。夜色盪空碧。隱約長卿心事。獨歎瑣窗岑寂。問故人何處。天末白雲遙隔。

## 程適

字肖琴、號蟄葊、江蘇宜興人、光緒二十三年拔貢、官安徽知縣、有蟄葊類稿附詞、

### 水龍吟　以秋蟲爲題、拈得秋蛩、

怪他切切淒淒。心頭訴盡不（作平）平事。秋燈一點。冷清清裏。繁音催起。嬾婦驚回。王孫歸晚。情誰遣此。且牆陰學唱。草根偷活。風和露。今生世。　想到初時得意。戰雲開、逢場遊戲。金盆供養。紅旗傳捷。一鳴驚異。可惜餘年。焦頭爛額。雄姿已矣。待詞流擫管。繪聲繪影。補秋蟲記。

### 木蘭花慢　拙廬餞春

甚心情草草。一春事。雨聲中。借曲唱陽關。酒斟婪尾。款語東風。惺忪。夢婆喚醒。擁孤衾、怕聽曉來鐘。休問鶯鶯燕燕。與他翠翠紅紅。　怱怱。有脚似旋蓬。欲覓已無蹤。歎王孫老去。夕陽芳草。慘綠成叢。愁儂舊歡墜盡。隔巫峯、十二路難通。但願桃花映面。明年一笑重逢。

### 倦尋芳　藥圃即事、圃在亦園、乃藥皇廟殿前隙地、

麥風送暖。槐火含新。初夏時候。俊侶蹁躚。相約探芳垌囿。裊裊茶煙禪榻畔。濛濛花霧靈臺右。早安排。有熏爐茗椀坐銷清晝。　想此境、翛然塵外。閒話黃農風物依舊。乞駐春陰。殿上綠章同奏。採藥何年逢隱士、種花一路煩鄰叟。咏歸與。指林梢、夕陽紅逗。

## 桂念祖　字伯華、江西德化人、光緒二十三年舉人、

### 臨江仙

落盡紅英萬點。愁攀綠樹千條。雲英消息隔藍橋。袖間今古淚。心上往來潮。　懊惱尋芳期誤。更番懷遠詩敲。靈風夢雨自朝朝。酒醒春色暮。歌罷客魂消。

## 沈兆禔　字鈞平、號再沂、江西南昌人、光緒二十三年舉人、官江蘇甘泉縣知縣、有磨鐵硯齋詞鈔、

### 江城梅花引

幾番風信到荼䕷。怕花飛。又花飛。惜翠憐紅。猶自愛芳菲。燕子不來春欲暮。卷簾望。隔關山。悵遠離。　遠離、遠離、數歸期。鬢半垂。枕半欹。夢也夢也。夢已越、千里遼西。打起黃鶯。休向綺窗啼。只恐啼時驚夢醒。尋好夢。向榆城。路又迷。

## 崔肇琳

字湘琪、號玉汝、廣西桂平人、光緒二十四年進士、改庶吉士、官陝西富平縣知縣、有扶荔詞一卷、

### 菩薩蠻

春事闌珊、旅懷棖觸、牢愁無那、情見乎詞、五闋錄三、

湘筠風細調嬰武。夢回午枕蕭疏雨。裊裊博山熏。花深宮漏聞。　黛螺供十斛。妝罷人如玉。鵾柱惜華年。低回明鏡前。

遊絲乍綰春情緒。輕衫薄袖當君意。走馬赤闌橋。此魂眞箇銷。　夜窗珠絡索。縣炷禁寒薄。花影動秋千。玉堦蟾魄圓。

落花飛絮天涯路。褰蘭宛轉留春駐。別浦暮帆輕。綠波空復情。　桃花嬌欲語。咫尺盈盈水。鎖闥夜魂飛。月斜聞子規。

### 臨江仙

六曲闌干春晼晚。垂楊軃盡柔枝。閒花落地意還遲。綠窗人去住。玉沼燕參差。　惜別王孫歸也未。天涯烟雨淒迷。瑤榆無路寄相思。秦雲濃似絮。燕草碧如絲。

## 洪汝沖

字未丹、一字味聃、湖南寧鄉人、官吉林知府、有候蛩詞五卷、蛻庵詞稿□卷、又有詞韻中聲二卷、

### 解連環

有東瀛女子小華生者、自題玉照、緘寄所懽、海外朝雲、曲中蘇蕙、詩畫雙絕、斯豈凡葩、好事徵題、

裒然成帙、爲拈本事聊譜新詞、亦冀解語花見之云爾、

玉簫天遠。展崔徽倩影。寫愁零亂。盼不到、海水西流。望一髮中原。未哦先歎。小別重陽。記此夜、燈花同翦。正橈空月落。馬滑霜濃。淺醉萸箋。　春光眼前又換。甚倡條冶葉。離緒牽縮。算瘦損、還有蕭郎。怕魂夢相尋。驀地重見。皎日扶桑。料獨活年來栽慣。問天孫、聘錢貰否。絳河淚滿。

## 玉樓春

流鶯巧語窗前樹。杜宇催人隄上路。釀春風蝶本顛狂。雨雨風風禁幾度。　愁紅不爲遊絲駐。陌上塵飛郎馬去。歸時莫掃去時塵。萬一離痕無覓處。

## 浪淘沙慢 漚尹翁寫示近作感和

感春又、津橋向晚。杜宇啼血。殘日銜山漸沒。繁星映水半滅。恨不共、鴟夷絲網結。遣長夜、玉軫親撥。念珠幌飄燈正深窅。香篝竟虛設。　城闕。泰娘紺幰初別。記昵枕低幃千金意。軟語分付切。嗟夢斷銅駝江浪嗚咽。暗塵自黦。忘照伊、空掩胸前明月。　羅薦文茵承回雪。溫麐裏桂尊尙熱。佩環隱、清歌驚乍闋。賸沈困、藥裹關心。翠黛竭。纏綿與病難俱絕。

## 聲聲慢 落葉

銀瓶墮水。金谷飄烟。西風一葉驚秋。鳳宿鸞棲。等閒搖落颼颼。春工翦裁幾費。肯隨波、流出宮溝。吹夢緊。

問人間何世半晌淹留。連理桃根猶在。甚花難蠲忿。草不忘憂。浸玉寒泉。昭陽往事今休。哀蟬莫彈幽怨。怕稠桑、無語凝眸。誰認取。滿荒郊、都是亂愁。

## 卓孝復

字芝南、福建閩縣人、光緒二十一年進士、官至湖南岳常澧道、有雙翠軒詞稿一卷、

### 淒涼犯　登岳陽樓有感

枕山一角。臨湖上、高樓勝景如昨。去天尺五。波光映帶。晚檣齊泊。斜陽市郭。更霜樹、煙痕淡薄。漫銷凝、湘雲楚水。到眼盡離索。　疑是神仙宅。髣髴蓬萊。控鸞驂鶴。古人往矣。問誰知、世間憂樂。欲贈佳期。空自采、芳洲杜若。怕西風、雁信未準悞密約。

## 羅惇曧

字掞東、號癭公、廣東順德人、光緒二十九年副貢、官郵傳部郎中、有癭公詞、

### 絳都春　辛仿蘇屬題青衫捧硯圖

簾深露卷。正斗篆迴香。瓶笙沸暖。喚起小魂。佇立單衣。閒庭院。蜂嗔蝶怨遊絲倦。悵墜羽、流光輕換。鐫春費句。吹花題葉。偎人新燕。　應見鵝溪薄染。試重展依稀。春星酒畔。柳外月遲。花底天寬。聞歌慣。汀蘋歸馬心情遠。怕負了、紅芳晼晚。忍拋零落箏塵。風燈別館。

### 蝶戀花

吹盡殘紅春已老。舞袖弓彎。冷落長安道。珍重鈿車歸去好。鸞腸收影愁孤照。　脈脈斜陽歡意少。罨畫層樓。步屧愁重到。拗斷蓮根須及早。酒醒賸遣傷懷抱。

躑躅虛廊無好計。歌管千場。盡是傷心地。誰信帕羅剛委置。夜闌猶自冰紅淚。　分手哀絃撓薄醉。夜夜銀燈。輕照濃歡墜。雙燕倘傳歸後意。露蘭啼眼清如水。

箏雁行行彈別怨。强駐歡悰。默對芙蓉面。掩抑燈前重結綫。西陵松柏生生願。　怊悵玉津天樣遠。夢掩屏山。萬一還相見。柳外虹橋腸百轉。明朝鏡裏朱顏變。

## 成本璞

字涿如，號櫂漁，湖南湘鄉人，光緒二十九年舉人，官浙江候補知府，有湘瑟秋雅碧雲詞淚影詞各一卷，一名通雅齋詞。

### 蝶戀花　次韻和漱玉

葉聚雲根龍腦凍。點額梅妝，日暖花心動。翡翠衾寒誰與共。纖腰猶怯銖衣重。　寶帶犀文勻甲縫。翠彈珠翹。豌損金泥鳳。敲斷玉釵驚綺夢。夜闌愁聽江南弄。

### 南歌子

對鏡愁容減。憑闌忍淚垂。藕花塘外露華滋。風動羅巾憔悴鬢雲欹。　欲別言偏少。相思見亦稀。新來多病不勝衣。何限傷懷月落酒醒時。

## 李嘉芬

字蘭軒、湖北孝感人、拔貢生、官江西鉛山縣知縣、有鳥心花淚詞二卷、雲影詞一卷、

### 臺城路 蟬

午窗驚覺抛書後。搖搖夢回悽惋。飽露吟商。迴風鼓羽。危柱哀絃初展。移枝向晚。甚縱響偏高。流音尤遠。齊女生涯。望中故國已腸斷。　西風幾番蛻影。又愁添落葉。嬌鬢輕換。老柳關河。高槐宮闕。消得千秋哀怨。淒涼宛轉。怕冠珥難尋。釵鈿不見。訴盡斜陽。夜飛螢語亂。

### 摸魚兒 什刹海荷花盛開、屢欲賦之而未果也、見報載樊山此詞、旅夜挑燈倚聲和之、

鳳池邊、塵飛不到。風裳水佩無數。檀欒金碧莊嚴地。宮錦橫拖烟雨。嬌欲舞。祇略欠。畫船簫鼓中流住。鈿車暗度。認唾綠衣香。鬧紅衫影。人在翠蓬路。　龍尾步。玉井金盤高舉。明珠多少仙露。綠雲不捲西風去。太液波涵今古。君漫賦。莫也怕、江山牽動因詞句。粧樓此處。悵月白風清。無情有恨。低共影娥語。

### 青玉案 用賀韻

鶯飛草長蘅臯路。曾並轡、看花去。勝景芳年今又度。舊家池館。那人窗戶。總是傷春處。　綵雲盼斷天涯暮。衣上餘香袖中句。一往情深深幾許。條條流水。重重飛絮。門掩家家雨。

## 鄭煇典

字丙堂、雲南太和人、光緒二十九年進士、官河南葉縣知縣、有小赤仙館詩集附詞、

## 滿江紅 惜別、用宋王淸蕙題店壁韻、

洗後胭脂。已不似、舊時顏色。記兩度、鸞笙鳳管、玉樓瓊闕。軟語桃窗花架下。銷魂檀板金尊側。忽驚心、玉漏急催人、聲聲歇。　綺席散。銀釭滅。別離慽。都難說。將一江碧水、淚零成血。想像難忘簾底夢。淒涼又見天邊月。問嫦娥、底事太無情。圓還缺。

## 鵲橋仙 七夕客濛陽

桐飄。桂放風涼雲靜。正是穿針時節。神仙只隔一條河。我卻有、山重水叠。　殘燈虛館。寒衾冷枕。此夜相思難說。料應花下捲珠簾。獨自拜、盈盈新月。

## 念奴嬌 葉榆懷古

洱波北走繞榆封立馬、銀蒼天小。六詔河山渾似昨。出沒魚龍渺渺。天寶高墳。蒙家故土。一片原頭草。西風吹曉。平蕪飛下孤鳥。　細數割據雄才。興亡往事。落葉隨風掃。惟有芙蓉峯十九。依舊青青未了。玉帶橫雲。金鷄叫月。韶景催人早。莫辜秋好。百年容易愁老。

# 龔元凱 字佛平、號君黼、安徽合肥人、光緒二十九年進士、改庶吉士、授翰林院編修、有鷗影詞藁五卷、

## 摸魚兒

破寥空、一聲鴈起。江天高過千尺。斷厓龍虎貪閒睡。休問當年陳迹。雲一碧。便萬里行空、瑟瑟風生腋。

蓬萊望極。恁戍火迷離。邊沙旋舞。未是夢魂隔。　滄瀛淺。幾度飛仙換宅。瑤臺花落如織。緱山鳳輦猶沈霧。何況芝田凡翼。天又窄。怕鶴背吹簫、驚散蜉蝣客。哀絃漫拍。但人海藏身。天風蕩眼。孤賞夜蟾白。

## 菩薩蠻

茂陵風起青禽寂。露臺月冷銅仙泣。海色蕩瀛愁。波聲搖九州。　廣寒宮殿窄。送老嫠蟾魄。辛苦照河山。留它千歲閒。

鯉魚風勁江聲老。百年春夢無端小。眼底六街塵。化泥愁殺人。　濁泥猶自可。誰把香車墮。惹起落花飛。淚痕黏舞衣。

## 雙調望江南

凝望眼。秋色不曾孤。細雨樓臺催去燕。晚風城闕鬧啼烏。衰柳夕陽扶。　情不盡。百感在蕭疏。篁處但消談鬼事。菊荒無計療山臞。醒醉兩踟躕。

## 二姝媚　秋海棠

瀛山仙睡起。感塵寰西風。貯嬌無地。幾尺樓陰。記舊年憑處。未乾鵑淚。不信秋花。還做出、唐宮春意。道是離魂。偏又牆東。爲誰憔悴。　如許深情相寄。但漠漠啼煙。杜秋心事。一樣銷魂。勝絳桃人面。斷腸空繫。吸盡紅雲斟酌到、繁霜身世。便任臙脂勻染。芳心似水。

## 鷓鴣天

一邏山懸一桁天。背人呵壁問流年。春潮未響三千弩。秋月空明廿五絃。　鑪穗重。鏡華圓。等閒記在晚春前。桃花命薄多風雨。莫向山城怨杜鵑。

## 喝火令　暮春之初、微雨峭寒、花木尚無新意、之子云遠、我勞如何、

積雨苔如夢。當風柳未絲。黃鸝三請怯褰帷。爲道咽寒銅笛、聲澀不堪吹。　風信番番誤。年光故故催。好春已過杏花期。可奈新花。不上舊年枝。可奈舊年枝上。又到落花時。

## 探芳信　都門寒峭、羣芳乍坼、已春盡雨聲中矣、握管送之、憮然者再、

夢華路。便著意留春。無尋春處。總凍雷慵起。淹寒送時序。無聊鶯燕忙酬應。强半曹騰語。賸殷勤、點綴風光。暗花三五。　婪尾甚情緒。縱閏過清和。韶光難補。似此蹉跎。千春也無據。流年空有黃金愛。誰念高樓苦。曉鐘鳴、又滴千絲淚雨。

## 齊天樂　茝父以近作廿首寄示、賦報、

隔江飛羽傳吟句。青山未容人嬾。小閣偎風。虛巖坐月。網取殘霞千片。流波意遠。漫說與鍾期。舊情難遣。內寄鍾子年詩八首柳老鶯飛。露桃春淚爲誰泫。　天涯猶是倦侶。未勝離索感。聊和哀鴈。舞扇塵生。彈碁劫緊。一例東風腸斷。閒雲自卷。蕩不了春愁。故山休戀。夜雨窗寒。燭花紅待翦。

## 蝶戀花

一角紅牆深柳護。燕子低飛。門巷陰陰雨。把酒留春春不語。春魂幾點餘花絮。　閒立妝臺衣試舞。纔把

鷓調。又被流鶯妒。遮眼屏山千萬樹。思量不合高樓住。

莫信花枝能再好。一度低徊一度年光老。門掩落紅還自掃。斷腸風雨斜陽道。　蜂蝶紛紛隨意鬧。忍送春歸。恩怨難分曉。一輛珠軿人去了。道旁露泣紅心草。

## 徐德輝 字倩仲、江蘇宜興人、光緒二十八年舉人、官法部主事、有寄廬詩詞稿、

### 瑞鶴仙 美人蕉

窗紗新綠透。看娉婷弄影。一枝娟秀。酡顏似中酒。更宮黃偷試。靚粧爭鬬。釵粱豆蔻。揚鳳尾、雙翹碧溜。倘、臨書格豔簪花最稱。綠天晴晝。　消瘦。衣經霜皺。扇並秋捐。玉容非舊。芳心卷後。夜偏永、雨偏驟。向心頭亂滴。聲聲淒切。問怕儂心碎否。淚頻彈、竹（作平）倚天寒。薄憐翠袖。

## 陳慶森 字莘階、廣東番禺人、光緒年舉人、官湖南知縣、有百尺樓詞集、

### 湘春夜月 秋海棠

悄無人、曉風簾幙低垂。可惜一點芳心。容得幾相思。多謝依依瘦蝶。向花心緊抱。解護芳菲。又黃昏細雨。斜添秋意。吹入啼眉。　鉛華洗盡。三生莫問。石上胭脂。捲了羅裙。恰約住、纖纖月影來比腰支。屏山夢醒。料如今、寶篆煙微。從此次、把幽姿偎近。拚將清淚。約略酬伊。

## 趙永年 字明湖、號祝三、江蘇儀徵人、諸生、有天海詞稿、

### 天仙子

凍鵲噪晴疑報喜。屈指歸期頻暗計。綺窗還自怨梅花。春已至。人猶滯。臨去語言應省記。　樓外玉闌閒徙倚。雲斂碧峯天似洗。殘陽極目送飛鴻。無限意。憑誰寄。衣上淚痕心上事。

## 吳昌綬 字伯宛、一字甘遯、號印丞、晚號松隣、浙江仁和人、光緒二十三年舉人、官内閣中書、有松隣遺詞一卷、雙照樓彙刻宋元人詞六十一卷、

### 浣溪紗

紅穗西窗燭影搖。歸期未卜別情遙。秋風應望灞陵橋。　貽我相思江柳結。催人消息井梧飄。自緘幽恨託迴潮。

### 風流子 留別蘇葊主人、用清眞韻、

秋林同滯羽、憂時甚、四顧又安歸。正海天杯底。盪開蒼莽。江城笛裏。吹出參差。君莫問。死生猶露電。出處幾雲泥。枯樹婆娑。庾郎愁賦。衆芳蕪薉。楚客興悲。　年年風塵苦。虛名累、相約還我初衣。來共小窗尊酒。重話心期。便萬戶侯封。隻身何補。一聲河滿。雙淚應垂。多少臨歧別思。除是君知。

## 南浦 倦遊思返、還復淹留、忽忽又重九矣、沚老見示近詞、悵然屬和、

歸計儘蹉跎。漸秋深、怕問東籬消息。暝色起江城。霜風緊、朔管數聲吹入。載花雙楫。昔遊賸與船娘說。何處登高。空悵望雲外遙青一髮。　詩人老去相逢。尚陸沈黃綬。鬢斑盈雪。醉別不成歡。依稀似、楓荻潯陽蕭瑟。予懷渺渺。幾時同譜蘋洲笛。珍重寒香知未晚。莫負賞心風月。

## 長亭怨慢 和忍盦春盡書懷之作、即題春蟄吟後、

漫回首、東華塵土。采筆零星。賦愁如許。病酒寒欺、夢中嗚咽向春語。蝶昏鶯曉。僝僽損、風和雨。苑柳不成眠、卻化作天涯飛絮。　遲暮。恨芬菲世界、剗地亂紅無數。分香瘦減。問誰遣、歡盟輕誤。凝望眼、繡幕深深。想依舊玉京眉嫵。待訴與相思、彈入鈿箏哀柱。

## 虞美人

春歸未解人憔悴。翻遣愁人醉。和愁借病且疏慵。偏又江南天氣雨聲中。　煙蕪滿目愁無際。幾許傷春意。舊時衣袂舊東風。苦被寒冰結淚不能紅。

## 浣溪紗 壬子春在居庸南口作

浩蕩年光迅電波。紛紜軌轍駛巖阿。勞人相望互成歌。　二月霜棱寒約束。半春花夢病銷磨。愁心較比亂山多。

## 沈世澤 字愛廬、江蘇寶山人、有仙好樓詞語四卷、附詞、

### 江亭怨 題儀徵榴紅館主何君問山天涯望雁圖

故國又添秋色。誰遞秋雲消息。高閣獨登臨、極目玉關門北。 數點青天灑墨。萬里山河跋涉。莫再落平沙、早向江南一直。

## 姚華 字茫父、貴州貴筑人、光緒三十年進士、官郵傳部主事、有弗堂詞二卷、

### 曲遊春 西湖、和草窗韻、

問訊。東風乍看柳黃初吐、遊絲難織。誤擱梅期。只花餘偷過、萬紅塵隙。一樹寒香隔。料鶴塚、甚時邀笛。正對樓喚出孤山、留得半湖春色。 雨歇湖天弄碧。奈遊侶偏遲、芳草金勒。纔喜朝暾、又輕陰送冷、兩峯猶冪煙水、疑寒食。怕落蕊苔深、人寂。趁晚來稱月量詩、滿船載得。

### 天香 詠石濤貝多樹子鼻烟壺

身樹齊觀。樨禪喻隱。壺天更闢新境。逗鼻霏微、非煙縹緲。意味手頭先領。炷香熨了。稱把玩、蒲團篆雲冷。家國微塵何著。王孫自哀誰省。 蕉龕萬緣都靜。試餘薰、撚酸偏永。也似楮毫閒趣。畫兼詩迥。為問西來意旨。視葉葉眞經伴清磬。鏤我袈裟休驚自影。壺有程松門為石濤刻小象、戰國策吾苦夫匠人、且以繩墨規矩刻鏤我智

證傳良馬見物輒驚、獨見自影不驚、知從身所出故、

碧幙籠寒霜滿院。正橫窗樹枒遮斷。菊後觴情。梅前笛意。瀟瀟一庭清怨。　向老心懷殊未淺。照相思、夜長天遠。化水澆愁。勾詩做夢。幽處更無人見。

## 夜行船　十一月十八日蓮華寺寓齋見月作

## 春曉曲　四首　己酉元日

朝來蘸水調詞筆。探去聲取芳春信息。畫屏尙帶隔年寒。立盡小庭何處覓。

春來畢竟無痕迹。爲恐詩人覺。得去年別館種梅花。踏破早煙重省識。

山梅壓影寒成碧。斂笑含情自惜。似人一樣望江南。說得酒邊三弄笛。

檐鴉恁地喧聲急。道是東風第一。任君不信問昭陽。鏡裏綠蛾迎曉日。

## 西江月　布袋和尙

欲識禪宗隱語。本然空有難該。森林萬象甚安排。一擔何如一袋。　迷處庸人多事。覺時老子無懷。曾聞妙解轉詼諧。放下還他自在。

## 水龍吟　印昆以師曾擬香光仿北苑渴筆山水紈扇遺墨徵題、是癸丑冬間作、是年師曾始來京師、爲賦二闋、

可憐團扇家家。珍並數君知否。京塵夢跡。十年堪記。來時癸丑。三絕成名。萬回經眼。幾人低首。更蕭齋

一本。師門再嘆。比靈運。人都後。　何處江山如此。儘迷離、乍無還有。煙中渴墨。雨中枯管。任人妍醜。千疊愁心。許多綿渺。只容皴皺。似圖中訴我。縈思舊事。又經重九。

霸才能幾。如君不堪。名下容誰某。深情陶冶。詩如魯直。詞如石帚。書亦猶人。畫都餘事。妙來常有。縱揚雲善擬。玄文尙在。問何許、落窠臼。　試數董家山裏。一程程、祇爭先後。相看一脈。未嫌千里。師曾自題記猶嫌相去千里 怎成孤負。不信裁縫虎賁能似。巳憎多口。師曾嘗問夢白、拱北畫何似、夢白云裁縫、相視囅然、已而裁縫之名徧京邑矣、歎名存蹟往。思量此事。只堪陳朽。師曾別號朽、

## 少年遊 乙丑仲春、題雁來紅扇一名老少年、

老來漸解趁時宜。着意買臙脂。到眼新紅。回頭慘綠。一樣少年時。　爲是非花能耐久。霜徑夕陽遲。去燕光陰。壯秋顏色。畫裏倩春知。

## 郭寶珩 字伯遲、江蘇江都人、有畫綠詞菴味詞月樓款夢詞蓮絲綺語葦間漁唱各一卷、總名五十絃錦瑟樓詞、

## 水龍吟 落葉

洞庭一夜新霜。西風蕭瑟涼如許。遙山遠水。高樓夕照。空林疏處。瘦碧闌干。老紅亭苑。埽愁不去。算年年孤負。江南歸棹。應同爾、飄零苦。　況是鴉啼蟲語。打窗紗、滿天飛舞。叢環碎佩。騷騷屑屑。亂愁誰訴。別館

燈昏。空廊屧響感秋幾度。又銀屏靜掩擁衾淺睡。聽秋宵雨。

一萼紅 秦淮感舊

莽天涯。問蘼蕪幾許。遮斷莫愁家。屏角釵聲。波心燈暈。相約催老韶華。漫問訊、舊時鶯燕。怕西風、懶護斷腸花。鏡碎鸞孤。箏涼雁苦。瘦損鬟鴉。 不信題橋司馬。又殘衫破帽。來聽琵琶。鐘鼓清時。觚棱往夢。空賸雙鬢風沙。便瀉盡翠尊銀斝。但清愁目送月鈎斜。斜月送人何處。歸艣咿啞。

## 金椿 字鶴籌、別號半酣居士、浙江山陰人、官四川知縣、有麗矚亭詞一卷、

如夢令

鴛夢綠楊隄岸。燕路新晴簾幔。前度幾番愁。已趁彩雲飛散。香篆、香篆。宛轉似儂心亂。

慶春澤

曲室玲瓏洞房窈窕。鴛幬竟夕棲香。閃閃詩燈。銀荷只隔紗窗。雲痕夢跡都難覓。幾時來、青鳥商量。最難忘。笛裏江梅。琴裏幽篁。 花梢雙燕殷勤說。是那回、寄得小札瑤璫。秋逼腰肢。幾番瘦褪羅裳。熏籠倚到東方亮。擘雲箋細寫琳琅。謝檀郎。縱有迴文難狀迴腸。

## 劉毓盤 字子庚、號椒禽、浙江江山人、光緒二十三年拔貢、官陝西雲陽縣知縣、有噙椒詞一卷、詞史十一卷、詞

律斠注詞學斠注唐五代宋遼金元詞校輯若干卷、

## 長亭怨 人事侘傺、旅況寂寥、舊愁新愁、百端交集矣、

又三月、光陰飛羽。院落沈沈。數聲啼宇。海樣金多。買春將恨。賸分與、選花評葉。休認作、同心苣。蜂蝶替人愁。已瘦得、腰身如許。雲雨甚荒唐。一賦懊盡世間兒女。風情易倦。忍重託、繡簾撞舉。最苦是、舊燕歸時。忽提起、當初言語。也怨煞東君。輕放華年吹去。

## 長亭怨 和潘香禪鍾瑞丈

已勾卻、閒愁無算。閉上重門。采禽休喚。自解羅囊。斬新花樣鏡中看。一籢湘月。爭照出、芳心怨。絕好舊江山。聽悄地、笳聲零亂。　春短。怪南風百尺。不把片帆吹轉。空林燕子。儘銜遍、落紅誰管。便撇下、暗裏情絲。恁拈起、啼珠成串。莫夢到瓊階。脈脈明河秋遠。

## 解語花 施梅川體南歸後、寄弩西湖、與王翰臣德錄封翁結鄰、翰臣攜酒過飲、醉後同登寶石山作、

新笳送怨。舊笛迎歡。江關素秋冷。翠禽啼。竟荒祠外、社鼓暮鴉猶競。歸觴未整。先忘卻、鷗波漁艇。空自笑、雲水霏微。重訪招提境。　斫地哀歌暗省。有風搖九子。鈴語相應。廢牆頹井。休看作、松菊故園三徑。閒花弔影。誰憐我、無家陶令。向此間、一任魚龍。喚夢醒。

## 章華 字縵仙、號歗蘇、湖南長沙人、光緒二十一年進士、改庶吉士、官郵傳部郎中、有淡月平芳館詞一卷、一

稱盋山舊館詞、

## 南浦　春草用玉田韻、

持酒正傷春。甚東風、吹綠瀛洲清曉。香夢謝池迴。題詩處、還憶石苔曾掃。穿芳戲水。兩三幺鳳桐花小。誰省長安居不易。獨對一庭幽草。　平原如此芊芊。問盤鷹試馬。何年得了。碧色亂青袍。臺城路、莫是壽陽人到天涯浩渺。王孫一去音塵悄。只怕荒烟斜日後。挑菜俊遊都少。

## 氐州第一　春雁

羈泊當歸。歸路萬里。年年倦羽難定。塞草新痕。吳楓舊夢。商略燈昏雨暝。天遠冥飛。似帶到、煙江梅信。野水無人。高樓有客。畫欄孤凭。　記取蘆汀詩思冷。又撩亂、紙鳶風勁。淺墨斜書。空青作字一片春愁影驀相逢、南燕侶鄉關事、呢喃不盡。莫話瀟湘怕哀絃、催人酒醒。

## 蘭陵王　詠柳

聽羌笛。如訴關山路隔。斜陽外、千縷萬絲。都是傷春淚痕織。歌場記畫壁。飄泊。旗亭倦客。凭欄久、憔悴晚烟。不似靈和舊顏色。　鈿車夢金碧。恨雨重難扶。風軟無力。倡條冶葉誰攀折。便勸政樓畔。永豐坊裏。香山情緒甚處覓。向人最蕭瑟。　江國耿相憶。數逝水年華。飛絮遊迹。長安城上烏頭白。又嘶騎塵暗。戍笳吹急。婆娑生意。對此樹。助歎息。

## 王儀通 字書衡、號志盦、山西汾陽人、光緒二十四年進士、官至大理院推丞、有志盦詞、

### 菩薩蠻

釵梁燕翼分雙影。碧鸞慵舞塵生鏡。春病瘦些些。重量纏臂紗。　紅蘭香沁露。滴作燕支雨。蕩子不歸家。東風吹盡花。

### 浣溪紗

小院霏紅濕繡茵。畫衫雙拗露枝新。闌干吹起一層塵。　燕子銀屏香海雨。棠花鈿笛水簾人。綠陰如夢又深春。

## 張　逸 字純初、廣東番禺人、有筆花草堂詞三卷、

### 祝英臺近 夾竹桃

葉扶疎。花嫵媚。并入一株樹。渡口人歸。翠袖薄寒否。莫教三徑荒蕪。恨烟顰雨。被淚影、帶將春去。　最無據。紅妝深掩淇園。重來感崔護。鳳尾拖霞。韻別衆芳譜。且將插遍籬根。青枝紅萼。長與伴、武陵人住。

### 雙雙燕 賦白燕、用史邦卿韻有所贈、

月華似水。聽呢喃軟語。春宵凝冷。差池玉羽。低掠銀河交并。恰是桃開露井。又撩撥、風懷莫定。翩然飛入

梨花。一色素光無影。幽徑風輕烟潤。看換卻烏衣。淡妝尤俊。珍珠簾低時共啼鶯催暝。聞說雙棲未穩。閒過了、廿番花信。如此輕盈。愛爾畫樓慵凭。

## 譚祖楷 字子端、廣東南海人、

### 秋思耗 同述叔六禾和夢窗韻

風淺鑪烟側。記夢痕、依約往時顏色。慵鬢淡妝。醉倚嬌嚚香簇簾窄。鈿輕幕低垂。萬重心事暗自抑。送黛山迷寸碧。聽唱徹驪歌。錦屏人去。賸有畫圖留印舊遊遙憶、　離夕。棨花淚滴。爲斷魂舞袖難飾。佩環蕭瑟。闌干凭徧片雲颸白。最觸目、相思字排天際。迴雁翼。認過客。曾省識。便瘦盡腰圍。佳期知否再得。望隔關河樹北。

## 邵啓賢 字蓮士、浙江山陰人、有純飛盦詞、

### 臺城路 秋日與孟盦同遊留園暮歸感賦、

舊家樓閣斜陽黯。吳天忽驚秋早。瘦石靆雲。枯藤蹴地。又見滄桑換了。相攜一笑。任隴鳥無言。峽猿空嘯。萬劫悲歡。鏡中髮鬢爲誰老。　勞生知否似夢。便珠歌翠舞。難遣懷抱。花淚銷紅。鵑魂化碧。付與銅仙憑弔。閒情自惱。剩古柳哀蟬。尙傳孤調。歸路昏黃。雨絲吹側帽。

## 李寶淦 字經彝、江蘇武進人、官湖北候補道、有問月詞一卷、

### 浣溪紗

漠漠輕苔上短牆。披襟閒坐綠陰涼。新蟬聲裏半斜陽。　梔子有情含粉淚。芭蕉無語展柔腸。晚來風雨過橫塘。

### 甘州 柳

似東風有約暗相催。春光尚遲遲。看纔黃轉綠。未花已葉。占盡丰姿。十里亭長亭短。牽惹夕陽時。嬌小蠻姬嫁。如此腰肢。　多少舊愁新恨。怕玉關羌笛。難寄相思。只年年歲歲。弄影拂清池。料桓公、白頭懷抱。向江潭杯酒不堪持。渾難信、一天狂絮。燕子能知。

### 踏莎行

草弱棲塵。花寒怯雨。人生惆悵還如許。春光盼到牡丹時。惜春人又天涯去。　梁燕多情。籠鶯謾語。閒愁根觸渾無據。華燈挂樹夜何其。重簾莫隔行雲住。

## 陳夔 字典韶、江蘇鎮洋人、諸生、官江西知縣、有詩餘口業二卷、

### 如夢令

燕子秋來未去。還向主人低語。小別又經年。記取夕陽紅處。紅處、紅處。多少落花心緒。

## 霜葉飛　秋末冬初、釀寒時節、掩關枯寂、觸景興懷、和夢窗韻、

斷愁零緒。閒庭悄、天涯霜訊紅樹。滿空吹淚惜秋華、葉葉風和雨。聽一霎、移商換羽。昆明重見飛灰古。恁息影荒寒、舊夢了無痕、賸有寄情豪素。　因念海國傳烽、關山失路。過江誰擅詞賦。蝎宮磨盡鬢如絲、魑魅窺人語。恨莫繫、楊枝寸縷。牢牢不平放年光去。待酒醒、休追憶、只在眉邊、黯銷魂處。

## 獻仙音　唐時法曲至宋而黃鍾商獻仙音一調僅存、曾百餘年已如廣陵散、矧今日耶、長日窗間、和堯章韻、

紅燭秋心、綠楊春脚。最是銷魂多處。劫外星移、酒邊雲散。淒涼故國觴俎。縱萬古、須臾耳。繁華水流去。　莫西顧。自漁陽、祿兒鼙鼓。驚破了、開寶羽衣歌舞。法曲問朝元、恁無端、淪落如許。樂府家山、怕重提、團扇麗句。祇維摩垂老、丈室一天花雨。

## 疏影　鵷雛以疏影八聲甘州兩闋郵寄、屬和、次韻酬答、

新詞玉潔。試問渠那得、如許清絕。料是衝寒、驢背尋詩、一鞭灞岸風雪。長安古道音塵遠、但寂寞、漢家陵闕。悵景陽、夢斷宮槐、賸有曉鐘聽徹。　憐我歸來倦旅、等閑總負了、江海缾缽。地老天荒、頭白營齋。勝概豪情都歇。相思欲寄渾難寄。說不盡、離悰顛末。倚小窗、吟到梅華、又過踏歌燈節。

## 陳叔柔 字蜕盦、湖南人、官江西鉛山縣知縣、有辦心詞、

### 渡江雲 秋帆、和楚頌亭詞韻、

春魂隨汝去。西風吹轉。曾否帶將還。漸吳江楓冷。卸了今番。休再送離船。前程莫問。願支將雨雪遮攔。不得泊、一江風利。怎許障情天。　那邊。一行殘柳。幾點寒鴉。趁飛雲片片。還生怕、一時橫轉。化作迴欄。多情遮住來時路。免樓頭、雙翦波穿。歸正好。黃花看取尊前。

### 惜分飛

銀漢橫橋遲不渡。掌上留仙飛去。今夜江天路。知他何處聽柔艣。　愁織春絲千萬縷。欲理難尋頭緒。只恨身相誤。無身應許魂相附。

### 惜分飛

萬轉柔腸難自訴。怪道畫闌延竚。臨去還迴顧。爲郎憔悴偏無語。　痴魂先伴天涯路。終有追隨君處。莫問風和雨。夢橋應許雙星渡。

### 一萼紅 詠虞美人花

奈君何。正帳中看舞。帳外又聞歌。蝶化春前。鵑啼夜半。補天漫問皇媧。妾命正如花片薄。比瀟湘、淚竹更情多。見說年年。悽紅怨碧。愁滿山阿。　認取前生小影。想步搖玉佩。臉暈霞窩。色相參看。似還曾識。傷心

又歷風波。儘開向、無人見處。也難忘、啼顰與顰蛾。試比鴛鴦塚樹。可許交柯。

陳周膺

## 金縷曲 題紅拂墓

可是當壚侶、又無端紅塵同謫。華堂一顧。舊約三生都不省。萬古情魂一縷。更莫怨、當朝楊素。堂上將軍原負腹。是名花、便合遭風雨。相逢晚。亦天數。　天涯何處埋香土。想如今、涤橋無恙。但爲卿故。錦瑟華年愁裏過。那更沖冠起舞。問今日、扶餘誰主。紅袖青衫飄泊久。便相逢、只勸公毋渡。誓同穴。願逢怒。

## 邁陂塘 聽雪、贈文娘、

正宵深、漏沈燈燼。依依情話如哽。紙窗風翕簷冰墜。知有玉龍飛近。還自省。記二十年來、常擁孤衾聽客。懷易冷。況咽岸潮生。打篷霰集。景與情相稱。　而今更雨泊風飄。一梗天涯淪落。誰問腰圍。持比文君黛。各自爲情消損。君可信。試悄倚雙肩、待曉臨明鏡。韶華轉瞬。恐一夜青山。壚瓊垛玉。頭白已難認。

# 陳周膺 字公荆、福建侯官人、官郵傳部主事、

## 惜餘春慢 詠京師劇場

電炬千家。飆輪十里。載道喧闐絲管。移山作景。翦綵成棚。八寶麗妝爭炫。還似開元盛時。花萼樓前。笙歌春宴。試登臨長望。簪裾盈坐。似忘更箭。　因甚卻、人世滄桑。田荒海涸。鄠杜豪家全換。蓮臺花雨。桂殿香風。金碧尚迷雙眼。門外相逢路旁。鬻面有人。吹簫魂斷。念樊樓依舊。師師芳迹。又移鄰院。

# 全清詞鈔第三十八卷

## 崔宗武 字驥雲、浙江海鹽人、有壺隱詞鈔一卷、

### 柳梢青 秋日郊步

野店荒村。蒼涼如許。那不銷魂。衰柳千絲。歸鴉數點。掩映斜曛。　幾家小艇當門。望不斷、煙痕水痕。蟹舍燈疎。鷗天月上。人語黃昏。

### 重疊金

風吹潮落申江冷。江波搖碎孤燈影。長笛一聲秋。月明何處樓。　餘音聽不斷。月漸依山轉。葭水白無邊。曉霜飛滿天。

## 王綽 字友漁、

### 憶舊遊 春雨

望纖雲淺布。石燕斜飛。語澀芳禽。細灑香泥潤。正春城蕊燦。濃映窗陰。小樓漏聲同韻。恰是貫珠音。乍一陣飄零。微寒悄透。夢覺輕衾。　幽林。輭紅盡。浣嫩柳翻新。濕翠愔愔。滿郭青如畫。趁一犂耕去。蓑笠涼侵。

問渠瓣花垂淚。愁有蝶來尋。看碧鎖亭臺。煙痕暈上。書與琴。

## 何達玹 字暢九、

### 憶舊遊 春雨

怎香雲若蘸。蝶夢痕邊。溼了春風。點點苔絲上。漸臙脂浸透。沒有乾紅。慢尋壁間花影。零落一聲中。聽燕語音沈。鶯歌韻澀。舞倦青空。丁東。誤鈴索。是碎滴敲枝。乍急還慵。坐小樓如艇。怕綺囊琴潤。玉柱絃鬆。聽殘綠芭蕉。響心事與人同。祇半幅涼襟。那能堆得愁萬重。

## 張泰壽 字葇泉、

### 憶舊遊 春雨

正新紅試蝶。嫩碧留鶯。夢影闌珊。乍小樓驚覺。奈薔薇力弱。低壓香鬟。料來養花天氣。不爲物情慳。但回首橫塘。桃花三尺。別淚斕斑。烟嵐。鎖暝色。是誰向垂楊。深處停驂。怕濺春衫濕。更小娃撐艇。飛渡湘南。柔波幾篙初長。點點綠痕添。想故國江村。沙鷗流水相伴閒。

## 蕭澤 字月林、

### 絳都春 春水

桃花一片。但指出仙源。也因尋慣。試上釣船。柁閣香炊、魚羹飯。綠楊湖觜孤帆轉。怕此際、高樓難見。坐如天上。清光露處。恰鬢眉現。　心眼迷津不辨。記前度洞口。波澄如練。自別江南。蘋葉蘋花都含怨。初升月色鵝黃綻、便勾起滿江銷黯。怎當曉派三篙。客魂又斷。

## 阮光 字敦甫、

### 長亭怨 餞春

怎一抹、長亭烟樹。畫出天涯。者番歸路。花下金尊。殷勤乞緩、征輪駐。滿江濃霽。更化出、離筵無數。酒入愁腸。歎一例年華如羽。　凝竚。怪聲聲杜宇。總說不如歸去。流鶯欲語。似不解、儔盟誰主。指天際、遠影孤帆。記幾度、送君南浦。願好鳥啼壺。千萬把春留住。

## 胡政舉 字孟存、

### 絳都春 春水

烟江目注。乍淺碧疊鱗。沙痕非故。雨過昨宵。新漲初添、垂楊渡。漁舟一葉同春住。盪晝槳、桃花飄護。蔚藍天色。葱蒨樹影。並成波路。　沿泝。前溪日煖。看青黛浸染。酣沈鷗鷺。軟翠半篙。顛倒山光、禽魚誤。輕潮莫引萍踪去。怕遠浦、遊帆爭附。同時送綠隨波。又吟別賦。

## 鄒　銓

字亞雲、江蘇青浦人、有流霞書屋詞餘一卷、

### 漁家傲　傷春

懶倚闌干聽杜宇。春歸那得留春住。滿院芳菲誰作主。無情緒。一杯濁酒澆黃土。　流水落花何處去。問人爭說渾無據。惹我閒愁知幾許。銷魂處。綠楊影裏飛紅雨。

## 王朝陽

字欽鶴、號野鶴、江蘇常熟人、有柯亭殘笛譜一卷、

### 浪淘沙慢　和清眞恨別原韻

曉烟鎖、江干秀壠。畫裏殘堞。荒驛輕裝整發。驪歌倦倚舊闋。亂別緒、如絲千縷結。待持贈、澤柳堪折。念萬里關山夢魂遠。羅襟暗愁絕。　淒切。楚天雁影空闊。正鏡宇無塵良秋夜。點點壺箭咽。除桂殿嫦娥。誰管離別。淚波易竭。將怨情傳語尊前孤月。　心事南雲相重疊。芳衾暖、麝薰乍歇。翠荷冷風搖窗紙缺。問音信、屈指歸期漫記憶。天涯滿袖征袍雪。

### 綺寮怨　南園賞桂

徙倚疏林沈醉。滿懷風露香。傍檻曲、蒨影籠寒。朦朧裏、瘦損秋娘。山花應憐楚客。輕陰借、淡月橫夜窗。悵

數叢、故國西風。無人省。淚濕宮袖黃。　漢殿至今就荒。孀娥斂怨何心更問霓裳。瘦蝶寒蟄。伴憔悴、井闌旁。長安萬家碪杵且置酒。賞孤芳。滄波夢涼。瓊枝照眼處。魂暗傷。

## 黄文琛　字貢廷、號醒狂、別號雲窩傭叟、江蘇江寧人、有紅豆詞、夢梅詞、怡雲詞、總名疏篁待月處詞草二卷、

### 卜算子

一陣晚來風。吹散梧桐雨。怪底寒蟄不作聲。昨夜秋先去。　獨坐待嫦娥。欲把離愁訴。待得相逢夜已闌。依舊愁無語。

### 喝火令

霧氣黏書幌。煙痕逗畫櫳。寂寥庭院掩重重。似聽繞梁雙燕絮語怨東風。　別院秋千冷。前溪畫舫空。一年春事太匆匆。又是花飛又是絮冥濛又是熟梅天氣門外綠陰濃。

## 陳步墀　字子丹、廣東饒平人、有雙溪詞三卷、

### 西江月　夜泊樟林港口

浩浩大江東去。迢迢紅日西沈。維舟今夜荻花深。詩思一泓清沁。　寂寞三更燈火。蒼茫四野蛩音。客途鄉夢好追尋。都付海天孤枕。

## 龐樹柏

字檗子、號芑庵、江蘇常熟人、有玉琤瑽館詞一卷、

### 鷓鴣天　題病鶴丈石屋尋夢圖

水白霜紅初雁天。西風衰帽又經年。尋來無賴三生夢。畫出銷魂一角山。　山似黛。夢如煙。鐘聲落葉到愁邊。阿誰解得淒涼句。留段斜陽看不完。金雲門女士遺句也、

### 鶯啼序　壬子三月劫後過吳閶感賦步夢窗韻、

斜陽淡黃似舊。問鶯欄燕戶。去年事、吹破瓊簫。可惜容易春暮。棹歌去、吳波自綠。銷魂望斷金閶樹。待愁絲輕繫東風。數點飛絮。　回首前塵。酒醒夢冷。早看花過霧。更何意、刻翠題紅。淚痕空染毫素。倦飄零、揚州杜牧。怕吟鬢、微添霜縷。縱相逢。休話滄桑。且尋鷗鷺。　荒臺廢苑。到處鵑啼。有誰伴倦旅。歎滿眼、剩香零粉。料理無計。換了淒涼。半溪煙雨。湔裙侶散。淩波人杳。芳心先逐鴟夷逝。趁漁燈、爲喚蘭舟渡。清遊已晚。依稀屧步麇蹤。轉瞬一樣焦土。　繁華故國。最惹相思。漫訪蘿覓苧。算祇是、吳春難賦。負盡流光。幾度徘徊。罷歌休舞。茫茫對此。憑高懷遠。青尊澆取千古恨。莫華年、閒數哀絃柱。何時擫笛重來。一曲家山。尚能唱否。

## 陳夔

字子韶、號伯瓠、浙江諸暨人、有慮尊詞然脂詞各一卷、

清平樂

碧梧修竹。怎比人如玉。學得西方新結束。卻厭尋常羅縠。　別來過了殘春。閨中愁損芳魂。莫向臨邛沽酒。楊花最惹閒人。

霓裳中序第一

流光如過翼。策策清商吹巷陌。憔悴茂陵病客。正籬菊染黃。江蘆縈白。遙岑寸碧。是近來、裝點秋色。登臨處、所思不見。悵望在天北。　蕭瑟。亂愁堪織。最不奈、秋聲正急。清砧今又再拭。葉滿銀牀。雁度沙磧。畫檐沈素魄。聽漏箭、丁丁靜滴。烏啼曉、霜風淒緊。樹樹失棲息。

## 謝　仁

字蒓卿、江蘇陽湖人、有青山草堂詞鈔、

采桑子　白下

南朝劫後繁華歇。金粉塵埃。楓荻樓臺。醉裏淒涼唱落梅。　羣山蒼靄遙將夕。日沒城隈。岸闊天開。浩蕩江聲萬馬來。

西江月　題友人菱花橫幅

作伴常依荇藻。同心只有夫渠。銀塘風靜月明初。恍見凌波微步。　悄影乍深乍淺。清香疑有疑無。柔絲摘處問何如。怎似碧蓮心苦。

## 謝泳 字柳湖、江蘇陽湖人、有瓶軒詞鈔、

### 東風第一枝 用梅溪韻

草織煙絲。榆舒露莢。軟紅一片香土。數聲啼鳥憑欄。滿地落梅閉戶。閒尋春色。卻早在、花簷深處。只幾日、柳已成條。低壓短牆千縷。　剛賦罷、感時恨句。偏引起、踏青芳緒。好攜酒盞詩囊。待約吟朋醉侶。乍晴天氣。怕不是、明朝風雨。日暮也、獨立門前。細數亂鴉歸去。

## 黃第 字旭初、別號雲眠山人、安徽太湖人、有雲眠詞二卷、二安山房詩餘一卷、

### 點絳脣 別情

兩岸簫聲。發船打鼓催人又。垂垂絲柳。煙裏春光透。　昨日相逢。今日思君瘦。愁依舊。斜陽回首。花落離亭酒。

## 吳惟聰 字耳似、浙江仁和人、

### 月下笛

荇藻參差。涼浸中庭。月華如水。疏音乍起。一笛橫空盪雲碎。雲中約略瓊樓影。定有箇、紅闌人倚。借天風、

吹下泠泠。吹滿一簾秋思。 煙細。澄空霽。正金粟香霏。清寒似此。餘聲半曳。夜深涼透羅袂。霓裳不是人間譜。問記曲、銀屏知未。零露下、看沈沈星漢。青冥萬里。

## 李丙榮 字樹人、江蘇丹徒人、附貢生、官安徽知縣、有繡春館詞鈔、

### 高陽臺 凍瓜

寒菜盈畦。霜橙薦俎。江南早覺春先。舊圃青門。而今風物凄然。禦冬旨蓄珍藏久。佐老饕、下酒當筵。笑歸田。碩果空存。匏繫年年。 生成入世團團相。仗東君擡舉。解剖風前。回首南皮。一般沈李澄鮮。世情不奈炎涼改。賦黃臺、摘絕堪憐。祝明年。子結離離。瓞引緜緜。

### 惜紅衣 秋海棠

景麗三秋。春賒八月。晚紅偏膩。舞態盈盈。寒梅聽猶滯。牆陰帶露。都化作、詞人鉛淚。憔悴。階下冷蠻。說西風身世。 柔情似水。無力嬌憨。紅衣半如洗。殘粧睡損。暗怯嫩涼意。絳蠟夜深羞照。好倩碧雲扶起。問訪秋人到。堪慰斷腸花未。

## 袁天庚 字夢白、浙江山陰人、有八百里湖荷花漁唱詞、

### 南浦 和玉田春水韻

澹絕畫中春。碧盈盈、盪盡燕昏鶯曉。山意睡初醒。垂楊外、一鏡蛾眉慵掃。秦淮舊夢。渡頭桃葉芳年小。綠樣新愁流不去。濕透六朝烟草。　落花爭慣江湖。甚輕輕伴着。閒鷗飛了。天際下扁舟。消魂處、要與夕陽尋到。相思渺渺。暮雲千里吟情悄。懊惱東風吹浪起。漂出淚痕多少。

## 李書勳　字又塵、號水香、江蘇宜興人、

### 霜葉飛　落葉

更誰憐汝經霜後。蕭蕭還撼涼雨。幾回無力下亭皋。偏又隨風聚。怕一霎、隨風又去。哀蟬吟盡傷心語。怎倦戍征蹄。忍踏碎、荒郵古道。夕陽黃處。　回首故國秋深。天涯墜夢。觸撥鄉思如許。斷煙衰草並淒迷。遮了來時路。但憶著、題紅屢誤。漂零身世甘塵土。待那時、年光換。綠暗金溝。更邀春駐。

### 金縷曲　寒鴉

樓角斜暉冷。正遙天、疏疏幾點。照伊清影。劫後荒寒城南路。啼徧頹垣斷井。早換盡、舊時風景。蕭瑟秦淮流水句。是美人、遲暮傷心詠。枯樹外。亂煙暝。　三春鶯燕傳芳信。記年年、上林花好。迴翔香徑。宮殿昭陽尋常過。那管雕闌愁凭。還雲表、相呼成陣。彩鳳而今羞共逐。賸江湖、頭白栖無定。偏耐得。北風勁。

## 惲毓珂　字瑾叔、號瘦蘭、江蘇陽湖人、有蘭窗瘦夢詞、

## 二郎神　偕四兄七兄同過里門舊居

夕陽巷口。還認得、舊時庭榭。趁野草紅心垂楊青眼。馱出春愁細馬。篆影苔紋相思字。記夢雨、常飄鴛瓦。看落葉半階清宵涼露。墜蟾西下。　休訝。家山唱破。啼痕羅帕。悵小海歌殘芰裳翠褶。都付萍蹤浪打。曲水新蒲輕煙斜柳。長是亂烏飛夜。凝望久、三兩尋巢燕子。繞梁重話。

## 霓裳中序第一　是公送客金陵、邀雒隱重訪蓮枝、聽歌話舊、感懷賦此、

滄波洗柳色。冷落斜陽今古驛。長恨隔江弄笛。恁分袂短亭。重來攀摘。金韉繡勒。喜舊鶯、催度芳陌。東風喚、一枝嫩約。秀靨照離席。　誰識。鬢霜狠藉。悔更見、殘英墮幘。籠燈前夜素壁。便曲裏端相。錦怨流瑟。畫屏銀手澀。怕聽到、商絃轉急。闌干外、天涯飛絮。寄與未歸客。

## 澡蘭香　癸酉重午周謝二君招飲於晨風廬

榴紅照水。艾綠搏人。隱映幾重翠幙。層波畫鼓。疊彩飛幢。爲問錦標誰著。歎年來、龍性難馴。匆匆潮頭恨約。玉笛淒聲。不管花開花落。　眼底紅桑變酒。一夢江南。洞天行樂。歡心帶短。繫腕絲涼。鏡裏素衣飄泊。正吳儂、梅雨黃時。底事東風又惡。念老去、故國湘纍。愁深杯閣。

# 程家桐　字鳳笙、安徽休寧人、有惺紅詞一卷、

## 西江月　吳中懷古

燕子歸來舊社。鷓鴣飛上高臺。吳宮花草未全埋。誰說當年興廢。　醉酒遙看白練。題詩重掃青苔。湖光山色畫屏開。可有舞腰人在。

## 張錫麟 字務洪、號蒟緣、別號蟲天生、賁南拙夫、廣東番禺人、諸生、有榘園詞稿一卷、

### 解連環 和玉田孤雁韻

趁程秋晚。甚長天暮雨。被風吹散。記幾日、翅接箏絃。向湘浦陣橫。塞垣行遠。有字書空。怎灑得、墨痕千點。怕寒塘夜照。依然孑影。誤迷心眼。　低依斷雲荏苒。奈飛鳴莫應。只添清怨。念舊侶同怯驚弦。更誰惜追尋。歔儔迴轉。月冷關河。好近在、海南重見。卻還愁獨下蘆田。稻紅浪捲。

### 高陽臺 和夢窗落梅韻

風碾晶鹽。雲飄玉屑。何人吹笛銀灣。衣縞姿清。粉鉛淚墮瑤環。梨花夢裏霏香霧。喚瓊英、留畫屏山。甚宮中月額。粧妍輕點闌干。　春觴離角眞浮白。訝冰封石綯。霜裂苔癥。翠羽晴搖。澹烟好護餘寒。飛瓊仙去芳魂在化千身、迴雪橋邊。賸年年。蝶栩羅浮冷綴珠圓。

### 蘭陵王 柳、和清眞韻、

曉堤直。萬線千絲漾碧。驪歌罷、慣見送行。有恨無情點春色。途長去舊國。應識。塵迷過客。同消瘦、蠻雨歔烟。近日腰圍減盈尺。　誰人念芳跡。漫縷綰征鞍枝掃離席。神鴉相趁尋涼食。嗟翠眼波瘦。黛眉峯老。傳

愁遞怨到短驛。寄書待江北。　心惻。絮飛積。祇燕舞蟬嘶。來伴清寂。纔眠又起情何極。況紫陌樽酒。夕陽羌笛。尋聲回望。滿古道。露淚滴。

鶯啼序　用夢窗韻、題沈南雅塞上雪痕集並送其還京、

揚州夢回乍曉。買芳鄰燕戶。倚風雪、翠袖伶俜。竹邊初怯遲暮。松江月、流情不去。淩空偏種相思樹。惹詩腸、霏淚珠勻。點入晴絮。　客枕無聊。醉後綵筆。寫梨雲喚霧。聽歌慣、淚濕青衫、葉溝傳寄心素。怕癡來、愁濃酒薄。覷菱彩、霜添千縷。趁歸程。綠水波生。笑人鷗鷺。　舟移川迴。鏡踏天澄。怨春似逆旅。拾翠問、關東鞮。換燕外花暝。蝶底紅殘。澹雲成雨。宣南憶罷。燕支山遠。郎君腰瘦吟梅雪。話桃根、影照秋娘渡。歌唇暗冷。芳悰自惜流年。水面幾分塵土。　江城日日。畫壁旗亭。認酒襟白苧。寸剪斷、情絲涼綺。豔化霞綃。蠟鳳驚飛。玉龍翔舞。香山樂府。當時傳唱。窮邊霜雁沉信息。放悲歌、齊響鳴箏柱。傷心江上琵琶。急絃重撥。箇人記否。

## 王存善　字子展、浙江仁和人、官廣東候補道、

百字令　雁來紅

江楓低舞。又怱怱正到、重陽時節。盡洗霜華偏絢爛。烘出空庭秋色。遠浦霞明。寒林日落。同染脂痕赤。還丹鶴頂。劍南詩句清絕。　遙想姹紫嫣紅。春韶一瞥。惟賸荒苔蹟。塞外征鴻書未達。盼斷西風消息。似錦

年光。空隨逝水。人歎頭先白。與花相對。朱顏換了華髮。

## 吳曾源

字伯淵、號九珠、江蘇吳縣人、光緒二十三年舉人、官內閣中書、有井眉軒長短句一卷、外編一卷、

### 鷓鴣天　村居即事

自笑平生七不堪。殘年只合臥江潭。夢甜不覺三竿上。食淡方知一飯甘。　閒裏住。靜中參。杏花消息滯江南。此來差強幽人意。晨課栽秧夕課蠶。

### 東風第一枝　香雪海用梅溪韻、

斗熨名區。銅泉片壞。清嘉夙著風土。澹煙空結林端。冷月暗窺澗戶。山光悅性。總半在、梅花深處。試遠覽、碧玉天寬。帶得殘霞斷縷。　曾駐蹕、御題麗句。曾策杖、勝遊芳緒。自來瓊島春陰。定屬孤山舊侶。東風吹醒。怎忍見、繽紛花雨。算只有、一角荒亭。莫說翠禽飛去。

## 潘承謀

字軼仲、號省安、江蘇吳縣人、光緒二十三年副貢、官農工商部員外郎、有瘦葉詞一卷、

### 洞仙歌

冰瓜雪藕。鎮瓊肌珠汗。水閣荷香送香滿。俯憑闌、倒影鈎月驚魚。魚影動。天影搖波碎亂。　岸螢疏點水。凝碧流痕。池面餘光犯遙漢。玉宇不勝寒。起舞嬋娟。窺朱戶、暗依檐轉。把酒問、今夕平是何年。似只恨人

間。幾回星換。

### 霜葉飛 辛未重九感賦、用吳夢窗韻、

塞烟如緒難梳理。無端零亂邊樹。露盤擎冷夜搓珠。鉛淚晴猶雨。正極目、南飛倦羽。龍沙銜恨成今古。問就酌東籬。可記得、鳧潭舊夢。獨傷幽素。二十年前重九時、攜酒江亭作登高之飲、　何況故國霜前。黃花瘦損。怕續江上愁賦。紫萸囊解倘歸來。雁也停箏語。翦不絕、驚寒怨縷。涵空隨水東流去。細醉看、誰還健。曉月清秋。繫舟何處。

## 翁之廉 字錦芝、江蘇常熟人、官直隸候補道、有鳳城仙館詞、

### 長亭怨慢 和項蓮生憶雲詞韻

甚回首、瓊樓高闕。玉笛清寒。月明吹裂。荏苒瑤華。熏鑪一夕易銷歇。玉人何在。往事總成追憶。夢若有憑時。怎會得、尋來無迹。　愁絕。又章臺走馬。髣髴畫眉時節。縷金一曲。更說道、有花須折。待翦取、十丈遊絲。恨春去、落英如雪。待賺得相思。爲儂多謝啼鴂。

## 鄧潛 原名維琪、字華溪、貴州貴筑人、光緒十五年進士、改翰林院庶吉士、官四川富順縣知縣、有牟珠詞一卷、

## 鷓鴣天　燭

高照紅妝午夜春。月兒沈處醉花晨。一枝隱惜巴山雨。孤負西窗翦翦痕。　龍抱柱。蠟堆銀。暗中心事點時存。如何身作光明佛。不照逃亡屋裏人。

## 珍珠簾　寒夜

紅爐夜伴春長住。下重簾、怪底尖風偷度。驀地折絃膠。漫雁箏繙譜。算是飛瓊傳信到。問上界、青鸞無語。誰語。有綠衣憐薄。喚人鸚鵡。　贏得影事縈懷。是誰將海水。銅壺添注。翠被織冰蠶。誤月光成曙。蕚綠前生緣未了。定索笑、梅花開處。何處。待尋香約夢。巫雲迷路。

## 齊天樂　蟬

數株槐柳生涯。怨聲聲綠陰庭宇。瘦影依柯。繁音在翼。碧咽無情芳樹。琴宮斷譜。縱高潔誰知。滿身風露。羽化何年。那堪青鬢換成素。　山山鶗鴂未歇。別枝今曳過。依樣吟苦。夕照新亭。西風故國。叫斷離人心緒。悲秋共汝。問黃葉聲中。漢宮何處。和待啼蛄。豆花涼夜雨。

## 金縷曲

薄暝雲翻墨。怪眉頭、慣將愁釀。與天同色。愁在闌干春盡處。滿院楊花如雪。帶一縷、鵑魂飛越。香篆雙煙原一氣。撥爐灰、怎沒些兒熱。燈蕊並。爲誰結。　姮娥自古圓還缺。況人生、百年廝守。例須長別。不分遊絲偏繫命。辟穀仙緣未絕。也挨到、黃梅時節。老說忘情情轉重。算鴛鴦、拆散頭都白。心上淚。暗淒咽。

## 疏影 白髮

蒼華換白。笑老如負債。雙鬢催客。客裏相逢。漫說還家。兒童那箇相識。青青鏡裏宮花顫。尚記註、春明仙籍。算幾年、便賦睢陵。一派亂絲愁織。　公道而今盡矣。貴人試照影。曾否饒得。短不勝簪。瘦不禁梳。强刷膠青何益。潘郎一笑翻相慰。盡剃作、山僧風格。況儘多、年少朱門。不見者般顏色。

## 長亭怨 雁來紅

是誰唱、紅衣淒調。葉當花看。比花還俏。自作霞痕。那知人世、斷腸草。一行斜字。來有信、妝樓曉。夜月怨飛回。甚換色、秋娘顛倒。　臨稿。買燕支畫好。不分老年還少。春山染徧。記招得、杜鵑魂到。到今日、幾度書空。賸情淚、靈芸多少。只醉影當堦。消受西風殘照。

## 臺城路 城久閉、買米不得、日旰未食、感賦

錦城眞演臺城劇。炊烟幾家青裊。堞雉園雲。籠鵝斷粒。寖要蒼苔生竈。斜陽下了。算辟穀仙緣。者番修到。何物撐腸。五千文字理殘稿。　村舂聽久絕響。怕山登飯顆。依樣人少。索到長安。乞如顏令。尚記承平年少。秋懷耐老。儘米汁參禪。醉還同飽。唱罷糧沙。戰雲天未掃。

## 琵琶仙 送香宋旋里

身是行雲。錦官住、夢繞棠山山色。歸棹將鶴同攜。梅花伴仙客。前度記、東門帳飲。一番醉、一番頭白。事業蟲魚。兵聲草木。同慨今昔。　最堪笑、垂老徵歌。曲多誤、周郎顧難得。何況倚樓人去。苦無腔吹笛。芳訊問、

鄧潛

春風燕子。奈隔年、冷了詞筆。逗起無限鄉心。斷鴻蹤迹。

## 甘州 久未晤玉津、譜此代面、

愛壺公眞箇住壺天。關門即深山。料近來依舊。仙蟫事業。仙鶴容顏。守定梅花百二。香極不知寒。回首長安遠。春夢空圓。　我亦禪中蝨處。望城南城北。便隔遙天。笑粵雲湘雨。散落似詩壇。偶相逢、五陵年少。問誰將、朝士記貞元。孤吟好、算栟櫚集。編到今年。

## 渡江雲 春盡日獨遊錦江樓

啼鵑聲最苦。送春如客。南浦一登樓。小風城外路。一色蘼蕪。新綠繡芳洲。紅情似水。倩落花、攔住東流。還最愛、兩三行柳。拴箇打魚舟。　勾留。橋通萬郭。上　疏燈。又黃昏時候。空盼斷、衫痕蒻杏。裙褶開榴。江亭北望還芳草。問幾時、重見靈修。春去也。有人長伴春愁。

## 垂楊 驛柳

青絲絆老。報一聲去也。客城春曉。夢冷靈和。託根無命臨官道。勞勞亭畔風吹早。送征驂、數聲啼鳥。儘年年、飛絮飛花。問甚時纔了。　遙忖妝樓小小。看金勒馬嘶。碧連芳草。暗數郵籤。陌頭慵鬥雙眉巧。黃驄一曲人多少。只贏得、昏鴉樹繞。笑臺城、十里籠烟。依舊好。

## 疏簾淡月 秋柝

宵涼夢醒。乍一陣西風。隔城吹遠。可可頻敲。那識不眠人倦。衰年正苦銀壺箭。一番秋、一番幽怨。又傳哀響。抱關寒起六街巡徧。似窗外、雨絲風片。算幾家砧杵。絮衣還翦。戰鼓江干。打得市朝都換。殘燈十載愁何限。一更更、心上淒轉。寺鐘動了。催人頭白。汝南鷄喚。

## 甘州 和休庵冬泛舟花潭韻

怪烟波偏惹歲寒人。冬晴煖於秋。蕩明漪絶底。點金日碎。凍墨雲收。依舊春遊畫稿。一角小紅樓。各有漁師意。身世扁舟。　此是杜陵行徑。望草堂竹外。空膭沙鷗。感寓公今古。照影自臨流。十年來、深藏夜壑。怕峭風、吹水又生漚。歸同約。待梅花放。還醉溪頭。

## 木蘭花慢 紙煙

是情根一寸。雪茄味。吐清芬。揀鈿葉張張。輕揉細鉸。包裹均勻。筒分小鬟擘出。玉搔頭、一縷蕩輕雲。恰稱銀娘吸取。紅櫻半晌溫存。　西人節節綈前因。綵伴款殷勤。道拈上葱尖。穿防藕孔。味亞蘭薰。氤氳。徧於香國。似吹笙、鵝管逆風聞。贈與芙蓉仙子。羞他枕上回春。

## 天香 珠蘭

魚子吹香。蟬霏滌暑。宮黃顆顆新綴。摘透囊芬。様嵌釵串。曉帶露華簪髻。細攢鈿粟。隔繡箔、微風偷遞。寫韻如穿菜子。搴芳自紉秋佩。　珠娘合鐫小字。盼團圓、素心如此。泛入茗花清到。蕊仙甌裏。雨過星星滿地。誤佳人、月下糝金桂。封寄樓東。鮫綃揾淚。

## 董受祺 字綬紫、江蘇陽湖人、光緒十五年舉人、官山東候補道、有吮雪詞鑄鐵詞碧雲詞各一卷、

### 水龍吟 碧桃

應從天上移來。記曾消受瑤池露。深深淺淺。似紅還白。未容春妒。莫是桃源。另尋蹊徑。怕來漁父。甚人間別有。幽芳冷豔。盈盈態。粧宜素。　謾溯唐宮花譜。冷霓裳、太眞仙去。爭如再到。玄都觀裏。頻看那樹。生怕劉郎。前番誤了。此番重誤。向淒涼月下。祇應都把。舊愁交付。

## 馬文苑 字蘭臺、江蘇長洲人、光緒八年舉人、有澁香詞、

### 綺羅香 秋雨用邦卿春雨韻、

怨綠葵寒。愁紅蓼瘦。最是無聊秋暮。鎮日簾纖。難把晚秋留住。和三更、蛩響苔階。迷幾陣、雁來蘋浦。擬行沽、待就黃花村。烟隔斷、板橋路。　瀟瀟千點萬點。還認離人望遠。砧敲前渡。蘊藉山容。不似舊時眉嫵。正重衾、好夢醒時。是孤館、旅愁生處。更何堪、風片吹來。夜深簷馬語。

## 嚴　復 原名宗光、字又陵、一字幾道、晚號瘉壄老人、福建侯官人、文科進士、官至海軍協都統、

### 解連環 己酉燈節呈彊邨、用夢窗韻、

綰同心結。正春舒柳眼。嫩條柔極。料庾信、愁滿江關。更吳雨瀟瀟。落梅風色。社酒猶賒。燕泥冷、鬱金堂北。

問巢痕東閣。織影西清。可堪重憶。試燈故情未擲。爲東風作主。商量紅白。怕玄都、去後桃花。又浥露泛霞。自嬌紺碧。玉宇孤蟾。瞰來去滄溟潮汐。且尋伊玉龍怨調。倚聲擫得。

## 奭良

字召南、裕瑚魯氏、滿洲鑲黃旗人、蔭生、官至江蘇淮揚道、有野棠軒詞四卷、

### 惜餘春慢 社題分詠慈仁寺松

蓮社臺空。琳宮壓黯。猶說虬枝夭矯。濃陰帀地。黛色參天。多少俊流臨眺。更有僧寮寓公。祠比三高。人同四皓。想霜嚴雪潔。秦封不到。竦然雲表。　曾幾日、灰劫相尋。化爲龍去。賸見孫枝烟繞。靈山會散。勝境陵遷。一角表忠殘照。光緒中改昭忠祠　爲問清齋有無。輸與棗花。遊驄時到。看蟠根高節。當秋無奈。著書人老。

### 南浦 春草用玉田韻、

春色漾平蕪。綠芊芊、一晌暄風吹曉。遙望淺籠烟。盤鷹地、野火荒痕全掃。踏青人去。軟泥剛印弓鞋小。雨後蓬生窗外滿。卻憶畹蘭湘草。　幾時翠徧裙腰。想忽忽寒食。清明過了。含潤土花香。鋪茵嫩、低襯馬蹄休到。嫣紅尚渺。短橋流水遊蜂悄。庭戶無人門寂寂。新展綠陰多少。

## 王國維

字靜安、號觀堂、浙江海寧人、諸生、有觀堂長短句一卷、一名苕華詞、人間詞話二卷、清眞先生遺事一卷、唐五代二十一家詞輯二十卷、後村別調補遺一卷、

## 蝶戀花

昨夜夢中多少恨。細馬香車。兩兩行相近。對面似憐人瘦損。衆中不惜搴帷問。　陌上輕雷聽隱轔。夢裏難從。覺後那堪訊。蠟淚窗前堆一寸。人間只有相思分。

## 虞美人

碧苔深鎖長門路。總爲蛾眉誤。自來積毁骨能銷。何況眞紅、一點臂砂嬌。　妾身但使分明在。肯把朱顔悔。從今不復夢承恩。且自簪花坐賞鏡中人。

## 蝶戀花

斗覺宵來情緒惡。新月生時。黯黯傷離索。此夜清光渾似昨。不辭自下深深幕。　何物尊前哀與樂。已墜前歡。無據他年約。幾度燭花開又落。人間須信思量錯。

黯淡燈花開又落。此夜雲蹤。知向誰邊着。頻弄玉釵思舊約。知君未忍渾抛却。　妾意苦專君苦博。君似朝陽。妾似傾陽藿。但與百花相鬭作。君恩妾命原非薄。

## 浣溪紗

掩卷平生有百端。飽更憂患轉冥頑。偶聽啼鴂怨春殘。　坐覺無何銷白日。更緣隨例弄丹鉛。閒愁無分況清歡。

## 點絳脣

屏卻想思近來知道都無益。不成拋擲。夢裏終相覓。　醒後樓臺。與夢俱明滅。西窗白。紛紛涼月。一院丁香雪。

## 清平樂

斜行淡墨。袖得伊書迹。滿紙相思容易說。只愛年年離別。　羅衾獨擁黄昏。春來幾點啼痕。厚薄不關妾命。淺深只問君恩。

## 蝶戀花

月到東南秋正半。雙闕中間。浩蕩流銀漢。誰起水晶簾下看。風前隱隱聞簫管。　涼露溼衣風拂面。坐愛清光。分照恩和怨。苑柳宫槐渾一片。長門西去昭陽殿。

# 葉玉森

字荭漁、號中冷、江蘇丹徒人、有櫻海詞桃渡詞各一卷、總名嘯葉盦詞、

## 菩薩蠻

花邊苦說滄桑事。驪龍自抱嬌魚睡。玉笛畫棋枰。中心那得平。　遣誰驅海水。中有鮫人淚。淚已不成珠。可堪和淚枯。

五銖衣薄寒如水。月斜還帖青鸞背。指冷玉參差。天風自在吹。　碧雲飛滿袖。祇覺秋星瘦。無力渡銀河。

銀河怨更多。

## 木蘭花慢

清明日薄晴不溫、申之夜雨、時秀夫釀園次第北上、黯然賦此、離緒紛如、

秭歸啼不住。寒食了。又清明。早杏靨銷紅。梨渦減素。寂寞簾旌。青春去如逝水。幸眼前、猶未綠陰成。潦草六朝夢境。飄蓬二月江城。　流鶯。已自牽情。況客裏。送人行。便商量花略。安排酒陣。難破愁兵。黃昏柳緜飛上。看天涯能有幾分晴。偏是一宵苦雨。做成萬種秋聲。

## 水調歌頭

眉孫冒雨入城、夢耆亦自邗江來、偕往酒家覓醉、越日晴霽、乃同遊莫愁湖、桂軒師孟髯澤芙均與俱、爰狂歌記之、

三萬六千日。過眼若奔雷。醉鄉大好。何妨三萬六千回。況是六朝佳處。難得一樓舊雨。不醉更何爲。寄語杜鵑鳥。休道不如歸。　君見否。原上草。綠離離。少年行樂。送春容易曉鐘時。莫誦哀江南賦。且唱大江東去。鐵板爲君持。酒杯忽然擲。天雨萬花飛。

# 汪鍾霖

字甘卿、江蘇元和人、光緒舉人、

## 惜秋華

七夕後同人置酒秦淮、秋涼初逗、皓月中天、聞水上琵琶聲、感從中來、因倚此調、

一舸橋頭。正簾櫳似水。銀河清淺。燈影管絃。金尊小紅深勸。江山萬里嬋娟。只恨是、浮雲遮斷。難遣。望青谿九灣。憑闌人換。　儂自飄零慣。又箏邊扇底。雙蛾重見。襟上淚痕。舊點未須輕浣。惹西風、一夕紅樓怕

酒醒、天涯人遠。休念倩玉簫、把愁吹散。

## 余肇湘 字剛禮、號楚颿、又號茝盦、亦作芷盦、廣東南海人、光緒三十四年優貢、官農工商部小京官、有茝庵詞一卷、

### 夜飛鵲 丙辰暮秋作客宣南、與勺盦移盦同賦寄和季裴、

層陰傍樓暝。風葉飄涼。歸夢冷怯寒螿。京華倦客。酒醒後、知在何鄉。危闌試憑眺。只西山似舊。遠送斜陽。瑤臺咫尺。算重來、幾度滄桑。　惆悵舊遊鷗侶。人遠隔天涯。雲水相望。忍聽哀時詞句。金城柳老。玉露楓傷。翠尊易泣。想吟懷、未減清狂。但臨風彈淚。芳心宛轉。盪氣迴腸。

## 言家駒 字應千、一字琴吾、江蘇常熟人、官直隸井陘縣知縣、有鷗影詞鈔六卷、

### 垂楊 秋柳

亭長堠短。對依依柳色。客懷吟黯。蕭瑟西風。怪儂消得魂無算。分明密意通犀點。有多少、情絲牢綰。信長條、柔綠難攀。恁幾番重見。　誰惜蠻腰瘦減。任歌榭舞臺。玉驄嘶斷。紅粉青衫。一般漂泊添悽惋。年來無復封侯願。祇惆悵、天涯人遠。須教春到妝樓。眉共展。

## 劉富槐

字龍伯、浙江桐鄉人、光緒二十八年舉人、官內閣中書、有瑑園詞錄一卷、

### 卜算子

苔翠掩金鋪。一陣黄昏雨。斜倚銀牀理玉箏。嚦嚦春鶯語。　簾外碧桃花。牆角紅梨樹。落盡紅梨瘦盡桃。歸夢仍無據。

### 掃花遊　吳中清明、用清眞韻、

曉鶯亂語。似喚起遊人。採芳平楚。翠交恨縷。傍朱門一搦。瘦腰慵舞。草潤泥香。猶記連宵聽雨。繞隄去。盼桃影倚牆。嬌靨何處。　青鬢凋幾許。悵舊夢成煙。斷魂迷路。慢攜筍俎。恁清尊未倒。鈿箏如訴。燕子斜陽。比似前番更苦。懶凝佇。倦闋懷。畫船簫鼓。

### 三姝媚

夭桃紅照眼。正餳簫聲中。客懷零亂。錦纈晴烘。乍扶頭酒醒。好春過半。繫馬年時。記拂帽、一枝低顫。憔悴而今。未到鶗鴂。俊遊渾嬾。　莫問玄都舊觀。歎門盡芳菲。日斜風軟。露井移栽。算送迎籬角。一般淪賤。蝶笑蜂憎。誤幾番、朱門歡眷。拚取羅浮夢醒。武陵人遠。

### 醉花陰

薄霧烘晴花弄色。肯被春寒勒。柳眼尙惺忪。移近龍池。未得東風力。　羈懷草草匆匆極。過鵲山寒食。遮

莫上高樓。目斷平蕪。不似江南碧。

六醜 癸丑四月初二日遊崇效寺、牡丹已謝、芍藥未開、感而賦此、

恨尋春較晚。正棗寺、芳菲都歇。舊京夢回。鞓紅消眼纈。滿院啼鴂。載酒人何處。暮煙頹照。戀梵王宮闕。新詞寫出元輿筆。珂玉鳴風。觥犀佇月。前遊頓成銷歇。賸楊花數點。來去無迹。　蘭成愁絕。但沉吟岸幘。看取殘英在、那忍摘。華鬘望斷消息。向咸陽道上。撫摩銅狄。人間世、雨煎風急。算來有、幾朵將離替豔。難慰岑寂。高樓外、芳草如織。想陌頭、多少蘼蕪。怨催人鬢白。

水龍吟 籛孫前輩自號藥夢客、爲作寫號圖索題、

舊宮門外花飛。九重記得巢痕。掃紅鞓夢斷。綠章音寂。含香人老。帝子旌旗。修羅刀戟。雨昏煙曉。賸銅仙淸淚。瑤階點滴。渲染出紅心草。　認取鳳池殘照。幾番聽、聽啼猿嘯。芳時過也。朱唇素靨。蟪蛄曾弔。漫說興亡招魂重見。曼殊風貌。便停鞭喚酌。慰情聊莫索嫣然笑。

賀新涼 梁家園惜字館有老槐一株、虬枝四達、掩蓋一庭、數百年物也、余寓居十載、依依有情、蕭條寂寞中、今雨舊雨、其能日夕相對者、此君而已、子猷之竹歟、泉明之松歟、病榻沉吟、爲作此解、

認取前朝樹。蔭高空、扶疎罨靄。一庭烟雨。閱盡興亡人間事。幻作蒼龍起舞。看落照、荒荒無語。是處商量支大廈。掩重門、不放般倕顧。桃共李、衙行路。　與君十載靑霞侶。儘摩挱、柯銅幹鐵。歲華遲暮。培養輪囷非易事。乞取風雷呵護。肯便入、蘭成詞賦。且效淳于曹騰睡。到南柯、也沒安排處。人與蝶、遽然悟。

## 儲鳳瀛
字映波、江蘇宜興人、光緒二十九年舉人、官兩浙鹽運副使、有蘿月詞、

### 霜葉飛　黄葉

瘦笻㨖徧蕭條。甚長空惟見來雁。縱然微脱未辭枝。秋意荒邨滿。怕只怕、林中片片。繁霜欺壓無人管。恨減盡容華。祇惹得、鳴蟬唤起。漢宫秋怨。　回憶昔日敷榮。高撑遠撫。緑陰遮滿庭院。洞庭天際水初波。空向西風戰。聽處處、寒碪響亂。憐他身世飄零慣。下幾多、征途淚。家在江南。夢魂猶戀。

## 徐佑成
字涵生、江蘇陽湖人、有補恨樓詞二卷、

### 荷葉杯

往日玉欄花榭。春夜。嬌語隔屏風。鶯聲引得夢魂通。此景忽成空。　重惜碧雲音斷。人遠。錦帳夜垂羅。銷殘紅蠟影微波。香淚爲誰多。

### 玉樓春

重來古岸尋横渡。秋色蕭條連浦漵。白蘋吹盡一溪愁。溪水無心流自去。　那時相約人何處。一别青溪春已度。堤邊祇認舊衰楊。滿地斜陽芳草路。

## 蔡寶善 字孟奮、號師愚、浙江德清人、有瓶笙花影詞、

### 高陽臺 春暮、和徐芷升、

絲雨牽愁。重陰閣暝。嫩寒猶鎖花枝。廿四番風。今番吹到荼蘼。惜花人怕尋芳晚。奈人來、春已先歸。最淒迷。負了韶華。誤了佳期。　門庭已改非王謝。剩營巢燕子。辛苦啣泥。似水流年。能消幾局殘碁。朝來愁病禁多少。歎沈腰、潘鬢都非。漫低徊。一樹垂楊。猶戀斜暉。

## 王曾祺 字西樵、四川華陽人、官陝西韓城縣知縣、有聊園詞存一卷、

### 拜星月慢 月夜風雪中聞雁有感

獸炭煨紅。螺杯浮白。遣此寒宵清絕。漏箭聲沈。忽哀音淒切。是征雁。忍受、殘蘆破葦蕭颯。叫徹空江明月。休向姮娥。說頻年孤孑。　打頭風、解散同心結。尋香夢、恰墮梨花雪。試想行整瀟湘。又天涯飄忽。甚啼鵑、嘔盡春歸血。者閒情、一樣傷離別。只三五、玉鏡高懸。任無端盈闕。

## 王德楷 字木齋、江蘇上元人、光緒二十三年副貢、有娛生軒詞一卷、

### 蝶戀花

鎮日翠蛾慵不掃。幾度淩波顧影還成笑。誰賦閒情哀窈窕。鏡中自惜花枝好。　欲采芳蘺貽遠道。漠漠寒烟纔偏青溪棹。一晌春魂迷夕照。迴光戀取閒芳草。

### 摸魚兒　自題木夫容畫扇

又西風、湘雲吹醒。楚天離思何限。紫萸黃菊開都偏。賸有香寒繾綣。幮半卷。祇一抹嫣紅、盪得秋魂嚥。疏花偃蹇。悵冷豔欺烟。酡顏媚夕、爭似箇人面。　山中路。木末夫容誰見。嘉名枉自同喚。靈池太液渾無分。那管銀河清淺。空婉孌。算映出妍姿、不當春紅看。孤芳謾炫。便拒卻清霜未妨搖落。無那歲華晚。

### 金縷曲　贈公度

萬里歸帆卸。貫星槎、大瀛海外。那回遊冶。一撮神州乾淨土。幾許浮埃野馬。但斗柄、垂垂南挂。脚底三山塵未洗。詔東皇、爲我飛龍駕。倚閶闔。望華夏。　一枝暫向新奇借。又天風、雲萍吹聚。石頭城下。無恙復成橋畔水。九曲西流日夜。渾不管、倚欄情話。桃葉那知如許事。儘瀟瀟、暮雨疎蓬打。春去也。恨難寫。

### 邁陂塘　和雲閣題壁之作

鎮荒唐、楚天雲雨。一春朝朝暮暮。滄波已自橫流急。莫問瀟湘玄圃。君聽取。聽檐溜聲聲、滴斷春歸路。韶華輕負。任老盡瓊蘺。采香人杳。誰與話修嫭。　江南好。見說不如歸去。杜鵑啼血淒苦。天涯芳草知何處。況復王孫羈旅。休訴與。料湘水無情、那管閒愁緒。尊前健否。算未得荃蓀。遠遊聊慰。不是鳩媒誤。

# 全清詞鈔第三十九卷

## 鄧邦述

字正闇、號孝先、江蘇江寧人、光緒二十四年進士、改庶吉士、授翰林院編修、官吉林民政使、有漚夢詞、

### 綠意 楊花

客愁漸著。向曉風卷取。依依牆角。拋與香塵。一縷飛揚。還爾冶條輕薄。斜陽密雨無人省。只不許、綺樓先覺。恐遊驄、惜涴連錢。負却酒旗城郭。　疑有離腸淚點。悵春去太驟。幽憂潛託。度徑沾衣。空擬纏綿。依舊鳳飄鸞泊。浮蹤吹繫青萍上。料不似、銀鉤翠幙。想片時、越過前汀。早共暮煙零落。

### 玉京謠 過朗潤園作

竹樹窺人遠。弄影將迎。似感詩魂瘦。磊砢情懷。當年曾寄杯酒。怕繫馬、重話斜暉。認客過、鞭絲非舊。頹垣柳。朱門草沒。棲烏知否。　悲吟自怨青衫。透淚新彈。記憑闌獨久。遊目西山。脩眉慵展晴晝。怪恁時、園館簪裾。便幻比、白雲蒼狗。行莫驟。腸斷更休回首。

## 潘飛聲

字蘭史、廣東番禺人、舉經濟特科、有海山詞、花語詞、珠江低唱長相思詞各一卷、總名說劍堂詞、又有粵詞雅一卷、合輯粵東詞鈔三編一卷、

清平樂　月夜坐梧桐庭院中，秋影滿簾，花陰如夢，黯然賦此，不自知其銷魂也。

一庭香霧。卷入紅簾去。檀板玉簫無意緒。閒殺秋宵如許。　碧梧影落沈沈。冷螢飛照秋心。欲向曲闌微步，愁他滿地花陰。

掃花遊　葉南雪戶部師招同諸詞人集越華講院，觀師手摹陳其年先生塡詞圖，即席譜此。

玉梅勸酒，愛墜粉池臺，暗香飛滿。翠簾乍捲。繼西園韻事，石林清宴。畫幔書牀，要與詞仙共款。錦波軟。襯一角夕陽，紅上蕉院。　湖海人未遠。認拂拂霜髯，笑拈銀管。綠幺細按。怕歌起豔情，紫雲偷怨。倩影傳神，妙筆重摹粉絹。舊題徧。付尊前、鈿簫吹暖。

雙雙燕　和黃公度韻

羅浮睡了，看上界沈沈，萬峯未醒。喚起霜娥，照得山河盡冷。白遍梅田千井。見玉女、青青兩鬢。恰當天上呼船，倒臥飛雲絕頂。　仙洞有人賦隱。羨胡蝶雙棲，翠屛安穩。煙扃擬叩，還隔花深松暝。誰揭瑤臺明鏡。應畫我、高寒瘦影。指他東海風輪，未隔蓬萊塵境。

周慶雲　字夢坡，浙江烏程人。附貢生，官永康縣教諭。有夢坡詞存，又輯兩浙詞人小傳十六卷、潯溪詞徵□卷。

風入松　余舊藏古琴二，曰宋徽宗松風琴，曰趙松雪風入松琴。乙卯立秋前一日，值春音社集，出以徵題，並與李君子昭各撫數弄，蓋不勝移宮換羽之悲云。

杏花詞夢冷燕山。留得斷紋殘。胡沙多少神州淚。向西風、歸雁哀彈。莫話宣和舊事。虞薰不似當年。　吳興絕調辨琴原。拂指感無端。焦桐應悔心難死。對冬青、陵樹悽然。却笑王孫抱器。載表原題琴原後云、趙子昂好古、晉人非訕之、子昂抱器與書、發著琴原一篇。等閒輕換君絃。

## 瑞鶴仙 西溪秋雪庵側、附建詞人祠堂、惲瘦蘭賦詞落之、即用原韻、

招提緣未了。但獨客徘徊。斷垣芳草。山園破烟曉。儘扁舟容與。觴枝聲悄。溪流映縞。記當日、精藍地好。甚忽忽、換却滄桑。陳迹十年催老。　香渺。湧樓彈指。與客攜壺。幾回舒嘯。千絲織到。珊瑚網。不須釣。趁寒泉初薦。仙蹤猶在。漫說塵心竟杳。祇天涯、身世飄蓬。聽歌易惱。

## 鷓鴣天 和彊村香嚴宮體

檢點羅衣認酒痕。靈蕤祕帙記難眞。紅心草短成長恨。藍尾花殘惜好春。　蓮作寸。麝成塵。玉樓歌舞易黃昏。愁根只是生來種。纔畫雙蛾又學顰。

曾幾歡場醉玉鍾。一春心事夢魂中。接天香葉無窮碧。映日宮花別樣紅。　妝閣外。桂堂東。蓬萊從此隔東風。回鞭笑指長亭路。又聽花陰度玉驄。

# 莫永貞 字伯衡、浙江安吉人、光緒二十九年舉人、法科進士、有愛餘室詞集、

## 長相思 與戴姬及王君孚川同遊湖上而作

梅映溪。柳繞堤攜手高樓不覺遲。闌珊燈上時。　風凄凄。雨霏霏。暮色低迷人語微。歸來雲滿衣。

## 瑞鶴仙

望滄波滿地。蕩浩浩春流春愁無際。風光只如此。縮離腸萬種。閒情誰寄。嫣紅姹紫。問底事、飄零未已。縱深恩、識得東皇恐負憐才眞意。　漫儗東風玉燕。喚起香魂更相偎倚。韶光去易。林陰綠。怕多子。待蝶兒守着。嬌姿憔悴。鶗鴂催春又逝。賸傷心墜絮漫天落花隨水。

# 楊增犖

字昀谷、江西新建人、光緒二十四年進士、官四川候補知府、

## 孤鸞　唁劍丞悼亡

補天無石。看恨鎖雲紅。愁凝煙碧。咄咄媧皇。苦費千山尋覓。而今更無尋處。只孤鴻、悶依斜日。自向空中寫怨。是怎生消得。　歎一絲殘夢不堪摘。待帝網重開。天花四出。欲闖三千界。奈此身無翼。算來六塵影子。但有緣、總歸荒澀。認取圓圓果海。記維摩如昔。

## 沁園春　題握蘭簃裁曲圖

誰譜新歌。促調繁聲。使人不歡。歎桂華飄斷。柘枝顛倒。雲階寂寞。月殿荒寒。樹下逢君。花閒斠律。幾度追尋空谷蘭。天如夢。又海風相激。井水都乾。　偷閒嚼句珠鞍。記酒後歸來星未闌。有玉簫金管。銀笙鐵笛。仙姝驚喜。梵衆留連。周郭豪情。湯洪餘韻。今日猶餘三五絃。君何恨。怪數章初定。兩鬢微斑。

## 張祖廉

字彥雲、浙江嘉善人、光緒二十八年舉人、有娟鏡樓詞、

### 琵琶仙　中秋坐雨、遲葆之不至、追和成容若韻、索伯宛同作、

呼起寒娥。問禁得有幾人間圓缺。秋信遙落江頭。飛濤正如雪。簾戶靜、風吹暗雨。更聽久、砌蛩淒咽。庾亮南樓。料應此夜。同怨明月。　可堪是、長信秋深。早溝水無情誤紅葉。輸與鵲鑪心字。尙溫麐微熱。垂柳瘦、長堤繫馬。怕玉轎、旋又離別。欲借霜竹橫吹。一天雲裂。

## 林鵾翔

字鐵尊、浙江歸安人、光緒二十八年舉人、有半櫻詞二卷、續二卷、

### 臨江仙　和蕙風師

換世斜陽無暖意。登臨總負淸尊。遠山銷黯舊眉痕。春隨簾局冷。花膩燭房溫。　極浦旌橈成悵望。騷心苦憶蘭蓀。搴芳人去月黃昏。綠陰紅雨外。淒絕是王孫。

上巳淸明都過了。酬春命酒蹉跎。襲人花氣晚來多。玉笙樓外淚。金縷夢中歌。　靑鳥碧城消息斷。眞成水遨山峨。鱗雲淡沱似微波。卷簾人影瘦。辛苦竚姮娥。

傾國可能消一顧。煙波淒絕吳舲。隔江愁對暮山靑。啼痕深淺淚。別路短長亭。　鬢影釵光渾未改。夢尋珠箔銀屏。樓中燕子共飄零。連環須自解。屈戍不勝扃。

蒼狗浮雲紛萬態。怨深潮語能知。寶闌春去已多時。羅衣人瘦損。猶自鬭腰支。　未肯湘皋捐翠佩。楚天雲雨休疑。綵幡低亞越淒其。碧桃和露種。曾是上林枝。

## 惜黃花慢　彊村師示和仁先舊京菊花之作率踵其韻、

意澀情芳。自鳳城賦別。閒卻瑤觴。日精荒土。味同苦薏。長安遠道。望斷中黃。雲笈七籤黃帝以道治世曰中黃眞人、素心晨夕南村老。翠簾卷無限淒涼。訝故鄉。兩開耐得青鬢都霜。　聽楓倦客吳江。換看花舊侶。眼冷滄桑。義熙何世。九秋晚節。淵明未醉。一雨重陽。鍊顏不借酈潭水。歲寒後。慵鬭塵妝。漫斷腸。瘦姿最稱枯香。

## 洞仙歌　出朝陽門里許、吾宗敦民九兄半園在焉、極清曠之致、其西北隅、別開一院、通以隧道、境尤幽窈、有屋數椽、曰閱耕廬、廬之南爲滄海歸帆亭、俯臨城河、可以眺遠、艣聲帆影、時出柳陰中、風景如畫、江南不啻也、八月十五日飲余其中、倚此題壁、

看舞霓裳罷。避暄塵市遠。秋心縈惹。有通幽洞壑。貯雲亭榭。憑闌待喚涼蟾下。訴往事、風帆滄海。卸杯重把。算菊瘦霜腴。誰賦歸來也。　永夜畫簾悄悄。戰鼓沈沈。暮景山河付與野客哀吟。併作怒潮狂瀉。黃塵滿鬢酸風射。問那處、樓臺春可借。瓊女駕去多時。邈隔人天恨難寫。且與話、曩日清風。慣笑年年叢桂。背人還是香飄麝。

## 夜飛鵲　香嚴翁約朱庵看臺桂、庵在嘉興南堰圩、桂兩樹、明季一比丘尼手植、層級糾盤如浮屠、

天香度雲釃。金粟成堆。花葉湧傍蓮臺。婆娑卻散廣寒影。娟娟蟾鏡深開。鈿筐似承蓋。料淮南閒隱。斷夢初回。鐘聲定後伴維摩、百感寒灰。　清淚露槃消盡。金蕊舊瓣林。一例蒿萊。風外紅紗香滿。鷲塵不到瓔珞低徊。智瓊去久。賸額黃、與點秋杯。要木犀禪意。無言會取。月地重來。

六醜　甲子初冬、賦落葉詞、和孫師鄭、意甚淒惻、今則秋風乍起、落葉聲已紛然盈耳、其淒惻殆有十倍曩昔者、黯然倚此、不知涕之何從矣、用清眞韻、

信哀蟬意苦。竟一餉、上炎光輕擲。樹聲乍秋。秋河迴悴翼。倏又陳迹。舊憩陰濃處。萬花如雨。付輭塵槐國。蕭森大地枯春澤。露冷瓊枝。霜飛綺陌。辭柯問誰憐惜。縱題紅筆豔。人面終隔。　芳林長寂。儘羣峯闢碧。漸漸繁華盡。空歎息。飄零最感遷客。幾遲留待到。日窮天極。寒飆捲、强扶攲幘。遮莫是、月下殘魂。向臯洞庭波側。迴帆摻、不到殘汐。早短歌、喚起吹蓬恨。何人會得。落葉吹蓬、古曲名、

## 馮　幵　字君木、浙江慈溪人、拔貢、官麗水縣訓導、有回風堂詩餘一卷、

### 鷓鴣天

惻惻輕風到鬢殘。青春憔悴百花闌。鶯啼燕語渾無賴。種得幽蘭祇自看。　羅帶減。酒杯寬。參差吹罷倚闌干。美人環佩無消息。暮雨空江生薄寒。

### 相見歡

微颸不隔庭柯動。秋羅只覺碧闌干外晚涼多。花陰轉。漏聲斷。夜如何。自卷水精簾子看明河。

琵琶仙　日暮倚秋辛閣，聞隔院笙聲，忽觸宿感，用白石自度腔韻寫之

楊柳高樓，早憔悴、舊日烟條雲葉。離恨吹入參差，秋風正淒絕。芳草外、斜陽有限，甚啼到、空山鶗鴂。十載心期，香消酒冷，彈指能說。　又何事、泊鳳漂鸞，漫孤負青春好時節。空把一襟零淚，與荒堦苔莢。休更盼、團欒鏡約，恐玉人、兩鬢都雪。總悔珠箔飄燈，那時輕別。

青玉案　次賀方回韻

屛山隔斷春來路。只目送、斜陽去。逝水年光愁裏度。飄歌闌榭，凝香簾戶。依約無尋處。　鬢絲冉冉成衰暮。苦憶尊前舊詞句。剗地芳華能幾許。小燈殘燼，短衾單絮。獨聽江南雨。

# 白廷夔

字栗齋，號遜園，滿洲京旗人，官直隸候補道，

綠意　綠陰

漫空亂絮。恨芳菲晼晚。誰送春去。衆綠纔生。如水涼陰。便化碧煙無數。黃昏易覺紗窗暝。醉夢裏、自尋歸路。更那堪、遠到天涯。是處也多風雨。　可惜芳華早歇。薊門贖落日。腸斷煙樹。柳盡空堂。槐老斜街。料得詞人難住。殘紅送斷淒迷影。只舊燕、伶俜相語。抱短琴、何地堪眠。終古此情誰訴。

## 郭輔衷 字仲起、福建侯官人、官郵傳部郎中、

### 瑞鶴仙 寄李拔可

涼風吹鬢短。過而今渾是。蕭疏池館。離情萬千轉。似牆角芭蕉。芳心難展。黃昏小院。記蜜炬、西窗共翦。甚匆匆、幾度流光。空負玉人微歎。　無限。聽歌聲歇。把酒更闌。儘成淒怨。閒愁莫遣。青衫老淚痕泫。恨瓊簫多事。霜華如結。又向寒衾夢喚。待吹開、嶺上梅花。可曾再見。

### 巫山一段雲 又一體

抱葉流鶯老。銜泥乳燕歸。斷隄春柳又依依。思君君不知。　三月漫天飛絮。不解將愁吹去。行行小倚碧琅玕。門前山復山。

### 菩薩蠻

冥冥吹綠東風老。清圓嘉樹濃陰好。窗小恰多情。流鶯時一聲。　風牽花霧裊。雨破苔錢小。閒眺倚危闌。平蕪接遠山。

## 陳衡恪 字師曾、江西義寧人、諸生、有簃庵詞、

### 金縷曲 徙居白門、留別公湛、

誰道吟懷淺。有鵾絃、吳天怨別。苦啼春雁。烟雨溟濛明朝路。蘭棹暫教留戀。更細寫、愁痕低泫。一幅墨花和淚舞。料桃潭、不及情難遣。楊柳岸。片帆遠。　冷風綠皺滄波面。最難忘、詞場伴侶。故鄉英彥。千里卜居南朝地。憑弔粉殘脂黯。但夢裏、蘼蕪繾綣。錦瑟華年須痛惜。待重逢、暢瀉金尊滿。鬢邊語。音睍睆。

## 玉燭新　賦梅用清眞韻、

小園纔雪後。正東閣春回。冷紅妝就。醉霞泛玉。徐凝睇、宛轉芳心微漏。停杯憶舊。料寂寞、倚闌時候。烟磧遠、糝玉胡沙。飄零漫侵歌袖。　江南水驛關情。問解珮歸來。尙能詩否。嬋娟慣鬥。愁未穩、鏡裏暗窺簪瘦。眉邊弄秀。應念我、幾番搔首。休更聽、殘笛聲聲。高城夜奏。

## 解連環　爲公湛畫水仙並題用清眞韻、

素根聊託。悵瀠洄別浦。寸心繇邈。試睡起、慵展晶奩。但顰惹月寒。夢移春薄。晝槳來遲。正孤守、幽窗笑索。定冰姿恨隔。不共麗人。細評花藥。　湘皋近來自若。想輕裳暗掣。香送天角。甚亂雲、漸阻相思。忍付與瑤環。怨期閒卻。淨洗鉛痕。穩伴取、烟條珠蕚。怕荒汀、夜風似剪。點波淚落。

## 看花迴　賦蘭用片玉韻、

翠叢先放。春早暮景呈潔。被酒乍開倦眼。對掃黛文君。還慰愁結。芳襟自遠。細浴東風泉底滑。銀屏悄。靜理琴絲。蔥尖會意已清絕。　何事更移尊問月。歎荏苒、幾經時節。采采不堪滿把。覺空谷烟痕。欲沁華髮。低徊故國路阻。幽篁猶待折。看青蛾、未全老。詎忍輕拋別。

# 鄒敬 字翰飛，別號瘦鶴詞人，江蘇金匱人，諸生，有蘅香館詞。

## 浣溪紗

記得樓頭月正圓。新詩共賦小遊仙。無端舊夢已成烟。　幽恨易隨芳草長，柔情屢被落花牽。斜風細雨又今年。

## 雙雙燕 新燕

去年送別，正遠岫烟凝，清宵露冷。呢喃軟語，似說重來期近。爭奈霜風淒緊。怕金粉、江南消盡。欣逢陌上春回，吹醒幾番芳訊。　花徑。泥香雨潤。甚凝睇空梁，差池不定。烏衣巷裏，記否舊時風景。試把巢痕細認。問故家、而今誰姓。可憐夢冷蘼蕪，賸有斜陽片影。

# 胡熙壽 號犖齋，湖南寧鄉人，有天瘦閣詞一卷。

## 齊天樂 同易枚臣客滬上作，時枚臣將有日本之遊。

乍時征舸連江下，西風又催人別。蘭芷春心，茱萸秋淚，客裏共愁佳節。笙歌未歇。問塵世幾回，高樓夜月。酒醒明朝，有人相憶海天闊。　京華誰念倦旅，祇舊盟鷗鷺，堪訴蹤跡。燕月侵眉，吳霜點鬢，重見想應悽絕。飄流一葉。況亭角黃昏，斜陽紅抹。付與浮桴，日華東處說。

## 趙錄績 字孝陸、山東安邱人、光緒三十年進士、官內閣中書、有慔囟閣詞、

### 長亭怨慢 畫湖重到、風葉漫天、渺渺兮余懷也、

又來聽、畫湖風葉。一片琤瑽。碎瓊騷屑。斜日危闌。斷腸煙柳不堪折。燕嗔鶯嬾。還憶否、春雲熱。舊事愴延秋。算只有城烏能說。　淒絕。望丹山隱隱。香霧百重明滅。笙寒月暝。誰更倚、小樓吹徹。撚素手、沸沸清商、早涌起舞愁千疊。怕玉貌孫娘。零落舞裙如血。

### 高陽臺 涼夜

露泫幽蟲。煙呼倦羽。寒光盪玉新晴。金粉滄洲。淒淒殘月朧明。箋天擬乞靈簫諡。訊飛仙、誰閟瑤扃。更何人。翠管花裙、夜沸春聲。　璇臺夢冷華芝老。望秋河縹緲。瀲灩疏星。病草零花。回風夜夜堪驚。微聞孽海冤禽悴、悵寒潮落了還生。正懷人。孤負青棠。絡緯衰燈。

### 如此江山

疏華手把荷衣冷。菲霏浴蘭芳潔。麗緒嬋媛。瑤情爛熳。秘簡曾繙玉葉。滄江淚咽。算故國沈哀。中仙能說。花草斜陽。舊鄉臨眺夢雲熱。　江山金粉似洗。賸彫殘霸氣。腕底明滅。鳳咮吹香。鸞箋唾碧。淺縹雲林萬疊。幽光噴薄。看簌簌瓊觚。碎鈿零玦。時方搜集清詞一代騷魂。喜千葩絢發。

## 林黻楨 字肖蝓、福建侯官人、官江蘇知縣、有霜杰詞、

### 南浦 春陰

微雨一番休。鎖閒窗、鎮日暗愁難掃。遙綠卻模糊。萋萋意、來損孤吟懷抱。零霏斷靄。一天渾是離魂稿。回首數峯清更苦。惟有晚來煙好。　誰家橫笛淒然。正吹殘舊日、眉樓怨調。簾外病鶯聲。黃昏後、長憶那人嬌惱。茶慵酒嬾。百年離恨如今早。爭信綠章無限意。輕送海棠花老。

### 憶舊遊 壬子仲春偕凝若弟夫人過滬上脩德里故居、五年前與燕生賃廡地也、念逝自傷、倚聲成解、

記飄蓬怨黛。折柳啼粧。人去春休。轉首淞波外。儘年時洒淚。不到西州。舊鄰一散如雨。門巷換東頭。賸屋角寒鴉。無情有恨。獨弔鍼樓。　悠悠。念陳迹。便去燕重來。難祓清愁。過客棲禪久。恁空桑殘夢。還戀風漚。劫塵更損華髮。身世託虛舟。但絮語嬋娟花時莫負清夜遊。

### 踏莎行 戊申除夕

理鬢消閒。飄燈傳語。紅樓一夜傷心雨。不如歸去卻休歸。可憐春到無人處。　明日新年。誰家金縷。雨聲零落絃聲聚。酒闌人散雁橫空。曉風淒斷垂楊路。

## 徐楨立 字紹周、湖南長沙人、

三姝媚　葉園展禊

江暄回晝遍。正颸絲風和，扶萌枝霽。乍減春衫。對舊辰留戀。禊觴仍洗。步軟苔階。驚亂落、夭桃如罽。莫恨匆匆。一平晌銷凝，幾多春事。　芳信鞓紅逾麗。任眼纈行迷，細瓊重綺。淺醉籠煙，襯翠蓬金鎖，總輸生意。最惜妍華，問殿舞、東風何世。向晚飆車回盼。餘香袖底。

齊天樂　和十髮韻

雍門萩盡傷禽下。湘艅浪依瀛岸。泛梗身輕。還家夢熟。瘦損西風張翰。紅桑刦換。話多少辛酸。稆邊樵爨。莫賦鄉關。廢池喬木也淒斷。　相逢未歸倦羽。霜天還對影，悲喜應半。石畔移巢，塵中賞寂，此味淄澠誰辨。沈冥似慣。怕華髮秋心，夜燈偷見。和答霜鐘，越吟懷共遠。

張賡年　字晉卿，江西鄱陽人，官同知，有三影閣詞鈔一卷。

踏莎行　曉起微雨，感而賦此。

竹露飄香，荷風捲暑。微雲忽送瀟瀟雨。驚回旅夢悄無言，愁看紫燕雙飛舞。　中酒心情，懷人意緒。相思盼斷牽牛渚。荼蘼開遍未還家，闌干十二空凝佇。

章　鈺　字式之，號茗簃，江蘇長洲人。光緒二十九年進士，官外務部主事，有四當齋集，附詞。

## 玉京秋 詠殘荷、依草窗體

天宇闊。淩波衆仙侶。賦歸情切。霞鏡拋花。露珠泫梗。風裳飄葉。閒煞追涼艇子。讓鳧翁、來點晴雪。黯然別。鬧紅前夢向誰重說。　水殿尋秋初怯。訪歌詞、摩訶早缺。拾瓣裝書。留房揩硯。真香吹歇。劫換昆池盼只盼、船藕年年添節。儘淒咽。翻愛湖心蕩月。

## 瑤華 水仙、用草窗韻、

蘅皋豔迹。芝館靈因。悔西池輕別。清泉白石。差稱得、姑射膚冰肌雪。花中君子。一般是、亭亭芳潔。好畫他微步淩波。與伴秃株霜傑。　甘心紙閣蘆簾。任緇徧騷經。名等梅闕。東風不管。翻遲了、多少狂蜂癡蝶。國香零落。只清淨、託根堪說。尙有情憑弔靈均。夢到湘烟湘月。

# 許之衡 字守白、廣東番禺人、有守白詞、

## 摸魚兒 見三海捕魚有感

是何年、龍宮縱壑。潛鱗翔溢如許。鮫絲織就千重網。好趁月明拋取。聞客語。道劫火、昆明尙有臨淵處。遙望玉宇。見碧海鋪銀。鳴榔喧笑。樂意到漁父。　蒼紋額。指點金牌非誤。舊時鑾液曾貯。探珠豈藉垂綸手。滿載合裝柔鱅。愁月去。便捉得鯨鯨難覓神仙府。魚龍漫舞。君不見繁華。御園平樂。閱代也塵土。

## 八聲甘州 園城古松、和次公、

對遙天魂黯景山陽。蒼蒼偃蟠虬伴金鰲清霽。塔痕迴映黛色全收。雨榦風鱗催老。尙許歲寒留。莫向斜陽語煙鎖瀛洲。　玉佛靈光長護。似安禪龍定。低臥寒湫。望春陰瓊島結綺閉空樓。別璇碑漫尋題字。敕翠雲、猶話舊封侯。蒼茫意、苔荒石黝。閱幾番秋。

## 一萼紅　三海啓禁偕文叔同遊、

步瀛洲。似唐宮大酺。禁鑰啓龍樓。擥蕙搴蘭。遺簪墮珥。儘意裙屐風流。問金粉、蒼波餘幾。尙館娃、蓮棹發輕謳。鏡殿苔深。玉堦花落。俯仰悠悠。　一自蓬萊夢冷。總陰晴難定。翠減紅羞。舊燕辭枝。新鶯倦宿。空悵題葉荒溝。任來往、珠鈿銀勒。怕尋賞非是曲江遊。卻恨鵑聲喚處。又起人愁。

# 吳　梅

字瞿安、號霜厓、江蘇長洲人、有霜厓詞一卷、詞學通論一卷、

## 翠樓吟　秦淮遇京華故人

月杵聲沈。霜鐘響寂。今宵故人無寐。湖山淪小劫。正風鶴、長淮兵氣。南雲凝睇。又水國陰晴。千花彈淚。情難寄。庾樓憑處。自傷憔悴。　可記。殘粉宮城。指暮虹亭閣。冶春車騎。玉京芳信阻。怕絲管、經年慵理。人間何世。待冷擘珊瑚。西臺如意。秋心碎。板橋衰柳。莫愁愁未。

## 拜星月慢　次清眞韻

畫角催涼。清尊消淚。小閣風來燭暗。碧水盈盈。隔流鶯深院。翠屏外。那夕、闌干十二人倚。可惜花明星爛。

短夢無憑。怎他生重見。　問香桃。定憶崔郎面。天涯路、便在紅樓畔。漫戀紫燕雙棲。也雕梁雲散。料蓬萊、舊日清華館。三更後、萬一霜蟾歎。且醉聽、別苑笙歌。莫東牆目斷。

## 鷓鴣天　彊村詞隱圖

晞髮行吟澤畔身。觚棱回首幾重雲。西風鮭菜人無恙。南國鶯花夢不春。　邛竹杖。縠皮巾。水天閒話上彊村。紫霞白石知音渺。青眼高歌自閉門。

## 瑞龍吟　探梅鄧尉、苦念昔塵、歸舟惘惘、感吟自遣、步清眞韻、

橫塘路。無奈細草籠沙。亂雲迷樹。嬉春商略吳天。畫船載酒。重來舊處。　乍凝佇。還記萬梅花下。那人當戶。憑高短笛頻吹。四橋暮雪。上寒燈並語。　何限湘纍哀怨。忍過南瓦。重尋歌舞。回首斷魂山川。淒豔非故。題香醉墨。休譜蘋洲句。空追念、雙崦試槳。修廊聯步。夢影隨春去。芳辰俊賞。都成恨緒。霜點青絲縷。經數載。江湖聽雨。夜寒對月。客衣誰絮。

## 桂枝香　題龔半千畫冊

憑高岸幘。愛面閣小樓。紅樹林隙。妝點晴巒古畫。二分秋色。高人去後闌干冷。笑斜陽、往來如客。野花盈路。當時俊侶。梁燕能識。　但破屋、西風四壁。對如此江山。誰伴幽寂。湖海元龍未老。醉嫌天窄。笛中唱到漁歌子。賸無多、金粉堪惜。暮寒人遠。何時重認。舊家裙屐。

## 王蘊章　字蒓農、號西神、江蘇無錫人、有秋平雲室詞、

### 燭影搖紅　春音社五集賦唐花

春冷瑤天化工偷換繁華主。眼前紅紫總承恩。金屋深深護。翻盡洛陽舊譜。試新妝、濃薰如霧。幾番梳洗。著意溫存。霎時塵土。　榮落無端。最憐身世多烘誤、淒涼羯鼓說開元。香夢成今古。愁殺煖寒院宇。駐韶顏、東風未許。馬塍塘畔。唐花一名塘花出馬塍塘見癸辛雜志　芳訊匆匆。花魂醒否。

### 六醜　丙辰春盡日作

問東風底事。送笛裏梅魂輕別。采芳後期。花開誰勸惜。一謝難折。幾誤仙源路。洞迷香雨。蘸絳波千尺。玉驄待指青蕪國。燕絮殘泥。鵑啼剩血。紅心淚痕同色。但斜陽煙柳。愁緒催織。　江南消息。有庾郎賦筆。夢繞哀笳起、題恨墨懷中錦段非昔。換年時秀句。看朱成碧。高樓望、陣雲西北。不堪是、擲遍榆錢買了。好春無迹。繁華盡還戀瑤席。怎兩番鼓吹。池塘外、昏蛙鬧夕。

### 探芳信　先秋三日、夢坡招同次公也詩散步學圃、回憶去年七夕同社爲漚尹介壽於此、分詠晚香玉詞、歌嘯極樂、今欒子墓草宿矣、芳事成塵、墜歡難拾、江潭憔悴之感、有不能已於言者、明日次公又爲春明之行、倚弁陽老人韻賦別、兼詢陳大倦鶴消息、

戀芳晝。記醉玉題香。延秋喚酒。數尊前歡事。襟痕未全舊。重來愁濕看花眼。人比春還瘦。最銷凝、燕去塵

粱。鴛迷烟甃。　隄外錦驄驟。正鈿轂流波。宮眉描岫。斷羽天涯。如今倦遊否。梅邊聽徹江關怨。萬感空回首。黯離懷、恰似西風病柳。

## 憶舊遊　題番禺沈太倅楸陰感舊圖

記看雲洗眼。排日遨頭。來聽疏鐘。京洛風流舊。慣題香搗麝。種草呼龍。酒波訴起離恨。滴滴比愁濃。只天外舸棲佛前。瓶盎尚識遊蹤。　匆匆最難遣。是送得春歸。不駐殘紅。濺淚花無語。但秋生南國。人瘦西風。君自號瘦腰生　心情老去如水雙袖拂龍鍾。又夢碾輕雷誰家鈿轂飛玉驄。

# 易孺　字韋齋、一字大庵、廣東鶴山人、有宜雅齋詞、

## 三姝媚　依覺翁過都城舊居一闋聲韻、應丹林索、

湖山經醉慣。借原起語　湧深杯詞愁古。愁何限。尚隔錢江。痛恨煙慵霧。楚魂難浣。保俶鈴銷。隨慧影、聲藴荒蔓。悵佇西泠。曾未能逢。斷橋雛燕。　天外離思休斷。並記得丹林。晝償寧短。素壁罘罳。篆水沈終替。靜居清宴。誤索心微波又淺華鬘俱變梟轉湖隄屬望紅雲夢滿。

## 霜花腴　九日浦江園

怨潮暮咽。對莽蒼、迢迢贉寫心枯。衰草煙冥。碧天雲皺。秋老未引清娛。亂蓬已疏。奈淚深、先沐茱萸。怕殘蟬、做足銷凝。夢淒聲晚渺寒蕪。　仙客醉楓山路。競分牋刻燭。記在西湖。佳節都過。閒情依舊。而今慧蹟

全。孤據愁槁梧。惱暗茸、羞帽微烏。更蒼溟、雁遠帆遲。幾人知寓書。

瑞龍吟 花港倚聲、明日生朝、

怕春暮。人在碎紫餘紅。料寒料雨。爲花生日曾詩。借湖命酒。情天遂賦。 怨春去。得幾稜去愁分展。遠峯眉聚。銷凝仿佛而今。斷橋淚洗。漫空細絮。 猶記華年踈蹤。暗塵燕市。一番歌鼓。同識翠眉韋郎。張緒丰度、蒼茫悵別。還到前遊處。明朝看、薔薇又老。煙摧風樹。秀纂玄都句。妙詞尙認。閒桃舊路。若占春山主。應喚彼前隄尋常漚鷺。問誰醉。祝花新如故。

憶舊遊 滬上徐園爲鄒四作、

記梳香滑圃。逭暑斜泠。閒度今年。幾日新涼嫩。又輕颸塵外。忙趁秋煙。一聲最驚幽嘯。塘北舞翩翻。正淡妥詞懷。清蘇兵氣。都在芳園。 良緣念多誤。嘆節近重陽。人遠長安。漸緊霜腴蕊。怕零金重拾。如鬢初殘。曲廊易供沈想。瑤夢話無端。鄒述昔曾夢及如此園亭、今恍踐前遊云、問暢好林坰。尋伊酒約風雨寒。

相見歡

相逢漫說銷魂。幾黃昏。依舊江南愁畔。酒邊人。 輭紅裏。繁笙起。總思君。一樣衾前凍了。舊啼痕。

聖塘引

人間何世。又取湖山幽賞。兩過圓荷。逸香在、簾波無恙。綠楊午夢深雙燕。打水驚孤槳。誰是桐花。定名桃葉。隔浦依稀蔆唱。 爲問石林詞筆。幾疊煙思霞想。又攤鼻南邨。苦吟料、驪醒珠朗。雨肥梅後琴絲潤。雅抱希微尙爭凝望。黛愁山暝。橋痕猶漲。

## 許崇熙 字季純、湖南長沙人、

### 安公子 燭淚、同訒菴和蟄雲韻、

夜久爐香冷。夢魂陡被鵑啼醒。對泣銅荷、行斷續、惹心旌難定。乍約略、棠梨帶雨春妝靚。旋唾壺、玉濺珠交迸。似替人腸斷。盈把瓊瑰淒映。　何事更籌永。分無蓮炬籠歸省。注海傾河、何限恨、早凋零雙鬢。乞熘火、殘年脩史天應肯。依故山、自息餘光影。待蜜消煙燼。終是寸丹成凝。

### 三姝媚 一春多雨、花事易闌、觸緒成愁、倚聲淒斷、

霞痕明斷岸。曩晴烟平蕪。柳絲如剪。瘦碧池亭、倩暖春將護、稚鶯嬌燕。楚客多情。偷料理、探芳心眼。似省前遊。花底依然。墜鈿爭豔。　挑菜橋西人遠。但檻曲宮桃。乍勻妝面。竚立秋千。有殢林斜照。暗生淒戀。爲囑東風。莫慣把、紅芳催散。只恐荒波流去。天涯恨滿。

## 謝覲虞 字玉岑、江蘇武進人、有孤鸞詞、

### 疏影

河梁杏葉。顫燕釵誤了。綵繩消息。榆火新烟。行處樓臺。不分去鴻相識。嬌紅占得春如海。祇忘了、空階暗

碧。算年年、淒雨江城。悔向踏青人說。繡轂香車何處。怎寂寥還傍。夜橋吹笛。天半歌雲。銀蒜珠塵。欲挽東風無力。垂楊輕薄尊前舞。聽曲裏、龍堆已雪。且安排畫扇青山。心事圖中尋覓。

## 木蘭花慢　感事

顫清歌玉樹。亂星爛。最高樓。任曙誤銅龍。雲迷錦雁。歌罷還留。綢繆。鈞天殘夢。擲東風、帝子自無愁。衫影初低峽蝶。胡塵漸迸箜篌。　神州春事百分休。天意付悠悠。只巢燕飄零。黃昏闌角。銀鑰誰收。應羞辭林紅萼。逐錦帆、自在又東流。草木本無情思。年年悔望枝頭。

## 陳　毅

字彝仲、號詒重、湖南湘鄉人、光緒三十年進士、官郵傳部右參議、有譽譚詞、

## 金明池　秋草

秋燒無痕。春遊有跡。但惜王孫已去。還說甚、歸程太遠。更三里兩里間阻。莽天涯、徧覓芳蹤。竟未見、千里青青如故。賸幾點流螢。低徊根際。照見荒原無主。　了卻江南煙和雨。只一寸紅心。疾風留住。休惆悵、青袍寂寞。應懊惱、碧裙遲暮。料明年、繡陌春回。便似褥如茵。香輪憐汝。奈此景荒寒。秋陰接地。怎得將愁交付。

## 解連環　秋鷺

素翎孤潔。兼遙天暮碧。襯伊明滅。便望裏、如許蒹葭。料涼露滿江。靜眠高絕。恁好丰標。算贏了、一秋風月。

把前身舊約付與鏡湖。幾度飛越。　娟娟細沙淨徹。奈窺魚竟日。驚見霜髮。但覺垂白絲絲。梟空際煙波。澹影飄瞥。轉入風灘。又帶起、蘆花如雪。待何時、更序故羣玉去霄再列。

## 崔師貫 字百越、廣東南海人、有百月詞、

### 醉落魄 秋陰、用花外韻、

暗涼吹燭。露床夢轉釵橫玉。海棠淚瑩閒庭曲。一蝶低飛。憐病忍輕撲。　霜威不到江南綠。佳人日暮愁空谷。課晴屢剪紅衣卜。幾片行雲。還傍野杉屋。

### 滿庭芳 夏日夕佳樓即事、用清眞無想山韻、和兒女作、

琴几延薰。枕屏涵翠。客歸茶夢初圓。落花前度。猶記換新煙。留得殊鄉勝事。井泉改、寒淥濺濺。香港乏水數月而禁開井、幸澳地猶存吾俗、全家住。蘿錯村約。漫擬五湖船。　當年豪侶盡。傭書橐筆。誰信如椽。歎藏山空待。華髮非前。零落人間顧曲。更何心、誤拂箏絃。多應勝。黃塵席帽。長憶看雲眠。用舉兒詞意、

### 六醜 港山偕友夜眺香山、環山而居西人商於市者皆家山頂、暮輒趁纜車歸、車背山而升、

對層城十二。蘸海影、檀欒金碧。緩歸臥遊。飛車懸嶂直。輾破山色。下視繁燈亂。檥船連岸。誤市樓南北。鮭珍鷺羽交衢迹。樹苑鳴鑣。花臺品笛。珠塵漲空遙隔。但金銀氣聚。闌夜猶識。　煙霞分昔。念青蕪故國。有舊時明月。曾共歷。天涯慣渡逋客。怕重來化鶴。訝看疇昔。非吾土、又逢今夕。差堪喜、蜑雨蠻腥漸洗。語留

韓石。深幽處、容寄吟屐。似虎谿、不過雲蘿外。相尋未得。

## 邵瑞彭　字次公、浙江淳安人、有揚荷集詞四卷、

### 綺羅香　晚過神武門、殘荷欲盡、秋意可憐、

汎瑟煙昏。歆槃露冷。一鏡愁漪低護。夢墮瑤臺。長恐萬妝爭妒。念佳人、路隔西風。思帝子、訊沈北渚。怕相逢、恨井秋魂。月明遙夜耿無語。　宮溝誰寫淚葉。回首霓裳換疊。繁華輕誤。玉簟香銷。零落襪塵殘步。便立盡、門外斜陽。又暗驚、晚來疏雨。問涉江、此際聞歌。斷腸君信否。

### 看花回　和清眞

斷虹催霽殘雨。候館明潔。倦鳥定巢未穩。又警露愁風。心事千結。紅衣墜粉。長妒相思蓮子滑。凝望處。蔽日秋塵。照天寒燧兩淒絕。　魂夢裏、華燈替月。正杜曲、暮春時節。無限陽阿舊恨。送弱水東流。不忍晞髮。頻年去國。楊柳絲絲和淚折。有何人唱金縷。爲惜西樓別。

### 蕙蘭芳引　和清眞

花氣動簾。小池外、亂飛新鷺。正積雨初收。官柳半凋舊綠。故人夢裏。定暗想、月明歌屋。恐雁書不到。永夕吹殘觚竹。　送日琴尊。悲秋詞賦。屢變涼燠。況江表迴帆。長繞逝波萬曲。危樓南望。淚痕滿目。更漏催、誰信此時淒獨。

## 丁香結　戊辰九月、客有約登臨者、豫賦一首和美成、

秋後波平。雨餘天肅。林際暗蟾斜隕。見馬蹄歸迅。向舊陌、怒踏香泥紅潤。茂陵衰病久。尋常事、過目自忍。蒹葭風起。倚恨望遠。闌干拍盡。　縈引。聽萬戶碪聲。亂落霜楓陣陣。水閣吟詩。旗亭送別。岫眉愁暈。應念遲暮歲月。要當珠盈寸。看明朝重九。滿地黃華瘦損。

## 拜星月慢

暗月窺林。哀蟲吟露。永夕篝燈綠暈。客枕寒生。覺重陽期近。畫樓畔。往日、琱闌玉砌應在。馬角烏頭難信。慘淡星河。動誰家幽恨。　聽西風、亂葉飛成陣。關山遠、舊夢如相問。記到海上蓬萊。苦遊仙無分。算年光、過隙垂垂盡。珍珠淚、背榻和衣搵。且坐待、擘碎箏房。撥鸞絃不忍。

## 夜半樂　戊辰中秋

素商荏苒行邁。青天碧落。涼露方諸瀉。應令節年年。月輪斜挂。絳河卷夕。金風盪暑。望中千里清光。鳳城如畫。照繡陌、香塵暗隨馬。　故人此際引領。刻燭吟成。弄珠遊罷。簾幕外、重重仙雲爭迓。舊情偷藥。新愁倚樹。爲誰起舞霓裳。廣寒宮下。聽吹笛、高樓怨遙夜。　向曉怊悵。桂魄難修。翠鬟空亞。換小劫山河又衰謝。舉瓊杯、深恨萬古嫦娥寡。濃夢裏、那有騶虞話。薊門秋好終無價。

## 蘭陵王　和美成、寄遐菴江表、

九街直。春水微波泛碧。龍池畔。啼遍曉鶯。白馬琱鞍鬥晴色。浮雲蔽上國。曾識。西園賦客。關山路、鴻斷訊

稀。零落秦娥舊刀尺。東風去無迹。費引淚蠻牋。縈恨鴛席。斜煙疎雨過寒食。思昨夜魂夢。故人心眼。平原如帶度鄭驛。甚天限南北。芳惻鏡塵積。奈樂廣腸回。枚乘歌寂。連城社鼓蒼涼極。待曲院持酒。畫船吹笛。星辰垂地。倚樹久。散露滴、

## 蘭陵王

錦帆直、微雨隋隄漾碧。清明近、飛絮滿天。十里平蕪候風色。新亭望舊國。猶識。河梁送客。高城外、岐路亂絲。飄泊離心四千尺。回波寄萍迹。歎此樹江潭。前夢細席。吳蠶眠起成三食。聽督護歌斷。叛兒愁起。長安西去灞上驛。更誰倚樓北。歡惻。袖痕積。漸駱馬峙躇。鶯燕寥寂。緜緜遠道相思極。盼日暮傳火。夜闌邀笛。青袍沈醉。把淚酒。注硯滴。

## 解連環　己巳殘臘、和美成、

醉懷閒託。登高樓送客。倦遊徐邈。費夜雨、留取殘春。奈潮漲水寬。露叢華薄。細馬來時。畫屏掩、隔牆紅索。想芝田路絕。那有駐顏。海上靈藥。深宮遍祠宛若。任街沈斷鏃。城邊哀角。望故國、千疊青山。把榆火光陰。荏苒過卻。皎月無情。竟妬損、蕭娘眉萼。怕明朝、燕泥舊壘。背人亂落。

## 程頌萬

字子大、號十髮、湖南寧鄉人、監生、官湖北候補道、有言愁詞二卷、鹿川詞二卷、蠻語詞橫覽詞石巢詞各一卷、集句詞連句詞各一卷、總稱定巢詞集、

## 滿江紅 輪船逆風渡洞庭湖、用竹垞錢唐觀潮韻、

君扁中流。似接翅、排成宮闕。才一午、飆輪飛過。楚天如髮。帆腳祇從天外轉。弩頭遠對江潮發。倚闌干、吹笛暮雲邊。聲淒越。　蛟欲舞。濤奔雪。鴉欲咥。波跳月。網湘妃難出。使人愁絕。海上蓬萊何處所。湖陰戰壘都消歇。有百靈、低首拜龍堂。爭持節。

## 永遇樂 徐州登燕子樓、用坡公夢盼盼韻、見燕兩韻從夢窗、

曲榭霾雲。亂峯拄雨。羈緒無限。往事闌干。病餘歌拍。那許閒遊。見美人枯淚、斜陽立盡。城外細流都斷。驀相尋。桐陰鴛甃。冷霜一宵飛徧。　鳳牀塵黯、鸞牋香盡。指印尚迷窗眼。社燠泥銜。尚書冢上。日數歸來燕。白家詩枉。蘇家夢好。凭識畫樓恩怨。祇梁畔、雙巢倦羽。呢人自歎。

## 唐多令

五月已如秋。蠻天釀客愁。凭瀟瀟、雨上簾鉤。夢醒三更聞畫角。知此夕。客邊州。　別淚漬衾裯。溪泉未洗休。記畫眉、人在西樓。腸斷猛嵓江上水。偏又是。向東流。

## 木蘭花慢 題四峯仙源歸櫂圖

九州鴉外盡。更何路。引人還。指岫碧簪螺。溪紅襯綺。柯爛前灣。秦人倘相見也。笑今番、能幾漢衣冠。雙槳誰賡餘曲。一篙拚走阿瞞。　投閒空際煙巒。花煑粥黍爲餐。但斜陽低處。小桃流水。不够河山。漁郎莫兜棹轉。阻溪重、無計叩花關。倘共瞿仙晚寤半窗月白鑪丹。

## 絳都春 海上遇夔笙贈詞答和

雲涯恨裏。對短鬢夕陽。緇塵浮世。種柳漢南。同賦銷魂。人無幾。琅玕芝館經行地。怪巢燕、銜泥爭墜。亂鐘催客。虬壺賺取。兩襟冰淚。　英氣。年時酒祓。倚危檻幾度。問天還醉。古鏡貯愁。側管吟商。烏闌字。蠡舟春黯湖陰睡。等拋卻、人天閒事。奈他草閣江深。亂蛙又起。

## 水龍吟 登嶽頂、是日無雲、

火維橫盪青冥。斜分一道蓬萊白。陣雲燒海。雄風卷霧。壯哉金闕。九面占鶉。萬帆隨馬。渡湖清絕。問寺門題後。開雲幾代。天低漾。吾杯色。　石廩芙蓉堆擲。咫蒼梧、虞壇望月。神君七二。上封重九。鞭回逃石。謝客平生。楚狂歌笑。去如飛鶻。盼神燈遠照。嵌崖星斗。過天門壁。

# 易順豫 字由甫、號叔由、湖南龍陽人、光緒二十九年進士、官江西臨川縣知縣、有琴思樓詞一卷、

## 臺城路

杜郎已是尋春倦。東風又吹愁滿。住燕簾櫳。啼鶯巷陌。知我銷魂曾偏。深杯更勸。奈銷酒無多。舊情都淺。錦瑟飄零。為誰曲曲寫清怨。　空階暗沈雨線。隔朱闌一角。人似天遠。翠箔飄燈。青衫信馬。贏得幾回腸斷。重來未晚。早忘了花前。那時人面。縱有千金。換華年不轉。

## 西河 用美成韻、同次珊作、

歌哭地。興亡北雁能記。西山怨碧一峯平。一峯又起。海天浩蕩始愁予。腥風潛轉空際。　建瓴勢。高屋倚。神州斷髮猶繫。空悲勝國燕飛來。便留廢壘。鳳城昨夜雨聲寒。落花零亂春水。　那堪擊筑向舊市。冷金臺、神駿千里。寂寞酒人身世。又盧溝月上。尊前枯對。孤客鄉心啼鵑裏。

### 瑞鶴仙 古微上斜街新居、爲查先生德允舊宅、古微記之以詞、依韻輒和、

簷松低未礙。乍詩夢移來。古香猶在。枯藤石闌背。認窺簾月子。舊時眉黛。幽居讓買。算清福、詞仙早載。問西園、自斷琴尊。幾度燕憔鶯悴。　但怪隔籬鈴語。也怨來遲。答人淸嘅。蒼雲自愛。天付與。一鷗海。伴英遊還又。吟箋招我。一笑林花肯待。想疏櫺、愁倚高寒。西山晚對。

### 水龍吟 渡海

北來悔逐浮名。飄然且自衝波去。十洲三島。金銀宮闕。滄茫何許。暾日孤懸。長風不斷。怒濤終古。念壯心未已。高歌縱好。誰呼汝。查邊路。　堪笑蓬萊清淺。祇尋常、鷺汀鷗溆。樓船未下。劫灰先變。昆明池土。蜃氣驕天。龍漦起陸。何人揮羽。歎仲連高致。而今空憾。更無歸處。

## 施贊唐 字琴甫、號槁蟫、江蘇寶山人、諸生、有蛻塵軒詩餘、聊復軒詩餘各一卷、

### 踏莎行

螢坐牆衣。蛩吟杜鳥。羅雲揭破遙天碧。夜涼如水月華流。滿身竹影娟娟溼。　膏燼蚖焚。香銷麝爇。蓮花

疏漏過三滴。銀河絡角到闌干。畫樓西畔無消息。

## 張茂炯

字仲清、江蘇吳縣人、光緒三十年進士、官度支部主事、有艮廬詞一卷、續一卷、外集一卷、

### 西河　西湖感舊

名勝地。樓臺照眼淒麗。襟前舊浥酒痕多。畫闌倦倚。記曾雙槳翦春波。承平年少時事。　念衰鬢。嗟逝水。別來自感憔悴。山靈見客也慵妝。亂鬟未理。翠微立盡古斜陽。人間知換何世。　柳隄繫馬共貰醉。認題名、苔繡凝紫。應有塵凐殘字。怕重來化作。逋亭鶴唳。城郭迷茫湖光裏。

### 長亭怨慢　春盡日作

乍吹散。彌天香絮。斷送春光。麴塵如霧。草長鶯飛。舊家池榭、更無主。綠波南浦。和別淚。流花去。去即渺天涯。卻又落人間何許。　獨竚。望長亭不恨。只恨亂雲歧路。仙津待訪。已迷卻、碧桃前度。便歷盡、淺海蓬萊。問誰識、東皇安否。剩點點離痕。空有啼鵑心苦。

### 霜葉飛　秋聲

夜深窗竅。縈文練、燈脣微語人悄。翠梧無雨戰西風。徧舊家亭沼。歎葉落、空階未埽。年時慵困驚秋早。正瘦骨欹床。更聽得、商音四起。觸牾愁抱。　何處怨角悲笳。朱樓歌舞。未必能解淒調。算來孤簟靜無眠。但此情知道。剡一夕、霜碪碎擣。天涯寒比衣先到。又似聞、昆池上。殘水荒鯨。怒號侵曉。

## 淒涼犯 盧溝曉月爲燕山八景之一、感念舊遊、愴然賦此、

一規半玦明三五、頑蟾歷盡圓缺。者番最苦。荒鷄店舍。照人離別。桑乾凍結。訴寒語、駝鈴亂掣。戀觚棱、微黃曙色。回首望宮闕。　還念天街靜。隱隱朱樓影沈簾纈。夢魂正好。黯朦朧、玉去釭明滅。岸柳風淒。酒醒處、行人淚咽。待他時、汲取露井更唱徹。

## 減字木蘭花

朱樓靜鎖。繡倦敧牀閒獨坐。嬾照菱奩。新樣梳妝總未忺。　芳韶暗老。一段春愁誰解道。自惜腰支。鈿尺重量舊嫁衣。

無端語笑。年少歡叢重夢到。一覺惺忪。依舊虛幃燭淚紅。　懨懨強起。繡被香篝猶半倚。鳳髻雲偏。擁髻燈前更不言。

銀蟾三五。缺月重圓知幾度。淚眼將枯。山下蘼蕪路有無。　紅牆咫尺。終古明河成永隔。欲寄璫緘。青鳥無情不與銜。

飄燈珠箔。惻惻輕寒羅袖薄。劃地殘紅。一夕樓陰雨又風。　銅壺蚪箭。徹夜漏聲和淚濺。心篆全灰。底用金猊爇麝煤。

## 鷓鴣天

一舸何年下五湖。吳楓終古夜啼烏。不知城郭人猶是。但覺山河景已殊。　溪積葑。野平蕪。水鄉隨處長

萑蒲。磯頭剩有閒鷗鷺。識我煙波舊釣徒。

## 白曾然 字中磊、順天通州人、

### 八犯玉交枝 題龐檗子遺詞

箏語哀絃。笛聲悽竹。夢醒月殘風曉。春後驚花消淚劫。換入繁霜孤抱。天香輕嫋。記取螺墨催題。瓊箋商略、閒歌嘯。休問影娥池畔。流紅多少。　獨憐變徵變宮。曲終韻渺。秋燈何處憑弔。正如望、靈均香草。竟移去、成連仙棹。算詞客、清愁未了。隔花屏角窺星小。仗社酒重溫。魂招遠鶴歸來早。

## 高旭 字劍公、江蘇金山人、有徂東詞、歇浦漁唱、簫心劍膽詞、滄桑紅淚詞、願無盡廬詞、鴛鴦湖上詞、微波詞、浮海詞、合刊爲六卷、

### 蝶戀花 芳華滿眼、而舊時雙燕遲遲未來、書以訊之、

多謝好風傳一語。覓到烏衣。定在斜陽處。縱使天涯拋別緒。也應憐我無儔侶。　祇怕海東波浪阻。捲上珠簾。終日勞延佇。風景南朝留幾許。主人情重難忘汝。

### 桃源憶故人 和無悶韻即答

斜陽影裏傷心賦。默對癡天無語。淚溼暮雲春樹。重認分攜處。　東風無賴添愁緒。零落亂紅難數。落時

猶自爭飛舞。青鳥休啣去。

## 王　浩 字然甫、江西南昌人、有思齋詞、

### 過秦樓 暢觀樓

長樂離宮。遠條別館。乍隔閶風玄圃。龍蓀未儘。豹尾初迴。道是翠華親駐。紅霧蹴起氍毹。簾幕霏微。綺羅來去。想看朱成碧。新桃偷面。柳花飄戶。　空記取洞鑰葳蕤。屏山重叠。曾有內家分付。唾壺暈碧。粧鏡沈緋。寂寞漢宮眉嫵。誰更無愁似他。月裏麒麟。夢中鸚鵡。自雲軿去後。凄斷銅仙夜語。

### 霓裳中序第一 新秋江干步月、依草窗韻、

螺環波幾疊。暝色沈江舟似葉。遙望羈懷菀結。正旅雁破雲。驚蟬嘶月。青蘆釀雪。歎素紈、秋恨捐篋。成塵麝、金鞍誤約。往事向誰說。　幽絕。怒潮聲咽。指數點、漁篝漸滅。盈盈良夜忍別。悵酒涴紅綃。佩遺芳玦。唾壺歌暗缺。倚晚風、鸞簫半闋。歸途倦、碧天如洗。夢影鎖香蝶。

## 程文楷 字仲清、江蘇儀徵人、有蘭錡詞一卷、

### 蘭陵王 秋柳

大隄路。秋色淒涼如許。西風裏、搖落千絲。弄影蕭疏夕陽渡。斑騅繫不住。消息當時早誤。漫凝佇、幾點棲

鴉。流水孤村斷腸處。　依依甚情緒。看瘦損腰肢。顰盡眉嫵。者般憔悴霜還妒。只古戍黃葉。淺汀紅蓼。淸愁合付晚蟬訴。惆悵庾郎賦。　羈旅。越吟苦。記絮撲湘簾。烟鎖江浦。攜尊幾度聽鶯語。又怨傳玉笛。歌歇金縷。長條休折。待春到。任起舞。

## 陳洵

字述叔、廣東南海人、有海綃詞二卷、

### 解連環

癸卯八月、相國寺街訪瑤華故宅、顧視庚子西巡置頓、撫事鬱伊、正不止懷古切聲也、

梵鐘寒徹。洗塵霏暫閣。晚吹還掣。背細草、閒語斜陽。早魂斷燕飛。那時歸妾。又見銅駝。燒灰冷、似曾能說。想雙蟬暗掩。夢短黍宮。概從銷歇。　西風又紅水葉。念江淮未霜。北雁先別。數倦程、獨客銷凝。忍重寫傷心。雨鈴殘闋。故國秋回。怨過眼、芳菲鳴鴂。勸行人、未須弔古。但思歲月。

### 六醜

正啼紅滿徑。繡閣掩。虛廊無月。畫闌試憑。年時香尙發。柳帶堪結。還是湔裙候。背花臨水。蕩曉愁空闊。行雲冉冉孤城接。鏡匣收鸞。羅衣卷蝶。鄰簫爲誰先咽。算花風廿四。猶解催別。　桃根杏葉。委新詞半篋。又墮年華淚。塵暗鷃。多情怕看團箑。似流連苦恨。薄人輕絕。殘煤冷、雨聲初闋。應不分、一晌銷魂。拚與渡頭飛雪。西園事、歸燕能說。但早來、縱有遊春意。嬌驄正怯。

### 瑞鶴仙

才人河滿、賦此慰之、

暗塵驚轉燭。送華堂歸客。春波如麴。笙簫咽寒玉。有明妝窈窕。自傷幽獨。庭花簌簌。夜潮生、東風又促。算遊絲、飛絮牽縈。天遠淚痕相續。　根觸。長門買賦。詞客千金。此情誰屬。蛾眉漫蹙。今古事。幾歌哭。但飄零休。恨天涯看偏。芳草、無人更綠。問伊家、除了周郎。爲誰誤曲。

## 無悶　歲暮風雨懷人

梅怯新簾。蘭潤舊屏。年色忽忽燭轉。喚冷蝶幽衾。障天愁滿。不恨紅樓望阻。恨響亂、荒雞無人館。問甚情、卻向鈿車徑絕。素書雲斷。　深綣。鏡塵泫。想暈粉窄蛾。此時妝面。漫著破宮衣。暗翻鈴怨。誰寤辭年淚默。第一是、無端南來雁。料未掩、端正風流。待穩兩歡重見。

## 霓裳中序第一

不過咸舊園十一年矣、壬戌二月、與樹園琴筑六禾橋公薄遊城東、邂逅主人、牽率、小息、因述此曲、白石所謂感此古音、不自知其詞之怨抑者也、

堂開望去客。舊笛淒涼拋未得。清晝不堪夢役。漸遲暮番風。山城寒食。鵑紅故國。看淚痕、花上猶滴。逡巡處、一雙繡蝶。俯仰又陳迹。　顏色。畫圖曾識。過幾箇、黃昏怕覓。清談聊對破寂。往事開元。滿座頭白。斷雲沈雁北。但暗裏、泉華自惻。村墟近、消他一醉。也勝醒時憶。

## 六醜　木綿謝後作

正朱華照海。帶碧瓦、參差樓閣。故臺更高。無風花自落。一夢非昨。過眼千紅盡。去來歌舞。怨粉輕衣薄。青山客路鴣啼惡。淚斷香綿。燈收雨箔。頽然舊遊城郭。尙幢幢日蓋。殘霸天邈。　川盤嶺礴。算孤根易託。頓

有離家恨。何處著。爭枝又鬧羣雀。似依依念定。惹茸曾約。芳韶好、柳黄初啄。得知道、一樣天涯化絮。到頭漂泊。山中事、分付榴蕚。笑燕子、尚戀西園夜。春歸未覺。

## 秋思　秋夜寓齋小集、聽六禾譚曲中近事、悵然懷舊、爰和夢窗孤調、簡子端、

嚬雨羞紅。側淡淚妝、剛墜畫簾燈色。煙逗語紗。雁飛箏柱。秋入絃窄。渺天角歌雲。暮潮如遡念暗抑。凝枕山、眉黛碧。怕翳笛無情。落梅知怨。便似番風容易。過時空憶。　清夕。羅襟舊滴。寄素牋、錦段慵飾。賦情湘瑟。年涯催送。鬢愁雪白。記畫壁雙鬟去來。人事如過翼。笑座客、渾待識。正夢冷旗亭。尊前無分見得。詠隔荆南薊北。

## 風入松　丁卯重九

人生重九且爲歡。除酒欲何言。佳辰慣是閒居覺。悠然想、今古無端。幾處登臨多事。吾廬俯仰常寬。　菊花全不厭衰顏。一歲一回看。白頭親友垂垂盡。尊前問、心素應難。敗壁哀蛩休訴。雁聲無限江山。

# 郭宗熙

字詞白、號臣厂、湖南善化人、光緒二十九年進士、改庶吉士、授翰林院編修、官吉林交涉使、有栖白廎詞、

## 淒涼犯　詠冬青

竦柯自碧。華林迴、淒風颭葉聲激。夕陽有限。山南對景。幾株蕭瑟。陰沈薜甓。更枝上、啼烏夜急。宛驚心、寒

瓊入夢。草揜斷人迹。　金粟知何處。太液長生。拂雲猶昔。萬年頓幻。問珠邱、睡龍誰識。殉蜀枯桑。等搖落、如聞歎息。只離離、綴實涴露赤淚滴。

## 霜葉飛　落葉

錦楓宵舞。驚霜信。金飆如替傳語。墜林飄蕩等無家。遲莫愁千縷。念綠冪、成陰怨汝。傷春爭似傷秋苦。賸故國淒涼。早夢落、滄波宛在。洞庭深處。　還憶晚咽哀蟬。長安槐闕。此日幽恨誰賦。斷紅餘影出遠昌夜冷偎烟雨更寂寞。孤桐鳳去。空敎松柏青如許。賸庾郎、蕭瑟作平意。寫向騷詞。按絃低訴。

## 疏影　和蒼虬湖樓感舊

湖光曜客。看冷波渺渺。零亂芳迹。望眼淒迷。殘塔偎烟。苔痕尙自凝碧。高樓靜鎖孤山外。只燕子、歸來曾識。更暗憐、映水梅凋。濺淚似珠誰拭。　還憶年時舊侶。悄吟共永夜。疏雨桐滴。怎奈顛風。盪起驚塵。幻作眉端秋色。幽禽迎樹啼聲苦。宛訴向、玉簫瑤瑟。賸斷橋、寒月無情。卻忍照人頭白。

## 倦尋芳　重過李園寫感

澹烟冪水。虛籟生林。遊跡驚換。惱我西風。偏助角聲吹散。荻葦摧霜遲暮感。荆榛匝地迷陽怨。挂斜暉。賸垂楊幾樹。葉黃無算。　漫覓徧、憑軒詩趣。舊撫苔枝。芳意都孏。滿院飛蟲。眯目頓呈淒惋。傷亂樓臺歌吹寂。添愁菘韭光陰賤。更魂銷。塔邊鴻、一聲遙斷。

## 宣哲

字人哲、號古愚、江蘇高郵人、有寸灰詞一卷、

### 雙雙燕　秋燕

綠陰謝盡。怕客裏流光。更難延佇。將雛乍長。飛熟舊時庭戶。知否香泥落處。漸做弄、空梁淒楚。驚心捲上重簾。瘦却那人眉嫵。　欲去依然少住。恨不繫紅絲。盡情留汝。蕭條深巷。算有夕陽如故。拚會呢喃軟語。問除與、流鶯誰訴。好從樓角西風。記取明年歸路。

## 張鴻

字璚隱、江蘇常熟人、光緒□□年舉人、外務部郎中、有長毋相忘室詞、

### 淒涼犯　題水雲樓詞

長安巷陌。難消遣、秋聲做盡蕭索。憐卿何事。幾多淚影。都付寒角。酒懷正惡。忍重說、秋雲情薄。鎮負他、鑪煙九曲。長自伴幽漠。　當日閒蹤跡。澹醉言愁。哀吟行樂。玉人猶在。倚清簫、細商搖落。如此天涯。應更覺、飄零無着。想詞人、分受淒涼訂舊約。

### 六醜　題冒鶴亭水繪庵塡詞圖

看滄桑幾度。又公子、風流如昔。朱樓倚雲。梅花空自憶。誰弄長笛。爲問琴臺畔。綠蕪一片。幾兩平生屐。重來心事玄都客。怕見春風。兔葵燕麥。青苔試尋陳迹。剩漁洋禊卷。同付秋拍。　煙荒徑寂。是詞人舊宅。有

故家喬木。籠危石。披圖共弔吟魄。況飄零又是。淒涼顏色。絲繁絮亂春無力。只贏得、象筆鸞牋秀句。江湖狼藉。蒼茫、怨總無人識。任菤葹、抽盡王孫草。紅心未滅。

## 袁思亮

字伯夔、湖南湘潭人、光緒二十七年舉人、官農工商部郎中、有蘉庵詞、

### 玉樓春 和蒼虬與病樹同作

夢回依舊閒庭院。爛縵枝頭啼鳥換。相猜斥鷃幾時休。苦憶盟鷗前日伴。　葬春心裏愁難斷。自嚼梅花和雪嚥。山重水複隔知聞。倚淚箋天敎一見。

### 齊天樂 庚午初冬、吷庵公渚續舉詞社、有懷散原師廬山蒼虬津門、

高樓目送行雲遠。斜陽斷烟離緒。帝所麻鞋。仙都卉服。南北淒涼爲旅。高寒院宇。又潮落丁沽。雁回湓浦。兩地魂消。短檠搔鬢共誰語。　浮漚江上聚散。眼中人幾換。前度吟侶。瘦菊支霜。酣楓絢日。抱色栖香心苦。哀絃自譜。倩淚滴荒波。載愁流去。喚起靈均。楚騷賡怨句。

### 石湖仙 庚午仲冬、偕病樹過漚尹丈、小樓一角、亂書堆几、鄰園寒翠、掩映戶牖、市囂不到、翛然有空谷之思、病樹有詞記之、余亦繼聲、

吟壺天小。引飛翠園亭。窺弄昏曉。仙夢隔蓬瀛。莽天涯、萋萋芳草。柯棋殘世。任轉徙、客遊人老。幽悄。閉輭紅、自理孤抱。　新詞井邊唱遍。占風流、江山故藻。壞色朝衣。換著羊裘茸帽。幕茗圍香。榻燈溫笑。萬緣能

傲。苔徑掃停車載酒重到。

洞仙歌 得蒼虬津門書、感賦却寄、

狂花輕薄。歷亂春如霧。偷嫁東風定誰誤。看黃蜂酣蜜。紫蝶迷香。都不管、夜夜啼鵑自苦。　蛾眉終見嫉。舊約分明。好夢驚回頓無據。窈窕送行雲。旅燕飄零。更商略、何人院宇。算只有、依依故巢痕。拚斷送年涯。耐寒留住。

安公子 燭淚、同訒庵滄江寶權作、

玉指親彈罷。絳花重結春無價。看取檀奴衣帶上、早啼痕盈把。肯悄共、金猊篆字香俱灺。還背伊、點滴殘更罅。問未灰心事。長爲誰行縈惹。　愁污香羅帕。替人垂到天明也。唾盡紅冰。儔比似、似針神初嫁。算萬、古良宵一例堪悲咤。膏自煎、枉遣同心挂。對蕙幃飄燼。贏得斷腸難寫。

## 黃福頤 字茀怡、江西宜黃人、有煮字集、阿鳳集、抱珠集、采綠集各一卷、總名詞庵詞、

齊天樂 己巳上巳、集水榭修禊、以少陵麗人行分韻得筋字、

濛濛連樹搖荒翠。牆陰罨殘晴絮。水潤沾衣。塵香殢屐。雅稱蘭亭風趣。紅闌偶顧。正窗孕松雲。箔沉花霧。殿角斜陽。依稀鈴咽舊時路。　繁華前夢如墮。過江人漸老。重感遲暮。賭韻分牋。研詞倚瑟。賸有題襟幾度。留春暫駐。問丹竈朱顏。可還儂許。試檢征衫。搵痕凝玉筯。

## 西平樂慢 己巳重九、竊堪招同貞壯伯平讌集掃葉樓、依夢窗韻、

地接層岡路環幽渚。遙望樹色依依。隄柳初黃。砌苔猶碧。秋心似夢難歸。歎斷續、牙簫譜怨。嗚咽孤笳送晚。西風漸緊。無言竚立殘暉。重記車塵九陌。惜往事、細藹獨縈絲。 繡蛛牽戶。寒蛩絮野。一剎清涼人境潛移。誰更念叢蘆卷雪。側帽凝霜。漫省柴桑徑渺。陽羨田蕪。還認棲鴉夜繞枝。消減少年江南賦恨慵問蘭成。醉把闌干。曠眼睛空荒江旅雁催飛。

## 夜飛鵲 別金陵十年、重過舊遊處、低徊往復、於悒不勝、依夢窗韻、漫塡此解、聊抒軫結、

銀鉤畫霄漢。澄洗纖紋。芳草暗襲風薰。朱樓曾醉繡屏畔。酣歌頻漉陶巾。年華歎飆羽。念前塵愁涴。去水離痕。玄都舊句。倩橫笛、吹徹江雲。 空賸頹垣荒宇。蛛網冪殘花。閒瑣重門。凝望依稀入夢。意銷香斷。猶怨青蘋。罘罳舞玉。悵紅兒、不共吟尊。聽鶯簧嬌囀。幽林墜影。啼膩春魂。

# 楊圻

原名鑑瑩、又名朝慶、字野玉、號雲史、江蘇常熟人、光緒二十八年舉人、官郵傳部郎中、有回首詞樓下詞海山詞望帝詞各一卷、總名江山萬里樓詞鈔、

## 西江月 春夜

醉裏笙歌猶在。夢殘江漏淒清。綠楊疎影子規聲。酒醒更闌人靜。 樓下一庭斜月。照來珠箔飄燈。梨花院落不分明。風定落紅未定。

## 念奴嬌 萬生園安南象化去、傷而誄之、時余將遊南溟、

家山何在。看紫雲紅樹。炎方天隔。絡繹明駝同飲恨。俯仰胡沙邊色。榕島春荒。椰洲水暖。遠夢迷南國。千花百草。雕闌愁臥岑寂。　花裏鸚鵡淒涼。天涯相伴。躑躅猶相識。能說飄零身世事。同向空王臺側。上苑笙歌。長楊車騎。一晌人間別。南溟帆影。載回天上消息。

## 南鄉子

風雨過。滿山涼。海雲來去過長廊。暗水流花春澗急。山堂。夕捲幔玫瑰燃夜月。涼宵好。望長河。碧峯樓閣起夷歌。峽裏彈琴秋月出。聽琴客。暗捲山簾花雨濕。

# 李　放 字小石、奉天義州人、官度支部員外郎、

## 生查子

與懽相見時。一樹梨花月。樹上月華明。燭影幃中滅。　與歡相別時。一樹梅花雪。樹上雪痕消。馬迹門前沒。

## 阮郎歸

厭厭過了牡丹期。一春長夢伊。夕陽紅上小朱扉。雙雙燕可歸。　花片片。草菲菲。鋪成新地衣。舊同行處獨尋思。去年初見時。

## 唐克浩 字養之、江蘇華亭人、

### 西子妝 賦唐花

快雪收闌。嬌雷隱屋。一夜承恩金粉。綠章不仗借輕陰。也勾他、蝶蜂成陣。添來酒暈。是新託、筠篝夢穩。燭花明。倩阿誰描取。珊珊環引、 休重問。活水清泥供養。知無分。者番開落太忽忽。付殘年、細腰沈恨。爐煙隱隱。幾銷得、華鬘劫盡。怕香盟、都著寒灰未準。

## 馬慶餘 廣東南海人、有慶餘詞稿、

### 瑤花 落花、四月七日作、

餘香惜蝶。墮影爭魚。漸花風吹徹。流塵換了。空淚眼、一點芳心愁結。信知重好。但又到、經年離別。爲有情贏得。今來褪粉。枝枝空折。 敎誰寄語題紅。直須怨東君。休怨鶗鴂。託根何處。莫更問、落溷飄茵難說。江南好景。都無奈、多時虛設。想舊家、錦瑟年華。競鬥芳菲時節。

## 羅振常 字子經、浙江上虞人、有徵聲集、

### 鷓鴣天

月洗高梧露點濃。昨宵沈醉太朦朧。金鑪乍爇香猶煖。玉漏頻催夜已終。　眉翠減。鬢雲鬆。起來但有臉霞紅。避人剛背銀屏坐。卻又相逢在鏡中。

### 蝶戀花

絲竹冷冷歌緩緩。座上貂蟬。當日華堂滿。山鵲驚回宵夢短。啼痕不共殘更斷。　二月園林花照眼。今日看花。不是當時伴。花落隨風千百轉。分明似我情懷亂。

### 浪淘沙

天際鳥飛還。極目層巒。更無人處獨憑欄。可惜鶯花三月暮。如此江山。　春意已闌珊。夕照紅殷。子規啼歇百花殘。忍令朝朝明鏡裏。不改朱顏。

## 左運奎　字子文、有迦庵詞、

### 琵琶仙　題金夔伯如此溪山塡詞

如此溪山。問何事、竟把詞人留得。江上饒有蓴鱸。鶯花絆行客。嘗偏了、天涯況味。漸霜鬢、絮風催白。酒夢噓雲。歌塵款月。懽緒空擲。　更誰念、投老情懷。向遊倦歸來認鄉國。彈指一襟愁思。付紅兒低拍。休便折、旗亭悴柳。怕笛殘、綃恨無力。況又淚眼看春。厭聞啼鴂。

### 三姝媚　枯齋坐雨、言愁欲愁、拈梅溪韻、寄泡翁潯溪石翁繡水、

銀濤飛翠瓦。看燈前簷花。隔窗涼灑。嬾捲湘簾。爲舊情難賦。玉鉤長下。閉了閒門。空冷落、鈿車驄馬。料得西湖芳草如煙。亂迷裙衩。　還記西樓前夜。正蠟炬燒殘。鳳簫吹罷。斷送芳華。縱碧荷錢好。買春無價。廢綠亭臺。誰更念、閒花開謝。賸取蕉雲千幅。黏愁替寫。

齊天樂　亭午小睡、夢中得燕子飛來兩句、既覺聞雨聲瀟然、窗陰作暝、因足成之、言愁始欲愁矣、

晚風吹送愁消息。簾陰暗飄絲雨。蘸綠牆低。流紅徑滑。滴盡空園殘絮。銀箏雁柱。甚澀到無聲。韓閨鐘杵。燕子飛來。可能幽恨替銜去。　遙山慳黛未展。似憐人瘦損。和對淸苦。砌石支牀。梳泉試瀑。銷與蘭成詞賦。芳期暗許。判開做芙蓉。免招春妒。何日南樓。剪燈尋醉語。

# 全清詞鈔第四十卷

## 張爾田　號孟劬、浙江錢塘人、有遯庵樂府、

### 大酺　一年芳事、惟春暮最樂、閒步後圃、雜花生樹、百鳥變聲、各有生意、自傷羈泊、空負春韶、舊製此詞、付雲兒歌之、桓伊所謂輒喚奈何者也、

正杜鵑啼。薔薇謝。過了清明寒食。薰風圓午夢。趁單綃纔換。宿酲初析。紫燕將雛。黃蜂抱蕊。蛛網斜捎簾隙。餘香吹不斷。早湔裙人遠。玉驄嘶夕。歎沈約帶圍。看花殘淚。又成拋擲。　章臺車馬寂。舊遊處、都似曾相識。漫省念、宮眉印柳。秀靨妝桃。少年觴詠成陳迹。細雨朱旛護。問誰遞、傷春消息。鏡霜薄、愁如織。殘照一縷。憑遍欄干無力。此情斷鴻寄得。

### 夜飛鵲　西風起矣、殘燕如客、追懷昔遊、不知涕之沾襟也、和淸眞韻、

霜林戰寒色。涼月淒其。城角尚戀斜輝。西窗蜜炬共誰翦。啼紅漬盡羅衣。依前斷魂路。看花迎颿席。柳拂星旗。蠻牋寫怨。寄驚鴻、欲下還遲。　迴憶醉眠葱蒨。相見過黃昏。猶道休歸。誰信狂蹤舊跡。鈿筐蠟淚。殘夢都迷。十三絃語。訴華年、錦瑟應齊。但尊前沈恨。行雲黯隔。斜照樓西。

### 燭影搖紅　晚春連雨、感懷、

輕煖輕寒。謝巢愁損雙棲燕。東風只解絆楊華。往事和天遠。半鏡流紅涴徧。蕩愁心、傷春倦眼。數峯窺戶。約略殘顰。一眉新怨。　寥落空尊少年。曾預西園宴。流光銷盡雨聲中。此恨憑誰遣。容易林禽又變。綠塵飛、薔薇弄晚。懨懨睡起。澹日花梢。無人庭院。

瑞龍吟　古微丈以餞春詞見示。率和一解、步清眞韻、

橫塘路。還是戲蝶穿花。亂鶯辭樹。年年香陌東城。斷腸總在。天涯盡處。　黯吟佇。惆悵謝堂棲燕。舊窺簾戶。衣篝尙惜殘薰。乍寒乍煖。春禽弄語。　容易韶光輕老。海棠如繡。楊華飄舞。年少墜歡題牋。紅淚應故。傷高縱目。愁誦蘭成句。憑誰問、淩波縹緲。雙鴛嬌步。夢逐行雲去。恨春掇送。無聊意緒。霜髮緣千縷。沈醉醒。瀟瀟黃昏疏雨。小園竟日。一池萍絮。

三姝媚　中秋夜感遇成歌

西堂殘燭灺。蕩簾波沈沈。鏡天無罅。細浪芳樽。繞桂叢猶記。賞秋闌夜。露脚飛遲。雙鬟妥、花飄涼麝。望裏瓊空。依約年時。半燈蛩話。　春老蘭情衰謝。歎舊篋題香。怨紅銷帕。扇底圓姿。問故山眉意。淡蛾誰畫。倦眼霄程。還自覷、仙軿來下。那更蒼龍侵曉。瑤臺夢惹。

楊玉銜　字鐵夫、廣東香山人、光緒二十七年舉人、官廣西知府、有抱香詞、又夢窗詞校釋、

霜葉飛　己巳重九遊江灣葉氏園、和夢窗韻、

亂絲情緒。拚拋卻無端如掛秋樹。斜陽窺堞意闌珊。愁釀西風雨。夢半醒、飄零倦羽。雲山空隔蕪城古。怕更倚危欄、菊訊探江皋。指點冷烟橫素。 眼底蜃氣凌空。鷹原占斷。戲馬臺句誰賦。圍外即賽馬場 松杉引步玉驄驕。緣路寒螿語咽。不盡愁根恨縷。教人休負秋光去。待醉來、眠芳草。莫問茱萸明年何處。

## 三姝媚 和海綃閏清明韻

飛花縈步綺。問東風春城。幾人歸思。萬里關山。盼南天歸雁。高樓重倚。縹緲鵑聲。莫誤認、瑤池鳥使。奈曲水裙遙。省識無人商量花事。 更感韶光逝水。看宿雨桃花。送春懸淚。舊約鞦韆。拚曉夢消磨。被鶯呼起。病怯扶闌。消受慣、薄棉天氣。門外傳來消息。青梅有子。

## 漢宫春 爲人題薊門秋柳圖

春去多時。換金隄舊影。風媚煙姝。低徊閱人倦眼。殘夢模糊。靈和咫尺。問前塵、天路今殊。空賸取、長條管領。盤雕躍馬平蕪。 沈醉軟紅夢醒。鬬舞腰歌扇。解妒歡娛。西風玉關夜度。塵暗銅鋪。宮鴉背冷。比臺城、殘照何如。眠起事、東君覷慣。等閒芳檻休扶。

## 念奴嬌 落葉追和馮君木、

洞庭波闊。問悲秋宋玉。賦情何許。見說紅衣南岸客。坐受西風老去。殘晝滄洲。餘程水驛。頭尾連吳楚。林疏露出。瘦山江上無數。 時節煙景江南。陰陰濃綠。指點春歸路。一碧無情千樹冷。今賸昏鴉爾汝。客夢燈殘。蛩聲笛冷。又咽重陽雨。宮溝何處。題紅枉費情語。

## 瑞龍吟 山中餞春、和淸眞韻、

天涯路。年年墜劫風花。箇愁煙樹。行人趕上江南。荒村綺陌。尋他甚處。 枉延竚。陡憶上林春滿。建章門戶。五陵驕馬嘶風。招展花枝枝枝解語。 轉瞬東風老大。江南草長。羣鶯歌舞。綵那令人銷魂。痕燒非故。斷腸婪尾。都是方回句。空相憶、藤陰買醉。蘅皋延步。魂逐潮來去。絲楊不續。塵緣斷緒。理罷愁千縷。衣不箸、紛紛諸天紅雨。山深鶯老。舊情休絮。

# 曾傳軺 字雲楢、廣東番禺人、有玉夢龕樂府、

## 瑞鶴仙

年光隨燭轉。想前塵如夢。閒緣猶淺。搔首鬢華換。況文園消渴。鏡奩慵展。淚痕襟泫。寄相思、郵程千萬。鎮無聊、分得離愁。只有絮簾嬌燕。 無限俊遊都負。密約全乖。總應悽斷。當時情款。藕絲繫。香囊覊。歎彩雲一去。鱗沈翼杳。擡煞天涯望眼。又宵闌、更是撩人。冷蟾孤館。

## 點絳脣

心字香添。水晶屏隔餘寒淺。羅襦欲換。堆鏡雲鬟亂。 一夜東風。吹醒梁間燕。天涯遠。雨簾不捲。芳樹深深見。

## 譚祖任　字瑑青、廣東南海人、優貢、官郵傳部員外郎、有聊園詞、

### 琵琶仙　舟泊蕪湖、寄懷卣銘、

日夜江流。去鄉遠、穩泛扁舟如葉。天末催送殘陽。遙山共明滅。寒乍勒、東風又惡。攪離緒、怕聽鳴鴂。柝裏殘燈。酒邊倦櫓。有恨誰說。　問誰慣。飄泊江湖。便抛卻東欄二株雪。空賸綵牋鸞筆。寫羈孤千疊。念往日、盟鷗俊侶、照素心共此明月。極目烟際汀洲。遠鴻聲切。

### 一枝春　李易安酴醾春去小影、黄晦聞屬題、

漱玉心腸。對繁英乍覺芳期孤負。香微韻秀。似見六銖衣皺。留春不住。怪離緒、著人如酒。應自惜。堆錦年華付與可憐時候。　銀閨舊情回首。記書叢賭賽茶傾襟袖。歸來老屋領取綠陰清晝。飄零漫訴。願長得、比花同瘦、庭院晚消受黃昏爲誰立久。

### 清平樂　擬韋莊

別懷誰共。酒思如潮湧。滿地霜華街月凍。和淚出門相送。　歸來猶自汎瀾。背燈漸覺衣單。此後孤鸞無寐。錦衾知爲誰寒。

### 惜黃花慢　展重九日飲酒家作

菊傲萸憔。漸警寒霜釃。延賞秋高。看山眺遠。仍妨落帽。登樓貰醉。誰認鳴鑣。西風暗逐流塵轉。對尊俎、猶

窨題糕。破寂寥。瀉船藥玉。聊永今宵。　燕塵滿眼蕭條。正送愁渴日。撼耳驚飆。遠音鴻度。稻粱已瘁。空梁燕去蓬梗還飄。客懷多感朋尊滅。理歡笑。來就霜螯。細漏遙。六街明月堪邀。

## 絳都春　分詠京師詞人第宅、得黃仲則法源寺寓舍、

宣南紺宇問詞客。有靈琴書會駐。詠罷惱花。歌哭當年朝昏度。齋廊松倚經幢古。喜蒲褐、春分鄰樹。王蘭泉蒲褐山房即在寺側　帶詩呈佛。呼尊選客。倦遊情愫。　何處茶烟病榻。舊巢試認。覓百年塵土。一卷悔存。愁寫烏絲傷心句。登樓日日春流去。歎俊語、誰人能賦。牡丹闌外斜陽。斷鐘又暮。

## 解連環　展上巳遐公招集北海畫舫齋脩禊、分韻得窄字、

意寬春窄。挽佳辰少住。盍簪重集。看稚柳、曲岸搖青。正幾日午晴。翠茵堪藉。鑑影波澄。照華鬢、漸驚非昔。歎湖山畫裏。瀲灩酒杯。祓愁無力。　西峯遠輸黛色。怪餘寒未斂。紅紫沈寂。渺舊夢、天上瀛洲。只泛水崇蘭。尚仍前跡。事逐年新。料草際、銅駝應識。倚斜陽、畫闌悵望。亂鶯似織。

## 浪淘沙慢　索居杜門、忽忽不知春已過也、撫時感事、依片玉四聲寫之、

景光迅、紅隨逝水。翠長危堞。根觸佳時暗擲。當筵更試斷闋。奈綠酺、初嘗浮蟻結。寫春怨、玉柱彈折。念燕子斜陽。衆芳渺。沈思但淒絕。　悲切。霧塵蔽遠空闊。正絮墮絲牽。撩人意。瀲瀲泉溜咽。嗟涕淚江關。懷抱年別。凝香乍竭。傷舊情。聽取鵑聲啼月。　憑眺高樓山重疊。迴腸轉。遏愁未歇。看天上、奇峯雲易缺。醉眠

過、百五風喧。歎漸覺、清霜點鬢催成雪。

## 仇埰

字亮卿、江蘇上元人、宣統元年拔貢、有鞠讌詞二卷、輯金陵詞續鈔□卷、

### 浪淘沙慢 和清眞

黯銷凝、東風細柳。臢粉晴堞。苔玉年華穎發。瓔珠醉舞笑闋。甚一寸、相思腸幾結。倚梅院、碧蕊難折。正萬里歸鴻去無語。吳天悵清絕。　幽切。醉歌散滿空闊。怕喚起春聲撩情思。嫋嫋音又咽。尋幻夢青蕪。昏曉誰別。豔杯易竭。通婉懷、惟有牀頭明月。　門外遙山看重疊。鷗波遠、鷺盟漫歇。是吟賞、雕欄雲已缺。更何處、曲綰芳心。還暮色。飛瓊比認楊花雪。

## 孫濬源

字太狷、江蘇上元人、

### 浪淘沙慢 和清眞

捲簾望、煙迷故館。霧鎖殘堞。牆角幽香隱發。清歌勸酒未闋。盼綠樹、陰濃梅子結。綺窗外、玉蕊休折。奈破曉東風竟吹損。依依爲愁絕。　淒切。嫩寒院宇空闊。念溷墮茵飄人天恨。悄語先淚咽。憐繡帕啼痕。深淺離別。愛河易竭。知此心、除是花梢眉月。　薶怨瓊霄雲重疊。連朝雨、俊遊頓歇。漫回首、雕欄紅已缺。任沈醉、莫管華年。看暮色。而今滿鬢都成雪。

## 王孝煃 字寄漚、江蘇上元人、

### 西河 金陵懷古、和清眞、

形勝地。龍蟠舊處還記。南朝霸業久消沈。亂笳四起。瘦楊綠得只絲絲。寒煙籠罩無際。古臺上。欄怕倚。夕陽冉冉愁繫。烏衣巷陌屬誰家。尚存燕壘。故宮北望慘銅仙。幾回鉛淚如水。酒寮畫舸近岸市。渺音書、鴻雁千里。倦眼莫看塵世。歷河山巨劫。殘灰淒對。黃葉蕭蕭西風裏。

## 石淩漢 字弢素、安徽婺源人、有淮水東邊詞、

### 浪淘沙慢 和清眞

早煙護、風悽秀野。露隕殘堞。裝束郵亭懶發。絃彈候館換闋。暗卜到、歸期心耿結。感人去、弱柳空折。怕望斷高城霧遮影。馱鈴細聲絕。 悲切。去 玉鞭路迥雲闊。料燕紫蜂黃雙飛處。悄悄情淚咽。嗟萬樹紅肥。何忍輕別。舊歡未竭。知綺懷、惟有娟娟蟾月。 深誤陽關驪歌疊。分襟遠、鳳琴驟歇。鏡鸞閃、眉痕描似缺。倩箋字、密語相思。映暮色。驚看舞絮紛紛雪。

### 琵琶仙 詠紡紗婆、依白石聲韻、

垂老情綿。裊音在、淡月昏黃叢葉。風韻還託徐娘。絲痕繫難絕。春醒後、秋心暗縛。正星晚、悄聽鳴鳩。玉戺

緣慳。金階境隔瓜架悽說。願高舉飛達銀河附雲錦天孫會佳節。何忍恤忘嫠緯隕西風蓂莢。憐細羽、譙譙絺縷便織鴛、總是頭雪。祗怕聲聒空閨罷梭傷別。

## 閔爾昌　字葆之、江蘇江都人、有雷塘詞、

### 生查子

秋月水晶簾。春酒玻瓈盞。當日對門居。已似天涯遠。　樓外鳳簫沈。江上魚書斷。今日隔天涯。門掩梨雲晚。

### 清平樂

閒愁無據。芳草東門路。箏語喁喁牢憶汝。翠羽涼蟾何處。　雁程可抵天長。吳棉知耐初霜。祗恐江南秋老。懨懨瘦損垂楊。

## 蔡楨　字嵩雲、江西上猶人、有柯亭長短句、

### 拜星月慢　某氏園見敗荷感賦倚清眞四聲幷次原韻、

雁足音沈。虹腰秋暮。小立遙天欲暗、一往愁心着芙蓉荒院。憶初過、但覺凌波越豔堪擬。曉日朱華明爛。水珮雲裳恍三生曾見。　夢魂中慣識含顰面。重來處、怕近危闌畔。悵恨冷露驚飈卷紅香飛散。賸淒涼、

舊月臨池館。殘蛩病、竟夕誰吟歎。忍念那、七孔冰絲。獨絲連不斷。

### 摸魚兒　京西訪圓明園遺址

問銅犀、禁垣何處。西風催換塵世。寒燕夕照人蹤絕。嗚咽御溝流水。游宴地。只極目、蒿萊斷礎參差是。笙歌夢裏。早長樂春空。昭陽月冷。盛事久誰記。　荒地畔。依舊垂楊旖旎。纖腰曾妬佳麗。棲鴉謾訴當年恨。輦路劫灰飛起。興廢史。君不見、秦宮漢闕渾如此。行行未已。又入鏡遙峯。將昏欲暝。愁色鎖煙翠。

### 秋思　倚夢窗聲韻

煙柳長堤側。泛畫橈、同載鏡湖春色。雲意弄晴。黛痕拖雨。花壓舟窄。甚簫曲娛心。曼聲低和似怨抑。動逝、波魚漾碧。待漲落秋深。綠荷香散。再檥鷺鷗眠處。頓成追憶。　今夕。鉛珠暗滴。鬥恨蛾、晚翠慵飾。臂彎瑤瑟。清輝寒映。露華一白。記別日。驪歌未休。征騎凌迅翼。汗漫客、爭自識。縱瘦折春梅。新枝和淚寄得。夢隔江南塞北。

## 胡栗長　字穎之、浙江山陰人、官知縣、

### 東風第一枝　超山看梅用梅溪韻、

冷雨初收。陰雲漸散。東風拂帽微暖。預知綠野春多。漫嫌繡輪草淺。山容若笑。慣應接、花繁枝軟。正翠禽、不斷飛鳴。訝似故園鶯燕。　萼破了、喜開雙眼。英落否、嬾妝半面。暗香欲襲禪關。斷碑尚留廢苑。芳心誰

託。試借問、晴曦添線。想往年、頻誤良辰。怕說再來相見。往年立春後不見花、今以雨水後至梅盛開矣、

## 黄侃 字季剛、湖北蘄水人、

### 高陽臺 宮溝荷花

仙影明霞天妝豔水。飛塵不蘸宮溝。羅襪歸遲。凌波空記前游。西風乍動靈妃笑。誤夢雲、猶戀朱樓。試邀他。瑤席乘涼珠珮臨流。　江南舊賦田田句對金環皓腕。綵絆輕舟。小別橫塘天涯重見嫣柔。紅衣卻向秋前減。算怨懷、空負閒鷗。最銷凝。十頃微漣一片清愁。

### 西子妝 二月廿三日社集北湖祠樓、感會有作、

汀草綠齊。井桃紅嫩。共說尋春非晚。偶來高閣認前題。歎昔游、歲華空換。滄波淚濺。算留得、閑愁未斷。凭曲闌。訝瘦楊如我。難招鶯燕。　追歡宴。卻恨東風攪起花一片。酒痕唯解漬青衫。比當時、醉情終淺。殘陽看倦。倩誰慰、天涯心眼。待重來、又怕平蕪絮滿。

### 小重山令 二月二十五日寒食游高座寺

馬腦岡頭石徑微。寂寥高座寺、掩禪扉。種松幾度旋成圍。人何在。春物鎮芳菲。　青史事多違。梅陵留廟祀、也崔巍。野棠如雪落還飛。南朝夢。一例付斜暉。

### 高陽臺 二月廿六日清明薄游

深巷餳簫。連村社鼓。禊游節物天涯。南國旌旗。未妨春到人家。崇桃積李看難倦。又輕颸、吹綻桐花。問幾人。曲水浮觴。新火煎茶。　韶光在處都堪賞。況紅樓翠幕。紫陌鈿車。最稱雙鴛相攜。細履晴沙。流鶯勸酒休辭滿。更裴回、澹日殘霞。醉歸來。插帽繁枝。一任橫斜。

## 洪汝闓 字澤丞、安徽歙縣人、有勺廬詞、

### 六醜 花市見芍藥作

漸酴醾過了。悵滿眼、殘紅狼藉。帶圍黯痕。金鈴勤護惜。芳訊塵隔。次第豐臺去。市邊坊底。問楚嬌消息。鸚簾燕戶東風寂。賸粉荒階。狂香綺陌。雕闌但尋陳迹。墮釵行十二。遺恨誰識。　揚州懽夕。記年時倦客。數點梢頭雨。春弄色。清遊醉倚瑤席。看宮衣半褪。玉鬟微側。歌叢裏、幾人橫笛。空孤負、十載司勳俊語。對花頭白。江南事、生怕重憶。祇夢中、碎錦虹橋路。都難到得。

### 霓裳中序第一 木芙蓉

秋花媚素節。認作春看還黯絕。明鏡十年恨結。算無計拒霜。空驚迴雪。前身翠靨。是孟家、移貯瑤闕。仙郎去、一枝瘦玉。冷落向天末。　攀折。暮江愁涉。歎錦樣、韶華頓別。荒波誰載畫楫。洛浦人歸。楚佩香歇。怨紅歌乍闋。又夢老、蠻鄉倦蝶。芳叢裏、西洲重到。但唱采蓮葉。

### 小重山

有約行雲到畫廊。簾鉤鸚鵡喚、夜驚霜。依前明月照匡牀。經年恨。各自耐思量。 憔悴舞羅裳。爲君賡楚曲、不成商。天寒催疊縷金箱。花枝折。腸斷杜秋娘。

### 鷓鴣天

璧月瓊枝夜夜愁。過江人盡感山邱。纔傳幕府開西邸。又見降幡出石頭。 殘笛步。繡襦游。新亭涕淚恐難收。白門煙柳無人問。付與兒童說蔣侯。

### 齊天樂 鴉

西風乍醒宮槐夢。霜林暗驚行斷。帶雨聲酸。翻雲影墨。亂點夕陽天半。高樓望眼。問倦侶江湖。幾人曾返。繞樹枝殘。白頭還戀舊池館。 長安記聽夜柝。延秋門外事。愁話傳箭。遠戍旌旗。荒村鼓角。多少玉顏哀怨。離羣歲晚。歎戢羽城南。尚聞征戰。迴首家山。故巢空淚滿。

## 梁廣照 字長明、廣東番禺人、諸生、官法部主事、有柳齋詞選一卷、

### 七娘子

槐陰如畫玲瓏碧。薦瓜盤人帶新涼入。細雨輕雷。斜暉脈脈。炎涼暗換無痕迹。 風喧木葉渾難息。和芭蕉戰雨聲聲急。知夏將闌。驚秋欲逼。衣單尚待牽羅織。

### 鷓鴣天 贈李柳谿

回首中原淚萬行。漢京聞已諱長楊。年如蠟炬風前盡。心似芭蕉劍後傷。　冬至後。日初長。就添一線亦尋常。多君爲賦黃昏句。催送江山付夕陽。

## 鷓鴣天

吟盡乾桑與轉蓬。宮詞爭似樂昌工。枉思陳事千年外。還是人生一夢中。　哀思恨。古今同。從來不斷景陽鐘。如何此夜翻新曲。聽得無端角犯宮。

# 楊壽枏　字味雲、江蘇無錫人、光緒十七年舉人、官度支部左參議、有鶱摩館詞、

## 邁陂塘　詠秋水

渺鷗天、蔚藍千頃。林巒倒映清峭。綠波南浦銷魂後。又是五湖秋早。重倚棹。愛藻影蘋香、翻比花時好。蓮衣褪了。賸幾點青荷。漁娘眉翠。還向鏡中掃。　橫塘路。前度湔裙曾到。如今楓荻都老。江天一色涵空碧。襯着落霞殘照。歸夢杳。問蟹舍魚村。何日容垂釣。愁心縹緲。更遙指紅牆。盈盈一水。金漢掛清曉。

## 踈影　詠影

紅窗寂寂。唐人曲名有紅窗影任映花掩柳。行處無跡。纔度迴廊。又入疏簾。慣似驚鴻飄瞥。空階立盡梧桐月。卻驀被、輕雲遮隔。最憐伊、生小相親。步步鎮隨鴛屧。　金粟前身悟澈。是人是我相。眞幻難識。長記華年。慘綠衣裳。照得春波一色。如今人比梅花瘦。尚伴我、醉筇吟幘。更那堪、破碎山河。還共玉蟾圓缺。

渡江雲　詠桂

誰將金粟影。裝成七寶。璧月寫嬋娟。萬花攢瑣碎。散雪團雲。綴就蕊珠圓。馚馧五夜。向定中、悟澈犀禪。還記取、盡闌西畔。一樹鎖秋煙。　堪憐蟾寒影瘦。蠹老香殘。問婆娑誰翦。料上界、清虛紫府。也種桑田。吳剛玉斧渾拋卻。是甚時、謫下瑤天。談舊事。露華冷到銅仙。

水龍吟　冰絲盦感舊

名園今付誰家。一椽留此埋憂地。京華迴轡。西風堅臥。憐君憔悴。盡桁殘山。歌絃急雨。暮年心事。歎滄波逝景。伶俜忍慣。輕解脫。知何意。　兜率龕成有例。愴晨星、悲歡彈指。青門舊隱。黃壚新話。依依蒿里。寄語蒼茫。淩雲一笑。應收衰涕。祇風流頓盡。白頭誰侶。念人間世。

許鍾璐　字佩丞、山東濟寧人、光緒年舉人、有辛盦詞、

霜葉飛　賦落葉、用夢窗韻、

滿襟蕭緒。推窗夜。秋聲都在高樹。洞庭千里動微波。萬點飄如雨。更一霎、髡枝凍羽。疏林空弔斜陽古。試散屧荒溝。恐尚有、題紅殘字。暗傳心素。　對此故國淒涼。空山寂寞。宋玉幽怨難賦。落花還似此情無。寒噤哀蟬語。怕鬢上、吳霜斷縷。飄零同逐西風去。儘滿階、無人掃。好待明年。綠生陰處。

探芳信　飛翠軒春集觀杏花、時怬盦南行有日、悵然賦別、

信風暖。把萬點輕紅。枝頭吹滿。正探芳人到。攜酒舊池館。隔牆露出春消息。只欠青帘颭。算春寒、過了清明。絳雲纔展。　樓外畫簾捲。記深巷前番。賣花聲喚。碎錦坊城。忙煞舊巢燕。銷魂報道先生去。春雨江南岸。待歸來、怕見綠陰滿院。

## 金兆蕃 字籛孫、浙江秀水人、光緒十五年舉人、有藥夢詞、

### 秋霽

秋老亭臯。訝怨凋澌林。又減顏色。水咽津橋。石殷棧路。暮寒杜鵑無力。勁飈未息。翠微亦斂長眉碧。憶故國。空賸酒醒裘敝。浪游客。　壘影尚在。暗擲蒼茫。種桑高原。如此寥寂。夜將晨、繩橫斗落。孤星低隱片雲白。誰喚渡河行未得。祇自魂斷。淒絕倦旅心情。聽猿江峽。度鴻霜驛。

### 瑞龍吟 聞枝偕書衡曼仙崇效寺看牡丹、用清眞韻屬和、余今歲未過城南、嘗詣春耦齋牡丹正盛開、賦七言長句、復譜此闋、

春歸路。腸斷細草萋煙。夕陽殷樹。朝來宣武坊南。東風爛漫。花開幾處。　更延佇。仍憶梓花飄徑。棗林環戶。何人策蹇同游。被花賺取。紗籠好語。　休問唐宮遺事。沉香亭上。霓裳仙舞。惟有紫衣黃裳。風韻如故。凝香比豔。當日流傳句。縈遐想、迴闌深倚。長廊閒步。心逐餘春去。蠻箋未盡。玄都怨緒。雲織愁千縷。何況又悤悤連宵風雨。梵林夢繞。游絲飛絮。

## 喬曾劬

字大壯、四川華陽人、有波外詞、

### 千秋歲引

笛裏飛聲。樓中送客。獨臥清秋袷衣白。當時放嬌紫鳳珮。經年望斷青驄陌。水東流。斗西落。渺行跡。　明鏡淚痕朝共夕。無計奈它關山隔。只不相思有何益。尊前舊人河滿子。歸來漢女胡笳拍。燕巢空。彩雲散。誰能惜。

### 生查子

舵樓東逝波。鷁首西沉月。何似一心人。自此無期別。　犯霧蒻江來。打鼓凌晨發。君去骨成塵。我住頭如雪。

### 木蘭花

東風起處啼鵑急。新樹亂雲隨意碧。漫天飛絮自風流。到地殘花無氣力。　雕闌繞徧秋千折。照影池波頭更白。而今祗怕醉無鄉。自古相傳春是客。

### 勝勝慢

龍宮馬鬣。驃國蓬科。夢魂飛渡天山。酒半誰抽長劍。擊破連環。腸斷名姬道沒。三萬里、八駿追還。綺窗外。驂重圍月子。北斗闌干。　雞聲此夜漫漫。人起舞、檐花落處燈前。明鏡無愁。新來換卻朱顏。羊裙繫伊雁足。怕悤悤、易墮空弦。畫角響。犯戟門、成陣曙寒。

小重山

江樹成陰岸草齊。楝花開未半、杜鵑啼。伯勞東去燕西飛。相逢夢。更遠更依依。　楊柳笛中吹。小紅亭子外雨如絲。一天寒色冶春歸。黃昏後。人影度簾衣。

齊天樂

野棠開後楊花亂。街頭賣花聲裏。乍暖辰光。無人院落。斜日秋千慵倚。番風尚幾。算榆莢青錢。送春婪尾。片雲陰晴。漢南誰種樹如此。　東來西去漸遠。漸閒行路歎。當面千里。半枕香存。曾城霧沒。消息銀瓶井底。抽刀斷水。奈玉押輕簾。玳梁殘壘。過社飛回。舊年新燕子。

齊天樂　重到秣陵、次韻答勸鶴、

綠楊千尺臺城路。新翻洞簫淒異。畫省香鑪。沙場箭鏃。西北高樓同倚。胡塵乍洗。看朝日曾陰。暮霞遲霽。賦後江南。暈蛾依舊數峯翠。　都亭前度喚酒。故人誰健在。沈恨天地。暗井雙桐。輕舟片石。今日蛉蜾身世。來風去水。送仙鶴餘音。冷猿清淚。鬢點悤悤。賺將明鏡裏。

滿庭芳　次韻公庶合川見贈

蒲雨招涼。梅風催暖。峭帆過處煙收。棹歌聲裏。三峽漾東流。世事沙隨浪卷。舊盟冷、孤負閒鷗。垂楊岸。髡條縱長。難繫往來舟。　江樓呼酒慣。餘酲未解。歡計長休。有數行塵黯。敗壁空留。此夜移宮換羽。幾人共、百里觥籌。峨眉月。清輝靄彩相伴下渝州。

## 張學華

字漢三、廣東番禺人、光緒十六年進士、改庶吉士、授翰林院檢討、官至江西提學使、有闇齋詞、

### 浪淘沙　癸酉餞春

婪尾一尊開。游屐重來。故山愁聽杜鵑哀。撩亂林亭斜日影。門掩蒼苔。　鶯燕語相催。欲去徘徊。東風有約夢中猜。分付玉關楊柳色。留待春回。

### 玉漏遲　木棉絮和六禾伯端芋園、

越臺花事歇。悤悤過去芳菲時節。一樹暄妍。聽到鷓鴣啼徹。幾日東風換了。有千片、落英如雪。休重說。繁華舊事。雄姿英絕。　十尋俯睨羣芳。但卓立霞標。暗含冰纈。散作瓊瑤。不逐浪萍漂沒。合是寒年織纊。待南國、裁成雲氎。烽火劫。花中此爲豪傑。

## 黃嘉禮

字澤衡、廣東南海人、光緒十六年進士、著有茵甫詞、

### 浪淘沙　悼亡

幽恨織年華。夢冷香車。斷腸芳冢玉鉤斜。殘月半稜花謝去。魂落誰家。　叢桂已抽芽。夜禱神鴉。似聞新泛蕊宮槎。銀浦月明人自怨。淚溼青紗。

## 袁毓麐 字文藪、浙江錢塘人、光緒二十三年副貢、有香蘭詞、

### 解連環 南雁初來、和玉田韻、

角聲催晚。正天涯倦羽。霽霞衝散。想此度、懊惱南來。怕江表無人。惜離懷遠。細聽邊聲。早搵透、盈盈淚點。勸征程暫駐。玉塞長楊。未舒青眼。　斜陽瞥驚苒苒。帶湘煙楚水。寫成幽怨。悄欲問、芳杜洲前。有栽徧紅桑。幾回腸轉。冷澀箏絃。恐翠袖、倚樓先見。定銷魂、音信乖沈。繡帷嬾捲。

### 倦尋芳 申江別意、用夢窗韻、

麝衾夢短。蟾鏡盟寒。心事絲亂。記得相逢。春滿館娃吳苑。珠箔飄燈驚照眼。銀屏掩夕羞回面。盪柔魂。念憑闌露冷。登樓天遠。　踐嫩約、娉婷仙影。重與綢繆。襟帶塵軟。暗託微波。爭奈賦情吟倦。寶玦偷看黃浦路。鈿車獨去藍橋畔。有誰憐。似衡陽、北征孤雁。

## 陳訓正 字无邪、浙江鎮海人、有玄林詞錄、

### 大聖樂

麝帕飄黃。鸞釵罥翠。此情終古。一瞥間、春影驚鴻。目斷遠天。猶認舊時歸路。墜玉已塵難收拾。問深貯、迴腸愁幾許。眞癡絕。尚凝想夢中。端的重遇。　春啼惱他怨宇。正啼徹、黃昏風又雨。便化成胡蝶。漂搖如此。

難通宵寤砥室翠翹飄瓊絓。最悽斷、纖蟾斜墮處。更深矣。肯輕遣、巫雲飛去。

高陽臺 和人韻

斜月窺牆。悽蟲專夜天涯那更西風。悄立闌干。不知秋向誰濃。相逢盡是傷心侶。怎管他、去燕來鴻。說空林。會傲淸霜。惜是羞紅。　迴腸拚貯悲秋淚。奈秋光滿地灑亦無從。怕有相思。今宵飛夢天東。殘楊縱帶飄蕭色。作秋聲、都在高桐。最無憀院落黃昏橫據雲封。

霜葉飛

隔窗煙語。飄蕭入、倡人如報秋去。北風著意送征鴻。愁絕無歸處。更說甚、湘皐日暮。天涯香草迷蘭杜。漫去采秋江。渺渺夕雲生。怕有洗秋飄雨。　猶記紫燕來時。紅鵑喚後冶英開滿春路。幾日無夢到江南。搖落便如許怎禁得、離懷別苦。傷心揚子東頭路。竟一夕、飄流盡漠漠楊花。不成情緒。

眞珠簾 寄仲弟彥及南京

東風儘力將春至。奈春寒、陌上花光猶滯。天末憶佳人。渺沍衾千里。綏綏歌成難寄與。塡不盡、空雲心事。無已。但目送塵涯。思君苕霅。　昨夜夢到江南。漫相逢。就我還商歸計。蒲柳入羈年。又靑靑如此。物自多情天自老。香草外、著愁何地。遙指。問似睡湯山。而今醒未。

垂楊 休日過白隄望南屏山色而作

客途倦矣。籠一鞭暮色。乍來人外。馬足塵深。柳兜煙眼明秋地。空雲不與塡心事。怕天雁、背風難起。甚淸清、彌望山川也似人憔悴。 終古回峯滴翠。看殘日掛林。總無晴意。萬杵霜聲。舊愁應共秋紅碎。當年幾點金牛氣。但賸有、柔光繞指。任喧涼半壁蟲沙催暗淚。

## 惜秋華 十月二十日賦

對老秋容。賸西林墮日斜烘紅樹。飄葉送尊。離心亂雲無處。年時眼熟山川。渺雁影、歸來能語。愁訴。怕風高陣側、銜蘆心苦。 到念便消沮。伴黃花冷落。蕭然情緒。籬下傍人花又爲誰眉嫵。而今野色低迷。一半是新霜耽誤、凝佇。漫臨高晚芳零路。

# 陳配德 字星伯、四川郫縣人、

## 惜秋華 乙亥重陽、虞山望海樓登高、倏見夭桃一株、倩妝淒絕、越日至兆豐園、則櫻花豔發、若不勝情、回憶十年前秋杪、漫歷扶桑、曾覯茲遇、比歲客舊京、亦感於稷園牡丹不以時放、氣數之變、有渺乎其不可析者、依夢窗韻爲賦二解、

舊訪仙源。誤芳時怯訊。南雲歸雁。寄意故叢。銷魂最憐秋晚。登樓乍豁吟眸。望海國、煙嵐舒卷。深淺。話滄桑、淚波盈盈一線。 指點上林苑。問溟渤鯨牙。待敎誰翦。零落盡。漫付與、幾回腸斷。東風奈不重來。礙倚闌、恨顰偷展。還勸。聽啼鵑、武陵江岸。

## 東風第一枝 臘八前適新曆改歲、用梅溪韻、

朧鼓催年。霜鐘警夜。青衫夢遍塵土。鬢華空換千尊。淚眼倦看萬戶。官梅驛柳。望不見、行人來處。聽玉關、一曲銷魂。啼損舞衣金縷。　吟未定。渡河舊句。腸欲斷、天涯情緒。漫悲酒黯生平。解惜歲寒俊侶。江山如此。待消與、番番風雨。又誤了、隔歲歸期。莫便塞鴻飛去。

## 金天羽 字鶴望、江蘇吳江人、有紅鶴山房詞、

### 琵琶仙 曾賓谷題襟館消寒圖、爲張夕庵畫作、夢樓題耑、晚年筆也、惜題襟諸人墨蹟爲人截去、斷鶴續鳧、良足惋歎、賡南得之、爲寫此令、余嘗三至燕城、弔古惆悵、故末韻及之、

簫管維揚。問都轉、舊日豪遊誰續。荒圃苔礎霜霾。樵蘇爨修竹。誰記得、詩龕畫舫。配茶竈、筆牀疏落。暖傍薰鑪。香浮凍醥。花吐梅萼。　瞥眼見、衰草微雲。便認取、詩中好樓閣。閣外平山非遠。隔斜陽疏木。春到也、紅橋修禊。許玉人、悄上珠箔。叵耐草長雷塘。過江人獨。

## 黎國廉 字季裴、廣東順德人、光緒十九年舉人、官福建興泉永道、有玉蘗樓詞、

### 望海潮 寒月歸舟、海山如畫、舵樓倚竹、歌以遣懷、依淮海體、

船脣風簸。簾衣霜凝。冰蟾晶淼洪流。橫掃素縑。低吹翠笛。襟懷萬象清秋。吟興舞蛟虯。有斷魂潮尾。鶩枕濤頭。島嶼星羅。海天雲澹送孤舟。　寒山越樣眉修。借空濛夜色。點綴螺愁。哀雁動人。閒鷗招我。心期起

沒千漚。燈黯蜃邊樓。歎淺蓬三見。殘畫誰收。付與南飛倦鵲。醒眼對滄洲。

## 琵琶仙 葉裕甫薄游寰海、迂道江鄉、話舊傷今、別有感觸、賦此贈行、

風雨迴槎。悄然見舊日人民城郭。無限葵麥吟情、秋聲正寥落。歧路遠、滄波更急。鎮驚起故山猿鶴。客裏昏黃。寒邊靜綠。愁漲眉萼。　對塵境、蕉鹿紛紛。送年少、心期已非昨。都把揭天歌吹、換哀時清角。能幾許、斑騅駐柳。又獨吟、冷了絃索。好待晞髮鴟夷。五湖商榷。

## 陌上花 依蛻巖體

寥天暮靄。沈沈雲際。夕陽先下。燕盡鴻稀。惟賸亂鴉殘話。六街水靜閒身老。寂甚酒懷難寫。傍烘爐。但有絳梅香吐。伴人寒夜。　漫垂垂雪意。枯條病梗。影入滄洲圖畫。斷續笳聲。替卻漏蓮檐馬。賭棋顧曲心情嬾。清興年芳俱謝。算殷勤照研。宵深銀蠟。碎瑰盈把。

## 玉漏遲 病中臥雨、追和樊榭老人韻、依樓君亮體、

薄羅人意倦。燈荷饑窄。漏蓮聲短。簾外清商。心共碎花涼顫。苑樹啼秋萬淚。和簷馬、攪愁成片。寒暗翦。幾番攙入。醉魂醒眼。　坐擁似鐵孤衾。異少日笙簫。燭昏臺館。緣漲江潮。故國哀鴻遙歎。煩夢濕雲遮湧料裙屐、游情都散。吟思遠。宵深病巾重岸。

## 南鄉子 京華旅感

風雨浩無端。百變滄洲引夢還。幾度丹黃秋後葉。摧殘。倚着斜陽子細看。　又感曉衣單。薄薄嚴霜入畫

闌。淒絕征鴻無去處。關山越向南飛越自寒。

## 張繼良　號蘭思、字南陔、江蘇常熟人、光緒二十一年進士、有南陔詞草、

### 暗香　紅梅和躬厂、即題其碧廬商歌、

古城暮色。有吟魂飛去。樓頭橫笛。舊恨凋零。又茁新愁倩誰摘。一卷南華讀破。還翻作、靈均騷筆。渾不管、玉樹花殘。且付與歌席。　鄉國。夢影寂。悵杜宇不歸。綠草如積。館娃露注。粉碎瓊寒費追憶。休問昆池劫火。收拾了、爭春紅碧。算只是、腸斷句。苦芟未得。

## 周岸登　字道援、四川威遠人、官廣西知縣、有蜀雅十二卷、

### 秋霽　登常樂寺藏經閣、次梅溪韻、

楓老朱顏。帶過雨殘陽。也妒鴉色。露泣枯荷。淚迎叢菊。可憐拒霜無力。寺樓暫息。舊題墨暈侵苔碧。問佛國。如是我聞。應許住詞客。　魚唄送暝。鶴夢驚寒。雨花香嚴。臺殿幽寂。蟪蛄聲、違山十里。閒愁偏惹鬢絲白。簷馬咽風。聽不得。最斷魂是歸趁淡月。黃昏市橋人語。自眠孤驛。

### 玉漏遲　曉行由明月場至康家渡、用釣月韻、

小車山畔路。炊烟弄曉。短亭籠霧。病葉辭秋。愁點鏡波蘋浦。斷夢重尋驛枕。恍人在、瑣窗朱戶。休恨阻。袖

寒天遠。淒清如許。　庾信近日愁多。自感舊銘成。厭聞懽語。廿載江湖。莫把游蹤重數。塵事勞勞未已。更誰倩、殘蛩聲訴。窺碧宇絲絲裊空靈雨。

## 好事近　擬東澤

愁眼送東風。淚點濺花江溼。指顧河山殘照。幻暮雲金碧。　麴塵如幕捲高城。城下醉春色。折盡絲絲烟柳。聽露橋吹笛。

## 解連環　和懺盦甘棠湖秋泛

半奩秋色。歎滄江散髮。舊情何極。尚記省、西子西湖。按多麗清歌。翠寒珠滴。畫舸鴟夷。怕難買、越娃心力。儘長門賦筆。未抵茂林。枉費詞墨。　微波漫申怨抑。正鬟眉映綠。天鏡涵碧。自誤約、桃葉桃根。等雙槳來時。淚已霑臆。古驛梅遲。恨暗遶、江城吹笛。便今宵、夢中見了。夢回更憶。

## 踏莎行　和庚子秋詞漚尹韻

舊酒塵襟。新歌障扇。江湖十載經行遍。當筵禁得奈何聲。試妝已自隨年變。　笛裏驚魂。花邊倦眼。旗亭畫取興亡怨。過江涕淚滿青山。無人說與當時燕。

# 何振岱　字梅生、福建閩侯人、光緒二十三年舉人、有我春室詞一卷、

## 月華清　題梅花仕女圖

簷鐸颼風山鐘搖暝。細寒飄香庭院。籠月梅梢。隱約雲鬟新綰。冪澹煙、並影嬋娟。問玉色、芳光怎辨。凝盼。有十分幽思。祇摹一半。　折得疏英新撚。恁薄笑嫣然。逢春非遠。遠也皆春。漫悔青鞋蒼蘚。布勾芒、大地芳娧。總掃盡、玉龍哀怨。誰見。自枝南枝北。低徊吟遍。

## 趙熙

字堯生、四川榮縣人、光緒年進士、改庶吉士、授翰林院編脩、官監察御史、有香宋詞二卷

### 三姝媚　下平羌峽

涼煙秋滿灞。出平羌山光。水光如畫。近綠遙青。襯小灘蓑笠。夕陽桑柘。雁路高寒。閒動了、江湖情話。半世天涯。無福移家。海棠香社。　前渡嘉州來也。指竹里龍泓。酒鄉鷗榭。一段天西。想萬蒼千翠。定通邛雅。斷塔林梢。詩思在、烏尤山下。淡淡青衣漁火。寒鐘正打。

### 甘州　寺夜

任西風吹老舊朝人。黃花十分秋。自江程換了。斜陽瘦馬。古縣龍游。歸夢今無半月。蔬菜滿荒丘。一笠青山影。留我僧樓。　次第重陽近也。記去年此際。海水西流。問長星醉否。中酒看吳鉤。度今宵、雁聲微雨。賴碧雲、紅葉識鄉愁。清鐘動、有無窮事。來日神州。

### 齊天樂　秋荷

水窗無避秋聲處。田田半宵涼雨。翡翠無家。玻璃浸月。欲逼西風何路。生涯恁苦。記小疊青錢。一羣鷗鷺。

轉眼銅仙玉盤圓貯淚如許。 托根曾隸太液。翠華三海地。都化南浦。暗綠搖天。枯香換世。葉葉洪荒一度。情天漫補。便戰地黃花。也愁霜露。老付禪心。妙蓮華萬古。

## 楊秀先 字君武、號蓼厂、四川成都人、有花隱詞一卷、

### 浣溪紗

虛道金鈴與護抒。暗紅深碧各參差。斜陽猶戀舊花枝。 白紵中宵歌宛轉。綠窗長晝鎖葳蕤。可憐春去不多時。

見慣麻姑亦可憐。紅桑東海又成田。尹邢何苦鬥嬋娟。 自去自來營壘燕。禁寒禁暖釀花天。有人費盡買春錢。

青鳥西飛日又斜。蓬山風信到櫻花。教人爭得不思家。 珠箔微嘆聞怨瑟。戍樓殘夢冷悲笳。一時回首隔天涯。

一角文楸劫尚爭。瑯琊歌舞總傾城。烏衣門巷憶曾經。 施帳解圍聞俊語。避塵遮扇見深情。轉嫌秋水不分明。

戀翠江南展畫屏。望中風景似新亭。斷腸纔見蔣山青。 迸淚朱絃猶錯落。相思紅豆惜伶俜。當時槐夢不成醒。

## 南浦 賦西苑太液池春水、用玉田韻、

烟潤縠紋柔。峭寒新、雨外啼鳩催曉。絲柳颺輕黃。春波淨、倒影宮眉初掃。闌干浸碧。畫船繫處青萍小。昨夜東風吹漲暖。綠盡鳳池芳草。　依稀記得前游。又掠波雙燕。花朝過了。淸淺記蓬瀛。滄桑換、舊日樓臺還到。空明渺渺。斷腸凝碧笙歌悄。比似江郎南浦別。一樣魂銷多少。

## 西子妝 秋夕北海泛舟、用夢窗韻依四聲、

涼浸縠紋。醉扶花影。夢裏秋心如霧。畫橈容與擘空明。蕩繁燈臥虹西堍。殘荷倦舞。戰葉底、商聲又住。暗吟魂、問采芳人遠。盟鷗何許。　歡期誤。一樣風光。斷趁梧葉去。笛聲淸怨泣孤蟾。賸劫寒、眼中宮樹。飄零斷句。渺幽苑、芳塵誰賦。怕重來、落盡秋香似雨。

## 絳都春 豐澤園海棠

新妝半面。正宮髻露融。赬顏猶泫。燕子未歸。沈醉東風。無人見。輕陰換了秋千院。又勾起、傷春心眼。斷紅重覓。啼紅恨翠。廢池荒苑。　淒戀霓裳唱破。但珠韉寶馬。看花人遍。淚粉自憐。窗燭宵闌。成孤怨。飛英流水和天遠。況夢裏華淸游倦。奈他中酒愁濃。倩誰細遣。

# 劉翰棻

字俊實、廣東南海人、有花雨樓詞草、

## 六醜 菊花謝後作、用美成韻

正鴛鴦瓦冷。市傲骨、黃金豪擲。雪欺鬢華。流光同過翼。斷夢陳迹。試話重陽日。佩萸歡會。愛澹妝傾國。尋思在髮爲香澤。酒載園林。車迴巷陌。西風解人憐惜。奈餐英賦罷。芳訊疏隔。　東籬岑寂。見南山暮碧。世事興衰變、誰問息。悲秋只有愁客。甚天涯落泊。孤高無極。憶元亮、滿簪巾幘。遲暮感、一例湘筠晚節。嫻依人側。斜陽好、分付潮汐。笑病蝶、尚戀柴桑圃。癡情了得。

## 月下笛　大嶼山彌陀閣、月夜與慈謙長老坐禪、四面海風、精神爲之爽然、賦成此解、

萬頃波濤。海心湧出。一輪明鏡。天高嶼迥。夏木森森暮烟暝。斷崖蕭寺留香火。儘伴著、紅魚清磬。問何人、彼岸先登。隨指傍江漁艇。　入定。空山靜。縱布地黃金。綺緣亦屛。拈花微笑。等閒悟到清境。夜深坐冷蒲團月。況味與、殘僧消領。更高論禪宗。驚起臥龍潛聽。

# 黃孝紓　字公孟、號訥盦、福建閩侯人、有匑孔烟語詞兩卷、

## 甘州八聲　暮登鷄鳴寺遠眺

渺昏鴉萬點古臺城。倚欄看神州。俯明漪如鏡。傚傚弱柳。搖曳清秋。隱約叢荷深處。三兩採菱舟。嗚咽南朝水。依舊東流。　記得年時俊賞。正菊黃載酒。吟嘯登樓。奈鐘聲換世。籠壁舊題留。共闍黎禪天閒話。笑解人、冷眼有沙鷗。漁歌起、正平湖晚。夕照初收。

## 燕山亭　戊寅長至前一日大雪

簷角懸冰凍雀噤聲。雪壓枯枝如續。三兩泳鱗。仰唼飛花花點滿池寒翠。銀海光搖。又更換、一番天地。危涕。正擾擾人間玉龍游戲。　鍾山慣識興亡。嘆頭白而今。沈沈入睡。沽酒放歌。莫近高寒瓊樓。託身非計。料理歸槎。道明日卻逢長至。無寐。想芋火兒時滋味。

安公子　同寥士訪毘盧寺

一逕招提暮。夕陽靄靄連平楚。槲葉遮門如敗衲。叩禪扃誰主。謾問訊、芳園東畔梅千樹。吟望低、萼綠歸何處。賸荒塍烟冷。繁恨啼鴉能訴。　錫杖隨緣住。拈花古佛渾無語。一指天龍千刧逭。便無端今古。話黍夢、鬘天影事銷風雨。魚唄沈、靜對爐香炷。喚萬方深省。林外鐘聲幾杵。

玉燭新　初夏泛舟秦淮河、過鑑園有懷鑑泉丈、

霏烟籠碧柳。正西窗過雨。午陰延晝。梅炎天氣。薰風扇、輕暖著人如酒。蕤賓入律。和一曲、蟬琴初奏。臨水榭。花好疑然。微馨暗侵羅袖。　秦淮盪槳重來。悵十載塵顏。照波驚皺。鮑樓話舊。笙歌散、付與流鶯僝僽。園林坼繡。奈夢裏、不堪回首。歸騎晚、徙倚黃昏林鴉散後。

慶春宮　小西湖爲匯泉公園十景之一、位於櫻花塢西偏、花時游人甚盛、亂後重來、景物淒異、秋風瑟瑟、惟見禿柳殘荷、搖影空碧、日暮京山、笛聲嗚咽、感念舊游、正不知置身何世也、

遠岫開晴。寒巖收潦。幾番醞釀秋色。闌角黃昏。沈沈松籟。眼明鴉點如墨。病霜髡柳。共禿鬢、西風蕭瑟。明漪窺影。驚起潛鱗。鏡中梭織。　不須更話西泠。櫻夢成塵。墜歡難拾。半畝荷塘。翠盤零露。賸粉殘脂狼藉。

衆芳蕪穢。歲華晚、寒生鷗國。林陰躑躅。歸路京山。數聲鄰笛。

## 桂枝香 暮登迴瀾閣

長天縱月。黯蜃氣浮空。波浸寒玉。石壁支橋千仞。下窮坤軸。狂飈不撼蛟龍睡。捲驚濤、散珠千斛。塵奩開處。遙峯倒影。髻鬟如沐。　念滄海浮生一粟。盪愁心萬里。晚秋霜肅。咫尺中原地盡。謾嗟沈陸。憑闌閒卻迴瀾手。把漁竿、苔磯一曲。暮雲吟望。長堤無月。塔燈凝綠。

## 花犯 金陵旅舍牆陰白梅一株盛開、索彥通同作、

粉嬌嬈。冰肌玉頰。孤芳獨憔悴。暗香棐几。伴堠館無眠。椽燭凝淚。羅浮蝶返冰霜世。離魂呼欲起。謾向我、含顰索笑殷勤如有意。　天寒凍鶴話堯年。紅塵自不到。牆東堪避。環佩冷。胡沙遠。月明千里。婆娑弄、春光萬點。依舊是、芳心清似水。斷夢繞、孤山東畔。春來花著未。

# 黃榮康 字祝蕖、號凹園、廣東三水人、有擊劍詞、

## 菩薩蠻 題秋至拭清砧圖

孤桐淡寫銀蟾影。數聲絡緯啼金井。北斗轉闌干。空階生夜寒。　沙沙林葉墜。擣得秋心碎。無故又愆期。白蘋風起時。

## 齊天樂 題屈劭孫藏翁山先生遺墨

君家本自工詞賦。離騷妙傳千古。露滴紅愁。煙凝翠怨。題徧芳洲蘭杜。天南舊裔。更家國漂搖。白頭吟苦。破衲殘檠。黯然相對甚情緒。　淒涼數行墨淚。問誰同慰藉。江館風雨。華嶽歸時。沙亭隱後。別寫詩篇如許。零縑斷楮。計蟫蠹牙須。幾餘霜暑。劍畔琴邊。看虹光欲吐。

## 黃佛頤　字慈博、廣東香山縣人、有慈溪詞、

### 水龍吟　月當頭夜小虎山望海

海波欲沸兵塵。素娥定怯窺妝面。當關虎臥。潛淵龍睡。危檣風岸。牢落人生。蒼茫旅思。揮杯誰勸。儘憑高舒嘯。良宵幾見。夜方午、冬之半、　南北休矜天限。剩蒼黃、濤分一綫。江沈鐵鎖。山傾玉壘。紅桑千變。溫犀祖楫。料應淘盡英雄心眼。問何時長劍。倚天萬里。抉浮雲散。

### 多麗　西園見木棉花作、和六禾芋園、

氣佳哉。玉山無恙春來。正滄溟、祝融弭節。丹烏躍出蓬萊。壯南天、依然特立。迴朔吹、漫等閒開。漢薄珊瑚。越慚翡翠、衆芳低首拜朝臺。笑天目、將軍衣錦。終負霸王才。堪評品、松筠伴侶。桃李輿儓。　記佗城、黯霾烽燧。一朝淨散氛埃。建霞標、細柯連理。迎日轂、赬蕚初胎。花塔爭高。楚庭垂蔭。文章光燄燭三台。知衣被、蒼黔有日。杼軸入奇懷。空翹跂、下方蜂蝶。相顧驚猜。

### 風入松　適芋園觀唐雷氏天蠁琴、因題其天蠁詞、

成連一去海雲冥。無奈遠峯青。幺絃欲奏冰清曲。怕魚龍、睡裏愁聽。且酹峨眉醉魄。前身雪幹峥嶸。雷威遇大風雪、獨往峨眉酣飲、著蓑笠入深松中、聽其聲連延悠揚者、伐以爲琴、見採蘭雜記、鞠通未幻作蛟騰。脈望伴書城。人間絲竹皆凡響。遏行雲、長蘊天聲。此調相期自愛。松風萬古泠泠。

# 全清詞鈔後記

我編輯全清詞鈔，始于一九二九年。其時方爲當局所忌，故居滬從事于文藝編輯工作，以自韜晦。又朱彊村先生亦方寓滬，爲詞壇尊宿，與夏劍丞、冒鶴亭、黃公渚、龍榆生諸君及余結詞社。余復與龍榆生創編詞學季刊，又校刊淮海詞，葺印廣篋中詞同人因以編輯全清詞相屬。時余方倡導韻語與音樂合一之說，以爲今後長短句之韻文，必別生變化。但其體製當與宋代之所謂詞不同，即與元曲暨明清之詞曲亦殊異，殆將合詩騷歌謠而爲一。而要點則章句之長短，音韻之平仄，皆不必局限，而以必能合樂爲主。因此可信必有一種新體詞曲之產生，余擬定其名曰歌。歌既生，則舊日之詞曲，恐遂成祧廟，猶文之駢律，字之篆隸矣。而詞則或先退位。以元明清之詞，幾乎例不能唱，已不合羣衆之要求，而聲情音色亦不易配合也。而有清二百數十年，詞之造詣，實超乎其他文藝之上，至末造尤然，蓋幾乎與唐詩、宋詞繼軌，故可稱爲此類韻文之一大後勁，亦可云即其一大結穴。繼此以往，恐將別啓逕途，新創形式，故編輯清一代之詞，實有繼往開來之義，而非如以往詞鈔詞匯之所謂揚風扢雅，或聲應氣求而已也。造端既頗弘大，則決定方針，徵集資料，實爲首務。古微先生之言曰：清代時近，則作者多，廣收必濫，嚴則嫌類詞選，非本旨；無已，其定爲詞鈔乎！衆皆曰善。時夏閏枝、邵伯絅、譚篆卿方旅北京，柳翼謀、吳瞿庵、盧冀野、蔡嵩雲、唐圭璋、夏臞禪、石弢素皆在南京，而楊鐵夫、汪憬吾在廣州，張艮廬在吳門，邵次公在汴梁，而徐積餘、潘蘭史、金籛孫、吳湖帆、易大岸、黃公渚咸在滬，皆任搜集之勞，郵筒日再至。余復廣向各圖書館、書坊及私家購借，一二年間詞之總集、別集及附見者麕集余所，凡逾五千種。其始同人分任初選，而余任覆選，而終決于朱先生。朱先生一一爲之審擇，且有增乙。閱年餘而朱先生逝世，余不得不承其後。乃時局屢變，選事甫畢，而倭戰起矣。淪失之晨，余倉皇避地，旋將全稿運至香港，企續前功。乃倭攻香港，藏稿處適當火線，幸爲一張童子先移出，未與他物同燼。及余旋滬，遂誓畢其役，延陸微昭助任編次，大體粗完，而余又患病，幾于不救。還鄉養痾，間有搜補，而余年垂七十矣。解放後時局日臻安謐，余入京始發篋重加編訂，有所釐正，都爲此四十卷，另例言、目錄、引用書目爲一卷，即今稿也。先是，陳君乃乾彙清著名詞家詞集爲清名家詞，龍君榆生選近三百年名家詞爲詞選，皆已印行。一則祇限于若干家之詞集，一則祇限于若干人之作品，其體製固與此不同。抑前者固主便于省讀，未及綜合貫串，以供源流正變之推尋。此編之出，或可爲研求近三百年詞學之一助。至于一切體例，具載例言。末學衰年，難成完璧。方今吾國文藝已又轉入一新時代，此書與大衆相見，倘能供從事吾國傳統文藝或韻文史者之片段資料，藉以不沒朱先生及諸同志之勞勩，是固余之深幸，抑亦諸作者之所深幸者。以二十年來余所得諸詞家之原稿，又多已燬失，其中手稿或絕版者不少，藉此或可存什一于千百也。抑今之歌詠多能合樂，其流行當極廣，已證前此吾言之不謬。第歌詠源同于詞曲，固無疑義，寖假文藝音樂之進步，能貫通古今中外，則前此詞曲之未能合樂者，或亦可悉被管弦。是詩詞曲歌之間，似不必定爲鴻溝之畫，則詞之存在，當如詩與曲仍有其一定之地位價值，則此編或可與全唐詩、全宋詞同爲韻文總集之會要。獨惜清詞作品，浩如淵海，吾所未入選之千數百家及未及見者，雖未必盡爲遺珠，然若集大成，則猶爲有待，是則須賴羣賢之努力矣。譬之通道，斯其篳路藍縷也乎。時一九五二年六月，葉恭綽。